U1069866

有爱的青春陪伴者

折绾

【上册】

枝呦九·著

江苏凤凰文艺出版社
JIANGSU PHOENIX LITERATURE AND ART PUBLISHING

图书在版编目（CIP）数据
折绾 ： 全2册 / 枝呦九著. -- 南京 ： 江苏凤凰文艺出版社, 2025. 9. -- ISBN 978-7-5594-9805-2
Ⅰ. I247.5
中国国家版本馆CIP数据核字第2025XQ7696号

折绾：全2册
枝呦九 著

责任编辑　王昕宁
特约编辑　周　贝
责任校对　言　一
责任印制　杨　丹
出版发行　江苏凤凰文艺出版社
　　　　　南京市中央路165号，邮编：210009
网　　址　http://www.jswenyi.com
印　　刷　天津睿和印艺科技有限公司
开　　本　880mm×1230mm　1/32
印　　张　22
字　　数　849千字
版　　次　2025年9月第1版
印　　次　2025年9月第1次印刷
书　　号　ISBN 978-7-5594-9805-2
定　　价　65.80元（全2册）

/上册目录/

下册目录

卷一 前尘旧梦，一念皆空

/就让三十岁的她来款待年轻时候的她们。即便三十岁的她依旧算不上好，但善待十五岁的她们，也可以有些底气了。/

（一）

折绾醒过来的时候，耳边乱糟糟的，似乎有很多人在说话。头上应该顶着什么，连带着遮住了眼睛，眼前朦朦胧胧一片红，看不真切。她觉得不舒服，情不自禁地伸出手，将头上的东西扯下来，眼前赫然一片红晃晃的刺眼烛光。

耳边的声音骤停，四周因为她的这个动作而寂静下来。

折绾努力睁开眼睛看周围，发现自己穿着喜服，手里拿着刚刚掀下来的红盖头，屋子里全是成亲用的东西。她还看见了年轻十几岁的妯娌们，她们神色各异，却都震惊地看着她。

折绾皱眉，以为自己还在魂游。

她十五岁嫁给英国公大少爷做继室，三十岁积劳成疾，死在家里，死后倒是离了魂，飘在半空中，看见许多人来奔丧，跪在自己棺木前烧纸，有些还哭得情真意切。她当时便觉得自己活了三十年，有人能为自己这般哭一哭，也算是值得。

结果眼睛再一睁，便好似回到了十五年前大婚这一日。

她似梦似真，坐在铺满红锦被的床上发呆。

妯娌们开始劝诫她：

“今晚便先睡吧。大哥被圣上叫过去，定然是有要紧的事情。”

“是啊，我们正想你这盖头要怎么办，如今你自己揭下来也好。”

“你好好休息，我们就先走了。”

折绾一句话没说，目送她们离去。

等了好久，她才恍恍惚惚地确定，自己回到了成亲的第一天。

成亲第一天，她的丈夫——英国公大少爷劢鹤春在拜完天地之后，突然被圣上召进了宫。

她的红盖头是自己揭开的。只是……当时她是等了很久，等到客人们走了，等到留下来陪她的妯娌们也走了，等到快要黎明的时候，才自己揭的红盖头。这辈子迷迷糊糊的，竟然在妯娌们还在的时候就揭开了。

她脑袋里浑浑噩噩，又觉得有些闷，刚皱眉吸了吸鼻子，丫鬟素膳便会意地去开了窗。

折绾看见素膳，顿时清醒起来。她高兴坏了。素膳自小就伺候她，与她同岁，情同姐妹，跟着自己在这国公府第谨小慎微地活着，上辈子比她还早去世三年，没想到还能见到。

她盼望这是真的，眼睛瞬间红了一片，抱着素膳小声哭。素膳为她抱不平：“再是圣上，也不能在大婚当天将人叫走啊。”

她声音小得不能再小，生怕人听见，轻轻安抚着折绾：“姑娘，你别伤心，时日还长呢。”

折绾点了点头，然后听见素膳肚子叫了一声。这是饿了。她便叫丫鬟取膳食来，素膳却诧异地看着她：“姑娘……已经亥时了，咱们可以在这个时辰吩咐她们去取膳食吗？”

素膳忐忑得很：“会不会不好？”

折绾闻言有些恍惚。她看向铜镜，铜镜里出现的脸稚嫩得很。因是庶女，所以常年谨小慎微，脸上带着怯弱之态。时日久了，性子便有了缺陷，喜欢讨好人，做事情最爱多想，做完了忐忑不安，就怕自己做不好被人说道。

素膳跟她一样的性子，忧思成疾，什么事情都要操心，所以也去世得早。

折绾记得，从记事开始，她就带着素膳在娘家这么活，胆小得很，总被人欺负。后来……高嫁给英国公大少爷的嫡姐难产去世，留下了一个儿子。这原本与她无关，但嫡母看上了她老实本分，说服了英国公一家，让她来做继室，养育嫡姐的儿子。

她嫁过来后，更加胆怯，战战兢兢、如履薄冰。用了十五年，才努力地在这个宅子里活得略微有底气。至少敢指使国公府的丫鬟去取膳食。

等素膳回过神的时候，折绾已经开门叫丫鬟去厨房点菜，她开口熟练得很：“要一碟泰州鸭蛋、一瓯滤蒸烧鸭，再要一个拌黄瓜、一个芙蓉豆腐。”

然后她把门一关，又过来捉住素膳的手。

素膳已然晕晕乎乎——被吓的。她家姑娘素来胆小，怎么突然就敢点菜了。

她声音都打着颤：“咱们初来乍到，这般去厨房要菜，会不会被人觉得是小人得志嘴脸？”

折绾看着素膳，像看孩子一样。她温柔地说：“不会的，咱们不过是吃几个菜，没那么严重。”

但她从前确实是像素膳这般想的。

她是最不受宠的姨娘生的，也是家里最不受宠的庶女。她在今年四月之前，都在担心嫡母会把她嫁到远处去，那就一辈子也见不到姨娘了。谁知道五月端午之后，嫡母就说要在今年把她嫁往英国公府。所有人都觉得她是撞了大运，姨娘拉着她，对着嫡母跪了又跪，感谢恩德。

嫡母又亲自拿着戒尺，对她严加教导规矩，让她不要丢折家的脸。

所以在九月嫁到英国公府后，她不敢多说一句话，不敢做错一件事，畏畏缩缩、唯唯诺诺、小心翼翼地在这个大宅院里面行走。

十五岁的她，确实不敢在这个时辰叫膳食，也不敢这么大胆地点自己爱吃的菜，好像连这府里的丫鬟也不敢多指使，生怕被人说一句小人得志就猖狂。

原来自己以前过得如此委屈。

三十岁的时候，她其实也有不少委屈，比如和丈夫不亲，比如没有亲生子女，比如费心养出来的继子只尊她却不亲她，比如婆母明着笑盈盈，背地里却说她是不下蛋的母鸡，比如妯娌之间不和气，时常有小龃龉，比如娘家嫡母还经常把她叫回去训斥，比如姨娘也骂她不中用……

但她没在下人身上受过气。即便是胆小怯弱之人，多活了十五年，也是有些用的。

折绾笑着宽慰素膳："新婚当晚本来就要再吃些。咱们一天没吃东西了，我也饿得很。"

素膳听见她说饿，便顾不得其他，连忙点头。然后一转身，便看见桌子上有糕点和果子，她又犹豫起来："要不，还是吃点果子算了吧？"

折绾摇头。不，她就要吃热乎乎的菜。

等菜来了，她把送菜的丫鬟往外遣，再把门一关，把僵硬站着的素膳拉着往凳子上一坐，说："大少爷今日不会回来了，咱们两个吃饱了就睡。"

她太笃定了，素膳被她弄得不知所措，但还是听话地坐下来吃。

折绾盛情地给她夹菜："你不是最喜欢吃泰州鸭蛋吗？咱们以前没得吃，现在不愁吃了。放点黄瓜一块儿吃，不腻。你放心，没人来，她们走了，只有我们两个人，你安心地吃。"

她自己也吃。许是她太过淡定，素膳竟然跟着稳稳当当地吃了一顿好饭。

吃完之后，两人还喝了一杯热茶，肚子里暖和得很。素膳终于缓过神来了，她继续惶恐不安地说："奴婢把这些碗碟送去厨房吧？"

折绾难免心酸。她说："不用，让丫鬟们去就好。"

素膳就笑了："姑娘，奴婢也是丫鬟。"

折绾："可你不同。"

她又站起来去开门，叫丫鬟进来收拾碗筷。等丫鬟出去之后，素膳捂着胸口道："姑娘，你刚刚真有气势。"

姑娘之前不是这般，但现在这般很好。素膳也知道人弱被人欺的道理，但她和姑娘都改不过来，都没有底气。如今姑娘好像改了一些，她只有高兴的份。

会不会是大少爷成婚当天就被叫去皇宫没回来，刺激到姑娘，所以姑娘变得大胆了？

她依旧惴惴不安，折绾却已经拍了拍床，说："咱们洗漱睡吧。"

素膳："真的不等大少爷了？万一待会儿回来了呢？"

折绾摇头："不等了，回不来了。"

素膳："我们现在睡觉，国公夫人她们会不会不高兴？"

折绾笑道："不会的，她们定然也在猜测大少爷被叫进宫做什么，哪里还管得了我们。"

上辈子也没人告知过她一声缘由，她也不敢问，直到好久之后才听人提及，说是太后午夜梦回，梦见了劭鹤春死去的姐姐一直说想弟弟，非要圣上将大少爷叫过去。

太后吩咐完之后便一直梦魇，圣上是个大孝子，自然照做。劭鹤春进宫之后，和圣上一块儿在太后的宫里等到天亮，等太后醒了之后，已经到了上朝的时辰，于是上完朝才回来。

折绾拉着素膳躺在床上，当年的事情一股脑儿地涌入心头。她记得劭鹤春的姐姐，也就是英国公府的嫡出大姑娘，因为跟太后逝去的女儿长得格外像，便自小养在太后膝下。

劭鹤春是那位大姑娘最喜欢的弟弟，所以常进宫去看望。一来二去，劭鹤春便被太后和圣上看成是自家子侄。后来，劭大姑娘也去世了，太后随之病倒，郁郁寡欢，圣上便有求必应。所以劭鹤春在大婚当日因太后梦魇被召进宫去，也合情合理。

所有人知晓真相后都没当回事。她三十岁的时候，似乎也没把此事当回事，甚至已经忘却了。但如今细细回忆，其实当年的自己还是很委屈的。一个女子，成婚当天的红盖头是自己揭下来的，她觉得会被人耻笑。很多人都在等着看她的笑话，而她第一天就被人看笑话了。

折绾翻了个身，又觉得年轻的自己实在是想不开，与以后的人生比起来，这算什么呢？

素膳跟着她翻来覆去。折绾轻笑："你也睡不着吗？"

素膳："不敢睡。"

还是怕大少爷会回来。万一回来了，她还能提前叫醒姑娘。

折绾又心酸起来。她和素膳当年就是这般不敢睡，一直等到黎明。后来，她们不敢睡的时候更多了。

折绾想，如果这不是梦，如果这是真的，那也是好事。年少时候的她和素膳实在是不容易，连吃和睡都不自在，那就让三十岁的她来款待年轻时候的她们。即便三十岁的她依旧算不上好,但善待十五岁的她们,她也可以有些底气了。

折绾最知道怎么对付素膳。她道:“明日才是大头,要是出了差错,便要叫人说道。到时候得去拜见公婆,见三个妯娌、小姑子、侄儿侄女……还有川哥儿……”

川哥儿便是嫡姐留下的孩子。她顿了顿,道:“要是不睡好,怎么有精神呢?我一个人是不安的,还得你在后面帮着我。你不帮我,还有谁能帮我?”

素膳吓得睡着了。

折绾瞧着好笑,躺在她身边,将头靠在她边上,竟也很快睡了过去。

翌日醒来的时候,天已经微微亮了。素膳端了水来伺候折绾穿衣打扮,低头小声说:“大少爷还没有回来。”

她身后还跟着两个婆子,穿得富贵,身材魁梧,很有威严。折绾对她们很熟悉。

一个是于妈妈,是死去嫡姐最得用的婆子,如今就在川哥儿身边伺候。

嫡姐是三年前去世的,如今川哥儿已经三岁,其实已经记事了。他最亲的是英国公夫人,第二亲的就是于妈妈。即便日后自己对他再好,在他心里也比不过于妈妈,甚至会为了她远离自己。

折绾沉默一瞬,又看向另一个婆子唐妈妈。

在娘家的时候,她是个庶女。庶女身边是没有婆子的,统共只有素膳一个丫鬟伺候。所以今年突然被指给劢鹤春,嫡母便把自己身边得用的唐妈妈给了她。

在上辈子,未来五年之内,她的一切都是唐妈妈做主的。唐妈妈就代表着嫡母,她做什么,唐妈妈都要管一管,一个不好,唐妈妈就告诉嫡母,叫嫡母来训斥她。

折绾记得自己彼时活得窝囊,很被妯娌们看不起。她是一点点醒悟的,又慢吞吞地反抗,终于把唐妈妈赶去庄子里。

后来,她又努力学习掌握中馈,打理国公府。十五年里,她上待公婆尊敬,下待继子和善,对丈夫尽心尽责,操持家务,从不敢懈怠。虽然也有委屈,很是辛苦,但她慢慢成为自己心目中那般稳重、有能力的人,所以并不遗憾。

只是现在重回十五岁,便发现上辈子的遗憾其实很多。比如,年轻的她为什么会甘愿受唐妈妈那么久的气呢?

折绾不愿意再像那般活了,她不愿意再活得那般窝囊和战战兢兢,她要对十五岁的自己好一点。

她站起来,对唐妈妈说:“大少爷估摸着早上不回来,我便先去山海院给国公爷和婆母行礼。”

山海院是英国公和英国公夫人住的地方。

唐妈妈和于妈妈对视一眼，很是稀奇她会主动这般说。她们来之前还笃定她一定会怯弱地问："两位妈妈，你说我是等大少爷回来再去请安，还是自己先去呢？"

两人彼时发出一阵笑，很是瞧不上折绾，结果刚来就被打了脸。

唐妈妈看向于妈妈，于妈妈点了点头，唐妈妈就道："那老奴跟着您去。"

于妈妈说："夫人刚来，昨儿个带来的嫁妆还乱得很，唐妈妈一个人忙不过来，便叫老奴来帮忙。夫人既然要去山海院，老奴就不陪着了，留下来整理您的嫁妆箱笼。"

折绾无可无不可。她提起裙摆就往外走，便有机灵的丫鬟走在前头带路。

等到了山海院，英国公夫妇已经坐在堂厅里，其他人倒还没有到。

两人也没料到折绾这么早来，让人摆了座。折绾跪下奉茶，得了两个红封。

英国公还要上值，便先走了。英国公夫人赵氏一向看不上折绾，又听闻昨晚折绾竟然还去厨房点了菜，十足的饿死鬼投胎，心里存气，眼皮子耷拉着，神色凝重。

她是不同意这门婚事的。大折氏去世之后，她本要给儿子续娶兵部尚书之女，亲事都暗中说好了，结果兵部尚书夫人也不知道从哪儿算得了她儿子八字硬，是个克妻的命数，便急急上门来暗示这门亲事不要再提。

赵氏气得要死，正好端午节折夫人上门听闻此事，顺势开口提了两家重续姻亲的事情。

赵氏不同意，但丈夫和儿子在思虑之后答应了。

她虽不情愿，却也只得捏着鼻子认下，只是这份怒火延续到了折绾的身上，看折绾做什么，她都要挑刺。

折绾瞧见了她的脸色，倒是心里有些感慨：赵氏这般神色实在是吓人，也怪不得当年的自己怕她怕得厉害，宛如老鼠见了猫。

但她彼时蠢得很，以为自己只要尽心尽力就能得到青眼，结果快到三十岁的时候才明白，人的偏见一旦形成，就难以化解。她便冷了许多心肠，只是她这个人性子有缺陷，还是看不开，憋着一口气，更加努力地打理中馈，想要谋得他人口中的一句称赞。

直到死的那一刻，她也算不上大彻大悟。不过在生死之间走一遭，也变得聪慧了许多。这辈子，她就不愿意再花费力气去讨好赵氏了。

你看不惯我就看不惯吧，既然娶了我，也不能马上将我休了吧？

虽然她现在还不清楚到底要如何活得漂亮些，但要对自己好是确定的，对自己好就要活得舒坦。她觉得在赵氏面前，不说话最舒坦。

她便静静地坐在椅子上，赵氏不说话，她也不说话。

这么会儿工夫，英国公府其他人就到了，屋子里满满当当的，又是一阵见礼。

英国公生了五子四女。其中，赵氏生下了大姑娘、大少爷和三少爷。

大姑娘自小养在太后膝下，已经去世，大少爷便是砀鹤春。三少爷如今官任江南，只留下三少夫人在家里尽孝。

其他的姑娘、少爷都是庶出。二姑娘、三姑娘已出嫁，四姑娘待字闺中，正在说亲。

二少爷和四少爷已娶妻,各有儿女,五少爷的亲事也已定下,过两年就成亲。

这一家子人算不得很多，却也不少，折绾一生与他们打交道，对他们颇为熟悉。

今日走马观花一般打了个照面，也算是相识了。又坐了一会儿，赵氏看看时辰，便叫人去抱川哥儿来。

川哥儿已经三岁了。折绾其实记不得他幼时的模样，只知晓他长大后性子清冷，跟他父亲一般，是个寡言少语之人。

她对他的心思费得最多，又是从小养到大的，所以总希望他能对她好些，可最后也没能得到他几句暖心的话。

赵氏抱着川哥儿对她肃言道：“你年岁虽小，但为人妻、为人母，便需要稳重和懂事。你这不堪大任的性子……也需要改改，否则，我难以放心将川哥儿交给你。”

折绾便恍惚想起上辈子赵氏也是这么说了一通。嫁过来第一天，她当着众人的面给了自己一个下马威。

自己当时是怎么回答的呢？怎么做的呢？

折绾想不起来了，但是她知道，自己现在该怎么做。

她站起来，轻声道：“媳妇自当尽责，只是我还年幼，望母亲帮我。”

赵氏诧异一瞬，却眉头松了松：“那川哥儿就先养在我这里，等以后跟你熟悉了再送过去。”

折绾点了点头，又坐了下去。

其实上辈子，她也没有成功地在这一天将川哥儿抱回去养。她当时不懂事，因嫡母和唐妈妈一直在教她，嫁过来就是帮着养育川哥儿的，还说要尽快将孩子带回去养，所以赵氏一说，她犹豫了一瞬，就蠢笨地接了口，说可以接回去，便又被赵氏刺了一通，丢了脸面。

折绾缓缓地舒出一口气，端起茶杯慢吞吞地喝茶。赵氏抱着川哥儿一高兴，便叫他们散了。

折绾没有跟其他人交谈，只带着素膳等人回去。

她如今住的院子叫苍云阁，名字是砀鹤春取的，院子里种着许多嫡姐喜欢的蔷薇花。屋子里的摆件也是嫡姐喜欢的，即便屋主人换了，她的东西还全部留着。

折绾对嫡姐和她的东西都没有什么怨言。相反，她还是很喜欢嫡姐的。

嫡姐长得很漂亮，也很心善。年幼的时候，她也见过嫡姐几次，次次都能从嫡姐那里得到一些吃食，还曾得到过她的教导。

别人对她好一点，折绾都能记很久，恨不得立马报答，她是愿意报答嫡姐的。嫡姐的儿子、嫡姐的物件，她都尽心尽力地去护着。所以屋子里这些东西，她也不准备换，但她想添置一些自己喜欢的摆件。

她叫素膳来，说："我在折家最喜欢的那套汝窑茶杯带来了吗？我记得带来了。"

素膳点头："在嫁妆里呢。"

折绾便叫她拿出来。素膳低头小声说："姑娘……不，少夫人，嫁妆钥匙在唐妈妈那里。"

折绾："那你叫唐妈妈来。"

结果素膳还没出去，唐妈妈便自己来了。她皱眉道："少夫人，老奴说句不中听的，您今日可是做错了，您应该争取将川哥儿带回来养。"

折绾瞧着她一副自傲的模样，觉得好笑，又自嘲地笑了笑，不与她多说："确实不中听，便别说了。"

折绾伸出手："我的嫁妆钥匙呢？"

唐妈妈半晌没回过神来。她诧异地看着折绾，仔仔细细看了一遍，皱眉道："少夫人变了。"

折绾觉得自己没变。她做事情还是瞻前顾后，还是不够聪慧。但是，她很感谢过去十五年里，不断试着变好、不断努力挣扎，即便胆小怯弱，依旧勤勤恳恳学着做事的自己。这让她至少在奴仆面前丝毫不惧怕。她甚至知晓怎么设局，让唐妈妈在半年里就去庄子。

这个发现，让她觉得窗外的蔷薇花又美了几分。她一字一顿地道："我要开箱笼取东西，你要拦着吗？"

唐妈妈微怔，碍于主仆之分，将钥匙拿了出来。

折绾："你去忙吧，我带着素膳去取就好。"

她快步朝门外走去。素膳跟着她走，只觉得心都要跳出来了。素膳不敢置信："姑娘，唐妈妈刚刚是被你欺负了吗？"

折绾笑起来："我没有欺负她。我是主子，她是奴仆。即便她是母亲派来的，也是奴仆，我让她做事情，何谈欺负呢？再者说，她还是折家的奴仆，若是由她插手英国公府的事情，来遣使我做这做那，那这里到底是英国公府，还是母亲的折府？"

她上辈子就是没想明白这个道理，所以一直被欺负。

她把钥匙递给素膳，说："以后咱们的东西只有你能管。"

素膳呆呆的："啊？那要是唐妈妈来抢怎么办？"

折绾手指头点在她的额头上："呆子，那你就来跟我说，我给你做主。"

素膳喃喃道了一句："姑娘，你变得好霸道，奴婢好喜欢。"

原来霸道一点是这般爽快。

女子嫁人，嫁妆里的陪嫁大部分是新的，但也有一些旧物可以带到夫家。折绾的东西少，所有的旧物归置在一个旧箱笼里，好找得很。

素膳将箱笼打开，把那套汝窑茶具捧出来，又顺带着拿了几件只穿了两三次的衣裳。她把衣裳和茶具往怀里一拢就准备走。

折绾却朝外头招了招手。

一个长得圆乎乎的丫鬟进来，说："大少夫人。"

折绾："你叫几个人，把这个箱子抬到我屋里去。"

她笑着问："你叫什么？"

圆脸丫鬟的眼睛眯成弯弯的月牙："回少夫人，奴婢叫蝉月。"

折绾拍拍她的手："我记得你。早间我去山海院，是你在前面给我带的路。"

蝉月欢喜地点头："这是奴婢的本分。"

折绾就笑了。蝉月上辈子也是最先来投靠她的，但这丫头没在她这里待多久就被调走了，她算不得熟悉，只记得有这么个人。

蝉月很快带着两个婆子过来搬箱笼，一行人回了正院。折绾从箱笼里拿一些喜欢的物件出来摆放。

蝉月就没出去，和素膳一块儿跟着她在屋子里忙活。

唐妈妈站在门外欲言又止，一脸愤愤不平——原来是个扮猪吃老虎的，平日里一直装着胆小谨慎，一嫁进来便装也不装了，这般嚣张！

这是大姑娘的屋子，里面摆的是大姑娘的东西，她凭什么在屋子里添置新物？

真是个狼心狗肺的东西。

折绾不经意间转头看见唐妈妈的脸色，倒是不在意。唐妈妈的心思，她懂。她不仅懂唐妈妈的，还懂很多人的。她们都觉得她鸠占鹊巢，她自己也是这般觉得的。所以惶恐不安，所以战战兢兢，所以用十五年去费心对待她们。直到现在，她依旧觉得自己占着嫡姐的便宜。

这锦衣玉食，这高门大户。

但她已经报答过一辈子了。上辈子，在这个屋子里，她直到很多年后才添置自己喜欢的东西。

折绾怔怔一瞬，回过神，坚定地将手里的一串木雕彩绘的紫藤萝花放在博古架上。又放了一串玉珠子，这是便宜货，但贵在珠子是她自己打磨的，所以她很是喜欢。再就是一个净瓶，她喜欢在里面插些时令花草。

东西没放几样，但博古架上的格调瞬间失去了原本的古朴庄重。她笑了笑，没在意，继续放自己的东西。

这个屋子是她的，劭鹤春此后几年很少来院里，她想按照自己的喜好摆设。

她还记得他年后就要出远门了。年后江南起了水患，更有灾民造反，他被派往江南赈灾平叛，大概一年后才回来。听闻这场灾难死了很多人。

折绾当时过得也不好，但听闻此事，还是为那些死去的人哭过一回，捐了自己好不容易攒起来的私房银子。

劭鹤春上午就回来了。

折绾正在摆茶具，刚要起身，便看见他大步流星进来，剑眉星目，身姿颀长。

折绾发现，比起十五年后的他，现在的他更意气风发。

两人也不是第一次见面，之前说亲的时候，也是隔着帘子见过几次的。劭鹤春径直坐下，折绾便也没站起来，只坐在原地喊了一句“夫君”。

倒是劭鹤春不习惯这个称呼。他咳了一声，因生性肃穆，即便是开口解释，语调也算不得温和：“昨晚圣上召我进宫太急，委屈你了。”

折绾已经习惯了他这副样子，她点头：“圣上的事最大，谈不上委屈。”

劭鹤春的眸光突然转向变得不伦不类的博古架。

折绾也跟着看了过去：“我已经去见过父亲母亲，回来闲着无事，便将旧物拿出来归拢了一番。”

她说话声音很柔和，头也半低着。劭鹤春看不见她的神情，不知道她到底是怎么想的，但也没有多加责怪，只是心里觉得她果然是个庶女，到底不如嫡女一般精心教育过，审美……实在上不得台面。

但也不是大事。他不想在这些小事上跟她有矛盾。等了等，见她依旧什么话都不说，他有些头疼。

虽然之前岳母说过折绾是个安静的性子，但安静不等于不说话啊。

劭鹤春虽然也不喜欢说话，但修嘴没修心，嘴上不喜欢多说，心里的想法却多。又等了一会儿，见她还是一副闷闷不开口的样子，他忍了忍，没忍住，主动道：“我来之前先去看了父亲和母亲。母亲说，你怕自己年幼养不好川哥儿，便先放在她那边？”

折绾轻轻点头：“嗯。”

劭鹤春眉头都要拧起来了。他自己就是个寡言少语之人，如今碰见一个比他话更少的，实在是难以适应。

他跟折绾的大姐折琰也算是相敬如宾，美好夫妻。在他的记忆里，折琰是个端庄大方、走到哪里都是众所瞩目的人。她做事样样俱到，品位也合他心意，把院子打理得很是赏心悦目，即便遇见问题，也是主动有商有量，从不让他有后顾之忧，他每每想说什么，她已经先提出了，不用他多虑。

阿琰死后，他也难过了很久，对夫妻之情看淡了些。所以因政见不合，兵部尚书家突然不愿结亲，岳母提起让折家小七嫁过来做继室，他跟父亲商量之后，也觉得合适。

英国公府如今已经如同烈火烹油，不需要再有一个强势的联姻引起圣上等人的猜忌，折家岳父只是礼部侍郎，正合适。再者说，折绾是川哥儿的姨母，岳母说她素来心善、温和、娴静，是从小看到大的老实人，又知根知底，将来对川哥儿一定是好的。

这门亲事就定了下来。

近来他忙着对付政敌，对折绾这个人倒是没怎么在意。

但是现在一瞧，根本沟通不了。娴静是娴静，一句话都不说的静。是因为还不熟悉，所以胆子太小了？

他今年也有二十五岁了，步入官场虽然才四年，但身居高位，养出来的威严足得很，因头疼得紧，说出来的话便更加肃穆："对于川哥儿，你是怎么想的？"

素膳站在一边都要哆嗦了，折绾却习惯了他这副语气，她还是那般轻轻地说："等以后熟悉了再接回来。"

一个多余的字都没有。

劭鹤春大概懂了她的性子，无奈地开口解释："也好。即便你现在去接，母亲怕是也不会放人。她怕你照顾不好，也怕川哥儿跟她生分了，既然这样，便先在母亲那边待着吧。"

低着头的折绾僵了僵。原来他也懂，但他当年任由她想尽办法去接人。

只是上辈子没解释的话，这辈子怎么就突然说了？

她略微不懂，也不愿意去懂。她对劭鹤春没有什么怨恨，也没有什么喜爱。但她还是很敬佩他，他是个大家都赞赏的聪明人。折绾对聪明人很是羡慕，他们总是能让自己活得很好。她也要学着做一个聪明人。

她点点头："是。"

劭鹤春便结合传闻中她的性子和今日见的这一面给她下定语：审美不好，教养不够，口齿不伶俐，胆子……不知道算不算大，第一日进门，竟然已经怡然自得地开始布置起屋子了。

他又看向已变得丑陋不堪的博古架，无奈地摇了摇头。

不过，虽有万般不好，相貌却是十足好的。整个京都城里，比她相貌更好的也没有几个。只是她喜欢低着头，性子软弱，便叫十足的好相貌去了五分，一张脸变得寡然无味。

劭鹤春也失了跟她说话的兴趣，站起来，说："我还有事，晚间再来吧。"

折绾应了一声，将人送走。

待他一走，素膳连忙将门一关，把蝉月也送了出去，关起门来哭道："姑娘，这可怎么办啊？大少爷看起来生气了。"

折绾笑着宽慰："没事的，他的脸一直很臭。"

素膳："姑娘刚刚该热情一些，该多说几句的。"

折绾却想，邴鹤春此人，心焐不热的，最是冷情薄意。

按照上辈子的时间来算，他这时候是看不起她的。既然他看不起她，她为什么又要上赶着拿热脸贴冷屁股呢？以前他寡言少语，她便费尽心思想多说一些来暖场，可最后又得到了什么呢？如今，她只想尽可能地让自己活得自在些、快活些，不愿意在意他高不高兴了。

折绾自己有所悟，便小声劝慰素膳：“你别担心，再怎么着，也不会休了我啊。”

素膳大吃一惊，一时间被一个“休”字震住，不知道该说什么了。

折绾摸了摸她的头，像安慰孩子一般安慰她：“他如今已经被人说克妻了。”

素膳捂住嘴巴，不让自己尖叫起来，好一会儿才哭着问：“克妻？姑娘，咱们走吧，宁愿饿死，也不要被克死啊。”

折绾感激素膳第一个念头竟是叫她跑，心里更加熨帖，道：“我不信神佛之事……”

但这话刚开了头，又止住了。她确实不信神佛，但她现在重活一世，世上当真没有神佛吗？

她不敢乱说了，转了话道：“我不信克妻之言……”

结果刚起了头，也止住。为什么不信呢？她上辈子三十岁就死了啊。她都死了，邴鹤春还活着呢。他是不是真的克妻啊？

如今都嫁过来了，就算克夫之言是真的也晚了。她叹息一声，道：“咱们都好好地活吧，活得长长久久，咱们都不要早死，不然辛辛苦苦谋来的东西，又是一场空，什么都享受不了。”

她怔怔道：“素膳，你不知道，昨日我做了一个好真好真的梦，梦见你二十七岁就死了，我三十岁也死了。我们在这个大宅院里战战兢兢得来的一切都没了。”

素膳已经吓得如同一只呆雁，紧紧依偎着她，颤抖地问：“姑娘，那咱们该怎么活得长长久久呢？”

折绾：“得养生，不能太过操劳。”

素膳：“要不要吃补药？吃补药，分例该从公中出吧？”

折绾：“肯定的，但也可以从大房出。邴鹤春这个人虽然冷冷的，但给银子应该很大方，咱们缺什么，就该从他那里要。”

素膳傻眼：“这样好吗？会不会被大少爷看不起？”

折绾带着些自嘲道：“有什么可看不起的。我都要被克得没命了，要他点银子，凭什么被看不起？夫妻一体，我替他操持家事、养育川哥儿，从无二心，为什么还要抠抠搜搜地活？他就该给我银子，我也可以理所应当地用他的银子。”

她就是太傻了，当年才会跟素膳一般，觉得自己出身不好，他又一脸看不起她的样子，常常对她冷言冷语，所以她拼命想要厚敷一点脸面在身上，希望他看得起自己，希望英国公府看得起自己。

新婚的女儿家，总是多想的，总是想要多一些体面。但现在想来，嫁都嫁了，苦都苦了，凭什么不用他的银子呢？

她说："素膳，你说得对，我自然该吃点补药。不仅我吃，你也吃，我们一起长命百岁。"

（二）

邴鹤春回到书房，便叫来贴身小厮松亭，问及昨日晚间进宫之后府里发生的事情。

松亭毕恭毕敬地道："您走之后，年少的客人们都很惊慌，怕宫里出大事，于是坐立不安、交头接耳。年岁大一点的好像猜出了什么事情，跟国公爷和其他几位少爷不断吃酒，并无惊讶。"

邴鹤春："年少之中可有稳重的？"

松亭想了想说："有的。云州莫家将军的七少爷倒是很沉稳，一直安静地吃菜，才十五岁。"

邴鹤春这次成婚，请客也很有讲究。年轻一辈之中，除去相熟的客人，他还请了一些想要结交的年轻武将。一听这话，他便点了点头："我知晓了。"

松亭刚要走，邴鹤春却突然想起了折绾。他问："少夫人那边呢？可有受惊吓？"

松亭的神色就奇怪了起来："不知。但是……少夫人昨天晚上叫人去厨房点了三四个菜，吃完之后便洗漱睡下了。"

邴鹤春便不知道要如何评价她，但听起来她是个自安其乐的人。

他摆了摆手："我知晓了。"

他一说这句话，便是要自己静一静的意思。松亭转身离去，刚出书房院子没几步，便看见少夫人身边的素膳朝厨房走去，而后被唐妈妈叫住了。

唐妈妈脸色不好地训斥了她几句，松亭离得远，听不见她们说什么，但瞧着应该不是什么好话，唐妈妈脸上一团团戾气聚着，好像要将人生吞了般。

等素膳抬起头的时候，眼睛已经红红的。

松亭不自觉地皱了皱眉头。他是自小跟着邴鹤春的，如今也有二十五岁，性子稳重、心有城府，昨日一眼就瞧出素膳的性子软弱可欺，跟少夫人差不多模样。折家派这般厉害的妈妈来，怕是想要架空少夫人，但这也不关他的事，便也没插手，自去忙活自己的了。

等忙完了手里的事情回书房时，便见素膳带着蝉月及几个小丫鬟，一人提着一些妆奁往苍云阁走。

他眯了眯眼睛，只当没看见。

素膳高高兴兴地将嫁妆里的妆奁放到桌子上，跟折绾道：“少夫人，按照你的吩咐，取了这几套金银和翡翠的首饰。”

折绾低头瞧了瞧，满意地笑了笑：“嗯，就这几套好看点。”

蝉月：“少夫人，奴婢会梳头，明日给您梳一个牡丹髻吧？用这套金簪必然好看。”

折绾却想也不想地摇了摇头：“太重了，脖子累得很，我不喜欢，简单一点就好。”

蝉月：“堕马髻呢？”

折绾：“也不好，还是重。”

蝉月：“那就简单绾……梳个发髻吧，奴婢也梳得好看。”

折绾笑着应下，道：“你不用避讳我的名字。”

蝉月真心实意地道：“您是我见过的脾气最好的主子。”

折绾摸了摸蝉月的头。她如今看这些小丫鬟都跟看孩子一般，还是很宽和的，道：“你去歇息吧，我也要睡会儿。”

蝉月点头。她欢喜新夫人好说话，看着温温和和的，想来不是个严厉之人。又瞧着她待素膳跟亲妹妹一般，便羡慕得紧，想着提前站队，也好能先得她几分情义，以后就日子好过了。

蝉月从善如流地出门，便被唐妈妈瞪了一眼。蝉月缩了缩脑袋，快步走了。

她知道少夫人是庶女，唐妈妈是折家嫡母派来的，两人定然有些合不来。也见过唐妈妈看少夫人的眼神……实在是算不得恭敬。但少夫人虽然看着柔婉性子弱，可唐妈妈也没在她那里得了脸，早上被拿了嫁妆钥匙，中午回来就添置了自己的行头，如今还去找唐妈妈拿了嫁妆单子，去取里面的妆奁。

唐妈妈眼睛都要冒火了，因此被她瞪一瞪，也不亏什么。且少夫人看着有成算，那她也就有成算。蝉月安安心，转头道了一句：“唐妈妈，您吃什么？奴婢正要去厨房领糕点。”

唐妈妈心里不痛快，但她不是莽撞的人，没查清蝉月的底细，可不敢胡来，便皮笑肉不笑地道：“我不过是个奴婢，可不敢将主子的吃食进嘴。”

蝉月“哎”了一声，拿腔拿调地道了一句：“您是个规矩人。”

“规矩人”三个字刺了唐妈妈一瞬，她阴阴地看了蝉月一眼，再不说话了。

屋子里，素膳捂着嘴巴笑：“蝉月好大胆啊。她这般厉害，唐妈妈不会怨恨上她吗？”

折绾：“你看着是个胆小的。胆小这条路，她不跟你争着走了，便要告诉我她胆子大，什么都不怕。”

但也确实太大胆了。她道：“我还要打听打听她跟长姐有什么恩怨没……”

只有长姐的人再不会用蝉月，蝉月才敢第一天就这么大胆地投靠自己，还敢得罪唐妈妈。

但她确实不太记得蝉月这个人了。上辈子蝉月投靠来的时候，自己为什么没有查一查呢？她不免很是后悔。

素膳小声道："姑娘，你又是添置东西，又是动嫁妆，唐妈妈怕是恨透了咱们，咱们该怎么办啊？"

折绾："那就把她赶出去。"

素膳有些害怕，又有些跃跃欲试，更带着一种复仇心态，瞪大了眼睛："怎么赶？"

折绾："很简单的。你看着吧，一个月之内，我让她自己离开。"

她拍拍素膳的手："且让她嚣张。她越是嚣张，越是看不惯我，越会自乱阵脚。她不是什么很要紧的人物，也不是什么难以对付的大人物，素膳，你不要怕她。"

素膳也想不怕，但十几年都是这般怕着过来的，一时半会儿改不了。她很是崇拜折绾，说："姑娘，你真厉害，刚嫁过来就想通了这么多事情，真是太聪明了。"

折绾就笑起来："你是第一个说我聪明的。"

她看向窗外："不过聪明人有聪明人的活法，笨人也有笨人的活法，努力活得快活一些才是值当的。"

所以她又让素膳去叫小丫鬟进来，去厨房点药膳。

如今站在她门口的这几个小丫鬟，她其实对她们印象都不深。记忆里，她们也跟蝉月一般，很快就离开了苍云阁，但她们去哪里了，她依旧不清楚。也许年轻的时候是清楚的，但不是很在意，年岁大了都忘记了？

折绾若有所思。

唐妈妈私下去找了于妈妈。她气得牙齿都是抖的："果然这世上姨娘养的哪里有胆小老实的！你是没瞧着她的轻狂样，让她住在大姑娘的屋子里，是叫她记得大姑娘的恩德的，她却一来就添置东西。她那些上不得台面的东西连我都看不上，真是蠢货，丢了我们折家的脸！"

于妈妈也皱眉："她今日也不提接川哥儿过去的事情。"

唐妈妈："她要是老实人，咱们撺掇她去国公夫人面前要川哥儿，她必定答应。这般一来，国公夫人肯定厌恶她，也不会将哥儿给她。但这会子，她机灵得很，也不去要川哥儿。那以后就是将川哥儿要来了，她这般猖狂，咱们敢给她养吗？"

于妈妈道："她毕竟是主子，你在她那边，可千万别跟她硬碰硬。且先忍这几天，等到三朝回门的时候，你偷偷问问夫人该怎么办。"

唐妈妈愤愤不平："我记住了，我没跟她硬着来。老姐姐，我先回去，不然她又要作妖。”

等她回了苍云阁，里面一阵阵香味往外面冒。她忍了又忍，抓了个小丫鬟问：“这才下午，怎么就吃上了？”

小丫鬟：“唐妈妈，是药膳。少夫人叫我们去厨房点了扁豆粥。”

唐妈妈：“扁豆粥？”

小丫鬟记性好，笑着道：“是。少夫人说，让厨房用白扁豆半斤、人参二钱，用火煎熬出汁水，再用粳米熬粥，混合一锅，说是能让人精神头好些。”

唐妈妈听见“人参”二字的时候，已经气得胸口起伏了。她摆摆手：“你先下去吧。”

小丫鬟笑着走了，等到了偏僻处，她朝另一个小姐妹努努嘴：“少夫人和和气气的，素膳姐姐也给我们果子吃，唯独她张牙舞爪。”

她探出头朝正屋看了看，正好看见唐妈妈进去，她“啧”了一声：“少夫人也没叫她进去，你瞧，她自己来去自如得很。”

房中，折绾正带着素膳喝扁豆粥。成婚是最累的，怎么也得补补。如今有扁豆，用来熬粥最好不过。

唐妈妈进屋便冷着脸说：“少夫人去取嫁妆里的妆奁了？”

折绾没理她。

唐妈妈深吸一口气：“少夫人还叫人用人参做粥？”

折绾还是没给她眼神。

唐妈妈冷笑：“少夫人是折家的姑娘，前头的少夫人也是折家的姑娘，先少夫人好不容易光扬了我们折家女儿的脸面，少夫人刚来了一天，便全丢完了。”

折绾见她提及长姐，倒实在地说了一句良心话：“长姐确实劳心劳累，常常子时睡三更起，所以亏了身体，肝肺受损，气血不足，不堪重负。长姐在世的时候，我也曾聆听教导，她跟我说，世上什么事情都没有身子重要，你瞧，我这不是听话地养身体了吗？”

唐妈妈听得极为恼怒：“你放肆！”

在她的心里，折绾不配提及自家大姑娘。

折绾一点也不生气，一边用勺子搅拌扁豆粥，一边轻声道：“你才放肆呢。你是个奴才，这么跟我说话，才是最不应该的。这是第一次，我不跟你计较，再有下一次，我就要告诉母亲了。”

她说话还是那般轻轻巧巧，即便是威胁的话，也让人生不起敬畏之心。

唐妈妈弄不懂她说的母亲是自家夫人还是英国公夫人，但都嗤之以鼻：“少夫人尽管去说。”

顿了顿，她又道：“老奴来这里，只是想告诉少夫人，老奴虽话语直，但到底是折家陪嫁来的，跟少夫人站在一边，有什么事情，也只为少夫人考虑、为折家考虑。例如川哥儿，您若是再不接他回苍云阁，从小教导，以后他怎么会亲近您呢？您推迟一天，国公夫人就会养着川哥儿一天，一天又一天，川哥儿早就不记得您了，这事情，实在是宜早不宜迟。再有中馈之事，您是大少夫人，理应管事，让三少夫人掌管着，算怎么回事？到时候多少人笑话您烂泥扶不上墙！”

她啰啰唆唆，理直气壮，折绾耐心地听了半晌，突然十分可怜从前的自己。

该是多么懦弱，才让这么一个毫不掩饰的狂奴压在头上啊。

实在是可怜，她要加倍对自己好才是。

唐妈妈气得一晚上没睡。她之前想过新婚后折绾会如何求她，或求她教怎么去跟国公夫人提接川哥儿回来养的事情，或求她教怎么跟国公夫人提掌中馈的事。她都想好怎么撺掇折绾了。

唐妈妈翻了个身，思绪万千。

折家子嗣多，折绾排行老七，是姑娘之中年纪最小的。她是个老鼠胆子，心眼实在，最好拿捏不过。所以夫人把她交给自己的时候，她便一口答应了。

“老奴必定看好了她，不让她欺负了川哥儿，也必定照顾好川哥儿，让他跟您亲热。”

但她打了包票、拍着胸脯保证的事情，似乎在第一天就失去了掌控。

折绾变了，变得让人猝不及防。

即便是要变回本来的猖狂面目，这也太快了吧？再怎么样，也该装上一两个月。难道她以为嫁进来就万事大吉了？就不用折家做底气了？

唐妈妈嗤笑，觉得果然是庶女，目光短浅，不知道大家族里行走艰难。她以后迟早是要回去求夫人的，那就要求到自己这里来。

唐妈妈深吸一口气，看看天，才微微亮，但主屋里已经亮了灯。她赶紧起床，准备候在门外，在大少爷面前露个脸。

素膳正端着热水过来，瞧见她就吓得抖了抖，喊了一句“唐妈妈”。

唐妈妈很满意她的态度，得意地挑眉：“少夫人起了没？”

素膳大着胆子道：“没起。大少爷说不用叫少夫人起来。”

昨日大少爷和少夫人圆房，虽迟了一晚，但也是正经的夫妻了。素膳的底气都足了些，道：“是大少爷不让少夫人起来的。”

唐妈妈冷眼瞧她：“大少爷新婚，有三天假呢，今日不用去上朝，起这么早，是要去做什么吗？”

蝉月正好出来，笑着道：“妈妈真是个细致人，什么都要打听清楚。但我们两个笨人，确实不知道主子的心意，不知道大少爷要去做什么，不如去问问松亭哥？他应当是知道的。”

唐妈妈被怼了一句，却也适应过来，折绾和她新笼络的这个小丫鬟不是好欺负的。她“啧”了一声道：“不过是问了一句，也是为了少夫人好，你倒是上赶着来说一通。”

她看向蝉月：“我也要问问其他的妈妈，你是哪家的、家里还有什么人，怎么口齿伶俐成这样。”

蝉月：“妈妈尽管去问。我虽是外面买来的，却也是自小就买了来，身家清白得很。”

三人在门口也不好多说，素膳拉着蝉月走远了，小声道：“她是不是在威胁你，所以才问你的家人？”

蝉月笑吟吟道：“素膳姐姐别怕，我家里人早死光了。”

她是光杆一个，谁也不怕，除非唐妈妈能威胁到阎王爷，不让她死去的家人投胎转世。

她捂着嘴巴笑：“那她也要死了才能去威胁阎王啊。”

素膳痛快极了！

屋子里，劭鹤春看向还在睡的折绾，又微微蹙眉。阿琰是个端庄且负责的人，只要他起来，她必定是要起来的。他以为这是夫妻之间应当之事，今日瞧见折绾，才知晓还有赖床的。但这也不算什么大事。他又如此对自己说：折绾才十五岁，还是个孩子脾气，不起就不起吧。

他又忍了忍，到底修嘴没修心，学过的规矩还在骨子里刻着，不能什么都不说，只能主动开口道：“我要去书房看书，咱们吃过早膳，再去母亲那边请安。”

折绾“嗯”了一声，迷迷糊糊地又睡了过去。

她太累了，一晚上光怪陆离，有时候在前世，有时候在今生。等睡醒的时候，她拿出一串钱跟蝉月道：“跟厨房说，要一碗肉馄饨、一碟虾饼，还要一个面老鼠。若有厨子出来说自己会做，便把钱给他。这菜不好做，得给辛苦钱。”

蝉月疑惑地应下了，去厨房一问，便有一个管案板的李师傅笑着道：“大少夫人点的虽然简单，但大早上的，稍微油腻一点都不行，须好消化，不油腻，味道不能太重，还要新鲜，一般人可做不好，必须我亲自来做。”

这门手艺，他几乎不曾露出来过，倒不是不愿意，而是满府的主子里没人爱吃。不爱吃，他就要坐冷板凳。如今时来运转，新大少夫人竟然爱吃他的拿手菜，他就知道机会来了。今日大少爷必定是和大少夫人一块儿吃早膳的，大少夫人吃，大少爷吃不吃呢？

他便赶紧准备起来，还跟蝉月道：“别看这面疙瘩简单，还叫什么面老鼠，但做起来可不容易。先要用热水和面，这热水啊，热一点冷一点，都出不来这个味。再要熬最好的鸡汁，等到翻滚的时候，便用筷子夹面条进去烫，再加活菜心提鲜，才有一些滋味。”

鸡汁是现成的，厨房里一直熬着，便只要和面就成了。李师傅又去做虾饼，用生虾肉，以及葱、盐、花椒，加上甜酒少许，把面和上，再用香油灼透，便算是好了。

最后的肉馄饨是最好做的。他忙活了一早上，将早食交到蝉月手里，笑着道："姑娘，好吃不好吃，还请你有空的时候跟我说说，咱们还能改。"

蝉月暗地里递给他一串钱，说："来之前少夫人给的，辛苦您了。"

李师傅可不敢要，蝉月笑着道："少夫人别的不爱，只在吃食上精细，以后还要麻烦您的时候多着呢。"

李师傅这才心热地接了。

等人走了，有人笑着道："老李，你这是要出头了？"

李师傅摆摆手："去去去，拿我取笑什么。"

但谁不愿意出头呢？

折绾这辈子就不爱出头了。她把早食摆好准备吃，没管劭鹤春，但劭鹤春不请自来。

他向来喜欢吃清淡点的饮食，瞧见肉馄饨和虾饼就不喜欢，觉得油腻。可他今日确实是想跟折绾一块儿吃，这是给她脸面，毕竟新婚，不能让她没脸。于是他也不好重新叫菜，只觉得她这边的下人都不机灵，难道之前不知道去打听打听他喜欢吃什么？

折绾不懂事，连奴仆也没有一个懂事的。他心中不满，见她一味地吃，也不招呼自己，便叹息一声，盛了一碗面疙瘩，皱眉吞咽。

味道竟然还不错，称得上美味。他刚要夸上一句，便见折绾拿了一个虾饼吃了起来。

她吃得轻，一点点嚼，但吞咽的速度不慢。虾饼做得很薄，也不大，她很快就吃完了。

劭鹤春一愣神，手上已经拿了一个虾饼。折绾依旧没有抬头，只吃自己的。劭鹤春犹豫了一瞬，还是将手上的虾饼放进嘴里。也很不错，一点也不油腻。

他不禁对肉馄饨也产生了兴趣，等吃完一碗热乎乎的馄饨，感兴趣地问："这是哪个厨子做的？"

折绾这才回了一句："不知道。"

她又喊蝉月进来："大少爷问这是哪个厨子做的早膳。"

蝉月恭恭敬敬地答："回少爷、少夫人的话，是大厨房的李师傅。"

劭鹤春也知道家里几个厨子的姓名，但都没有姓李的，道："拿五两银子给他。"

蝉月转身出去。

折绾趁机说："这个小丫鬟很机灵，我想留下来做大丫鬟。"

劭鹤春向来不爱管后宅这些琐事，但她身边的人实在是愚笨。他顿了顿，耐着性子跟她说：“你身边确实没有一个像样的。”

他又想起她从前的身份，便知道折家对庶出的女儿不上心，问：“你只带了一个小丫鬟过来吗？”

折绾诧异他竟然会知道这些琐事，邠鹤春却已经继续说了：“我瞧着你身边有个妈妈，还算是能唬住人。”

折绾想了想：“唐妈妈吧？她不听我的。”

邠鹤春没想到她竟然如此直白，他偏过头去看她，只见她依旧温温柔柔的，好似不知道自己说了什么令人诧异的话，轻柔地笑着道：“那我留下蝉月做大丫鬟可以吗？”

自然是可以的。他只是再一次诧异她的直白。

她竟然是个说话如此直接的人吗？他之前听闻她的性子怯弱，这是谣言？或者说，因为怯弱，所以在他面前不敢说瞎话？

邠鹤春斟酌了一瞬：“你院子……以前的奴仆都调走了，人都是新进的，这些人可以用，至于怎么用，你自己做主就好。”

折绾呆了呆。她没想到还有这么一出，她上辈子一点儿也不知道。

她呆愣了一瞬才明白过来，道：“多谢你。”

这应该是邠鹤春的手笔。要是院子里全是老人，那她的路就更难走。

她发现自己也不是很了解年轻时的邠鹤春。他在这个时候，似乎也默默为她做了点事情，是怕她镇不住场子吧？

至少比中年的邠鹤春要好说话很多，也有良心许多。

她吃下最后一个虾饼，准备抓住他年轻时最后这点善心：“那院子里其他人，是你给我留的人，所以可以放心用，对吗？”

这句话有点怪怪的，还藏着一些她的小心思。邠鹤春没有怪罪，也没有细究。他点头：“是。”

折绾：“我知晓了。”

然后就没再说话。

邠鹤春直到快跟她一块儿走到山海院的时候，才发现她那句“我知晓了”的语气和习惯，简直跟他一模一样，什么时候学的？

他有些啼笑皆非，觉得折绾学人的举止十分可笑，学他的语气和神态做什么？

折绾却没意识到这点，她只是习惯性地说这句话。她还在默默感慨邠鹤春的傲慢。

上辈子，她一直谨慎小心地跟他相处，事事尽心尽责、迁就讨好，但后来发现根本没用，他根本不在意她的用心。于是在最后几年，她依稀记得是在素膳死后的那一年，她看得开了一些、顿悟了一些，跟他这般冷情冷肺之人，说话也变得直来直往了。她要什么，不再委婉、不再犹豫，也不再刻意讨好，而是告诉他：我想要。

没想到摸对了路。他自诩是个君子，且拥有的实在是太多了，所以她要的一星半点，他根本不在意，随她去拿。

慢慢地，她好似就觉察出了跟他的相处之道，直来直去最好。他看不起你的时候，你委婉谨慎、努力周旋，他还笑话你城府不深、聪慧不够。他是个自傲极了的人，这般的人，十五年来，也是有跌落尘埃之时的。折绾想起他被幽禁在国公府里颓然的模样，突然就觉得他其实也不是什么大智慧者。

她思绪一顿，不禁又想：若是聪慧被分为先天聪慧和后天聪慧，他聪明成这般模样，却还能被关起来，马失前蹄，那自己呢？

自己虽然愚笨，但多活了十五年，拥有了许多见识，再跟他一块儿站在这里，能不能算后天智慧，能不能与他比一比呢？

这个念头一出，她瞬间颤了颤，觉得血液都灼热起来。

折绾一直觉得自己不聪明。一旦有了这个认知，遇见大事便不敢自己拿主意，拿了主意怕拿错主意，即便是主意已经证明是个好主意，她也担心以后会不会变成坏主意，所以她一直习惯听别人的。

即便是重来一回，她对以往的旧事敢拿主意了——比如说敢对付唐妈妈、敢不把川哥儿接回来，但她觉得这都是旧事，已经发生过了的，事事都有痕迹，所以她敢这么做。对没发生、没有尝试过的事情，她依旧没敢去想。

她痛恨这般的自己，也羡慕如同刕鹤春这般天生聪慧有胆气的人，她希望自己也成为这般的人。

只要一想到这个可能，她便不自觉地笑了起来。她是个素来柔和的人，突然发笑也不突兀，更显得整个人笼了一层柔光。刕鹤春不明白她是怎么回事，但也没有问。

他真不是个话多的人，除非碰见比他还话少的人。

于是进了山海院，折绾一味地低头不言不语，夫妻一体，他在母亲的注视之下，只能开口说了一句："明日三朝回门，川哥儿也跟着一块儿吧？"

英国公夫人赵氏没好气地看了他一眼："自然是跟着。"

好嘛，一个儿子已经够沉默寡言了，又来了一个更加不说话的儿媳妇。她当初就不该同意这门婚事！

赵氏恨恨道："川哥儿跟着你们去，我是真不放心，待会儿我就将婆子配齐了帮着，好歹能中用。"

这话自然是在点折绾无用。刕鹤春皱眉，认为母亲过于苛责。他转头去看折绾，却见她无动于衷，脸色一点儿没变，正默默端着一碟已经剥好的石榴吃。见他看过来，她便抬起头看了他一眼，然后又低下头去吃石榴，好似根本没懂母亲在点她。

这就是有一个年幼之妻的坏处了。她什么都听不懂，你让她现在做什么呢？

他只好深吸一口气，道："母亲，川哥儿身边本就有婆子，不用你多加人手的。"

赵氏没忍住，偷偷翻了个白眼。

没一会儿，其他人也来了。男人或上值，或去学堂读书了，来的都是少夫人们和四姑娘。

三少夫人掌中馈，笑着道："我来晚了些，厨房里出了件小事，我去看了看，还望母亲勿怪。"

二少夫人和四少夫人都是庶子的妻子，平日里互相照料。她们彼此看了一眼，露出一个微妙的眼神。倒是四姑娘本来安安静静地坐着，突然瞧见新大嫂朝她笑了笑，像是示好，便也回了一个笑脸。

她是个坐着安静动起来却活泼的姑娘，因开了笑颜，于是凑过去主动问了一句："大嫂嫂喜欢吃石榴吗？"

折绾"嗯"了一声。

四姑娘是个好姑娘，折绾很喜欢她，只可惜她出嫁之后，两人便没见过面了。折绾轻笑着，道："榨汁做成乳茶最是好喝。"

四姑娘也是个爱吃的，马上说了石榴的三种吃法，两人便算是结识了。正要多说几句，就听三少夫人道："正好大哥也在这里，我要交个底，如今新嫂嫂也已嫁进来了，这管家的事情，怕是要嫂嫂接过去才行。"

她一直笑着，像是毫不在意，但脸上的神情还是露出了一丝半点的胜券在握，丝毫不惧怕今日这中馈会被夺了去。

刕鹤春是宫中和朝堂里走出来的人，哪里还看不出三弟妹的心思。他又情不自禁地去看折绾，想看看她的想法，却见她还是低着头，在吃石榴，好像不懂三弟妹在挑衅她。

这般的人，三弟妹确实不用担心中馈被抢了去。他心里叹息一声，又开始头疼，不知道自己该不该帮着折绾说话。若是她表现出一点点争中馈的样子，那他自然要私下里跟母亲说一说好话，等她掌中馈之后，他便可以甩开手随她去做，什么都不用管了，不管她做得好不好都行。毕竟她年纪小，有的是时间可以练手，且还有母亲帮着，不会出什么大错。

但她……除了老实，今日瞧着好像还比较愚蠢，这就让他不得不多帮着做很多事情。刕鹤春第一次觉得这门亲事也许真结错了。

他又耐着性子等了等，等到母亲都瞟过来看好戏的眼神，终于忍不住道："母亲怎么看？"

赵氏的不满都要溢出来了："你媳妇还年幼，还是先让她熟悉熟悉咱们家再说吧。"

她又看向三儿媳妇："你且替你大嫂嫂辛苦着。"

三少夫人笑着点头："是，我听母亲的。"

折绾眉头都没有皱一下，从头到尾都没有。等到散了场，她跟着邡鹤春回去，发现他脚步飞快，她根本赶不上，便不赶了，她带着素膳和蝉月慢慢走。

素膳着急："少夫人，大少爷看着像是生气了。"

折绾"哦"了一声，笑着道："没有，我又没做错什么事情，他生什么气。"

素膳和蝉月都没有跟着进堂厅，自然不知道里面发生了什么，但就是这般才更加着急。

素膳都要跳脚了："刚刚肯定发生了什么！"

折绾："是有一件事情。三少夫人说要把中馈交给我，母亲说不用交，还让她管。"

素膳和蝉月一听，立马就开始猜测："难道是大少爷不满国公夫人拒绝给你中馈？"

"难道是大少爷不满三少夫人？"

折绾："也许？"

她摸摸素膳的头："那就不是咱们该管的事情了，你们都不要声张。"

素膳吓得点头，蝉月却若有所思地看了折绾一眼，什么都没有说。

等转过拱庭，邡鹤春竟然等在前面。折绾犹豫了一瞬，上前跟在他身后。他才继续走，一边走，一边叫退仆从，让他们远远跟在后面，然后面色肃穆地道："方才三弟妹交给你中馈，你为何不说话？"

折绾诧异地看向他，眉头轻轻拧起："你是想我接中馈吗？"

这明明是不可能的事情。三少夫人不过是意思意思，提一提，赵氏不会同意，最终还是不会给她的。她上辈子没明白这个道理，三少夫人一提，她就应下了。然后被赵氏一顿奚落，大概意思是她什么都不会，还是先哪里凉快哪里待着吧。

年岁大了之后，折绾已经不记得嫁过来第二天被奚落了。但今日走进那座堂厅，她自然而然地就想起了那种恨不得一头钻进地缝里的滋味。

后来，她很努力、很努力地才让自己把头抬起来，很努力、很努力地把那些丢掉的脸面一点点地捡起来。但她这般努力地去捡，等她以为终于可以抬头的时候，别人其实已经不在意此事了。

比如三少夫人。年轻的时候，两个人一直别苗头，可等到她把脸面捡得差不多，三少夫人却已经不在意什么中馈，不在意那些两人之间的小矛盾，甚至能潇洒大方地说一句："阿绾，现在想起来咱们年轻的时候，真是好笑得紧。"

折绾当日回去就坐在临窗的榻上，发了很久的呆。

——她好不容易捡回来的脸面，以为自己的脸上完完全全了，但人家已经轻舟已过万重山。

这般滋味，实在是不好受。

从那日之后，她发现自己又要跟着她们的步伐再次修炼一门本事：释然。

这真是比捡脸面还难，她现在还没修炼好。

折绾叹息一声，低低地道：“即便你想让我接中馈，但我什么都不会，母亲不会让的。还是给三弟妹吧，她做得挺好的。”

刕鹤春听见这话，眉头总算是松了松。

还好，不是太蠢，还算是知晓事理。

都已经开口问了，他就耐着性子教导：“那你应该拒绝母亲，而不是不开口说话。”

折绾便觉得年轻的刕鹤春确实跟记忆里的不一样。她记得，他当时没有管此事，也没有这么多话。

她跟赵氏说自己愿意接中馈，他就一直静静地坐在那里不说话，从头到尾没有说过一句话。今日不仅说话了，还来问她为什么不说话，教导她应该怎么说话。

这性子……真是越来越不一样了。

刕鹤春却没有在意她的神情，继续道：“你虽然刚嫁进来，但终究是要掌中馈的，三弟妹今日如此挑……说，你便接过来也没事。左右还有母亲在，多练练手，即便犯错了，也没什么大不了的。”

折绾真不知道他是如此想的。她这回是真的震惊了，原来他是真心希望她接中馈的。

她不由得问：“为什么呢？我刚嫁进来，什么都不会，现在交给我，必定是一团乱。现在并不是好时机吧？总得让我学学，学会了才行吧？”

刕鹤春见她一脸求问的认真模样，心肠又软了软，语气也不由得软了一些：“这要学很久吗？有母亲帮着，也出不了什么大错。若是不练，才要永远学不会。你今日要是表露出接中馈的意思，我也好去跟母亲说。”

折绾情不自禁地道：“可我什么都没学过，贸然接过来，出了错，会被很多人嘲笑。”

刕鹤春嗤之以鼻：“成大事者，何必在意眼前苟且。他人骂便骂，笑便笑，你自己知道自己在做什么就好。只要你最后把事情做好了，别人自然会高看你一眼。”

折绾就不知道该如何说了。

她一时间竟然不知道是刕鹤春错了，还是自己太愚蠢，甚至在想那上辈子，她如此努力地去争中馈、去做事情，是不是还得到了他的赏识呢？

不过，她又很快缓过神来。

因为刕鹤春上辈子最后也没有让赵氏在此时给她中馈，赵氏斥责她、妯娌刁难她，他都没有管过。

难道他以为这叫成大事者，这就叫何必在意眼前的苟且？

那自己最后成大事了吗？

她不知道，她只知道自己挺在意这些的。

折缩怔怔地跟着他回了苍云阁。

不知道过了多久，她怔怔地抬起头，发现竟然已经快黄昏了。

她回过神，便叫素膳去让小丫鬟点菜：“一个炖牛腩、一个小炒黄牛肉、一个卤牛肉切成片用蒜末姜片拌一拌，再要一个菌菇汤、一碟花生米，还有半斤甜酒，里面打两个鸡蛋，煮热了用小炉子端过来。”

蝉月一直等在外面，都要急死了，说：“少夫人怎么样了？已经一下午不说话了！”

素膳笑着道：“没事的，点了这么多菜，肯定不是伤心。我家姑娘伤心的时候，可吃不下这么多。”

折缩确实已经不会因为这些小事伤心了。劭鹤春有一句话说得很对，不管其他人，不管其他的事情，只要知道自己在做什么就好。

她现在很清楚自己要去做什么。

她想对自己好，对素膳好。她想要和素膳长命百岁，想要享受年华里的美好，而不是去面对那些苟且。

首先是吃好。她和素膳没吃过几顿自己喜欢吃的菜，都是依照着长姐的喜好去吃的。唐妈妈说，劭鹤春也喜欢那般清淡的饮食，已经吃习惯了，不要改最好。折缩就一直照着劭鹤春的喜好去吃。后来养了川哥儿，小孩子不能吃辣，她便继续吃得清淡。重口重辣的东西，她少有吃，只有出去吃席面的时候，略微挑一点吃，但常年吃得清淡，再吃辣的、重口的，肠胃就不好。

她生怕传出贪吃的病的消息惹人笑话，便一直克制着自己。后来她一直没有身孕，大夫列出来的忌口食物就更多了。为了怀上孩子，能吃的就那么几样，还要天天吃药，她觉得自己整个人都散发着药味。

这辈子就不折腾了，她也不愿意再去吃药怀孩子，只想活好自己。即便是生了孩子，像她这般自己都没活明白，又能教导孩子什么呢？

折缩便想吃得畅快点，上辈子没吃的，这辈子都要吃一遍。

劭鹤春晚间来的时候，看见那一碟碟辣子牛肉、卤牛肉，他就深吸了一口气。

好在还有炖牛腩，但牛腩里竟然也放了不少辣椒。

他只好挑拣一点吃下，忍了很久，见她一直没注意自己在吃什么，才道：“下回菜里不要放辣子比较好。”

折缩：“我喜欢吃。你若是不喜欢，便叫人去重新点菜。”

她拒绝的话不留余地，但劭鹤春没生气。这跟她天生说话柔和的语气有关，即便是拒绝，也显得和和气气的。

但劭鹤春还是有些不太高兴。他之前都是跟阿琰一块儿吃的，阿琰跟他口味相同，两人在吃食上很合得来，从未有此种小事困扰，需要他主动提出来。

他叹息一声，觉得折家对庶出的女儿实在是教养得不仔细，阿琰和折缩，委实是一个天上一个地下。

但等到晚间歇息的时候，敦伦一番，他抱着年轻的小妻了，又觉得她虽然什么都不懂，但年纪小，往后还可以再历练历练，多教导教导。

这个家将来总要交到她手上。等明日三朝回门回来，他便跟母亲说说川哥儿和中馈的事情。

至于折绾担心的斥责，他倒觉得是小事。即便是在官场上，人也不是一切都如意的。上官斥责是家常便饭。人哪里能一帆风顺，她要是唯唯诺诺，什么都不管，那才是叫人看不起。

这般想了一番才罢，结果抬眼瞧去，折绾已经睡着了。

倒是……没心没肺的。

（三）

第二天早早地起了床。折绾还在打哈欠，素膳和蝉月已经商量好给她梳什么发髻了。

“还是牡丹髻好看。少夫人，您长得好，芙蓉面、杨柳腰，再梳个牡丹髻，上面别朵花鸟房送来的牡丹，旁边以翡翠为配，肯定好看得紧。”

折绾点了点头：“好啊。”

她笑着说：“你的手艺好，你说了算。”

蝉月颇喜欢她的温柔，尽心尽力地将自己的本事全使了出来，又道：“少夫人，厨房的李厨子还说要来谢恩呢。”

她羡慕得很：“就做了那么几道菜，竟然得了大少爷的五两银子。”

素膳：“是啊，昨日的小炒黄牛肉就是他做的。”

说到这里，她顿了顿，等蝉月出去之后，她小声跟折绾道：“昨日蝉月跟我说，大少爷喜欢吃素。唐妈妈之前不是也说过……”

折绾好笑地问：“你既然还担心着，怎么不制止我？”

素膳诚心诚意道：“姑娘，我看得出那些东西是你爱吃的。你既然爱吃，又敢吃，那我就欢喜。”

折绾感动得很，塞给素膳一个小荷包，里面放了猪肉脯。她小声道：“待会儿回折府，怕是没有在这边自在，你垫垫肚子。”

素膳点头：“好啊。”

折绾又道：“我今日去把你的卖身契要回来。”

素膳的卖身契她都没有。

素膳却道：“咱们已经得罪了唐妈妈，她这两日安静得很，肯定没憋着好话，回去要跟夫人嚼舌根的。你这时候去要我的卖身契，夫人肯定不会给。”

折绾掐了她的手掌心一下：“那你等着，要是我拿回来了，你就答应我一件事情。”

素膳高高兴兴的：“就算拿不回来我也答应你啊。”

她最听姑娘的话了。

劭鹤春进来的时候就瞧见主仆俩在一块儿傻乐，素膳似乎是她唯一愿意多说几句的人。

他咳了一声，便见素膳已经吓得要钻地洞了。倒是折绾淡淡的，朝他走来："是要走了吗？"

劭鹤春也淡淡"嗯"了一声："先去母亲那边请安，顺便接了川哥儿一块儿。"

折绾点头。

一路上，两人无话。进了山海院，刚坐下，三少夫人便急急地进来了。她道："母亲，我娘家方才遣人来报信，说我娘家嫂嫂生了，我得回去一趟。"

赵氏最喜欢这个儿媳妇，马上说道："这是喜事，你快快回去。"

三少夫人又急急地走了，赵氏妥帖地为她善后，对身边的婆子道："玥娘一着急就落东西，你去把咱们府里的人参和素日坐月子要吃的药材都备一份，给宋家送过去。"

三少夫人姓宋，闺名玥娘。

一番话下来，处理妥当了，她才对劭鹤春道："川哥儿就交给你了，万万不可出差错。"

劭鹤春："是。"

赵氏再去看折绾，发现她是个软棉花，一拳头下去也不见闷哼一声，颇有一种满身尖酸刻薄无用武之地的怨气，道："你也是，别总是不吭声。你是长子长媳，要撑起整个家的，哪里好这般……模样！刚刚玥娘说话之后，你也要恭喜她才对。"

她想要骂一句蠢笨，但儿子还在这里，便不好开口，只能憋屈道："菩萨真人，求你懂事些才是！"

折绾道了一声"是"，其他的话一句没说。

赵氏冷笑："也不知道你母亲是怎么教养你的。"

之前只说老实听话、勤劳耐作，调教调教也就出来了。结果嫁过来三日，除了吃就是吃，其他的好品质一样看不见，根本就跟换了个人一般！怕是换了个猪精来吧！

赵氏再次后悔，却也没办法退货了。她拉着劭鹤春离开堂厅去里间，说："我之前也是见过她的，确实是个老实人，但也瞧得出听话、上进，会是个顺心意的，也能尽力地对川哥儿好。如今我打眼瞧着，她嫁过来这三日，确实有些不对劲……"

竟然有一种"你们随意，我只愿意折腾吃"的无耻。

赵氏不由得又抱怨："我就说一个庶女配不上你，姨娘养的，小家子气，上不得台面，但你和你父亲偏偏就允诺了，要我说……"

眼见母亲又要长篇大论，劭鹤春连忙打断：“她还小呢，又刚嫁过来，什么都不懂，自然要母亲教导。还有川哥儿，母亲之所以同意此事，不是还念着她是川哥儿的姨母，将来会对川哥儿好吗？若是一直拦着不让他们接触，那便违背了初衷。”

他又想起折绾昨日说的话，道：“她年幼，怕自己说错了或做错了，被母亲斥责，便什么都不敢做。母亲也是，很该给她面子……”

赵氏挑眉：“我斥责她？我根本就……”

后面的话，她不说，劭鹤春也明白，只好摆摆手，无奈地道：“儿子先带着她去折家，不然就晚了。”

赵氏冷哼一声：“去吧，我就不去见她了。”

劭鹤春一个人回到堂厅，折绾正跟素膳说悄悄话，瞧见他回来，两人便噤了声。

劭鹤春直直往外走，折绾带素膳跟着。唐妈妈和于妈妈已经在马车边候着了，川哥儿也被抱了过来。他正安安静静地待在于妈妈的怀里，看见劭鹤春有些激动，想要凑过来，却又有些害怕。倒是看见她之后，他脸色微微迷惑，是见了不熟悉的陌生人的反应。

折绾掩下心口的情绪，没有过去抱他，只是问：“川哥儿跟哪辆马车？”

劭鹤春有心让他们两个相处，便说：“自然是跟着咱们。”

折绾点点头：“那便让于妈妈带着他一块儿跟咱们的马车走吧。”

国公府的马车宽敞得很，坐上三个大人和一个小孩子绰绰有余。

于妈妈自然也是愿意的，抱着川哥儿上马车之后，便抱着孩子讨喜道：“大少爷，川哥儿眼睛是越来越像您了。”

劭鹤春没有答话。他修嘴功，便不愿意搭理一个婆子，只伸出手接过川哥儿抱在怀里，然后顿了顿，朝着折绾道：“川哥儿，这是你阿娘。”

川哥儿听话地喊了一句“阿娘”。

折绾的手颤了颤，轻轻点头，道：“嗯。”

劭鹤春对她的不满突然在这一刻达到了顶峰。他带着点无奈的怒气道：“你要抱抱他吗？”

折绾：“让婆子抱吧，我没抱过他，怕摔了。”

她依旧一副雷打不动的样子，好像没有察觉出他的怒气，也没觉得自己这般做有什么不对。她似乎只是单纯地告诉他，她不会抱，她就是怕摔了，所以她不敢抱。

劭鹤春的脾气便不知道要怎么发了。最后，他只是“嗯”了一声，忍怒道：“那你以后多抱抱。”

折家坐落在长福巷子里的第二户，从英国公府过去，大概要半个时辰。这半个时辰里，劭鹤春已经从无奈到生气，再到无奈，以至于没脾气了。

他想，但凡他之前多见见折绾，也不会答应这门婚事，她实在是气人。

倒是折绾见他脸色变了又变，很是稀奇。

显然，这时候的劭鹤春即便已二十五岁了，却没有一点儿十五年后的老成和脾性。他现在的寡言少语竟然只是表面上的，实则修嘴没修心，心里应该很躁动，她都看出来了。

但这样就生气了吗？她不过是不愿意再跟他说那么多话罢了。若是这般就要生气，那么她那十五年里笑脸贴冷脸，努力凑过去跟他说话之后得不到回应，又可以生多少气呢？

她想到这里，不由得又想起赵氏早上生气的模样，竟然一不小心笑了出来。

有些畅快。这算不算无意之中报复了一小下啊？那报复他们也太容易了。

劭鹤春确实没脾气了，道："什么事情好笑？"

折绾收起了笑脸："没什么。"

劭鹤春不去跟小姑娘辩解这个，只道："待会儿见了岳父岳母，对川哥儿要亲近些。"

看在她还年幼的分上，他愿意再教导教导她。要是她自己知晓努力上进就好了，他就可以甩开不管了。朝堂的事情那么多，他真没有时间为她多操心，一切还是要靠她自己。

折绾便又点头。于妈妈瞧见两人的气氛不太好，心里高兴，伸出手去接川哥儿："老奴抱着吧，给川哥儿喂个果子。"

劭鹤春却皱眉道："三岁了，吃个果子还要喂吗？"

他从小矮儿上拿了香果给川哥儿，问："可以自己吃吗？"

川哥儿很激动："可以的。"

他的话说得很清楚。他很喜欢父亲，但父亲来去匆匆，也不怎么来看他。他依着父亲，道："川哥儿还可以自己吃饭了。"

劭鹤春笑起来："这才是好孩子。"

折绾见他们父子情深，扭过头去撩起车帘，看外面拥挤的人群。

她病了之后，一直没有出过国公府的门。应该说素膳去世之后，她就觉得外头的天并不是那么吸引她了。她有时候觉得自己死了也好，死了跟素膳做伴，来生也许还能做姐妹。

最后的那些日子，她一点也不羡慕人间烟火。她只是盼着自己在睡梦里死去，那样病痛就不会折磨她了。

彼时川哥儿从国子监回来看她，她骨瘦如柴，气也出不了多少，但还很温和地问他："我想来想去，自己也没有什么地方对不住你，你为什么会远离我呢？"

川哥儿半晌没回话，好一会儿才道："母亲多虑了，只是儿子天性如此罢了。”

可你明明不是。她是见过他和赵氏、于妈妈，还有他那个新婚小妻子亲昵相处的。

折绾直到死也没有明白，便也不准备明白了。

劭鹤春见她又开始发呆。她好像很喜欢这般静静地待在一个角落里想自己的事情，有时候脸上露出的神情，像是看透沧桑之人才有的，没有一点儿这个年岁该有的活气，整个人看起来不讨喜得很，但他又实在没有办法对她生气。

也不知道怎么的，她的神情太柔和了，竟然让他不忍心斥责。他将川哥儿送了过去，说：“你抱会儿。”

折绾猝不及防地接了孩子，还没回神，身体的记忆已经将人给熟练地抱在了怀里。她僵了僵，小心翼翼地将人放在凳子上。

她小声说：“我抱着他害怕。”

劭鹤春觉得好笑：“你刚刚抱得很好啊，你怕什么？”

折绾：“我就是怕。”

劭鹤春只好作罢。

等到了折家，他自然是去跟岳父和大舅哥等人一块儿吃酒谈天，川哥儿被折绾带着去了后院见折夫人。

折夫人一脸欢喜地将川哥儿抱在怀里，亲了好几下：“我的乖乖，想不想外祖母啊？”

川哥儿却已经不太记得她了，但于妈妈常常提起外祖母，他也是有印象的，于是点了点头：“想的。”

折夫人便红了眼睛：“川哥儿，你的眼睛和鼻子就跟你阿娘一个模样刻出来的。”

川哥儿对生母没什么印象了，但刚刚在马车上，父亲教导过他“阿娘”两个字，他便连忙循着记忆去看折绾。

折夫人顿时心如刀割，心里为自己苦命早逝的女儿不值当，却又不好当着孩子的面发脾气，忍着酸涩的泪意对婆子道：“你先带着川哥儿去玩。”

唐妈妈和于妈妈等人带着一干奴仆退了下去。

折夫人冷着脸问：“听闻你不愿意将川哥儿接回去养？”

折绾：“我是愿意的，只是婆母不愿意。”

折夫人：“听闻你也不愿意接手中馈？”

折绾就轻轻笑了起来。她才到家，唐妈妈等人也还没来得及说，但母亲已经什么都知道了。看来嫡母的消息还是很灵通。

她道：“接了也不会给，不如不接。再者说，我没有分身之术，接了川哥儿，便没时间去管中馈。不如就先这般，等以后再说。”

折夫人自然知晓这个道理，但她不愿意接受这般的说辞。她拍着桌子道：

"你姐姐在的时候，即便是有千般事情，她也能同时做得好。你以为我逼着你快快接川哥儿回去和管中馈是为着我吗？我还不是为了你和川哥儿？"

折绾没有回话。她是知道真正原因的，这个原因说起来也简单。

赵氏不愿意给她中馈和川哥儿，而她一门心思去接、去管，便是把赵氏给得罪了。嫡母不愿意看见她和英国公府的人阖家亲。往后多年，只要她跟府里的谁关系好些，嫡母便立刻受不了，定要来搅和乱才行。比起英国公府的人，折绾更加厌恶嫡母。

她静静地坐在凳子上等嫡母骂完。其实也没有什么别的话，无非你如此蠢笨、胆小、怯弱，若不是我在背后撑着你，你能得到如此的富贵？你的富贵还能顺畅下去？一个出嫁的女儿,没有娘家的助力,你凭什么在高宅大院里行走？离了我，你什么都不是。若不是你姐姐离世早，你能有这般的泼天富贵？你要感念你姐姐的恩德，日日烧香敬拜……

折绾听了一辈子，再听这些，不仅无动于衷，反而觉得有些好笑。

这话能唬住十五岁的她，却唬不住三十岁的她。

到底还是不一样了。她甚至听得还很欢喜，她很喜欢现在这样不用因为别人几句话就变得战战兢兢的自己。她甚至又特意竖起耳朵听了几句，发现自己内心依旧平静得很，便深深地舒出一口气。

真好啊，不因他人的怒骂而憋屈和伤心得几天吃不下饭，也是一种欢喜。

她甚至不愿意花费力气去反驳嫡母，只是耐心地等人说完，然后才道："母亲，你把素膳的卖身契给我吧。"

折夫人说了半晌，刚停下端起茶杯，想要润润嗓子，就听她说这句话，一个没忍住，将手里的杯子砸了出去。

折绾没动弹。她知道如今自己的地位不同了，嫡母不敢砸中她。所以她一动没动，道："母亲生气做什么？我要给素膳发银子，她的卖身契在折家，劭家就没法给她发例银。"

折夫人噎了噎，好笑道："你是以为自己翅膀硬了？"

她"啧"了一声："容我提醒你，你姨娘这两日身子不好，还是我叫大夫来养着的。"

这话半是要挟半是鄙夷，折绾听完之后就堵了心。多少年了，还是用姨娘来威胁她，但她已经不是孩子了，已经不是那个什么都不懂的傻子，她和姨娘之间……也不是那般好了。

她无所谓地点点头："多谢母亲。素膳的卖身契，母亲给我吧。"

折夫人便诧异地看着她："你……不管你姨娘了？"

折绾："不是照料得很好吗？谢谢母亲。"

折夫人再次被噎住。好久之后，等折绾去李姨娘处的时候，她问唐妈妈："她怎么感觉跟之前有些不同？"

唐妈妈可找着诉苦的地方了！她拍着大腿哭道："夫人，咱们都看走眼了，她竟是个心狠手辣、狼心狗肺的，第一天进去，就换了大姑娘留下来的东西，第二天就用了您给她的金银首饰！她就是个白眼狼！夫人，您被骗了！"

折绾又去看了生母李姨娘。她还是记忆里的样子，对嫡母感恩戴德，一个劲地道："你这回算是出息了，做了英国公府的儿媳妇，我看以后还有谁敢欺负你。"

她说着说着又哭出声："阿绾，只要你过得好，阿娘现在就是死了，也不会有什么怨言。"

折绾麻木地听，一只耳朵进，一只耳朵出。她看向姨娘慈爱的脸，还是不敢相信她以后会用这张脸对她做出厌恶的神情。

她腾地站了起来："我还有事情要做，便先走了。"

李姨娘以为她是要去找刕鹤春，便急忙道："你快去吧。刚成婚呢，可要好好地笼络住姑爷。"

她又小声传授："你大姐姐的相貌虽然好，但也比不过你，男人最是喜欢新鲜的，你正好是个花骨朵……你还要尽快怀上孩子，你要是怀不上，就纳了素膳做姨娘，她跟你好，不会背叛你的……"

折绾瞬间反胃，大声呵斥："姨娘！"

李姨娘浑然不觉："你害羞什么啊。"

折绾再没有耐心，忍着恶心扭头就走。李姨娘也没有追，靠在门框上流眼泪："这个小没良心的，真是一点儿都不想我。"

但她又觉得高兴，对丫鬟道："你瞧她，刚嫁过去便有了气势，这点像我。"

她嘀嘀咕咕个没完："以后怕是难见面了，哎，我还有很多事情想跟她说的，比如说不能吃萝卜。当时算命先生说她是个儿子，结果就是吃了萝卜，所以一出生就变成了姑娘……"

伺候她的小丫鬟在没人看见的地方翻了个白眼。

都是自家人，午饭便在一个席面上吃。折绾始终安静，折夫人抱着川哥儿喂饭，川哥儿看了父亲一眼，坚持要自己吃。

折夫人笑开了花，一句又一句"我们川哥儿真厉害"，听得折大人都忍不住笑着道："你别太宠他。"

折夫人："川哥儿好不容易回来一趟，我夸夸都不行了？"

刕鹤春："岳母所说甚是。"

老人家宠爱外孙，他还不会无礼到去说什么，只得顺从岳母的意思，夹了一块排骨给川哥儿，算是奖赏他主动吃饭。刚想自己夹一块吃，余光瞥见了默默吃饭的折绾。

他刚刚是瞧见了，岳父还对她说了几句场面话，岳母似乎是生了她的气，眼睛都没有瞥过去。

他也没顾得上跟她说话，于是她就坐在凳子上独自吃，默默的、淡淡的，也没有想要插话。看起来有些可怜，但也有些倔。就是讨好地说几句话又怎么了？难道自己会不给她面子？

劭鹤春挪开了眼神，还是没有管她，稳稳地将排骨夹进了自己的碗里。本以为她要一直不说话的，谁知道快要走的时候，她却定定地不动，只看着岳母："母亲，素膳的卖身契你还没给我。"

劭鹤春挑眉看她——不仅直接，还很蛮干。

折夫人没想到她竟然如此直白地说了出来！都不装一装吗？女婿可还在呢！要脸吗？她的脸皮不是很薄吗？

折夫人却没打算给她。你不是翅膀硬了吗？那你就试试。她笑着道："往后再说吧，也不急于一时。"

折绾低头："我挺急的，还望母亲允诺。"

折夫人还要再说，却听折大人皱眉道："什么大不了的事情，既然阿绾提了，你便给她吧。"

折夫人好险一口气没上来，但丈夫都发话了，她是不好在女婿面前拒绝的。丈夫最注重脸面，女婿身居高位，他不好摆架子，却要端个脸面。但这个笨东西，竟然这么快就学会用嫁过去的身份来要挟她了？

折夫人缓缓出了一口气，只能道："既然如此，便让婆子去拿来就好。"

然后，她训斥折绾："你这性子是怎么回事，什么大不了的事情，竟然要现在做成了。"

折绾："是，母亲教训的是。"

折大人不免也要说几句："你既然已经嫁作人妇，便更要知晓孝道，还要照顾好丈夫和孩子，万万不可有所疏忽。一个奴婢卖身契这般的小事，值当什么，让你在你母亲面前放肆？"

折绾依旧点头："是，父亲教训的是。"

劭鹤春觉得这一幕有些可笑。等到了马车上，他起了兴致，主动问："你不怕岳父岳母怪罪吗？"

折绾："我怕她以后不给我了。"

上辈子也确实没给过，她惧怕嫡母，第一回没要回来，后头也不敢要了。后来不知道为什么，她和素膳都觉得卖身契不重要，是一件小事。于是拖着拖着，拖到素膳去世，她也没有想着去要回来。

折绾沉默起来，很是不理解之前的自己。明明这是一件很容易就成功的事情，看，只要没脸没皮地在父亲和劭鹤春面前要一要，嫡母就不敢不给自己。他们都是体面人，人人都要脸，她不要，事情就好办多了。她上辈子为什么那般在乎脸面呢？

刕鹤春再一次在折绾身上看见了“倔”这个字。这般的性子，将来不知道要吃多少亏。他好意劝说：“还有其他的办法……”

折绾却没听进去。

当然还有其他的法子要回来，但要浪费时间，要迂回，还要委婉，更要与之周旋，她一点儿也不愿意这么做，她就想马上把素膳的卖身契拿回来。这是她很宝贵很宝贵的东西，容不得半点闪失、拖延。

刕鹤春是不会理解她的。他有他的道理，但她也有她的急切，她不想跟他继续说。

她又不说话了。刕鹤春等了等，最后带着些好笑的无奈，好奇地问：“素膳的卖身契对你很重要？”

折绾：“对，很重要。”

刕鹤春颔首。他看得出来，两人感情很深，以至于让她这么宝贵一个丫鬟的卖身契。这般看来，之前传言她的种种，唯有良善对得上。多少人发达之后就看不起身边共患难的人了，也没有这般的掏心掏肺。

他便没继续问此事，而是想起了自己的糟心事。

越王如今对他越发冷淡了。他从小跟越王一块儿长大，但现在越王不待见他，见了他也阴沉沉的，真不知道哪里得罪他了。

折绾继续发呆。今日见到姨娘，还是影响到她的心绪。她深吸一口气，摸了摸袖子里素膳的卖身契才安心。

等回了英国公府，她把素膳单独叫到屋子里，把门窗都关了，拿出卖身契，塞进素膳的手里。在她还晕晕乎乎的时候道：“我要去官府把你的奴籍销掉，给你放良人。”

素膳直接吓得跌坐在地上。

折绾笑着把她扶起来：“怎么还吓成这样，应该高兴才是啊。”

素膳从没想过这个，她都要哭了：“姑娘，你还没当家做主呢，咱们以后再说这个吧，现在时机还不成熟……”

折绾拒绝了，她一刻也不愿意等了，她就要这么做！

“等到什么时候才算是时机成熟呢？”她一脸坚定地道，“你说过，我把你的卖身契拿回来，你就答应我一件事。”

素膳哭着坐在椅子上，说：“姑娘，我知道你对我好，但……”

结果还没说完，就听她家姑娘又道：“我还要你帮我做一件事情呢。等把你放了奴籍，你就可以名下有田地了。我们攒些银子，给你买田地和宅子……”

还没说完，素膳再次从椅子上滑了下去，“砰”的一声，屁股着地，听着就知道有多疼。但是她一点感觉也没有，她的脑海里还在萦绕着姑娘说的话。

买宅子？买地？天爷！

素膳好一会儿才缓过神来，发现自己已经被姑娘扶着重新坐回了椅子上。她呆呆地问：“给我买宅子、买地？”

折绾就笑起来：“是啊。虽然说现在的日子也是好的，但总要打算起来才安心。咱们两人名下，可没有这般的好东西。我嫁过来，母亲只给了一些常有的金银首饰，田地、铺子一点没有给。这也不怪她，她又不是我的生母。”

至于父亲，她觉得比嫡母更加令人厌恶。她和他也没有打过交道，更没有想过从他那里得到这些东西，所以就自己去买了。

她对素膳道：“咱们都没有根基，即便以后出了事情都没地方去，但有自己的宅子和田地就不怕了。”

素膳当然也知道这个道理。她现在有千言万语，却一句也说不出来。良久之后，她摒弃了所有的话，只高兴地道：“姑娘，你真厉害，我满脑子还想着咱们应该要怎么讨好国公府的这些人，你却已经开始想着买宅子了。”

折绾笑起来，手轻轻地落在她的头上，一点点地抚摸道：“我们出身不好，见识就少，本来就比别人慢几步，也没什么好自责的。”

她喃喃出声，像是安慰素膳，又像是安慰自己：“别觉得自己蠢笨，我们只是少了一些阅历罢了。”

（四）

宋家。

三少夫人今日回了娘家，哪里还愿意回英国公府，便派了婆子回国公府报信，晚间胡吃海喝一番，又跟自家阿娘和嫂嫂抱怨折绾：“她没有一点之前大嫂的手段，看起来就弱弱的，且也没有什么手段，我听闻她身边的婆子都能欺负她。”

说着，她又露出鄙夷的神色：“一个庶女，还是个不受宠的庶女，估摸着之前连人参都没有吃过，所以一嫁过来就开始让厨房做扁豆粥。就是这样的人，我凭什么要把自己辛辛苦苦操劳的一切给她？我也是嫡子嫡媳，怎么就不能管家了？”

宋夫人皱眉：“我与你说过多少次了，别总庶女庶女地叫唤。要是清楚一点的人家，庶女也作嫡女养，哪里会把人养成小家子气的模样。”

宋家大少夫人刚生完孩子，精神虽然有些不济，但睡了一天，也睡不着了，索性歪在床上笑着宽慰：“母亲也别说妹妹，她这是还没经过事，只晓得中馈的一亩三分地。”

她又拉着三少夫人道：“玥娘，女子这一生，因要在宅院里过一辈子，便只能盯着宅院。但你是咱们家养出来的姑娘，自小也是跟着你哥哥出去游玩、看过大山大河的人，很不该跟小折氏这般的人斗气。她看过什么呢？拥有什么呢？只有眼前那么一点管家权罢了。因势所迫，她必须去跟你争，可你又不一定要……”

三少夫人眉头一竖，说：“难道我强一些、家世好一些，就该让步吗？我才不要！”

宋夫人气得在她额头上点了一下：“你这个不通透的丫头！你大嫂嫂自小看着你长大，难道还会害你吗？你不听我的，还能不听她的？”

宋家大少夫人无奈地帮着缓和：“算啦，母亲，她还小呢，等年岁大一点，再想起今日的事情，自己都会觉得好笑。谁年轻的时候没做过傻事呢？”

到底是自己的女儿，哪里舍得一直骂，宋夫人叹息一声：“也不知道什么时候才能长大。”

三少夫人不满道：“我都嫁人生子了，莹莹和升升也都三岁啦，哪里还没长大。”

她在三年前生下了一对龙凤胎，很是满足，提起孩子，瞬间就来了兴致：“他们今日还想跟着来呢，我才不准。我带了他们回来，母亲和嫂嫂哪里能看见我。”

宋大少夫人就笑：“还说不是孩子脾气，都多大了，还跟自己的儿女争宠。”

一家子人有说不完的话，第二天三少夫人才回去，彼时已经是下午了。她去给赵氏请安的时候，还在花苑里碰见了折绾。她的气色好得很，看得出来整个人神清气爽，正含笑低头掐一朵开得正艳丽的寿菊。

这是有什么好事？难道是中馈的事情？

她立马不满起来，走过去笑着道：“大嫂嫂。”

折绾抬起头，“嗯”了一声：“三弟妹。”

三少夫人走近了才发现她怀里还捧着好些花，怕是院子里的花儿、草儿的都被她采过了！真是小家子气，哪里有这般折花的。

她“啧”了一声：“大嫂嫂很喜欢花吗？折……这么多？”

折绾还不熟悉她嘛，都打了一辈子交道。她只当没听懂：“是啊，很喜欢。”

三少夫人无语。所以说，输给这般的人，她才不愿意！就是之前的大折氏，她也不是诚心诚意服气的。但是世家大族，表面功夫比什么都重要，她只能退了一步，做出一副半遮半掩的鄙夷状：“摘这么多花……这般的事情叫丫鬟来做就行了，何必要自己动手。”

折绾抬眸看了她一眼：“哦，我喜欢自己动手，你从没动手折过花？”

那自然是折过的，但她的意思是，她摘了这么多花！

三少夫人噎了噎。折绾的脸上恰时露出一点了然：“我就说，摘花这般的事情，很有一番乐趣，三弟妹哪里能没摘过。”

她的声音和和气气的，一点儿也没有攻击性，三少夫人觉得自己发脾气不好，不发脾气也不好。

折绾却不愿意跟她继续纠缠，她站直了身子，拢着一怀的花，说：“三弟妹，我要回去了。”

三少夫人不自觉地给她让出了一条路。

折绾抬脚走了过去。等人走了，三少夫人才回过神——她刚刚，是被折绾压制住了？

她勃然大怒，转过身去要生气，却发现折绾已经走远了。那她这脾气怎么发？

身边的丫鬟宽慰她：“少夫人，是您修养好，她没撕破脸皮，温温和和的，您便也不好为难她。”

三少夫人气呼呼道：“是！都怪我太讲理了！”

诚如三少夫人所想，折绾在院子里面逛了一圈，还去花草房看了看，一路上把自己喜欢的花花草草都要了一些回来。

“编一个竹筐花篮，里面放点泥土，再把桂花放进去……还可以放点红色的果子点缀，里面加点白色的瓷片，杂糅起来的花篮最是好看，我不喜欢单色的。”

素膳无意识地附和：“是，我也觉得好看。”

但她满脑子官司：“刚刚三少夫人的意思……”

好像很鄙夷。一想到三少夫人看不起她们，素膳的心里就酸酸的，如同针扎。

折绾却笑着道：“不用管她，她就坏在一张嘴巴上，这个人……其实还不错，就像刚刚那般不跟她对着来，她回去还要生闷气呢。但我也不喜欢她。”

其实现在想想，三少夫人跟她交恶，其实只是怕自己争中馈，两人上辈子都把中馈看得比什么都重。

折绾想到这里顿了顿，突然有些不明白了。自己什么都没有，被逼着、怂恿着去争，也还说得通，三少夫人为什么那么执着呢？

她没想明白，便把疑虑按下，这辈子她是不愿意争的，随她去吧。

这辈子她不争，也不知道三少夫人后面还会不会悟出“阿绾，你说我们年轻的时候多可笑啊，竟然争这种东西”的道理。

她抿唇，将一篮子桂花插好，又得了小丫鬟们一顿夸。她也确实插得好看，花篮放在窗户下面，下午的阳光照进来，洒在这方小天地里，实在是漂亮得过分。

折绾看着花篮欢喜，跟素膳道：“这个就送给你了，可以挂在床头。”

素膳高兴地接过来：“好啊。”

下一秒，她又贼眉鼠眼的，看起来有话要说。蝉月见了她这副模样，笑出声说：“好姐姐，那你和少夫人说说话，我出去转转。”

素膳不好意思，一边送她出去，一边承诺道：“发了月钱之后，我就给你买烧鹅吃。”

好不容易把人送走了，素膳凑到折绾身边小声道：“姑娘，我刚刚一直忍着没问，但我心里一直想着，惴惴不安的。明日我真的只要出门去官府，拿着卖身契给官府的人，然后销掉就好了？”

折绾点了点头：“对。”

她拉着抱着花篮的素膳坐在椅子上，一点一点地跟素膳解释：“咱们这事情要悄悄地做，所以我就不跟你去了，只当是遣你出去做事情的。你自己拿着卖身契去衙门，找到户科的小吏，让他们帮你办。若是不知道怎么做，到了衙门口就去问人。你身上带点银子，若是问人，便给他们一串钱，他们自然乐意为你指路。素膳，你以后还要帮我做很多事情，销奴籍只是第一步，是小事，你不要怕。”

这话说得素膳又忐忑又激动，她点头再点头：“姑娘，你放心，我不会给你丢脸的。”

折绾：“慢慢来，不着急，咱们一步步走，日子会越过越好的。”

素膳：“要是被折家和国公府的人发现了怎么办？”

折绾说：“这又没什么大不了的，发现了就发现了，只是现在更适合悄悄去做。”

她拍了拍素膳的肩膀：“素膳，你是个很聪明的姑娘，以后我还要靠你呢。”

素膳被拍得好幸福，晕晕乎乎抱着花篮出去了。桌子上还有不少花，折绾想了想，叫蝉月去唤刕鹤春身边的管事过来，说：“我想要开库房，拿几个花瓶出来。”

说是开库房，但没说开哪个，只是话一出来，便都知道是要开刕鹤春的小私库。

来的管事姓孙，是个很圆滑周到的人，道：“少夫人要什么花瓶？您吩咐，老奴去找。”

折绾一点也不客气，要了好几个上好的青瓷花瓶，又说：“口子不一样才好，最好有彩绘的。再有龙泉大瓶、厚铜敞壶，又或者四耳小定、细口扁肚、青东瓷小蓍草瓶等，若是有，都给我各搬一个来。”

孙管事眉头都没皱一下就应下来了，但一直等到刕鹤春回来，他才开始动弹。他先去问能不能给，问话也很委婉，并不直接问能不能，而是道：“少夫人要的花瓶多，有些是不齐的……”

刕鹤春忙了一天，累得话都不愿意说。他有时候怀疑修嘴的功力就是如此练成的，所以哪里还愿意听这种小事，摆了摆手：“随她的意，没有就买。”

他还有事情，拔腿就去找英国公了，半点没把此事放在心上。

孙管事便叫人抬着各式各样的花瓶进了折绾的屋子，道：“只找到十三个不同样式的，少夫人要是还有其他样式想要，便跟老奴说，老奴去采买。”

折绾：“不用了，这么多就够了。”

哪里用得了那么多，她只是用花瓶来抛砖引玉。她笑着说道：“但我还需要一些文房四宝。”

孙管事会意，这回也不问劢鹤春了，说：“是，老奴这就去拿。”

折绾高高兴兴道：“多谢你了。”

素膳在一边看着都觉得可怕：“咱们要这么多东西好吗？”

折绾：“文房四宝本就该给我一份，但没人补给我。这也没什么，她们不给，我就拿劢鹤春的。”

这次没给，后面也没给。她抠抠搜搜地用着那点分例，直到自己管家了，都不敢给自己多挪点东西，怕别人说三道四，又来阴阳怪气。这般的日子她过够了，也怪自己蠢，她从前用多了一点东西都觉得不安、愧疚，但如今想来，她都操劳一辈子了，她和素膳的命也丢了，如此拿他们一点东西，怎么了？

她就跟素膳道：“怎么舒坦怎么来……大家都说咱们嫁过来是享福，是撞了大运，是掉进了蜜罐子里。既然如此，名声都传了出去，若是过得不好，岂不是吃了大亏？”

因插的花太多，折绾便摆了一些在院子里。苍云阁大得很，她那几瓶花一点儿也不占地方，相反，因每一种花都好看得紧，放在小角落里很是相得益彰。折绾搬了一把摇椅，坐在花丛里晒太阳，没多久就睡了过去。

倒是唐妈妈看见了，下午就去跟于妈妈哭诉：“院子里面都是咱们大姑娘的蔷薇花，本是浑然天成的，结果她偏要搬了花瓶过去！那花瓶还是大少爷的！这个狐狸精、下贱坯子，实在是恶心人，我看她就是故意的！她都占了大姑娘的屋子，摆了自己的家具，如今还要去占大姑娘的花。今日占了大姑娘的花，明日怕是要把蔷薇的根也拔了去，后日就敢作践川哥儿。天爷，这世上怎么会有如此狼心狗肺的人。”

于妈妈闻言一脸阴沉：“如今嫁了过来，她若是不听话，夫人也不好直接过来管束她。夫人说，让咱们想些办法，叫……”

她不好说出来，比画了一个“三”字：“叫这位来教教她做人，等受了磋磨和委屈，自然就知道娘家的底气有多么重要。她现在啊，还嫩得很呢。”

唐妈妈：“可是我看她如今窝在自己的小屋不出门，也不说去跟国公夫人争川哥儿，也不说跟三少夫人争中馈……不是吃就是掐花折草，一副悠然自得的享福模样。她这般，三少夫人都不好发难。”

她恨恨道：“我冷眼瞧着，这满府里的人没一个瞧得上她的，莫说国公夫人和三少夫人，就是二少夫人和四少夫人也是不愿意跟她走一块儿。即便是四姑娘，也是遇见了才说几句话，平日里没走动过。”

她笑了一声：“四姑娘也是庶女，庶女跟庶女，四姑娘也是顾及名声的，哪里肯跟她一块儿待着。”

于妈妈：“三少夫人那边我来做，你只看着她，撺掇着些，让她心里急迫些才好。”

唐妈妈就道：“实在像是变了一个人一般，什么都不争不抢，也不惶恐了，脸皮更是厚了，胆子也变大了许多。哎，今天还让素膳出去买吃的！吃吃吃，怎么不吃死她去！不知道的，还以为她在咱们折家没吃没喝的，真是丢脸死了！”

她继续抹眼泪，真心实意为死去的大姑娘不值：“当初英国公府跟咱们家结亲,不是为着家世,只为着看重大姑娘的人品和能力,这才下聘纳吉。结果……竟然给他人做嫁衣，我想起来都觉得憋屈。”

于妈妈想起旧主子也觉得伤心：“大少夫人就是太好了。”

正说着，便听见川哥儿跑进了院子里，后面有两三个婆子跟着。唐妈妈眼睛一眯：“老姐姐，那些都是国公夫人身边的人吗？”

于妈妈更加烦躁了，点头道：“是，国公夫人如今越发不愿意让我待在川哥儿身边了，她很怕我教导川哥儿亲近咱们家夫人。叫我说，夫人就是川哥儿的外祖母，亲近亲近怎么了……但她也不敢太过分，都是联姻，彼此之间留着脸面。所以说，还是得让川哥儿从国公夫人那里离开……”

唐妈妈深以为是，道：“那我回去再逼逼她，逼着她快些把川哥儿接过去，那时候咱们也能松缓一些。”

于妈妈：“你快回去吧，我要去看川哥儿了，他如今是越发聪慧，也不要其他的婆子带着睡，只要我。”

两人分开走，唐妈妈回了苍云阁，正好碰见蝉月带着两个小丫鬟有说有笑地提着食盒往回走。她翻了个白眼，正要过去，便看见素膳这丫头不知道从哪里钻了出来,怀里抱着油腻腻的烤鹅,脸蛋红彤彤的,整个人散发着快活的气息。

真是没出息！不过是出去买了只烤鹅罢了！

夫人真是做错了决定，竟然让折绾来接手大姑娘的一切。她这样的人怎么配呢？

她想起大姑娘往日的音容，就觉得心中酸涩，深吸一口气，才别过脸回到自己的屋子里去想办法让折绾接川哥儿回来。她如今也算是知晓了，折绾有了脾气，不能再去吓唬，也不能再硬来，还是要缓着些才行。但这也不是什么很难办的事情，只要三少夫人发难，她一个没根没底的人，自然是要求助折家的。

唐妈妈舒出一口气，拿出针线来做川哥儿的袜子，一针一线，一点儿也不敢马虎。

正院里，素膳把烧鹅往蝉月怀里一塞：“给！我给你买了！”

然后她把门一关，拉着折绾躲到床上去，把床帘放下来，宝贝一般从袖子里掏出一张户籍文书来。

“姑娘，你看，是我的名字，是良籍。”

折绾仔仔细细地看，看得眼睛酸酸的，小声道：“素膳，对不起，现在才给你放良籍。我真蠢，真的，我早就该这么做了。”

素膳都要高兴傻了："姑娘，你说什么呢！你才嫁过来几天啊，这已经很快了好吗！"

她抱着折绾傻乐："你都不知道我是怎么回来的，我是踩着云端回来的！"

折绾："这就高兴成这样了？"

她说着自己的打算："往后我会有自己的铺子，你来帮我打理。"

素膳心口暖洋洋的，但还是习惯性地后退："可我什么都不会啊。"

折绾最是知道她这个性子需要改改。她也是这样，碰见什么事情，还没开始做呢，就断言自己不行，她用了多少年才改过来这个坏毛病，素膳也要改改才行。

她一点一点地教导："哪里不行了？你算账不是很厉害吗？我们小时候偷偷做荷包出去卖，一文钱你都不曾算漏过。"

素膳就捂着嘴巴笑："姑娘，那都是什么时候的事情了。"

而且就算那么一点银子，哪里称得上厉害。可折绾一脸认真："我就不会啊，我就算不清，你一下子就算清楚了，不信我出个数目你来算算。"

素膳跃跃欲试："真的吗？那我试试。"

折绾："假如唐妈妈管着我的账目，来取银子的时候，先要了一两去给川哥儿买枇杷吃，一个时辰之后，又要了三钱银子给川哥儿买猪肉脯，枇杷买回来了三斤，猪肉脯买了两斤。一两三钱银子拿了去，一点也没剩下还回来，你说她贪了多少？"

素膳想都不想，大声道："她肯定贪了很多！"

折绾："到底贪了多少？"

素膳一下子抓住了最重要的："那就要看枇杷和猪肉脯多少两银子一斤啊。"

折绾："这我可不知道，难道我要当着众人的面问她这个？"

素膳："那是不好问的，你是主子，要是抓着这点小事不放，传出去要被人笑话。"

折绾："那咱们就要被她贪去银子？"

"才不要！她就是打着川哥儿的名头问咱们要东西，恶心咱们呢。"

"所以这时候才要你学会算账嘛。"折绾细细地道，"一斤枇杷多少钱，一斤猪肉脯多少钱，问外面的人都知道，但咱们深宅大院的，哪里知道这些，所以就被她骗了。我是出不去的，但你可以，你可以经常在外面跑，日常的东西就知道了。以后她敢来骗我，我就让你来跟她对峙。你刚刚说只要知道了枇杷和猪肉脯的斤价，是不是就知道她贪污了多少银子？"

那是自然。素膳点头："这点账目我还是算得清的，她别想贪一文钱！"

有了制衡唐妈妈贪银子作为目的，素膳瞬间摩拳擦掌，也不问自己行不行了，而是坚定地道："姑娘，我愿意去学。就算不会，我也愿意学会。以后就没人敢欺负你账目上的事情了。”

折绾笑弯了眼睛。

当年，素膳也学了算账，她也是如此对她说的。她说：“姑娘，你别怕，我来帮你。你不好做的事情，我都帮你做。”

于是一年又一年，她们在这座宅子里面算来算去，省银子，铺排面，把英国公府管得井井有条，但没人夸过。

折绾抚摸着素膳的户籍文书，郑重地道：“好，这回咱们只为自己做事。铺子、银子、日子，都要是自己的。”

劭鹤春回来的时候已经到了晚上。他先去英国公那边说了会儿今儿个太子提起的赋税改革，再去书房批改公务，本是要在书房睡的，但想起现在还算是新婚，不好冷落折绾，还是动身去了正屋，但过去才发现屋子里已经熄灯了。

他微微恼火，一腔好意被拒之门外，实在不是那般欢喜。他转身回了书房。

折绾并不知晓他还来过，她只是习惯在亥时一刻之前就睡了。睡得早，起得就早，她起床之后，先去院子里面看昨日插的花，然后有模有样地打了一套八段锦，还强行拉着素膳一起练，叫素膳面红耳赤，她觉得这般不雅观。但叫姑娘一个人不雅观也不好，只能舍命陪君子，大家一起不雅观。

折绾好笑道：“这在南边很多人都做的，男女老少，没有不会的。”

素膳疑惑道：“是吗？我怎么不知道？”

折绾顿了顿，这才想起若是要男女老少都会是几年以后了。她圆谎道：“我在书上看来的。”

素膳了然：“书上最爱往大了去说。”

蝉月瞧见了，也跃跃欲试：“少夫人，奴婢也能跟着一块儿吗？”

折绾温和地点了点头：“你若是喜欢，便跟着一块儿吧。”

蝉月当然是愿意的。少夫人都做的事情，她自然要跟着做。做完之后，竟然真的神清气爽一些：“感觉自己骨头都轻快了。”

折绾让她去换件衣裳：“别着凉。”

她自己也换了一套。素膳一个人在屋子里面给她梳头，小声道：“咱们屋子里的几个小丫鬟都很喜欢姑娘呢。”

折绾：“是吗？”

素膳：“是，她们觉得姑娘和善、柔和，是最最最好的主子。”

折绾笑出声来，她抬起头：“是你心里这么想吧。”

然后见她犹犹豫豫，左看右看，好笑道：“怎么了？”

素膳见附近没人才道：“姑娘之前不是让我去打听蝉月和那几个小丫鬟的身世吗？”

折绾：“怎么样？”

素膳不好意思极了："我想来想去，也不知道要怎么打听。"

折绾不免安慰她："这是你没经历过的事情，是第一次打听人，所以没有方向，但也不着急，只慢慢想法子。你要是实在想不出来，便来问我，我们一块儿想。"

她这是用小事情来历练素膳。小事情好成功，成功的次数多了，便能让素膳一点一点地自信，她当年就是和素膳这般一步一步走过来的。

谁知素膳脸红道："蝉月实在是聪慧，我只是欲言又止几次，她好像就明白了我要做什么，便舍钱去厨房要了一碟果子，叫上几个小丫鬟跟我一块儿吃，吃着吃着就说起了自己的事情，其他小丫鬟就跟着说，于是我什么都没做，却什么都知道了。"

折绾都能想象素膳的耳朵能竖得有多高去努力听！她笑着说："那她们大概是什么情况？"

素膳认真地道："她们不是家生子，但都是从小就买进来的，基本无亲无故。像蝉月，没爹没娘，从小跟着叔父叔母，后来遭了灾，叔父叔母就把她卖了。她是江南那边的人，具体哪里她自己也记不清了，但对叔父叔母没感情，提起来还很愤愤。也有人记得自己家在哪里，还记得父母的名字、样貌……她说，她爹娘卖她的时候说好了，等有银子了，就来赎她回去。"

但大家都知道，这么多年不来，早就不来了。

能把女儿卖出来做丫鬟的，要么为着一斗米，要么为着一两银子。都是穷苦人家，哪里会有钱来赎人，不过是个念想罢了。

素膳叹息道："姑娘，她们被买来之后，便被国公夫人拨到大少爷的院子里做杂事。之前的少夫人嫁过来的时候，她们还小，便没用她们。后来她去世了，她们也没有被调走，直到你来了，大少爷便说不用拨人过来，叫她们来伺候着就好。"

折绾听完若有所思："那蝉月跟长姐可有过什么事情？"

素膳："没听她们说，也没听其他人说。"

她不好意思地道："姑娘，我再想办法去打听打听。"

折绾点头："你慢慢打听，此事也不急。也许其中缘由并不如我想的复杂，蝉月不是被长姐弃用，而是她小的时候不得用，长大了没人用，好不容易被刕鹤春拨来伺候我，便大着胆子认定我了，愿意帮我对付唐妈妈。"

她不禁乐了乐："只是有人第一次主动投靠我，实在是有些不敢相信，一开始我就认定了她是被逼的。"

素膳就后知后觉地想起一句话，她道："那天吃果子的时候，蝉月好像感慨了一句，说你看起来虽然温温和和的，但没有吃过唐妈妈的亏，一看就是有大智慧的人。唐妈妈算什么东西，一个奴才，还敢欺负到你头上来……她还说，奴才都是主子手里的花草，再是出身好有个名头，但无论是牡丹还是兰花，说到底还是花草，一掐就掉了。"

折绾诧异："她真这么直白地跟你说啊？"

素膳："是啊，那几个小丫鬟都在场，她们都骂唐妈妈，还说唐妈妈是斗鸡眼。"

折绾好笑道："这是她们的投名状呢。"

她心里有数了，叫了几个小丫鬟进来，也不多，拢共才四个，人也好认。圆脸爱笑的叫秋月，文静不爱说话的叫墨月，性子沉稳一点的叫文月，还有一个跟蝉月性子差不多活泼伶俐的叫锦月。

折绾温和地道："蝉月跟着我在外面走，你们便帮我看好屋子。"

她笑着说："从今日起，你们就是二等丫鬟了。"

几个人顿时惊喜，纷纷过来谢恩，这才欢欢喜喜地走了。折绾又郑重地对素膳道："你看，你手底下有四个人了，你要管着护着她们才行。"

素膳："要给我管吗？"

折绾："不然呢？"

素膳："不给蝉月？"

折绾教她："我只信你啊。我们才认识蝉月多久，她虽好，但到底不是知根知底一起长大的，咱们可以对她好，但这种事情还是得交给你。"

素膳一颗心滚烫起来："也是，咱们才是知根知底的。"

她不免后悔对蝉月太过亲近了。

"我还说了我一些以前的糗事给她听呢。"她着急起来，"姑娘，我是不是做错了啊？"

这么快就相信人，会不会在别人眼里很傻？

就是这样！一下子就推翻了自己的所作所为，因为这个性子，她们吃了多少亏！

折绾把她按下来坐着，柔声道："即便做错了又怎么样？你这是以诚待人，半点坏心眼没有，别人只会说你好相处。要是因此有人说你不好，那这个人就不好相处，你不去相处就好了。本就是合不来的人，便不要凑在一块儿了。你就是这种热情和善的性子，干吗要让自己变成众人夸赞的七窍玲珑心呢？"

她引着素膳冷静："蝉月听了你的事情，可有露出什么表情？"

素膳："也觉得好笑？"

折绾："她可有告诉别人？"

素膳："没有吧。"

折绾："那就行了。不过是朋友之间说说话罢了，有什么大不了的。有的人天生就熟悉得快，有些人天生就谨慎，各人有各人的缘法，你不要慌乱。不要因我或者别人说一句，你就觉得自己做得不好，以后就不敢做了。素膳，咱们不要逼着自己变得束手束脚，想说什么就说，说错了就改，这没什么的。"

她一遍又一遍地安慰，素膳便被她安慰得服服帖帖，一个劲地点头：“姑娘，你说得真对。”

折绾见她好似真的有些明白，很是欣慰：“本来就是这样。”

她想了想，突然笑着道：“她们管这种性子叫……落落大方、从容自如。”

真羡慕啊。有些人一长大就是这般的性子，而她们要学很久很久才能学会。

（五）

接下来几天倒是风平浪静的，蝉月带着剩下的四个人分摊了她的床被、箱笼、妆奁等杂物，素膳则很积极地跟蝉月一块儿去厨房拿膳食，顺便去了解各种菜肴的价格。

折绾还是一样，到点就吹灯睡觉，晚上也没有做噩梦，一连几天精神都很好。倒是刕鹤春，因最近忙碌，回来得也晚，回回都吃闭门羹，心里对折绾是真服气了——难道就不知道给他留个门吗?

他是个讲究面子的人，心里也存了气，索性就不回苍云阁，一到晚上就睡到书房去。

这般过去了十几天，就连素膳也察觉出一些不对劲，对着正热情往她碗里夹排骨的姑娘发愁：“咱们是不是哪里做得不好，惹大少爷生气了啊？他都十几天没来了，也没差人来说一声。”

折绾给自己嘴里塞了一块肉，说：“没呢，咱们都没见过他，怎么得罪?大少爷看起来是个心胸宽广的人，即便是咱们得罪了他，最后也会消气的，何况咱们也没得罪他，估摸着是太忙了。”

素膳半信半疑：“真的？”

折绾保证：“嗯，真的。”

相处十五年，她还是对他有些了解的。他是个很傲气的人。傲气的人，不会跟一个弱者置气。在刕鹤春眼里，她是个弱者，那她的一切行为在他的脑海里面就会自圆其说：她是个蠢货。

他不会跟个蠢货计较，蠢货做错什么都是不值一提的，所以他最后又会消气。

只是他看她的眼神让她难堪。从前她总是很羞愧，觉得自己怎么又做了蠢事，怎么又让他露出“你怎么如此愚蠢”的神情，但现在她不会这么想了。她发现了一件很重要的事情。这些体面人、聪明人，一旦你不上赶着去讨好他们，不顺着他们，但他们又没办法一时半会儿清除掉你的时候，便跟吃了苍蝇一般噎着。

即便被他们看成是吞不下去的苍蝇，折绾也不会觉得伤心和丢脸了。她慢吞吞地啃着排骨，喃喃道：“他们休不掉我还要来适应我的样子……也蛮让我高兴的。”

素膳却没听清楚："什么？"

折绾就笑起来："没什么，只觉得专注自己真好，不去想其他人怎么想我，不去想做的事情会不会被人背后说道，不去想自己是不是又做了蠢事，要被人笑话了……实在是好。"

果然过了几日，刕鹤春赶在她吹灯之前来了。

唐妈妈兴奋了半个月，以为大少爷再也不会来的时候，一抬眼却瞧见了刕鹤春的身影。

她失望极了，想了想，又去找于妈妈报信。

折绾倒是不惊讶，见他大步流星走进来，冷着脸，一副不高兴的样子，她也不惶恐，只给他倒了茶，然后自己去一边插花。

刕鹤春已经进来了，便也不会揪着往事不放，还是很大度的，深吸一口气道："你倒是悠闲，母亲昨日还问我，多日不回苍云阁是出了什么事情。"

其实赵氏没有这么闲，她根本没问，且还抱怨了几句："你媳妇真是个哑巴？这十几日晨昏定省，我都没理她，她竟然也坐得住。"

母亲说的时候不以为意，刕鹤春却微微有些不平。从前阿琰刚嫁进来的时候，母亲若是生气，就对阿琰不理不睬。阿琰回来就道："我不知道哪里得罪了母亲，坐在那边如坐针毡。"

但她也不愿意自己去问，只道："我初来你家，没处去问去说，只同你亲近一些，便来诚心诚意问你，你若是去问了，母亲还要怪罪我，以为我搬弄是非。你只要帮我想想我哪里错了，怎么弥补就好。我告诉你此事，是我知道夫妻之间要明言的道理，不然你误会我怠慢母亲，我心里也会难过。"

但刕鹤春怎么知道母亲生气的缘故？他当时还在国子监读书呢，常在外，也不能顾及妻子，便只能劝道："母亲本心不坏，只是脾气大，喜怒形于色。你且不要着急，等时间长了，她发现你的好，自然就好了。"

后面阿琰果然得了母亲的喜欢，有一日跟他说悄悄话："你知道母亲为什么刚开始会讨厌我吗？我最初的熏香跟她一样，她很是不喜欢，以为我是故意顶撞她。但我其实没有，只是随便挑了一种罢了。"

刕鹤春觉得不可思议，这算是什么缘由？他觉得母亲过于严苛了。后来三弟妹又来跟阿琰争中馈，母亲也帮着三弟妹……

他现在还记得阿琰好奇又无奈地道："真不知道母亲和三弟妹是怎么想的，我是你的妻子，是嫡长媳，未来的宗妇，我现在不掌中馈，多学学做事，以后怎么办呢？我学不好，真要挑梁子是要出丑的。"

她不知道缘由，刕鹤春却是知晓的，但他不能对阿琰说，只能安慰她："我明日去跟母亲说说。"

阿琰就笑起来："你不要去说，我有自己的办法，只是要坐冷板凳咯。"

后来坐没坐冷板凳，刕鹤春倒是想不起来了，但应该是坐了的。

如今母亲对折绾又是这样。

劭鹤春虽然对折绾一直早早熄灯不等他回来这件事颇有微词，但十几天过去，她被母亲冷落也不知道来他面前说说，只一味地坐冷板凳，便对她的怒气少了许多。

于是他特意过来坐坐，道：“我久不回来，你这半月还好？”

折绾：“好的。”

劭鹤春发现自己已经对她很有耐心了。他耐着性子道：“夫妻之间，应当相互明言。我十几天没来，你该来问我原因。”

即便不是要跟折绾做和阿琰那般的夫妻，但以后几十年在一个屋檐下，他还是想要两人之间最起码顺顺当当的。

阿琰的话就很好，只要明言，就不会有误会，他想让折绾也学一学。

结果她只是“哦”了一声，继续插她的花，问：“那你这十几天为什么没来？”

她看起来像是刚发觉此事一般。劭鹤春叹息她的迟钝，明言道：“我没来，你怎么想的？”

折绾低头摆弄花草：“你肯定很忙，我不好打扰你。”

这句话听起来悦耳多了，劭鹤春只能选择大方地不与一个呆子计较。晚上他留在了苍云阁里，还让厨房的李师傅做了一碟虾饼送过来。

第二天，他又天不亮地起床去上朝。

折绾照旧睡她的，等天光大亮，她吃了早膳，这才带着一群人去山海院里面请安。正好碰见四姑娘，两人便一块儿同行。

四姑娘笑着道：“今日嫂嫂的发髻梳得很是好看。”

折绾：“我也觉得好，而且轻快得很，不用紧紧地把头发都扎起来。”

她抬头看了看四姑娘的发髻，说：“你的偏髻上要是再添一朵海棠花就好了。”

四姑娘摸了摸，说：“是吗？只是现在没有海棠花可以用，要到四五月才有。”

折绾没有什么别的爱好，只喜欢种花插花，闻言笑着说：“也有四季海棠，只是难种，还需要种在暖房里。咱们府里不是有暖房吗？可以让人试着种种。”

四姑娘不爱花草，并不懂这些，乍然听闻，觉得有趣：“若是种出来了，我是要请人来赏看的。”

折绾：“我似乎在哪本书上看见过，正好今日我还要去花草房里面转转，到时候跟里面的人问问。”

晨光细细碎碎地落在她的脸上，让人看不真切。但很奇怪，不看相貌，只听她说话的声音，便能知晓她是个很温柔的人。

四姑娘不由得看了她一眼，觉得这位新嫂嫂颇为奇怪。

说起来，她嫁进来好几日，也只对自己多说了几句话，平日里在母亲和其他嫂嫂面前很是寡言，即便是大哥哥，好像也没能得她多说几句。但她跟自己说话的时候也不显得过分亲昵，似乎只是碰见说几句罢了。不过，这“说几句罢了”的话，却因为她声音温和，眉眼弯弯，十足看得出来，她是真心喜欢和自己说道这些日常小事，便让人生出亲近之心。但等各自回了屋子，她又窝在自己的屋子里不出门，也不送礼，根本不走动，看起来冷冷淡淡。

四姑娘很是摸不透她的态度。

说句实在话，第一回得了她单独一个笑脸时，她还以为大嫂嫂是要来拉拢自己。她是不愿意得罪人的性子，自然不敢怠慢。但其他嫂嫂都看不起大嫂，疏远得很，母亲也对她没有好脸色，她若是走得近，会不会不好？

四姑娘为此还一晚上没睡，结果却发现自己的烦恼是多余的，大嫂嫂根本没有来找过她。若是路上碰见了，便如同现在这般说几句，也不跟她拉手，也不挽着。若是没有碰见，进了母亲那边，她跟个闷葫芦一般就不说话了，也不会来找她搭讪。

好几日这般，四姑娘看着看着也看出了门道：这位大嫂嫂是个聪慧的人，虽然亲近自己，却也不会给自己多添麻烦。

为庶女，多不易。四姑娘心里是感激的，也很喜欢她这般性子，不免多说了几句自己的喜好：“我不是很喜欢花草，却喜欢吃，大嫂嫂要是愿意，我有几本食谱可以送给你。”

折绾有些意外她突然亲近的态度，于是欢喜地答应下来：“好啊。”

等进了山海院，其他人都来了。赵氏正在问宋家大少夫人的事情：“玥娘，你嫂嫂这也是第四个孩子了，又是个儿子，我算着也快满月了，你母亲大概是要大办一场吧？”

三少夫人嘴巴一直是翘着的：“是，阿娘说要办个满月酒，到时候请咱们一家子人过去好好说说话。”

她笑着说：“我阿娘也想您了，还说如今想喝杯清酒都找不到人。”

赵氏满脸笑意，拍拍她的手说：“我和你阿娘年轻的时候，冬日里就喜欢小酌一杯。”

但嫁人之后没怎么聚了，她不免来了兴致：“让你阿娘准备好上等的清酒，我那日一定去奉陪。”

三少夫人点头：“那我差个婆子捎口信回去。”

二少夫人和四少夫人捧场：“母亲要是想要喝酒，便叫我们陪着。”

赵氏满意地点头：“下回咱们起了锅子，叫人放上热腾腾的红油在里面涮肉吃，再就着这辣味喝酒，那才叫痛快。”

四姑娘笑道：“无论是下雨还是下雪，打开窗户，让雨雪成为咱们的乐师，是极为雅致的。”

赵氏拍掌大笑起来："看，还是小姑娘比咱们懂。"然后眼睛一瞥，便瞧见了不声不语的折绾。她的兴致瞬间没了，脑海里又想起儿子昨日说的话。

"折绾不论出身如何，到底已经是儿子的妻子，母亲该让她管家，而不是让三弟妹代劳。"

赵氏心里就堵得慌。她有时候真是不明白儿子的心思——此等后宅之事，你操心做什么？一个大男人，还有她在呢，怎么就越俎代庖过来说这些，平常男人根本想不到这个！是折氏撺掇他的？不，小折氏没这个心眼，怕是大折氏留下来的"功劳"。

她满心不高兴，但儿子的面子不能不顾，大折氏也已经死了，只能忍着怒气对折绾道："你嫁过来也有好些日子了，川哥儿还在我这里养着，你闲着无事，可要接管家之事？"

三少夫人瞬间就僵了身子，笑脸全消。倒是折绾站起来，脸上神情都没变，轻声道："三弟妹一切都管得很好，我接过来反而手忙脚乱，不若就给我管花草的活计，我先试试。"

三少夫人诧异地看过去，神色警惕，但脸上还是缓和了许多，马上去看赵氏。

赵氏却皱眉不语：儿子来求，她却不要，难道没有事先跟她说好？

即便是没有说好，这般的好事，她却推却了，真是不识抬举。

她真是怎么样都看不上这个儿媳妇，冷笑道："既然如此，那你就接花草房吧，我瞧着你也喜欢花花草草的。"

折绾："是，儿媳确实很喜欢花花草草。"

刕鹤春晚间回来就听闻了此事，他又马不停蹄地带着怒火到了苍云阁。

折绾正带着小丫鬟们选花，准备做成花鉴，结果他这么一回来，吓得小丫鬟们噤若寒蝉，素膳勉强站得住脚，站在她身边扶住她，却也被他挥退了。

唯独唐妈妈又开始兴奋了。

屋子里面又剩下他们两个人，折绾知道他在生什么气，但不问，只低着头。

刕鹤春再次深吸一口气："母亲给你中馈，你为什么不接？"

那可是他开口求来的。

折绾："为什么要接？"

刕鹤春："你是大少夫人，自然要接。"

折绾将一朵花插进花瓶里："我说过的，这个时候我接不了，我还不会。"

刕鹤春实在忍不住生气，这件事情都说了多少次了！他劝都劝累了："即便出错又有什么关系，不过是被人骂几句。"

折绾就想起了上辈子所谓的骂几句，那不是骂几句，那是困扰了她半辈子的迷雾。

她想，这辈子她其实也可以走那条老路。她可以把中馈接过来，然后游刃有余地做好所有的事情让人称赞，但她一有这个念头就反胃。

她想走一条其他的路——即便她还没想好要怎么走，路上会做什么事情，可她就是不愿意走那条看起来容易的老路。

劢鹤春气得站起来，在屋子里走来走去。

“你这胆子确实是小，别人也没有说错你！我好不容易跟母亲说了一次，你却接不住我的好意。”

折绾语气平静：“你也没有提前跟我说此事。”

劢鹤春：“这件事情还需要我提醒你吗？”

作为他的妻子、嫡长媳、未来的宗妇，难道不应该接过中馈吗？

他失望地看着她：“这难道不是理所当然的吗？”

原来他认为这是理所当然的事情啊。

折绾看着他走来走去的身影，恍惚之中却好似瞧见了自己当年急得不行却没人帮的场面。

然后，她一日又一日地在屋子里面急得打转，春秋四季，日夜不停，院子里面的蔷薇花开了又败，历经廊外夏日蝉鸣、秋日霜降，而后才终于在这座小屋子里面安静地坐下来理事。

她长舒一口气，心平气和地静静坐下来，将桌子上剩下的花花草草整理干净，突然又低头笑了起来。

——她接住过一次的。

她做得其实还不错，并没有自己想象中的那么糟糕。

瞧，她已经能平静地坐在这里看他团团转了，她不会被他的怒火吓着了，也不会为自己不会而羞愧了。

这是她努力多年的结果，她很感谢在这座小院里转了十五年的自己。

她和和气气地替十五年前的自己对劢鹤春说：“那怎么办呢？我是个庶女，并没有像嫡女那般细心教导，我不会，便需要慢慢学。这难道不是理所当然的吗？”

决定娶她的时候，不是早就知晓此事吗？

劢鹤春算是彻底看明白了，折绾就是个扶不起来的阿斗。他气势汹汹而来，又气势汹汹而去，一点儿也没有多年后的沉稳和清冷。

素膳吓得脸色惨白地进来：“姑娘，大少爷这次是真生气了。”

明明昨日还好好的，今天早上走的时候也是好好的。

折绾最是知晓怎么安慰她，轻笑着道：“你不要怕，他不是生我的气。”

素膳：“啊？”

折绾：“他想让我接中馈，但国公夫人和三少夫人不让，最后只能接了花草房，他就生气了。”

素膳傻眼了：“什么意思啊？那大少爷是生国公夫人和三少夫人的气？”

折绾："嗯，你别被吓着了。他不好生别人的气，只好发我的脾气。"

素膳虽然胆小，但一旦涉及折绾的事情，她都能马上找到勇气，于是顿时就有了埋怨："也不能怪你啊，真是……怎么大家都是挑善良的人欺负呢？"

折绾："所以我们要变得厉害一点，让他不敢轻易对我发脾气。不然，他生气了就不来苍云阁，来了就发脾气，咱们不仅要担惊受怕，还要去讨好他——这多难啊。还是要自己有本事才行。"

她是个没本事的人，所以才活得艰难。这是她快要死的时候才悟出来的道理。

素膳听得悲泣不止，又觉得姑娘的话好像有点道理，一边哭一边哽咽道："是的，以前刘婆子一直被她丈夫打，后来她拿着刀将丈夫赶出门去，就再没挨过打了。"

但她们两个弱女子能做什么呢？能攒钱买宅子买地就已经很厉害了，她们又靠什么让大少爷忌惮？

这事情想起来就瘆人。

折绾也不知道，她说："所以要走一步看一步，但不必为将来的事情忧愁。刕鹤春这个人啊……又或者英国公府这些人，虽然我不喜欢，但他们手上也没人命。"

他们不会马上休掉她，也不会杀了她，那她就有很多时间去试探那些她没走过的路。

她喃喃道："这些天我一直在想，我活一次，难道就是吃食上对自己好一点就行了？买宅子、买地就够了？"

总觉得是不够的。她和素膳能挣扎着努力，活得有脸面，其实细究起来，性子里确实是有几分韧性。只是上辈子这份韧性没用对地方，但现在可以弥补这份遗憾。

她对素膳道："远的咱们不想，只想近的，我只跟你一个人说哦——我接过花草房，是想着以后做点花草生意。"

素膳之前就知道她要置办铺子，姑娘还想让她去做掌柜呢。她不由自主地跟着想："花草能有什么生意？"

折绾："有的，文人雅士最喜欢花草，尤其是兰花，附庸风雅一次，少说也要花费几十几百，甚至是上千两银子。"

她上辈子闲下来就喜欢种花。赵氏还会让她摘下花给京都其他府上的人送去，因她的花品相好，回回都被夸。

她道："京都高官达贵的女儿嫁出去大多有嫁妆铺子，铺子都是手底下的人在打理。平日里吃穿用度，若是夫家给的不多，不够嚼用，便用自己嫁妆铺子的，这样有什么急用，也不用求人。这些铺子各式各样，有些是古玩，有些是瓜果，我知道的一家，还给女儿赌坊做嫁妆呢。"

素膳瞪大了眼睛，但一听这是大家都在做的事情，便什么顾虑也没了。

“也好，大家都有，总不能姑娘没有。折家不给，咱们就自己买。”

她总是盼着姑娘好的。

折绾听得眉开眼笑：“素膳，你总是这般顾全我。”

她自己也说得高兴：“我虽然不知道以后要做什么，但我想，赚银子总是没错的。”

她上辈子被人看不起，不就是什么都要靠着英国公府和折家吗？在折家受了气，去跟赵氏求。在赵氏和妯娌那里受了气，又要求折家。求来求去的，把自己的脊梁骨都求弯了。

折绾想到这个就觉得烦闷，她斩钉截铁地对素膳道：“咱们虽然不聪明，但人不是天生就聪慧的，我慢慢努力起来的聪慧，也是聪慧，虽不能做出大事来，但保障咱们两个人总还行吧？”

素膳光是听着就两眼放光。折绾瞧了就笑，感慨道：“素膳，你其实是最厉害的，我想要办什么事情，你都能办好。你就是胆子小，见识少了点，但这是可以慢慢补全的。”

两个人说了很久很久的话，直到快要子时了，还点着灯继续说，说以后有钱了要怎么样，要买什么样的宅子，要买多少地，折绾还拍板要去闽南买地种茶。

“茶叶好贵！一两金子一两茶！但闽南的地很便宜，听闻一两银子一亩地呢。”

当年京都有不少人去闽南买地种茶，她本来也是要买的，但当时素膳突然病得厉害，她就没了心思，这辈子得提前买才行。

素膳：“那我要去闽南吗？”

折绾：“不用，咱们找个得用的人去就行，这样一来还得找人。你不知道吧？闽南当地的话好听是好听，却难懂、难说。要找个当地人才行，外来的人学的调调，一耳朵就听出来了，去了怕是不好办事。”

两人絮絮叨叨，子时末了还在说。素膳眼睛有些酸涩，打哈欠流眼泪：“姑娘，快睡吧，已经很晚了。”

折绾：“好，不然明天起不来。”

但过了几瞬，她又情不自禁地道：“到时候咱们在江南再买套宅子吧？听说江南水乡养人，身子不好的人都能养好，咱们到时候也去。”

素膳瞬间又不困了：“是吗？我听说还有汤泉呢。”

两人又激动地说起来。

（六）

鸡鸣第一声，刕鹤春从书房起床，准备去上朝，刚走出院门，就瞧见正院里面的灯没有熄。他脚步顿了顿，松亭便道：“少夫人屋子里面亮了一宿的灯。”

邴鹤春了然。应该是折绾看他生气，所以惶恐不安，害怕得一夜没睡，女子都这般。

说起来，折绾也没有太多不好，就是实在扶不起来，有些得过且过、不愿意努力的无赖。

他叹息一声："到底还年幼，又没有见识，担不起事情。"

但已经不生气了。

他去了朝堂，碰见了越王。刚想过去说几句，结果越王却看也没看他就走了。倒是太子过来拉着他说太后的身体。

"你成婚那日，皇祖母梦魇，不是将你叫进了宫吗？她老人家醒后就说让你媳妇受委屈了，想着叫你媳妇进宫一趟，当面为你解释解释。"

邴鹤春："此等小事，怎么敢劳太后记挂。等下朝之后，臣亲自去跟太后解释，好宽慰她。"

太子笑了笑，也没多说，就走了。邴鹤春却想，他是决计不会让折绾进宫来的。就她那个性子进了宫，听话不听音，怕是会丢脸。她是个怕丢脸面的人，他也怕脸上无光，便索性下朝之后去跟太后拒绝了此事。

他留下来陪太后说话，说着说着，又说到了长姐。

太后的眼眶瞬间就红了起来："你阿姐走的时候才那么小……都是哀家不好，养不好姑娘，还把你阿姐接进宫里来养，你阿娘恨我吧？我都不敢见她。"

邴鹤春又不厌其烦地安慰，一个时辰过去，太后才止住眼泪，道："你也是个苦命的。阿琰是个好姑娘，却去得早，如今你再娶一个，却不能只记挂阿琰，还要关心新妻，你的日子还长呢。"

太后是个十足心善的人，絮絮叨叨，叮嘱了许多话，直到吃了午膳，又吃了早晚膳，这才让邴鹤春走。

等他回到英国公府的时候，已经是黄昏了。因太后说了一下午的夫妻相处之道，他踏进国公府的门，刚要去书房，却迟疑起来，转身又去了苍云阁。

守屋子的小丫鬟笑着道："少夫人领了花草房的活计，今日一早就去了里头看账。"

是在做正事，没有阿斗式的偷懒。

邴鹤春满意地点点头，刚要走，便见唐妈妈在门口探头探脑。他还以为她是跟着折绾去花草房回来，便叫人过来问："大少夫人怎么还没回来？"

唐妈妈是去于妈妈那里了，她哪里知道这些。但她是个老狐狸成精，笑着道："还忙着呢。"

话音刚落，折绾就带着素膳、蝉月等人每人提着一篮子花进了院子。

蝉月率先笑着道了一句："唐妈妈，您去哪里了啊，都没找到您。"

唐妈妈尴尬地道："去了川哥儿那边，给他送了几双袜子。"

邴鹤春看看折绾，再看看唐妈妈，一句话没说就走了。

等人一走，唐妈妈脸色铁青地回了自己屋子。素膳佩服地对着蝉月竖起了大拇指，小声道："你好厉害啊。"

蝉月却笑着看向折绾："少夫人在这里，自会给我撑腰，我才不怕她一个老虔婆呢。"

然后她轻声道："少夫人，只是奴婢拿不准大少爷最后的意思。"

折绾将一个插好的牡丹花篮给她，说："你晚上挂在床头，真的很香。"

然后她才宽慰道："大少爷啊……"

她恍惚了一会儿才笑着道："他啊，看见我勤勤恳恳地去了花草房做事，觉得今日不用教导我了，便不愿意跟我说话。至于唐妈妈，他觉得唐妈妈这般的老奴，是不配他训斥的。"

所以一句话都不愿意多说，他在家练嘴功。

她摇摇头，不愿意再费神揣摩他的心思，而是道："唐妈妈已经连着几天去山海院了？"

素膳："是，日日都去。见你不管她，她的事情便叫小丫鬟做，她自己倒是安安稳稳地整日去山海院里面转。"

她说起来就气，折绾却高兴道："那她就快被赶走了。"

唐妈妈是折夫人的心腹婆子，却不是最得重用的那个，最得重用的是于妈妈。当初折家大姑娘折琰要嫁到英国公府，折夫人怕她身边的婆子不担事，便特意将于妈妈派了来。

唐妈妈那时候还是于妈妈手底下的人，等于妈妈走了，她才往上走一走，但因为性子不沉稳，做事不周全，所以一直不能坐住折夫人身边的第一把交椅，只管着府里的库房古董。这个差事体面，受重用，却不是肥差，不如大厨房采办那般能得些孝敬。

这次折绾要嫁到英国公府，折夫人苦思冥想，跟于妈妈商量了很久，才决定把唐妈妈一并遣来。

唐妈妈这个人还算是忠心，又有一股子莽气，因是看着折绾长大的，最是知晓她性子弱、好拿捏、脾气软，便对折绾没有敬畏之心。有她在，时不时恶心一下人，折绾就别想有舒心的日子过。

于妈妈道："只要她的卖身契在您这里，七姑娘发卖不了她，那她就是作天作地也没事。唐妈妈这个人啊，脾气确实不好，平日里也不讨人喜欢，但难得忠心，之前大姑娘在府里的时候，她对大姑娘也是极好的。等她到了英国公府，依着她的性子……咱们不能去做的事情就让她去……"

折夫人也觉得这个主意好："她是个脾气大的，平日里喜欢吆五喝六，但念在是老人，跟了我一场，又是忠心耿耿，便一直用她，即便是贪点银子，我也当看不见。这般的人，让她在折绾身边，我也放心，不用怕她被折绾收为己用，还能杀杀折绾的气势，让其听话，顺便让英国公府的人瞧瞧，跟她比起来，我的阿琰是多么珍贵。”

她说到这里，已经是眼睛含泪：“我的阿琰啊……她可知道她这一走，我为她操碎了心。”

她喃喃道：“男人是个什么东西，我怎么会不知道呢？无论旧日里多么恩爱，等有了新人，还是会忘却从前的发妻，日子一久，死人哪里能跟活人争。可她拼命生下来的孩子，拼死守护的家，哪里能让一个外人轻易得了去，我得替她看着，保着……”

于妈妈也跟着抹眼泪：“夫人放心，大家都知晓咱们家姑娘究竟有多好。”

折夫人捂着胸口哭：“我至今都不能忘记她生川哥儿之前还跟我说，等生完之后，她要跟我一张床睡，要跟我说悄悄话。”

那么个鲜活的女儿，竟然折损在生育上。她拉着于妈妈的手道：“一定要让川哥儿记得他的生母，让他知晓，是他的生母拼着命才把他生下来的！”

于妈妈擦擦眼睛：“您放心，老奴必定会好好照看川哥儿。”

她亲自去找唐妈妈说了此事。果然，唐妈妈一听到要来英国公府，就高兴地答应了。

忠心听话是一样，看见了好处也是一样——不谈别的，以后她就是英国公府大少夫人身边的管事妈妈，还怕没人孝敬？

这种事情想想就高兴，她在折家可没有多少孝敬拿的。

她拉着于妈妈的手道：“老姐姐，还是你想着我。你放心，我就是你手底下出来的人，咱们又是几十年的交情了，我的性子你还不知道？我必定看住了她，我也拿捏得住她。”

于妈妈：“她以后毕竟是你的主子了，你也要收敛着些，做事情周全些，切不可还像府里这样，否则出了事情，我和夫人也保不住你。”

唐妈妈却摆摆手：“她那个性子，还想在我面前摆主子的排场？”

她“呸”了一句：“我可是看着她长了十五年呢！面团一般的老鼠精，再给她十五年才能收拾得了我。”

于妈妈瞧见她这般，又开始担心了，回去跟折夫人道：“她似乎是得意过头了，会不会惹出大麻烦？”

折夫人笑了笑：“对付折绾，这样的泼辣性子正好。你放心，即便唐妈妈出了什么事情，她也算是折绾的人了。折绾要顾及她的姨娘，顾及她以后在英国公府的地位，必定有事要来求我。她要求我，就要保住唐妈妈。”

再者说，就是要这样的人过去添乱，才能让她自顾不暇，让她知道英国公府大少夫人有多难当，才能让她知晓娘家站在她身后有多重要，才能好好对待川哥儿。

于妈妈这才放心。可从折绾嫁过来的那日起，事情就开始不对了。折绾不顾及自己的面子，也不顾及李姨娘的面子，她就缩在苍云阁里面吃吃喝喝，种花种草，什么都不管。

夫人让三少夫人来对付她，于妈妈也照做了。三少夫人看重的就是中馈，只要让折绾来争中馈，自然是要吵起来的。

她的手段厉害些，不直接出手，只抱着川哥儿，拿着大姑娘生前准备的七巧板在大少爷面前走了几次，碰见了就笑着道："是大少夫人准备的，她当时虽然怀胎四月，却忙得很。当时就觉得对孩子不好，但……因太忙了，心中对孩子愧疚，便买了许多小玩意回来。这个七巧板是其中之一，川哥儿最是喜欢。"

刕鹤春来去匆匆，却还是为阿琰的慈母心肠驻足。他接过七巧板，摆弄出一个蝶翅，而后想起了阿琰当年的不容易。

他和阿琰是十七岁成婚的，最初的几年，阿琰一直怀不上孩子，一边忙着中馈，一边四处寻医，后来好不容易有了孩子，她就想停下来安心养胎。

母亲却不让三弟妹来接，笑着道："她是个能干的人，管得好好的，何必让玥娘接？再过一两个月吧，现在月份也不大。"

刕鹤春不好违背母命，但心里还是存了不满。

阿琰直言不讳："鹤春，我实话跟你说，家里最近亏空得厉害，四处又需要走礼，是个烂摊子。母亲和三弟妹不愿意接，是觉得这烂摊子是我没管好，她们接过去是替我背锅，可天地良心，近几年收成不好，我免掉租子是为着积德，是仁义之举……咱们这般的人家，就是节俭一点又怎么了？偏要大铺大排。再者，不过是走礼罢了，即便是明面上账目不多，但家里又不是没有家底，我是真不明白为什么母亲怕让三弟妹接过去。"

刕鹤春恼怒道："我去跟母亲说。"

阿琰却拦着他："算啦，我的难处你知晓就行。你瞧着吧，等过几个月盘账，把一切都交接好了，事事周全，母亲又要接过去的。"

果然，阿琰怀胎六个月的时候，母亲又让她休息，将管家权给了三弟妹。

刕鹤春不敢置喙母亲，却着实讨厌起三弟妹。只是他一个男人不可能跟一个弟媳置气，只能平日里冷淡待之。

他将七巧板放进川哥儿的怀里，脸色很不好，于妈妈就知晓事情成了。

果然，大少爷去跟国公夫人说了让折绾掌中馈的事情。于妈妈对唐妈妈道："你瞧着吧，谁想从三少夫人手里拿走中馈，谁都要脱一层皮。"

唐妈妈："那最后能拿回来吗？"

于妈妈："能！你不懂，这事情大少爷也在意得很，是多年的矛盾了。国公夫人不可能一直拂大少爷的面子。中馈确实要拿在咱们大房的，但折绾脱一层皮，三少夫人也恨上了她，在家里给她下绊子，奴仆们不从，在外跟那群贵夫人一起孤立她，无人可亲。你便看着吧——她的脸皮能有多厚，才能不惧怕这些流言蜚语和鄙夷欺凌！她必定只能回去找夫人，届时再让李姨娘过去哭一哭闹一闹，她岂能不听话？”

唐妈妈听得连连点头：“老姐姐，还是你的法子好，也得亏你懂得国公府里这些弯弯绕绕。”

于妈妈叹息道：“都是大姑娘用命搏来的，咱们得给她守好了。”

结果折绾竟然没有接！只要了一个花草房。

于妈妈知道的时候就傻眼了，唐妈妈去劝去威逼，也被折绾无视。

她气得哆嗦：“她就算是不怕得罪我们，难道也不怕得罪大少爷吗？”

大少爷是要她接中馈的，她一个那么胆小怯弱之人，怎么还敢违背自己丈夫的意愿？

于妈妈看不懂，但她此时还有点自顾不暇，川哥儿开始亲近赵氏派来的那几个婆子了。于妈妈把川哥儿看得比自己的命还重。

唐妈妈看在眼里，便也想为于妈妈解忧。她最近一直去山海院阴阳怪气地怼赵氏派来的几个妈妈，想帮着于妈妈出口气，于妈妈也没拒绝，她心里也是有气的。她自己做不来此事，但唐妈妈来做正好。

今日也是如此，虽说被大少爷撞破了谎言，但大少爷没说什么，唐妈妈担忧了一会儿之后又抛开了。

素膳见她早早地就吹了灯，回来悄悄跟折绾道：“姑娘，你还没说她为什么要被赶走呢。”

折绾就笑着道：“她看着我长大的，最是看不上我，即便我现在不服管教，张牙舞爪了一会儿，她也看不上我，认为我不是什么心腹大患，觉得自己这时候应该抱的大腿是于妈妈。”

素膳了然：“她之前就是于妈妈手底下的人啊。”

折绾：“所以她就去山海院帮于妈妈了嘛。”

她拆开自己的发髻，说：“她才来英国公府，又不是极为聪慧的人，看不懂形势，以为只要自己抱住于妈妈和母亲的大腿，便能保住地位，她这是习惯性地去巴结人。可这毕竟不是折家了，这里是赵氏做主的，她巴结于妈妈没用。她这般一而再、再而三地去挑衅，赵氏会不恼怒？”

素膳一听就懂了：“这个道理简单得很，为什么唐妈妈不懂呢？她蠢吗？”

折绾手顿了顿，道：“她才不蠢。就跟蝉月她们几个在你跟前骂唐妈妈一般，唐妈妈也是一样的，也是投名状。再者说，她去了一天两天都没出事，我也没管她，由着她，她的胆子就更大了。”

上辈子她是管过的。她虽然不聪慧，却知晓唐妈妈这般会吃亏，到时候还会牵连到她。但唐妈妈不听，果然就被赵氏罚跪了。赵氏还把她叫过去骂，话里话外，是说唐妈妈这样是她的意思，是她见养不了川哥儿，便叫唐妈妈去膈应人。

折绾记得自己当时解释也解释不清，疲惫地回到苍云阁，又被于妈妈派来的小丫鬟告知李姨娘病了。

这是什么意思，折绾自然是知晓的。她沉默了很久，还是去帮唐妈妈求了情。

当时没想明白这一出戏的因果，后来年纪大了，见识多了，也大概知道这是给她的下马威。

她给素膳拆发髻："唐妈妈这般怼川哥儿跟前的那些婆子，于妈妈便出了气，母亲也出了气——她是气赵氏呢。唐妈妈呢，她算是向母亲和于妈妈表明了忠心，以后也有大好前程，她相信母亲会保住她。而我……我为了姨娘妥协，会被赵氏骂得抬不起头，更会看清楚自己的处境，便要上赶着去巴结母亲，前头好几年都不敢反抗。"

这件事情最后吃亏的好像又只有她一个人。

现在想起来，年长者真的很擅长控制弱者，而她现在也是一个年长者了。

折绾脱了外裳和素膳睡到床上，说："可她们算计错了。我不会管唐妈妈，用姨娘来逼我也没用。非但不求情，我还要刺一刺她。"

唐妈妈被罚跪了。

折绾也被叫了过去，赵氏指着她的鼻子骂："你是存心派她来气我的吧！"

三少夫人也在，正在隔岸观火，一双眼睛滴溜溜地转。

折绾规规矩矩地坐着，脸色都没变一变，只轻轻摇了摇头："儿媳并不知晓此事。"

赵氏："她是你的人，你会不知道？"

折绾轻声解释："确实是儿媳的人，但儿媳一直忙着其他的事情，她惯常不在苍云阁，便没管她。"

赵氏冷笑连连："你倒是撇得干净。"

折绾知晓怎么噎住她，她抬起头，真挚地道："我确实没有做此事，还望母亲信我。母亲若是不信，便将人打发走吧。按照母亲说的，她得罪了母亲，确实是错了，既然错了，遣去庄子里就好。"

赵氏果然被噎住了。

她难道心里不明白这事跟折绾没有太大关系？但她也不可能直接将唐妈妈打发走了，这毕竟是折夫人派来的人。不看折夫人的面子，也要看死去的折琰的面子。赵氏并不喜欢折琰，但折琰去世之后，儿子还因为当初她怀着身孕管家的事情跟自己闹了好久的别扭，他认为这是折琰的死因之一。

这些年他对折琰留下来的人都很恩待，对折家也很亲近。若是唐妈妈这次因为别的也就算了，但她是来山海院里面奉承川哥儿的。自己要是因此赶走唐妈妈，鹤春会不会对自己心存埋怨？他们母子之间是不能再有隔阂了。

赵氏想起这个心里就烦。她无数次对三少夫人道："我就是太在乎他怎么想了，所以做起事情来束手束脚的，不然我将于妈妈换走还不是抬抬手的事情？”

不敢赶走于妈妈，只能往川哥儿身边加派婆子，结果被唐妈妈气到了！

她将手里的茶杯“啪”地摔在桌子上。

三少夫人已经过去安慰了：“母亲，你别跟个奴才计较，她算什么东西？”

赵氏闻言心里缓了缓，正要说话，就听折绾也跟着道：“对啊，母亲，她算个什么东西？若是母亲不喜欢，那就罚一罚。”

赵氏那股戾气又涌了上来，脸色阴沉了几分。

折绾瞧见之后晃了晃神。她其实还是不明白，赵氏为什么会对自己有这么大的偏见，明明她对三少夫人和其他几个妯娌、庶女都还不错。

她微微垂头，温和道：“母亲想要怎么罚她呢？”

赵氏却理智回来了，冷冷地道：“你先回去替我想一想怎么罚再说。”

她很清楚待会儿折绾还会回来求情。

折绾笑着站起来：“是。”

看来赵氏此时也很清楚她的处境。

她就回去了，静静地给自己倒了一杯茶，一点一点地喝，果然又等到了于妈妈派来的小丫鬟。

小丫鬟也是长姐留下来的人，但年岁小，待人还没有长势利眼，担忧地道：“于妈妈说，她侄儿媳妇今日进府给她送东西，跟她说在折府看见李姨娘病了，吃药也不好，还说要见姑娘呢。”

折绾给她塞了一捧果子，柔声说道：“是吗？我知晓了，多谢你来跟我说一声。”

小丫鬟没能拒绝一个美人主子的温柔，脸一红，结结巴巴地道：“这是奴婢的福分，少夫人言重了。”

等她走了，素膳着急道：“这可怎么办啊？姨娘的身子会不会真不好了啊？”

折绾却安慰她：“好着呢，咱们不是回门的时候就看过她了？这是母亲用她来要挟我救唐妈妈。可咱们就是不救，除了苛待几分，母亲还能做什么呢？还有父亲在，她不敢太放肆。世家大族，彼此留着脸面，做事情不能太绝。”

素膳还没经历过后来的事情，现在正是念着李姨娘的时候，还是急得不行：“苛待也不行啊。”

折绾：“没事的，你放心，姨娘也不是吃素的啊。比起咱们，她更有法子，我向你保证。”

素膳半信半疑：“真的？”

折绾：“真的。”

素膳依旧忧心如焚，但也没有逼着折绾去救唐妈妈。她不舍得逼她家姑娘一点，也生怕自己逼着姑娘去反而闯祸。

等到天黑了，小丫鬟又过来道：“于妈妈说，李姨娘病得很严重，您要不要回去看看？”

折绾却拉着她的手笑着道：“上回我看过她了，母亲也说她被照顾得很好，你跟于妈妈说，我很感激母亲帮我照顾姨娘，但我忙着，不好回去，等有空的时候再回去吧。”

小丫鬟照旧红着脸：“哎，奴婢回去跟于妈妈说。”

等人走了，素膳似察觉了一般看向折绾：“姑娘，你和姨娘是不是吵架了？”

姑娘从前最是紧张姨娘的，不可能听闻她病了，还像现在这样无动于衷。

折绾神色一愣，而后笑着哄她道：“真没事。上回归家，姨娘也跟我说不要担心她，她有保全自己的本事。”

素膳怀疑：“可你说起她的神情就变了。”

折绾坚定地道：“你看错了。”

素膳叹息，也不去纠结，嘀嘀咕咕道：“哎，这真是苦了姨娘。咱们现在是好了，姨娘还受苦呢。等咱们买了宅子，能不能接姨娘出来住啊？”

折绾不愿意素膳对李姨娘这么好，一点儿好也不愿意！她马上打断素膳的话，闷着声音：“还是先说唐妈妈的事情吧。”

这确实是最着急的事情，素膳的心思转回来：“咱们就这样不去求情可以吗？唐妈妈就会被赶走吗？”

折绾笑了笑：“还不行，还得等刕鹤春回来。”

但刕鹤春今日没有回来，他去庆国公府吃酒了。折绾没有等他，也没有去山海院，早早熄灯之后就睡了。

她睡得好，素膳是一晚上没睡的，折绾揪了揪她的脸：“这真是小事，你都睡不着，往后真有大事你可怎么办？”

素膳很不好意思：“我慢慢来练嘛。”

蝉月进来笑着道：“少夫人，昨晚上唐妈妈跪晕过去了。”

折绾：“夫人那边怎么说？”

蝉月：“夫人也没下令免了她的跪，她现在还跪着呢。”

折绾：“于妈妈过去求情了吗？”

蝉月：“没有，昨天一个人都没有去。”

折绾就笑起来：“看来于妈妈还是很懂得明哲保身的。”

她洗漱梳头完，又去山海院里请安。赵氏这回总算是用正眼看她了，似乎是很惊讶她昨日的决定。她问：“你怎么想的？”

折绾依旧恭恭敬敬：“母亲，她虽然是我的人，但进了英国公府，也是英国公府的人。她得罪了母亲，自然是母亲做主。母亲怎么说，我就怎么做。”

赵氏诧异，这是投名状？这是要撇清了娘家来巴结她？

赵氏看不懂她了。

说她投靠自己吧，她却整天半死不活地闷着不吭声，半句好听的话也不说，也不来巴结讨好自己；说她不投靠自己吧，她却没有来给唐妈妈求情，把娘家的路给堵死了。

她这是想做什么？

但她现在没有来求情，赵氏还是很高兴的，难得给了她一个笑脸："毕竟是你的人，还是要听听你的意见。"

若是让折绾来做此事，儿子就不会埋怨她了吧？

于是等到晚间刕鹤春大步流星走进屋时，折绾就说出了自己的要求："唐妈妈不听话，惹了母亲不高兴，做事情也总做不好，我想派她去长姐的庄子上守着，那里的活计轻巧，也适合养老。苍云阁的管事妈妈我自己相中了一个，是花草房的，我明日就想调来。"

刕鹤春两天不在家，根本不知道发生了什么。但唐妈妈这个人他是知道的，从第一天起，折绾就跟他直言过，这个妈妈不听她的话，前日他也碰见她私自去山海院，而不跟着去花草房，并不是忠仆，于是点了点头："随你。"

他没当回事，他还忙着朝堂的事情呢，只道："但她毕竟是岳母给你的，你还要跟母亲说清楚。"

折绾点点头："我写信回去说说，母亲不会反对的。"

刕鹤春拔腿走了。

折绾就去跟赵氏说了安排。

赵氏挑眉："你跟鹤春说了？"

折绾点头："是啊。"

赵氏："鹤春怎么说的？"

折绾："没说什么，只说随意。"

赵氏怔了一瞬，似乎没想到儿子会这么说，而后"啧"了一声："既然如此，那你就这般做吧。"

折绾的动作很快，很快就把花草房的茗妈妈叫了来，道："我就喜欢你的爽快劲，以后你就是我房里的管事妈妈了。"

上辈子茗妈妈就帮了她不少忙。

茗妈妈本是采买花草的普通婆子，跟折绾也不过是见了一两面而已，当时就被惊喜弄得半天没回过神来，但她很愿意抓住这个机会，立马就带着四个月字的丫鬟去帮唐妈妈收拾包袱，格外细心地"扶着"她上了马车。

唐妈妈"走"得太急了，甚至都没有见到折绾一面。

素膳直到晚上还没有回过神："这就行了？"

折绾正在看做生意的书，闻言放下书笑着道："为什么不行？"

素膳也说不好，就觉得哪里不对劲，等了很久才道："既然如此简单，为什么国公夫人不直接做呢？"

折绾就想起了自己跟川哥儿和李姨娘。她喃喃道："投鼠忌器。"

父母对儿女，儿女对父母，大多是一样的。

但是她现在并没有什么可忌惮的。她心肠硬起来，又拿起书，小声跟素膳抱怨道："我从前总是觉得很难。"

她夹在英国公府和折府中间，得罪谁都难做，但是……

"但是，我为什么只看见难处而没有看见好处呢？"

她也可以利用两府的矛盾为自己谋利啊。

她忍不住笑起来。

当年太小了，做什么都只看见了难处；如今大了，便又看见了好处。

年岁增长，真是奇妙。

卷二——求子秘方，泪湿薄笺

/一两观音土，一两香灰，一两无根水，一两梧桐叶。/

（一）

唐妈妈走得猝不及防。于妈妈赶紧写信回去跟折夫人报信，但是折夫人没有上门来训斥折绾。

她嫌丢脸，在赵氏面前丢了脸！

李姨娘也确实吃到了苦头，但她不在乎，她还挺高兴的，跟小丫鬟道：“阿绾像我，这手段厉害得很。”

小丫鬟刺她：“她可不顾念你。”

李姨娘一愣，而后不知道是难过还是高兴，僵硬地扯开嘴角得意道：“我也有我的手段。”

隔了几天，折老爷就到了她的房里，折夫人暂时拿她没办法了。

折绾并没有多关心折家的事情，她拿出算盘来算账了。

她跟素膳道：“开饮食铺子要有好地段，咱们的花草铺子却不用，大街上走来走去的人对咱们用处不大，所以找个偏僻的巷子也没事，这就可以省下一笔银子了。”

素膳还沉浸在唐妈妈的事情里呢，回答得也断断续续：“哦……那要多少银子啊？”

折绾先是想也没想：“差一点的买下来也要四五百两银子。”

素膳吓得立马集中了精神：“哪里有这么贵！这得是毅武门前的铺子吧！”

那里的铺子才是最贵的。

折绾被她说得一愣，而后高高兴兴地道：“是啊，现在还没有这么贵。现在多少钱能买？”

素膳觉得她说话奇奇怪怪的，警惕道：“一百两就行了！姑娘，你从哪里问的要五百两？没被骗了吧？没交定金吧？”

折绾：“没有，我这不是在打听嘛。”

素膳松了一口气，根本不敢走神了：“咱们手里也没有多少银子，可不敢乱用。别人我也不相信，这回我亲自出去打听打听吧。”

折绾惊讶于她的主动：“你真愿意自己一个人出去打听吗？”

素膳不敢也得敢啊，抱怨起来：“你都敢说五百两银子买铺子了，我哪里还不敢出去跑一跑？”

折绾“哈哈”大笑：“那我教你要去哪里看。”

后头涨价厉害的街巷如今还便宜得很，她可得好好把握，这就跟去闽南买地种茶一般，是稳赚的买卖。只可惜她现在的银子不够，只够买两三个铺面，但也已经够了，她并不贪心。

折绾拿出一张纸，在上面写上“泗安”“桂渊”“庆明”三条街的名字。“你先去探探这三个地方，碰见合适的就回来跟我说。要是觉得铺子好，当场拿下也行。”

她这么大刀阔斧地把事情决定好了，素膳却开始心惊胆战：“这么简单？真去这几条街？不看看其他的？”

折绾：“买吧，肯定不会吃亏。”

她想了想，说：“顺带把宅子也看了，我这几日弄点银子来，咱们在那边买座大院子。”

她一会儿一个主意，素膳见怪不怪了，笑着道：“还有什么要买的？”

折绾：“你去书铺里面买些书回来，我列个单子给你。”

还得多看书才行，如今行商也是有书讲的，虽然说的大多是场面话，但人多读书总是没错。

素膳眼睛都笑得眯了起来：“从小咱们就不爱读书，没想到你都成婚了，竟然还要继续读。”

蝉月进来听见最后一句，好奇地问：“少夫人，什么读书？”

折绾：“我让素膳多看看书。”

蝉月羡慕道：“奴婢只认得几个字，看不懂书。”

折绾本想站起来去花草房，闻言顿了顿，道：“那你想认字吗？素膳是会的，你可以让她教你。”

蝉月自然是愿意的，她第一次发自内心地笑：“少夫人，真的可以吗？”

折绾温和道：“这有什么不行的，你要是会认字，还能帮我管许多事情呢。”

蝉月的心“咚咚咚”地跳，眼前看见了“钱途”，直接就跪了下去：“少夫人，奴婢肯定好好学，好好做事，不会给您丢脸的。”

折绾被吓了一跳，连忙将人扶起来：“你自己有恒心就好。秋月她们四个是不是也不识字？既然要学，便一块儿学了吧。”

她对待这些小丫鬟最是宽和："屋子里面有笔墨纸砚，你们自己裁了去学。"

等去了花草房，花草房里面的妈妈们见着她也是眼冒红光，一个个挤到她的面前想要表现表现，跟她第一日来时，不冷不淡的神情相比，差得实在是大。

茗妈妈今日在苍云阁理事没来，其他的妈妈便一拥而上，都想要成为下一个茗妈妈。折绾想要在暖房里面种海棠，她挑了一个熟悉的妈妈问："垂丝海棠现在正可以移栽，你可有地方去买？"

那妈妈立马上前笑着道："有的，少夫人要多少？"

折绾："先买十盆回来试试。"

她又折了一些牡丹花回去准备插在篮子里，她最近真的很喜欢花篮。等她走了，便有婆子去问正忙着出门买垂丝海棠的婆子："你厉害啊，不声不响的，什么时候跟少夫人说你认识卖海棠的花农啊？"

那婆子一愣，这才想起自己根本没有说过啊。她笑了笑："应该是茗妈妈帮我在少夫人跟前美言了几句。但该说不说，论起海棠花来，满府里还没有一个人比我懂，少夫人这是慧眼识珠呢！"

素膳第二日就早早地出门去打听。如今苍云阁没了一个唐妈妈，事事都是她们自己做主，也没人盯着，素膳出门也不用躲着谁，她觉得畅快极了。

她高高兴兴地出门，满脸颓然地回来，手里提了一捧糖炒栗子，说："姑娘，真贵啊！"

即便是之前想过很贵，但没想到能这么贵。

京都的地价当然是贵的，但以后会更贵！现在买下来，以后就是什么都不做也能赚个盆满钵满。

折绾戳她的脸："别这么没出息，即便不买多了，买一个铺子、一座宅子也能行吧？"

京都的嫁妆里面喜欢给女儿家现成的银子，以此来告诉夫家女儿的尊贵。托这个风俗的福，折家给她的嫁妆里面也有九百九十九两银子，寓意长长久久，这就是她的本钱了。

她跟素膳道："别舍不得，先买一座好宅子，剩下的都买铺子。"

宅子给素膳，铺子给她。

但现在不能跟素膳说，现在说了素膳肯定不要。她要买的时候再说，到时候吓唬素膳几句，她肯定乖乖买下。

素膳现在都已经蒙了！她晕晕乎乎的："真的吗？"

折绾："真的。"

素膳虽然出去看了一天，却还是梦里人，没有什么真实的感觉，等到她家姑娘这句"真的"下来，她才发现她们好像真的要有铺子和宅子了，这么快吗？

折绾又戳她的脸："快什么快！"

她们晚了一辈子。

晚上，刕鹤春回来了。他满头大汗，脸色很不好，松亭拎了热水给他洗澡。折绾就坐在外间做花鉴，等他出来之后才问："你在哪里吃晚膳？"

刕鹤春看了她一眼，没说话。折绾跟他相处十几年了，自然知晓他这是要留下来吃饭的意思。从前他修嘴功，她总是猜啊猜，现在即便能猜出来了，也不想惯着，还觉得他有点故作高深，真正寡言的人不是这般的吧？

她就笑着送客："那我就不让厨房准备你的饭了。"

刕鹤春："……我在你这里吃。"

折绾："好，我让人去厨房多加几个菜。"

刕鹤春特意来一趟是有事情的，他道："三日后是宋家大少爷第四子的满月酒，母亲方才跟我说要带上咱们一家子人都去……你准备准备。"

免得到时候丢脸。

折绾不解："之前母亲没说过，怎么突然让我去了？"

刕鹤春就想起阿琰跟他说过的话。

"我以为她是诚心诚意请我去宋家做客的，结果却句句是炫耀。她家世好嘛，我是知晓的。我比不上她的家世，她很是看不上，想让我丢脸呢。"

她说着说着又笑起来："三弟妹怎么跟个孩子一样。你不知晓，她今日拿出了糯米榆瓷糕，问我知晓不知晓，我是不知晓的，那是南边的东西，我哪里知道。好在她家的嫂嫂是个好的，一直在替我解围，最后脸色都不好了，直接拍桌子让她出去，这才罢休。"

刕鹤春恍惚地记得，那次是宋家大少爷第二个孩子的满月酒，如今都第四个孩子了。

他闷声闷气地道："估摸着是三弟妹跟母亲提的。"

折绾了然，但她在此时想起了宋家大少夫人。

其实对这个人，她之前一直是不喜欢的，她是三少夫人的嫂嫂嘛。但也不讨厌，这个人的名声很好，做事也是真坦荡。

折绾还记得自己死后，真情实意在自己棺木前哭的人就有她。

她就点了点头，道："既然如此，我该去道喜的。"

刕鹤春这次倒是想错了三少夫人。她如今哪里还是从前幼稚的模样，她也是成长了的，她认为比炫耀更加厉害一点的手段是无视。于是这次回娘家吃席面，她就不愿意请折绾过去，但是阿娘和嫂嫂写了信和拜帖来，点名要请折绾做客。

阿娘在信中道："你的脾气和性子，定然是已经得罪人了，我们只好帮你善后，冤家宜解不宜结，何必要为自己结下一门仇。”

三少夫人觉得阿娘实在是过虑了，她跟折绾连话都没说过几句呢，哪里就欺负人家，何况人家也没有想着跟她说话！

但帖子都送了来，折绾一直安安静静地在花草房里面做事，没有来抢她的中馈，她也愿意妥协，去跟赵氏道：“母亲，我阿娘和嫂嫂怕怠慢了您，特意送了帖子来请您和全家一块儿过去吃酒呢。”

赵氏熨帖得很，拍拍她的手：“你阿娘和嫂嫂念着我，那便一块儿去吧。”

她又笑起来：“哪家吃席要带全家去的？没的要人家笑话。”

三少夫人：“阿娘写信来骂我啦，说我做事不动脑子，咱们两家还能是外人能比的？自然是要全家去，全家人吃上三天三夜才算好呢。”

赵氏很满意亲家的态度，道：“那就全家去。”

等到了那天，劭鹤春还特意过来了一趟，说：“折绾不懂事，还望母亲顾着她一点。”

赵氏当时笑眯眯的，坐上马车放下帘子就脸色不好了，跟婆子道：“我难道还会不知道顾全她的脸面？她丢脸就是我丢脸！但他要娶个丢脸的回来，我能怎么办？当初我可是不答应这门婚事的。”

婆子劝了一路才将人劝好。

折绾倒是不知晓其中的曲折，下了马车，得了赵氏一个瞪眼，她也没往心里去。她今日早上起来心里存着事情，总觉得自己应该记得宋家的什么事情，却忘记了。年岁大了就这样，早年的事情忘得干净，但慢慢地接触到往昔，又能想起一点半点，只是实在记不清楚具体的。

宋夫人亲自出来接她们，挽着赵氏的手道：“我不羡慕你别的，只羡慕你有这么多好儿媳。”

赵氏：“瞧你这话说的，你儿媳妇就不好了？”

宋夫人：“我的亲女儿也比不过她！”

三少夫人：“嫁出去的女儿果然是受嫌弃的。”

一行人笑起来。宋夫人分出神来瞧折绾，暗夸一句好相貌，再看她神情温和，不卑不亢，跟传闻中倒是有些不符。

她就笑着道：“这是你家的新媳妇，我是第一回见，一看就是个懂事娴静的性子，你是有福气的。”

赵氏：“是，她性子安静，就是不太爱说话。”

有没有福气就两说了，不说话的时候就能把人气死。

等进了屋，折绾见到了年轻很多的宋家大少夫人，但十五年后的她也没有苍老许多，可见岁月对她是恩宠的。

折绾坐在下首，其他人去看孩子，轮到她的时候，也上前说了几句恭贺的话，她诚心诚意地道：“孩子很好看，眉眼像你，长大了必定是个俊俏的小公子。”

宋大少夫人就笑起来："我也是这般觉得的，这几个孩子，只有这个像我。"

折绾却突然记起自己忘记什么了，她记得后来这个孩子养到一两岁的时候去世了，具体什么时候去世的、出了什么事情去世的，她从前也没关心过，现在一时半会儿真想不起来，毕竟太久了。素膳去世之后，她多日躺在床上发呆，大夫最初说她身体没病，是可以好起来的，但她就是好不起来，反而越病越重，事情也忘得多，好多不关自己的事都忘得一干二净。

折绾坐下来低头拧眉想，还是没想起来孩子是怎么没的。她再看向孩子的眼神就柔和得像一团水，难得主动开口问了一句："怎么没打个长命锁？"

三少夫人挑眉："你懂什么？是宝云寺的大师说孩子命好，身子康健，不用佩戴这些东西，佩戴得多了，命格反而被压住。"

折绾是不懂这些的。她一生求子却没有求到，也没养过这么小的孩子，确实是不懂，于是便没有继续作声。

倒是宋家大少夫人年岁大一些，看得出她真情实意，张嘴便骂小姑子："你才懂什么！你这张嘴巴啊！也就是你大嫂嫂不跟你计较。"

三少夫人还要说，宋大少夫人便拍了她手臂一巴掌："你且闭嘴吧！"

三少夫人丢了脸，委屈得很："你都不疼我了。"

宋夫人打圆场："好了，都是自家人，你嫂嫂才打你。"

确实是只有英国公府一家子人在。折绾被这一出弄得怔了怔，晚间回家的时候，还在想宋夫人和宋家大少夫人。

上辈子她没见过她们几次，但她们确实一直很和气，见到自己，也会说三少夫人如何傻气，她们已经训诫过了，希望她不要计较，还会送礼过来。若是在其他府邸碰见了，也会过来打声招呼，但也仅限于此了。

折绾一直以为她们说的是场面话，做的场面事，但也许是真的？那后来三少夫人突然想通了，估摸着也是她们的功劳。

如果这是真的，有这般的家人，三少夫人却直到那么晚才想通，想来也是个蠢的。

她不由得笑出了一声，畅快地叫蝉月去厨房点膳食。

"起个锅子吧，再要一两米酒。肉要切得薄薄的，烫一烫就熟的那种最好，再给我一些辣子，用生姜、大蒜加油炒，最后用炒好的热油泼了，里头加芝麻送来。"

素膳今日又在外头跑，但赶在吃饭的时候回来了，手里拿着一袋花种子。折绾拧了湿手巾为她擦汗，笑着道："怎么满脸的土啊？"

素膳："我雇了牛车！花了十个铜板呢，根本没有自己走路，但灰尘还是很多。"

折绾："也不用急哄哄的，慢慢找就好了。"

素膳扮了个鬼脸："我可不敢慢，我得亲自去查探好价钱，我不是怕被骗嘛，你这么急，人一急就容易被骗。"

折绾手一顿："真能看得出来我很急？"

素膳："我当然看得出！但我懂，我们一直没有自己的好东西嘛。"

好东西总是急着要的。

折绾就笑起来："等过两天我手里的事情忙完了，跟你一块儿去。你说得对，我实在是着急，还是快些定下来比较好。"

她要出门，刕鹤春是很满意的，因为她说："我不懂花苗的来处，婆子们报给我银子，我也不知道真假，还是想要自己去看一看。"

刕鹤春就喜欢做实事的人，他的衙属们曾经抱怨他见不得人歇息，他自己也不歇息，跟耕牛一般。如今，他也不喜欢折绾歇息，所以听她这么一说，还挺欣慰的，道："你虽然性子慢，做事情慢，但也算脚踏实地。"

不算一无是处。

他的话折绾根本没进耳朵，第二天就出了门。赵氏和三少夫人听闻之后咋舌："还真把花草房的事情当成大事了？"

京都之中也有人喜爱花草，但此时还没有风靡，远远没有达到后面各府送花草的地步。

但人家自得其乐，她们两个也不高兴。三少夫人忙英国公府的大大小小的事情一上午，黄昏的时候，好不容易休息会儿，便听闻折绾回来了，还买了许多熟食，她当场就冷了脸："我忙死忙活，她倒好，整日里摘花买吃食！"

下头的人就劝："您是能者多劳。"

三少夫人又高兴起来："是啊，她蠢笨得很，竟然真埋头伺候花草，这跟花草婆子有什么两样？嫂嫂还说我欺负她呢。这样的人，我欺负她都嫌丢脸！"

但她嫂嫂的信送进了折绾的手里。折绾听闻是宋家大少夫人的人送来的，还觉得好奇，打开信一看，倒是感慨这个人真是坦坦荡荡。

信中说，她的贴身婆子认得折绾，今日去桂渊街的时候，恰好碰见她带着丫鬟在打听铺子的价钱。虽然她们戴着帷帽，但那婆子会听声，凭声音还是认出来了。

"我本想着此事冒昧，不好写信打搅，但又怕你买错地方。桂渊街空凉，仿若无人，我的嫁妆铺子就有在这里的，也想着卖出去，所以才遣婆子去估价。"

信里言辞恳切，折绾看得出来她是真心劝自己不要买。

素膳瞧见信，白了脸："糟了，咱们这事情要瞒着的，她知晓了怎么办啊。"

折绾就安慰道："虽说是要瞒着，但只是事情做成之前要瞒着，否则变数就多了。"

事情做成之前不要张扬是她学来的智慧，但是不小心被知晓了，也没有关系，万不可苛责自己，否则就本末倒置了。

“这也不是见不得人的事情，日后大家肯定会知晓的。宋家大少夫人是好心，没有恶意。”

她就写信去告知缘由，大概是说自己现在没有太多银子，但看中了桂渊街日后应该会涨价，现在买是合算的。

宋家大少夫人没想到她还懂这个，她展开信笑着道：“这个人还挺有志气的。”

折家什么都没有给她——三少夫人回家取笑她的时候说的。她就自己买，不能买好的，那就买能涨价的。

“玥娘还在那里争什么中馈呢，她已经买了铺子了，真是个聪慧的女子。”

她想了想，道：“那我的也不卖了，免得日后真涨了后悔。”

然后她又忍不住写信去跟折绾道：“桂渊街好几家铺子都在卖，有些只要八十两银子，你若是真想买，我与你当回掮客。”

宋家大少夫人姓玉，单名一个“岫”字。玉家世居丹阳郡，已有百年，子嗣繁盛，如今单族中子弟为官的就有百余人。玉岫是家中嫡长女，六岁与宋家定亲，十六岁成婚，今年二十八岁。

娘家得势，夫家得力，都是有头有脸的人，她便在京都夫人之中颇有人缘，由她牵线搭桥做个掮客，实在是简单之事。

因没有得到折绾的允许，她也不敢将此事告诉其他人，连关系最好的婆母都瞒着，只在婆母过来看小儿的时候，忍不住夸道：“她年纪轻轻的，却沉得住气，看得通透，您瞧玥娘和英国公夫人对她不搭不理的，她也只是自得其乐，并不理会。”

如今还出来买自己的铺子，是个明白人。

宋夫人却还在担心自己的女儿，抱怨道：“玥娘从小性子就莽撞，不懂让人，这是天生的，咱们努力教导多年，好不容易好了些，结果一嫁进英国公府，又被赵氏教坏了。”

玉岫：“但英国公夫人真心对她好，咱们也不好多说什么。”

且人常年在英国公府，她们不好经常上门训斥，便只能时不时写信教导，只是收效甚微。

宋夫人叹息：“赵氏这个人脾气大，平日里我都要顺着来，免得她因此对玥娘心存不满。”

而后她又气道：“折氏才是英国公府的大少夫人，将来迟早是要接管英国公府的，赵氏让玥娘现在跟她抢，等日后分了家，难道还要玥娘去给大哥大嫂掌家吗？”

外人一看就明白的道理，偏自家这个傻丫头不懂，还觉得自己抢赢了很得意。

宋夫人说着说着，不免对赵氏也埋怨起来：“若真是心疼玥娘，就该是咱们两人这般为她着想，而不是让她做个靶子。以前是跟大折氏争，如今又是跟小折氏争。”

玉岫宽慰道：“万幸大折氏和小折氏都是明理的，我看啊，人家两姐妹都不愿意搭理她呢。这般也好，没把人得罪透了，她在前面惹祸，咱们还能给她收拾收拾烂摊子。母亲，我看小折氏这个人可交，儿媳往后还想请她来家里吃吃茶。”

宋夫人也是这个意思：“不管她身世如何，如今人家已经有造化嫁进了英国公府做大少夫人，除非不幸走了，否则将来就是正正经经的英国公夫人，你结交她是对的。”

玉岫得了令，办起事情来得心应手，折绾还没写信回她要不要做这个掮客呢，她已经盘算着能把桂渊街哪些好铺子给她了。

另外一边，折绾拿着玉岫的信也没纠结，笑着道：“咱们碰见心软良善之人了。”

素膳却犹豫：“她到底是三少夫人的娘家人，会不会有诈啊？”

折绾循着记忆道：“这个人，跟普通的女子有点不一样。”

她记不得玉岫太多的事情，能记得的也是三少夫人不断跟她炫耀自家大嫂嫂如何如何，炫耀得多了，让她对玉岫实在是欢喜不起来，但确实不讨厌她，甚至有些敬佩，这个人是有大义的。

她还记得五六年后，勋国公府突然就被抄家了，说是兼并土地，蓄养私兵，勋国公府的女眷们死的死，被发卖的发卖，整个京都城里没人敢去帮扶，只有她站出来为她们收了尸体，打点了后事。

就凭这一事，折绾也愿意相信她是个真好人。何况后来自己都死了，也用不着真心实意地哭。

她笑了笑：“咱们现在什么都没有，相信她也没什么，吃不了什么亏。”

再者说……她摸摸素膳的头：“人与人之间，难说得很。有时候血缘亲族欺你，这种萍水相逢的人却愿意给你一点温柔。”

素膳是听折绾话的，笑着道：“姑娘现在这么聪明，我肯定听你的。”

她又道：“她人这么好，那我们就要感谢她了，要不要送点什么去？”

折绾：“我前些日子做了花鉴，不如就送那个？别的她都有，她家可是丹阳玉家。”

素膳不懂这些，还是第一回听见这个名字，好奇地问：“丹阳玉家？很出名吗？”

折绾也是听三少夫人炫耀的时候知晓的，道：“就这么说吧，英国公府虽然也是世家大族，但族人之间并不通序齿，丹阳玉家不这样，无论是多么偏远的族人，只要生下了孩子，都要按照年龄排序，最壮观的时候，她家的男丁排到了三百六十八郎。”

素膳张大了嘴巴。折绾剥了个鹌鹑蛋塞进去，说："非但如此，她家的男丁都是要读书的，女郎也都要知礼，但凡子嗣，幼年都要去读书才行。穷一点的家族里给银子，年老的族里奉养，出嫁的姑娘也有族里的人护着。如此数百年，她家现在四处为官的就有上百人，朝堂里就有玉家的阁老。"

说起丹阳玉家来，谁不说一声好？所以三少夫人如此骄傲。

素膳半晌没回过神来："那宋家大少夫人如果帮着三少夫人对付我们，不是轻而易举吗？"

折绾闻言愣了愣，而后认真地点了点头："是啊，这般看来，她对我还以礼相待，实在是个好人。"

折绾便写信约她出来详谈，然后顿了顿，道："我还要跟刕鹤春说说此事。"

她仔细想过了，若是做成了，依照现在的行情，花草铺子的客人怕是各世家府邸的夫人。这事情便是瞒不住的，还不如先说清楚，她也需要英国公府大少夫人的名头去做此事。

晚间，刕鹤春回到书房，便听松亭说折绾找过她。

松亭："少夫人说您回来了，还请您去一趟苍云阁。"

折绾还是第一回找他，刕鹤春只好去一趟。他这算是忙里偷闲，但也走得急，一脸大汗进了屋，好奇地问："出了什么事情？"

是觉得可以接中馈了？又或者是可以接川哥儿了？

但她说："我出门打听了花苗的价钱，就想开个花草铺子，不想被宋家大少夫人的婆子瞧见了，她写信来跟我说她可以帮我介绍。"

刕鹤春还以为自己听错了，但见她一脸认真，好一会儿之后才突然怒道："宋家的大少夫人？开花草铺子？你知不知道自己在做什么！"

他一时之间都不知道自己是觉得妻子亲自去打听铺子丢脸，还是觉得在宋家人面前丢脸而恼怒，只是一口气上不来："折绾，你到底在想什么！你该做的正经事不做，偏要走这些乱七八糟的道。"

折绾知道他的意思。在他的心里，甚至往后十几年，他都认为她嫁过来是为了照顾英国公府一家，是为了川哥儿，这才是正经事。就算是后来素膳病了，她要带着素膳去江南寻医，他也认为这不可思议。

他拍着桌子骂她："折绾，那不过是奴婢，她已经病入膏肓了，我也允了你叫太医来，太医院的太医都来几个了？都说治不好！你还要怎么样？如今川哥儿就快要成婚了，你是一家主母，是他的母亲，你要丢下他，去陪个奴婢到江南求劳什子江湖郎中？"

没有一个人懂她，都觉得给一个奴婢请这么多太医是天大的恩德了。

他们不懂，她就自己做，不需要任何人同意。

那也是她此生最坚持的一件事情，她还记得那是个春日，廊外的蔷薇花开得正盛，她自己抱着素膳从院子里一路去到马车上，马车都到郊外了，她生出来的逆骨才半天，素膳却没挺过去。

折绾如今想起来还是后悔，若是早一点去江南会不会好一点？万一那些个江湖郎中真的有用呢？这都快成为她的执念了。

她想起这个就生气，温吞的功力都破了，突然站起来将手里的花草都摔在地上，将桌子上的茶杯一把推了下去，说："我就是想要开个铺子而已，这有什么不可以的！京都之中女子有铺子的不少吧？咱们府里常日吃的燕窝是庆国公夫人的嫁妆铺子，常日买的布是辅国公家二少夫人的嫁妆铺子，谁说什么了？"

如此稀松平常的一件事情，为什么到她这里就成了罪过？

这也是她上辈子的遗憾，她的吃穿用度都是英国公府给的，所以她没有脸面，必须要巴结这家人。

她都蠢一辈子了，现在弥补自己的遗憾怎么了？

她又坐下去，说："我是做定了的！我已经写信给宋家大少夫人请她帮我说和了，你不准也没有用，难道还要我写信告诉她，你不准我置办铺子吗？那是谁丢脸还不一定呢！"

殇鹤春就呆愣地看着满地的残花败草和破碎的茶壶茶杯，再次没回过神来，但他不敢再继续骂她了，免得她继续摔东西砸碗。他是个讲脸面的人，他怕传出去被人笑话。

殇鹤春甩袖而去，只留下了一句"随你"。

折绾却平静下来了，她还要哄素膳。

素膳这回是真被吓着了，她白着脸在屋子里走来走去："姑娘，是不是你哪句话说错了？"

折绾低头去捡地上的花草和碎瓷片，故意带着气："没有！他就是见不得我好！"

素膳一见她还要捡瓷片，就顾不得惶恐了，赶紧弯腰拉上她走开："姑娘，让我们来，你别伤了手！"

危险一解决，她又开始陷入自我责备："怪我没有劝你停手，我就说这步子太大了，该晚些再置办这些东西。"

虽然出去打听价钱的时候很快活，想到姑娘能有宅子和铺子也很快活，但是这些快活在大少爷的暴怒之下，就显得不是那么快活了。

折绾眼睛发涩地看着素膳。素膳这个性子确实是她影响的，她从前在折家的时候就喜欢问：

"素膳，你说我今天是不是说错话了？"

"素膳，今天五姐姐看我的眼神是不是很奇怪？我是不是得罪她了？"

"素膳，我今日走在了三姐姐的前头，她会不会觉得我在抢她风头啊？"

"素膳，我今天跟姨娘顶嘴了，我好愧疚，我现在去跟她道歉吧？我感觉自己好不孝顺啊。”

“素膳……”

说得多了，她慢慢地就发现，素膳已经被她问得变成了另外一个自己。

她眼睛通红，忍不住哭出声，就着这眼泪给素膳下重药：“你都不知道，他刚刚还想动手打我。”

素膳乱走的脚步一顿，脸色顿时由白转青，愤怒得手都抖起来了，拔高了声量：“他还要打你？”

折绾：“是，他贬低我，说我买铺子是乱来，让他丢脸了，他两眼一瞪，好像要打人。”

素膳松了一口气：“姑娘别怕，那不是要打你。”

但她又不由得担心：要是真敢打姑娘怎么办？

折绾：“要是真敢打我，我去哪里？”

素膳浑身又是一哆嗦：“姑娘，咱们得买宅子！得买铺子！”

她是见识过男人打女人的。男人力气大，扯着女人的头发在地上拖着走，女人不仅后背会被拖掉一层皮，头皮还会被扯掉。就这般了，还要回去给男人做饭洗衣，不然又是一顿打。

折绾：“他就算是打了我，我还要给他养川哥儿，伺候婆母呢。”

素膳听得伤心极了：“一定要买！姑娘，先不买铺子，买宅子，买得远一点，隐蔽一点！”

她想了想：“就跟之前说的一样，先买在我的名下，我已经是良籍了，你住在我的宅子里，我关了门，他就是闯也是私闯民宅吧？”

折绾没想到还有如此好的效果！她马上点头：“是啊，天子脚下，他也不敢太放肆的，他还有许多政敌呢，都在等着抓他的马脚。素膳，你好聪明！咱们一定得买在你的名下。”

素膳只是气恼地一想，但也知道就算是她的宅子也拦不住大少爷，不过姑娘这么夸她，她就忍不住肯定了自己一点点：“真的？”

折绾：“真的！”

她拉着素膳坐下来，说：“我是看清楚了，他贬低我、打压我，说我不好，说我丢脸，这样一来，只要我被他说得承认自己不好，承认自己丢脸，然后就会害怕他生气，以后就不会再想着去外面买宅子买铺子，而是会一心一意地为他操持家事。只要我没地方去，娘家又不管我，还不是他想骂我就骂了？就算他没想打我，被骂了也不好受啊。”

素膳被她引着想了一遍，第一次异常坚定主动道：“姑娘，你别怕，你聪明得很。我会帮你看住铺子的，还要赚很多银子。大少爷若是想打人就打我吧。”

折绾就笑：“你这个傻丫头。”

她们谁都不用挨打。

安顿好了素膳，她就跟宋家大少夫人约好了明日去宋家相见，翌日天不亮就起来收拾打扮。这还是她第一次如此郑重地去办自己的事情，所以很是精心。

“你觉得我穿哪件比较好？”

素膳和蝉月出主意：“茗妈妈说花草房的玛瑙山茶开了，正好配这件绯色的衣裙。”

“外头搭一件素白色的褙子正好，粉白粉白的，显得人精神好。”

折绾也觉得好，文月过来替她梳头：“奴婢新学了一种茶花髻，戴上茶花肯定好看。”

一屋子的人就忙活起来，这个递梳子，那个递头油，时不时还传出几声笑，可见里面是欢快的。

刕鹤春今日沐休，却还要出去应酬，路过这边的时候，发现里头的动静大，皱眉一瞬，想要开口去问一问，但想起昨日的事来还是生气，便冷冷一笑走了。他倒是想看看她能折腾出什么来。

素膳亲自去花草房采的山茶花，回来正好瞧见他冷冰冰的眼神，本能地吓得一颤，但想起姑娘昨日害怕地哭着说大少爷要打她，就咬住牙，抑制住害怕，硬着头皮走进屋子，将那朵她亲自摘下的、花草房里最好看的玛瑙山茶稳稳地插在了姑娘的头上。

（二）

玉岫一大早叫人备好了茶水点心，折绾到的时候，她不好意思极了：“本就是我冒昧，你没有怪罪，我是松了一口气的。这般相见，其实更好的是去外头的茶楼郑重请你一桌，但我刚出月子，身子骨还不算好，便只能请你来家里，还望你不要怪罪。”

她说话也不算是轻柔，甚至声音带着一丝沙哑，但折绾觉得如沐春风，舒服极了。她笑着道：“我也是诚惶诚恐地上门，你不嫌弃就太好了。”

玉岫请她坐下，替她斟茶，互通了闺名，然后也不劝她再考虑考虑买别的地方，也不说自己能为她牵线价格多低的铺子，只轻柔地询问道：“你是想置办个花草铺子？那边实在是冷清，最开始怕是没人，你的花草品相如何？我替你张罗张罗？”

折绾没想到她是这么直爽的人，她也不推却，立马道：“那咱们五五分成。”

玉岫忍不住弯起了眼睛，觉得她实在是实诚：“五五分就不要了，这于我算不上什么大事，不过是举手之劳而已。若是你心里过意不去，便平日里给我送些好看的花草就行。”

她看看自己的院子，道：“我天性不爱弄这些，却爱附庸风雅。”

她们一个觉得对方直爽，一个觉得对方实诚，都没有将人往坏处想，于是交谈起来都很欢快。

说到最后，折绾感激道：“我得了你这么大的恩惠，实在是想不出怎么报答你。”

玉岫今年也是二十八岁的年纪了，哪里还看不出她的不安来。折绾这是觉得自己走得太顺利了，人一路上走得艰难，一旦走得顺点，就会惶恐起来。但这又算得上什么呢？她一向喜欢交朋友，给别人的更多。

她估摸着折绾的性子，宽慰道：“花花草草于你简单，于我却是难事。你觉得此事占了我多大的便宜，但我确实只是举手之劳。这话说得直接，还望你不要生气。”

折绾怎么会生气呢？她笑起来：“那往后你的花草都由我来送。”

两人便算是相识了。玉岫率先道：“我替你选了几家铺子，你先看看。”

折绾和素膳亲自去打听过，那条街她后来也去过很多次，一眼便瞧出这几个铺子的好处。

她欢喜起来：“这几个我也去打听过，但人家都说不卖。”

玉岫：“都是要卖的，但不会告诉别人，这都是我相熟人家的。”

折绾深吸一口气，盘算着自己的银子，挑出了三家铺子：“我想要买下这三家来。”

她本以为这三家也要四五百两银子，结果玉岫却道：“你眼光真好，这三家确实是最好的，但价钱要贵一点，统共三百五十两。”

折绾就感激她：“能买下来已经是很好了，银子我也有，不用亏了对方。”

玉岫“哈哈”大笑：“没照顾你，真是这个价，便宜就便宜在我这个掮客不收你的银子，但是你也送花草来嘛，我也不亏。”

跟这种人相处实在是舒服，折绾也不好继续纠结此事：“真是多谢你。”

她也知晓玉岫的意思，明白她是为了给三少夫人谋个善缘，便笑着道：“怪不得三弟妹能有那般好，想来也是你教导的。”

玉岫马上解释：“我也不是全为了她，是真心实意喜欢你这个性子。”

一个最开始就不让自己卷进无端家常琐事里的姑娘不常见，能帮一把当然是要帮一把。

折绾还是第一回从外人嘴里听见有人夸赞她的性子，她不由得弯了嘴角，拿出自己做的花鉴，说：“实在是没有什么好东西可以送的，你不要嫌弃才好。”

玉岫却真的很喜欢。她不懂诗词歌赋，但这些风雅的物件她一件没少买，银子总是花在了这些地方！

“我买的那些都没有你做的这本花鉴好！”

得了件称心如意的好礼，她势必把铺子的事情做得尽善尽美。她们这种的人家，过契就不要自己去了。玉岫叫了个婆子进来，道：“你现在就去衙门办，黄昏之前要回来。”

她又跟折绾道："你也派个人跟着去，两个人好办事。"

折绾就叫素膳去。玉岫好奇地问："素善？良善的善？"

折绾摇了摇头："先头取名的时候确实是良善的善，但我当时觉得膳食的膳更好。"

填饱肚子才是最重要的。

玉岫就柔肠百转起来。

是，善是像她这样不愁吃穿没有烦忧的人才修的，而折绾和她的小丫鬟，要修的却是膳。

折绾看见玉岫的眸子柔起来时，才后知后觉地发现，她竟然懂自己的意思。

她再次佩服起玉岫这份品德来，待她的心也越来越诚，想要劝一劝："我上回在信里听你说你要卖桂渊街的铺子？"

玉岫："不卖了，我听你一说，也觉得以后还会再涨。只是如今京都的宅子都已经这么贵了，要是再贵下去，普通一点的人家怎么能安心地住下去？"

折绾想了想："即便是现在，也有不少官员是赁屋住的吧？"

玉岫点头："哪里买得起哦。"

然后她兴冲冲地道："你只看出桂渊街会涨吗？还有没有别的地方？桂渊街我有不少铺子，若是有别的地方，我再买些去。"

虽然会忧心他人，但有便宜还是想要占的。

折绾："泗安街和庆明街都会涨很多吧？"

她回忆道："往后十年，京都的人应该会越来越多，高官侯爵的府邸也眼瞧着越来越大，地便不够用了。本也还好，目前府衙还管着，不准太贵，但以后却说不准。"

她记得有一年来京都置办家宅的人突然就多了许多，户部批了文书，京都的地便格外抢手起来。

"我也只是根据自己的银子搏一搏，万一没涨，我也不亏，我银子少嘛。"

玉岫："是，这也不贵。"

折绾说的这几条街都偏远得很，她这时候买下来一条街都行，但买来也没什么用处，于是道："我挑几个好地段买，只当是少买了些古玩。"

这便是真正的大户人家了，哪里像赵氏那般，给她的中馈银子也抠抠搜搜的。折绾和她又吃了午膳，直到下半晌的时候，素膳才回来。

她脸红透了，也不知道是赶路赶的，还是激动的。她将地契递过来："少夫人，都做好了。"

直到这一刻，她还晕晕乎乎的。折绾接过地契，直接放进袖子里，脸上浮现出由衷的笑："素膳，辛苦你了。"

天色不早了，她也得赶回去。玉岫送她出门，亲昵道："我叫你阿绾吧？你也可以叫我玉姐姐。"

她又送了许多礼给她，都是一些府里的吃食，说："我见你喜欢吃，便叫厨子给你做了一些。"

折绾收了东西，不知道如何感谢，当场便说第二日就给她送盆上好的牡丹去。她赶在天黑之前回到英国公府，正好碰见了三少夫人。

三少夫人刚刚理完府里的事情，瞧见她打扮得如此精致出门，后面的丫鬟手里又捧着大包小包，看着还有些眼熟，只是一时之间没有想起来，还以为是她又出门去哪里买东买西了。

她心里莫名有了一种憋闷，阴阳怪气地道了一句："这是去做什么了？"

折绾："见了一位好友。"

三少夫人"啧"了一声，用一种"你的朋友能是个什么好的"神态，轻描淡写地问："谁呀？"

是哪个七品小官的夫人，还是哪个府里的庶女？

折绾就用一种很奇异的目光看了她一眼："是玉姐姐。"

她说完就走，并不停留。素膳憋着笑，等回到苍云阁的时候才笑出声来："要是让三少夫人知晓玉姐姐是谁，那还得了！"

折绾也跟着笑："是，她必定是要生气的。"

她又关上门，将地契摆在桌子上仔细看了一遍，道："没想到能买到这么好的，还买了三处。"

素膳的心又"扑通扑通"跳起来，捂住胸口道："姑娘，咱们要怎么用这三家铺子啊？都开花草铺子吗？"

折绾："这时候步子就不要迈得太大了，先试一家看看。"

素膳："要我去做什么吗？"

折绾："要的，首先要把人给捋齐全了。"

素膳："什么人？"

折绾："自然是铺子里面的人，比如说掌柜的、账房，还有搬运花草的人，还有种花的……不少呢。"

素膳傻眼："是哦，还要这么多人呢。"

她马上想到了最关心的事："是要给他们发月钱吧？"

折绾："当然要发呀，这个以后归你管！"

素膳苦恼极了。向来是她自己领月钱，哪里给过别人啊。

折绾歪坐在临窗榻上笑："你还说要给我赚很多银子呢，瞧你没出息的样子！"

她也没为难素膳："你慢慢来，慢慢练，以后可是大掌柜了哦。"

然后她又马不停蹄地把茗妈妈叫进来："我有个事情要问问你的意思。"

茗妈妈谄媚得很："少夫人，您说就行，老奴义不容辞。"

少夫人好说话，为人温和，苍云阁又事情少，从不让她担责，她是再没想过自己还会有这般的好日子。就算少夫人现在要她出点血，她也是愿意的，谁知却听她说：“我记得你有个女儿很会算账，跟你一样还会养花？”

茗妈妈说起这个还很骄傲：“是，那丫头自小就算账清楚。去年刚嫁了出去，便没跟着进府里来。”

茗妈妈的女儿嫁人之前讨了赵氏恩典，已经脱了奴籍，不算是英国公府的奴才。

折绾：“我置办了一个花草铺子，如今缺做事的人，你帮我回去问问她，愿不愿意来给我做账房。”

茗妈妈万万没想到是这样！她忐忑得很，支支吾吾地在那里立着。

折绾端着一杯茶抿一口，温和地笑着问：“是有什么顾虑吗？要是不愿意也没事。”

茗妈妈连连摆手：“没有没有，少夫人菩萨心肠，奴婢们自然是满心欢喜。只是她……她半年之前才生下孩子，奴婢是怕她顾不过来。”

但她又怕不答应得罪了少夫人。

折绾不缓不慢地安慰：“我只是问问你，若是你不愿意就算了，这不值得你不安。”

她又温柔地道：“我也是听人说的，想着你这样爽利能干，你的女儿也不会差。若是她不会，好歹还有你教导，就免得我腾出手去教她。再者说，我新来府里，除了这几个小丫鬟，也没什么信得过的，账房嘛，是要管账的，我要找个信得过的人才行。”

茗妈妈三两下就被少夫人说得熨帖，心里还隐隐生出些无以为报的感恩。她道：“少夫人，奴婢回去问问她，她从小就是个跳脱的，说不定能舍了孩子来做事。”

折绾笑着点了点头，并不担心记忆里那个胆大的姑娘不来。

那是个肯抓住机会的好姑娘，后来跟素膳一块儿玩得很好。那年她想去闽南买地，她还自告奋勇，拍着胸脯道：“少夫人，你放心，我从小学东西就快，闽南话罢了，不出三个月，我一定说得比本地人都好。”

只是可惜了，因为素膳的病，她最后也没有去成闽南。

茗妈妈当天晚上就出了府，回家去跟女儿说此事。她行事匆匆，自然就被三少夫人身边的婆子看在眼里，于是三少夫人就知晓了。

她皱眉坐在窗户下，一边盯着儿女写大字描红，一边问：“怎么回事？”

婆子摇摇头：“瞧着茗妈妈去的方向是她女婿家，着急得很，估摸着是她女婿家里出了什么事情。”

三少夫人鄙夷道：“一屋子没规矩的。”

然后她顿了顿，还是道：“你去帮我查查大房今日去哪个小门小户了。”

她要打听出来，下次去讥讽讥讽。

结果婆子回来，却神色怪异地道："大少夫人今日去的是您娘家，她说的玉姐姐……怕是咱们家的大少夫人，您的嫂嫂。"

三少夫人的小丫鬟扫出了一堆碎碟碎碗。

三少夫人姓宋，单名一个"玥"字，是宋夫人的老来女，平日里确实宠得很。但让宋夫人自己拍着良心说，她也能问心无愧地说一句"并没有宠爱太过"。京都贵女被宠养坏的例子太多了，宋夫人实在是宝贝这个女儿，从小就很注意教养，她却越大脾气越坏，倒不是本性有多坏，就是喜欢争，喜欢抢，半点不饶人。

宋夫人为此还担心过，她去婆家之后会跟婆母闹矛盾，结果赵氏反而喜欢她这种性格，两人很快像亲母女一般，很是合得来。

宋玥娘得了折绾去过宋家的消息后，第一个念头是把儿女送去院子里面玩，第二个念头是等他们走远了砸东西，砸完心里气还在，便去山海院里告诉赵氏，赵氏又把刕鹤春叫了去。

刕鹤春本来也生折绾的气，朝堂上还有一大摊子事情呢，忙得焦头烂额的，被母亲一顿"你媳妇去宋家你知道不知道"的质问说得脾气上来了，道："母亲也不给她中馈，也不把川哥儿给她养，她便无事可做，去宋家坐坐又能怎么样？"

要不是母亲一直偏心三弟妹，阿琰说不定不会去世，折绾也不会领什么花草房的差事，更不会去打听劳什子花苗，最后还要买铺子。

他真是想不通，母亲这么给他的妻子没脸，难道就不顾及他的脸面吗？

他难得发脾气，说完看母亲一脸通红和不可置信的表情，又觉得自己说过了，僵硬地道："是儿子言语无状。我还有事，便先离去了。"

半句多余的解释也没有。

赵氏被说得气急败坏，却又没法子追出去骂，还要瞒着藏着，生怕别人知道她被儿子顶撞了。

唯独她的贴心婆子得了她的秘密，安慰道："大少爷二十多年来可曾忤逆过你？今日算是第一次吧！但今日这也算不得忤逆，估摸着是在外头心气不顺呢。"

赵氏抹眼泪："他这还不算忤逆我？真是娶了媳妇忘了娘！"

婆子早就想劝她了："当年大折氏在的时候，他何曾这般过？咱们也是知晓的，她时时劝解大少爷呢。但这个小折氏是个闷葫芦，咱们冷眼瞧着，她嫁过来不过一个多月，已经有好几次惹了大少爷不高兴，她却乐呵呵的，依旧过日子，怕是都不明白大少爷为什么生气。这般的人心眼不在这里，估摸着也不是她挑唆大少爷。"

赵氏皱眉道："你什么意思？难不成还是我的错？"

婆子姓赵，跟了她几十年了，说话也大胆一些，道："依着老奴看，此事您确实是有错的。您啊，还不知晓大少爷的心意吗？他这是埋怨你不顾念着他呢。”

赵氏愣了愣：“我还不顾念他？我就差把心掏给他了！孽子，我为了他，连个婆子都不敢收拾！”

赵妈妈：“可大少爷不知道啊，他看着您喜欢三少夫人，就想着您喜欢三少爷。两个少爷之间……您还不清楚吗？”

赵氏马上就担忧起来：“唉，鹤春小时候一直在宫里走动得多，不在我跟前，我自然是疼爱鹤悯一些，也确实偏向他一些……鹤春回来之后，一直因为此事跟我闹别扭。”

三少爷名叫劦鹤悯。

赵妈妈：“这就对了，孩子再大不也希望阿娘对自己更好吗？老奴还记得您都多大了，还因为老夫人给了其他姐妹一盒东珠没给您而生气呢。”

赵氏被说得笑了起来：“是，我是不高兴母亲对我不好。”

赵妈妈：“大少爷这般身世地位，又是在朝堂之上行走的，若是被人发现有这种小心思，怕是要闹笑话。”

赵氏没忍住，大笑起来：“都多大了啊！还争宠呢。”

赵妈妈眼见她松快了，便松了口气，道：“那您就多担待，到底是您生下来的，还能扔了不成？”

赵氏就道：“儿女真是债！”

但她思量了一会儿，心口还是有气，便突然冷笑道：“之前还好好的，你说小折氏没有挑唆鹤春，我是不信的。”

她又想起今日玥娘对她说的话。

“折绾也太悠闲了！母亲，咱们两个苦哈哈的，她反倒好，整日里插花闲逛，好不自在。可母亲，她能如此，不就是因为你帮她带着川哥儿，我帮她打理家事吗？她一点都不感恩。”

赵氏也觉得这话言之有理。她顿了顿，对赵妈妈道：“让她来山海院看着川哥儿吧，我那边不是还有一些针线活儿吗？叫她去给川哥儿做袜子。”

赵妈妈一口气没上来，她心口苦，发自内心地劝道：“大少爷今日才发了脾气，您还是悠着点吧，别一番好心最后被误解，叫他以为您欺负人呢。您忘记叫大折氏给您做袜子的事情了吗？”

她出主意：“夫人，大少爷不是埋怨您养着川哥儿不放手吗？不若就叫川哥儿去苍云阁住几天，让大少夫人养几日，好叫她知晓您养育孩子的艰辛。”

赵氏就气得脸色都白了：“我真是对鹤春尽心尽力了，连他媳妇都让着！”

她气得晚膳也没吃，在床上翻来覆去地哭。

（三）

“要一个栗子炒鸡，把鸡肉切成块，用二两菜油炮制。再加一碗酒、一杯秋油、一碗水，煨七分熟之后同已经煮熟的栗子、新鲜的笋一起再煨三分，最后下一把糖翻炒就行。”

蝉月笑着道：“李叔，又要辛苦你了。”

她塞过去一串钱：“这是少夫人给你的。”

李师傅笑吟吟地接了：“你放心，这也是我的拿手菜，保证味道不会差。”

然后他顿了顿，小声道：“今日我出门去买食材，瞧见茗妈妈出了府，三少夫人跟前的宋妈妈好像是有事情要叫她，跟了好几步呢。”

蝉月就知道他的意思了，端着栗子鸡回去之后道：“说不定宋妈妈就有见不得的心思，否则跟着茗妈妈做什么？”

折绾将栗子鸡分成好几份给小丫鬟们，说：“没什么的，顶多是三少夫人暗地里骂我几句出气。”

今日办成了大事，她心里高兴，道：“明日去买点牛肉回来，咱们做牛肉锅子吃。”

蝉月就笑出声：“奴婢都急死了，您还顾着吃呢。”

但她松了一口气。大少夫人看起来性子软，可不知道为什么，蝉月就觉得她什么事情都预料到了，所以并不害怕。

可折绾还是料错了。当赵妈妈抱着川哥儿，后头跟着于妈妈等好几个拿着行李的婆子时，她愣在当地，半晌没有回神。

赵妈妈恭敬地笑道：“夫人说，您和川哥儿母子情深，还是要多见见才好。”

折绾沉默了一瞬，点头：“是往后都回来住吗？”

赵妈妈：“不，先住几日，夫人也是怕川哥儿住不习惯。”

折绾亲自送她出去，还送了她一笼新做出来的糕饼：“是用花做的，你尝尝。”

她一直挺喜欢赵妈妈的，只是赵妈妈到底是赵氏的人，再怎么好心，也还是会先顾念赵氏。但折绾从前惶恐不安的时候，也曾得到她的提点，此后对她多了几分善意。她这个人，本就长得善意十足的模样，这般多三分柔和，反倒让赵妈妈生出了几分不好意思。

等人走了，素膳才过来嘀咕：“她是夫人的人，没憋着坏吧？”

折绾拍拍她的头：“没呢，人心善恶，哪里是那么好断定的。”

她带着素膳进屋，于妈妈等人还站在那里等吩咐。

折绾跟于妈妈打了十几年的交道，从前真是恨得不行，但生死走了一遭，再看她，却觉得她也不过尔尔。她从前为什么会想着跟个婆子争川哥儿的尊敬？

她转过头，跟于妈妈道：“东厢房是给川哥儿住的。”

于妈妈肃容应下，本是想要抱着川哥儿退出去的，却被赵氏派来的妈妈笑着拦下：“咱们还要忙活着布置川哥儿的屋子，便将他放在大少夫人这里吧，也好亲近亲近。”

于妈妈没有反对，看向了折绾。

折绾点头：“那就留一人下来照看，其他的散出去做事。”

她今日还要忙茗妈妈女儿的事情，并不打算多管。

留下来照顾川哥儿的还是于妈妈，没别的缘由，川哥儿到了新地界害怕，抱着她死活不放。

于妈妈就有意无意地带着些得意看向折绾，却发现她早就已经转身跟素膳在低声说话了，连一个眼神都没有看过来。

茗妈妈的女儿姓花，名字也好记，唤作三丫。茗妈妈生的孩子都是女儿，一个个按照序齿叫，家里一共四个丫头。她生到第四个就不肯再生了，再生下去，做不好府里的活计，怀着孩子到底还是不如别人那般干活麻利。

茗妈妈笑着道：“您别见笑，怀这孩子的时候，老奴正在养风雨兰，这种兰草性子野，她便也跟着野了起来。”

折绾就想起后面三丫给自己取名叫素兰，原来是这个缘故。

她拉着三丫的手道：“你愿意来给我做事吗？外头给账房多少银子，我就给你多少银子。”

花三丫激动得很：“阿娘昨日回家来还怕我不同意，我哪里会不同意啊，这是天大的恩惠呢。”

少夫人要是真愿意给她做，那就是她的恩人。

折绾笑起来：“我也觉得你会同意。”

她指着素膳道：“她术数也好，你们可以多说说话。”

一屋子人拢在窗户边说话，蝉月在门口守着，突然看见一个小丫鬟带着川哥儿往这边来。

蝉月低声问：“于妈妈呢？”

小丫鬟：“去茅房了。”

蝉月：“你怎么带着川哥儿来这里了？”

小丫鬟连忙摆手解释：“是川哥儿要来的。”

她是于妈妈手底下的小丫鬟，还来这里给少夫人送过口信，蝉月一下子想起来了：“上回是你来说少夫人的生母病了吧？”

小丫鬟连忙点头：“是我。”

然后她才道：“川哥儿玩了一会儿，熟悉了这里。他对新鲜的东西都很好奇，便一直想往这边来看看。”

这回换蝉月犹豫了，她不知道要不要带川哥儿进去。她挡住门口，只露出川哥儿往里面张望的好奇懵懂的一张脸，然后回头看向少夫人，只见她淡漠地扫过川哥儿的脸，又低下头去跟茗妈妈的女儿说话。

蝉月就知道要做什么了，她笑着道："川哥儿是不是饿了？我带他去吃糕饼吧？都是新鲜花朵榨汁做出来的，是个新鲜东西。"

劭鹤春是晚间回来才知道川哥儿被送回来了。他心里颇为后悔，觉得自己对母亲确实说得过了些。他先去赵氏那边道歉，两人母子情深了一个时辰，这才回苍云阁。

赵氏喜滋滋地对赵妈妈道："还是你有办法。"

赵妈妈也乐见其成："您看，大少爷到底是顾念您的，您一服软、示弱，他就孝心上过不去了，母子之间哪里有隔夜仇啊？"

但想来母子跟母子也有不同，等劭鹤春发现折绾还在只顾着算账，根本没有管川哥儿的时候，他便有些不是滋味——到底不是亲母子。不过也不怪折绾，她跟川哥儿并不熟悉，自己年岁也不大。

再给她一些时间吧，他宽宏大量地想。

他肃着脸进门，于妈妈就抱着川哥儿站起来："大少爷。"

她今日一下午都带着川哥儿在折绾这里，就是为了等大少爷回来看见川哥儿。父子之间亲近一些才是正理，但大少爷忙，一天只去一次山海院，很少亲近川哥儿。

劭鹤春先是抱了抱儿子，问他今天做了什么。川哥儿努力绷着脸认真地道："认了一个字，在花园里面踢毽子。"

劭鹤春点头："很好，不仅要认字，也要多动动。"

他示意于妈妈将人抱走。

屋子里面又只剩下他们两个人。折绾这才放下账本，轻声问："怎么了？"

劭鹤春却不说话，只觉得她这副脾气折磨人——她如此轻声细语，似乎之前摔东西的不是她一样。他还记得她的不可理喻，她却已经不当回事了。

怎么是这个脾气？好在他是个男人，不跟她计较。

他坐下来，肃着脸说："我跟母亲说了川哥儿的事情，她便将川哥儿送回来了……你好好养。"

折绾："好。"

她并没有拒绝，但她答应得太快，又让劭鹤春有些恼火，他指出她的怠慢："你瞧你刚才，川哥儿被个婆子带在一边玩，你也不搭理他。"

折绾笑着道："有于妈妈在，出不了错的。"

劭鹤春深吸一口气。若不是她一脸温和，他就会觉得她在嬉皮笑脸了。他道："我的意思是，不管有没有婆子，你也该亲近亲近川哥儿，哪能只顾自己看账本。"

折绾却知道怎么治他，带着微微责备的语气问："你也是他的生父，你怎么不亲近他？"

她戳中他的痛处："我听人说，你并不经常去看川哥儿。"

刕鹤春又被气到了："我要上朝，公务缠身，终日在外，哪里能一直在家里陪他？"

折绾一脸狐疑："玉阁老不比你忙？我听闻他下朝回家还经常陪孙子去钓鱼。"

刕鹤春气得转身就走，但走了几步又停下，冷冷地道："我没有跟母亲说你置办铺子的事情。"

但等走出门才发现，自己原本是要跟折绾说说让她专心养川哥儿的事情，结果被她将了一军，她什么时候学会这招了？

屋子里，素膳也在问："大少爷怎么好像憋屈着走的？"

折绾笑着道："没事的，他过阵子又会自己想通了。"

如今看来，刕鹤春这点其实很好，他不会跟她"计较"。不管是看不起她，还是觉得自己是个男人，他都觉得自己跟她计较是多余的。但最初那几年里，她却为他这种性格惶恐多时。他的言辞和神色都不懂得遮掩，总是将她的不好摆在明面上，责备和轻视的话语脱口而出，总是让她羞愧和慌乱得一宿一宿睡不着觉。但他过几天就会变得神色如常，好像什么都没有发生过。即便后来她大着胆子反驳他，他也会说："难道你没有错处吗？"

折绾今天这招就是学的他，但是她也没有说错，他确实对川哥儿并不亲近。最初的时候，应该是觉得这个孩子害死了长姐，长姐是难产而亡的，他心里过不去这个坎。后面是真忙，他上了朝堂，是个新人，为了稳住地位，很是费工夫。再后来，便是时不时去外地巡查，偶尔回来也是终日在外。折绾跟他最初那几年其实也不熟悉，更何况是川哥儿了。

等到了后面，川哥儿渐渐长大了，很是孺慕父亲想要亲近的时候，刕鹤春却成了个严父。他的原话是："他都被你们宠坏了！这么大的年岁，竟然还做不出一篇文章来。"

川哥儿怕他怕得只要听见他的名字就抖，后来再大一些，就成了另外一个刕鹤春，寡言少语，冷冷清清。

所以……折绾其实很不明白自己到底哪里做错了。刕鹤春骂他，她就去安慰；他害怕刕鹤春质问他读书的事情，她就用尽了办法，引着他去大胆一些，陪着他读，一遍又一遍地练，她最后都会背那些书了。她操心他大大小小的事情，一点一点地将他养大，温和细语地养着，希望他能长成一个温润如玉、开朗俊俏的郎君，不要像她，可以像长姐，但他像刕鹤春。

折绾唏嘘起来："既然我养不好，那就让他养。"

既然川哥儿最终还是不喜欢她，不愿意亲近她，那就不亲近好了。她这辈子想要弥补的遗憾里面，并不包括把他养成如同长姐那般的人，并不包括把他养得同自己亲近。

所以第二天给赵氏请安回来，于妈妈等几个婆子抱着川哥儿过来的时候，她就笑着道："放到榻上去，上面铺了棉絮，里里外外好几层，摔着了也不怕。"

她又对于妈妈道："你今日把榻上的边边角角都包一包，免得到时候川哥儿磕着了。"

然后她跟茗妈妈到一边道："你叫人备好马车，我今日还要去宋家一趟。"

茗妈妈知晓她是为了跟宋家大少夫人谈铺子的事情，赶紧点头："是，奴婢马上去。"

于妈妈就冷眼瞧着她"关心"了几句之后，开始忙活自己的事情，而后直接出了门。

她这一出门，三少夫人宋玥娘差点又气得摔了锅碗瓢盆。宋妈妈好声好气地劝："奴婢这回打听了，是咱们家大少夫人写了拜帖请她去的，说不定是有事情。"

宋玥娘哭道："大嫂嫂跟她有什么可说的！她们才认识多久啊！"

宋妈妈："要不，您写信回去问问？"

宋玥娘赌气道："不问！她跟折绾的事情都不告诉我，我才不问呢。"

宋妈妈："那您问问小折氏？"

宋玥娘："我问她？她配吗？"

宋妈妈："那让国公夫人去问？"

宋玥娘还是不依："我都不想去跟母亲说了，我嫌丢人。我娘家嫂嫂跟她好，那我算什么？"

宋妈妈头都大了："那老奴去打听打听。"

但她也没有打听出什么来，回来啧啧称奇："还别说，她才嫁进来多久啊，竟然把苍云阁管得跟铁桶一般，那几个丫鬟竟然一个字都不肯漏出来。"

宋府里，玉岫正拉着折绾介绍自己的手帕交："这是勋国公夫人，姓孙，小名三娘，也是丹阳人，我们自小一块儿长大，很是要好。这回你买的铺子就有两家是她的。她跟我同岁，阿绾，你叫她孙姐姐就好。"

折绾看见勋国公夫人的时候还愣了愣，不由得想起她家几年后被抄家的场景。但此时勋国公府还如日中天，英国公府是比不上的。

她心绪复杂地感激这位国公夫人给她这么好的铺子，然后就发现她虽然在笑着说话，但眉眼间带着些郁郁之色，精神很是不济。

玉岫就拉着折绾去一边说话："三娘也是继室，十八岁从丹阳嫁到京都，如今已经二十八岁了。"

折绾记得勋国公已经四十多岁了。

玉岫道："她自小性子就喜欢伤春悲秋，娇花一般，勋国公这个人却是个大老粗，她过得不是很快活。"

折绾诧异地看向她，玉岫就拍了拍她的手道："这事情很多人都知道，不是秘密。她身子弱，生下一个小姑娘却没立住，三岁就走了。她伤心欲绝之下，精神就开始不济，总是在府里不出门。她卖铺子的事情是我办的，我借着买卖铺子见了她两次，不可避免地说起了你，她知道你的事情后，便说想见见你。她也想找点事情做做，跟你一起合着做做生意。阿绾，你就当帮我的忙，她还是第一次对外面的事情感兴趣，我不忍心拒绝她。"

折绾便不由自主地看向孙三娘，恍惚了好一会儿，才温和地点点头："这是应当的。"

她又安慰道："可能我也是继室，她见了我，便有了兴头。也有可能最近她有了兴头，所以见了我，就觉得她也可以试试。"

总之是好事，人有活着去做事的念头才会活下去，不然什么病都没有，大夫也治不好。

玉岫本就是心愧满满，觉得贸然让她答应此事，实在是突兀，但她什么都不问，却好像什么都懂了，一番话说得熨帖，让自己不知道说什么好。

孙三娘的精神确实不怎么好，两人坐回去后，发现她已经睡着了。玉岫感慨一句："她每日要睡好久啊。"

但她肯出来便是好的，事情这么顺利解决，她委实高兴，道："我烧香拜佛是有用的，正好碰见你出来买铺子做生意。"

不然三娘也不会对外头感兴趣。

她打趣道："你回去之后，若是我家玥娘问起，你就说我实在是喜欢你，便把三娘介绍给你认识了，她准生气。"

折绾："不用瞒着？"

玉岫乐道："咱们正大光明做朋友，瞒着做什么？不用瞒着任何人。"

但回到英国公府，折绾没等来宋玥娘，却先碰见了刕鹤春。他行色匆匆，见她又一身精致打扮回来，皱眉道："你去哪里了？"

折绾："宋家。"

刕鹤春阴沉沉："去置办铺子？"

折绾就看了他一眼，温温和和的："没有，我没多少银子，铺子只能置办一间，已经置办好了。是玉姐姐觉得我实诚，将勋国公夫人介绍给我认识。"

刕鹤春的脸色就变了。

勋国公正是他的上官，是个性格暴躁的人，脾气来了，连圣上都要怼几句，他今日就挨了一顿怼。

刕鹤春一度觉得是自己太显眼了，才会经常被勋国公骂。他任职都察院，做的是左佥都御史，官从正三品。他的官职算不得最高，毕竟陛下喜爱都察院，将底下的六部给事中、十三道监察御史、经历司等都给予了五品至一品的品级。

刕鹤春虽然是有家世之人，但夹在中间还不算太显眼。他显眼的是他经常被陛下留下私谈，陛下还曾对勋国公道：“这是朕自家的子侄，朕看着他长大的，卿须好好教导，免得将来出去办事的时候丢脸，那朕脸上也无光。”

勋国公的不满平铺在大脸盘子上，嘴里喷沫：“天下百姓都是陛下的子民，劭大人是，其他官员也是。”

他不情不愿道：“但陛下既然发令，臣必然多加关照。”

关照是关照了的，却让劭鹤春苦不堪言。因为从那之后，他便要比别人多不少的公务。别人做错了，勋国公还给机会，但劭鹤春做错了，勋国公少不了要给他一顿骂，直言道：“陛下看重你，百官也盯着你，自然要比别人多一分谨慎。”

今儿个也是如此，明明只是一件小事，但勋国公就是借此骂了他一顿。

劭鹤春倒是不记恨他，只因勋国公这个人骂虽骂，但也确实踏踏实实教他做事。劭鹤春喜欢做实事的人，自然也敬佩勋国公，只是经常被这般对待，他也熬不住，便想着找个时机跟勋国公好好聊聊——他都已经进都察院两三年了，早已经不是新来的毛头小子，不该再如此对他吧？也该给他些面子，不然底下的人怎么看他？但勋国公这人是个老顽固，他提了好几次都被他岔过去了，只能重新找机会。

结果他还在绞尽脑汁，折绾却结交上了他的夫人。

听闻勋国公夫人体弱多病，一直不曾出府，也没什么好友，倒是没听说过她跟宋家的大少夫人交好。他思虑了半晌，问：“你觉得勋国公夫人这个人如何？可以相交吗？”

折绾听出了他的弦外之音，不由得笑了笑：“自然是很好很好的一个人。”

如此，倒也不说让她在家里带川哥儿的话了。

她转身进苍云阁，劭鹤春跟了进来，道：“外头都传勋国公跟他夫人不好，但我跟着勋国公做了两年事，还是看得出他很是挂念家中夫人的，前年元宵，他还特意买了花灯带回去。”

勋国公生得五大三粗的，手上提个兔子灯笼，别提多搞笑了。

折绾倒是不知道其中竟然还有转折，她听玉岫的意思，还以为孙三娘跟勋国公是相看两厌。但她更相信玉岫的话，敷衍道：“那我就不知道了。”

劭鹤春还要再问，于妈妈却已经闻着味儿带着川哥儿出现在门口，一副诚惶诚恐的模样：“大少爷，大少夫人，川哥儿背好了书，想要给你们背一遍。”

劭鹤春本还要问问勋国公夫人的事情，见她贸然闯入，十分不悦，却也没有将人赶走。

折绾坐在一边拆头上的发饰，道：“我今日还没去花草房，你先听川哥儿背书，我去一趟再回来。”

劭鹤春有些不满：“什么要紧的事情，也值当你这个时辰了还去一次。”

折绾：“四妹妹喜欢海棠花，我让婆子去买了十盆垂丝海棠，还没看货呢。”

劭鹤春一听是给四妹妹买的，便建议她：“你也给母亲买些她喜欢的。”

阿琰从前就会做母亲喜欢的事情，折绾却实在是任性，只随着心去。

折绾想都没想就道：“我知晓了。”

她急匆匆出门，买海棠花的婆子还在等着，见了她就赶紧迎过来：“少夫人，花都买回来了，您瞧瞧。”

折绾仔细看了看，笑着道：“很好的品相，可见你是用了心的。是哪里买的？”

婆子道：“是京郊一个农户，他家一直是种花的，尤其会种海棠。这般的盆栽海棠，我就没见过种得比他更好的。”

折绾：“会种兰花吗？”

婆子：“会的会的，什么都会点。”

折绾看向她：“你去三少夫人那里领些银子来，就说大少爷有孝心，让我养几盆兰花给母亲。”

婆子连忙点头道：“您放心，今儿个晚了，奴婢明天就去。”

折绾：“到时候让茗妈妈跟着你去吧？”

婆子还以为是少夫人信不过她，拍着胸脯道：“您就放心吧，这个人准错不了的。”

折绾回去后，坐在堂厅跟茗妈妈商量：“好的花农难得，你跟着去看几回，再打听打听，若是靠得住，往后铺子里就从他那边买花苗。你要是拿不准价，就叫你家闺女去看看，我瞧着她是个果断的性子，定然会谈个好价回来。”

茗妈妈捂住嘴笑：“少夫人，您真是太抬举她了，那就是个疯丫头。”

她就没见过少夫人这般好的人，良善的主子不多，她也要对少夫人好些才行，便小声道：“三少夫人身边的宋妈妈今日来了一趟，应该是想从小丫头这边打听您去宋家做什么了。但您放心，她什么都打听不出来。”

折绾舒心地坐下来，用帕子擦了擦脑门上的汗，畅快道：“不用管她，她也就这些伎俩了。”

宋玥娘算不得坏，就是心眼太小。

茗妈妈说完本是要走的，但到了门口又转回来，支支吾吾地道：“少夫人，还有件事情……夫人她不喜欢兰花。”

折绾知晓她是好心，安慰她：“没关系，你去买就好。”

赵氏喜欢不喜欢不重要，重要的是兰花一直都卖得很好，要是能养出新的品种来，说不定就能打响名声。

茗妈妈松了口气：“您心里有数就好。”

折绾却担心另外一件事，她跟素膳道：“我还要找个靠得住的掌柜，这可是大事。”

素膳：“勋国公夫人不是要跟咱们一块儿做生意吗？她是大家出身，会不会有熟悉的人推荐？”

折绾就摸了摸她的头：“她不是要跟我们做生意，是想要活下去，不好太过打扰。”

因为要活下去，所以才要给自己找点事情做。她看向窗外，喃喃道：“一个人昏昏沉沉睡了这么多年，突然想要活着，大多是最后一搏。搏过去，才有机会看见明年的春日；搏不过去，大概是回光返照了。”

她就没有搏过去。

折绾回过神，笑着道：“但老天爷想来是怜悯众生的。”

素膳却被她的话吓住了，先是同情孙三娘的病情，而后又担心自己：“那咱们答应带着她做生意，不是参与此事了吗？要是她活不下来，咱们会不会被连累？”

折绾笑起来：“别这么怕，她会活着的。”

她记得孙三娘上辈子去世的时候，还是勋国公抄家灭族之时，那是几年后的事了。只是这样就更加可惜了，好不容易自己熬过去，却又要被别人夺了命。

天色已经不早了，她在堂厅里又看了一会儿账，磨磨叽叽了好一会儿，这才回到正屋去。刚到门口，便听见刕鹤春在那里忍着怒气骂川哥儿：“我刚刚不是教导过你了吗？你到底听了没有？”

折绾恍然，原来这么早就开始没耐心了吗？

她索性就不进去了，站在院子里面看自己种下的花花草草，有许多都要开花了。长姐种下的蔷薇花却已经开始凋谢，她站在花墙之下好一会儿，才弯腰捡了一些还完好的花瓣给蝉月。

“咱们做些书笺。”

晚间吃饭的时候，折绾才进去。刕鹤春沉着脸不说话，川哥儿吓得战战兢兢，明显是哭过的。于妈妈整张脸苍白着，好似不明白刕鹤春为什么会发这么大的脾气。

折绾什么话也没有说，只是静静地坐下来吃饭。刕鹤春抬手想要去盛汤，川哥儿吓得筷子掉在了地上，刕鹤春的脸更阴沉了。

折绾：“于妈妈，去拿双新的来。”

于妈妈早准备好了，她轻轻拍拍川哥儿的手：“小少爷，您的筷子。”

川哥儿刚要过去接，结果就看见父亲在看自己，他的手就不知道要不要接了，于是横在空中，脸上浮现出委屈的表情。

刕鹤春没忍住：“怎么连双筷子都不知道拿了？”

川哥儿抖了起来。

于妈妈一个奴仆不敢置喙，一脸心疼地看着川哥儿。

折绾便伸出手接过筷子，放在桌子上：“食不言寝不语。”

刕鹤春顺着她的台阶下了：“吃饭！”

川哥儿惶恐地低下头，去拿起桌子上的筷子。

折绾看了邠鹤春一眼，似有所悟。

她记得后来有人夸耀邠鹤春，说他自小天资聪颖，书读三遍就能背下。这话可能有些浮夸，但邠鹤春一直挺自得的，因为他确实是科举取仕。别家同样身份的世家子都是靠荫封，他却先在皇宫里陪着越王读书，后来又去国子监，最后直接中举，进了殿试，所以他觉得川哥儿应该要像他一样聪慧。

奈何川哥儿小时候确实天资一般。折绾还记得他有一次气急败坏地骂道：“你不像我，也不像你的母亲，你怎么会如此胆小。”说完又骂她，“你到底教了他什么啊，他现在跟你一般无二！”

折绾先为他口中的“母亲”不是自己而伤心，再就是真以为是自己教导错了。她也知道自己这种性子不好，会不会无形之中影响到了川哥儿？

她便更加束手束脚起来，她对川哥儿说：“若是你觉得我做得不好，一定要说，我肯定改。”

川哥儿没说过一句她的不好，但他后来也渐渐地不跟她说话了。

折绾稳稳地放下碗筷，她吃饱了，站起来坐到一边去摆弄花瓶里面的牡丹花。川哥儿抬起头看了一眼，又惶恐地低下头。

邠鹤春深吸一口气，只觉得川哥儿实在是没有出息。他也埋怨折绾对川哥儿不管不顾。俗话说，严父慈母。他骂川哥儿的时候，难道她不应该来劝着吗？川哥儿遭了他的骂，刚刚明显是想要寻求她的庇护的，结果她吃完就走，根本不留下来陪他壮胆。

食不言寝不语，他吃完饭才开始说折绾，这回就说得比较严重了：“你嫁过来，难道什么都不顾吗？为人妻，为人母，为人媳，你该学着撑起来。”

折绾转转花瓶，一点也不生气。她道：“我在学呢。”

邠鹤春自己气了一下午，也不愿意她这么悠闲，说：“你来教教他背书！我是没有办法了！”

折绾：“我听见你骂他了。”

邠鹤春：“什么？”

折绾：“我听见你骂他愚钝，说他畏畏缩缩，不是男儿郎所为。”

邠鹤春：“所以？”

折绾：“你也知道，我性子胆小怯弱，我明白自己的弱处，正在一点一点地改，可我自己都没有改好，怎么教他？往后他成了我这样，你不是更恼火？我还是想要改改性子后再教他。”

邠鹤春被气笑了，但他没有办法反驳，因为他潜意识里也觉得折绾教导不好川哥儿读书写字，她照顾好他的衣食住行就好了。

折绾似笑非笑地看着他，说：“我嫁来之前，母亲只说要我照顾好川哥儿的身子，没有说要教导他读书。我自己在家的时候也没读过什么书啊，我肯定是教不好的，你要是自己也教不好，就请个启蒙先生吧。三岁了，是该要正经读书的。”

她三下两下把皮球踢回来，刕鹤春还真没有办法说她，他也觉得该请个启蒙先生了，至少他以后教导起来不用这么费劲。

折绾故意问：“玉姐姐家是丹阳世家，要不要问问她？”

刕鹤春立马回绝：“不用，咱们英国公府还不至于求个启蒙先生求到她家去。”

然后，他像良心发现一般叮嘱她：“你不要觉得自己低人一等，你是我的妻子，是英国公府的大少夫人，跟她平心静气地交往就好了。”

折绾一愣，有些啼笑皆非。

刕鹤春这个人其实颇有些小心眼和计较。她想着，他能如此叮嘱自己，应该是之前长姐在三少夫人那边吃了些家世的亏，回来抱怨过几句，他就记住了。他和三房的关系一直不好，直到很多年后依旧看不上三房两口子。

她将花瓶摆正，说：“多谢你的好意，我知晓了。我明日还要去勋国公府一趟，不在家里，你要是回府早，便多看顾一些川哥儿，我瞧着他怕你，你不要发脾气，有话就好好说，多些耐心。”

他从前也是这般对她说的：“我忙，你对川哥儿耐心些，多花些时间在他身上，他性子胆小，一定得慢慢胆大起来才行。”

折绾发现学他说话确实是爽快的，她只要说就行了，又不用做。

要是别的事，刕鹤春定会断然拒绝，要留她在家里，她说的却是勋国公夫人。

他沉默了片刻，道：“我跟勋国公也算是熟悉，知晓他家一些事情……他的夫人鲜跟人交谈，你要是能说上话，便多说一说，也算是我报答勋国公了。”

折绾点头：“既然如此，我该多上心才是。我明日第一次去她家，颇为紧张，为免明日走神，我要早些睡了，你今晚睡这里吗？”

刕鹤春摇摇头：“我还有公务，怕是要到子时才能睡。”

折绾就吩咐于妈妈：“你带着川哥儿回去歇息吧，好好哄哄他，别让他被吓着了。”

然后她就不再多说一句话，自顾自忙她的。于妈妈抱着川哥儿离开的时候还蒙蒙的：大少爷真是过分极了，川哥儿才多大啊，哪里受得住这份骂。

她又想：折绾真是变了一个人一样，竟然敢跟大少爷这般说话。

之前只听唐妈妈说她变了，她一直没怎么接触，也就不知道，还以为她只是硬了翅膀，结果今日一瞧，她哪里是硬了翅膀，她的羽毛都长齐了，怕是能飞走。

这事情必须要跟夫人说一说，不然以后她起了坏心思，川哥儿可怎么办啊。

宋玥娘很快就知晓了折绾要去勋国公府的事情。如同玉岫的猜测，她狠狠地被气着了，咬牙切齿地流眼泪说：“嫂嫂如今也不疼我了。”

宋妈妈劝解：“大少夫人也是为着您好，她是为着您才肯亲近小折氏的。”

宋玥娘却听不进去，扑在床上哭：“母亲也不说说嫂嫂，就任由嫂嫂疏远我，我才是她的小姑子，她怎么这样啊。我求她多少次，想见见勋国公夫人，她都不准，如今竟然带着折绾去——我实在是太丢脸了。”

宋妈妈：“说不定是正经的事情呢？”

刚说完，就听见外头有小丫鬟说花草房的管事来了。

宋玥娘恶狠狠地抬起头，擦干了眼泪就出门。花草房的婆子吓得心口直跳，跪在地上说话就小心谨慎了许多，委婉道：“大少爷想要送些兰花给夫人，奴婢来预支一些银子去买花苗。”

宋玥娘本是要为难她的，折绾管着花草房嘛。这婆子却是给劢鹤春办事来的。

她只好冷着脸让人去拿对牌，冷着脸让人去拿银子，最后冷冷地盯着花草婆子一直走出门，而后对婆子道：“大哥最近跟母亲倒是好，上回深谈了两个时辰，我过去的时候，母亲笑得跟什么一般。这回又花钱给母亲买兰花……可怜我们家鹤悯，一直在外面受苦。你去库房挑个好的金钗子送给母亲，就当是鹤悯送的。”

宋妈妈哪里还瞧不出刚刚的婆子睁眼说瞎话，她敢肯定是大少夫人吩咐的。但多一事不如少一事，她自然不敢多说，就怕自家这个火药桶主子炸了，连忙点头：“奴婢这就去。”

另一边，那花草婆子回去就跟茗妈妈道：“这可真是……三少夫人脾气也太厉害了些。”

茗妈妈：“你害怕了？”

婆子笑起来：“咱们在这府里几十年了，管咱们的主子都换了多少个，我怕什么？三少夫人这般什么都摆在明面上的人我最不怕了。”

两人因现在不在一处当差，已经很久没有单独说过话了。婆子就道：“我还要多谢你呢。”

茗妈妈愣了愣：“多谢我什么？”

婆子笑着道：“多谢你帮我在少夫人面前美言嘛，要不然少夫人能知晓我会买海棠花苗？”

茗妈妈没有说过，但她神情如常：“我都忘记了，这值当什么。”

她领下了这份功劳。

她们刚出府门准备去买兰花，便见一辆马车往垂花门方向去。

茗妈妈瞧了一眼笑着道：“是咱们少夫人的，我看见蝉月那丫头了。”

婆子羡慕极了：“蝉月真是好福气。”

蝉月自己也是如此觉得的，她坐在马车上认真听少夫人说话。少夫人说：

“素膳是肯定要出门给我管铺子的，往后我身边最大的丫鬟便是你了。等你长大了，你要是想要出门，就去跟着素膳做活，总能谋一条生路。在那之前，你把文月她们四个人教出来，也免得我身边无人可用。”

这是要提拔她。蝉月心情激动，点头：“奴婢必定好好学，好好教。”

但折绾有些担忧，她还是记不得蝉月这几个人是怎么走的，可估摸着时间也快到了。她只能跟蝉月道：“即便不在府里面当差，你也可以去找素膳。我们的铺子就在桂渊街上，卖花草的，你肯定能打听到。”

然后她又想了想，说：“若是你突然被卖了，你就寄信。你的字学得如何了？要是不记得字，就画一朵牡丹花、画个圈，都行。你只要记得写信去铺子里，我就能去救你。”

这话说得蝉月脸色惨白：“少夫人……这是什么意思？我已经认得很多字了！我会写信的！”

折绾温柔地拍拍她的手：“眼看十月也快过去了，马上就要十一月，十一月里官府放开了关扑，街上的人就多多了，很多人都会被拍花子拐走，我只是担心罢了。”

素膳就笑起来：“你不要紧张，少夫人就是这般，从小就操心得多，一刻也闲不下来。我年幼的时候喝了生水肚子疼，往后这么多年，她就没让我喝过生水，都是热水。”

蝉月就松了口气：“少夫人，您真是吓着奴婢了。”

折绾笑着道：“没事，我看着你们，应当是不会被拍花子拍走的。”

事情重来一回，她都变了，她们应该也能变。

等到了勋国公府，马车一停下来，玉岫就从门后出来了。她拉着折绾的手：“我就估摸着你快来了，正等你呢！快些进来，外头冷，这鬼天！”

折绾却不怎么觉得冷。她这段日子在外头一直跑，身子竟然康健了许多。但等进了孙三娘的屋子，她就明白为什么玉岫会说外头冷了。

里头实在是热，她脱下外衫，站了一会儿，等身上没有冷气了，才敢进里屋。

“烧地龙了？怎么也不开窗？”

玉岫进来之后又觉得闷，说：“在这里面待久了，一出去就觉得冷冰冰的。三娘是一点冷也受不得，伺候的人就不敢开窗了。”

折绾：“还是开个小窗户比较好，也好看看外头的景致。”

她从前想要搏一搏的那段日子，每日坚持下床，亲自去把窗户打开，她必须得探出头去瞧，无论是和风还是细雨，她都想要外头的风景落在自己的眼里、脸上，然后闭上眼睛，感知自己是个活人。

她柔和着声音笑问孙三娘：“开一点点好不好？”

孙三娘本是不愿意的，但折绾这个人的面相实在是让人生不起拒绝的心来，便为难地点了点头：“也好。”

玉岫先是诧异，然后狂喜，大笑着道：“好嘛，你也是看脸的，只因为我长得没有那么好看，便受了你多少年的冷待。”

孙三娘脸上难得露出一个笑脸：“是，是我不好。”

折绾今日来是带了礼的。

“我听玉姐姐说你想要试试做花草生意，所以就带了些花花草草来给你看。我见识不多，只是如今管着府里的花草房，所以才想了卖花草的主意，若是孙姐姐懂就太好了。”

孙三娘解释：“我其实只是说你敢置办铺子很好，并不是想做生意。但阿玉曲解我的话，我去她那里一趟，她把你也诓骗来了。”

玉岫：“哎呀，阿绾都把花带来了，你就帮着掌掌眼吧，她也不容易。就我家玥娘的性子，你还不知道？阿绾想来是受了罪的，你就当是帮我家弥补罪过。”

孙三娘又没有受住这份“胁迫”，勉强打起精神：“那好，那我就看看。”

这一看就看了一个时辰，折绾发现她对花草确实是有研究的，尤其是会“雅”。她能把两枝看起来不太好的花合拢在一块儿，添些树枝野草，往花瓶里一放，就能变得雅致起来。

折绾由衷地夸道：“老天爷还是顾念我的，不然你要是也想做这门生意，我就不用开门了。”

孙三娘笑了起来，笑着笑着，便感觉到有光晒到了自己的脸上。她情不自禁地朝着窗户那条细细的缝看去，喃喃道：“出太阳了啊。”

玉岫难掩高兴：“是，出太阳了。”

中午快吃饭了，折绾跟玉岫道：“因我姨娘身子也不大好，我早年看过一些医书，上头说是药三分毒，我就一直潜心学着药膳。孙姐姐这种情况，可以熬一些甘麦大枣汤喝。再有就是半夏厚朴汤，这个是行气开郁的，对孙姐姐应该有益处。”

这是她之前喝过最好的方子。

玉岫赶紧记下，道：“好，让她以后多喝喝。”

折绾：“可以给大夫看看，这方子虽然不常用，但也有迹可循，是可以查得到的。要是跟她现在喝的药不相冲，便可以试试看。”

她这种人，说话从来不说满，今日这话能说得如此坚定，便是有几分把握的。玉岫真心实意地感激她：“你真是个好人。”

折绾就笑起来，但还没等到她落下嘴角，玉岫就感慨道：“你姨娘有你这个女儿，真是好福气。”

折绾的嘴角就扬不起来了。

两人今日回去的时候还早，因为孙三娘实在是有些累了，她们便早早地离去。玉岫却要跟着她去英国公府坐坐。折绾从没有在英国公府里招待过朋友。

说来惭愧，她以前也有过几个说得上话的，但各家有各家的忙碌，竟然一次都没有私下里互相去家里做客。后来就各自散了，等她在病中想要请个人来陪自己说说话时，竟然想不到自己可以找谁。

折绾怔怔片刻，点了点头："好啊。"

两人回去自然要去给赵氏请安。赵氏好一会儿才心平气和地道："阿玉，你好久没来见我了。"

玉岫笑吟吟道："之前是怀着孩子，母亲一直不准我出门，这不，才刚坐完月子。"

她又拉着折绾的手道："多谢你娶了这么个好儿媳回来，我跟她一见如故，舍不得分开，便来府里蹭顿饭吃。"

这话让赵氏听得耳朵疼，她转头看向折绾，就见她依旧如同往常一般并不多说。所以玉岫喜欢闷葫芦吗？

小辈们想要叙一叙，她是不好拦的。她勉强笑着，道："那你们去说话吧，晚膳在府里吃？"

玉岫："我倒是想，但家里还有孩子呢。"

等她们走了，赵氏心里不满："小折氏倒是会经营。"

她是见不得自己看不上的人被玉岫结交的。

宋玥娘尤其有这个感悟。她还在大厨房盘账本，盘得好好的，结果宋妈妈火急火燎地进来道："少夫人，您娘家嫂嫂来了。"

宋玥娘先还矜持，将账本放下，慢条斯理地道："她知道错了？知道来给我道歉了？"

宋妈妈面对满屋子的人不好说，拉着她去角落里道："快些走吧，咱们家大少夫人是跟着小折氏回来的，已经在见夫人了，说是跟她一见如故……"

后面的话她没有说完，宋玥娘已经两眼一瞪如铜铃，身子僵硬，而后提起裙摆就往前面冲。

宋妈妈暗道"糟了"，只见她如同小牛犊子一般冲到山海院里，张开嘴巴就要骂人，却又发现口舌没有用武之地。

山海院里，只有赵氏好笑地看着她："我就知道你要冲进来。"

宋玥娘委屈："母亲，你是不是笑话我呢。"

赵氏是真喜欢这个儿媳妇，道："我笑话你做什么，快来坐一坐，稳一稳。再是如何，你也是阿玉的亲小姑子，还能被折绾越过？"

她其实也很看不上亲家母的教导，阴阳怪气地说："你母亲和你嫂嫂都是'识大体的人'，咱们两个小肚鸡肠，她们估摸着想替你描补描补。"

宋玥娘窝在赵氏的怀里委屈了一顿，而后伸长脖子看外头："她们还没说完吗？有什么可说的！"

她可坐不住了，站起来说："我带着孩子们去找嫂嫂！"

嫂嫂即便不待见她，难道还不待见两个孩子？

苍云阁里，折绾还在听玉岫说孙三娘的事情。

玉岫："我们是自小的交情，差不多时间出嫁。当时她就有些不待见我，毕竟她嫁的是勋国公，是继室。但她不是小心眼的人，有话也直说，跟我说三日之内都不会跟我说一句话，果然到了第四天，才主动上门来找我。"

折绾听着，脑海里大概能勾描出一个活泼好动的姑娘。

玉岫叹息："但她婚后活得不好，尤其是孩子没了之后，她就没了精气神，我再去找她，她不见我了。"

玉岫去了几次也生了气，足足气了半个月才再次上门，她却不愿意再见她。

孙三娘说："你的孩子都立住了，我却没有。你太幸福了，我见了你心里烦。我知道自己这是在嫉妒你，但我没办法，我们先不说话一段时间吧。"

玉岫还以为她是闹孩子脾气，她们从前总这般，谁知道她说的这一段时间，就是好几年。

"我们也没断了联系，但我每次去她都冷冰冰的，也不说话，后来就是睡，一天一天的，睡了很久。"

折绾闻言感慨："她是病了。"

玉岫："是，我后来才知晓她是病了。但最开始，大家都以为她脾气古怪，她性子本来就是伤春悲秋的，谁也没多想。"

折绾还是第一回听说孙三娘的事。从前她从未关注过这位位高权重但从不出门的夫人，即便是听人说起，也觉得她应当很幸福。高门贵族，嫡女出身，即便是继室，也是勋国公的妻子。

如今想来，是她着相了。那般家世的嫡女，嫁给一个大自己十多岁的男人做继室，也许是折辱了，她们不一样。

她情不自禁地道了一句："外头都说我是撞大运，这才能给英国公大少爷做继室。"

玉岫眸色柔起来："你这般的好姑娘，嫁给谁，谁都是撞大运。"

折绾还是第一回听人这么说，不由得笑起来："是吗？"

玉岫坚定地道："是！"

但还没有来得及说第二句，她家那个"火药桶"就带着两个孩子咋咋呼呼地进来了。

这一对龙凤胎讨人喜爱得很，玉岫一手抱一个，一人亲一下，而后在宋玥娘没开口之前就往折绾的怀里塞了一个。

宋玥娘傻眼了，她看向稳稳当当坐在折绾怀里的女儿，顿时委屈得都要哭了："嫂嫂！"

玉岫："我来看你，你去哪里了？"

宋玥娘："我在大厨房盘账，月底了嘛。"

玉岫："我要回去了。母亲也想你，你明日带着孩子回去一趟吧？"

宋玥娘："啊？好啊。"

玉岫就冲着折绾道："过几日咱们再约。"

然后她看向宋玥娘："你送送我吧。"

宋玥娘跟着走了，走到半路才反应过来："嫂嫂！你干吗跟她好！"

玉岫："她人好，我喜欢得很，你可别欺负她。"

宋玥娘："是她欺负我！"

玉岫："她能欺负得了你？你啊，少让我和母亲担心吧。"

嫂嫂担心她！等玉岫走了之后，宋玥娘耀武扬威地去苍云阁里质问："你没跟我嫂嫂说过什么吧？"

折绾好笑："没呢。"

宋玥娘："我嫂嫂是丹阳玉家嫡长女，玉家你知道吧？"

折绾哪里能不知道，这些宋玥娘都不知道炫耀多少次了。她熟练地接口道："玉家为官的郎君有百多个人，朝中的玉阁老也是玉家人。她是嫡长女，自小就被人追捧，容貌好，性子好……"

宋玥娘："你知道就好！你也很喜欢跟我嫂嫂相处吧？"

一个庶女，看见嫂嫂那般的人，还不攀附过去？

折绾就温和地笑起来："是啊。"

玉岫大大方方、从容自若，是她一直想要、一直逼着自己去成为的性子。只是她努力了很多很多年，却还是没有做到。但也不要紧，只要她不断往前，不断努力，总有那么一天的。

（四）

过了几天，刕鹤春下值正要回府，却突然被勋国公邀去喝酒。这还是第一次！

他坐下之后颇为忐忑："今日下官也没有做错什么吧？"

勋国公苦大仇深地说："是有点私事。"

刕鹤春先松了一口气："您尽管说，但有吩咐，在所不辞。"

勋国公端起酒杯："我今日才知道，前两日你家夫人去了勋国公府。"

刕鹤春见他这个模样，还以为是折绾做了什么错事，便道："她年轻，什么都不懂，若是做错了什么，大人千万不要跟她计较。"

勋国公奇奇怪怪地看了他一眼："她能做错什么，她做得很好啊，我这回是有求于你，也是有求于她。"

刕鹤春愣了愣："有求于她……您尽管说。"

勋国公就道："这两日我瞧见我家夫人心绪好多了，她昨天竟然在看花册子。她已经很久没有像这两日这般有精神了。我打听了一下，说是经由宋家大少夫人介绍，正与你家夫人一块儿做生意。"

刕鹤春这回是真诧异了。他只知道折绾被宋家大少夫人引着认识了勋国公夫人，没想到她竟然还能哄骗到勋国公夫人与她一块儿做生意。

他顿了顿，道："是，我家夫人做的花草生意。"

他一直在等着看她能做出个什么劲来，没承想她还挺厉害的，剑走偏锋，先把勋国公夫人拿下了，这样铺子就成了一半。

勋国公是感激不尽的："我问了厨房，刕少夫人还让人做了药膳端来，亲自教厨子熬甘麦大枣汤，我家夫人喝了几日，精神是一日比一日好。"

刕鹤春就笑起来："您这副模样，下官还以为是又做错了什么事情。既然是好事，为什么一副愁苦脸？"

勋国公："你不懂，我这是害怕。大夫跟我说，我家夫人内郁于心，三分身病，七分心病，如此突然有了精神，要么能活下去，要么就……就算是回光返照了。"

他唉声叹气道："如果是回光返照，那这也回得太厉害了，怕是所有的精神气都用在了这段时日，剩下的日子……就不多了。"

刕鹤春脸上露出恰到好处的伤心："勋国公夫人必定会没事的，大人不用担心。"

勋国公已经死了一个夫人，可不想再死第二个，他对两个夫人也算是用心用情，愁苦道："哎，不瞒你说，我曾偷偷去算过命……就怕自己克妻。"

说到克妻，刕鹤春脸色不好起来："都是无稽之谈，大人万不可信。"

勋国公摆摆手："信也好，不信也罢，好歹先让我家夫人把命留住。既然她跟你家夫人好，我便请她多过去几趟，两人之间多说说话——对了，那个甘麦大枣汤很好，你帮我问问还有没有其他的，我叫厨房按照药膳方子做给她喝。"

刕鹤春自然满口答应。等回到家里，他先回苍云阁，问守在门口的小丫鬟："少夫人呢？"

"在里头呢，升哥儿和莹姐儿也在。"

刕鹤春挑眉："三少夫人来了？"

小丫鬟摇头："没有，只有升哥儿和莹姐儿。他们是来找川哥儿的。"

刕鹤春了然。孩子们年岁相当，自然会玩在一块儿。他问："少夫人在陪着他们吗？"

小丫鬟毫不犹豫："是。"

刕鹤春走进去的时候，发现她又在看花册子，根本没有看过孩子们一眼。

三个孩子倒是乖巧，聚在一块儿玩九连环，并不吵闹。但刕鹤春一只脚刚迈进去，他们就如同惊慌的小鹿般站起来，齐刷刷躲到了各自的婆子之后。莹姐儿的婆子离得远，她就趁机躲到了折绾身后。

折绾犹豫一瞬，还是将手揽住她的肩膀，往自己怀里带了带。

“别怕，他不吃人。”

莹姐儿其实胆子挺大的，她捂住嘴巴笑起来：“我知道，只有老虎才吃人。大伯是人，人是不吃人的。”

她只是看川哥儿躲到于妈妈后面去，便也跟着躲起了猫猫。

孩子们一对比，就显得川哥儿更加怯弱胆小。但刕鹤春也不会真的跟孩子们计较，只摆摆手，让婆子把三个孩子带下去。

“我有事情要跟少夫人说。”

于妈妈就知道川哥儿可能又惹大少爷不痛快了，她的心越发沉，连川哥儿吓得发抖也没发觉。

屋子里，刕鹤春问起了勋国公夫人的事情。折绾见他一副知之甚多的模样，又听见是勋国公亲自来托付，想了想道：“也算不上一起做生意，她是在家里待久了，精神头不济。后来玉姐姐就哄她给我画画册子，帮我搭配花草卖，她就答应了。但甘麦大枣汤确实是我给的方子，还给了一个半夏厚朴汤，都是缓解郁气。”

刕鹤春：“可还有别的药膳方子？”

折绾摇摇头：“药膳药膳，里面也是有药的，是药三分毒，不可当儿戏。不过她那个身子确实得食补，还得多动动，多晒晒太阳。”

这些话她都跟玉姐姐说过，比起勋国公来，她更相信玉姐姐会照着她说的去帮孙三娘。

刕鹤春没想到她是真懂，说：“你年纪小，怎么跟老人家一般知道这些？”

折绾没理他，转过身继续看花册子。

她是用命试出来的，她怎么会不知道？

刕鹤春却没感受到她不高兴了，还在那里说：“勋国公可从来没有给过好脸色给我，今天算是头一次。”

折绾意兴阑珊：“你还有别的事吗？”

刕鹤春没有，但他好奇勋国公府的事情：“你知道他们夫妻为什么不和吗？”

折绾“啪”地把花册子放在桌子上：“这是人家的夫妻事，关起门来的，自然不会让别人知晓，我肯定是不知道的。”

刕鹤春咋舌：“你这个脾气，才嫁过来两个月呢，就已经变得如此大了。”

他今天心情好，一点也没觉得生气。折绾这面相和天生柔和的语气也对他没有什么实质性的冒犯，所以，破天荒地解释了一句：“我也不是想从你这里打听。”

折绾：“就是你知道，想说给我听，我也不听。”

有什么好说的，夫妻之间，无非那些矛盾。

劢鹤春这才开始不高兴：“我也不知道这些事，没什么说与你的。”

不过，他顿了顿又问：“三弟妹怎么舍得把孩子送来苍云阁？”

折绾就发现了上辈子自己没发现的他的毛病：嘴碎！

是后面改了吗？什么时候改的？他以前可不这样。

她带着一点不耐烦的语气说：“她今日去辅国公府吃席，母亲又头痛，让赵妈妈把两个孩子都送了过来。”

劢鹤春一听这话就看出了母亲的小心思，无非不让折绾悠闲。

以前阿琰就跟他说过：“母亲也真是，我不过是刚坐下，她就觉得我是个闲人了，又说自己头疼，让我给她抄经书呢。”

母亲的这些小伎俩，阿琰都看得破，也都跟他说过，所以他也算是看得懂母亲又在耍什么手段了。

他沉默了一会儿，道：“母亲……母亲把人送过来，你管得过来吗？”

折绾说：“什么管得过来？孩子们吗？都有婆子照顾着呢，出不了什么错处的。”

她抬起头打发他走：“你还没有去给母亲请安吧？她早上念叨了你好几回，你快去看看她吧。”

劢鹤春就发觉折绾的好了。她是真不计较，虽然迟钝，但也心宽，跟阿琰比不了，但也有自己的长处。

若是折绾知道他是怎么想的，必定要翻一个大大的白眼。但男人就是爱这样想，他们会合理化女人在自己身上发生的所有行为。

劢鹤春说出了兴头，倒是不急着去见赵氏，而是又问起了勋国公的事情：“勋国公夫人怎么会跟你有话说呢？”

他想打听清楚了，以后碰见勋国公的时候好有话说。

他猜测：“是因为你们都喜欢花花草草吗？”

折绾：“不是！是因为我们都是继室，都嫁给了一个比我们大十多岁的男人。再过十年，我才二十五岁，而你已经三十五岁了，再再过几年，川哥儿都要给你生孙子了，而我才三十岁。”

劢鹤春怔了半晌，僵硬地道：“你们聚在一起就说这个？”

折绾就想，她十几年来为什么会觉得劢鹤春一直是个聪明人呢？为什么会觉得这个人一直寡情薄意、冷冷清清呢？他在二十五岁的时候，显然有点毛病。那她对他的印象是什么时候形成的？好像是他被幽禁在英国公府后，那时候他们才真正相处起来。

她开始怀疑自己的印象了，人一旦把根深蒂固的东西去除掉，再对上劢鹤春这个人，她就觉得他其实也没什么可怕的。她甚至在这一刻想，他的天生聪慧就真的是天生的吗？会不会也是后天才有的？只不过他积累得快、早，而她积累得慢、晚。

她就有些高兴起来，道：“我要看书了，你去看看川哥儿吧，他怕你得很，估摸着又在哭了，你去哄一哄，那是你的亲生儿子，你别不当回事。”

劭鹤春发现她生气又高兴，丝毫没有根据。

但她的话说得没错，川哥儿那边他也得上心，他是准备过去瞧瞧的。但刚走出门外，松亭就喊住他：“大少爷，国公爷让您去一趟山海院书房。”

劭鹤春便脚步一转走了，丝毫不记得什么川哥儿。

折绾听蝉月说完之后也不意外。他从来都是这样，在养育孩子的事上说得好听，头头是道，但一旦让他去做，他就开始忙，不是这里忙，就是那里忙。

这种时候，一般是她去安慰川哥儿。他害怕得发抖，她就一夜又一夜地陪着他睡。后来他大了，性子还是立不起来，劭鹤春就骂他随着她的性子。她当时也仔细回忆过——她记得自己刚嫁到英国公府的时候，川哥儿也是如此的，怎么就成了她的错呢？

但对孩子的愧疚占了上风，她又一直被打压、被贬低，渐渐地，就真觉得是如此了。

现在想来，这个念头真是可笑，她其实已经做得很好了。她坚定地对自己道：你什么错也没有，是川哥儿天生这般的，不是你养成的。你看，你现在没养他，他也是这副德行。后来他变得那么好，也有你一份功劳。

折绾深深地吐出一口浊气，只觉得日子确实是越来越好过了。

日子确实是好过的，人一旦有了好运，老天爷就不太吝啬地给你更多的好运。

宋家，玉岫欢喜道：“就是你上回送给我的鲜花饼，我娘家侄女来我这里吃了，觉得好吃，托我买五十斤呢。”

折绾还没缓过神来，说：“鲜花饼？这也不是我一家的手艺，别家肯定还有吧？”

玉岫就笑起来：“但你也不知道在里面加了什么，没有一点花的涩意，还有果子的味道，正对她的胃口。她又正想办赏花宴，你的鲜花饼不是正好？”

确实是正好的，她做的鲜花饼是后面才有的口味，现在应当算是新鲜，味道是独一份。她也想过后面跟花草一起卖，但没想到卖得这么快，且这还是一份欠玉岫的人情。

折绾也不矫情，大大方方地道：“我万万没想到自己第一笔生意竟然是鲜花饼。玉姐姐，等我赚了这笔银子，便来好好请你吃一顿。”

玉岫“哈哈”大笑：“咱们之间说这些就外道了。”

她低声道：“我也有私心。咱们去勋国公府找三娘画花样子吧？她画花样子，你叫人调料，再加些鲜花点缀，准错不了。我也不是纯为你，也为我家侄女着想了。她要做别具一格的赏花宴，就该请你们来做，我知道你们会为了这五十斤鲜花饼如何用功，这个买卖小，小侄女还怕别人不用心用力呢。”

折绾就忙活了起来。她先把素膳和花三丫找来，道：“咱们来了第一笔生意，没什么经验，好在要得也不多，只要五十斤。铺子就在那里，要请的人从掌柜的变成了厨子。”

这般一次性生意的厨子倒是好请，只要价钱合适，便能请一个做私活的厨子去做。

这个三丫就能办，她自告奋勇：“您赏我阿娘的鲜花饼我也吃过，很是好吃。我们是市井小巷出来的，却又有点身份，认识不少大酒楼的厨子，我回去就问问。”

折绾夸赞：“三丫真是能干。”

若是找不到，她心里也有人选。她后面也办过不少英国公府的宴席，哪家酒楼的厨子做什么最好，她心里是有数的。于是她写了好几个名字给三丫：“咱们时间紧迫，你下回再慢慢打听，这回先听我的，先去打听这几个人。”

三丫“哎”了一声，带着素膳出门去了。

折绾也没闲着，又让人套上马车，去勋国公府找孙三娘画花样子。赵氏知晓了，心里颇为不高兴，把刕鹤春叫过去道：“你媳妇怎么日日出门？”

刕鹤春听闻是去勋国公府，便道：“是儿子叫她去的。”

见母亲又要唠叨，他直接说：“勋国公亲自来托儿子的。”

赵氏吃惊道：“还有这事？”

刕鹤春：“母亲别往外说。”

赵氏：“我知晓，我还能是长舌妇吗？”

下午就告诉了宋玥娘，两人坐在一块儿啧啧称奇：“也不知道她哪里招人喜欢了，我嫂嫂夸她，如今勋国公夫人也搭理她。”

宋玥娘抬起头，轻声细语地埋怨：“母亲，你下回别让莹姐儿去苍云阁了。”

赵氏：“做什么？升哥儿和莹姐儿被欺负了？”

宋玥娘：“那倒是没有。”

她神色不好地道：“只是……她那张脸实在是迷惑人，莹姐儿才过去跟她相处了一日，便开始念叨她的好了。”

莹姐儿确实很喜欢折绾。跟阿娘时不时就要暴躁起来的脾气不同，大伯母明显是温柔的，她喜欢温柔的人——除了爹爹。阿娘说爹爹也很温柔，但是爹爹没有回来看过她，所以她就不喜欢爹爹了。

她趁着阿娘不在家，带着弟弟又去找川哥儿，问他：“你阿娘呢？”

川哥儿闷闷道：“不知道。”

莹姐儿撇嘴：“你连你阿爹阿娘的去向都不知道吗？”

川哥儿低下头没有说话。

于妈妈说，那不是他的阿娘，而是继母。于妈妈还说，只有阿爹是最亲近的，但是阿爹不喜欢他，他太笨了。

莹姐儿却已经没有跟他说话的兴致了，拉着他的手道：“咱们去大伯母的屋子里面玩吧，那里有好多花，我好喜欢啊。”

她也想让大伯母给她送些花，但是又怕大伯母不给。阿娘明显和大伯母不对付，就像她不喜欢敏敏一样。折绾回来的时候，她就告诉折绾：“我不喜欢敏敏，但不妨碍我跟红红玩得好。你跟我阿娘不好，但是可以跟我好。”

童言稚语，却又蕴含着一定的道理。折绾忙碌了一天，坐下来就笑出声：“敏敏和红红是谁？”

莹姐儿：“是隔壁尚家的。”

蝉月是知晓的，笑着解释道：“尚大人是工部侍郎，就住在咱们前面那条街上。”

折绾自然知晓尚家，但不知道敏敏和红红，不过跟莹姐儿玩得好，年岁应该相当，估摸着是尚大人的孙女。

她将人抱起来，问：“莹姐儿喜欢大伯母？”

莹姐儿：“喜欢的。”

她蹭蹭大伯母的下巴：“可以给莹姐儿送些花吗？我下次来的时候，给大伯母带果子吃。”

折绾就牵着她的手去选花，给她编了一个花环。她其实不太记得莹姐儿了，莹姐儿再过两年就会随着劭鹤悯一块儿去湖州，而后很少回来，她去世的时候，莹姐儿也没有赶回来。

宋玥娘后来跟她和好之后，偶尔还会来找她哭一哭：“她就是个小没良心的，一味地只想着她阿爹，也不知道回来看看我。”

但折绾心里还没有跟她和好，根本不愿意搭理她，所以对于莹姐儿的事，她也知之甚少，没想到她小时候这么可爱。

她将花环戴在莹姐儿的手上，问：“喜欢吗？”

小姑娘当然喜欢这些。莹姐儿点头：“头上也要。大伯母，我拿我的小铃铛给你。”

折绾还是忍不住笑：“我不要你的小铃铛，你自己留着吧。”

升哥儿和川哥儿藏在东厢房的门后面看，升哥儿很羡慕：“你母亲好好啊，还会编花环。大伯母给你编过花环吗？”

川哥儿摇摇头：“没有。”

升哥儿：“你是她的儿子，你去要的话，她肯定帮你的，你再帮我要一个。”

川哥儿却摇摇头：“不了，我是个男子汉，不需要戴花环。”

两人是躲着婆子们说话的，于妈妈还想跟着，却被升哥儿指着鼻子骂：“我是主子，你不过是个奴才，我要你走开！”

于妈妈脸上的慈爱都维持不住了，她看向川哥儿，却见川哥儿低下了头。

于妈妈心酸片刻，到底还是离得远了些，两个小子才敢偷偷摸摸地说这些。

川哥儿很苦恼，跟好兄弟倾诉："我好怕父亲，他一皱眉头我就怕。"

升哥儿却很羡慕他："你还有父亲，我根本没有。"

两人都唉声叹气。

莹姐儿美滋滋地戴着花环回来了，她坐在椅子上，将门关起来，问："你家于妈妈呢？"

川哥儿看了升哥儿一眼，解释道："他不准于妈妈跟着。"

莹姐儿人小鬼大，乐颠颠地点头："就不能让大人跟着，他们根本不懂我们想要什么。"

三岁的孩子已经要启蒙读书了，略微懂得一些道理，她道："川哥儿，我比你大一些，所以你要听我的。"

她拍拍他的手："我帮你试探过你阿娘了，她是个好人，你不要怕她。"

升哥儿："我们刚开始还怕她欺负你呢，现在看来，她是个好人，好人是不会欺负人的。"

川哥儿说："是吗？"

莹姐儿很确定地点头："当然了！"

坏人哪里会给她做花环，还不要她的小铃铛。

但礼尚往来，阿娘是教导过的。她回去还是翻箱倒柜地找铃铛，想着送给大伯母，这样有来有往，以后她好再要东西。

宋玥娘出去累了一天，回来的时候，好不容易想要歇息一会儿，却被她这般动静弄得烦躁。

"你找什么呢！让丫鬟去找嘛。过来，让我抱抱，我可想你了。"

莹姐儿就是想悄悄给大伯母才自己找的，她哪里敢直接说。但她小小一个人，哪里能瞒得住母亲，宋玥娘瞬间就看见了她手上不舍得摘下来的花环，她疑窦丛生："你的花环从哪里来的？"

莹姐儿不愿意为这点小事情撒谎："是我求大伯母给的。"

宋玥娘怒火中烧："你又去苍云阁了？"

莹姐儿回答："我是去找川哥儿的。祖母说了，我们才是亲姐弟，要多多亲近的。"

这话也没错，她还没有给两个孩子生下其他的弟弟妹妹，若是以后没有其他的孩子，多个兄弟多条路。但她还是憋屈得很，大晚上的跑去跟赵氏哭："她不仅抢我阿嫂，如今连我的儿女都抢。"

她哭了一整晚，第二天见着折绾，眼睛不是眼睛，鼻子不是鼻子。

折绾却忙得很，一点儿也没有放在心上。铺子里的掌柜没有找好，就让三丫先代替着。厨子倒是找好了，已经预付了定钱，如今就等着其他小细节落定就可以开始做事。

她来请安，一副行色匆匆的模样，赵氏罕见地没有冷落她，而是道：“你要是忙，便先走。”

折绾就走了。

宋玥娘不敢置信，等人走了，才生气道：“母亲，连你也不疼我了？”

赵氏就哄她：“她是有正事。”

勋国公府的那个夫人，她也是见过的，一看就是郁结于心。后来不出来走动，她也快忘记了这个人，鹤春一说，她大概就能明白三分。这估摸着是到了死马当活马医的时候了，不然勋国公请折绾上门做什么？

她还是把这件事情告诉了玥娘，悄悄道：“我想着，是你嫂嫂把人带到了勋国公府，两人都是继室，彼此能说上几句话。勋国公见了，便来求鹤春。这事情有勋国公的面子在，还是让她去吧。”

免得勋国公记恨儿子。

宋玥娘就沉默了一瞬，撇了撇嘴：“她真是多亏了一副好皮相和柔和的嗓音。”

折绾跟着玉岫见到了玉家的姑娘。小姑娘只有十三岁，相貌跟玉岫是有一些像的。

她其实本意是请小姐妹们一块儿吃一顿雅致的宴席，并没有想大办，但玉岫姑姑一直劝她：“要做就做好，免得将来你后悔。”

没错，玉小姑娘是个喜欢做事情尽善尽美的人，但喜欢犯懒，于是经常后悔。

玉小姑娘不好意思地跟折绾道：“母亲不准我花银子办这些事情，便只能出五十两银子给你。”

这还不算是花银子吗？折绾笑道：“对我们来说，已经是大生意了。”

玉小姑娘却觉得她在宽慰自己：“姑姑疼爱我，这才由着我折腾，还帮我拉来夫人胡闹。这般的小事，以后夫人遣掌柜来就好，不用特意走一趟的。”

折绾：“我喜欢自己走动，不要紧的。这是我第一笔生意，我也紧张得很呢。”

玉小姑娘就开始说自己的要求了：“这五十斤饼，我想要一斤一个颜色，一斤一个花型，一斤一个口味。”

她说着说着，自己都不好意思了：“是不是太过分了？”

折绾：“没有，你给的银子够多，提这个要求不过分。”

但确实很麻烦，玉岫说得没错，她这笔生意确实需要费心。她请丫鬟拿来笔墨纸砚，当场把这些要求记在纸上，然后开始问剩下的要求：“尺寸要多大？客人之中有没有忌口的？哪些颜色是你不喜欢的？”

玉小姑娘：“没有，都没有要求，但尺寸别太大，其他都可以吧？”

玉岫一直在一边笑眯眯的，没说话，直到这时候才道：“你自己先想好，再跟劭少夫人说，免得她到时候做出来了，你又觉得有缺陷。你自己的性子你不知道吗？现在偷懒，到时候又要抱怨。”

玉小姑娘缩了缩脖子：“知道了知道了。”

然后她才仔细想了想：“我有好几个朋友是豫州人，我想她们那一桌最好是豫州的花。”

“好。还有其他的吗？”折绾循循诱导，“那其他的姑娘呢？你给豫州的姑娘钦点了豫州花，其他的姑娘要不要随着出处去？”

玉小姑娘摇摇头：“其他都是京都的。”

玉岫：“你确定？不改了？”

小姑娘确定地摇头：“不改了，不改了。”

折绾笑盈盈的：“不要怕觉得改麻烦，我是乐意做到最好的。”

玉小姑娘就拉着玉岫悄悄道：“你从哪里找到这么一个温润如玉的人？”

玉岫：“是吧？明明年岁小，却好像没有棱角了。”

温和通透得过分。

这般的人，要么是一直没受过苦楚，要么是受的苦楚太多。玉岫回去就跟宋夫人道：“折夫人怕是个面子货，只讲究面子，不讲究里子，对阿绾怕是不好的。”

宋夫人想也没想：“要是好，能把女儿送出去做继室？”

玉岫就愣了愣，又想起了三娘。三娘的父亲疼爱三娘是丹阳出了名的，那他为什么还要将三娘嫁给勋国公做继室呢？

折绾忙活了一天回去，劭鹤春已经到家了，他明显是有高兴的事情，跟她道：“今儿个勋国公又来找我道谢了。”

折绾没说话，劭鹤春却说个不停：“你的那些个药膳有没有适合母亲的？”

他还是想要折绾讨得母亲的欢心。

折绾：“我说了是药三分毒，母亲身子康健，吃药膳做什么？”

劭鹤春一想也是，再转头，就看见于妈妈带着川哥儿站在门口。他招招手：“进来。”

于妈妈本来是要抱着川哥儿进去的，却被劭鹤春大喝一声：“让他自己进来！”

于妈妈吓了一跳，川哥儿脸上浮现出同样的惊恐。

劭鹤春本来的好心情就没了，他亲自过去看着川哥儿进门，而后又把于妈妈赶走了。

令折绾没想到的是，他牵着川哥儿的手，一回来就开始骂于妈妈：“川哥儿怕是学了她的性子去！”

折绾正在拆头饰，闻言手一顿，还以为自己听错了，她不可置信地道：“于妈妈性子强势，哪里像了？”

但刕鹤春有自己的道理：“她是个奴才，我瞧着川哥儿很听她的话，他听个奴才的话！”

这才是他最生气的，他骂道：“一个奴才在主子面前怎么可能大胆？川哥儿学了她，怎么大胆？这个老货在我面前胆小如鼠，川哥儿的神情跟她简直一样。”

折绾听得恍恍惚惚，又想起了上辈子刕鹤春骂她的话——“你在我面前谨小慎微，战战兢兢，川哥儿就学了去！”

所以这辈子她不教养川哥儿了，他就开始责备妈妈了？

折绾忍不住道：“你怎么不想想他为什么不像你？”

刕鹤春：“你什么意思？”

折绾：“儿子最应该像父亲的，他就在你的眼皮底下，他也孺慕你，那他就应该学你的样子，但他为什么没有学到？”

刕鹤春还想再说，折绾却学他从前的话语摆摆手：“你自己想吧，我累了，明儿个还要去见玉阁老的孙女。再者说，我跟你说了好多次，对川哥儿耐心些，你也不听，你但凡多用些心，川哥儿也不会变成这样。”

刕鹤春被噎得不行，脸色通红，却还是无法反驳。

折绾痛痛快快地抬头看去，却正好撞见川哥儿睁大眼睛看她，眼里充满了敬意。

折绾一愣，身子僵住，好一会儿才回过神来。

川哥儿曾经对她有过如此的神情吗？好像是没有的，那为什么现在有呢？

她喃喃了一句：“难道是因为我敢跟刕鹤春对着干了？”

孩子是孺慕强者的，这个她知道，所以她才会对川哥儿感到愧疚。但现在她不愧疚了，她坚定地抛掉那些愧疚感，努力地告诉自己要这么想：他天生胆小，又不是我造成的，后来他变得更好，却是我一点一点养成的。

——我也是自小胆儿小，但无人可教。所以看他这般，总想着对他好一点，再好一点。

但我得到什么了？

我亲手养大的孩子，成了一把刺向我的尖刀，他还是更喜欢他的父亲。

她吸气又呼气，扭过头去，一眼都没有再看川哥儿。

日子忙碌起来就过得快，等到下回再去玉府的时候，折绾已经跟孙三娘商量好要做什么饼了，她跟玉小姑娘道：“我想了五十个名字，你听听。”

她先说小姑娘钦点的豫州花：“一种是千叶小金钱，跟明州黄差不多，在京都极为少见，是豫州那边的，尤其以洛阳多见。这种花型好看在它长大之后花蕊非常大，重重叠叠，雕刻出来很是好看。”

玉小姑娘没意见。折绾便又道：“再有就是棣棠，也是豫州的，花瓣上有双线纹，从里到外，花瓣由长到短。”

她都带了图纸来，玉小姑娘一看就喜欢，点头：“就要这两样吧。”

她问：“这图纸画得很好，可见是有功力在身上的，是你画的吗？”

折绾摇摇头：“不是我，是勋国公夫人。”

玉小姑娘咋舌：“是她啊。”

那这图纸的分量就重了，她开始怀疑自己的五十两够不够。

折绾回去就跟孙三娘道：“她还要给咱们加银子呢。”

今日又是个艳阳天，孙三娘难得有兴致去院子里面走一走。折绾陪着她：“你觉得冷吗？”

孙三娘点了点头。

折绾温柔地宽慰：“这是你太久没有到外面来了，你该感受感受这些花草树木，你可以尝试把花瓣放在自己的手上、脸上，去感知它们的美好。等你以后好一点了，我还想请你跟我一起去爬爬山。”

孙三娘：“爬山？”

折绾：“是啊。爬山的时候，光顾着爬了，什么都不会想，汗出了一身，回去洗个澡，就什么都痛快了。”

孙三娘转身看着她，而后温柔地问道：“阿绾，你……你为什么会如此急切地想着置办铺子呢？每日忙来忙去，我瞧着你都累，但你的精气神又很好。”

折绾弯腰从花苑里摘下一朵花，别在自己的发髻上，笑着道：“不为什么，只是……只是想活得更好一点。”

她畅快道：“我想要不畏畏缩缩地活着，想要睡一个安稳觉，而不是睡着睡着被人喊醒，说我哪里又做错了。”

她记得最开始的那几年里，她每天午睡起来，都很害怕听见小丫鬟说赵氏又有事情要找她。不是这里错了，就是那里错了。赵氏会当着婆子们的面训斥她，让她的脸面掉在地上，让她捡了很多年。

她歪歪头，头上的花儿正灿烂得很。

“我死……”她张嘴又闭嘴，半晌后才道，“我出嫁之后，很是明白一个道理。人啊，最好别难为自己，别责备自己。不要困在后宅，不要做困兽之斗。要走出去看看，看看没见过的山水，做做自己没做过的事情。春日里，蔷薇花开得正好，我想……”

我想带着素膳路过那一片蔷薇花，带上许许多多的银子，一块儿去江南泡温泉，那里有我们的宅子，有我们的地，而不是抱着素膳去江南寻名医。

她再开口，声音就带着些战战兢兢：“我想……想要活下去，迫不及待地活下去。”

所以我一刻也不想等了。

孙三娘跟玉岫道："她应该跟我一样，得过这个病。"

玉岫其实也有猜测了："你不知道，她看你的眼神……有一种在看自己的样子。我第一次提及你身体弱，能睡很久的时候，她恍惚了好一阵，还说了一段安慰的话。当时我就觉得奇怪，如今想来，她那是想到了自己。"

孙三娘："她说了什么？"

玉岫："好像是说——你有了兴头，所以才想着试试。"

孙三娘沉默了一瞬，而后道："是，是想要最后一搏。"

这话就严重了，"最后一搏"四个字听得玉岫心颤了颤："何至于此啊……"

她其实是真不明白三娘是怎么想的，两人已经很久没有敞开心扉说过话了，她借此机会问："三娘，你跟我说，这些年你到底是怎么想的？"

孙三娘低下了头。

玉岫也不逼她，而是道："阿绾是个好姑娘，她既然得过这种病，并且治好了，便也想尽力让你也好起来。你不要担心，只要是病就能治，就能治好。"

孙三娘也承认自己这是病了，她无力地坐在躺椅上，等了很久很久之后才道："最开始，我不觉得这是一种病。大家都说我脾气坏，我也以为是我矫情。后来又说我因为珑珑去世伤心太过，自毁身体，我就没话说了。我确实……确实因为珑珑，不肯放过自己。"

珑珑是她的女儿，三岁的时候就去世了。自那以后，她再没有欢喜过。

玉岫宽慰道："这也是没办法的事情，谁也不愿意这种事情发生。"

孙三娘低下头去："可是……我对她并不好。"

玉岫看过去："什么？"

孙三娘默然一会儿道："咱们自小一块儿长大，你也应当知晓阿爹阿娘待我如何。"

玉岫点头："知晓的。"

那是捧在手心上怕掉了，含在嘴里怕化了。

孙三娘轻轻笑了笑，看向窗外："那可真是一段梦里的日子啊，有时候恍惚记起，也不知道自己是不是记错了。但因太美好了，所以他们坚定地要把我嫁给勋国公做继室时，我一点也不相信。"

她闹过，逃跑过，但什么用也没有。

她道："我嫁过来的时候，勋国公还一直以为我是跟他闹别扭，阿爹阿娘也写信来劝我，说他人不错，会对我好的。"

但阿爹阿娘不知道，她不是跟勋国公闹别扭，而是跟他们闹别扭。

你们为什么不爱我了呢？怎么突然就不爱了呢？

她实在是太受宠了，导致她过了很久才接受这个事实。后来怀孕生下孩子，她觉得自己的暴躁和戾气好了许多，但孩子没立住。

她跟玉岫道：“我无数次回忆珑珑去世时的样子，便无数次后悔自己没有看好她，竟然让她染上了风寒。”

她开始憎恨所有人。她是继室，嫁过来的时候，勋国公老夫人还没有去世，勋国公原配的儿子也只比她小一两岁。勋国公老夫人一味地偏袒原配的儿女，理所应当地把她看成是毒妇，她在家里哪里受过这种委屈？

等再过了两年，她还没有孩子，老夫人就开始折磨她了。

好不容易怀了孩子，日子总算过得好了一些，生下来却是个女儿，老夫人明里暗里地骂她是个丧门星。

孙三娘：“生下孩子的时候，我最初是很高兴的。珑珑是我的骨肉，我还能不喜欢她吗？但慢慢地，我也变了，我在想：若她是个儿子就好了。”

相由心生，珑珑也许感觉到了，看见她便低下头去。

孙三娘捂脸哭起来：“我为什么会那样对待我的孩子啊！我为什么会那么想！”

玉岫听得伤心，过去搂住她：“都过去了，都过去了。”

孙三娘却不肯原谅自己：“我至今都不敢相信，那个一心期盼珑珑是儿子的人是我。明明阿爹阿娘那般对我之后，我就发誓了，我一定要对我的孩子好。”

可她的孩子更惨。

她最开始是不愿意去苛责自己的，她疯狂地摔东西，说是老夫人害死了珑珑，后来又说是勋国公的大儿子害的。最后，她真的要疯了，她开始苛责自己，是她害死的。

玉岫忍不住心酸：“不是你，你只是被身边的人影响了。你也没有对珑珑不好，她真的是偶感风寒没有熬过去。”

孙三娘哭累了，躺在椅子上静静地流眼泪，道：“我不会原谅自己曾经有过那样的念头。阿绾昨日说，她想要活得更好一点，想迫切地出去，出门去——不困于内宅，不苛责自己。那一瞬间，我可真为她高兴。”

阿绾可以释然，可以走出去，可以弥补遗憾，但她不可以，她不敢放过自己。

玉岫还是第一回知道她是这么想的。她问：“你的这些念头，勋国公知晓吗？”

孙三娘摇摇头：“我恨我自己，也恨他。”

玉岫唏嘘道：“那就不说，只告诉我就好。”

她犹豫着，问：“那你如今是怎么想的？”

孙三娘呆呆道：“我不知道，我好像是想活的，但也不是一定要活着。”

她笑了笑：“要是就这样睡过去，也不错。”

这就还是病着没有好。

玉岫一路哭回家，好几天都没有缓过劲来。她之前还埋怨三娘不理她，如今想来，她受苦受累的时候，自己还在屋子里享受天伦之乐呢。

她终于明白她那句“你的孩子都立住了，我却没有。你太幸福了，我见了你心里烦。我知道自己这是在嫉妒你，但我没办法”是怀着什么心情说的了。

她打了自己一巴掌：玉岫，你可真不是个东西。

直到折绾欢天喜地地带着十两银子谢礼上门的时候，她才微微高兴。

折绾：“一共是五十两的生意，给了厨子十两，给了三丫和素膳十两，剩下的十两你我各一份。”

玉岫先激动道：“我也有啊，我可什么都没有做。”

但银子已经拿在手里了。

折绾好笑：“你不是不想要吗？”

玉岫：“我也是牵线搭桥的。”

但过了一会儿，她就道：“不对啊——一共就五十两银子，你都给出来了，怎么还搭钱进去啊？”

折绾笑着道：“第一次，就当是经验了。这十两银子也不是白给你的，下回还有这种好事，你千万要叫上我。”

玉岫：“你给三娘的银子送过去了吗？”

折绾：“还没有，我想着给你送了之后，再一块儿过去。”

说走就走，玉岫一坐上马车又忍不住哭：“她实在是可怜。”

折绾没有打听为什么可怜，只是安慰道：“她还答应我去爬山呢，肯定能熬过来的。”

两人去的时候，孙三娘正呆呆地看着窗外，勋国公也在。她不言不语，他就在窗边站着。

见了她们来，他还挺高兴的，道：“她今日好多了，还念叨着午膳吃什么呢。”

玉岫看他不顺眼，并不搭理，倒是折绾问了一句：“孙姐姐可说了要吃什么？”

勋国公：“没说要什么菜，只念叨一句罢了。”

折绾便吩咐小丫鬟：“要个玉兰片，记得用新鲜的冬笋烘片，加些蜜糖。再要个萝卜汤圆，要先把萝卜刨丝，滚熟之后去臭气，再加上葱花和酱搅拌，做成团子用麻油灼了吃。”

小丫鬟复述了一遍才走。

孙三娘就拉着折绾的手道：“你怎么懂这么多？”

折绾：“我爱吃。”

她把十两银子递过去：“给，这是你的工钱。”

孙三娘愣了愣，慢吞吞地拿起那十两银子，突然笑起来：“感觉还挺好的。”

折绾："靠自己赚的自然是好的。"

她深深地松了一口气："不瞒你们说，我以后还要买宅子呢。买铺子之前，我也担心自己赚不到钱，但不敢告诉别人，就怕自己临阵脱逃。这么亲自跑了一回，我就不担心自己会买不上宅子了。"

她坚信自己能赚到钱。

买铺子可以理解，但是买宅子确实有些奇怪。玉岫好奇地看了她一眼，也没有多问，只道："你想要买的时候可以跟我说，我帮你看看地方。"

说起这件事情，折绾还真的要跟她们说说："你们要不要买地？"

孙三娘本来有些疲惫的眼睛又忍不住睁开："买地？"

折绾："嗯，去闽南买。那边的地都是荒地，但适合种茶。"

一两茶叶一两金，一亩地却一两银。

她现在还记得这句话。这是她之前没有做成的事情，她还是想要做完。

她跟孙三娘道："这几日我要在家里看闽南的县志，就不过来了，玉姐姐会来。你一定记得，多出去晒晒太阳，多摸摸花草。"

（五）

勋国公如今看刕鹤春简直是慈眉善目。他先请了刕鹤春吃酒，说："我家夫人好多了！我一个大男人是不好请你夫人吃饭的，还是请你，你帮我多多传达我的感激之情。"

刕鹤春从善如流。他之前绞尽脑汁地想过如何跟上官多熟悉熟悉，结果勋国公从不接招，如今峰回路转，他肯定是要亲近亲近。

男人吃饭的时候也喜欢说说国事，除去皇帝后宫和皇子们的事情不敢说，其他的倒是能说得畅快。但说着说着，还是说到了越王身上去。刕鹤春知晓勋国公跟越王有些交情，道："我也不知道哪里做错了事情，他如今也不搭理我。"

这话一出，勋国公就喝醉了。刕鹤春冷笑，还要去结账后才能走人。

谁知又过了两天，勋国公又来请刕鹤春吃酒，问："刕少夫人怎么没做生意了？可是没有生意做？我有些门道，保管她能一直做下去。"

十二月了，都察院忙了起来，刕鹤春整日忙得脚不沾地，哪里有时间去管折绾，闻言敷衍道："没有生意了吗？好像是，这几天是没有看见她出门。"

勋国公埋怨："她都没有来见我家夫人，自然是没有生意的。"

但这般的话，三娘的精神头又不好了。

勋国公心里烦闷，就将气发在刕鹤春身上："你是做什么吃的？妻子的铺子没了生意，你也不知道去帮帮？"

刕鹤春真是恨不得一个大耳光扇过去——他怎么帮？他自己都忙不过来了。

陛下不过是说关照关照他，结果他的活就要比别人多一番！

但上官面前，他还是要忍气吞声的：“是，我回去问问。”

他回来就抱怨：“真不知道勋国公是怎么想的，他就不会自己给勋国公夫人找些事情做吗？”

但他还是问折绾：“你不是做了一笔生意吗？听闻还赔了不少进去？”

好好的话从他嘴里说出来就不好听，折绾没有搭理，只是学着他的语气问：“我不是跟你说过川哥儿怕你的事情了吗？我怎么瞧着他还是怕你呢？”

刕鹤春哑然，当即无奈道：“我也试着耐心一些，但当他学不会那么简单的字时，我就控制不住自己的脾气了。”

折绾：“他是长姐唯一的骨肉，你这般对他，长姐在地下也不会安息的。”

刕鹤春就想起了阿琰对孩子的看重，他唉声叹气：“我实在是太忙了。”

折绾：“你不在家，我也不在家，不行就送回去给母亲。”

孩子送过来，本来是说待几天的，结果一待就是一个月。赵氏明里暗里来要过好几回，刕鹤春愣是没有松口，赵氏还以为是她挑唆的，如今又对她横眉竖眼。

折绾真是搞不懂刕鹤春，明明他自己也不是很在意川哥儿的教养，但就是不愿意给赵氏。那是他的亲生母亲，他也时常敬重，怎么连个儿子也舍不得给过去养呢？

她转过身说：“我最近忙，是没有时间管他的。你又说他胆子小学了于妈妈的，但总不能身边没有婆子吧？还是要交给母亲才放心。”

刕鹤春本想说你还没有忙完吗？不是没有生意了吗？但又想到了勋国公的托付，折绾还要继续去勋国公府才行。

他烦恼地揉揉头：“怎么这么多事情！”

折绾本以为这件事情解决了，结果川哥儿却不愿意去赵氏那边。他也不知道是哪根倔筋犯了，抱着苍云阁门前的柱子就是不松手，于妈妈在一边抹眼泪。

刕鹤春诧异道：“你不愿意去祖母那里吗？”

川哥儿点头。

刕鹤春：“为什么？祖母难道对你不好吗？”

川哥儿就想起于妈妈说的——“只有多见见你阿爹，他才能多看见你。”

川哥儿想看见阿爹，虽然阿爹脾气很坏，但他也想看见。

而且……

他抬起头看向那个很陌生的母亲，有她在，阿爹生气也会被压下去。去了祖母那边，就不能经常看见阿爹了。阿爹好像也不喜欢他，不会主动来看他。

川哥儿闷不吭声。刕鹤春也没有办法，看向折绾：“还是待在苍云阁吧。”

折绾并没有强求，道：“那就白日去母亲那边，晚上回苍云阁。”

然后，她催促道：“不是说好请教书先生了吗？你要是不行，我便去请玉姐姐帮忙。”

刕鹤春：“知晓了！”

于妈妈在一边听得心酸不已。这世间的事情，真是只听新人笑不听旧人哭，折绾才嫁过来三个月而已，大少爷已经开始跟她吵吵笑笑了，往后会像跟大姑娘那样成为恩爱夫妻吗?

于妈妈抱紧了川哥儿，整个人如坠冰窟，当晚写了一封加急信回去给折夫人。

折绾却没有心思管于妈妈做了什么，她此时的注意力都在蝉月手上的信里。蝉月神色如常地进了院子，却白着脸跪在了折绾的身前。

“少夫人，奴婢好像闯祸了。”

折绾扶她起来，接过信一看，发现是长姐写的。

信是打开的。她看了一眼蝉月，蝉月哭道：“信封没有合上，外头也没有写东西。”

她吓得厉害：“奴婢是在库房找到的。快年底了，茗妈妈叫我们去库房整理箱笼。本是我和文月她们几个一起去的，但素膳不在，茗妈妈便带着她们去了花草房。奴婢一个人打扫，很怕自己不仔细，惹得茗妈妈骂。”

她自己一个人打扫的，有了错处也没人推脱。

她还是为自己说好话的：“所以就连边边角角也看了。库房里有些箱笼是原先那位少夫人的，奴婢打扫得仔细，便从桌子缝底下发现了这封信。原也没有多想，因信封没有写字，就打开看了看，谁知……谁知是原来的大少夫人写的。”

折绾犹豫了片刻，让蝉月将门关上，然后坐下来，凑到灯下去看。

上头的字很潦草，像是心绪烦乱，写得也断断续续，很多地方都有笔墨晕染的痕迹。

但寥寥几笔，折绾看得心惊肉跳。

阿娘，我太累了，窗外的蔷薇花开得很好，但我没兴致去看。

你送来的药我没有吃，我不想吃，也不敢吃。

我还年轻呢。

我不想跟宋玥娘争，我为什么要跟她争呢。

阿娘，我好累，你别逼我了。

折绾深吸一口气，看向蝉月：“你看完了？”

蝉月点头：“是。”

她惶恐不安：“少夫人……奴婢真不是故意看的。”

折绾就知道她上辈子为什么会突然消失在这个府里了。她虽然不记得蝉月这个人，却知晓她上辈子没有像这辈子这般积极地在自己面前自荐，不然她不会记得有这么个人。

那她捡到这封信会交给谁呢？

她突然问："你当初为什么会选择在第一天就投靠我呢？"

蝉月又跪了下去，声音都在发颤："是……是奴婢看少夫人敢在新婚之夜泰然自若地去点菜，又发现您对素膳实在是好。"

那种眼神不是装出来的，跟着这样一位主子不会错。她就赌了一把，事实证明自己赌对了。

折绾了然。

蝉月是觉得自己可以依靠，那她上辈子依靠谁呢？

唐妈妈？

不管是谁，她们最终都没有留下来，不知道被发卖去了哪里。

折绾叹息："没事了，这不是大事。"

蝉月哭着点头，折绾安抚她："这也没什么的，不过是一封信罢了，也许是长姐和母亲闹了矛盾。"

但她从不知道长姐私下里也会这样烦闷，会写这样的信。

她将信收起来藏好，本是想要再看看花册的，却发现自己一直在出神。

长姐……是一个什么样子的人呢？

折琰跟折绾差了快十岁，折绾五六岁的时候，折琰就已经出嫁了。但折绾依稀记得，长姐自小就被人称赞，她长相好，性子好，孝心好，又温柔贤淑、娴静知礼、聪慧伶俐，她也确实如此。

折绾幼年也是受过她恩惠的，她说不出长姐一句坏话。

屋外下起了雨，雨声断断续续，她撑着脸坐在临窗的榻上，伸手去接。雨水冰凉，她忍不住打了个寒战，但脑海里突然想到了于妈妈和唐妈妈曾经一直夸长姐的话。

——"原先少夫人在的时候，府里哪里乱过？"

——"她怀胎三月还管着府里的事情呢。"

——"少夫人最是心善，外头的庄子遭了灾，她便免了一年的租子。"

大家都很爱她，就连赵氏和宋玥娘后来都说："阿琰是多么好的一个人，可惜了。"

汤鹤春骂川哥儿的时候也会道："你要是赶上你母亲一半，我就心满意足。"

过去十五年里，折绾为长姐勾描出一个从容不迫、完美无瑕的人像，挂在了自己的脑海里。此刻，画像里的人嘴角微微垂下。

汤鹤春进门的时候，就发现她一副哀愁的模样。他好笑道："你如今的日子还不好过？怎么愁眉苦脸的。"

家中事务没有让她管，川哥儿也没有压着让她养，她每天只去勋国公府，陪着勋国公夫人说说话，多好的差事。

再看看他，忙完了外头，还要忙儿子。

他就记起不知道从哪个酒桌上听说的一句话：这种世家大族的女人，真是天生享福的命。

如此看来，倒是有点道理。

折绾平时还能跟他说几句，今天却是一句话也不想说。

刕鹤春刚去教了川哥儿学字，他今日总算好些了，写的字没有缺少笔画，也不算歪七扭八，所以现在心情也算好。折绾不理他，他也不恼，只道："是勋国公夫人的事情让你为难了？"

折绾抬眸，冷冷看过去。

刕鹤春吓了一跳，他皱眉："你又发什么疯？"

折绾："出去！"

刕鹤春这回是真生气了，他回到书房也摔东西："我真是服了她！也就是我不跟她计较！"

狗脾气！前一个时辰还能好好的，后面就能冷冰冰骂人。当初是谁说她良善老实的？简直是胡说八道！

第二天早上，刕鹤春早早起床去上朝，发现苍云阁的灯又是一晚上没有熄灭。他冷哼一声，脚步不停。

屋子里，蝉月伺候折绾穿衣，问："少夫人，今天还是看县志吗？"

折绾摇了摇头："不……今日，我想去库房一趟。"

她突然对长姐好奇起来，愿意为长姐停留一会儿。

那封信里寥寥几句话，却勾起了她不愿意想起的思绪。

信里面提到了吃药，吃什么药？

折绾想起了曾经李姨娘偷偷摸摸给她的药方子："这是我千辛万苦从夫人的房里偷出来的，当年大姑娘就是吃了这个药才怀的川哥儿，一举得男。"

她还记得那个药方。

一两香灰，一两观音土，一两无根水，一两梧桐树的树叶捣碎，把它们搓成药丸化水喝下去，一直要喝七天。

可真难喝啊，她是不愿意喝的，她喝了太多的药，她自己都放弃了。

但姨娘逼着她，下跪求她，骂道："这么多年了，你还是连个蛋都没有生出来，你让我怎么安心睡得着？你让我连个念想都没有！

"一个女人，连孩子都不会生，说出去都让人笑话。你要是不生自己的孩子，将来连个收尸的人都没有！

"你要是不喝，你不生，你就让素膳生……"

折绾只要想到这句话，身体就抑制不住地哆嗦。

蝉月吓得扶住她："少夫人，你怎么了？"

折绾回过神来，很努力地扯出一个温和的笑："没事。"

那场噩梦已经过去了。

长姐是否也有噩梦呢？她的手缓缓划过她曾经用过的箱笼，在箱笼之间缓缓踱步思虑。

她信里说的吃药，是吃的那张方子上的药吗？

折绾亲自在库房整理了半天箱笼，但除了那封信，什么也没发现。

于妈妈带着川哥儿在院子里玩，眼睛却频频看向库房。

川哥儿不由自主地跟着看。于妈妈回过神来，连忙抱起他："川哥儿，咱们回屋。"

川哥儿不乐意，他指指库房："母亲在那里。"

于妈妈说："她忙着呢。"

川哥儿就想起升哥儿托付他的事情："你母亲编的花环真的好好看，你帮我要一个吧。"

川哥儿没答应，却也想把这件事情做好。但过去好多天了，他也没有去问问她可不可以。

升哥儿又没来，他也不能告诉升哥儿他做不到。

川哥儿垂头，觉得自己很没用，任由于妈妈把自己抱走了。

等到折绾回正屋的时候，就发现他偷偷地在门缝里看自己。

折绾愣了愣，脚步一顿，皱眉问："于妈妈呢？"

蝉月："刚刚去厨房了，这会儿应该是方妈妈看着。"

方妈妈是赵氏的人，看川哥儿没有那么紧。

折绾抿唇，跟蝉月道："跟于妈妈说说，让她多带着川哥儿去找莹姐儿和升哥儿玩。"

宋玥娘管着莹姐儿和升哥儿不来苍云阁，于妈妈竟然也只带着川哥儿待在院子里不出门了。

她脚步不停，回到屋子里，在纸上写下一个"药"字和一个"累"字。

如果药是她喝的那种，她也能体会长姐的心——不敢，不愿。

至于累……

她唏嘘起来："做英国公府的长媳怎么会不累呢？"

她无数次累到哭，但人人都说她身在福中不知福，说她不如长姐。

——"就这么点事情，阿琰从来都不留到明天。"

——"阿琰做什么都游刃有余，不像你这样累。"

折绾慢吞吞地吃下一个鲜花饼。

原来长姐也会累。

她想了半天，最后发现自己漏掉了最重要的问题——这封信是什么时候写的呢？

是发生了什么事情，她才会写下这样的信。

孙三娘发现折绾这几天总是走神。今日玉岫没来，她便亲自端了一杯这几天研制的花茶出来，问："你是不是有心事啊？"

折绾摇了摇头，而后道："咱们还是先说买地的事情吧。"

孙三娘笑着应下："好啊。"

两人看的都是县志。看书是费神的，玉岫只爱附庸风雅，不爱读书，先就说了她只负责出银子。孙三娘是精神不济，看不了许多，还是折绾熬夜看完了这些县志。

她说："闽南那边也有地价贵的，但也仅限于福州那一片。漳州府、泉州府、兴化府……穷得很，我看县志说，朝廷每年都要补贴灾款过去。"

她拿出一张堪舆图在上面画出来："这三个地方百业待兴，却一直没有兴起来。"

后来好像是去了一个官，开始引着大家去买地种茶叶，闽南的地价一下子就开始高了起来，但对于京都的人来说是便宜的，对于现在的她们来说更加便宜。

孙三娘是名家出身，自然知晓现在买荒地将来会卖得好。但是，将来真的卖得出去吗?

她看向折绾，发现她的眸子里好像燃着火。她情不自禁地弯起了眼睛："就这么想买啊？"

折绾点头。她喜欢买田地，没有得到过的东西，总是希望拥有的。

孙三娘就道："不仅要看县志，还要看邸报。"

折绾从没有想过还能去看邸报，能想到看县志，已经是她想了很久才想出来的法子，她还叫人去踅摸一个闽南人回来问问情况呢。

但仔细一想，看邸报自然是更好更快的。她高兴起来，说："我这就回去找来看。"

孙三娘："不用去别处找，我家就有。"

她轻声道："你家应该也有，但在英国公那里，还是用我家的吧，好歹你们都是少夫人，而我都快成老夫人了。"

折绾闻言笑起来，第一次在孙三娘面前小声抱怨了一句："英国公府孙辈都出来了好几年，还没有换称呼。我早该叫夫人，但加个少夫人在前头，便显得老的那位更加年轻吧。"

孙三娘没忍住笑出声来。

晚间她还笑了好几声，勋国公见了欢喜得很，第二天就找刕鹤春道谢："刕少夫人真是厉害，只说了几句话，就让我家夫人高兴了一天。"

刕鹤春僵硬着脸："那真是太好了。"

他根本不愿意提及她。

勋国公又请他喝酒——喝酒他倒是去了。

趁此机会，他也不闲话其他的事，立刻借着酒劲抱怨：“好几年了，大人也该知晓我不是那种仗着陛下的话就胡作非为的人。以前还好，事情多我忙就忙了，那时候先妻去世，我也正沉痛万分，忙起来没头没尾的，没顾得上伤心，我也不觉得累。但现在不行，现在家中小儿长大了，见着我都怕，并不亲近，我一忙起来就顾不上他……”

勋国公却是只老狐狸，好处得了，只请了一顿酒，其他的什么都没有答应。他拍拍刕鹤春的肩膀，语重心长道：“这是陛下对你的考验，我说了也不算。陛下说关照你，那么多人都知晓了，我不对你狠一点，你跟其他同僚如何相处？能有真心相待的？”

然后，他笑了笑：“但你们夫妻二人都是厉害的。你知晓吧？刕少夫人如今都要带着我家夫人去买闽南的地了。两人刚看完县志，如今在书房看闽南的邸报呢，她厉害得很呀。”

刕鹤春自觉对折绾的变化适应得很快。从听闻她是个老实良善人，到是个软棉花闷葫芦，但是有点倔，再到扶不起的阿斗，以及还会摔东西的疯狗脾气——他都适应了。

人是多变的，他自己是如此，也不强求别人一个样。他对她这番变化的解释是骤然富贵。

就好比那些农门贵子，最初也许是谨小慎微的，但一旦到了京都，有了权势，日子久了，就能暴露出本性，或者骄奢淫靡，或者贪财好色，或者好大喜功。这样的人向来走不远。刕鹤春瞧见过好几个这样科举取仕的举子，最后都狼狈而死。他心有余悸，时常拿来警醒自己。

所以在这般的对比之下，他觉得折绾的本性就还好。她能在富贵的诱惑之下还能保持住本心——他认为她在踏踏实实地做事，一步一步朝前走。

而且有时候换个角度想想，她也很有自知之明。她觉得自己掌不了中馈，却愿意接手花草房先学着管事。她觉得自己照顾不了川哥儿，却颇有一番育儿经，好几次都劝他要有耐心，还要找启蒙先生。

听闻她还让于妈妈带着川哥儿去找升哥儿玩，这也是他所想的，孩子还是有玩伴比较好。

她走得慢，却稳得很，并没有因为骤然富贵就染上了坏毛病。

这也是刕鹤春愿意百般宽恕她的缘由，他觉得折绾还是有长处的。但他没想过她胆子能这么大！她竟然还敢撺掇勋国公夫人去闽南买地？

勋国公说的时候，他目瞪口呆，说完之后，只觉得啼笑皆非。

他当着勋国公的面说：“这……尊夫人被忽悠了多少银子？”

他改日送些好礼过去，别让人家平白被诓骗了。

勋国公就觉得劭鹤春这个人很是无趣，他明明是在夸赞劭少夫人，被劭鹤春这么一说，好像他在告状讥讽似的。

他冷哼一声，喝了一杯酒，似笑非笑地道："那以后涨了，我是不是还要赔给你啊？"

劭鹤春受了一顿怼，在心里把勋国公从头骂到脚。

回到英国公府的时候，他还跟英国公道："勋国公这个人，是怎么得了陛下的喜爱？"

英国公在兵马司任职，跟勋国公打交道少，但同朝为官，还是知晓些底细的："当年都察院被砍了一地的脑袋，勋国公临危受命，一年未歇，这才将事情捋顺。这个人，能力还是有的，再者说，陛下想学前朝肃宗皇帝，有个肯纳谏的好名声，勋国公的性子便也算不得坏了。"

他顿了顿又问："听闻你媳妇跟勋国公夫人走得近？"

劭鹤春点点头，也不愿意把房里的事情说给父亲听，便道："两人性子都安静，便一见如故了。"

英国公："那就是个能帮得上你的，我便放心了。"

父子两个说话说了好一会儿，赵氏眼巴巴等了许久，等到丈夫回来了，着急地问："鹤春呢？"

英国公："自然是回苍云阁了。我还有事情，你若是有事就去叫人唤他。"

赵氏还不是为着川哥儿的事情！她如今是悔死了！

等英国公走后，她对着赵妈妈哭："当初只说送过去几天，如今是抱不回来了。"

赵妈妈："那日本是要送回来的，怎么……川哥儿会不愿意呢？"

赵氏恶狠狠地道："估摸着是小折氏和川哥儿身边的于妈妈挑唆的！"

但她也清楚，小折氏和于妈妈不是此事的缘由，她们还不值得自己去忌惮。她恼怒儿子的所作所为，他要是答应，其他人算什么东西？所以她不明白，为什么鹤春不肯把川哥儿给自己养呢？

赵妈妈也摸不着头脑："奴婢也是不懂了……您养了川哥儿三年，日日操心着，川哥儿从生出来到现在，连个大的头疼脑热也没有，可谓尽心尽力，大少爷他……"

他实在是过分了。

但这话她说不得。她只能咬住舌尖，将话又吞回去，笑着道："会不会是不愿意让您操劳？"

赵氏："我都累三年了，他不闻不问，好嘛，现在他娶了媳妇，便也不要娘了，就想说我操劳了？"

但她也只跟赵妈妈抱怨，抱怨完还要给儿子找补："他一个男人懂什么，这里面门道大着呢。"

赵妈妈自然附和："是，大少爷还是很有孝心的，我听闻他还让大少夫人给您养花呢。"

赵氏心里熨帖多了，但还是忍不住想念川哥儿，越想越伤心，辗转反侧哭了一晚上，眼睛肿得不能见人，第二天就免了儿媳妇们的请安。但她没有提前说，人都到了，才让赵妈妈出来说自己身体不适。

折绾站起来就走。回去的路上，先是受了宋玥娘一顿白眼，但她也不敢再说一些风凉话。折绾猜着，她是被宋夫人和玉姐姐教训过一顿了。

事实证明也没错，宋玥娘被玉岫狠狠地说了一顿："我实话跟你说了吧，阿绾现在正忙着你孙家姐姐的身体，人命关天的事情，你要是敢给我搅和了，你信不信我扒了你的皮？"

宋玥娘也不知道为什么折绾就关乎着孙三娘的身子，她难道是大夫吗？

但她确实被"人命"这两个字吓住了，不敢给折绾使绊子，只能暗送白眼。

折绾低下头，便叫她白眼"白送"。宋玥娘威风地带着一群管事从她身边而过，想叫她羡慕，但折绾已经跟四姑娘说上话了。

四姑娘如今正在说亲，每次哪家有宴席都要过去凑个数，被人相看，如今已经有了眉目。她特意跟折绾提起："是诚意伯家的嫡次子。"

折绾诧异她竟然将此事跟自己说，便问起她对亲事的看法："你自己觉得如何呢？"

上辈子，她是嫁了过去的。诚意伯家不在京都，直到她去世，四姑娘也没有回来，但是几个月会写一封信报平安。

折绾后来掌家，知晓她天高路远一个人在外，需要娘家做支撑，便每隔几个月就趁着各种佳节给她送礼。

好心也是换了好心来的，后来素膳病了，四姑娘还专门让人送了江南的土方子来。

折绾一直记得她的这份心，把自己记得的说出来："我曾经听人说过诚意伯家，他家离京都太远了。"

四姑娘后来送回的信里，经常会流露出思乡之情。

远嫁的姑娘总是想家的，一出嫁，跟家里人就疏远了，却要挤进另一家的屋子里，装作最亲近的血缘亲人。

四姑娘那时候在信里说："不习惯。吃的不习惯，用的也不习惯，什么都不习惯，但也觉得有趣，这边跟京都的习俗很不同，新鲜的东西也多。"

她婚后过得不算糟。夫婿虽然不是很上进，但伯爵之家，即便是分了家，也是饿不死的。她自己生下了两个孩子，一男一女，儿女双全。跟婆母和妯娌虽然不是亲密无间，却还算和睦。最大的忧愁是家里的姨娘作妖，夫婿偏袒她。

不过最后一次写信来说，她已经将那些姨娘都发卖了。不为别的，只为着公婆去世，跟大哥分了家，他们分的宅子变小了，夫婿自己提出要卖姨娘。

"咱们还有这么多孩子，怎么住得下去呢？还是卖了吧。"

和她斗了一辈子的姨娘，竟然就这样没了。她自己都没有想到，写道："我并没有想象中的高兴，只觉得人情薄凉。"

折绾想起她信里透出的婚后日子，道："诚意伯的嫡幼子因不是要承爵的，所以并不是那般的上进。"

这回是跟着母亲来京都探亲的，而不是求取功名。

四姑娘惊讶于她说得如此直白肯定，不禁听得更加认真："是吗？这倒是也没什么，只要人品没问题就好，我们这般的人家，能平平淡淡到寿终正寝就已经很好了。"

折绾："我还听闻他这个人……很有些花心的毛病。要不，我让你大哥哥去打听打听他的房里有多少人？"

四姑娘一个没出阁的姑娘，贸然听见这些，脸都红了，瞬间又转白："花心的名头都传到外面了吗？"

折绾也不想吓着她："那倒是没有，我……我知道你最近在说亲，便找人打听了。"

原来如此。四姑娘真挚地笑了起来："大嫂嫂，多谢你想着我。"

她来找大嫂嫂，果然是找对了人。母亲跟她说诚意伯家，她很是犹豫，虽然是伯爵之家，也是嫡子，家中富贵，但到底是离京都太远了。她的本意也是想托付大嫂嫂替自己打听打听，没想到大嫂嫂已经默默为她打算过了。

她回去之后跟自己的姨娘商量："瞧着大嫂嫂的意思，往后他房里的姨娘少不了。"

她的姨娘宽慰："男人都是这般的，那些人不过是玩意罢了，不用放在心上。"

四姑娘就不太乐意她这么说。若是连姨娘也这么想，那不是将自己也贬低了进去吗？

刕鹤春硬生生三四天没有进苍云阁。即便是勋国公跟他说折绾在看邸报和县志，买闽南的地，他也没有去管。随她去吧，看她能折腾出个什么劲来。过了这么多天，虽然他已经不生气了，但也不愿意先去低头。她那个狗脾气就不能改改吗？别人骤然富贵坏的是秉性，她坏的是脾气！

谁知道，折绾竟然在晚间叫松亭来叫他。

"大少夫人说有事情跟您商量。"

刕鹤春本是不想去的，但又顾及勋国公府那边。他断定了她是想要他说说闽南的事情，或是打听消息，或是想让他出银子。那边的地再是便宜，买少了都不合适，不然一来一回，光是掌柜的月俸钱就不少。

他真以为她是来求救的。他走到半路的时候，就觉得自己不应该跟她计较其他的了，所以进了屋，他就建议道："你本是对勋国公府有恩惠的，但如今让人家出银子、赔银子，这恩情就说不定了。”

就算是大富大贵之家，也有因为银子翻脸的。

折绾愣了好一会儿才明白他在说什么。

她本来就不觉得他天生聪慧，结果他竟然还很自大。

他为什么会这么觉得呢？若是什么也不懂的她听见这句话，必定是要怀疑自己的，但是折绾无比清楚后面那边的地会涨起来，便不由得对他也低看了几分。

她说：“你怎么会这么肯定呢？你看过闽南的县志，知晓那边适合种什么吗？你跟闽南人交谈过，知晓那边定然涨不起来吗？你知晓朝廷最近十几年对闽南的国政吗？你知晓那边的土地有多少，价钱几何吗？”

劭鹤春觉得好笑：“我为什么要知晓这些？我只知道那是个寸草不生之地，你贸然去买地，是肯定会亏的。”

折绾也笑起来：“劭鹤春，你都不知道我有没有查证，为什么就敢断定是贸然呢？”

见他还要再说，她摆摆手，说：“亏了也是我的事情，我又不要你的银子。”

还蛮有志气的。

劭鹤春坐下来问：“那你叫我来做什么？川哥儿的启蒙先生我已经在寻了。”

是个老先生，名声颇佳，这回也是用了英国公府的名号才能把帖子递进去。但升哥儿也要启蒙了，单单让老先生教一个肯定不合适，还得让他答应教两个才行，这又是一个麻烦事。

劭鹤春道：“他答应之前，咱们还得带着川哥儿和升哥儿去一趟他府里，他要试试孩子的资质才能点头。”

折绾“哦”了一声，继而道：“我是想让你帮四妹妹去打听打听诚意伯家的嫡幼子。”

劭鹤春愣了愣，实在是没有想到是这件事情。他大概知晓四妹妹最近在找婆家，道：“是相看好了诚意伯家吗？”

诚意伯算不得权贵，但也算偏安一隅。四妹妹作为英国公府庶出的女儿，配他也是配得的。

他点头说：“我过几天就去打听打听。”

折绾：“你别过几天！四妹妹也是你的亲妹妹，你要上些心才是！”

她气恼地说：“一个女子，要是嫁错了，便是最难的。你不要拖，明日就去吧，你拖几天，她就要心下不安地等几天。”

劭鹤春：“哪里就这么急！”

折绾也不跟他争：“这事情简单得很，诚意伯的姐夫就是开元巷的明家，你跟明家的少爷认得吧？”

姐夫跟小舅子之间，多多少少存着些看不惯。这回诚意伯夫人来京都，一是为了看生完孩子的女儿，二是为儿子说个京都贵女。

她的话都说到这个分上，刕鹤春哪里还能推却，不然她还以为他连亲妹妹都不顾，但他确实忙。

折绾见他那副模样，就道："你要是不行，我就去请五弟。"

刕家五少爷如今正在国子监读书，认识的人也多，定然会认识明家的人。

刕鹤春就吃这套，他拧眉道："行了，不过是吃顿酒的事情，还是我去吧。"

早这么说不就行了！折绾站起身来，刚要去拿账本，就见外面忽然飘下了白雪。

下雪了啊。

不远处，于妈妈抱着川哥儿从赵氏那边回来。刕鹤春见着雪不断飘落，苍茫一片，也没了去看文书的兴致，道："川哥儿回来了，不若一块儿吃个锅子吧？"

上回他在折绾这里也吃过锅子，味道还不错。

大雪配锅子正好，折绾也有些馋了。她让墨月去叫李厨子配大料："用酸汤的锅子酱配鱼熬，鱼的刺都剔出去，别放辣子。"

刕鹤春点头："对，川哥儿吃不得辣。"

正走到门口的川哥儿就听见了此话，他激动得脸红起来："父亲！儿子能吃一点点辣的。"

刕鹤春笑着道："吃鱼汤还是要鲜美才行，不用配辣子。"

他顿了顿，道："怎么不跟你母亲打招呼？"

川哥儿看向折绾，缩了缩脖子："母亲。"

折绾"嗯"了一声，问："今日可玩得还好？"

川哥儿一本正经地答："好的。"

折绾就没继续问了，她又拿出自己的账本翻看。因有玉小姑娘担保，又有玉家赏花宴的鲜花饼很是好吃，她倒是接了好几笔小生意。

三丫已经跑出了经验，这回也不用她花费那么多花和面粉以及馅料，省下了不少银子。

她来送钱的时候就说："少夫人，咱们其实不用给厨子那么多银子，您都想好口味了，他不过是做出来，哪里就能拿大头。"

折绾笑起来："厨子的银子一点也不能动，口味多一分减一分都是影响味道的。"

掌柜的还没有请，三丫做着掌柜的事情，折绾就问她："咱们这铺子也不是一定要马上就盈利，你如此能干，要不要试试做掌柜？"

花三丫其实早就有这个意思了！但是她怕少夫人觉得她不行，没想到少夫人也觉得她行。

她整个人像是掉进了米缸里，乐颠颠地道："少夫人，你放心，我肯定能把铺子盘好了。"

折绾看着她笑起来："我是相信的。"

果然，她就做得很好，银子进账多了许多。除去月例，买进的馅料，这一个月大概赚了五十两银子，虽然不多，但她很高兴。

她一点点地盘账，准备拿出一些银子来将铺子改改，改得雅致一些，以后还是要卖花的，一盆名贵的兰花就能卖出几百两银子，她正好会养花。再有就是闽南买地的事情，得快些叫人去当地看看。

她心里的算盘响亮得很，脸上情不自禁就露出了笑意。刕鹤春本来在听川哥儿背三字经，一转头就看见她对着账本笑得欢快。

真是掉进钱眼里去了，怎么就喜欢商贾之道呢？幸而做的生意不大，不然传出去叫人笑话。

屋外大雪纷飞，他牵着川哥儿过去，将人往她怀里一塞："我已经听他背过一半的书了，剩下的你来吧。"

折绾问："养不教后面一句是什么？"

这个川哥儿知晓。虽然不太明白是什么意思，但他正好今日背了。他大声道："养不教，父之过。"

然后，他期待地看向刕鹤春，希望能得到父亲的嘉奖。

刕鹤春摆摆手："别背了，我看见丫鬟已经端着锅子来了。"

折绾带着图纸去找孙三娘，她画的是铺子里面的布置和摆设。

"你看看雅致不雅致？"

最近一直在下雪，孙三娘的精神差了许多，折绾也不好过来打搅，三四日才来一回。

孙三娘掐着日子算，也大概知晓她要来了，这几日一大早就叫人准备好了手炉，说："你先热热身子。"

折绾："在你这里还能冷到吗？"

她等身上热乎了才过去，笑着问："我瞧着你的脸胖了些，可是吃了什么对胃口的东西？"

孙三娘说："是你上回叫人做的酸菜鱼。"

折绾："你喜欢吃鱼啊？我还会一些其他的，今日就写下来给你家厨子吧。"

玉岫来晚了，进门就接嘴："你可真是个俗人，整日吃吃吃。"

孙三娘笑着拿起图纸看，看得频频点头："你虽然是个俗人，但'卖雅'有一手。我帮你改改小摆设就好。"

能得她一个"雅"字，折绾松了一口气，她在这方面实在是不太会。

玉岫也在门口等了会儿才进来，而后扯了扯孙三娘的脸："好像胖了些。"

折绾："我也一眼就发现了。"

玉岫总算是松了一口气："开始有关扑了，咱们哪天去街上试试？"

关扑是如今最时兴的博戏，买卖东西可以用赌掷财物来获得，因为沾了一个"赌"字，官府并不允许，只有在过年的时候才能有关扑。

玉岫每年都要去赌一赌，但孙三娘嫌弃路上人多，她道："去个人少的地界吧。"

她愿意出门已经是很好了，玉岫高兴至极："好啊，那咱们就去赌马吧。"

折绾无可无不可，只是对这般的事情很陌生。她从未玩过关扑，也没有赌过马，这些玩乐的东西她不敢碰，一碰就内疚，觉得自己虚度了光阴。

玉岫："阿绾，你看宅子看地很厉害，不如去看看马吧？"

折绾："好啊，哪日去？"

玉岫："过几日，我先打点好马场那边。"

有三娘在，她总是要小心一些。

她又对折绾道："我已经找到去闽南的人了，是我家的管事，他就是闽南人，先去那边打探打探。"

这就太好了。

折绾："一定要看看当地的人多不多，还要看看那里的土适合不适合种茶。玉姐姐，叫他带些土回来吧，各地的土我都要。"

玉岫咋舌："要这么费工夫吗？"

折绾："功不唐捐。"

她回去的时候还绕路去了一趟铺子，拿出孙三娘帮着改了的图纸给三丫看："快过年了，鲜花饼卖得好，你忙得很，改铺子就让素膳来吧。"

素膳摩拳擦掌："我也想试试来着。"

折绾拉着她的手："我再给你在附近买座宅子吧？也免得来回跑。"

素膳跟着三丫在外面跑了几次生意，笑得开朗大声了许多，她是学着三丫笑的。

"这样笑，别人就以为我是个大方的人，直爽嘛。"

折绾听得好笑不已。

素膳不好意思极了："我也是为了铺子好。要是住外面，国公府的人会不会说我？"

折绾："你是我的人，都放良籍了，她们管不着！"

素膳就答应了："我也觉得来回跑不方便。"

折绾就觉得自己做成了一件大事。

屋子里，三丫探头探脑的，折绾发现了，笑着问："怎么了？"

三丫还蛮不好意思的："少夫人，您能给我取个名字吗？就照着素膳的'素字'来吧？我很喜欢'素'这个字。"

折绾怔了怔："你不自己取吗？"

三丫："我也想，但总是想不出好的字。"

她如今出去跟人谈事情，自然是要介绍自己名字的，别人的名字好听，她却叫三丫。她也是堂堂掌柜了，是英国公大少夫人跟前排得上号的人了，怎么好叫三丫呢？

她抱怨："就是那个厨子也有个好听的名字。"

素膳狐疑："他不是叫富贵吗？"

三丫："一听就有很多银子啊。"

外面又下起了雪。她犹豫着："素雪？"

折绾："叫素兰吧？"

三丫欢喜地点头："我知道，少夫人就在种兰花呢，兰花最贵了。"

她如一股风般踏着雪回家，茗妈妈刚好来给她送花苗，就听她大声道："阿娘，我改名了，少夫人给我改的，叫素兰！"

茗妈妈气得要死："死丫头从小就吵嚷着改名字！我告诉你花三丫，你别仗着少夫人宠你就作妖。"

"叫我素兰！"

茗妈妈气急败坏："知道了，素兰！"

（六）

快到年尾，折绾的事情多了起来，整日里忙得不见人影。赵氏和宋玥娘在一块儿烤着火说闲话："听闻她那个什么鲜花饼吃了的都觉得好吃，许多人家都要了一些。"

折绾做生意的事情还是传了出去，但妇人家置办一个铺子也不是什么大事，所以两人也没什么大反应，只是对她瞒着此事有所鄙夷："小家子气！"

宋玥娘撇了撇嘴："我觉得那饼不好吃。"

赵氏："我也觉得！"

婆媳两个依偎着抱怨："她铺子里的生意好做，还不是全靠着英国公府。"

"是啊，要不是打着咱们家的名号，怎么会卖得这么多？"

赵氏："她如今倒是潇洒！"

宋玥娘："又去勋国公府了？"

赵氏："是！"

宋玥娘："她那个贴身丫鬟叫素膳的，直接就在外面管铺子了？"

赵氏"啧"了一声："她没人用嘛。她那个母亲是个笑面虎，能给一个庶女什么好人好东西？"

宋玥娘："是庶女嘛，又不是亲生的，面子上过得去就行了。"

赵氏嫌弃："嫁妆也给得少。"

外面大雪簌簌，她来了兴致，很想跟玥娘说一说折夫人其人其事，结果说曹操曹操就到。赵妈妈冒着大雪快一步回来禀报：“夫人，三少夫人，折夫人来了。”

赵氏小声“呸”了一句：“孩子们好不容易睡着，咱们娘俩还没有说说话呢，她就来讨嫌了。”

但见着人了，她就笑得如花一般：“老姐姐，可想死我了。”

折夫人陪着寒暄，道：“阿绾在不在？”

赵氏不免凑个耳朵过去，直接问：“是有什么事？”

折夫人担心地道：“冬日大雪，她姨娘的身子一直缠绵着病，天一冷，便更加不好了，今早还烧了起来，昏昏沉沉，呢喃着要见阿绾，我便来捎个信。”

赵氏暗暗嫌弃：“怎么这样？我叫人去库房取些人参来——阿绾去勋国公府了，我叫人去唤她回来。”

折夫人：“真是叨扰了。既然来了，我就去瞧瞧川哥儿。”

她走了，赵氏翻了个白眼：“真是的！娶了个庶女，不仅要跟这个老虔婆走亲戚，还要跟个姨娘走人情。”

宋玥娘：“折绾姨娘病了，折夫人还亲自来唤人，看着也还行。”

作为嫡母，已经是周全了的。

赵氏就“呸”了一声：“你还年轻，不知道这里面的手段。她这样跟咱们说，按照我的性子，必定是嫌弃折绾的，她的目的就达到了。”

她冷哼了一声：“像我们这样的人家，谁不嫌弃妾室？”

宋玥娘吃惊：“那她还亲自来？”

赵氏：“瞧着吧，这不是亲自来报信，而是亲自上门来问罪的。”

她幸灾乐祸地笑起来：“我还不了解她？”

宋玥娘就露出了一个同样的笑：“那就都是恶人，随她们去吧。”

两人又凑在一块儿猜测折夫人是为了什么来。

苍云阁里，折夫人抱着川哥儿一顿亲，根本舍不得放下去。但孩子已经长大了些，听得懂大人说话了，她也不敢在川哥儿面前说什么大事，只能让其他的婆子将他带出去玩，而后单独留下于妈妈说话。

她道：“我见了你给我的信，心中着急，奈何前几天朗哥儿生了病，我走不开，只能留下来照料，今日才好些，便直接过来了。”

朗哥儿是她的小孙子。

于妈妈抹眼泪：“这种大寒天，您实在是受累了。”

两人在一块儿，无非把折绾做的恶事又说了一遍。

“大少爷之前是瞧不上她的。”于妈妈肯定地道，“老奴是看着大少爷和大姑娘一路过来的，夫妻之间是好是坏，哪里还能看不出？最初，无论唐妈妈怎么说她嚣张无礼，老奴都没当回事，只要大少爷看不起她，那就一点事情没有。可现在才几个月啊，大少爷就正眼看她了，有什么事情也征求她的意见。您不知晓，就是川哥儿拜先生的事情，大少爷也说与她听呢，她懂什么呢？她自小书都没有读全！夫人，我们川哥儿可怜啊，母亲没了，继母是狼子野心，父亲也不疼爱。您不知晓，大少爷经常骂川哥儿。”

折夫人听到前面还好，毕竟已经从于妈妈的信里面知晓过了，但还是头一回听说刕鹤春骂川哥儿的事情。她手都气得抖了起来：“那可是他的亲生儿子，是他唯一的子嗣，他也舍得骂？”

于妈妈都不敢把这些事情写在信里面。她道：“大少爷一点儿耐心也没有，川哥儿不过是背书慢了一点，他就受不了了，端着个脸，骂川哥儿笨。”

折夫人听得泪眼汪汪的：“虎毒还不食子，真是有了后娘就有了后爹。身边人一撺掇，刕鹤春就昏了头！”

折绾半路上就打了个喷嚏。

身边只有蝉月和墨月跟着她。年底了，素膳和素兰两个人忙得很，折绾就没叫她回府。她今日出门说是去勋国公府，但其实是给素膳踅摸了一座小宅子，她交了定金，只等着过契了。

因大雪路滑，便让车夫走得慢了些，刚走到半路，便听见赵氏身边的婆子着急道：“天老爷，幸而遇见了！”

蝉月撩开帘子：“是罗妈妈呀，出了什么事情，劳您老人家这么大冷天出来？”

罗妈妈：“少夫人娘家母亲来了，夫人差奴婢去勋国公府告诉一声。可巧在半路碰见了，不然不是白跑一趟吗？”

折绾临窗靠着说话：“我母亲来了？”

罗妈妈：“是。”

折绾柔声道：“冰天雪地的，快将罗妈妈请上马车吧。”

蝉月亲自下去请她：“真是辛苦您了，快上马车。您也是，资历这么老了，又是急事，怎么不让人给您配一辆马车？”

罗妈妈很是受用，脚往马凳子上踩，嘴里道：“我算什么东西。”

进了马车，手里又多了一个暖炉，身子暖和起来，便话也说得实在了，小声道：“奴婢不敢多嘴主子的事情，但听着折家夫人的意思，是您的生母病了，迷迷糊糊中叫您的名字。”

折绾大概也猜到了。

多少年了，用来用去，都是这一招。

她淡淡地笑：“是吗？那便是人命关天，我们就直接去折家吧。烦请你回去跟我母亲说一声，就说我先回了，劳烦她后头回。”

罗妈妈被请下了马车，手里多了十两银子。

罗妈妈骂骂咧咧地回去了，冷风往她骨头里面钻，骂了一路主子们折腾人。她因拿了折绾的十两银子，便不埋怨她，而是跟赵氏道："大少夫人听了之后颇为着急，整个人如同热锅上的蚂蚁，便直接让人调转马车回去了。"

赵氏满脸笑："哎哟，这也情有可原。快些，把消息告诉折夫人去，也好叫她回去。"

然后，她想了想，快活道："折绾怕是要晚些才能回来，去把川哥儿抱到我这里来。"

折夫人走的时候，她还亲自过去送，眼瞧着折夫人脸色发青才满意而归，对玥娘道："有好戏看了。"

折绾到折家的时候，门口的管事婆子笑着出来迎："七姑奶奶，您回来了。"

折绾恍惚一瞬，一下子认出了她："是——您老身子还好吗？"

那婆子就笑得更加欢快了："好，承蒙您挂念。"

折绾一边走一边道："我记得我去年的时候……是去年吧？冬日里病得糊涂，还是您给了我偏方。"

婆子："哎哟，那件小事，您还记得啊。那时候奴婢就说您没事之后必有大福呢。"

折绾记得自己去世之前，这位妈妈已经去世很久了，但因没什么交集，她重活一回也没记起人家来，还是这次见着了才想起，她心中微微有些愧疚："我下回来，给你带点治风湿的药。"

婆子"哎"了一声，引着她往里面走："李姨娘这回确实病得重。"

折绾："是，所以我回来看看。"

嫡母不会贸然说姨娘病了的，她说姨娘病了，就是将人真磋磨病了。或者让李姨娘跪在雪地里面，或者让李姨娘熬夜抄写佛经，做僧衣，拿去寺庙捐赠。

只要李姨娘病了，折绾就得赶回来，不回来不放心啊，她不知道嫡母会不会给姨娘请大夫诊治。

最初她和姨娘抱着哭，发誓会让姨娘好起来。后来，她终于很努力很努力地花费心思得到了赵氏的允诺，愿意帮她一起说服父亲写放妾书，将姨娘从折府里面接出去过日子，但姨娘不愿意了。

她不愿意离开折家，甚至对她破口大骂："你这个小畜生，我刚得了老爷的青眼，你却要害我，你这样做，老爷还以为是我嚣张呢。"

折绾深吸一口气，回过神来，看着熟悉的门，怔怔出神。她上辈子坚持最久的事情，一直是救姨娘。

姨娘太苦了，太受罪了，一定要救她出去，让她过好日子。

她秉承着女儿的孝心，一心一意救母，周旋这个，周旋那个，却发现自己是个笑话。姨娘相信她那个一直把她当个玩意的丈夫，一边受苦一边抱怨，一边却不愿意离开。

折绾缓缓吐出一口浊气，伸出手，又在一个冰天雪地里，推开了那扇门。

李姨娘的烧退了一些，但也不是很清醒，她看着折绾还奇怪："你怎么长这么高了？昨日不是还小小的吗？"

折绾轻声道："我已经嫁人了。"

李姨娘还是糊涂的："嫁人了？嫁给谁了？"

折绾："英国公家。"

李姨娘瞬间就兴奋了起来，人也清醒了："是啊，你嫁给了英国公大少爷，是大少夫人了。阿绾——你怎么回来了？"

这是清醒了。

折绾替她掖了掖被角，却垂着头没有看她："母亲说你病了。"

李姨娘抱怨："是她故意的！她让我跪祠堂呢，抄了一晚上的佛经。"

折绾："你可以不跪的。"

李姨娘："她说那是替你求子，我要心诚的，我哪里敢不跪哦。"

听见"求子"这两个字，折绾的心又格外硬起来："姨娘，我最近赚了一笔银子，可以在外面给你买个宅子，你出去住吧？"

李姨娘听见前面还高兴，听见后头大发雷霆："你什么意思？你嫌弃我丢人了？嫌弃我是个妾室丢人了？"

折绾："不是丢人，是觉得你受苦了，想让你出去做个老封君。我给你请丫鬟，请管家，你就做个富贵人家的老夫人——"

李姨娘不可置信："你在说什么呢！"

折绾："我只来这一次。"

李姨娘愣了愣："什么意思？"

折绾站起来："我只来这一次。我救过你一次了，救不了你两次。"

她拢拢袖子，肃着脸道："这回，你慢慢想，仔细想，你日日夜夜地想一想，到底是待在这里做个妾好，还是跟着我出去，做个不愁吃喝的老夫人好。我只来这一次，也只说这一次。你自己想清楚了，就差人送信给我，我会回来接你。"

折绾出了门，刚刚引她进来的婆子已经笑吟吟等在门口了。婆子姓升，早年还得过折夫人的重用，但生性秉直，喜欢打抱不平，慢慢地就落了下乘，如今只在后门当差。今日跑前门来，还是她得知折绾要来，思虑万千之后才决定过来巴结。头一回做这种谄媚的事情，她不是很豁得出去脸面，做得也不熟练，万幸七姑娘还是跟从前一般和善，见了她还记得她腿脚不好，风湿病重。

她快步走过去，宽慰道："七姑奶奶放心，李姨娘这病虽然凶险，但好得也快，想来不会有什么后患，只是病去如抽丝，还得好好将养着。"

折绾刚见过李姨娘，实在是笑不出来，只轻声回她："姨娘在家里，还需要您看顾着些。”

升妈妈就有些不好意思起来：“您出嫁三月，倒是练就了一双火眼金睛。”

她确实是想提出在折家多照看李姨娘，以此在折绾这里得些情义。

折绾拍拍她的手：“是不是遇到了什么难处？”

升妈妈眼睛一红：“小孙子摔断了腿，大夫说再不接就该瘸了……家里能筹的银子都筹了。”

本是要向夫人求个恩赐，但去了正院，被夫人身边的妈妈挡了回来：“小少爷病了，夫人哪里有心思管你的破事。”

升妈妈只好另想办法，但又别无他法，如今是真到了山穷水尽处，不然也不敢在折家冒险来巴结七姑奶奶。

折绾：“你是什么样的人，我还不清楚吗？平日里，素膳在你那里吃了不少东西，你可一句话也没有多说。”

但上辈子升妈妈并没有来找过她。

她恍惚一瞬，从袖子里拿出一张五十两银子的银票：“你别嫌少，这是我和素膳两人开铺子赚的，是我们的心意。若是少了，你就去桂渊街上第三条巷子里找素膳。叫你家其他人去，你自己别去，被人瞧见了不好。”

不然嫡母就会让她不好过了。

升妈妈因她这一句话酸涩起来：“您自己也过得不好，却还担心老奴的处境。”

折绾将银子塞在她的手上，柔和地道：“我如今过得好了，素膳也不用再偷偷摸摸去您那边要吃的。”

她抬头看看前面的拱门，出了这个拱门，便出了院子。她停下来，对升妈妈道：“就送到这里吧，咱们分开走。”

升妈妈羞愧得很，但还要在折家继续活着，只能停下来：“七姑奶奶，您的大恩大德，以后老奴必定相报。”

折绾宽慰她：“孩子病好了就行，其他的不用多想，你当初帮我们的时候，也没想着要回报。”

她踏出了拱门。

蝉月带着文月墨月跟在她后面一块儿走，又有人引着她们去了正院。刚进去，便见嫡母已经坐在那里等了。

她笑着坐下来：“母亲。”

折夫人冷笑连连，但也给她面子，将其他人都挥退出去，这才道：“你如今翅膀是真硬了。”

折绾端起茶喝了一口，笑盈盈地看过去：“母亲，我有按照你的吩咐去做的。川哥儿已经被接了回来，劢鹤春对他不好，我也尽心尽力地去劝。”

她放下茶杯，茶杯碰在桌子上，轻轻响一声。

“邠鹤春脾气坏得很，我也教不好，便让他请个教书先生回来。他说已经请了名师，只等着过年的时候带着川哥儿过去拜年，若是孩子资质好，便能定下名分。”

这事情最后没成。

折绾上辈子没有跟着去，只记得邠鹤春带着川哥儿和升哥儿出门之后，赵氏和宋玥娘便担心得厉害，午膳也吃得少。

因她多吃了几口菜，赵氏阴阳怪气：“不是你亲生的，果然是不担心。”

后来川哥儿没被看上，邠鹤春还发了大脾气，吓得川哥儿一晚上没睡，她安慰了一宿，第二天天明才哄得他睡了过去。

又过了几年，宋玥娘不知道从哪里听闻那位老先生本是对升哥儿很是满意，只是堂兄弟两个，又是一块儿去的，只要一个做弟子不好，怕坏了兄弟之间的感情，便连升哥儿也没有收。

这话值得去查证真伪，但宋玥娘已经认定了是川哥儿拖累的升哥儿，于是在家里闹了好几次。

邠鹤春对三房更加厌恶了，跟她道：“宋玥娘此人斤斤计较，心胸狭窄，实在不是佳妇。”

折绾听了之后还很欢喜，觉得丈夫跟自己终于站在同一边了。如今想来，自己在邠鹤春的眼里也算不得佳妇，她那点沾沾自喜实在是可笑。

她又端起茶杯喝了一口茶，目光缓缓地盯住嫡母，突然道：“母亲，你为什么会给长姐选邠鹤春做女婿呢？”

折夫人本来是要兴师问罪的，谁知道折绾问了这话。听见女儿的名字，她被绕进去一瞬，而后凶狠地道：“你还有脸敢提你长姐！”

她真是一肚子火，她自认为眼睛毒，看准了折绾翻不出风浪，即便翻出风浪来也是几年后了，到时候川哥儿已经长大，根本不怕她。事情却从折绾嫁过去就变了风向，风浪从未有过停歇。

她忍着气，说：“你以为你今天的富贵是怎么得来的？你长姐的命都搭在里面！”

又来了。

折绾索然无味，她端起茶杯，拨弄着浮在表面的茶叶，慢吞吞道：“母亲……你给长姐吃的药，是什么药？”

折夫人猛然抬头。

折绾：“是一两观音土，一两香灰，一两无根水，一两梧桐叶？”

折夫人眯起眼睛，并不说话，但折绾明白这是被自己说中了，她就难免幽幽感慨起来：“长姐原来真的过得不好啊。”

她以为长姐那般的人，才是邠鹤春眼里的佳妇，所以十几年来，一直想要学得几分模样。她还有个执念——是不是等她成为长姐那般的人，她就可以过得很好了呢？

直到去世之前，她还是这般的念头：如果是长姐在，素膳是不是就不会死？

长姐那般聪慧，不会让素膳落得这个下场。

谁知道长姐也要被逼着喝药，喝那四处泛着愚昧的药。

屋子里，寂静无声。折夫人青筋暴起，折绾神情却越来越平缓。她轻声道：“观音土，得要送子观音庙前的庙柱土吧？”

她不自觉地叹息了一声，不知道是叹息自己，还是叹息长姐。

“梧桐叶，也须是百年大树伸出来的枝叶才行，听闻是凤凰停栖过的，很有神性。”

“那两香灰，最少得供奉着送子娘娘十年，这才显得心诚。就是最简单的无根水，也要生下六个儿子的妇人去接才行。”

将这些东西搅和在一块儿，便能一举得男了。

折绾本以为自己已经释然了，但当这些话从她的口中说出来，她的神情又森然起来：“母亲，你逼长姐喝过几次呢？”

她想，至少要有一次。

她第一次去细细想长姐的生平：“她也不是一开始就有子嗣的，嫁给刕鹤春好几年，她都没有怀上身孕……你应该很急吧？后来宋玥娘又怀了身孕，想来你更加着急了。”

升哥儿、莹姐儿跟川哥儿是同岁，只是早几个月罢了。

折绾闭上眼睛，很能感受到那种绝望：“所以，所有人都在催她，催她怀孕，包括你。人着急的时候，是会被影响的，再聪明的人，看来也不例外。长姐喝了吧？喝下你为她调制的秘药。”

折夫人的手紧紧地握在扶手上，也不知道想到了什么，一张脸上隐隐透出惨白，实在吓人。

折绾却依旧自顾自地道：“母亲，你实在贪心，长姐那般的人，因为要怀胎而喝下如此愚昧的药……她就已经舍弃了自己的自尊，她应当是心力交瘁了，你为什么还要她再喝下一碗呢？”

折夫人嘴唇颤抖着，面目狰狞，看着是想要破口大骂的，但因折绾说的是自己最宝贵的女儿，所以她连骂也不敢张口，生怕说出了什么不好的话来扰了阿琰的魂灵。

折绾却垂下头，思索着一般道：“因为你还想让她第一胎就生个儿子。为什么呢？是因为觉得，她若是生下一个女儿，就比不过宋玥娘了吧？”

她突然之间就明白了为什么嫡母一定要她那么快就掌中馈。她之前想着，大多是为了让赵氏和宋玥娘记恨她，这样从此以后，她就在英国公府孤立无援，若是碰见事情，就必须求助折家，求助她。但今日想想，嫡母还有一半的打算是要她抢了宋玥娘的中馈，她恨宋玥娘。

再就是赵氏。赵氏一直教养着川哥儿，她也很看不惯吧？所以逼着她，以李姨娘的病一直逼她，逼她把川哥儿和中馈都接过来。

折绾深深呼出一口气，将茶杯往后面一推，只觉得长姐是个笑话，自己也是个笑话。

她问："母亲，你知道长姐离世之前很是痛苦吗？"

折夫人眼睛通红，身子都开始抖起来，可见她在极度忍耐。

折绾便静静地等着她，等了好一会儿，她回过神来，发现这一段静寂的时间里，她的脑子里是空的，她也不知道自己想了些什么。她只是有种恍惚感，直到外头的风雪吹了进来，吹得她瑟缩了一会儿，才又道："母亲，原来你知道长姐有多痛苦啊。"

卷三——与光同尘，和光不污

/ 人在快活的时候，就看不见对方的痛苦了。/

（一）

折绾冒着风雪赶去了花草铺子。素膳和素兰两个正围在一起算账，两人都是算账的好手，却还是怕自己算错了任何一个数。素膳拨弄完最后一个算盘珠子后，心满意足地停下来，刚抬起头，就瞧见外头停了姑娘的马车。

她连忙扔下算盘往外走，边走边问：“姑娘，你怎么又回来了？”

折绾拉着她的手又连忙往里头走，道：“冷，进去说。”

等进了屋子，她笑着道：“我走到半路，还没回国公府呢，便听说姨娘病了，于是赶紧回折家看了看。”

素膳紧张起来：“姨娘怎么又病了？”

她忙着铺子里的事情，根本没来得及管姨娘，她不免后悔和愧疚：“咱们赚了银子，应当先给姨娘送些过去的。”

折绾：“我都给了的，给了五十两。我回去瞧了瞧，发现她根本病得不重，就跟从前一般，是老毛病了。”

素膳心里软软酸酸的：“姑娘，姨娘真是受苦了。”

她和姑娘都出来了，只留下姨娘一人在折家，肯定是受了夫人折磨的。她一想到折夫人，又马上紧张起来：“姑娘，姨娘病了的事情，是哪个跟你说的？”

折绾：“是赵氏身边的罗妈妈——今日母亲自己来国公府里跟赵氏说的。”

素膳的脸就红了起来：“怎么这样呢？国公夫人本来就嫌弃你是庶出。”

若是姑娘因此回了折家看姨娘，国公夫人不就更嫌弃姑娘了吗？

折绾便拉着素膳一个人去了里间。她就知晓素膳会这样，所以才会特意回来一趟！

素膳以前就一边心疼李姨娘，一边又怕国公府的人因为李姨娘而看不起她，为了这个矛盾的念头，她苛责自己，认为自己良心坏了，好多年后都没有释怀，所以姨娘后来骗她，害她，她还道："就当我和姨娘扯平了。"

扯平？什么扯平！折绾不愿意素膳再回去管姨娘的任何事情，李姨娘生的是她，不是素膳，素膳根本不用尽孝。

她吸了口气，抬头看素膳。果然，素膳的眼睛也红彤彤了，道："姑娘，夫人是故意的，她就是故意来这一趟让你难堪的。"

折绾安慰她："我哪里会不知道啊，但我想，这也不是我应该羞愧的吧。"

她笑着替素膳擦眼泪："出身不好，哪里是我们能够选择的？嫁给刕鹤春，也不是我们自己选的。娶我的时候，她们就该知晓我的身份。母亲要我来照顾川哥儿，是看中了我这个人心地良善，没有坏心，否则她怎么敢把我嫁过来？我要是良心坏了，学得一招两招的，川哥儿还能有口气在？刕鹤春他们也是，把我娶进英国公府，也是有他们的考虑，他们都顾及川哥儿，顾及他们自己——"

她轻柔道："素膳，我嫁进来，是他们都思虑好的。我的长处、好处，他们都享受了，若是再因为我的短处而嫌弃我，那是他们的错，不是我们的错，我们有什么错？"

她告诉素膳，也告诉很多年前的自己："我们进来之前，就是一张白纸，他们要我马上在纸上画满锦绣山河，而彰显他们身份贵重，配得上这国公府邸，可这怎么可能呢？我才嫁进来多久啊？我就是嫁进来十年、十五年，我也依旧是庶女，他们嫌弃我，我难道还要嫌弃自己吗？"

素膳听得怔怔，折绾就给她下重药："我们对母亲和国公府的人感恩戴德，惶恐害怕，是因为我们都觉得靠着他们，我们才过上了好日子。可是素膳，你看，我们也不笨的，我们这才几个月，就赚了这么多银子了。"

素膳像是听进去了一些，但还是喃喃道："可是，我们是依靠着国公府，才能赚下这些银子……"

折绾："我们也给他们好处了！难道这不应该吗？"

身处低位的时候，明明自己已经付出很多了，可还是会为上位者的一点恩德而心有不安，甚至感恩戴德，可这明明就是她们应得的。

折绾定定地对素膳道："只要我们相信自己，不嫌弃自己，管其他人怎么想呢？素膳，咱们就是想得太多了，其实不要紧的，不过是回去看了一趟生母，这有什么的？这也值得去说道？这要是明白人，是要说我孝心可嘉的。"

素膳被说得心动起来："是啊，若是宋家大少夫人和勋国公夫人在，她们肯定会夸您孝心好的。"

折绾舒了一口气。这性子，其实是能扭转过来的。她由衷高兴地笑着说："还有啊，素膳，若是姨娘身边的人来找你拿银子，你也别上当。我给过她银子了，她是不会来找你要的，定然是别人打着她的主意。再者说，姨娘还有私房银子呢，你也是知晓的。"

素膳点头："我记住了，姑娘。"

折绾站起来要走了，说："我就是怕你知晓姨娘生病的事情害怕，才来告诉你一声。"

但素膳听了是一回事，认可她说的话也是一回事，心里害怕惶恐又是一回事。她想跟折绾回去，说："姑娘，我陪你一起回国公府吧？"

折绾："也行，那你把事情交给素兰。"

素膳就急匆匆地走了，也不知道她跟素兰说了些什么，直到折绾要离去，素兰都是一副恨不得替她回去受苦的模样。

蝉月不明就里，好笑道："素兰姑娘，不行你跟着我们回去？"

素兰："不！我要为少夫人守好这个铺子。"

折绾半路上还在闷笑。素膳瞧着她笑，不知不觉地就开始松快起来，擦了擦不存在的汗水，开始嘀嘀咕咕地抱怨起来："这一天天的，真是折腾人，我还有一个铺子的活要做呢。"

姨娘一直有小病，只要好好养着就不要紧，干什么要亲自来一趟折腾姑娘？

等下了马车，她又不可避免地惶恐起来。勇敢和怯弱，一阵一阵的。

折绾刚进门，就见罗妈妈等在那边，赶紧过来道："少夫人，夫人请您回来之后就过去一趟。"

素膳肉眼可见地变了脸色。折绾捏了捏她的手，转身道："蝉月先带着其他人回去，素膳陪着我就好了。"

素膳："是！"

折绾一边走一边问罗妈妈："今日雪大路滑，妈妈回来的时候没事吧？"

罗妈妈："哎哟，少夫人还记挂着老奴呢！没事没事，咱们这般的人，能被主子差遣是福气。"

折绾笑了笑没说话，倒是罗妈妈说了一路。直到进了山海院，她还没有说尽兴，只能讪讪退下。少夫人性子实在是温和，她说着说着就愿意把自己的烦心事说出来，倒是忘记了主仆之分。

折绾则带着素膳进了堂厅，大大方方地坐下来，端起茶杯抿了一口。

"母亲，三弟妹。"

她这般好像游玩了一趟回来，倒是让赵氏和宋玥娘对视一眼，不好开口说第一句话了。

赵氏顿了顿："你姨娘……"

折绾笑着道："是小毛病，已经好了，还要多谢母亲送去的人参。"

赵氏撇嘴，正要说几句阴阳怪气的话，就听见折绾冲着玥娘道："三弟妹，你知晓莫先生吗？"

宋玥娘一顿，脑海里面冒出一个人名："是荆州的那位莫老先生？"

折绾点了点头："川哥儿和升哥儿也该请个启蒙先生了吧？"

宋玥娘顿时神色莫测起来。她自然也想为升哥儿宴请名师，但听闻这位老先生非常看重孩子的资质，所以准备过了年就回去请嫂嫂在莫老先生面前说说好话，毕竟莫家跟玉家是有姻亲的。但她一直把这件事情放在心里，谁也没有说——她才不傻！说了就要让川哥儿跟升哥儿一块儿去。莫老先生收下一个孩子做徒弟的机会大，还是收下两个的机会大，这点小账她还是算得清的。

她清楚，赵氏却不知道——这事情劭鹤春也没有跟她说过。

她看看折绾，再看看玥娘，神色晦暗。

折绾："母亲，莫老先生是荆州名家，不如就请了他来教导川哥儿和升哥儿吧？两兄弟在一块儿读书，日后感情也好。"

她说完就站起来："我今日还没来得及看川哥儿的课业，还要赶回去。"

赵氏不情不愿地道："川哥儿在我这里呢。"

折绾眉眼不动，温和道："多谢母亲照看，我现在带川哥儿回去吧。"

很快，于妈妈就带着川哥儿过来了。赵氏泪眼模糊，拉着川哥儿的手："不行就跟祖母睡吧？"

川哥儿一板一眼："祖母，川哥儿还要回去读书的。等川哥儿长大了，再好好孝敬祖母。"

赵氏就瞪眼看向于妈妈和折绾："这么小的孩子，你们也教得出这般话。"

折绾："于妈妈教的？"

于妈妈脸色都青了，连忙摆手。

倒是川哥儿道："是孙儿自己这般想的。父亲说了，男儿郎自小就要早点自立，好好读书，将来才能成为人杰。"

赵氏就心疼得哟，一口一个心肝："别听你父亲的，他懂什么！他小时候我怎么没有这么教过他？"

折绾一直静静地等在一边，等到赵氏松手让川哥儿走的时候，她才带着素膳往前走。

赵氏眼巴巴看着一群人在雪地里越走越远，这才伤心地道："还是后娘，只管领着她的宝贝丫鬟往前面走，都没有看我们川哥儿一眼。但心还算是好的，知晓劝导鹤春给川哥儿找个好先生——"

她在川哥儿身边也是放了婆子的，知晓她为着川哥儿跟儿子对着干过。

婆子道："大少夫人也是厉害的，自己平日里闷不吭声的，但川哥儿受了骂，她就好几次提醒大少爷要耐心些，别骂人，还要找个启蒙先生好。"

赵氏叹息："她啊，也就这点好处了。"

不然娶她做什么呢？

她扭过头就去瞪玥娘："你老实说，你是不是想要给升哥儿一个人请莫老先生做西席先生呢？"

宋玥娘讪讪地笑："母亲，你听我解释啊。"

赵氏不听，说："我平日里待你不好吗？我有什么事情都跟你说，你却连这么大的事情也不告诉我！"

宋玥娘："我也不是坏心……"

赵氏："你就是不愿意让川哥儿一块儿去！但你瞧瞧，鹤春就是顾及川哥儿和升哥儿兄弟情的，他就是打算带两个人去的。"

宋玥娘也自知理亏，但还是嘴硬："我根本没有那种意思！"

赵氏红着眼睛道："我哪里不知道你的心思，你就是见不得川哥儿好。"

这话就严重了，宋玥娘不管三七二十一，先说痛快了才好："我只是觉得要先去求求我嫂嫂才行。莫家跟玉家有亲，还可以上门说说，咱们家可没有，我也是怕先说出来惹你担心，到时候咱们一通打算最后没成，我倒是还好，你不得生气？"

赵氏此时哪里还听得进去："你就是想顾着你自己的孩子，可怜川哥儿——"

宋玥娘才不要听她哭呢！她站起来就走："我反正没坏心！"

等回了三房的院子，她趴在床上哭："都怪折绾，她多什么嘴啊！"

直到一路回到苍云阁，素膳紧绷的身子才慢慢地松缓下来。她刚刚一直绷着精神，结果好像什么事情都没有发生。素膳坐下来，喝了一口折绾递过来的水，这才问："就这样？"

折绾："能有什么事情？还能打我一巴掌，让我还那些人参啊？"

丢下个莫老先生的事情，足够婆媳俩闹一天的矛盾了，就不会想着来找她的麻烦。

素膳还是有些回不过神来。折绾就让她静静地想，自己坐到另外一边的凳子上，拿出笔墨纸砚画花样子。素膳想得出神，她画得出神。她在十几年后画过一些花样子，在当时看来可能是不新颖的，但现在看来很新颖。她就想把这些花样子画出来做成一本册子，而后投些银子做成衣。

当初一共买了三个铺子，一个做了花草铺子，一个干脆做鲜花饼铺子，最后一个卖成衣。花草铺子和鲜花饼做的是富贵人家的生意，但成衣铺子就能做点普通人家的生意了。到时候买衣裳送些花，买花也送些花样子，想来应该可以带动些生意。

她想得出神，素膳出声的时候，她没听清楚，缓了缓才道："什么？"

素膳后知后觉："姑娘，你说得对，其实这事情也没什么可怕的，我看国公夫人也没有说什么。"

折绾悄声道："她嘴巴是没有说什么，但是眼睛骂得可脏了！"

素膳先还没有明白是怎么回事，明白过后瞬间脸色愤愤："她有什么可骂的！你只是回去看望病了的生母。我刚刚仔细想过了，若是宋家大少夫人是你的婆母，必定会关切地问你姨娘有没有事情。姑娘，你说自古以来，咱们读的那些书里面的皇帝也不是个个都是嫡子吧？他们登基之后，还有人敢把他们看成庶子吗？他们的生母病了，还能有人怪罪他们的母亲是妾室？”

折绾听得怔了怔，而后捂住嘴巴笑起来：“素膳啊！”

这丫头胆子小的时候跟只老鼠似的，胆子大的时候，倒是还敢提起皇帝了。这哪能一概而论呢？

素膳正激动，半点也没有觉察到不对，还跟折绾道：“姑娘，也是大少爷没用。你想，若是你嫁的是皇帝，哪里还有人敢置喙你的生母是妾室啊。”

折绾笑得不行：“是啊，都是他们不好。”

能这样想一想，心里也是痛快的，能说出这样的话，可见素膳本来的胆子也不小。

只是素膳到底是年岁小，过了一会儿，也不知道她想了什么，又凑到折绾耳边道：“姑娘，我刚刚的话，你可别当真！我那都是瞎话！你也别说出去，即便是宋家大少夫人和勋国公夫人，你也别说。”

折绾一本正经地保证，憋笑道：“我不说！”

晚上两人躺在床上睡觉，素膳又问起折绾回折府的事情：“夫人没有给你气受吗？”

折绾：“没给。”

素膳不信：“我一听就知道她是故意的，她肯定是给你气受了。”

折绾：“好吧好吧，她是给了一点点，但是我也给回去了。”

素膳这回是真不信了：“你还能给回去？”

折绾就笑吟吟地道：“自然了。”

她一只手撑着脑袋：“素膳，你要知道，我们有软肋，她也是有软肋的。”

芴鹤春晚间冒着风雪回来，本是要去折绾那边睡的，结果却见苍云阁已经熄灯了。他拧眉，问松亭：“现下是什么时辰了？”

松亭：“戌时初。”

芴鹤春：“大少夫人不是亥时才睡的吗？”

松亭：“是……奴才也不是很清楚。”

他迟疑道：“要去苍云阁吗？也许少夫人还没有睡着。”

芴鹤春摆了摆手：“不用了。”

他也不是一定要去那边睡，于是他又在书房睡了一晚上。第二天休沐，他去找折绾说莫老先生的事情：“你跟母亲说此事了吗？”

折绾“嗯”了一声：“是，母亲看起来很是高兴。”

芴鹤春想起昨天一回来，母亲就叫他过去说话，头疼地道：“母亲哪里懂这些，她就知道莫先生好，便一定要我将莫先生请回来，但人家哪里是我想请就能请的，京都贵胄这么多……”

他虽然得陛下喜欢，但比英国公府厉害的多了去，他不一定能抢赢其他人，还是要看川哥儿的能力，他是准备先斩后奏的。

“我就是怕母亲不断追着问这种事情。”

折绾却道：“你是怕川哥儿没选上，你没面子吧？”

刕鹤春脸色僵硬了一瞬，而后道：“可能吧。”

这回他竟然没有恼羞成怒，而是说：“你也知晓母亲的性子，听风就是雨的，哪里能提前说。”

还有川哥儿。他大张旗鼓地过去，川哥儿那个性子，怕是早就被吓住了。

折绾却看着他若有所思，只觉得自己对他又看透了几分。她问：“那要是川哥儿没有选上，你会大发雷霆吗？”

刕鹤春：“不会！”

折绾嗤笑一声，他对自己一点数都没有。

刕鹤春这时候才有一点恼羞成怒：“我生气做什么！”

折绾一句话不回，就等着他到时候因为今天说的话而不好大发雷霆，改为暗自生闷气。

她转过去又梳头，让蝉月给自己梳个利落的发髻。

刕鹤春稀奇：“你这是又要去见勋国公夫人？你们去做什么，要这么一副打扮？”

折绾：“玉姐姐带着我们去看赌马。”

刕鹤春：“嗬！还看赌马。”

折绾看也没看他，任由他在那里讥讽。

刕鹤春却要出门了。即便是沐休日，他也是不得空的，他太忙了，又得出门去见同僚，去之前还跟折绾道：“我今日还约了明家人吃饭呢。”

折绾总算来了兴致：“哦？那你可知晓怎么问他诚意伯家的事情？”

刕鹤春：“我还用你教？”

自然是看学问、才能、人品。

折绾：“先问问他有没有外室，再看他房里有多少人。这般的事情最好先问清楚——还有啊，有没有庶出子是最重要的。”

刕鹤春：“问这些做什么？”

哪个男人屋子里没有点人呢？也就他对这些事情不在乎，所以不愿意在房里添置人罢了。

折绾：“叫你打听就打听！”

刕鹤春摸了摸鼻子，也没生气：“你吵嚷什么，我又没说不问！”

他本是要转身走的，然后又没忍住，回身道了一句：“你这脾气也太大了！过年的时候咱们还要去给各家拜年，你收收这个性子，免得在外面叫人笑话。”

折绾冷笑了一声。等刕鹤春走后，她先去给赵氏请安，但赵氏也没见她，说是病了。四姑娘偷偷给她报信：“不仅母亲病了，三嫂嫂也病了。”

折绾笑出声：“是吗？那实在是太巧了。”

她也给四姑娘报信：“三弟妹的屋子里又扫出一堆碟碟罐罐。”

四姑娘笑了起来，然后感慨：“这么多年，她和母亲闹翻还是第一次见。”

折绾：“我也是第一回。”

从前都是她们两个联手对付她，这是她第一次给她们两个添堵。

（二）

京都马场大大小小一共二十几个，但除去皇家自己用的马场，只有一家还算大。京都地贵，各处都显得狭窄起来。折绾之前也去过别的马场，但这里还是第一回来，她忍不住四处瞧了瞧，发现确实是比其他的地方宽敞许多。

玉袖见她好奇，便笑着道：“这旷野有什么好看的，我带你看看我的马。你可会骑马？”

折绾摇头，坦诚道：“我小时候连最基本的书都不愿意读。”

她恨不得一天到晚做荷包卖。素膳的手艺没有她好，便急得跟什么似的，每天都嘟囔自己少赚好多银子。好在素膳会算账，便替她和姨娘开始管家。那时候她们三个眼里都是那点偷偷摸摸卖荷包得来的银子，哪里还管什么课业。等她再大一点，懂事了，知道要学本事的时候，教授骑马的先生已经走了。

不过家里这些姐妹，只有长姐是学会的，她还记得嫡母神情骄傲地说道：“阿琰在骑射一道上颇有天赋。”

折绾就笑着问玉岫：“是不是很难？”

玉岫牵着她去摸马，说：“不难的。这是我养在这里的马儿，叫春景儿。我也送你一匹马吧？”

折绾很是高兴：“你还别说，我偶尔也会想要一匹马。”

以前去参加宴席，姑娘和夫人们各有各的长处，其中就有打马球厉害的。她曾经见过她们骑在马上驰骋的英姿，很是飒爽。她很羡慕，也有那么一天两天生出要去学骑马的心思，但刚开始是觉得害臊，后来又觉得没时间，再后来大了，便觉得都这把年岁了，学这个没什么意思。

不过，有些念头一旦有了，就会在不自觉间冒出来。她还记得自己病倒的那几年里，依旧会在某个瞬间无缘由地想象自己在马背上的风采。如此看来，自己应当也是喜欢骑马的。那从现在开始学也没什么，她现在无论学什么都是赚到的。

玉岫就带她去选马，道：“你最开始骑马，不要选烈性的，那样的马儿不好驯服，要选这种温顺的，听话的。”

折绾：“我要不要选匹矮一点的？”

玉岫：“可以啊，等你会骑马之后，我再让人给你驯一匹好马出来。好马都烈，若是想要驯服，一般的驯马师会用鞭子抽，但我不喜欢那样，所以最后肯定还会有烈性的，这样一来，还是得靠你有本事才能去降服。”

折绾点头：“也行的。”

孙三娘受不得冷，坐在屋子里面，看她们两个在外面一个教一个骑。

马场里的侍女捧上好喝的花茶，她尝了一口，随口问：“这个口味倒是新奇，是最近出来的吗？”

侍女以为自己做错了什么，惹得勋国公夫人说反话，“扑通”一声跪下去，惶恐地摇头：“回夫人，确实已经出来好几年了，但我们马场都用这种花茶招待贵客。”

说完她又觉得自己这个解释实在是不好听，便恨不得打自己一巴掌，道：“不是不是，奴婢不是这个意思……”

孙三娘便知道自己吓着她了，连忙将人喊起来，本想要宽慰宽慰，但突然发现自己竟然不知道说些什么，她就有些急了，一急，事情就有些不可控，她记得自己急急地喊玉岫和折绾。

两人还以为出了什么事情呢，进来就发现她的侍女在努力安抚她，马场的侍女跪在地上瑟瑟发抖。

玉岫奇怪：“她怎么好像看不见她家丫鬟一般？”

折绾却心知肚明，她之前也有过这种模样，只一味地陷入自己的念头里，不知道自己在做什么。

她过去将人扶住，然后拉着她坐在椅子上，定定地看着她的眼睛：“孙姐姐，你怎么了？是不是要我们做什么？”

孙三娘点点头，神情总算镇定了一些：“是……我只是问她花茶是不是新出的。”

她又说不清了。折绾就温柔说道：“让她来说，不一定要你来说。”

孙三娘停下来，跪在地上的侍女哭着把事情说了一遍。

折绾笑起来：“是这样啊，是你误会了。勋国公夫人没有其他意思，只是第一次喝你家的花茶，觉得新奇罢了。”

孙三娘松了口气：“对，就是这样。”

玉岫站在一边眼眶都红了，让丫鬟们都出去。

屋子里只剩下她们三个人了，折绾见她们两个人神色都不对，就安慰道：“这不是什么大事，是因为孙姐姐太久没有出来了，所以和人说话会有一些生疏。”

孙三娘还在恍惚：“我第一次这样。”

折绾：“你病这么久了，也是第一次出来，这不是很正常吗？”

孙三娘因为她这句话，面色缓和许多。她并不是小姑娘了，回过神来倒是镇定得很，还有些愧疚：“我以为我这个病好了才答应出来，没承想一出来就吓着人了。”

折绾笑起来，说：“哪里能好得那么快。俗话说，病三年，养三年。你才养了多久呢？”

她说话从来都是温温和和的，听得孙三娘更加安心：“是吗？”

折绾：“是……我看医书上面是这么写的。”

玉岫就朝孙三娘使个眼神：“阿绾看的医书多，咱们听她的。”

孙三娘“哎”了一声，又不好意思起来：“咱们好不容易出来一趟，本来是要赌马的。”

赌马要先去瞧马，刚刚一顿闹腾，已经是错过时间了。孙三娘很是懊恼，折绾却恍惚之间记得各家宴席之间提起的一些听闻，也是说过谁运气好，赌了哪匹马赢了许多钱的。

她说：“反正每匹马都有自己的名字，不若让她们把名册拿进来，咱们挑个顺眼的名字去买？来都来了，不赌一赌还是亏了的。”

玉岫也是这个意思：“只要咱们今日欢快就好啦。”

马场能做这么大，自然是周全的，听说玉岫和孙三娘要名册便赶紧送了上来，还送了些果子、茶点过来赔罪。

折绾吃了一口，说：“没有咱们卖的好吃。”

玉岫也尝了尝：“确实。”

孙三娘神情越来越松缓，却还在为自己刚刚的突兀举动而分神，她怕自己以后会经常这样。

玉岫瞧了担心，又不知道要说什么，折绾就直接将名册递了过去，说：“你看看喜欢什么样的名字？”

孙三娘便瞬间被吸引了过去：“我看看……”

但她看了半天也没有选出来一个。玉岫就笑着说：“她从小就这样，若是让她选东西，她得纠结来纠结去，最后干脆什么都不要了。”

折绾：“那玉姐姐来选。”

玉岫摆摆手：“得了吧，这么多年，我赌什么就没赢过。”

折绾便把名册摊开在手上：“那就我来。”

她从头到尾扫了一遍名字，还真有几个名字是有点眼熟的。她犹豫了一瞬，用笔圈出了一个最熟悉的来。

“我们就押它。”

侍女问：“押多少两银子呢？”

折绾看向玉岫，这个她真不知道了。

玉岫大手一挥：“我们仨各押五百两。”

折绾咋舌：“这也太多了。”

孙三娘倒是觉得不多，说：“这么多年了，也才过来一次，就当是每年都押了一些输了吧。”

她们财大气粗，折绾便笑着道：“输了我不管，赢了我可是要的。”

玉岫：“行！”

结果就她们仨赢了。

整个马场的人都没押这匹马。熟悉的人听闻玉岫在这里，赶紧过来问：“你们是不是有什么内幕消息？”

玉岫从来都不是缺银子的人，但第一回赢钱，还是这么多钱！她得意地道：“没有没有——喏，我家妹子，英国公府的大少夫人，我们错过了看马的时间，她就挑了个名字，我们随便一买，哎哟，可不就是赢了嘛。”

劢鹤春还在外头喝酒呢，就有从马场回来的人过来透露消息了：“你家夫人真是厉害，随手一圈，赢了万两白银。”

劢鹤春连酒也喝不下去了：“多少？”

折绾刚到家就得解释：“不是万两白银，是跟玉姐姐和孙姐姐平分的。”

一共三千两，但也是一笔银子了，等去闽南的管事打听回来，若真是一两银子一亩地，那这就是三千亩地。

她自己是很满意的，这可比做生意赚得多多了，只可惜关扑只放开一个月。但这般的事情确实是赌运气，这回是赌中了，下回就不知道有没有，还是不能贪心的。

她笑着道：“这是个好彩头，也许明年我会有好运。”

赵氏和宋玥娘也在堂厅里面听着，闻言，婆媳俩齐齐撇嘴：“就三千两银子，也不多。”

她们还以为是多少呢，真是小家子气。

两人本还在置气，结果这么一撇嘴，眼睛就对上了，相看一眼，彼此还是觉得对方跟自己心意相通，于是又冰释前嫌，凑到一块儿说话。

折绾跟劢鹤春先回苍云阁去了，累了一天，两人却还有话要说。

折绾一边卸首饰，一边率先问：“勋国公……是个什么样子的人？”

她之前本以为孙三娘的病情算不得很严重，也以为她好了大半，她以为这样就算差不多好了，但如今看来，病情还是很严重的。

折绾当年病的时候，没人当过一回事，她也不觉得自己有病，但经历过一遍，如今再看别人，对比着自己来，她也算是“名医”了，望闻问切，不用做全了，她便能断定孙三娘病情没好，还严重了，但是她自己不知道，她还骗过了很多人，她以为自己好了，别人也以为她好了。

这事情还要跟玉姐姐细细地说一说。折绾走的时候，玉岫不放心孙三娘一个人待着，所以还在勋国公府。

她对折绾道：“我知道你想说什么，我也猜到了，这事情是急事，但也不是现在最要紧的事情。”

这倒也是，但折绾想到了勋国公。

勋国公对孙三娘的病是如何想的呢？

刕鹤春还是第一回听她问勋国公。她跟孙三娘做了这么久的朋友，好似还真的没有从他这里打听过什么。他狐疑地问：“是不是出了什么事情？”

折绾：“没有出事，只是问一问罢了。”

许是她神情不好，刕鹤春一屁股坐在凳子上，抱怨道：“你看看你，你这副臭脾气是越来越不掩饰了。”

但是他抱怨完也说：“勋国公这个人是个大老粗，脾气很臭。他之前是打过仗的，圣上却偏偏将他放在了都察院。”

都察院是御史台改来的，想也知晓，勋国公这般的性子，刚开始过去的时候，心里定然会不好受，但他一句抱怨也没有，直接用了一年时间，将都察院给整改好了。刕鹤春去都察院晚，去的时候，里面已经是井井有条，没见过当年的盛况，但偶尔听同僚谈及当年，还是很佩服勋国公的。

折绾听得认真，道：“那他其实是个细心的人。”

刕鹤春：“是。”

要是不细心，朝堂上哪里还有他的一席之地？

折绾却想到了以后勋国公被抄家灭族的事情，那个还有些远，她上辈子也只当是听了件惨事，并没有放在心上，所以不知道具体的细节，这是她无能为力的了。她担心的还是现在的孙三娘，能帮的也只有现在的孙三娘。但有时候她们这些人宽慰她再多，也许都不如勋国公去解开她的心结，她的心结在孩子上。孩子也是勋国公的，他也有很大的责任，如果他能承担起孩子去世的责任，也许孙三娘心里会好受一些？

折绾抿唇，怔怔出神，又想起了自己和素膳，她的心结其实在素膳身上。

她死的时候，都觉得自己应该是没病的，她只是太想睡了。她觉得睡过去也好，还能见一见素膳，要是素膳走得慢，黄泉路上还等着她，说不定还能一块儿去投个胎。然后她就去世了，又回到十五岁，见到了素膳。

她想活下去，她在一点点地改变，她觉得自己好了。可她真的好了吗？会不会跟孙三娘一样，是在自欺欺人？

折绾深吸一口气，摒弃掉这个让她不舒服的念头，继而肯定自己：好了的。

她现在只觉得每天都神采奕奕，她想要做的事情实在太多了，她每天都觉得时间不够用。她肯定是好了的。

只是这般一想，她就真不知道要如何去帮孙三娘了。

她的素膳活了，孙三娘的孩子却再也活不过来了。

她唏嘘起来，喃喃道：“我从前总以为我是最苦的。”

但仔细想想，苦海里哪里只有她和素膳，众生皆苦。

刕鹤春没听清她在说什么，还在抱怨勋国公的事情：“他这个人脾气也大，虽然说也受人爱戴，但没有哪个人不怕他，心里都有大大小小的埋怨，将来他要是真出了事情，除了我，估摸着没有什么人会去帮他。”

折绾本是在出神的，结果就听见这么一句话，她忍不住道：“你并不会去帮他。”

刕鹤春：“你又知道了？合着在你心里，我是个无情无义之人？”

折绾：“我估摸着你会如此做。”

上辈子，勋国公府被抄家，刕鹤春把自己关在屋子里，好几天没有出门。

他或许会有痛苦，但确实没有帮过一星半点的忙。如他所说，都察院里面其他人也没有帮过一点，还是他们口中的女流之辈玉姐姐去帮的最后一把，收尸的收尸，打点的打点。

但他好像从那时候确实变了点，变得更加沉默了，更加……寡情薄意。

她还在回忆，刕鹤春却气笑了，笑着笑着，突然道：“是不是宋家大少夫人和勋国公夫人在你面前说了我什么？”

折绾站起来去换衣裳：“不是！是我自己看出来的！”

外头半天没响动，她换好衣服出来看了看，发现他真气着了。

折绾却在这个时候，突然想起了上辈子的某天。

应该是烈日当头吧，他满头大汗地回来，不分青红皂白地说她不好。她微微反问：“是不是母亲和三弟妹说了什么？”

他就道：“不是，是我自己看出来的！”

她伤心了好几个晚上，但这事情已经很久没有想起来了，她以为自己忘记了，谁知道还能一下子想起来，还能脱口而出地回他。

她怔怔一瞬，发现自己还是记得很深的，没想到她竟然还记得这么深，她还以为自己早就忘记了。

刕鹤春却已经在说服自己不用跟个头发长见识短的妇人一般见识，他道：“算了，先不说此事了。”

说来说去，都是别人的事情，他是没有时间多纠结的。

他先说川哥儿：“他和升哥儿要去见莫老先生，到时候你跟我一块儿去吧。”

折绾摇头：“我去的话，三弟妹就要一块儿去的。”

刕鹤春本是想着让折绾跟着去安慰川哥儿一番，好让他到时候松缓些。但是她的话也对，她要是去，三弟妹必定要去的，三弟妹去了，母亲去不去？三个女人一台戏，到时候吵起来可不好了。

他就感慨一句：“母亲怎么就跟三弟妹投脾气了呢？”

折绾：“既然我不在，你最好耐心些，免得川哥儿到时候紧张，反而说不好话。”

刕鹤春心烦意乱：“我知晓了。”

然后，他又说起另外一件事情：“我今日邀了明家的小少爷一块儿吃酒，刚开始他只说诚意伯家那个嫡幼子的好话，后来我灌了他几杯酒，他就开始说真话了。”

折绾连忙聚精会神。

刕鹤春：“确实……确实诚意伯家的男人，妾室都比较多。这个二少爷房里，就有梅兰竹菊四朵花，是他之前的丫鬟，都给收用了。”

折绾：“只有梅兰竹菊？”

刕鹤春：“我猜着肯定不止，但明家那个说只知道屋子里抬了脸面的。”

光这已经有四个了。他们这般的人家，哪个好儿郎会在成婚之前有这么多的妾室？光是这点，刕鹤春其实已经不满意诚意伯家了。

折绾也觉得不好，继续问：“有孩子吗？”

刕鹤春：“没有。”

折绾松了一口气，又问：“那外室呢？”

刕鹤春：“这个就不知道了。但我想，既然他家的妾室如此之多，应当是没有外室的，即便是有外室，也能带回去做个妾。”

即便他觉得这个人家不好，但只要诚意伯嫡幼子是个好的，这些在他看来，倒不是什么大事。

他说：“若是觉得这个人还可以，我便出面叫他家把这些妾室都散了。”

折绾：“我问问四妹妹的意思。”

刕鹤春“嗯”了一声，也没有离开，直接睡在了苍云阁里。只是冬日里冷，折绾自己盖了个被子，睡得很安稳。

刕鹤春累得很，没有心思做那种事情，也沉沉睡了过去。第二日天不亮就起床了，出门去上朝的时候，发现川哥儿睡的东厢房竟然也亮起了灯。他没有当回事，还以为是川哥儿屋里起夜。

倒是折绾醒后知晓了，将于妈妈提过来问：“为什么那么早川哥儿就起床了？”

于妈妈在她面前还是很硬气的：“是川哥儿自己要起床的，他说要温书。”

折绾凝神看她，发现她一脸骄傲，她是真觉得这是一件好事。

折绾就笑了，问：“是长姐也在这个时候就起床温书吗？”

于妈妈一点儿也不迟疑：“是。”

折绾闭了闭眼睛，看向一边很是紧张但还是忍不住打瞌睡的川哥儿。她记得上辈子并没有这回事，是好几年后，于妈妈才说动川哥儿早起看书。

折绾心痛川哥儿年岁小，想着让他不用这么早就起，于妈妈却骄傲地道：“大姑娘从前也是这般的。”

然后，她慢悠悠地道：“大少爷也是这般时辰去上朝。”

折绾就闭上了嘴。

这辈子，她也不愿意自己多开口，只是对于妈妈道：“你回一趟折家，告诉母亲，川哥儿才三岁，已经被你说得早起温书了。”

于妈妈不懂她的意思。

折绾：“你回去问问母亲，要是母亲愿意，我也没有什么意见。”

于妈妈终于露出了她的傲慢：“大少夫人以为夫人会斥责我？”

这怎么可能呢？夫人之前就是这样养出的大姑娘，夫人一直在夸大姑娘听话和努力：“要是个男儿郎，必定是要中状元的。”

折绾瞧着她的样子就知道她在想什么，她什么话也不多说，只道：“让你回去，你就回去。”

于妈妈却觉得她在编织什么阴谋诡计。折绾还要去宋家见玉岫，根本没有时间管她，便叫其他的妈妈抱起川哥儿去赵氏那边，说：“今日于妈妈也不在，你们多看顾着川哥儿。”

于妈妈气得脸都是红的，她去看川哥儿，却发现川哥儿虽然惶恐不安，却没有慌乱，更没有坚定地要她抱着。

于妈妈不由得惶恐起来。

其他的婆子早看她不顺眼了，立刻听吩咐将川哥儿抱上，说：“咱们去夫人那边。”

川哥儿却看向了折绾：“母亲。”

折绾“嗯”了一声。

川哥儿迟疑：“于妈妈什么时候回来？”

折绾：“外祖母家你也是去过的，离英国公府也不远，现在去，脚程快的话，一个时辰就能回来。”

她看向川哥儿，直言道：“你还是个孩子，如今起得太早读书，我也不知道好不好。于妈妈说这是你外祖母叫她这般做的，我便叫她去问一问你外祖母。若真是她答应的，她又是我的母亲，长辈有令，不可不从，我就不管你早起跟晚睡了。”

川哥儿听得心里松快了许多，他认真地点点头：“多谢母亲。”

折绾听得一愣，随即自嘲地笑了笑：“也不知道……那时候到底做错了什么。”

这辈子不管他了，他倒会道谢了。

于妈妈一路狂奔，又气又急，一回到折家就又提着裙子跑，却听说折夫人病了。

于妈妈：“这两日不是还见过的吗？怎么就突然病了。”

等见了折夫人，她就哭出了一声：“夫人——您这是怎么了？”

怎么一下子就像是苍老了十岁。

折夫人见她回来就着急地问：“是不是川哥儿出什么事情了？”

于妈妈摇头："没有，只是川哥儿努力，今日早早地就起床温书了。老奴庆幸他像大姑娘那般努力，但折绾不准，还抱走了川哥儿，将我逼着回来问您……"

若是往常，她说了这些，夫人必定是要骂折绾的，但今日她说完之后，夫人神色晦暗。

于妈妈便迟疑地问："夫人，是不是那个小贱人做了什么？"

折夫人却没有回答，她是想起了阿琰。她看向于妈妈，问出了让她辗转无眠的问题："你说——阿琰活得不好吗？"

于妈妈："怎么会？大姑娘一直很快活啊。"

折夫人垂下头："但我觉得，她后头是不快活的。她要生川哥儿的时候，跟我说……"

她说："母亲，我生完孩子之后，想要跟你说说悄悄话。"

那时候她没有多想，但现在想来，她说这句话的时候，脸上是掩饰不住的疲惫。

折夫人躺在床上，两眼空洞："你说，阿琰要跟我说什么呢？"

（三）

折绾去宋家之前，把劢鹤春打听到的消息告诉了四姑娘。她道："你哥哥说，若是你愿意结这门婚事，他便出面让诚意伯家主动散了那些妾室，到时候或把人请到家里来吃酒，或者去寺庙里上香，让你们两人好歹先见见面。"

四姑娘没有犹豫，红着脸点了点头。

折绾瞧着她的意思是不介意对方有这么多妾室的，这倒是跟上辈子一般。她道："既然如此，你就跟母亲说说。"

她是不好来操办这些事情的，不然赵氏又要恼恨她越俎代庖了。

但四姑娘有顾虑："若是咱们直接说让他休掉那些妾室，他会不会觉得我们太强势了？"

折绾讶然她竟然会这么说，而后轻柔地安慰："你不用顾及太多，虽然对方是诚意伯家，但你也是英国公府的姑娘。再者说，他们家论起来也不如英国公府啊。"

四姑娘还是有些犹豫："要不，先不让大哥去说？"

折绾本是要急着去宋家说孙三娘的事情，这会儿瞧见她如此，便也不急着走了，小声道："你若是真想得开，我也不劝你，但你心里哪怕是一丁点介意，那便不要怕这第一次的交锋。夫妻之间，你一味地妥协、忍让，他还以为你好欺负，你进一步，他才退一步。"

四姑娘也想得明白这个道理，只是没有底气。她垂着头，一副要说不说的模样，折绾便知晓她的意思了，温声道："这事情也有折中的法子。"

四姑娘连忙抬起头。

折绾："叫你大哥哥去做这个恶人就行了。"

四姑娘没明白，折绾笑着道："咱们不去跟诚意伯夫人说，只叫你大哥哥单独去跟诚意伯嫡幼子谈，你只当作不知情。若是婚后问起来，你就说是你大哥看重你，自小也是教你读书写字的，本是要你嫁在京都，有什么事情也好照看，但你看重诚意伯家的家风，看重夫婿的人品，便觉得远嫁也没有关系。你大哥哥拗不过你，想着让你婚后好过一点，这才出了馊主意。"

四姑娘马上就明白了她的意思，这就成全了她的面子和里子，只是这般一来，她自己有些难堪，讪讪道："好处我都得了，却让嫂嫂难做。"

大哥哥那个脾气，别人不知晓，自己却是知晓一些的。若不是大嫂嫂，他断然不会为自己去打听诚意伯家，这会子又让大哥哥做此事，按照大哥哥的性子，怕是要大嫂嫂为难了。

折绾温声道："这也没什么，你不用介怀。这是你一辈子的事情，不能有闪失的。你还是个小姑娘，抹不开面子，不懂其中的道理，等你懂了，后悔的时候却无济于事了。"

同是庶女，她是知晓四姑娘这种顾及这里顾及那里的心思的，她拍拍她的手，语重心长地道："你是英国公府的姑娘，跟你大哥哥到底是亲兄妹，打断骨头连着筋，以后有事情了，别自己一个人瞎想，家里能帮你一把是会帮一把的，就是为了国公府的面子，也没人会看着你吃亏。"

这种世家大族，最看重的就是脸面。

这就是肺腑之言了，四姑娘听得懂她的言外之意，感激点头："我知晓的，大嫂嫂，多谢你。"

折绾："这有什么？"

她站起来，笑着道："花草房里的海棠花开了，见他的时候，梳个好看的发髻，别一朵在头上，那日必定是好运连连的。"

四姑娘送她出去，说："我已经去看过了，很是清丽，想着下帖子请人过来瞧瞧。"

折绾："本就是为你种下的，你喜欢就再好不过了。"

她来去匆匆，倒是让四姑娘羡慕起来，跟姨娘道："我还记得大嫂嫂刚来的时候，家里人不喜欢她，她也无动于衷，只吃自己的，做自己的。我本以为她是想谋而后动，结果现在看来，她即便是有所谋，也不是谋家里面这点东西。"

她姨娘恨不得给折绾拜一拜："以后有机会了，咱们再报答人家。"

四姑娘点头，终于松了一口气，又去找赵氏，倒是没有供出折绾来，只道："母亲，你上回说诚意伯家的婚事……"

赵氏笑吟吟道："就等着你点头呢。诚意伯家娶到你，是他家烧了高香，咱们是国公府，你父亲、大哥哥、三哥哥都是高官厚禄的，他家那个嫡幼子算什么？以后分家了，怕是宅子都没有多大。所以丑话我也说在前面了，你以后富贵有，但大富贵没多少，毕竟是嫡幼子，不承爵的嘛。”

四姑娘：“母亲是为我好，我知晓的。”

赵氏就很是满意，等人走了之后，跟宋玥娘道：“她是最后一个闺女了，到时候等她嫁了出去，便把她的院子跟隔壁的打通了，给莹姐儿住。”

宋玥娘却被赵氏刚刚那句“嫡幼子不承爵”刺了刺，心里有些不高兴，只道：“母亲，到时候我和鹤悯分出去，会不会宅子也没有多大？”

赵氏就笑着道：“你这个呆子，诚意伯家能跟咱们家一概而论吗？”

她去看孩子们。三个孩子正围在一块儿玩九连环，莹姐儿最聪慧，已经解开一个了，升哥儿紧随其后，倒是川哥儿，好一会儿了还没有解出来。

赵氏就感慨道：“鹤春小时候也这样，于九连环一事就没有鹤悯好，但过了几年，他就什么都会了。”

宋玥娘却问起于妈妈：“她怎么还没有回来？”

赵氏“啧”了一声：“那个老货，咱们不管。我收拾她，鹤春埋怨我，这回让折绾去收拾不正好？”

川哥儿许是听见了，抬起头来看了看这边，又低下头去，手慢慢地握紧，不自觉地看向了门口。

母亲说，于妈妈一个时辰就能回来，但现在快两个时辰了，她还没有到家。

折绾到宋家的次数多了，跟宋家的婆子们都熟悉了起来。她刚下马车，就有玉岫身边的婆子迎了出来。

“刕大少夫人，您来了，咱们家大少夫人已经等你多时了。”

折绾赶紧过去，却听见玉岫在骂儿子，她便在外面等了等，等到她骂完了，孩子们都走了，她才进去，脱掉外面的披风。

“你好大的威风。”

玉岫抱起几个月大的小儿子，道：“他们都像他们的爹，不像我，最是喜欢闹事。”又露出小儿子给她瞧，“这小子倒是像我，你看，不仅相貌像我，就连脾气也像我。”

但这个小儿子夭折了。

折绾来宋家都会看看他，总希望自己能碰上大运，让这个孩子留下来。她照旧问：“今日可瞧了大夫？”

玉岫笑着道：“哪里就那么金贵。”

但还是瞧了的，她轻声道：“你总是说，都把我说怕了。”

两人坐下说正事。折绾道：“我昨日回去的路上想了一路，孙姐姐过世的那个孩子也不是她一个人的，勋国公该要负责吧？她如今只苛责自己，倒不苛责勋国公。”

玉岫："如何不苛责呢？她把勋国公府的人都苛责完了，最后苛责自己，却走不出去了。"

折绾："那就再苛责一遍，像苛责自己这般苛责他。"

玉岫就有些意动："你说的也有些道理，当年的事情说起来，他难道就没有错处吗？"

折绾："在勋国公老夫人明里暗里说珑珑是个丧门星时，他就应该去阻止自己的母亲。他没有去阻止，任由女儿被奚落，任由妻子被他的母亲裹挟着走，此事难道没有错处吗？只要她这般想一想，不那么苛责自己，也许就能好多了。"

玉岫越想越觉得这个法子是值得去试试的，也许真的有用呢？

她就高兴起来："阿绾，你是怎么想到的？"

折绾见她应承，也松了一口气。她轻声道："就这么想到了。"

她对赵氏、刕鹤春等人的怨言，对他们的寒心，也是从那时候彻底开始席卷身心的。她想活的时候，自然就愿意去苛责别人，那样她的心里会好受些，只是她先习惯性地苛责自己，再学会苛责别人，孙三娘却是先苛责别人，再苛责自己。

她说道："玉姐姐，此事也要勋国公同意才行，他最好多顾及孙姐姐的病，多些耐心。"

玉岫就明白她的意思了，道："你放心，孙家是丹阳大族，跟勋国公府是两家联姻，而不是攀附他家。三娘都到了这步田地，他要是还敢推三阻四的，那孙家也不是吃素的。"

折绾笑起来："是，娘家有底气就不怕。"

玉岫却替她心酸："你别怕你家那个嫡母，你如今也不靠她们了。"

折绾感谢她的好意，而后又拿出自己画的花样子，说："玉姐姐，你替我瞧瞧，我想着第三间铺子开个成衣铺子就好。"

玉岫真的很佩服她的精力，怎么就不累呢？

她先看了花样子，认真地点头："是我看见了会掏银子的。可你底下的素膳和那个叫三丫的，不是在管其他的铺子吗？她们还有精力管这家？"

她们这般的人家置办个铺子可以，但出面做生意就落了下乘，还是需要一个人来代自己管才行。

折绾先笑着纠正玉岫："不是三丫，是素兰，兰花的兰。人家是改了名字的，下回碰见了，可要叫她大名。"

她又道："我也正愁手底下没有人用，玉姐姐，你若是有那种好的管事，便介绍给我。"

玉岫接了这担子便要问清楚："你要什么样子的？"

折绾："要个年长的，经历过事情的女掌柜。你也知晓的，素膳和素兰还嫩得很，我也没做过生意，什么都不懂，必须要个经验老到的来帮忙才行。"

顺便教导教导两个小丫头。

玉岫就明白她的意思了："这可不好找，女子做生意的何其少，男人可以吗？"

折绾摇摇头："是要跟素膳和素兰长时间相处的，哪里能要男人。"

玉岫笑起来："你啊，你这个'戏班子'的班底，除去那几个搬花的小厮，可都是女子了。不行，我就帮你找几个力气大的婆子，连那几个小厮也给换了？"

折绾："好啊！我是求之不得的。你是不知晓，我上回去的时候，他们看素膳的眼神跟狼似的，可怜我家素膳什么都不知道，还傻乎乎地觉得他们肯干活，亲切得很，一人给了一个铜板呢。"

劭鹤春回来的时候，苍云阁里静悄悄的。他拧眉问松亭："少夫人呢？"

松亭："去宋家了。"

劭鹤春冷笑："我就知道。川哥儿呢？"

松亭顿了顿，道："于妈妈去折府了，少夫人便差人把川哥儿抱去给夫人看顾。"

劭鹤春："于妈妈去折家做什么？"

松亭这才道："川哥儿今儿早上起得太早温书，少夫人便发了脾气，觉得川哥儿还小，不该这么早起来。于妈妈便回了一句，说之前的大少夫人也是这个时辰起的，大少夫人便让于妈妈回折府去问问那边的夫人，到底该不该让川哥儿早起温书。"

劭鹤春道："我还以为川哥儿今早是起夜呢。"

于妈妈能让川哥儿这般做，怕是受了岳母的指令。岳母为什么突然这般做呢？怕还是为了莫老先生的事情。

他头疼起来，先让人去接川哥儿回来，等到折绾到家的时候便道："你看看，我就说了，莫老先生的事情不能提前说，你一说，事情就来了。"

母亲倒是没找事，但岳母找事了。他对岳母还是尊重的："阿琰是出了名的勤勉，岳母怕是想将川哥儿做阿琰那般养。"

折绾还没坐下呢，她也不管他，先换了衣裳，再喝杯热茶，最后道："那就听母亲的。"

劭鹤春倒是听出了她的意思，好笑道："你是不愿意川哥儿早起？"

折绾："我都行。"

劭鹤春却认定了她是觉得这样不好，他就道："所以说慈母多败儿，川哥儿是男子，往后十年寒窗苦读，哪天不需要披星戴月？冬日里大雪，夏日里酷热，熬得了这份苦楚，最后才能成材。"

他又想起了阿琰。阿琰少有才名，两人最初也是因为赏花宴上对诗，彼此之间觉得对方有才华才相识的。后来阿琰也曾说过——"母亲自小将我当男儿教导，这般的诗词歌赋，哥哥们要学，我也要学，就是骑马……我也是要学的。”

邴鹤春不记得阿琰说这话的神情了，只记得她开玩笑一般道：“那时候可真是苦啊，夜半三更，我若是没写好字，母亲也不准我睡。”

他记得自己回了一句：“我也是这般。只是吃了这般的苦，我才能科举中仕，如今想来还算是值得的。”

阿琰似乎沉默了好久，好久之后才道：“那就恭喜你了。”

邴鹤春回忆从前，颇为唏嘘，道：“川哥儿要是像你阿姐五分便好了。”

可惜川哥儿不像，他并不是十分聪慧，也不是什么坚韧之人，不然今早就会自己说要早起温书。

折绾似笑非笑：“是吗？”

邴鹤春坐下去，悠闲地喝了一杯茶，说：“你这是什么神色？我与你打赌，岳母必定会同意的。川哥儿长大一些，等性子练得厉害些，便会感谢今日的自己。”

他顿了顿，似乎是感喟一般道：“就是你阿姐，在泉下有知，也会欣慰的。”

折绾不自觉就生出一股憋屈来，她站起来，将茶杯“砰”的一声砸在桌子上。

“你怎么知道？她托梦给你啦？”

邴鹤春半天没回过神来，最后愣了半晌，讪讪道：“你自己的姐姐，你吃醋做什么？”

折绾没忍住，第一次当着他的面翻了一个好大的白眼。

正僵持着，就听见茗妈妈道：“大少爷、少夫人，于妈妈回来了。”

此时天已经黑了，邴鹤春就将人叫进来问：“岳母怎么说？”

于妈妈眼睛是红肿的，明显是哭了许久，她也不敢抬头，只低头道：“折夫人说……说，川哥儿还小，还是不要这么早就起床温书了。”

邴鹤春诧异道：“岳母竟然这么说？”

他真是没想到，但也还是说得通的。他对着折绾道：“老的疼爱小的，估摸着是岳母不舍得了。”

折绾冷哼一声：“那你的意思呢？”

邴鹤春唏嘘：“岳母都这般说了，我还能反着她的意思来？”

折绾看向于妈妈：“母亲的意思，你可记住了？别总是你以为你以为，你不过是个奴才，川哥儿是主子，你还能替主子做主吗？”

于妈妈脸色白了白，她低头：“是，大少夫人，奴婢记住了。”

东厢房里，川哥儿一直在等她回来。他正在看书，见了于妈妈回来，高兴地跑出来。

“你可回来了！”

于妈妈颤抖着唇，将他抱起来：“川哥儿，有没有想于妈妈？”

川哥儿：“嗯，想的。”

于妈妈亲昵地摸了摸他的头："川哥儿，你……我……我今日早间跟你说外祖母希望你早起读书，你恨不恨我？恨不恨外祖母？"

川哥儿摇摇头："不恨的，我知道，马上就要去见莫老先生了，要考我的才学，我要努力才是，外祖母和你都是为了我好。"

于妈妈痛哭出声："那你累吗？"

川哥儿还是摇头："不累的，只要熬过去，就会有先生了。先生会教我读书，好的先生会教我读更多的书，这样父亲问我什么，我都能答上来，父亲便会高兴了。"

于妈妈听得欢喜，喃喃道："是啊，这是好事，多少人都得不到的东西，为什么要痛苦呢？"

今日她听夫人说完都不可置信，她说："夫人，你别听那个小贱人乱说，大姑娘自小就喜欢读书，做事又周全，一举一动，温和贤淑，哪个京都女子不羡慕她的才学和姿态？"

但夫人没有说话。最后，夫人只问她："那个求子的方子还有谁知道？为什么折绾会知晓？"

于妈妈摇头："老奴敢保证，此事除了老奴和大姑娘，就没有人知晓了。"

折夫人："可是折绾把方子念出来了。"

这不是最主要的，最主要的是——"她说……她说阿琰喝这个药，她很痛苦……她不愿意喝。"

她问于妈妈："她怀孕之后，我给你的那包药，她喝了吗？"

于妈妈点头："喝了呀，她是笑着喝下去的。"

折夫人却沉默得更加厉害了，她想起了女儿对着她强颜欢笑的样子。她问："阿娘，我真的要喝吗？我不是已经怀孕了吗？一定要头胎就生个儿子吗？"

折夫人："宋玥娘生了个龙凤胎，你婆婆恨不得满城都宣扬出去，若是你生了个女儿，宋玥娘不得压你一头？"

她心痛道："你婆婆的心思，我是最懂的。若你怀的是个哥儿，她还舍得你去打理府里的事？她是认准了你怀的是个女儿才磋磨你。好孩子，我是你的阿娘，我还能害你？等你生出了女儿，她不知道要如何去贬低你，但若是生下了儿子，你就是他们家的恩人，你以后说话也有底气。"

阿琰最后是怎么说的呢？折夫人不记得了，她只记得阿琰点了点头："我听母亲的话。"

折夫人一巴掌打在自己的脸上："她不喝就不喝吧，我为什么要逼着她喝！"

她一直恨赵氏，恨宋玥娘，也恨自己。折绾的话让她瞬间恨透了自己。

她说："于妈妈……我是知晓阿琰不乐意的，一个人不乐意，怎么会不痛苦呢？"

于妈妈想起夫人颓靡不振的样子就想哭："川哥儿，你以后可要对你外祖母好些，她为了你阿娘和你，这几十年来都没有松口气。"

川哥儿点头："我会孝顺外祖母的。"

他为于妈妈擦擦眼泪："于妈妈，你别哭，川哥儿也会孝顺你的。"

于妈妈却想起了川哥儿这些日子对她时不时的生疏，今日也没有坚定地站在她这边。她心里还是酸涩的，但再多的酸涩也化成慈爱，道："于妈妈只是个奴才，于妈妈不需要川哥儿的孝敬，只要川哥儿有出息就好了。"

劭鹤春听见折绾让丫鬟叫夜宵来，她还特意转头问他："你要吃什么？"

劭鹤春还以为她是服软，毕竟刚刚她又甩脸色了。他已经习惯了她的喜怒无常，道："你随意吧。"

折绾便道："要一个八宝豆腐。记得跟李师傅说，要用嫩豆腐切成片再粉碎，加上香蕈屑、蘑菇屑、松子仁屑、瓜子仁屑、鸡屑和火腿屑，再把它们都倒入浓鸡汁中，炒滚起锅，最后捞出来。"

小丫鬟点点头，走了。劭鹤春一直听着，而后问："就点一个菜？"

折绾："你能吃两道菜？"

劭鹤春："你难道不吃？"

折绾："不吃。"

是专门给他吃的啊。他"啧"了一声："算你还有点诚意。"

折绾："我有个事情，想让你帮忙办一办。"

劭鹤春都气笑了："你求人办事倒是态度好。"

折绾："还是四妹妹的事情。算不得我求你，她毕竟也是你妹妹。"

劭鹤春没话说，还能说不是吗？他直言道："你说吧，又是要去打听什么？"

折绾便把事情说了。

劭鹤春本来端起茶杯准备喝茶，闻言连茶也不喝了，带着些震惊道："不过是说一声的事情，还要这么麻烦？"

折绾这回说话又温和起来："这算什么麻烦事呢？跟四妹妹的一生比，其实是算不得什么的。"

劭鹤春被她温和的语气顺得也安神下来，道："确实也算不得什么大事。"

只是女子实在是不懂得男人，他道："她若是介意，等她嫁过去之后，还会有下一个梅兰竹菊，又不是这次散掉之后就没有了，到时候别说梅兰竹菊，还会有春夏秋冬呢。"

折绾推了推茶杯："但你去说了，他顾及咱们是英国公府，到底还要给四妹妹几分面子的。只要梅兰竹菊少一点，以后四妹妹就好活一些。"

劭鹤春却不这么看："不过是妾室罢了，都是些玩意，你们女人的心眼却跟针尖一般小。没有哪个男人把妾室当回事，等出了事，你信不信，第一个卖的就是她们。你让四妹妹放宽心，这不值得她去多想。”

折绾没有回话。确实如刕鹤春所说，四妹妹介意了一辈子的妾室，在诚意伯家分家的时候，全部发卖了出去。

刕鹤春觉得这些女人在家里没事做了，所以想出一些事情来做，这算什么事?

但他还是去单独找到诚意伯嫡幼子喝酒。他在一般人面前还是很唬得住人的。英国公府大少爷，越王伴读，国子监出身，科举取仕，太后和陛下身边的红人，都察院三品左佥都御史，任何一个名头都能让偏远之地的侯爵慎重。

能说上英国公府的姑娘，李嘉勤也是乐意的。他虽然是诚意伯家的嫡子，但没有功名，将来也不承爵。母亲说，英国公府如今势头正好，府里却只有四个姑娘。

“只要将来你能跟她家里的兄长们搭上话，那就行了。”

李嘉勤自己也是这般想的，所以明家亲戚说刕鹤春亲自出来打听他之后，他就很乐意这门婚事了，毕竟能让嫡兄在年尾的时候还出来请人吃酒，看得出来是有交情的。

李嘉勤认定了刕鹤春会再来找他，他道：“当初姐姐嫁人之前，哥哥也是接二连三出去打听，还约姐夫见过面。”

母亲便笑着道：“那你准备准备。”

果然，刕鹤春就来了。

先是喝酒，两人交谈甚欢。李嘉勤对京都的情况不太熟悉，刕鹤春为他解惑。酒过三巡，两人看着都要拜把子了，刕鹤春就道：“我听闻你是个浪子？”

李嘉勤本是有三分醉的，这下吓得直接将杯子掉在了地上：“不敢不敢。”

刕鹤春拍拍他的肩膀：“男人嘛，年轻的时候多玩玩，也不是什么大事。只是成家立业，先成家再立业，若是成家之后，还像以往那般玩，怕是要被人诟病的。你还年轻，只有十六岁，就是过两年回头是岸也来得及。”

李嘉勤试探着问：“如何回头是岸？”

刕鹤春：“哥哥我是过来人，这些花儿草儿的，通通送出去才是正理。”

李嘉勤半天没有回过神：“送出去？”

刕鹤春：“玩物丧志啊，你若是想往高处走，必定是要付出代价的。”

他笑着道：“但这也是我一家之言。我今日是自己出来找你喝酒，别人都不知道，你也不要说出去，免得家里人说我喝酒误事。”

李嘉勤回去都是蒙的。他母亲等在家里面，问：“说了什么？”

李嘉勤：“叫我不要玩物丧志……”

他把话说给母亲听，问：“您说，他这是什么意思？”

诚意伯夫人一琢磨，道：“怕是叫你把妾室散了。”

李嘉勤皱眉：“他怎么还管这个？”

诚意伯夫人拍他一巴掌：“你懂什么，好人家养闺女才注重这些，他这是真心疼自己的妹妹呢。这般才好，不然他要是对四姑娘不闻不问，咱们以后能求他什么？他若不在意自己妹妹，咱们两家哪怕是成了亲戚，在他面前也不过是个面子情罢了，咱们要的可不是面子情，是能帮到你的大舅子。”

这般说来也是。李嘉诚点点头。

诚意伯夫人见了他这愚钝样就来气：“你这个蠢货，也不知道当场就应下。”

李嘉勤却舍不得自己的妾室：“她们都跟我多久了，总不能舍弃她们吧？”

他又被诚意伯夫人打了一下。

“女人算什么？等你把人娶回来，你非要纳妾，她难道还能拦得住？且人家说的也不无道理，玩物本就丧志，我早就叫你读书攻取功名，你却不肯……”

李嘉勤只能耷眉丧眼地点头。第二天，他特意等在都察院外头，等到劭鹤春一下值，便亲热地过去。

“劭大少爷。”

劭鹤春就知道他的意思了，笑着道：“你我兄弟，何必见外，叫我劭大哥就好。”

办成了一件事情，劭鹤春回来交差的时候也得意：“他算什么好东西？也值得四妹妹如此慎重对待。”

一个没有志气的怂货罢了。

折绾：“也没见你对四妹妹的亲事上心。你既然看不起这个怂货，你去为她找个好的回来？”

劭鹤春：“火气那么大做什么，我不是已经帮你把事情办好了吗？”

折绾：“四妹妹不是你的妹妹？”

劭鹤春摸摸鼻子：“你这是怎么了？吃火药了？”

折绾却想起了今日玉姐姐跟她说勋国公的话。

“勋国公还不同意呢，觉得我们是胡来。我们算什么胡来，不过是让他在三娘面前开个口，说他对珑珑的死很愧疚罢了，他难道不应该愧疚吗？我之前还觉得他人也挺好的。珑珑去世了，三娘伤心，他便由着她，什么事情也依着她，做什么都随着她去，看着也很宠爱三娘。可今日我是看出来了，他实在是自私。”

折绾便跟着生气：为什么就不承认自己对不起死去的女儿呢？

她突然还想通了一件事情——劭鹤春为什么就不觉得长姐过得不快活呢？

因为他也是自私的，因为他跟长姐在一块儿的时候，他是快活的，人在快活的时候，就看不见对方的痛苦了。

劭鹤春办成了一件事情，回来还碰了一鼻子灰，便也不给折绾好脸色。川哥儿很敏锐地发现了这点，他今日没主动叫母亲，父亲也没有说。他就低下头吃饭，没有说话。昨日于妈妈还是说了，说外祖母病了都是母亲的错，他就生了气。但母亲从来不怎么管他，他即便是生气了，母亲好像也不介意，他心里不知道为什么有股落寞。

在祖母那边，三婶娘总是有意无意地在祖母面前把他跟升哥儿和莹姐儿比，他不是很喜欢待在那里。于妈妈说，他应该住在苍云阁，那里是父亲住的地方，就跟升哥儿、莹姐儿住在三房里一样，他其实是不用跟祖母一起住的，但等他好不容易住了回来，他也不喜欢。

父亲觉得他笨，母亲也不亲近他。于妈妈说，她不是他的生母，要是自己生母在的话，必定不会这样。

川哥儿就有些哽咽了，他也不敢哭，只是红了眼睛，且今日要强行打起精神才行。父亲说，他今日要和升哥儿一块儿去见莫老先生，他已经为此准备了好几天了，他不愿意失败。

劭鹤春全程没有跟折绾说话，说话也只是对川哥儿："莫老先生喜欢聪慧寡言的人，你在他面前不要多嘴，只管一心说学问。"

川哥儿点头。

劭鹤春："升哥儿比你聪慧，即便是答了你不会的，你也不要着急，只沉着冷静应对就好。"

川哥儿却开始紧张，他都吃不下饭了。他不愿意比升哥儿差，但父亲觉得升哥儿比他聪慧。

折绾瞧了他一眼，眉头一皱，还是将筷子放下，说："你不要总是将孩子们比较！"

劭鹤春挑眉："啧。"

折绾这个人却有些本事，等到他们要出门的时候，她又好像没事人一般，说了一句："你对川哥儿耐心些，无论成了没成，都不要发脾气。"

劭鹤春"呵"了一声出门去了。

劭鹤春暴喝一声回来了，把自己关在书房里，一天没吃饭。

于妈妈看着瑟瑟发抖的川哥儿，心疼得流眼泪，她哭道："川哥儿，您别怕，大少爷没有生气。"

川哥儿眼眶红红的："可父亲就是生气了，他走的时候都没有看我。"

他知道自己又让父亲失望了。昨日莫老先生只问了他几句话就道："小少爷年岁尚小，性情不稳，我向来严厉，性子古板，于他而言不是益事，怕是不能教导他。"

但他一直问升哥儿的课业，最后叹息一句道："也还太小了，罢了，一块儿送回去吧。"

父亲当时的脸色看不出什么来，回来的时候却隐隐有了怒火，昨晚也是在书房睡的。

川哥儿忐忑不安："父亲必定是怪罪我了。"

于妈妈便埋怨上邰鹤春来："您才多大啊，大少爷怎么能这样呢？都说严父慈母，若是您生母在，何至于不去劝大少爷？一个后娘一个后爹，川哥儿，您怎么这么命苦！"

大姑娘没福分去得早，此时说这些已经是于事无补了。她看着依旧在小声啜泣的川哥儿，狠了狠心："您生母不在，但老奴在。"

（四）

腊月廿八了，陛下开恩，各衙司开始陆续歇息。邰鹤春今日没有轮值，但还是要出门。年节的时候，各处都要开始走动，这里吃席那边喝酒，一日都不能停歇。

一年忙到尾，终日不可停歇，却还是事事不尽如人意。越王彻底跟他生疏了，太子倒是想要拉拢他，只是他不愿意折腾进党争，所以一直避开，不近不远地处着。勋国公依旧对他有偏见，尤其是近两日，勋国公看他的眼神好像又变了。本来因着折绾和勋国公夫人的关系，他们两人私下喝了几次酒，情况有所缓和，但近两日勋国公突然又变冷淡了。

冷淡就冷淡吧，邰鹤春也不愿意搭理这个大老粗。只是到底勋国公还是上官，平常碰见了还要打招呼，这点让他不爽快。

再就是川哥儿。为他宴请名师，他却不顶用，愣是没有被看上，跟升哥儿一比差远了。

他气得一晚上没睡，还要装作没事人一样，不然折绾又要说了："你不是说你不会发脾气吗？"

邰鹤春一想到她会说这种话就觉得脸上挂不住。

天明了，他起来看书看公文，特意没有去苍云阁吃早膳，准备直接出门去见同僚。谁知道刚出门，便看见于妈妈站在外头等着。寒风天，她就那么站着，似乎已经来了很久了，冻得跟个什么似的，看见他就哆哆嗦嗦地跪下去。

"大少爷，川哥儿一晚上没有睡，吓得厉害，烦请你去看看他。"

邰鹤春皱起眉头，到底还是挪了脚，却道："把川哥儿带到正院去。"

他要是没有宽慰好，还有折绾在，她说话温和，想来比他更能安慰得住川哥儿。

于妈妈本意不是这个，她是不愿意通过折绾的，但大少爷吩咐了，她也只好如此做。她哆嗦着回去跟川哥儿道："大少爷觉得昨日对你不好，今日要宽慰你呢。"

川哥儿依旧惴惴不安："是吗？"

于妈妈一口断定："是！"

川哥儿终于松了一口气，他牵上于妈妈的手："那我们赶紧过去吧，别让父亲久等了。"

诚如于妈妈所想，邰鹤春看见明显颓靡的川哥儿还是很心疼的，将人抱起来坐下，无奈地道："川哥儿，你这性子怎么跟个姑娘家一般。"

折绾坐在一边，桌子上满满当当都是花，她拿着剪刀，长长短短地剪着花枝，低垂着头，道："说话就说话，胡扯什么？"

劭鹤春随口答道："本来就是。"

他顿了顿，像是发现了什么新奇的事情一般，忍不住又道："我突然想起来，你以前在娘家的时候胆子不也小吗？如今这般大，可见这毛病还是能治好的——你可有什么妙法？"

真是三句话就要惹人生气！折绾"啪"地放下剪刀，道："那我就教教你！"

她的声音大起来："从长姐去世开始，你亲自去教养过川哥儿吗？你可曾日日抱过他？可曾每日花费一个时辰去教他读书？他如今会读的字、会说的话，都是母亲教养出来的，跟你可没有什么关系。"

赵氏对川哥儿是真没得说。

"你不知道为了什么缘由，竟然让长姐拼命生下的孩子整日里见不到父亲的面，他又被教导着要讨父亲的欢心，这般情况下，你一直贬低他，他难道不会惶恐吗？"

劭鹤春被她说得一愣一愣的。折绾一点儿也不愿意为了此事让自己动气，又拿起剪刀剪花枝，讥讽道："你埋怨他在莫老先生面前不落落大方，埋怨他学识浅薄，但无论是性子还是学识，你作为父亲，从未去认真关心教养过，如今他没有做好，你却开始说他笨。劭鹤春，你对得起长姐吗？"

劭鹤春本还要说一两句的，被最后这一句话说得又憋了回去。川哥儿已经在他的怀里吓傻了，他看看父亲，再看看母亲，知晓母亲这是在为他说话，只是将父亲气着了。他惶恐不安，连忙去看于妈妈，却发现于妈妈眼眶通红，根本没有看他，而是喃喃道："我那可怜的大姑娘。"

劭鹤春脸上红一阵白一阵，最后忍气道："我时常忙碌，哪里顾得上孩子。"

折绾无可无不可："那你就别说他。"

劭鹤春觉得好笑："老子说儿子，倒是说不得了。"

折绾："那你就出去说，别当着我的面说。"

劭鹤春就真抱上川哥儿出去了，两父子去了书房，劭鹤春将川哥儿放在小案桌前，说："你先自己看一会儿书。"

他也不出门了，在屋子里不悦地踱步。过了一会儿，他又松了口气："无论怎么说，你母亲也是为了你好，并不是什么心恶之人。"

这就算是娶对人了。他当初会同意娶折绾，也是因为常年在大宅院里面走动，见过继母对继子的不少手段。他和父亲都想着，岳母会举荐折绾嫁过来，应该是相信她的。人确实是没有坏心，只是她这个性子也磨人。

他无奈地对川哥儿道："你母亲也不知道是怎么回事，说不关心你吧，她每次又劝我对你好些。说关心你吧，又只把你给奴才们抱着。"

川哥儿不知道父亲的意思，但母亲不亲近他，他也是落寞的。他低下头：

“也许川哥儿也惹母亲生气了。”

劭鹤春摆摆手：“你才多大，她那个性子不会跟你计较的。”

可能……可能是生性不喜欢孩子？两人成婚这么久，也没见她着急要孩子。

正想着，便见外头的茗妈妈带着小厮、丫鬟在搬东西进苍云阁，他身边的孙管事也带着人从库房里面搬东西出来。他从窗户里看了会儿，叫松亭进来问：“少夫人这是在做什么？”

松亭：“少夫人要把西厢房改成书房。”

劭鹤春：“又在瞎折腾。”

平日里也没见她看什么书，花花草草的倒是一大堆。

苍云阁里人少，他的书房也在苍云阁旁边，虽然只是几步路，但还是没占用这里面的屋子，所以空屋就多，川哥儿住在东厢房，西厢房确实是可以做书房。他要是没把书房搬出去，也打算用西厢房做书房。

而后他又看见孙管事亲自搬了张麒麟案桌出来。他好笑道：“她倒是识货，这是除去我那张案桌外最好的一张。”

孙管事把案桌搬进西厢房去，出来的时候，进书房跟劭鹤春道：“大少爷，大少夫人画了图纸，也去库房看了东西，统共要搬出大件小件的东西六十四件。”

劭鹤春咋舌：“她要得可真不少。”

他带着川哥儿回苍云阁去，说：“走吧，你母亲这脾气我也是没法子了。”

她管你生气不生气，她自己做自己的呢。何况他也不是真生气了，他的气量还没有那么小，他只是觉得……她也许说的是对的。

他在阿琰去世之后，确实没有教养过川哥儿。当时看见川哥儿便想起阿琰，也不愿意看见母亲和三弟妹，久而久之，便连山海院也少去了。他对川哥儿确实缺少了关心，但他也很无奈，他确实忙得很。女人不知道外头的艰辛，等知晓了，便能知晓他为什么连教导川哥儿的时间都没有。

折绾正在忙活自己的小书房，便见劭鹤春又牵着川哥儿的手回来了。

他没有变得薄情寡义之前，这脾气倒是不错。折绾淡淡看了两人一眼，又招手叫孙管事去库房取些古画来。

“最好是画了花的，大概要三四幅。”

等孙管事走了之后，劭鹤春来了兴致：“我帮你看看。”

折绾：“我已经布置好了，你最好别乱动。”

劭鹤春进去瞧了瞧，发现里面大变了样子。四个角落都放了花花草草，只有中间有一排博古架，架子上面空空荡荡的，还没有放书。倒是临窗的案桌上有不少笔墨纸砚，什么都有，光是砚台就有三个。看着眼花缭乱，不知道的还以为是骤然富贵的人乱买东西，称不上一个“雅”字。但转念一想，折绾不就是骤然富贵吗？他乐了乐，还没笑出声，就见折绾的眼神扫了过来，他那句“不雅”就咽了回去。

折绾不惯着他这个毛病。她上辈子一直被他的自持傲气伤害，有时候自己画个花样子，他看见了要么不说话，要么就说上一句："不成个样子，还需要多练练。"

她本来高兴的心就落了下来。

他这时候还没有后面那般寡言，且在她面前好似话越来越多了。他很快又道："你不要放这么多笔上去……"

兔毫、狼毫、鹿毫、鼠须、石獾毫、山马毫、猪鬃……简直了。他笑了笑："不知道的，还以为你摆摊呢。"

折绾白了他一眼："又不是你用！"

她就是喜欢，她以前没有过这么多好东西，后来有了，她也担心如同劭鹤春这般的人说她，所以就一直学着雅致。但什么是雅致呢？什么才是对的呢？她活了这么多年，也没能得出结论，只能是自己怎么喜欢怎么来。她也不是今日突然之间就想要个书房，是一直以来都想要的，但她已经想不起来自己为什么一直没有书房了。

重活一次，她最开始也没想起这件事情，还是今日见劭鹤春抱着川哥儿去了书房，她就在恍然一瞬中想起来了：哦，原来我之前还有这么一个念头。那今日无事，不用出门，便将此事做了吧。

她如今最佩服自己的就是这点，她可以不拖延地去做自己想做的事情。

孙管事又拿了几幅古画来，折绾让蝉月去挂上。劭鹤春又碰了一鼻子灰，但因为碰的次数太多了，他倒是不在意，而是好笑道："那我就给你一些书吧。"

折绾点头："到时候我亲自去挑。"

这般匆忙布置了一个时辰，倒也像模像样了。折绾很是高兴，跟蝉月道："下回素膳来的时候，我就可以跟她在这里谈事情了。"

玉岫下午登了门，看见乱糟糟的屋子，笑着道："不是明日才收拾东西吗？怎么今日就收拾上了？"

折绾拉着她去书房，道："你看，我们以后说事就来这里。"

玉岫自己没有书房，觉得还真不错。两人坐在临窗的案桌前说话，折绾问："你怎么来了？可是孙姐姐出了什么事情？"

玉岫下意识地皱眉："不是三娘的事情。我已经写信去给三娘的父母了，要是他们还有良心，就该给勋国公施压，让他认下珑珑死去的责任。"

折绾："就该这般，两边联姻，不是东风压倒西风，就是西风压倒东风。"

玉岫叹息一声，而后道："我是看玥娘来的。"

折绾："怎么，是为了升哥儿的事情？"

玉岫点头，道："玥娘想让我带着升哥儿再去莫老先生面前试试。"

折绾了然，道："那就去试试嘛。"

玉岫笑起来："哪里是那么容易的事情。莫老先生也不是一般的先生，已经去了一次，还能再去第二次？若是咱们这么干，别人也这么做，他的面子上就过不去了。”

去一次，是给莫老先生面子；去两次，便是施压了。再者说，若是再带着升哥儿去，难道就不管川哥儿了？

玥娘却不管，哭着道：“都怪劭鹤春，他急什么急！川哥儿那个笨脑子，哪里比得过我们升哥儿。两个人一块儿带过去，收下一个便是不好，就索性两个都不收了。嫂嫂，我们升哥儿实在是委屈。”

要是她自己求了嫂嫂，带上升哥儿，此事说不定就成了。

其实，玉岫也是这般觉得的，但这话她不能说，一句也不能提，否则自家这个能把天掀下来。她只能道：“好先生不一定是适合教导孩子的，何况是升哥儿这般的孩子。还是由我去请个先生回来吧，即便是比不上莫老先生，也不会差。”

玥娘这才没哭，又蹭着她的肩膀道：“嫂嫂，你待会儿是不是要去见折绾啊？”

玉岫：“别没大没小，她到底是你的嫂嫂。我与你说过多少次了，阿绾这个人极好，你却总是欺负人家。你那个婆母也是……”

玥娘大声道：“母亲待我也极好，不像嫂嫂和阿娘，胳膊肘往外拐！”

玉岫无奈，只能好笑地点了点她的脑门：“你啊，等你以后长大就知晓自己如今是错得多厉害。”

她出门的时候，玥娘还生气呢。玉岫摇摇头：“只有对的先生，没有最好的先生。你也不要担心，川哥儿还小呢，哪里就一定要那么厉害的先生了。”

折绾倒是不担心。如同玉岫说的一样，川哥儿后面的先生也不错，那是个喜欢寓教于乐的老先生，有两个儿子都是经商的，最喜欢做的事情是钓鱼。劭鹤春后来跟他相交倒是很好，幽禁在英国公府的时候，还叫人挖了个大鱼塘，两人一块儿钓。折绾记得那段时间天天吃鱼，都要吃吐了，但没有一个人敢置喙。谁也不敢对劭鹤春多说一句重话，就是英国公也时常让着，还让人从外头买了许多刀剑回来。听闻劭鹤春小时候想要刀剑，但英国公怕他分散了精神，所以一直没给。

折绾唏嘘起来：“年少时碰见的先生确实重要。”

升哥儿和川哥儿最后也没有拜在一个先生名下，宋玥娘使着劲比较两个孩子的课业，折绾当年还担心川哥儿会被比下去，但好似两个人最后的课业差不多了。

玉岫：“谁说不是呢。有些先生腐朽得很，一板一眼，根本不能教好孩子。”

正说着，便听见外头有孩子们的笑声。她都不用探头，便道：“是我家那个傻姑娘来了。”

话音刚落，便听见宋玥娘喊：“嫂嫂！”

折绾好笑地看过去，便见莹姐儿蹦蹦跳跳地进了屋，而后大声道：“大伯母，你什么时候多了一个书房！”

折绾：“今天多的。”

川哥儿也被带了进来，三个孩子在一块儿玩。她让蝉月给孩子们拿了铺子里最新出的果子，三个人吃得倒是香。

宋玥娘坐下也不说话，只亲昵地蹭着玉岫：“我来看看她有没有说我的坏话！”

玉岫就待不下去了，连忙说正事：“阿绾，上次你说要的管事，我替你找好了。”

这么快！折绾惊喜：“是在京都吗？”

玉岫点头：“是。也不是一般人，曾经做布行的，只是落了难，这会子只能先出来谋生。管事娘子姓周，年轻的时候没了丈夫，一直没有再嫁，底下也没有子嗣，自小就喜欢做生意，家里也是开布行的，就随她去做，结果真做出了一份行当来。但做生意有好有坏，三年前铺子关门，她还去南边跑过一趟生意，把咱们这边的东西拿去南边卖。”

想来也是没赚到银子，所以又回来了。

玉岫：“这人也是玉家那边的远房亲戚，算是知根知底的。但我也要跟你说一声，她是天上飞的，看见的景致多，肯定是瞧不上你的那个小铺子，如今只是暂时过来谋生，等到时机成熟了，怕是要飞走的。”

折绾一听就知道这是个有大本事的，哪里还能不喜欢。她道：“我庙小，只要她肯将就，我就求之不得了。素膳和素兰若是能跟她学得五分……啊不，三分本事，便算是喜事。”

玉岫就喜欢折绾这般懂理的人，她再看看旁边一脸“商贾之事实在不雅”的妹子，无奈地道：“得了，我走了，免得你这里不得安生。”

孩子们却不愿意走，莹姐儿尤其喜欢待在这个满是花的书房里。嫂嫂在这里，宋玥娘也不好去强行拉着她走，只能丢下孩子们去送嫂嫂。

她不满道：“你是丹阳玉家的贵女，她就整日里拉着你做那些铜臭味重的事？这事情传出去，咱们的面子往哪里搁嘛！这些事情我都替你们捂着呢，外头只知道她开了铺子，可不知道她亲自做这些事情，真是小家子气……”

玉岫瞪了她一眼：“你懂什么，她这是认真过日子呢。倒是你，整日里为着点鸡毛蒜皮的小事忙来忙去的，忙到最后，还不是吃喝拉撒那些事情？就高贵一些？”

她越是看玥娘，便越觉得阿绾可怜。她比玥娘小这么多，怎么就有了这份心性？不知道以前吃了多少苦。

宋玥娘就气得嘴巴鼓起来。

玉岫：“像条河豚，丑死了！”

她走了，宋玥娘气冲冲地去苍云阁喊儿女回家，一进门，便发现莹姐儿脑袋上有花环，升哥儿手里也捧着一束小花，唯独川哥儿没有，站在一边低着头垂着胳膊。

“回家了！”

她一喊，两个孩子就要走。莹姐儿尤其舍不得折绾，道：“大伯母，我明天一定拿我的小铃铛给你。”

折绾这回笑吟吟地答应了。

等大的、小的走了之后，她看向还站在那里不说话的川哥儿，一阵恍惚，而后就被急匆匆而来的于妈妈弄回了神。方才玉岫在的时候，婆子们都被叫出去了，于妈妈一直等在外面，这会子迫不及待地进了屋。

折绾便道：“你把川哥儿带回去吧。”

于妈妈求之不得，她赶紧抱着川哥儿走，回去之后搂着他问：“刚刚老奴不在，没人欺负你吧？”

川哥儿摇摇头，他看向窗外，对面就是母亲的书房。方才升哥儿和莹姐儿都问母亲要花环了。母亲编得很好，他也很想要，但是母亲问他要不要的时候，他还是迟疑地摇了摇头。

升哥儿大喊起来：“这么好看的花你都不要吗？”

莹姐儿倒是驳斥：“我就说男人不该喜欢花！”

川哥儿就去看母亲。要是母亲再问一次，他就要了，但是母亲看也没有看他，只是笑着道：“喜欢不喜欢，都行。”

他就低下头去，一直没有抬头。

于妈妈却不知道他在想什么，又开始抱怨三婶母：“三少夫人也真是，整日里咋咋呼呼的，就是让你跟哥儿姐儿多玩玩又怎么了？”

川哥儿没有回话，他昏昏沉沉地睡了过去。

于妈妈心疼：“可怜见的，这是累着了。”

折绾在书房里面算账。年底了，得给大家发些红封。虽然铺子开起来没多久，银子也没有赚多少，但到底是做起来了，如今想来，还有些不可置信。

她仔细地拨弄算盘，最后发现可以一人给个大红封了，她欢喜起来，又拿出体己银子给蝉月：“你给大家都分一分，过年了，要吃顿好的。”

折绾一直记得周娘子的事情，但碰上过年，她也只好将事情给挪后，除夕和大年初一，她都让人给周娘子送了礼。蝉月笑着道：“这份心意是到了的，我瞧着都心动，若是我有本事，少夫人送一回东西来，我就认定您了。”

折绾：“她有本事得很，我自然要敬重。”

蝉月也想有本事，她还记得少夫人的话——等她学好了字，会算账了，要是想要出去，就可以去给素膳打下手。

她这两天也看见素膳了。这才出去多久，她就变了个样子，说话明显周全多了，还给她带了很多好吃的感谢她：“我不在，我家姑娘就拜托你了。”

少夫人都出嫁多久了，素膳见着少夫人还是喊姑娘。少夫人也没有纠正她，大家就随着她去了。蝉月见着两人这份情也不嫉妒，只有高兴的份。

她跟另外四个月道：“少夫人跟素膳多少年的情义，跟咱们才几个月，等到日后年份久了，咱们就有了福分。”

但是少夫人确实很忙，过年的时候，除去英国公府的亲戚，少夫人还整日跟着宋家的大少夫人出门去做客。她们这些丫鬟跑断了腿，可人人都高兴，人人都有不少的红封，蝉月还跟不少夫人的丫鬟照了个脸熟，就想着往后碰见了，能为少夫人说出她们主子的名字。

折绾倒是平常心对待。这些夫人她多多少少认识，从前是围在宋玥娘身边的，因她跟宋玥娘不好，这些夫人便对她也冷冷淡淡的。这辈子换了个人带着去交谈，便都对她热情起来了。

玉岫本以为她少见人，会招待不来，谁知道她一眼就能记得谁是谁家的夫人，还记得谁跟谁家是亲戚。待人也是大大方方的，坐在那边细声细气说话，情不自禁就引得人愿意跟她多说几句。

从大年初一到初三，再到劦鹤春去上值了，折绾的酒席还没有吃完。

两人也去找孙三娘说话。

孙三娘不愿意出门，躺在床上笑着道：“你们是不是喝酒了？一身的酒气。”

她不知道两人让勋国公承担起大部分珑珑去世的责任，对勋国公最近少来屋里的事情也没有留意。勋国公都这个岁数了，孙三娘也不是很愿意看见他。

且如今岁末年初，最是忙碌的时候，她就没管。倒是玉岫和阿绾轮换着来陪她，让她心里不安，她总觉得自己是个废人一般，这么大的年岁了，竟然还让人担心。好在阿绾又开了一间成衣铺子，拿了很多花样子来让她画图，她这些日子就一直做这些事。

过年了，勋国公府其他房里的人热热闹闹，她却愿意冷冷清清。勋国公除夕夜和大年初一都问她要不要出去吃饭，她摇了摇头：“我受不了闹，你们去吃吧。”

他们是一家人，唯独她不是，她也不需要做他们的家人，她现在最后悔的事情就是没有把自己的病早告诉玉岫，否则这些年有她，自己也应该少受些罪。她又笑：“倒是碰见阿绾的时候正好，再往前推几年，她还是个孩子呢。”

折绾跟着笑起来：“是，早碰见我，我那时候还傻着呢。”

年轻的时候都傻。孙三娘咳嗽了一声：“我怎么觉得，你们来我这里就变得郁郁寡欢了？是不是我说话就不让人喜欢？”

玉岫：“怎么可能呢，只是在外面热闹多了，就喜欢你这里清清静静的。”

她又把折绾要请个女管事的事情告诉她：“我上回还跟你说了，她再请几个力气大的婆子，以后就全是女子的班底了。”

孙三娘也给折绾的铺子里投了银子的，这事情不仅玉岫说了，折绾也说了。她道："可惜我身体不好，否则也愿意去见见这般厉害的娘子。"

折绾趁机道："那你就跟我一块儿去吧？"

孙三娘手紧了紧："可我怕犯病。"

自从上回之后，她就再也没有出去过。玉岫来劝过，她不肯，玉岫就没有办法了。如今又过了这么久，她却又有些意动了。

她犹豫不决："看着你们在外面跑，快活得很，我也想再试试。"

折绾没想到今日还能有这般的喜事，于是马上就回去准备，两人一块儿乘的马车里面都放了好些花进去。

素膳看着就感慨道："姑娘，你对勋国公夫人真好。"

折绾头也没回，打量着马车里面的"春日"，温柔地笑着道："傻丫头，我知道她的苦楚，自然想她能跟我一样好。"

孙三娘看见马车里堆的花就笑了，勋国公面色不自然地送她出来，问："真不用我叫人送你们去？"

玉岫对他没有好脸色，他就对着折绾和孙三娘说。

孙三娘："不用，刕大少夫人在呢。"

比起玉岫，勋国公对折绾就客气多了，他一直觉得那个馊主意是玉岫想出来的。折绾长得柔和一些，看起来就正经不少，但这样的女人，根本没什么主意，有事情还要回家跟夫婿说一说，所以他觉得这事情刕鹤春应该也知道。

这可真是……他最近也不愿意跟刕鹤春多说。

他送完人就出去应酬了。玉岫今日不跟她们去见人，她要陪着宋夫人去看马球。还没有过元宵节呢，京都就开始打马球了，毕竟这时候空闲多，儿郎们还能抽出时间来求娶姑娘，马球场上就有了计较。

"我母亲娘家的外甥女要去相看，便叫我和阿娘一起跟着。"

她说着说着乐起来："阿绾，马球也是有赌的。我与你报两个名字，你看看谁会赢，要是赢了，可是有彩头的。"

这跟赌马又不一样了，赌马是赌银子，但马球却是权贵人家往彩头盘子里面放些金银珠宝首饰等，赢了就给大家分点彩头。

玉岫之前从来没有赢过，这回有了阿绾，她信心满满，直接赌阿绾说的那一队赢。

其间有夫人来跟她搭讪，用的还是折绾的名号。玉岫还笑着道："她今日有事，不然我是要拉着她一块儿来的。"

那夫人跟她交谈了几句，就道："小时候，我们也一块儿玩过，她那时候还是在阿琰身边跟着吃饼子的小妹妹，转瞬间就这么大了，还成了英国公大少夫人，人这造化啊——"

玉岫："是啊，英国公府真是好造化，竟然能得阿琰和阿绾这两个好女子。"

那人就讪讪地退回去了。

晚间，折绾和孙三娘从铺子里跟周娘子见完面回来，就听玉岫大笑着道：“我跟你们说，我赢了——赢了不少彩头哦！

“我真的是逢赌必输。”玉岫捧着一堆彩头笑着道，“这回我可是出尽风头了。”

她欢喜极了：“从前我的运气谁不知道？大家都在暗地里说我是倒鸡徒！”

喜欢赌的人都喜欢斗鸡，倒鸡徒说的便是赌鸡必输的人。

玉岫：“今日见我赌了，便纷纷跟我错开押宝，好嘛，只有我家小侄女心疼我，跟着我一块儿，谁知道赢了。”

真是痛快。她这辈子事事顺心，唯有“赌”字上不快活，如今连这个倒霉运气也没了，真是没什么可遗憾的。

她拉着折绾的手不放：“我还有好些面子想要找回来，下回你继续跟着我去赌吧？”

折绾断然拒绝。她也只是依着记忆里熟悉的名字说了说，没想到竟然连续两次都赌对了，但下回肯定是不成了。

“十赌九输，只有一赢，你已经赢了两回，比别人还多了一回，便回头是岸吧。”

玉岫很是伤心，孙三娘在一边静静地喝茶，轻轻笑着看两人说话。玉岫自然也要问问她：“你今日可一切顺利？”

孙三娘：“自然是顺利的。”

折绾笑起来：“周娘子说我们亲自去，足可见诚意，她愿意为我们掌管铺子几年，也愿意教教素膳。”

她本以为周娘子会有些傲气，谁知道见了人十分亲和，说话做事很是周全。

玉岫就唏嘘：“周娘子算是我的婶母，她和我家那位叔父自幼青梅竹马，两人又都爱行商，本是天作之合。但聪慧的人命短，叔父早早去了，家财散尽，她也不气馁，不改嫁，不回娘家，自己一个人买了宅子住在外头，辛辛苦苦东山再起，谁知道实在倒霉，这才沦落至此。她不是普通商户人家出来的，自有自的傲气，又是我们王家的亲戚，还连着骨头的。你既然请了她，便不可怠慢她。”

折绾：“你放心吧，我将她当菩萨供起来。”

玉岫就笑起来：“那倒是不用。对了，今日我碰见一个夫人，我倒是不认识，但她来寻我说话，开口闭口都是你。”

但说话不好听，明里暗里说阿绾造化好，是接了先头那位少夫人的福气，实在是讨厌。

“我就让人去查了查，姓宁，家住在土岭巷子，夫婿是户部一个小衙役。”

折绾最开始也没想起来，她最后三年都病着，没怎么出门，后头该忘的都忘了，确实不记得这个人。直到过了几天，突然有帖子进来，说是找她的，她才记起来是谁。

蝉月如今字认得多，见少夫人拿着帖子出神，便瞧了一眼，上面落款是宁如眉。

她好奇地问："少夫人，是您的故友吗？"

说起来，她好像还没听少夫人说过之前的闺中好友。

折绾回过神，摇了摇头："不是，算不上熟悉，我跟她还差着岁数呢，她是长姐之前的闺中好友。"

上辈子，确实有这么一桩事情。这位宁夫人在宴席上跟她碰见了，两人便说起话来，谁知道说着说着，她突然让自己帮着办事情，办的也不是什么大事，却让她为难得很。时隔多年，当年具体是什么事情，她已经忘记了，只记得自己十分难堪。

席面上人多，宁夫人说话声大，人人都看过来，她当时觉得自己不答应不好，但是答应了，要自己难做，她又不愿意答应，于是就僵持在那里，明明没人说话指责或讥讽，她却觉得自己脸面尽失，涨红了脸，最后还是答应了下来。

犹犹豫豫，能力不足，最后没有把事情做好，便遭到了宁夫人的抱怨："早知道就不找你了，阿琰在的话，我的事情就没有做不成的。"

折绾气得回来就哭。

一回生二回熟，她又吃了好几次这般的亏，两三年后才学会笑着拒绝人，又怕自己拒绝惹人不快，只能尽量声音温和地告诉来求她帮忙的人："对不住，我怕是做不到。"

就是这般，她记得自己第一次说的时候也激动得很，依旧涨红了脸，拉着素膳在屋子里道："当年的我怎么那么傻？十六岁的我实在是太傻了，才会被求我办事的人吓住！"

但如今当此事重来，此时此刻，她突然不愿意去评判十六岁的自己"太傻"。

她感慨起来："功不唐捐啊。"

哪里傻了，一点都不傻。

她笑起来，将帖子给蝉月："退回去，就说我忙得很。"

解决了此事，她心里高兴，正要叫人去厨房叫吃食，便见莹姐儿一个人跑了进来。折绾看了看她的身后，跟着的都是苍云阁匆匆而来的小丫鬟，她的婆子倒是一个也没有。

她连忙下意识去将人抱起来："莹姐儿，你怎么来了？"

莹姐儿便掏出手里的铃铛给她看："大伯母，你瞧——"

这是她的小宝贝，她说好了要给大伯母的。

"我等了好几天，你都不叫我来玩，我就自己来了。"

其实是阿娘不愿意她来，她就想等大伯母来唤她。她虽然不大，但懂得很多道理，比如大人之间是不好撕破脸皮的，她们还会假笑，她就可以仗着大人之间不会撕破脸皮来大伯母这里，大伯母都叫她了，阿娘还能完全拒绝吗？

她得意地笑了起来：“大伯母，你下回去我家叫我来玩好不好？”

三岁小儿的主意，折绾还是看得透的。她笑起来，摸摸她的头：“你怎么从小就这么聪慧啊？”

莹姐儿很喜欢这么温柔的大伯母，阿娘太凶啦。

果然，下一瞬间，阿娘就亲自过来了。

阿娘撕破脸了！阿娘不准她待在这里，阿娘根本就不是个真大人！

她抱着折绾不撒手，泪眼汪汪的。

折绾看看在那里气得红脸的宋玥娘，轻笑着悄声跟她道：“下回我请你大舅母来，你阿娘听她的话。”

莹姐儿总算是点头了。

女儿如此亲近折绾，宋玥娘脸上挂不住，绷着脸：“莹姐儿，你好好的，我回去给你做小铃铛。”

莹姐儿满意地从折绾身上下来，牵住阿娘的手走了，走之前还跟折绾道：“大伯母，你要记得我们之间的约定。”

折绾笑着点头，一转头，便见于妈妈带着川哥儿站在柱子旁看她。这是从赵氏那边回来的。

她照例问：“回来了？今日可还好？”

川哥儿点点头：“好的，多谢母亲。”

折绾又叮嘱于妈妈：“好好顾着他的身子。”

（五）

趁着今日有空，折绾准备将给四姑娘的海棠花摆弄好。赵氏定了后日就在家里宴请诚意伯夫人一家。姑娘家这样的时刻只有一次，想来是愿意尽善尽美的。她没有什么可以送四姑娘的，只有送些花了。

劢鹤春晚上回来知晓了，还道：“那日我就不出去了，留在家里陪着吧。”

折绾：“母亲的意思是让五弟来作陪，两人都是一般的年岁，也能说到一处去。”

劢鹤春笑起来：“五弟懂什么。李嘉勤那个人虽然年岁小，但到底是比五弟在外头混得久，五弟一心读书，在他面前还不够看的。”

瞧着这意思，他是真心想去陪着。折绾看了他一眼，点了点头：“你去跟母亲说吧。”

劢鹤春：“这要说什么？不就是在家里吃一顿酒吗？”

折绾：“你去说。”

劢鹤春便在第二天请安的时候说了一声。赵氏就道：“亲事都快定下来了，不过是小儿女之间相看罢了，你还特意回来一趟做什么？你多忙啊，这些小事就让小五来。”

汤鹤春：“我都跟李嘉勤吃过两顿酒了，我们相识，我来比较好。”

他这个人，做事情就想做好。李嘉勤这事情前前后后都是他跑，他当然要陪着吃这重要的一顿饭。但他这句话一出，赵氏就诧异了：“什么叫你跟李嘉勤吃过两顿酒了？”

汤鹤春瞧着她这般的模样，就知道母亲可能又要多想了。果然，她大发雷霆：“好嘛，我的话她不信，还找你去管这些。”

汤鹤春头疼起来：“四妹妹也是我的妹妹，母亲做什么要斤斤计较。”

赵氏还要吵起来，汤鹤春却不愿意多说，拔腿就走。赵氏便要把四姑娘叫过来。赵妈妈劝说：“四姑娘马上就要出阁了，您跟她计较什么呢？”

另外一边，折绾也在跟四姑娘道：“诚意伯家少爷来咱们家，肯定会提起你哥哥的，他是想看你哥哥看重不看重你。到时候咱们提前打听他的事情就会露馅，母亲也会知晓的。”

四姑娘经验不到，一味地去想明日该穿戴什么，倒是没想到此事。她顿时就慌张起来：“那该怎么办呢？”

折绾沉稳地宽慰她：“不要紧的，母亲即便生气，也不会在叫了人家来吃酒之后还拒绝。再者说，有你哥哥在前头顶着，母亲的火气也不会直接发出来，她到底要给你哥哥面子。母亲这个人吧……她也不讨厌你，这般的小事，她也就恼怒一会儿。”

四姑娘想起嫡母平日的为人，果然冷静下来。折绾就教她：“你就跟母亲说，是你哥哥主动去做的，她就什么气都消了。”

四姑娘将信将疑，在黄昏去给嫡母请安的时候道：“母亲，我今日上午还去苍云阁找大哥哥道谢呢，他却不在。”

赵氏冷冰冰地说：“哦？什么事情啊？”

四姑娘：“大哥哥知晓母亲在帮我相看诚意伯家，便说要为我去看看他家的大少爷好不好。我说母亲在相看，他说男人最懂男人……”

赵氏神色缓和了一点：“他就是这副性子，心肠热得很。但他说得也没错，男人确实最懂男人，他们男人才知晓那些花花肠子！”

四姑娘回到自己的院子里，出了一身汗。

她走的时候，母亲已经和颜悦色了，一个劲地跟她说大哥哥的好处，她就说以后必定要报答大哥哥，母亲笑吟吟地道：“报答什么？他本就是亲哥哥。”

通情达理得很，仿佛她根本没有生气一般。

她的姨娘就笑着道：“只要你夸她儿子，你在她心里就是好人。”

她摸着四姑娘的头道：“你这婚事一定，今年年尾估摸着就要出嫁了，咱们娘俩……”

她哽咽一瞬，又强笑起来："我在旁边瞧着，你大嫂嫂是个好的，真心实意为你打算。女子出嫁，又是远嫁，最是看重娘家，她这是让你大哥哥为你立威呢。"

她是过来人了，最看得清这些："你出嫁之后，一定要答应我一件事。"

四姑娘："什么事情？"

姨娘说："你要时常写信回来给你大嫂嫂，四季年礼，不可缺少。"

四姑娘："不给其他人吗？"

姨娘："自然也要送些给其他人，但唯独你大嫂嫂这里，你不能缺了信。年礼只是面子情，给夫人那边请安信也要写，但给你大嫂嫂，你须写写自己的琐事，像是交朋友一般。"

她轻柔地抚摸着女儿的头发："这个家里，除了我，就你大嫂嫂一个人会在你需要的时候伸一把手了。"

四姑娘点点头："我听姨娘的，我也觉得大嫂嫂很好。"

第二日，诚意伯夫人带着儿子上门吃酒，和赵氏当场就把事情定了。折绾一直在边上瞧着，发现诚意伯家少爷长得俊俏，身姿颀长，倒是有股清秀在其里，但明显是很听母亲的话。

她还记得四姑娘后来写信道："婆母对我不算苛刻，但对我只生了两个孩子十分不满，为夫婿纳妾良多。"

后来她屋子里面庶出子女就有四五个，但这在老人家眼里还是少的，也确实算不得多。

她喝了一杯甜酿，对过来敬酒的四姑娘道："既然已经嫁了，便万事想开些，对自己好点。"

四姑娘脸上红晕还没散开，点点头："我知晓的。"

折绾瞧着她懵懂的样子就笑了笑，晚间回去，拿出一千两银子来，单独放在一个匣子里，到时候等四姑娘出嫁的时候就给她吧，万事该她做的都做好了。

晚间无事，她又开始拿出笔墨纸砚写写画画，想起四姑娘的模样，竟然画出了一幅很不错的百花盛开图。第二天，她去找周娘子说："您瞧瞧。"

周娘子竖起大拇指："很不错，做成衣裳上的纹样，卖得肯定好。"

折绾很喜欢她这般的肯定，舒出一口气："那就好，您掌了眼，那肯定是没错的。"

素膳在一边探头探脑。

折绾将她拉过来一起看："周掌柜过了眼，便做一身出来穿吧。"

周娘子："少夫人画的这幅花样子实在是好，瞧着像是含苞欲放的女子一般，是要配绯色的绸布？"

折绾："是，我想配绯色的。"

周娘子若有所思："看起来像是春日里。"

很温和。若是配上绯色的布料，便像是春光熹微，随意洒在花蕊上。

是一个很温柔的人啊。

她回去就跟玉岫道："她还没学会画画，不懂得怎么掩饰自己的灵气，画上完全没有工匠气。"

没有技巧，只有内心所想。

周娘子是学过画的，道："她肯定下过工夫去学。"

但学道不精，不过正因为学道不精，倒是成全了此时的她。

玉岫也看见了那幅画，她见了就欢喜："叫我穿上这一身吧？我好喜欢。"

周娘子却觉得她穿了不合适。正巧玉小姑娘来找玉岫，瞧见了这一身，便抱着不肯放手了。

"就给我吧！姑母叫我进宫呢，我定然要穿得好看点。"

玉岫只好挪开手，说："那你下回多给阿绾的铺子说说好话，人家白给你这么好看的东西了。"

玉小姑娘期待极了，一天催一次。折绾还是后来才知晓的，笑着道："本就是给你们穿的。"

谁知道玉小姑娘这么一穿，就穿出了大事来。她回来后道："太后要见阿绾姑母！"

玉岫皱眉："太后常年不出长乐宫，你怎么见着她的？"

玉小姑娘："姑母带我去的长乐宫啊。"

玉岫根本不知道此事，她厉声问："你父母知晓此事吗？"

玉小姑娘被吓着了，摇了摇头："不知道，我刚出宫呢。太后见了我穿的衣裳，就盯着衣裳上的纹样说好，我当时没话说，便没话找话说了阿绾姑母。太后听闻之后，便想起来什么似的，说本是要见见阿绾姑母的，一直耽搁了，便叫我回来传个话。"

玉岫一边叫人去把消息告诉玉家，一边连忙带着玉小姑娘去英国公府见折绾。折绾正在书房布置花草，瞧见两人过来还诧异，等听玉岫说完之后，倒是笑着道："太后心善，应当是想着当初我成婚时叫劭鹤春进宫一事。"

这事情大家都听说过，但是没人在她面前提，过了这么半年，也都快忘记了，谁知道太后还记得。

折绾记得好多年后，她也从别人的闲聊里听闻了此事，太后才有一日叫她进宫。

她本是忐忑的，毕竟当今圣上不喜欢在宫里宴请群臣，就是除夕等年宴都不愿意办，所以她也就没有进宫吃过席面。皇后又早亡，听闻陛下很是思念皇后，并不曾再立皇后，妃嫔们就也不敢自作主张宴请家眷，皇宫里面就这般冷冷清清多年。

因着皇帝的喜好，折绾上辈子也没进宫过几次，其中一次还是太后叫了她去，慈和地拍了拍她的手说：“我早就想见你，但我记性差，时不时就忘记了。”

其实是玠鹤春总是拒绝。太后道：“那日大婚，你委屈吗？”

折绾连忙摇头。当时是吓得不敢委屈，但日日忙碌，也没想过自己委屈，还是这辈子才开始为当年的自己抱不平。

折绾对急得不行的玉岫和一脸愧疚的玉小姑娘道：“并不是大事。”

都是自己人，玉岫就直说了：“太后所生的宁昭长公主去世之后，便又养了你家的大姑娘。后来你家大姑娘也去世了，太后自那之后就不怎么出长乐宫。但今日，宫里的玉妃娘娘将丹崖带去了长乐宫，这简直是司马昭之心，路人皆知。”

折绾还是第一次知晓玉小姑娘的大名叫丹崖。

玉岫气得一巴掌拍在桌子上道：“这可是嫡亲的姑母啊！”

玉小姑娘吓坏了：“姑母是想让我进宫陪太后吗？”

玉岫：“是啊！”

玉小姑娘可不愿意进宫，在宫外多舒服。她哭道：“祖父祖母、阿爹阿娘都不会同意的。”

这个玉岫信。丹崖在家里备受宠爱，但是有三娘的例子在前面呢，何况这跟勋国公和孙家的联姻又不同。玉岫冷静下来想一想，道：“也有可能是陛下的意思，不然你姑母也不会对你父母先斩后奏了。”

玉小姑娘就急得跺脚：“陛下怎么就想让我给太后作伴呢？”

玉岫：“你出色一些。”

常日进宫的小姑娘，陛下自然熟悉一点。

两人愁得不行。倒是折绾肯定道：“太后不会同意的。”

玉岫看过去：“怎么？”

折绾：“她身边这么多年没有人陪，不是没有人愿意送进去，是她拒绝了。”

陛下以为那些她看不上，于是就想挑个最好的送进去，他看中了玉丹崖。小姑娘经常进宫看玉妃，陛下自然也是看见过的，也许太后也熟悉她。

“说不定是陛下跟太后说你的时候，太后随口说过你的好话，他就记住了。”

上辈子她进宫的时候，太后的宫里冷冷清清，一个年轻的姑娘也没有，她也没有听说太后身边曾有人陪。

她道：“你们别慌，这事情也许是陛下的一厢情愿。”

玉岫身在局中便糊涂些，听折绾这么一说，当即道：“极有可能。”

她马上带着玉小姑娘回去了。玉阁老也在，听闻之后点头：“玠少夫人所言极是，是个通透的人。此事不要再提，咱们只当不知道。”

玉小姑娘松了一口气，这时候倒又觉得太后太孤单了：“如果不把我关在宫里，我倒是愿意进宫陪陪太后的，顺便也陪陪姑母嘛。”

玉老夫人就看了过去，眼神微沉。玉夫人将女儿揽入怀里，隔去老夫人的目光：“什么关不关的，这么大的人了还不会说话，幸而不能进宫，进去了也是为家里招祸。”

玉老夫人别过脸。

玉阁老：“那你就陪着殇少夫人一块儿去长乐宫。”

玉老爷就连忙叮嘱女儿：“听起来这位英国公大少夫人有些见识，你到时候跟着她，少说话就少出错。”

等到殇鹤春回来的时候，折绾还在书房里面画花样子。他站在门外，推了推门，发现门是关上的。他敲了敲门，她丝毫没有察觉。

殇鹤春叹气，转身走了，直到晚上才等到折绾出来。

他不满道：“你这是折腾什么呢！”

折绾将画纸铺好放在一边，问：“怎么了？”

殇鹤春：“我已经替川哥儿找好了先生，过两日咱们一块儿带着川哥儿先去拜访拜访。”

其实是不用去的，毕竟事情已经说好了，但之前带着孩子拜访过莫老先生，这个不去一次说不过去。

折绾摇头：“你自己带着去吧。我要去见太后。”

一句话镇住了殇鹤春，半天没回过神来，好一会儿才诧异道：“太后？太后怎么宣你进宫了？”

折绾指了指那些画纸：“凭这些瞎折腾的。”

折绾开始收拾案桌，她很喜欢做完事情之后，将案桌上的笔墨纸砚清洗的清洗，摆好的摆好，更喜欢将剪掉的花枝花蔓都丢进篓子里，这让她很满足。

殇鹤春见她自顾自地做事，根本不搭理自己，便出言道：“叫丫鬟们来收拾，你自己做这个干什么？”

他自认为说这句话绝对是好心，却也遭了她一记白眼。

“既然如此，你为什么要亲自去洗刷马毛，亲自喂食？”

殇鹤春：“这怎么一样？”

折绾：“这怎么不一样。”

殇鹤春啼笑皆非，只能在屋子里面走来走去，等着她收拾好才停步，结果折绾直接出门，他没办法，只能迈开脚步跟出去。

两人一前一后进了正屋，刚坐下，殇鹤春就迫不及待地问：“到底怎么回事？”

折绾：“玉小姑娘穿了我画的花样子衣裳进宫，被太后瞧见了。怎么，你要拦着？”

殇鹤春就有些尴尬。太后之前确实提过好几次，都被他拒绝了。他讪讪笑道：“我也是怕你进宫应付不来。”

是嫌弃她的身份不够，怕被人笑话吧！但她还是要去见太后了。

折绾将茶杯轻轻放下，走到窗户边看自己的花草。即便是冬日，因为她的细心呵护，它们也长得很好。她舒了一口气，叫蝉月进来："去书房帮我取那本《南方草木状》来。"

蝉月刚走，芴鹤春又跟过来说："你从未进过宫，我让母亲给你请个嬷嬷教导一下吧？"

折绾点头："好。"

这倒是正经事，上辈子进宫之前也是特意学过的。即便那时候年岁大了，稳重多了，她也依旧把进宫当成天大的事情，跟着嬷嬷练了好几天的规矩。有些规矩还记得，有些却忘记了，肯定是要再学一遍的。

芴鹤春就去跟赵氏说了。赵氏难免心情不好："真是瞎猫碰上死耗子。"

她对宋玥娘道："你别说，折绾这命格还怪好的。她长姐去世，她便嫁进咱们家，跟着咱们去你家吃个满月酒，又搭上你嫂嫂和勋国公夫人，如今画个花样子，竟然还被太后宣了进去。"

提起太后，赵氏眼里含了怨气："去吧去吧，怎么不把她也留在长乐宫克死——"

宋玥娘连忙捂住她的嘴巴，但下一瞬间，赵氏的眼泪就掉在了她的手上，烫得宋玥娘心都酸了，心疼道："母亲，都过去了，长姐早就投胎转世在富贵人家长大了。"

赵氏转过脸："除了这般想，也没有其他办法了。"

宋玥娘这才说起折绾："要给她请哪个嬷嬷？"

赵氏："随便！"

她就请了个从皇宫里已经出来几年的老嬷嬷，折绾上辈子也是她教导的。这是个不轻易笑的老人家，一板一眼，却不折腾她，有话直说，她学会了就教下一样。折绾带着丫鬟们认认真真学了两天，才将人送了回去。

嬷嬷走的时候还问："少夫人之前学过？"

折绾摇摇头："没有，是头一次跟着嬷嬷学，但总觉得受过嬷嬷的教导，所以嬷嬷一说就懂了。"

她原本以为学过的规矩都忘记了，结果竟然还记得。

嬷嬷就道："少夫人跟我有缘。"

宫里虽然各个人都在学规矩，但每个人都有每个人的规矩样子，做出来的姿态也不一样。这位少夫人好像真跟她学过一般，最初显露出来的样子便有她教导的影子。

她道："往后还有这种事情，少夫人可叫我来。"

折绾感激地送她出去，又去查看明日进宫要穿的衣裳和首饰，一件一件都检查好了，这才安心。素膳今日是回来陪她的，但明日不陪着她进宫。

素膳很是不愿："我也跟着嬷嬷学了规矩，还是让我跟着进宫吧？"

折绾笑着道：“但你也有你自己的事情啊，你本来就定了明日要去跟着周掌柜谈生意的。”

素膳：“可是姑娘的事情才是最重要的。”

折绾将一张花样子郑重地放在她的手里，说：“我是我，你是你，我们都要有自己的人生才是。”

这话就重了，素膳眼眶突然红起来：“姑娘，你是不是不要我了？”

折绾拿出帕子帮她擦眼泪，道：“不是我不要你了，而是你也要去做你该做的事情。”

素膳自小就跟着她，她说什么，素膳就做什么。她说太穷了，要绣荷包卖，素膳就跟着学，跟着卖。她说太饿了，素膳就去找升妈妈要吃食。后来出嫁，她说太难了，素膳就学着管家。最后，她没有孩子，李姨娘找到素膳，素膳也愿意。

她说：“我愿意帮姑娘生个孩子的。”

折绾从没有哪一刻那么恨姨娘，没有哪一刻那么绝望。

她放下了执念，对素膳道：“我不要你帮我生孩子，我不要孩子！”

孩子有什么用？孩子能陪她走过这么多年的春夏秋冬吗？她这辈子也不要孩子，她就想要素膳好好的。她生怕素膳这辈子又被姨娘骗去做傻事，最后伤了身体，连命也没了。所以她不仅要让素膳好好活着，还要让她去过自己的日子，有了自己的日子，再顾及她的时候，就不会那么傻了。

她酸涩地道：“素膳，你也大了，外头的天地很广，你跟着周掌柜多学，多做，以后会越来越好的。到时候，你会发现，咱们如今担心的这些，害怕的这些，都不是什么大事，就像今日之事，不过是进宫见一见太后罢了。”

哪里值得她抛却生意跟着自己去。

素膳不懂，折绾也没有要她现在懂，她只是坚定地道：“你听我的，我不会骗你的。”

素膳嘀咕道：“我知道姑娘不会骗我——行吧！”

第二天，折绾清晨就起来准备进宫了，劭鹤春早早等在堂厅，他今日还要带着川哥儿去见西席先生。

于妈妈担心得一晚上没睡，起床之后还是嘀嘀咕咕：“本来你的事情才是大事，结果她要进宫见太后，大家便将你的事情忘记了。”

川哥儿低着头，看向正屋那边。母亲应该也起来了，她要进宫，并不陪自己去见先生。父亲之前说会跟母亲一块儿带着他去，显得郑重，他还有些紧张，如今母亲不去了，他也紧张。有母亲在，父亲即便是要训斥他，似乎也是留有情面的。

他一贯喜欢低着头，于妈妈看不见他的神色，还在不断地道：“真是抢风头！”

川哥儿抿唇。等去了堂厅之后，他发现父亲正在跟母亲说话。两人似乎在争执一些什么，等他走近了，两人却停了下来。

川哥儿恭谨地说道：“父亲，母亲。”

刕鹤春：“都好了吗？”

川哥儿：“好了，儿子已经温习过书了。”

去了之后，先生会考学问。上回莫老先生问的问题他没有答上来，于是这些日子，他就一日一日不断地重新去读背那些学问，如今已经滚瓜烂熟了，他就是怕自己会忘记。

折绾：“这就是走个过场，武老先生本就是答应教你了的。”

刕鹤春不满地说：“不是跟你说了先不跟他说吗？不然这孩子到时候就不认真了。”

折绾没有理他：“那是你以为他不认真，也别总在外人面前说他资质愚钝那一套话，其他的随你。”

她说完就走。孩子得亲自带着、养着，他才知道多难养。

进宫只能带一个奴婢，折绾自然是带了蝉月。小丫头倒是胆子大，亦步亦趋跟着，并不害怕。玉小姑娘先进了宫去见玉妃，然后便来长乐宫门口等折绾。

宫里的人都是人精，为她算好了时间掐着点到的，果然刚到长乐宫门口就等到了折绾。她欢喜地过来：“阿绾姑母。”

说句实在话，被这般大的姑娘叫姑母，折绾还真是有些不习惯。她牵着她的手，笑着道：“咱们进去吧。”

进了长乐宫，太后刚吃过饭正在消食，见了她们就笑：“你们错过了早膳，只能等午膳了。”

如同折绾记忆里一般，太后是个慈眉善目的老夫人。她坐下来，果然又听太后问了一句：“你新婚当晚，我便将鹤春叫进了宫，整整一晚都没有回去，你的红盖头怕还是自己掀开的，你可委屈？”

折绾温和地笑着道：“不委屈。”

太后瞧见，眼神蓦然悲悯起来。

折绾一愣，脑子里面突然想起来，上辈子好像也是这般，她才说完不委屈，太后的眼神就变得哀戚起来。她战战兢兢，只觉得自己做错了事情，一味地惶恐，最后连怎么出的宫都忘记了。

原来……太后也曾悲悯过她吗？

她再次轻柔地笑起来：“太后娘娘，多谢您还记挂着臣妇。”

太后便也笑了起来：“你能这般想……就好。”

玉小姑娘看看这个，看看那个，总觉得自己好像没有理解她们的意思。正想着，太后已经看向她了：“你呢？怎么又跟着进宫了？来陪你姑母？”

玉小姑娘大着胆子说：“臣女也想陪陪您。”

太后眼睛弯起来：“这般么……好呀，那我等你下回来。”

她看着折绾："你也是，可以时常来坐坐，我这里冷清得很。"

折绾和玉小姑娘出宫后，小姑娘还晕晕乎乎的："太后人很好啊——阿绾姑母，出长乐宫的时候，太后一直瞧着我们笑，她是不是很高兴啊？"

折绾摸摸小姑娘的头，道："她看过太多你这般的姑娘了，所以瞧见你就很高兴。她也瞧过太多我这般的姑娘了，所以瞧见我，也很高兴。"

折绾一回府，便见素膳在书房等着了。她手里拿着一张银票，见了她就奔过来："姑娘，你没事吧？"

折绾笑着道："真的没什么大事，不过是进宫一次，太后娘娘还叫我下回进宫呢。"

素膳早早就来等着了，心口不安得很，听闻此话才安心下来，立马将手里的银票给折绾："喏，这是我一个人谈下来的。那边的老掌柜见我是个小姑娘，还以为我好糊弄，殊不知我有周掌柜指点，对方要堵我的话，我都提前和素兰操练过了。"

于是事事顺心，竟然很顺利地就跟对方说好了，对方还付了定金。虽然只是一个小小的提供给客栈鲜花饼的单子，但也已经很好了。

折绾就道："你看，之前你为了这笔生意操练那么久，周掌柜帮你，素兰陪你，若是你还不管不顾跟着我去宫里，那多伤她们的心啊。"

素膳也觉得不好意思："是。"

折绾牵着她的手进屋，看看西边问："还没有回来吗？"

墨月立马道："大少爷已经带着川哥儿回来了，在前院收拾院子呢，说是要做学堂。"

折绾："武老先生来了吗？"

墨月："来了，在客居。"

折绾："我知晓了。"

上辈子也是这个时候，刕鹤春没有叫她跟着去请武老先生，她就在家里忙活做学堂的院子，忙活武老先生的客居。

忙了一整天，刕鹤春还说："你不该把屏风放在中间的，那般风水不好。"

折绾如今想来还觉得可笑。刕鹤春这个人讲究的时候还是有些讲究的，那就让他自己讲究去吧。果然，过了一个时辰，莹姐儿过来玩，嘟囔道："大伯父还在那里摆弄屏风。"

搬来又搬去，她都看困了。

她很是佩服川哥儿："他好厉害，无论大伯父摆得多难看，他都说好。"

折绾觉得莹姐儿简直是个开心果，她逗小姑娘："那你觉得摆在中间好看吗？"

莹姐儿："好看！就该摆那边。"

折绾当场编了个花环给她。

另外一边，玉小姑娘回府之后，便被众人围着问。

玉老夫人先问的是女儿玉妃："你姑母见你进宫，可曾说什么？"

玉小姑娘点点头："姑母问我怪不怪她。"

玉老夫人眼皮子颤了颤："你怎么说的？"

玉小姑娘："我说不怪，我知道宫里不好便可以不去，姑母却必须去。我是真不怪姑母的，即便被太后留了下来，我也不怪，我还可以去陪着姑母。"

玉老夫人欣慰道："你理解你姑母，便能让她心安了。"

而后看向儿媳妇："你很好，教出来的女儿也很好。"

玉夫人这才上前搂住小闺女坐下，跟玉老夫人道："母亲，阿姐为我们家付出良多，我们都心疼她。"

但等到只剩下母女两个的时候，她才拍着女儿的脑袋道："你今日没闯祸吧？宫里还是少去！"

玉小姑娘摇摇头："没有的。阿绾姑母很是照顾我，什么都替我圆着话。太后娘娘说，让我和她以后时常进宫坐坐。"

玉夫人叹息："太后也寂寞得很。"

她顿了顿，又问："听你这般说，劭少夫人是个伶牙俐齿之人？"

她之前还没有跟劭少夫人面对面交谈过，只在宴席上打过几次照面，印象不深。但是能在长姐去世之后成为继室，再搭上玉岫和孙三娘的路子，想来也不是个简单的人。

出乎意料的是，女儿却道："不是，她口齿并不伶俐，且不喜欢多说话。"

玉夫人好奇："是吗？这般的人怎么周旋在众位夫人之间？"

玉小姑娘也不知道："她真的很少说话，大多数时候说话的是岫姑母，阿绾姑母一般是坐在一边笑着听。"

她也不知道为什么说个不停、不断逗趣的是玉岫姑母，一般像她们这般的人家，都是坐在那里听别人说好笑的事情。

她就摇摇头："我不知道，但是跟阿绾姑母在一起很舒服，要不是差着辈分，我是愿意跟她义结金兰的。"

玉夫人笑起来："你这孩子，傻乎乎的。这回也算是感谢她护着你了——我听你说，她是自己置办了铺子？"

玉小姑娘便小声道："我听玉岫姑母说，她出嫁的时候折夫人没有给铺子，她就自己置办起来了，如今都三间铺子了，上回我的赏花宴上的鲜花饼就是她家铺子做的。"

玉夫人想起来了，她也尝过那个饼子，确实很不错。玉小姑娘就道："母亲，你还记得周家叔祖母吗？"

玉夫人一时之间没想起来，玉小姑娘道：“就是那个行商很厉害的啊。”

玉夫人想起来了：“怎么了？你碰见她了？”

玉小姑娘：“她被阿岫姑母介绍给阿绾姑母了，如今正在给她打理铺子呢。”

玉夫人唏嘘：“那也是个倒霉的。”

但听了这话之后，她倒是愿意跟周娘子做生意。

“你肯定还是要去英国公府道谢的，到时候你问问劭少夫人，我的铺子里面有一批陈年布料愿意低价卖，问她要不要。”

玉小姑娘好奇地看过去：“母亲还管铺子啊？”

玉夫人点了点她的额头：“我管这个做什么！只是这些布料堆好几年了，每年管事的来报账都说几次，我就记住了。正好，卖给她做个人情。”

折绾没承想，生意就这样找上了门。她笑着应下：“好啊，多谢你母亲。”

玉小姑娘道：“我母亲说，那批布料是从江南高价得来的，本是时兴的花色，她也是听了管事的说得天花乱坠才答应，结果到了京都却卖得不好。”

母亲就生气了，觉得自己没面子，于是也不让低价卖，只堆在库房。

她啧啧道：“但那管事的忠心，从不贪墨，母亲便继续用他。就是吧，那人说话很不周全，每次来了还要提一次这些布料，想着尽快出手，可母亲恼得很呢，根本不理他。”

高门贵女哪里看得上这点东西，就是烂掉也不愿意丢面子低价卖，一定要让布料卖出个高价来才行，谁知道最后便宜了折绾。

这可真是好生意。折绾笑起来：“你这是帮了我大忙了，周掌柜定然也欢喜。”

玉小姑娘：“能帮上你就好。我母亲说，下回要请你去我家吃顿酒。”

京都的妇人家人人都爱喝点酒，折绾还想酿花酒出来卖，她道：“到时候酿好了便叫你来尝尝味道。”

这事情玉小姑娘喜欢做！

她要走了，折绾还要送些花篮给她带回去，说：“都是我自己插好的，往常也往宋家和勋国公府送，她们都说好看。”

确实是好看，玉小姑娘揽着折绾的手好奇道：“我见你还有个花草铺子，以后还要卖花草吗？”

折绾点点头：“是。”

她犹豫了一瞬，又问：“阿绾姑母，你是喜欢做生意吗？”

又是这个问题，似乎亲近的人都喜欢问这句话。折绾这回能回答得更加仔细一些了：“也不算是，只是我现在觉得从买下一个铺子开始，选人、用人、买材，到做生意……无论结果如何，我认真去做，做了，就很舒服。”

玉小姑娘：“我懂，就跟我喜欢办赏花宴一般，从选花、写请帖，到下帖子，最后宴客，是一般的。”

折绾没有反驳她，也许是一样的吧。

（六）

川哥儿的学堂收拾出来了，刕鹤春兴致勃勃，想要亲自为院子写个名字。

折绾："叫武老先生来取吧，他是教书育人的，心境肯定跟你不一样。"

刕鹤春："有什么不一样？"

折绾放下手里的兰花，看了一眼他那些写在纸上备用的名字，从中挑了一张出来："你是不是想着取名叫这个？"

刕鹤春一看，上面写着"玉嶂轩"三字，确实是他最喜欢的。

折绾："玉嶂拥清气，莲峰开白花。"

川哥儿大名刕清川，取"玉嶂"二字确实很好，但她记得后来刕鹤春又嫌弃这个名字不行。

"玉嶂是积雪的山峦，实在不好。"

他觉得川哥儿的才学被积雪压住了，所以才显得愚笨不堪，于是又折腾着换牌匾，最后去长姐的库房里取了一块好木头出来请人雕刻，取了"寄春君"三个字。

寄春君是梅花的意思，是武老先生取的，期望川哥儿如同梅花一般百折不挠，凌寒自开。

折绾当时听不出这两个名字有什么区别，不都是冬日里，不都是有雪吗？川哥儿却因此丧气："父亲连'玉嶂'两个字也不肯用在我身上。"

她只能宽慰："寄春君听起来就好一些。"

如今，她倒是听得出一些区别了，寄春君确实别有一番生机。

折绾摇摇头："刕鹤春，叫武老先生取吧，你这个名字不好，玉嶂积雪，你肯定会后悔的。"

刕鹤春却笑着道："你这个人，倒是咬文嚼字。玉嶂即便积雪又怎么样？"

他坚决不改，就要'玉嶂'两个字。

折绾也没坚持："随你。"

最后肯定是要改的，到时候气得拿斧头劈牌匾的还是他。

她抱着一堆兰花就要去书房，刕鹤春看见了，便问："兰花长大了？不是说要给母亲的吗？"

折绾头也不回："母亲不喜欢兰花。"

刕鹤春："是吗？母亲不喜欢兰花，你做什么还要种？"

折绾笑了笑："我种的时候你也没说啊。"

她去书房了。刕鹤春啧啧出声："我不说你就不知道问？"

但人家已经走远了，根本听不见！

他就嘀咕几句转身出门，觉得跟折绾说话没意思极了。

川哥儿请了先生，升哥儿自然也要请先生，这回是分开请的。玉岫道：“我亲自去请来的，是个好先生，给升哥儿正好。”

她又解释：“两个孩子不在一块儿也好，我家那个喜欢比，若是放在一块儿，怕是会把孩子比坏了。再者说，玥娘说要让莹姐儿跟升哥儿一块儿读书，也要让先生费心力，老先生教两个已经很费劲了，不好再多人。”

折绾点头：“你说的是。”

玉岫就问：“你不生我的气就太好了。”

折绾好笑道：“我生什么气？”

玉岫：“这回我是站在我家玥娘这边嘛！”

见折绾真不在意，她才道：“你最近的铺子生意怎么样？”

折绾：“很不错，周掌柜带着素膳和素兰两个人跟好几个酒馆谈下了生意。”

酒馆卖花卖茶卖酒卖鲜花饼都好。这已经让折绾很满意了，她本就是个小本生意，不求短时间内赚多少银子，只求素膳和她一步步变好，她惦记的还是闽南的地。

她问：“管事的也快回来了吧？”

玉岫：“算算日子也差不多了。怎么，你就那么期望去买地？”

折绾感喟：“是啊。”

遗憾，就要弥补。

她笑着道：“一本万利的买卖，咱们现在都是小打小闹。”

两人又一块儿去看了孙三娘，她比起冬日里是真好很多了，她们去的时候，她还坐在院子里画画。见了她们，她也不停，只继续画。玉岫就和折绾坐在一边说话，说到黄昏的时候，孙三娘也没停，折绾就和玉岫直接走了。

送她们出去的管事婆子还道歉，玉岫摆摆手：“这值当什么，你是后头跟着她的，不知道她当年就是这般。”

丹阳孙家的姑娘，虽然矫情爱闹得很，但诗词歌赋俱是上等。这些有才之人都有些毛病，玉岫只是附庸风雅，不是很能理解，但也在她们沉浸进去的时候不打扰。

“我是唯一能忍她的人，所以成了闺中密友。”

如今又多了一个阿绾。

她笑吟吟地问折绾：“我要回家去了，你是去铺子里吗？”

折绾点头：“是，去看看素膳她们。”

谁知道过去的时候，素膳和素兰正盘算着再把旁边的铺子买下来，见了她欢喜道：“咱们的铺子太小了，一点也不阔气。”

折绾：“哟，现在赚钱了？”

素膳：“是啊，光是玉夫人那笔生意，咱们上上下下就能赚不少。”

但周掌柜也说了，这是人情生意，她们这般的门庭，其实要少赚人情钱。

“于国公府第而言，银子是末等的，人情才是上等的。”

这话吓得素膳马上问："那怎么办？"

周掌柜白了她一眼："什么怎么办？这是已经拿来的人情，不用白不用。"

折绾听素膳说这一段直笑："你现在知晓你缺什么了吧？你缺些手腕！瞧瞧人家周掌柜，人家就能定下这批货是要还是不能要，你啊，好好跟人家学学吧。"

素膳不好意思地摸摸头，带着些失落道："她更喜欢素兰。"

折绾："这是她的性子原因了，她喜欢果断麻利一些的嘛。像我，我就更喜欢你。"

素膳便由衷笑起来，笑了会儿才道："姑娘，那我也做一回主，咱们把旁边的铺子买了吧。"

这有什么不可以的呢？她们有银子了。

折绾故意问："可是你扩了铺面，生意多了，就要多找些人来吧？"

素膳也发愁这个："我们如今都不愿意要男人来了，本来做的就是花的生意，男人笨手笨脚的，根本做不好事情。"

折绾："那你要把事情想周全了才行。"

素膳皱眉。

折绾夸她："但你做好了此事，以后就不愁再开一家铺子了。"

素膳笑眯了眼睛。

很快，折绾就生了气。素膳找手巧的姑娘去做鲜花饼的事情，不知道怎么就被李姨娘知晓了，便叫人找上门去了。

素膳来英国公府的时候特意道："姑娘，姨娘说她想要遣个人来咱们铺子里面做事。"

折绾顿时就冷了脸："谁啊？"

素膳："是折家白姨娘的亲戚。"

李姨娘是没有任何亲戚的。白姨娘是折老爷三年前才纳的妾，家就在京都。

折绾断然拒绝："不行！"

素膳呆呆的："可是我已经答应了。"

折绾："我不是有意要拂你的面子，这是姨娘跟母亲斗法，想要拉拢白姨娘呢。"

上辈子也是这些乱糟糟的事情，最后还要她回去给嫡母赔罪。她真的很不懂姨娘，每次她回去说，姨娘就哭："如今你是国公府的少夫人了，你是好过了，可我还是个妾室呢。"

哭着哭着，她就会心软。

折绾深吸一口气，狠心起来："别管她，素膳，你不要管姨娘。"

她之前都是哄着素膳不要接触李姨娘，这回是直接说，倒是把素膳吓了一跳。

但素膳不愧是素膳，瞧见她真动了气之后，便问："姨娘到底做了什么糊涂事情，你这么生气？”

折绾又情不自禁地笑出声来。素膳一直是站在她这边的。她道：“姨娘她……她心大了，她想做夫人。”

素膳吓得站了起来：“这怎么可能呢？”

折绾：“是啊，她失心疯了，心太大了。咱们现在纵容她，就是害了她。”

素膳如今也不是什么都不懂的人了，她点头道：“姑娘，我懂了。”

她想了想，又发愁：“那怎么办呢？姨娘在折府肯定是要吃亏的。”

折绾：“我说要接她出来，她又不肯。”

素膳诧异：“能接出来？”

折绾：“是啊，这也不是没有先例的，只要她愿意，还是可以的。”

赵氏上辈子允诺她接姨娘出来，也是见她站的场合越来越大，各府邸有事情都是她去，便有人说起了她的生母。闲言碎语多了起来，她说要接姨娘出去单独住着，赵氏就同意了。这辈子要接，也有诸多办法，但她太清楚了，姨娘不会愿意的。

素膳也不明白：“为什么不愿意出来呢？我们买了宅子，要是她愿意来，我们就换个更大的。这边的宅子便宜，我都打听了，咱们可以换个大的。等她出来了，姑娘不能常去，我便日夜孝敬姨娘。”

折绾：“是啊，可她不愿意，我能怎么办？我只能压着她让她老实些。”

这话说得毫不客气，素膳听了别扭：“姑娘，姨娘也不容易，你别这么说。”

折绾并不过分劝她。素膳这个时候还小呢，她得给素膳时间。幸好素膳听了她的话，再见到白姨娘的亲戚，就摇头道：“我们不要人了。”

白家的亲戚是个年轻的媳妇，倒是泼辣，道：“你怎么能出尔反尔呢？”

素膳早就把想好一晚上的说辞说出来：“我们也不打算扩铺子了。”

不扩铺子，就不要人了，多合理啊，她想了一夜呢。

但她显然不是对方的对手，被人指着鼻子说得蒙蒙的，还是素兰送货回来，见状撸起袖子要打人，那年轻媳妇被吓住了，这才讪讪离去。

素兰：“对付这种人，就要亮拳头。”

素膳好生羡慕：“我就没有你这般气势。”

素兰：“羡慕什么？我也是市井里长大练出来的。你要是愿意，我就带着你出去练练。”

素膳：“这还能练啊？”

素兰：“当然了，人生在世，什么不能练？”

素膳笑起来：“真好。”

素兰却也有烦心事：“好什么好，你愿意去，我却不愿意再回去。”

素膳伸长脖子竖起耳朵：“为什么？”

素兰：“都是那群七大姑八大姨的，都想着来咱们铺子里面做事，可她们一点手艺也没有，我呸，还想来分我们的羹！”

素膳讪讪地收回耳朵，说：“刚刚那个人最初来的时候，我就没问她会不会做鲜花饼。”

素兰：“那个还好啦，那个是躲不掉的人情债。”

那是少夫人的生母的人情债，但少夫人为什么不愿意帮生母做人情呢？

折绾当天晚上就做了梦。

梦里，素膳一身的水，面色乌青，哭着跟她道：“姑娘说不要孩子，不要我生，我就听姑娘的话不生。可姨娘给我下了药，要我去服侍大老爷。”

那时候，英国公府人人都改了称呼，赵氏成了老夫人，刕鹤春就成了大老爷，她成了大夫人。

可素膳白着脸，惶恐不安中，还是叫她“姑娘”。

她说：“我告诉姨娘，我听姑娘的话，姑娘说不要，我就不生，就不愿意，不愿意去做妾。姑娘说了，我才不做妾！”

李姨娘就骗她，说已经给她吃了药。素膳太傻了，她就悄悄跳进了荷塘里，想要逼自己清醒些。

身体就是那次坏的，本来就是强弩之末，病上加病，一年都没有挺过去。

折绾连着做了好几天噩梦，有时候是素膳跟她道：“姑娘，我骨头又疼了。”

折绾在梦里很清醒，她清楚地记得自己哄素膳：“这是在水里面泡太久的缘故，我已经请了太医，等你吃完药就不会痛了。”

可素膳吃完药还是痛，折绾就把她背起来：“走，咱们去江南，江南有名医。”

四姑娘写信来说，江南那边的大夫有治好这种病的，她就想去试试。

“江南本就暖和，又有名医，等到了那边，你的骨头就不痛了。”

这句话她在梦里一直说，也不知道是告诉素膳，还是说给自己听。

好几天，她都做这个梦。

折绾醒过来，枕头都是湿的。她连续好几天都去守在铺子里，眼睛一眨不眨地盯着素膳，弄得素膳心惊胆战的，跟素兰说悄悄话：“姑娘就是不放心我！我那么听她的话，还担心我给姨娘走后门哦！”

素兰：“那你去跟少夫人说清楚嘛。”

素膳就去了，耷着脑袋凑过去：“姑娘，你放心吧，我连隔壁铺子都没有买，肯定不会再收人了。”

折绾温柔似水：“为什么不买了？”

素膳放下心来：“我对白姨娘亲戚说了嘛，我不扩铺子了。”

说了的话哪里好不作数呢？

折绾：“得买，你都打算好了，何必为了她不买？”

素膳："可是买了之后会让姨娘难做吧？"

不买就是真理由，买了又不收白姨娘亲戚，怕是要被白姨娘说，到时候李姨娘就难做人了。

折绾脸一沉："她心大了，这回要你收个白姨娘亲戚，下回让你买毒药，你做不做？"

素膳连忙摆手："何至于此，何至于此。"

她越发肯定姑娘是跟姨娘吵架了，但姑娘沉下脸还是很吓人的，她只好点头："我待会儿就去买。"

她晚上还跟素兰道："哎，夹在姑娘和姨娘中间，我真是好难做哦。"

素兰："那你听少夫人的就行了，少夫人看着就是聪明人。"

素膳点头："我家姑娘最是聪慧了。"

于是，当姑娘一走，李姨娘身边的丫鬟过来传话的时候，她就一脸诚恳地解释："我都说了，不好收的，我们不要人了。"

那丫鬟也不敢得罪素膳，只轻声道："姨娘还让你给她些银子。"

素膳当然愿意给，她现在赚了不少银子，都能想着扩铺面了，哪里能没钱呢。但刚要起身去拿银子，又想起之前姑娘说的话，她记得姑娘说过，她已经给过姨娘五十两银子了。

姑娘还说，姨娘身边可能会有人假借她的名头来要银子，素膳别的事情可能有所不足，但听姑娘的话定然能做头名状元，便想也不用想，又一屁股坐下来："啊……银子啊……啊这，这就太不巧了。"

丫鬟就见她拙劣地找借口："开铺子，要银钱先垫进去的，我们的银子都垫进去了。"

丫鬟也不是一定要她拿银子出来，反正也不是给她的。素膳能给她一个解释就行了，她也好回去跟李姨娘有话说。

果然，李姨娘听了之后就道："这也是的，她们做生意才开始没多久，哪里就能赚那么多银子。"

丫鬟心里暗暗翻了个白眼，心想，你还真是好糊弄。

李姨娘能谅解她们没银子，却不能谅解她们驳了自己的面子，哭道："我不过是送个人进去做事，又不是白拿银钱的，也是干活的，她们却不肯。"

丫鬟："姨娘，那你怎么办？你都答应白姨娘了？"

李姨娘："还能怎么办？只能是舍掉老脸了。"

夫人先头磋磨她，她忍了，知晓夫人这是给阿绾下马威。幸好阿绾如今出息了，也不知道跟夫人说了什么，夫人突然就消停了下来。

李姨娘顿时安心，就有了心思做别的。她跟丫鬟道："白姨娘如今是老爷身边最得宠的，她来向我示好，是看在阿绾的面子上。可我也不能倚老卖老，得想法子拉拢她。"

她拉拢的法子也多，但为什么要让阿绾和素膳出面呢？还不是为着要让白姨娘感激阿绾。以后老爷那边有什么事情，那阿绾也能知晓一二。

她哭道：“我做这么多，还不是为着她。这个小没良心的，上回之后就再没来看过我！”

丫鬟不耐烦地劝，李姨娘哭了一会儿停下，又叹息：“要是我还得宠，哪里还需要什么白姨娘。阿绾还小，根本不懂没有娘家扶持有多难。夫人是肯定不会向着她的，我虽没用，却也要为她争得老爷，只要老爷点头了，夫人还敢置喙？”

丫鬟再次翻了个白眼，觉得她异想天开。白姨娘连个亲戚都要大少夫人去安排，在老爷面前又能得什么脸？但她什么也不说，只是道：“是，您放心吧，即便事情没成，白姨娘也不敢做什么。”

李姨娘不怕白姨娘做什么，她通过这件事情发现女儿的心真是硬了。她哭着道：“之前她哪里会这般对我，就是我咳嗽一声，她都要担心我是不是天寒冻着了。”

她是真想不明白，女儿怎么就突然变了。

不仅她不明白，折夫人也不明白。她端起药碗用勺子不断搅拌，偏着头对身边的婆子道：“她没有要白姨娘的亲戚，也没有给李姨娘银子？”

婆子给她捶腿，说：“是，一文钱都没有。”

折夫人皱眉：“她这是什么意思？向我投诚？”

婆子：“看着不像，更像是跟李姨娘吵架了。”

折夫人却想的是另外一件事情：“我虽不喜欢她，但最初愿意让她去英国公府照顾川哥儿，看重的就是她这份心软。如今……”

如今她变化这么多，连自己的亲娘都能如此绝情，那以后对川哥儿呢？

折夫人头疼起来：“我还是挑错了人！”

婆子劝解：“于妈妈说，她虽然不太亲近川哥儿，却也时常劝着姑爷对川哥儿好，如今是不好不坏。”

但于妈妈还是怕她之后包藏祸心：“万一使坏，大少爷不一定站在川哥儿这边，大少爷如今听她的话。”

折夫人也心烦：“这才是最可怕的，我之前没料到鹤春那般的人会听她的话。再者说，我难道是让她去享福的？若是她连川哥儿都不照料，我要她过去做什么？”

她越说越气，但折绾心狠了，连李姨娘也不管，一副你随意的模样，折夫人就没了其他手段，她还得投鼠忌器，不让折绾伤害到川哥儿。

她沉默了好一会儿才道：“于妈妈可有说她是从哪里知晓那个药方的？”

婆子摇摇头：“没有，查不出来。”

折夫人便感觉事情失控了。她咳嗽一声，阴沉着脸道：“幸而我早留了一手，任凭她怎么来，都是无用功。”

卷四

闽南种茶，点石成金

/ 一两茶叶一两金，一亩地却一两银。/

（一）

素膳自从那日之后就心惊胆战，看见门口有人就缩回去藏着，她是真怕李姨娘再让人来。素兰瞧见了好笑：“哪里就这般可怕，你要硬气起来才行。”

素膳苦恼极了：“我自己心里清楚这般不好，但总是忍不住。”

这是多年养出来的习惯，一时半会儿总改不了。她干脆道：“要是有来找我的，就说我不在！”

素兰“哎”了一声，等到下午折绾来了，她故意扯着嗓子道：“找素膳啊，她不在——”

素膳连忙冲出来：“在的，在的。”

折绾拉着她就走，说：“快些，去闽南的管事回来了，我带你过去听听她怎么说。”

素兰眼巴巴地看着。

折绾笑着道：“你还站着做什么？上回跟你说过要一块儿去的。”

素兰上辈子就想去闽南做生意，为此还学了闽南话。听到喊她立刻喜笑颜开，健步如飞。

玉岫知晓折绾对此事十分看重，所以管事的一回来，她就叫人去了英国公府，结果折绾拖家带口的，不仅把素膳和素兰带来了，还请来了周娘子。

玉岫和孙三娘对视一眼，都好笑得很，怎么就如此执着于买闽南的地呢。

那管事的风尘仆仆地赶回来，刚来得及喝上一口热茶就被拉来了，虽然疲惫，却也知晓自己的机会可能已经来了。他认真地把见闻都说了一遍：“确实荒地很多，地也很便宜，大户人家占着许多，可都不用，因为种不出粮食，基本上是种茶树，但茶树也不是都能种活的，世家大族盘着地，也没能盘活那些茶叶，他们并不靠茶叶为生。好在那些地方是有寨子的，寨子里的人基本上一辈子都不出山，对地也无所谓，对种茶倒是颇有心得，只是没有地。我是对着茶去的，便仔细打听茶的事情，结果发现他们对此道藏得很深，根本不对外人说。”

管事的走南闯北过，便立刻有了主意，他在本地娶了个媳妇。

他说：“我见有寡妇找上门的男人，便立刻去自荐。她是个苦命人，男人早年死了，自己拉扯独女长大，好不容易大了，女儿要嫁人了，族里却要她还祖产，她就急着找个男人自立门户，这般才不会把家业给了族里其他人，我们一拍即合，马上就入赘了。”

管事今年三十八岁，寡妇三十五，女儿十五岁，他走的时候已经出嫁了。

素膳还是第一回听闻这些事，于是瞪大了眼睛。

管事的会来事，知晓素膳是折绾的心腹，于是说得仔细些：“族里人说嫁出去的女儿泼出去的水，若是不收回族产，便要便宜了女婿。那妇人是个泼辣的，去族里撒泼好几次都没用，实在是没办法了，才找了我这么一个外乡人，觉得外乡人在本地不会有人帮着，她也可以唬得住我。”

他其实也没有明白当地的习俗，为什么女婿不行，他这种上门女婿却可以。

但事情就这么定下来了。可寡妇嘴巴紧，他打听了许久还没有打听到，就谎称要做生意四处走，给折绾取了些土回来。

折绾却先问的是：“你在京都娶妻了没有？”

管事的一愣，而后道：“成过亲，但亡妻死好几年了，也无子嗣。”

他笑起来：“劭大少夫人放心，我不曾骗人成亲，那妇人也不曾真心想嫁。”

折绾松了一口气，她也不希望自己遣个人出去办事是造下孽事的。她道：“辛苦你了。”

管事的心下觉得女人办事太讲究良心规矩走不远，但也不曾露出半点，只道：“此次出去，不敢逗留太久，等夫人们拿准了主意，我便再出去一趟。”

管事姓张，虽然是玉岫手下的，却不是奴才，是正正经经的掌柜。他是个喜欢往外跑的，这回跑了一趟闽南，很是欢喜：“不瞒各位，我也觉得这生意是可做的。”

折绾：“是可以做。我朝茶叶主要出自西南，闽南的茶叶不太受喜欢，很少卖到京都和其他地方去。”

素膳也是被逼着看过县志的，接口道：“我知道，闽南穷人多，都没人喝茶！”

折绾笑着看了她一眼，也没有反驳，道：“确实穷人多，读书人少，周而复始，越来越穷。”

她是早就看过邸报的，道：“去闽南做府尹的大多数是外地人，他们如今都没有出过进士。”

而今读书子弟，南边北边算起来，小儿都知道南边的厉害一些，但南边不包括闽南。这个地方民智未开，也无人发展商户，倒是因种茶很是有名，可有名的不过是三五个地方，也不足以闻名，于是一直默默无闻。

折绾清楚地记得，那一年她渐渐地从焦虑这个年岁还怀不上孩子，到确认自己已经不需要孩子，竟然觉得身心都舒畅多了，便开始关注外头的事情。外头都在说闽南，折绾虽然听说过这个地方，却知晓很是偏远，于是好奇地打听。而后就听闻闽南去了个官，如今茶叶贵起来，连当地的土地也稀罕得很，没点路子是买不到的。他们还说，闽南好种茶叶，尤其以武夷、福州为甚，那位官员还懂得种茶制茶之道，更是派人去海外销茶等，反正如今茶叶是稳赚不亏的。

折绾听了几耳朵，回家拿出银子跟素膳细细打算：“咱们也去吧？”

素膳自然是说好的。素兰知晓之后摩拳擦掌，准备去闽南看看。

折绾只觉得那段日子自己整个人都很好。彼时赵氏依旧针对她，但宋玥娘已经变了，还时常来她这里说：“你有银子没有啊？没有我就借给你，我嫂嫂说这个稳赚不赔，她可从来没有骗过我。”

折绾一直低着头，很不是滋味。她无数次希望宋玥娘不要来找她麻烦，但也不希望是这种示好，她觉得宋玥娘的示好是把她的过去当成了笑话。所以她倔起来，不肯听宋玥娘说闽南的事情，她想要自己打听，最先是向刕鹤春打听的。

但他对此事似乎很抵触，冷着脸道：“你真是乱弹琴！”

她就只能去外面打听，可她能打听的对象实在少。那时候她才第一次真正地发现，她好像已经没有朋友。于是打听的东西也少，大的好处已经被第一批人瓜分完了，她是第二批，她能瓜分的是小地方，但这也已经很满足了。尝试去闽南买地，是她第一次睁开眼睛看到京都之外，不，是英国公府之外的东西，但因为素膳后来病了无功而返，她最终直到死也没有走出去。

这辈子肯定是要接着做成的。且如今跟玉岫好，便知晓她是个靠谱的人，宋玥娘说过玉岫肯定此事稳赚不赔，自然是可以做的。

她对管事道：“既然事情是真的，那就得去做，往后还要劳烦你两头跑。”

玉岫没想到她的决心这么大，她听着都玄乎：“真买啊？”

孙三娘白了她一眼：“管事的都去一趟了，哪里能白去。”

玉岫就笑起来：“我就是觉得此事实在是……”

实在是荒唐，但她还是陪着折绾做了。

折绾问最关键的：“那边的地多少银子一亩？”

张管事：“贵的自然也有，其价亩一金。但少夫人要我去看的地都偏，只要一两白银。”

折绾：“还真是一亩地一两银。”

一时半会儿是做不出什么大决定的，她带着素膳和素兰回了英国公府。茗妈妈笑得嘴都合不拢，拉着素兰去小屋子里问："三丫，怎么回事？少夫人怎么把你带回来了？给我长脸哦！"

素兰："叫我素兰！"

茗妈妈："素兰就素兰，快说吧祖宗！"

素兰却不说，只道："这是少夫人的事情，我肯定不说。"

茗妈妈就笑："行，那就不说。"

晚膳的时候，素兰还上桌吃饭了。茗妈妈在外头瞧见的时候直流眼泪，小声跟蝉月炫耀："她小时候就聪明，算账厉害，我有先见之明啊，马上就请主子赐了书，又割了腊肉去给坐堂先生，请他允我家素兰学几个字。"

这才有了今日被少夫人器重。

蝉月很是羡慕，进去送茶的时候，犹豫地站着，也想学学这些事情。少夫人不但没有赶走她，还叫她研墨。于是屋子里便有了四个人围着一张堪舆图说来说去，主要是折绾说，她仔细研读过闽南之地，对这里很是熟悉。

刕鹤春晚间回来的时候，瞧见书房的灯火还是亮着的，好奇地道："不是已经过了少夫人要休息的时候了吗？"

松亭："少夫人好像在教素膳等人看堪舆图。"

刕鹤春："真是闲着无事做！"

等亥时了，他出了书房回来睡，发现书房还是笼着人影。他"呵"了一声："怎么，是要考女状元吗？"

带着那几个丫鬟奴才一起中举？

直到子时，他才等到折绾回来，本是要说几句的，却见她脸色红彤彤的，明显很是高兴，他就不敢说扫兴的话了，说了必然得被怼一顿。

他"啧"了一声："怎么，做成了什么大事？"

折绾不理他，他的狗嘴里吐不出好话。她觉得刕鹤春这个人后面如此注重修嘴功，应该也是这张嘴巴在别人那边坏了事，不然，他后来极力寡言做什么？本就不是个寡言的人。

果然等了会儿，他碎嘴没忍住，又问："你们在书房做什么了？"

话好听了，折绾也愿意说一说，向他打听一些事情。她道："我要去闽南买地了。"

刕鹤春一口茶喷出来："什么？你还真要去买地啊？"

折绾："买，怎么不买？"

刕鹤春："你买那边的地做什么？"

折绾："种茶。"

刕鹤春："啧啧，勋国公当时说的时候，我还没在意，没想到竟然要做成了。即便是咱们家有银子，你也不该这么浪费吧？"

折绾："我拿自己赚的银子去买，不用你的钱。"

但她肯定是没有那么多银子的，她准备向玉岫和孙三娘借些。

劢鹤春就没当回事，要不要这笔银子都行，他只觉得好笑：“你怎么会有这个念头呢？”

折绾：“就是想买。”

这是她自己的念头，是她当年走出来的第一个念头，她一点儿也不愿意沾染上劢鹤春的东西。

劢鹤春就觉得她果然是个倔人。

第二日，他又碰见了越王。他抿唇，皱眉，想要过去打招呼，又怕被无视，索性就站得远远的。越王瞧了他一眼，似乎想过来一般走近了几步，劢鹤春刚要欣喜，便见他又站远了些。

劢鹤春瞧着就生气，他是真的不懂哪里得罪越王了，只是人家到底是天潢贵胄，即便是突然就跟他断了联系，他也不敢当场埋怨，更不敢将埋怨的话说出去。

谁知道下朝之后，他又碰见了越王，只见越王犹犹豫豫地站在那边。劢鹤春和他一块儿从小长大，便知晓他大概是真有话想对自己说。劢鹤春故意走慢了一点，越王果然喊住了他。

劢鹤春忍不住高兴，还以为可以冰释前嫌了。他们虽然不是亲兄弟，却情如兄弟，他也不愿意跟越王断开交情。

谁知道越王却支支吾吾地道：“听闻——听闻你家夫人在买闽南的地？”

劢鹤春深吸一口气。他从不知晓，两人再次搭上话竟然是这一句。

他耐着性子：“是，是在买闽南的地。”

越王欲言又止：“买地是去种茶？”

劢鹤春：“是！”

越王舒出一口气：“请你代为引荐。”

劢鹤春顿时气得眼冒金花，但也记起来，越王似乎有个门客叫袁耀的，就是闽南人，如今做了鸿胪寺典客署任职。

越王晚间回到越王府里，闷闷地垂头不语。他就是这般的性子，很难高声说话，也很难跟人起争执。即便是后来跟劢鹤春闹掰了，也是躲着不见，并不曾如同阁老们那般因意见不和就撸起袖子互殴，越王是个斯文人。

越王妃见他如此，抱着女儿坐在椅子上直笑：“今天可曾问过劢鹤春了？”

越王点点头，他走过去将女儿接过来，说：“问了，劢少夫人确实是一门心思想去闽南种茶叶。”

越王妃双手一合，巴掌一拍：“我就说嘛！我还能听错？”

她也是机缘巧合听见的。王家老夫人寿宴上，她便听见有人问玉岫最近怎么派人往闽南跑，是不是有金子要淘？

玉岫就笑着道：“若茶叶是金子，那就是。我是想要自己种点茶叶出来喝，买的总是喝不出好味道。”

问的人大失所望，她本想搭着玉岫做点生意，之前她就跟玉家去苏杭一块儿买奇石和木头赚过一笔，很是满意。

但她还是劝道：“那你去梁州一带种啊，闽南怎么能行？”

玉岫：“梁州地贵，闽南便宜嘛。”

周围的人就笑起来：“再便宜，种不出好茶叶，也是将银子打水漂了。”

唯独越王妃坐在一边不动声色，回来告诉了越王。无他，她家这位王爷门下有位幕客是闽南人，好几年了，一直想要王爷拿银子去闽南种茶。

越王越听越心动，越听越觉得闽南真是一块宝地，好在他还读过几年书，尚有分辨利害的理智，觉得现在不是时机。门客也只能如此作罢了，还对越王道：“时机未到，便谋而后动。只要给某几年时间，在京都立下基础，到时候回闽南为官，盘活田地，开化百姓，造福一方，王爷将居首功，得百年功德啊。”

说得越王成了翘嘴巴，于是全心全意地栽了进去。

越王妃便觉得门客不愧是在鸿胪寺任职的，口才确实有几分本事。夫唱妇随，她便也对此事上了几分心，听了玉岫的话后细细打听，这才知晓原来此事是刕鹤春的新夫人出的主意。

越王一听就没了兴致，他是不愿意跟刕鹤春搭上关系了，但还是在闲谈之时把此事告诉了袁耀。袁耀立刻眼冒金光，又拐弯抹角地“偶遇”了去闽南的张掌柜，两人用闽南话说了几句，马上就约了一顿酒，喝得袁耀的心“扑通扑通”跳，快马赶回越王府，拉着越王的手道：“古有伯乐识马，今有刕少夫人识闽南。”

她不是去简单种茶叶的，她明显是要买多多的地，种多多的茶叶！

他手舞足蹈，一点一点地又开始给越王画饼了。越王被说得晕晕乎乎，最后点了头：“那你就去找刕少夫人说一说吧。”

袁耀倒是想，但他一个大男人，怎么能搭上刕少夫人呢？便想去请越王妃代为传话。一向顺着他的越王却沉默了，好一会儿才道：“越王妃去，刕鹤春总会想到我，既然如此，我去还好一些。”

他就去了，但连着两三天都没有说出口，今日犹豫再三，才找到刕鹤春说清楚：“我和王妃想宴请刕少夫人来越王府做客。”

他想到这里的时候，声音更闷了，跟越王妃道：“这么多年过去，他还是那副样子，一听我要找刕少夫人，便变了脸，我并不喜欢。”

听他说完之后，越王妃就笑了一声。她拿出九连环给女儿玩，将孩子挪到榻上去，这才跟越王道：“你这性子，迈出这一步是真不容易，那个袁耀嘴巴厉害！”

竟然把个闷葫芦忽悠到这种地步。

她好奇地道：“那刕鹤春怎么说的？脸色当真很差？”

越王神色复杂："反正是不好的，倒是也没说什么，只说会回去转达。"

越王妃唏嘘："半年前他还频频找你想问个清楚，后来估摸着也是生气了，已经半年不来。如今你找上门去，却是找他的夫人，依着他的性子，不气才怪。"

越王闷闷地道："我都不知道他怎么想的，总说我突然之间就不搭理他了，但我其实……"

其实已经不搭理他很久，只是他一直没察觉罢了。

（二）

英国公府，折绾正在看闽州的《明溪县志》。这里看着是偏僻，却也发生过大事，前朝便有人从这里造反，致使闽州暴动，最后足足用了三年才镇压下来，从这之后，明溪便成了"不能教化"的地方。

"……此四乡之民，各去县治甚远，去地山岭险恶，其民多梗化顽法。"[①]

折绾饶有兴趣地准备继续看下去，便听见脚步声传来，是刕鹤春。

她抬起头，果然人已经到了门口。

如今已经是二月天，春日里日头正好，她便没让人关门，而是任由春光洒落。

刕鹤春把光一遮，把门一关，脸色极为难堪地坐了下来，将案桌上的茶一饮而尽，最后沉声道："今日越王找我……"

折绾诧异："越王？你们又和好了？"

上辈子直到她死，两个人也没有来往。

刕鹤春摇了摇头："越王来问我……问我，你去闽南买地的事情。"

折绾好奇："他怎么知晓的？"

刕鹤春看她的模样便知道应该不是她说的，折绾这个人脾气虽然不好，但是她从不说谎。

他就道："肯定是宋家大少夫人说的！"

折绾就只有两个好友，勋国公夫人不出门，便只剩下玉岫了。

折绾不高兴："说了就说了，你恼怒做什么？"

刕鹤春深吸一口气："我没恼怒。"

折绾将手里的书重重一放，问："然后呢？越王说什么了？"

刕鹤春："他问过我你是为了去种茶叶才买的地后，便说要和越王妃一块儿请你去越王府坐坐。"

折绾皱眉："是越王妃想要买地？"

不对啊，要是越王妃要买地，自己来就行，何必要让越王来找刕鹤春？是借口？

刕鹤春一看她的神色就更加难堪了，艰难地吸一口气："不是，他就是来找你的！"

折绾拧眉。

刕鹤春站起来踱步，在屋子里面走来走去，带着一种抱怨的语气道："他自小就喜欢跟那些庶族寒门子弟相交。”

袁耀就是其中之一，是从闽南一个小县考出来的，一张嘴巴很是能说会道，踏实的事情却不干，让刕鹤春很是不喜，但越王很喜欢。

这是越王的门客，他也没什么敢置喙的，只是时常劝导：“养他们的银子拿出来，都能做点大事了。”

别人都是收有本事的门客，越王倒好，收些上不得台面的。

他断定：“让越王来请你去越王府的事情，怕就是他撺掇的。”

折绾听他抱怨来抱怨去，最后从诸多抱怨里知晓了袁耀的名字。自然而然地，她就想到了当年自己想去闽南买地之后向刕鹤春打听之事。她确实记得刕鹤春对此是十分抵触的，会不会因为此事就跟越王和这位袁大人相关呢？

袁耀，闽南人，也是做官的——估摸着推测一番，还是极有可能的。

那可真是太好了，这不正是瞌睡来了送枕头吗？

刕鹤春还在抱怨，折绾却已经低头在写帖子了。

刕鹤春：“当年也是，我不过是说了他门下一个小门客出自乡野罢了，他就对我甩了脸色。”

折绾：“袁大人可曾娶妻？”

她是妇人，若是想跟袁大人有交情，最好还是通过他的夫人。若袁大人真是后来去闽南为官的人，那就值得她费心思交好。

刕鹤春没好气道：“都是二十四五的人了，难道还没娶妻吗？”

折绾便琢磨着用词，在帖子上写：袁夫人亲启……

刕鹤春还在气头上：“你这是做什么？难道还要去结交他吗？”

折绾放下笔，似笑非笑：“刕鹤春，我之前还不懂你为什么会跟越王断了情义，如今倒是参悟得几分玄机。”

刕鹤春一愣：“什么？”

折绾却不愿意说，她道：“我都悟出来了，你自己悟不出来，也怪不得别人。”

她又低下头去写帖子，思来想去，觉得此事还要跟玉岫说一声，问问越王妃的性子，便索性站起来要出门。

刕鹤春已经气糊涂了，他瞪着眼睛看向折绾。折绾出门，他甚至没有心思去阻拦，他一眼就知晓她要去哪里了。

还是在她出门之后他才醒神，狠狠摔了东西，吓得抱着川哥儿的于妈妈又退了回去。

川哥儿会背诗句了，她本是想要给大少爷瞧瞧。

川哥儿蒙蒙的，小声道：“父亲又跟母亲吵架了？”

两人似乎总是要拌嘴，但今日尤为厉害。于妈妈心里又是高兴又是害怕，道：“估摸着是，咱们先回去，别殃及了咱们。”

晚间折绾才回来，还没到门口呢，便被人请到了山海院里。赵氏皱眉问：“即便是勋国公有托，勋国公夫人有请，你这出门的次数也太多了。你真是去勋国公府了？”

折绾笑着看了一眼宋玥娘，知晓又是她撺掇的，便道：“不是去勋国公府，是去宋家了。”

宋玥娘如同奓毛的猫：“你又去找我嫂嫂做什么？”

折绾柔声道：“越王夫妇说请我明日过府一叙，我第一次去，实在是拿不准他们的性子，便想着去问问玉姐姐。”

赵氏便连气也顾不得生，这回是真诧异了：“越王夫妇？鹤春可跟你一块儿去？”

折绾摇摇头：“不，越王妃只请了我一人。”

赵氏便连“你为什么不来问我”这般的质问也忘记了，而是道：“越王跟鹤春的事情，你知道吧？”

她是想让折绾替劭鹤春说说好话的。折绾却还是摇头：“不知道。”

赵氏本要细细说与她的，蓦然又想到要顾及儿子的面子，只能道：“怪不得鹤春今日一直在苍云阁未出，你快些回去吧，他定然在等你。”

折绾站起来就走。等回到苍云阁，里头一片黑灯瞎火，折绾皱眉：“怎么不点灯？”

墨月压低了声音道：“大少爷一直坐在屋子里，文月本是要进去点灯的，大少爷却砸了个杯子。”

后面的话也不用说了，众人自然明白。折绾问：“没砸到文月吧？”

墨月连忙道：“没，文月机灵，当时就知道不对劲，站得远远的。”

折绾恍惚一阵，她已经很久没有见过劭鹤春这般了。

她也不去主屋，只去书房，她还有事情要做。玉姐姐说越王性子文静，越王妃却爱说爱笑，闺阁之中还传出过“泼辣”两字。

“但他们夫妇很少出现在人前，属于关起门来过自己的小日子。”

越王的生母位分不高，他自己也无心朝堂，倒是于“奇门淫巧”上很是有些见解。

“劭鹤春本不是给他准备的伴读，是给太子的……但最后也不知道怎么回事，劭鹤春却被指给了越王做伴读。”

两人小时候感情倒是好，长大了才淡淡的。

玉岫道：“我估摸着，越王也许真的是对闽南的地感兴趣。”

她说到这里还感慨：“阿绾，你运气真好。赌马是厉害的，赌马球也厉害，说不定这回闽南的地你也赌中了。”

她之前还只是觉得在小打小闹，现在却不这般觉得了。

“没准，你是点金手。”

点到哪里，哪里就成了金子。

她看折绾的眼神都变了："我要不要拜拜你？"

折绾笑出声，站起来要走："你要是真信我，桂渊街的铺子就多买点，真不会亏。"

一路上都是好心情，回来心情也好。刕鹤春跟到书房来了，她好笑地看着他颓然的模样，问："还在想呢？"

就好像从前他脾气大起来，他会跟她道："你自己想想，你难道没做错吗？"

她就会陷入自我审视的境地。

等他从外头喝酒回来，他笑着问："怎么，还在想呢？"

她用了很久才改掉这个坏毛病，但这句话用在此时此刻的刕鹤春身上十分合适。

刕鹤春闷闷地"嗯"了一声，而后坐下，道："我和越王这么多年的交情，我是真不懂我做错了哪里。"

折绾便道："你其实是知晓一些的。"

人总不能无缘无故地闹掰吧？心里总是有些答案的，只是下意识地就隐去了。

刕鹤春发了一下午的脾气，又生了一晚上的闷气，早就心平气和了。折绾说话带着刺，他也没有什么反应，只是道："确实是有一些猜测。"

他走到桌子前，给自己倒了一杯茶，道："我一直劝他远离那些门客。"

他估摸着越王就是因着这个生气的。

这话说得很有些沮丧，折绾还是第一次见他这般。她来了兴致，问道："你说越王门客不好的时候，他是什么反应？"

能是什么反应？自然是不高兴。

刕鹤春："可是忠言逆耳，我也是为了他好。"

人总不能不思进取吧？明明他们从小就说好要勤能补拙，明明说好了长大之后要有一番作为，他一步一步朝着自己想要的走去了，越王却喜欢上了收门客，他还喜欢专门收寒门子弟。这些人良莠不齐，好一点的如同袁耀一般，已经做官了，坏一点的自己灰溜溜走了，但更多的是仗着越王就露出了本来的面目，他知晓穷人骤然富贵的嘴脸就是从这些寒门子弟身上发现的。

越王却总是道："他们也不容易。"

是不容易，但这个世上谁容易了？

他跟折绾说了其一，就愿意说其二给她听："即便是我，也是天不亮就起来，到了子时还没有睡。我们在宫里，皇子做错了事情，先生打的也不是皇子们，而是伴读。"

他也是替越王挨过戒尺的。

三弟总说他得天独厚，依着长姐的原因，得了陛下和太后的欢喜，所以总是头朝天上看。可谁知晓他在皇宫里面受的苦楚？那么小一个人，就要学着看脸色了，一举一动皆被人看着，一个月才能回一次家。也幸好有越王在，他们两个一块儿鼓励着对方，这才能熬过去。

他还羡慕三弟呢："我刚开始也没进宫的，还是母亲说大姐姐一个人孤单，叫我进去陪陪。"

母亲也想进宫去看大姐姐，但怕太后误会。

他听话地进去了，出不来了，母亲却跟三弟道："你哥哥如今喜欢太后，不喜欢亲娘，我可只有你一个儿子了。"

三弟就会窝在母亲的怀里说："我长大之后，肯定只孝敬母亲一人。"

母亲笑得欢喜："娘的乖乖。"

但母亲见了他，也会搂着喊"乖乖"。只是从听见那句话之后，他便觉得母亲的笑很假。

这些话他就不跟折绾说了，只说了越王门客的事情，但这话他跟阿琰说过。

阿琰道："母亲其实也是爱护你的，只是做母亲的，总是想要子女独独听自己的话。"

刕鹤春还要说下去，折绾却没有兴致听，她主要是想要知晓越王对他的态度如何。

听了这么多，还是没有说到重点，她直接问："所以你到底做了什么过分的事情？"

刕鹤春一口断定："没有。"

他就是觉得自己是清白的，这才觉得憋屈。

折绾不信。但刕鹤春的车轱辘话说来说去，还是觉得越王的门客挑唆了越王跟他的关系，甚至还怀疑越王妃："越王是个软耳朵，越王妃一向不喜欢我。"

折绾：……你倒是四处惹人厌。

这回不用她问，刕鹤春自己倒是抱怨起来了："我不过是带着越王去喝了一回花酒。"

也没做什么，只是捧了几个戏子罢了，最多给她们丢过一些银子。越王妃便生了大气，还跑来跟阿琰道："你知道刕鹤春做了什么好事没？"

阿琰笑意盈盈地替他说话："他们没做什么出格的事情。"

越王妃就觉得折琰没意思极了："你这般，也不知道是真菩萨，还是假菩萨。"

刕鹤春其实是喜欢说话的，一说起来就没个停。折绾这时候倒是没有琢磨他后来到底是因为什么性子大变，竟然成了那么个沉默寡言的性子，而是跟着他的话想起了长姐。

长姐对刕鹤春是否失望呢？

应该是失望的吧，否则怎么会不把自己的痛苦说给他听，她一直在隐忍着。

折绾唏嘘起来，打断刕鹤春的喋喋不休："你到底什么时候才肯站在长姐的立场上想一想。”

劢鹤春一愣：“什么？”

折绾就笑着道：“劢鹤春，那你来说，你以为长姐是真菩萨还是假菩萨呢？”

劢鹤春一晚上没睡。因为这句话，他辗转反侧，坐卧不安。第二天看见川哥儿屋子里亮起的灯火后，突然就发了脾气。

于妈妈撞在了枪口上，被他指着鼻子一顿骂：“恶奴真是可恨，早跟你说过，川哥儿如今年岁小，还不能早起温书，你又在他耳边胡乱说些什么了！”

于妈妈慌乱得很，她是真没有说什么，只不过是昨日川哥儿没有把书背给大少爷听，便怕自己忘记了，所以一大早上就起来了。她只是没有过于劝导川哥儿睡下而已，但她没想到大少爷如此恼怒。

劢鹤春一脚就踢翻了椅子：“你还敢狡辩！”

川哥儿吓得大哭起来。劢鹤春揉着太阳穴说：“把川哥儿抱出去。”

折绾昨晚上也睡得不好。她梦见姨娘关切地对她说：“你嫁过去三年了，肚子还是没有动静，太医怎么说？”

折绾：“太医说很好，什么毛病都没有，可能是子女缘分还没有到。”

姨娘就道：“还是要一个自己亲生的孩子比较好，你就算把川哥儿养好，他也不会承认你是亲娘，何必呢？”

折绾：“养好他跟我自己生一个是两码事。我总是怀不上，我也不知道为什么。”

已经开始看大夫了，但总是不见好。

折绾：“姨娘，先这般吧，如今中馈的事情多，川哥儿也才六岁，我还腾不出手来。”

姨娘便在梦里面劝她：“你要自己好好想想啊，别嫌我啰唆。”

折绾一脸孺慕之情：“我知道的，姨娘是为了我好。”

她醒来的时候还有些怔。蝉月已经白着脸喊她了：“少夫人，您快起来去看看吧，大少爷在骂于妈妈，川哥儿哭得不行。”

折绾披上衣裳出门，问：“他又作什么妖？”

这话蝉月可不敢应，只道：“您去看看就知晓了。”

折绾进了东厢房里，川哥儿正扑在于妈妈的身上不肯离开，于妈妈浑身颤抖地跪在地上，看见她之后好像看见了救星，冲过来道：“少夫人，少夫人救命啊。”

折绾就更恍惚了。

上辈子，于妈妈对她可没有像现在这般过。

折绾跟于妈妈斗了很多年，围绕着川哥儿的衣食住行斗智斗勇，曾经暗地里也跟素膳一起骂过她：“这个老虔婆！总是在川哥儿面前驳我的面子！”

有一次斗得厉害了，她大着胆子去跟嫡母道：“她这般教导川哥儿，将来是要出事的，母亲，你换个婆子给川哥儿吧，他过于听于妈妈的话了，让一个少爷听奴才话，这是要害了他的，她懂什么呢？”

嫡母却饶有深意地笑着道：“你们都是为了川哥儿好，你不要着急，等他长大了，自然就懂得谁是真心的。”

折绾没有办法，只得回去。她是个反应慢的性子，辗转难眠到深夜的时候，才琢磨出嫡母的意思——她也不过是没见识的庶女罢了，又能懂什么呢？

她跟于妈妈差不多，比的无非谁对川哥儿真心。

折绾一时之间觉得羞愧难当，一时间又觉得委屈得很。她当时就很想对嫡母道：不要我管的话，你以为是谁管呢？劦鹤春吗？他整日里没有半点耐心，他其实不怎么管川哥儿。

但她也不敢再去对嫡母说，如此这般浑浑噩噩过了多年，她终究还是输给了于妈妈。

但如今，折绾看着于妈妈趴在地上的样子，看着川哥儿大哭大叫护着她的背，看着她哭喊着向自己求救的狼狈，非但没有爽快，反而就在那么一瞬间，倒有一种释然在心头。

哦，原来，我以前竟然跟她争过那些令人耻笑的东西。

灯光细微摇晃，混着不白不黑的天光，她越过于妈妈，越过川哥儿，越过劦鹤春，直接走到主位上坐下了。

劦鹤春站在一边，不断地揉太阳穴：“你难道还要帮这个恶奴做主吗？”

折绾没有回他，她只是突然想起了宋玥娘。她当年的“轻舟已过万重山”，是不是跟如今自己的感觉颇为相似呢？

折绾唏嘘起来，让于妈妈先离开：“抱着川哥儿去我屋里等着。”

劦鹤春也没有落她的面子，他看着川哥儿哭成那般，自然是心疼的。她给了台阶，便下得顺当，只是依旧恼怒川哥儿为个奴才挡罚。他恨铁不成钢：“都是给这些奴才教坏了！”

折绾静静地看着他，坐着看，因两人离得远，竟然也能平视。

他骂人，她一句话不说，目光平静，好像他在无理取闹一般，这更让劦鹤春难堪。他燃着怒火看向折绾，却又在下一瞬间恍惚起来。

天光还没大亮，折绾坐在灯火之中，有一瞬间她好似看见了阿琰。

阿琰就喜欢这般坐着，笑吟吟地跟他道：“鹤春，下回不要再带着越王去了，越王妃说，你要是再敢带着越王去花楼捧戏子，她就敢带着我去捧个角。”

而现在，折绾什么话也没有说，只是用目光静静地看，他就好像听见她在问：“你以为长姐是真菩萨还是假菩萨呢？”

劦鹤春想要回一句：“阿琰大度，我也不曾纳妾。”

但这话他又说不出口。他更不敢深想，越王跟他突然闹掰，心里肯定是对他颇有记恨。可他什么都不知道，他一点也没有察觉出来，如今能想到的，也只是他说了几句门客不好的话，所以他都开始修嘴功了，他也恼怒自己当时怎么就说了那么几句不好听的，可说的时候也没在意，这么久的事情了，越王还记恨做什么？要是不喜欢他说，他就不说了。

而后就想到阿琰，越王如此，那阿琰呢？

这句真菩萨还是假菩萨，让他想了一晚上。一会儿，他觉得阿琰不会像越王这般小心眼，他们是心心相印的恩爱夫妻，他也对阿琰很好，阿琰每日都是欢喜的。一会儿，却又觉得越王妃那般恼怒，阿琰为什么不恼怒呢？她若是恼怒了，为什么要藏起来，要是跟他直说，他也就不会再去那些花楼。

劢鹤春迟疑、怀疑，最后一口气憋在心口，半天没话说。

折绾也没了兴致坐下去，她今天还要去越王府，但劢鹤春总是为她多事，便又要去见于妈妈。

她站起来："你去上值吧，我也有事情要做。"

她率先出门，劢鹤春愣了许久才匆忙而走，再不走，便来不及上朝了。

于妈妈抱着川哥儿等在正屋。她浑身颤抖，一半是害怕，但如今冷静下来了，更多的是恼羞成怒，她在折绾面前丢脸的次数越来越多。

川哥儿依旧在哭，但声音小了很多。他惶恐地看看外头，母亲还没有回来，但父亲已经没有怒喝声传来了，也没有再来打于妈妈。

他很是沮丧，知道自己又闯了祸。等折绾出现在门口的时候，他情不自禁地从于妈妈的怀里下来，急切地走到折绾的面前："母亲，父亲还在生气吗？"

折绾还是往常温和的语气："没有，他是心里有气，迁怒于你罢了。"

她顿了顿，道："川哥儿。"

川哥儿抬起头："母亲？"

折绾："下回你父亲要是再如此，你可与他理论。"

川哥儿愣住，没懂这句话的意思，但折绾也没有说第二遍。

她看向站在门口的另外一个婆子："齐妈妈，将川哥儿抱走吧，我单独跟于妈妈说几句。"

川哥儿就看向于妈妈："待会儿我再来找妈妈说话。"

他跟着齐妈妈出门去了，于妈妈眼巴巴地瞧着，等川哥儿不见了人影，还念叨着："这回是吓着他了，大少爷好狠的心。"

折绾坐下，蝉月就给她捧了热茶来："少夫人，您润润嗓子。"

墨月给她塞了个手炉："少夫人，晨间还是冷的，您的手都凉了。"

于妈妈看着她坐在那边，自然而然地享受着一切，心里的苦涩化开来。曾几何时，这个小庶女看见她还要卖笑脸，讨好地问："于妈妈，天冷了，今年的炭什么时候分发呢？"

连她都看不起的人，竟然坐在了大姑娘坐的位置上。

她低下头，眼眶红起来，狼狈不堪："如今少夫人很是得意吧？"

折绾轻轻“嗯”了一声：“对，很是得意。”

她捧着手炉，正襟危坐：“我很得意，能走到今日。”

没有在漫长黑夜里迷失自己，而是挣扎着一步一步迈向天明。她轻柔地道：“我也很得意，如今所拥甚多，所以……就不愿意分神给你，给母亲。”

她看向坐在一边的于妈妈：“我有能力赶走唐妈妈，就有能力赶走你。”

于妈妈猛地抬头，神色惶恐。

折绾笑起来：“你看，你也是信的，信我能够赶走你。”

她舒出一口气：“但我没有这么做。”

于妈妈脸色缓了缓，而后听她道：“你就当我是为了长姐。”

她上辈子只顾着活自己，倒是没有探究过长姐，一切印象，皆是道听途说，但今生她懂得多了，也能看明白一些。越是明白，便越是怜惜这位算起来其实都没有活过她年岁的长姐。

她活到了三十岁，长姐却终结在二十一岁。

折绾吐出一口郁气，站起来：“长姐拼命生下了川哥儿，母亲拼命顾及川哥儿，你继续拼命去伺候川哥儿……”

屋外天光已经大明，已有朝阳。

她迈开腿走了几步，朝着门口走去，而后在经过于妈妈的地方顿了顿，道：“你愿意伺候川哥儿，就伺候川哥儿吧。母亲把你留在我的身边，不就是看你忠心耿耿吗？有你在，川哥儿也不会出什么事情，我好话已经说尽，也不会再去管你。于妈妈，你是个聪明人，你该明白，咱们互不牵扯，便是最好的结局。”

她出了门，蝉月在外头站着呢，见到她就舒了一口气，道：“少夫人，到时辰了。”

她们该去越王府了。

折绾笑着道：“放心，这个时辰去，路上也不会被堵着，来得及的。”

蝉月好不抱怨：“于妈妈就是吃饱了没事干，川哥儿才三岁呢，她操这份心做什么？让奴婢说，她不过是个奴才罢了，难道还真以为自己是川哥儿的祖母啊？”

折绾：“这话别去外头说，以后也不要再说。”

蝉月笑起来：“奴婢也只是心疼您忙成这般还要被她牵绊住罢了。”

她吐吐舌头：“少夫人放心，奴婢知道分寸的。”

两人先去赵氏那边请安。赵氏担心了一早上：“怎么回事？我怎么听说鹤春发了大脾气？”

折绾便觉得赵氏也很有意思，明明是她自己的儿子，她却在这般时候了，也不敢去问。

她道：“没什么大事，是于妈妈惹了他生气，但是一场误会。”

她把川哥儿背书没成起来温书的事情说了。

“已经跟川哥儿说好了，以后不可这般早起，伤身子。”

赵氏就哭道：“哎，这还不是鹤春逼得太紧的缘故，武先生才来多久？他就三天两天地问学业，川哥儿聪慧、敏锐，看在眼里，急在心里啊。”

折绾诧异地看她一眼：“母亲既然事事明白，还是去劝劝他吧，好歹多些耐心。”

赵氏本是要抱怨劢鹤春脾气太臭不好劝，但也在话说出口的时候，想起这不是心爱的小儿媳妇，而是讨人厌的大儿媳妇，于是摆摆手：“我知道了，我还要你教我做事？”

折绾眉眼不动：“那儿媳就先去越王府了。”

这也是大事，赵氏叮嘱：“你万不可丢了国公府的脸面。若是顺畅，便为鹤春说说好话。”

（三）

越王府离英国公府算不得远。折绾来的时候，越王夫妇刚吃完早膳。越王妃是个喜欢说笑的性子，对着折绾道：“你我在宴席上都不曾见过，这回可算是见面了。”说完又细细看她，“你真是好模样。”

折家出来的姑娘倒是个个样貌都不差。

折绾：“幸而还有这副好相貌，让人不至于觉得我呆笨，只以为我不爱说话。”

越王妃笑起来：“那我就是个泼辣相，出去买东西，也没人敢骗我。”

两人走到庭院里，越王和袁耀已经在那里了。他见了折绾，倒是很客气，客客气气地打招呼，客客气气地介绍袁耀：“想来鹤春已经跟你说过袁耀了。”

折绾笑着点头：“是。”

越王就不说话了，闷头坐下，低头品茶。

折绾是第一次见越王，十分诧异他竟然是这般性子。

袁耀已经上前行礼了，他对折绾恭恭敬敬，毕竟只是个七品官，折绾却是未来的英国公夫人，论起来还尊贵一些。依照规矩，他也是不能坐在一桌的，便自动退了几步，坐在了下首的案桌前。

他道：“劢少夫人，袁某求王爷请您来，便是想问问您去闽南买地的事情。”

折绾心里对他早有猜测，便也询问：“袁大人，你是闽南人？”

袁耀点头：“下官闽南明溪人。”

折绾刚看过明溪的县志，立刻道：“你们那边也是有茶叶的吧？只不过是野茶，没人去种。但我记得，庆元年间，便有外地去明溪的官员在县志里面写道：野茶别有一番风味，比人工种植的更香。”

她笑着道：“你们那边的地势陡峭、潮湿、多雾，其实比起野茶，更适合做茶园。”

袁耀眼睛亮起来。他这般下力气求越王去请折绾来，也是想着万一呢？万一她真懂呢？

虽是女子，也还年少，但这个时候把目光投向闽南的人可不多，他是不愿意放过的——越王虽然也听他的，可就是太谨慎了。

如今可好，竟然真碰见了一位夫人有了先见之明。袁耀喜不自胜，虽然事先已经肯定她对闽南有了认知，有五成的把握不是贵夫人们闲着无聊去闽南买地，但听见折绾能准确地说出明溪的事情，他还是忍不住道："夫人所言极是，袁某真是……真是心里激动。"

他道："下官就出自明溪。"

那个地方太穷了，穷得他想逃走，但走了之后，来到京都，他又发现还是明溪好，他想要回去救世。

他道："少夫人说的那位去明溪的官员，便是在下的曾祖父。他是梁州人，滇州一带的，自小也曾学习过种茶。做官之后，却去了闽南，自此再没回去过。"

折绾这下是真诧异了，万万没想到书中人的后代如此就见到了。

接下来，她便听袁耀说起了袁家居于闽南种茶的事情，大概就是事事不顺，他们袁家却没有放弃。

"闽南穷苦，一年到头，别说肉了，便是稀粥也没有得吃。"

袁耀："可曾祖父跟祖父，祖父又跟父亲，父亲继而跟我说，一代又一代地传下来：种茶能够活民。梁州可以，我们为什么不可以？于是，下官带着这个念头来了京都。虽然依旧没有中举，但万幸，许是上天有眼，让下官碰见了王爷，这才能在今日得见少夫人。"

他又说了很多自己的抱负，大概是只要给他时间，让他回去做官，盘活茶园，那闽南就能活下不少百姓。

折绾听得很是动容，她看着眼前这个跟刕鹤春差不多大的男人，又想起他后面确实做到了此事，道："先生大义，该有后福。"

越王妃没忍住笑出了一声。折绾看过去，只听越王妃道："袁大人已经用这个故事哄骗过我家王爷的眼泪了。刕少夫人没哭，只是感慨，便比我家王爷心硬。"

一句话让众人笑起来，袁耀朝着越王妃拱拱手："王妃见谅，王爷这是情之所至。"

越王似乎是被越王妃如此说得多了，倒是没生气，只道："只是志趣相同罢了。"

他看向折绾："刕少夫人想如何做呢？"

折绾："回王爷，臣妇于种植花草一道有些心得，自从知晓闽南地便宜可种茶叶之后，便已经让管事去了闽南一趟，又让他运了闽南各处的土回来。"

一种花草一种土，还要看时令、天气。但无论怎么样，还得看人会不会种。

说到这里，折绾取出袖子里早就写好的帖子，道：“不瞒大人，昨日我就估摸着大人想要见我，便冒昧问过大人的事情，知晓大人的夫人也来自闽南，是闽南茶园主的女儿，就想着请她过府一叙。”

这是要结交的意思，她自然不会跟袁耀结交，便要见他的夫人。

袁耀当然不会觉得冒犯，反而激动得不行。他恭恭敬敬地在越王夫妇的见证下接了帖子，却又担忧起来。他家夫人并不通官话，如今还说着闽南语，这么多年了，怎么学也学不会，后来干脆不学了。他就纳了良妾回来，平日里要是有事情，便让妾室去做，但妾室结交些如同他这般的小官夫人还好，哪里好跟英国公少夫人打交道？那是要被她怒斥的。

他在一边苦恼，折绾却被越王妃拉着说话去了：“你还真打算丢那么多银子去闽南啊？”

人是她下帖子请来的，自然要善后。她道：“别看我家王爷一直不说话，但耳朵一直听着呢，他对闽南茶叶也很感兴趣，他就喜欢这些。你若是有什么事情要帮忙，便来找我。”

折绾笑着点头，一句一句地回：“我自己一本又一本书看下来，查下来，即便不知道日后如何，但还是相信闽南的地是可以试着买的。茶叶的话，要等我看过那些运回来的土才行。”

张掌柜先回来了，只带了一部分的土，还有大部分在路上。

她温声道：“若是碰见难处，必定会来请王妃帮忙的。”

越王妃颇喜欢她这般的利索劲：“你跟你阿姐还挺像的，你比她还大胆一些。”

她唏嘘起来：“你这还真是厉害。”

碰见有本事的人，她总要赞叹几句：“你真的会种花？还能种出茶叶来？”

折绾：“自小的兴趣罢了，总是要试试的。”

晚间，越王妃就对越王道：“是个有韧劲的人，我很喜欢。”

但她也不打算结交：“且看她后头如何。”

她跟越王一般，也是不喜欢四处结交的人。

另外一头，袁耀回了家，苦恼地将请帖给了夫人徐氏。他用闽南话道：“这可怎么办？英国公府少夫人要见你。”

徐氏知晓今日丈夫是去见大人物了，但没想到大人物要见她。她急得不行，将手里的针线篓子往桌子上一放，连忙摆手：“这怎么能行呢？我不行的。”

她根本就说不清京都话。听是能听了，但说不行，即便是慢吞吞地说，一个字一个字地说，还是带着口音，让人耻笑。

“你没有跟劭少夫人说吗？我都不怎么说话的。”

袁耀也觉得她不行：“可不行也得行啊。”

他当时是想解释的，但劢少夫人抛出了好意，他根本不敢拒绝，就怕世家规矩重，他一拒绝，她又不好见他，便将此事抛下了。这回是求着越王，但下回呢？越王也不止他一个门客。

他也是见了折绾之后才又想到一个主意：既然说不动京都的男人们去闽南买地，那女人呢？如同劢少夫人这般的女人肯定还有！

他深吸一口气："不管行不行，你都得去，这是我的大事，你万万不可退却。"

他想了想："要不，还是让如娘陪着你去？让她做婆子的打扮吧？"

如娘就是他纳的那个妾。

徐氏闻言，垂下头，虽然害怕得不行，却也敢开口说一句："请帖上没她，劢少夫人会不会不愿意？"

袁耀也是急昏了头："确实不行，一个妾室，实在是上不得台面。"

徐氏手指头紧紧地握成拳头，她的两儿一女都跑进来，最大的已经十岁了，宽慰她道："阿娘不要担心，既然是请帖，请了您去，必定是知晓您情况的。"

袁耀这才高兴地拍了拍儿子的头："是，我一着急，倒是没想到。"

小儿子、小女儿依着徐氏怯怯不语。

徐氏缓缓点头："我试试。"

她一晚上没睡，袁耀也不准她睡，要她背他教的话："劢少夫人对闽南的茶叶感兴趣，这其实有益于你。你是懂的，你不是自小就帮着你阿爹种茶吗？"

徐氏："是，我懂，但我不会说。"

袁耀只是个七品小官，能得越王青眼，已经是祖坟冒青烟了，就是这宅子，还是他去寺庙里找和尚借来的银子买的，每个月一钱银子的利息，称为香积钱，所以就没有多余的银子去请婆子做家里的活计。总不能这个还要让越王掏银子吧？那这么多年的情分就耗尽了。

袁耀感慨："要是有个会说京话和闽南话的婆子就好了。"

这样也能陪着过去帮衬帮衬。

徐氏就道："不行，让大郎跟我过去吧？他就会说两种话。"

袁耀觉得还真可以，他拍板道："让幺儿去，她是个姑娘，才六岁，但官话和闽南话都说得好，劢少夫人没准喜欢她。"

大郎就太大了，已经十岁，于礼不合。小姑娘就正好，讨人喜欢，还能帮着妻子把闽南话转成京都话给劢少夫人听。

折绾走出越王府，步子都是松快的。她原本还以为要等到闽南那位大人为官之后才能碰见，到时候套套近乎，得些消息，便能赚得多一点，轻松一点，没想到现在就已经结识了。

她如今也算是明白了一个道理——当你开始做一件事情的时候，就会吸引同好者。

比如越王，比如袁耀。

她对袁夫人也很是期待，若是个好相处的，她便想请袁夫人帮着她看看闽南的土，她听玉岫说，这位袁夫人还烘焙茶叶出来卖，补贴家用呢，想来对茶道颇有心得。

一路上盘算，又怕自己年纪大了记性不好忘记事情，于是让蝉月也帮着记。

“明日里见了袁夫人后，我便先看看永安的土和茶树。”

张掌柜确实是个会做事的，她虽然只说了要土，但他把每个地方能挖的茶树都带上一些，还买了许多茶树种子、各地茶叶成品，甚至还有茶经——林林总总，足足三个车队。

据张掌柜自己说，他还带回个名字叫“茶”的小子。

“那小子穷得很，听闻我买跟茶相关的东西，直接就过来跟我说：大老爷，您连小的也买了吧，我名字带茶。我一问，原来叫狗茶。我就说这名字不好，怎么叫狗呢？那小子突然就腼腆了，说他是青楼女子生的，他爹就叫他狗娘养的，也没个名字。后来长大了，自己才给自己改了名字，叫狗茶。”

这话前头说得逗趣，把孙三娘也逗乐了，后头又显得可怜，让孙三娘唏嘘不已，还道：“咱们的苦算什么？人间自有更苦的。”

竟然有些看开的迹象，玉岫便欢喜地给了管事的一个大红封。

素膳在一边瞧着羡慕，回来就跟她说：“若我如同张掌柜一样能言善道就好了。”

她还是觉得自己笨嘴笨舌的。

折绾便准备明天见袁夫人的时候带上素膳和素兰。

“我还想问问袁夫人卖茶所得的银两，她之前都是住在闽南的，应该比打听来的更仔细一些。”

她种茶可以，算术却实在是不好，还得要两个素来。

如此这般打算一番才安心，刚进门，便见罗妈妈被遣出来，特意等在门口，让她先去山海院一趟。

赵氏急匆匆问：“怎么样？越王说什么？”

折绾：“越王妃像是要去闽南买地，听闻我和玉姐姐也去买之后，便叫我去问了问。”

赵氏：“没说鹤春的事情？”

折绾：“不曾提起。”

宋玥娘在一边道：“估摸着是不好提，越王妃应该也是想要撮合大哥和越王冰释前嫌吧？母亲不要着急，这才第一天呢。”

折绾垂头，没有多言。

赵氏一口气上不来，都是为儿孙愁的。

“一个个的，都不省事。照我看，越王先开了这个口，鹤春很应该也开个口，就算是越王没回应也没什么，他本就是王侯，咱们算个什么！”

这就是急得说气话了，且不敢对劭鹤春说。她还跟折绾说：“你可别跟他说，免得他误会。”

折绾应下了。

正说着，罗妈妈又急匆匆进来了：“夫人，大少爷回来了。”

赵氏就催着折绾回去：“快些，鹤春应该也要找你打听呢。”

折绾好笑地起身，稳稳当当地走回去，足足用了一刻钟。劭鹤春确实是等着她的，今日也不装模作样了，见了她就问：“越王如何说？”

折绾：“越王没说几句话，性子安静得很，倒是袁大人一直在说个不停。”

劭鹤春：“是，越王一直不怎么喜欢说话。”

但是两人说起来，也是说得兴起，一夜不曾睡过的。

他沉默了一瞬，问：“越王是真心想去闽南买地吗？”

折绾点头：“看着很有兴致。”

她坐下来，端起茶喝了一口润嗓子：“我明日还请了袁夫人来做客。”

劭鹤春没当回事，他还一心一意地想着越王，过了好一会儿，才像是妥协一般道：“你去闽南买地缺多少银子，我帮你补全。”

折绾知晓他这是在向越王低头，她便摆摆手：“不缺银子。”

劭鹤春：“那我自己买，你帮我看着买？”

折绾：“不要。”

她似笑非笑：“你也不是真心想买，何必浪费银子。若是想跟越王冰释前嫌，便自己去说，何必通过我。”

劭鹤春如今如同无头的苍蝇一般，脑袋里面思绪万千，于是连她的拒绝也听不懂了，只道：“先买一万两？”

折绾还是没有心动，她只是笑着道：“不用，我要看完从闽南运回来的所有土和茶叶，才会确定在哪里买。你要是想买，自己去看地方志。”

劭鹤春“啧”了一声：“你可真小气。那你就做大事吧！”

他也有自己的大事，朝堂哪件不是大事？

折绾起身将门关上了。正要埋头看书，便听见外头有声音传来。蝉月敲门，进来道：“少夫人，是于妈妈带着川哥儿来给您请安了。”

折绾本能地觉得是于妈妈又在想什么馊主意。她拧眉：“叫他们回去，我这里一直没有晨昏定省。”

但蝉月小声道：“于妈妈说，是川哥儿想给您请安。”

折绾：“不用了，你跟川哥儿说，我还有事情要忙，天色将晚，回去好好歇着吧。”

蝉月应声而去，外头的人便走了。但等折绾要回去睡的时候，便听蝉月道：

“于妈妈从您这里走了后，又带着川哥儿去了大少爷的书房，如今川哥儿还在大少爷的书房里面呢。”

折绾点了点头：“父慈子孝，很好。”

她吹了灯睡觉，晚上难得没有做梦，一夜好眠，第二日神采奕奕。

因要待客，她早早起来，吩咐人去厨房点菜：“要一个佛跳墙、荔枝肉、醉排骨、芝麻豆腐。”

蝉月只听说过佛跳墙是南边的，她笑着道：“剩下的菜也是闽南的？”

折绾点点头：“是啊，他们那边吃不得辣子，咱们平日里吃的，她可能吃不了。”

便吃些闽南菜就好，再就是做几个京都的特色菜。大概点了十几个菜，她才满意点头：“如此算是周全了。”

蝉月：“李师傅够忙活了。”

折绾：“给他些银子，别让他亏了。”

文月在一边接话：“每次都少不了银子打点，他才不亏呢！”

厨子确实亏不了，李厨子最近红光满面，见了蝉月就笑：“蝉月姑娘，今日要待客的菜定下来了？”

蝉月：“是啊。”

她把菜名说了，李厨子笑着道：“我猜就是这么几个菜，你瞧瞧，早就备好了。”

大厨房的消息最是灵通，昨日就听闻要来的客人是闽南人，李师傅连夜备了东西。蝉月咋舌：“您这是……真厉害啊。”

李厨子拉着她去角落里道：“除去这个，我倒是还知道一些别的。四房……怕是有人怀上了。”

蝉月吃惊：“真的？”

李厨子：“都开始吃安胎的东西了，我还能不知道？”

蝉月唏嘘起来：“那您也别说出去，就当是不知道。”

李厨子还能不知道这个？他就是想要表个忠心。

蝉月回去将此事告诉了折绾，折绾却只记得四房好像是这两年添了个孩子，具体什么时候忘记了，原来是这个时候吗？

她也没太关心，道：“既然如此，四弟妹心里就是有成算的。”

她们只当不知道就好。

等到早膳吃过，没一会儿，袁夫人便来了，身后还带着一个五六岁的小姑娘。袁夫人肤色算不得白，却很匀称，只是今日上了些胭脂水粉，显得不那么自然。

折绾温和有礼地请她坐下，也没有表现出对她带着女儿上门的诧异，反而很是喜欢：“她瞧着很是秀丽。”

小姑娘名蕊，长得很是乖巧好看，她应当还是紧张的，可还是靠在阿娘身边，努力壮着胆子道：“少夫人，我阿娘不会讲官话，阿爹阿娘便让我帮着说。”

折绾笑起来，没忍住，将人抱起来以示亲近，从蝉月手里接过刚刚才做好的红封。

“这算是见面礼。”

袁夫人连忙要拦，折绾却笑着道：“不要紧的，这是京都的习俗。”

袁夫人听得懂习俗的意思，于是不好意思地低下头：“那我也没有带红封给你家的少爷。”

她这句话说得很轻，闽南话语速也快，折绾听见了，却不解其意，倒是素兰听了一耳朵，猜测道：“估摸着是觉得收了您的红封不好意思，该给咱们家小少爷一个红封。”

袁蕊小姑娘就“啊”的一声捂住嘴巴，袁夫人瞧见这一幕着急起来，急急地要解释。折绾就知道她误会了，连忙安抚，温和宽慰：“她是我的铺子的掌柜，她在学闽南话。”

素兰咧开嘴巴笑，一看就让人亲近：“给袁夫人见礼了。”

袁夫人这才安心些，她也不是真的惶恐，少夫人明显是个和气人，说话清清甜甜的，她觉得很好听，一下子就不紧张了。她又好奇地看向素兰，用别扭的官话道：“在学闽南语？”

折绾就把素膳和素兰介绍给了袁夫人：“夫人不要嫌我这边的人多，我们都是诚心诚意请夫人过来请教的。”

袁夫人连连摆手，都要哭了，真是生怕折绾误会她，扯着生硬的语调道：“对不住，我不会官话，我说不出好听的话来。”

她真恨自己没有多学点官话。

折绾给她沏茶，递过去：“没关系，我也不会闽南话。”

她笑着道：“我也想学，但学得很慢，如今还不会，听也听不懂。夫人还是很厉害的，已经听得懂官话了。”

这话像是在哄小孩，但就是这么一句话，总算让袁夫人不再犹如惊弓之鸟了。

接下来，折绾问，袁小姑娘听阿娘说完，又把话复述出来。第一天，折绾也不敢问太多，只是问了当地的茶叶价格。素兰好几次要开口问得仔细些，都被折绾拦下来了。

她没有料到袁夫人是这个性子，让她情不自禁地就温柔了许多，愿意慢慢地请她上门，或者请去铺子里面。她知晓，对待袁夫人这般的人，要慢，万事不要忙。

她还以为袁夫人跟袁大人一样呢，没想到是两种完全不同的性子。

折绾就不问了，她请母女两个去暖房看了自己的花花草草，还给袁小姑娘编了一个花环，最后吃了一顿京菜闽南菜各半的午膳才送人出门。

但在这期间，她已经从袁小姑娘的嘴里知晓了袁夫人原来没有出门交际，出门的事情倒是交给了袁大人纳的妾。

“那你阿娘呢？”

“阿娘用卖茶叶的钱给我们买衣裳。”

袁夫人一直晕晕乎乎的，等孩子把自己的家底掏了个干净才觉得后怕。但面对劢少夫人的笑脸，她也怕不起来，还想跟她诉一诉苦。

她曾经在闽南的时候，哪个不说她厉害，无论是种茶还是炮制茶，还是出门跟商户打交道，她样样都不差。偏偏这个笨脑袋不争气，让她活生生地成了个哑巴。

于是等要走的时候，袁夫人发现自己竟然忘记了丈夫让她跟劢少夫人约好下次见面的事情。再就是冷风一吹，蓦然想起了自己刚刚说的话，她跟女儿对视一眼，慢了一拍，发现两人把事情办砸了。

折绾好笑不已。但袁夫人耿直，不知道怎么搭话，她却是已经学会了。她站在门口道：“夫人，我这两个掌柜在学闽南话，等学会了，若是得空，便想请你去铺子里面坐坐，让她们听你讲讲闽南的事情。”

这个倒是其次的，她指着素兰道：“这丫头是个厉害的，她下次还想去闽南看看，我已经同意了，但她怕自己学的闽南话不对味，求到我面前，说想让你听听口音正不正。”

都是姑娘家，都是女子，袁夫人自然而然就松快了许多。她笑着看向素兰，素兰憋了许久，马上就说了一句：“夹蹦咩。”

袁夫人反应了好久才反应过来，这是问她吃饭了没有。

她没忍住笑了起来，坐在马车上好一会儿了还在笑，跟女儿道：“那个素兰姑娘说闽南话好好笑。”

怎么会有那么怪的口音？然后她又想起了自己的口音，在别人耳里也是如此好笑吧，她又笑不出来了。

好在事情也是办成了的，她在最后鼓起勇气对劢少夫人道：“素兰姑娘说的音不对，若是夫人不嫌弃，我愿意教两位姑娘说话。”

劢少夫人就笑着道：“夫人真是帮了大忙了。”

此事就定了下来。

袁夫人舒口气：“总算没有辜负你阿爹所托。”

她家虽然没有住到城郊去，但离英国公府也远，马车晃晃悠悠，又碰上人多的时候，一个时辰才到家门口。刚下马车，便见丈夫已经等着了。

她连忙下来：“你怎么这么早回来了？”

平日里都要去同僚家里喝酒。

袁耀：“我哪里还有心思管别的！”

他拉着她进门，连如娘出来接也没有看一眼。

袁夫人心底便升起一股异样。平日里都是她等他，今日倒是成了他等自己。

平日里他回来总是要问问如娘附近官户人家的事情，今日却是看也没看她。

袁夫人很是不适应，勉强高兴道："别急，都很好。劢少夫人很好，我也跟她搭上后头的事情了。"

袁耀欣喜："是吗？她答应买多少亩地？"

袁夫人傻眼了："啊？买地？不是说只要不断联系就好吗？"

袁耀："也行也行。约下次了吗？"

袁夫人点头："劢少夫人身边的两个掌柜在学闽南话，但说得很不对，我答应教她们。"

袁耀有些失望，但也不急着一时半会儿就定下事情，道："连咱们的话都要学，如此看来，劢少夫人的决心还是很大的。"

他就想试探着递帖子过去，但很快就传来了折绾的意思，她只跟袁夫人结交。

袁耀叹气道："京都的规矩果然多，在闽南的时候，也没有如此多的规矩。"

他之前也是见过知州夫人几面的。还是越王爷好，不讲究架子。袁耀更加忠心耿耿。

倒是袁夫人很是欢喜，因着劢少夫人这一句话，她在家里的地位明显上升了。就是她忌惮的如娘也过来谄媚她，道："夫人今日很是好看，妾身帮着你梳洗吧？"

家里没有婆子，做饭、洗衣，都是如娘来，今日早间她这一身的妆容也是她画的。但袁夫人还是忌惮她："不用了。"

她在晚间拿出了笔墨纸砚写字。袁大人走过来一瞧，竟然是在学官话，他大为好奇："不是说不再学了吗？"

袁夫人："我也不能一直让幺儿去帮着我说话啊。劢少夫人说我这是少跟人说官话的缘由。再者说，学会了一种话，说习惯了，说其他的本来就是难的。"

她想起劢少夫人说的："你们都是自小两种话一起学，便已经习惯了，我自小却是只学一种话的。"

袁耀坐在一边捏着花生米往自己的嘴里丢。

"哟，如今真是一口一句劢少夫人了。"

袁夫人就笑起来："她这个人，真的很……怎么说，很想让人亲近。"

莹姐儿也是如此觉得的。她有什么烦忧，都愿意来大伯母这边说。她偷偷摸摸上门，却见大伯母漂亮的书房乱糟糟的，还有好些土。

莹姐儿好奇："大伯母要造房子吗？"

折绾腾出手来问她："怎么了？"

莹姐儿小声道："阿娘和阿爹好像吵架了。"

折绾就不关心了，笑着道："别担心，你阿爹阿娘感情好，夫妻之间吵架本就是寻常的。"

莹姐儿却撑着脸道：“我听阿爹的意思，阿爹好像是要把升哥儿带去江南。”

但阿娘不同意，还去祖母那里哭了好几次。

祖母应该是站在阿爹那边的，因为阿娘回来骂道：“果然你外祖母说得对，再怎么对我好，也是疼她儿子一些的。可恨你阿爹是个白眼狼，我辛辛苦苦养育你和你弟弟，他却要夺了去。”

莹姐儿也不愿意升哥儿离开，她道：“能不能让升哥儿留下来啊？”

折绾却记起最后离开京都去刕三少爷身边的是莹姐儿。

她抿唇，去旁边的水盆洗手，而后道：“莹姐儿，你是个孩子，却是个聪明的孩子。你和升哥儿都很懂事，若是大人做的事情你们不愿意，便可以大声地说出来。即便你母亲和祖母不听，但是你的外祖母和大舅母还是会听的。”

莹姐儿眼睛亮起来：“是啊，阿娘最听大舅母和外祖母的话了。”

折绾：“下回再有这般的事情，你要是不愿意，你就跟我说，我去帮你找你大舅母过来。”

莹姐儿人小鬼大，担忧道：“那样我阿娘就会骂你的。”

折绾笑起来，捏捏她的脸：“我跟你阿娘本来也不对付，我会骂回去的。”

莹姐儿放心了，这才说起那日在花苑里面看见的小姑娘。折绾：“她是我客人的女儿，姓袁，是从闽南来的。”

莹姐儿：“是南边吗？”

折绾：“是。”

莹姐儿：“不知道她认不认得我阿爹。”

折绾笑起来：“那你就要自己去问问了，她过几天还会来的。”

袁夫人过了几天果然来了。她就是不来，袁耀也催她来。熟悉了之后，她也腼腆地告诉折绾：“我要是不会，害怕，就学我家大人的话。”

她来折绾这边，都是袁耀教她说。

折绾笑吟吟地听着，却想起了自己的上辈子。

那时候她也什么都不懂，出去跟人交谈，也不知道该说什么。后来……她最开始好像也是学着刕鹤春说话，她觉得刕鹤春最聪明。她那时候真的觉得刕鹤春很是聪慧，无论是做什么，他好像都能解决好。她就不行了，她总是畏手畏脚的。但是现在……她为什么会觉得刕鹤春不聪明了呢？

她思虑了好几天，在袁夫人又带着孩子上门学袁耀说话的时候，开玩笑一般笑着道：“你如今觉得你家大人聪慧，是因着你只见过你家大人。等夫人见了更多的人之后，便不会觉得他聪慧了。”

袁夫人是个实诚人，道：“是的，少夫人，我现在觉得你是最聪慧的。那么多土和茶叶，我是记不住的。”

袁小姑娘嫩声嫩气地夸：“我阿娘说，少夫人厉害！”

袁耀最近很苦恼，他跑去向越王夫妇大倒苦水："本是臣想套近乎，结果却成了臣的妻子去套近乎，套着套着，如今连个人影也没了。"

越王妃被逗笑了，好奇地问："怎么没了？"

袁耀夸张地道："先是被劢少夫人引去给她的两个女掌柜教闽南话，她那个人，用心得很，每日匆匆忙忙出门，又匆匆忙忙回家，连家事也不管了。后来是被劢少夫人带着一块儿去看从闽南运回来的茶叶和土，好嘛，现在别说家事，是家也不回了，好几次都在劢少夫人的铺子睡的。"

但很明显，妻子的官话是越来越好了，说话的声音也亮了。他故作愁眉苦脸："这可真算是赔了夫人，我家里没了她乱作一团呢。"

越王妃"哈哈"大笑，就连越王也畅怀道："橼之，你这是着相了。劢少夫人其实要的并不是你对闽南的见解有多深，而是需要你夫人那一手种茶的技艺。"

袁耀字橼之。

袁耀自然也是明白的，当作玩笑话说出来是为了博主子们一笑，但心里还是隐隐有些失落，觉得劢少夫人捡了芝麻丢了西瓜。

还是男人明白男人，等越王妃一走，越王拍拍他的肩膀道："我倒是觉得劢少夫人很有先见之明，她这样慢慢地去把准备做好了，知晓哪里的地可以多买，知晓哪里种哪种茶，等以后真去做了，便是事半功倍。"

越王这么多年没有急着动手，也是想着先做好准备，折缩所做的事情跟他不谋而合了。

王爷都这般说了，袁耀也只能笑着道："是，心急吃不了热豆腐。"

越王却从劢少夫人想到了劢鹤春。他瞬间闷闷不乐，叹息道："这几日，鹤春多多少少又找我说了几句话。"

他不太想理，但他这个性子，根本拒绝不了笑脸人，于是只好敷衍几句。鹤春却蹬鼻子上脸，还要约他去喝酒，道："我给你赔罪。我本想着你想去闽南买地，那我也跟着你买些，算是我的歉意了。但我家夫人不愿意，一副有好处不想给我的模样，还让我亲自来找你谈。"

越王要走，他又上前跟着一块儿走，颇有点死缠烂打不要脸，道："王爷，你也知晓我没有恶意，咱们自小一块儿长大，我跟家中弟兄待的时间都没有跟你长，是真心敬重亲近你的，若是我做错了什么，你说出来，我改。"

越王想到这个就唏嘘道："短短半年没有交谈，鹤春倒是变了些，被我无视了也愿意继续来找我。"

袁耀可不敢接这些话，道："王爷随心去做就好了。"

他其实也不懂越王为什么要把事情做得这么绝。越王也只是抱怨一两句，而后又感慨："但鹤春娶的妻子都很好，王妃说，她很是喜欢劢少夫人。"

（四）

折绾最近忙得脚不沾地。闽南的茶树陆陆续续运了回来，她从前对茶树的认知只有书上几句话，如今看见了真的茶树，便看得眼花缭乱。

她还看见了那位叫“狗茶”的少年人，大概十三四岁的模样，看见她紧张得说不出话，“扑通”一声就跪下，将折绾吓了一跳。

素膳赶紧将人扶起来，给了他一个小茶包回去泡茶喝，而后等人走了之后笑着道：“我还以为他要申冤呢。”

折绾：“最近看话本了？”

素膳不好意思地摸摸头说：“是。”

学闽南话未免枯燥，素兰就想了一个好办法：“把话本上的字用闽南话说出来，真是有趣又记得住。”

这也行。折绾问：“袁夫人学官话学得可行？”

素膳：“行的。运回来的茶叶和土，她学不会用官话怎么说，但是话本子里面的东西，大概记几次就会了。”

折绾感慨：“还是要寓教于乐啊。”

她带着十几盆茶树去了勋国公府。孙三娘也在看茶经，见她又带着茶树来了，颇为头疼：“你可真会给我找事情做。”

折绾笑着道：“让你跟我一块儿去铺子里，你又不去。”

她这段日子又买了一些铺面用来放茶叶和茶树，平日里就在那里探寻茶树的不同。她还劝袁夫人买桂渊街的铺子，袁夫人连连摆手说：“我们家少银子，还要还银子。”

因着急，她的话又快又难懂，折绾本来听得懂一点的，结果又听不懂了，还是袁小姑娘大声道：“少夫人，我阿娘说——穷！”

折绾就笑着道：“你帮了我这么多，自然该我送你的。”

袁夫人推托不了，直到走的时候还晕晕乎乎的。

孙三娘听了就笑：“你不如直接给她银子，如今给她铺子可不值当。”

折绾：“给她银子，可落不到她的手上。”

孙三娘听了一愣，而后唏嘘道：“阿绾，还是你懂。”

她笑着道：“我帮你看了这么久的茶树茶经，你怎么谢我呢？送我多少铺子？”

折绾早有打算：“我是要送你的，但就不给你买京都的铺子了，我帮你买闽南的地。”

孙三娘逗她：“我自己也买了许多，你买的那些我可看不上。”

折绾一本正经：“不，我的意思是，我送你的这些地，先不买在你的名下，只买在我和玉岫姐姐的名下，等过几年再给你。”

孙三娘一愣，拧眉道：“你这是何意？”

折绾不可能说勋国公府过几年要抄家灭族，她早想好了说辞：“你真要听？”

孙三娘凝神：“自然要听。”

折绾：“那我就说与你听——我是想着，勋国公比你大这么多，到时候先你一步去了，你娘家天高地远的，京都又没有靠得住的亲戚，到时候那些不肖子孙要打你嫁妆主意的，要是抢了去怎么办？还不如我和玉岫姐先买着，立好字据，等你要的时候再给你。”

孙三娘还以为是什么要紧的事情，谁知道竟然是这般。她听得“哈哈”大笑：“阿绾，你怎么如此可爱至极。”

她拍拍折绾的手：“你啊，这是小心惯了。我再不济还有娘家呢，即便是勋国公去了，我也有娘家顶着，他们算什么东西？”

她冷冷地道：“我是不愿意跟他们计较，要是计较起来，他们也得不到什么好处。”

“他们”说的是勋国公原配生的那几个儿女。

折绾便开玩笑一般道：“人无远虑必有近忧，我还是远着思虑吧。反正就送这个吧，只当我心血来潮。最近素膳和素兰一直在看话本子，我看那些话本子里也有被拐子拐走的千金和夫人，若是有一日你被拐走了，记得去闽南打听我的名头，再把我给你的地拿回去。”

孙三娘“哈哈”大笑起来：“哪里有你这般说话的！”

她以为折绾在逗自己高兴，也是真高兴：“难为你什么都为我打算好。”

即便这个主意听起来十分好笑。

折绾也没让她把此事当真，只是提前说一说，万一之后什么都来不及，还望她记得今日自己说的话。

她又问：“你最近精神越发好了，下回要不要出门去踏青？”

孙三娘却迟疑道：“我还是不愿意见生人。”

折绾没有勉强：“好啊。下回我带袁夫人来见你吧？她家是有茶园的，知道的事情多，但不善于主动说，需要人去问，我却问不出什么细致的，还要你来问才行。”

孙三娘倒是愿意在家里见人，对折绾口中的袁夫人也很是好奇。她点点头：“也行。”

折绾见她并不排斥见这般的新鲜人，便笑起来：“让你喝的补汤，你隔几日再喝吧，都吃胖了。”

是药三分毒，哪里能经常吃。

她站起来便要回家去。孙三娘送她出门，路上碰见了勋国公。勋国公对折绾还是很客气的，道：“下回请你和鹤春一块儿来家里叙叙。”

折绾：“多谢国公爷。”

勋国公又眼巴巴地看向孙三娘，孙三娘今日没有好脸色给他。等勋国公走了之后，折绾便问：“怎么了？吵架了？”

孙三娘烦得很：“他不知道怎么回事，又要把老大家的小闺女给我养。”

之前珑珑去世，他以为她需要一个孩子移情，便提议把老大家的大女儿挪过来，吓得老大家媳妇半夜过来跪着向她哭，求她手下留情。

孙三娘：“别说我没那个意思，即便是有，也被她哭得没意思了。”

折绾：“那这回也别答应。”

孙三娘：“我没答应！谁知道他又突然发什么神经！真是有点毛病！好几日了，他日日都提，老大媳妇就又跑来找我哭，就跟我死了一般！我还没死呢！我要是要养孩子，我就去慈幼庵里养，我养她的闺女做什么？我忙着呢！还有，这事情又不是我提的，是国公爷提的，她怎么不冲着国公爷去哭？她要是哭不出来，就叫老大去！”

要不是还有阿绾给她找的茶经看，她又要日日憋闷了。

折绾却知道勋国公是被玉岫逼着承责想出来的馊主意。她感慨道：“你不答应是对的，本就不是亲生的，没有半点血缘，养得好了还行，养不好了，事事都怪罪在你身上。再者说，小姑娘的亲生父母还在呢，必然要恨你。”

孙三娘：“我知道这个道理，你放心，我不糊涂。”

折绾回家之后还闷闷不乐。刕鹤春进了屋，瞧见她那副模样就笑：“是去见勋国公夫人了吧？”

每次从勋国公府回来都是这么一副样子，从宋家回来倒是松快得很。

折绾抬头看他一眼：“你又有什么好事？”

刕鹤春得意：“近几日我频频去见越王，好言相语，他向来抹不开面子，便要应我几句。今日我又去请他吃酒，他便答应了。”

折绾诧异：“越王要跟你冰释前嫌了？”

刕鹤春：“我瞧着是的。”

所以今日母亲将他喊过去说折绾天天往外跑的事情，他也替她圆回来了：“是我要她这般做的。越王也要买闽南的地，既然如此，那便让她牵线搭桥。”

母亲这才没有话说。

他想起母亲对折绾的责备，便又对折绾道：“你也松松手里那些茶树，好歹留些时间去母亲那边说说话。”

他夹在中间是难做人，顾得了这头，顾不了那头。

折绾：“我日日去请安了的。”

刕鹤春却又把矛头对准中馈：“你如今事事都雷厉风行，袁耀的夫人都给你打下手了，怎么还觉得自己掌不好家事？我跟母亲说说，让她把中馈给你掌吧？”

折绾诧异他又提起此事，明明好些日子没提了，看来是在赵氏那边又受了什么刺激。她站起来，道：“我如今肯定是掌得好的，但我不愿意。”

她知晓怎么对付他，笑起来说：“你整日里让我孝顺母亲，怎么不见你孝顺？”

劭鹤春还没从她那句“我不愿意”中回过神来，便听见了她的指责，他皱眉：“你什么意思？”

折绾：“母亲想要谁掌中馈，你不知道吗？”

劭鹤春：“自然是三弟妹。可你才是嫡长媳。”

折绾：“都是嫡出的儿媳，何必分长幼。我不掌中馈，是我想着母亲心疼三弟妹，想来是不愿意给我的，那我就不争，让老人家高兴最好嘛。”

她柔柔和和地给自己倒了一杯茶，更加温和地道：“你且去管你和越王的事情吧，这些都是小事。劭鹤春，我真不明白你是怎么想的，每日里操心这些后宅之事做什么？”

劭鹤春的好心情也被弄坏了，他冷笑起来：“好好好，我是为了你好，你却在这里倒打一耙。”

折绾：“你这样就是污蔑我了，我真是为了这个家好。”

而后她看向他，一脸无奈地道：“不过是小事，你这么在意做什么，大家都是为了这个家。”

劭鹤春听到前面还恼怒，听到后面却觉得耳熟，好一会儿才想起来，这句话他之前似乎一直对阿琰说。

阿琰和母亲起了争执，他两边劝，对阿琰道：“你且忍忍，大家都是为了这个家。”

他向来看不起后宅小事，一天天的，就为了鸡毛蒜皮在那里争来争去，阿琰回来说与他听，他想的却是国子监里面碰见的事情。

阿琰就笑着道：“你这是根本不关心我。”

劭鹤春：“你别污蔑我，我真是为了这个家好。”

那些淡忘的记忆随着这句话慢慢地浮现，直到第二日在酒楼见到越王，他还有些没有回神。

越王是来跟他一刀两断的。他实在是受不了劭鹤春这般死缠烂打，他跟越王妃说：“到底是自小的交情，再这般下去，我怕是要心软的。”

他本来就是个心软的人，若不是因为心软，也不会被缠着还不说些斥责的话来骂醒劭鹤春。

越王妃：“那你直接跟他说清楚嘛。”

越王：“我开不了这个口。”

越王妃：“那就请喝一顿酒，当作散伙饭。”

越王也觉得这般更加有体面，道：“这个主意好。”

越王硬着头皮约了劭鹤春喝酒。他有些许紧张，道：“鹤春，这些日子，我一直有话对你说。”

劭鹤春也打起精神，笑着道：“我也是。无功，我是真想向你道歉的。”

越王名齐无功。

越王讪讪的：“倒是不用道歉，只是你我性子不合，还是不要来往为好。”

一句话，就将劭鹤春说得下不来台，他勉强笑了笑：“我还以为我们是来说清楚的。”

越王：“是啊，就是来说清楚不要再来往了。”

劭鹤春深吸一口气：“总要让我死得明白吧？这些日子我一直在想，自己到底是做错了哪里，你是如此，阿琰也是如此……”

越王看过去：“你终于发现阿琰也对你颇有微词了？”

劭鹤春把手里的杯子重重地放了下去，道：“我猜对了？阿琰也觉得我不好吗？”

越王就更加讪讪了，道：“阿琰我不知道，但我是不愿意再与你相交了。”

劭鹤春眼睛瞪得大大的：“为什么？”

越王将酒杯里的酒一口闷下去，也准备说明白：“你还记得温如故吗？”

劭鹤春皱起眉头：“谁？”

越王感慨道：“你看，你都不记得他了。”

他就说点劭鹤春记得的：“就是那个自小家贫，但很是聪颖，一路寒窗苦读，中了秀才，再是举人，来到京都之后投靠在我门下，喜欢吃馕的人。”

劭鹤春就记起来了，他道：“我知道他，他不爱洗澡，整日里一身的味道。后来被我说了几次才好，却不学好，竟然去青楼……”

越王：“是，他最后没学好。”

劭鹤春就以为越王是因为自己说了温如故而生气，心里并不服气，但嘴巴道：“你是气这个？你若是生气，我便向他道歉。此事是我不对，无论他洗澡不洗澡，去不去青楼，我都不该说他。”

越王还不熟悉他吗？听他这么说，就知晓他是什么意思，叹气道：“你也道不了歉，他如今应该投胎转世去了。”

劭鹤春本有千百句话等着，但此话一说，他就跟哑巴了一样，好一会儿才道：“不会因为我说了他一句去青楼不好，他就想不开了吧？”

越王摇摇头：“不是。他去青楼，你说他，怪不得你，你是个正人君子，你看不惯，他也不怪罪你。但他去青楼不是为着撒银子的，是为了赚银子。他缺银子，便去青楼给姑娘们写诗写曲子，以此谋得些银两度日——我还是要为他向你解释解释。”

劭鹤春呆呆地坐在椅子上，问：“既然如此，你为什么要为了他远离我？”

越王：“也不止因为他一个人吧，你的脾气就是这般，眼睛里面揉不得沙子，又看不起这些出身低微的人。我将他们拢在门下，是当作客人的，你却一口一句小人骤然富贵，说他们吃相难看。鹤春，你太高高在上了，根本不把眼睛往地上看。”

但越王喜欢跟这般小人物结交，他喜欢跟他们交谈，说说那些地里的活计，吃不上肉的时候上山打猎，该怎么做才能猎得更多的猎物。

他是皇子，不需要再往上走了，再往上走，太子和其他皇兄就该忌惮他。他对目前的日子很满意，也很享受小人物的追捧，能解救他们于一时，他也很高兴。但鹤春频频跟他说这般不好，说得多了，他也会恼怒，却不会责怪，直到温如故去世。

温如故是被烧死的。

他来京都的时候都不太会说官话，一口北边的口音怪得很，也节省，即便是简单的热水也不多用。冬日里少洗了几次澡，衣裳也没有换新，鹤春每次跟他说话都皱眉。

越王记得，他也是个讲究面子的人，不好意思像其他人一般白吃白喝，就去帮着后厨劈柴。

越王劝解了几次，他却道：“哪里好什么都不做。”

后来不知道经谁介绍，去了青楼给姑娘们写诗写曲，便又被劭鹤春知晓了，冷嘲热讽了一次：“你这般枉为读书人，也是给越王丢人。”

温如故羞得脸通红，因手上终于攒了些银子，便搬了出去。他也不去青楼了，又找了一份抄书的差事。

那天晚上抄书太晚，烛火倒了下去，烧了他的书和屋子。他本是冲了出去的，但又想起了自己的族谱还在屋子里，冒着大火进去，最终没出来。

越王知晓的时候已经是半个月后了。彼时太后病了，他和越王妃在皇宫里面陪太后，等出来的时候知晓此事，差点晕了过去。

这件事情其实也怪不得劭鹤春，但是劭鹤春又开始对他的新门客袁耀指手画脚，道：“他这般的人，实在是投机取巧，一心为了名利。说什么闽南茶叶可以救民，我看啊，他是披了闽南的百姓在身上，谁先踩他的主意不好，便要踩闽南百姓一般，可不得捧着他了嘛！无功，这满朝文武，也就只有你信他的鬼话了。”

越王听了心里不喜，很想跟他说道说道，却已经没有那个心情了。他就慢慢地淡了劭鹤春，谁知道他一点也没发觉！

越王妃还劝他：“当真要这么断了？他这个人毛病虽然多，但也没有做伤天害理的事情。”

越王暗暗抱怨：“但道不同，不相为谋。”

这句话是真的，直到今日他还是如此想。他对劭鹤春道：“你知道你一句骤然富贵，就已经否认了他们这一路的艰辛吗？好比温如故，他是从陇州偏远小村来的，那里遍地都是沙子，哪里有水啊。他小心翼翼地用水，有什么错处吗？他自小就穷，又是冬日，冬衣多穿几次怎么了？”

越王是个很能感同身受的人，想到烧焦了的温如故还心有酸楚，道：“他去青楼不是为了嫖，只是为了温饱，你没有知悉全貌，便断然为他定了罪，羞辱他不配住在我的府上，又是什么君子之风呢？”

刕鹤春傻眼了，他是真不知道这些的。

越王就感慨道：“鹤春，你总说我门下多骤然富贵的小人嘴脸，可他们无论是爱银，还是爱美人，都是因为突然得到，便开始享受。他们享受的东西，是你自小就拥有的。我一直觉得，你是没有资格这般说的。”

越王说了这么多，觉得自己已经仁至义尽了，站起来，道：“你我实在是道不同，那就不要再来往了。”

刕鹤春沉默以对，被这一番话说得抬不起头，但又觉得越王把这么大的罪责给他不公平。

他并没有对那群人做什么，最多只是说了句话罢了。即便是温如故，他是做错了，但他的本意不是如此，他只是希望他勤洗澡，勤换衣，不要浪费自己的才能而去青楼荒唐，他没有恶意的。

且他和越王是多年的兄弟了，这般的话早可以说开，他也可以改，怎么就要闹到这般田地呢？

他喝得酩酊大醉，踉踉跄跄地回府。松亭扶着他去苍云阁，正好碰见了折绾回家。

她一点也没惊讶：“去厨房叫醒酒汤来。”

上辈子直到她去世，越王也没理他。

刕鹤春其实还是清醒的，他睡在床上怔怔的，一转身，瞧见折绾站在不远处拆信。

他下意识地问：“谁的信？”

折绾：“越王妃刚送来的。她说你跟越王的事情，不关我和越王的事情。越王说，他愿意跟我联手一块儿去闽南买地种茶叶，还望我不要因为你跟他有所嫌隙。”

刕鹤春喝解酒药的时候，就跟喝毒药一般了。

刕鹤春病了，解酒汤药好像真成了毒药，越是清醒，越是让他心里喘不过气来。

他一身酒气，也不去换衣裳，就那么瘫在床上，折绾是不愿意挨着他睡的。好在书房里早就置好了床榻，她平日里要是太累了就直接歪在上头睡。素膳都说她懒了许多，出屋子的几步路都不愿意，但从案桌前站起来倒头就睡的滋味实在是好，便没有挪出去，此时倒是用上了。

赵氏及时得了消息，急匆匆赶来，哭得泪水涟涟：“好生生的，怎么就烧起来了？”

劢鹤春翻了个身："母亲请回吧。"

他想静一静。

赵氏就去书房骂折绾："你是做什么吃的！鹤春怎么就成这般了！"

折绾不紧不慢地宽慰道："母亲不用担心，他那是伤心了。男人的事情，咱们女人不懂，何必要去管呢？"

赵氏被噎了下，恶狠狠地问："到底是怎么回事？"

折绾："他说要去找越王吃酒……结果回来就这般了。我问缘由也不说，还让我出来。"

赵氏一点儿也没有怀疑她的说辞。她瞧见儿子早间来请安的时候翘着嘴，晚间回来就成了这般，定然是遭了打击。若是越王打击他，倒也合情合理。且她也被请了出来，不让待在屋子里，她都不能待在屋子里，何况是折绾。

她发愁，说："这可怎么办？他上回生病还是阿琰去世之时，这都好几年没病了。"

她急得团团转，但也没有办法，只能哭着离去。折绾晚上睡了个安安稳稳的觉，第二天起床之后，听闻劢鹤春递了告假帖去吏部，一共告假三天。

她诧异起来，十几年相处之中，这是她第二次见到他告假。

上次还是勋国公府满门抄斩之时，此后多年，无论是刮风下雨，高热低烧，他都没有告假过。

哦……不对，自己死后，他应该也是要告假的。作为寡夫，他要第二次缠上白头布。

不知道那时候有没有人传一传他克妻的名声？

折绾脑子里乱七八糟地想，嘴巴却自然而然地告诉蝉月："要一个咸鸭蛋，配一碟酸萝卜和辣子，一碗热腾腾的葱油面。再要冰糖燕窝一盏，竹节卷小馒头一碟。"

蝉月看看主屋，迟疑道："那大少爷呢？"

折绾："清茶泡饭一碗。"

早间两人坐在一块儿吃早膳，劢鹤春病恹恹的，确实是精神萎靡。这般脸色，朝君也确实不妥。

他也不挑，清茶泡饭风卷残云一般很快就吃完了，而后就是坐在那边发呆。折绾还发现他时不时就要看她几眼，但又什么话都没有说，她知道他是什么意思。

他如今从越王那边知晓了自己的罪过，虽然这罪过她不知道是什么，但能让他这般，想来是大罪。既然如此，依着他的性子，也会想起她说长姐是真菩萨还是假菩萨的话。如今憋着闷着，是想问问自己长姐又是如何埋怨他的，但他不敢问。

折绾也不想他问，问了她也不会说的。那些埋藏在长姐心里的痛，她在这个家里过了十五年，她可以感同身受，他却不行。既然不行，就时时怀疑忐忑着吧。

她放下碗筷，悠悠地用帕子擦擦唇角，说：“我今日还要去越王府，川哥儿那边，你既然在家里了，就看顾着点，别什么都不管，他毕竟是长姐唯一的孩子。”

劢鹤春僵硬地点了点头，他送她出门，一路上似乎还是想找个时机问，折绾便一直默不作声，他竟然也能一直默不作声。

分离的时候，他道：“你帮我带一句话给越王吧。”

折绾点头：“你说。”

劢鹤春：“你就说，我会改。”

折绾毫不意外。

越王也不意外。折绾在的时候，他一句话不说，等折绾走了，他见缝插针地就对越王妃抱怨：“他跟我说这个做什么，他改不改的，跟我又没关系，我也不用他改。”

几十年的性子，哪里是那么容易改的。

越王妃正捧着折绾送来的海棠花四处放，这里瞧着不好，那里也瞧着不好，于是四处走动，寻找最好的地方。

越王跟着一块儿走，嘀嘀咕咕：“而且我也不用他为着我改。我和他道不同，他喜欢天上的月亮，我喜欢地上的粟米，到时候碰见矛盾，他硬要说他的月光能让我的粟米长大，我怎么办？那我就要冤死了。”

可见还是心有埋怨。

越王妃捧着花笑得不行，道：“行，你自己心里有数就好。今日阿绾来的时候，半点没有为他说话，只一直在说闽南的事情，我瞧着她比之前的阿琰还聪慧。”

今日一见，她对折绾更加欣赏，连称呼也变了。

她唏嘘道：“阿琰每次都为劢鹤春说好话，后头我劝她不要这般活着，不然有什么意思？她也说要改。唉……可惜了，最后那样死去，我都为她难过。”

越王也感慨：“她真是可惜了。”

他又说起折绾：“我还怕她一个弱女子会因为我和鹤春闹僵而跟咱们断绝来往，没想到今日她还能照常来赴约。”

越王妃：“所以我才要再邀她上门，这般的女子可不多见。”

于是，折绾再次收到了越王妃的帖子。她自己都诧异了，便写了回帖，想要带上袁夫人一块儿。

越王妃当然没问题了，她还想问问闽南茶叶的事情呢。大家都在做此事，她闲着无聊，也想掺和进去。

袁夫人这是第二次见越王妃，第一次还是几年前，越王设宴，她跟着袁耀一块儿去赴宴，吃过一顿酒。但她没跟越王妃交谈过，越王妃应该也不记得她了，她当时一直低着头。

她激动得手抖，又有些惶恐："这可怎么办？"

袁耀逗她："那你别去？称病？"

袁夫人："不行啊，是刕少夫人要带着我见世面呢，我不能拂她的好意。再者说，有她在，我也出不了什么丑。"

袁耀极为高兴，还要带着她去买衣裳。若是知晓她学会官话还有这般的好事，就是逼着她学也要逼。

袁夫人已经很久没有买新衣裳了，最初穿着去见刕少夫人的那件衣裳也是出嫁的时候带的嫁妆里剩下的。

她坐在布行里，看着上头的绣花，道："其实我们那边的花样子也好看，但京都不时兴。"

但她可以画下来给刕少夫人看，万一她喜欢呢？

袁耀却在买了衣裳首饰后开始紧张，他道："明日见了越王妃，你千万别乱说话。"

本是好事，若是变成坏事就难了。

人都是不愿意被看不起的，袁夫人在折绾那边大多是受夸，丈夫这般说，她心里有些不服气："我懂的事情你又不懂，你才别乱说吧！"

茶园的事情，袁耀哪里有她懂得多。

她铺好床睡觉，侧过身闭眼，袁耀就笑："嘿，脾气还大了。"

第二日，袁夫人去了越王府，越王妃道："袁夫人……你好像变了很多。"

从前头一直低着，半点不看人，也不说话，只会腼腆地笑。如今抬着头，时不时接两句话，越王妃还看清了她的脸。肤色虽然不白，称不上美人，但带着一股麻利劲，一看就知道是个爽快人。

越王妃握着她的手道："以后常来坐坐。"

袁夫人激动得说不出话，折绾就笑起来："肯定来的。"

（五）

接下来半个月，折绾却是没有心思去越王府。江南水灾八百里加急传进了京都，让所有人措手不及。

折绾呆了好一会儿，才喃喃道："竟然这么早吗？"

她只记得是年后，但现在才二月。

那刕鹤春就要离开京都了，这是急事，一般第二天就要动身。

可好几日后，关于他的任职没有下来。折绾诧异地看着他每天从早忙到晚，她忍了好几次才过去问："陛下派人去江南赈灾了吗？"

刕鹤春："派了，是我的同僚。"

他说起这件事情也颇为头疼："那几日我告假在家……"

他也是想去江南赈灾捞一份功劳的，但勋国公举荐了其他人。

英国公宽慰道：“这一次……怕是不好立这份功劳。”

他收到的消息多一点，小声道：“有人……闹事。”

劭鹤春其实还是遗憾的：“这也算不得什么，儿子总要去见识见识，才知道具体要怎么做，不然怎么往上面走？即便是日后爬上去，以后人人都有外派的经验，就儿子没有，恐会被人说道。”

英国公：“此事各处都有，你这一次没去成，下次也会有机会。”

但确实错失一次机会，劭鹤春对勋国公很是不满：“他在举荐其他人之前该跟我说一声。”

英国公：“陛下后来还问你来着，可惜勋国公那个老狐狸说你身子不好，高烧不断，怕是身子骨不行。”

这也确实是事实，这般急灾肯定是不能等的。他道：“你还在低烧，肯定不能长途跋涉，所以还是算了吧。”

劭鹤春恨恨道：“真是时不我待！”

但他也立马回了都察院，帮着善后。都察院在本朝因陛下器重，已经不仅仅是御史台的职责了，每次有这般的灾情，派往各地的官员里必然有京都的监察御史。

折绾听完之后，怔了好久，她喃喃道：“这就是可以变。”

她变了，劭鹤春变了，那素膳就可以变，玉岫的小儿子也能活。

她欢喜地笑起来：“那你就好好休息吧。”

劭鹤春见她喜笑颜开，好不气恼：“夫妻本是同林鸟，大难临头各自飞。”

但他经过此事，确实也沉稳一些了。英国公还把他叫到书房细细说了一顿：“你如今也二十五岁了，有些道理该要明白。”

劭鹤春知晓他要说的是这次错过时机的事情，点头道：“是，儿子最近也在想。”

英国公感慨：“你啊，自小天资并不好，却很是勤勉。天不亮就起床温书，天寒地冻从不偷懒，小小年纪，却一直憋着一口气，我看着都提心吊胆。但你自小不在我身边长大，还觉得我偏袒你三弟，我便不敢轻易戳破你这口气，想着你如此勤勉总是好的。后来你娶妻，进国子监，眼见性子松快一些了，我便想跟你好好谈谈，结果又碰上了你媳妇难产，你沉沦悲苦，我又不敢提。”

劭鹤春十分羞愧：“父亲，是儿子不好。”

英国公拍拍他的肩膀：“你这个性子啊，是不撞南墙不回头的，如今终于撞了南墙，我却松了口气。”

他终于点到正题：“你这段日子又在憋着气了吧？悔恨自己错过了时机。”

劭鹤春沉默以对。

英国公笑着道：“这就是我要教给你的道理。你要懂得，人生在世，哪里都不能圆满。福祸相依，世间的事情，又哪里能说明白呢？你是臣子，臣子并不在于多做了什么，而在于做对了什么。”

他又道：“你跟越王这个事情，算了就算了。确实道不同不相为谋，越王是好人，你也未必是坏人，只是以后做人做事，万不可冲动，为官做人，先修闭口禅。”

劢鹤春叹息道：“是，儿子谨记教导。”

英国公见他又开始萎靡，便宽慰道：“这世上的事情，确实难说得很。你这般性子，越王不喜，勋国公不喜，陛下却是喜欢的，他觉得你做人踏实，也肯吃苦，颇为欣慰。”

他意味深长地道：“鹤春，你之前如此，因有陛下在，我不说什么，但这次我说了，你也要懂得，什么是陛下喜欢的变化。”

劢鹤春沉默了很久，回去后也想了很久，他开始少说话了。陛下果然瞧见了他的变化，笑着道：“怎么，听闻你跟无功闹别扭了？”

劢鹤春闷闷地低头：“陛下，没有的事。”

皇帝“哈哈”大笑：“你们怎么还跟孩子一般！”

勋国公在一边听得想翻白眼：有二十五岁的孩子吗？

陛下这是喜欢子侄们都是孩子。

他看向另外一边孩子都已经十三四岁的太子，低头讥讽一笑。太子可算不得孩子了。

皇帝笑过之后又道：“但你身上的棱角磨一磨也好，往后好报效朝廷。”

朝中无人不羡慕陛下对他的亲近，劢鹤春却开始有些汗流浃背。

越王领的是闲职，并不在朝中，此事还是太子去告诉他的，道：“你和鹤春吵架了？”

越王扭扭捏捏：“都知道了？”

太子笑起来：“你怎么回事？”

越王哪里会说真话，半真半假地道：“他那个人，皇兄也是知晓的，一本正经，开口闭口都是朝廷今年开始推行种桑树，百姓怎么样怎么样，可我喜欢的是这个桑树怎么种，需要怎么选种。道不同，就容易争吵。他听不懂我说的话，他说的我也不愿意听，他还敢跟我吵，他性子拗，我就不愿意跟他一块儿了。”

太子本有些郁闷，也被这番话逗得开怀大笑。他道：“你别说，你还真别说，鹤春就是这般的人。”

劢鹤春确实是个好臣子，一门心思做事，心思不多，怪不得父皇喜欢。

他今日也是带着目的来的，道：“那我给你们说和说和？”

越王摆摆手：“不了，我上回跟他说清楚了，让他别来烦我。”

太子又忍不住笑：“是，我听闻他因此病了，还错过了这次去江南赈灾的事情，肠子都悔青了吧？”

越王："那也不干我的事！"

太子便去找劢鹤春吃酒，吃得劢鹤春醉醺醺回来，趴在床上吐。

英国公却笑着道："看来太子是想要拉拢你。"

劢鹤春对这些事情还是知晓的："能喝一次，却不能喝第二次。"

太子也是聪明人，那次之后也不再来跟他吃酒了，只是两人走得近了些，见面会多说几句话。

英国公听完之后点头："可亲近，却不可亲昵。可敬畏，却不敢远离。为臣之道，你还要慢慢学啊。"

太子也跟皇帝道："本想帮他和无功说和，无功不愿意，鹤春却是乐意的。结果去了之后发现无功不在，他闷头闷脑地喝了一顿酒，再约就不出来了。"

皇帝乐了好一阵子。

此事便算是过去了，折绾也不知道其中的曲折。她先是跟玉岫她们商量捐银子去江南，刚忙完这个，又被玉岫拉着一块儿去了勋国公府。

勋国公大儿子和大儿媳妇给勋国公送了个妾室，倒不是他们去送的，而是大儿子请了娘家大舅给勋国公送来的。

那是个二十多岁的妇人，之前也是嫁过人的，也是书香门第出身，以贤惠出名。她还有个女儿，今年正好六岁，这意思再明白不过。

当得知勋国公把人收下的时候，孙三娘就气急攻心晕了过去。

玉岫得知消息，就带着折绾去勋国公府。

孙三娘见了她们倒是没哭，只是颇为烦躁："一天天的，我真不愿意搭理这般事情！"

玉岫气急败坏："我看啊，这都是欺负你娘家不在京都呢！"

可恨的是她偷偷写信去丹阳给孙家已经好几个月了，孙家竟然也没派个人来。

折绾深知孙三娘如今是气不得的，她拧眉坐在那里思虑，而后道："那你要不要出气？"

孙三娘："怎么出？"

折绾："这也简单。他们这般做，已经是不要脸了，我看啊，干脆咱们也不要这个脸面。"

孙三娘："我还要什么脸面？我干脆明日就跟他们同归于尽吧！"

玉岫："呸呸呸，这话说的，他们是什么坛坛罐罐，能跟你这般的玉石金银能比的？"

折绾："那咱们就出气。咱们雇些人，把城中的寡妇踅摸一些来。"

她顿了顿，道："也不真的踅摸，毕竟事后寡妇难做人。咱们可以只请了媒婆，再请了狮子、锣鼓、轿夫，抬着空轿子进门，但鞭炮齐鸣，锣鼓喧天，遍撒喜糖，叫了礼生在旁边唱词，走一步就说一句勋国公府纳妾——他不是要办喜事吗？好好地给他办一办。”

玉岫听得眼睛发亮：“是啊，我怎么就没想到这般的好主意，这主意算我的！”

折绾也不跟她争：“我确实还担不起这个责。”

孙三娘拉着她的手这才哭道：“阿绾，还是你主意多。”

她又跟玉岫道：“这是我自己的主意，你们不用管。我孙三娘好歹也是丹阳孙家的掌上明珠，我怕他们？我是太给他们脸了，这才欺负我至此。”

玉岫：“这事情得要勋国公亲自到才行，最好在半路上就自己看这热闹，光回来拜堂是不行的。”

折绾：“这好办，我回去跟刕鹤春说说。”

他跟勋国公最近可不对付。

她就回了家。

刕鹤春正在书房看文书，折绾进去，他还诧异：“你怎么来了？”

折绾：“我有事要跟你说。”

刕鹤春好奇她这般郑重，印象中，她还是第一次登书房的门。

折绾坐下来喝口茶，说：“咱们是夫妻，我要做件事情，还要让你知晓。”

刕鹤春：“什么事情？”

折绾：“勋国公原配的娘家哥哥给勋国公送了个带孩子的妇人过去，我就给孙姐姐出了个主意，让她给勋国公再多纳几个寡妇。如今喜婆正四处给他踅摸好妇人呢，我也要去请些锣鼓狮子来喜庆喜庆。”

刕鹤春先是震惊她怎么能如此稀松平常地说出此事，半晌没回神，而后就笑了一声。他明白折绾的意思了，道：“你放心，我心里有数。”

他早看勋国公不顺眼了。

别人找不到勋国公，但他能找到的，果然在一处酒楼里瞧见了勋国公。

他绷着脸，拉着勋国公的袖子：“快些走吧！”

勋国公正喝得高兴，便没给他好脸色：“什么事情这么急！”

刕鹤春：“家里要起火了，你还坐得住呢！”

勋国公一愣，跟着他去角落里窃窃私语：“到底怎么了？”

刕鹤春：“我家夫人回来跟我说，你家夫人要给你纳几十个寡妇呢。”

勋国公脚下一滑，拉着刕鹤春就要出门：“这可真是胡闹！”

刕鹤春装模作样：“你这是做了什么，气得嫂夫人这般？”

勋国公心知肚明：“云家舅兄给我送了个妾室来——哎，是个寡妇，带着孩子，原本是想把那个孩子给她养的。”

刕鹤春：“你这可不应该。”

勋国公：“我也很犹豫啊！但亡妻去世之后，舅兄还是第一次登门求我办事，也是为了孩子们和夫人好，我……我不好不办。”

他对亡妻还是有很深的感情的。

他急得团团转：“这下子算是彻底惹到她了，唉，早知道就不收了。”

刕鹤春慢悠悠道：“那现在可糟了，我好像听见锣鼓声了。”

勋国公连忙竖起耳朵去听，一不小心没注意脚下，摔了个狗啃泥。

锣鼓喧天，鞭炮齐鸣，跟勋国公一块儿出来吃酒的官员都出来看热闹。刚开始还有人好笑：“谁家喜事如此喧哗。”

看了会儿，又有人道：“竟然是纳妾——谁家妾室，如此大的排场？”

话刚说完，那几十顶红轿子就到了跟前，礼生是个俊俏的后生，拿着锣鼓一敲，喜笑颜开，高声大喊：“今勋国公府纳妾，流水席三天，特告亲朋，以知旧友。”

锣鼓“砰”的一声响，听得人目瞪口呆，同僚们大惊失色，连忙去找刚刚还在这里的勋国公，结果低头一看，楼下的泥地里，勋国公正摔在里面吃泥呢。

都是官场混的，这种时候可不敢说话，又纷纷转过身去装没看见，唯独有几个跟勋国公有仇的大笑着道：“这可真是——不知道今日可准备了席面没有。”

勋国公爬起来就走，刕鹤春连忙跟上，两人上了马车，勋国公气得脸色通红：“这个泼妇！怎么敢如此戏弄于我！”

因这场面实在是热闹，路上未免堵了人，马车便也被堵了，又因两人坐的是勋国公府的马车，马车上有族徽，便有熟悉的人过来打招呼：“炽鸥兄，你这是亲迎妾室？”

炽鸥是勋国公的字。

勋国公不敢出面，掩面背着人。

刕鹤春撩起帘子：“是潘大人啊。”

那人就笑：“鹤春，你怎么在这里？炽鸥呢？”

刕鹤春：“他不在，我借他的马车回去。”

那人也不点破，笑着道：“那你跟他说说，不过是个妾室，何必这般重视，这不是欺负嫂夫人吗？要是传出宠妾灭妻的名声可不好听啊。”

他又实在忍不住笑着说道：“我怎么还听说这里面抬的是寡妇，还都是带着孩子嫁的寡妇？噗——”

他“哈哈”大笑起来：“鹤春啊，跟炽鸥兄说，就说这杯喜酒我们户部的人都要去喝。”

当年勋国公查户部的时候可没手软。

刕鹤春忍住不笑，将帘子放下，道：“咱们换辆马车吧？”

勋国公摔袖子：“换换换！”

这才躲过了许多熟人的询问。

另外一头，勋国公府的其他人都听闻了消息，一个个到正厅来见孙三娘。

但在场众人，孙三娘辈分最大，她不说话，便一个人也不敢乱来。孝道还压在头上呢，一个不孝，便是顶大帽子。

孙三娘今日可算出了一口恶气，心中爽快，即便是面对这么多人，也没有情绪失控，而是端着茶慢悠悠地喝。

玉岫方才就跟她道："你不要管其他的，有本事就和离。但他也不敢，更不会和离，从前因着这个，你不得不嫁，如今因着这个，他不得不顺着你。难道他还敢打你？我给他十个胆子！"

孙家可不是真没人，说出去脸面都难看。

孙三娘就慢慢镇定下来了，她看向旁边的折绾："你有没有什么要叮嘱我的？"

折绾握着她的手说："我对世家大族尚且还看不透，但我知道，人活一辈子，是要对自己好的。往日里受了憋屈，时时会主动往肚子里面吞咽，咽下去了，以为就过去了，但其实是没有过去的，还在骨子里面记着，不知道什么时候就席卷而来，让咱们喘不过气。普通的人只能自己去消耗掉这些憋闷，但你不同，你是丹阳孙家的姑娘啊。"

既然有这个身份，何必要委屈自己呢。

"孙姐姐，不要只顾苛责自己，也要苛责他人才好。"

孙三娘内心酸楚："我知道你的意思。"

她擦擦眼泪，道："珑珑的事情，我一直想不开，一直缩在这个小院子里惩罚自己。可他们没人当回事，甚至拿个寡妇的孩子来恶心我——真是欺人太甚！"

人被欺负到底的时候，便偶尔会豁然开朗。她静静地坐在椅子上，无论众人说什么，只说一句话："你也想纳妾？"

她这副样子，倒是吓得众人不敢胡说，可实在是太丢脸了。

勋国公回府，喜婆们还在院子里面收红封，他气急败坏地回院子，大儿子已经在等着他了。刚要开口，勋国公就给了他一个大耳刮子："你出的好主意！"

他的好大儿捂着脸委屈地说："可都是父亲答应了的。"

劢鹤春看了一出戏，就停在那里不敢跟着了，问小厮："英国公府大少夫人可在？"

小厮："在花苑里呢。"

劢鹤春："领我过去。"

他倒是高兴得很。

勋国公进了主屋，本是气势汹汹的，但看见妻子临窗坐着，手里拿着一个拨浪鼓，他的心就软了下来。他叹息着喊："三娘。"

孙三娘："回来了？给你纳的妾室可还喜欢？"

勋国公自然看见了那一顶顶的空轿子，他尴尬地道："我知道你埋怨我，但我也是好心。”

那个寡妇带的女儿跟珑珑很是相似，足足有七分像。

他其实本可以只领了那个寡妇的女儿进来的，这样就两全其美了。但舅兄拉着他喝酒，道：“弟妹那个模样，是照顾不好孩子的，还不如你纳了她娘为妾，往后就在勋国公府帮着带孩子，这般名头也正。她自己的孩子，自己还不尽心吗？弟妹要是心情好，就逗逗，要是心情不好，就让她生母带着，如此就是两全其美了——其实做这么多，无非为了给弟妹解闷。”

而后他似笑非笑地道：“再者说，让母女分离，亲生骨肉见不着面，不是更不好吗？”

勋国公在舅兄面前还是低着头的，他讪讪道：“此事我再想想。把老大家的闺女给三娘养，也算不得骨肉分离，都在一个宅子里呢。”

舅兄却说起当年珑珑去世的事情：“当年你媳妇一门心思以为是老夫人害死的。天可怜见的，你母亲那般的年岁，竟然还要受如此大的冤屈，可又没处说理，只能委屈地来我母亲面前哭诉。”

勋国公想起亡母也叹息：“三娘也是心损太多，这才胡言乱语。”

舅兄：“冤枉不了你母亲，便将这冤屈栽在你几个儿子身上。她丹阳孙家的名头大，我们云家是小门小户，我们只能忍下这口气。”

勋国公：“何至于此，何至于此，舅兄，当年都是误会，这些年三娘也不好过。”

舅兄：“误会？当年就差拿刀要杀了我那几个外甥外甥女。炽鸥啊，手心手背都是肉，你不能只顾着弟妹一个，你也看看老大家的，他好不容易养个闺女，你说要给过去就给过去，谁人能受得了？他只能四处打听，这才找到一个跟珑珑相似的孩子，今年正好有六岁了，说不定就是珑珑的转世呢。”

勋国公因为转世这句话迟疑了起来。

舅兄见有戏，便继续道：“这也是造化，说不定就是老天安排的。”

勋国公这才稀里糊涂地同意了。

谁知道妻子如此激烈地反对。他叹息道：“我就想着，世上之人哪里能长得如此像，万一是珑珑，也算是全了咱们的念想，我们都没有坏心。”

孙三娘：“即便是珑珑投胎转世了，也是别人的孩子，不是我的。”

她轻轻拨弄手里的拨浪鼓，道：“你说，她去世的时候，会怪我吗？”

勋国公哪里能不疼爱小闺女呢，他眼眶湿润地说：“肯定是不怪的。”

孙三娘：“那你为什么不承认你也有责任？”

勋国公的泪水瞬间干了，错愕道：“玉岫跟你说了？”

孙三娘：“说了，今日气急，便说与我听了。她说你这个人，实在是毫无德行。”

勋国公沉默起来，也不解释，最后叹息道：“三娘，这回闹了一场，便消停吧。”

孙三娘：“消停什么？”

勋国公：“自然是好好过日子。”

孙三娘轻轻“嗯”了一声：“我是要过好日子的。”

阿绾说日子是过出来的，她也想试试。

她说：“你让他们都搬出去吧。”

勋国公错愕：“什么？”

孙三娘：“让老大、老二、老三他们都搬出去。”

她本想自己搬出去住的，想想又不甘心，更觉得不痛快，便只好请他们搬出去。

她说：“虽然有父母在不分家的规矩，但闹得如此不欢快，我也没心思跟他们好好相处了。”

勋国公震怒：“不可能！这事情要是做了，简直比今日更加丢脸！”

孙三娘：“那你也搬出去。”

她反正是不搬的，勋国公府这座宅子是圣祖皇帝赐的，她住了十几年，样样都很合心意，她不愿意搬。

“我已经写信回家去了，一封信一封信地催，实在不行，我就开始写血书，我就不信阿爹阿娘不来。”

她一言断定：“除非是我孙家死绝，否则这个家我是分定了。”

勋国公很是无奈，气得跺脚，袖子都抖了起来：“三娘，三娘，你这是要做什么！”

孙三娘反而舒出一口浊气：“你说的啊，我想过消停的日子。我痛了这么多年，可曾要求你做了什么没有？我曾经在家里也是个蛮不讲理的人，我已经够忍让了，你们却欺负我至此——”

她笑了笑：“那就看看，我阿爹阿娘还愿不愿意认我这个女儿吧。”

勋国公如今也不嫌弃刕鹤春的蠢笨了，急得出门拉着他就道：“快些吧，快些让你家夫人去劝劝她！”

刕鹤春心道：折绾去了可不会劝，反而还会出主意这个家怎么分合适。

如今，他实在是知晓她的胆大了，人的变化可真是大。

他唏嘘道：“大人，就是下官也觉得您这事情办得不地道，嫂夫人这是在气头上，您还是等等再说吧，说不定她自己也不提了。”

勋国公头上冒汗：“你不了解她，她脾气上来了，可没有谁能拦住。”

最开始那几年，他是费了心思才哄住她的，也是真心喜欢她。他那个岁数的男人，怎么会不喜欢十七八岁的姑娘呢？

他拉着刕鹤春去喝酒，因都是做过鳏夫的，在一块儿能说的话也多，道：“哎，这鳏夫不好做啊，先头的、现在的，就好像是手心手背，我总不能厚此薄彼吧？”

邴鹤春倒是没有这个烦恼，折绾好像从来没有跟阿琰别苗头，如今也没有孩子。

是啊，嫁过来也半年多了，怎么还没有身孕呢？

但没有也许正好，否则若是成了勋国公府这般的局面，他也够头疼。但继室和原配子女不和，说起来还是做丈夫的无德。

折绾对川哥儿很好。

他再次唏嘘起来："大人也该多照看照看家里，这般的矛盾，可不是一日积成的。"

勋国公：……真是话不投机半句多，邴鹤春这张嘴真是不好。

他皱眉道："反正分家是万万不能的，还是让你家夫人去劝劝吧。若是劝不住，等孙家的人来了，大家脸上都不好看。"

他又长长叹一句："三娘以年幼之身嫁给我做继室，我家那岳父岳母也是受了她埋怨的，这些年哄着疼着，若是真来了，怕是要磋磨我掉一层皮。"

邴鹤春直到回家之后还是笑个不停。折绾看不过眼，直接去了书房，邴鹤春却跟了过来，道："勋国公夫人那边你打算怎么做？"

折绾："什么怎么做？我自然是顺着她的。"

她之前以为孙三娘愿意走出来跟着她做生意是回光返照，如今看来很是不准确，孙三娘这次才是回光返照。不事关生死，却事关她日后的活法。

她对邴鹤春道："我是一定要帮的。"

邴鹤春被她坚定的语气惊讶到了："你还挺讲义气。"

折绾不欲跟他多说："你还有事没有？"

邴鹤春今日瞧了一出好戏，态度很是宽和："没有，就是好奇罢了，你怎么会想出这么……这么离奇的招数？"

折绾翻了个大大的白眼。

她接连几天都去了勋国公府陪孙三娘。玉岫负责大骂，折绾负责劝她多吃点："这哪里是一时半会儿就能折腾完的？你养好精神，是长久打仗呢。"

玉岫"哈哈"大笑："你是不知晓，在丹阳的时候，她娇蛮得要命，能为了一个簪子跟人吵翻天，那精神哦，根本不用你担心。"

孙三娘很少想起从前，她觉得那都是梦里的日子。今日被玉岫提起，心里却不苦闷了，道："她没说谎，这个主意是我想出来的一点也不奇怪，也没人怀疑。我年轻的时候啊，更荒唐的事情都做过。"

她也是畅快活过十几年的。

玉岫却道："我如今真是想不通，你阿爹阿娘为什么不给我回信。"

自家人明白自家人的事情，孙三娘说："定然是爹娘没收到。"

她神情黯淡了一瞬，道："阿爹阿娘虽然抛却了我，却也算疼爱我。我如今才明白，父母之爱啊……"

并不是黑就是白。

她酸涩道："应该是阿兄阿嫂藏了信。但我跟阿爹阿娘有自己的联系法子，这回阿兄藏不住我的信。若是这回……阿爹阿娘还不来为我主持公道，我也就没爹娘了。"

玉岫沉默了一会儿才道："这是气话。"

她道："也许已经在路上了。"

她也很久很久没有看见爹娘了，远嫁的姑娘就是这般，嫁出去，一辈子就难见爹娘的面了。

她叹息一声，一转身，便见阿绾在那里静静地发呆。她好笑道："怎么了？"

折绾抬起头，琢磨道："若是事情多，想要马上就做好是不可能的。但是……可以一件一件去做。同理，事情是人做的，也能一个人一个人去解决。"

上辈子，她就碰见过诸多这般无法解决的事情。赵氏虽然后来完全把中馈交给她了，但总是从中作梗，让这个管事跟她作对，那个妈妈不听她的管束。那时候真是筋疲力尽，后来慢慢地，经历的事情多了，便知晓怎么去解决这些人。她们并不是揉成一团的，若是细细去分析，便发现她们还有不少的矛盾，她就利用这些小事一个个去跟她们谈。

"面上看着和气，可心里谁知道在计较什么呢？"

她就给这个婆子一点甜头，给那个婆子一点罚俸，这群人自然而然就散了。

折绾："百足之虫，死而不僵。但若是从里头杀过去，便是必死无疑。"

于是就在大家都以为此事要长久僵持的时候，勋国公府其他两房突然松口了，都找到勋国公道："父亲，母亲如此要求，我们便搬出去吧。"

勋国公大惊："你们这是什么意思？"

他跟原配一共生了三儿两女。如今三个儿子都住在勋国公府，儿孙满堂。在他眼里，平日里子女们都是互相照顾的。但今日二儿子和小儿子支支吾吾地道："总是要分家的，这宅子是大哥的，不是我和三弟的，我们迟早要走，不如就随了母亲的心愿，只当是尽孝了。"

勋国公两眼一闭："你们当我傻呢？"

但是二儿子和三儿子坚持要分，说得急了，便说起这些年的委屈。

"什么好事都是大哥的，我们哪里分到什么？母亲当初去世的时候，叮嘱大哥照顾好我们，好嘛，将我们的庄子铺子都照顾去了。"

"大嫂还一味地在那里多吃多占。父亲，说句实在话，我们都觉得如今的母亲也不容易，大嫂可没有给她什么好东西，但凡值钱一点的，都进了大房。"

"是啊，幸而母亲是丹阳名门，不跟她计较，不然这个屋里早乱了。"

"我也是为人子女的，父亲，这事情大哥其实是做错了，哪里有儿女给父亲纳妾的？我也是母亲的儿子，受她的关照多年，我也要为她说句话才对得起良心。"

"父亲，分了吧，即便是不分大哥，也把我们分出去吧。"

这些年大家住在一块儿有诸多矛盾，随着儿女越来越多，妾室越来越多，屋子早就不够住了，他们住在府里也得不到什么好处，不如分出去过。

老二道：“有老人在，大儿子不分家，确实应该。但京都也不是没有我们这般的人家分了小的自己过日子的。”

“对啊，都是有先例的，算不得丢脸。”

你一言我一语，将勋国公说得两眼一黑，直接晕了过去。

他苦恼地来找劭鹤春喝酒，还是那句话：“宋家大少爷也不在府里，管不住他家那个浑蛋媳妇，可你不同啊，你家夫人看起来就不厉害，肯定听话。”

怎么就劝不住呢？

劭鹤春呵呵笑，回家跟折绾道：“儿女不和，都是老人无德。”

就像勋国公这般，真是活该。

折绾就笑了笑：“那你跟你三弟和睦吗？”

劭鹤春一噎：“自然是和气的。”

折绾：“和气就和气，我不过是随口问问，你憋气做什么。”

（六）

勋国公府成了笑话。越王妃就拉着折绾让她细细说说这个笑话，好让她笑话笑话。

折绾今日又给她送了花来，亲自摆在了窗台底下，这才坐下道：“其实也没什么，他们欺负人，把人往死路上逼，自然怨不得人垂死挣扎。”

这话一点折中的意思都没有，越王妃就笑起来：“是，如今满京城里谁不知道勋国公夫人有个不孝的继子。”

折绾：“多亏了玉岫姐姐人缘好。”

玉岫那一张嘴巴本就会说，心地也良善，时常做好事。平日里跟她玩得好、受过她恩惠的，人人都向着她。她又真情实意地为孙三娘抱不平，说到动情处，泪眼汪汪的：“为了珑珑，她都多少年没有出门了？那段日子瞧着她是要有死心的，我就一刻不敢松懈，跟阿绾两个人时时陪着、劝着，好不容易拉着她出来走动，刚好一点，眸子里面有点鲜活气，那家的大儿子就看不下去了，好嘛，就找了个寡妇欺负人——”

众人唏嘘起来，也觉得此事勋国公一家做得过分了。

“我活了这么久，没听说过这么离谱的事情。”

“是啊，再怎么样也不能如此做啊！”

“昏了头，当年丹阳孙三娘是何等的厉害，真是虎落平阳被犬欺。”

玉岫：“还不是觉得孙家离京都远，远嫁的女儿就犹如没娘的孩子，被人看不起哦！”

谁家没有几个远嫁的女儿？谁家也不敢保证自己的女儿不做继室，自然是感同身受。

“勋国公做错了呀，夫妻相守，哪里能厚此薄彼。”

玉岫气得拍桌子：“是啊，他就有这么拎不清！”

而后她又道：“但一家子人哪里是全坏的？我说句良心话，老二老三家还是不错的，明辨是非，要与三娘说说好话，也被老大家的打了。”

她拉着折绾：“你们不信我说的，还能不信阿绾吗？她这个人安安静静的，从来不沾染是非，她都看不下去了，动了大气呢。”

折绾这半年跟着玉岫出来走动，跟各家夫人也是打过照面的。她说话温和，做事大方，还给各家送过鲜花饼和上品的花，但碰见了也不过分亲昵，喜欢静静地坐在一边听众人说话，偶尔说一两句话还十分有见解，大家便慢慢接受了她的存在。她确实从不说是非，碰见事情也沉稳得很，且长着一张让人相信的脸。这般的脸，向来应该是大事化小小事化了的性子，她都要闹，说明事情还是很严重。

折绾就点点头，一副后怕的模样：“我刚认识孙姐姐的时候，她一点气色也没有。后来我和玉姐姐寻了方子给她，她天天吃药吊着，好不容易脸上有了些红润气色，这回又被气晕了过去，大夫说……哎。”

便有老夫人感慨：“所以说，人善被人欺啊。三娘我也是看着长大的，虽然性子娇气一些，但心却好，是个纸老虎。”

丹阳一地，世族林立，这位老夫人也是世家女，在京都一辈子了，颇有位分，她都说了此话，哪里还有人质疑。

折绾就跟在玉岫的身后，瞧着她这里说那里哭，把事情越说越大，说得勋国公找到宋家老大人谈了谈，玉岫这才对外说病了，要养病。

她欢欢喜喜地道：“勋国公真要面子，我以为他会早点过来的，结果我都去过这么多夫人家了才来，这可不好办，该哭的地方我都哭过了。”

京都有门有户的哪个也没能逃脱她一张拜帖。

折绾其实不太适合讲故事，她平铺直叙地将事情说了一遍，越王妃竟然也笑得前俯后仰，而后畅快地道：“你们这件事情做得极为爽快。”

她之前没跟玉岫打过交道，她虽然性子也爽利，喜欢说笑，但跟玉岫左右逢源不一样，她在外的时候不喜欢说话，这点跟越王一样。

如今她却想让折绾为她引见玉岫：“我是真佩服她。”

折绾满口答应：“但她‘病’了，最近是不好见客的，怕是要过几日才行。”

越王妃就“啧”了一声：“阿绾，你还是太规矩了。”

果然折绾去宋家一说，玉岫直接坐着马车出了门。宋夫人十分尴尬，跟折绾道：“她就是这般的性子！”

折绾看着尘烟滚滚的马车，温婉地笑起来：“是，我很喜欢她这般的性子。”

宋夫人其实最开始想把宋玥娘养成折绾这般的娴静大方、稳重良善的女子。她叹息道：“玥娘最近没给你惹麻烦吧？”

折绾揽着宋夫人，轻笑道：“我每来一次，您都要问问。”

不过这段日子忙着孙三娘的事情，倒是忘记跟宋夫人说莹姐儿的事情了。她道："您知晓我家三弟想要接升哥儿去湖州的事情吧？"

宋夫人不知道，诧异道："还有这事？"

折绾点点头："我以为三弟妹会跟你说的。"

宋夫人便气道："她瞒着呢！这脑子不清醒的，胳膊肘往外拐，怕我不准她送孩子走。"

折绾解释："看她的意思，她也是不愿意的。"

宋夫人："她是个笨脑壳，刕鹤悯的要求，她最后还是会同意的！"

这倒是真的，莹姐儿最后还是被送去湖州了，不过这是一两年之后的事情，折绾没有太急着打消宋玥娘的念头，也不知道她和刕鹤悯的具体情况，不敢断定哪条路对莹姐儿好，只能靠宋夫人去决定。

宋夫人很是感激折绾："你这是帮我大忙了，不然她敢上天！"

她还对赵氏颇有微词："我家那个傻丫头还以为婆母是心疼她的呢，如今是瞧明白了吧？儿子在那里，她心里那杆秤就不会偏向儿媳妇！"

折绾不好跟着说，辞别宋夫人，回到府里，便看见莹姐儿正和升哥儿、川哥儿一块儿在她的书房里面坐着看书。也不知道怎么回事，孩子们倒是很喜欢她的书房。宋玥娘觉得这是因为她的书房里有很多花，便从花草房搬了许多花回去，但两个孩子还是喜欢来这里。

三个孩子都很懂事，不会乱动她的东西，只会规规矩矩地坐在一边看书。折绾笑着进门，莹姐儿最先奔过来，指着她系在十八学士花枝下的铃铛，兴奋道："大伯母，是我的铃铛，是我送给你的铃铛，对不对？"

折绾摸摸她的头："是。"

"这叫作铃索护持。把铃铛挂在花梢上，便可以用来惊吓鸟雀，雀儿便不会来啄花了。"

这盆十八学士就放在窗下，时常有鸟雀来，她就正好把莹姐儿送的铃铛用上。

莹姐儿小小年纪，却十足爱美，连连惊呼："茶花有了它好好看啊！"

她一直留在苍云阁不回家，就是为了等着问这一句。

折绾牵着她的手走到窗边，问："你喜欢吗？"

莹姐儿："喜欢的。"

折绾："那就送给你了。"

莹姐儿："真的？"

折绾："真的。"

升哥儿眼睛亮闪闪地过来，道："大伯母，我也要。"

折绾："你挑一盆喜欢的搬回去。"

而后她微微迟疑，看向站在一边眼巴巴的川哥儿，问："川哥儿，你想要吗？"

川哥儿还没回答，升哥儿就已经大声说了：“他喜欢的！大伯母，川哥儿刚刚也说你的茶花漂亮呢。”

折绾却送了他一盆用木棍撑着、已经长满了花蔓的蔷薇花，她温和道：“这是你母亲最喜欢的。”

川哥儿自然知晓，只是被她口中的“母亲”弄得措手不及。他看向门口，门外的院子里就种了许多蔷薇花，它们开得正好，于妈妈常常对着那些花流眼泪，说：“这是你母亲最喜欢的。”

川哥儿对生母很是好奇，对如今的母亲也很好奇。他捧着那盆蔷薇花不知所措。

折绾坐下来，歪在临窗榻上，几个小的就一人捧着一盆小花看向她。

春光正好，折绾端着茶，突然道：“我第一盆花，还是你母亲给的呢。”

川哥儿瞪大眼睛，他从不知道这些。

折绾微微出神：“那时候，我比你大一些，大概五六岁吧？你母亲还没有出嫁，她送了我一盆花，说：‘弄花一岁，看花十日’。”

她当时不明白这句话的意思，只觉得她说这句话的时候并不高兴，便记了下来。如今也不是很明白养花这般快活的事情，为什么要用如此悲伤的语气说，只记得后来长姐笑着道：“阿绾，既然你喜欢花，那便送与你了。”

她便揣测：“她应该不喜欢花吧？但是她又种了蔷薇。”

莹姐儿扬起脑袋，人精得很：“可能是有人逼着她种花！阿娘总逼着我做针线，我也不喜欢。”

升哥儿：“还可能她要种的花太多了。我每日要被阿娘逼着写好多字啊，先生都说了可以不写的！”

唯独川哥儿迟疑、忐忑、犹豫，不敢将心里的想法说出来。

这个孩子，也不知道像谁。

折绾没有兴趣再去探究，但是她探究起自己来。她上辈子其实不是很喜欢在川哥儿面前提起长姐，她不会有今日这般好心情，就坐在这里给川哥儿讲他的生母。她战战兢兢、惶恐不安，生怕川哥儿嫌弃她。

为什么会觉得自己将被嫌弃呢？

具体的缘由已经想不起来了，想起来应该也觉得荒唐，那就不想。她只觉得如今就很好，她坐在这里，那些害怕于妈妈跟川哥儿提起的长姐生前事，她可以淡淡地在一个午后说出来了，不用藏着掖着，拐弯抹角。

她本来就不是他的母亲，只是姨母罢了。

她上辈子要是能早明白这个道理就好了。

推己及人，她不由得唏嘘道：“或许……或许是你母亲年轻的时候，也在藏着掖着自己的喜好。”

她不喜欢花，但必须种花。她喜欢什么呢？

川哥儿见她怔怔出神，情不自禁地也跟着问：“那……那我母亲喜欢什么呢？”

折绾笑着摇摇头：“不知道，你可以去问问你父亲。”

川哥儿不敢。

刕鹤春也日日忙得跟个鬼一般，晚间才会回来，身上好几天都有酒气——勋国公气得又找刕鹤春喝酒了。

刕鹤春也郁闷得很，两人的关系也说不上好，怎么就想着来找他诉说苦楚呢？他也是瞧不上勋国公做的这件事情。

勋国公一口闷下一杯酒，道：“我万万没想到，事情能闹到今日这一步。回到家里，三娘也不搭理我，大儿子埋怨我，二儿子和小儿子则要和我分家，我即便是躲到外头去，也有人过来问我分家了没有。都怪玉家那个泼妇！”

他只是晚了两天去处理，玉家的泼妇就说得满城风雨了，云家舅兄还登门将他骂了一顿。

刕鹤春在修闭口禅，被拉来喝酒也是不说话的，但听到此处，还是忍不住道：“大人该早些去制止的。”

勋国公：“你不知道，我本是交代了我家夫人，让她规劝玉氏，结果她点了头，却什么都没有做。”

刕鹤春差点笑出声，他只能极力忍耐，绷着脸道：“你也太不把它当回事了。”

勋国公喝得醉醺醺的，拍着刕鹤春的肩膀道：“鹤春啊，我现在就后悔，后悔啊，这个家怕是真要散了。”

刕鹤春嫌弃地送他回去，回府换了一身干净的衣裳，才去跟折绾道：“他从前瞧不上我，如今倒是只请我喝酒了。”

虽然极力压制，但折绾还是从他的语气里听出了得意。他得意什么？得意勋国公不找别人喝酒却找他？

刕鹤春说此话的时候，折绾正看着花房送来的一袋子花瓣，不知道该做什么。周掌柜上回还跟她说：“剩下的花瓣太多，光是做鲜花饼不划算，卖又卖不掉，主家还是想想怎么处理吧。”

周掌柜不叫她少夫人，只按照规矩叫主家，折绾很是喜欢这个称呼。

但好主意一时半会儿可想不到，她最近又实在是忙，只能见缝插针地想。刕鹤春叽叽歪歪，她烦得很，便道：“别人家里好生生的，也没个克妻的名头，你们却都是做过鳏夫的，名声也不好，他不找你们找谁？他这是觉得你们是一样的人，喝酒能喝到一块儿去，你还觉得高兴呢！”

刕鹤春：“我也没有克妻的名声。”

折绾：“怎么没有？我都是听说了的，你本来该跟别家的姑娘定亲，都差不多谈好了，却被退了亲。”

劦鹤春深呼吸："我那是运筹帷幄，英国公府不能跟兵部有关系。"

折绾："外头是这般传的，我如今还吃着人参粥养身体呢。"

劦鹤春错愕地瞪大眼睛，一副不敢相信的模样，而后闷不吭声，过了一会儿才道："这就是胡说八道了，寡妇还有再嫁三嫁的，哪里能一概而论。"

折绾却从他这里打听起勋国公的意思："他家还分不分啊？"

劦鹤春："刚刚还说我克妻呢，如今又要从我这里打听消息了。"

但说勋国公的事情，他是津津有味的，何况在外头修了一天的闭口禅，回家就愿意说说话。他"啧"了一声："他肯定是不愿意分的，如今两头不是人，不是得罪孙家，就是得罪云家，两边都要受埋怨。"

折绾冷笑："也到他该受罪的时候了，孙姐姐受了这么多年苦呢！"

第二天见了孙三娘，发现她脸色很是红润。玉岫还担忧："别又是你说的那个什么回光返照吧。"

折绾轻轻"呸"了一声："说什么呢？她这是有了主心骨。"

玉岫："什么主心骨？"

折绾笑起来："分家，骂勋国公。"

她缓缓吐出一口浊气，道："咱们之前是想让勋国公认个罪责，让孙姐姐心中松口气，如今却是不用去劝了，勋国公承认不承认，她都开始骂他。"

所以勋国公真是活该。

孙三娘中午吃了三碗米饭，道："我从没吃过这么多！阿绾，我听你的话，我多吃些，精神才好些，才好斗这一屋子的牛鬼蛇神！"

她又骂勋国公："他这是打量我一直不说话，以为我这回又会咽下委屈呢。"最后却又流眼泪，"那个孩子，确实是很像珑珑。"

折绾趁机问："你想养？"

孙三娘摇摇头："人家是有亲生母亲的，我干不出来这种事情。再者说，我还是那句话，即便是再像，也是不一样的人，我若是移情到她的身上，对她不好，对我也不好，对珑珑更不好。我的女儿是不可替代的，我要养，就好好养，而不是把她当成替身。"

玉岫道："阿绾，如今你知晓我为什么会跟她做这么久的好友吧？她这个人虽然脾气坏，但大是大非从不含糊。"

孙三娘被夸得心中坦然，道："经此一事，她们母女两个是不好在京都待下去了，我做主将她们送去了我的庄子里。"

这样也能有个活路。

折绾瞧着她的样子，揣测道："那你……你想不想再养一个孩子？"

孙三娘其实是愿意的，她道："这段日子，我瞧着那孩子在我跟前的模样，我心里就……就有一种悸动。"

但她又怕养不好，更觉得自己不养更好，她矛盾得很。

玉岫却突然道："你知晓京都的慈幼院吗？"

孙三娘点点头。

玉岫："那里的孩子都是无父无母的，你去那边养一个，也许还能好些。先不做女儿养，就放在身边带着，养个大一点的，待她们好些，也是给了她们一条活路。"

这主意倒是好，孙三娘很是意动，她踌躇道："我可以吗？"

玉岫："为什么不可以呢？"

折绾不知道这个主意行不行，但见两人都开始有念头了，干脆道："既然如此，就再带个小儿郎回来。"

玉岫刚开始还不明白，而后眼睛越睁越大，道："是啊，我怎么没想到呢！"

她带着孙三娘去领了两个六岁的孩子回来，一个男童，一个小姑娘。孙三娘要带着他们认祖归宗。

勋国公气得直跺脚："三娘，你又闹什么啊！"

勋国公大儿子就请了舅舅来，说："她这是疯了，疯了！她自己生不出来，要带个慈幼院的乞儿回来与我争抢，这是恶心我呢。"

勋国公就又被云家舅兄教训了，但这回他也无奈得很，道："咱们做的初一，她这是做十五呢。你不知道，按照她的脾性，这还是收敛着来的，要是再放纵下去，怕是要闹上金銮殿了。"

云家舅兄拍桌子骂人："你是什么意思？"

勋国公叹息，头痛地蹲下来捂着脑袋："舅兄也别怪我，我顺了你一回意思，如今闹得满城风雨，这回，我怕是要顺着另外一头了。不然，三娘敢再从慈幼院带十个八个回来认继子，到时候锣鼓喧天，为他们谋家财，勋国公府要彻底成为笑话。"

事情已经走到了这一步，再强撑下去已经无济于事了。

勋国公决定之后，分家也分得利索，先把二儿子和三儿子挪了出去，各出银两为他们买下新宅。离得也不远，就在勋国公府前一条街。新宅肯定是不能跟他们现在的宅子比，但老二老三都没有意见，还道："父亲，能有一座宅子就很不错了。"

何况继母答应，此次让大家平分勋国公府的铺子和田地，这可比父亲自己来分得到的多。

孙三娘道："我是后母，却不偏袒哪个，就连嫁出去的姑奶奶也该得些家财才是。"

这么一来，除了老大和勋国公，谁都舒坦。

老二和老三因站在孙三娘一边，被老大又揍了一顿，于是一分完就迫不及待要离开。云家舅舅来训斥他们，他们也有话说。

"舅舅只顾大哥，还不是因为只有大哥会继承这勋国公府。我们两个就不是舅舅的亲外甥了，只是外人。”

云家舅舅：“我何曾不管你们了？”

老二是有话说的：“既然如此，为什么我和大哥都有意跟舅舅再次结亲，舅舅却只将女儿许配给大哥的儿子？可见即便都是母亲的亲儿子，在舅舅心里也排了个三六九等。”

长年累月地被冷落，他们自然是有怨气的。云家舅舅气得甩袖而去，勋国公也眼眶湿润，十分不解：“就因为这些小事？大家说开就好了呀。”

老二笑了笑，道：“可是父亲，不患寡而患不均，这般的道理，您该懂的。”

老三直白些：“若是我跟舅舅，或者是跟您说要给您纳个寡妇回来，父亲和舅舅怕是要打人的。”

但大哥就行。

老二：“因为父亲把大哥当成是未来的依靠，多多少少将心偏了过去。”

勋国公一夜之间像是老了四五岁，他问孙三娘：“老二老三出去了，老大不分行不行？”

孙三娘如今神采奕奕，满身都是斗志，坚定地摇头：“不行！”

勋国公唉声叹气：“三娘，我已经让步很多了。”

孙三娘却道：“从珑珑死去的时候，我就让了。”

勋国公听见幼女的名字，还是愿意再退步的。没法子，只能去找老大谈，却被老大抱着哭：“父亲，难道有了后娘就要有后爹吗？母亲去世的时候，您在她床头说一定会看顾好我，难道您忘记了吗？”

勋国公没有忘，但是他也顾及着孙三娘。想了想，他狠心道：“那就一人退一步吧。”

明着不分家，但把勋国公府一分为二，开两个大门，大路朝天，各走一边。

孙三娘没意见，于是此事就这么定了下来。

折绾和玉岫上门为她庆贺，三人起了锅子，坐在一块儿喝酒吃肉。不远处还起了一个小锅子，给两个从慈幼院带回来的孩子。

都是五六岁的模样，孙三娘没让他们叫阿娘，只叫姨母，道：“只当是娘家亲戚来投奔我了。”

折绾吃一口菜，忍不住又去看小姑娘。她是长得漂亮的，慈幼院的管事听闻是勋国公夫人要养，便将最漂亮的送了来。男童也漂亮，两个孩子洗干净了放在一块儿，让人看了也赏心悦目。但两人脸上怯弱得很，尤其是小姑娘。

见折绾看过来，她怯生生地抬起头，讨好地朝她笑了笑，而后就放下筷子不敢动了。

折绾蓦地心里一酸，眼眶一红，也弯唇朝她笑了笑，轻柔道：“桃花烧卖好吃的。”

小姑娘就连忙拿起面前的桃花烧卖吃了起来。折绾只好转过头，不敢再开口，她怕再开口，小姑娘只敢吃桃花烧卖了。

她低声问孙三娘："可取了名字？"

孙三娘也发愁："没呢。这段日子闹哄哄的，便一直让婆子照顾他们，也不敢领到前面来，怕吓着他们。"

于是就照着慈幼院管事说的名字叫："男的叫狗剩，姑娘叫乌丫。"

这名字肯定还是要改的。

她顿了顿，看折绾一脸动容，跟玉岫交换了个眼神，道："不如你来给他们取个名字吧？"

折绾："那哪里成呢。"

孙三娘："哪里不成？他们唤我姨母，也是唤你姨母的。"

折绾就没推辞。她忍不住再次看过去，小姑娘又情不自禁地拿起了一个桃花烧卖。

可不能吃了，再吃要闹积食的，到时候没有大夫来，就要撑着一晚上。

折绾慢吞吞吐出一口浊气，眼底云雾萦绕："大名叫晴空吧？小名就叫雁雁。小时候，有一次天特别晴，太阳也特别大。我抱着长姐给我的花回屋子，透过窗户看外头，看见了一群大雁。"

也不是什么特别的情景，但她一直记到现在。

玉岫就连忙道："那就是好寓意！就叫这个名字吧？那男孩呢？"

折绾一时半会儿取不出来好名字了。

玉岫："你取了一个，剩下的一个我来吧？不如就叫晴霄。自古有诗云：晴空一鹤排云上，便引诗情到碧霄。"

孙三娘笑起来："这般正好，你们一人给了一个名字，我就给个姓，跟我姓孙。"

两个孩子连忙跪在地上谢恩。

折绾将小姑娘抱起来，笑着道："雁雁，你长得很好看，等下回我来的时候，我给你带一盆好看的花。"

小姑娘如同惊弓之鸟，吓得呆在她的怀里。折绾笑出了声。

下午素膳来接她的时候，瞧见了面生的小姑娘，忍不住不断给她塞糖吃："吃吧，吃吧，吃饱啊！"

回英国公府的马车里，折绾靠着素膳打瞌睡，刚要睡过去，迷迷糊糊中，就听见素膳在那里嘀嘀咕咕地感慨："雁雁这个名字可真好听。"

她记得那年姑娘指着天上的大雁道："你瞧，素膳，它们多快活。"

她轻轻把衣裳盖在姑娘的身上，在摇摇晃晃的马车里高兴地道："我跟姑娘如今也很快活。"

卷五

桃花流水，别有人间

/她生前审问自己的错处，死前询问她的错处，直到见的天地越大，见的人越多，她才慢慢明白，她不需要审问自己。/

（一）

勋国公府敲敲打打开始砌墙，勋国公日益苦闷，去请劢鹤春喝酒，却被拒绝了。

劢鹤春不愿意，自从折绾说他们两个都是鳏夫且克妻后，他就嫌丢人，又怕拒绝得过于直接遭记恨，只能撒谎道：“太后让下官下值之后去一趟长乐宫。”

勋国公就没办法了。

太后虽然在深宫里，却知晓不少事情，因为玉小姑娘的性子像足了玉岫，京都就没有她不知晓的闲话，像勋国公府这般的事情，太后自然是听她说过的。

见劢鹤春来，她笑着道：“躲勋国公呢？”

劢鹤春不好意思地点了点头。太后拍拍他的手：“你不跟他走近是对的，我也看不上他的手段，这人在官场上有点能力，但家务事实在是糊涂。”

而后她又问起折绾：“丹崖说她最近忙着种花种茶，还要去闽南买地？”

劢鹤春：“是。如今还折腾那些不要的花瓣，不知道要做什么。”

太后笑起来：“这般能折腾是福气，她是个很有……很有朝气的孩子，我很喜欢。鹤春，你该对她好些才是，今日还早，你回去陪她用晚膳吧？为人夫婿，该懂得体贴妻子才是，我总是盼着你们好。”

劢鹤春应下，回去却没看见折绾，不用问都知晓她在勋国公府、宋家，或者是她那三个小铺子里。

他只跟守在门口的文月道：“少夫人回来了，来叫我。”

刚要走，便听赵氏的婆子来请他。劢鹤春迟疑了一瞬，还是立刻跟着走了。

他还有事情呢，进了山海院就道：“母亲有事快些说吧。”

赵氏埋怨："天王老子也没有你这么多事！"

劢鹤春端起茶水喝了一口，叹息道："是出了什么事？"

赵氏恼怒道："是你三弟！"

劢鹤春端着茶的手便晃了晃，诧异又好奇地看向母亲："三弟做了什么，母亲竟然如此动气？"

赵氏："还不是他写信回来，说一定要带升哥儿去湖州！别说玥娘不肯，我也是不肯的。我都多少年岁的人了，他本就不在我身边，要是升哥儿和莹姐儿再不在，我该怎么活哦！可我想着他一个人在外头也孤苦，送个孩子去也行。只是玥娘又埋怨我，这才一个月，我就在他和玥娘之间里外不是人了。"

劢鹤春原本以为是什么大事，没想到是件小事。他慢吞吞喝了一口茶，道："这般的事情，儿子是不好出主意的，不然三弟和三弟妹都要恨上我，母亲还是去问问父亲吧。"

赵氏恨恨道："要是你父亲肯出主意，我怎么会来找你！"

英国公根本不管事，问他就说："都行，你看着办吧。"

再逼急一点，他就甩手晃袖子："这些后宅之事若是都要我来管，还要你做什么？"

气得赵氏泪眼汪汪，在床上翻来覆去地哭："我命苦啊，这条命真是苦。"

赵妈妈说："那夫人就问问大少爷吧。"

赵氏不敢问，道："他和鹤悯本就不和。"

赵妈妈："还能一直不和下去吗？总要有个机会交谈交谈的。长兄和幼弟，若是长兄上心一些，做弟弟的没准能感受到关切。"

赵氏便试了试。谁知道大儿子根本不管事，跟他父亲一样！

她哭道："你也是长子，该为你弟弟出出主意，你们到底是兄弟，长兄如父，他能听你的。"

劢鹤春却不答应："母亲未免也太高看我了，三弟一向瞧不起我的主意。"

他拍拍屁股站起来，道："母亲还是自己去说吧，免得三弟到时候又怨恨上我。"

赵氏哭了一下午，折绾一回来就被她叫了过去。她说："你好好跟鹤春说一说！"

折绾还是第一回看见赵氏的眼睛哭成这般，她的记忆里，赵氏总是高高在上，时时用鄙夷的眼神看着她，何曾有过这般的时候。这回怕是真没法子了，也是，莹姐儿的事情闹了快有一两个月。

她道："只是他固执得很，怕是也说不听。"

赵氏："你只管去说！"

折绾笑着站起来说："那我就试试。"

赵氏满是不情愿，憋闷道："你试试吧，川哥儿的事情他还不就听你的了？"

折绾回到主屋，刕鹤春已经在等她了。她坐下来卸头钗，他拿本书歪在榻上斜睨她："去哪里了？宋家？"

折绾："越王府。"

刕鹤春不说话了，而后又问："你去了山海院？母亲让你来劝我了？"

折绾拆掉头饰之后松快多了，用手指去梳头发，点头说："嗯。"

她站起来，走到他跟前，将书一把拿走，说："你别乱动我的书！"

刕鹤春"啧"了一声："我就看看。"

折绾："你又看不懂！"

刕鹤春："你这就是小瞧人了。"

折绾："你懂？你懂红梗子开白花是什么？"

刕鹤春还真不知道，他试探着去问："玉簪花？不对，是葫芦花？"

折绾翻了个白眼。

刕鹤春只好讪讪地不说她的书了，他确实是不知道，于是他转移话题问："母亲叫你劝我，你怎么不劝？"

折绾："你管就管，不管就不管，我说了有什么用？"

他要是能管得住，莹姐儿还会被送走？还得宋家夫人去管。

她换好衣裳就去书房，刕鹤春本要跟着去书房的，结果发现门被锁上了。他摸了摸鼻子，道："这脾气越发厉害了，怕是跟着越王妃又学了几招。"

之前跟着玉岫就学得脾气大，如今跟着越王妃还了得？刕鹤春记得越王妃是可以拿棒子追着越王打的。

他叹息一声，转身走了。

折绾正摆弄她那些晒干的花瓣，她已经决定将它们做成胭脂等上脸的东西。

她跟周掌柜道："也不为着卖，只是浪费了花不好，既然能做胭脂水粉，那即便是不卖，做添头给客人也好。"

周掌柜点头。其实她已经忘记了，这在她眼里是小事。这段日子她也跟着袁夫人学闽南话和学怎么炮制茶叶，她觉得自己好像为后半生找到了一条康庄大道。跟折绾说花瓣的事情只是随口一提，结果没想到她竟然如此重视。周掌柜笑着道："主家做得很好。"

折绾就松了一口气。

周掌柜好笑："你才是主家，怎么如此拘谨担心。"

折绾："我毕竟不懂。"

周掌柜就喜欢她这般的主家，不懂就不乱插手，还认真去做事情。她宽慰道："这都是小事，你的大头还是铺子和闽南呢。"

折绾已经买了桂渊街等其他几条街道的许多铺子了，周掌柜都不知道她为什么能如此肯定这几条街能大涨起来。刚开始以为她是知道了一些什么，但瞧着京都其他人没有动静，又见她耗费精力和人脉去闽南，就知晓她是凭着自己的主意在买。

她唏嘘道：“要是涨了还好，没涨……”

折绾：“没涨也亏不了。”

周掌柜笑起来：“是，你有这个魄力就好。”

折绾却记得快要开始涨了，没有十几年后那么夸张，但也慢慢涨了。从什么时候开始涨的呢？好像是从江南富贵人家来京都买地开始，朝廷也放开了限制，下了文书。

周掌柜不管这个，她只管闽南。她问：“什么时候去呢？”

折绾：“快了，等我再确定一下，就让张管事出发。”

周掌柜其实也想跟着去看看，但京都离不开她。倒是袁夫人听闻还要再去一趟闽南之后，就动了心思，她也想跟着回去。

袁耀却犹豫：“家里三个孩子呢。”

袁夫人心里也拿不定主意，道：“我也知晓孩子们都小，但待在京都，我觉得自己哪哪都不好，但在茶行里面，我却什么都行。再者说，这是一笔大生意，阿爹阿娘肯定会乐意的。咱们家要是有银子了，也能住大宅子，不必挤在这座小屋子里。还有啊，少夫人跟我说需要本地人去帮着说话，我就是本地的。”

袁耀听她这个意思就是想去了，他不好直接回绝，就把孩子们都叫来，说：“你们阿娘想要回闽南去，要是去的话，怕是一年半载的不会在家。”

这是肯定的。他以为孩子们会反对，谁知道都很支持，小女儿甚至想要跟着去。

袁耀微微诧异，袁夫人却舒出一口气，笑起来：“都是我养出来的，当然是向着我了，你管过他们几回啊。”

折绾很快就听闻了这个消息，她没有觉得意外，只是笑着道：“既然如此，那我也多帮你盯着孩子。”

袁夫人感激不尽，袁耀一听折绾的话，便什么也不说了，只帮着妻子打包行李，趁机道：“带些京都的东西回去卖。”

袁夫人：“你真是没有读书人的样子。”

袁耀：“我要真是读书人，也不会一门心思想着去盘活闽南的地。”

更不会娶个商户的夫人了。他好笑道：“幸而是我娶了你，不然你这般的性子要被磋磨的，谁家官夫人亲自做生意啊？”

袁夫人：“刕少夫人就是。”

袁耀：“她可不是，她凡事有周掌柜在前头顶着，还有素膳和素兰两个姑娘在帮着，她这叫有兴致。”

袁夫人深吸一口气：“我不跟你说。”

大概半个月，事情就定下了。折绾跟玉岫和越王妃、孙三娘，以及时常打听此事的玉小姑娘一块儿凑了两万两，由张管事和袁夫人一块儿带着去了闽南。本要多凑些的，还是周掌柜道："先买这些吧，不然赋税也难。"

这两万两银子也不是全买地的，还要雇人种茶叶、烘焙茶叶。

袁夫人走的时候还信誓旦旦道："夫人放心，只要能卖出去，亏不了多少银子。"

皇帝也听太后说了此事。

太后："说是荒地，我看县志上面说，那边的荒地也不适合种粮食，种茶叶正好，但当地的人没有去种，是种不出来吗？若是这回能种出来就好了。"

皇帝笑道："若是真能种出来，便算是大功一件了。"

他日理万机，也没放在心上，只以为是妇人之间一时兴起的消磨时间的把戏。但看见刕鹤春的时候，他倒是打趣地问了一句："你家夫人能种茶？"

刕鹤春："不知道能不能种成功。但她会种花，每日就围着花转，估摸转着转着就转出了门道，觉得自己可以种茶叶了。"

皇帝逗他："你这位夫人很是厉害啊，倒是跟越王很像，他就喜欢做这般的事情。"

刕鹤春闷声道："是，她被越王夫妇奉为座上宾。"

皇帝大笑出声，乐呵得很。

刕鹤春见他高兴，知晓他喜欢听，便把袁耀的事情说了："他最初是缠着越王，后来听闻臣的夫人打听闽南，便以为是好事，将自己的夫人送了过来打听，结果夫人也跑了。"

皇帝笑得不行。

不过谁也没把这当回事，只当个新鲜事，在京都被人背后说道了几句，就没了动静。如今京都最大的新鲜事还是勋国公府。

孙三娘的父母到京都了。

他们头天到京，玉岫第二天就拉着折绾一块儿去拜见孙家二老。孙母拉着折绾的手一个劲地感激："多亏了你，我家这个傻闺女才能挺到今日。"

折绾可不敢当，她看向孙三娘，孙三娘却没有想象中的高兴，她对折绾道："我最初是等着阿爹阿娘来给我做主的，我原本以为，我需要父母来了才能把此事做好，可是现在看来，我自己也可以。"

当年，孙三娘听闻自己要嫁给一个鳏夫的时候，只觉得是个笑话，她骂天骂地，不惜用世上最难听的话来评价这桩婚事。

后来坐上花轿嫁到京都，她又开始害怕。她从没有离家这般远过，她发现在这里没人能够像爹娘那般宠爱她。她一边跟父母闹别扭，一边惶恐不安。她想要立即逃离这个地方，可又没处可去，她只好整日甩脸色给勋国公看。

这般过了一年，她表面上原谅父母了，写信回去说："你们要护着我啊，这里的人都欺负我。"

可天高地远的，即便是孙家来了信，勋国公老夫人还是欺负她，继子继女也合起来孤立她，唯独勋国公顺着她，于是不过一年，她即便是看不惯勋国公，却开始渐渐依赖他。

再过了一年，孙三娘看见他还有了笑脸，更会利用他对她的“宠爱”去还击。她笨拙地以为自己又可以无法无天了，即便这无法无天不如在丹阳的时候畅快。

她甚至还做了羹汤给勋国公，只为了让他去训斥那些嚣张的继子。

那时候她最喜欢听身边的奴仆跟她说以往的事情。婆子会说道：“夫人当年是多么厉害，您一出门，那些商户便欢喜得跟什么似的，直说您是散财童女呢。您可是丹阳贵女，多少人想娶您都娶不着，勋国公真是好福气。”

孙三娘便会满足得很，她觉得这是她的底气，但慢慢地，娘家也不是她的底气了，她的底气是生个孩子。

她开始希望勋国公多到她的房里来。彼时勋国公府还是有好几个妾室的，她就闹，那个脾气闹起来，勋国公直气得跺脚，扶墙要晕倒。但他实在是喜爱她这副容颜和身份，于是妥协了，把那几个妾室都送了出去。

勋国公老夫人在家里痛骂了三天狐狸精，孙三娘便日日去请安，像打了胜仗一般。

所以她细细追寻自己为什么会那般跟着众人一块儿期望珑珑是男童，发现其实还是有迹可循的。

她曾经在失去珑珑的岁月里将自己翻来覆去地审视，她得出了一些可以为自己开脱的“证据”，证明自己是被逼的，是被影响了，但是后来又决然放弃。她不再为自己洗冤，她只希望在爹娘来接她的时候，告诉他们自己知道错了。就好像小时候她做了错事，爹娘便会将她放在案桌前抄书，只要她想清楚自己错在哪里，便可以不用再受罚了。可是如今爹娘来了，她不愿意对他们说了。

阿娘抱着她哭，她也没什么太大的反应，她就静静地坐在那里，道：“是三娘不孝，爹娘都这个年纪了，还为我奔波。”

爹娘老了，如今是哥哥管家。哥哥将她的信藏了起来，但是爹娘却不敢告诉她，只说：“江南有水灾，信在路上出了差错，迟了些，我们收到信就往京都来了。”

孙三娘没有计较，没有去戳穿这个谎言，她只是告诉他们：“没事的，我已经分家了。”

她还把两个孩子给老人家看，道：“一个叫雁雁，一个叫晴霄。”

两个孩子齐齐喊“外祖母、外祖父”，直接将孙母叫哭了：“我那没福气的外孙女，怎么就这么命苦。”

孙三娘自己倒是没有那么悲伤了，她还安慰起阿娘来：“没事的，她早投胎转世，找到真正爱她的母亲了。”

孙母后悔不已，有好几次话到嘴边，想说让三娘跟他们回去，却说不出口。

孙父只一个劲地叹气，跟她说家里的情况："如今不是很好，之前还能跟玉家比一比，只过去数年罢了，却是拍马再难及。我真是……真是看着那么大一个家，被你哥哥败得哟，我这心啊，都是痛的。"

阿爹说了很多很多，她也把自己的委屈说给他们听。阿爹拍桌子大骂勋国公多次，眼神动容，但直到他们两个要回去睡觉的时候，都未曾说出那一句她想了多年的话。

她想阿爹对她说："不过就不过了，跟阿爹阿娘回去。"

孙三娘轻笑着跟折绾道："阿爹说着说着还哭了，我这是第二次见他哭。"

第一次是她出嫁的时候，她梗着头不愿意瞧他，直到花轿抬了起来，才后悔地撩起帘子去瞧，正好看见他在哭。

但那次，他再哭也没有说不让她嫁。

这一回，他再哭也没说让她跟着回家。

孙三娘什么都不愿意去细究了，道："也许，孙家从嫁我的时候就开始破落了，但我不知道而已。我这么想，心里就好受很多。"

折绾听她说这些，听得心里闷。良久之后，也不知道要说什么话去安慰，只在最后说："且行且看，且看且宽心吧。"

她喃喃道："最后无论怎么样……我和玉岫都保得住你。"

折绾回去之后闷闷不乐，刕鹤春一瞧就知道她这副神色不是从越王府或者宋家回来的。他规劝道："你不要跟着掺和勋国公府的事情，如今孙家老大人和老夫人都来了，那就是两个家族的事了。"

折绾当然知晓这个，她只是觉得不舒服而已。

刕鹤春却好心情地站在窗边，看那一盆十八学士。

这般的茶花难养，但折绾竟然能养出七八盆，实在是难得。他透过窗户看外面，发现外头只有蔷薇花和折绾放在各处角落里的盆栽。

如今是四月天，京都桃花开得正好，他是极为喜欢的，道："不如你在院子里也种一些吧。"

折绾："桃树不能在庭院里面种，古人有云，桃性早实，十年辄枯，是短命花。你要是喜欢，便去外头种。"

刕鹤春："那还是算了吧。"

折绾抬眼看他："你这是写信给三弟了？"

刕鹤春脸色一僵："你怎么知道？"

折绾："瞧你这高兴的样子。"

刕鹤春确实很畅快。他跟三弟关系不好，母亲让他写信去说和，他还不愿意，但还是不好拂了母亲的好意，于是忍着气下笔去写，谁知道越写心里越顺畅。

他在信里指出三弟的不对：三弟妹日夜操劳，养育孩子，你如今说要走就要走，想过母女分离之痛吗？又想过两个孩子离开母亲之后，母亲有多难受吗？母亲已经哭了数次，都是因为你不肯低头。父亲也对你颇有微词，你也该多写信回来给他。

他泼墨挥笔，洋洋洒洒，越写越有精神，写了一上午的信，一个信封是装不下的，足足用了三个信封才装完。

他如今修闭口禅，这些话不能对外说，对父亲说显得他不稳重，对母亲说他也不愿意，只能对折绾吐露。他道："你长姐也不喜欢三弟。"

折绾本是不愿意听的，但他开口就说长姐，折绾不得不停下来听一听。

刕鹤春便来了兴致，道："他和我别苗头，对你长姐就有偏见。"

折绾其实一共也没见过这位三少爷几次，不仅是她，宋玥娘也很少见刕鹤悯。

两人年少成婚，宋玥娘生下孩子一年后，刕鹤悯就离开京都去湖州任职了。当时孩子还小，宋玥娘不愿意孩子受颠簸，便带着孩子一起留在了京都，然后就再也不愿意去湖州了。

折绾最开始很不懂她。说她喜欢刕鹤悯吧，她一辈子也没有去过湖州；说她不喜欢吧，她又能时常三天一封信，嘴边常常挂着。

后来折绾跟她关系没有那般僵硬了，宋玥娘还道："我给鹤悯又送了个妾室过去，希望能照顾好他。"

折绾没忍住问："可你不去，那边的妾室都要做少夫人了。"

宋玥娘憋了一脸的不快，觉得自己被落了面子，但还是道："我去湖州做什么？那边离京都多远，我父母兄嫂都不在，刕鹤悯欺负我，都没人给我做主。我又吃不惯那边的东西，还不如留在京都。何况我儿女都生了，儿子留在身边养，我怕什么？她们还想做少奶奶？只要我兄长一封信，她们都得被发卖了。"

这是她的底气。

但即便是这么说，她跟刕鹤悯还是没少吵架，吵得最多的还是儿女。

刕鹤悯一直想让升哥儿也去江南。他在江南倒是没有生下庶子庶女，一生只有升哥儿和莹姐儿两个子女。

折绾便也对刕鹤春道："你也少管三房的事情，别在那边瞎搅和。"

刕鹤春摆摆手："我还不懂这个道理吗？我只是顺从母亲的心意罢了。"

他都能想象三弟收到信的时候该有多气恼。

他忍不住笑起来，而后突然问道："真有红梗子开白花的吗？"

折绾："毛病！"

她去忙自己的了，她真的很忙。茶树、胭脂、花种、花样子成衣……即便有那么多人帮忙，她依旧是手头事情多得很。她如今已经不满足于一个小书房了，她想把刕鹤春旁边的院子也收拾出来做书房。

今日趁着日头好，她又因孙三娘那些话憋得难受，于是干脆动手收拾。她喜欢忙起来，忙起来就不会想太多。

朌鹤春本以为她要去书房看书，结果看见她又吩咐人从他的库房里面搬东西了。

他靠着廊柱，道：“嗬，倒是……说动就动。”

她这般的性子其实在官场也吃亏，别人都不动，就她动，便显得不动的人好像没做事，是会被人说道的。但朌鹤春很喜欢这般的性子，他喜欢做实在事的人。

折绾已经布置过一个书房，再布置便得心应手，来来回回让人去库房里搬东西。

“要衣裳架子——对，要十个左右，我要在上面挂衣裳的。”

花花草草就在苍云阁的书房，要是再做衣裳的花样，便来这个大书房。

莹姐儿捧着一堆铃铛过来了，她看见新屋子就欢喜，小声跟折绾道：“祖母说，明年四姑姑嫁人之后，她的院子就给我了，到时候我也做成大伯母这般的书房吧？”

折绾没想到赵氏还跟莹姐儿说这个，她摸摸孩子的头：“你现在的院子也很大，可以先做个书房出来。”

莹姐儿：“有书房，但阿娘说那是阿爹的。”

折绾：“你阿爹也没有回来。”

莹姐儿眨眨眼睛，觉得大伯母竟然如此聪慧。她捧着怀里的铃铛，说：“大伯母，这都是我做的。”

折绾：“太多了——不如做成惊鸟铃吧？”

惊鸟铃可以是一个，也可以是一串。她温柔地牵着小姑娘的手，在那边将铃铛串起来，跟莹姐儿道：“你孙家伯母那边也来了一个比你大两岁的姐姐，下回我带她来，你跟她一起玩好不好？”

莹姐儿点头：“那我送些铃铛给她吧？”

她亲自串好了一个惊鸟铃。

“这个给她。”她问，“她叫什么名字啊？”

折绾：“雁雁。”

莹姐儿眼珠子一转：“是只鸟姐姐啊，那送这个合适吗？”

折绾笑起来，温和道：“合适的，她也不落在檐下。”

两人凑在一块儿说话，还没做完惊鸟铃呢，就见四姑娘来了。莹姐儿脸色一红，喊了一声四姑姑就要走——她刚刚还说要占人家的院子。

四姑娘不明所以，但跟莹姐儿并不亲昵，也没放在心上。

她因为要备嫁，所以一直在屋子里做嫁衣，平时也不喜欢出门，折绾少见她来自己这里，自然是要招待的。四姑娘却道：“四嫂嫂有孕了。”

折绾一愣，想起之前蝉月跟她说过，四房在吃安胎的东西。她笑着道：“那就要恭贺了。”

四姑娘：“咱们一块儿去？”

那是自然的。

四少爷也在。英国公府二少爷、四少爷、五少爷都是庶出。这三个自小就不受勋国公重视，赵氏便不愿意他们来山海院。折绾很少见到他们，上辈子也很少跟他们打交道，但是直到她去世，一家子人也没有分家，都是住在一起的。

她跟四姑娘一块儿去看望，四少爷便躲了出去。四少夫人道：“前三个月没发现，今日才知晓。”

折绾不懂她为什么要瞒着，但也跟着说：“胎象稳才好。”

四少夫人慈母心肠：“是啊，大夫看过了，说是很好。”

她摸着肚子，说：“接下来怕是难了，天一热，怀着孩子便苦，我本来就苦夏。”

折绾和四姑娘都是不懂这些的，四少夫人也不好多说，但临到折绾要走的时候，她突然道：“大嫂嫂——”

折绾：“嗯？”

四少夫人不好意思极了：“你那个……你那个铺子还需要管事吗？”

折绾迟疑道：“人是够的。”

四少夫人连忙道：“我就是问问。我娘家弟弟也帮着家里管铺子呢，他是想找份事情做。”

四少夫人门第并不高，父亲还是官身，兄长谋了个小官，但弟弟就不行了。

折绾：“那真是不巧了，我拢共只有三个铺子，找了三个管事。”

四少夫人也觉得没脸，道：“没事，真没事。”

等人走了，她脸色红红的，跟丈夫道：“刚开始看着跟个面团似的，如今气势怎么就变了？我都不敢太拿亲戚情分压她。”

四少爷笑着道：“那就别管了。”

四少夫人：“哎，也是我娘家兄弟，哪里能真不管。”

她咬咬牙：“要不，我也开个铺子吧？”

四少爷：“我们哪里有那个闲钱。”

四少夫人：“我看她一直在买桂渊街的铺子，是不是大哥知晓了什么消息？”

四少爷觉得她脑子糊涂了，道：“她还买闽南的地呢，你也买？都是胡闹。”

四少夫人没办法了，但越想越不甘心，第二天去找折绾。

折绾哭笑不得，道：“没有什么消息，我就是觉得便宜。”

很多人其实都觉得便宜，但他们没有多买宅子铺子的习惯。

四少夫人咬咬牙：“我信你，我有些银子，你帮我估摸着买几个吧？”

折绾推辞不过：“你要是愿意，我就帮你买。”

四少夫人不愿意也不会来这里了，她松了一口气：“我怎么的也要帮帮我弟弟啊。”

折绾便不知道说什么好。

等人一走，刕鹤春就溜达了出来，好奇道：“四弟妹？这倒是稀客，她来做什么？”

折绾：“让我帮着买铺子。”

刕鹤春：“她买铺子？那就是四弟要买铺子。”

他跟弟弟们谈不上情深，但还算是和睦——除了三弟。但各人都忙各人的事情，没成亲之前还好，成亲之后，却很少聚在一块儿喝茶吃酒了。

他自从给三弟写了一封信后，不知怎么的就对兄友弟恭感兴趣了，对折绾道：“既然四弟要帮忙，咱们能帮一把帮一把。”

折绾：“也不是四弟，是四弟妹，她是想着帮娘家兄弟。”

刕鹤春跃跃欲试：“我去问问四弟？”

折绾手拍在桌子上：“那是人家的事情，你别瞎掺和！”

刕鹤春还要再说，她站起来就走：“你还是去想想什么是红梗子开白花吧！”

赵氏听闻两人又拌嘴了。刚开始两人拌嘴，她还高兴，结果儿子没当回事，她就不能当回事。何况折绾这性子还是有点用的，在她看来，刕鹤春最终能写信给三儿子，折绾有点功劳。只是自己都劝不动鹤春，折绾却能劝动，又让她把这点功劳都恨了起来。

不过这些小恨小恼，在子嗣面前都是小事。鹤悯在湖州也没添个孩子，她还怀疑是玥娘不许，送去的妾室都不能怀孩子，于是偷偷摸摸自己送一个妾室过去，结果还是没怀上。

三儿子太远了，她管不着，但是可以管大儿子啊。

她把折绾叫到跟前，直接问道：“鹤春也没个妾室，你怎么还没有孩子？”

她不无恼怒地道：“老四家的都有了，你年轻，该比她早有才是。”

鹤春就一个儿子，川哥儿多孤单啊。

折绾：“这也是没法子的事情，听闻长姐也是多年之后才怀上的。”

赵氏却有了法子：“你长姐是用了药才怀上的川哥儿，你回去问问你母亲，将方子拿了来，也好早点开枝散叶。”

折绾笑吟吟的：“好啊，我问问母亲。”

她没去问。

但赵氏把折夫人请来了，话里话外的，都是让折夫人把方子拿出来。她道：“我家鹤春还年轻，生十个八个都不成问题。”

折夫人端着一杯茶，本是晦暗的眸色慢慢地明亮起来，笑着道：“是，生十个八个，都不成问题。”

（二）

川哥儿用一个小小的木勺子盛水，去浇那盆蔷薇花。花蔓下垂着莹姐儿做的惊鸟铃，他浇水的时候，水勺不小心触碰到了，小铃铛便晃悠了起来。川哥儿吓了一跳，伸出手，两只手合起来将铃铛稳住，慢慢放开。

于妈妈就进来了，问："川哥儿，怎么了？"

她看见他在给花浇水，便走过去道："让老奴来做这些事情，我们川哥儿这双手是握笔的，怎么可以做这些杂事。"

她而后笑着道："哥儿，你外祖母来了，待会儿是要来看你的。"

川哥儿好奇："外祖母怎么来了？"

于妈妈："瞧您说的，自然是想您了。"

她开始在屋子里面忙活起来，叫人去沏茶，去熏折夫人喜欢的香，然后透过窗户看向院子里，嘀咕了一句："也不知道去哪里了，还没回来。"

折夫人半个时辰之后才到。她跟赵氏话不投机，本是要走的，结果赵氏含蓄地骂起了折绾。折夫人就坐下去了，稳稳当当地坐到了现在。

于妈妈眼含热泪："看您的脸色大好了，这段日子我一直担心着您。"

折夫人拉着她的手坐下，道："一大家子的事等着我操持呢，哪里能不好。"

她抱起川哥儿，欢喜地道："还记得外祖母吗？"

川哥儿："记得的。外祖母，您病了吗？病好了吗？"

就这么一句话，足够让折夫人忘却所有的烦忧。她心酸地"哎"了一声："好了。外祖母在病中想得最多的就是川哥儿和你母亲了。"

川哥儿抿唇笑："川哥儿也想外祖母，但母亲还没有回来。"

折夫人的心顿时就难受起来，脸色也变得阴沉，她强笑道："那我就等等她。"

于妈妈赶紧抱着川哥儿先出去，而后进屋单独跟折夫人道："夫人，川哥儿还不懂事。"

折夫人叹息："是啊，还小呢，怪不得他记不得生母。"

于妈妈脸上火辣辣地疼，道："都是老奴不好，但平日里也是说的，您瞧，他就格外钟爱蔷薇花。"

折夫人这才笑起来："到底是阿琰生的，喜好都一样。"

于妈妈却顿了顿，小声说道："但前段日子……川哥儿回来问了老奴一件事情。"

折夫人打起精神："什么事情？"

于妈妈："川哥儿问……问大姑娘到底喜欢什么？还问老奴，她真的喜欢蔷薇花吗？"

折夫人一巴掌拍在桌子上，骂道："胡说八道！肯定又是折绾在胡说八道！”

阿琰自小就喜欢种花，就连折绾的第一盆花也是阿琰给的。阿琰最喜欢蔷薇花，这是她给阿琰选的第一盆花。即便是后来到了英国公府，她也把这座院子种满了蔷薇。

折夫人恼怒：“折绾以为自己懂了什么？她又能懂什么？”

于妈妈也是这么觉得的，但她如今彻底看不懂折绾了。

虽然她经常捎口信回去，但见了主子，还是忍不住老话重提：“她对川哥儿算不得好，但也不插手川哥儿的事情，吃穿用度，老奴和这边的夫人怎么说，她就怎么做，丝毫不管。但大少爷若是骂川哥儿，她就是跟大少爷翻脸也要说一两句。”

最近大少爷顾及川哥儿的时日越来越多了。

于妈妈还把那日折绾对她说的话说了一遍，道：“她说，就当她是为了大姑娘。她信您让老奴来照顾川哥儿是信得过老奴的忠心，所以往后也不会插手。”

折夫人听完之后怔了许久，倒是说了一句：“是个聪明人，之前没瞧出来。如今她愿意这般，也行，总好过娶个恶妇回来对川哥儿不好。”

于妈妈却道：“可是将来她若是生了孩子……我们川哥儿怎么办？”

折夫人意味深长地笑了笑，只道：“阿琰也是好几年才怀上的，没事，她自小就身子不好，哪里好容易怀上。等川哥儿大了，她算什么呢？”

于妈妈叹息：“我们大姑娘实在是可惜了。”

折夫人就爱听这般的话，她坐在川哥儿的屋子里，怔怔道：“从前我来，哪里是这般的待遇，这院子里面的丫鬟婆子，哪个不到我跟前来讨赏，如今一个个瞧见我跟见了猫似的。”

于妈妈习惯性地说一句：“她教导出来的丫鬟哪里能跟之前的比。”

折夫人站起来走到院子里，川哥儿正在那边跟小丫鬟一块儿踢毽子。她眼睛一红：“阿琰四岁的时候，毽子就能踢五十个了。”

于妈妈便要答两句，刚要开口，便见折绾从外头回来了。她手里牵着两个小姑娘，背后还跟着两个男童，其中两个是莹姐儿和升哥儿，剩下的两个她从没见过。

川哥儿也跑了过去：“母亲、升哥儿、莹姐儿。”

他眼神好奇地扫过其他两个大一点的孩子。

折绾：“这是勋国公府的表少爷和表小姐。”

她笑着跟孩子们再次介绍彼此：“这是雁雁，这是晴霄。”

莹姐儿和升哥儿已经跟他们互通姓名了，于是看向川哥儿。

川哥儿很少见生人，小声道：“我叫劦清川。”

莹姐儿：“我们的名字有晴和清，我们都很像！”

她叫劦清莹。

折绾：“那你们一块儿玩，他们在咱们家吃完晚膳才回去。”

她抬头，正好瞧见嫡母站在廊下盯着她看，也盯着她膝下的川哥儿瞧。

折绾笑了笑，伸出手，稳稳当当地牵住了雁雁和莹姐儿，道：“院子里面凉，你们先去书房。”

莹姐儿欢呼起来，大声道：“大伯母有很多花！书房里面还有很多茶树！雁雁姐，你的铃铛还是我送的呢。”

雁雁红着脸道谢：“姨母给我的，我很喜欢。”

可她今日来得急，没有带礼来。她也没有礼可以送，她的东西都是孙家姨母的。

她心里一阵着急，却见姨母捏了捏她的手，温和道：“雁雁，我记得你会翻花绳。”

雁雁赶紧点头。

折绾：“莹姐儿一直不会玩，你教教她好不好？”

莹姐儿：“对啊，翻花绳好难，雁雁姐会吗？”

雁雁头点得如捣蒜一般。

折绾就笑着道：“莹姐儿，川哥儿的外祖母来了，我要去见她，你帮我招待客人好不好？”

莹姐儿：“是吗？我怎么没看见？我待会儿去拜见她老人家！我现在先去书房看花好不好？雁雁姐，我带你去看我的护花铃！”

雁雁就被她说得晕晕乎乎，但没有那么慌了。她情不自禁地看向折家姨母，便见她笑吟吟地道：“我待会儿再来找你们。真是对不住，我请你们来做客，却要离开一会儿。”

雁雁的头都要摇断了。

升哥儿在后头看得呆掉，跟川哥儿道：“她会摇头功吗？”

川哥儿低头：“不知道，我没见人这么摇过。”

折绾一路将她们送到门口，川哥儿和升哥儿紧随其后，看得折夫人一阵眼痛。

等折绾来到屋子里时，折夫人已经喝下三杯茶水下火了。折绾坐下，她讥讽道：“你如今倒是个忙人。”

折绾：“是，多谢母亲给的嫁妆，有九百九十九两银子，我用它们置办了铺子，如今生意很好。”

折夫人端着茶慢慢地喝一口，问：“知晓我今日为什么会过来吗？”

折绾也端起茶，道：“知道。”

两人已经交手两次，折夫人跟她说话也不虚与委蛇：“那方子你不是知晓吗？”

折绾：“知晓。”

她抬起头，凝视这位高高在上的嫡母，道：“但是我不准备喝。长姐喝了它，已经去世了，不是吗？”

折夫人手一颤，狠狠地将茶杯摔了下去。满屋子溅起了茶水，折绾却动也没动，只叹息一声：“母亲除了摔杯子，还有其他的本事吗？”

她从前是最怕这位嫡母的，嫡母一发火，她就吓得跪下去，不管是什么事情，必然先要认错。长年累月，她就什么事情都以为是自己错了，可如今瞧来，其实她的手段也就是那么多，她如今不怕她这么摔杯子了。

折绾也不准备学她将手里的杯子摔下去，她依旧稳稳地端着茶杯，轻轻放下，问：“我说错了吗？”

折夫人：“你到底是从哪里听说的？”

折绾：“母亲何必打听，长姐已经去世了。”

她笑了笑：“母亲这段日子，恨自己吗？”

折夫人眼神凶狠地盯着她，而后又慢慢地收了脾气坐下，道：“你不知道从哪里道听途说了一些事情，便拿来刺激我了，阿绾，你倒是学得聪慧许多。”

她的脸上慢慢浮现出笑容，突然道：“你自小身子就不好，想要怀上孩子，怕是难事。”

折绾记得，她上辈子也是这么说的，于是她就开始了漫长的养身体过程。她什么药都吃过了，样样药都是那么难喝。有一段日子，日日喝好几碗下去，素膳看着都难受:“怎么就一直怀不上呢？要是再怀不上,是不是要一直喝啊？”

姨娘也拉着她道：“你这是子女缘薄，我都找人打听过了，你要喝符水才行。”

符水比药还难以下咽，但她还是没有怀上孩子。姨娘开始不高兴了，那般爱护她的一个人，也开始逼着她吃那些土方子。

折绾吃过最恶心的一个方子是吃蜈蚣，她想起来都反胃，姨娘却魔怔了一般，对她道：“难道是蜈蚣的岁数不对？蒸煮的火候不对？”

后来实在不行，她便埋怨起来：“你这个孩子，怎么就如此不受孕，泼天的富贵都保不住。”

折绾气得回家哭，素膳就抱着她哄：“姑娘，实在难喝就算了，咱们不生了，不生了。”

折绾也不愿意生了。可姨娘不愿意，两人吵起来，姨娘气得口不择言：“你自小就差一等，怎么连生孩子也差一等？”

折绾记得，自己应当是从那时候开始对姨娘颇有微词。很难想象，相依为命的亲母女也有渐行渐远的那一日。

她跟素膳抱怨道：“我哪里差人一等了？别人这般说也罢了，姨娘还这么说。”

即便是她那么自卑的人，也想替自己解释解释：“明明我只是记错了一回路，五姐姐就说我天生笨，可我记得很多回路啊，只是记错了一回而已。别人也记错过路，她怎么不说她们？还有啊，我只不过回话慢了些，便四处有人说我口舌笨，不伶俐。我那回不小心摔了碗，二姐姐还说我笨手笨脚！”

难道别人就事事不做错吗？

素膳气得也跟着哭：“就是，我们只是做错了一两件事，就开始满京都说咱们笨了！姑娘根本不笨，姑娘是天下最聪慧的姑娘。”

折绾就高兴起来，手忙脚乱地去给素膳擦眼泪：“别哭了，我不理姨娘就是了。”

折绾如今还记得，姨娘那次也很后悔自己说了不好的话，还给她赔礼来着，做了一个百子千孙的荷包。这回姨娘要是再敢送这个荷包，她一定当着姨娘的面把它剪烂了。

她艰难地吐出一口浊气，冲着坐在那里不知为何得意极了的嫡母笑笑：“母亲，这就是我的事情了。”

她顿了顿，道：“我其实对母亲的决定也很好奇。于妈妈一个什么都不懂的奴才，你怎么放心把川哥儿给她养？川哥儿如今胆小得跟只老鼠一般，刕鹤春都说是跟着于妈妈学的。母亲将我嫁了过来，我以为是要我养育川哥儿的，母亲却让于妈妈拦着我接近他，我真不懂母亲是怎么想的，以后川哥儿长大了是个奴才性子，母亲可别怨我。”

折夫人眼神一滞，心里浮现出恼怒，却什么都没有说。

这是挑唆，是激将法，倒是真学聪明了。

但她如今只等着看折绾的好戏，看看她是怎么怀孩子的，看看她是如何急得如同热锅上的蚂蚁，去喝那些药。

赵氏手里也有不少的方子，当年阿琰都是喝过的。阿琰受过的苦，她迟早也要受一遍。

折夫人现在无比庆幸自己当初做的决定、留下的后手。

她笑着站起来说：“这也是我的事情了，我再去看看川哥儿。”

她经过折绾身边时顿了顿，道：“如同你跟于妈妈说的，只要你护着川哥儿，我便对你也没有什么手段了。”

折绾静静地看着她出门。蝉月赶紧进屋，看着地上的狼藉，恨恨道：“这也太欺负人了！”

折绾：“下回我也摔给她一个杯子。”

蝉月笑起来：“少夫人又逗奴婢。”

她伸出头看了看，道：“折夫人将川哥儿带出来了。”

折绾：“我也去书房看看孩子们。”

在庭院里，川哥儿看见了母亲，他想喊一声，却发现外祖母脸色不好。他又闭上了嘴，怯生生地低下了头。

折绾目不斜视，从他们身边走过，里头传来孩子们的笑声。

升哥儿大声道："雁雁姐姐是大雁的意思，是鸟，晴霄哥哥也是鸟吗？"

孙晴霄不懂这个，他甚至不懂自己为什么叫这个名字，他慌乱起来，莹姐儿就替他解围："关你什么事情！一定有叫晴霄的鸟。"

一转身，正好看见了折绾，她冲过去抱着她的腿，问："大伯母，晴霄也是鸟吗？"

折绾："不是鸟，是天空的意思。"

莹姐儿眼睛转起来："晴空也是天空的意思？"

折绾："对，是一个意思。"

莹姐儿什么都要问清楚："那晴霄为什么不取个鸟名？"

升哥儿捂住嘴巴笑起来："不是鸟名，是鸟的名字！"

折绾看向晴霄："你想要一个小名吗？"

孙晴霄迟疑地点了点头："想要的。"

折绾："便叫隼吧？阿隼？隼是一种很厉害的猛禽。"

孙晴霄眼睛亮了起来："好！"

莹姐儿和升哥儿围着折绾问："我们为什么没有小名？我们也想要。"

折绾："你们要叫父母来取了。"

莹姐儿偷偷摸摸找到折绾，问："雁雁姐姐和阿隼哥哥是不是没有父母啊？"

折绾轻轻"嗯"了一声："是。"

莹姐儿："那他们好可怜啊，我阿娘说，没有父母的孩子最可怜了，要对他们好些。"

折绾只对宋玥娘一言难尽。单看两个孩子，其实她是教导得很好的。

她摸摸莹姐儿的头："是，莹姐儿，多谢你愿意这么想。世上虽然不好，有许多雁雁这般的小姑娘，可是世上也很好，有许多莹姐儿这般的小姑娘。"

莹姐儿晕晕乎乎地跑过去炫耀："大伯母摸我的头了！"

升哥儿嗷嗷地叫唤起来，拉着阿隼站起来说："我们也去，我先被摸。"

莹姐儿不甘落后，拉着雁雁跟在后面。

笑声从书房传到东厢房，川哥儿情不自禁地看过去，折夫人心痛不已。

她特意等到劭鹤春下值回来才走，跟劭鹤春道："于妈妈只是老奴，她哪里教导得好川哥儿？阿绾自己也不喜欢读书，是个不长进的，还得你操心。"

劭鹤春笑着道："岳母真是多虑了，阿绾只是爱看杂书，川哥儿跟着她看看养花的书也好，养性情嘛。"

但他对于妈妈确实颇有微词："若不是岳母信她，她又是阿琰的奶嬷嬷，我是不愿意看见她的。但好在这老奴虽然蠢笨，对川哥儿一片真心，如今先用着吧。"

折夫人一肚子火，打落牙齿往肚子里吞，道："那你也要多看顾些。就当是为了阿琰，那可是她拼了命生下的孩子啊。"

劭鹤春便愧疚道："是，我也有诸多不好。"

他对岳母还是信任的。当年阿琰去世，岳母便连家也不顾了，一门心思为着川哥儿守在英国公府，看着川哥儿，一个月总要来十几次，早早地来，又急急忙忙赶回去，弄得母亲也很有意见。但她都是为着阿琰好，劭鹤春明白岳母的痛，便也时时顾着。后来岳母道："就是亲儿子，也没有你这般谅解我。"

岳母是真对他好，平日里补汤补药地给他和川哥儿喝，她瘦得没个人样，他却没有亏了身子。这般细细补了一年，岳母才没有再来。

后来岳母听说他跟兵部尚书的女儿定了亲，也劝他想开些："我家女儿没有福气，可你还年轻，要有个知冷知热的人。"

再后来，兵部尚书家变卦，岳母便把折绾推了出来，道："我是有私心的，从前你们有姑娘要娶，我不说，但若是如今没有了，便考虑考虑她。阿绾虽然性子弱，却十足良善，川哥儿交给她，我是放心的。"

结亲的时候，她还哭着跟他道："都是我的女儿，即便我对她没有像阿琰那般上心，我也是要说一句的。新媳妇难做人，你把阿琰那些旧人散了吧，调些新的小丫鬟去，好让她将宅子管起来。"

他想起这些，又对岳母充满了孝心，唏嘘道："我知道，您都是为了川哥儿好。"

折夫人却看着他这张脸满心厌恶。她还记得，阿琰去世之后，赵氏就开始说兵部尚书家的婚事了，劭鹤春即便反对，却也只是说："过几年再说吧，阿琰尸骨未寒呢!

川哥儿哭得撕心裂肺，他们一家人在说新媳妇的事。

他还不去看川哥儿。她抱着川哥儿给他看，他还扭过头去："我看见他，就想起阿琰。"

懦夫！愚蠢！他怎么可以如此狠心呢？

折夫人回过神的时候已经满眼通红，她微微闭上眼睛，深吸一口气："你知晓就好。"

她头也没回地走了，劭鹤春还对折绾感慨："岳母估摸着是又想起阿琰了。"

他又问："我怎么听母亲说，岳母要给你阿琰生川哥儿时候的药方？"

折绾笑吟吟道："哦，不是给我吃的。刚刚母亲说，那其实是给你吃的，只是之前她弄错了。你要喝吗？我记得方子，现在就写给你。"

劭鹤春只觉得荒唐，他"啧"了一声："你又在胡说。"

哪里有男人吃药的……倒是也有，但那是生不出来才会有的情况，他已经有了川哥儿，哪里还会有这般的事情。

折绾站起来："这方子长姐也吃过，你要不要看看？"

刕鹤春顿了顿，本是随意歪躺着的身子坐直了，道："那我就瞧瞧。"

他本是抱着看奇方的心态去的，生子秘药向来是人人喜欢的，他好几个同僚也常为子嗣太少而烦忧，有一位四十多岁了，还在折腾着生孩子。若是真有用，跟岳母说说，拿去给他试试也是可以的。

折绾就转身走到案桌边，刕鹤春跟过去研墨，见她一脸肃穆，还笑着道："不过是写个药方子，你板着脸做什么？"

折绾没搭理他，只提笔在纸上写。刕鹤春一边研墨，一边歪头去看，只见上面写着：一两香灰，一两无根水，一两观音土，一两梧桐树叶。

他下意识地读出来，眉头已经拧得跟山一般层层叠叠地堆着。他看得恼怒，道："这不是无稽之谈吗？"

折绾将笔一丢，似笑非笑地看过去："哦？无稽之谈？什么是无稽之谈？是这庙前的香灰，是这凤栖梧下的树叶？还是天上的无根水，又或者是地上的送子观音土？你读书多，你告诉我，哪一样是无稽之谈？"

刕鹤春心神大震，却还是下意识地道："都是无稽之谈。"

折绾："我没读过书，不知道什么是无稽之谈，但想来大姐姐是知晓的。母亲常说大姐姐通读四经，知晓天文地理。你去问问母亲，问问她长姐会不会跟你一样，也觉得这是无稽之谈？"

她讥讽道："刕鹤春，你敢去跟越王对质，敢向他承认自己的短处，怎么就不敢面对长姐呢？"

她想起那些难喝的药，闭眼咽下苦楚，道："你去喝一喝。刕鹤春，你不是自认为是君子吗？那你就去喝一喝长姐的药。"

刕鹤春羞愧难当，他是真不知道妻子喝的药是这个，他艰难地为自己解释："我……我不知道，我以为是药材，补身子的药材。"

他也不解释了，颓然坐下，说出自己一直以来逃避的问题："阿琰……是不是也恨我？"

折绾本是愤怒的心突然就酸楚起来，怔怔道："不知道。"

刕鹤春不免埋怨起岳母来："好歹也是书香世家的夫人，怎么就如此不知真假。这般的东西，一看就是拿来骗无知妇人的，阿琰那么个心眼通透的，怎么会不知晓？定然是被岳母逼着喝的，阿琰孝顺得很。"

他气冲冲地指着外头那一面蔷薇花墙道："当年岳母也不知道因着什么跟阿琰生气了，好几个月都没有来看她，在宴席上面碰见了，也不跟她说话，阿琰回来还哭，她一直是笑盈盈的，哪里哭成那般过？后来就种了这些蔷薇花，说岳母喜欢。"

折绾听得气闷，冷笑连连："长姐根本不喜欢花。"

刕鹤春却狐疑道："还行吧？我瞧她也经常去蔷薇花下站着。"

折绾胸闷气短，但脑海里的长姐画像已经渐渐地模糊，她不知道要怎么去勾勒。她转身出去，走出院门，去隔壁院子的书房，将门一关，谁也不管了。

劢鹤春倒是没有跟着，他只拿着方子看了又看，觉得甚是荒唐，更觉得愧疚，他真的什么都不知道。

等赵氏再来找他说子嗣的事情时，他就发了火："母亲，此事着急不得。阿琰也是好几年才怀有身孕，且阿绾现在也小，将来怀了身孕难过生育那关，阿琰就是这般死去的，何必再强求？"

他说到这里，艰难地道："母亲忘记阿琰的教训了吗？何况川哥儿还小，先顾好他再说吧！"

他这般的气恼，让赵氏听得也生气，第一次大声呵斥道："你这是什么意思？为家里开枝散叶，本就是女子的责任，哪里有不求子嗣的！"

她又实在拗不过他，道："那就纳妾！纳个年岁大一点的妾室！那么多十五六岁生孩子的妇人，怎么就他们折家的姑娘一到生孩子就会死吗？"

劢鹤春："母亲不要胡搅蛮缠！我不纳妾，这是我答应阿琰的，也是跟越王的约定。"

当年越王妃不准越王纳妾，追着越王打，阿琰就在一边笑着看，他便也笑着道："越王不纳妾，我也不纳妾。"

阿琰笑起来："你真做得到？"

劢鹤春年少得意："你家夫婿也不是好色之人，于此事没有什么欢喜的，古往今来，虽少有人做到，但也不是没人做到，将来千古佳话，说不定有你我二人一段。"

越王被追得气喘吁吁，跑过来叹息道："那就立下字据吧？咱们都不纳妾，谁纳妾，谁是王八蛋。"

越王妃亲自写了契书，压着他们两个咬破手指头画了血印。

劢鹤春如今想起那段时光，都觉得跟梦里一般，怎么一觉醒来，都已经不再是从前的模样了呢？

他头疼得很，不顾母亲在那边破口大骂，只道："慢慢再说吧，顺其自然，补药可以吃，但那些乱七八糟的方子，母亲不要再提。"

川哥儿就发现最近祖母频频说母亲的坏话，说父亲被她挑唆了。

"生子本就是女子的鬼门关，但哪个女子不是这般过来的？你母亲是没福气，你父亲却还要怪我。"

怪她让阿琰孕期管家，怪她对阿琰不够重视，怪她对川哥儿不如对升哥儿好。

她哭起来："我的川哥儿哟，祖母心里真是苦啊。"

川哥儿听得糊里糊涂。若是往日里，他是要将这些话告诉于妈妈的，让于妈妈把其中的道理说给他听，但他最近一直听父亲说于妈妈是个奴才，是个糊涂东西，他就不愿意说了。他思来想去，还是去问了先生。

武先生笑道："此事，你只听了你祖母一人所说，还定不了最后的真相。川哥儿，做人做事，不可偏听偏信，要用眼睛去看。"

川哥儿闷闷地问："先生，我该怎么做呢？"

武先生摸摸他的头，道："君子为人，自该耳聪目明。"

折绾就发现，最近川哥儿一直看着她欲言又止，但他不说，她就没有停下来。赵氏不催着她吃药之后，折绾便和孙三娘一块儿做起了女子妆容的生意。每天早早就出门，晚间才回来，赵氏要是问了，她便笑着道："鹤春将我种茶叶的事情告诉了陛下和太后，如今太后时时问呢，再有孙家姐姐……玉岫姐姐也常叫我去。"

赵氏气得又回去哭，这回倒是将宋玥娘哭来了，婆媳二人和好如初。

宋玥娘最近烦得很，没有去理折绾，听赵氏抱怨之后，倒是说了一句公道话："就让她去勋国公府吧，前儿个我嫂嫂还说孙家姐姐身子不太好呢，有她带着做事，人的精神也好些。母亲，这是人命。"

赵氏抹眼泪："我也知晓是人命，便没有拦着她，否则我一病就让她伺候，她还能出门？"

她已经算是个顶好的人了，但儿子还是不理解她。

宋玥娘一口咬定："是啊，像母亲这般心善，大哥心里还有怨言，真是不应该。"

赵氏："就是！"

折绾再来的时候，便见两人已经亲亲热热地依偎在一起说她的闲话了。她看得好笑，只坐坐就带着蝉月走了。

（三）

快五月的时候，孙家父母终于要走了。他们世居丹阳，宗族众多，一个是族长，一个是宗妇，出来的时候又在江南水灾之际，能来这么一段日子已经够了。

勋国公送别跟他年岁差不多的岳父，依依不舍："这次实在是我做得不好，往后不会如此了。"

孙老爷叹息："三娘自小就是这么一副脾气，但心眼是好的。女婿啊，你以后若是再敢这般行事，我可真不客气了，我们丹阳孙家即便是比不过你们勋国公府，即便是强弩之末，也能让你脱掉一层皮。"

勋国公眼泪涟涟："岳父一片爱女之心，小婿是知晓的。"

今日送行，云家舅兄也来了，孙老爷拉着他的手道："你我也算是亲家，三世修福分，我这个女儿不争气，脾气大，还望你不要计较。大家都是为了孩子好，三娘对孩子们还是一心一意的。"

云家舅兄自然也要夸几句，孙家老爷再看向另一边，妻子正抱着女儿哭别。

他眼眶一红，颤颤巍巍走过去，哽咽道：“三娘啊，此一别，也不知道能不能再见，不管你恨不恨爹，阿爹都要走了。”

孙三娘伏在他的肩头哭，扶着两老上马车，依依惜别。当马车慢吞吞往前面走的时候，她才大哭出声，跑过去追着喊：“阿爹，带我回去吧，带我回去吧——”

孙父孙母伏在窗户外痛哭，风尘滚滚，马越跑越快。

他们走了之后，孙三娘便连着好几日都呆呆的，折绾去陪着她的同时，也做自己的事情。

勋国公府如今可没有那些继子继女了，都是孙三娘做主，她也给孙三娘捣腾出了一个书房。

勋国公回来的时候还唏嘘：“这到底是英国公府外宅还是勋国公府？”

但三娘精神不好，他就只能随她们去折腾。

过了好几天，折绾终于在孙三娘的书房里将妆粉做了出来。

孙三娘打起精神看她在那里欢呼，好奇地走过去问：“真做出来了？”

折绾转过头，难掩激动：“是，我以为做不出来。”

孙三娘：“是怎么做成功的？”

折绾：“加了益母草。”

自从上回用剩下的花瓣做了胭脂之后，她就开始喜欢上做妆粉了。如今的妆粉倒是多种多样，惯常的有莹面丸、遍体香。这是从北边的辽国传来的，被京都夫人们喜欢，购以重金。敷面的则大多用铅粉，如今京都人时兴用桂州那边传来的桂州铅粉，但凡挂上桂州两个字，便要比别的铅粉卖得贵一些。

花粉倒是有，但是用的人不多，花本就难得，何况是做成粉了。折绾上回做的就是，只能卖给贵妇人们，可她们已经有好的桂粉了。

周掌柜只问她一句话：“她们为什么还要买你的呢？”

折绾当时就要说一句：因为我也买了她们铺子的布匹、燕窝。

但她知晓，这不是周娘子要的回答。她抛却英国公府少夫人的身份想了想，道：“那我要是做出一种普通女子也能买得起的花粉呢？”

周掌柜笑起来：“那我就拭目以待。”

她发现这位主家真是个妙人，好生生的国公府少夫人不做，跑出来做这些，但也有精于技艺的夫人。

她跟素膳、素兰道：“前朝有位夫人，喜欢天文，善算术，后来继承父业，还写书了。”

素膳对折绾一百个放心：“我家姑娘也会的。”

周掌柜笑起来：“那咱们也能跟着蹭些名头。”

素膳便跟在折绾后头念念叨叨：“姑娘，你到时候就写：素膳日日帮扶我促成此事吧？”

折绾大笑出声，只觉得身心舒畅。

虽然不能写书，但比起做生意、算术，她倒是真发现自己更喜欢坐在屋子里捣弄这些花花草草、胭脂水粉。她上辈子捣弄花草唯一的价值便是送去各府做人情，人情还是英国公府的，不是她的。若是能做出一些名堂来著书，便算得上不负此生了。

她对三娘道：“我不愿意年老的时候还说遗憾。”

以前总是想假如是我不是这般的性子就好了，要是我能怎么样就好了，现在就不这么想了。

“现在想，我能这么做，我这么去做之后，也许就可以了。”

孙三娘羡慕地说：“但我不知道自己喜欢做什么。你在这个年岁就知晓自己喜欢什么了，可真是叫人羡慕。”

折绾就笑起来，拉着她的手道：“那你就跟着我去做，至少你现在做的事情，不叫你觉得厌恶。”

孙三娘就跟着她做胭脂水粉，但她三天两头没精神，因爹娘走了，又难受了几日，前后其实不过是半个月的时间，折绾竟然就直接做出来了。

她顿时有了精神，过去拿着看了看，抹在手上，细细推开，手上确实光滑一些了。

她好奇地问：“这里面用了什么？”

折绾：“有石膏、滑石、腊脂、壳麝、蚌粉，最重要的却是益母草。”

最开始她就觉得可以用药材，这也是常有的制法，但是用什么比较好，试了很多种，最后才选择了益母草。做出来了，还要找人看看能不能卖，这就要靠周掌柜了。她送了一盒过去，周掌柜惊喜连连，折绾春风得意，却见素膳支支吾吾。

折绾眼神一顿，将她拉到旁边去，问：“是不是姨娘来找你了？”

素膳点了点头。姨娘虽然也对她好，但是姑娘对她更好，夹在姨娘和姑娘中间，那还是选姑娘吧。

折绾瞪着眼睛问：“你没答应她什么吧？”

素膳：“没答应呢。”

素膳叹息：“姨娘是听闻姑娘在备孕，所以赶忙送了生子方子来。”

她从袖子里掏出一张纸，道：“姑娘，我拿了是怕她送去英国公府，可不是让你吃药的。”

折绾抢过方子，看也没看就撕掉。素膳吓得不敢说话，只嘀嘀咕咕：“姑娘脾气也太大了。”

折绾再瞪她，她又笑起来：“不大不大。”

周娘子在一边看着笑：“活像是老鼠见了猫。”

话音刚落，便见张管事留下的闽南小少年狗茶进来了。她连忙问：“可曾去花地里面看过了？”

狗茶点头：“是。”

他的京话半生不熟，然后小心翼翼地看向折绾。

素膳一眼就瞧见了，她把他带到折绾面前，道：“他听说我和素兰姐姐的名字是你取的，也想让你给她取个好名。”

折绾诧异，但还是笑着道：“既然如此，那我就试试。你想取个什么名字？”

狗茶一个字一个字地往外蹦：“好听。”

折绾：“那就要换名换姓了。你想要个什么姓氏？”

狗茶看向素膳，他比画出来：“素——”

素膳可不姓素，跟着她一块儿姓折呢，但是素也可以。

她想了想：“素蕤。”

蕤，枝叶繁盛之相。

素膳咋舌，第一个念头是：“他才学会拿笔，等学会写自己的名字，该要多久啊。”

但寓意肯定是好的。素膳拍拍素蕤的肩膀说：“你以后要听我们家姑娘的话，知道吗？”

等折绾走了之后，素蕤就缠着素膳写自己的名字。他才跟着素膳学字，正是好奇的时候，也正因为知晓了些许礼义廉耻，便觉得自己的名字不好了。

素膳还是很看重他这份韧劲的，觉得孺子可教，于是在纸上写下这两个字。奈何笔画实在是太多，素蕤看了半天也没有看懂，只好珍藏一般收了起来。

素膳笑道：“好嘛，你还是先学会简单的字吧，哪里能一口吃成胖子。”

折绾下午回到英国公府，刚进院门，便见刕鹤春带着川哥儿在给蔷薇花浇水。蔷薇的花期从四月开到九月，如今正是鲜丽的时候，两父子站在花前一前一后地浇水，倒是温馨得很。

折绾直直往屋子里走去，川哥儿看见了，眼睛一亮，连忙看向刕鹤春。

刕鹤春便笑着道：“走吧，你母亲可是难得在家。”

折绾：“是，确实不比你在家的日子多。”

刕鹤春摸摸鼻子：“又刺人。”

他把川哥儿领到她的面前，道：“今日是川哥儿有话要跟你说。”

折绾坐下，用扇子扇扇风，问：“怎么了？”

川哥儿小声道：“母亲，先生说，为君子者，要耳清目明。我……我对你，对你很是不熟，便想问问。”

折绾垂下目光：“你问。”

川哥儿：“祖母说，母亲……母亲可能对我怀有异心……”

劢鹤春吃惊："你要问的是这个？"

今日川哥儿苦恼得在那边发呆，他便走过去问了问，川哥儿说是有事情想问折绾，却又不敢。劢鹤春却很乐意看见他这般的转变，他总是希望母子和睦的。但他没想到儿子问的话还牵扯到了母亲，他震惊之余又对母亲不满。倒是折绾神色如常，道："因为你不是我生的。"

她的语气并不凌厉，甚至显得温和："我不是你的亲生母亲，自然是跟你有二心的。"

如此直白的明述，却让劢鹤春的眉头皱了起来。川哥儿显然也呆呆的。

折绾笑起来："不然呢？"

怎么瞧着很失望的样子。

川哥儿被劢鹤春送给齐妈妈抱着出门了，他转身回来，有些埋怨："川哥儿是想跟你进一步呢，你怎么这般说话？"

折绾拿出今日做好的益母草膏涂在手上，细细地打量，头也没抬："你跟母亲是亲生的，你们不是也有异心吗？何况是我跟川哥儿。"

一句话就让劢鹤春说不出话了，良久之后，叹息："你这个人，心是好的，怎么说话不好听。"

折绾却诧异地看过去。这辈子自己活自己的，一点也没顾及他和川哥儿的面子，他反倒说她好了，她还记得从前他一句好话也不会说的。

劢鹤春却已经走过来了，道："母亲就是那样的脾气，嘴巴不好，但心还是不坏的，你别跟她计较，我待会儿也去母亲那边跟她好好说说，怎么能如此教导川哥儿呢？"

折绾没说话。

劢鹤春只能看向她手里的膏粉，试探性地道了一句："是你那个铺子里面要卖的？"

折绾："自然。"

劢鹤春不懂这些，却看得出东西的好坏。他嗅了嗅，道："看着色泽很好，也很香。要不要我帮你？"

折绾稀奇地看过去："帮我什么？"

劢鹤春："若是你的东西好，我帮你带些进去孝敬太后？"

折绾就白了他一眼："我用你带进去给太后？我自己难道不会进宫？"

劢鹤春碰了一鼻子灰："我总能帮你一点吧？你不可能只在京都卖吧？哪家名下的铺子里的东西不是往江南卖？那边富人多。"

折绾还真没有想那么多，但她也不急，道："那我也有自己的办法。"

劢鹤春深吸一口气说："你赚不到大钱！"

但过了两天，他突然神色复杂地回来了，对折绾道："陛下令人……修缮桂渊、泗安、庆明、陈园、津南等数十条街的房屋，并令户部批准了两广总督的折子，允江南才子进京赶考，置宅置产。”

外行看热闹，内行看门道，折绾虽然不是内行，却也知晓即便这几年没涨多少，但后面会涨得根本买不起。

她就笑了笑：“是吗？我买得不多，赚不到大钱的。”

此事确实是突然之举。

两广总督写了个折子，在折子里说江南水灾，四处都有动荡，顺便提起了文人的惨状，说有些是去抢水里的书淹死的，有些是得了疫病，即便现在好了，但身子骨也差，又穷，不知道要如何到京都赴考。还有个本来是富人家的公子哥，一朝之间家破人亡，什么都没了，他自己埋了父母家人，便提着一把剑去杀反贼了，最后不幸战死，还是两广总督去收的尸。

皇帝看得眼泪涟涟，第二天在御书房说起此事的时候，户部侍郎潘士显就趁机道：“陛下恩德，可让他们提前进京安置，虽然人数众多，但京都也不是满满当当的。”

这是对文人施恩，也是安抚如今动荡的江南一地。皇帝当即找了户部、工部的人进宫商议，当时劭鹤春也在一边，皇帝还跟他说道：“此事你来监察各部动向。”

劭鹤春认真点头：“必定不负圣恩。”

但等工部、户部等老大人在御书房吵了一天，终于先定下十几条街之后，劭鹤春脑海里就浮现了一句话：折绾真是神了。

他一路紧赶慢赶回来，跟折绾道：“你这宅子铺子可不能卖！”

折绾自然是知晓的，她不敢买太多，也觉得买太多惹人注意，但即便就是这些，已经足够她今生安定了。

宅子铺子终于要涨了，她倒是紧张起来，道：“官府不会让我们这些人尽数捐一些吧？”

往年也不是没有这种事情。

劭鹤春就笑着道：“你还是年轻了些，不懂朝政。皇城脚下，陛下是何等的公允，谁敢如此做？再者说，你以为那边只有你买？你买的也是宋家大少夫人和勋国公夫人的。”

折绾想想也是，她坐下，道：“是，我该多看些邸报才是。”

她反省自己，劭鹤春倒是不好说话了：“你倒是上进。”

但他第一次如此正经地看她，跟她说朝堂之上的事情：“你是怎么想到在这三条街上买铺子的？”

折绾：“自然是觉得便宜。”

劭鹤春：“不对，除了便宜，还有其他的缘由吗？”

十几条街里，也不只这三条街便宜。

折绾本在看古籍，闻言将书砸在桌上，问：“你是什么意思？审问犯人吗？”

劢鹤春便讪讪起来："不是审问，只是觉得好奇罢了。"

他下意识地就带出了对下属的态度。

他也坐下去，重新把书翻到折绾之前看的那一页，还特意看了看有没有"红梗子开白花"的答案。肯定是没有的，上面一大串都是在说如何制作香粉。

他挪开眼睛，心道：女人天生就喜欢这些。

他捏起一个果子放进嘴里，道："说说啊。"

折绾白了他一眼："自然是我只有那么一点银子，只能挑三条位置好的街买，它们连在一块儿，难道不是买的缘由？"

这般说也没有毛病。劢鹤春叹息："我就问问你罢了。"

见折绾拿着书看不说话，他又啧啧称奇："可你这回是真厉害了，怕是过几天就要有人追到家里来问了。"

也如他所言，好几个相熟的夫人结伴而来。她们倒是也相信折绾是瞎猫撞上死耗子，毕竟越是知晓内情的人，越知晓陛下这是临时起意，且事情还没定下，也不知道具体是哪些街、哪些地段可以买。于是她们找折绾，也是想瞎猫继续碰一碰死耗子，看看哪里还能买。

玉岫怕折绾应付不来，亲自过来陪着，通通只一句话回过去："我们后悔只买了几个！当初只当是便宜买些宅子铺子，谁知道能涨？阿绾名下不是有花草铺子吗？那个就不像衣裳吃食什么的，要在热闹的地方，花草嘛，越安静越雅致，谁知道哦！后悔的哟。"

夫人们便也平心静气了。都不是浅薄的眼界，哪里会真贪这么点银子，从而逼着折绾带着她们买，只是出了这么一件新鲜事，自然要来打听打听，要是能撞上大运就太好了。

当然，因有了此事在前面立竿见影地杵着，她们对折绾种茶叶的事情也很感兴趣，想要买点地。

折绾实话实说："还不知道具体的情况，我一次也没去过闽南。但我想着，西南梁州那边的茶叶能卖到京都来，闽南那么多荒地，若是种上茶树，不知道能卖多少。可如今茶叶还没有种出来，怕是地都没有耕出来，实在是不敢答应。"

其中一位夫人就笑起来："你这是……敢想敢做。"

折绾："是啊，当时就想了想，谁知道就去做了，竟然也做得这般好。"

这算哪门子的好！另一位夫人撇撇嘴巴，又对英国公府的事情感兴趣："咱们都是自己人，你和你家三少夫人怎么回事？怎么你只管着花草房，她掌着中馈？"

折绾一句难听的话也没有说，只温柔地回问："我听闻夫人也管着娘家的事情？"

那夫人就讪讪闭嘴："我只是好奇罢了，可没有恶意，你别多心。"

折绾知道她没有恶意。上辈子这位夫人也如此心直口快，折绾有时候被说得下不来台，却还要硬撑着维持脸面，直到很久之后，她才明白一个道理：当别人来质问你的时候，你不必回答，只需要用同样的问题去质问他就好了。

宋玥娘就很懂这个道理，她跟赵氏吵架的时候，总是不回答赵氏那句“我对你不够好吗？次次都要闹我”，而是直接反问回去：“我对母亲难道就不好吗？母亲也知道是次次啊？”

折绾偷学了两次，觉得很是好用，慢慢地就学会了。

她笑盈盈地喝茶，听夫人们说话，温婉大方地坐在那边待客。玉岫便想到了第一次见她时的模样，说不上怯生生，但自己不过是待她好了些，她就觉得惶恐了。那时候她的路走得何其艰难，如今竟然这般快地坐在屋子里谈笑风生。

等小姑子来的时候，她就拧着小姑子的耳朵道：“你也长进些吧，瞧瞧人家阿绾！”

宋玥娘自然听说了折绾买铺子涨价的事情，但她会缺那么点银子吗？她都特意打听了，说：“也没涨多少。”

玉岫气得拍桌子：“人要往前面看，人人都知道往后才是涨得多的时候！”

宋玥娘：“好啦好啦，我又不缺铺子！何况那边的铺子我就是不买也有许多，我操这个心做什么？”

玉岫：“那你气势汹汹跑过来做什么？”

宋玥娘嘴巴一撇：“嫂嫂，我有事跟你说，你别告诉阿娘。”

玉岫早猜到了，肯定是升哥儿的事情。

宋玥娘哭着道：“我实在是没法子了，这才跟你说。前段日子，鹤悯说要将升哥儿接过去养，我不准，还跟母亲生气来着。母亲没法子，就让大哥写信去劝鹤悯。我的天老爷，母亲真是出馊主意，大哥浑身冒着臭气，哪里肯对鹤悯好好说话。好嘛，写了一封斥责的信过去，鹤悯当即就气得跳脚，让人快马送了信回来，说一定要升哥儿去。”

若是大哥不写信去，她就准备慢慢和鹤悯耗，等耗得时间长了，鹤悯自然也不提了，难道他能亲自回来接升哥儿吗？

“那我也不准，我就把升哥儿藏起来，他难道还能跟我耗？即便是和离，我也能带着升哥儿走，他刕鹤悯敢跟我比？”

玉岫无奈：“怎么说话呢？鹤悯此人还不错，是父母为你专门找的，不可胡说八道。”

宋玥娘哭道：“那怎么办？鹤悯说我要是不送升哥儿过去，往后也不用来信了。”

玉岫：“他这也是气话，不是冲着你，是冲着刕鹤春，你不用管。”

她又骂道：“你也是蠢的，这般的事情都不告诉家里！”

幸而他们早知晓了。父亲说此事他们作为娘家不好插手，但也可以将外孙直接接回家。

玉岫宽慰道："那你就不要写信过去，你是他的妻子，为他伺候父母，养育儿女，他还敢对你不敬重？让你哥哥去打断他的狗腿吧！"

宋玥娘总算笑起来："哥哥嫂嫂帮我就好。"

玉岫却道："鹤悯的性子我也是知晓的，为什么突然就要带升哥儿过去了？"

宋玥娘羞愧地低头："是我……是我想让他回来，我说升哥儿难以教养。"

玉岫："蠢货，蠢货啊！"

宋玥娘："我后来也解释了，但他说，我跟母亲心胸狭窄，对长嫂也不好，又让升哥儿远离川哥儿，反正是不信我了。"

玉岫皱眉："这话又是从何说起？你是不是在他面前嚼阿绾的舌根了？是不是跟他说不愿意让升哥儿和莹姐儿去跟川哥儿玩？"

宋玥娘的头越来越低。

玉岫深吸一口气："蠢货！"

她站起来，道："我要回去跟父亲说一说。此事你幸亏跟我们说了，否则将来你们夫妻常年不见面，你又愚蠢不占理，怕是斗不过他，稀里糊涂地就将孩子送了过去。"

等嫂嫂走了，宋玥娘哭得一颤一颤的。莹姐儿从窗户探出一个头，又匆匆忙忙地低头，小心翼翼地踩着步子离开，跑到苍云阁去找折绾。

苍云阁里不见人，小丫鬟还没有来得及问，便见莹姐儿又熟练地跑向了隔壁的大书房。

折绾正在磨铅粉，便听莹姐儿喊道："大伯母。"

折绾打开窗户，探出头来："是莹姐儿啊。"

莹姐儿一溜烟撞进门，抱住大伯母的腿往上面爬，道："大伯母，我阿娘哭得厉害，等大舅母走了还在哭，是不是大舅母也没有办法啊？"

折绾抱住她，安抚道："不可能，你阿娘定然是被你大舅母骂哭的。"

莹姐儿这才放心，她伤心道："大伯母，我有个秘密只告诉你。"

折绾这段日子忙着膏粉的事情，倒是有些日子没问她日常做了什么了，她笑着点头："好啊。"

莹姐儿就小声道："那日阿娘和祖母吵架，说就算是把我送走也不会送升哥儿走。"

她好伤心啊。如果一定要她和升哥儿走一个，她是愿意代替升哥儿去父亲那边的，但还是觉得伤心。

折绾一愣，而后笃定道："你阿娘在说气话。"

莹姐儿抱着她的脖子，她轻轻拍她的背，安慰道："人在生气的时候，总是容易说些不是自己真心的话，你阿娘嘴巴不好，她总说这般的违心话。她这样不好，但莹姐儿，你不要憋在心里，你要跟她说，说你不喜欢她这么讲。"

莹姐儿："真的吗？"

折绾就突然想起自己和姨娘了。

她其实早该跟姨娘说她不愿意的，就像这辈子一般，把"不愿意"三个字说出来，而不是对姨娘的埋怨越来越深，但姨娘要见她，她又去看姨娘，看她病了，还舍不得对她说重话。她以为自己在救姨娘，其实是在慢刀杀自己。

她唏嘘道："莹姐儿，你可以的。"

当素膳支支吾吾地说李姨娘又来过之后，折绾笑着道："那你把我的话告诉她了吗？"

素膳："说了，但她不听。"

折绾："那就不关我的事情了。"

素膳酸楚："姨娘说你狠心呢，说你要是再不吃药，她下次就来找你了。"

折绾："就让她来吧，她不敢的。"

当她硬气的时候，姨娘就会软下来。母女之间，也是东风压倒西风，看谁豁得出去罢了。姨娘这时候还爱着她，豁不出去的。

她眼睛一红，道："别管她了，给银子过去养着就好。"

素膳叹息再叹息，最后还是高兴地说："我都打听过了，以后咱们这里可都是有学识之人待的地方，往后说不定就要大涨的，就跟墨云街一般。"

墨云街住的都是达官显贵，买在那边的大多数是鲁州的世家。

到时候得卖多少银子啊！姑娘还买了很多宅子呢。

折绾警告她："你如今是个有银子的小姑娘了，可不准被人骗了去。"

素膳脸红："说什么呢！"

她扭扭捏捏地走远了。折绾笑起来，又见素蕤在一边看着，她招招手，叫他过来："我有件事情要交给你去办。"

素蕤立马紧张起来："少夫人，请说。"

折绾夸他："你的京话越来越好了。如今来街上买宅子看宅子的人多，你是会些功夫的吧？这铺子里面要你多看顾着些。"

素蕤脸红起来："应当的，应当的。"

周掌柜走进来，笑着道："主家放心吧，这小子精得很呢，也就是现在不会说京话，等学会了，往后肯定是一把好手。"

她特意从张管事那里将人要过来，自然是素蕤有过人之处。但如今她可不愿意说这个，而是红光满面地道："主家，你给我的膏粉真是神了，竟然还能去癜。"

折绾一愣："不行吧？"

周掌柜："我邻居家的小姑娘脸上有癜，素日以泪洗面，我就将先做出来的膏粉给她擦脸，免得脸上辣得疼，结果用了几日，竟然有点效果。"

折绾却觉得这是不可能的："应当是别的。"

周掌柜："不管是真的假的，再试试便可以卖了。"

周掌柜又跟折绾道："主家画的花样子是最好的，我们要做膏盒了，你那边可有好主意？"

折绾还真有，她道："我到时候画出来给你看，我脑子一刻也没闲着呢，还有个好主意。"

周掌柜："什么好主意？"

折绾："那日我看书，便看见江南那边的鞋匠在做好的鞋子里面都要塞一张纸。"

例如上面会写：某年某月某日铺户某某造的字样。[2]

折绾："咱们也可以这般做，只是不能塞纸条了，只能是刻在膏盒底下。我还想着可以做一个坐簿，无论是谁买了去，这坐簿上面都写了，那样就知晓来历。"

周掌柜笑起来，说："你这个主意早有人做了，只是能长久做下来的铺子却不多。"

她想了想，道："膏盒底下在烧制的时候就可以写出年月日，但是坐簿做不成。"

折绾也只是想想，她对此事没有笃定，而是道："我再回去想想。"

周掌柜很是喜欢她这般的主家，都不愿意走了，还想跟她合伙做生意，说："你要是愿意，便给我一些分红。"

折绾答应了，她高兴道："我本就不擅长此道，都是你帮我，这才带着素膳和素兰两个如此快地开了铺子，还做得这般好。"

就是闽南茶园的事情，周娘子也是全程在管的。

玉岫听闻此事的时候，还惊讶道："她竟然肯答应继续给你做事？"

折绾："是啊，她很厉害，我不好留她，但她竟然愿意主动留下来。"

玉岫唏嘘："你别不当回事，她这般的人物肯长久帮你，只怕是你的长处被她看重了。"

折绾也不知道自己的长处在哪里，她想了想，道："可能是我做事认真，也愿意跟她一块儿走下去。"

她回到家，四少夫人正等着呢，见了她就欢喜地道谢："真是及时雨，如今我弟弟见了我都叫我活菩萨。我如今已经把铺子过给弟弟了，还赚了一些。"

折绾一直笑吟吟地听着，却不愿意与她深交。她笑着待客，并不多言，四少夫人说得舒服是舒服了，但也不能一直说下去，只能告辞："下回我再来你这里坐坐。"

折绾："好啊，下回你要来，便提前跟我说。"

莹姐儿又溜达过来，道："阿娘给我道歉了。"

折绾摸摸她的头："你阿娘是个好阿娘。"

莹姐儿还给雁雁写信，信里写着：

雁雁吾姐，见信如面。

上回跟你说的事情已经解决了，你不要担心，等下回我来勋国公府，便细细说与你听。

她把信折了又折，塞进信封里面，递给折绾。

折绾挑眉："这是写了多少？"

其实就是几句话，但莹姐儿写字偷懒，如今还是斗大的字，歪歪扭扭，只能几个字写了十几张纸。有些字不会写，她也不怕，说："反正雁雁姐看不懂，她还不识字呢。"

正因为如此，两个不识字的小丫头才热衷于写信，反正谁也看不懂。

折绾并不抹杀她们这份难得的快活，认认真真地收了信，道："我一定带过去给她。"

莹姐儿："我知道大伯母最好了！"

升哥儿就想跟川哥儿一块儿写信，说："咱们两个一起写给阿隼哥啊？"

川哥儿点头："行的。"

折绾又多了一封要捎带的信。

刕鹤春也从母亲那边收到了弟弟的来信，刕鹤春看完之后把信烧了，让松亭把灰烬倒出去喂狗，一定要看着狗吃完了再回来。

（四）

宋玥娘的父亲来英国公府了，英国公连忙陪着喝酒。一顿酒过去，英国公就写了信给三儿子，言明会将升哥儿挪去前院养，让他安心为官。

宋玥娘听了消息，如同打了胜仗的公鸡一般，昂着头扶老父亲出门，却被他一顿教训："你就懂事些吧，修修嘴德，往后无论在谁的面前都不能说别人的是非！"

宋玥娘这回是真知道怕了，心有余悸地点头："我知晓了，以后我就报喜不报忧了。"

宋父脚一滑，差点摔倒。

好嘛，她还管背后说人家是非叫"报忧"。家里的孩子都是一般教导出来的，从没偏过谁，还因瞧着她自小就呆头呆脑，便特意让她跟着儿子出去游学过，期望她看看外头的高山和远途开开眼界，结果依旧是这般的不开化。

老父亲实在是没法子了，又好气又好笑："那你说说，什么是报喜？"

宋玥娘得意道："自然是我如今依旧掌着中馈。父亲，我家婆母可是一直站在我这一边的，即便鹤悯不在，我也给他在大房那边争着一口气呢。"

宋大人彻底无奈了，抬起手想要重重一巴掌拍在她的手上，又舍不得，只能落在自己的大腿上，叹息道：“还好，你是个有造化的，妯娌都是明白人，不跟你计较。”

宋玥娘很是不高兴，同样不高兴的还有赵氏。

将孙子送去湖州，她不高兴；但孙子不去湖州，她照样不高兴。她便打算再找个好生养的送去给小儿子，她在信里面写道：“我一直哄着你媳妇不跟宋家讲，好嘛，如今跟她吵了几次，她也不听我的了，将你老泰山请了来压顶。你父亲惯会和稀泥，装老好人，已经发了话，我就不能帮你了，你还是在湖州再生一个吧。”

她写完信就哭，一夜没睡，宋玥娘却神采奕奕，瞧见她红肿的眼睛，还以为是出什么大事了。

赵氏讪讪：“没什么，就是想鹤悯。”

折绾坐在一边喝茶，跟四姑娘说一些打听到的诚意伯家的事情，结果话还没说完，便听见赵氏点她：“还是玥娘有良心，不像其他人，只懂得谄媚他人，成日往外跑，不懂得‘孝心’两个字怎么写。”

二少夫人和四少夫人顿时慌了，但也知晓不是说自己，便将头低了下来。四少夫人因承了折绾的一份情义，还硬着头皮说了一句：“母亲，我们都是愿意伺候您的。”

赵氏冷哼。

四姑娘也打圆场道：“母亲不要生气，我们都在学三嫂嫂的孝心。”

折绾眉头都没皱。这都是老路数了，她们婆媳两个恩恩爱爱，便要来刺一刺她，不是说她孝心不够，就是说她不懂善待弟妹。

折绾最开始诚惶诚恐，便努力凑过去跟她们两个说话，以此来表孝心，开口就要笑，以此来表善心。但每每说了话也没有谁附和，都把她忽视过去。这般的路数，是从她嫁来的时候就开始用在她身上的，如今却直到现在才用，也算是她们的“善心”了。

折绾便笑盈盈地跟着道了一句：“是啊，三弟妹对母亲好，母亲也对三弟妹好。我听鹤春说，母亲还给三弟送了能生养的妾室过去，今日什么时候走？”

宋玥娘本是翘着的嘴巴慢慢地张大，半天没合拢，不可置信地看着折绾，而后猛得扭过头去看赵氏，大声道：“母亲！什么妾室！什么能生养！”

赵氏心虚，“噌”的一下站起来，指着折绾恼怒道：“你胡说八道些什么！”

折绾从善如流：“是，那就是儿媳记错了。”

但宋玥娘可不会受骗，她闹腾起来，赵氏只好把其他人都赶走了。

折绾淡定地走出门，四姑娘还心有余悸：“不会出什么事情吧？”

折绾笑了笑：“不会。”

人跟人的缘分真是奇异，赵氏和宋玥娘每次闹起来都很凶，但十几年后还好得跟亲生母女一般。

她唏嘘道："看着吧，不过三五天，又要和好。"

四姑娘就知趣地不再提起那对婆媳，而是道："大嫂嫂给我的那盒膏粉很是好用，我之前是用玉面容的，两相比较，你的还好一些。可取了名字？"

折绾："还没有，一直想不出来叫什么。"

周掌柜也催她："这跟你养花，做鲜花饼，画花样子不一样，这可是宝贝，能卖很多银子的宝贝！"

折绾就觉得自己也该慎重起来，她本来也没太当回事，满足是满足的，却不如周掌柜那般激动。

周掌柜就叹息："夫人确实不是做生意的料，对银两并不敏感。"

折绾想得开："人无完人嘛。"

但一旦慎重，便久久不能决定到底取哪个名字，此事倒是她拖得最久的事情了。

她辞别四姑娘，回到书房去翻古籍，想拾人牙慧，从古人那里找个称心如意的名字出来。劭鹤春却来搅局，他是来跟她商量川哥儿要不要挪去前院。

"升哥儿都挪过去了，川哥儿不挪不好吧？"

孩子们读书都跟着先生在前院，如今说的挪，便是将孩子的睡处也挪出去。这般一来，以后折绾只要不去前院，便一天也难以见一次川哥儿。

劭鹤春很是犹豫。川哥儿如今刚想要亲近折绾，要是就此挪出去了，会不会前功尽弃？

折绾倒是赞成的："挪出去吧，就跟升哥儿住在一个院子里，东厢房与西厢房收拾出来，正好合适。两人都只有四岁，等长大了再分开住也还来得及。"

劭鹤春本是犹豫的，但见她这般轻松地决定要将川哥儿挪出去，又不愿意了。因之前被骂了几次，他如今在她面前也学得几分说话的本事，懂得了什么是迂回婉转，他顿了顿，道："是啊，还太小了。"

他坐下来，从案桌上随意拿了一本书，随意地翻着，好似随意地说："还是算了吧，川哥儿胆子小，还是再在苍云阁住几年再说。"

折绾闻言，抬起眼睛看他，"嗤"的一声："既然如此，那还来问我做什么。"

劭鹤春压着一口气站起来："母亲今日还跟我说，要与我纳个妾室。"

折绾开始研墨，道："那你就纳！院子里可有不少的空屋子。"

劭鹤春叹息："你这个人，真是油盐不进。"

他自然是不会纳妾的，折绾也相信他没有这个心思。他似乎对妾室真的没有什么念想，说不纳妾就不纳妾，态度坚决，谨守着对长姐的承诺。后来她喝药难受，他也说过让她不要再折腾的话，道："可能我命中只有川哥儿一个子嗣，你不用再费心思。"

那时候他也没想着纳妾，但赵氏要她劝劭鹤春纳妾，她就去说。

劭鹤春骂道："你这是在说什么蠢话？愚不可及。"

赵氏也哭得厉害："不知道是中了什么迷魂招，你那个长姐哦，真是个狐狸精，你怎么就如此没用，一点儿精髓也没有学到！"

这期间除了赵氏给他送妾室，还有同僚也送过，都被他退了回去。

折绾记得，他也是去看过大夫的，但只看过一次。

男人看大夫，问生育，实在是丢脸。何况他已经有了一个川哥儿，他一直觉得自己没问题，还是赵氏压着去看的，她实在是想要孙子了。

但大夫也说没事。折绾当时也在那边，大夫还是相熟人家介绍来的，对外秘而不宣，神神秘秘的。

老大夫一把年纪了，摸着胡子道："大少爷和大少夫人的身子都没有问题，可能是没有子嗣缘分。"

人人都松了一口气。赵氏连忙问："大夫，那子女缘分怎么来呢？"

大夫意味深长道："看天意。"

赵氏就带着她去拜佛了，后来又信三清。最后佛祖和三清的生辰是哪日，折绾都记得，都要供奉。但折绾一直不太信，她只是觉得自己拜菩萨、拜真人，拜给大家看，大家就能原谅她几分，她就能被"饶恕"了。

烟雾缭绕的神像前，她跪在那里，看不清前路，迷茫得很，所以她很能理解孙三娘的心情。她想，若是上辈子自己即便是生下了孩子，但生的是女儿，又要被逼着生下一个男孩，何必呢？

越是活到后头，越是想得开。三娘的不幸在于，她还没有想开，珑珑就去世了，她再没有机会想开。而老天给了她一个机会，折绾很感激老天爷，她缓缓站起来，在上面写上了四个字。

劢鹤春走过去看，念出来："别有人间。"

他诧异："是出自'桃花流水窅然去，别有天地非人间'？"

折绾"嗯"了一声。就要这个名字了，她很满意。只要保持自己的这份心境，将来无论身处何地、何种境遇，都能发现别样的天地。

周掌柜却不满意："太长了，哪里有人叫卖的时候叫'别有人间膏'的？"

折绾讪讪道："那我继续回去想。"

周掌柜："不如就取前面两个字。"

折绾："桃花？"

周掌柜："对，就叫桃花粉。"

"桃花粉……会不会太俗气了？"

"大俗即大雅。"

事情就这么定了下来。折绾便把"别有人间"写成了牌匾，挂在了大书房前面。莹姐儿认字不多，站在门外努力认字，念成了"口、月、人、日"。

折绾笑吟吟道："是'别有人间'。"

莹姐儿一点也没觉得不好意思，她现在不是认识了吗？她好奇地问："什么意思啊？”

折绾：“意思是，里面别有一番小天地。”

莹姐儿：“我懂！门里面有点东西！”

她自然是懂的，她什么不懂呢？但她现在碰见了不懂的事情。她撑着脸，对温柔的大伯母道：“我好愁的。”

折绾像是招待客人一般招待她，给她摆了自己做的鲜花饼，给她搬来了插好的牡丹花，还倒了她喜欢的甜茶，问：“愁什么？”

莹姐儿很喜欢大伯母这般对待自己，便跟她分享自己的小秘密：“大伯母，雁雁姐姐今天写信来，一直在说对不住我。”

其实没什么事情，只是之前雁雁姐姐说这几天会给自己送个用绳子编织好的小兔子，但她做好之后不小心掉进了水里，暂时是送不来了，这也没什么啊。

莹姐儿发愁：“但她信里说了好多道歉的话，我都说不要紧了，她后面又写了一封信来道歉。”

莹姐儿也慌了：“大伯母，我该怎么安抚她啊？”

折绾眼神温柔起来，道：“这样啊。其实很简单的，你只要告诉她你不着急就好，不要说不要兔子了，只说等她做好摆在博古架上就好。雁雁啊……她自小艰难得很，是在慈幼院里长大的，里头什么东西都没有，她现在虽然富贵了，但也不觉得自己有什么。你是她第一个好友，她不想失去你，想要留住你，所以特别慌张。但她也不是故意要这么一直道歉的，她只是情不自禁。等她再大一点，你孙家伯母再教教她，她就不会这样了，她会跟你说，让你再等几天，她会努力给你做好的。”

莹姐儿明白了，她点点头：“我就知道要跟大伯母说。”

她其实也跟阿娘说了，阿娘却让她不要跟雁雁姐姐玩，还说雁雁姐姐是孙家伯母养来解闷的，但这话阿娘也嘱咐了，不能往外说。所以她写信给雁雁姐姐也是偷偷写，然后给大伯母送过去。

阿娘真是太讨厌了！

她欲言又止，把心思都写在脸上。折绾心软得不像话，问：“那你愿意跟雁雁姐姐玩吗？”

莹姐儿：“愿意的，我走几步路，雁雁姐姐都怕我摔了，她好在乎我。”

小孩子最能分辨清谁对她好，谁对她不好。

折绾往她手里塞吃的，道：“莹姐儿，多谢你。”

莹姐儿小手一挥：“大伯母，你放心，雁雁姐姐胆子小，以后我带着她去别家玩。”

折绾：“嗯，她以后胆子就不会小了。”

两人坐在一块儿吃东西，说说笑笑。宋玥娘赶来的时候，瞧见这一幕气得两眼一闭。

好嘛，嫂嫂成了折绾的，如今连女儿也成了她的了。

但她前段日子有把女儿送去湖州的心思被女儿看出来了，实在是愧疚，哪里还敢在她面前骂折绾。莹姐儿不知道被折绾灌了什么迷魂汤，事事都为她说话。

她只能憋屈道："莹姐儿，快，咱们回去。"

折绾笑着道："三弟妹，要坐会儿吗？"

宋玥娘没好气地道："怎么，你想看我笑话？"

她拉着莹姐儿就走。折绾揣着手站在门口，温和地目送母女两个离去，却是一时半会儿没明白她说的笑话是什么，但她很快就知晓了。

赵氏偷偷摸摸给刕鹤春送了个姑娘来。送来的时候，素膳正在书房跟她说周掌柜已经跟药材铺的掌柜谈好了益母草，跟陶瓷铺子谈好了刻有"桃花粉"字样的膏盒。

"银子如流水一般花出去，我的心都快要痛死了。"

折绾："这是必要的，咱们还是小生意，周掌柜眉头都不会皱一下。"

素膳："是，掌柜的说，往后我和素兰要学会的第一件事情就是花银子。"

折绾："那是真心教你们。"

她掌中馈之后，第一件事情是学会省银子。她以为自己做得很对，第一个月省下不少银子，她还跟赵氏道："母亲，您看，这就可以用在别的地方了。"

赵氏却骂她蠢货："你也不瞧瞧我们是什么门第，传出去多让人笑话。"

折绾后来就学会了花银子，这点她也认可赵氏的话。

她对素膳道："你好好学，往后一大摊子事情等你呢。"

素膳笑得欢喜："好啊，姑娘，我与你说，最近——"

话还没说完，赵氏就带着一个小丫鬟进来了，身份也没有明确定下来，她怕刕鹤春生气，她就只能偷偷摸摸地送，点明了要"红袖添香"。

折绾笑着应下："多谢母亲想着我们。"

她问："给三弟妹了没有？我怕她来闹，以为我忽悠母亲给我们丫鬟了，到时候还要怪母亲多心。"

赵氏听了她这话倒是舒心一些，道："她自然知晓。"

就是她撺掇的。

玥娘说给鹤悯送了，就要给鹤春送，不然折绾看她笑话。她便仔仔细细看折绾的神色，发现她这个人还真是稳得住，不妒忌，真心实意地收下了丫鬟，还叫松亭来，说："大少爷的屋里确实是需要一个丫鬟研墨添茶。"

松亭诧异地看向她，恭恭敬敬地领着丫鬟走了。

等刕鹤春回来，顿时阴沉下脸："怎么回事？"

松亭："夫人送来的，说是男人笨手笨脚，还是女子细心些。"

刕鹤春眯着眼睛问："大少夫人知晓吗？"

松亭：“知晓的。”

劭鹤春：“大少夫人怎么说？”

松亭：“说您确实需要。”

劭鹤春不信：“她的脸色如何？”

松亭：“很高兴的样子。”

劭鹤春“哧”的一声：“若是阿琰，必定是要砍了我的。”

他去屋子里问折绾：“你怎么就收下了？”

折绾：“这是母亲的意思，我想着你自来孝心可嘉，哪里敢拒绝。”

劭鹤春觉得她说谎不打草稿。

她正襟危坐地在写字，劭鹤春走过去瞧了一眼，发现她在写如何制作她那个什么膏。

“端午的益母草最具效用。采益母草烧灰，用稠米揉成鹅卵大小，熟炭活锻……”

他诧异：“你那个什么膏要这么复杂？”

折绾白了他一眼：“走开！”

劭鹤春搬了一张凳子坐下，道：“行了行了，你把那个丫鬟退回去吧，我不愿意。”

折绾似笑非笑：“真的？这于你不是好事吗？怎么不愿意？”

劭鹤春认真道：“若是你长姐没有去世，我也许还能接受，但你长姐去世了。”

他小声道：“母亲在阿琰怀孕的时候也要给我妾室，我当时并不在意，只推拒了，便没有再管此事。但有一次回来，阿琰气得在床上哭，我才知晓她被母亲因着此事磋磨。”

那次还见了红，阿琰当时就不太好了，劭鹤春第一次吼母亲也是在那个时候。

他对母亲有诸多不满：“当时三弟妹怀孕，三弟也是在家的，怎么不见母亲给他送妾室过去？还不是因为宋家惹不起，宋玥娘她也惹不起，更是偏心，不愿意惹。可折家家世不好，阿琰向来听话孝顺，她就磋磨起来了。”

这次在他心里也是一样的。他忍着气：“母亲到底是什么心思，我还能不明白？她就是听了三弟妹的挑唆，给个妾室来挑唆你我。”

折绾第一次知晓他是如此想的，原来他以为这是挑唆吗？

劭鹤春甚至觉得母亲愚蠢：“你以为三弟不埋怨她吗？他只是嘴巴甜一点，不直接说出来而已。不然，三弟怎么会想把升哥儿接过去养？还是信不过母亲。”

就是父亲，三弟也是不信的，但这个话不能跟折绾说。

他感慨起来，还对折绾道：“母亲喜欢三弟妹，不外乎是她嘴巴甜，你嘴巴便也甜些，别整日里当个哑巴。我今日跟你说的话，你挑些好听的去说，不然母亲该生气了。”

他既然都这般说了，折绾自然是要去把丫鬟挪出去。她领着人去赵氏那边，垂眸道：“母亲，鹤春说你偏心三弟，见他过上好日子了，想送个妾室来挑唆我们，他一定要我把人送回来。”

赵氏顿时就一口气上不来，晕过去了。醒来的时候，哭得不成样子，也不敢哭出声，只哭得眼睛肿起来，在英国公面前道：“我这是造了什么孽啊？当初我就不同意他去宫里，你偏要他去，如今他恨上我了，我的命怎么就这么苦啊！”

英国公就叹气，去找劢鹤春。

劢鹤春气冲冲地回来：“不是让你挑几句好听的话给母亲听吗？”

不是教她要嘴甜了吗？

折绾：“已经很甜了。难道我要跟母亲说，你说她害死了长姐吗？”

劢鹤春诧异：“我什么时候这么说了？”

虽然他当年也是这么认为的。

折绾：“你都说长姐因为怀孕的时候被她磋磨得见红了。我想，估摸着长姐离世，也是有缘由的，这般的话我能说吗？”

劢鹤春皱眉：“自然不能说。”

折绾：“这话不能说，那你说三弟也埋怨她，觉得她愚蠢的话就更不好说了。”

她笑了笑：“不然可就不是哭，而是闹着要上吊了。”

她看向劢鹤春：“只有你觉得她偏心，她才会这么简单地哭一哭。”

劢鹤春瞬间觉得最后这句话……骂得很难听。

折绾又被赵氏叫过去问话。

她哭了一晚上，早上起来的时候，却还是不死心地问：“鹤春当真那么说？”

折绾认真地点头：“是的。”

赵氏问是问了，见折绾这么答，却又不怀疑，只捂着眼睛哭，伤心到极处，也不觉得丢脸了，恨恨道：“他自己想就想了，怎么还跟你如此说呢！”

这不是让她在儿媳妇面前丢脸吗？

折绾欲言又止，赵氏拍桌子：“你直接说！我倒是要听听他还说我什么了！”

可见她被儿子这般打脸，心里还是不痛快的。

折绾：“他说母亲对长姐不好，偏心三弟妹，母亲对长姐也很是磋磨。”

赵氏捶胸口：“我的天爷，哪家婆婆不给儿子纳妾，哪家婆婆不使唤儿媳妇。”

折绾：“那我就不知道了，他就是这般说的。”

赵氏哭道：“我不愿意见到他，你跟他说，我这不是偏心，我是一视同仁的。你也要好好说，你的性子温和，说出来的话肯定比我好听。”

这点她还是认可的。
折绾点头："好。"
她回到苍云阁，对叾鹤春道："母亲说，她不愿意见到你。"
叾鹤春拧眉："你那般说，母亲肯定是气恼的。"
他又觉得不信："母亲真这么说？"
折绾"嗯"了一声便去了里间，她今日还要去铺子里，如今是回来换衣裳。她早上去了花草房看花草，裙摆被露水打湿了，得换身干净的衣服。
叾鹤春在那里叹气："你这张嘴巴，就不知道迂回一些吗？"
折绾正在屏风后头换襦裙，听闻此话，手便顿了顿。她还记得以前自己对赵氏说："母亲，花草房的花如今花期正好，可以送些出去，免得凋谢了。"
赵氏就对别人说："她说这花要凋谢了，得快些送出去。"
折绾便受了一顿责备。这话是在外头说的，叾鹤春也听闻了，回来质问她为什么要这般说话。折绾解释，他却不听，说："母亲还能胡说八道吗？"
当时她嘴笨，一句话也反驳不出来，只能忍下这口气。
折绾稳稳当当将衣裳穿好，利索地拿起自己之前画的几种花样子往门外走，道："怎么迂回？我也没有胡说八道！我这人也不会胡说八道。"
叾鹤春被刺了，眼看着她走远，十分苦恼："怪我，不该把她的长姐跟母亲的事情告诉她。"
他觉得折绾这是在替阿琰出气，她的心是好的，就是脾气越来越坏。
叾鹤春叹息，也出门去应酬。两夫妻都在为着江南人买铺子宅子忙活着，去的地方也相距不远。叾鹤春便跟她同乘一辆马车。
折绾："我在泗安那边要停一停。"
叾鹤春："那到时候我下来。"
马车摇摇晃晃向前，折绾正好问他："你知晓户部潘士显大人吗？"
叾鹤春："自然是知晓的。"
就是他提出将泗安、桂渊等街卖给江南才子住。
折绾顿了顿，问："你觉得他这个人怎么样？"
叾鹤春："人是不错，就是爱记仇。"
折绾"啧"了一声："他记过你的仇吧？"
叾鹤春也没否认："都察院的人他都记着呢。上回你出了那么个破主意给勋国公夫人，锣鼓敲了多久，他就追着笑了多久，后头更是把此事挂在嘴巴上，如今勋国公有了个喜欢寡妇的名声，谁家有寡居的妇人是不愿意请他去吃酒的。现在勋国公见了你和玉岫还笑脸相迎，也是不容易。"
折绾："他不做初一，孙姐姐也做不出十五。"
叾鹤春也不反驳，只问："你提潘大人做什么？"
折绾犹豫："潘夫人最近一直在买我铺子里面的吃食、衣裳……我觉得她是有意结交。”

劢鹤春眼睛一亮：“那你就结交结交，潘大人很是受陛下信重，虽然不是尚书，但大家都说他就是下一个尚书。如今又有了泗安街建成等功劳，将来怕是不好说的。他这个人也就跟户部那些官员关系好一些，其他人很难进他的眼。”

折绾想了想，小声问道：“他跟太子关系好吗？”

劢鹤春狐疑地看过去：“他跟太子并无私交，但也过得去。”

陛下还年轻呢，朝堂之中其实没有那么多急着巴结太子的，但谁也不会去得罪太子，就是他，还要时不时跟太子喝顿酒。

他诧异地问：“你为什么会突然问这个？”

难道是折绾发现了什么。

折绾：“最近京都的风声很紧，不敢乱结交。”

劢鹤春笑起来：“是这个啊。”

陛下最近确实训斥了几次太子，不知情的人还以为陛下对太子不满，但陛下骂太子的时候，他和好几位老大人就在那边。父亲训斥儿子，这也没什么的，太子自己也没有往心里去，后来太子过来跟他喝酒的时候说起此事。

劢鹤春不敢多言，只说自己的念头：“陛下拿殿下还做孩子看呢，父亲总是如此的。”

太子还笑了笑：“孤知晓父皇的意思，也信你的话。”

但不知情的人贸然听闻此事，怕是以为陛下对太子有意见。

他道：“别听外面那些乱七八糟的传言。”

妇人就是这般，听风就是雨。

折绾却想起上辈子潘士显成了太子的手下。这般的事情连她都知晓，便广而告之了。不过她知道没多久后，潘士显便被贬官去了岭南，太子也遭了骂。

当时劢鹤春已经沉稳得很，官威很重，不像年轻时候这般时不时就生闷气，似乎面面俱到，多难的事情也游刃有余。但那次回家之后，他把自己关在书房里摔东西，晚间才出来跟她道：“到时候你给潘夫人送些银子过去。”

他叹息：“陛下……怎么会变成这般模样呢。”

折绾听见这句话，吓得脸色变白。

但劢鹤春升官了，潘大人一走，他就坐上了原本潘大人坐的位置。他的仕途其实走得很顺，陛下一直很信任他。陛下的身子也很是康健，直到十几年后，她去世了，也没听说他有什么病灾。

折绾思虑了一瞬，还是道：“若是潘夫人给我递帖子了，我就请她回来坐坐。”

劢鹤春笑起来：“你这见识还是少了，便容易吓着。”

他等着折绾发脾气，但见她没说话，似乎是默认此事了，倒是有自知之明。

他对她还是佩服的：“你运气好，置办个铺子能置办出这么多好事。”

从玉岫到潘夫人，倒是比他人缘好，但是她这一路结交的人对他倒也有些益处。

之前是没想过她在外面置办铺子有这般效果，就是太后还记挂着，时常问他：“阿绾如今怎么样了？”

他畅快得很，折绾就让马夫将马车停下，道：“你下去吧。”

劭鹤春笑起来，逗她：“怎么，夸你呢，还生气了？”

他这个时候简直跟后头判若两人，折绾等着他被幽禁。她抬眸：“你的嘴这般坏，将来是要误事的。”

劭鹤春就笑不出来了，他确实误事了，跟越王断了交情。但他在外头已经修闭口禅了，难道回家还要修？那也太没有意思了。

他咂了下嘴，道：“我也没说什么。”

但他还是下了马车，反正也不远了。

折绾这才顺心些，等到了铺子，周掌柜正在盘账，笑得很舒畅：“哎哟，主家，咱们的桃花粉可是还没有卖就有名声了。”

折绾：“怎么回事？”

周掌柜：“这阵子南边的人来得多，又都是读书人，看见咱们家的花草铺子便走不动道，很是喜欢这边的雅致。有些也是拖家带口来的，我就将咱们的桃花粉放到那边去卖了，夫人姑娘们见了也很喜欢，纷纷要掏钱。我本以为只能做她们的生意，结果男人瞧见了也买。”

折绾恍然大悟：“是，听闻南边没有咱们这边干，突然来这边，肯定是要遭罪的。”

都是富裕人家的公子哥，哪里受得了这个罪。

但就这么卖肯定不行，周掌柜道：“我又换了一批竹子的陶瓷盒子，将这桃花粉填到里头去，叫青竹膏。”

一样的东西换个盒子，分成不同的东西卖，谁都能买了。

折绾是第一回知晓还能这般做，笑起来：“这是好事。”

而后她顿了顿，也想到了一个主意：“读书人爱雅，读书的时候也喜欢雅致的地方，他们刚买宅子，雅之一字一时半会儿置办不起来，咱们便贴出告示，把咱们的花草铺子改一改，改成读书人相交的地方，让他们过来读书，以文会友。”

江南洪水冲散的地方太多了，虽然他们都来自江南，但也不是互相都认识的，此时有个地方可以结交同乡，肯定都会去。

周掌柜一直做生意，但对文人墨客不是很熟悉，这几日只顾着做桃花粉的生意，倒是真没有想到还能如此做文人的生意。

她马上点头：“很是，很是。”

都是银子，不赚白不赚。这就不能用折绾的名头了，英国公大少夫人毕竟是有“英国公”三个字。

周掌柜道：“便用素膳的。”

别人既忌讳，又知道实情。

折绾也觉得此事可行。

两人把素膳素兰叫来，商量了一下午，索性将铺子的名字也换了，改成花草茶楼，她们将来肯定是要卖茶的。

周掌柜越发有信心：“如此，我们能做的东西就大了。”

折绾请周掌柜去酒楼吃饭，这段日子真是辛苦她了。结果去了酒楼，周掌柜说的还是铺子的事情。

“到时候闽南的茶叶一来，我们不用守着自家卖，定然要分出去卖。”

折绾：“我正想着此事。”

刕鹤春上回就说可以卖去别的地方，她心里一直记着。她道：“漕运官路，水路旱路，能不能一边往京都送的时候，一边卖了呢？”

周掌柜：“卖是可以卖，但一路上不好打点。”

折绾：“咱们先慢慢地打听。”

周掌柜见她能想到这么多，便更加确信她是有心做好此事的，她喝下一杯酒，笑着道：“你知晓吗？我有时候还会做梦，梦见你跟我说不做了。”

折绾诧异：“你还会这般想？”

周掌柜：“为什么不呢？我这把岁数了，自己是转不出这么大一件事情的。”

但折绾在，她好像不知道累一般，将事情一点一点地做了起来，运气也好，碰见了袁大人夫妇、越王夫妇，事半功倍。

折绾就笑着道：“我也一直怕你突然不做了。”

那她去哪里找人？素膳和素兰肯定是不成的。

周掌柜趁机提起一事：“我既然教了她们，也受得起‘师父’这两个字。”

折绾大喜：“真的吗？我一直不敢提。”

这实在是喜事，当浮一大白。

（五）

茗妈妈眼眶通红地进了苍云阁，看见折绾就“扑通”一声跪了下去。折绾正在看书，瞧见她这般，连忙将人扶起来。

“好生生的，你这是做什么？”

茗妈妈感激道：“少夫人，老奴都听说了，您让周掌柜收了素兰做徒弟。”

原来是这事。折绾笑着道：“你说反了，不是我让周掌柜收，是周掌柜见素兰好，主动收她为徒的。”

茗妈妈心里明镜似的：“若是没有您的面子，素兰哪里有这个造化。”

她擦擦眼泪，站起来，恭敬地道："少夫人，您的恩情，老奴无以为报，今生还受您的庇护，只能是来生做牛做马了。"

折绾："何至于此。"

她坐下，真心实意地道："也是你教导得好，素兰才有这般的造化。"

茗妈妈确实是个好母亲。当年觉得素兰算术好，便能割了腊肉去为她找先生学两个字，再求了主子赏书日日看，等素兰到了出嫁的年岁，也没有给她选个英国公府家奴做丈夫，而是千挑万选了一个在京都做生意的后生。最后又求这个求那个，终于在素兰出嫁的时候求到了赵氏跟前，放了素兰的奴籍。凭她这一桩桩一件件，折绾实在是佩服。

折绾："你让她好好做事，将来的造化更大。"

她意有所指："闽南那边，她还想着去看看，她跟我提过好几次，你也是知晓的吧？"

茗妈妈当然知道。虽然担心长途跋涉，孩子会出事情，但这是个大机遇，就像素兰咬牙跟着素膳一起买宅子一般，如今明眼人都知晓是买对了。跟着少夫人不会错，去闽南也不会错。

她立马点头，道："您放心，她要是想去，没人能拦得住，要是有人敢拦她，老奴非拼命不可。"

折绾便笑起来，说起其他的："我也正有事情找你做。我已经在花草房挑了一盆上好的芍药，你待会儿去领了，送去潘士显大人家里，就说是铺子里面送的。记得，你亲自去。"

茗妈妈懂，她是少夫人身边的贴身婆子，别人自然知晓她去是什么意思。

折绾很快就收到了潘夫人的请帖。

刕鹤春啧啧称奇："说句实在话，潘大人的家里，我都没去过。"

折绾也没跟潘家人打过交道，但是她跟周掌柜都盘算过了，潘大人在户部多年，深受器重，若是之后闽南茶叶有什么事，必定是要到他跟前去。

周掌柜的意思是让她跟刕鹤春说，官场上的事情，让男人出面也许好一些，但是折绾不愿意。她说："咱们先自己试试。"

总不能以后事事都要刕鹤春去办，那跟上辈子有什么两样？

周掌柜话是这么说，但更喜欢她这么做，笑着道："好，好志气。咱们自己来也行，咱们也不是要封侯拜相，只是做生意罢了。"

折绾自己也细细琢磨过，认为陛下对潘大人应当是喜爱的。像勋国公府，直接就被抄家灭族了，潘大人却只是被贬官，她去给潘夫人送银子的时候，也有不少人偷偷地送。可见其人品是好的，也可见潘大人的事情没有那么"厉害"。这般的人家确实可以相交，且人家都已经递过来善意了，她不可能不抓住，不抓住就是傻子。

但说句实在话，她也有些怵。她还是第一次带着目的性去交朋友，这种感觉是新奇的，她还有些紧张。

刕鹤春就见她在那里挑衣裳，换了一件又一件，最后换了件崭新的百花团簇样式的。

他少不得要在一边教导："潘家算不得世家，潘大人的祖父曾是探花郎，官至内阁大学士，但父亲没有什么建树，直到潘大人进了朝堂，潘家才算是兴旺起来。"

跟英国公府和勋国公府是没办法比的。

但有时候在京都，"圣恩"两字比什么都重要。刕鹤春从不敢轻视潘大人，勋国公也不敢，每次被气到，都是回到都察院才大骂出声。

他笑着道："勋国公最讨厌的人就是潘大人了。"

这些折绾倒是知晓。刕鹤春见她无动于衷的样子，便说些她不知道的："陛下曾在御书房夸潘大人，说他这人有时候刻薄是真刻薄的，但并非是无情之人，相反，还是个性情中人，喜怒都是有数的，丝毫不像有些人，装得跟个无瑕的圣人一般。"

折绾听着这些话，换衣裳的手都慢了下来。见她听得认真，刕鹤春就笑了："我说，你跟你长姐真是像，阿琰当年也是爱听我说这些。"

折绾本来听得好好的，闻言斜眼看过去，将衣裳的扣子一扣，道："英国公府内，婆母那边的磋磨你帮不上忙，人情走礼你不懂也不管，被两边母亲逼着要孩子，喝那些乱七八糟的糟粕，你不知道，想要诉苦，你也听不懂，便也只能听你说说外头的事情了。"

刕鹤春张口结舌，便不说话了，好久之后才道："我不知道这些，我现在知道了，我也很后悔。"

折绾就发现刕鹤春其实很奇怪，他最近似乎很爱在她面前说一说长姐的事情，但说完之后，她怼一怼，他马上哑口无言，说一说忏悔的话，可下次他还是要提长姐。

折绾冷笑："幸而我是她的亲妹妹，你若是换了妻子，还能在人家面前这般直接说？"

她喝下一口热茶，似笑非笑："你要是想对长姐忏悔，便去对着她的坟墓说，对着川哥儿说，何必对着我说。"

刕鹤春讪讪地起来。他确实是觉得心里难受，他也只能跟折绾说一说阿琰了，折绾替阿琰骂一骂他，他心里就好受些。

折绾也想明白他的心思了，顿时翻了个大大的白眼，第一次将心里的话骂出来："蠢东西！"

第二天，赵氏叫她过去问刕鹤春可消气的时候，她便道："鹤春说您该去长姐的坟前忏悔才行。"

赵氏勃然大怒："我忏悔？我忏悔什么？"

折绾：“我是不知晓的，母亲要不要好好想想？”

赵氏要摔杯子了！她哪里还想得起，她统共也只记得两件事了，一件是折琰怀孩子的时候，她送了妾室过去；另一件也是折琰怀孩子的时候，她让折琰管家。这都是鹤春后来埋怨她的，埋怨得多了，她便记住了。

折绾：“不止吧？”

赵氏又拍桌子又拍胸口：“那你说！你说还有什么？”

折绾轻声道：“母亲自己想吧，鹤春不让我说。出嫁在外，夫为天，我不敢置喙。”

赵氏之前就喜欢对她说这句话。那年刕鹤春突然喜欢上了听戏，戏院里有个姑娘便要给他做妾，使尽了手段缠着，还传出了不好的名声。

折绾出去吃席的时候听闻了，回来跟赵氏道：“这般不好。”

赵氏却道：“出嫁从夫，要你置喙什么？夫为天，你只管受着便好。”

还是后来刕鹤春自己发了脾气，认为自己的名声被姑娘毁了，实在是可恶，他明明什么都没有做，去听个戏罢了。

那姑娘哪里斗得过他，很快连带着整个班底都被迫离了京都。

折绾听得胆战心惊，但京都的人开始传她善妒，都说她容不下妾室。

赵氏也把她找过去，质问她为什么要赶尽杀绝。折绾解释，赵氏也信，她还是明白儿子性子的，却还是说：“你也该有自己的主意，该主动为鹤春纳妾的，这才是真贤良。”

折绾当时已经长大了，对她这般的说辞只觉得厌烦，不再觉得自卑，但却开始学习她这般说话，学以致用嘛。

她感慨起来，觉得自己也不是一朝一夕就变成现在这般的，她要感谢那个什么都愿意学一学的自己。

她端起一杯茶，对赵氏道：“母亲，不是儿媳妇多说，您也该对鹤春好些，他实在是不容易，您何必还要跟他置气呢？软一软身子，这也没什么，这才是真爱。”

赵氏手里的杯子最终摔了下去，骂道：“放肆！你算个什么东西，你敢对我这般说话？”

折绾便将手里的茶杯放回去，温和轻柔道：“我也是为了鹤春和母亲好，这般僵持总不是办法。”

赵氏便哭也不是，骂也不是，你骂了她，她也不在意，真是个癞皮狗！

她恶狠狠地道：“要你管！”

折绾也不受着，直接站起来说：“母亲，我还要去潘夫人家里。”

赵氏一顿，诧异道：“户部那个？”

折绾点头：“是，潘士显大人的夫人。”

赵氏就想起来了，撇嘴道：“哦，是她啊。她是个孤傲的性子，我可不愿意搭理。鹤春叫你去的？”

折绾：“是。”

赵氏无奈又好气，最后只能开始抹眼泪：“那你走吧，你回去告诉鹤春，我不可能去给折琰忏悔。再怎么样我都是长辈！我要是去忏悔，我成什么了？”

折绾无可无不可：“好，我跟他说。”

她这般态度，赵氏便觉得她是块滚刀肉。可她这回是真恨上儿子了，认为儿子没有孝心，更觉得此事丢脸，便连谁也不愿意告诉，只默默在心里咒骂折家两姐妹，憋着一口气，对刕鹤春爱搭不理的。

折绾可不管这些，她去了潘家。

潘夫人跟勋国公一般大的年岁，如今已经做祖母了。她确实也是个孤傲的性子，折绾即便到了她家里，她也是淡淡的，但也不是存心这般，应该是长年累月这般的性情养出来的。

潘家的摆件不如英国公府，没有老年历的东西，但是屏风、花瓶都搭配得很是雅致，折绾还看见院子里面摆了许多各式各样的鱼缸。

折绾笑着夸：“夫人这里，可谓一步一景了。”

潘夫人倒不是冷落她，但她确实不喜爱说笑，只道：“是，我用了心的。”

折绾向来是个不爱说话的，在她这里，却成了要说话的那个。她跟潘夫人说布景：“我喜欢窗景。或者是白雪皑皑里一株红梅，上头再来几只鸟儿；或者是红墙青竹，不远处有小桥流水。不论是哪一处，从窗户里面看过去，总是比别处好很多。”

这话潘夫人很不赞同，却愿意跟她说说自己为什么不赞同，说着说着，竟然喝了好几杯茶。

折绾趁机说自己在闽南种茶叶的事情，道：“到时候给夫人送一些好茶叶。”

潘夫人显然没有领会到她的意思，道：“那我等着。”

折绾就跟她说闽南的事情：“我这也是瞎子摸象，摸到哪里算哪里了。”

潘夫人：“你真厉害。”

折绾就笑起来，却不再多言。等过了一会儿，她又起身告辞，笑着道：“下回有空再来叨唠夫人。”

等晚上潘士显回来问起此事的时候，潘夫人皱眉道：“我也不懂她什么意思，说了好几次闽南的事情。”

潘大人也诧异：“是吗？”

潘夫人结交折绾是潘大人授意的，他确实对折绾很是好奇。

他对潘夫人说：“我这人跟银钱打交道久了，看人便准。她能想买泗安桂渊庆明三条街的铺子，又能想着去闽南买地种茶树，必定是有几分本事的。”

潘大人对有本事的人看重得很。他对潘夫人道：“如今刕鹤春管着此事的督察，我跟他是不能闹翻的，你便去跟刕少夫人结交结交，总归是好事。”

丈夫很少要求她这般做，潘夫人便去做了。她跟潘大人道：“若不是她是英国公大少夫人，我都以为她是个来求我做媒的夫人。”

潘大人本来也听得云里雾里，却在这一瞬间突然笑起来：“劭少夫人很不一般啊。”

潘夫人明白过来，不可置信道：“不能吧？有什么事情让劭大人来不就行了？”

潘大人：“是啊，但她不愿意，就绕了过去。”

他摸摸胡子，道：“夫人啊，这回可不是冲着你来的，是冲着我来的。”

潘夫人笑起来：“我说今日她说话吞吞吐吐的。”

她这般年岁了，还是第一次见到折绾这般的人。

“看来确实是有几分本事的。”

她对人感兴趣了，写了帖子过去，想请折绾吃茶看戏。

劭鹤春得知此事，瞠目结舌：“你们能说到一块儿去？”

他还以为是面子情，结果看这架势，倒像是看重了。

折绾白了他一眼，反问道：“你今日还没有去母亲那边？”

劭鹤春皱眉：“母亲好像是真恼我了。”

折绾正在描眉，闻言笑了笑：“是吗？”

劭鹤春：“你是不是对母亲说了什么？”

折绾：“能说什么，无非长姐的事情。母亲说她并不偏心，我说她有，她还摔了杯子。”

劭鹤春叹息：“我知道你是为了阿琰跟母亲置气……哎。”

他其实还是认同折绾说的，他也认为母亲该向阿琰忏悔，就跟他一样。他对阿琰是有感情的，年少相识，原配夫妻，怎么会在知晓她是怀着怨恨死去的时候还无动于衷呢？

若是折绾不这么做，他也不知道自己该怎么办，最好的办法是不说此事。但折绾要说，他迟疑了很久，也不敢拦着，总要有个人来说出阿琰的委屈吧？

他那日就这般鬼使神差地想了想，便纵容了折绾对母亲胡说八道，结果母亲非常生气。

这边是死去的妻子，那边是生他的母亲，他夹在中间很难做人，在折绾面前也难做好人，做个男人实在是难。

折绾描眉画眼，再擦了口脂，越发温婉艳丽起来。劭鹤春本是在叹气的，见她这般又拧眉：“怎么最近总是打扮得如此……”

如此花枝招展地出门。之前她并不看重自己的容貌，从来都是简单地绾个发髻，从未描过眉。

折绾：“我的铺子如今卖这些东西，我难道不用？”

上回用多余的花瓣做了胭脂，本是搭着衣裳送人的，但不好多送，周掌柜便让她自己用。果然，出门去跟人打交道，别人就问起她用的什么。她当然是说自己做的，还要把剩下的送人。别人用了一次，觉得好，便不好再来要第二次，自然是去买衣裳，顺便再要一盒胭脂。这些手段，她如今是用得越来越好了。

她的口舌也越来越伶俐，对刕鹤春道："我若是说你蠢笨，你必定不会计较，因为你觉得自己很是聪慧。但是我说你对长姐不好，你便要恼怒了，你确实算不得好。母亲也是一样的，她恼怒成这般，是因为她自己心里有数，她确实对长姐不好。"

她打的是明牌，道："既然如此，你为什么不让母亲去想一想，为什么要那般对长姐？偏心成那个样子，一条人命，为什么连承认都不敢呢？"

刕鹤春垂下了头。他自己也不敢面对，他很是痛苦。

他们兀自不痛快，折绾痛痛快快地去看戏了。潘夫人很是喜欢听戏，请了戏班子来唱。折绾过去的时候，便发现在场的都是年岁大的夫人们。她算不得熟悉，一个个打招呼过去，听她们说话，说哪个唱得好，哪个唱得不好。

折绾连着去听了好几日，玉岫和孙三娘都笑话她如今是老少通吃了。

折绾将莹姐儿让她捎给雁雁的信件递过去，而后道："你们还别说，我从前从不看戏的，只觉得慢吞吞的，咿咿呀呀，不知道为什么那么多人爱听。如今听了几次，竟然也听出了一些味道。"

素膳听闻此事后还道："姑娘，这些江南才子也爱去听戏。"

她小心翼翼地说："还有一个书生要请我去听戏。"

折绾本是笑吟吟听着，结果听见这句话，她的笑容就维持不住了，勉强"温和"地笑着道："为什么呢？可是帮了他什么忙？"

素膳："倒是也没有，他是个富商子弟，我帮不上什么忙的。"

她小声道："但是姑娘……我总觉得他看上我了。"

折绾深吸一口气："你也到了可以成家的年岁了，你自己是怎么想的呢？"

是喜欢？那她要好好去查查对方的身世才行，还要看看他的品行，更重要的是要教导素膳不可轻视自己，刚刚那句"我帮不上什么忙的"就让她听了心里酸楚。

她想来想去，事事都要做好才行，那就不能急，要稳住素膳。

但素膳却说："我觉得他是骗子！"

折绾瞠目结舌，呆愣了许久之后，才"哦哦"了两声："你说说，你为什么觉得他是骗子呢？"

素膳："他好懂我啊。"

折绾："什么意思？"

素膳："他要不是查过我，怎么会有那么多跟我一样的喜好？"

她才不蠢呢。

自从开铺子之后，两人都忙了起来，很久都没有私下里说过这些事情了。

素膳端了炒花生和甜瓜来，两人就靠在临窗的榻上歪着说话。她小声道：“最开始，我也是很得意的。”

折绾立马道：“他长得很好？”

素膳笑得合不拢嘴：“很好！真的太好看了。姑娘，我从没有见过他那般好看的人。”

但这般的人不太喜欢在人前露面，他跟素膳第一次相见，也是因他内敛的性子不愿意跟很多人在花草茶楼里高谈阔论，他要了一个雅间，静静地喝茶。

花草茶楼如今是素膳的铺子，因是她的名头，她格外上心。那日正好其他的小厮有事去了，素膳就自己进去送茶水，第一眼当然是惊艳了。

“但他好害羞啊，真是我喜欢的。”

凭良心说，她是动了心思的，但是她自卑。书生说他是江南商贾人家的子弟，到他这一代就从文了，虽然没有多少钱财，还被洪水冲走了，但好歹保住了一些，所以就带着来京都谋生了。

折绾：“他是来考科举的？”

素膳：“当然不是啦！他不喜欢读书，喜欢从商，还喜欢喝茶，准备做茶叶生意，但是他性子内敛，一直开不了口谈生意呢。”

折绾就有点明白了：“你觉得这跟你很像？”

素膳：“对啊，我性子也算是内敛，也喜欢喝茶，也要做茶叶生意。但是我可以开口谈生意了，我谈得可好了。”

折绾极为骄傲：“是，你一下子就上手了。”

素膳咬了一口甜瓜，说：“我就想着，那我可以帮帮他，但是……”

但是她当时自卑。人家那么好，她有什么资格去帮啊。因着这般的心思，她还不愿意对姑娘说。姑娘一直是宠爱她的，一直教她要爱自己，但她还是自卑，这可怎么办？要是说了，肯定要被骂，她就闷着不敢出声。

折绾心疼坏了：“你该对我说嘛！”

素膳：“我也不能什么事情都要姑娘来开解啊。”

就这么一迟疑，素膳开始觉得不对劲了：“他真的好懂我啊，他知道我喜欢吃什么，知道我什么时候回家，知道我喜欢花……”

什么都知道，这不对劲。

除了姑娘，还没人对她这么了解过，这么好过。

可是她见过姑娘对她的好，有时候就那么一点差别，就能看得出来真假。素膳觉得跟他在一起的时候，她会被他的好衬托得很是自卑。

“我就很想把我的东西都给他看，可我有什么东西呢？我的东西都是姑娘给我的。姑娘是多努力、多努力地赚这些东西，我怎么可能给他？”

她瞬间就清醒了。

“我虽然不好，但是姑娘待我很好，我也不缺……不缺他对我好。”

折绾的心要化了，她哭着说：“你要说的呀，你要告诉我的。”

但素膳觉得过去了：“姑娘对我好，我很舒心，他对我好，我就觉得亏欠，这肯定不正常，我就不见他了。何况也没有多久啊，这才多久，一个月呢。”

她觉得自己好傻：“怎么可以对认识一个月的人那般好！”

折绾就笑起来，把她搂到怀里揉了揉。

“你这个傻丫头。”

但她还是觉得不放心，她叫来素蕤：“你出入各家的多，可知道那家是什么情况？”

因他跑得快，周掌柜便要他去给各家送货，自然也是出入过几家门庭。他想了想，道：“他姓苏，名煜，生得细皮嫩肉的。”

这才多久，他的官话突飞猛进，基本上可以说得清了：“是个很风雅的人，对我们也很和善，喜欢听戏。”

折绾也没想着从他这里打听得许多来，只是先了解了解。她跟素蕤道：“你盯着他一些，但别露出马脚。”

她又去找玉岫：“你帮我查查。”

她手下没有这样的人可以用。

玉岫对南边熟悉，笑着道：“瞧你紧张得没个笑脸。这算什么事情，一般的男子爱慕女子，都是先从了解她开始的。”

折绾没经历过这些。刚刚素膳说的时候，她觉得素膳说得对，但现在玉岫说的话，她也认可。万一是真的喜欢上素膳呢？素膳多好啊。

折绾头疼起来，玉岫便道：“你待素膳就像是养女儿一般，明明你自己也没有多大，怎么操这么多心？”

但她也羡慕这般情义，道：“要查他还不容易？我帮你查查就是了，这也不值得头疼。到时候查出来身家清白，便看看素膳的意思如何。要是骗子，那就是想要骗财骗色。哼哼，我便要他好看。”

折绾：“快些去查吧！”

玉岫好笑道：“真是！急起来就急死个人！”

她就去查了，查出来什么事情都没有。

“确实是有这么一户人家，也有这个人。”

折绾总算是松了一口气：“要是真的，要是素膳喜欢，要是人品好，倒是也可以，但总要看个三四年才行。”

玉岫大笑起来：“那你就留，到时候素膳要急着出嫁哦。”

倒是素蕤留了个心眼，对折绾道：“主家，我是在青楼长大的，我倒是知晓有一种骗子专门骗素膳姐姐这般的。”

折绾的心情立马又低沉下去：“是吗？你说说。”

素蕤："他们有很多人，个个都长得俊俏，人人都光鲜体面，在外面说自己是世家子弟出游，但其实就是混子。"

仗着自己的脸好看，编造一个好的身世，专门骗大户人家的妾室、涉世未深的大家闺秀。

"女子的贞洁最是要紧，等骗得了身子，要什么她们不给？便要家破人亡的，还没处说理去，纷纷藏着瞒着，这便让他们更加嚣张了。"

折绾是第一次听这般的事情，她又紧张起来："你说得对。"

素蕤："我们那个地方也有这般的，我们青楼里面就有。"

但他也不知道苏公子是不是骗子。

折绾："那就继续查！一个人怎么可能没有破绽。"

她回了苍云阁，在屋子里踱步，不安得很。牵涉到素膳的事，她总是难以冷静。

刕鹤春一回来就见她这般，诧异道："你这是……知道我被人送妾了？"

折绾："什么送妾？"

刕鹤春："今日我去朱阁老家里吃酒，他说要送我两个妾室。"

折绾："哦。"

刕鹤春："那你是因为什么烦？"

折绾就看向他："你能帮我查个人吗？你奉旨督造桂渊等街，应该有那些进京买宅子的书生籍册？"

刕鹤春："有是有的，这么多人进京，哪里会没有。"

折绾："那你帮我查个人，查仔细些，看看之前长什么样子。"

那哪里查得到。但刕鹤春自然有自己的手段，他道："出什么事情了？你尽管说。"

难得求到他头上，当然要显一显能耐。

折绾："我自有我的事情，现在还不能说。"

刕鹤春摩拳擦掌："行，我帮你去看看。"

折绾就把"苏煜"两个字写出来，说："就是他，我怕他冒用别人的姓名。"

刕鹤春狐疑地看了她一眼："查个男人？"

折绾："是。"

刕鹤春上了心，亲自去跑这件事情。最开始也没有什么疑虑，样样文书清白，但他想到折绾花枝招展地出门，还是忍不住去见了一面。然后他就真上心了，拿出了十分本事，将人家的老底挖了出来。

"这是'仙人跳'。"他斩钉截铁地说。

折绾便恼怒起来："他是不是想骗素膳？"

刕鹤春查他，后头当然知晓是人家盯上了折绾的心尖宝贝，笑着道："是，估摸着下了场大赌注，是长久的路子。一般的骗色骗财，他们可不敢挑官宦世家下手，也不会送这般好颜色的来，送了他来，一看就是想谋个大的。只要你那宝贝疙瘩头昏脑热地被他骗了，到时候搭上你，这事情可就长久了。”

折绾恼怒至极，生生一巴掌拍在桌子上：“真是混账！”

她去跟素膳说，素膳就道：“我就说嘛，他总是有些不对劲的。”

玉岫和孙三娘听闻此事，也十分诧异，两人还没听过这些人敢骗到她们这般的人家来。

玉岫好奇地问素膳：“你怎么觉得他是骗子？”

素膳是个老实孩子，道：“我跟姑娘不爱读书，是因着小时候没银子，只能晚上偷偷绣荷包卖，白日里就没了精神头读书，时间长了就听不懂，便不爱读书了。可是他不一样，他说自己天生爱做生意，不爱读书。”

他是懂她，却也不懂她。

玉岫和孙三娘都听得心疼：“这天杀的骗子！”

折绾恨恨道：“已经暗下里抓起来了。”

是抓起来了，还有同伙。劦鹤春回来笑个不停：“哦哟，还有勋国公府的妾室被骗了。”

折绾：“什么……”

竟然还敢去骗勋国公的妾？

劦鹤春：“勋国公夫人不太管事，那妾室受宠，就出门去买东西，便被他们盯上了。那妾室倒是灵便，瞧上了人，自然也不敢说自己是勋国公的妾室，只说自己是商户人家的，想着春风一度，各自散去。”

他们果然就敢下手了。

劦鹤春可不敢把此事捅破了，把勋国公叫过去，语重心长地道：“那伙人说，你妾室说她空虚难耐，这才勾引他们。”

话说得好听，但话里的意思都懂，勋国公不行。

劦鹤春笑得不行：“可怜，可怜哟。”

折绾：“你真将事情捂下来了？”

劦鹤春：“是捂了，但此事也算大，难道还能瞒得住潘大人？”

果然，此事就传了出去。

劦鹤春每天回来笑个不停。

泗水桂渊等街上的大事，没有能逃脱潘大人眼睛的，几乎是劦鹤春把人查出来，他就知道了。他奉旨督造十几条街，忙得脚都起了泡，听闻此事的时候正在洗脚。潘夫人拿了针在蜡烛上面加热，准备待会儿把他的水泡都给挑了。

管家进来小声说：“劦大人也没有太藏着掖着，咱们的人很快就审问出来了。”

潘大人愣了许久，回过神来的时候狂笑出声，拿过夫人手上的针，对着水泡就是一顿戳，脚上的水也不擦了，就这么穿着鞋子出门，四处奔走。

皇帝也知晓了，还把刕鹤春叫过去问：“这是真的？”

自然是真的。刕鹤春忍住不笑，一本正经地道：“是，臣亲自去查的。那些人是江南那边做惯了此事的，洪水一淹，他们没了老家，便跟着学子们一块儿上京了。”

说是学子上京，但来的可不只是学子，还有很多富商也来了。皇帝本是不喜的，但他们交银子买宅子，四处买东西，户部的银子就多了起来，众人便当看不见了。

皇帝感慨：“此事真是……勋国公今日在朝堂上黑着脸，朕都没好意思笑话他。这个潘士显，倒是记仇得很。”

刕鹤春：“潘大人本就脚上有泡，如此四处说了一番回来，听闻脚底都血肉模糊了。”

皇帝大笑出声：“这个潘士显啊！”

他思量了一会儿，道：“鹤春，此事是你查出来的，你便去好好劝解劝解勋国公。”

刕鹤春：“可不敢去，他如今正恼恨臣呢。”

皇帝又被他逗得一阵大笑：“是，勋国公也记仇。”

太子正好过来，见了两人这般就道：“是勋国公的事情吧？”

皇帝和蔼地点头：“是，朕让鹤春去看看他，他却也不敢去。”

而后他顿了顿，突然问：“鹤春啊，潘大人跟勋国公，你更喜欢谁一点？”

太子听得眉头一皱。刕鹤春便面露苦相：“陛下，这是说谁都要得罪人的，不过得罪谁都是得罪，那还是得罪勋国公吧，反正已经得罪了。”

皇帝又是一阵笑，拍着刕鹤春的肩膀道：“是，那你还是得罪勋国公吧，听朕的话，还是去一趟勋国公府解释解释，别叫他记恨上了你，毕竟是你的上官。”

太子听得心惊胆战。刕鹤春后背也出了一身的汗，他回去之后就跟英国公道：“陛下如今越发喜欢问这些了。”

英国公：“你回答之后，陛下的神色如何？”

刕鹤春：“我应该是没回答错的。”

他自小就跟着陛下，还是能知晓他是真高兴还是假高兴的，但之前陛下并不如此问。

英国公叹息：“你常日伴君，还要自己仔细些才行。”

刕鹤春点头，又去了勋国公府。勋国公正在家喝闷酒，见了刕鹤春就道：“你今日笑话我，他日就是我笑话你了。”

刕鹤春亲自给他倒酒，道：“下官是真没想到此事能闹得这么大。”

勋国公也不跟他计较，感慨道：“如今我的名声是真坏了，先头是克妻，后头是喜欢寡妇，如今是不举。嗐，合着我英明一世，后半辈子却栽在女人身上了。”

邡鹤春回来之后笑个不停。折绾在一边用铁杵慢慢研磨鸡蛋壳，旁边还盛着一些草木灰，她准备把它们掺和着用来养兰花，正琢磨着分量各自多少，便见他都要笑晕过去了。

她不免深吸一口气，一边研磨，一边慢条斯理地道：“你也不用笑话他，老夫少妻，都是这般。”

邡鹤春不笑了，他跟折绾也差着岁数呢。

但他自认不会像勋国公一般，忍不住道：“我跟他可不一样，他那个妾室为了逃罪，口不择言，还说勋国公的手段不俗……”

下面不行，其他的地方就折磨她。他又不是重欲之人，哪里做得出来这般的事情。

折绾还是第一次听闻此事，皱眉：“勋国公实在是……”

邡鹤春也瞧不上，说：“我之前还愿意给他几分面子，如今是不愿意了。”

他越发觉得勋国公老了，道：“我听闻他年轻的时候很是聪慧。”

怎么人一老就发昏呢？

折绾却想到了孙三娘，三娘遭受过这些事情吗？

还是男人了解男人，折绾才皱了皱眉头，他就懂了，道：“你在想什么呢？他这些手段也只敢在妾室身上使了。”

对妻子可不敢，妾室不过是个玩意。他说起这些来头头是道：“朱阁老上回不是还要给我送妾室吗？我可不敢要他家的，不知道经过多少手了，就是他自己，都要入土的人了，竟然还纳了个十八岁的姑娘。”

别说他不愿意纳妾，就是愿意，也不要朱家的，他嫌脏。

折绾听着就恶心：“别说了！”

邡鹤春便不提了，道：“阿琰的忌辰就要到了，往年都是我一个人去，今年咱们带着川哥儿去。”

折绾“嗯”了一声，抬头的瞬间又看向了窗外，突然道了一句：“它们确实是快要凋谢了。”

邡鹤春便长长地叹了一口气：“是。”

（六）

八月初三是折琰的忌日，也是川哥儿的生辰。赵氏往年并不愿意让川哥儿去，她的缘由也很站得住脚：“他本就生来弱，大师都说了，他命格弱，不要总让他出门。再者说，小孩子的眼睛灵，三岁之前容易被惊吓，且出生的时候还是见了血的，何必要他再去坟前呢？在家里祭拜牌位也是一样的。”

年岁小还能这般做，年岁大了，再如此便说不过去了，赵氏这次也没有再阻挠。

于妈妈早早就准备了起来，忌辰那日的衣裳鞋子都要素，不能鲜艳，她还叫小丫鬟连夜缝制素色的帽子，就怕川哥儿出门着凉了。

因折绾并不插手她和川哥儿的事情，如今她对折绾也和气一些了，最重要的原因便是赵氏最近病了。虽然不知道折绾是如何出手的，但瞧着她每次去赵氏那边一趟，赵氏就要病一病的模样，于妈妈很是相信折绾是用了手段。

比起折绾，于妈妈现在更恨赵氏。她对川哥儿道："你母亲多好的一个人，活生生就被你祖母磋磨去世了。后来还不让你去给母亲拜祭，就怕你见了生母的坟，母子情深，后面长大懂事了便跟她生分。川哥儿，这话老奴也只对你说，你不要说出去。"

川哥儿轻轻"嗯"了一声，而后看向窗外。父亲和母亲已经起床了，主屋的烛火亮了起来，婆子、丫鬟正端着洗脸水进去。

他想去给父亲母亲问个好，但于妈妈在这边，他不好说。于妈妈肯定是要阻拦的，阻拦的话他都知晓：你不是少夫人亲生的，这般的时辰过去，她必定要嫌你。

川哥儿难过起来，他低头，等于妈妈转身出门去让小丫鬟提早膳，他突然拔腿就跑。

蝉月吓了一跳，连忙过去扶住他："川哥儿，可不要摔着了。"

屋子里就响起了父亲的声音："是川哥儿吗？让他进来。"

蝉月便抱着川哥儿进去。

劭鹤春皱眉："不是说过不让抱了吗？都多大了！"

川哥儿赶紧挣脱下来站好。

劭鹤春倒是没有生气，又笑着道："待会儿吃了早膳，你先温一会儿书，等到了时辰我们再出发。"

去祭拜也是有规矩的，选好了当日的时辰出门才行。劭鹤春平日很是瞧不上这些佛家衍生出来的风俗，道："真心实意地去拜一拜，比什么都强。"

他说完看向后头："你还没有换好衣裳吗？"

折绾慢悠悠地出来，素色的衣裳，未施胭脂水粉，发髻也简单。她坐下，跟蝉月道："去跟李厨子说，今日全吃素，不要沾荤腥。"

蝉月"哎"了一声，刚出门，便撞见于妈妈急匆匆而来，问："川哥儿呢？"

蝉月努努嘴说："里头啊。"

于妈妈满头大汗："那就好，那就好。"

蝉月笑着讥讽她："满院子都是奴才，哪里还会看不住一个哥儿？妈妈且放心吧，不止您一个人是奴才，咱们都是呢，都是为主子操心的。"

文月从旁边走来，笑着道："于妈妈，你要进去吗？大少爷、大少夫人和川哥儿正在说话呢。

于妈妈不敢，她恨得牙痒痒，只能站在外头干着急，就怕川哥儿不小心被训斥了害怕。

墨月过来拉着文月道："何必要管她？少夫人都不管她。"

文月小声"呸"了一声："我就是看不惯她那副忠心耿耿的样子，有本事就别吃喝拉撒，两只眼睛盯死了川哥儿。"

两人在一边笑了起来。茗妈妈走过来瞧着了，每人轻轻拍了一巴掌。

"快去做活！"

于妈妈见她们闹作一团，心里酸楚。大姑娘去了之后，大少爷又把熟悉的人都散了出去，她便独木难支，整日里受窝囊气。

她的背挺得更直了，茗妈妈朝着她笑了笑，什么也没有说就进了屋，她对主子们道："马车、香烛火纸都准备好了。"

折绾点头，道："记得出发前再检查一遍，免得漏了东西。"

刕鹤春就坐在一边喝茶，心里怅然若失，道："这是第四年了。"

折绾没有搭理他，而是看向川哥儿："你不是养了一盆蔷薇花吗？趁着还没凋谢，便带过去给你母亲瞧瞧吧？"

川哥儿立马点头："好啊。"

刕鹤春却想起了上回折绾说的话，迟疑了一会儿才道："阿琰真的喜欢蔷薇花吗？即便是这些花，也是她为了岳母来看她而种下的。"

他更加怅然了。

折绾还是第一回听他说这件事情，但也不诧异，不过他这么一句话，却让川哥儿犹豫起来："那我还带过去吗？"

刕鹤春拿不定主意，他如今连岳母也责怪起来："真是，阿琰不喜欢种花就不种嘛。"

折绾："川哥儿问的是带还是不带，不是让你说三道四！"

刕鹤春叹息。川哥儿只好看向折绾，折绾提出来的，便道："带着吧，那是你养的花，她肯定喜欢。"

她转身出门去花草房，行色匆匆。

刕鹤春："估摸着她也要带上自己种的花。"

果然，上马车之后，马车后头还放着几盆菊花。刕鹤春弯腰看了会儿，好奇道："你说阿琰不喜欢花，却又特意给她带花？"

折绾如今总觉得刕鹤春脑子不好，她似笑非笑："你也不喜欢种田，你怎么就要吃饭呢？"

不喜欢种花，难道就不能喜欢赏花吗？本来去祭拜就有送花的习俗。

刕鹤春没有半点不好意思，他看着川哥儿先上马车，而后才上去，将帘子放下，道："往年我都是骑马过去。"

他拍拍川哥儿的肩膀，道："等你以后长大了，便让你母亲一个人坐马车，我和你各骑一匹马。"

川哥儿很激动，坐在马车上，背挺得直直的。

折绾眼睛眯了眯，没说话。他这个习惯是跟于妈妈学来的，后来她花费了很多力气才让他改掉。一个少爷，不用这么紧绷着，她觉得这般是累的，劝诫道：“你该随性而活。”

她总是希望他好的。她自己不能随性，便想让他活得随性一些，但她没有做到，要求他这般就没有底气。最开始他是听不懂的，不懂她在说什么。折绾只好一点点去教，她在教他，也是在教自己。

“别总是挺着背，在自家端着坐什么？你不要跟于妈妈学啊。”

教人也教己，她慢慢地学会了释然，川哥儿因着这些，也是跟她亲密过一段时间的，后头她觉得自己变好了，正在高兴，他却变了。

去年刚回来的时候，她很是不懂，为什么如今又活了一年，她倒是慢慢地琢磨出一点东西来。她以为自己给了很多，但在他眼里，她其实给得太少，又占着他母亲的位置，自然而然就要遭抱怨。

她还记得，初见他的时候，他也胆小得很，就跟她的幼年一般。他如此惶恐，她便想护着他，就跟护着素膳一般。刕鹤春不耐烦，她不敢去顶撞，只能尽心尽力，一点一点去呵护，让他不要害怕。

他也不再那般害怕，他开始变得胆大了，他读书了，明理了，不再局限在这个宅院里，不再局限在刕鹤春身上，他越发沉稳，越发聪慧，但他开始疏远她。

她之前不懂他的疏远，是深陷局中，如今懂了，她也明白了天地之大，她守在小院子里等他，已经落了下乘。小时候的他可能还需要她温和的呵护，需要她哄着睡觉，长大之后却不需要了，他需要的是其他的东西，但她给不了。她已经给了她所拥有的东西中最好的一面，他想要的那些关于母亲其他的美好品质，她没有，她自己都给不了自己，何况是给他了。

她生前审视自己的错处，死前询问自己的错处，等到重回十五岁，她虽然不再审视自己，但偶尔也会想自己做错了哪里。直到见的天地越大，见的人越多，她才慢慢明白，她不需要审问自己。

她跪在长姐的坟前烧纸，喃喃道：“我已经做到最好了，我是没错的。我不怪罪当年站在迷雾中的自己有多弱小，更不愿意让别人来怪罪我。”

就跟她之前总是审问自己是不是对姨娘不好，所以姨娘才那么疯魔一般要她生个儿子一样，她在此时也要说一句，对姨娘，她也没有错处。为女，为母，她都没有错处。

她舒了一口长长的气：“有错处的是他们，不是我们。阿姐，对不住，我不会再养他一遍了。”

虽然重生回来的时候就已经决定了此事，但还是要跟长姐说一说才好，就跟她上辈子第一次来长姐坟前扫墓的时候，对长姐说“我一定会养好他”一样。

她认认真真烧纸，轻轻地抚摸长姐的牌位，顿了顿，又温和地问：“那你呢？你在种下那片蔷薇花的时候，是否觉得自己有错才种的呢？”

她总是忍不住去探究长姐的过去、长姐的心思。脑海里十几年的长姐画像已经淡去了，她愿意为她画一幅新的画像。

邠鹤春在一边烧纸，见她在一边小声呢喃，他忍不住凑过去，却又听不清，但她的神情实在是悲伤，他不免对着川哥儿感慨：“你的两个母亲都很好，姐妹情深。”

他眼眶湿润：“你阿娘是个很好很好的人，谁都说不出一个错处。”

川哥儿有些茫然地看着牌位，而后看看旁边，母亲虽然没有哭，但看着她的神情，他莫名地就想哭。

于妈妈赶紧上前给他擦，哭着宽慰：“川哥儿，苦命的孩子。”

折绾亲自扫了墓，邠鹤春把附近的杂草给拔了，一行人认认真真祭拜了才回去。

回城的马车上，邠鹤春不免抱怨起今日岳母没有来的事情。

“往年都是来的，风雨无阻，今年是怎么了？”

折绾：“估摸着是她的孙子病了。”

能打败外孙的，只有亲孙。

她如此不避讳，邠鹤春还吓了一跳，也不用她来圆话了，只能干巴巴地对川哥儿道：“你外祖母估摸着有大事。”

川哥儿看向母亲，她什么话也没有说，也没有反驳父亲，他就低下了头。

但下午于妈妈说母亲不好，外祖母对他最好的时候，他还是道了一句：“既然如此，为什么外祖母不来祭拜母亲呢？”

于妈妈张口结舌，面红耳赤，最后道：“肯定是折家出了什么事情，不然即便是病得动弹不得，你外祖母也是会去扫墓的。”

川哥儿闷闷的，没有说话。

另外一边，邠鹤春也对比着折绾和母亲的悲戚。今日他们刚回来，母亲就把他叫来了，估摸着是要跟他和好的，她掩面而泣：“我也想念阿琰。”

实在是太假了。邠鹤春审视母亲的眼睛，失望道：“若不能诚心诚意，母亲还是不要哭了，免得阿琰听得伤心。”

赵氏恨恨道：“难不成你真要我去跪在阿琰面前忏悔？”

邠鹤春：“有何不可呢？今日是她的忌日，母亲虽然是长辈，但死者为大。”

赵氏气得拍胸口：“你这个孽障！哪个做婆母的不是这般，我还算好的，根本没有折腾她。”

邠鹤春却记得：“母亲哪里没有折腾阿琰了？你明明就是好生生的没有病，却说自己病了，她那日要去花朝节上赏花的，结果因为你病了而守在家里。”

赵氏：“我哪里没病？我头疼得很！”

邠鹤春：“那母亲要装就装好些，别上午头疼不准阿琰出去，下午就跟三弟妹出门看戏了。”

他现在都还记得，阿琰笑着对他说：“母亲的病真是看人。”

他也是愧疚的，但当时刚成婚，他不愿意让阿琰跟母亲闹起来，道：“你消消气，就当是为了我，我明日回来给你带些首饰，在多宝阁看见的，你肯定喜欢。”

阿琰便没有说了，道：“那明年花朝节，你得空陪着我出门吧？”

劭鹤春答应了，但他记得第二年也没有去成。

因为什么已经记不得了，但阿琰也没有生气，而是道：“那就明年。”

劭鹤春想起来就很愧疚。赵氏却气得直哭：“所以你要我对着她的坟墓忏悔这些？我可是你的母亲。”

劭鹤春叹息：“是啊，可我也是阿琰的丈夫。母亲，你知晓吗？自从我知道阿琰那般遗憾去世之后，我的心里就难受得要命。”

赵氏勃然大怒：“那你就去难受！”

她有什么错？让她给一个死去的儿媳妇认罪，她成什么了？她今日都要低头了。

劭鹤春也很伤心，他对折绾道：“阿琰都去世了，母亲为何连软一软心肠也做不到？我也不愿意跟母亲吵架的，我难道不愿意做个好儿子吗？今天是阿琰的忌日，母亲却还假惺惺地哭，连一滴眼泪都没有。”

折绾打开窗户，迎着风，探出头去感触夏日的黄昏，而后慢悠悠道：“是啊，怎么连一滴眼泪也没有呢？”

她还记得上辈子的今日，她祭拜长姐回来，赵氏就开始对她横眉竖眼了。她不懂为什么，如今瞧着，应该是劭鹤春对着她发了脾气，这份怒气就转移给了自己。

她还对劭鹤春说：“你媳妇哦，今日竟然还要吃鸡肉呢。”

折绾根本没有想着吃鸡肉，她对赵氏说：“今日祭拜长姐的鸡已经拿回来了。”

赵氏事无巨细地问她，她自然也事无巨细地答，谁知道她胡说八道呢？

赵氏总是喜欢这般挑拨几句，然后看她焦头烂额地去解释，忐忑惶恐地去琢磨，手忙脚乱地去做事。最后她什么都没有做成，却花费了大量的时间在琐事上，赵氏却优哉游哉地在一边看戏。

宋玥娘后头还跟她道：“当时我就觉得你好傻，竟然能被这样欺负。”

折绾很想回一句：那你不也在看我的热闹吗？

但她出于性格原因，又说不出口，总觉得跟人撕破脸皮不好。

这辈子脾气大一些了，也敢撕破脸皮了，她好似还没有做什么大事，她们一个陷入了跟儿子的争吵之中，一个陷入跟丈夫周旋那些赵氏送过去的妾室之中，她们已经没有了力气和精力来联手对付她了。

折绾坐下来，伏在窗户上看外头，道："等我得空了，我就把那些快凋谢的蔷薇花都摘下来，晒干了做成胭脂，拿去供奉在长姐的坟墓前。"

刕鹤春闻言很感动，认为得妻如此，夫复何求。他道："那我也让厨房做些阿琰喜欢吃的送过去摆着。"

他如今的心肠正热着。

折绾似笑非笑地看过去："是吗？你真以为她喜欢吃那些你喜欢吃的菜？"

刕鹤春就被噎住，说不出话来了。

赵氏彻底病了，折绾出门她也不在意，只一门心思地哭。宋玥娘也没有去安慰赵氏，她还在记恨婆母送妾室去湖州的事情，干脆也"病"了，病了就不用去请安了。

两婆媳僵持着，宋玥娘还不准升哥儿和莹姐儿去山海院，于是两个孩子继而生了"病"。

赵氏想念儿媳，也想念孙子孙女，却也要面子，只能憋屈着。

折夫人上门的时候，她一脸憔悴，整个人都是浮肿的。折夫人瞧了，心里痛快，面上却担忧道："你这是怎么了？"

赵氏笑着道："最近劳累。"

折夫人："咱们年岁都大了，哪里还经得起操劳，自然是要交给年轻人的。"

赵氏皮笑肉不笑道："阿绾整日里不着家，我能怎么办？只能是受累了。"

折夫人笑呵呵的，倒是希望她们不好。但赵氏继而道："听闻昨日是阿琰的忌日，你也没有去？"

她一副斥责的模样："妹子，不是我说你，阿琰是你唯一的闺女，就算是有天大的事情，也不该缺席忌日啊。"

她可是听闻了，鹤春还生气了的。想到儿子也不是对她一人发脾气，她心里又好受些，道："怎么，昨日里你病得起不来床了？"

赵氏叹息："我昨日不去，是我忙着，但我可以在家里祭拜阿琰的牌位，你可不行，你家里还能有她的牌位？"

出嫁女可没有牌位在家里的先例。

折夫人便笑不出来了。

赵氏得意地对着婆子道："去前院问问川哥儿什么时候可以过来，就说他外祖母来了。哟，这都多久没来了？必定是想他的。"

折夫人咬碎了牙。她今日不愿意跟赵氏争辩，还在自责中。昨日小孙子高烧，一直嚷嚷着叫祖母，儿媳妇面露难色。她一迟疑，便留了下来。等她去的时候，刕鹤春一行人已经回去了。她回去难受了半宿，今日一大早就来了，就想看看川哥儿。谁知道被赵氏一顿刺，想来她知晓得这般清楚，是刕鹤春对她表达了不满。

她深吸一口气：“是，昨儿个去晚了，没见着川哥儿，今儿来瞧瞧他。”

川哥儿很快就来了。折夫人眼眶湿润，抱着川哥儿哭：“昨儿个你去瞧你母亲了？可给她磕了头？”

川哥儿点点头：“还带了蔷薇花去。”

折夫人：“是，她喜欢蔷薇，你带过去，她必定是高兴的。”

川哥儿迟疑地想说什么，却还是没有说出来。折夫人抱着他回了苍云阁的东厢房。于妈妈高兴地道：“昨日一回来，大少爷就跟山海院里那位吵起来了。”

她小声道：“老奴在一边瞧着，应该是折绾在其中做了什么。”

折夫人总算露出了一个笑脸：“她还不算蠢。她如今对川哥儿如何？”

于妈妈：“还是那样，不远不近的。”

折夫人：“可不能让她起坏心。”

于妈妈：“瞧着没那心思。”

折夫人顿了顿，道：“她没有吃怀孕的方子吗？”

于妈妈就纳闷起来：“我瞧着她似乎不着急，什么也没吃。”

但这于她而言是好事，她就笑着道：“我不知道她是怎么想的，但怀不上正好。”

折夫人眼神闪了闪，却也没有再叮嘱什么，只说：“只要她待川哥儿好，我也能饶恕她。”

于妈妈就哭：“您是慈母心肠，可惜了咱们大姑娘。”

折夫人不免要落泪，又喊婆子把川哥儿送进来，抱着他一顿愧疚：“你阿娘想来也怨我了，昨晚上都没有给我托梦。”

往年今日，她总是会梦见阿琰。

川哥儿好奇地问：“外祖母，您昨日为什么没来？”

折夫人：“你阿朗哥哥病了，外祖母实在是走不开。我也是去了的，只是去得晚了些。”

川哥儿了然地点了点头。跟母亲说的一般无二，但他如今已经知道哪些话能说、哪些话不能说了。他只低下头，跟外祖母说些近日的事情。

“升哥儿已经学到了第三则，我还在第二则。但武先生说，文章不在快慢，而在领悟了没有。”

折夫人：“很是，你这个先生是明白人。但你也要勤勉才行，努力追上升哥儿，可不能太落后，否则你父亲也不欢喜，就是你母亲，我也是——”

她说到一半，突然就住了嘴，而后只叮嘱川哥儿：“要是跟不上，就跟你父亲说，让你父亲为你再温习温习，咱们慢慢来，总有一日能跟上。”

川哥儿就没了说话的兴致，他也很懊恼自己如此忘性大。

等到折绾回来的时候，他还坐在小书房里发呆。孩子们很喜欢小书房，折绾就把东西都挪到“别有人间”去了。这里专门放了花花草草，还有各类护花铃、花鉴等雅致的东西。

莹姐儿和升哥儿也在，正在一边研墨，一边要给雁雁和阿隼各写一封信。见了折绾回来，这两个先奔过来，抱着她的腿说："大伯母，我们有字不会写。"

折绾过去看了看，顿时头疼，这何止是一个字不会啊。她不禁问："雁雁和阿隼真的可以看懂吗？"

莹姐儿："自然啦，你看，这个圈大一点，是耀的意思。"

折绾笑起来："也行吧。那你们要我教什么字？"

升哥儿："是吉，吉祥的吉。"

折绾好奇："这个怎么就不愿意用圈代替了？"

莹姐儿抢着道："太简单的字还用圈代替是很丢脸的。"

折绾笑个不停，一转身，川哥儿就在她的身后，似乎是迟疑着想说什么。

折绾并没有先问他有什么事情，如今有先生教着，已经没有最开始那么别扭了，过了一会儿，还是走了过来，道："母亲，我有事情不懂。"

折绾坐在一边："你说。"

川哥儿："外祖母真的喜欢母亲吗？真的喜欢我吗？"

折绾诧异他年岁如此小就问出这般的问题，良久之后，点了点头："毋庸置疑。"

川哥儿松了一口气："那外祖母为什么昨日会为了阿朗哥哥不去及时看母亲呢？"

折绾并不歪曲什么，只伸出一只手来，在夏日刺眼的光芒之下翻了翻手掌，道："手心手背，都是肉，但总有前后之分。"

川哥儿有些茫然，但也大概懂了。

他踟蹰着，想问问母亲，自己在她心里可排在前头，但这话不敢问。他还没有说呢，便有茗妈妈进来了，笑着道："少夫人，素兰来了。"

折绾露出笑意，欢喜地站起来："不是让她明日来吗？"

她大步流星地走过去，茗妈妈紧跟着出了门。莹姐儿和升哥儿背着手站在一边看，齐声道："大伯母好忙啊！"

但他们也很忙，莹姐儿拉着川哥儿的手，说："快快快，帮我研墨吧！"

折绾也叫素兰给自己研墨，问："你真的决定好了？你要是决定好了，我就写信给袁夫人。"

素兰点头，笑着道："自然是决定好了。我已经学了闽南语，那般难学，我都学会了，难道只用来跟素蕤日常说一说？我自然还是想要一番作为的。我师父说，她年轻的时候也出去闯荡过的。"

折绾："你自己决定好就行。"

素兰："只是一出门就是一年，我有些舍不得孩子。"

她的孩子才一两岁，也不知道回来之后还认不认识她。

折绾宽慰道："孩子还小，你不要担心，大些才记事呢。"

素兰也只是说一说，道："少夫人，这回我去闽南，一定不会给你丢脸。"

折绾很是相信她："我也想素膳跟你一块儿去，但她不愿意离开。"

素兰笑着说："她啊，她可离不开您，您去哪里，她就去哪里。"

折绾："那我下回带着她去闽南。"

素兰惊喜起来，连忙看看四周，问："真的吗？"

折绾点头："我肯定是要去一趟的。"

素兰："我这次去，便看好宅子，里面要有温泉，要大，要能种很多花。"

折绾："再种些柿子树，等熟了，我给你们做柿子饼吃。"

素兰拿着少夫人写给袁夫人的信回去，跟丈夫道："我可要走了，你在家好好看顾小老虎，别把他教导坏了。"

她丈夫笑着道："尽管走你的，你还能不放心我？"

他如今也在给折绾做事，差事还不小，管着花草采办的活计。他跟素兰说："你走之后，少夫人说你的活计给谁了？"

素兰："自然是给素膳了。素蕤如今也被我师父教着呢，等他长大了，估摸着是要重用的。"

都是清苦人家出来的，素兰丈夫徐二郎没有瞧不起素蕤的出身，而是道："这小子能处，将来肯定可以做大事。"

素兰："只是你也忙着，孩子还是要母亲来看着的，母亲可说了来不来？"

徐二郎脸色就不太好了："大哥大嫂不准。"

素兰一巴掌拍在桌子上："我问你母亲来不来，你说大哥大嫂做什么？"

徐二郎："母亲肯定是愿意的，咱们买了宅子，宽敞得很，又不要她做杂活，她怎么可能不愿意啊？"

在大哥大嫂家里，母亲伺候一大家子人，却落不下一个好字。但母亲也顾忌大哥，不肯来。

"大嫂嫂也看得紧，我一过去就劝母亲进屋，不让她出来。"

素兰撸起袖子就走，说："你把家里收拾出来，把给母亲的东西都买好了，要买好的，别抠门，舍不得那一点半点的。"

徐二郎高兴起来："好啊！媳妇，咱们是要去抢人吗？"

素兰："那当然，他们如今还要靠我吃饭呢，竟然还敢不听我的。"

徐二郎的大哥大嫂不在素兰的手底下当差，但是花草铺子需要人去搬花送花的时候，便叫他们去做杂活，也能给家里带些进项。

徐家之前是做酒生意的。徐家老父亲去世之后，酒铺子就被大儿子接了过去，结果一年比一年差，徐大郎干脆就关了门。徐二郎没办法，只能出来叫卖赚钱，帮着酒楼卖酒，因着口才好，又长得白面书生模样，被出来买花的茗妈妈相中了，这才嫁了闺女过去。后来素兰又被折绾看中了，徐家二房也算是慢慢发迹起来。

但徐二郎记恨老大把铺子关了也不给他盘活，心里一直有疙瘩，两家不温不火地处着。素兰那阵子想要买泗安街的铺子，老大一家还冷嘲热讽。如今是真眼馋了，想着一起住，被徐老二狠狠地刺了一顿，这才面红耳赤地走了。

徐二郎还想把母亲接来享福，老大却不准，要母亲待在家里，给一家子洗衣做饭。

徐二郎虽然伶俐，却不是个蛮横的人，还有一些书生气，做不出什么出格的事情。素兰却不一样，她是个喜欢出格的人。

她风风火火过去抢人，进门先碰见徐大嫂，她也不叫人，只喊："母亲，母亲，我家里炖了肉，我来接你了。"

邻里听见了，纷纷出来瞧热闹："哟，还是老二一家有孝心。"

徐母正在井边洗衣裳，闻言不好意思地站起来，手在衣裳上擦了擦，说："我不爱吃——"

素兰便撒泼了："哪里有不爱吃肉的人！大哥大嫂、大侄子侄女天天吃，您老人家可许久没吃了。"

徐大嫂："你可别胡说，我们家穷，可没有你家银子多，顿顿能吃排骨。"

素兰："你哪里没有了，母亲这不是帮你们洗着衣裳吗？也是有银钱的吧？你良心被狗吃了吧！母亲洗这么多衣裳，换一顿排骨给你们吃，吃得安心吗？"

一句话把徐母说得泪眼汪汪，她心里也委屈着呢。

素兰："走走走，去我家吃排骨！"

徐大嫂哪里肯，素兰就从袖子里掏出铜钱撒出去。

"来来来，我要带我母亲回家吃排骨，大家行行好，帮我拦一拦这母老虎。"

看热闹的人立马就去抢钱，还有人起哄："老大家，老太太也不是你一家的，跟小儿子吃炖排骨怎么了？"

徐大嫂被几个人拦着，还有男人想过来占便宜，被她一巴掌拍飞了，等追出来的时候，人家已经没影了。

她气得大声喊儿子："去，去把你爹找回来。"

另一头，徐二郎已经在家里炖排骨了。他在酒楼里学过一点厨艺，也不是有人教他，而是进去搬酒的时候，见大师傅切菜炒菜，他记在了心里，回来就学，熟能生巧，还真做得比别人好吃。

两人平时都在外头，就请了隔壁的五婶子过来帮忙看孩子。五婶子一进来就闻着肉味，笑着道："你们家这般吃，竟然也吃不胖。"

徐二郎连忙给她盛了一碗，道："往后我母亲来了，还要劳烦您老人家过来跟她说说话呢。"

五婶子知道他家的事情，问："你母亲愿意来吗？"

徐二郎："这不是素兰要出去一趟吗？她是个急性子，出去的事情敲定了，自然要敲定所有的事。”

话音刚落，素兰就带着徐母回来了，二话不说，将人往早已经布置好的屋子里面一推，将门一锁，看着徐母迷茫的眼神道：“母亲，从今以后，你就跟着我们住了。”

徐母哭笑不得，笑着道：“别闹了。”

素兰可没有闹，拿着一把菜刀坐在门口，说：“母亲，你以后就回不去了，你老老实实地留在我这里带小老虎吧，与其给白眼狼做母亲，还不如只要老二一个儿子。”

徐老二这般的话之前是不敢对徐母说的，怕她伤心不肯答应。如今媳妇都说了，他便也跟着一块儿劝：“素兰要去闽南了，家里没有人，小老虎怎么办？”

徐母叹息，却也心动，她只是放心不下老大一家。

她打开窗户，果然见儿媳妇拿着一把菜刀站在门口等老大上门，她眼眶一红，等老大来的时候，无论老大怎么喊，她都没有应声。

素兰松了一口气，跟折绾道：“我虽然拿着菜刀，气势很足，但是我心里虚啊。她要是不同意，偷偷跑回去，难道我还能天天抢人啊？”

还是要婆母自己立起来才行。

茗妈妈给两人倒茶，见女儿坐在椅子上松快地说说笑笑，她打心眼里高兴：“你这孩子，也太没规矩了，你婆婆是个好人，你可要好好孝顺她。”

素兰：“我不孝顺，我能这么抢人？”

折绾笑盈盈地听她说婆家的事情。

素兰：“哦哟，我还以为老大后面会来我家闹呢，结果怂货一个，根本不敢上门。”

折绾：“他还想靠着你吃饭就不敢上门。”

她教素兰：“都是兄弟，不好得罪死了，你就时不时给他们一点活计吊着胃口。”

素兰感慨：“要是能一巴掌把他们送去千里之外就好了，婆母就不用再见到他们。”

茗妈妈没忍住，一巴掌拍在她的手上，骂道：“我先打飞你！”

但等到素兰走的那一日，她又轻轻拍自己一巴掌：“老天爷，打了我，算是我替你受过了，你这一路可千万要平安，无灾无难啊。”

卷六——已识乾坤，独怜草木

/即便将来不幸，日子过得不好，也要往前面走才是，走着走着，路就顺了。/

（一）

素兰走了之后，素膳的活计多了起来，折绾想过去帮一帮，周掌柜不同意。她笑着道：“这算什么？往后铺子多了，南来北往的杂事看不到头，难道你样样要帮着？你能帮到头？”

她拍板决定：“我的徒弟我来教。养花、做胭脂，少夫人厉害，但行商还是要听我的。”

素膳也求饶：“我的姑娘，你自己歇息去吧，这才多少东西？我要是做不完做不好，师父就要骂我了。”

她推着折绾出门：“快些回吧，你再待在这里，别人该笑话我了。”

折绾怅然若失，周掌柜笑得前俯后仰：“少夫人若是没事，就帮我们画个新的花样子出来，马上就要重阳了，我们是准备多卖些东西出去的。少夫人，我们做的都是小事，你做的才是大事。潘夫人那边，可要继续去喝茶才是。”

折绾便跟玉岫道：“好嘛，我如今倒是要成为一个长袖善舞的人才行，不然怎么结交各位夫人？”

玉岫正抱着小儿子哄他睡觉。这孩子也快一岁了，如今已经开始学会说些简单的话，见到折绾就要她抱，刚刚缠着她玩了好一会儿，玩累了才肯要玉岫抱着睡。

好不容易哄睡着了，她将孩子递给奶娘，这才跟折绾轻声道：“你啊，就是多操心。”

但她自己也不少操心，这阵子没怎么出门，便是因为其他三个儿子病了。她担心道：“他们咳嗽一声我都觉得害怕，幸而你常日叫我给他们诊脉，大夫都记着他们的脉象，四平八稳地写着，不然我要急死的。”

折绾就看向榻上躺着的小崽子，说：“他还好吧？小孩子要隔开养，别放在一个屋子里。”

玉岫：“好得很，吃了就睡，我都没让奶娘抱着他出门。”

折绾算算日子，这孩子出意外的日子差不多也就是明年了，她紧张起来：“可要好好看着，三岁之前的孩子马虎不得。”

玉岫笑起来：“放心吧！”

她顿了顿，小声问折绾：“哎，有人托我问素膳的婚事来着。”

折绾马上正襟危坐：“什么样的人家啊？”

素膳上辈子一直没有成家，折绾也是想过让她嫁人的，但素膳不愿意，她抱怨道：“我跟着姑娘就很好啊，就算是累一点也值得。”

折绾说她傻：“你嫁了人也可以在我这里啊。”

素膳摇头：“不了，看着姑娘嫁人这般累，我觉得没什么意思。”

折绾觉得素膳跟自己理应不一样，她说：“我给你找一个你喜欢的，不让你受累的。”

素膳还是摇头：“哪里会有那般的人家，我不想嫁人。”

不嫁就不嫁吧，但折绾觉得是自己过得不好才吓着她的。若是这辈子素膳愿意嫁，她就要把她风风光光地嫁出去。

玉岫还是第一次见她这般如临大敌的模样，笑着道：“是丹阳那边的人家，姓孔，世代从商，家里富裕得很。他家的老夫人跟我们玉家有些交情，见了素膳觉得喜欢，便亲自上门请我说和。”

折绾一听就犹豫了：“丹阳啊，太远了。”

她心里就否定了一半。

玉岫也不敢多劝。阿绾其他的都不在乎，唯独素膳这么一个宝贝疙瘩，看得跟眼珠子一般。

玉岫道：“我知晓你对她的看重，便问孔老夫人，她家这位少爷是什么身份，问清楚了是嫡幼子，才答应跟你开口的。”

素膳毕竟出身太低了，孔家若是以嫡幼子娶她，算是一门上好的婚事。

玉岫：“这事情不要先回绝，你先去查查对方的人品，要是不好，再说嘛。”

折绾犹犹豫豫，还是决定先去查看查看。她柔肠百转，晚上翻来覆去地睡不着，刕鹤春便被吵醒了，半眯着眼睛问：“你这是碰见什么事情了？”

折绾没吭声。

刕鹤春闭上眼睛又睡着了。

折绾翻身起来，下床去了书房。夏日里天本就热，蝉月点了灯，笑着道：“您还是第一次睡不着呢。”

折绾叹息：“实在是为难得很。”

她一夜没睡，劭鹤春早间起来，没瞧着她的人影，还纳闷呢，问："少夫人呢？"

文月伺候他洗漱，小声道："回大少爷，少夫人在书房。"

劭鹤春："她倒是起得早。"

他见了折绾还揶揄："又去折腾你的花了，你这是要考花状元？"

折绾本就不舒坦，抬眸就骂："想来你当年是考过状元的。"

劭鹤春却舒舒坦坦地走到一边坐下，说："虽不是状元，却也进了殿试，得见天颜，钦点功名。"

好嘛，他很是得意。折绾转身走了。

劭鹤春跟着出去，道："我是有事情跟你说。"

他昨晚回来的时候见她生闷气，他就没有触霉头。

折绾脚步如飞，问："什么事情啊？"

劭鹤春："是川哥儿的婚事。"

折绾就停了下来："婚事？"

川哥儿的婚事，她很清楚地记得是多年后才提的，怎么现在就提了？

她迟疑道："是谁家啊？"

劭鹤春："是岳母的娘家——于家。"

折绾断然拒绝："不行。"

于家虽然是嫡母的娘家，但是多年来做的荒唐事不少。

劭鹤春笑起来："我自然知晓。"

他就知道折绾不会同意的，他道："我就是跟你说一声，若是于家的人到你面前说，你可千万别答应。"

折绾："是母亲跟你说的？"

劭鹤春叹息："倒不是岳母，而是大舅哥。"

折绾就知道："母亲一向眼睛朝天看，于家已经是势弱，母亲不会有意结亲的。"

她最后踅摸多年，终于给川哥儿踅摸来一门好婚事。当时劭鹤春还跟她道："岳母到底是疼爱川哥儿的，你都不知道，大舅哥脸色有多差，那本是大舅哥想要给朗哥儿的。"

为着这门好婚事，劭鹤春还帮大舅哥办了几件差事，这才和和气气地一起过了个年。

等到川哥儿十五岁成婚，新媳妇嫁进来一瞧，确实是个好模样好性情的，劭鹤春便更加感谢岳母了。

折绾却不太记得那个小姑娘了。她后来病着，便不喜欢见人，中馈也交了出去，免了她和川哥儿请安，但还是记得她爱笑。两人还去爬过一次山，山上的红叶很是好看，小姑娘笑得很欢喜："母亲，我给你做个草帽吧？"

川哥儿很喜欢她，样样以她为先。折绾也很喜欢她，若是她还愿意嫁到英国公府来，这门婚事便很好。

她对刕鹤春道："就是有别家的说和，你也跟我说一声，别自己就应下来了。"

刕鹤春："婚姻大事，自然要知会你的。"

折绾便管了，若是真要先定下别家，她也管不了，她还有自己的事情。她去了铺子里，还是决定找到素膳，直接说孔家的事情。

"对方的老夫人说见过你，你可见过她？见过她家的小少爷？"

素膳傻眼了："天天人来人往的，我哪里记得那么多！"

但她摆摆手："门不当户不对，我不愿意。"

折绾心疼得掉眼泪："你都已经脱籍了，别人都知晓我把你当亲妹子，对外也说是义妹，怎么就配不上了？"

素膳就觉得姑娘变傻了，道："人家不是瞧着我来的，是冲着你来的。闽南的茶叶，泗安街上的铺子，还有英国公府的名声，配得上他家的是这些，可不是我。我要嫁，就要找个真正喜欢我这个人的。"

素膳拿出帕子给姑娘擦眼泪，说："我知道，你是觉得我很好很好，但你是你，人家是人家啊，我要找到一个跟姑娘一样对我好的人才乐意。"

折绾一边擦眼睛，一边笑着道："那就难了。"

她感慨起来："素膳，你真的长大了。"

这才多久啊，只在外头跑跑，就明白了如此多的道理。

她说："看来送你出来是对的。"

那就慢慢再找，随缘分去。就是一辈子不嫁，又能怎么样呢？她给素膳立个女户，照样能把日子过得风生水起。

素膳自己也不着急，道："师父说我家财这么多，是不愁嫁人的，只要我眼睛不往天上看，能挑的不少呢。"

折绾很是感谢周掌柜。她跟玉岫道："素膳是没有母亲的，我如今瞧着，她跟素膳如母如师，很是欢喜。"

玉岫："正巧周娘子也没有儿女，两人正合适。"

她又问："真的不答应？我是觉得这门婚事挺好的。"

折绾："这般的人生大事，我自然是听她的。"

玉岫纳闷起来："素膳那丫头看起来呆呆的，什么事情都听你的，怎么碰上姻缘的事情，就如此的……如此的警惕？"

折绾也不知道，但这是好事。她道："证明她可以自己做主了。"

她终于松了一口气："也好，丹阳毕竟太远了。"

玉岫笑起来："是，太远了。"

折绾浑身轻松地回了英国公府，还收到了折家大哥大嫂的帖子。

刕鹤春拿着帖子就道："看看，看看，这是要从你这里下手呢。"

折绾：“既然如此，那你就清楚地回绝一遍。”

劢鹤春：“你来说。”

折绾心情好，懒懒地在一边折腾花草，问：“怎么的？”

劢鹤春：“这般的事情，你出面就行了，实在是拒绝不掉，我再说。”

折绾好笑：“意思是我做先锋军？你是将军？”

劢鹤春：“差不多意思嘛。”

折绾拒绝了，晚上睡得很好。劢鹤春倒是睡不着了，翻来覆去，还跟折绾道：“你说，岳母真的不知道此事吗？还是大舅哥跟岳母吵架了？”

折绾翻了个身继续睡。

劢鹤春实在是个好奇的人，第二天拒绝了此事之后，还跟大舅哥打听：“岳母今日没来？”

折家大少爷：“是，最近病了。”

劢鹤春还担心：“是吗？得空了我带着阿绾和川哥儿去看望岳母。”

等人走了，他“哈哈”大笑：“必定是吵架了。”

折绾便发现他很是喜欢看人家的笑话，等日后他被幽闭起来了，便是别人看他的笑话了。

折绾记得陛下关他的缘由是说他御前失仪，得意忘形，具体是什么事情，外头也没有风声。劢鹤春没跟她说过这些事情，她想问问，他就说：“妇道人家，知晓这些做什么？”

她就不敢问了。但他有惊无险地度过了，即便是关起来，也是关在家里，没人磋磨，算不得什么大事，她就没再管过，这辈子也没有忧心此事。如今她在外头走得多了，倒是揣摩出一二：应该是因为太子。

她记得那几年，太子和陛下的关系很微妙。

不得不说，劢鹤春的运道是真好，陛下关了他，却还是对他看重得很。

当时折家大哥哥还被他嫌弃过，说大舅哥是个“墙头草”。

“见我落难，便在外头说我的不是；见我起用了，又来巴结我。”

可两人见面还是亲亲热热的，折绾总觉得男人其实比女人会装。

劢鹤春可没管她出神，还在说：“你要不要问问岳母出了什么事情？我估摸着是为了川哥儿，咱们也不好袖手旁观。”

折绾：“那你写封信过去，我叫于妈妈送。”

劢鹤春：“我怎么写，叫人笑话。”

此事就没提了。

（二）

折绾开始忙重阳节的事情。

周掌柜特意跟她说：“重阳登高，势必是要各家相会的。少夫人之前穿的衣裳、戴的簪花，都是好看的，有不少夫人来问料子样式呢。”

折绾长得好，也很会搭衣裳首饰，明明是很简单的发髻，她在上面插一朵鲜花和绒花就能变得雅致起来。衣裳也是一般的，有时候在上头吊个小珠子，腰下悬块玉佩，令人看了挪不开眼。

夫人姑娘们总要问一问怎么做的，折绾便说是底下人孝敬。她们这般的人家不可能说生意，但有心的人会到铺子里去打听。

不过给她们的东西可不能一样，那不是叫人家落了下乘吗？折绾穿出去的都是独一无二的，其他的夫人衣裳样式也不会相同，日子久了，知晓自己的也是独一份，她们就爱过来做衣裳。

世家都养了绣娘，但是小官夫人却养不起，做她们的生意，只要价格不高不低，一年下来就能赚不少。在目前还算是亏银子的闽南茶叶和花草铺子，衣裳和鲜花饼是最赚钱的生意。

周掌柜为了赚银子心思百出：“北边是不时兴染甲的，但是南边时兴啊，我看江南那边来的夫人、姑娘们都很喜欢。”

素膳好奇：“咱们还要给人家染染指甲吗？”

周掌柜：“有何不可呢？在咱们这里买了衣裳，挑了首饰，难道还不能染甲？少夫人登高那日，便染了指甲。”

她说完就转头教素膳：“只要有银子可图谋，便不要觉得里面没有赚头，积少成多，便成了大财。”

这话折绾是认可的。哪里有女子不愿意自己从头到脚都是精致的，她自己也喜欢。她后来也用凤仙花染过指甲，但是当家夫人不能太花哨，褪掉之后便没再做过。

折绾点了头：“那你就要去找会的人来，要做得精细才行。”

周掌柜：“我去慈幼院找人来。”

折绾诧异：“慈幼院？”

周掌柜：“自然。那里面难民不少，有些听闻京都可以住，以为有了希望，于是跟着一块儿北上，但哪里有这么好的事情，有些穷苦的就去了慈幼院里面做工，里头就有会做染甲的，我已经把会的都找来养着了。如今不时兴，她们就没什么用，可是后头时兴起来了，厉害的染甲娘子必定要价高的。”

她现在只用一两银子就跟她们定了契。

折绾实在是佩服她的这份心思。后来确实时兴起来了，她怎么就没有想到这些呢。

她笑着道：“那你明日选一个好的给我试试。”

周掌柜：“哎，您放心，给您的肯定是最好的。”

等折绾走了，她去挑人。一共有十来个妇人，她都是一个个试过手艺的，但最好的还是要挑出来的。最后一个个地再试，挑中一个手艺好的，姓崔。

结果刚挑好，就有人来说了。她们不敢找周掌柜，只敢找素膳：“我们都是认识的，她之前专门被人养了做染甲，主人家对她很好的哦，结果洪水一来，只有她活了下来，主人家一个都没留下。她啊，命硬得很。”

素膳很是不喜她这般的话，问：“那你跟她在一块儿，怎么见你活蹦乱跳的？”

那妇人讪讪地退下去，素膳就对着崔娘子道：“只要你的手艺好，你也不用担心，但你要是偷奸耍滑，我肯定是用不了你的。”

崔娘子恨不得当场磕几个响头。

素膳第二天带着崔娘子上门，蝉月迎出来：“少夫人已经等着了。”

她瞧了后头的妇人一眼，笑着道：“少夫人说，先让你跟这位娘子去‘别有人间’等着。”

素膳：“是有客人吗？”

蝉月：“是，折家夫人来了。”

素膳听见这个名字还是会下意识地害怕，但她现在已经不用再去面对夫人了。她深吸一口气，挺起胸膛，带着崔娘子往大书房去，将“别有人间”的门打开，跟崔娘子道：“坐一会儿吧，用不了多久的。”

果然没过多久，折绾就到了。她神色温和，语气温柔，崔娘子松了一口气，道：“少夫人的手很是好看。”

她小心翼翼地献殷勤：“而且非常有力度。”

折绾柔和地问起了她怎么做染甲的，崔娘子下意识放松，说：“最简单的便是将花捣碎了，加些明矾在里面。”

折绾恍然大悟：“原来是明矾。”

她笑着道：“下回我做些新鲜的颜色给你。”

崔娘子受宠若惊地离开了英国公府。四姑娘下午过来坐的时候，瞧见了惊喜连连：“这般就显得手指头极为好看。”

折绾：“你要不要试试？南边时兴这个。”

四姑娘点头：“那我就试试。”

她以后也要去南边的。

晚间刕鹤春回来，见她坐在镜子前比画衣裳，“啧”了一声：“你如今还真是喜欢这些。岳母是不是来了？”

折绾“嗯”了一声：“母亲让我告诉你，于家不是良配。”

刕鹤春又感念起岳母的好来：“岳母对我其实还是很不错的，她是个极好的人。上回她没及时来给阿琰扫墓，我还误会她，真不应该。”

折绾在一边并没有多说，只不断换衣裳。

刕鹤春今日跑了一天，也不想去书房了，就待在屋子里面。他是个汗脚，即便是秋日了，因跑的地方多，还是一脱下鞋子就发臭，袜子都湿了，所以他很爱洗脚。

折绾离他远了些，然后一转身，便见他拿着她的桃花粉抹脚后跟，他的脚后跟跑得起皮了。

折绾忍了忍，还是没忍住：“用其他的擦吧，这是擦脸的！”

刕鹤春心里明明白白：“这东西换个盒子，就叫青竹膏了，南边那群书生买得可不少，听闻用了去些损皮。”

别以为他不知道东西其实是一样的。他以前觉得是女人用的东西所以不用，但男人都用了，有现成的用一用又怎么了？何况他们用的是脸，而他却是脚。

他道：“瞧你那小气劲。”

他又嫌弃南边的书生油头粉面：“之前也有南边的人来，但这回来得多了，聚在一起便发现了区别。”

一个个还扑粉，这是妇人家才做的事情，他很是瞧不上。陛下今日还说起了此事，很多人还在陛下面前为他们说好话，认为这是风俗原因，不可干涉。

刕鹤春如今不敢乱说话，活生生憋到了家里跟折绾说。他嗤笑一声，道：“一门心思学妇人，哪里有心思走天下？”

折绾如今很是受得住他的聒噪，她不理会就行了。你骂他，他也不放在心上。

等他说完了，她要去重阳节的衣裳首饰也搭配好了，一转身就发现他的一双脚把整盒桃花粉用了个干净。

第二天，刕鹤春还从太后那里要来了许多宫里的膏粉，足足一箱子，都倒在了她的妆奁里。

“喏，用吧。你不是喜欢探寻这些吗？那就跟最好的学。”他欢喜地道，“不知道是不是涂了那粉，今日的脚出汗少了。你这里还有没有好用的？我也涂抹一些。”

折绾看着桌子上被他倒得一团糟，翻得一团乱，深吸一口气：“何必要学妇人的手段，用妇人的东西！”

刕鹤春第二天又抹完了一盒桃花粉，回来却立马洗脚。

“黏死了！”

第一天在宫里一直待着没做什么不觉得，今日跑了一天，膏粉黏在袜子上，实在是难受。

他埋怨道：“你这东西不行。”

折绾站得远远的，轻轻用帕子扇风，道：“那是抹脸的！都与你说了。”

刕鹤春：“就没有抹脚的？”

折绾：“你难道不该去找太医吗？”

刕鹤春觉得丢脸，谁会为了出汗脚臭去找太医？

他洗完脚总算舒坦了，说：“我就说这东西男人用不得，你们女人怎么抹那么多还不难受？”

他见折绾左三层右三层地抹，而后还要上胭脂，抹这么多，脸能畅快？

折绾直接不搭理他。难道他心里没数吗？一盒她能抹一个月有余，他一双脚一天一盒！得了便宜还卖乖，装傻得很，嘴巴就是贱。

她叫蝉月进来："去问问莹姐儿今天还来不来，她昨日说要跟我学字。"

刕鹤春穿鞋站起来："你倒是跟她如同亲母女一般了。三弟年后可能要调回来了。"

折绾并不惊讶他会这么说，每年他都会说上这么一句，但刕鹤悯十几年都没有回来。

英国公常常叹息："他怎么就不愿意做京官呢？"

非要在江南那个地方死磕。

刕鹤春其实也不理解弟弟的念头，但两人的关系不好，他也不去多虑，只道："我在京都，他在江南，一南一北，正好合适。"

他还对折绾道："我瞧着，他就是性子独。"

上辈子这般说，只说了这么一句话，言简意赅，后面的要折绾自己去悟；这辈子还是这句话，但后面跟着无穷无尽的抱怨。

刕鹤春道："父亲希望他回来，三弟妹和孩子们都还在京都呢，他在那边又没有孩子，还不近女色，这跟鳏夫有什么区别？他一个人在湖州也难，万一出个好歹，怕是将来难以见面。可我觉得父亲多虑了，他的性子很独，自小就不爱在家里待着，别说跟我了，跟其他兄弟也不亲厚，就是父亲母亲，他也不愿意多说几句。我实在是想不清楚，母亲为何如此偏爱他。"

折绾却觉得无论刕鹤春怎么说，刕鹤悯将来的功绩就是在他之上的。她记得她去世的时候，刕鹤悯已经坐上了江南第一把交椅。那时宋玥娘逢人就要说上几句刕鹤悯，从看见屋檐下的一只燕子说到鸟，再说到鹤，最后总能说到刕鹤悯多么受陛下恩宠，百姓感恩，让众人很是厌烦，却还不得不附和。

她便道："人家是有大志向的。"

刕鹤春嗤笑："他？"

折绾又失去了说话的欲望，转身去了书房做自己的事情。

刕鹤悯这辈子回来也好，不回来也罢，与她应该都没有关系。

蝉月很快带着莹姐儿回来了，还小声跟折绾道："奴婢去的时候，三少夫人在哭呢。"

折绾眉头都没抬，问："怎么又哭了？"

蝉月："听闻是终于查清楚了，三少爷的院子里统共有七八个妾室，夫人送去的、同僚转手的，应有尽有。"

折绾诧异地问："谁对你说的？"

蝉月笑着道："不用谁说，三少夫人摔了很多东西，骂得难听，许多人都听见了。"

折绾："管好咱们院子的人，别去外头说。"

蝉月："奴婢知晓的，也就是跟您说一说。"

莹姐儿自然也是听见了的，十分苦恼，问折绾："我该怎么安慰阿娘呢？"

折绾握着她的手写字，说："你父亲会哄好你阿娘的，你不用管。"

莹姐儿瞬间高兴起来："是哦，每次阿娘生气地去信，收到阿爹信的时候就笑了。"

折绾："是这个道理。"

莹姐儿很快就学会了字，还玩折绾的胭脂水粉。折绾没有制止她，只是在她回去之前把她洗干净了才送走。

她道："明日重阳，到时候你跟雁雁就能一块儿爬山了。"

莹姐儿彻底不见了烦忧，说："我好想雁雁姐姐啊！"

她刚说完，川哥儿就回来了。莹姐儿过去跟他拉钩："到时候你要跟阿隼哥哥一块儿跑赢升哥儿，他竟然看不起我。"

升哥儿说女子头发长见识短，她气得一天没有跟他说话。

川哥儿犹豫着点头答应了："我跑得赢他的。"

莹姐儿满意地走了。刕鹤春也很满意："自小我习武就比三弟厉害。"

他鼓励川哥儿："你明日要好好跑，一定能跑赢升哥儿，就像我跑赢你三叔一样。"

川哥儿却紧张起来，他害怕自己跑不赢。他不由自主地看向母亲，想让她帮着说几句，但发现母亲不知不觉间离他们很远，她听不见他们说话。他垂下头，不知道该要如何是好。

折绾晚间便发现川哥儿很是不对劲，又闷上了。她手顿了顿，还是看向刕鹤春："你又说了什么？"

刕鹤春诧异："什么说了什么？"

折绾瞧了一眼川哥儿，他依旧低着头，但过了一会儿，川哥儿还是忐忑地抬起了头。

"父亲。"他惶恐地说，"我……我可能跑不赢。"

刕鹤春正喝下一杯酒，闻言皱眉："为何跑不赢？"

川哥儿："我，我是说，我可能会输。"

刕鹤春："那就等你输了再说，男子汉大丈夫，哪里能提前说败。"

他自小就不是这般的，川哥儿到底是像了谁。

折绾一直默不作声，认认真真吃完了饭去消食。

刕鹤春则去教儿子如何稳住心神拿下胜仗，直说得口干渴，最后连连摇头："你到底像了谁？我看啊，还是你身边的妈妈有问题，等你再大一些，我就将她送出去，到时候即便是你外祖母和母亲也不好说什么了。"

川哥儿不敢出声，但回去的时候没要于妈妈帮着洗脚。他自己脱了鞋子，一脚汗。

劭鹤春晚间洗完澡发现折绾也在一边泡脚，他很快就发现她的脚也染了指甲，他啧啧称奇：“你这个人……变得还挺快的。”

刚嫁过来的时候可是不施粉黛。

但重阳那日，她一个人周旋在夫人们之间，谁家都能说上几句话的时候，他倒是肯定了她的变化是好的。

“你看起来聪慧多了。”他如此说。

折绾慢条斯理：“是吗？你倒是越发倒退了。”

劭鹤春：“夸你还生气了。”

一转身，便瞧见了庆国公，他走过去打招呼，余光发现庆国公家带来的鲜花饼样式在折绾的书房里面看见过。生意倒是做得大，他暗想。

庆国公夫人还问他：“阿绾去哪里了？我还有事情要找她帮忙呢。”

劭鹤春不记得折绾和庆国公夫人有什么交情，也不知道折绾能帮她什么，但也笑着道：“在左边乘凉，今日还是有些热的。”

庆国公夫人一眼就瞧见了。那么个人，穿得素雅，发髻不甚复杂，一身简单的窄袖不掺杂其他的亮色，却用了红色的丝线绕在腰间和发尾上，令人见之不忘。折绾每次穿的衣服都让人喜欢。

庆国公夫人笑着夸劭鹤春：“你好福气哦，阿绾是多么好的一个人，万里挑一，你瞧瞧，她只坐在那边便熠熠发光。”

劭鹤春却跟庆国公夫人站得不同。他抬头看去，折绾模糊在光里，晃晃荡荡的，实在是看不真切。

他笑着附和：“是，她是很好，她在家里的时候常说夫人对她好。”

庆国公夫人大笑起来，走过去跟折绾道：“你家这个比年轻的时候会说话哦。”

当年她也是这般夸折琰，道：“她脸上红润得哟。”

劭鹤春道：“是，她刚刚登山累了，脸色正红。”

她的本意是夸折琰气色好，但人家也没有说错。庆国公夫人哭笑不得，下回就不敢如此夸了，都是直接夸人好看。

折绾不知晓这些前尘往事，庆国公夫人也不可能在她面前提折琰，立刻岔开话题，道：“我找你有正事呢。”

折绾：“什么事？”

庆国公夫人：“我知道你那里是有花草铺子的，我想让你叫手下的人送些花草去我府里，就今日要，晚间我家要做寿。”

折绾也不问谁突然要做寿，只道：“你要多少尽管说，就算是没有，凑也要给你凑齐了。”

庆国公夫人拍着她的手感激：“我就喜欢你这般靠谱的人，我一点也不愿意跟那些不靠谱的人说话！”

等她走了，折绾便叫蝉月下山：“你亲自去铺子里找素蕤，再盯着这事情做好了再回去。你能不能办得到？”

蝉月激动得手都抖起来：“自然是可以的。”

她马上就下山了。

折绾就带着其他人继续往山上去，刕鹤春过来问：“什么事啊？”

折绾：“小事。”

刕鹤春：“我自然知道不是大事。”

折绾：“男子汉大丈夫，打听些小事做什么？”

她跟玉岫约好了在山中亭子里见。玉岫带着三个大的来爬山，孙三娘还是没有来，但把孩子们送了来。雁雁和莹姐儿在一块儿说话，阿隼也和川哥儿在跟升哥儿跑。

折绾看过去，阿隼明明可以跑赢，但还是故意落了一步。他落了这一步，川哥儿却落了好几步。升哥儿赢了，叉腰“哈哈”大笑。

宋玥娘和宋夫人坐在一边说话，听见儿子的笑声探出头来，立马得意起来：“我就说升哥儿习武肯定也厉害，那个什么阿隼今年可是七岁了，哎哟，这都能跑赢。”

宋夫人翻了个白眼，将人拉回来，说：“孩子们的事情你不要插手！”

她又问：“你婆婆真病了？”

宋玥娘：“是啊，病得厉害呢。哼，她活该。”

宋夫人一巴掌拍过去：“那到底是你的婆母。”

宋玥娘也只是在气头上，被打完老实多了，叹气道：“我听闻她最近开始做噩梦了，身子虚呢，不愿意出门。”

宋夫人皱眉：“做噩梦？”

宋玥娘看看周围，小声道：“是啊。我也是猜啊，我猜着，她可能是梦见折琰了。”

宋夫人：“那算是什么噩梦？”

宋玥娘也这样觉得，道：“但毕竟是死人嘛。不过最近大哥一直因为折琰的事情跟母亲吵，家里都吵翻天了，公爹也装作看不见。哎，其实也怪不得人家折琰对婆母不好，我对她这么好，她还不是如此对我？竟然偷偷摸摸送妾室去给鹤悯。”

她又开始抱怨了，但宋夫人看向了折绾。

她正温和地揉着那个叫阿隼的小孩的头，柔婉地将手里一块鲜花饼放在他手里。宋夫人听不见他们说了什么，但是阿隼仰头笑起来，一个劲地点头。

宋夫人便转头对蠢女儿道：“那你就离你家婆母远一些，至少别跟着她一块儿欺负你大嫂。”

莹姐儿眼巴巴地看着孙晴霄："阿隼哥哥，大伯母跟你说什么了？"

孙晴霄抿唇。折家姨母方才跟他说："我刚才看见了，你才是头名。"

她轻轻地抚摸他的头，说："我知道你刚来勋国公府，心里还很不踏实，所以想要藏拙。你往后也可以这么藏拙，但你要记得，千万别藏拙太久，不然你藏着藏着，就真以为自己跑不赢别人了。"

若是别人说这话，他定然惶恐不安，要羞愧而死，但折家姨母的声音很是温和，他惯常信她，情不自禁就点了头，道："我下回不会了。"

如此，莹姐儿来问他，他是不好撒谎的，他没有说折家姨母的话，而是直接小声道："莹姐儿，对不起，刚刚我本来能跑赢的，但我怕升哥儿生气，最后几步就没跑。"

莹姐儿诧异，捂着嘴巴吃惊，小声问："你为什么怕他生气啊？"

孙晴霄忍住自己的惶恐，还是坚持说明白："我……我怕我赢了，大家都会不高兴。对不起，我让你输了。"

莹姐儿不懂。这有什么不高兴的？赢就是赢，输就是输。

川哥儿正巧犹豫着蹭过来，听见这话，立马懂了。

他说："是怕大人责怪。"

也是这个缘由吧。孙晴霄还跟川哥儿道歉，川哥儿摇头："我本来就输了。"

原来大家都会有这种烦恼啊。他无形中松了一口气，他也怕父亲生气。

莹姐儿就道："是我拉着你们比的，你们输了就算是我输了，没事的，我帮你们赢回来。"

她找升哥儿再跑一次，说："我来跟你比，我如果赢了，那就是我和川哥儿、阿隼哥哥一起赢了。"

升哥儿正在得意，哪里会不同意。

川哥儿紧张得很："他跑得很快，你要小心啊。"

莹姐儿摆摆手："我们一母同胞，我还是他姐姐呢，我从肚子里先他一步生出来的，还会败给他？"

她自信满满，拉着升哥儿比，果然赢了。她跑去大伯母那边让她给自己擦汗，小声地分享秘密："他都跑一趟了，气喘吁吁的，哪里能跑得赢我。"

她才不打无准备的仗。

折绾竖起大拇指："莹姐儿，你可真是聪慧，我没见过比你更加聪慧的小姑娘。"

莹姐儿美滋滋地走了。宋玥娘坐在另一侧瞧见了，"噌"地站起来，又被宋夫人一巴掌打了回去。

玉岫笑着道："阿绾，你真是讨孩子喜欢。"

刚说完，便见潘夫人也爬上山了，见了折绾便招手。折绾立马过去。

玉岫啧啧称奇："嗯，也招夫人们喜欢。"

连她都怵潘夫人。

潘夫人这个人不苟言笑，平常人都不敢亲近，往日里也不愿意来登高，今日来是要给折绾介绍人的，她道："这是漕运总督王大人的夫人，刚回京都。"

折绾一听"漕运"两个字就知晓是怎么回事。她感激地朝着潘夫人笑，道："那我陪着你们吧？"

潘夫人说："好，很多人我也不熟悉。"

王夫人是京都人，但随着丈夫去了淮州，已经有十几年没有回来了，等过了年也是要走的，她道："我就是回来看看爹娘。"

折绾还跟她娘家的人相识，说起话来很是顺畅："是老夫人前阵子病了吧？如今已经好了，夫人不用担心。"

王夫人知晓她送过花草去家里，道："是，母亲还跟我说，今日若是碰见了你，必定能一眼认出来，跟花草打交道多了的人，沾染了雅字，身上自带一股气韵。"

折绾轻轻笑起来："老夫人谬赞了，她喜欢兰花，我正好会种，便很是聊得来，后来又在一块儿听戏，都爱听那出《牡丹记》。"

她在外是英国公大少夫人，谁也不会故意来得罪她。她跟着潘夫人去了一次王夫人的娘家于家，再去就算是相识了。她跟人相交又真诚，于老夫人跟她听戏的时候聊了几句，知晓她最爱那句"一梦间人老矣凋了豆蔻，这世间并无有海市蜃楼"后，便感慨道："我二三十岁的时候，也最喜欢这句。"

她如今却喜欢听昆曲，最爱那句"眼看他起高楼，眼看他宴宾客，眼看他楼塌了"。

折绾笑起来："我从前听不得昆调，想睡，如今倒是觉得颇有韵味，但这句我不得其意，并不喜欢。"

于老夫人便道："你还年轻呢，我在你这个时候，只喜欢那句'水上鸳鸯，云中翡翠，日夜相从，生死无悔'。"

折绾从未喜欢过这句话，但于老夫人爱带她看这些情情爱爱的戏。

王夫人笑着道："哪日我请你回家吃顿酒，咱们跟母亲一块儿看看戏。哎哟，那些戏折子我自小跟着她看到大。"

折绾点头："好啊，我等着夫人的帖子。"

等折绾走了，王夫人对潘夫人道："你说得没错，她为人很是实在，说话稳稳当当，并没有拉着我吹嘘什么，也不曾多说一句，若是跟她联手做茶叶生意，应该是得当的。"

她的眼睛是尺子，看人错不了。

潘夫人不爱这些金子银子、茶叶花叶的，她摆摆手："我就给你牵线罢了。"

折绾的意思她知晓，但丈夫觉得此事还用不到他，便道："何不直接去引荐漕运总督家？那不是你的手帕交吗？"

潘夫人觉得也行，她就写了信给王夫人，又跟折绾提了提。谁知道折绾早就盯上了王夫人，道："她娘家在京都，我能不能去拜访？"

拜会也有三六九等，贸然上门的是一种，这种由知己好友引荐的又是另外一种。

潘夫人迟疑一瞬，最终点了头，此事就算是成了。

王夫人在漕运上待久了，倒是知道深浅，说："她想从漕运上面下手，可谓想到点子上了，但那里没点本事是抢不到什么东西的，就是皇亲过去了也要有点道行才能镇住场子，她想要跟我联手是对的。"

潘夫人就道："大家都在这皇城根下过日子，她还是英国公府的少夫人，你不能太肆意地欺负人。"

王夫人就笑起来："在商言商嘛，再说了，你不懂这些，我要是点了头，她还要先给我送银子呢。"

折绾也是这般想的。她跟周掌柜道："咱们得先让利，王夫人只要将这道口子开了，咱们走水路长久看是赚的。"

周掌柜："主家决定就好。"

折绾眨眨眼："我懂，这句话的意思是，我说对了。"

周掌柜"哈哈"大笑。

但事情总算是办妥了，如今便是从闽南送东西来京都。折绾便请越王妃和越王做东请了袁耀来。

袁耀高兴得都要疯了："少夫人，您可想起在下了。"

折绾很不好意思。她肯定相信袁耀的本事，但她也清楚自己几斤几两，并没有能力去用他。而且闽南这里的事情，越王一直在关注，袁耀还是只跟越王有关系比较好，不用跟她多牵扯。

袁耀后来也明白这个道理了，并不来求她，但是让妻子经常写信。

但该说的话还是要说的，他道："您这回是有确切的消息了吗？"

折绾点了点头："茶叶不是那般好种出来的，今年种下去，最早还要三年左右时间才能采摘第一批，但是不能采摘之后才慢吞吞地运到京都来卖，那样就失了先机。"

袁耀很是赞同，他也不意外折绾能想到这么多，道："少夫人最近是去找了潘夫人吗？"

折绾："是，潘夫人为我引荐了王夫人。"

越王倒是没想到她能行动得如此之快。从知晓茶叶要四五年后才能慢慢运到京都后，他就没有再管过此事，他最近在忙其他的，闻言道："既然如此，可要我做什么？"

折绾笑着道："我只是想做点小生意，跟王爷的大志向是不同的。王爷和袁大人是想要救一方百姓，需要慢慢去筹备，就是不知道可否熟悉闽南的茶庄？"

如今茶叶只有西南一带有，产出虽不多，但除去上供的，那边的商户"以茶致富”，倒是出了好几个有名的商户，官府便设置了茶庄，变成了榷茶，茶的生意受官府管制，征收特有的茶税。闽南也有茶庄，但闽南茶不盛行，茶庄如同空设。折绾若是想从闽南大量地买茶入京和其他地方，便要经过茶庄。

越王就明白她的来意了，他想了想，说：“我可助你一臂之力，写信给闽南那边的好友帮你疏通。”

袁耀听得心痒痒，跟越王道：“王爷，不如就让属下先回闽南探查情况。”

他也不是第一次这么提了，越王之前都是压着，认为袁耀此人还需要磨练才行。他现在也是这般想：“你的念头太大了，不如劭少夫人走得稳当。”

折绾舒心地笑：“是，我走得小，所以走得稳，但袁大人一旦走便要迈大步些，必然要慢慢来。”

越王妃唏嘘：“你每次做成一步，我都觉得像是在听书。”

折绾自己也觉得运气实在是好，顺顺利利的，这是上天给的运气，把她上辈子的霉运都去除了，这辈子没有一点坎坷。

她回到家里，劭鹤春已经在等她了。他道：“去见越王了？”

折绾“嗯”了一声，径直去屏风后面换衣裳。劭鹤春跟了过去，就靠在一边，折绾心情好，并没有搭理他，只任由他在那边啧啧称奇：“你找越王说闽南茶庄的事情？”

折绾点头：“是啊。”

劭鹤春实在是好奇：“你怎么不找我？我听闻你还找了王夫人。”

折绾白了他一眼，语调都没有变：“哦？那你之前怎么不主动跟我说？怎么不主动帮我呢？非得让我求你？”

劭鹤春被说得讪讪的。他就是看折绾憋着一口气去找了潘大人，也不找自己，便也憋着气准备看看她能走到哪里，没想到真让她办成了。

折绾舒坦极了，她让蝉月进来：“咱们晚间吃锅子，你去让李师傅做些好菜。”

蝉月“哎”了一声，出门便带着墨月。文月羡慕地看了看，说：“蝉月是打定主意让墨月当咱们的头了。”

其他两个“月”都没有说话，差不多默认了。

文月也不需要她们回话，她只是带着羡慕的语气继续道：“蝉月以后会跟素膳姐姐一样吗？成为一个大掌柜？”

这下子其他两个都点了头：“肯定啊，少夫人都让蝉月姐姐去帮忙了。”

文月深吸一口气：“那我也要好好努力才是，说不定少夫人以后也会让我出去做掌柜呢。”

能做掌柜，谁愿意做丫鬟呢？她实在是羡慕素膳姐姐。少夫人是个好人，肯定也会答应她的。

等蝉月和墨月捧着锅子来，她跟着进门布菜，听少夫人跟大少爷说：“我屋子里面还要进些人才行。”

文月的心抖了抖，手稳稳地将一盘肉放下，出去了。

劭鹤春：“怎么要添人？”

折绾：“我要把蝉月放出去，她机灵，能帮我看着铺子里的事情。”

劭鹤春无所谓地说：“你自己看着办就好，你倒是物尽其用。”

折绾：“别让我说出难听的话来。”

劭鹤春塞了一嘴的肉。

折绾这才气顺些，又道：“过几日我还要进宫看望太后，会给太后带些花草进去，太后有什么忌讳吗？”

劭鹤春从太后那里拿了这么多胭脂水粉，她肯定要进宫谢恩。

劭鹤春摇了摇头：“太后很是随和，没什么讲究。这次我与你一块儿进宫吧？太后总是念叨咱们两个。”

折绾没有拒绝。皇宫里面不像外头，一有差池就要出错，她不敢盲目夸大，自然是稳妥些好。

劭鹤春松了一口气：“我还怕你要逞强呢。”

折绾将杯子放在桌子上，瞪他：“你就不能在家里也修闭口禅吗？”

劭鹤春顺手捧起她的茶杯，悠闲地喝上一口，说：“我还要修一修才能修到如此境界。”

两人第二天进了宫，太后见他们两个相携而来，很是高兴，老人家就喜欢看见小辈们和和美美。

折绾给她送了长寿花，太后也很喜欢，道：“长寿不长寿的，我倒是不在意，只是你的长寿花好看，可要时常送进来。”

折绾称好。

劭鹤春的嘴巴在太后这里也甜一些，道：“您要是喜欢，往后但凡出了上品的花，臣便先往您这里送。”

太后：“你这是拿阿绾的东西做自己的人情呢？要送也是阿绾自己送。今日丹崖没有来，否则你们一块儿陪着我说话，也能热闹一些。”

其间太子带着太子妃来过，折绾赶紧行礼。太子带着劭鹤春去大殿后头说话，折绾便陪着太后和太子妃。

太子妃温婉大方，跟太后也算是亲昵。折绾坐在一边笑，静静地听两人话家常。

其间太子妃还笑着道：“我听闻劭大人还从太后那里讨胭脂给你？”

折绾立马站起来：“是。”

太后解释：“鹤春说弄洒了阿绾的胭脂水粉，要赔她一些，我这里正好有，便都让他带回去了。”

太子妃轻笑：“劭大人是个爱护妻子的人。”

她随后又跟太后说起话来。

等太子妃要走的时候，折绾也未曾跟她多说几句话。劭鹤春的脸色本是如常的，但等出了宫，进了马车，他就变脸了。

折绾的心也慢慢地沉下去，她想了想，主动道：“在太后宫里，太子妃未曾说过什么有深意的话，只问了你从太后这里拿回那些胭脂水粉的事。”

她如今也能听懂人家话里面的意思了，不至于太子妃说了什么她听不出来。

劭鹤春自然知晓，他宽慰道：“你不用担心，这事情跟你无关。”

折绾就不担心了。劭鹤春：“怎么，跟你无关就不管我了？”

折绾：“我问了你会说？”

劭鹤春一愣，那倒是不会。

他叹息：“我如今是难了。”

折绾自然而然地想到了他被关起来的事情。算算时间，他也得到后年才被关起来，但他上辈子这个时候还在江南呢，根本不在京都，难道这辈子因为在京都，所以提前了？

她默不作声，不敢多说多做，但过了几天，也没见劭鹤春出什么事情。只是他越来越忙，有时候都不回来歇息，整日在都察院里。

这时候即便他捂着不说，折绾大概也知晓他在做什么了。

这次江南赈灾，浩浩荡荡一年，朝廷出钱出力，地方官员却贪墨。

折绾这才恍惚想起来，上辈子好像是有这么一件事情，死了很多人，但那是明年才查出来的，劭鹤春因为刚回京都，账目清楚，并没有牵扯其中，但也不被允许去查此事，怕他跟地方上的人有交情，徇私枉法。

这辈子他倒是成了查案的。还是太子跟皇帝说，让劭鹤春跟着他一块儿查。劭鹤春累了几天才回来，眼睛都黑了下去，正吃着饭时，突然道：“父亲说，太子可能是要我做把砍人头的刀。”

折绾吓了一跳：“什么意思？”

劭鹤春：“这次牵扯的人太多了，还有许多世家子弟，太子第一个就找了我。”

太子找他，那便是陛下也同意的。

劭鹤春二十年来在皇帝那里顺风顺水，做着稳稳当当的差事，过着稳稳当当的日子，如今是第一次被用来做靶子杀人，他自己还有些不适应。

英国公分析：“等你杀完这一批人，再出去喝酒，也没什么人愿意了。谁家没有几个亲戚，你杀了人家的亲戚，总是要冷落冷落你的。但等不了一年，他们又会找你，毕竟那也是面子上过不去，只要陛下器重你，他们也是要里子的。我们这般的人家，谁家还没有几个被杀的亲戚了？这事情，即便不是你做，也是其他人做。这是陛下器重你，你尽管放手去做。”

可手上查出来的名单太多了。他深吸一口气，跟折绾道：“你娘家大嫂嫂的娘家兄弟也在里头。”

折绾皱眉：“真的？”

她不知道此事，刕鹤春也是想跟她说明白：“我要是不在其中，还能帮着说和说和，说不定能留下一条命，但我手上的人命太多了，便不能出这个面，陛下和太子盯着我呢。此事我肯定是不能帮的，岳母和舅兄可能要来找你，你可不能答应啊。”

折绾自然不会答应。

折夫人也不答应，折家大少夫人莫氏大哭：“母亲，你就去帮我求一求吧，你是他的岳母，难道一点情面也不讲吗？”

折夫人岿然不动：“我早跟你说了，这事情不是他主持查办的还好，可偏偏就是他查办的，咱们只要开了口，便是不好做亲戚了。你要是觉得我们无情，我也可以送你回娘家。”

莫氏恨得牙痒痒，回去跟丈夫道：“母亲要休了我呢。”

折家大郎叹息：“他不帮也是情理之中，但他的手可以轻一些，只要活下来，一切都好说。”

他亲自去找刕鹤春。刕鹤春却避而不见，他跟折绾道：“这时候上门不是让我被人说道吗？”

他对大舅哥十分不满，认为他拎不清。

英国公也叮嘱了家里其他人：“不可答应一点。”

折绾想了想，便连生意也不扩了，道：“咱们只做之前的生意。”

周掌柜很是认同：“京都人人自危，咱们确实不能出错。”

主家是世家妇人的好处很多，坏处自然也有，好坏是兼得的，周掌柜很是懂得这个道理：“主家的念头没错，咱们求稳。”

这般过了一个多月，刕鹤春足足瘦了十斤。十一月份的时候，案子终于审完了，莫家二少爷牵扯其中，判了流放三千里，这确实已经算是手下留情了。

莫氏却在家里哭晕了过去，怒骂道：“平日里兄弟兄弟，结果呢？咱们千辛万苦给川哥儿说门好亲事，他可给过一个好脸色？咱们又不是说的其他家人，也是你的舅家，结果他不肯就算了，连带着一副看不起人的模样，我瞧了就生气。且刕鹤春看不起也就算了，母亲呢？她自己不认娘家人，却帮着刕鹤春对付咱们，这次又是一样！我真是不懂了，到底你是她的儿子还是刕鹤春是？”

她拍着桌子道：“当年大妹妹去世，她三天两头上英国公府，家里的事情都不管，我说什么没有？我也是刚生下朗哥儿，还在月子里呢，就已经开始强撑着精神管事了。我还为祖母戴孝磕头，为你养育儿女，这些你们是一点都不顾念，就看着我兄弟流放三千里，足足三千里啊。”

折家大郎也对母亲有怨言：“先头的婚事，母亲确实做得不多。舅舅虽然之前对她不住，但是自家兄弟，打断骨头连着筋，哪里就能真的不来往了。这次的事情却怪不得母亲——”

莫氏大怒：“流放的不是你兄弟，你自然是如此说，等哪天死到你自己头上，我看你还说不说！”

折家大郎也恼怒了：“那你要你娘家兄弟不贪啊。”

莫氏：“你敢说自己手上没有银子是私下收的吗？刕鹤春敢说自己是清清白白的吗？”

折家大郎赶紧关门，道：“你这是做什么？你要死啊！”

莫氏还要再说，被折家大郎一巴掌打在脸上，骂道：“你娘家没了，你是要折家也没了吗？蠢妇！你好好想想朗哥儿吧！他难道不是你亲生的？折家要是没了，他就没了。”

莫氏这才安静下来，捂着脸哭：“那是我二哥啊，母亲就算是不帮着说和，就是为了宽慰我，装模作样走一趟也行啊。她偏偏不，还说要休了我，哪里有这般狠心的婆母。”

折家大郎唉声叹气：“母亲就是这般的人。”

莫氏：“我看她就是势利眼。大妹妹去世，她那副上赶着的样子，你可瞧见了？一味川哥儿、川哥儿，我们朗哥儿可有这般待遇？八月里大妹妹忌辰，咱们在家里也是烧了香要去坟前祭拜的，结果偏偏就不巧，朗哥儿起了高热。就是那样的情况，她还要坚持去坟前，怎么，我们朗哥儿就不是她的孙子了？要不是哭着求她，她能留下来？”

折家大郎烦躁得很：“你别说了，母亲也是心疼大妹妹。”

莫氏回他：“都是儿女，她把你放在哪里去了？”

她是恨上了婆母，道：“等着吧，等着哪天落到我的手里来！”

刚说完就被折家大郎捂住嘴巴：“姑奶奶，快别胡说八道。”

一方怨，一方就是夸。刕鹤春把岳母夸到天上去了：“岳母这次真是对我好。”

折绾正在画茶叶盒子的图案，并不搭理此话。但刕鹤春觉得要对岳母好些才行，他道：“我跟你一块儿带着川哥儿回去一趟才好，到时候在岳母面前跟大舅哥解释解释，这回她肯定是落埋怨了。”

折绾白了他一眼：“你这人是不是得意过头了？你回去是回去了，大哥哥大嫂嫂能给你好脸色？”

到时候男人去喝酒，女人单独坐在一块儿，大哥哥不会对刕鹤春如何，但是大嫂嫂一定会甩脸色给她看。她上辈子已经看多了大嫂嫂的脸色，根本不愿意多看一眼。

刕鹤春：“那你请岳母来坐一坐。”

折绾：“我忙着呢，你不能自己请吗？她想要的是你的谢意，可不是我的。”

刕鹤春感慨：“阿绾，我看你在外头做事情圆滑得很，怎么对岳母一家就懒得周旋呢？”

做人哪里能这么独？这不跟三弟一样了吗？连家里人也不愿意多搭理，一年到头连父亲也难收到几封信，倒是跟三弟妹来来回回的信多。父亲还道：“既然能写信给他媳妇，也不知道送信的时候给咱们写一写。”

折绾正好定下了一朵漂亮的茶花做茶盒雕刻，举起来左看右看，甚觉满意，而后冷笑着道：“是，你孝顺，父亲又纳了一个十五岁的妾室，母亲都哭成什么样子了，你怎么不劝父亲不纳妾呢？你的孝顺呢？”

……哪里有儿子管老子房里的事情。

但十二月劭鹤悯回来听闻此事，倒是给赵氏出了一口气，他跟英国公道：“父亲还是留些精神吧，免得将来被人写诗说‘一树梨花压海棠’，那时候儿子们在外的脸面也不好看。”

折绾当时在场，本是在吃他的接风洗尘饭，差点一口汤喷出来，她艰难地咽了下去。

（三）

劭鹤悯回京述职，终于在腊月中旬赶到了家。湖州的一切都交接好了，如今只等着吏部新的调任通知。这也不怕，英国公都给他周旋好了，好几个地方可以选。

他极为高兴，拍着儿子的肩膀道：“我跟你说的事情，你考虑得怎么样了？”

劭鹤悯摇头：“儿子还要在江南继续待几年才行。”

英国公倒也不强求他留在京都，认为在一个地方待三年确实是少了些火候。他道：“要留京也行，要去江南也行，你自己心里有数就好。”

这个小儿子自小聪慧，自己也能闯荡出一番天地来，他还是很欣慰的。结果刚夸过，吃晚膳的时候，当着一家子人的面呢，自己的面子就被他踩在脚下。

劭鹤悯一句“一树梨花压海棠”，除了孩子们不知道是什么意思，但凡读过书的都知晓。英国公脸色通红，一把将筷子摔在桌子上，骂道：“孽子！你翅膀硬了，连老子房里的事情也敢置喙了。”

他恼羞成怒地转头看向赵氏：“你跟他说这个做什么！”

若不是赵氏说的，鹤悯刚到家，哪里能知晓这些。

赵氏缩了缩脖子，但儿子回来了，她就有了底气，把筷子往地上一摔，道：“怎么就说不得了？你自己做的事情，难道还不让说吗？”

劭鹤悯皱眉：“父亲何必斥责母亲，您这般年岁，自然该修身养性才是。”

英国公气得胡子都颤抖了，站起来就走。

底下三个庶子和一个四姑娘不敢说话，宋玥娘哼哼几声，站在丈夫这边：“就是，还不准咱们说了。”

折绾夹起一筷子菜放进嘴里，细嚼慢咽起来。

劭鹤春这时候才开口：“为人子女的，哪里好管父母房里的事情，三弟，你未免也太不把父亲放在眼里了。”

劭鹤悯嗤笑出声：“大哥有规矩，自该孝顺，便跟着父亲一块儿去吧，别坐在这里吃我的接风酒。”

劢鹤春之前听见这话肯定是要勃然大怒转身就走了，但他如今被折绾噎惯了，劢鹤悯这般的话是噎不住他的，他也嗤然一声，执起筷子跟着折绾吃菜。折绾夹哪里的菜他就跟着夹，折绾爱吃的口味错不了，她什么都不挑，就是对吃食太挑剔。

劢鹤悯倒是诧异起来，看了一眼温温和和、不置一言的大嫂，等吃完饭，他当着劢鹤春的面，认认真真地道谢：“我家两个儿女，还要多谢大嫂教导。”

劢鹤春回去之后对着折绾大夸特夸：“他向来眼高于顶，如今对你道谢，也算是长良心了。”

折绾却想起劢鹤悯明年去的是越州，湖州、越州相差不远，但越州却很是富庶，在湖州的时候他不是知州，但在越州是，可谓实打实的升官了。三年之内把越州盘活了，他走的时候，百姓还送了万民伞，陛下很是欢喜，让他继续留任江南。

劢鹤悯这一生是光耀的，也没有什么错处，可见他这个人颇有才干，就是不知道他对茶叶一事如何看。闽南的茶叶若是想在江南顺畅地销出去，劢鹤悯这边便不能缺。

她自顾自地想着，劢鹤春却在那边生闷气，闷了好一会儿，但见折绾静静地坐在那边发呆，他就只能道：“你瞧见没有，母亲一双眼睛只顾盯着三弟，连你我都没有看过。”

折绾本是在想如何跟劢鹤悯开口，结果就听见了他这句话，她笑起来：“母亲一直没看过我，母亲今日只是格外没有看你罢了。”

劢鹤春：“是，母亲偏心三弟一家，三弟不在家，她便盯着我，三弟一回来，她就看不见我了。”

就跟年幼时一般，无论什么时候，只要三弟在，她就只管三弟了。

一年又一年，他如今都这般大了，却还是不太能释然。他叹息：“当年……当年阿姐去世，母亲也怪罪我。”

折绾还是第一次听闻此事，她忍了忍，还是忍住了好奇，并不打听此事。

劢家大姑娘劢莺莺是赵氏那边的忌讳，她就是再恨赵氏，也没有拿此事出来说过一句。

劢鹤春也没有再说，而是埋怨起来：“你瞧着吧，如今咱们连个笑脸也难得了。”

这话属实打脸，因为劢鹤悯第二天就郑重地带着一家子人过来拜谢折绾。

折绾倒是吃惊。宋玥娘憋屈地坐在那边，眼睛都哭红了，闷着气对她道：“大嫂嫂，之前是我不对。”

劢鹤春坐在一边挑眉，劢鹤悯板着脸：“还有呢？”

宋玥娘：“我愿意交出中馈。”

折绾吓了一跳，她如今可不愿意做这摊子事情，她赶紧道：“那还是你拿着吧。”

宋玥娘马上看向郃鹤悯：“我都跟你说了，她自己不要的！”

郃鹤悯沉默一瞬，叹息道：“多谢嫂嫂。”

莹姐儿和升哥儿见大人们大概说完话了，终于敢动了，一人过去蹭着折绾的手，说：“大伯母，我们想去‘别有人间’看花。”

折绾就叫蝉月墨月带两人去，宋玥娘眼睛都要瞪出火星子了。

等回到三房，她愤愤不平：“你瞧见了吧？我哪里能欺负她，这才一年半不到，我的母亲、嫂嫂、孩子，都被她笼络去了！”

郃鹤悯：“是脾性的问题，岳母和你娘家大嫂更喜欢聪慧的。我早跟你说过了，让你把中馈给出去，你却不听，吃力不讨好！”

宋玥娘也有自己的见解：“你不在家里，我忙忙事情怎么了？我觉得忙起来舒坦，人人都敬重我，我乐意！”

她拍桌子：“我只问你，你为什么不愿意留在京都？我都让父亲帮你周旋了。”

郃鹤悯：“我自有志向。你要是愿意，就跟着我去江南，那里也有宅子，你照样是体面的官夫人。我虽然没有爵位可以继承，但将来必定有一番作为，说不定也能给你一个侯夫人的身份。”

宋玥娘却不愿意，她支支吾吾起来，郃鹤悯也不在意：“随你的便。”

宋玥娘就嘀咕起妾室的事情：“真没有生下孩子？”

郃鹤悯想起这个也郁闷：“是，也有人怀了，但没留住。”

他忙得很，也有了儿女，倒是不太在意此事。他道：“我看大哥大嫂也没有怀孕，说不定咱们家就是这般的命。”

宋玥娘：“我反正不愿意喝那么多药。”

她是看过折琰喝药的，真是一碗碗药当水喝，她瞧着就害怕，但也庆幸丈夫没有别的孩子。

她酸溜溜地道：“有了她们，年轻貌美的，便看不上我了，所以总是斥责我。”

郃鹤悯拍桌子：“我那是斥责吗？我是直接骂你！望你好好听听吧，别干些傻事出来。中馈的事情，既然大嫂嫂愿意给你，那你就接着吧。”

他实在是累了，教妻子好累。

宋玥娘还在吃醋：“你这次走，要不要再带几个妾室走？母亲怕是都琢磨好人选了。”

郃鹤悯：“我屋子里已经有七八个了，还要什么？”

宋玥娘这才高兴，埋怨道：“你也不是什么好东西，母亲给你送了妾室，你一个也没告诉我。”

郃鹤悯便不作声了，他确实不敢说，说了要闹起来的，他不愿意闹，太累。

他也觉得七八个妾室已经够了，当赵氏要再给他纳妾的时候，他拒绝：“一个两个都生不出来，再有其他的也没有用。”

赵氏就盯上了宋玥娘，说：“那你就跟玥娘生，她反正是生了的，说不定还能再怀上。”

宋玥娘也想再生一个，便忙着生人去了，没有再来找折绾的麻烦。

莹姐儿也得以有了自由，蹦蹦跳跳的，天天在苍云阁里转悠，折绾还带着她们去了一次勋国公府。

孙三娘的精神越来越好了，两个孩子依偎在她的膝下，跟着她一块儿学字画。

莹姐儿跟雁雁手拉手去一边说悄悄话。她道：“父亲那天问我愿不愿意跟他去江南。”

雁雁紧张起来：“那你要去吗？”

莹姐儿摇头：“我不愿意去，我想陪着阿娘。”

她走了，就没人陪着阿娘一块儿说话吃饭了。她道：“升哥儿已经搬到了前院，祖父看得紧，不太让他回来，阿娘想见他都要去前院，若是我走了，阿娘怎么办呢？”

雁雁松了一口气，不好意思地道：“我只有你一个朋友，我也不想你走，那咱们就难以相见了。”

莹姐儿抱住雁雁：“雁雁姐，你放心，我不走的。”

孙三娘瞧着好笑，道：“自小的交情培养起来，大了就跟亲姐妹一般。”

折绾也觉得是，她跟素膳就是这般。她对孙三娘道：“咱们今年还去赌马吗？”

孙三娘：“你去年出了名头，今年肯定不少人盯着你，等闲的人家都不让你去。”

折绾便歪在榻上懒懒道：“那就算了。”

下雪了，她伸出手去接雪，说：“今年雪下得晚，我待会儿得早点走，孩子们都在马车上，雪太厚就路滑，我可不敢大意。”

孩子们大叫着出门去看雪了，虽然每年都下雪，但是莹姐儿和升哥儿记不住往年的事情，雁雁和阿隼今年还是第一次赏雪。婆子丫鬟们不远不近地跟在后头，生怕他们跌倒，但是跌倒了也没有谁哭，反而高兴地在雪地里打了个滚。

孙三娘看着心生欢喜，突然道：“阿绾，明年我跟着你一块儿学闽南话吧？”

折绾立马坐起来问：“怎么想学了？”

孙三娘看着她：“就是……就是如同你之前说的，想要迫切地做点什么了。”

折绾的笑容灿烂起来：“是这么回事。你想学就学吧，将来总是会有用的。一旦学起来，就停不下来了，便也不会往后看。”

人哪能不朝前走，时常往后看是最傻的。

折绾今年照常提前跟素膳过年，廿四那天晚上，她在素膳的宅子里请了周掌柜和素薤这两个孤身的人一块儿热热闹闹地吃了一顿饭。

她还把五个“月”都带了出来，一屋子九个人，人人都欢喜。蝉月努力地跟着素膳学怎么开口跟人谈生意，素薤劈柴烧火，剩下的四个“月”包饺子，周掌柜跟折绾说明年如何先在京都试试卖茶。

“若是效果好，便往南边依样画葫芦。”

素兰的婆母还送了自己腌制的腊肉和肉圆子过来，折绾给她家的小虎子封了个大大的红封。

晚间吃席面的时候，折绾还从饺子里头吃出了个铜钱。她高兴地道：“看来明年要赚大钱了。”

刕鹤悯最终定下了越州知州，他这个年岁有如此官职，走到哪里都是荣耀的。皇帝拍着他的肩膀道：“朕看着你自小长大，很是知晓你的志向和本事，还望你不要让朕失望。”

刕鹤悯跪下郑重地道：“陛下，臣请陛下悬刀于臣项颈之间，他日但有违背初心之举，自当横死乡野，人头落地，不得善终。”

皇帝斥责：“你这性子还是如此，大过年的，何必说此种话。”

但无疑这话让他很是欣慰：“你父亲最大的好处便是给朕生下你们兄弟二人。”

英国公府的荣耀也来源于此，反倒是英国公并不太招皇帝待见，皇帝认为他很是平庸。

两人沿着长廊走，皇帝笑着道：“你不常进宫，朕倒是不记得你小时候的模样了，但你长大之后，第一次站在那几十棵合抱的垂柳树下，恭谨朝着朕行礼时，朕便知晓你非燕雀。君子立身颇正，胸有大志，何愁不能展翅高飞？”

一番话说得刕鹤悯眼眶湿润，他再次跪在地上，誓言要为皇帝和天下百姓肝脑涂地。

皇帝亲自扶起他，很是感动：“爱卿之心，朕能知晓。”

天下要是能多几个像刕鹤悯这般的人，他也就不愁了，他叹息道：“朕最缺的便是人才。”

刕鹤悯回家将这番话告知英国公，英国公大喜过望：“陛下是要重用你的，只要你不行差踏错，将来必定有大好前程。”

他倒是忘记了两人这几日冷冷淡淡僵持的事情了。

刕鹤春在一边并不多言，陛下对他也说过类似的话。他道：“如此，我和三弟一北一南，互通互补，十年之内，倒是不用愁。”

英国公也是如此想的，这是家族兴旺之势。

他又把其他三个儿子叫来：“等开年你们兄弟就要走了，这几日咱们好好聚一聚，此次一别，又要三年才能相见。”

劭鹤春喝了一顿回去，身上都是酒气。折绾捏着鼻子叫松亭来：“好生洗刷一遍。”

劭鹤春洗完出来，她正坐在一边算账。如今她和素膳的名下一共有四个铺子，铺面也一直在扩，算是在那三条街上很有些名头了。

周掌柜很会做生意，仅仅一年时间，便将好名声也得了，银钱也得了，还对她道：“做生意，名声最重要，不能坏，一坏了别人不买你的，你就没有什么可以比得过其他人家。”

所以她们的铺子里一直有银钱捐给慈幼院等处，这也是一笔开销，周掌柜记在账本上，折绾粗粗算了算，一年捐赠的银钱大概在二百两。

劭鹤春头还有些晕，听着算盘珠子的拨弄，倒是清醒多了，他跟折绾道：“三弟如今在我之上。”

折绾笑了笑：“这才哪儿到哪儿。”

往后劭鹤悯一路往上升，你在家里坐冷板凳的时候，那才叫真郁闷。

劭鹤春却对她的话很是不满：“难道你也认为我差于他吗？”

折绾实话实说：“至少你现在是比不过的。”

劭鹤春无奈极了：“你说句好话吧！”

但折绾这个人在他面前从不说假话，他更加郁闷了。他不免想起了阿琰。阿琰就不会这般，她会宽慰：“谁都有自己的长处，你的长处不在此。”

当时听了很高兴，如今一想，阿琰也是站在三弟那边的。

折绾已经算完账了，又站起来问：“你要写对联吗？”

劭鹤春：“我正郁闷呢。”

折绾：“那你就郁闷着写！”

劭鹤春只好爬起来挥洒笔墨，他如今倒是认可折绾这般的性情了：“你万事不往心里去，没心没肺一般，倒是让我羡慕。”

折绾：“大过年的，我不愿意说难听的话！”

劭鹤春被骂了几句舒坦了，亲自去贴对联。川哥儿被于妈妈抱到窗户边看外头，道：“川哥儿，你要不要也写一副对联？”

川哥儿字写得不好，很是犹豫。

于妈妈道：“少夫人字也写得不好，她不也在写吗？”

折绾确实写了一副对联，贴在了她的“别有人间”外头。

川哥儿想了想，点头道：“好。”

但他写不好，还是怕被嘲笑，最后犹犹豫豫地写了个“福”字，写废了十几张红纸。劭鹤春抱着他贴在了东厢房的门上。

于妈妈好不高兴：“瞧瞧，大少爷还是爱护您的。”

川哥儿却并没有想象中的欢喜。他看向母亲，母亲正站在庭院里跟小丫鬟说话。那个丫鬟他认识，原本是他房里的，叫小萱。如今被母亲要了过去，已经改名叫萱月。她提着包袱走的那日，还来他这里磕头了。等她走了，于妈妈骂了好一会儿，道：“丧良心的，那是你母亲给你留下的人，一个个的，竟然就攀高枝去了。”

小萱就是当初于妈妈派出去给折绾报信说李姨娘病了的人。

川哥儿如今越发不爱听这般的话，他道：“母亲也给了我别的人。”

有人走，自然有人进，且进的还是小厮。

父亲很是赞同母亲的做法，道：“从六岁到十六岁的小厮都有，确实是要这么选才行。”

有了小厮之后，他也觉得自己松快许多了，但于妈妈很不喜欢，她说这些人是母亲找来的，必定是站在母亲那边。但是他记得很清楚，这是母亲叫来父亲，压着父亲给他亲自挑的小厮。

母亲说：“我不知晓这些，你来选。”

她温和地道：“川哥儿，你也去选一选自己合眼缘的。”

明明是温和的调子，但他还是听得出母亲不愿意帮他选。他是失落的，可听见于妈妈这般说，他也明白了母亲为什么这么做。

他懵懵懂懂的，在五岁这年，突然明白了一件事情。母亲和于妈妈，他可能要选一个人去亲近，二者不能兼得，他不知道选谁。

川哥儿一直抿唇，于妈妈没瞧见，还在说萱月忘恩负义的事情：“若是人人都像她一般，那世上还有什么信义可言？”

川哥儿便没忍住：“你认为什么是信义？”

于妈妈便肃着脸：“我虽然没有读过书，但也知晓‘士为知己者死’，我是可以为您母亲和您去死的。”

川哥儿便觉得很沉重。

就如同现在，他不过是看了眼母亲，于妈妈就开始了长篇大论，说得他头疼。她说：“真是没良心的小贱蹄子，这才几天就不记得旧主子了，连名字都改了，老天爷怎么不劈个雷下来劈死她。”

川哥儿挣脱了她的怀抱，跑向了外头。

刕鹤春瞧见他，笑着招手：“川哥儿，过来，你母亲又在琢磨吃的了，你也来说个自己喜欢吃的。”

川哥儿想了想：“要一份鲢鱼豆腐。”

刕鹤春刚要说“好”，便见折绾沉了脸：“那是你父亲爱吃的。川哥儿，说你自己爱吃的。”

刕鹤春诧异地看向川哥儿，随后皱眉：“谁教你的？”

他看向了川哥儿的几个婆子，于妈妈和几个其他的妈妈“扑通”一声跪了下去。

川哥儿张了张口，最终道：“我也喜欢鲢鱼豆腐的。”

他不能再让于妈妈受罚，上回于妈妈就挨了父亲一脚，疼了好几天。

折绾便看了他一眼，抬眸道：“你自己喜欢就好。”

她跟萱月说：“再加一份鲢鱼豆腐。”

她转身走了。芴鹤春依旧皱眉，看看于妈妈，再看看川哥儿，回去跟折绾下定决心道：“过完年我就把她送出去，这次无论是岳母还是谁说，我都不管。”

折绾顿了顿。她记得上辈子她也提过此事，她跟芴鹤春道：“于妈妈太过在意川哥儿，反而不行。她是忠仆，却也愚昧，这般下去对川哥儿不好。”

芴鹤春却道：“一个奴才，有了忠心二字便是好的。你是不是觉得川哥儿亲近她一些才这般说？”

折绾脸上红一阵白一阵，一颗心都酸涩了起来，她是真心为川哥儿好的。

时过境迁，她都释然了，但如今芴鹤春竟然向她讲出了送于妈妈走的话。

她恍惚一阵，道：“她一个奴仆，难道不是有了忠心就好吗？她忠心耿耿，何必要赶走她？”

芴鹤春便觉得她是妇人家见识，道：“如此亲近一个奴才，她又见识有限，于是忠心就变成了愚昧。”

折绾深吸一口气，原来他也是知晓的啊。

她的手无意识地握紧，最后又慢慢地松开，道：“那你就去做吧。”

芴鹤春还以为她舍不得于妈妈，宽慰她说：“走了一个于妈妈，还有好几个母亲送来的妈妈，我冷眼瞧着，她们也是尽心尽力的，不比于妈妈差。你也不用担心川哥儿，他如今还小呢，等年岁大一点就不记得有这么个人了。”

折绾“嗯”了一声：“你决定就好。这事情是你提出来的，你自己跟母亲和川哥儿说。”

芴鹤春笑起来：“你还计较这些，放心，岳母不会怪罪你的。我看早就该送于妈妈走的，早送两年，川哥儿现在还知道她是谁？”

他记得自己小时候也有奶娘，但是五六岁的时候，母亲就把她们送去庄子上了，如今他虽然记得自己有个奶娘，却也不记得她什么模样，想来川哥儿也是一般。

这个年就这么过去了。大年初一，莹姐儿和升哥儿早早就过来找川哥儿一块儿去拜年，他们想要去勋国公府。这肯定是要折绾带着去，但折绾只能明天带他们去。她道：“今天下午要去越王府。”

而后就去素膳那边，明日去勋国公府、宋家，还有潘夫人、王家等处，家家都要走动。

今日上午便是各家自己迎神祭祖的时候，折绾已经做得很是熟练了，拜完祖先之后就去一边坐着跟四姑娘说话。

她今年年底就要出嫁，这是她在这个家里过的最后一个年。四姑娘还有些惆怅，但更多的是希冀：“希望我在那边能适应。”

折绾：“不用担心，你心宽一些，多看重自己一些，自然就快活一些。”

四姑娘如今跟她熟悉了，笑着道了一句："就跟大嫂嫂一样吗？"

折绾并不躲闪，点头，认真地道："对，就像我一般。"

四姑娘挽着她的手，道："大嫂嫂，往后我要是有不懂的，就写信来问你。"

她还想跟折绾说件事："我能不能请你帮我买些地在闽南？"

折绾没有拒绝，两人凑在一块儿说在闽南哪里买好。赵氏瞧见了，冷哼一声，再看玥娘，就开始心酸。到底还是跟她离心了，枉费她掏心掏肺。

赵氏撇过脸，宋玥娘本是要过去给个台阶的，瞧她的模样，又转过了头。

二少夫人和四少夫人依旧是坐在角落里并不多话，但今日四少夫人还是动了心思要跟折绾打好关系。她跟二少夫人道："你就瞧她这种性情，便知晓将来不会对咱们怎么样，说不定将来分家也能多分一点。"

二少夫人是个不愿意多动弹的，并不愿意过去搭讪，道："你去吧，我们够吃就行了。"

四少夫人就又坐了回去，说："是，够吃就行了。"

但她还是抱怨："上回我给我家弟弟买了铺子，结果母亲就怨恨上了我，说我给这个买了，怎么不给大哥哥买，如今大哥哥大嫂嫂埋怨她偏心。好嘛，这倒是怪罪我来了。"

二少夫人劝她："你往后别管了。嫁出去的女儿，泼出去的水，你不是还抱怨你母亲不给你好嫁妆吗？何必还要上赶着回去照顾弟弟们。"

四少夫人叹息："到底是弟弟，血缘亲族，难道还能彻底断绝不成？我就跟你说说，别处我不敢抱怨的。"

二少夫人就指了指折绾，小声道："你学学她，她是个狠心的，我听闻就是她的姨娘她也不管。"

四少夫人："这话怎么说？从哪里传出来的？你听谁说的？"

二少夫人就道："你就别管了，反正我是听闻过此话的。"

四少夫人瞧了她一眼，二少夫人就道："你可以拿去做人情，但千万别说是我说的。"

四少夫人就笑起来："多谢你了。"

男人们那边倒是聚在一起，英国公将众人团在一处说家规，说去年众人做得不好的地方，说今年要做的事情。他说完之后，便是芴鹤春对众人的勉励："天道酬勤，你们定然要勤勉才是，不可懒惰，不可玩物丧志。"

芴鹤悯闻言，笑了笑，倒是没有反驳，而是顿了顿道："我这次要去的是越州，越州是越王的封地，我便写了拜帖给越王。"

芴鹤春的脸就冷了下来，看了他一眼："是吗？那你明日跟你嫂嫂一块儿去吧，她也是要去拜会越王夫妇的，已经跟越王妃约好了。"

芴鹤悯就道："是，我也要去找大嫂嫂问一问闽南茶叶的事情。趁着现在有空，我这就去问问。"

劭鹤春的脸难看得很。

就算是劭鹤悯不来，折绾也是要主动去找他的。她笑着道：“这些日子你忙得很，我就不敢叨扰。”

劭鹤悯确实很忙，回来之后走亲串巷，根本没有停过。他跟折绾道：“我听闻嫂嫂去闽南买地的事情，我听闻越王也有此意？”

折绾不敢说这话，只是道：“越王是在意民生，不是在意我这个小生意。”

劭鹤悯笑起来：“嫂嫂真是谦虚了。”

他说起越州来：“越州其实也有一些地方是种茶叶的。”

这个折绾知晓，她道：“我见书里面写：茶，越州上；碗，越州上。[3]越州茶碗倒是出名的。”

但也仅仅是诗中传颂几句，谁也没有真的去大规模种植过。折绾道：“我之前还想，是不是种得不好，没有让种的人得到钱财，所以就一直没有人去琢磨此道。”

百姓是很聪慧的，只要有人得了钱，便会跟着去做。

她把自己知晓的说出来：“越州的青瓷其实是上好的茶具。《茶经》里面写：若邢瓷类银，越瓷类玉，邢不如越，一也。若邢瓷类雪，则越瓷类冰，邢不如越，二也。邢瓷白而茶色丹，越瓷青而茶色绿，邢不如越，三也。[4]”

她说话不疾不缓，句句说到点子上：“到时候我的茶出来了，若是要在江南销出去，便想去买越州的青瓷做茶具，我们是要一套卖出去的。”

劭鹤悯见她还会思虑这些，不免正经起来：“是，若是嫂嫂到时候要帮忙，定然要开口。”

两人就说起此事来。四姑娘在一边听得蒙，但也不准备接话，一转身，便见大哥哥眼睛都要瞪出来了。她咳了一声，但大嫂嫂和三哥哥都没有看向她，四姑娘无奈，只好将头低下去，当看不见。

等回到苍云阁，折绾兴致高昂，劭鹤春死气沉沉。

他抱怨道：“你跟他说什么？说得还很高兴。”

折绾：“说了你不懂。”

劭鹤春：“我有什么不懂的？”

折绾开始去挑下午去越王府的衣裳，道：“你懂什么？你懂杂粮五谷种下去如何发芽如何长大？你懂当地百姓一两银子能吃多久能买多少东西？你懂茶叶若是进了越州，我掏银子去当地请人卖请人用瓷器装起来能让多少人活？”

劭鹤春气冲冲：“你未免也太小看我了！”

折绾：“那你说说，你下过田地吗？你看过一年四季的粟米吗？”

他都没有，但是劭鹤悯懂。折绾唏嘘道：“如今我是懂三弟为什么能做好官了，他是什么都做过的。今日说起来，他竟然还亲自种了田地，日日去看，跟当地的老农打成一片，我甚是佩服。”

劢鹤春就道：“每人擅长的事情不同，我的长处不在此，我在京都也忙个不停，都察院里，我哪里不懂？要不是我在京都周旋，他能走得那么顺？”

折绾并不否认劢鹤春的辛苦，说：“是，你有你的道，我又没有否定你。”

劢鹤春深吸一口气：“我一直没跟你说，我知晓你上回说的是什么了。”

折绾：“什么？”

劢鹤春：“红梗子开白花啊，是荍麦对不对？”

折绾诧异：“你问谁了？”

劢鹤春：“自然是问书！”

其实是去城郊的时候特意问了一句老农。

他甩袖子走了，折绾“啧”了一声，去了越王府。转天，劢鹤悯也去了越王府，回来跟折绾道：“大嫂嫂，越王请咱们都去一趟越王府。”

折绾若有所思，大概知晓是袁大人的事情。果然，袁大人要跟着劢鹤悯去越州了。折绾不知道上辈子有没有这回事，但袁大人跟着去越州是好事。

袁耀也很高兴：“我的剑一直指着闽南，我离它更近了一步。”

劢鹤悯要离开了。

一家子人去送，赵氏哭得死去活来，抱着他道：“儿啊，做母亲的，哪里敢耽误你，你心狠，常年不着家，我只好在家里等着你。但望你此去，平平安安，多多写信，免我悬望。”

劢鹤悯点头，跟母亲道：“我此去是为功名，不能孝敬母亲。玥娘虽然愚钝，却没有坏心肠，母亲跟她在一块儿作伴，我也是安心的，只是母亲——”

赵氏正哭着，听见这句“只是”，心里就打战，果然就见儿子拉她去一边，小声道：“你和玥娘心胸都不宽，想来是为难了大嫂嫂的。你别不承认，玥娘都在信里面说了，我能斥责她，却不能斥责你。如今我都要走了，只求母亲安心养身子，别再看人不顺眼，也别——”

赵氏：“行了！”

她推着他走：“走吧走吧，你回来这么多日都没有说，我还以为自己躲过了。你走吧，我并不愿意听。”

劢鹤悯叹息：“母亲，你想想先头的嫂嫂吧。若是你再不改正，难道还要大哥继续做鳏夫？”

赵氏恼怒：“你也觉得我错了？先头那个我即便欺负过，你说几句就算了，但这个你瞧着我能欺负她？”

劢鹤悯沉默了一会儿，道：“先头的嫂嫂已经去了，我再多说也于事无补，现在的嫂嫂，母亲确实欺负不了。”

所以他这段日子看在母亲一直哭的分上，便没有多说什么。

他叹息：“教母、教妻，也要你们听才是。”

赵氏：“快走快走，只望你记得多生几个孩子，我才安心。”

（接下册）

注释：

①“……此四乡之民，各去县治甚远，去地山岭险恶，其民多梗化顽法。”出自明朝翰林侍读学士林文《初建归化县记》

②“某年某月某日铺户某某造的字样。”出自《三言二拍：醒世恒言》中《勘皮靴单证二郎神》的故事。鞋匠任一郎在制鞋时会往鞋中放一纸条，上写“宣和三年三月五日铺户任一郎造”之类的字样，并特设一本“坐簿”。纸条上所写与坐簿一致，买家若想辨别鞋子真伪，来店铺对照便知。

③茶，越州上；碗，越州上。出自陆羽《茶经·四之器》

④若邢瓷类银，越瓷类玉，邢不如越，一也。若邢瓷类雪，则越瓷类冰，邢不如越，二也。邢瓷白而茶色丹，越瓷青而茶色绿，邢不如越，三也。出自陆羽《茶经·四之器》

折绾

【下册】

枝呦九·著

江苏凤凰文艺出版社
JIANGSU PHOENIX LITERATURE AND ART PUBLISHING

大鱼

有爱的青春陪伴者

（四）

劢鹤悯走了之后，赵氏哭了好几日。劢鹤春瞧了，没忍住，道："三弟一去，母亲魂都没了。"

折绾没搭理他这种没意思的话，她精心打扮地去潘夫人家听戏。

劢鹤春叹息："你整日忙得很啊。"

折绾"嗯"了一声："是。"

劢鹤春给她挑了一支金簪子插头上："咱们得空去一次折家吧？跟岳母说说于妈妈的事情。"

折绾将簪子拔下来，换了一朵花戴上去，说："上回不是说好了你去说吗？我不去。"

劢鹤春："自然该咱们两人去，我来提。"

折绾坚决不去，到时候嫡母不好说他什么，便要阴阳怪气她了。

劢鹤春烦恼地说："你还真是油盐不进。你不去，外人该说咱们夫妻不和了。"

折绾顺嘴一讥讽："那你就做点和气的事情给外人看看！"

她喊萱月去让人套马车，道："早点走，走晚了要堵的。"

但等到了潘家，跟潘夫人听了会儿戏，就有丫鬟来说："老爷说，待会儿劢大人也来，他听闻劢少夫人在这里，说顺便来接劢少夫人回去。"

就有在场的夫人笑着道："哟，还是你们夫妻恩爱。听闻上次劢大人还去太后宫里给你讨胭脂去了？"

折绾笑盈盈地应下，点了一出《花为媒》。

劢鹤春来的时候，正好听见台上唱："他拿着兰花当野草，他拿着琉璃当玛瑙。他真是好歹不懂，黑白不分，糊涂颠倒一个大草包。我看他坐井观天，他的见识小。我看他桌子底下放风筝，出手就不高[①]。"

台子上咿呀咿呀地唱，劢鹤春站在不远处，笑意盈盈地听了会儿，并不觉得是在骂自己。

等折绾来了之后，他还稀奇地道："这不是京剧，也不是昆曲，我倒是没有听过。”

折绾：“评剧，刚从苏杭那边传过来。”

邧鹤春：“我听着像是在骂人。”

折绾：“嗯，我点的，是在骂人。”

邧鹤春一点也没有往自己身上想，笑着道：“你们女子还真是，整日听这些，你也是，出来听戏，该听些喜庆的。”

折绾顿了顿，嘴巴张开又合拢，脚步都快了。邧鹤春三步并作两步地追上去，说：“我来接你，你怎么还不高兴？”

折绾白了他一眼，上了马车，问：“你是闲着没事了？”

邧鹤春逗她：“不是你叫我做点事情给外人看嘛。”

折绾似笑非笑：“是吗？我以为你这个人是喜欢出风头，我是不愿意出风头的，下回你出你的风头，别拉上我。”

邧鹤春尴尬地摸摸鼻子：“我哪里想出风头了？”

其实是想出的。这般被人家说夫妻恩爱的感觉还不错，好处也多。上回他去太后宫里讨要胭脂水粉，陛下知晓了，还说他终于稳重了。今日他说来接折绾的时候，潘大人对他的态度都和缓了一些，陛下和潘大人都是夫妻恩爱之人。

他似有所悟，跟折绾道：“下回你请潘夫人来听戏，我也好请潘大人喝酒。”

折绾冷笑一声：“那我就点一出装模作样。”

邧鹤春无奈地摇摇头，觉得折绾牙尖嘴利的：“行吧，那就不请了。”

然后，他颇为烦忧地道：“我明日就去岳母家了。”

折绾“嗯”了一声，并不多言。

等回到家里，邧鹤春就急匆匆地去了书房做事，折绾也回自己的“别有人间”看瓷器图。直到晚间，折绾都准备睡了，他才匆匆回来睡觉。

折绾想了想，低声问：“你是不是没跟川哥儿说于妈妈要走的事情？”

邧鹤春诧异：“还要跟他说？他还小呢，跟他说了，他定会不愿意，到时候折腾一顿，难免横生枝节，还不如直接送走，他难过几天也就适应了。”

折绾便不管了，自己躺下翻了个身。

“你决定了就好。”

邧鹤春觉得她妇人心肠：“好吧，那我就给于妈妈找个不得不走的借口。”

第二天，他亲自去了折家。因是提前递了帖子的，折夫人早早备下了好吃好喝的等着他。

折家大少夫人莫氏对丈夫讥讽：“你瞧见没有，邧鹤春必定是来对母亲道谢的，这都过去多久了？母亲还准备起来了。这是拿着我娘家兄弟的命做好事呢？哈！她自己的娘家兄弟不亲，便看不得我娘家兄弟好。”

折家大郎叹息：“你少说一句吧。鹤春到底还是陛下面前的红人，咱们又嫁了两个妹子过去，便不可能跟他撕破脸，他如今肯主动上门，咱们还要和气些为好。”

若是刕鹤春当时上门，折家大郎或许还有些脾气，如今过了这么久，刕鹤春都不搭理他们，他的脾气便也没了。

一番话将莫氏气得哭起来：“合着大家和和气气，就我一个外人。你真是怂货一个，被人欺负到家门口来了，还是这般软弱！”

折家大郎恼羞成怒，一巴掌打在了她的脸上。莫氏一愣，立马撸起袖子就去扯他的头发，被他一把推倒在地。

折夫人很快就听大房那边吵了起来，她皱起眉头：“当初真是瞎了眼睛，才娶了这么个人回来。”

她本就气不顺，等到刕鹤春过来，他并没有说什么感激的话，反而斩钉截铁地说要送于妈妈走的时候，她的脸色便彻底维持不住了，第一次对着刕鹤春盛怒，拍桌道：“为什么？”

刕鹤春倒是平静：“川哥儿实在是过于依赖她了。男儿郎顶天立地，怎么可以如此依赖一个奴才？且那个婆子不知道在背后说了些什么，让川哥儿竟然下意识地讨好我，实在是可恶！”

折夫人听见这话，以为是折绾在挑拨离间。她忍了忍，还是道：“这未必就是于妈妈说的，她虽然是个蠢人，但也只会伺候人，哪里会这些。”

言下之意是指别人说的。

但刕鹤春在家中是看得明明白白的，他道：“必定是她说的，川哥儿只亲近她。”

且有她在，折绾就不好过去插手川哥儿的事情。

刕鹤春坚决道：“我冷眼瞧着，她是个没见识的奴才，整日里就知道那一亩三分地，根本不懂何为真正对川哥儿好，说白了，忠心已经变成了自私，还是送出去吧。”

折夫人不说话。刕鹤春顿了顿，苦口婆心道：“岳母，按理来说，这般的忠仆是不能送走的，俗话说，忠仆难得，能有一个忠仆肯定是好的。”

折夫人脸色好了一些。

刕鹤春：“可也要看看主子是什么样子！”

折夫人“噌”地站起来：“你是说川哥儿不好吗？”

刕鹤春没想到岳母会有如此大的反应，他皱眉，到底还是好声好气地道：“川哥儿虽然年岁小，但心思多，耳根子也软，有这般的忠仆在他身边，劝他什么他不听？这不是让他被一个奴仆唆使着走吗？”

他一直觉得岳母很是聪慧，想来是一点即通的，谁知道也如此冥顽不化，他叹息道：“岳母难道认为自己的外孙被个卑贱的奴仆左右心思是好事？”

折夫人的心颤了颤，慢慢地扶着椅子坐下来，静静地坐了好一会儿之后才道："那以后川哥儿身边怎么办？他身边可就剩一个于妈妈了。"

劭鹤春深觉岳母老了，怎么说话都说不到点子上。他无奈地道："什么就一个于妈妈？他身边还有祖父祖母、父亲母亲，有兄弟姐妹。岳母，川哥儿是英国公府的子嗣，没有谁会不在乎他。"

他如今觉得岳母实在是做了件多余的事情，他心里也有了不耐烦，直言道："因为阿琰那般死去，我心里实在是愧疚，那时候浑浑噩噩，对川哥儿也没有上心，岳母便事事操劳，我很是感激。"

当时他其实还不相信母亲会对川哥儿好，生怕她因为升哥儿怠慢了川哥儿，所以岳母对川哥儿的好，他也很是感动，愿意让于妈妈待在川哥儿身边。可当时是当时，现在是现在。

他已经下定了决心："如今川哥儿已经长大，不适合留这般愚蠢的忠仆在身边。"

他都如此说了，折夫人自然也不会再拒绝。她深吸一口气："既然如此，你便将人送回来给我。"

劭鹤春却道："我想着，请岳母将她送去外头的庄子上，就说于妈妈家里人出息了，要接她回去养老，念在她一片忠心，我也会给足了盘缠，这于她也是好事。"

折夫人这才脸色好看些，站起来送客："好，那你就这般去做。"

劭鹤春还是不愿意跟岳母闹僵，说了一些软话："岳母对川哥儿的好，我知晓，但大家都是为了孩子好，还望岳母不要怪罪我。"

折夫人勉强笑了笑："我知晓的，川哥儿长大了，你对他有别的谋划，是为了他好，我高兴还来不及，若是还像之前几年那般……我才会为阿琰不值。"

劭鹤春听得羞愧："小婿实在是不该，如今已经悔悟了。"

回去之后，他舒心地对折绾道："岳母还是明理的。"

折绾淡淡"嗯"了一声："你们准备怎么做？"

劭鹤春："你以为我会蛮干？当然是哄着川哥儿。"

折绾默不作声，当个旁观者。

劭鹤春就先让于妈妈去折家，道："岳母找你有事商量。"

而后他当着折绾的面叫来了川哥儿，跟他说："今日我去你外祖母家，你外祖母说于妈妈老家的亲戚找来了，是她的侄儿，想着接她回去享福。"

川哥儿诧异："于妈妈说自己并没有亲人。"

于妈妈一生没有嫁人。

劭鹤春："是，但她肯定是有父母兄弟姐妹，只是当初被卖的时候还小，不记得自己的家人了。"

川哥儿沉默起来："可是……可是她也不认识她的侄儿啊。"

邴鹤春喝口茶，道：“那我就不知道了，但我要跟你说一说才行，也许她愿意回去呢？她在这里是个奴婢，去了外头还能买个小丫鬟伺候她。”

川哥儿舒了一口气：“是吗？”

邴鹤春：“自然是的。念在她伺候你辛苦的分上，我会给她两百两银子，有了这些银子，她能买宅子、买地、买丫鬟伺候自己，也是好的。”

川哥儿便道：“若是于妈妈愿意就行。”

他表现得实在是太冷静了，等他走了之后，邴鹤春还道：“我怎么瞧着……他好像并不伤心？”

折绾一直坐在那边不曾出声，邴鹤春如此询问，她愣了愣，才道：“是啊，他并不伤心。”

也许这孩子天生就是这般？也许他这辈子并不那么喜欢于妈妈了？上辈子不是这般的，于妈妈离开他几天，他就会哭着找她了，这辈子是怎么了？

她不得而知，便没了头绪，道：“既然如此……那就这样吧。”

傍晚的时候，于妈妈才脸色惨白地回来。川哥儿今日一直没有去读书，就是为了等她。

于妈妈眼眶红透了，抱着川哥儿道：“川哥儿，老奴要走了。”

川哥儿拍拍她的背，静静地道：“我知道，你要出去享福了。”

于妈妈心如刀割，她难掩痛苦，哭道：“川哥儿，你要记住，往后要听你父亲的话，别人的话不要听。”

川哥儿迟疑了一下，没有点头，他觉得于妈妈说得不对。

于妈妈却没有注意，而是自顾自道：“你继母是个狼心狗肺的，你要记得，她不是你的生母，你的生母是折家大姑娘。”

川哥儿还是点了点头：“你出去之后，若是有空，便回来看我。你的侄儿要是对你不好，你就写信给我。”

于妈妈听得更是难受，哭道：“好——”

此一别，怕是一辈子了。

她跟夫人说自己不愿意走，但是夫人冷了脸，骂她：“枉我信你，你却什么都办不好。”

于妈妈便知晓什么都完了，她能够倚仗的，也不过是夫人的宠信罢了。

她织了一宿的袜子，第二天哭着给川哥儿：“川哥儿，你可要记得我啊。”

川哥儿点点头：“我记得的。”

折绾没有去见她，是邴鹤春受了她的磕头，而后当着川哥儿的面，给了她二百两银子，让人“送”她出去，直到她坐上马车不见了，他才松了口气。

他道：“往后，你要听你母亲的话。你母亲是个聪慧人，虽然性子倔，但心地是好的。”

川哥儿郑重地点了点头，他也期待跟母亲像莹姐儿和她母亲那般相处，但母亲似乎并不待见他。

她坐在那边，对他如同往常那般生疏，明明说话温和，也不苛责，但她从不像于妈妈那般操心他的事情。她好像跟他之间有一条楚河汉界，她站在那一头，自己在这一头，两人即便是站得近，也相隔甚远。他不喜欢于妈妈那般事无巨细地管着所有事情，也不喜欢母亲这般与他生疏。

川哥儿闷闷的，不知道该怎么办。

莹姐儿过来的时候还问：“你怎么了？”

川哥儿低下头不说话。莹姐儿生气了：“有什么你就说！支支吾吾的，我最是看不上！”

川哥儿小声道：“是母亲……我觉得母亲对我不亲近。”

莹姐儿诧异，而后想了想道：“那你就当她是姨母吧。你看，雁雁姐姐和阿隼哥哥也叫她姨母，她就对他们很好。”

川哥儿倔了起来：“可她也是我的母亲。”

莹姐儿撇嘴，小声嘀咕：“那你想怎么样嘛，你之前也不亲近她啊。”

川哥儿还是听见了，皱眉道：“我没有吗？”

莹姐儿点头：“是啊，你跟你的于妈妈最好啦！”

川哥儿被说得面红耳赤，但还是努力道：“我自己不知道。”

莹姐儿就拉着川哥的手去找大伯母。折绾让孙管事搬了许多瓷器到书房里，正在一个个地挑选，想看看什么颜色最适合用来装茶叶，而后就看见两个孩子站在门边探头探脑。

折绾笑着道：“快进来，外头冷。”

仍是冬日里，积雪未曾消融，莹姐儿一进屋，便道：“确实好冷啊。”

她把手伸进了大伯母的手里，说：“你摸摸，好冷哦！”

折绾笑得不行，给她吹了口热气，道：“你们先在一边玩一会儿，我还有事情要做。”

她想多做几个装茶叶的样式，若是所有的茶叶都用瓷器装，肯定不可能，这是要给那些大户人家送的，但普通人家买不起，于是要做的事情就多了。她选材料，孙三娘决定最后的样式，两人商量了一个月都没有决定下来。

莹姐儿却扯了扯她的袖子，看向川哥儿：“你快说啦！说完了咱们出去玩，也不耽误大伯母的事情。”

折绾就看向川哥儿：“是有什么事情吗？”

川哥儿就看着莹姐儿。

莹姐儿：“你自己说啊！”

折绾并不着急，只是坐下来，道：“你慢慢说。”

川哥儿支支吾吾：“我觉得……觉得母亲待我不亲。”

折绾“哦”了一声：“是吗？”

川哥儿“嗯”了一声：“是。”

他说完就不好意思了：“母亲，我没有别的意思。”

莹姐儿：“他是想跟大伯母亲近亲近啦，就跟我一样！”

折绾便静默下来，良久才道：“因为你不是姑娘吧。莹姐儿是个姑娘，就跟雁雁一般，我跟她们会亲近一些。”

莹姐儿恍然大悟：“我就说嘛，就是升哥儿和阿隼哥哥，大伯母也从来不抱，只抱我和雁雁姐姐。”

川哥儿无形之中松了一口气：“是这样啊。”

折绾抬眸看向窗外：“是，是这样。”

川哥儿和莹姐儿欢欢喜喜地出门去了。折绾怔了好一会儿，这才站起来，捧起一个花瓶，用颜料照着它的颜色调。最后调得差不多了，她喊蝉月进来：“将这个花瓶和调料盒子送去勋国公府给勋国公夫人。”

蝉月“哎”了一声。

折绾又拿出一张纸来，说：“这是你的卖身契。”

蝉月愣了愣：“什么？”

折绾温柔道：“你的卖身契，我从母亲那边要来了。”

整个家里奴仆的卖身契都在赵氏那里，折绾去要的时候，只说是刕鹤春同意的，赵氏正苦恼如何跟刕鹤春和好，便不情不愿地给了，还骂道：“放吧放吧，你放了出去，便别补人。”

折绾笑着道：“人是够的，多谢母亲关怀。”

赵氏便拿着此事跟宋玥娘抱怨：“她好像棉花成了精，一拳下去都是软绵绵的，我骂她也难受。”

谁说不是呢？宋玥娘本还在跟赵氏僵持、生疏，听闻此话，便也忍不住说几句，两人竟然就这般和好如初了。于是，赵氏便更加没有将此事放在心上。

折绾将这份卖身契放在蝉月的手里，道：“你去完勋国公府后，便去找素膳，她去过衙门一次，想来也是熟悉的。”

蝉月的眼眶湿润起来。

折绾掏出帕子给她擦眼泪，说：“别哭，这是你应得的。”

蝉月保证：“我肯定不给少夫人丢脸，我也学了闽南话呢，就是要我去闽南，我也是愿意的。”

折绾：“不着急，你且跟素膳学着。敢放你出去，便能养得起你，你不用担心后面的路难走。我已经跟素膳说了，你往后就跟她住着，她有两座宅子，平日里住在离花草铺子近的那一家，你也住那里，你是去过的，记得吧？”

蝉月猛点头，她肯定是记得的，不仅记得，还暗自羡慕过。她哭着道：“少夫人，我一定会好好学，我算数也不差的。”

折绾摸了摸她的头：“去吧，东西慢慢收拾，今日先去做一件大事。”

蝉月激动地出了门。文月跟过去，问：“蝉月姐姐，少夫人怎么说？”

蝉月没把卖身契的事情说出来，只道：“你若是有心思，便跟少夫人明说，少夫人是个好人，会怜惜我们的。”

她出了门，先去勋国公府。孙三娘拿了东西很满意，觉得折绾的眼光倒是越来越好了，她还让蝉月等一等：“你家主子说，她嫁过去的第一天你就认准了她，是个很有决断的小丫头。”

她拿出一块玉佩，说：“这是我娘家的东西，是我跟人比赛骑马的时候赢回来的，便给你吧，望你日后能顺顺利利的。”

蝉月没想到还有这种好事，她晕晕乎乎地接了玉佩，去了铺子里。素膳早就等着了，她说：“你先换件衣裳。”

蝉月：“还要换衣裳吗？”

素膳点头，笑着道：“当然了。姑娘之前没跟你说啊？”

蝉月：“说了，说是这几日就能走，但没说是具体哪一日，也没说……没说给卖身契。”

素膳：“她怕出意外，对你这样的大事，没有做成之前，她是不会先说的，肯定是拿到手了，这才告诉你。”

她带着蝉月上跑下跑，最后拿到那份户籍文书，道：“喏——下次就是你带着其他人来做了。”

蝉月蹲在地上哭了起来。素膳带她去喝了一顿酒，两人窝在小屋子里给素兰写信，告诉她：蝉月也出来做生意了。

素膳道：“素兰之前就说你是个果断的，肯定会来。”

第二天她去了铺子里，周掌柜笑着道：“你跟着素膳先待在花草铺子里做事，什么都先学一学，看你擅长做什么。”

蝉月最后一点担心也没了。

文月对此很是羡慕，但并不着急：“咱们不能全部走，得一个个地走。”

墨月是不愿意走的，她直接道：“蝉月之前是问过我的，我说我不喜欢外头，我喜欢里面安稳的日子。少夫人是个好人，将来我就是嫁了人，也能继续给她做婆子，我尽心尽力伺候她就好。”

文月吃惊起来：“原来如此，怪不得蝉月选你接手呢。”

折绾的事情并不多，墨月接手很快，她并不喜欢多说，但很细心，折绾跟她相处几日就笑着道：“你真是聪慧。”

能得到主子这般的话，便是累死也是值得的，墨月干活更加卖力了。

新来的小丫鬟萱月则帮着打下手，开始渐渐地露脸，她很机灵，做事也利索，刕鹤春回来的时候还跟折绾道：“你这里人不多，倒是规规整整的。”

折绾还记得他之前抱怨她这里的人不机灵，如今倒是规规矩矩了。

（五）

川哥儿跟升哥儿最近走得很近。于妈妈走了之后，升哥儿受莹姐儿所托，过来跟川哥儿一起睡。

川哥儿很不好意思：“我自己可以的。”

升哥儿打哈欠爬上床，说：“你肯定不可以，你看看你，哪里有男子汉大丈夫的样子。”

川哥儿有些不服气：“我哪里没有？”

升哥儿：“你哪里都没有。我听阿姐说，你还因为大伯母不抱你哭鼻子了？”

川哥儿：“我没有！”

升哥儿却认定了这个事情：“行啦行啦，你是我的弟弟，我肯定不笑话你。”

两个人躺下说悄悄话，川哥儿小声问：“你母亲平常抱你吗？”

升哥儿本能地想说，肯定抱啊，还会亲呢。但他还是忍住了，道：“不会，我都这么大了，多不好啊。”

川哥儿松了一口气：“那跟我母亲是一样的。”

升哥儿就想，川哥儿真可怜。他和莹姐儿都商讨过了，大伯母是好人，肯定没有说谎。她不是川哥儿的生母，便不能像母亲抱他们那般抱，就跟大伯母不会抱他一样。

他翻过身，对川哥儿道：“我来抱你吧。”

川哥儿本是要睡着了的，立马就吓醒了，连忙后退，笑着说：“不要，被抱着好痒啊。”

升哥儿就去挠他的痒痒，两个人笑作一团，劭鹤春站在门外咳了一声。两个孩子立马噤声，捂住嘴巴，藏在被子里不敢动弹。

劭鹤春：“快些睡，否则明日起不来。”

他回到苍云阁，脱鞋子洗脚，跟折绾道：“都睡着了。”

折绾一边看书一边道：“你往后都去一趟。”

劭鹤春皱眉：“你去不就行了？”

折绾：“川哥儿是男子，自然是你来管。怎么，他是你唯一的儿子，你管不得？”

劭鹤春还是那句话：“我哪里有空。”

折绾：“让你陪着一宿一宿地哄着他睡觉了吗？让你为他一针一线去缝制衣裳、袜子了吗？不过是让你过问他的学问，晚上走一趟罢了，这难道不是父亲该做的事情吗？”

之前这些事情都是她做的，等孩子出事了，他就说：“你怎么管的！”

怎么管的，也是管了的。不像他自己，什么都不管，还要来斥责几句。

劭鹤春却不愿意跟她吵这个，他吵不赢。她如今越发口齿伶俐，他叹气，小声嘀咕了一句："你也就是嫁给我了。"

嫁给其他人，怕是不会这般好过。

折绾冷眼看过去："你说什么？"

刕鹤春一本正经："没说什么。"

第二天，为了表明自己其实是做了很多事情的，他没有出去应酬喝酒，早早地就盯着川哥儿温书。

川哥儿正坐在学堂里跟着武先生读书，一转眼就看见了父亲在窗外站着。他立刻紧张起来，读书的声音也变得磕磕绊绊了。

刕鹤春皱眉，川哥儿看见就更害怕了。

武先生瞧见，叹气，出来跟刕鹤春道："大人何必要在这里站着，且回去吧。"

刕鹤春："我再看一会儿。"

之前没看过川哥儿在学堂里读书的模样，竟然是这般模样吗？

武先生没办法，只好进去跟川哥儿道："你父亲只是关心你。"

难得关心，便吓着孩子了。

川哥儿磕磕绊绊地读书，后头倒是习惯了一些，越读越顺了，但记不住。刕鹤春本是舒展的眉头又皱了起来。

折绾今日未曾出门，只在花草房里叫仆从们给各家送些花草去。自从去年江南那一批人进了京都，风气竟然被带得更加雅致起来，折绾的花花草草卖得更好了，尤其是江南人家买得多，他们喜欢奇石异花，越名贵的越喜欢。这群进京的人不缺银子，又住在那几条街上，去花草铺子里买更近，于是花草的生意也好做了，今年年初进项就不少。

她看着账本也欢喜，午间正要歇息，便见刕鹤春气冲冲地回来了。

折绾转身要走，被他喊住："他怎么还是这样子！"

折绾："你多些耐心！"

刕鹤春："我多了啊，我都站了一上午了。我该多管管的。"

折绾："是啊，你之前怎么就不多管管呢！"

刕鹤春痛定思痛，决心要留出时间来好好教导川哥儿，他还专门将川哥儿拎过去，认真道："往后我回来就查你的功课。"

川哥儿吓得不行，脸色都白了。

折绾实在是受不了刕鹤春一时的热情，等过几天，他定然就会忘记今日的话，然后过了一两个月，心血来潮地去看川哥儿的功课，最后勃然大怒，依旧会气冲冲地跑回来问她："川哥儿怎么是这般样子！"

就好像他之前一无所知似的。

如此这般，周而复始，直到川哥儿长大。那时候川哥儿已经开始慢慢崭露头角，不是当时的胆小模样，在外人看来是个有才华的翩翩少年郎了。刕鹤春便笑着道："幸而他幼时我管得严。"

又似乎忘记了他根本没管几天的事实。

折绾如今想来都觉得好笑。劭鹤春即便日后修口修心，依旧改不了他的本性。

她就坐在一边，轻轻瞥了他一眼，道："既然如此，咱们就叫个人来做见证吧。"

劭鹤春皱眉："你这是什么意思？"

折绾："怕你三天之后就如同老赖一般。"

劭鹤春好笑："你如此不信我啊。阿绾，我真不知道哪里得罪你了？"

折绾端起一杯茶慢慢喝，道："你就说赌不赌吧。"

劭鹤春自然不会认输："那请谁来做这个见证？"

折绾："请三弟吧。"

劭鹤春恼怒："不行！"

折绾不让步："就他了。你要是想教导儿子，便拿出十分认真的态度来，别三天打鱼两天晒网的，不然我去信给三弟，你也别怪我。"

等她走远了，劭鹤春才道："真是——肯定是跟着宋家大少夫人学坏了脾气！"

但他也明白，她是为了川哥儿好，便叹息道："川哥儿，你母亲也算是为你殚精竭虑了，连我都被威逼起来，你要争气啊。"

川哥儿只能白着脸点头。他想了想，道："不能让母亲来抽查我的功课吗？"

劭鹤春就笑起来："你母亲看的杂书多，问她种花种草可能知晓，但对正经书是不懂的。"

川哥儿却觉得母亲懂，他见过她偶尔抽查莹姐儿和升哥儿的学问，升哥儿说错哪里了，她还会指出来，会温和地讲："你这里的释义不对。"

但父亲如此说了，他也不敢多问，就怕父亲怪罪。他躲在被窝里跟升哥儿道："我很害怕，若是我答不上来怎么办？"

升哥儿却很羡慕："川哥儿，你多好啊，父亲在身边守着，还会管你的学问。我家阿爹只跟我见过几天呢，他过完年就走了，我想要他抽查学问都不行。"

阿娘还在他面前絮絮叨叨："你阿爹好狠的心，我们都在京都，他偏偏不回来，京都有什么不好的。"

时间长了，升哥儿也会对父亲埋怨上几分："要是他肯回来就好了。"

升哥儿道："大伯父和大伯母也是关心你，你跟我比一比便知足吧。"

川哥儿这才不好意思地高兴起来。

如同母亲所说的一般，父亲只在前三天守时守点地回来抽查，第四天他等到半夜，父亲还是没有回来。

母亲身边的小丫鬟萱月笑盈盈地过来："少夫人让您先睡呢，大少爷怕是要喝得醉醺醺的才能回来。"

齐妈妈就伺候川哥儿洗脚，洗完脚要给他换袜子，刚从箱笼里拿出一双袜子，便被川哥儿制止了："那是于妈妈临走前给我做的，就放着留作念想吧。"

齐妈妈"哎"了一声，便换成了别的。

川哥儿本是还要等父亲的，但迷迷糊糊睡了过去。

折绾还在看书，她想知晓瓷器是怎么烧出来的。墨月瞧见了就笑："如今您懂得的东西越发多了。"

折绾："都是半桶水，但知道怎么做，跟别人谈这些的时候心里就不虚，不用怕他们忽悠我。"

知己知彼，百战不殆。她从前碰见事情就心里虚得很，如今想来是知晓得太少了，但这是可以慢慢练出来的。

她道："京都也有烧瓷器的，下次我要亲自去看看才好。"

墨月给她研墨，而后耳朵动了动，道："大少爷回来了。"

折绾好奇："你耳朵真是灵。"

墨月笑起来："是，一点风吹草动都能听得见，晚上却睡不好。"

这可不行，折绾道："我有些安神的香，你拿回去试试。"

墨月谢过她的赏赐，一出门，就见松亭扶着大少爷问："少夫人呢？"

墨月："少夫人睡了。"

松亭瞧见了主屋里依旧亮着的灯。

刕鹤春醉醺醺的，却清楚得很："哼！"

他洗完澡依旧去了主屋，跟折绾道："你还嫌弃我啊，我又不是不洗澡。"

折绾不是真睡了，她只是躺在床上看书罢了，但她也有办法治他这张喋喋不休的嘴。

"不是说好了要去抽查川哥儿的学问吗？"

刕鹤春不说话了，过了一会儿真睡着了。

折绾去了书房睡。他一身的酒味哪里洗得掉，臭死了。

第二日她还没醒，便听见院子里的琅琅读书声。折绾皱眉，叫了墨月进来，问："怎么了？"

墨月无奈道："川哥儿今日早间被大少爷叫起来查看功课了。"

折绾："宝里宝气的。"

这话还是跟周掌柜学的。她起床穿衣，刕鹤春冒着寒气进来，得意道："你瞧见了吗？我还是很用心的。"

折绾："这么早，你叫他起来做什么！"

刕鹤春："都六岁了，是该勤勉一些才行。我六岁的时候在宫里，起得更早。"

那时候战战兢兢，就怕出错，晚上也睡得不安稳，好在还有越王一块儿互相扶持，这才过得高兴些。

想起越王，他心里一沉，叹息道："你最近去越王府，越王还好吗？"

折绾："好得很，如今也开始慢慢地琢磨闽南民生的事情了。"

刕鹤春就闷不吭声了。

折绾斜眼看过去："那你是希望他好还是不好啊？"

刕鹤春觉得这话侮辱他了，很快说道："自然是好的！"

他拔腿就走了。

折绾去了宋家，她今年最重要的事情不是做生意，而是守护玉岫的儿子。

玉岫正在陪着丹崖相看郎君，折绾一到，小儿子就被她塞进了折绾的怀里，道："他如今整日里找你。"

玉岫的四儿子单名一个"鸿"字，如今已经两岁，懂得了许多话，也爱说话，举着小胖手挥舞："找姨母！"

玉岫嗤笑："你找你的姨母，好好待着吧！我还要给你另外一个表姐找夫婿呢。"

丹崖今年到了要婚配的年岁，小姑娘如今在太后那边正得宠，陛下也看重，于是成了个香饽饽。

"玉阁老的孙女本就不差，宫里还有玉妃给她撑着，如今又加上陛下和太后，谁不愿意娶她回去供着？说句蠢话，万一将来有事，她只要有子嗣，好歹能为夫家留下血脉来。"

这也是世家女的好处，即便是上头要斩草除根，也牵扯到众多人家的女儿，无论是谁都不敢做绝，谁知道哪天就轮到了自家呢？

折绾笑着摇拨浪鼓逗鸿哥儿，而后抬头问玉岫："玉家是什么意思？"

玉岫："肯定是不能嫁到别处去，不然太后和陛下那里不同意，太后娘娘如今哪里离得开丹崖啊。"

这小丫头心好，太后很是喜欢，时常赏赐东西给玉家，但再是喜欢，也不会留丹崖下来过夜。

玉岫唏嘘道："太后怕自己克着她。去年冬日，丹崖自己贪玩，晚间出去玩雪，第二天就病了。"

折绾知晓那次，丹崖一个月都没有出门，还托人带话说要吃最新口味的鲜花饼。玉岫小声道："太后吓得不行，觉得是自己克着她了，跪了一晚上求神拜佛。"

折绾沉默了好一会儿才道："太后娘娘……这是杯弓蛇影了。"

两人对视一眼，都没有再说此事。

折绾问："那丹崖是要说哪家？"

玉岫："一处是辅国公家，一处是庆国公家。两家选其一，孙婿都是孙子辈里的第一人。”

折绾想了想：“都是好人家，就看哪个得丹崖的心了。”

玉岫：“是啊，她母亲叫我去打听打听，我心里也没数。”

折绾却记得，丹崖没有嫁给他们中的一个，而是嫁给了今年的状元郎，最后过得很不错。

她想了想：“那你别急，这事情慢慢商量，可急不得。”

玉岫：“我哪里会着急，她还小呢，她这般的身份，十八九岁出嫁也不晚。”

折绾中午是在宋家吃的饭，下午去了铺子里。蝉月见了她兴奋得很，道：“主家，周掌柜正要找您呢。”

周掌柜找她是说今年三月新茶要采摘的事情。她们的茶叶没有种出来，还要几年，但是先买了当地其他人的茶叶。

这事情袁夫人出了大力，风风火火，如今听闻已经是当地人敬佩的带头人了。她写信回来的时候道：“散户和茶庄的茶，我们都能吃下去，给的价格合适、公道，人人都愿意卖给咱们。”

素兰则道：“来了之后才发现这边是真穷，只要管饭，大家愿意不要工钱。”

但她们不敢不给，且给得很多。

周掌柜：“第一件事情，便是我们之前从闽南那边买的陈茶已经快到了，这还是你的功劳，搭上了漕运的水路。再就是今年的新茶是三月份开始采摘，如今快二月份了，闽南那边需要银子，昨日袁夫人和素兰写信来，都说咱们之前商定的三万两银子怕是不够。”

采摘、炒茶、装茶、运茶，都是钱。之前想得太好了，以为三万两是够的，但是真正做起来不够。

周掌柜怕折绾舍不得，劝道：“咱们工钱没有克扣，名声是得了的。做生意，就是要先有信，先有名，而后才能做得宽。”

折绾并没有舍不得，而是道：“我是在想，瓷器那边也要银子，咱们手里的怕是不够，还得去找孙姐姐取些银子来。”

周掌柜面露犹豫：“孙夫人肯吗？”

折绾：“肯的，都是咱们借的，以后……以后好还给她。”

孙三娘果然愿意，道：“我穷得只剩下银子了。”

折绾认认真真写了欠条，说：“这银子以后我再还给你。”

孙三娘捧着一杯热茶喝，桌子上还摆着一本闽南话的书。这书之前是没有的，是袁夫人为了教导素膳和素兰特意写的。折绾跟着慢吞吞地学，便在她的基础上又重写了一本，然后在书的封面上写了两人取的名字。袁夫人不好意思极了，取了“清溪居士”的名号。

她将这四个字写完之后，很是郑重地道：“未曾想到我有朝一日还能著书。”

折绾笑着道："可你已经做了啊。"

袁夫人更是信心满满："我自小就在那个地方长大，我不信还盘不下它。"

折绾很是喜欢跟她说话，她觉得跟袁夫人说话就很快活，好像所有的事情都不在话下。

折绾学闽南话学得很慢，这就不像是素膳和素兰了，她觉得自己可能"老"了。年岁大了，学新东西确实就慢，但经过一年时间，竟然磕磕绊绊说得熟练起来。

刚开始说的时候，刕鹤春还笑她，如今听见她说一句，他就怀疑她在骂他，便也不敢笑了，有时候自己也拿起书看一看。

折绾跟孙三娘道："他学不好，一股子怪怪的腔调，被我说了几句之后就开始闷头学哑巴闽南话。"

反正是听得懂，但不说。她难得背后说人："男人真是要面子。"

孙三娘："是这般，脸上一张皮比什么都重要。"

这话很快就应验在庆国公家。玉岫拉着丹崖上门做客，跟折绾一块儿在勋国公府里大骂特骂。

"幸而我查了，庆国公府那个小少爷哦，不行的。"

折绾刚开始还没有明白是什么意思，然后在玉岫怒火中烧的眼神中逐渐明白过来："啊？"

孙三娘："这可不行，不能嫁过去守活寡吧？"

女人们在一块儿，话还是说得很开的。玉岫："哼，这些事情也只有我查得到了，要是别人家里，只会想他房里有没有人，干不干净，到时候还会特别满意他不重色。好嘛，嫁过去一瞧，是'真干净'！"

就跟太监一般了，能不干净？

"就这般了，庆国公府还藏着掖着呢，被我查出来了，不好意思了，却还要面子，说什么也不肯承认。"她说着说着，又笑了起来，"不行就治嘛。"

孙三娘眉毛都没动一下，对丹崖道："这个不行，咱们这般的人家，没得要个不好的。"

丹崖红着脸点头，蚊子般的声音："我听姑母们的。"

折绾笑得不行，握着她的手问："那还剩下一个辅国公府的小少爷。"

玉岫眉头一松："这个暂时看着还行。"

但过了几天，折绾就又被她和丹崖拉着去看"戏"，这回玉夫人也在。

玉岫道："你平日里是跟着潘夫人她们看戏的，戏班子你熟悉吧？"

折绾点头："熟悉。"

玉夫人便笑着道："我是想请你帮帮忙。"

折绾这才知晓，辅国公家的小少爷不得安生，他明面上是不错，但喜欢"戏子"，玉岫叫人跟了他半个月才发现。

丹崖其实是见过辅国公家小少爷一次的，对方长得风流倜傥，是她喜爱的面容，心里就同意了六分。她忍不住为他说好话：“说不定就是喜欢看戏呢？”

玉夫人：“那也不是良配。”

大家平日都在京都走动，谁家没有几个喜欢听戏的“后生”？

她想起此事就觉得烦人：“我要不要去拜拜？总是不顺。”

玉小姑娘面红耳赤，小声道：“哎呀，先看看是不是真的嘛。”

玉岫一根手指头点在她额头上，道：“你就是非得撞南墙！那就撞。”

折绾也道：“你这般的身世和品貌，万不可将就了，既然如此，咱们就请那戏班子来唱唱，你见见人，也打听打听人。”

丹崖颓然地点头：“唉，成亲真难。”

折绾：“此时难，以后才好过。”

她就请了戏班子回来，还请了潘夫人等人来，赵氏和宋玥娘一块儿陪着。刕鹤春知晓了还挺高兴的，对折绾道：“上回不是说不请戏吗？怎么，这出是不是装模作样？”

然后他就笑不出来了，台上的戏子确实风华绝代。

他找松亭打听：“少夫人平日去听戏就听这般的戏？”

松亭哪里知道，但大概就是这般，戏难道不是这样的吗？

他就点了点头：“是。”

刕鹤春冷眼瞧了一出戏，觉得油头粉面的男人令人见之想吐。

折绾晚间发现，他连头发都洗了一遍。

玉小姑娘也发现了辅国公家的小少爷和这个戏子的事情，她耷拉着脑袋，抱着折绾插好的花瓶，呆呆道：“他家也瞒得好，知晓我们请了戏班子之后，便知道我们大概明白了，但见我们没有发难，便装作不知道。”

辅国公家还不准小少爷出门，就怕他做出什么“了不得”的事情。可人家年岁小，还是个“情痴”，于是爬墙出去了。

折绾痛骂：“实在是欺负人。”

玉小姑娘叹息：“哎，这南墙撞得好痛啊。”

但很快就不痛了，她晕晕乎乎地跟折绾道：“我看见一个好好看的男人哦，是来京中赶考的书生。”

折绾估摸他就是将来的状元了，她叮嘱道：“你别犯傻，先告诉你家爹娘，让你家的人去看。”

玉小姑娘经过之前的事情早就怕了，道：“我跟阿娘说啦。”

玉岫便又忙了起来，这回查的是书生的家世和人品了。她的好人缘就是这般来的，别人的事情，操心起来跟自己的一样。

她那日又出了门，宋夫人带着鸿哥儿在园子里面逛，逛了一会儿，带着孩子睡，因有吵闹声睡不着，便放了帘子，没叫丫鬟婆子们伺候。

折绾去的时候，宋夫人还在睡。

婆子笑着道：“劭少夫人且等等，夫人和小少爷还没有醒。”

折绾的心却跳了跳，本是转身走了的，犹豫了一瞬，又转了回去，说：“我有事情要跟夫人说，你进去说一说。”

婆子犹豫了一瞬，才进去，然后吓出一身汗：“快，快叫大夫，鸿哥儿高烧起来了。”

折绾心头一紧：“府里的大夫呢？快些！”

大夫是鸿哥儿出生之后，玉岫听了折绾的话养在府里的，是个治孩子病症顶厉害的老大夫，但见了这般的急病，也是吓得一哆嗦，赶紧下了重药，这才救了过来。

等玉岫回来的时候，宋夫人已经哭得要晕过去了，抱着玉岫道：“要是出了事，我后半辈子怎么活？我怎么有脸见你？”

折绾坐在一边，瞧见哭成一团的婆媳两个，依稀还记得，之后那十几年里，婆媳两个还是好端端的，没有因此介怀过。

折绾就缓缓地松了一口气，露出一个笑脸来。

玉岫这个最像她的儿子，应该是保住了。

宋夫人要让宋鸿认折绾做干娘。折绾笑着拒绝了：“本就是喊姨母的，其中有个‘母’字，也是差不多的。”

玉岫坐在一边，倒是没一起劝，跟宋夫人道：“哎呀，我跟阿绾什么关系啊，姨母就姨母吧，不一定要认干娘的。”

她回来的时候，孩子已经退烧了，牵肠挂肚地担心了几天之后，便也渐渐地安心下来，把它当成一件有惊无险的往事。只有宋夫人心有余悸，这段日子一直睡不着，她捂着心口道：“若不是阿绾过来叫婆子喊我，哪里能发现鸿哥儿高热。”

她平日里睡觉其实睡得不是很沉，但那日在花园里抱着孩子走了好一会儿，一睡过去就开始做梦，竟然沉得厉害。

她如今想起来还心肝颤：“你是不知道，当时鸿哥儿靠着我的胳膊，我的袖子都是热的！烧成了那般模样，我还一点都不知道。我真是老了，老糊涂了。”

玉岫就宽慰她：“母亲不要挂怀，孩子哪里能一直没病没灾，这又不是你的错。”

宋夫人：“你不懂，要是大夫晚来一会儿——”

她都不敢想。

她看向折绾：“好孩子，阿岫是个不知深浅的，但我懂，鸿哥儿这条命真是多亏了你。”

老人家喜欢信鬼神。她就记起折绾最开始就对着她们说要给孩子佩戴平安锁的话，又说孩子要自小就诊平安脉的好，于是大夫就被请来了。这次也是如此，明明她也没什么着急的事情，平日里那么明理懂事的人，那日却坚持要见她。这不是冥冥之中跟孩子有缘，是护着孩子吗？

等折绾走了之后，她拉着玉岫的手道："还是认个干娘吧？民间就有认干娘护着子嗣的习惯。"

这个玉岫知道，有人是认一棵树，有人是认一口井，听闻认了之后，孩子就有了护佑。她好笑道："母亲，你只是受了惊吓罢了。"

宋夫人拍拍她的手说："你还年轻，不信这些，就当是圆了我的念想吧。"

玉岫没办法，只好去跟折绾说。

折绾犹豫了一瞬之后点头了，她跟玉岫道："既然如此，还望我能护佑他平安长大。"

宋夫人大喜过望，要办喜酒，还要大办。她对折绾道："我要给他换个名字，鸿字太大了，不好，不如取个贱名吧？"

玉岫哭笑不得。

折绾却信老人家的智慧，她应承下来，回去翻书，刕鹤春瞧见了，笑个不停，说道："我看看你写了些什么名字——安、康、乐、平……"

折绾："你是不是有毛病！"

刕鹤春见她恼了，便正经起来："你多写几个，还挺好的，咱们自己的儿子也留一个。"

折绾将笔摔在桌子上，说道："滚！"

刕鹤春实在是不懂了，他嘀咕起来："话说，你怎么还没怀上啊？"

折绾没听见，因为他滚开很远才说的。

她最终给孩子定下了"平"这个字——宋平。

平平安安，平平常常。

玉岫松了一口气："母亲不让我干涉你取名，我真怕你取个铁柱、狗蛋和栓子。"

折绾笑起来："你从哪里听来的？"

自然是问来的，随便找一个婆子，问她们可有什么村子里面的贱名，便是这三个名字叫得最多。

折绾笑得不行："那幸好，不然你该打我了。"

宋夫人也很满意这个名字："平儿——很好。"

宋大人还亲自出来拜谢过她，就是宋玥娘也不敢对着她龇牙了，在宋家大办认亲的酒席上干巴巴地安静吃饭，一句不好听的话都不敢说，可见是被宋夫人提前打过招呼。

跟她一般神情的还有赵氏，她回去之后就跟刕鹤春道："好嘛，自己还没有生呢，就认干儿子了！”

她也是信神佛的，担忧道：“我听闻人这一辈子子嗣都是有数的，她认了一个，自己会不会少一个？”

刕鹤春无奈极了：“母亲，你不要想这些乱七八糟、没有依据的话。”

赵氏就生气起来：“难道我做母亲的，希望你多几个子嗣还有错了？”

刕鹤春头疼起来：“我没说你错了。”

他也是希望多几个孩子的，无论男女，多几个孩子总是好的，但有些事情，命中有时终须有，命中无时莫强求。阿琰死后，他是想开了一些的。

他跟赵氏道：“阿琰生前那般要强的人，竟然为了我去吃如此愚昧的药，我如今想起来还是觉得愧疚。”

赵氏这回忍不住了，翻了个大大的白眼：“走走走，早知今日，当时无论你们父子再怎么商议，我也是不愿意娶这两个折家女。”

（六）

闽南的茶叶到了，折绾跨下台阶出门，她要去看看。

一箱箱茶叶运到了码头上，周掌柜很会造势头，她早请好了锣鼓和舞狮，从码头上就开始请茶入铺。

折绾还担心这阵仗太大，周掌柜却还嫌小。她道：“每年开春的时候，梁州那边的官都要跟百姓一起到山上去喊山，锣鼓喧天的，连着喊三天才能停。”

哪里有人，哪里就有人供奉的神，西南是有茶神的。

她们这次迎的不是茶神，而是喝茶的人。

她说：“咱们都花了这么多银子出去了，哪里能不叫人知晓。”

周掌柜很会花银子，还会做人。第一天迎茶叶，第二天就让人把茶装在从越州送来的越州瓷器里面，第三天马不停蹄地去送给那些来京都参加科举考试的读书人。

“这些读书人也看茶下菜碟的。他们手上有笔，得了好处，总有几个人愿意为咱们写上几笔。”

反正她们不吃亏。

周掌柜笑着道：“哎哟，若是知晓谁是状元郎就好了，咱们多送一点给他。”

她不知道，折绾知道啊。她拉着玉小姑娘悄悄问：“你们家怎么说啊？”

玉小姑娘：“他原来就是京都的，只是之前去了白鹿洞书院读书，如今回来了。家世不显……阿娘说阿爹要再看看。阿娘说，我们这般的家世，不一定要挑个家世厉害的，但一定要挑个人品好的。但阿娘也说，人品现在好的，不一定将来好，但家世是不会糊弄人的。”

她顿了顿又道：“但阿爹去打探之后，回家对他赞不绝口，说他有经世之才。”

这事情就轮到玉阁老去打听了。到了这会儿，玉小姑娘自己却有些不愿意：“我之前相看的都是国公府第，若是嫁个家世不好的，会不会被人嘲笑？”

折绾就道：“那就再看看，又不着急。”

她回去旁敲侧击地问周掌柜：“所有的书生都送了？”

周掌柜：“送了送了，能送的都送了。”

折绾点了点头，想着要不要查查那书生家里送了没，可又怕自己跟丹崖的关系引得人猜测，以致横生枝节。

她苦恼道：“我本来想叫状元春的。”

只要状元喝了，就能叫这个名字。

周掌柜美滋滋地说：“主家跟我想到一处去了，将来谁得了状元，咱们就说他喝了咱们家的茶水。所以啊，我早早就取好名字了，就叫状元春。”

折绾恍然大悟：“反正送了这么多，安个名头就行？”

也不用真讲究状元喝了没有。

周掌柜大笑出声：“主家还是太老实了些。那些状元住过的客栈，来年是要翻几倍价钱的哦，咱们真金白银送这么多茶，还不能给状元郎安个名头了？”

折绾回去之后还笑个不停，觉得自己着相了。

刕鹤春回来之后问起松亭：“少夫人从哪里回来的？”

松亭不知道。如今少夫人身边的事情越发难打听了，他猜测道：“应该是宋府吧？”

刕鹤春就想到了宋家那个干儿子。折绾都成干娘了，他自然是干爹。当初认亲的酒席上，刕鹤春还送了平安锁给孩子。

两家走得更加近了，英国公还很高兴，对刕鹤春道：“你媳妇运气不错。”

但他也觉得他们该生一个孩子了。

“这是第三年了吧？川哥儿也长大了，立住了，你媳妇再生个小的出来也不影响什么，到时候弟兄也好扶持。”

刕鹤春便跟折绾提了一句：“咱们也生一个？两三年了……”

他本意是想说他帮着劝说母亲，两三年了，这时候万事皆定，若是好好养身子吃药，说不定明年就能生一个。他不赞同吃那些愚昧的药，但太医开的药还是可以吃的，就是宫里的娘娘们也吃过那些药。

他道：“我认识一个太医，于此事上最是精通——”

折绾的好心情荡然无存，她坐在那里，看向刕鹤春，只道了一句话：“我每个月都是诊了平安脉的，我身体好得很。”

这句话，她上辈子其实也想说，但她直到死也没有说出来。

为什么说不出来呢？

应该是怕伤了他的面子？应该是所有人都对她说，是她的问题？应该是他先没当成一件大事，之后抛开了？

她不知道，只知道自己折磨了自己很久，还把素膳弄丢了。

但重来一回，这句话就说得很是顺畅，就如同吃饭喝水一般自然。

她盯着刕鹤春，用上辈子众人对她说话的口吻道："你也要去看看，看看是不是你的身体出了毛病。"

刕鹤春第一次如此恼怒："你胡说些什么？川哥儿都出生了。"

折绾难得如此耐心，像是看一个胡闹的孩子——大家之前也是如此看她的。当她说出不愿意生孩子、不愿意喝药的时候，大家觉得她在淘气。

"哪里能不生哦，那样就不完整了。"

折绾看着刕鹤春，温和地宽慰说："可我没问题啊。你不要乱发脾气，去看看吧，要是有问题，就去吃药。"

刕鹤春咬牙切齿："我也没有问题！"

折绾："嗯，那就顺其自然吧。"

她上辈子就是着相了，才会一直喝下那一碗碗愚昧的药。

刕鹤春的脸沉下去，川哥儿从学堂回来，瞧见父亲的脸色，便知晓父母又吵架了。

他叹了口气。父亲总是喜欢生气，但也不要紧，过一会儿他自己就不生气了。谁知道这回格外严重一些，直到第三天，他发现父亲还是黑着脸。

他小心翼翼地去瞧母亲，母亲倒是眉目舒展，依旧笑盈盈地跟丫鬟婆子们说话，跟往常没有什么两样，只是仔细瞧也瞧得出，母亲比平日里更加畅快，看来是母亲吵赢了。

川哥儿在饭桌上便低着头吃饭。他不去掺和父母的事情，还跟莹姐儿诉说烦恼："他们这般，我觉得很不自在。"

莹姐儿摆摆手："大人的事情咱们别管。再说了，大伯父这几日肯定没有去管过你的课业吧？"

川哥儿："是没抽查了。"

父亲一回来就去书房，也没有去母亲那边睡，还闷在书房里不出门，一看就是不愿意跟人说话，自然不会来查他的功课。

莹姐儿："这不是很好吗？省得你害怕了。"

川哥儿却也不高兴："你不懂。"

他最开始是害怕父亲检查功课，后来却很是喜欢。

父亲忌惮母亲，已经持续好一段时间了，他也不敢松懈，如今功课也进步了许多。他觉得什么都在变好，结果一下子又不好了。

他跟莹姐儿小声道："父亲实在是喜怒无常。"

于是他闷闷不乐，读书也没办法集中精神，不仅没背下新的，就连昨日先生教导过的文章也忘记了。结果父亲晚间回来，竟然真的抽查了！

真是倒霉。他垂头丧气，不敢说一句话。

劭鹤春便发了大脾气，手拍在桌子上：“一天天的，你到底在做什么？今年都六岁了，怎么跟三岁一般？我问你话呢，你怎么不说话？你这性子到底是随了谁啊？”

川哥儿吓得一抖，眼眶湿润起来，却又不敢哭出声。

劭鹤春已经气得拿出了戒尺，道：“你就是不知道上进，不知道勤勉二字是如何写的，我非得教训教训你——”

川哥儿伸出手，咬住嘴唇，小声道：“是，儿子错了，请父亲不要生气。”

劭鹤春的戒尺就打不下去了。哪里能真打，不过是吓唬罢了。他一把将戒尺丢在桌子上，“啪”的一声，继续拍桌子：“你若是以后还这样，我就真要打你了。”

没挨打，但川哥儿并不觉得好受一些。

院子里传来了脚步声，他的心顿了顿，抬起头，是母亲。

劭鹤春脸色也不自然起来。他今日耐心确实是不太好，就教训了川哥儿一回，竟然被折绾撞上了。

折绾刚从花草房回来，她静静地站在院子里，神色如常地跟齐妈妈道：“送川哥儿去前院，请莹姐儿过去一块儿玩，再给孩子炸些素菜吃。”

齐妈妈松了一口气，她在劭鹤春吼川哥儿的时候就跪下了，不仅是她，其他人也跪了下去，满院子的人跪着，显得格外压抑。

她战战兢兢地进屋，躬身道：“大少爷，少夫人让老奴带川哥儿去前院。”

劭鹤春几不可闻地“嗯”了一声。

齐妈妈赶紧牵着川哥儿就走，两人跨过门槛，路过折绾身边的时候，川哥儿抬起头看了她一眼，犹豫道：“母亲，今日确实是我错了。”

折绾平静地道：“既然有错，下回不再犯就好；若你无错，与他理论即可。”

川哥儿点了点头。

折绾等人走了，这才转身朝着小书房去。

劭鹤春迟疑了一瞬，还是跟着进去了。他“砰”的一声坐下去，喝下一杯凉茶，道：“我也不是故意要骂他。”

这算是两人几日来第一次说话。劭鹤春发现了，折绾这人颇有些无赖，她反正不管你，你生气不生气，她都不管。他可算是知晓母亲为什么提起她就暴跳如雷了，确实让人恨得牙痒痒。但又有什么办法呢？她就是这般性子，若是真跟她计较，那他的心胸便跟她一般小了。他毕竟是个男人。

他叹息，忍不住又旧话重提：“你真觉得是我的问题？”

他都生下川哥儿了。

折绾慢吞吞看过去，突然笑着道：“我不是不吃药，我是看过大夫的。

大夫说我没事。你若是不信，那我就再去看几个大夫，去求太后娘娘，我是敢去的。倒是你，你看过吗？你敢去看吗？”

劢鹤春没看过，他不敢。若是传了出去，他还有什么脸面？勋国公不举已经被嘲讽成什么样子了。

劢鹤春要脸，但他脸上挂不住，还在说车轱辘话：“你不要胡说，这事情难道还能是男人的毛病？”

怎就不能是呢？折绾嗤笑一声。上辈子到最后实在没法子，赵氏不是也主动拉着劢鹤春看诊了吗？

折绾不准备跟他纠缠这个事情，她站起来，悠悠然说了一句话：“你出门打听打听，太阳底下没有新鲜事，你问问别人，男人有问题的有没有。”

劢鹤春一张脸涨成猪肝色，晚间翻来覆去地睡不着，折绾想睡，他还不准，捏住她的鼻子将她弄醒了。

“我要是有问题，川哥儿哪里生得出来？”

折绾一巴掌打在他的身上，骂道：“你真是有病！”

大晚上的自己不睡，还不许别人睡。

劢鹤春没把她的巴掌当回事，就当是挠痒了。他只说：“我想来想去，都觉得不可能是我的问题。”

折绾翻个身，不耐烦道：“都跟你说多少次了！是与不是，你去看看不就行了？若是你也没问题，那就是没有子女缘分。”

她脾气一来，劢鹤春也不敢再去招惹她了。再就是……她如此斩钉截铁地说，他心里又开始疑神疑鬼起来，难不成他真的有毛病？

他长长地叹息，一晚上没睡。子时，发现折绾已经睡着了，睡颜安然，不像是有愁绪的模样。他顿时长吁短叹，觉得折绾真是没心没肺，难道她不着急吗？川哥儿到底不是她的亲生骨肉。

他又想了会儿，天光已经大白。劢鹤春闭上眼睛，又觉得折绾心性好，这是真将川哥儿当成自己的孩子养了。若是她一味地想要自己的孩子，那他才要当心她会对川哥儿不好。

于是第二天，折绾起床的时候，发现劢鹤春已经不生气了，但他神色依旧不好。

折绾没有管他，去了铺子里。

周掌柜跟她道：“有人仿着咱们的招数来。”

这事情也不奇怪，有了她们敲锣打鼓地迎茶，就有敲锣打鼓迎其他东西的。折绾光这些日子就听闻了状元豆腐、状元馄饨，还有夜来香，也有人叫状元夜来香。但这次对方卖的也是茶。

“卖茶的早就有，京都数得上名号的就有七八家。咱们做的生意小，那些铺子都不愿意跟咱们争。”

即便是她们去闽南种茶了，他们也不带紧张的，一个茶叶铺子的掌柜还道："你们若是真能种出来，咱们还要从你这里讨茶叶来卖，如此，我们就没必要跟你争了。"

从西南买的时候就那么几家，价格就贵，若是闽南也种了出来，喃，西南便得求着他们了。这些做生意的，都生着七窍玲珑心。

折绾问："那你愁什么？"

周掌柜："招人烦啊！咱们去越州买了瓷器，他们就从京都郊外的瓷窑里买了瓷。咱们敲锣打鼓，他们也敲锣打鼓。咱们送了东西给读书人，好嘛，他们也送。"

折绾皱眉："那还真是……学人精。"

周掌柜："好嘛，他们什么都不想，净跟着咱们学。"

折绾想了想，道："一般人家都知晓这是我的铺子，即便是不要脸，好歹会避讳一些。如此死皮赖脸地跟着，怕还是冲着我来的，我让人去查查背后的人再作打算。"

周掌柜无奈："也只能如此了。主家也不要着急，这点子手段我是稳得住的，不是要学吗？我就让他们瞧瞧什么是画皮难画骨。"

折绾笑起来："是吗？就是要这么想。我写了信给袁夫人和素兰。我想着，如今的茶说起来种类多，但喝的花样不多，炒茶的法子也不好。"

后面十几年里，不仅茶叶的炮制法子更多了，茶好喝了许多，大家还会专门去斗茶，大家女子若是不会斗茶，是要招人笑话的。她当时却没有学，只觉得没必要，还是那个问题，她觉得自己年岁大了。如今想来都后悔，要是学了那些，说不定现在就不用绞尽脑汁地去想了。

周掌柜："这个好！如今的招数都是花拳绣腿，要是想立稳了，还是要下真功夫的。"

崔娘子进来给折绾做染指甲，笑着道："主家，您的指甲好看得很，随便修剪涂染都是好看的。"

折绾就问起她的事情："你在徐家怎么样了？"

崔娘子如今跟着徐二郎的母亲一块儿住。素兰不在家，徐二郎也要买花草，整日在外面跑，家里的事情就落在了徐母一个人身上。年初的时候，她背着孙子洗衣裳，不小心将孩子摔了下来，脑袋磕出了血，吓得她几天没敢合眼。隔壁五婶子过来的时候就拉着徐二郎道："你母亲从前冬日里洗衣裳洗多了，身子早就不好了，如今你们都有了银钱，不如就请个人回来照料，否则她一个人又要带孩子又要做事，肯定不行。"

五婶子的儿媳妇又生了个孩子，五婶子是没办法过来搭把手了。

徐二郎羞愧得很，又因要照顾老母亲和儿子，想来想去，便请了崔娘子过去。崔娘子跟徐母一见如故，很是合得来，便住了下来。

崔娘子如今有银子有住处，衣食无忧，脸上的笑意都多了，道："多谢主家关怀，我如今好得很，什么都不缺。"

她细细地给折绾修指甲，小声道："如今还有人要给我做媒呢。"

折绾好奇："是什么人家？要慢慢挑才是。"

崔娘子："是个屠夫，很有些力气，之前也是死了妻子的，无儿无女。我去瞧了，是个有本事的。"

这就够了。她之前也是成过婚的，夫家全在洪水里死光了，她跟屠夫说了此事："大家都说我克夫。"

屠夫憨厚，提着一篮子肉给她，说："巧了，别人也说我克妻。"

两人一拍即合，差不多就算成了。

折绾没想到这么快，她温和道："等你成婚，我给你送些嫁妆。"

崔娘子没忍住，眼眶一红，低声道："主家，我给你供金身。"

（七）

"供个什么？"

劭鹤春遮着面，瞪着眼睛骂人："供菩萨？"

对面的老郎中见多了这般恼羞成怒的男子，轻声道："公子的脉象……想要子嗣怕是难了，只有供个金身求菩萨，说不定还有一丝机会。"

劭鹤春的面色如锅底。

他今日犹豫再犹豫，还是拐着弯遮着面来到这般的老游医面前诊脉，等问完了，也好回去跟折绾说道说道。结果大夫一搭脉，就摇头："不行，太晚了，神仙难救。"

劭鹤春当时一颗心就沉了下去，冷着脸道："你好好瞧瞧。"

他横起来，老大夫就不敢把话说得太绝对了，道："公子想来就算是有子嗣，也不多。"

劭鹤春嗤笑："都来切脉了，自然不多。"

老大夫也不跟他争，话不说死："这是天生的毛病，后头又不注意——"

劭鹤春在听闻"天生"两个字的时候转身就走，无稽之谈。

老大夫也不敢说了，只是赶紧去追："银子——"

劭鹤春头也不回，丢给他十两银子，道："管好你的嘴巴。"

老大夫拱手："放心，放心，我也看不见公子的脸，更不知晓您姓甚名谁了。"

等人走了，他咬了咬银子，笑眯眯道："哎，世人总是看不穿啊。哎，又要换个地方了。"

对方的气量小，被杀个回马枪可就遭罪了。

所以说，给男人看不育症就是难，还不如给妇人看，妇人家还要感谢他呢，不管他是卖药还是卖符卖菩萨像，都会掏银子。

邠鹤春一路骑着马回家，他是绕道去了南城找大夫，就怕被人认出来，还换了一身衣裳。如此回家换了衣裳，三步并作两步回了书房，一屁股坐下去，脸色难看极了，大口大口地喘气。

他只觉得自己脸都丢完了！该死的庸医！

他深吸一口气，觉得有些沉闷，站起来，踱着步子去开窗，坐立不安。

怎么可能呢？

他背着手在屋子里走来走去。他已经有川哥儿了，怎么可能是天生的毛病，怎么可能是后面不注意？

他紧皱眉头，只觉得荒唐可笑，而后一转身，将桌子上的东西全部扫了下去。

松亭在外头听着都心头一颤，连忙低声去问文月：“少夫人呢？”

文月笑盈盈的：“去外头了。”

她也不得罪人，只道：“要不我遣人去问问，可是有什么事情？”

她是听见大少爷书房里的动静了，但不敢说。松亭就叹息：“算了。”

这个家里，也就是大少夫人能在大少爷盛怒之下说句话了。他认命地回去站着。

萱月过来小声问：“文月姐姐，怎么了？”

文月笑着道：“你回去学字去，什么事也没有。”

反正大少爷不到外头发脾气就好了。她们做奴婢的，只当不知道，哪里会上赶着。

折绾直到黄昏才回来。松亭过来点头哈腰：“少夫人，您可回来了。”

折绾看他这个模样，就知道是邠鹤春又发了脾气。

他最近能发什么脾气？她若有所思，道：“你去厨房要个蘑菇煨鸡，跟李厨子说，蘑菇要新鲜，鸡肉和甜酒各一斤，盐三钱，冰糖四钱，切不可用多了。煨的时候不能用水，最后加些新鲜蘑菇进去就行，蘑菇也不用炖太烂，我不爱吃。”

松亭犹豫：“就一个菜？”

折绾：“就一个菜。”

有了他跑腿，文月和萱月就不用跑了，两人跟着她回到屋子里，一人给她换衣裳，一人给她拆头饰。

折绾小声跟她们抱怨：“我今日去瞧素膳，她却不在。”

文月：“素膳姐姐去哪里了？”

折绾：“跟蝉月两个人亲自跑去慈幼院挑人了，说要挑些小丫头养着做绣娘。”

大户人家的绣娘就是买了丫鬟来，挑出心灵手巧的从小学起。小铺子里面没有这般的做法，谁也不愿意做这么长远的事情，谁知道铺子十年后还在不在呢？白白给她们吃十年饭了，到时候卖出去却不值钱。

但周掌柜愿意这样做，说：“吃能吃多少？但她们做的事多，扫地、擦桌子给咱们做些衣裳袜子的，咱们买下来，免得她们出去讨饭吃，还是功德一件。”

也有不少商户这样做，官府那里会报上去，衙门希望商户这样做。可即便挑走的人再多，慈幼院里也满满当当的。

折绾：“这回得挑二三十个回来。”

周掌柜本来只说要十个左右的，还是折绾拍了板：“要挑就多挑些，到时候别的地方也有用处。咱们卖茶叶卖花，这般的小姑娘反而容易讨人喜欢。”

女子的柔肠是天生的，素膳和蝉月也都觉得好：“泗安这边越发喜欢买花了，让她们出去卖花也行。”

事情就定了下来，但她没想到是今日去挑。

折绾：“我之前就跟素膳说过今日要去的。”

之前都会等着她，如今留一封信，说要出门就走了。

松亭送了饭菜来，摆了两副碗筷。折绾让他撤一副下去：“只我自己吃。”

松亭瞠目结舌，却又不敢吱声，还是犹犹豫豫：“少夫人，大少爷今日回来就在书房里没有出来过。”

肯定是没有吃饭。

折绾笑盈盈道：“你家大少爷想来是不饿，饿了，自己会吃的。”

松亭只能退下去。折绾开始安静地用晚膳。

刕鹤春的小书房依旧没有声响，她吃完了也没有叫人收拾碗筷，慢吞吞地在屋子里踱步。

这才哪儿到哪儿啊，只看了一回脉就如此了。她之前被赵氏指着鼻子骂是个生不出孩子的丧门星，她也不敢伤心太久，转过身擦完眼泪，还要去看这家生下了孩子送什么，那家做寿送什么。

她是如此，大姐姐应当也是如此。她们都曾经因为生不出孩子被骂、被羞辱，去吃药，去背负着众人的指指点点，他为什么不可以呢？

她慢吞吞地散步，缓缓地吐出一口浊气。

刕鹤春从小书房里出来，他也不嫌弃折绾用过的碗筷，直接将饭倒在鸡块和蘑菇之间搅拌，大口大口地吃了起来。

折绾叫文月点了灯，她拿了一本书看。刕鹤春就搬了张小凳子，坐在她的身边。

他说不出口，折绾便也不开口。

终究是他的面子占了上风，他装模作样，干巴巴地道了一句：“今日……今日我在外头跟同僚闹了不愉快。”

折绾“哦”了一声：“是吗？”

刕鹤春：“是。”

折绾：“没有别的事情？”

刕鹤春：“没有。”

折绾打了个哈欠，懒洋洋道：“外头的事情我不懂。”

刕鹤春只觉得自己都要羞死了，第二天想来想去，还是去了越王府门口。

越王一回家就被他拉住了，越王抱着一棵茶树正要进门，见了刕鹤春就躲，挣扎着甩开他的手：“你怎么又来了！”

刕鹤春：“无功，我是真不知道找谁了。”

越王瞧他一脸菜色，他还是在刕鹤春的脸上第一次瞧见这般神色，便难得给了一点耐心：“你怎么了？”

刕鹤春支支吾吾：“我……我们先进去再说。”

越王：“你在这里说！”

刕鹤春深吸一口气：“你信我一次，我要不是走投无路，也不会来找你。”

越王半信半疑，还是将人带了回去。

越王妃听说了这件稀罕事，连忙过去看热闹，但书房门被关得严严实实。她撇嘴，站在廊下等着。

书房里，刕鹤春一脸颓然：“无功，我恐怕遭报应了。”

越王警惕：“你遭什么报应了？”

刕鹤春：“我……我和阿绾成婚两年多，没有孩子。”

越王的眼睛越瞪越大。若是刕少夫人的问题，刕鹤春不会如此，那就是刕鹤春的问题？

他压着笑意问：“你确定吗？你不是有儿子吗？怎么可能呢？”

刕鹤春：“我找了个江湖游医诊脉，他是如此说的，信誓旦旦得很。无功，你认识的人多，帮我找个……别人不知晓的大夫，厉害些的，再暗中查看查看吧。”

越王想笑又不敢笑，最后无奈地点头。

哎——这事情还真不好拒绝。

越王把过去伤心的事情都想了一遍才忍住没笑，他忍着笑把刕鹤春送出了门。

刕鹤春知晓他的德行，还白着脸特意叮嘱：“无功，还望你帮我保守秘密。”

别什么事情都跟越王妃说，这事情传出去，他就没脸在京都活了。

越王郑重地点头，大笑着回去，把事情告诉了越王妃。

越王妃跟着一起笑，笑过之后就开始惆怅，替折绾不值：“这难道还要瞒着她？可怜见的，若真是如此，便难以有孕，我肯定要告诉她的。”

越王：“还是等刕鹤春诊脉之后再说吧，不然白白担心。”

越王妃到底没忍住，骂了一句："英国公夫人之前还在外头说阿琰生不出孩子呢，好嘛，他若是这般的情况，阿琰能生下川哥儿，简直是他家积了八辈子福气得来的。还去了一条命，这实在是不值得。"

越王："是这个道理。"

但看了人家的笑话，替人办事的时候也耐心了些，越王亲自写信给冀州一位自幼热衷研究此病症的好友。

"此人子嗣艰难，膝下只一子，恐是天生精气不足，还望来京诊看。"

他写完信当场寄出去，又让人去英国公府报信："就跟劭大人说，一来一往费时间，怕是要十日左右才有决断。"

小厮转身要走，却被越王妃喊住："跟劭少夫人说也是一样的。"

越王无所谓："也行，看见谁就跟谁说。"

反正迟早是要知晓的。

劭鹤春此时在外头喝闷酒，只有折绾在家里侍弄花草。听闻越王府里来了人，以为是越王妃有什么事情，连忙叫人进来。

小厮就把越王的话说了一遍，但此话无头无尾，听得折绾愣了愣，而后好半晌才明白过来是什么意思。等人走了，她嗤笑一声，拿起剪刀开始修剪花枝。

劭鹤春竟然去找了越王求医。

为什么不找英国公和赵氏呢？他们不是更可靠吗？

不告诉赵氏，她还能理解，劭鹤春可能是怕她唠叨哭闹。但英国公是他崇敬和信任的，怎么也不肯说一说？

她剪掉一枝迎春花的叶子，将花插进花瓶里，跟萱月道："送去前头给莹姐儿他们，放在学堂的角落里。"

萱月"哎"了一声，走到门口跟墨月道："少夫人说今日周掌柜和素膳姐姐会来一趟，素膳姐姐上回答应给我带烧鹅吃。"

墨月笑着道："知晓了，快去吧，若是她们来了，你不在，我就帮你把烧鹅热一下。"

萱月捧着花瓶快活地往前院去。她刚走，周掌柜和素膳真到了。

墨月赶紧过去迎："少夫人早就等着呢。"

素膳给墨月带了几盒铺子里新出的胭脂，说："你给她们都分一分。"

墨月笑着收下："上回的还没有用完。"

素膳："那就留着送人，总是有用处的。你如今替我伺候少夫人，我肯定要对你好。"

墨月觉得素膳待人真是掏心掏肺，怪不得那么多人喜欢她的性子。

周掌柜已经快步往前面去了，她特意慢一步，拉着素膳小声道："大少爷和少夫人最近肯定是吵架了。"

素膳诧异："像以前那样吗？"

墨月："不是，这回不一样。"

她怕少夫人有什么话不好跟自己说，便跟素膳道："少夫人看着是没什么，但我又怕她是有苦楚无人倾诉，想来想去，还是要告诉你。"

素膳感激她："墨月，下回我再给你带胭脂。"

墨月笑道："大家都是为了少夫人好。"

素膳心里沉甸甸的，她在外头挤了会儿笑脸，才敢进屋，果然，一进去就被姑娘问："怎么磨叽半天？"

素膳："我给墨月带了些胭脂水粉，告诉她怎么用呢。"

素膳也开始描眉画眼了，折绾最开始给她擦胭脂，她怎么都不肯，好不容易逼着抹了一层红色的口脂，嘴巴便被她捂了半天不给人看。她觉得自己肤色不白，化妆反而奇怪，很是不好意思。直到自己做胭脂水粉生意了，她才动了心思，无奈地道："我总不能不懂吧？那以后别人怎么买我的东西？"

她自己不用，别人就更不会买她的了。人都是被逼出来的，日子一久，便越用越熟悉，连什么发髻该怎么上妆都知晓了。

她道："这里面的门道多，我便跟墨月好好说了说。"

折绾拉着她坐下，说："是是是，如今你顶顶厉害，这衣裳也搭得好看。"

素膳的衣裳也是自家铺子里的，用绰丝手艺在袖子上缠绕出一枝盛开的桂花，整个人显得素雅贵气。

她跟折绾道："外头的人先敬罗裳后敬人，我出去谈生意还要戴姑娘给我的金首饰才行，但凡你弱一点，他们就觉得我好欺负。"

折绾听了直笑，叫墨月进来，开了箱笼又给她拿了好几套头面。不仅有金的，还有银的、玛瑙、点翠的，应有尽有。

周掌柜都说折绾在养闺女一般，她习以为常，等她们说得差不多了，才喝口茶继续道："主家送信来说，之前仿咱们的那家铺子找到背后的人了？"

折绾点头："是庆国公家的四少夫人。"

周掌柜："主家跟她可有什么嫌隙？"

折绾摇了摇头："没有，我跟庆国公夫人相识，但跟她家的少夫人们都不太熟悉。"

这就是常年跟老夫人和夫人们打交道的好处和坏处了，她认识的大多是年长者，但因跟年长者交好，她们的女儿和媳妇也要给她几分面子。

折绾："先让她这般跟着学吧，还是要给庆国公夫人面子的，我明日找机会跟庆国公夫人打听打听再说。"

周掌柜："主家放心，我还没开始动手还击呢。"

折绾笑了笑："即便有小摩擦也不要紧，虽然是庆国公府，普通人家怕跟他们对上出事，但咱们不怕。"

周掌柜就知晓她的意思了，也笑着道："放心，咱们吃不了亏。"

又说起从慈幼院里挑来的小姑娘们。周掌柜："都改了名字，素膳取的。"

折绾好奇："是吗？都是些什么名字？"

素膳脸红起来："人太多了，我便用了现成的花名。"

折绾："光是牡丹就有几十个名字呢，魏紫、姚黄……"

素膳："是，我把名字都写好放在竹筒里面让她们去摇，摇出哪个就要哪个。"

等两人要走的时候，墨月去送，素膳小声跟她道："没事儿，姑娘一点也没有放在心上，应该不是大事。"

墨月松了一口气，给她送自己做的手帕，说："你和蝉月都有。"

刕鹤春晚间才回来，他一身的酒气，松亭扶着他进来，小声道："少夫人，大少爷醉得不省人事。"

折绾："放在榻上。"

松亭："是。"

他出去叫人熬了醒酒汤并准备热水。

折绾用帕子挡住鼻子走过去："醒醒。"

刕鹤春不动弹，犹如死鱼。

折绾伸出脚踢了踢他："醒醒。"

刕鹤春翻个身继续躺着，好像千年老尸。

折绾便退了一步："越王下午派人来了。"

刕鹤春一个鲤鱼打挺从榻上摔下来了。

折绾嗤笑一声："哦？还醒着？"

刕鹤春脸上红透了，也不知道是羞赧，还是喝酒喝的。他试探性地问："越王说什么了？"

折绾："只让小厮捎了一句话。"

"什么话？"

"说什么事情，要十日左右才有决断。"

刕鹤春冷静下来。他不敢让折绾知晓此事，这事情还没有定下呢。他深吸一口气："我知晓了。"

他又有些紧张，生怕折绾继续追问下去，道："我还有事情，我先走了。"

他摇摇晃晃地站起来，半点不敢停。

但再是隐瞒，再是恼怒，到十日之后，越王的好友来到京都，给他把脉之后，还是说出了他不愿意听见的事实。

"你这是……生来就不怎么好，后来也没有好好养，这才子嗣艰难。"

刕鹤春面如土色，第一个念头还是质疑："你确定吗？"

大夫姓郑，是个三十多岁的人，闻言很是不高兴："我还没有诊错过，你这脉象确实是精气不足之相。"

越王在一边不由得说：“川哥儿出生就艰难得很，你家三弟也是如此吧？后来再没有子嗣，我看啊，就是你家里都是如此。”

这话说得半点没留情面。刕鹤春一张脸涨红起来，憋了半晌，到底什么话都没有说，只看向郑大夫：“那——那能好吗？”

郑大夫：“好不好的，这种事情说不准的。”

刕鹤春深吸一口气：“还望大夫救我。”

郑大夫：“先吃些药吧。”

刕鹤春颓然地坐在屋子里，越王想走又不敢走，他想要去告诉越王妃，但到底顾及刕鹤春的脸面，只好干巴巴地陪坐在一边，问：“你打算怎么办？”

刕鹤春捂住脸：“肯定要瞒着。”

越王直言道：“那不行，你瞒其他人我不管，但刕少夫人我一定要说的。”

刕鹤春脸色难看起来，他艰难道：“我跟阿琰有川哥儿，没准跟阿绾也会有？先别说吧……”

越王断然拒绝：“不可能。”

刕鹤春开始后悔找越王了，他找越王，把自己的短处递过去，也是存着念头想跟他重修旧好的。越王这个人就是心软，喜欢扶助弱小，这才有了许多寒门的门客。刕鹤春蛇打七寸，越王果然帮他了，愿意跟他说几句话，但他没料到越王如此不给情面。

他只能叹息道：“那就只告诉阿绾吧，但由我自己来说，这总行吧？”

越王笑了笑：“随你。”

但折绾不在家，她去见了庆国公夫人，两人坐在潘夫人家里看戏，说悄悄话。

折绾：“我一打听出来就想着跟您说，但又怕伤着咱们的情面。”

庆国公夫人闻言直叹息：“家门不幸，你不要气恼。唉，我这阵子愁死了。”

折绾知晓她家小孙子的事。丹崖说亲的时候，就有她家小孙子“不行”的证据。

庆国公夫人：“别人不知道，你肯定知道，你也不用瞒着我，你跟玉岫那般好，她能不告诉你？”

折绾不接话：“我是真不知道。”

庆国公夫人就不好再说了，人家表明了不愿意听。

孙子是嫡长孙，什么都好，但到了年龄“不行”，如此就难找媳妇，还因此错过了跟玉家的联姻，真是想想就生气。

且孙子不举的事情，她是真的不知情，等到玉家过来拐弯抹角地说了一番，她的老脸就丢尽了。她回去骂大儿媳妇，结果人家十分“机灵”：“只要成婚了，这事情就不是大事，万一以后能好呢？即便是好不了，过继一个也是好的。”

庆国公夫人气得直骂蠢货。

即便是骗婚，那你也要能骗得过人家！如今不是被人查出来了？

她是又没脸又生气，这事情还没解决呢，结果四儿媳妇又出幺蛾子，竟然主动去惹折绾。

庆国公夫人道：“我回去肯定好好跟她说。”

惹折绾还能对付，但那铺子也不是她一个人的，是勋国公夫人还有玉岫的，玉丹崖还在里头搅和呢，老四家的这么做，别让人家以为她是为了孙子的事情跟她们作对，那就结亲不成反成冤家了。

她还要解释：“我对此事毫不知情，你是明白我的，哎，我如今是真觉得孩子是来讨债的。”

折绾少不得要安慰安慰，道：“儿孙自有儿孙福。”

庆国公夫人一点也不避讳：“我还要给我家小孙子请郎中看看，你要是有认识的名医可要介绍给我。”

折绾明白庆国公夫人的意思，因为勋国公家也不行嘛，他家肯定是之前就请过名医的。她又跟三娘好，庆国公夫人想请三娘帮忙。

折绾尴尬地笑了笑，没说话。

庆国公夫人都要哭了，长吁短叹：“不争气，一个个都不争气。阿绾，你以后有了孩子就知晓了。”

果然一着急就说错话，庆国公夫人说完就尴尬起来。倒是折绾笑盈盈地道：“是。”

庆国公夫人舒口气：“阿绾，我就喜欢你这个性子。”

既然话说到这里，她小声道：“你还年轻，要生个自己的孩子才行。若是真找到了名医，咱们相熟，我给你也介绍介绍。”

折绾面不改色：“随缘分吧。”

等回到府里，刕鹤春已经在等她了，他着急得如同热锅上的蚂蚁，一直走来走去，本是埋怨她迟迟不回，结果看见她又开始心虚。他头疼欲裂，道：“阿绾，我有事情要跟你说。”

折绾静静坐下来，看着他团团转，便端了一杯茶喝，慢条斯理地问：“什么事情啊？”

刕鹤春已经想了一下午该如何开口了，有想过安慰，说一些咱们将来肯定会有孩子的话。或者哄骗几句，说那大夫之前是越王的门客，没准就被他得罪过，这是心生报复。还想过装作不当回事，毕竟他们已经有了川哥儿，只要川哥儿长大成人就行了，世上多的是人只有一个儿子的。

但当折绾就这么静静地坐在他的面前，静静地喝茶，淡淡地看向他时，他却什么都说不出来了，好一会儿之后才说了一句：“阿绾，我……我可能难以让女子怀孕。”

折绾闭上了眼睛，终于承认了。

她本以为自己没有什么情绪的，但当他承认此事，承认是他的问题，她突然有些怅然起来。

怎么那么傻乎乎的，吃了那么多年的药，还不敢让他去看一次大夫呢？为什么要为难自己？怎么就觉得一定要生个孩子出来，人生才算是完整呢？

她稳稳地坐着，将手里的茶喝完了才道："那你先喝药试试吧。"

劭鹤春难堪得很："我会去诊治，但这事情不能让外人知晓，你知晓我的意思吧？"

折绾："你放心，我肯定不让外人知晓。"

劭鹤春如一团乱麻，还要处理公务，等赵氏哭爹喊娘地上门来的时候，劭鹤春已经心累极了。他看向折绾："不是说好了不让外人知晓吗？"

折绾："母亲不是外人。"

赵氏叫人把书房的门关上，哭得死去活来，还不敢大声哭了，怕被别人知晓。

"天老爷，我一生行善积德，怎么就让你得了这般天阉之症！"

折绾低头，不敢笑出来。

劭鹤春气得低声道："母亲，你胡说八道些什么呢！"

赵氏却不明白他在气什么，还在那里道："你跟我生分，我知道，但这是关乎子嗣的大事，我怎么能不知晓呢？鹤春，你一定好好看大夫才是。只是听闻有给女子看不育的，哪里有给男子看的名医？我脑子里乱得很，根本不知道该去请哪个来看。"

劭鹤春咬牙切齿："母亲！此事不能外传！"

赵氏哭天抹泪地说："哎哟，造孽，造孽啊，我上辈子做错了什么事啊！"

她真是心疼得不行，对劭鹤春道："你不要急，咱们慢慢看，总能治好的。"

劭鹤春仰头看天，觉得跟母亲无法正常说话。他大步走出去，一脸狼狈。赵氏彻底心慌意乱，竟然拉着折绾道："如今可怎么办？"

折绾："吃药吧。"

赵氏："对，对，先吃药。"

她还要折绾吃药："阿琰当初吃完药就生下川哥儿了。"

折绾温和道："大夫说他这是天生的，与我没什么关系。再者说，我身子好得很，吃完药反而容易伤身子。是药三分毒，川哥儿体弱，未必不是长姐吃药的缘故。若是长姐不吃药，说不定早就怀上了。母亲也是女子，也该知晓男人不行，女子再好也是无法有孕的，就是怀上了也容易滑胎。"

赵氏恼怒："你说的什么荒唐话！"

折绾："母亲不必气恼，仔细想想我的话才是，我也是为了这个家好。"

赵氏之前就是用这句话来逼她喝药的："你也没个亲生的孩子，我是为了你好。"

她笑了笑："母亲，先请大夫吧，这事情可不能推。"

赵氏又六神无主起来："那……那要告诉国公爷吗？"

折绾："随母亲，此事我做不得主。"

赵氏不敢告诉，她哭着道："鹤春这人要面子，他从小就笨一些，你父亲也喜欢老三的聪慧，他就格外计较这些，喜欢在你父亲面前争面子，这一争就是二十年，哎。"

折绾："那就不说。"

赵氏："我一个妇人，此等大事，我若是不说，怕你父亲怪罪。"

折绾："那就说。"

赵氏："我怕鹤春不愿意。"

她恼怒道："你就是个应声虫吗？就不知道出主意？瞧你发呆出神的，这种时候了，你还在想些什么？"

折绾慢吞吞地道："我在想长姐。"

赵氏一愣："什么？"

折绾："我是信佛的，母亲也信佛吧？我听人说，人的一生之中，跟谁有几个子嗣也是有数的。长姐一切都好，跟鹤春恩爱，本来能生下三个四个孩子，但如今只有川哥儿一个。若是老天爷只让鹤春和长姐有孩子……那可就糟了。"

赵氏先是勃然大怒，再是疑神疑鬼，最后放声大哭，极度崩溃之下问："可是阿琰都死了啊。"

折绾怅然："是啊，所以说，母亲何必逼死我长姐呢？"

赵氏都没有反驳的力气了。

她只是一门心思逼着刕鹤春吃药，刕鹤春如今躲她躲得跟老鼠见了猫一般，母子隔阂更深了，赵氏还找折绾哭："我也是为了他好。"

男人有这个病，实在是丢脸，她怕被人说闲话，还说是自己病了，药都是在她的院子里熬的。

她本是要说给折绾吃的，被折绾刺了一句："那孙家姐姐和玉姐姐就要给我找大夫看病了，到时候我好端端的，怎么说？大夫最是灵通，不用我说他就知道是鹤春的毛病。"

赵氏就没了主意，最后想了个招数：她给刕鹤春找了个生过三个儿子的寡妇来，逼着刕鹤春跟她生孩子。

刕鹤春气得手指头都是抖的，跟赵氏大吵一架，鸡飞狗跳的，连着好几日都住在都察院的衙门里。

（八）

他们吵吵闹闹，折绾则盯着春闱，殿试一过，状元郎出来了，王小姑娘定了亲，折绾这才上门，得了状元亲笔三字：状元春。

她的茶叶铺子卖得没了存货，周掌柜大笑出声，跟她道：“主家，这回对面再怎么仿也仿不了状元郎这招哦。”

状元春一举成名，就连莹姐儿也知晓了此事，她溜过来要最好的茶叶：“我要那种一喝就能中状元的。”

折绾笑起来：“好啊，我正好有一些，都给你好不好？”

莹姐儿满足地笑了，她就知道大伯母会给她！

小姑娘依旧喜欢跟大伯母说小秘密：“升哥儿和川哥儿都不及我的记性，我都背完三篇文章了，他们还没有背完第二篇。”

但祖母和阿娘说女子比男子早熟一些：“等到了十岁左右，他们就会超过你，男子到了十岁才开始慢慢地厉害，你到时候就比不上了。”

莹姐儿才不信呢：“难道我十岁就不长脑子了？哼，我记住这话了，等到十岁的时候看看，是他们厉害，还是我莹姐儿厉害。”

她可是赢姐儿！莹就是赢，她的名字就取得好。

折绾已经开始煮茶了，还在茶里加了一些花，道：“肯定是你厉害。你来尝尝，看喜欢不喜欢？”

莹姐儿的手伸过去，本想捧着茶杯喝，太烫，连忙缩回来，低下头挨着杯子啜了一口，满足地道：“啊——”

折绾：“这是好喝的意思？”

莹姐儿不好意思地笑笑：“是不好喝。”

她喝不惯，道：“再加点糖水进去嘛。”

折绾跟着她一块儿折腾，说：“好啊。”

莹姐儿就喜欢大伯母把她当作大人看，她站起来，背着手，围着炉子走来走去，喜滋滋地拿腔拿调道：“喝了状元茶，将来中状元——”

这是周掌柜和素膳想出来卖茶叶的话。素蕤如今带着一群孩子在外头跑，走街串巷地用这句话叫卖，还真卖了不少出去。

京都还是第一次有人雇些孩子来卖茶叶，他们有些是慈幼院的，有些却是京都穷苦人家的，他们得空就去花草铺子领对牌，若是从街上引来人买便能得十几文钱。

孩子们得了钱，一个传一个，来领差事的人就多。刚开始还只有小子，后来又来了小姑娘，个个都勤快，于是“状元春”三个字慢慢地就被那些京都普通人家熟知了。名声算是彻底传了出去，各家铺子就来订茶叶。素膳跑得脸都瘦了一圈，如今却喜欢吃肥肉。

但折绾没想到莹姐儿也能说得出一两句，她好奇道：“你这是从哪里听来的？”

莹姐儿：“雁雁姐姐说的。”

折绾笑起来：“她肯定是听你孙家姨母说的。”

孙三娘也想给状元春起些卖词，结果想出来的实在是太雅致高深了，周掌柜一听就皱了眉头，但又不敢明着拒绝，只好请折绾说：“这样的词，就要通俗易懂才行，人家是来买茶叶的，不是来读书的。”

折绾笑得不行，如实相告孙三娘，孙三娘便道：“那你告诉周掌柜，我还可以改改。”

改来改去还是阳春白雪，吓得周掌柜连夜定好了最终的卖词，孙三娘还念叨了好几天。

加糖的花茶煮好了，折绾等冷了些才递过去：“你喝一口。”

莹姐儿这回终于捧住了茶杯，猛吸一口，嫌弃地扭开头：“还是不好喝。”

折绾：“那我就再改改。”

莹姐儿颇为感动：“大伯母，你对我真好。将来我中了状元，肯定给你挣个诰命夫人回来。”

童言稚语，折绾忍俊不禁：“好啊，那我等着。”

莹姐儿还要写下这个誓言和决心：“大伯母，你帮我做个见证，我十岁之后肯定还比升哥儿和川哥儿都厉害。”

折绾：“那你写下来，我给你一个盒子，你把纸装在盒子里面，埋到我的花地里，等你十岁的时候再来取。”

这般也行。莹姐儿慢吞吞地写，抓耳挠腮地问：“大伯母，诰命的诰怎么写啊？赢怎么写？”

折绾发愁：“怎么就会认字、背文章，不会写字呢？”

莹姐儿偷偷地吐舌头：“我不知道嘛，那我从今天开始就认真学吧。”

于是不认识的字还是用圈代替，折绾叹气：“下回再这般，我就不准你从我这里搬花了。”

她牵着莹姐儿到花苑里面埋盒子，道：“要埋深一点，否则会被人挖出来。”

她挖得熟练，两人蹲在花下，莹姐儿歪着头好奇地问：“大伯母也埋过吗？”

折绾轻轻点了点头：“是，埋过了。”

她也给李姨娘写过，谁在年轻的时候没想过救赎自己的母亲呢？但那都是过去的事情了。

因着“状元春”三个字，折绾还被众位夫人拉着要茶喝：“不求别的，只凑个趣，要跟状元郎同一拨儿的茶叶。”

“是啊，咱们这样的人家，倒是不求中状元，只求上进些，将来对得起祖宗打下的基业就行。”

折绾笑盈盈应下，一家一家送出早就备好的用上等瓷器盛装的茶叶，道：“我也想沾你们的喜气，他日金榜题名，可记得要请我喝杯好酒。”

就是赵氏也强撑着病体过来，要她给川哥儿和升哥儿留点：“自家人当然要最好的喝，你可不要因为巴结外人就不给自家人好东西。”

折绾总是能被她的话弄得啼笑皆非，道：“早就留了，已经给武先生和林先生送了过去。”

升哥儿的先生姓林。

赵氏眼巴巴的：“那就好——鹤春今日喝药了吗？”

折绾：“没有，自从母亲给他送了个妇人来，他如今便连去看大夫的话也不说了，何况是喝药。”

赵氏闻言大失所望。这段日子，她已经把自己五六岁到如今的事情仔仔细细地回忆了三四遍，她确定自己是积德行善的。

她出身世家，父亲虽然不是嫡子，但最后也承袭了爵位。她自小跟着嫡祖母长大，很是得宠，要什么就有什么，就连父母、兄妹都得让着她。等到大了，祖母亲自做媒，给她说了英国公府的婚事。夫君英俊，出身名门，虽然头胎生了个女儿，让她着急了一两年，但等到鹤春和鹤悯出生，她就彻底放心了。

人逢喜事精神爽，见人就露出笑脸，平常都不骂人的，就算骂，也没有坏心。

命里最不好的便是女儿被太后抢了去，最后去世的时候，都没见着临终一面，让她耿耿于怀。当时她肯定是咒骂过太后等人的，但这是人之常情，她并不后悔，也不觉得老天爷要用此事来惩罚她。

最后就是鹤春娶媳妇之后事事不顺。

她神色僵硬，若说真有报应，只能是应在折琰身上。

折绾就听说赵氏偷偷摸摸给长姐做法事去了，而后又听说她做了个断子绝孙的噩梦，天还没亮就套上马车，去长姐坟头祭拜，回来一身的泥巴。折绾亲自去瞧了，她果然是在坟前摔了一跤。

劦鹤春知晓此事之后，还尴尬地对她道：“若是我这病能让母亲认识到自己的错处，也算不得坏。”

折绾嗤笑一声：“是吗？那你可真是做了一件好事。”

这人还真会给自己挽回尊严。好嘛，如今他的天阉倒成了好事。

劦鹤春如今在她面前低了一头，被她用这般语气阴阳怪气几句，也不敢说什么重话，只能脸色难看地道了一句：“是我说错话了。”

但折绾的态度让他松了一口气，她看起来并不强求子嗣，只是单纯地怼一怼。这就比母亲好多了，母亲如今真是让他觉得窒息。

但他又很担心，哪个女子不想要孩子呢？何况川哥儿不是她亲生的。

想来想去，劦鹤春最后敬佩的还是她的品性：她是真把川哥儿当成自己的儿子了。

他唉声叹气："是我对不住你，也对不起阿琰。"

他现在只要一听到"药"字，心里就难受，总觉得如鲠在喉。他跟母亲道："我自小就读圣贤书，后面科举进仕，为官四载，四处为民奔波，都是大丈夫模样，母亲如今却要我跟个乡村野妇……"

后面的话他都说不出口，艰难道："母亲实在是羞辱我。"

他是在这时候才真的觉得阿琰苦，这时候才真正地感同身受。他颓然地想：阿琰当年喝下那愚昧的药时，可曾恨过岳母，可曾埋怨过自己？

他掩下心里的哀戚，对折绾抱怨："我如今里外不是人，母亲也恨我不肯听话地吃药和纳妾。"

好像这样抱怨别人，他的心里就能好受一些。

折绾笑了笑，道："母亲都是为了你好，她没有坏心的，你别误会她。"

劭鹤春一张脸就红白交替起来，一时之间不知道该如何回话。

折绾的心情越发好，她把后宅这些事情抛开，给玉丹崖送了许多衣裳过去，说："我这阵子忙，倒是没问你和状元郎的好事，怎么如此快就定下了？"

玉丹崖高兴地道："父亲觉得他好，祖父便去相看了，回来也觉得好，又怕他是装的，便请了相熟人家仔细打听，这般那般一顿问，还请了他上门做客，祖父亲自跟他对谈几日，觉得他人品无损，颇有才华，就同意了。"

谁知道他竟然中了状元，祖父便凑趣，得了个"榜下捉婿"的佳话。

折绾牵着她的手在花苑里面闲走："那你自己可满意？"

玉丹崖点头："我自然满意。"

人是她一眼就瞧中的，哪里会不欢喜。

但顿了顿，她犹豫着道："可是我又怕以后会后悔。"

折绾就拍拍她的手："嫁给谁都可能会后悔，但也不用怕，你这般的身份，家里就是后路，只要你自己拎得清，他就不敢欺负你。"

玉丹崖："要是我家败落了怎么办？"

折绾："哪里能这般说，快'呸'一声。"

然后她顿了顿，道："要是家里败落了也不要紧，人在世上，总是要活的，你看那些吃不上饭的乞儿不照样活吗？只是活得艰难一些。我铺子里有个崔娘子，惯常给人染指甲的。我听她说，她自小父母就去世了，跟着哥嫂过活，后来哥哥嫂嫂将她卖了，本是要卖去见不得人的地方，她吓得不行，却也大着胆子跟人牙子做交易，让人牙子将她卖个好人家，以后十年的工钱就都给人牙子。人牙子同意了，这才有了一条活路。后来好不容易长大，她被人排挤，不能在主子面前有脸面，就日夜学染指甲，得了主家欢心，配了个小厮，日子慢慢地好了起来，结果去年发大水，她又一无所有了。"

玉丹崖唏嘘起来："这命也太苦了。"

折绾也是如此觉得："同乡好多人一根绳子勒死了自己，但她不愿意去死，一路跟着来了京都，去了慈幼院挣扎着活下来。如今在我铺子里做活，因着手艺好，一月差不多有五两银子的进项，还跟隔壁街的杀猪匠成婚了。”

艰难的人有了好报，总是令人欢喜的。玉小姑娘高兴地道：“她这算是苦尽甘来了。”

折绾：“是，人这辈子啊……说不定什么时候就苦尽甘来了。”

她也是这般，从前哪里敢想如今的好日子。

她对丹崖道：“我比你年长几岁，便托大教导你几句：即便将来不幸，日子过得不好，也要往前面走才是，走着走着，路就顺了。”

玉小姑娘连连点头，道：“我听姑母的。”

她还回去把这番话告诉了太后，太后听了若有所思，叹息道：“这是真经过事了。”

她正好要见见那位状元郎，便说：“那日咱们约了阿绾一块儿见见你的郎婿吧？她如此的心境，没准能比我还看得准些。”

玉丹崖便道：“太后娘娘真是！您肯定比我们厉害。”

而后她羞涩点头：“好啊，我也觉得要过一过折家姑母的眼才好，她眼光很好的。”

折绾便又要进宫了。一回生二回熟，这是第三回了。她熟练地叫人准备进宫要穿戴的衣裳首饰，自己则端着一碗燕窝在一边慢悠悠地吃，分外自在。

劭鹤春听见她要进宫就担心，道：“你可别说漏了嘴。”

折绾：“我心里有数。”

劭鹤春却对她的嘴不信了：“你还说不会告诉母亲呢。”

折绾瞥了他一眼，用勺子在碗里慢慢搅拌：“这是大事，母亲自然要知晓。再者，母亲是关心你，我倒是觉得母亲再怎么不好，也比你对川哥儿好。你已经多久没有问过川哥儿的功课了？”

劭鹤春：“哎，如今哪里还有心思管他。”

折绾吃完燕窝去试衣裳，他跟着转悠过去，说：“我知道你心里有气，但这是家丑，你千万不能宣扬出去。”

折绾：“知晓了！”

劭鹤春：“那我晚间去太后宫里接你。”

折绾点了点头：“行。”

等人走了，劭鹤春感慨道：“什么时候开始，我被她指使得团团转了。”

他去见了川哥儿，坐下来就要问功课，川哥儿当时脸色就不好，劭鹤春却没有骂他。他摸了摸儿子的头，说：“再给你一个时辰记文章。”

就这一个儿子了，多点耐心也行。

折绾进了宫，跟太后一块儿见到了那位风头正劲的状元郎。之前她请丹崖从他那里求了“状元春”三个字，但没见过人。

丹崖和他坐在下首，太后却让她坐在了身侧，道：“你我今日都是长辈。”

这就是给足了她面子

玉妃娘娘今日也在，同样坐在太后身侧，笑着道：“丹崖的眼光倒是好，这孩子一瞧就独有一份气韵。”

状元郎倒有些拘束起来。女人一多，他就成了块猪肉，横七竖八地摆在砧板上，等着她们来挑刺。

他不由得看向玉丹崖，望她多说几句好话，好让他是块好猪肉，却见她没有丝毫意识到他的尴尬，还兴致勃勃地等着长辈们挑些肥的、壮的扔出去，恨不得他是块好的瘦肉。

他无奈地笑起来，只能摸摸鼻子，硬着头皮任人相看。

太后看得一阵笑，等人走了，她对折绾道：“你瞧着如何？”

折绾：“是个好孩子。”

太后：“你自己也不大！”

虽然没见几次面，但太后乐意跟折绾说话：“我听丹崖说，你跟她说，即便是她选错了郎婿，也有退路？”

折绾点头，笑着道：“是，她那样的家世，是吃不了亏的。”

太后轻声道：“你是不是觉得自己没有退路？”

这话让折绾惶恐。时日久了，她也知晓太后是个直性子，倒不觉得她在怪罪自己，可还是心颤了颤。

太后懊恼：“你别吓着了，我不是想吓你的。”

折绾就轻轻舒口气：“臣妾知晓。”

她想了想，道：“刚开始是觉得自己没有退路的，但我后来想着，没有后路，就给自己谋条后路吧。”

太后很是认可这句话，她当年也是这么想的，她忍不住跟折绾道：“我当年也过得艰难，后来带着皇帝好不容易过好了，女儿却没了心跳声。我当时啊，想来想去，也想给自己谋条活路，不能跟着阿昭去了啊，我还得活着。”

阿昭就是太后逝去的女儿。

所以太后听说折绾和玉岫在帮着孙三娘好起来的事情之后很是感动，也很喜欢眼前这个姑娘，她道：“我当时没有碰见你，但我碰见了你和鹤春的阿姐，我以为自己有活路了，结果还是一条死路。”

折绾听得有些蒙，不知道太后想说什么，但太后好像也不是特意要说什么，而是絮絮叨叨说之前的事情，最后道：“你若是不怕我，就进宫来瞧瞧我吧，我很喜欢跟你说说话。”

小姑娘十七八岁，却已经足够沉稳，隐隐约约还流露出一股慈悲来，实在是难能可贵。

太后一跟她说话就停不下来，她实在是太久没说过这些事情了，道：“丹崖其实天天跟我说你的事情，我对你可不生疏。”

折绾回去之后便跟刕鹤春说了此事，刕鹤春大为吃惊，而后琢磨道：“阿姐的忌日快到了。”

原来是这么回事，折绾松了口气：“有迹可循就行，那我就时常进宫见见太后。”

这是好事，多少人羡慕不来，她想明白之后又松快起来。

刕鹤春就忍不住道：“太后娘娘是个好心人，你又是这么个品性，她想亲近你是合理的，不用害怕。”

折绾长着一张让人想倾诉的脸。

刕鹤春对她倒是很肯定：“你越发……越发让人觉得靠谱了。”

折绾翻了个白眼：“你如今却很是不靠谱。”

这话一点没说错。赵氏如此折腾，英国公怎么可能不知道，他把刕鹤春叫过去问：“到底是怎么回事？我原本以为是你母亲胡闹，但她胡闹也没有这样过，定然是出了什么大事。”

刕鹤春只能无奈道：“儿子……儿子怕是之后再没有子嗣了。”

英国公愣了许久才回过神来，而后道：“那老三……”

老三是不是一样？

刕鹤春就知道会这样，父亲总是先想到三弟，但这种事情也无所谓了，他点头：“也许？我也不知道。”

英国公如遭雷击，道：“我——我去给你请个大夫。”

既然话都说开了，刕鹤春也破罐子破摔，道：“行。”

英国公坐在那里，久久不能言，刕鹤春知道他在想三弟。他顿了顿，还是道：“父亲，太后让阿绾以后多多进宫陪伴。”

英国公眼睛一亮，瞬间又激动起来：“太后不是喜欢玉家那个姑娘吗？”

刕鹤春：“她也很喜欢阿绾。”

英国公如今一门的富贵有一半是祖宗基业，有一半是因为大女儿和刕鹤春常年伴君。只是大女儿死了之后，妻子有所怨言，太后深居简出，已经不愿意再宣召英国公府其他姑娘进宫了，如今竟然又亲近起折绾来。

他确认道：“不是那种偶尔进宫，而是常常伴在左右？”

刕鹤春点头：“是。”

英国公大喜过望：“说起来，你媳妇确实这两三年进宫了两三次……确实是有造化。”

他一向不关心后宅，今日却发了话，让人开库房给折绾送了许多东西过去。

公公不好给儿媳妇送，于是开了赵氏的库房。等她知道的时候已经晚了，又在屋子里面哭天喊地。

折绾笑盈盈道谢，而后看了劭鹤春一眼：“怎么……你需要这样在你父亲面前得意？”

劭鹤春脸色不好，却也不生气，道：“父亲……父亲就是这般的人。”

折绾：“你从前只说母亲，如今倒是说父亲了。”

劭鹤春却不愿意把自己心里的小心思说出来，更不愿意多提父亲，于是只说了这么一句话就没再说了。

但他不愿意成为父亲那样的人，他对川哥儿越发和颜悦色了。

他和颜悦色地过了半个月，回来拿了一块上好的木头。

折绾皱眉：“你做什么去？”

劭鹤春忍着怒气：“川哥儿读书的院子很不该叫玉嶂，这两个字不好，玉嶂是积雪的山峦，这不是盖住了他的才华吗？”

折绾“啧”了一声：“你这个人，咬文嚼字的。”

把他的话原封不动地还了回去。

玉嶂轩最终改成了“寄春君”三个字，新的牌匾如同上辈子一般，依旧是从折琰的嫁妆里面取出来的。

劭鹤春挥毫泼墨，在上面认认真真写字，寄予期望，川哥儿惶恐不安，都要哭出来了。

折绾过去的时候，他正缩在一边不知所措，武先生无奈地站在一边安慰，却也没有什么用。这个孩子天生胆小，他教导了两年才好一些，但劭鹤春是个没有什么耐心的人，总是将孩子打回原形。这回就是，好端端的，也没让他来教，他自己要教，教又教不好，一个劲地狂怒。

武先生只能仰头看青天，他叹息道：“大人何必要糟蹋一块上好的木头，说不定下回还要改。”

劭鹤春还是要脸的，不好意思得很：“不改了，不改了。”

川哥儿一直垂着头，等到母亲进了院子，他倒是有了些精神，连忙跑过来问好，明明没几步路，却气喘吁吁的。

“母亲——父亲，父亲换了牌匾。”

有些指控的意味。

折绾点了点头，道：“你父亲闲得慌。”

只这么一句话，便让川哥儿安心下来。他也觉得母亲说得没错，父亲确实是闲得慌才要折腾学堂的名字。这般折腾，待会儿让升哥儿知晓了，必定是要笑话他的。

劭鹤春在一边听见了，笑道：“慈母多败儿，你瞧着吧，这名字一换，说不定他就变聪慧了。”

折绾不置一言，只看向武先生：“对不住，今日让先生看了笑话。”

她坐下来给武先生斟茶，又看向劭鹤春，明显是有话要单独跟劭鹤春说的样子。

武先生识趣地先走了，劭鹤春瞧见了还好笑：“有什么大事要藏着说不成？”

折绾：“我是为了你的脸面。”

劭鹤春现在就如同惊弓之鸟，颇有些杯弓蛇影的意味，闻言就道：“你要说什么？”

折绾：“你以为我要当着川哥儿的面说什么？”

劭鹤春讪讪道：“你说吧。”

确实也不可能当着川哥儿的面说他不行。

折绾就“哧”了一声，道：“母亲前段日子跟我说，你自小就愚笨。”

劭鹤春顿时恼怒：“母亲说的？”

折绾点头：“母亲说你自小愚笨，读书识字皆不厉害，还没有川哥儿强。”

川哥儿抬头惊讶地看向父亲。

不对啊，父亲一直说他自小聪慧，自己一点也不像他。父亲最常说的一句话就是：“你也不知道像了谁！”

念头刚落，就见母亲正襟危坐，极为认真地道了一句：“所以我看，川哥儿是像你的。”

父亲就哑巴了。

劭鹤春倒是没生气，但他还是道：“母亲记错了吧。”

他记得自己从小读书背文章厉害得很。

折绾：“你是母亲的儿子，难道母亲还会乱说？她不是最记得你小时候的事情吗？”

赵氏这段日子跟劭鹤春生疏了，便想着缓和关系，开口就是：“我还记得你小时候厉害哦，那么高的一棵树，说爬就爬，还带着越王一块儿爬，把我吓得不行。”

她时常回忆当年，劭鹤春态度就松缓一些，他也记得那些年幼时大胆却快活的事情。

折绾笑盈盈的：“母亲不会乱说的，她记得的事情可多了。”

劭鹤春：“……”

川哥儿当天都很高兴，他跟升哥儿道：“母亲真是厉害。”

他痛快之后，左看右看，问：“你脖子后面的皮怎么破了一块？”

升哥儿笑嘻嘻地道：“我跟莹姐儿打架，被她挠的。”

小孩子打架都不在意这些，川哥儿也没在意，只是好奇地问：“你们怎么打架了？”

升哥儿：“我们比拳头，她输了，她说自己手的力气小，我们就比打架嘛，这样脚也可以比画比画了。”

他摸了摸伤口，说："谁知道她的指甲厉害哦！"

竟然抓破了他的皮。

刚说完，莹姐儿就来了，炫耀她染的指甲："是大伯母给我做的，只用了花汁，怎么样，好看吧？"

三个人凑在一块儿叽叽咕咕，让厨房给他们送来了吃食。正吃得高兴，莹姐儿就见阿娘进来了，她欢喜地招手："阿娘，你快来，你看我的指甲——"

阿娘却皱眉看向升哥儿，道："宋妈妈说你弟弟身上有伤口，我来看看。"

孩子们下意识地觉得事情不好了。

折绾从太后宫里回来的时候，便发现赵氏和宋玥娘站在她的"别有人间"外，川哥儿和升哥儿面露不安。

折绾皱眉："怎么了？"

一堆人拥过来你一句我一句，宋玥娘指着里头道："你看看，你看看你惯的，如今都不服管教了，我也没说几句话，莹姐儿就躲进去锁了门。"

折绾便叫升哥儿过来，看了看伤口，确实是破了一点皮。

她问："疼吗？"

升哥儿哽咽："不疼的。"

真的不疼，谁也没有当回事，不过是一件小事，但祖母和阿娘不知道怎么就惊慌失措起来，好像他即刻就要升天一般。他是叫升哥儿，但也没想要升天啊，他真是不懂这些大人。

折绾就"嗯"了一声，摸了摸他的头："你跟你阿娘再说一遍。"

升哥儿便朝着阿娘生气道："我们不过是闹着玩罢了，阿娘这般不是伤了我和姐姐的情义吗？"

宋玥娘也是后悔的，但她觉得自己也没说什么，只是在看见儿子的伤口之后，心疼地说了几句，叮嘱莹姐儿以后不要如此罢了，她真没说什么。

她着急之下，还拉着赵氏做证："你问问母亲！我就说了一句，真的，就一句话，我就让她不要再顽皮伤着弟兄而已。"

升哥儿握紧拳头："还有！祖母也说了！"

赵氏就觉得孩子们小题大做，好笑道："是，我也说了一句。"

她说的是："你在家里打你兄弟，小心嫁出去后他不给你出头。"

赵氏摇摇头："就是养得娇气了，一点话也说不得。"

莹姐儿小时候也不这样啊，多乖巧的一个孩子。七岁的小姑娘了，还一点事都不懂。

她叹息，蓦然就想到了自己的女儿，她的大女儿莺姐儿当年也是这般模样。小时候还好，后来大了，进宫了，便跟她生疏了，回家的时候说一两句话便要生气。后来她怎么哄也哄不好，还是亲手给她做了块帕子，才哄得她眉开眼笑。

折绾已经听得眉心直跳了，她都不愿意跟这两个人多说，只是道：“母亲还是去劝劝鹤春吃药吧。”

赵氏马上就要去捂她的嘴巴，折绾后退一步，赵氏便尴尬地道：“是，他的腿不好，是该吃些药才行。”

宋玥娘狐疑起来，看看这个，看看那个，总觉得有什么事情瞒着自己。

但她现在没有心思管这个，冷静下来之后，还是后悔自己刚刚说了女儿，便去书房门口哄：“莹姐儿，你出来吧，别生阿娘的气了，阿娘错了好不好？”

莹姐儿大声道：“阿娘根本就不知道自己错了！”

宋玥娘赔礼道歉：“我真错了，你原谅我吧，我以后再也不说你了。”

莹姐儿这才出来，她哭着伸出手朝向阿娘：“你以后再骂我，我就不跟你好了。”

宋玥娘“哎”了一声，过去抱着她：“我肯定不骂你了。”

小姑娘哪里受得了母亲的哄，顿时就破涕为笑。折绾目光温柔，看她就好像看见了自己，目光中透露出悲悯之情。

果然没过三天，莹姐儿就又躲进了“别有人间”生闷气。

折绾这回没有劝解她，她只是笑着给她煮甜甜的茶喝，莹姐儿啜一口就倒在地上哭，折绾抱她起来，叹息道：“等你长大就好了。”

长大了，就看开了。

她把此事当作琐事，跟太后道：“如今小姑娘可怜兮兮的。”

太后跟她一块儿研磨茶叶，两人懒洋洋地在阳光下说话，但太后的一句话让折绾顿时惊得挺直了背。

太后道：“当年……当年莺姐儿第一次跟我见面的时候，也说了类似的话。”

那是个早慧的小姑娘，当时皇帝想要让自己高兴高兴，便从大臣家里请了些小姑娘来陪她。其他的小姑娘都努力欢欢喜喜地逗她高兴，只有莺姐儿虽然笑着，却一脸委屈，等到用膳的时候，还忍不住哭了起来。她一哭，就在笑着的姑娘们中被发现了。

太后抱着她问：“你怎么了？”

小姑娘不敢说话。

太后又见了她几次，越来越觉得她像自己的女儿阿昭。她就问莺姐儿：“你愿意留下来陪我吗？”

莺姐儿才六岁，说话软软糯糯的：“我愿意的。”

她不愿意，太后看得出来。她虽然喜欢莺姐儿，却也不愿意强求，笑着道：“但你还太小了，等你大些了再回来陪我好不好？”

莺姐儿高高兴兴地回去，又“高高兴兴”地被送了回来。

太后十分不满，这回莺姐儿却道：“太后娘娘，我愿意陪着你的。”

太后当时心一硬，一狠，便将人留了下来。

她说起此事心里酸涩，道：“后来啊……莺姐儿跟我说，她当初哭是因为赵氏跟她说，她是姐姐，要照顾弟弟们，不然将来在婆家被欺负了也没人帮。”

太后唏嘘：“没想到这么多年过去了，赵氏还是这么一套。”

太后对赵氏的感情是复杂的，她既觉得对不起赵氏，认为自己抢了她的女儿还没有养好，又觉得她对莺姐儿不好，实在是没有脸面说自己。

但她到底还是愧疚的，道：“当时阿琰进宫也看过我，我知晓她受了委屈，但我只能提点鹤春，不好去指责赵氏。我就想着，我是亏了她一个女儿的，我没有脸说她一句不好。”

太后拍拍折绾的手：“当初莺姐儿那里我没哄好，如今莹姐儿这边，你便多操操心吧。莺姐儿、莹姐儿……这名字是赵氏取的吧？”

确实是的，她肯定是寄托了对女儿的思念。

折绾“哎”了一声，她不知道还有这么一段往事。果然，当初做了初一，今日还会做十五。

她就将莹姐儿带在身边，直接送到勋国公府和宋家去。宋玥娘最初还不满，但宋夫人上门拿着鸡毛掸子猛打她一顿之后，她也不敢吱声了。

宋夫人抱着莹姐儿，指着宋玥娘的鼻子骂：“幸而阿绾来知会我，我才知晓你这糊涂东西做了这么多蠢事！”

折绾也在旁边坐着，静静地喝茶。宋玥娘恨得牙痒痒，折绾就笑了笑：“我也是为了莹姐儿好。”

宋夫人刚走，玉岫就上了门，接着又打又骂。两人来来去去，都没有去见赵氏。

赵氏脸面上过不去，气得在家里砸东西：“往后宋家人不得入我的门！”

宋玥娘挨了打，又见莹姐儿伤心，才算是真的后悔了，道：“好了好了，我往后不说你比升哥儿差了吧？”

莹姐儿还是闷闷不乐，整日去“别有人间”折腾茶叶和花。宋玥娘就眼巴巴地过来接人，还把折绾拉到一边去说悄悄话。

折绾还以为她又要阴阳怪气一顿，结果却听见她说：“我警告你，别在太后面前提起莹姐儿。”

太后克女儿是出了名的，她可不愿意莹姐儿进宫去。她恶狠狠地道：“你要是敢把莹姐儿带进宫去，我就跟你拼了！”

折绾白了她一眼：“你还真是……愚蠢，你再这么折腾，莹姐儿就真埋怨你了。”

孩子一长大，懂得了明辨是非，终究有一日看得清父母到底是爱自己，还是不爱自己，还是……选择性地爱自己。

宋家都是聪明人，怎么就少了个宋玥娘呢？折绾不愿意搭理她，转身回去继续做事。

如今状元春大卖，这个名字便可以传遍大江南北了。周掌柜就怕有人仿冒她们的招牌砸牌子，便加上了闽南的名号。如今孩子们出去卖茶叶都是喊：喝了闽南状元春，将来头名中状元。

为了把“闽南”两个字印在茶瓶里面，折绾和孙三娘两个人想了半个月，才想出了一个好看的、难刻画的徽记烧在瓷器上面。如此这般，别家若是再仿照她们，便要先得花银子出去，实在是不值得，真要仿的人就先退场了。但商人最不缺的就是点子，他们既然做不成真的，干脆就做假的，别人一看也知道是假的，但胜在价格便宜，如此，买假货的人多了，便也追究不完了。

素膳气得不行，折绾倒是看得开，劝解道：“反正已经这般了，便看开些，就当成咱们占大头，怎么也要给其他人占小头，不然生意不好做嘛。”

周掌柜就喜欢她的大气：“是这个道理。”

于是也没多管仿照的事情，只自己做精品，竟然名声越来越大。

卷七 弄花一岁，赏花十日

/ 一年三百六十日，长姐活了二十一年，拢共七千多日。

七千多个日子里，母亲想赏看她哪二十一日的盛放？ /

（一）

天也越来越热，折绾又开始折腾薄纱。

玉岫带着平哥儿来玩，看见她就笑：“你虽然没有出门做生意，但事事都在管着，我的天老爷，你怎么有这么多精力的。”

她在家里被几个孩子折腾得一点时间都没有了！

折绾却道：“我倒是真想亲自去谈一次生意。”

但如今的身份是不行的，最开始一家子人允许她出门，是以为她去勋国公府。当初勋国公位高权重，还不是今日的颓唐模样，稳稳地压在刕鹤春的头上，他便很愿意她去勋国公府。后来她又搭上了越王，被陛下知晓了种茶叶的事情，大家便不好阻拦她出门。

如今习惯她这般出门忙碌了，英国公还特意对她道：“你去宫里、越王府等，都要谨言慎语，不可闯祸。”

折绾应承下来。

英国公便对赵氏道：“老大家的在做正事，你平日里多照顾些她，少拿琐事烦她。陛下上回还问呢，说闽南那边上报折子来，当地人都开始开垦荒地种茶叶，不少人有了地方做事，作恶的人都少了，是件大好事。”

陛下很是满意，对他道：“爱卿是个有福气的人，儿女都是做大事的。”

英国公就更不管她了，但即便如此，她还是不能亲自去做生意。世家与世家联姻，都牵着扯着，彼此之间都有规矩，她不能坏了规矩。

她喝口茶，道：“京都不行，但等我以后去了闽南，我那时候要亲自试一试。”

玉岫：“还心心念念去闽南啊。”

折绾笑着道：“嗯，要去的，怎么着也要去一趟。”

带着素膳一块儿，富足地、健康地、平安地在闽南活着。

为此，她努力地为自己谋一条生路，一刻也不敢停。

后头的话虽然没有说出来，但玉岫从她如夏花般绚烂的笑容里面瞧见了。

她嘀咕道：“真有如此好？那我以后在儿子游学的时候也跟着去看一看。”

折绾：“好啊，到时候我等你来。”

她拿了一件薄纱给玉岫，说：“就是再多的冰也抵不过一件薄纱衣。”

这句话是真的，天一热，人就容易暴躁。六月天，莹姐儿出手揍了川哥儿和升哥儿。

正好折夫人也过来看川哥儿，三个孩子扭打成一团，川哥儿是最弱小的，根本没有还手之力。

折绾连忙过去劝架，抱着莹姐儿身子就走，莹姐儿的腿还在空中比画：“还想抢我的东西——”

她偏不给！

赵氏在一边喊：“就三个孩子，还天天打架的！”

川哥儿红着脸出来，倒是还有些兴奋，他虽然没打过，但是他被压在最底下，莹姐儿主要揍的是升哥儿。升哥儿疼得“嗷嗷”叫唤，自己一点也不痛，但他的手被按在下面破皮了。

折夫人心疼得不行，抱着川哥儿就道：“疼不疼？”

川哥儿摇摇头，他是来劝架的，只是被搅和进来了而已。

莹姐儿也太厉害了，一挑二。

升哥儿被揍哭了。他就是见了莹姐儿的毛笔好看想要而已，莹姐儿却不给，他想要，伸手就拿了，结果莹姐儿这么生气！

赵氏对着莹姐儿道：“你怎么这么狠心啊！我的姑奶奶，这是你亲弟弟啊！你这是把他怎么了？”

莹姐儿梗着脖子不说话。

宋玥娘唉声叹气的，是哪个孩子都不好过去安慰，于是眼巴巴地瞧着赵氏带走了升哥儿，折绾带走了莹姐儿。她着急地站在原地，不知道该去追谁，最后只能暴躁地跺脚：“啊呀！真是愁死人了。”

折夫人便抱着川哥儿，心里不舒服起来。

好嘛，一个个的都是宝，只有她的川哥儿没人管。

川哥儿着急去看莹姐儿，便道：“外祖母，你先去坐着，我去看看母亲和莹姐儿。”

他要问问莹姐儿和升哥儿为什么打架。

莹姐儿不告诉别人，但肯定会告诉母亲，去晚了就听不到了！

折夫人强颜欢笑地回去了。

她对贴身婆子道："不行啊，川哥儿太可怜了，于妈妈一走，他就跟个没人养的孩子一般。"

她气得哆嗦，道："他们不爱川哥儿，我爱，我得给他找门好婚事才行。"

她想起儿子最近巴结上的人家，想了想，道："你去给明家送张帖子。"

明家是个好人家，明家的姑娘也好，配川哥儿也是配得上的。

婆子就道："七姑奶奶没有管川哥儿吗？"

折夫人"啪"的一声拍在了桌子上："真是个白眼狼，说好的事情一件也没有做到，她明明答应我要好好照顾着川哥儿的。今日我去瞧着，她只抱着莹姐儿就走了，我们川哥儿一个人孤苦伶仃地站着。"

她深吸一口气："她还是太顺了。"

之前是巴结上宋家、勋国公府、越王夫妇，如今巴结上了太后，春风得意。

几日之后，折绾就收到了一个小盒子，是素膳拿来的，道："姨娘今日来了，她叫我给你。"

折绾看见那个小盒子就脸色不好起来。盒子上面还有些泥土，可见之前是被埋在地里的。

折绾轻声道："这回，这么快就挖出来了啊。"

素膳不明所以："怎么这回挖出来了？难道之前还挖出来过？"

折绾笑了笑。

确实是挖出来过。姨娘拿着它，跪在自己面前："你还记得你之前说过的话吗？"

折绾用帕子拂开上头的泥土，低声问："姨娘还说什么了？"

素膳："姨娘说，让你早日怀上孩子。"

折绾打开盒盖子放在一边，嗤笑道："好端端的日子不过，估摸着又是谁去挑唆了，便来折腾我。"

姨娘并不聪慧，聪慧的话，也不会被人当枪使了。她之前总想着，姨娘这般，就只能靠她了，她要厉害一些才是，免得姨娘受欺负。后来才发现不是这般的，姨娘不聪慧，不能欺负别人，第一个欺负的反而是自己，她能拿捏的也只有自己和素膳了。

盒子打开，露出一张泛黄的纸。

折绾慢吞吞地打开，里头现出一手稚嫩的字迹。

素膳凑过去看，只见上面写着：阿绾将来要给姨娘养老，给姨娘买很多很多首饰穿戴，听姨娘的话，也希望姨娘将来能给我生好几个弟弟。

素膳一眼就认出这是姑娘小时候的字迹。她疑惑道："姑娘什么时候写的？"

折绾："五六岁吧？姨娘受了委屈，我心疼她。"

素膳如今也是一方顶梁柱了，底下多少人等着她发例银，哪里还看不出这点小手段，她道："姨娘干吗啊！"

折绾笑了笑："别管她，我已经不会再被她这般裹挟着去了。"

她还跟素膳道："我还告诉你一件事情，刕鹤春有病，他很难生孩子，生出一个川哥儿已经是三生积德行善了。"

素膳捂住嘴巴，而后就在屋子里面走来走去："老天爷，竟然是这么回事。我就说好端端的，姑娘身子如此的好，怎么就是怀不上。幸而姑娘聪慧，没有去吃那些乱七八糟的药，否则不是白白受苦了？"

折绾就知晓素膳心疼她，她快活道："是啊，受了好多苦，药好苦。"

素膳就说："姑娘最怕苦了！"

怕酸怕苦，小时候有了糖就掰开含着。

但素膳一番着急，庆幸之后，又开始发愁道："这事情肯定不能告诉姨娘，但以后她要是再来逼姑娘怎么办？"

折绾："那咱们就不理她，嫡母要对付我，肯定要用她来折腾我。素膳，你长大了，我如今跟你说最后一遍，你要记住，咱们跟姨娘以后是两条路。"

她也是最近看见莹姐儿懵懵懂懂地长大，才明白这个道理。

"我最近就在想啊，生而为女，便注定了大多与父母缘浅。父母缘浅，六亲缘薄……倒也不是坏事。"她温和道，"素膳，六亲缘浅是福，修得的是前世今生两不相欠。"

折绾如今一点也不怕嫡母用姨娘来对付自己，即便是收到了姨娘送来的"幼时承诺"，她也无动于衷。人总是要朝前看的，姨娘已经落在后头了，她等了姨娘一辈子，没有等来比肩，那就各走各的，何必要去强求呢？

她跟素膳道："如今我身份不同了，又在太后面前有脸面，父亲难道会不知晓善待姨娘？你放心吧，如今就算是母亲要磋磨姨娘，父亲也会拦着，他将来还要用我的人情呢。"

素膳安心下来："那就好。"

李姨娘后来又去了铺子几次，素膳好吃好喝地伺候着，李姨娘却吃不下喝不下，哀求道："就是吃再多的燕窝人参，都不及阿绾来见我一次。"

素膳讪讪："可是姑娘很忙啊。"

李姨娘落寞："我听闻她经常去太后的宫里，也经常去勋国公府、宋家，就是铺子里，她也是常来的，怎么就没有时间来见我呢？"

素膳："她最近没时间来铺子里嘛。姨娘，您想跟姑娘说什么都可以跟我说，等姑娘来了，我就告诉她。"

李姨娘无奈，只能道："就是上回的事情啊，她成婚都三年了还没有子嗣，说出去都叫人笑话，也要叫婆家嫌弃，我日夜睡不着，急得跟什么似的，便千辛万苦给她买了张生子秘方。”

素膳：“那都是偏方，一点用都没有！”

李姨娘就叹息：“你们还小，根本不懂。”

然后她看看左右，拉着素膳去一边悄声道：“素膳，你是个好孩子，我也是看着你长大的，哪里还不知晓你的秉性？我最信任的人就是你了，咱们三个偷偷摸摸地绣荷包卖，钱都在你的手里，我是一点也没有怀疑过你会挪用银子。”

素膳感动起来。

李姨娘柔着嗓音：“从你来我们小院子那天起，我就把你也当成半个女儿了，你和阿绾要好，你就说，她自小待你如主仆还是如姐妹？”

素膳柔肠百转：“自然是姐妹。”

李姨娘：“如今，阿绾需要你呢。”

素膳信誓旦旦：“是，我要替姑娘赚钱。”

李姨娘：“傻孩子，钱在英国公府有什么用？我虽然见识浅薄，但也知晓若是没有身份，那有银子也是守不住的。在这个京都里面，还是要世家夫人的身份才靠得住。你就想想你家姑娘之前过的是什么日子，如今是什么日子，这般的日子要保得住才行啊。”

素膳想起姑娘的不容易，肝肠寸断。

李姨娘温和道：“素膳，你家姑娘还是要个孩子才行，你和她好，她要是生不出来，你愿不愿意替她生一个？往后你们姐妹荣华富贵便是一体。”

素膳断掉的肠子顿时用铁丝缝补上，谁来也扯不断了，她心如铁石，脚如磐石，“噌”地站起来，挥着拳头勃然大怒：“姨娘未免也太看低姑娘了！看低我了！姑娘从不会如此想，我也不会做这般的事情！”

李姨娘退而求其次：“那你让阿绾来见我，我亲自跟她说。”

素膳站起来就走，紧握着手，气得如同一只大鹅，已经开始一摇一摆了。

素蕤便从一边窜出来拦住李姨娘：“我们折掌柜有事，夫人还是下回再来吧。”

李姨娘一巴掌打开他，往前追，但追了几步，没追上，只能无奈道：“一个个的，翅膀都硬了。”

还是太年轻，如今不管不顾，只求轻松，那以后呢？以后没有亲生的孩子，老了谁来孝顺她？

李姨娘唉声叹气，回去辗转难眠了一晚上，第二天来的时候，素膳却不见她了。

蝉月笑盈盈地道：“我们掌柜的出门了。”

李姨娘：“去哪里了？”

蝉月：“冀州。”

李姨娘从来没有出过京都，即便是现在来铺子，她也没有下过马车，而是从折府出门，坐马车到花草铺子，又在铺子门口坐马车回去。冀州在她看来是远在天边的。

她瞠目结舌：“素膳跟着谁去的？”

蝉月便一脸不解地看着她：“大家都忙得很，自然是她一个人带着小丫头、小厮去的。她是我们的掌柜，哪里还要别人带着？”

这话一点没说谎。周掌柜坐镇京都掌管大局，外面的生意就要人去谈，素膳是最好的人选。最开始素膳还不敢出去，被周掌柜骂了好几顿才答应，但还是迟疑得很，生怕自己做不好，把事情弄糟了。结果这回李姨娘一来闹，她就主动请缨去了。

周掌柜高兴得很，把素蕤派给她，道：“你是主家最信任的人，说句难听的话，将来要是出个什么事情，我们都可能走，会离开，但你不会，你这辈子我是看死了的，你离不开主家，那你就要学会独当一面，什么都会，往后才能挑起重担。”

素膳咬咬牙：“行！我做！”

她就去了。折绾知晓之后又是担心又是骄傲，对周掌柜道：“你瞧瞧，她真的很聪慧。”

周掌柜翻了个白眼，整日里这般夸来夸去的，像谁不知道她们两个关系好。

折绾笑个不停。

李姨娘总算是消停下来了，她大病了一场。

折绾回去看她。李姨娘想要诉苦，折绾却笑着道：“我上回说的，你想好了吗？”

李姨娘：“什么？”

折绾：“你心里是有数的，装傻也没用。”

李姨娘扭过脸去，意思很明显。折绾也不着急，她道：“那我就走了，等你想得差不多的时候我再来。”

李姨娘哭得不行：“我到底是做错了哪里？啊？我对你好也有错了？”

折绾并不气恼，她静静地道：“姨娘，你没有错，但我也没有错。”

彼此站在自己的立场都没错，便不要纠缠为好。

李姨娘气得两眼冒火：“你怎么会变成这般？我只是想要你老了有人照看。”

折绾：“姨娘生了我，如今我照看你了吗？你不是照样被气得躺在床上？”

李姨娘便也生气了：“好好好，我再不管你！”

折绾：“这般很好，姨娘好好过自己的日子吧。”

李姨娘直接气晕了过去。

折夫人听闻此事的时候还诧异了一句：“小兔崽子长大了变成了小狼崽

子，心是真狠。”

她更打定主意要给川哥儿找一门好婚事，她请了明家的人来赏花。

折家大郎一回家就被妻子喊了过去：“母亲是怎么回事？啊？明家的女儿不是咱们想替朗哥儿求娶的吗？”

折大郎：“是啊，怎么了？”

莫氏的手都是哆嗦着的：“你去——你赶紧去问问母亲，你到底算不算她的亲儿子，难道你是抱养回来的，竟然如此对你！”

折大郎皱眉：“到底出了什么事情？”

莫氏一屁股坐在凳子上：“母亲想要将明家女许给川哥儿。”

折大郎大惊失色：“什么？川哥儿虽然是大妹妹的儿子，但到底是姓劭。劭家人都没有操心，她操什么心？她以为劭家人会愿意她这般操心吗？人家的嫡长孙婚事难道没有自己的考量？母亲实在是……实在是……”

到底说不出不好的话来。

莫氏捂住脸哭道：“好歹别这么偏心。我娘家兄弟也就罢了，那是我的兄弟，不是母亲的。舅舅家也算了，虽然是她的亲兄弟，却不是她的亲儿子。可你是她的亲儿子，朗哥儿是她的亲孙子啊。平常看着对朗哥儿千好万好，结果现在呢？遇见事情了，见‘真情’了！”

折大郎站起来：“我去问问母亲！”

折夫人就被儿子呛了一顿。她皱眉：“是你媳妇说的？”

折大郎：“母亲别管是谁说的，只说是不是吧？”

折夫人：“确实是有这个打算。”

折大郎一下子气红了脸：“母亲！那可是你的亲孙子，你怎么能这么做呢？”

折夫人头疼得紧：“我求娶的是明家大房嫡长女，不是二房的嫡女。”

折大郎愣了愣：“是吗？”

他和妻子要求娶的确实是二房的嫡女。

明家二房刚来京都，却是他的上官。明家是姑苏那边的，在姑苏乃至整个江南都是厉害的世家。明家大房的老爷如今就是林州知州，比二房厉害多了。二房老爷虽然也一路高升，却有个短处：他是庶子出身。虽然自小养在嫡母身边，但江南喜欢细究出身，他的出身还是差了一截的。

折家大郎一口气堵在心口出不来。他回去之后喝闷酒，莫氏知晓了，松了一口气的同时又讥讽道：“一个是亲孙子，一个是外孙子。咱们求的是庶房嫡女，她求的是嫡房嫡女，以后川哥儿和朗哥儿一块儿去岳家，好嘛，高下立判。”

折大郎听得烦：“咱们家就是这个家世了！”

大妹妹本来就是高嫁的。

莫氏哼哼了一声，也没有再说，这种时候确实比不得，人比人，气死人。

但很快，她就发现婆母因为不满她挑唆丈夫而折磨她了。

先是婆母病了，要她侍奉。等她回去的时候，听闻丈夫看了母亲身边的小丫鬟好几眼，男人就是这么一副德行。

她身边的婆子小声道："夫人身边的那个丫鬟是胡妈妈的女儿。"

胡妈妈一贯是折夫人的得力助手，折夫人有什么事情都是她去做。如今要把她的女儿嫁给丈夫，莫氏不用动脑子都知晓是怎么回事。

她深吸一口气："我事事忍让，却让人欺负到了如此的份上。"

她阴沉着脸："母亲真是忘记了，我也是有手段的人，只不过为人媳、为人妻、为人母，我还顾及着脸面，生怕一家子人起了争执，伤了彼此之间的情义。"

但如今大家都不要脸了，那她也不讲脸面了。

没几天，本来是要去折家大郎房里的小丫鬟却去了折老爷的床上。

折夫人气笑了。

胡妈妈诚惶诚恐，跪在地上道："夫人，此事老奴真的不知情啊。"

折夫人扶起她："我知道不是你。"

出了这般的事情，胡妈妈却不好用了。

胡妈妈跟着折夫人这么多年，哪里还不懂这个道理，又跪下去磕头："夫人，您明鉴啊，小杏是您看着长大的，哪里会有这般的心思，她听您话的。"

折夫人再次扶起她："你多心了。"

多没多心，胡妈妈跟了她几十年，心里明镜似的。

（二）

折家发生的事情，折绾并不知晓，等折夫人来英国公府提起川哥儿的婚事时，她还在想怎么提前了。上辈子可不是这个时候说的，还得好几年呢。但折夫人提了，英国公听闻是明家，自然也有所考虑。

他把砀鹤春叫到书房去，两人足足说了一晚上，第二天砀鹤春回去，道："若是明家长房嫡长女，也算是一门好婚事。"

折绾"嗯"了一声。确实是桩好婚事，小姑娘很好，她去世之后，她也是为自己流过眼泪的。

砀鹤春道："听闻明家今年年尾会来京都述职，到时候还可以见见。"

见一面，什么事情都谈妥了，便能将亲事定下来。

他说完之后还有些恍惚："这就找好婚事了？"

他们本来是想在京都给川哥儿说亲的，结果没想到岳母找了江南的明家。明家当然不错，只是他们素无来往罢了。

这可真是……他笑起来："我还听闻，舅兄准备给朗哥儿求娶明家二房的姑娘。”

折绾记得这事情没成，其实她记得此事本来是大哥哥想为朗哥儿求娶明家长房嫡长女，最后被嫡母截和给了川哥儿，大嫂嫂闹了好一会儿。

这辈子是变了吗？

劭鹤春还在那边笑：“这可真是……岳母也真是的，这样我和舅兄见面，我都不好意思。”

折绾瞧了他一眼：“我看你倒是很好意思，得意得很。”

劭鹤春摸摸鼻子：“很明显？”

折绾：“你说呢？”

劭鹤春就露出个得意的神情，大笑出声，他一想到舅兄气着的脸就高兴：“舅兄这个人吧……”

怎么说呢，小肚鸡肠。自从上回没有帮莫家处理事情，他虽然表面上见了自己还笑，但是眼里流露出的埋怨明显得很，一点城府也没有。

他躺在摇椅上摇啊摇，道：“哎，岳母这般聪慧有手段的人，怎么就生出了舅兄这般的儿子？阿琰比他可强多了，怪不得岳母顾念川哥儿。”

折绾就斜眼看他：“母亲顾念的是川哥儿，可不是你，大哥哥是母亲的儿子，可你不是。”

劭鹤春：“那可说不定，岳母对我是极好的。”

这句话在不久之后也得到了印证。

起因是赵氏不死心地在外头寻医被相熟的人知晓了，那人是个大嘴巴，跟自家人道：“肯定是劭家大少爷不好，妇人家不好，踅摸的可不是这种大夫。”

一个传一个，便暗暗地传了出去。折绾如今的人缘好，便被人偷偷地告知。

此人就是庆国公夫人，她问：“这是真的还是假的？”

折绾一副难以启齿的模样：“这是都知道了？”

庆国公夫人：“自然是都知道了！但谁敢到你家去说？都私下说得热闹呢。”

折绾便道：“本是家丑，不该说的，但既然都传出来了，我也不能瞒夫人，否则辜负了夫人的一片好心。”

庆国公夫人很是想找个同病相怜的人，虽然她家小孙子是那个不行，劭鹤春是这个不行，但不行和不行也没有什么区别，都是不行嘛。

她一听折绾说这话，心都安定了，道：“没事，也许能治好的，咱们一块儿找大夫。”

折绾就道：“治好不治好的，都是命，好在我长姐已经留下了川哥儿。子嗣都要看缘分，我家三弟也就是跟三弟妹生下了一对龙凤胎罢了。我估摸着，这是家传的毛病，只能生一个孩子。”

庆国公夫人就恍然道：“是啊，你家三弟也是这般。”

她小心翼翼道：“外头……有些风言风语的，还说川哥儿有问题。”

折绾大怒，站起来就道：“是哪家说的？我如今就要提把刀去她家问问，这等的话如何说得出来。”

庆国公夫人便回去骂四儿媳妇：“你这段日子可不准再出门，我要是再听见你跟谁胡说八道，就用针线缝了你的嘴巴！”

玉岫在外头也跟人嘀嘀咕咕：“哎哟，说不定就是英国公夫人当年吃了什么东西，坏了孩子的根。你们想啊，英国公可是子嗣昌盛的，可是轮到大房、三房了，就子嗣艰难，一个也就算了，这可是两个，我们家也有一个玥娘在那里呢，幸而有了一儿一女，否则……唉。”

大房和三房的事情同时牵扯出来，京都的人才慢慢地从子嗣问题上转开，继而人人自危：当年赵氏吃了什么？她们没吃吧？

便有相熟的人家去打听了。

赵氏被围着问，一张嘴百口莫辩，痛哭出声：“我没有啊，我真没有。”

她吃的用的，都是规规矩矩的，哪里就吃了什么让孩子断根的东西。

就连英国公也信了，骂道：“你这个蠢妇！你还不快些想想，否则将来不小心给孩子吃了，我就真要休妻了！”

劦鹤春如今也是恨上了赵氏的，他跟折绾埋怨：“好端端的，都说不要再去请大夫了，她又不听。不听，手段又不高明，让人家知晓了，弄得我如今是丢脸丢尽了。”

就连勋国公也来问他：“我有个大夫……”

劦鹤春皮笑肉不笑：“不用了，咱们还是不同的。你若是有好大夫，我就告知庆国公，他家想来很是需要。”

勋国公顿时脸色难看。

劦鹤春也不管了，烦心地跟折绾道：“母亲就没有做过一件好事！”

折绾笑盈盈地轻声劝解：“把你生出来，养大成人，难道不是好事？你该孝顺一些，别整日说出些不孝的话。”

如今三弟不在京都，就他一个人被说，他如今倒是很羡慕三弟了。

“离得远远的，什么烦心事也没有。”

好在母亲惹祸，还有岳母善后。岳母到底是最挂念他的，带着熟人介绍的老大夫上门了。

折夫人道：“外头说你……我是担心的。”

她很得意。之前赵氏在外头说阿琰有问题，生不出孩子，她每每听见都是气得牙痒痒。如今倒好，有问题的是赵氏了，也该让她听听这些话！

她看着折绾的眼神都柔和了一些，认为是折绾故意传出去的。

折夫人狠狠出了一口恶气，她对劦鹤春道：“我是悄悄带着人来的，外头都不知晓。”

劢鹤春此时很需要这般的好言好语。

老大夫诊脉之后，摸着胡子，笑道："确实是天生带了些不好，但也不是没有机会生下孩子，只是这个机会就小了，之前生下一个，已经是极好的结果。"

赵氏当场晕了过去。

老大夫给她扎了一针，又给川哥儿把脉，道："小少爷很好，没有任何问题。"

劢鹤春松了眉头："之前也有大夫看过，都是这般说的。"

折绾却觉得不对，她记得很清楚，上辈子这个老大夫说的是：两人身子都很好。

就算是其他的事情变了，劢鹤春的身子也不可能变了吧？

她迟疑一瞬，第二天去找玉岫，小声道："我总觉得不对劲，你帮我查查那个大夫。"

玉岫查了回来："确实是南边的名医，跟你家嫡母还有些亲戚关系。"

折绾："名声怎么样？"

玉岫："名声不错，算是圣手。"

折绾却越想身子越寒。名声不错的大夫说劢鹤春没事，别人都相信了，可他确实诊错了，是诊出脉没有说，还是他沽名钓誉没有真本事，看碟下菜胡乱说话？若是故意没说人是嫡母找来的，她知道真相吗？如果知道真相，还冷眼旁观，看她不断地喝药……

一层层想下来，她深吸一口气，脑袋昏昏沉沉。

玉岫扶住她，关心道："阿绾，你怎么了？"

折绾摇摇头："没什么。"

她喃喃道："若真是如此，那她实在是恶到了骨子里。"

她之前没有怀疑过嫡母知晓劢鹤春的身子有病，因为两辈子她都知晓长姐也是喝了很久的药才怀上川哥儿，谁知道嫡母当年还藏着这么一手。

她心气难平，以至于晚间劢鹤春在说岳母的好话时，便被她赶了出去。

劢鹤春还叹息："你这是怎么了？怎么今日如此暴躁？"

折绾将门关上，犹豫着写了一封信给玉岫，请她继续帮着查。

结果过了两个月，她还没查出什么确切的证据来，莫氏在一个黄昏上门了，她说了件匪夷所思的事情。

劢鹤春暴躁地摔了一桌子茶杯，赵氏一屁股坐在地上，跌跌撞撞让婆子去厨房要一把杀猪刀。

折绾特意翻了翻皇历，今天确实是个好日子。

宜安葬，宜行丧。

事发之日，折绾正在喝莹姐儿精心煮出来的花茶。说句实在话，莹姐儿委实不擅长此道，即便是折绾这般的性子和心肠，也迟疑着捧住茶杯不动，想尽量拖延。

莹姐儿眼巴巴地看着，眼见茶都要凉了，大伯母还在说川哥儿将要定亲的事情，她着急起来，喊道：“凉了，凉了，不行，我再煮一壶。”

折绾听见她还要再煮，还要她再喝，当即就一口闷下去。

反正都是要喝的，早喝早完事。

但晚一点喝就好了，刚喝下去，萱月就着急地过来道：“折家大少夫人来府里了，夫人请您过去说话呢。”

折绾大为后悔，叫丫鬟们拿走茶壶茶杯，免得莹姐儿自己喝下去会拉肚子，又叫她的婆子来：“我去去就回，你带姑娘去小书房练字。”

莹姐儿好奇：“是您的娘家嫂嫂吗？”

折绾“嗯”了一声。她也觉得好奇，这是稀客。她摸摸莹姐儿的头：“等你写完五张大字我就回来了。”

她估摸着是川哥儿和明家的事情，这种事情她不参与，到时候找个借口走就行。

等她进了屋，赵氏就嫌弃地道了一句：“怎么如此之慢，都等着你呢！”

折绾依旧不紧不慢地行了礼，笑着喊了一声母亲和大嫂嫂后，忽而瞧见里头还有英国公和劭鹤春。她心下一怔，便知晓今日不仅仅是明家之事那么简单。

劭鹤春见她来了，拍拍身边的椅子，让她过去坐下，小声地抱怨一句：“非得把咱们都叫来！”

折绾端起茶杯问：“大嫂嫂是有什么事情？”

劭鹤春：“不知道！”

他就坐直了，清了清嗓子，看向莫氏：“如今人都齐全了，大嫂嫂有话就说吧。”

装神弄鬼的做什么？

英国公也有些不耐烦，他和儿子刚下值就被赵氏叫了过来，本以为是有什么大事，谁知道是折家大少夫人等在这里。妇道人家能有多重要的事情？赵氏做主就行了，偏偏还要把他喊过来，他忙着呢。

只是碍于情面，如今来了却不好走，他咳了一声，道：“是啊，侄媳妇，有事就快些说吧。”

赵氏眼瞧丈夫和儿子都丢了脸，连忙道：“别故弄玄虚了！”

莫氏今日上门就说有折夫人做下的恶事要讲，却又遮遮掩掩，势必要其他人也来才肯说，一味地道：“兹事体大，关乎英国公府，夫人还不能拿主意。”

赵氏便想了想，还是答应了。莫氏她是知晓的，是个识大体的，不是什么儿戏之人。

她看过去，忽然灵机一动："你不会是受了你婆母的罪，想着来找我们求救吧？"

那这个赵青天是愿意做的。

英国公没好气地看了一眼妻子，觉得她脑子实在是不清楚，即便是有，你又能管什么呢？

再者说，别人家的事情，他们管什么？

他已经坐不住了，站起来道："若是折家之事，我们是不好说什么的。"

刕鹤春也站起来，笑着道："我还有公务在身，阿绾就在这里，大嫂嫂有事跟她说是一样的。"

折绾慢悠悠地拨弄着茶盖，并不说话。

莫氏却不着急，她敢来这里便是破釜沉舟了。她端起茶喝一口暖胃，驱散体内的寒气和惶恐，眼见英国公和刕鹤春一只脚已经迈出了大门，这才道："是关乎英国公府子嗣的事情。"

英国公停住脚步，刕鹤春返回来，皱眉道："大嫂嫂这是什么意思？"

莫氏抬起头凝视刕鹤春："刕大少爷最近很是苦恼吧？外头都传你……有病。"

刕鹤春眼睛微微眯起，道："大嫂嫂说话还是要爽快才好。"

折绾却微微顿住，在这一刻想起了她托玉岫去查的老大夫。因老大夫是江南那边的，要查个仔细便要去本地打听，于是两个月了还没有消息回来。但即便是老大夫说谎，也是上辈子的事情，这辈子还是实诚地说了的，算不得什么大事，也不值得莫氏这般兴师动众。难道嫡母还做了别的事情？什么事情值得如此兴师动众？

她转过头看向莫氏，循着她的话，依着两辈子对她的熟悉，细细去思索，慢慢地，心里突然涌起一个荒唐的猜测："大嫂嫂的意思是母亲对英国公的子嗣……不，对鹤春做了什么？"

要不然提及他的病做什么？

莫氏毫不犹豫地点了点头。

刕鹤春和英国公便又如坐针毡地坐了回去。刕鹤春对此事尤为在意，自从他不育的事情传出去之后，便觉得人人看他都带着异样的眼神。

陛下还亲自召他过去问："此事可是真的？"

刕鹤春跪在地上点头："是……陛下，臣有罪，没有将此事告诉您。"

皇帝倒是笑着宽慰道："你这种病也不稀罕，有些人一生之中便只有一个子嗣。幸而是儿子，已经是不幸中的万幸了。"

刕鹤春便磕头谢恩："是，已经有一个儿子，臣倒是不那么在意。"

皇帝便更喜欢他一些，觉得他是个可怜的老实人，但他对同样有病情的勋国公不太喜欢，对太后道：“这般的病状……怕是色令虚空。”

皇帝对皇后一往情深，很是看不惯勋国公这般作为。

皇帝如此态度，倒是让刕鹤春好受一些，也慢慢地开始接受自己不能生育的事实，结果现在却牵扯到了岳母。

赵氏已经蒙了，莫氏这话不明不白，其他人已经若有所思，她却还听了三分意思依旧想不明白，道：“别说这些没用的，赶紧把事情原原本本道出来。”

莫氏就深吸一口气，忍着不安道：“夫人，妹夫这病，可能是我家婆母做的孽事，她给妹夫下药了！”

一句话惊得即便有心理准备的刕鹤春再次站了起来：“你说什么？”

莫氏一鼓作气道：“此事我也是前几日才知晓的，思来想去，还是要跟你们说一句，免得将来良心难安。”

她缓缓呼出一口浊气：“半月前，我偶然得知，婆母给妹夫吃了些‘补品’，这些东西单独吃没什么，若是熬成汤药一块儿喝却糟了。”

刕鹤春马上就想起了岳母在阿琰去世之后，每次来看川哥儿都会给自己带的补汤。那时候他对岳母愧疚得不行，对母亲心怀怨恨，于是岳母带过来的汤水他都喝了——他心里还怀着一种对母亲的敌意，想让母亲看看岳母对他的好，他当时就乐意当着母亲的面亲近岳母。

就是这么多年了，他如今想起来，还是感激岳母的。阿琰去世，整个英国公府除了他没有任何人伤心，只有岳母来的时候能陪他说一说阿琰，也好慰藉他的伤痛，但如今是什么意思？那些他感激涕零地喝下去的汤药有问题？

刕鹤春两眼发黑，“砰”地坐在了椅子上，艰难地道：“你可有证据？”

莫氏点头：“有的。”

折绾听到这里的时候，缓缓地屏了一口气。

原来是这么回事，原来是……从头至尾，嫡母都想着让她在子嗣这一关上受折磨一辈子。

说不定姨娘如此疯魔地想要她有孩子，就有嫡母的手段。

她看向莫氏：“大嫂嫂是如何知晓的？”

莫氏见他们的反应倒是不慌了，她道：“七姑奶奶应当是知晓的，婆母身边的妈妈们，除去跟着大姑奶奶陪嫁过来的于妈妈，便是胡妈妈最为得力。”

折绾点头：“是。”

莫氏：“于妈妈这个人虽然可恨，但她是明面上的人，并不做恶事，所以婆母敢把这个人给大姑奶奶，但深宅大院里，总有一些需要人办的私事，胡妈妈便是这个人。此前，婆母想把胡妈妈的女儿给你哥哥做妾，但不知道怎么的，这家的女儿却被父亲看上了，成了父亲的妾室。”

赵氏已经捂住胸口了，道：“然后呢？”

莫氏：“我家婆母这个人最是狠辣，也很果断，她在知晓此事之后，便觉得胡妈妈以后不可大用了。”

用肯定是要用，大事却不会让她去办了，若是她听话还好，不听话便要遭殃。

于是胡妈妈这几个月来事事亲力亲为，不敢有丝毫的二心，想要折夫人心安。折夫人本也心安的，但胡妈妈的女儿胡姨娘有了身孕。折大人高兴坏了，觉得自己宝刀未老，便什么好东西都搬过去给胡姨娘。

胡姨娘恃宠而骄，还敢跟折夫人顶嘴，背后叫她：“老虔婆。”

还在折大人的面前道：“夫人年老色衰，粉倒是搽得多。”

折老爷抱着娇妾大笑：“她已经人老珠黄，就是搽再多的粉也不及你分毫。”

折家的事情没有折夫人不知道的，她很快就知晓了“老虔婆”“人老珠黄”等话。

没几天，胡姨娘的胎就流产了。

胡妈妈便知晓自己可能要没了，她到这时候也没有投靠莫氏，而是拉着胡姨娘跪在折夫人的面前，狠狠地打了女儿和自己几十个大耳光。

折夫人知晓这是什么意思，她叹息道：“你这是在怀疑我了。”

胡妈妈哭道：“这是大少夫人的一步棋，是离间老奴和夫人的。可是血亲骨肉在此，老奴不能让夫人放心，只求夫人赐死。”

折夫人还是很感动的，她亲自扶起了胡妈妈，道：“你回家去吧。”

第二天，折大人瞧见胡姨娘的肿脸皱眉：“是夫人打的？”

胡姨娘摇头：“不是，是妾身的阿娘。”

折大人怒道：“你如今是主子，她算什么东西？”

但顾及胡妈妈是折夫人信任的婆子，这才没有动手。

倒是折夫人道：“她这是坏了心，想着自己是母亲，却罔顾了爷们的体面。我已经训斥过她了。但是说到底，胡姨娘已经是姨娘，是主子，她的家里人哪里好做奴才？没的要下人看不起，我看还是将胡妈妈遣回家，买了丫鬟婆子去伺候，这般才好。”

折老爷便答应了。

胡妈妈背着小包袱要走了，临走前摸着女儿的头发规劝道：“你啊，自小就莽撞，命也不好，快快活活地长到现在，却断了前路。”

她眼眶一热，酸涩地挪开眼睛：“傻妮儿，我是不能留在这里的，否则夫人总是怀疑我帮着你对付她。但我走了，夫人想明白了，日子久了，想起我的情义，便也能顾念你这个傻妞几分。你千万要记得，以后不可得罪夫人，知道吗？”

胡姨娘却不愿意：“我如今得爷的宠爱呢，阿娘，你先回去，等我哄了老爷给我买宅子，你以后要享福的。”

胡妈妈唉声叹气地走了。但没过几天，她就被莫氏的人追到，道：“胡姨娘去世了。”

莫氏并不一味地掩饰自己，说：“胡姨娘是高烧而亡的。但我想着，胡妈妈给婆母办了那么多的事情，总有一两件是封口的。我想试探试探她，若是试探出来了，以后也有办法拿捏婆母。”

她说到这里，再次深吸一口气，道：“我就想起了母亲前段日子见的老大夫，两人也不是第一次见了，大妹妹去世的时候，母亲也是见过他的，我撞见过母亲和他单独见面。”

但她以为母亲跟他有私情，莫氏是想着拿捏婆母在外面乱来的把柄。

她就诈胡妈妈：“你走之后，胡姨娘本是好好的，但那日胡姨娘不知道说了什么，提了提江南来的那位大夫，母亲当时的脸色就不好了。第二天，胡姨娘就没了气。”

本是随口一诈，谁知胡妈妈当场失去三魂七魄，回过神来的时候咬牙切齿，把此事跟莫氏说了。

莫氏当时就觉得自己得了个宝贝，但她不敢轻举妄动，她也没想着闹到英国公府里来。

她想要私下里跟折夫人做交易，谁知道昨个儿她不在家里，她的娘家人过来报丧，婆母却没有当回事，根本没有做到一个婆家该有的体面。

莫氏的哥哥去世了。她恨折夫人，昨日仔细想了一晚上，确定只要折夫人在这个家里，自己就永远不可能自在。她权衡利弊，终于动手了。

莫氏掩面而泣：“我一个妇道人家，本是想挑些婆母的错处，望她以后别总是折腾我，结果却知晓了如此大事，我这心里难安，想要告诉你们，却又怕你们迁怒折家，但不说，此事又确实荒唐至极，谁知道她除了送汤药还做过什么呢？”

赵氏“噌”地站起来：“我要杀了她！”

天杀的，原来是她做的好事！

她哭道：“我就说我没吃什么不好的东西，我是没错的啊！”

英国公的脸色晦暗难明，刕鹤春一拳捶在桌子上：“欺人太甚，欺人太甚。”

他用最后一丝理智问赵氏：“那个胡妈妈在哪里？”

他是都察院的人，很有些手段，只要人到了都察院里，没有不招的。

莫氏说：“我不敢叫她来京都，只好将她藏在郊外的庄子里。”

刕鹤春当即问明白了住处，走到廊外，叫了人去提人。

他回来的时候，脸色阴沉，对莫氏道：“还望大嫂嫂不是用此事诓骗我们，否则——”

莫氏：“妹夫尽管放心，我是不敢胡说的，这是大事。”

赵氏便捂脸大哭：“天老爷，我这是造了什么孽，跟这般的毒妇做亲家啊！

我就知晓折家女不能娶的！你们偏不听！”

英国公不理她，只问莫氏：“当年的事，可还有证据？”

莫氏：“不知道还能不能查到，当年给妹夫的汤药里是加了柿蒂粉和从棉籽油里面炼出来的粉末。这两样一块儿吃，时间短了还好，时间一长，就是神仙也难救。可此药难以通过诊脉诊出，如此，谁能猜得到她动过手脚？再加上……妹夫似乎子嗣上艰难，许有天生不足之相，就更难查了。这般一来，妹夫难道还想有除川哥儿之外的其他孩子吗？她就是抱着川哥儿是唯一子嗣的心思呢！”

就连英国公也忍不住了，一把将手里的茶杯摔在地上：“岂有此理！她是早就打算好了的！”

而后他突然看向折绾：“大郎媳妇，你嫂嫂说的你可知道？”

折绾摇摇头：“不知。”

她低声道：“母亲来过英国公府几次，都是叫我好好吃药，如此才能怀上孩子。但我诊过脉，知道自己的身体好，再加上长姐多年不曾怀上孩子……自然而然，就叫鹤春也去看一看，不管结果如何，看一看总是没错的。”

英国公看向劭鹤春，劭鹤春点头：“是这般，当初是阿绾觉得不对劲，叫我去看的。”

他如今想起来都后背冒冷汗：“确实是没有诊断出来，有人从中作梗，岳母还为我请来了名医，且自从她请来的大夫诊出我确实天生不足的脉象之后，我便再没让其他大夫看了。”

他突然站起来：“糟了，我还喝着那个大夫给的药呢！”

赵氏刚刚站起来又倒了下去：“快，快吐出来！”

劭鹤春就真去吐了——早上喝的药，现在还能吐吗？

英国公将人喊回来，又呵斥赵氏：“别在这里添乱！”

他再次看向折绾，发现她的神情还算冷静，也并不害怕，但眉宇之间有一股伤戚，让她凭空添了几分可信度。

他仔细思索起来，半晌之后道：“也是，你若是知晓此事，便不敢叫鹤春去看大夫。”

再者，折夫人不敢将此事告诉折绾。两人到底是隔着的，关系也不好。

英国公不是傻子，他沉思一会儿之后的第一句话就是：“你母亲是想着让你不断地饱尝不得子嗣之苦。”

折绾垂头，轻声道了一句：“是——这般，我将一辈子陷入痛苦之中。”

劭鹤春怒道：“岳母这是做什么呢？她就不怕东窗事发吗？”

这事情必须要个说法，他道：“父亲，快些去请岳父和大舅哥来吧，我绝对不会善罢甘休。”

赵氏晕晕乎乎：“对，我要杀了她！”

莫氏适时地添一把柴："如今想来，婆母那几日知晓外头传妹夫的病是因着夫人您，还高兴地戴了三朵花在头上呢。"

赵氏本来就气得七窍生烟，听了这话还了得，立马就大声道："真是猪八戒戴花——越多越丑。快，快叫人拿一把杀猪刀来，我要亲自宰了她！"

英国公压着怒气，觉得赵氏沉不住气，呵斥她："坐下！"

刕鹤春怨气满腹，一转头，便发现折绾静静地坐在那里，眉眼里透露出一股他从未看过的迷惘和伤感。他以为她是为了孩子的事情伤心，连忙宽慰道："你放心，既然寻着了方向，没准能找到药方。"

折绾一动不动，并不搭理他。

她不是为了子嗣伤悲，她是为了自己和素膳。

多傻啊，一头钻进别人早就设好的牢笼里。

素膳的死，嫡母占一半。

她看向英国公："父亲如何打算？"

英国公："此事不能闹大，必须要埋在咱们的院子里，但若是她真做了此事，我必然饶不了她。"

折绾追问："父亲的饶不了是什么意思？"

英国公阴沉沉地笑了笑："自然不会让她好过。"

折绾缓缓坐直，赵氏却突然道："不仅是折氏，姓折的都不能要！我要让鹤春休妻！"

折绾笑了笑。

果然就听英国公道："大郎媳妇跟此事没有任何关系，还是受害的人，你胡说八道些什么！"

如今折绾就在太后眼皮子底下，又跟越王夫妇、勋国公夫人、宋家大少夫人好得跟一个人似的，即便后头的人可能因为英国公府不为她出头，那太后呢？太后已经失去了两个"女儿"，这一个若是再"失去"，查还是不查？

这事情做不干净的，还有折家大少夫人在这里呢。

要杀，便要两个人一块儿。

这事情做不得，那就只有休妻。

如何休妻？七出之条，折氏哪条也不犯。况且如今大家都知晓不能生育的是鹤春不是她。

更进一步说，今日的事情也不能说出去，这不仅是折家的丑事，也是英国公府的丑事，他不愿意将此事暴露在太阳底下。

单单是天生不足，也许过几年就会有其他的说法，但是岳母下药的事情，却要经久不衰地流传出去了。

英国公府丢不起这个脸。

何况，他还要防着折家乱攀咬。

折琰毕竟是死在了英国公府。他之前是知晓赵氏和鹤春闹什么的，若是折氏对外说是为了给折琰报仇，那就更加丢脸了。

他想来想去，还是觉得此事掩盖比较好。

至于折氏——

他看向莫氏。

只要人落在她的手里，那就错不了。

但这些不能跟赵氏说，她太蠢了，他怎么会娶如此蠢妇回来呢？

他只能说些简单的话来唬住她："这三年来，大郎媳妇对川哥儿如何你不知晓？她是真心实意的。"

折绾再怎么说也是川哥儿的姨母，有血缘关系。听鹤春的意思，她已经释然于没有子嗣一事，就会一心一意地养育川哥儿。

他道："你休了她，再娶个什么样的回来照顾川哥儿，会有这份心？"

高不成低不就，好的不愿意嫁，低的他们也看不上。如此想来，折绾竟然是最好的人选了。

赵氏也慢慢地明白过来这个道理，拍着胸口道："造孽啊，造孽啊！"

她一抹眼泪："你们别管，今日我是一定要好好捶打折氏一番的。"

刕鹤春扭过头去。他也想千刀万剐岳母，但他还要些面子。

于是，等折大人、折夫人和折家大郎来了，赵氏冲过去就给了折夫人一巴掌，大声骂道："恶妇，恶妇，我打死你！"

折夫人被打蒙了，她难以置信："你敢打我？"

她还没有明白过来是怎么回事呢。毕竟英国公府派去的人只说是川哥儿的婚事需要商议，请他们大家一起来，又说要给朗哥儿牵线，一定要来。她来的时候还挺高兴的，谁知道一来就被打了。

因为始料未及，所以她本能地打了回去。

这一巴掌她早就想打了，在阿琰回来哭着说她好累的时候，折夫人就想打过去。

她憋足了气，硬生生将赵氏打得"啪"的一声倒在地上，嘴边出了血。

赵氏脸迅速地肿了起来，嘴巴一张，一颗门牙掉了出来。

英国公眼前一花："好了！都别闹了！"

折大人还是要脸的，黑着脸道："这是什么意思？"

他看向刕鹤春："贤婿——"

刕鹤春翻了个白眼："岳父大人，也别贤婿了，待会儿，我也不知道自己还能不能贤了。"

刕鹤春一句"贤婿不贤"，让折大人心里隐隐发毛，脑子也开始清醒起来。他们这般的人家，能让女婿说出"不贤"的话，可见是发生了什么要决裂的大事。

他便不再纠结于面子，转而看向妻子，愠怒道："你到底做了什么？"

折夫人脸肿了半边，披头散发地站在一侧，也开始渐渐地没有底了。

赵氏平常虽然也不聪慧，但到底是个讲体面的宗妇，即便是再不喜欢她，也是皮笑肉不笑地相迎。今日却撒泼打滚，如同市井泼妇一般，一点没有世家夫人的气度。

她眼神闪烁，缓缓地看向了莫氏。

今日早间，莫氏就说要出去祭奠亡兄……她怎么会在这里？

折夫人终于开始意识到今日是场鸿门宴了。她努力镇定，接了劭鹤春的话，道：“怎么，你们今日是将我们骗过来打的？你母亲打了我，难道你还要打你岳父不成？”

折大人脸色不悦，脚步挪向了夫人，与她一块儿跟劭鹤春对峙。

他道：“都是有头有脸的人家，我家还有两个女儿嫁到你家呢！即便我和你岳母往日没有做到事事周全，却也是没有坏心的。”

劭鹤春也已经冷静下来了，不由得讥讽道：“岳父岳母，如今一家子人都在，我只问岳母一句话。我不能生育子嗣之事，岳母可曾动过手脚？”

折大人惊得肝胆都颤了起来。折夫人手一抖，到底是稳住了，冷脸道：“你不能生育，难道不是你母亲当年怀你的时候吃了什么不好的东西吗？京都人人都在传的事情，好嘛，你家如今丢了脸面，便想将此事扣在我的头上？”

赵氏蓬头垢面，一张脸都肿了起来，还缺了颗门牙，正捂着脸痛哭，结果听见这话，立马就扬起了头：“今日可是你儿媳妇亲自上门说的此事，你还敢抵赖不成？”

折夫人不慌不忙：“她一直怨怼于我，她的话不可信。”

劭鹤春却信了莫氏七成。因为在折家人来之前，他已经请了越王府里的那位郑大夫来细细诊脉了。郑大夫之前诊脉的时候给他下的断语是：天生不好，后面没有好好养。

当时郑大夫就觉得他的脉象奇怪，道：“我不敢多说什么，只是能确定你后面是养得不好。”

如今他倒是有些明白了：“你这个确实是……经脉不通之象，而柿蒂粉和棉籽油混在一块儿长期吃，也确实是能造成你今日脉象的。”

郑大夫常年研究这个，还是有些本事的，道：“说你吃了这两种东西的人没有说谎。”

他感慨：“我学艺不精，上回竟然没有诊断出来，但世上知晓此药方的也不多了，若是去查，还是能查到这药方的出处。”

劭鹤春便又信了九成。

他隐隐约约记得，当年的汤药里头确实是有柿子味的。且莫氏说的话有理有据，从汤药，到味道，再到老大夫，更有当年自己喝不下的时候，岳母耐心地劝导。自己的事情自己明白，当年解释不通的地方，如今往“岳母下毒”

四个字上一靠，竟然变得清晰明了。

子嗣问题一直是他的心结，从知晓此事便气急攻心，一时之间血涌上头，恨不得千刀万剐，如今能有现在的冷静，已经是最大的克制了。

他深吸一口气，知晓母亲口齿不利，接口道："岳母也可为自己辩解，只是我已经叫人去传唤证人了，大嫂嫂本就有她的亲手画押，我再审问审问，说不定还有些别的收获。"

折大人的脸色就变了："什么证人？"

劦鹤春："岳母身边的胡妈妈。"

折大人的脸色变幻莫测。

妻子的脾性他是知晓的，做事情不留后路，果断得很，因此手上也有几条人命，他估摸着是胡妈妈为她做的。他沉默一瞬，又挪了脚步，站在劦鹤春一面，反手就是一巴掌打在折夫人的脸上。

"恶妇！你干了什么，还不快说！"

折夫人另外一边的脸也肿了起来，但她不敢出声，她明白丈夫的意思。

即便是下药的事情查不出来，但只要查出别的事情来，那她也是逃不掉的。今日英国公府叫他们来，就不是讲究什么证据，而是有八成把握认定了此事，所以今日来了，便没想着让他们走出去。

折家大郎也想到了这一点，气得脸色涨红，指着劦鹤春骂："你们想要随意查一件事情出来，要我母亲认罪？劦鹤春，你们别欺人太甚！我们折家不是什么百年世家，但在云州也是有点脸面的，若是实在欺人太甚，大不了去圣上面前敲登闻鼓，我就不信，你们还敢放肆地传扬出去！"

劦鹤春都懒得跟他对峙。大舅哥心眼小，没本事，之前做亲戚的时候还给他留着脸面，但如今脸都撕破了，还搭理他做什么。

他撇开头，只道："是非对错，自有公论。"

折家大郎便大骂出声："你们委实是傲慢。"

他看向折大人："父亲，他们这是把我们的脸面摔在地上踩。"

折大人又何尝不知呢，但凡今日换成其他有本事的府门，英国公府就不敢如此做，可他不敢撕破脸面。

直到这时候，英国公才开口，笑着道了一句："折兄，妇人和孩子不懂事，何必计较。"

他稳稳坐在中间的主位，道："只是你家少夫人言之凿凿，又有人证，还是关于我家子嗣大事，我妻和儿子便着急了些，还望你不要见怪。"

好话赖话都叫他们说了，折大人只有原谅的分。他坐下来，话也软了些："那咱们就好好说一说此事。"

折家退了一步，英国公府的下马威便达到了目的，英国公满意地开口："好，那就说一说。"

众人才开始冷静下来。

劭鹤春率先开口道：“岳母，大嫂嫂说你七年前在我的补汤里下了绝育的药，她手里可有您当年和大夫做下此事的证据。”

他嘴里吐出一个词：“柿蒂粉。”

折夫人的手慢慢地蜷缩在袖子里面，脸上却不动声色：“什么柿蒂粉？我不知道。你若是想要诈我，还要换套好的说辞才行。”

劭鹤春并不着急，只是继续道：“您之前举荐的那位大夫，如今已经被关进都察院了。”

他慢吞吞地说：“都察院是做什么的，岳母想来也知晓。”

他说到这里又开始暴跳如雷，到底没有沉住气，咬牙切齿地道：“我真是不懂岳母，我对岳母难道还不够好吗？值得我岳母如此来害我。”

折夫人装模作样，哀戚道：“你如今听了人挑唆，认定了我，我是百口莫辩了。”

莫氏便道：“母亲不用这般做作。儿媳敢来这里，就已经有了证据。胡妈妈把当年的事情一五一十地说了出来，许多细节是有佐证的。比如，母亲让她去采买柿蒂粉、棉花籽，她当年也是留下了手脚的。母亲以为，她真的不怕母亲东窗事发之后把一切都推脱到她的身上吗？只是此事我一查，母亲便要知晓了，恐生出许多枝节来，所以我就想着来告知妹夫，让妹夫亲自去查。”

折夫人冷笑连连：“如今胡妈妈在你们手上，你要她说什么她不说？”

她一巴掌拍在桌子上：“你们就凭这个定我的罪？好啊，我倒是要闹出去瞧瞧，看看大家是如何评理！”

赵氏：“我呸！我儿都请大夫来看了，证据确凿，你以为自己狡辩就有用？”

折夫人：“你儿子都瞧了多少大夫了，怎么，之前没人瞧出来，如今莫氏一说，你们就瞧得真切了？”

英国公听见这话，嗤笑一声，折大人脸色也不好看。

若是真有大夫确诊，那就难了。

如今英国公任由他们在这里争吵，不过是看场笑话，只等着最后的结果出来。又或者说，英国公在等着他如何处置折氏，这般才算是两家体面。

折家大郎也不是蠢人，只好看向妻子，却见她神色漠然，一副无惧生死之相，一番话就堵在嘴边，想起她的兄长和父母俱死，到底说不出口，又恨恨地别开脸。

场面再次难看起来。

从头至尾，折绾一直沉默着，不曾开口说话。

此事也没人要她说话，她像个边缘人，站在角落里，无人在意。

两家一块儿上演了大戏，她在这出戏里更没有名字。

无论是赵氏和劭鹤春暴怒，还是赵氏和嫡母不要脸面地互扇巴掌，英国公和父亲的博弈，她都演不上。她看着这场闹剧，缓缓勾起一个自嘲的笑。

从一开始，她其实就没有被刻意针对。嫡母给劭鹤春下药是七年前的事，她那时候还是个人人都看不上的庶女。

嫡母不是针对她设的局，但她是这个局里受害最深的人。

如今事情败露，这些人狂怒、对打、博弈、离间，一步一步试探，丑态百出，却无人为她鸣不平，就连她自己，也鸣不了不平。

那个十五岁战战兢兢的小姑娘，三十岁心力交瘁的英国公夫人，除了她自己，没人见过。

她缓缓地舒出一口气，喝上一口冷掉的茶，将茶杯轻轻地放在桌上，说出了从折家人到这里的第一句话："母亲——"

她的话音不高，但于吵闹声中传出，定定地就被折夫人听见了。

她扭过头去，冷笑道："倒是忘记了你。"

折绾不同于她的急躁和慌乱，而是道："母亲做事，向来是谋定而后动，聪慧周全得很。我就想……母亲知晓劭鹤春得知自己不能生育的事情后，特意叫个大夫来诊脉，难道只是为了诊脉吗？母亲给的药要是不想伤害到劭鹤春的身子，想来是慢慢煎熬的，不然，烈性的药伤了身，他当时就能叫大夫看出来。可我想，世上之药，哪里能绝对呢？若是没有弄出这些事情，母亲叫了老大夫来，说一两句他身子没事的话，便真的没事了。可他如今查了出来，母亲若是真做了此事，依着我对母亲的熟悉，想来……母亲会害怕劭鹤春找到名医治好了身子，又或者是怕他查出此事。"

折夫人的心终于开始疯狂地跳起来。

折绾轻轻地嘲讽，笑了笑："母亲，你的性子周全，不会让此事发生的。你又向来大胆……所以，我想着，说不定母亲这次，又让那位老大夫给他下了什么以防万一的药。"

她抬起头："但方才郑大夫没有诊出来，想来还没有开始吃。可我记得，那位老大夫还写了不少药方，说往后几年，要循序去吃，吃上三年，也许还能有所希望。母亲，我就在想啊，那些药方里面，不知道有没有什么……见不得人的东西。"

折夫人的手就被她自己无意识地掐出了血，一滴血掉落在地上，殷红得很。

折绾的话音刚落，劭鹤春就"噌"地站了起来，脸色铁青。

他看看折绾，又看看岳母，而后难以置信地道："阿绾不说，我倒是还没有想到，这实在是匪夷所思。岳母，你怎么敢的！"

即便是赵氏也觉得荒唐："什么意思？你觉得鹤春发现病状之后还可能治好，便叫了个大夫来又下药？老天爷，怎么雷公电母不劈死你！"

她连忙站起来，因不敢叫管事婆子去取剩下的方子，只好亲自去，道："我这就把方子拿去给郑大夫瞧瞧！”

她本是要让折绾去的，但刚刚这话是折绾说出来的，她斟酌一瞬，还是决定自己去，折绾留下来比她有用。

赵氏急匆匆地出门，英国公气得连连摇头。这哪里还用去拿方子，只看折夫人刚刚还嚣张的气势如今颓然下去，便已经知晓真相了。

他心中盛怒，手拍着桌面，低沉道：“折兄，若是查出来……咱们是要对簿公堂吗？”

折大人脑门开始冒汗，他猛地扭头去看妻子，却见妻子从方才开始就没有说话。两人几十年的夫妻了，他哪里还看不出她的心思，顿时急得如同热锅上的蚂蚁，手脚发软，不敢再说任何话。

劭鹤春见他们这般模样，心里越发确信折绾所说是真，顿时怒不可遏：“岳母的胆子实在是太大了，难道就不怕我发现吗？难道就不怕我发现之后要承担的罪过吗？”

折绾冷冷地道：“她七年前敢对你下药，七年之后自然也可以。你七年前没有发现，七年后难道会发现？七年前她成功了，七年后也不觉得自己会失败。劭鹤春，母亲太恨你了。拼了全力，也要叫你这辈子断了子嗣。”

折大人对折绾不满起来，沉声道：“七丫头，不可妄自揣测。”

折绾抬眸看他，见他一张嘴巴生得比嫡母还要凉薄至极，一张一合，都是自私自利，便轻笑了一句：“若是母亲没有做过，就不用怕。”

英国公：“是这个道理。”

他站起来，已经不愿意再说废话：“我之前不说，是想着给大家脸面，但你们要是还胡搅蛮缠，我也有别的办法解决此事。怎么，真当我英国公府是好欺负的？这事情无论是谁来说，都是我们家被害惨了。”

他越说越气：“上百年的传承，倒是叫人把子嗣给折了去，实在是欺人太甚。折兄，不行就去陛下面前辩一辩吧，我这脸面也不要了。”

折大人便立刻站了起来：“何至于此，何至于此啊，亲家，我可是嫁了两个女儿过来，是诚心诚意与你家结秦晋之好的。”

劭鹤春忍不住嘲讽道：“也别结秦晋之好了。岳父大人，如今一个不好，咱们两家便是三生永不结盟了。”

折大人脸上一阵青一阵白。他站在英国公府的地盘上，官职身份又低于英国公和劭鹤春，此事还站不住脚，怎么敢跟两人耍横？他进退两难，又见英国公渐渐没了耐心，狠了狠心，一转身，就要一巴掌打在妻子的脸上。

谁知道巴掌还没有落下去，折夫人就伸出手来抓住了他的手腕。

她抬起头，一双眼睛眯起，冷笑道：“怎么，打上瘾了？”

折大郎着急地站在一侧，看看父亲，再看看母亲，一时之间不知道该劝哪个。

折绾瞧见，便又稳稳当当地靠在了椅子上。

这出戏，依旧轮不到她唱。

确实是轮不到她的，折夫人恨毒了的人不是她，而是邠鹤春。

折夫人一把将折大人的手甩开，缓缓站起来，自上而下打量了丈夫一眼，嗤笑道："你这个怂货，他们这般逼你两句，你就妥协了？"

折大人着急道："蠢货，到时候闹到陛下面前去，不仅是我，就连儿子的仕途也没了，你就真的不为儿子考虑吗？"

他指着儿子："你事事偏心，不将大郎放在心上，这才导致大郎媳妇对你生了怨怼之心，弃家于不顾，将你告发。"

他捶胸顿足："蠢货啊蠢货，你既然对女婿有了怨怼，便不要做得如同亲生母亲一般，事事操心，让亲生的儿子寒心。好嘛，如今东窗事发，你女婿女婿不成，儿子儿子不顾，你可知道，咱们大郎天资本就不好，是用了多少汗水和笑脸才走到今天？你就要毁了他吗！"

折夫人神色晦暗不明。若不是顾及儿子，顾及孙子，顾及川哥儿，她此时万万不会如此安静地认罪。

大势已去，成王败寇，她没有什么可说的。

她闭上眼睛，而后睁开眼睛，一巴掌就打在了折大人的脸上，骂道："你这个糊涂东西，要不是你起了色心，将胡妈妈的女儿纳了，事情怎么可能走到今天这一步？我千辛万苦设下的好局面，倒是叫你这个老东西给破了。"

这就是承认了。

邠鹤春即便之前已经十足十的确定，还是惊得一屁股坐在椅子上，喃喃道："阿琰知晓岳母如此对我吗？"

折夫人"呸"了一声："你还有脸提阿琰！你当初求娶阿琰的时候，说什么此生会对她好。你倒是说说，你若是对她好，她又怎么会如此离世？你若是对她好，她才逝去几天，你全家就开始商量着要给你娶新妇了？"

她眼眶红起来："你们知晓我当时听见这句话之后的心情吗？你们知晓我抱着川哥儿日夜不歇地想念阿琰的心情吗？你们不知道，你们都在商量着娶新妇。"

邠鹤春的满腔愤怒在这两句反问中说不出来了。

岳母没有说谎，即便他当时对这个事情大为反对，但也是知晓此事真实发生过的，没想到岳母竟然听见了。

折夫人对他这一番作态嗤之以鼻："邠鹤春，你在这里装什么深情？你如今不是又对你身边的那个言听计从了吗？即便是一个于妈妈，你们都容不下，也要赶走了……"

她的手慢慢地蜷缩起来，说："我那日去看川哥儿，三个孩子打架，你母亲抱着升哥儿，你媳妇抱着莹姐儿，只有我的川哥儿，只有他没有人疼爱……”

　　訾鹤春便不由自主地看向折绾，眼神中带着责备。折绾并不看他，也不出声，只是静静地看着嫡母。

　　嫡母是个聪慧的人、周全的人。即便到了这时候，也不忘用长姐和川哥儿来作筏子，让訾鹤春远离自己。

　　之前的她肯定是要辩解几句的，是要惶恐几天的，但如今她坐在这里，根本不用去辩解、惶恐，也能一语中的地击溃嫡母，她轻声开口：“是吗？那你东窗事发，你以为川哥儿如今会好过吗？”

　　她笑了笑：“瞧瞧，母亲，你做了一件多么蠢的事情，还自以为骄傲呢。”

　　蛇打七寸，折夫人顿时脸色难看起来，没了刚刚那股气势。

　　折大人捂着脸，脸色不好看：“七丫头，她到底是你的母亲，你不好放肆。”

　　折绾：“是啊，那就由父亲来说吧，想来父亲刚刚一番慷慨陈词，心里怕是已经有了决断。”

　　折大人一噎，英国公沉下脸：“事实清楚明了，不知道折兄如何看？”

　　折大人哪里好意思说，他方才被妻子打了一巴掌，已经老脸尽失了。

　　折大郎便站起来看向訾鹤春，鞠躬作揖道：“妹夫，妹夫，即便是我母亲糊涂，犯了错处，可妹夫千看万看，只看我大妹妹一条命没了的分上，看在母亲也是为了妹妹和川哥儿的分上，千万饶她一回。”

　　訾鹤春大怒：“这岂可混为一谈？难道将来岳母又想起阿琰，还要叫我吃上几次毒药，我也要为了阿琰善罢甘休吗？”

　　他断然拒绝：“绝无可能。”

　　折大郎就看向很少见面、并不熟悉的七妹妹，犹豫一瞬，还是求饶道：“母亲是一时糊涂，爱女心切，七妹妹，我知晓你心里是有你大姐姐的，且看在她的面子上，就劝劝妹夫吧。”

　　折绾岿然不动，轻柔道：“可大哥，母亲并不打算放过我，她是想着让我一直吃药去怀孕的。一个女子，若是一直没有生育，可不该去吃药吗？直到我老去，怕是才会摆脱吃药的命运。但大哥，母亲给訾鹤春下了药，我是怀不上的。”

　　折大郎哑然，他头疼地道：“母亲也是……也是一时糊涂。”

　　折绾：“七年前是一时糊涂，七年之后呢？”

　　訾鹤春：“是处心积虑！是心肠歹毒！是胆大妄为！”

　　他冷笑连连：“舅兄以为自己在跟谁说话？我还愿意跟你们如此心平气和地在这里说岳母如何给我下药的事情，已经是耐着性子了，舅兄得了好处，便长些良心出来吧，不然……真以为我平日里对你敬重三分，就没有办法奈何你吗？我当年替舅兄办过不少事情。”

　　折大郎说不出话了，他继而看向母亲，痛哭道：“母亲糊涂啊，再是心疼大妹妹，也不该犯下此等滔天大罪！”

折夫人看着儿子如此，心痛如刀割，此时才算是有了些许眼泪，道：“大郎，这次确实是母亲对不住你。”

但她并不后悔，唯一后悔的是对胡妈妈心软了三分，便铸就了如今的结局。

她叹息：“时也，命也。”

她摸着儿子的头，看向刕鹤春：“你们打算如何处置我？”

（三）

书房里，英国公带着刕鹤春留下来决断此事。折绾和莫氏坐在西厢房，折夫人则被看守在东堂里。

折大郎犹豫再三，进了东堂跪在地上，六神不安地说：“母亲，我去找舅舅，父亲不愿意管您，舅舅是愿意的。”

折夫人笑了笑：“你舅舅巴不得我死。”

折大郎一直觉得母亲是错怪舅舅了，道：“这么多年来，舅舅一直很关心母亲，对孩儿也十分好。上回母亲不愿意川哥儿跟他家结亲之事，舅母生了怨怼之心，舅舅却道母亲这般做是有考量的，并不让我们气恼。”

折夫人：“你舅舅惯会装出如此模样，他自小就这般。”

她还记得自己小时候聪慧，事事胜过哥哥。哥哥明明是讨厌自己的，却偏偏要在父母亲族面前装出爱护自己的模样，于是长此以往，她成了那个争强好胜、看不得自己亲哥哥好的人。

她道：“你以为你替你舅舅家与川哥儿做媒是一时兴起吗？是你舅舅早早地就暗示你了，你这才有了此番念头。”

她露出嫌恶的神情：“我呸，他也配？”

折家大郎惊疑不定。

折夫人闭眼，良久道：“大郎，我怕是不好活了。”

折大郎惊得站了起来：“何至于此？即便是送母亲去做姑子也好啊，难道他们真想要母亲的命？父亲不会同意的！”

折夫人：“他自然不会同意，他还要脸呢。但我这样的情况，怎么可能活得长久，你媳妇也是恨我的。”

折大郎：“我回去便休了她！”

折夫人便看着儿子苦笑了一声：“大郎啊，你确实不如阿琰聪慧。”

若是阿琰，哪里还看不清楚如今的形势，若是阿琰在，恐怕早就想好对策了。阿琰也从不亲近舅舅，阿琰听自己的话。

她神色怔怔起来：“你说……这里是英国公府，阿琰在看着咱们吗？”

折大郎就打了个寒战。

西厢房里，莫氏不慌不忙地喝了一杯茶。滚烫的茶水进了肚子，暖了心肺，她满足地感慨一句："这才是人间啊。"

她笑了笑："七妹妹，要不要来一杯？"

折绾倒是好奇："大嫂嫂……不害怕？你如今可是将人得罪干净了。"

莫氏："说实话，最开始是害怕的，害怕得要命，但如今不害怕了。怎么走都是死路，我总要为自己谋得一条生路。"

她看向折绾："七妹妹如此聪慧，知晓我为什么这般做吧？"

折绾大概能猜到一点，并不遮掩："胡妈妈这般重要的人，依着母亲的性子，一时半会儿心软，将来可不一定会心软，何况胡姨娘还突然死了，胡妈妈长久联系不上女儿，必定会查探。胡妈妈替母亲办了那么多的事情，即便胡姨娘是发热而去，她也会认定是母亲动的手。她熟悉母亲，母亲也熟悉她，哪里会容她活着。而只要母亲派了人去，便早晚会查到大嫂嫂的头上去。"

莫氏："是啊，母亲会知晓。我已经从胡妈妈那里得知了此事，到时候我的命都难保。"

她的脸色渐渐难看起来："七妹妹可能不知道，母亲手上的人命好几条，多我一条不多的。"

她们这般的深宅大院，暴毙一个未来宗妇不容易，但是暴毙一个父母兄长俱亡的妇人可实在是太容易了。

她艰难道："七妹妹，我的大哥哥并不中用，向来是跟着二哥哥做事。我二哥哥早年聪慧，名动京都，这才能谋得我跟你大哥哥的亲事。我全家都靠着我二哥哥重整门庭，如今我二哥哥去了，父母也去了，其他的兄弟姐妹不成样子，你说，我若是去了，谁会为我做主？"

折绾沉思起来，再次开口问："那你也不需要亲自动手，你可以委婉一些……"

莫氏惨笑："掩耳盗铃罢了，你父亲和哥哥又不是傻子，早晚会查到我的身上。到时候我是死是活，倒是由他们决定了。"

但由她亲自到英国公府揭发就不一样了。她说："此事闹开了，我反而还有机会活。"

她看向折绾："七妹妹，这也是我给你的投名状。"

她深吸一口气："七妹妹派人去江南了吧？去查母亲和那位大夫的事情了吧？"

她定定地道："到时候，七妹妹肯定也会查到一丝半点的东西。七妹妹如今的身份、性子，想要亲自动手并不是难事，想要母亲认罪也不是难事，甚至能逼迫父亲要了母亲的命。可七妹妹到底是她的女儿，是折家女，要是如此做，便是背叛了折家，背叛了孝道，你尚且还好，李姨娘怎么办？要是传出去，妹妹是站不住脚的。"

她道：“如此，我就来给妹妹解忧了。”

折绾渐渐地屏住呼吸：“大嫂嫂……原来是剑指我吗？”

莫氏凝视她：“我之前对七妹妹并不好，还望七妹妹不要怪罪我。我当年一点事情也不懂，如今懂事了，便求到了你的头上，只求七妹妹看在我破釜沉舟的分上，救我一命。”

书房里，折大人求饶道：“好歹留她一条命来。往后十年、二十年，我都封死了她的房门，不叫她出去，这般身心折磨，也算能抵消罪责了。”

英国公却不同意。他早在知晓此事的时候就已经看不见折夫人这个人了，他淡淡地端起茶杯，说：“是，是不能夺了命去……人命关天的事情，哪里能由我们这般定夺？”

折大人就想起了折夫人手上的人命。英国公要是想在这事情上做文章，也是能要了妻子的命的。

他跌坐在椅子上，又看向刕鹤春：“贤婿，你岳母确实是错了，可她对阿琰和川哥儿心诚，都是为了孩子……”

但此时在刕鹤春这里提折琰也不好用了，他道：“岳父不要怪罪我。说句大不敬的话，此事岳父也有错处，若不是岳父管家不当，岳母怎么会犯下如此滔天大罪？”

然后他迁怒到折家满门：“舅兄也不小了，怎么还一副上不得台面的样子，上回在兰大人面前，我替他说了诸多的好话，他却听不懂一般，直直地驳了我的面子。”

兰大人是折家大郎的上官。

折大人就闭上了嘴。

没了妻子还能再娶，但是这个年纪，再想要个儿子养就难了。他的庶子多，但一个也没出息，唯独这个嫡子好些，将来也许还能在官场上更进一步。

他叹息一声，掩面而泣：“我真是心痛……再不好，也是几十年的夫妻之情。”

英国公心中不屑，却还是不露声色，宽慰道：“折兄，家门不幸才有此祸端，我听闻你家之前的姨娘本是怀了身孕的，结果孩子没了，人也没了，殊不知就是你家夫人作祟。”

折大人的哭声小了一些。

英国公：“这也就是咱们要脸面，要把这桩事烂在两家的锅里，不然，换成是平常人家，是要敲登闻鼓，请京兆府尹来审问审问的。我也是为了两家好，才叫了你来商议，否则——”

折大人止住哭声。

英国公对他的假惺惺更是不齿，又道：“你家夫人到底是有娘家人的，此事不好做绝做明显，怕是还要折兄去细细布局才行。”

最后他叹息：“你我两家还有一个大郎媳妇在，说到底还是亲家，要让大家脸上都好看，便要把此事办得体面才好。否则，大郎媳妇在我家也是惶惶不安，这可是失了我们的本意。”

听见两家还走亲戚，折大人心里松了一口气，随后又唉声叹气：“我知晓了。”

英国公想了想，又提起莫氏：“那个什么胡妈妈和大夫是不能留的，但你家大少夫人不能有闪失。”

他笑了笑：“人若是去得多了，反而引起人怀疑。”

折大人眼神闪烁，他是不愿意留下莫氏。

英国公却不愿意让折家好过，他可不是只怨着折夫人一个，他实在是乐意看他们狗咬狗。

他道：“你家大少夫人冒着天下之大不韪来英国公府，我便要保全人家，不然说出去，我便成了个不义之人。”

万一以后事情暴露了，只要莫氏在，便能站出来为英国公府证明清白。

劭鹤春跟着点头：“是，是是非非，好好坏坏，如今都有了曲直，咱们剔除了坏的，哪里还能责怪好的？”

他也觉得不能杀了莫氏，只能封口。且川哥儿到底是折家外孙，将来这些人想要撺掇他怎么办？他们最终还是杀害了他的外祖母。川哥儿已经记事了，他记得外祖母。

这一家子人，只有莫氏是个外人，而且她还有把柄在他们手里。只要莫氏在折家，才能让折家消消停停的。莫氏又没有娘家，夫家还恨她，容易控制，如此倒是对他们有利。

劭鹤春便道：“大嫂嫂侠义之心，我是实在佩服的。”

折大人也没有纠结这个。人在他的手里，往后一两年是如此，但是三四年呢？总有落在他手里的时候。

他点了点头：“那就听你们的。”

另外一头，西厢房里，莫氏跟折绾道：“他们暂时不会要我的命，还要留着我做把柄，恶心人呢。”

她也是世家出身的女子，即便是家里没落了，却也看得清事态。她眼含热泪，定定地看着折绾：“这个世上，我家里人，爱我的都死了，如今只留下我，我活着也没意思，来这里，全凭着一腔怨气。但我还有孩子，便还不愿意死去。往后多年，恐还要七妹妹帮扶着活下去。”

折绾思虑良久，点了点头：“我还是不太明白你，但你确实帮了我。”

她站起来：“我会尽力帮你一次，但余生了了，还要靠大嫂嫂自己，我不过是个外嫁的女儿，到底也说不上什么话的。”

莫氏就蓦然笑起来，眼泪鼻涕都到了面上，她用手擦了去，依旧凝视着折绾，眼睛动也不动：“哎，我知晓的，我敢走这一步，便有自己的把握。你父亲、你大哥哥……我都熟悉他们的秉性。”

她自嘲道：“你瞧，我嫁进折家才多少年啊，我已经不记得阿爹阿娘阿兄喜欢吃什么了，反而是你父亲、你兄长、你母亲的点点滴滴喜好，我记在了骨子里。”

日日夜夜讨好、琢磨，当年只觉得痛苦，如今却派上了用场。

她喃喃道：“七妹妹，我只要熬到你外甥长大，便什么都可以了。”

折绾神态平和地看着她，最终还是没有说什么，只道：“如此，那就求仁得仁。我能帮大嫂嫂的，便会伸手。”

一场大戏落幕，她依旧是个旁观者。

折家人回去之后，刕鹤春还在和英国公商议此事，赵氏后来也过去了，一直没有出来。

莹姐儿待在书房里一直等着她，见她回来，连忙过来抱着她的腰：“大伯母，你怎么了？怎么去了这么久？”

折绾笑了笑，抚摸她的头发：“说了件大事，但已经解决了。”

她让婆子送莹姐儿回去，说：“往后几日我要细细描摹茶花，恐怕没有办法带着你写字了，你过些日子再来好不好？”

莹姐儿“嗯”了一声，又抱住她：“大伯母，你别伤心。”

折绾愣了愣，笑起来：“我没伤心。”

这是大喜事。

等莹姐儿走了之后，她静静地坐在屋子里，也没有点灯。直到月上三分，刕鹤春才满腔愤怒地回来。

他还没有消气，又去请郑大夫看了看，郑大夫摇头：“怕是药石罔效，但先吃药看看。”

刕鹤春便心怀期待，又觉得绝望至极。

他甚至对郑大夫也有怨言，一边换衣裳一边跟折绾道：“要么就说治不好，要么就说能治好，怎么又说药石无医，又说可以试试呢？”

这不是悬了一块肉在前面吊着他吗？

他愤愤不平，点了灯过去，屋子里瞬间亮起来，折绾面无表情的脸也显露在他的面前。

他瞧着叹息一声：“你也别太伤心了，岳母这般，大家都没想到的。”

方才折家人离开之后，父亲才大发雷霆，道：“真是滑天下之大稽，实在是荒谬！往后折家咱们还要少来往的好。”

刕鹤春也觉得是，他对折绾道：“真是便宜那恶妇了，依着我的意思，非要她去都察院走一趟不可。”

他絮絮叨叨，又生气又难过，只觉得杀了岳父和舅兄都不能解恨。但事情已经发生了，只能是想着去解决，要吃药。

他叹息：“不知道要吃到什么时候。”

折绾一直听着，脸色未曾改变，等了好一会儿她才道：“过两日，母亲要去的时候，我会去看看她。”

刕鹤春不满：“你还要顾念母女之情吗？我记得你之前可是对她不怀好意。”

他又道：“你今日在书房里倒是安静，一句话不说，我却要被那一家子人气死了。”

折绾站起来：“但母亲说的，你也无法抵赖，不是吗？”

刕鹤春皱眉：“你什么意思？”

折绾笑了笑，没有说话，只道了一句：“我去书房睡。”

她进了“别有人间”，举着灯笼，慢慢地挪开一层又一层的小箱子，从最底下的盒子里拿出了一封信。

那是折琰写给折夫人的信。

她轻轻地抚摸上面的字迹，灯影幢幢，让字也变得模糊不清起来，而后，她的眼睛定定地盯住那一片笔墨晕染的地方。

她的手缓缓挪到那上头，喃喃道：“这个是……眼泪掉下来才晕染开的吧。”

折家笼罩着一层乌云，安静得可怕。折绾到的时候，莫氏亲自过来迎她。

瞧着她的脸，折绾轻轻皱眉：“大哥哥打的？”

莫氏点头：“是。”

她倒是不在意：“也就打了一巴掌。”

她问折绾：“来看母亲？”

折绾：“是。”

她跟着莫氏一路走，路过小花园的时候，突然道：“小时候……这里，我是不敢来的。”

她怕。这是嫡母最喜欢来的地方，她是庶女，嫡母性子厉害，不仅她不敢来，其他庶出姐妹也不敢来，怕讨了嫡母不喜欢。

莫氏闻言愣了愣，而后道：“是，如今我也怕。”

她轻声道：“这里有个荷花池，我怕有人从背后把我推下去。”

正好到了折氏的屋前，折绾停下脚步，看向莫氏：“那便望嫂嫂多多保重。”

莫氏笑了笑，没说话。

折绾便伸出手，推开了那扇她之前一直恐惧的大门。

她幼年的时候很怕进嫡母的屋子，她不会讨巧，不会说好听的话，姐妹们奉承嫡母的时候，她只会尴尬地笑，她努力跟着众人扬起笑脸，不用想也知晓自己笑得很傻，久而久之，便开始害怕跟她们相处了。

姨娘便跟她道："嫁出去就好了，等你嫁出去就不用看见她们了，就有自己的家了。"

可嫁出去就可以自由地笑了吗？

折绾深吸一口气，提起裙摆进屋。

屋子里一股难闻的味道，腐朽、衰败，混着嫡母看向她阴森森的笑，实在是令人厌恶。

她走过去，给自己拉了一把椅子，静静地坐在嫡母的对面。

折夫人躺在床上，已经动弹不得了。她漠然地盯着这个小庶女，沙哑着声音道："怎么，知道我要死了，来看我的笑话？"

折绾点了点头，温和地道："是。"

这般的态度，一个简简单单的字，倒是将折夫人激得硬生生地坐了起来。她气喘吁吁，桀桀怪笑："小畜生，你算是哪个牌面上的人！若不是我，若不是你长姐，你能嫁进英国公府，你能享荣华富贵？"

她一个字一个字地道："你记住了，你如今的一切，都该是阿琰的。"

太后、越王妃、勋国公夫人、宋家大少夫人……她们本来都该是阿琰的人才是。

到底已经病入膏肓，她话说得急了些，猛地咳嗽起来，随手一抹，衣袖上就沾染了血迹。

折绾瞧了一眼，倒是笑了笑，一句话也没有接她的话，只道了一句："今日川哥儿本是要跟着来的，他听闻外祖母病了，想要来看看你，但我没让他来。"

折夫人手一顿，而后突然猛烈地扑向床边，大喊道："我杀了你——小畜生，我杀了你！"

折绾坐在椅子上，纹丝不动。

她坐得不远，离床边仅有三尺之遥，但折夫人挪不了，动弹不得，整个人都跌在床沿边，眼睁睁看着折绾坐在那边嘲讽地看着她，却没有任何办法。

她嘴里发出"嗬嗬"的声音，气息越来越急促。折绾瞧见她的狼狈样子，感喟道："我之前以为，母亲是座大山，我永远也翻不过去。"

但其实不是。年岁到了，阅历到了，能力到了，这座大山，如今"轰"的一声倒在了她的面前。

她轻轻呼出一口气："母亲句句话都在提长姐，提川哥儿，可母亲不是已经知晓长姐是因为你才痛苦的吗？别人伤她，她不在意，她只在乎母亲的言语罢了。"

她轻声道："母亲还不知道吧？你不知道为什么恼恨长姐，对她冷脸相待，即便是在宴席上碰见了，也是不言不语，逼得她向你认错，在英国公府种下了一堵蔷薇花墙。你高兴坏了，欢欢喜喜地告诉大家——你说，我家阿琰最喜欢蔷薇花。但她真的喜欢吗？"

折夫人闻言，猛地抬起头，恶狠狠地盯着她："小畜生，你懂什么？你连个孩子都没有，你怎么懂做母亲的心！"

折绾依旧没有反驳她，只缓缓地从袖子里拿出那封信来。她并没有递给嫡母，而是一字一句，照着那封信上的字念。

"阿娘，我太累了，窗外的蔷薇花开得很好，但我没兴致去看。"

折夫人耳朵一动，先是愣了愣，而后手指头渐渐地蜷缩在一起，难以置信地看向折绾手上的信："那是什么？"

折绾继续念："你送来的药我没有吃，我不想吃，也不敢吃。"

折夫人惶恐起来："这是阿琰写给我的？是阿琰写给我的，对不对？你给我——"

但她依旧够不着。她的下半身已经没有知觉了，她的手越来越僵硬。

"阿琰，是阿琰……"

折绾不为所动，平和地念："我还年轻呢。"

折夫人猛然倒在床上，眼睛开始流泪，她哀求道："是阿琰的信，对不对？你给我，给我看看——"

折绾的话很温和："我不想跟宋玥娘争，我为什么要跟她争呢？"

折夫人眼神涣散，嘶吼起来："给我！小畜生，快给我！"

折绾念出最后一句："阿娘，我好累，你别逼我了。"

折夫人吐出了一口鲜血，两只手紧紧地扒在床沿上，用尽全力道："给我！"

折绾将信反过来给折夫人看："母亲，你瞧瞧，这是不是长姐的字迹？"

折夫人哀号出声。

是阿琰的，阿琰的字是她一点一点教着写出来的，即便写得潦草，但她还是能一眼就认出来，她甚至能从上面看出阿琰的不安。

不安，阿琰为什么不安？

她惶恐起来，伸出手去拿，却还是拿不到。

折绾始终是平静的，她静静地对嫡母道："长姐曾经对我说，'弄花一岁，看花十日'。她说这句话的时候，总是惆怅。我当年不懂，今日却懂了。母亲，你养了她那么多年，是要看她哪十日呢？"

一年三百六十日，长姐活了二十一年，拢共七千多日。

"七千多个日子里，母亲仔细想想，你想赏看她哪二十一日的盛放？是第一年她学话比别人快？是第二年她比别人背诗快？是第三年她已经稳稳当当地跟着你做客，被众人夸奖是个有孝心的好姑娘？还是第四年、第五年、第六年永远天不亮就起床温书——”

她冷着脸：“是第十七年成婚？第二十一年生子？”

折夫人挣扎着想要爬起来，但此时此刻，连上半身也没办法动弹了。

她只能艰难地道：“你懂什么？我把最好的都给她了，我自己没得到过的东西，我都给她了。”

折夫人在闺阁时总是受父母的轻视，她明明什么都比哥哥强，可父母总是说她不如哥哥。

因自己吃过亏，她待阿琰就上心，事事亲力亲为，让她样样不输于人。

她轻蔑地看向折绾：“你这样的蝼蚁，怎么可能懂你阿姐？怎么懂我对她的一片心？”

折绾笑了笑，感喟一句，提醒她：“母亲都听了信里所写所述了，居然还如此嘴硬。那母亲可知道，这封信是长姐什么时候写的？”

折夫人刚刚说了一通，已经没了力气，意识也开始涣散，便不由自主地跟着去想。她怔怔了一会儿，而后喃喃道：“是她怀上孩子之后。”

阿琰久久没有孩子，跟她作对的宋玥娘却怀上了。她亲自去求了偏方来：梧桐树、无根水、观音土、香火灰。

她让阿琰喝下去，果然就怀孕了。

她信了偏方，又求来了一举怀男的偏方。

这回要吃的是妇人生子之后的紫河车。

她高高兴兴道：“你只要这一胎是儿子，便可万事大吉了，不然又要吃药怀胎。”

阿琰这回却犯了倔，说什么也不肯吃。折夫人都不懂她：“这又不是你一个人吃，其他人也有吃的。”

阿琰就捧着肚子哭：“母亲，你不要逼我。”

折夫人哄她：“要吃，以后就不用受苦了。”

阿琰不依。

好在她最终还是吃进去了，折夫人亲自熬了汤给她，骗她说是排骨汤。

阿琰吃完之后觉得不对劲，先是笑着问：“排骨的骨头呢？”

折夫人：“剔掉了。”

但阿琰却慢慢地变了脸色，哆嗦着指着汤水：“母亲给我吃的真是排骨吗？”

折夫人还想哄她，却见她已经冲到一边去呕吐了。

她将手抠进喉咙里，吓得折夫人立马过去拦着：“不可，不可吐出来。”

阿琰哭了很久，她说：“母亲，我很累。”

折夫人宽慰：“生下来就好了。”

阿琰就再没说过任何反驳她的话。

直到快要生川哥儿了，她抱着自己道：“母亲，等孩子出生之后，我想跟你一起睡，我们一块儿说说话好不好？”

折夫人笑盈盈地点点头：“好，我陪着你睡，就跟你小时候一样。”

但阿琰再也没出来。

她如今还记得阿琰在产房里哭，谁都没喊，只喊母亲。

她哭着喊：“母亲，我好痛，我不想生了，救救我，母亲。”

当时一切还好得很，折夫人还宽慰她：“妇人家都要经过这一遭，你努力熬过去，啊，熬过去就好了。”

可阿琰没熬过去，一盆又一盆鲜血倒出去，阿琰没了声息。

之后的日子，折夫人不知道自己是怎么活下来的，她只记得自己浑浑噩噩，抱着川哥儿跌跌撞撞地去找阿琰，却听见了英国公一家子要娶新媳的消息。

她怎么能不恨呢？

时至今日，她依旧不后悔。

她恨恨地捶着床板：“那是阿琰给我的信，你还给我！”

折绾却看着她道：“长姐的第二十一日，是她血崩去世之时，母亲觉得好看吗？母亲，你后悔吗？”

她展开信，身子前倾，凑近了给折夫人看：“你看看她的痛苦，你后悔吗？”

折夫人却看不见了，她的眼前慢慢黑下来，她伸出手去摸，什么都没有摸到。

折绾慢吞吞转开了头，她站起来，打开窗，窗外秋光正好。

她猛吸了几口气，这才平静下来，突然道：“我对你很是恭敬的。你跟我说，长姐在世时，众多姐妹之中最喜欢我，我也最是本分良善，所以你愿意把我嫁过去。我当时很感激你，人人都羡慕这场婚事，我自己也从惶恐变成高兴了。”

但踏进英国公府之后，她不曾高兴过一日。

“我这个人，没学过去怨恨人，所以即便再次重活，我也没想着一味去怨恨你。我想，我走自己的路就够了，我与你们，是利用与被利用，从前是我被利用，那这辈子，我便利用你们来给我铺路，我只想铺一条小小的路，很小很小。”

她道：“就比如我在英国公府的那十五年里，我想的也是我只要一条小路就行了。”

她不知道那条路是什么，当所有人都告诉她生个孩子就好了的时候，她试探着去走。

一走，一辈子就毁了。

她深吸一口气：“即便如此，我也没有怨恨你。我想，那是我自己蠢，自己走错了路，我可以怨，可以利用，却不能恨，恨意难消，那我这辈子也毁了。可是……可是我没想到，母亲是故意的——

“我如今想来，姨娘手里的偏方应该是母亲给的。姨娘那股执念，除了她自己，你也占了一半的缘由。我一开始，当母亲选中我的时候，就已经注定悲惨而亡了。你真是——真是费尽心机啊。”

她冷冷地看过去：“后来我怀不上孩子，日日吃药，痛苦不堪，母亲却还是没有放过我，你挑唆姨娘，让她去说服素膳替我生，对不对？我想明白这个道理的时候，我是真恨你啊——我恨不得生吃你的血肉——我们这般的蝼蚁，你不看在眼里，便随意观看我们的苦难。”

她深吸一口气：“母亲，这回，换过来了。”

折夫人却听不见了。

她只微弱地发出声音：“阿琰，阿琰……阿琰，到母亲这里来，母亲扶着你走路，你肯定走得比你哥哥快。”

折绾便说不出后面的话来了。良久，她勾起嘴角笑了笑，慢慢关上窗户，缓缓走过去，把信塞进嫡母的手里。

“你看不见了，就摸摸吧。这是长姐给你的，我还给你。”

她转身走向外头，一步又一步，而后跨出门，屋外刺眼的光照进她的眼睛里，让她不由得眯了片刻，而后吐出一口浊气，突然感到身心俱疲。

她转身去关门，正好瞧见屋子里嫡母不知道怎么的就摔在了地上，她的不远处，那张信纸在空中打了个转，落在了她的手指一寸之前。

折绾顿了顿，毫不犹豫地把门关上了。

她快步走出这座院子、这座宅子，如同逃难一般去了铺子。

她站在门口大声喊：“素膳——素膳——”

素膳从二楼窗户伸出脑袋，纳闷道：“奇了怪了，我回来谁也没告诉，姑娘怎么知道我回来了？”

她快活地奔下楼，抱住姑娘，迫不及待地拿出自己谈的生意单子。

“姑娘，我本来还想给你一个惊喜的。”

折绾抱着她放声大哭。

（四）

英国公府和折家乌云密布，外头却还是艳阳天。

素膳一个人去做成了大生意，周掌柜大为满意，当即就要大摆宴席。蝉月羡慕地跟素膳道：“主家真是疼爱你，竟然激动得哭了。”

素膳当面“嘿嘿”笑，却转身就要拉着姑娘去屋子里逼问详情。她问：“到底怎么了？是不是谁欺负你了？”

折绾可不敢跟她说真话，便半真半假地道：“母亲快死了。”

素膳先松一口气，好奇地问：“哪个母亲啊？”

折绾：“嫡母。”

素膳又松一口气："我去冀州之前不是还好好的吗？怎么突然就不行了？又不是姨娘，姑娘哭什么？"

哎，她家姑娘就是太善良了，夫人之前可没少欺负她们，还挑唆姨娘来闹事呢。

但那也是一条人命呢。

她说不出不好的话，只能抱着姑娘道："没事没事哦，摸摸头。"

小时候她哭，姑娘就这般哄她，会摸摸她的头，轻柔地安慰："没事没事的，我们会好的。"

没承想现在轮到她安慰姑娘了，她真是长大了。素膳得意地挺直了腰背，问："夫人是得了急病？"

折绾闷闷地"嗯"了一声。

素膳叹息："也许还能治好呢。所以说人啊，还是身子好才行，其他都是虚的。"

她出门跟周掌柜道："咱们今晚吃药膳吧！"

周掌柜："没听说过庆贺时吃药膳的，多不吉利。"

素膳："药膳好吃得很，对身体好。"

折绾跟着出来，温声道："吃一顿也行，咱们吃个药膳锅子。"

周掌柜笑起来："哪里有这般吃的锅子？"

但她也没拒绝，叫了素蕤来："咱们今日跟着主家吃点新鲜的。"

折绾看向他："要的东西多，你要不要记一下？"

素蕤："您尽管说，我一定能记下来。"

他平时出门送茶叶、卖茶叶，记的东西可太多了，便练就了一手好本事，只要听过的，便不会忘记。

折绾："那你听好。我要莲子肉、扁豆、薏苡仁、山药、白术、茯苓，以及芡实各五钱，再用人参一钱和在一起研磨。最后起了锅子，往里面加上少许白糖，倒入粉末，适当地加些盐进去，等水烧到冒泡，便加入鸡汤进去一块儿煮。"

素蕤记了一遍，走了："没问题的。"

折绾便跟周掌柜道："我屋子里的墨月跟他有些相似，她的耳朵灵敏，什么风吹草动都能听见。"

周掌柜："这是好本事，下回你带来，我与你调教调教。"

折绾就道："她不喜欢这些，却是有本事的，我的那一亩三分地，她管得很好。"

周掌柜："这就不能强求了，人各有喜好。"

折绾："那文月呢？"

周掌柜摇了摇头："这姑娘性子没定，还是慢慢来吧。"

折绾并不反驳她，点了点头："好啊。"

一屋子人便吃了药膳锅子。蝉月没忍住加了些辣子进碗里，周掌柜："你这个好，我也弄一碗。"

蝉月立马就站起来："我去，我去，掌柜的您歇着。"

折绾瞧着好笑："你恐怕又要多个徒弟了。"

周掌柜纹丝不动："徒弟多了不愁。"

折绾走的时候，由衷地鼓励蝉月："你好好做，总有一日也能独当一面的。"

努力上进的姑娘总是不错的。

等回了英国公府，刕鹤春对她道："折家报丧来了。"

折绾"嗯"了一声。

刕鹤春并不痛快地叮嘱："此事也算是了结，你在外头，千万别把此事说出去。"

已经丢过一次脸了，他不愿意再丢一次。

折绾嗤笑："是你的嘴碎吧！"

刕鹤春不与她争，而是道："尤其是川哥儿那里不能瞎说。"

折绾用手去揉额头，低低地"嗯"了一声："你也别瞎说。"

第二天，刕鹤春和折绾带着川哥儿去吊唁。刕鹤春憋着一口气，作为女婿，他还得磕头，披着麻布，穿着孝衣，碰见人来了，更要哭几声。孝道为大，不敢不做面子。

折家大郎看得心里痛快，一转身看见莫氏哭得眼睛都是肿的，心里升起一股厌恶，等丧事办完，他喝了酒，又去房里骂人。

莫氏一直无动于衷，等到他骂完了，她丢过去一把刀，道："你要是个真汉子，你现在就杀了我，就当是替你母亲报仇了。"

折家大郎不敢，他怒喝道："那是我的亲生母亲，你实在是狠心。"

莫氏冷笑："我狠心？这么多年了，你自己难道不清楚吗？母亲一直是敌视你的，就犹如敌视大舅舅一般！"

她站起来，泪流满面："母亲给刕鹤春下药的时候，难道顾念你了吗？明明一旦被查出来就要全家人陪葬的事情，她却毫不犹豫地去做，她哪里顾及你的死活了？"

她捡起地上的刀，塞在折大郎的手里，对准自己的脖子，寒声道："你以为，这事情我不说，英国公府就不会知晓吗？你看看她，她还要给刕鹤春下药呢。我告诉你，你多年后还要感谢我呢，不然由其他人抖出来，伤了两家脸面，你还能如现在这般清白自在？家里这么多兄弟姐妹，哪个能逃脱流言蜚语？咱们朗哥儿必定走得艰难。"

她说到这里，声音低下来："我也是为了家里好，这个恶人，我来做，这份丧尽天良、罪该万死的罪名，我来顶！”

折家大郎：“那你也该告诉我！”

莫氏咬紧牙关：“告诉你有用吗？母亲是什么人，我清楚，你也清楚。我娘家败了，她便觉得我配不上你，早就想给你换个媳妇了。她之前还能容我，是还顾忌着你和朗哥儿，可我知晓了她的秘密，她就不得不替你早点娶新妇了，你到时候做新郎官，可我呢？朗哥儿呢？”

折家大郎握着刀哭道：“我们这么多年夫妻，你也该想想我！她毕竟是我的母亲。”

莫氏怔怔道：“是啊，她毕竟是你的母亲，可她像母亲吗？你自己也是知晓的，你常年在家里被她打压，她说你这里不如大妹妹，那里不如大妹妹，就是你走路摔了，她也说你摔得不如大妹妹好看。你便养成了自卑的性子，什么话都不敢说，什么事情也不敢做，直至今日，你就是做官，对上官也唯唯诺诺，惹得你的上官看不起你，连带着我上门做客，也被你的同僚夫人们瞧不起……你说，我能指望你吗？我只能自己来。”

她从袖子里面掏出那封信来，说：“这是七妹妹给母亲的，是之前大妹妹写给母亲的信。”

折家大郎接过信，刀就掉在了地上。

莫氏看了一眼地上的刀，抬头道：“母亲不仅算计了刕鹤春，还算计了七妹妹，是她把七妹妹嫁过去的，但又恨七妹妹抢了大妹妹的位置，决心要她也尝尝大妹妹当年吃药的苦。你以为七妹妹不恨吗？她用大妹妹的信刺激母亲呢。”

她讥讽一笑：“可我想，七妹妹在母亲面前是没提你的，连她都知晓，母亲不在意你。”

折家大郎的脸色慢慢地难看起来。

莫氏放柔了声音：“咱们这家子人，父亲是走不上去了，你被母亲常年打压，也很难改了。可朗哥儿是个好孩子，他凭什么被母亲拖累呢？还不如你们清清白白，我来做这个举刀的人。”

她惨然一笑：“留我到朗哥儿成婚吧。我父母兄长都死了，我没了亲人，好歹留我看着朗哥儿长大。”

她哭着看向折大郎：“就看在咱们自小一块儿长大的分上，就看在母亲之前打压你，年幼的我一直安慰你的分上，就看在咱们说过一块儿过好日子，不再受母亲气的分上。”

折家大郎脸上一阵白一阵青，最后一巴掌打在自己的脸上，大吼一声，跑了出去。

莫氏慢慢地止住眼泪，喃喃道：“男人啊……都是这般。”

（五）

劢鹤春一巴掌拍在桌子上，怒道：“越王怎么能这般！”

折绾正在看《闽南游记》，被他一巴掌拍得皱起眉：“你发什么疯？”

劢鹤春：“越王今日见了我犹如眼前无物。”

折绾：“这不是理所当然嘛，你们本就断义了。”

劢鹤春：“可我之前找他要大夫，他也答应了。”

折绾：“证明他心肠好。”

劢鹤春气得不行，而后迁怒于郑大夫：“我看他是将我当成试药的傀儡，也没个准话。那些个药好的、坏的，都要我吃一吃。”

折绾就想起上辈子吃药吃得多了，自己也能分辨一些，对赵氏道：“这个吃了也没用。”

但赵氏道：“那也吃，大夫开的药能有错吗？万一就撞上了好药呢？”

折绾便也对劢鹤春道：“我看郑大夫是个有本事的，你既然如此想要治好，便要听话吃药才是。郑大夫开的药能有错吗？万一就撞上好药了呢？”

劢鹤春一口气上不来。他如今身上都是药味，道：“我再试试，再试试不行就算了。”

但他一试就是一个月，日日不停，每逢要放弃的时候，折绾都会道：“已经吃了这么多药，为什么要放弃呢？万一差一点点就能好了呢？”

劢鹤春也要她喝药，折绾便笑着道：“郑大夫说了，我不能喝，你是有病才要治，我没病，喝了就是毒。我吃药膳就好。”

劢鹤春只能叹息：“我真是蠢，竟然相信岳母。”

折绾温和道：“有因有果，谁让你们做下那般的事情呢？长姐尸骨未寒，你就要娶新媳妇，母亲向来看重长姐，自然要报复。”

劢鹤春便恼怒道：“我都告诉你了！我是没有想娶媳妇的。是母亲，是母亲说的。”

此事提起来是又憋又闷，劢鹤春脸色涨红，折绾却又开始催他吃药：“日日吃，别忘记了，母亲是叮嘱我了的，要是你不吃，她还要怪罪我。”

劢鹤春对赵氏日益不满，尤其是知晓自己的病是因为岳母听见母亲说要娶媳妇之后，他觉得自己真是无妄之灾。

如今岳母已经去世了，怪罪也听不见，他偶尔也会说一说赵氏：“母亲……真是害苦我了。”

折绾转身，似笑非笑：“是吗？都是母亲的错？你就没有错？母亲想要给你娶新媳妇是一回事，长姐在世的时候，你不好好珍惜是另一回事，去世之后，你不去看川哥儿又是一回事，等川哥儿大了，你不好好教养还是一回事。劢鹤春，她最怨恨的是你，倒不是母亲。”

劢鹤春良久不能言。

折绾去了越王府。越王妃作为知情人，很是安慰她：“你放心，此事我们嘴巴严，不会说出去的，你也放宽心，万一能治好呢？”

折绾：“我不是为了此事来的。”

越王妃就笑着道：“是，我知道，你一来就是谈茶叶和地。”

她很是喜欢折绾这个性子，说：“我还怕你沉沦在苦痛之中呢，但你好似永远不会为旁枝末节而停留一般，这份心性在你这个年岁太难得了。”

折绾怔怔一瞬：“是吗？我如今是这般的人了？”

越王妃：“早就是了！”

折绾笑起来：“那很好，我一直想成为这般性子。”

越王从外头回来，知晓折绾来了，赶紧过来道：“是有什么进展吗？”

折绾点头：“有。”

她把一盒茶叶拿出来，说：“袁夫人从闽南送了新的茶叶出来，不是用之前的法子炮制的，是新法子。”

之前的茶叶大多是用蒸青团茶，这般炮制出来的茶叶好是好，但是想要得好茶叶，手法实在是重要，失之毫厘，谬以千里，于是好茶难得。

“且咱们现在喝的茶还有一种苦味。”

越王点头：“是这般。”

折绾：“闽南那边的百姓便做出了新茶，先洗净茶叶，再蒸青，蒸后压榨，除去茶汁，然后制饼。”

这样一来，茶叶的那股苦涩味道便没了。

折绾：“我以为这般便很好了，但闽南北苑那边却出了龙凤团茶。”

她指着桌子上的团茶：“王爷请看，这就是龙凤团茶。”

越王伸出手掐了一小根，放进嘴里嚼了嚼，连连点头：“确实味道不错。”

折绾就笑起来：“我也觉得不错。”

这种团茶炮制起来十分讲究，从采茶开始，便有自己的规矩。

她道：“采、拣、蒸、榨、研、造、过黄，都有新意。蒸茶的时候，要彻底去除草木味，榨茶要分两次，先去水分，再去苦涩……”

这般一点一点地改进，才有了如今的龙凤团茶。

折绾轻声道：“这般的好茶叶，是肯定要进献给太后和陛下尝尝的，但我拿不准，怕只是我一人的口味，便请王爷帮我拿个主意。”

越王妃在一边道：“那就煮了，咱们试试。”

折绾：“好。”

她如今煮茶是一把好手，行云流水地煮好，越王和越王妃每人端起一杯茶喝了一口，都不由自主地点头：“确实是跟西南梁州那边传来的茶叶不同，跟宫里的贡茶也不同。”

越王大喜过望：“没想到还真做出了新茶。”

折绾：“咱们不懂这些，但自有人懂，只是从前闽南不种茶，没人在意罢了。如今咱们的银子过去了，又是买地又是请人，那些有本事的自然来投，研制出来的东西也多。”

越王感慨：“刕少夫人说得极是。只有将那些穷苦人养起来，让他们衣食无忧，才能让他们的才能展现出来。”

这也是他一直养那些寒门门客的缘由。

没想到刕鹤春的妻子都已经这般做了，刕鹤春还高高在上地俯视着他的门客。

他叹息道：“鹤春这次怕是恼我了。”

折绾收拾茶具，说：“虽恼，但也无法。”

但越王还是不愿意跟他来往，道：“还请刕少夫人回去跟他说一说，免得他还来找我。至于郑大夫，他是个醉心于此道的，倒是跟鹤春相得益彰。”

越王妃好奇：“阿绾，你就不好奇郑大夫为什么会醉心于此道？”

折绾：“想来有些缘由，但有专门给孩子看病的，有专门治跌打损伤的，自然也有郑大夫这般的。”

她对别人的事情都不太感兴趣。

越王妃就对越王道：“你看，她不会问的！”

她笑着道：“我家这个还怕你问，他到时候都不知道说不说。说也不好，不说也不好。”

折绾诧异：“王爷怎么会觉得我会问这个？”

越王就递给折绾一个“你懂的”眼神。

英国公府，刕鹤春喝下一碗苦药，只觉得遭尽了罪，而后嚼着一块糕点淡化嘴里的味道，问郑大夫：“你怎么会研究此道呢？”

郑大夫翻了一个大大的白眼：“就是想，怎么，不行？”

刕鹤春的子嗣在他手里抓着，便也忌惮，他不可能去找别的大夫了，只好闷声道：“你急什么——”

他顿了顿，又道：“该不会是你……也不行吧？”

郑大夫：“喝药吧！”

刕鹤春却好像确认了一般，叹息道：“那我心里还好受一些。”

郑大夫深吸一口气，忍了良久，劝自己不要生气，气出病来无人替。

等他回越王府取自己行囊的时候，越王便问：“鹤春问你了吗？”

郑大夫脸色一沉：“问了。”

越王：“那他信了吗？是不是没信？”

自然是不信的。

郑大夫被刕鹤春缠着不放，便没办法了，只能说句实话，道：“只是喜欢罢了，难道喜欢也要有个缘由？”

劭鹤春却道：“你这般就没意思了，我也不会笑话你。”

郑大夫当着他的面翻了个大大的白眼，在他的药里加了二两黄连。

劭鹤春犹如哑巴吃黄连，有苦说不出。他不敢再得罪郑大夫，只好跟折绾抱怨，但话还没有起头，折绾就道：“越王说，你以后别去找他了。”

劭鹤春就落了脸：“不去就不去，我如今是对他不存一点念想了。”

他继续絮絮叨叨地抱怨起郑大夫：“我真是受够了！我觉得自己像是任人摆布的鱼肉，大夫想往我身上洒什么药就洒什么药。”

折绾不耐烦地道：“这话你已经说过很多遍了！”

她拆发髻的手一顿，记得自己跟素膳也是如此长久地抱怨过的。

药喝得越来越多，脾气也暴躁了，有那么一段日子，她拉着素膳从白天抱怨到天黑，晚上还要哭：“我真是无用，我什么都做不了。”

素膳便要整宿整宿地安慰她。折绾现在想来都觉得对不起素膳，可素膳从未对她不耐烦过。

她现在有了烦心事也会跟素膳说，她以后都要说高兴的话给素膳听才是，幸好她已经不会像以前那般抱怨了。

如今轮到劭鹤春抱怨了。她看着他暴躁地在屋子里面走动，就好像看见了往常的自己。

她想，她是比他强的，她喝了很多年的药才开始暴躁，但他一开始就不行了。

折绾悠悠地看着他浮躁不安，道：“我明日要进宫给太后献茶。”

劭鹤春在大事上还是有些聪慧的，立马深吸一口气，压抑住浮躁，道：“是你茶园里面的茶叶？闽南的？”

折绾点头：“是。”

劭鹤春想了想，坐下来道：“你煮一壶来给我，我帮你试试看。”

他自小就长在陛下身边，深知陛下的口味和习惯。

“你给了太后，肯定要给陛下的。我帮你试试，便心里有数了。”

别的不敢说，但此事他是不会出错的。

折绾：“不用你，我已经请越王帮我试过了，越王说可行。”

劭鹤春：“行吧。”

他又无精打采起来：“我去书房看书。”

他如今更忙了，而且除了勤快地洗脚，还要勤快地洗澡。有时候怕自己身上有药味被人闻出来，尤其是被陛下闻出来，于是搓澡的时候也搓掉一层皮，让他苦不堪言。

他的衣服渐渐多了起来，一天要换四五套。他专门让松亭给他腾出了一个屋子放衣裳，因为折绾也有一个屋子专门放衣裳。

他还道：“确实衣服一多，就要多个屋子，你还是有先见之明的。”

又见折绾的衣裳都用衣裳架子撑起来，于是也让松亭学。

折绾：“我没见过男人一天换这么多衣裳的。”

劭鹤春：“那是你没见识过其他人的癖好。就我们都察院的左大人，他就喜欢挂玉佩，整日里‘叮叮当当’，跟个女人一般。”

折绾：“女人一天并不换四五套衣裳，也不换四五双袜子。”

劭鹤春叹息：“行吧，我确实换得比较多。”

但也是为了面圣。

陛下如今越发器重他了，今日还对他道：“人一长大，心思就多，就你和无功依旧跟从前一般，本心未变。”

这话劭鹤春不敢接，只敢诚惶诚恐地跪在地上：“陛下，臣愚笨至今，只有您不嫌弃。”

皇帝亲自扶起他，道：“朕知晓，你父亲和母亲都喜欢你三弟一些，难得你立心颇正。”

他问：“如今还是天不亮就起床温书呢？”

劭鹤春点头：“是。”

陛下便很高兴：“你勤勉多年，不声色犬马，实在是难得。”

劭鹤春出宫之后一身的汗。他知道太子最近纳了三个妾室，也请了好几个大臣去骑马了。

在宫里担惊受怕，回来还要捏着鼻子吃药，他抱怨道：“我都要累死了，迟早有一日要倒下去的。”

折绾“嗯”了一声：“那你想要什么棺木？”

劭鹤春暴跳如雷：“折绾！”

（六）

折绾去宫里了，她把茶带给太后看，道：“一共送了三盒来，我怕这茶不好喝，便亲自尝了尝，又去请越王夫妇尝了，都说好，这才敢送到您的面前。”

太后乐呵呵的，拍拍她的手：“别的不说，但入口的东西，你可比我懂得多。”

她接过茶喝了一口，瞬间眼睛一亮：“确实好喝，入口即甜，回甘持久，是好茶。”

折绾就彻底松了一口气，道：“如此我就心安了。”

太后：“这般的好茶，等皇帝来了，我也要让他尝尝。”

折绾便将另一盒茶叶递到太后身边放下，说：“若是陛下喜欢，我便明年多让闽南送些来。”

今年的茶叶都陈旧了，做不出这般的口味。

太后："哟，那倒是好，我跟着你多喝些新茶。这般的好茶一出来，闽南的地价就贵了吧？"

折绾乐不可支，亲昵地靠在太后的肩膀上："是，这下子，我可就赚大钱了。"

太后："闽南话赚大钱怎么说？"

折绾："拄大膠。"

她不好意思地道："我说的话带口音呢。"

太后学了一遍，带着口音，笑盈盈地道："是，咱们京都人腔调板正，他们的却是软绵绵的。"

但很是好听。

太后这里算是过了，如今只剩陛下那里，但也不着急。

龙凤茶既然想要做进贡的生意，便在京都不能卖，但能卖别的嘛。

折绾跟周掌柜商量："你想啊，咱们如今把'闽南'两个字做成了门匾，就挂在铺子。"

状元春就是他们的门匾，如今谁不知道状元春？

折绾："状元春是咱们自己的茶，可闽南之前也有经过沉淀的好茶。"

比如武夷山肉桂茶，这种茶也好喝，但在闽南种得少，于是没传到京都来，但要是种起来就比种新茶简单。

周掌柜同意了："那就这么办。"

说做就做，大不了就是失败嘛。她还把折绾套进来："请勋国公夫人这回少取些名字吧。"

折绾"哈哈"大笑。

但孙三娘还是带着雁雁画了不少的画。她道："状元春卖得好，尤其是文人墨客买得多，我画出来的徽记也是有功的。"

这回她也要画些别致的徽记出来才行。

折绾给了她润笔费，还专门给了雁雁一份，她摸摸小姑娘的头："你真是厉害啊。"

雁雁不好意思极了："都是姨母指点的。"

她用这笔银子给莹姐儿买了一支毛笔，特意跟着折绾到英国公府给莹姐儿："你瞧，这支笔可好了。"

莹姐儿爱不释手，还特意跟升哥儿道："你要是敢动我这支笔，我就打断你的腿！"

宋玥娘在一边不敢开口劝。她如今可是怕了女儿，动不动就断腿断手，她听着都害怕。

她叹息，拉着莹姐儿道："你去问问你大伯母嘛，问问她当时出了什么事情。"

莹姐儿不胜其烦，躲进了“别有人间”。

折绾便笑着道：“那你就在我这里睡几天吧？”

莹姐儿：“可以吗？”

为什么不可以呢？

素膳走了之后，她很久没有搂着小姑娘睡了。

莹姐儿还是喜欢说烦心事给大伯母听：“阿娘不仅在我这里打听，还整日在祖母那里竖起耳朵呢！她如今就凑在祖母身边，什么都不管了。”

宋玥娘一直想要打听折夫人的事情。她也不是傻子，当时折家来了那么多人，回去没几天，折夫人就没了，她肯定是要打听打听。

赵氏平时不靠谱，但是对此事还是紧闭嘴巴的，道：“请了他们来说川哥儿的婚事，也想给她家的朗哥儿说亲，结果她回去高兴极了，觉得小辈们的婚事都定下了，心情一好，就多喝了几杯，如此乐极生悲了。”

这番说辞外人信一信，但是宋玥娘不信，于是缠着赵氏想要打听。

折绾就对莹姐儿道：“那你以后常来我这里。”

莹姐儿：“我可以常来吗？”

折绾：“对不住，我之前太忙了。”

莹姐儿懂。大伯母的母亲去世了，她肯定伤心。她抱着大伯母：“多谢你。”

折绾轻轻抚摸着她的头哄她入睡：“不用谢，跟我说话不用这么客气。”

这才多久，就会说客气话了。她之前都是说“大伯母，我要在你这里住”“大伯母，我要常来玩”。

折绾叹口气，真不知道宋玥娘又教了些什么，但她开始劝莹姐儿在自己这里多歇息。

莹姐儿欣然答应，还把自己的小案桌搬来了。

折绾还带她去看了如何炮制茶叶、如何烧制瓷器。

莹姐儿玩疯了。

折绾还带她去了铺子里，她又看见了素膳。

莹姐儿夸赞她：“你越来越有气势了。”

素膳不好意思地摸摸脸：“是吗？因为要唬人。”

她正赶着去唬人。因为要在过年之前大卖武夷山肉桂茶，便要找人去造势。上回状元春她们是从码头就开始敲锣打鼓迎茶，如今这法子被人学了去，就不出彩了。

师父就把造势的任务交给她了，道：“你和蝉月好好地真刀真枪做一回。”

素膳就忙得脚不沾地。

她和蝉月都准备找美人。要十个男的、十个女的，都要长得美。到时候她就让他们穿上闽南时兴的衣裳，捧着她们的肉桂茶出去游玩。

折绾知晓之后大夸特夸：“你好厉害啊，素膳，这般一来，别人都会被吸引来的。”

素膳也觉得：“我就让他们在这里玩，这里喝茶，那里玩，那里喝茶。蝉月还去准备了茶具，都是精美的，有竹子做的、玉石做的……反正，到时候这些茶具我要搭配着卖。”

折绾也跟她说喜事：“我又养出了一种新的海棠花。”

她说最近值得高兴的事，一件一件，一桩一桩，直说得嘴巴干了，喝了好几杯茶。

等她走了，素膳跟蝉月道：“姑娘都不跟我说烦心事了。”

从前只要有烦心事，都会跟她说的。

蝉月白了她一眼：“你这个人，还希望姑娘有烦心事啊？”

素膳：“你不懂，我心里空落落的。”

蝉月“啧”了一声：“你就是闲的！快些吧，咱们还要去看美人呢，今日怎么也要挑三四个出来。”

素膳只好垂头丧气地去看美人。她的眼睛亮了，美人真好看。然后变得麻木不仁，觉得大家都差不多是一个样。

她还悄悄跟姑娘道：“还是他长得好。”

这个他是谁，折绾不用想也知晓。她道：“你还想不想他？”

素膳：“得了吧！那就是个骗子！我疯了？”

她低声道：“你是不知道，有一个男人，就是我看的那些美人里面的男人哦，他还给我抛媚眼呢！”

折绾闷笑不已。

等到素膳选完了人，让他们去各处的美景里喝了半个月的茶，闽南肉桂茶便一举成名。

卷八——幽困于府，鱼有鸿鹄

/ 无人告知她些许，无人安抚她片刻。那段压抑的日子她是靠着自己熬过去的，折绾如今想起来，都很佩服当时的自己。/

（一）

十一月，郧家五少爷要娶妻了。这是件大事，因为是最后一个儿子娶媳妇，英国公也给了几分注意力，跟赵氏提了提，想把婚事办得热热闹闹的。

赵氏起先还不肯，英国公熟悉她的脾气，直言道："家里晦气的事情多，正好用喜事冲一冲。"

赵氏想到最近的糟心事，马上点头了。

办，大办，她也觉得家里如今晦气得很。

这桩重要的事情自然要交给宋玥娘。她道："除了你，我谁也不放心。"

宋玥娘就拍着胸脯保证："肯定体体面面的，我又不是头一回操办婚事。"

她把这个看成美差，且因觉得折绾最近献了茶叶给太后，还得了陛下夸赞，让折绾出尽了风头，便心里憋着一股不甘，铆足了劲跟折绾比高低。于是五少爷的婚事不让折绾插手一星半点，她当牛做马，不眠不休，从头至尾操办下来，到郧五少爷成婚前一日，人已经累得瘦了一圈。

赵氏心肝心肝地叫："真是辛苦你了。"

宋玥娘瞬间得意："小事一桩。"

玉岫抱着平哥儿过来玩，瞧见她那一副嘚瑟的样子就恨铁不成钢："她还以为自己打了胜仗呢！"

怎么就养出这么个性子来，且还配得好，又配了赵氏那般一个婆母，真真是狼狈为奸。

折绾好笑："谁是蛇，谁是鼠？"

玉岫："你家婆母是蛇，胖头蛇，我家那个傻子是鼠，鼠目寸光。"

折绾闷笑起来。最近赵氏的脸越发圆润了，什么事情都有宋玥娘做，她就只剩下吃饱喝足了，于是胖得也快。

没一会儿孩子们都来了，莹姐儿高高兴兴地摸了摸平哥儿的脸，笑着道：“他又长大了些。”

她还看向玉岫：“大舅母，我阿娘说待会儿还要来看您呢。”

玉岫：“那我找找鸡毛掸子。”

莹姐儿捂住嘴巴笑起来。她知道，上回阿娘就被大舅母用鸡毛掸子追着跑过。

升哥儿和川哥儿跟大人问好之后就商量着去要些炮仗来，平哥儿想跟着去，两人却不愿意带着他。他们是大孩子了，哪里能带着小孩。他们还非要让莹姐儿去，莹姐儿厉害，敢点火。而且被大人责罚的时候有她在，他们总能少受些惩罚。

莹姐儿不乐意，等两人手拉手出门找炮仗之后，她撇嘴道：“真是一点意思都没有，我明天是要去看新娘子的，才不放炮仗呢。”

她今天晚上还要沐浴焚香，这样才能见新娘子，她很重视。而且她现在都不愿意跟他们一块儿玩了。

她道：“他们两个人还偷偷摸摸地往池塘里面撒尿！”

折绾听了就笑：“那你跟雁雁玩，明日雁雁来。”

莹姐儿点头：“我又做了很多小铃铛，可以送给她。”

玉岫便小声说：“你家这喜事倒是铺张得很。”

折绾：“对新娘子是好事。”

这是实在话。因五少爷是庶子，赵氏给他说的亲事便是小户人家的姑娘，折绾记得是个脸圆圆的小姑娘，性子安静，并不多话。她跟二少夫人和四少夫人走得近，平时见了自己仅仅是小声地问好，两人倒是没什么交情。但她上辈子的婚事简简单单，没有如今这般大，姑娘家的婚事大多只有一次，大操大办总比简简单单好。

等到第二天新娘子进了门，拜了天地，揭了盖头，折绾和其他人坐在屋子里面笑盈盈地跟她说话，果然见她笑不露齿，话不多，腼腆得很。

折绾恍恍惚惚记得，上辈子这个时候，自己正在外头忙着招待客人，第一天是没见过这位弟妹的。

宋玥娘如今当家，今日也忙得很，并没有过来，还特意叫了二少夫人和四少夫人去帮忙，独独撇开折绾，想要冷落她，让她看看厉害。结果各家夫人不一会儿过来看新娘子，倒是叫折绾好一顿招待，又把宋玥娘气得骂了一句：“真是表里不一！”

折绾是不知晓的，她只等闹洞房的人走了，温声细语地跟新娘子说话，让她第一日因新嫁的惶恐少一些，笑着道：“过几日天冷一些，咱们吃顿锅子。”

五少夫人慢慢地在她的声音里松缓下来，道：“多谢大嫂嫂。”

折绾这才带着莹姐儿走。

莹姐儿在路上问：“大伯母，你嫁人的时候是不是也穿着这样的衣裳？也要大伯父揭盖头，然后大家一起陪着说话？”

墨月提着灯笼走在旁边，闻言手顿了顿，但余光瞥见自家少夫人笑着道：“没有。当时啊……你大伯父去了皇宫，我自己揭的盖头。”

也没人陪她说话，都在说刕鹤春突然进宫的事情。她惶恐地过了一晚上，如果当时有个人能安慰安慰她，想来她的胆子就大些。

莹姐儿不懂其中的意义，大声道：“哇！那你好厉害呀。”

折绾笑盈盈的：“是，很厉害。”

她带着莹姐儿回了“别有人间”，让婆子去三房说一声。莹姐儿撇嘴：“阿娘忙得很呢，哪里会顾得上我。”

折绾：“那也要说一声。”

没一会儿，刕鹤春喝得大醉回来了，听闻是跟一位莫姓的小将军在那里划拳，只是技不如人，足足喝了好几坛酒，直喝得晕晕乎乎的，等回来的时候倒头就睡着了。

莹姐儿看见隔壁熄灯了，松了口气——她怕待会儿大伯父会来见大伯母，所以一直不敢睡。

折绾没看出她这份心思，还在一味地对账。状元春和肉桂茶卖得好，赚了不少银子，她觉得自己可以用这些钱做些别的生意试试，只是还不知道要做什么生意。

莹姐儿等她放下账本才凑过去，折绾摸摸她的头：“要睡了吗？”

莹姐儿摇摇头，兴冲冲地说今日的见闻：“川哥儿不敢放炮仗，站得远远的，升哥儿去点，但被大伯父看见了，狠狠地教训了一顿。”

但大伯父不好骂升哥儿，只好说川哥儿的不是，把川哥儿说得臊眉耷眼，满脸委屈。

雁雁姐今日很高兴，穿了一套新衣裳过来，说是她自己画的花样子，跟孙家姨母身上的衣裳花样是一样的。

雁雁姐还很抱歉：“我也想跟你穿一样的，但是我最想的还是跟姨母一块儿穿。”

莹姐儿理解，她有了小铃铛，如今第一个给的是大伯母，不是雁雁姐姐。

两个好朋友抱在一块儿嘀嘀咕咕，互相原谅，雁雁姐还小声道：“姨父最近还在吃药。”

莹姐儿就倒吸一口气：“我知道！好难闻啊，我大伯父也在吃药。”

男人为什么要吃药？小姑娘们不懂，最后得出结论：“男人可能上了岁数都有病。”

因为川哥儿和升哥儿还小，所以就不吃药。

“好可怜啊，他们大了就要吃药了。”

莹姐儿叹息一声，看看四周，钻进被子里跟折绾道：“大伯母，我还要告诉你一件关于川哥儿的事情。”

折绾点头：“你放心，我肯定谁也不说。”

莹姐儿相信她，神神秘秘地道：“川哥儿……不喜欢大伯父。”

折绾闻言愣了愣：“什么？”

莹姐儿：“是川哥儿自己说的。我觉得他好可怜啊。大伯母，我们能帮帮他吗？”

折绾迟疑了一瞬，道：“我帮不了他，还要他自己立起来才行。”

莹姐儿叹息：“是啊，做什么都要自己立起来。”

阿娘和祖母更喜欢升哥儿，她就自己喜欢自己，只跟更喜欢她的大伯母玩。川哥儿也该为自己谋划才是，大伯父不喜欢他，他可以来找大伯母啊，但他也不来。

她就不好意思道：“你可千万不要说出去呀，不然我就失信于人了。”

折绾跟她拉钩：“我跟你保证。”

莹姐儿沉沉睡了过去，折绾怔了一会儿，也很快睡着了。

第二天，天亮的时候，她睁开眼睛还有些恍惚，她以为自己听了川哥儿不喜欢劢鹤春的事情会睡不着的，谁知道睡得还很香，一夜无梦，人很精神。折绾舒出一口气，跟莹姐儿两人互相簪了头花，一块儿去赵氏那里请安。

她如今已经很少给赵氏请安了，赵氏不愿意看见她。折绾是乐意的，于是更加少去山海院。今日却不能不去，她作为长嫂，按照习俗是要给五弟妹送礼的。

折绾将红封递过去，温和笑着道：“还望你们日后身子康健，无病无灾。”

赵氏说的是：“多生几个孩子。”

宋玥娘：“安安分分，知足常乐。”

五少夫人晕乎乎转了一圈，五少爷一直笑吟吟地看着她，倒是见她脸红了。

新婚夫妻恩爱，折绾瞧着也高兴，留下来陪了好一会儿。五少爷便先回去，五少夫人单独留下来陪着婆母和嫂嫂们说话。她不擅说话，便安安静静听，可要接话的时候也认认真真说，只是说得少了一些。

但赵氏觉得她上不了台面，言语中就露出了一星半点：“你在娘家的时候也这样？”

五少夫人脸“轰”地红了起来，顿时委屈得手忙脚乱。

她连忙站起来想要解释，却见大嫂嫂已经替自己解围了，道：“五弟妹是这般性子，不如三弟妹八面玲珑，听闻最近一直在母亲那里逗趣？”

赵氏张了张嘴，到底没有继续说下去。玥娘最近确实缠着她说折家的事，她哪里敢说，就凭玥娘这张大嘴巴，今日知晓了，明日整个京都都能知晓！她不敢多提，生怕玥娘待会儿还要问。于是直到离开，五少夫人也没被刁难。

五少夫人很感激折绾，亲切地喊了一声大嫂嫂。

折绾笑了笑，宽慰五少夫人："你不要怕，我刚开始也不喜欢说话，后来慢慢熟悉了，话就多了。但就是不说，也没有什么关系。事实上爱说话的人还是少，像咱们这样的人才多。"

五少夫人心里暖暖的，跟五少爷道："本是不安的，但跟大嫂嫂说了会儿话就好多了。"

五少爷在家中一直默默无闻，去年考科举也没有考中，于是连个功名也没有，更加不被待见。他只同二哥和四哥走得近些，但也不是很近，毕竟差着年纪呢。他的姨娘也早早去世了，平日里连个说话的人也没有，如今有了妻子，也觉得安心，道："我冷眼瞧着，大嫂嫂才是有大智慧的，你若是喜欢，便跟她多处处。"

五少夫人犹豫："可以吗？我看二嫂嫂和四嫂嫂跟她也不是很热络。"

五少爷觉得都可以："咱们也不是巴结大房，只是想给你找个人说话罢了。你不想去就不去，咱们君子之交淡如水，并不需要上赶着。"

他郑重地道："我在外头打拼，你在家帮我管好琐事，咱们一起好好过日子，比什么都强。"

五少夫人激动地"哎"了一声，觉得阿娘没给自己选错人。

但想过好日子很不容易。婆母也不知道是怎么回事，喜欢说些阴阳怪气的话，二嫂嫂安慰她："母亲就是这样，你得捧着她，等以后就好了。"

五少夫人问："大嫂嫂也是如此吗？"

二少夫人和四少夫人对视一眼，突然笑出声来。

她们都还记得婆母骂折绾的话：棉花成了精的猪精。但这话不能跟五弟妹说。

因有了新人，她们两个便有许多旧事可以唠唠。

四少夫人第一句话就是："你在桂渊等街可买了铺子？"

五少夫人摇摇头："没有。刚开始是觉得偏僻，不愿意把铺子买在那里，等后面一涨，已经买不上了。"

那是拿着银子也没有地方买。四少夫人就得意道："我是买了的。"

她又说起让折绾给她买铺子的事情："去年还没涨多少，今年涨到天上去了，一转手不知道翻多少倍。"

二少夫人拆她的台："那你现在的铺子在哪里？"

四少夫人讪讪的，五少夫人也不敢问。等到十二月四姑娘出嫁，折绾亲自忙前忙后帮着做事，五少夫人便跟着一起帮忙，两人熟悉了一些之后，她才问："二嫂嫂是什么意思？我心里一直藏着，不敢问，又怕自己将来说错话，惶恐不安得很。”

折绾之前也有这个毛病，她便宽慰道：“也没什么，只是她当初帮着娘家兄弟买的，她自己倒是没买。”

结果也没有讨好娘家人，就得了她铺子的娘家兄弟也没有多感谢她，抱怨道：“姐姐既然给我买了，也要给大哥买才是。且姐姐跟你家大少夫人也该多走动走动，她手里漏出的铺子够咱们吃上三五年的。”

气得四少夫人哭了好几次，来折绾这里求着买铺子：“再给我一间铺面就好。”

她的“给”也不是让折绾正常卖，而是看亲戚的脸面上按几年前的价格卖。

折绾觉得此事真是荒唐。她先是劝解道：“即便是亲兄弟也要明算账，你是白白送的，怎么还落了埋怨？我看呀，你该让他把铺子还回来才是。”

但四少夫人即便一肚子委屈也不肯说，只道：“我就这么一个弟弟，得护着。”

折绾无法，除了反省自己有没有像她这般，就是不再跟她多说此事，道：“我的铺子都是有数的，各有用处，并不愿意卖出去。”

四少夫人便不知道是埋怨上她，还是觉得在她面前丢了脸面，差不多有半年时间没来过苍云阁了。

折绾就对五少夫人道：“如今买桂渊街的铺子也来得及，将来肯定还会涨。”

五少夫人虽然是小门小户，但家中父母疼爱她，出嫁的时候是给了银子的。她说：“求大嫂嫂指点。”

折绾就笑起来：“那我帮你踅摸踅摸。”

四少夫人听闻此事也动了心思，但她觉得现在买不值当，不愿意花大钱去置办铺子，只好酸溜溜地道：“还是五弟妹家底厚。”

二少夫人白了她一眼：“别总是说这种上不得台面的话！”

四少夫人叹息：“这不是没银子吗？要是有银子，我也愿意让别人来酸我。四妹妹嫁人，你准备给多少？”

二少夫人：“还是按照老规矩给，给个二百两就不错了。”

四少夫人回去盘账，发现给出二百两银子后，自家就要捉襟见肘，她只能跟二少夫人道：“二嫂，咱们要不要给一百一十两算了？”

二少夫人没好气：“别做这种上不得台面的事！”

五少夫人得知要送二百两也心疼得不行，五少爷就拿出自己的私房银子来：“给你。”

五少夫人张了张嘴，隔天跟折绾道：“他竟然现在才告诉我有私房银子。”

折绾笑起来：“那你也自己偷偷地藏一些。”

等人走了，莹姐儿好奇地问：“大伯母，你偷偷藏过银子吗？”

折绾点头：“藏过。”

莹姐儿就道："那我将来也要藏些。"

折绾却摸了摸她的头："还望你将来不用到这一步。"

刕鹤春晚间回来睡，便听闻莹姐儿又在这里。他"啧"了一声："都快变成大房的闺女了。"

但他还挺得意的，上回还写信给刕鹤悯把此事说了一遍，道："你在外头，我替你看顾儿女是应当之事，只是你也该多上心些才是。"

他写完信得意得很，还跟折绾道："往后他常年不归，升哥儿怕是不亲他。"

那就好玩了，生了个女儿不亲近三弟妹，生了个儿子也不亲近三弟，那就白生了。

他想着想着乐不可支，道："把库房打开，我带着孩子们去挑东西。"

折绾斜了他一眼："按照你这么说，便是你给武先生生了个儿子。"

刕鹤春颇为不认同："我可没有像三弟这样不管不顾。"

折绾笑了笑："是吗？"

刕鹤春就犹豫了一瞬，道："我最近忙得很。"

陛下和太子之间肯定有事，他作为陛下近臣，又跟太子有些交情，在中间周旋已经够累了，哪里还分得开精力去管川哥儿。

他想起朝堂上的事情就有些烦躁，折绾却催他去吃药："郑大夫等着你呢。"

刕鹤春头疼至极，郑大夫如今已经成了他最不愿见的人。

他如今住书房住得多，折绾也不回苍云阁，晚间没有在一块儿吃饭，等他要休息的时候，发现折绾的屋子里还亮着灯。

他咂了一下嘴："真是如此勤勉。"

不知道的还以为赚了多少银子，做了多少功绩。

但他这张嘴在外头还是说得很好的，四姑娘出嫁，他对新郎官道："若是你敢欺负她，就是拼着两家的脸面不要，也要你扒一层皮下来。"

折绾觉得他总算说了一句人话。她给四姑娘塞了一千两银子，道："穷家富路，身上一定要多些银子。你是个聪明的姑娘，却不愿意麻烦别人。"

善良的人都这样，但人在世上，还是要学着麻烦别人才好。

她道："你三哥哥是越州知州，真到你忍不下去的那一步，便去找他，若还是不愿意找他，就去找我的人，我在越州有瓷器铺子和茶叶铺子。"

四姑娘知道她这一番话有多心诚，哭着道："大嫂嫂，但凡有我能帮上忙的，你也尽管开口。"

折绾"哎"了一声。她不知道这辈子还能不能看见四姑娘，反正上辈子是没见过的。她回去后，惆怅了好一会儿。

（二）

等到年初，陛下让人用龙凤团茶给几位大臣煮着喝，笑吟吟地道了句“好茶”之后，还道：“闽南知州又给朕上折子，说荒地开垦，不少人都回来种茶了。”

各位大人终于把目光转向了闽南的荒地。

劭鹤春回来的时候道：“你这运气实在是没谁了，你不知道，今日我要回来的时候，好几位大人都拉着我说此事呢。”

伴君如伴虎，大家都在揣测陛下的意思。但这确实是好事，利国利民。

有一位大人还道：“我也曾耳闻此事，但以为是小打小闹。劭大人瞒得紧。”

劭鹤春却笑不出来，因为他当时想要给越王和折绾送银子，两人都不要。他一气之下就没管过此事，谁知道突然被陛下提起来了。陛下最近说的话、做的事，他有些弄不懂了。

但此事一定下来，折绾的地就值钱了，她的运气无疑是好的。

折绾就笑了笑：“还行，我也赚不了大钱。”

折绾进宫陪太后的时候还碰见皇帝了，他顺嘴问起折绾为什么要去闽南买地的事情。

折绾便恭敬地道：“臣妇最开始也没有想太多，只是看县志上写那边荒地多，天时和地形又跟梁州有些相像，这才起了心思。后来跟宋家大少夫人说了此事，她觉得稀奇，又是个利索的性子，便说叫人去看看，借了府中掌柜给臣妇，遣了他去当地看，发现荒地确实多，种不出粮食，但种茶叶正好。”

太后之前已经听过她说此事了，但再次听还是听得激动，接口道：“当时正好要过年，阿绾就跟玉家丫头、孙家丫头去赌马，好嘛，三个人赢了一万两！”

皇帝笑起来：“于是就有了银子去买地？”

折绾垂头应道：“臣妇们什么都不懂，虽然起了念头，可要做起来实在是难，即便是有银子，也不敢叫人贸然去买地种茶。”

太后：“这时候就碰见了一位从闽南来的袁大人！”

皇帝给太后面子：“嗬，及时雨！”

折绾：“是，臣妇也是后来才知晓，袁大人已经缠着越王殿下去闽南种茶叶好几年了。”

皇帝“哈哈”大笑，乐不可支：“这个朕知晓，多年前越王就跟朕说过，他门下的一些门客想着让他帮着去造寺庙，一些想着去观天象，还有一个固执地觉得闽南可以种茶叶。门客奇奇怪怪，他整日跟朕叫苦连天。”

他说到这里感慨：“真是一事推一事，一年前，闽南知州换了王德山，他是个务实的人，见你们买地种茶，便写折子来奏报朕此事可行，只是不知到底能不能种出来。”

折绾便低声说：“是可以的。臣妇自小喜欢侍弄花草，知晓什么土种什么花，便叫掌柜的带了许多茶树和土回来，如此这般折腾了快半年，有五成成算能种出茶苗，才敢叫人带着银子去。”

皇帝欣慰点头。王德山已经写了信来，准备大力扶持，也在信里面写：“越州六品行人袁耀之妻袁夫人为头，英国公府大少夫人的女管事花氏及宋家大少夫人玉氏管事张为辅，再添当地世家从中周旋，召集百姓开山种树，官府下乡进山游说流民，民心一致，众志成城，如今能解民生流离之苦五分，温饱三分。”

皇帝想到这个还是高兴的：“全凌之是个废物，在闽南三年一事无成，朕真是恨之入骨。”

全凌之是之前的闽南知州。

皇帝就喜欢踏实肯干的人才，道：“若是各地都有闽南之心，有胆量有才能，还怕天灾？”

从前年洪水开始到今年，各地天灾不断，户部的银两支出巨大，那些臣子却一个个还在上奏说穷。

皇帝深吸一口气，太后瞧了便道：“百年总有天灾出，但最多三五年就过去了。皇帝这几年日日夜夜思虑，老天爷也看在眼里，便有了好事。这也是皇帝的运道在，不然事情能这般顺？你自小的运道就好，所以说你是真龙天子呢，老祖宗的话是没错的。”

皇帝就笑道：“还是母亲最心疼儿子。”

他对折绾也是赞许的：“虽然是无心之举，但确实做了一桩好事，等闽南一事周全下来，便赏赐你一番。”

太后满意：“是这个道理，阿绾是自家孩子，可不能小气。”

皇帝和太后逗趣：“那明年进贡的绫罗绸缎和东珠都赏了？”

太后：“那也不行，咱们家的孩子多，可不能偏心一人。”

皇帝再次大笑起来，而后感慨道：“如今只有到母亲这里才能有片刻安宁。”

太后：“那你就多来，左不过多你一双筷子。”

皇帝站起来：“是，晚膳还要到母亲这边用才舒畅。”

折绾一直垂着头，不敢多说一句，等皇帝走了，太后笑着拍拍她的手：“你是个有福气的孩子，别怕。”

折绾“哎”了一声，为太后插了一瓶红梅，心里却在想，等过了年不久，刕鹤春就要被关了。

上辈子不知道他为什么被关，但她如今偶尔能见几次陛下，倒是也能揣摩出一些事情来。

——陛下最近并不高兴。他提起太子的时候会皱眉，提起臣子们的时候会恼怒，提起各地的时候会心烦。

芴鹤春最后是在哪里触霉头了呢？她可不能触霉头。

等回了英国公府，茗妈妈早早等着她了，笑着道："杨家的花农来府里送苗，我留了他媳妇说话，想着您回来可能也要问问她花苗的事情，便让她等着了。"

折绾确实是要问问的，一边走一边道："你跟她说了今年涨价的事情没？"

茗妈妈："这般的事情老奴哪里敢说？还得您来呢。"

这是施恩的事情，自然要主子做。

折绾进屋见了人，笑着道："你如今是越发年轻了。"

杨家的连忙道："跟着少夫人得了些银子，每月还有胭脂水粉给，老婆子也想着水嫩水嫩，便往脸上擦。真是好用啊！还要多谢少夫人的赏。"

折绾便请她坐下，道："你家的花苗是极好的，可见是用心侍弄了。我想着，今年花贵，又卖得好，比往年给你的价钱便低了，就在这上面再加两成，你看怎么样？"

杨家的哪里想到还有这种好事，立马感激地跪下去："多谢少夫人，这是您的大恩大德。"

折绾扶起她，见她还落了泪，温声道："你们尽心尽力侍弄花苗，赚的是血汗钱，自然不能吃亏。"

等人走了，文月有些心疼银子，道："少夫人也太心善了些，加一成也就够了，何必要加两成。"

折绾："一朵好花，从出苗的时候就已经至关重要了，你要是不给足了银子，一年两年还好，三年四年自然要心生怨念，到时候岂不是因小失大？再者说，我是英国公府少夫人，她家只是花农，无依无靠的，怎么敢开口跟我提涨银子呢？自然要我先提，不然就是欺负人家。"

文月脸红起来，低声道："是奴婢想错了。"

折绾趁机教她："这也没事，因你看的事情少了，所以才会被眼光局限住，你若是想要跟着周掌柜做事，不如先开阔眼界。"

文月赶紧点头，又问："这就是为什么周掌柜不愿意收奴婢的缘由吗？"

折绾宽慰："那我可不知道，但我知道，你是个愿意上进的姑娘，肯定是不会差的。"

文月松了口气，笑起来："少夫人真是心疼奴婢。"

如今已经腊月二十了，四处张灯结彩，芴鹤春回来问折绾："明家人什么时候来？"

折绾："母亲送了帖子去，已经商量好后日来。两家结亲是大事，你管住你的嘴，别在那边胡说八道。"

芴鹤春就觉得折绾实在是小看他："我除了在你面前多说几句，在外头可是谨慎小心，不敢多言。"

如今的朝堂局势，谁敢多说？他还叮嘱折绾："陛下最近时常去太后宫里，倒是你说话小心些。"

而后他问起折绾闽南之事："又有几位大人问起我闽南的地。你觉得除了你那些地，还有哪边可以买？"

折绾悠悠然："我怎么知道？我也没多买。"

刕鹤春还要再说，折绾便道："这种事情吃力不讨好，你要是想做人情，你就自己去打听，我反正是不知道的。"

刕鹤春"啧"了一声："想要占你的便宜可真不容易。"

他其实也不愿意多在外头说此事。现在瞧着是风光，可世事瞬息万变，一不小心就要倒转天地，还不如就现在这般，若是有好处，自家得了，若是没好处，也不打紧，左右是妇人家的手段罢了，万不可牵扯别的。

他就跟几个大人道："她也是瞎买，并不知道其他。

潘大人一直都在跟折绾打交道，闻言目光闪了闪，笑呵呵地道："也是，少夫人也没去过闽南，怎么知道？"

但他回家就问潘夫人："刕少夫人说的地方可靠吗？"

潘夫人："阿绾是个实诚人，并不一味夸大，特意说她也不知道，只是大概能推论一些出来罢了。反正也不贵，咱们也不多买，便叫人去买些回来就够了，只挂个名头。"

潘大人也觉得是："咱们不在此道，不用多心。但她说了话，就要承人家的情，改天请她进府吃顿饭。"

潘夫人："就请她一个人？刕大人呢？"

潘大人脱下鞋子舒坦地泡脚，说："请他做什么？我是不喜欢他的，他自小站得太高了，如今也没长进，啧，也就陛下喜欢他了。"

潘夫人连忙瞪他一眼："别在家里说这些！那就请阿绾一个人吧。"

潘大人小声道："如今陛下越发不喜欢世家子弟做官，却喜欢上寒门子弟了。你看闽南那个全凌之，若不是全家老祖宗牌位在，陛下都要砍了他。换上寒门子弟王德山之后，陛下才消了气。"

陛下之前却不是这样的，他之前认为世家子弟自小教养好，眼界宽，只要努力去学去做，必定比寒门子弟学得快些。

潘大人松了口气："咱们家算不得寒门，却也不是世家……陛下最近对我大加恩宠，勋国公那老匹夫眼睛都羡慕得要冒火了。"

潘夫人笑起来："你这人，还真是记仇。勋国公当初就得罪了你一回，你记到了现在。"

潘大人吸了口气："就得罪了一回？我户部死了多少人——"

潘夫人就没再说了，轻柔道："行了行了，别想了，快些擦脚吧，别把脚给泡烂了。"

但第二天没有请来折绾，潘大人笃定地问：“可是英国公府出了什么事情？”

潘夫人笑着道：“她家的川哥儿要说亲了，今日要跟亲家见面。”

潘大人：“跟哪家啊？”

潘夫人：“榆林明家。”

潘大人琢磨了下：“明家？这倒是好人家。”

确实是好人家。即便是赵氏，也忍不住拉着明家大少夫人道：“我还与你母亲见过呢。”

明家大少夫人轻笑着道：“我听母亲说过，那年她来京都，还与你一块儿踏过春。”

赵氏：“我们一块儿放过风筝！你母亲是何等的风华人物，我自幼见了她就羞愧，你是像你母亲的。”

她这般喜形于色，明家大少夫人自然是满意的，但闺女嫁过来的时候，赵氏已经老了，她要相处的人是婆母。

明家大少夫人就看向折绾，只见她上身着素色的短袄，下裙却配的是翠绿色百福祥纹，用色温婉又大胆。她的发髻上不用金银，端正地插着一支点翠荷花簪，斜髻上还别着两朵小小的花。明家大少夫人不懂花，叫不出名字，只觉得她这般打扮真是好看。

她不露声色地再去看折绾的脸，便暗自赞一句“好姝色”。

她顿了顿，轻声问：“听闻大少夫人喜欢花草？”

折绾点头，笑着道：“是，自幼就喜欢侍弄。”

明家大少夫人：“是吗？我家慧姐儿也喜欢得很。”

明家的小姑娘叫明慧。

折绾就看向坐在一边的小姑娘：“慧姐儿喜欢什么花？我的花房里有花朵，待会儿让莹姐儿带你去看看。你若是有喜欢的，走时便带一篮子回去玩。”

慧姐儿就看向阿娘。明家大少夫人微微点头，她才轻声道：“多谢婶娘。”

莹姐儿：“好啊，我带她去。”

折绾：“多谢你啊。”

莹姐儿：“小事一桩嘛！”

今日孩子们都在。川哥儿一直安安静静不说话，但他知晓慧姐儿是谁，他羞红了脸，根本抬不起头。但方才听她说了一句话，好听得很，便忍不住抬起头看过去，又觉得不好，便连忙低下头去。

升哥儿已经好奇地凑过去问了：“慧姐儿，你说的音跟我们不同。”

慧姐儿紧张起来，莹姐儿坐在她身边，朝着升哥儿撇嘴：“自然是不同的，她又不是京都人，你会说江南话吗？”

慧姐儿松了口气，折绾笑了笑：“莹姐儿，你带着慧姐儿跟川哥儿、升哥儿去花房吧？”

莹姐儿早就坐不住了，她连忙点头：“好啊。”

她牵起慧姐儿：“我带你去看我的小铃铛。”

慧姐儿被牵着，情不自禁地跟着出门了。明家大少夫人瞧了，倒是满意孩子们的和和气气。

英国公府家世好，有爵位在身。刕鹤春得陛下隆恩，刕鹤悯任越州知州，家世倒是跟明家不相上下，若是能结亲，自然是好，但还是有顾虑。

一是刕鹤春的“病”。这事情在京都传得广，二弟一家早写信给她了。但英国公府诚意足，英国公特意写信解释此事缘由，说明了只是子嗣少，并不是身子有病，只是国公夫人想要求子，便四处求医，这才传扬了出去。又说川哥儿也是时常被把脉的，是个健健康康的好孩子，并附上了川哥儿的脉象，请他们万万不要人云亦云，伤了两家的缘分。

人家都这般做了，他们自然心中熨帖，公爹便拍板说此事可行：“抛却刕鹤春不说，只看川哥儿好就行。再者说，他们家只有川哥儿一个孩子，刕鹤春生不出来，于我们倒是好事。”

明家大少夫人也是如此觉得的：“亲兄弟没有，但堂兄弟多，将来也可做依靠，却没有纷争。”

但她还顾忌折绾。折绾是继室，后母难当，但后母也容易出“毒妇”。

明家大少夫人打听得最仔细的就是折绾了。

女子出嫁，一半嫁的是丈夫，一半是婆母。她特意托二弟妹打听折绾的为人，得的都是夸赞。

“京都各家夫人都跟她相交，她是个实诚人，没有坏心。别的你不熟悉，但丹阳的玉家、孙家姑奶奶你知晓吧？都跟她相交甚好呢。”

等到了京都之后，二弟妹还说了折绾的事迹：“倒是有几分侠义之气。当初勋国公夫人敲锣打鼓给勋国公纳寡妇，这里面也有她的手笔。”

但一会儿她又愁了：“但这事她帮的是继母对付继子。”

明家大少夫人却觉得论迹不问心，道：“她刚嫁过去，地位还没稳，却敢帮着做此事，是顶着夫家的责怪这么做的。”

能这般帮着好友已经难能可贵了，多少人没有这份魄力。

她便对英国公府心里有数了，今日过来一瞧，确实是八九不离十。

男人们在一块儿喝酒，女人们就凑在一块儿说话。刕家五个少夫人加赵氏都来齐全了，说话自然也吵闹。明家大少夫人就发现折绾并不喜欢多说话，倒是三少夫人喜欢说。三少夫人明显和英国公夫人好些，隐隐有些排挤折绾。

她心里大概有数了，回家之后问女儿：“川哥儿怎么样？”

慧姐儿点点头：“很好啊，他一直不敢看我。”

明家大少夫人笑起来：“我们慧姐儿多好看，他那是害羞呢。”

她又跟丈夫说自己的顾虑："大房怕是不亲英国公夫人。"

明家大少爷倒是觉得不要紧："我也是瞧见了的，但劢大少夫人并没有被压下去。咱们在江南也是听说过越州瓷器的，我今日探劢鹤春的口风，发现他不是很懂。"

那就应该如同传闻中一般，越州瓷器是劢大少夫人自己的铺子。

"如此这般，她就是个厉害的。"

明家大少夫人担忧："要是她对付慧姐儿呢？"

明家大少爷笑起来："你当咱们是死的？"

此事就这么定下来了。

过年的时候，两家便要上门互相走动。川哥儿听闻此事急得不行，他请了莹姐儿过来给他看衣裳。

"穿哪套好呢？"

莹姐儿选了一套自己喜欢的："就绿色的吧。"

带松竹，多好看。

升哥儿凑过来大声笑："川哥儿，你要换张床，以后是要跟媳妇一起睡的，要大一些才是。"

川哥儿狼狈而逃去换衣裳，升哥儿跟进去："那以后咱们两个还睡在一起吗？"

川哥儿迟疑："不行吧？书上说，夫妻是要同榻而眠的。"

升哥儿："怎么不行，你父亲母亲也没有住一块儿，我父亲母亲也没有住一块儿啊。"

川哥儿有些不情愿，却也不愿意失去升哥儿，只能答应："好啊，那以后还是咱们两个睡。"

莹姐儿听得翻了个大白眼："你们磨磨叽叽的！我要去找大伯母玩。"

她去"别有人间"里翻鲜花饼吃，吃完了撑着头，在桌上小声问："大伯母，我以后也要嫁出去吗？就像慧姐儿要住到咱们家里来。"

折绾犹豫着，没点头也没有摇头。

她上辈子没听说莹姐儿定亲。宋玥娘不止一次两次抱怨劢鹤悯不靠谱："莹姐儿都多大了，再不定亲，好男儿都被定完了！"

过了两年，又道："哎，我现在是真愁啊，还不定亲，已经没有好儿郎了。"

再过两年，她已经不提此事了，她觉得提起来颇为羞耻："川哥儿都成亲了。"

但当时折绾已经陷入了万般痛苦之中，根本没有精力去听她说莹姐儿的事情，所以对此事倒是一无所知。她只知道，莹姐儿从离开京都到自己去世，一直没有回来过，也没有定亲。这辈子长在京都会早早定亲吗？上辈子又为什么不定亲呢？

她想了好一会儿，才道：“等你大了——等你大了，就知晓了。”

莹姐儿：“我好想长大啊！”

她写信给雁雁姐：“川哥儿要定亲了，但他还是要跟升哥儿一块儿睡。我就在想，你定亲之后也不能跟我分开，也要在一起睡。”

大家都是跟亲近的人睡，她就跟大伯母一起睡。

宋玥娘忙了一日，回去没瞧见莹姐儿，第一个念头就是叹息：“怎么又去大房了？”

宋妈妈点头：“是。”

宋玥娘埋怨：“我这般忙，她还不在家里等我，我好想她啊。”

宋妈妈：“那就去接莹姐儿回来？”

宋玥娘摇头：“不行，过年了，四处还要走动，我忙得很，哪里能歇息，回来了我也陪不了她，还是要大房的那个陪吧，我瞧着她对莹姐儿也是真心实意的。”

宋妈妈劝她：“您也该给大少夫人做些事情，她多悠闲。”

宋玥娘却不肯：“掌家权只有在我自己手里才放心。”

宋妈妈无法，只好道：“那老奴来帮您盘账，这么多事情呢，该做到什么时候去。”

果然接下来好几天都是如此的忙碌，等宋玥娘终于忙完了要去接莹姐儿的时候，莹姐儿却道：“我等几天再回去吧？我跟着大伯母学点茶呢。”

宋玥娘：“什么点茶？”

莹姐儿：“就是点茶啊，闽南那边的人传来的。”

宋玥娘便哄她：“那你白天来晚上回嘛。”

莹姐儿摇头：“不了，我跟大伯母约好了，今晚要出去看月亮。”

寒冬腊月的，看什么月亮！

莹姐儿笑了笑：“月有阴晴圆缺，何时不能看呢？”

宋玥娘回去就请了玉岫来，见了她就哭：“莹姐儿是不是不亲我了？她第一回拒绝跟我回来。嫂嫂快帮我劝劝吧。我前几日就该接她回来的。”

玉岫便一巴掌拍在她脑门上：“那你怎么不接呢！”

宋玥娘现在很慌，她跟玉岫道：“莹姐儿往常也在大房那边住，我最近忙，便没多在意。但我之前去接她的时候，她肯定会跟着我回来的。”

宋玥娘捂住脸哭：“大嫂嫂，你帮我哄哄她吧。我这阵子是真忙，不是故意的。”

玉岫自然看出来了，她恨恨道：“是，你忙得脸都瘦了两圈，真是辛苦得很，于是没有时间看管莹姐儿——”

她拉长调子，阴阳怪气得很：“如此，其实也算不得是你的错！”

宋玥娘心虚地缩了缩脖子。

玉岫恨铁不成钢，手重重地拍在桌子上，一下又一下：“这么多年，我唯一不明白的人就是你了。我问你，你在家里的时候，母亲和我可曾苛待过你？”

宋玥娘呜咽着摇头。

玉岫：“既然没有，心中就该踏踏实实，何至于如此急于抓住管家权不放？像中馈这般的事情，若是真要争抢，那也是没底气的人才要豁出命来做。你家世显赫，父兄是高官，儿女傍身，你争什么呢？”

她最开始以为疲于奔命想要保住管家权的是阿绾。那时候她就跟母亲说过，一定要玥娘将管家权让出来，不然阿绾一个庶女该怎么争？怕是心里惶恐不安，战战兢兢，玥娘又有个坏脾气，以后说不好要结仇的。但阿绾没要管家权。两人相识之后，她也觉得不要这份管家权好，但也没想着让玥娘去做。

她问：“你不是说你婆母对你好吗？你这么累，她怎么不帮你分担？”

宋玥娘：“她病了嘛。”

玉岫讥讽：“是吗？那你可真孝顺，母亲前阵子也病了，也没见你回去看望。”

一句又一句，将宋玥娘说得抬不起头来。但她就是想要中馈之权啊，为什么不能要呢？

她委屈得很：“我这般的家世、人品，也是按照宗妇培养的，我要是嫁给别人，自然而然就要管家，哪里还要争抢，偏偏就嫁给了幼子，好嘛，管个家都要被骂几句名不正言不顺。”

当年的闺中好友，哪个不是管着一府的事？就她没有，也是要叫人笑话的。

玉岫便肃着脸：“当初阿爹为你选婿，本选的不是邴鹤悯，是你见人家长得俊，一身正派，偏要嫁过来。怎么，你嫁过来的时候没想到这点？要我说，不行你就带着孩子们去越州住个一年半载的，也好夫妻团聚，父女团聚，再顺路看看外头的风景，让孩子们长长见识，等明年后年回来。我估摸着，鹤悯是不会回京都了。”

宋玥娘：“不会吧？快三年了，公爹说这次要把他叫回来留京的。”

玉岫：“你别想了！父亲也去信了，但人家不回，人家自有志向，咱们就没办法叫他回来。”

宋玥娘：“不会的，他听公爹的话的。”

玉岫气得又开始拍桌子：“都多大的人了，就这点成算都没有？他上回听了没？”

宋玥娘垂头，委屈地用手擦眼泪：“上回是做小官，这回可是知州呢。”

玉岫：“知州上面还有其他的，于是三年又三年，你就等到老吧！”

宋玥娘：“那也不要紧，以后的事情以后再说吧。”

她根本不愿意说这个，此事一团乱麻，哪里是现在就能理清的，只道：“嫂嫂就别骂我了，先帮我劝莹姐儿吧。我知道，她这回是真恼我了。”

玉岫听到此话，不由得翻了个白眼。她一向附庸风雅，很少做这般不雅的动作，可见是气极了，便起身，一刻也不愿意看见这个蠢货。

宋玥娘还得眼巴巴地跟着。等进了苍云阁，发现折绾正在跟莹姐儿跳百索，两人各自一根绳子跳个不停，小丫头萱月在一边数数，正数到七十。

折绾先停下来，脸上微红，倒是没有喘气。

莹姐儿却没停，还在继续憋着一口气跳。

宋玥娘情不自禁地跟着小丫鬟数：“一百一十一，一百一十二……”

一百三的时候绊了一下脚，差点摔倒。宋玥娘吓得喊道：“小心些！”

莹姐儿笑嘻嘻的：“放心，我稳着呢。”

她跑去大伯母那里取了汗巾子擦汗，道：“大舅母、阿娘，我去换件衣裳。”

出了汗当然要换，不然是要着凉的。折绾也要去换，她笑着招呼：“你们先去坐，我们去去就来。”

宋玥娘暗暗撇嘴，又被玉岫瞪了一眼。

墨月过来上茶，锦月一人给她们送了个小暖炉，玉岫轻嗅，问：“里面加了梅香？”

锦月笑盈盈地道：“是，是大少夫人和莹姐儿亲自调的香，还是第一炉。”

玉岫：“那过几日肯定有我的份。”

宋玥娘猛吸一口气：“莹姐儿调的？”

折绾正走进来，说：“是。”

又看向玉岫：“我还要让你跟孙姐姐一块儿帮我想些好名字，我准备再置办一个香料铺子。”

玉岫：“我就知道你闲不住！”

折绾就坐下，看看宋玥娘，再看看玉岫，心里知晓是怎么回事，她故意装好奇：“怎么突然来了？”

玉岫没好气地看向宋玥娘：“你问她！”

折绾端起茶慢悠悠的：“我可不敢问。”

宋玥娘憋着气：“我来看莹姐儿。”

折绾“嗯”了一声：“那你们待会儿留下来用午膳吧？你也好多看看她。”

宋玥娘脸色开始涨红，可嫂嫂和女儿在这里，只能继续憋着。

莹姐儿换了身干净的衣裳回来了，她跟宋玥娘道：“阿娘，我再过几日回去，我还想跟着大伯母学调香。”

宋玥娘扯出笑脸：“我想你了嘛，你回去陪陪我，我也会调香。”

莹姐儿：“不一样，大伯母是调新的。”

她是真喜欢跟大伯母一块儿做事情。一点点，一步步，两个人一块儿看书上的香，斟酌用料，再做出自己喜欢的香来，实在是令人高兴。她指着她们手里的暖炉，得意道："里面的梅花香也有我的功劳哦。"

宋玥娘还要再说，却抬眼就看见了莹姐儿身上的衣裳。她迟疑地道："这是新衣裳吗？"

莹姐儿"嗯"了一声："是啊，大伯母铺子里的。"

宋玥娘委屈："你之前的衣裳都是我帮你选的。"

莹姐儿："是，但现在阿娘忙嘛。"

她的神情一直是自在的，不含怨恨，但就是这般，宋玥娘才更慌张。她哄道："我以后就不忙了，也就是过年的时候忙了些！你瞧，你五叔父要娶媳妇，你四姑母要嫁人，你祖母还病了，又临着年节，我事必躬亲，免得出了乱子。但如今不忙了，真的，你同我回去吧。"

莹姐儿不解："可我只是晚几天回去而已，又不是不回去，阿娘怎么催得如此着急？"

越是如此，她越不愿意先回去，她已经跟大伯母有约了，这几天会请调香娘子来教她们制香。她还写了信给雁雁姐姐，让她一块儿来学。

她道："再过五六日吧。"

宋玥娘心悬了起来："还要这么久啊？"

折绾就端起茶抿了一口，看向玉岫。

玉岫连忙道："那就这么定了！"

她拉着宋玥娘就走，跟折绾道："你原谅我吧，我这回是陪着她来，下回我就不来了，我只来找你消遣。"

折绾笑起来："行。"

等人走了，折绾摸摸莹姐儿的头："你阿娘以为你生气了。"

莹姐儿皱眉："我自然知晓她忙，我生什么气？我只是想先做自己的事情。"

折绾却心疼她："你这是受过委屈才这般想。"

莹姐儿沉默了一会儿，道："我不愿意每天等她，我如今就想着先做自己的事情。"

阿娘总觉得她是孩子，哄一哄就过去了。

她小声道："之前阿娘再忙，我也等着她。可是她回来一定先问升哥儿的功课。阿娘说，因为升哥儿是男人，以后是要考科举的，要做官，功课自然重要一些。"

她的就不是那么重要了。

莹姐儿之前就写信给雁雁，道："我觉得自己在争强好胜，但我就是想争强好胜。"

她就不愿意等阿娘了，她喜欢跟在大伯母身边。大伯母也很忙，会时常进宫，还会去铺子里，还要看书、种花、煮茶、调香……但是待在大伯母身边，她觉得很舒服。大伯母会告诉她哪里好，哪里不好，什么时候有空，什么时候没空。她们不是每天都黏在一块儿，但她知道，大伯母并没有把升哥儿甚至是川哥儿放在她前面。这让她很安心，是在阿娘那里没有感受过的安心。既然已经安了心，便开始不太在意阿娘回来的时候是不是先问她的功课了。她虽然不明白具体的道理，却觉得自己这般很好。

她说：“大伯母，你会劝我回去吗？”

折绾摇摇头：“不会。”

她的心柔成了一团水，温和地笑道：“你想住到什么时候就住到什么时候。”

但两人这般通过气，再让莹姐儿跟着自己住主屋就不好了，她想了想，道：“我把小书房连着后面的屋子一块儿打通了给你吧？”

姑娘家哪里能没有自己的屋子呢？每个人喜好不同，都该有自己做主的地方。

莹姐儿本来想拒绝的，但想了想，又道：“那我可以请雁雁姐姐过来住吗？”

当然可以啊。

莹姐儿点头，这才又跟折绾道：“阿娘都不愿意我跟雁雁姐姐玩，我想请她来住一段日子，可阿娘不准。”

雁雁姐姐是她的朋友，阿娘却总是说雁雁姐姐的坏话，什么身份卑微、容颜太艳、天生不正经。她其实是生气的。阿娘怎么能这么说呢？真是太不尊重人了。

大伯母就不会这么说。她听见大伯母跟雁雁姐姐道：“出身咱们选不了，但是路可以选择。你只要往前面走，别听流言，不理蜚语，自然能走出一条大道来。”

莹姐儿觉得这才是对的。

折绾就感慨道：“莹姐儿，你很聪慧，我小时候可想不到你领悟的道理。”

她是过了很多年之后才慢慢地领悟到的，好姑娘不该受委屈才是。

她就带着莹姐儿亲自画图纸，说：“你看看，哪里放床，哪里放案桌，哪里放衣裳？”

莹姐儿刚开始还有些恍惚感，等跟大伯母这里商量放箱笼，那里商量放床，整个屋子渐渐布置得满满当当时，她才觉得有真实感。她甚至期待起来：“那什么时候能添置好？拆中间的墙是不是要拆很久？”

折绾：“要不了多久，最多一个月吧？”

莹姐儿已经迫不及待把此事告诉雁雁姐姐了。

折绾想了想，又道：“干脆你再添置一个小书房吧？我旁边正好有一个闲置的。”

莹姐儿狠狠地点头：“好啊！”

劢鹤春回来之后泡脚，折绾便与他说了此事：“我有书房了，便把小书房拆了给莹姐儿做屋子。”

劢鹤春正想着朝堂上太子被斥责的事情，随口道：“这般小事，你自己做主就好。”

折绾：“只告诉你一声。”

劢鹤春心不在焉地“嗯”了一声，他看看折绾，忽而问：“陛下最近去太后那边，可说了太子什么没有？”

折绾：“没有。”

劢鹤春：“我想也是。”

有外人在，陛下不会轻易说太子。但陛下真是……为什么突然就看太子不顺眼了呢？

劢鹤春第一次发现自己对陛下有些看不懂了。之前陛下想什么，他就算猜不出十之八九，也能猜个一二分出来。可这次太子被斥责，他连缘由都不知道。

他想了想，擦完脚就去找了英国公。他道：“今日有人上折子替全凌之求情。全凌之在闽南三年任知州，虽然没有做出什么功绩来，可也没有什么过错。”

陛下气全凌之无功，劢鹤春其实可以理解。陛下是个喜欢做实事的，他就因为踏实肯干被陛下看重。全凌之不是科举出身，因闽南那边不算富饶，又有海禁，算不得高升，于是做了几年知府后调到了那里做知州。三年一过，他借着家里的人脉又往冀州调了。本是正常的升官之路，陛下却从他进冀州那一刻对他苛刻起来，先是摘了他的官帽，再是让人打了他四十大板，最后竟然直接发配云州了。若不是全家有太祖皇帝留下来的恩德，陛下恐怕早就砍了他的脑袋，于是朝堂之上人人自危，生怕陛下再下屠刀。

劢鹤春一向小心谨慎，因此不敢轻易多说话，更不敢为全凌之求情。他道：“我听闻全凌之在闽南的时候只是不曾进取，一味地守成罢了。百姓不至于怨声载道，这也要流放云州？”

英国公也愁容满面：“你我都知晓，这是陛下在杀鸡儆猴呢，陛下是厌恶不做实事的人了。”

他们父子两个倒是还好，一向勤勉，这次还能摘出去，但人总有立场，看起来只是一个全凌之和王德山，但牵扯的东西很多，比如世家和寒门、封荫和科举。官职都是一个萝卜一个坑，每朝每代，皇帝的喜好对于为官的人从哪里晋升太重要了，也决定他们往后要怎么做。

他轻声道：“这次他们上折子，便是试探陛下的决心有多大。”

陛下年岁越大，脾气越大，如今仅仅无功就要流放云州，那以后呢？岂不是要抄家灭族了？

劢鹤春也是如此想的：“因全凌之后有了王德山这般的人，大家便惶恐起来，万不敢在自己之后调个能干的顶替。”

他叹息："全凌之也是倒霉，偏偏就遇见了王德山。"

英国公："你媳妇也在这里面插了一手。"

劭鹤春："她插手不插手，王德山想要做大，肯定要衬出全凌之的不足来。"

英国公："是这个道理，只是咱们家千万不要出头才好，你回去也叮嘱你媳妇一句。"

劭鹤春点头，又道："难道左大人是太子的人？"

今日是御史台左大人上奏。

英国公也没听说过，他纳闷道："按理来说不是啊。"

劭鹤春也觉得不是："但陛下不会无故斥责太子，总觉得有些缘故。"

英国公小声道："陛下年岁大了……"

开始忌惮太子也是有的。

劭鹤春屏住呼吸，连着好几天都在都察院里没有回家，做足了勤勉的模样。

好在他之前也时不时如此，皇帝听闻之后倒是没有怀疑他的用心，只是在他面前骂道："好嘛，朕不过是罚个不做事的，他们竟然就揣测起朕的用心来，个个做了假面给朕看，朕又不是傻子！"

劭鹤春就跪在地上，不敢多说。

皇帝让他起来："你是朕亲自看着长大的，你读书的时候勤勉，做官之后也很踏实，朕是看在眼里的，你不必惶恐。"

但他转而说起了太子："他如今不像从前了。"

劭鹤春哪里敢接茬呢？他只好闷不吭声。

皇帝也不需要他吭声，只是想寻个亲近的人说说罢了，继而道："这群人，个个都觉得朕罚错了，可食君之禄，为君分忧，他们都没有替朕分忧，难道不是错？"

劭鹤春垂着头，应声道："是错了。"

皇帝就问："哪里错了？"

劭鹤春："做官做官，是要去做的，而不是坐在那里不动。"

皇帝很是满意，他觉得劭鹤春说到自己心里去了，大为赞赏，畅怀道："鹤春，还是你懂朕啊。"

劭鹤春出了宫，满头大汗，但在路上碰见了左大人。

左大人盛情邀请，劭鹤春推辞不过，便犹豫了一瞬，还是跟着他一块儿去吃酒了。

雅间里，左大人拉着劭鹤春诉苦："我也是没办法啊，我是悬着脑袋上的，只是不递折子不行，我这是……"

他说话半吐半露，劭鹤春之前就怀疑他是太子的人，这才愿意来喝这杯酒。如今听他这般说，就笑着道："大人本就是御史，你有所见，便有所奏嘛。"

左大人就小声道："我现在是提着脑袋来你这里跪着，劢大人，您就行行好，给我透个口风，陛下到底是什么意思？"

怎么就只斥责了太子，没有斥责他呢？

劢鹤春哪里知晓！他站起来就要走："你这是做什么，打听圣意可是死罪。"

左大人："哎——哎——"

他拉着劢鹤春："再喝几杯酒，再喝几杯。"

劢鹤春也不愿意跟他闹僵。陛下没杀他，便是不准备杀他。谁知道他的背后是不是太子呢？万一以后会重用呢？他就喝了几杯。

但皇帝还是知晓了此事，他派了人跟着左御史。

当时太子还在场，还是跪着的。

皇帝听闻之后，脸色颇有不悦。因对劢鹤春期望太高，便有不满，道："方才还在朕面前说得好听……"

他叹息起来："孩子们都长大了，都有了自己的心思。"

太子便为劢鹤春解释："父皇，鹤春您也是知晓的，是个直肠子的人，不知道转弯，左大人邀他去，盛情难却，便要喝几杯酒。"

皇帝却冷笑："你们一直都在朕面前行行走走，自小到大，皆是如此，你们在想什么，朕能不知道？"

鹤春这是想着不得罪太子呢。但他想要的是一个纯臣，一个坚决站在自己这边的侄儿，而不是偏向太子的大臣。鹤春这次实在是让他失望，当时有多畅快，如今就有多生气。

太子战战兢兢起来，皇帝顿时就恼了："你是看朕年岁大了，想把朕当傻子看呢！"

太子惶恐磕头："父皇，不是这般，您明鉴。"

但太子越是这般，皇帝就越是生气："朕亲自教养你，也没有对你说过什么重话，你却为了那群大臣就开始疏远朕，如今还要为了他们来忤逆朕。"

太子："父皇，儿臣错了。"

想了想，他还是狠心道："只是大臣们所请也是有缘由的——"

全凌之开了这个头，往后就不好收场了。

皇帝重重拍掌："你是储君，哪里能讨好大臣！"

太子就不敢再说了，但皇帝越想越生气："鹤春是不是也和你一般想的？"

太子迟了一瞬回答，皇帝就已经下了旨意："你是储君，不好发落，便叫鹤春在府里禁足三天。也让他好好想想，在朕面前一套，在大臣们面前一套，能不能行得通。"

这是无妄之灾。

太子颓然，知晓皇帝这句话是对他说的。

刕鹤春就傻了。

当时折绾正带着莹姐儿在看工匠拆墙，莹姐儿紧张地看着，而后大声喊起来，高兴地道：“倒了，塌了——大伯母，你看，墙倒了！”

（三）

西墙拆了，许许多多的木头被砍断，再被木匠用绳子捆起来，一堆一堆地往外运。

莹姐儿跳进乱糟糟的屋子里去东张西望，而后很是满意地点头：“拆开之后，前头就没有东西挡住日光了，大伯母，你看，冬阳正好照进来。”

她缓缓地吸了一口气：“到时候前面种些花吧？我做成一个小院子。”

折绾点头：“可以，你想种什么花都行，到时候再在院子里给你腾出一个地方做秋千吧？屋子里……冬日里光线好，但夏日里肯定晒。到时候我叫人用细纱把窗户遮起来。”

她又叫人去拿布料册子给莹姐儿选：“你自己挑细纱的颜色和绸料。”

结果还没选出好细纱来，小丫鬟就急急忙忙跑过来说刕鹤春被幽禁三天的消息。

折绾稍稍意外，她以为还要十天半个月的。但她也镇定得很，让工匠继续挪木头，只轻些，别发出太多声响。莹姐儿却害怕得很：“这般时候修整屋子会不会不好？”

折绾：“没关系的，我心里有数。”

这时候不修整，后头就更难了。

前头这几天英国公府并不慌张，毕竟只是下令幽禁三天，看着好似陛下生了点气，给了点小教训。但她知晓，三天又三天，此后半年，刕鹤春都被关在英国公府里，活生生将他的性子磨成了后面她熟悉的模样。

而他们又觉得她是个什么都不懂的妇道人家，便什么都不跟她说，还让她不要去外头打听，免得惹人口舌，于是便什么都不知晓。

什么都不知晓，就会惶恐不安，只会跟着刕鹤春在府里守着天黑天明。

她如今还记得，刕鹤春最初还好，胸有成竹，只是觉得面子上过不去，可后面关得久了，便开始焦虑，发脾气，最后颓然不振，胡子拉碴，开始沉迷于在府里的池塘里钓鱼。她当年就吃了不少鱼，也因他阴晴不定的脾气受了不少惊吓。

赵氏还要责怪她：“你怎么就不会安慰安慰他呢？你瞧他瘦了多少！”

折绾却无从安慰，她确实什么都不懂。无人告知她些许，无人安抚她片刻。那段压抑的日子她是靠着自己熬过去的，折绾如今想起来，都很佩服当时的自己。

她深吸一口气，跟莹姐儿道：“我多叫几个人进来修整，咱们早点住上。我待会儿开了库房，再搬些东西去‘别有人间’，到时候你的屋子里用什么，就从‘别有人间’搬。”

莹姐儿点头再点头，已经忘记了大伯父被关的事情。

小孩子不记事，英国公却火烧眉毛一般，将劭鹤春唤去了书房里问话。他惊疑不定，开口第一句话就是：“你做了什么才让陛下如此生气？”

他猜测，此事想必不严重，否则也不会仅仅幽禁他一个人三天。但也不会是小事，陛下对鹤春一向亲近，视为子侄，极为宽和，若是小事，不会将人关起来。他脑海里诸多猜测，却也不敢直接说出来，怕影响劭鹤春的思绪。

但劭鹤春僵硬着身子，脑子里“嗡嗡”响一团乱，只喃喃道：“儿子不知……”

英国公深吸一口气：“那就慢慢想！”

劭鹤春颤抖着手，坐在椅子上冻僵了手脚，好一会儿才将手凑到嘴边，哈了一口热气，结结巴巴地道：“陛下问我全凌之的事情。”

他把陛下说了什么、他回了什么都说了一遍。

“临走的时候，陛下还很高兴。”

所以事情就出在左大人邀他喝酒上，他刚刚就想明白了，只是没想到陛下会如此大怒。

“我以为……我以为也不是大事。何况我也没说什么。”

英国公大怒：“咱们明明都已经揣测左名苑可能是太子的人，即便不是，也是陛下所不喜的，你怎么能跟他去喝酒呢？”

劭鹤春僵着脸：“我当时也不愿意去，但又怕太子责怪，而且太子已经受了责怪，我若是不去，以后秋后算总账……”

他也是不想两面得罪。

英国公：“鹤春，你真是糊涂啊！陛下连太子都骂了，你怎么知晓不会骂你呢？你算什么？你是在陛下面前待太久了，忘记自己是谁了吗！”

劭鹤春垂头：“父亲，您还是先别骂我了，如今怎么办？”

英国公叹息：“陛下那里，你知晓得多，也该知晓怎么做。头一件，自然要认错。”

劭鹤春：“父亲的意思是我要如何认错？”

英国公：“实实在在地认错！你是怎么想的，便怎么说，陛下面前，你的心思还浅得很。”

他问了句蠢话。劭鹤春脸红起来，只觉得在父亲面前丢了脸面，点了点头：“儿子知晓了。”

英国公又道：“回去问问你媳妇，看看她是否知晓些什么。”

劭鹤春：“好，我问问她。”

他垂头丧气地回去，一路上仆从见了他就下跪，战战兢兢的，一副生怕被迁怒的模样让他心里不痛快。他压着脾气，却远远地就看见了苍云阁里众多奴仆在搬东西。

母亲也来了，正在屋子里面哭。

三弟妹还陪在一旁幸灾乐祸，一味地道："母亲，你不要急，大哥不会有事的。就算有事，不还有父亲和鹤悯吗？要不要我现在写信给鹤悯啊？"

他顿时头更疼了：三弟妹这个蠢货。

折绾和莹姐儿都在外头，他便不先进屋，只看向折绾："怎么回事啊？"

折绾："之前跟你说过，莹姐儿要用西边的屋子。"

劭鹤春这才想起此事，他头疼："往后再做吧，我不愿意听见声响。"

折绾："陛下要你幽禁三日，你便不要在后院了，去前院吧。"

劭鹤春闻言心下一顿："为什么？"

折绾："可见过谁家禁闭是舒适待着的？"

劭鹤春觉得有理，他说："你这话倒是说到了点子上。"

陛下确实是让他回来吃苦头的，他要是吃得好，睡得好，算什么反省？他跟父亲只想着朝堂大事，倒是没想到这一点。

他道："那我搬去偏院。"

折绾："行，我让人给你收拾东西。"

劭鹤春："收拾什么，越简单越好。"

折绾笑了笑，没说话。

劭鹤春总算是高兴一点地进了屋。赵氏已经迫不及待了，她哭着过来："鹤春，这是怎么回事？"

劭鹤春面子上稳住："没什么，母亲不要瞎打听。"

赵氏："我哪里能不担心！"

劭鹤春："母亲担心又能做什么呢？且回去歇着吧。"

赵氏大哭："你好歹要告诉我严重不严重，我心里也好有个数，不然七上八下的，怕是彻夜难眠。"

劭鹤春皱眉："母亲，你不懂，还是快些回去吧！"

赵氏却犹豫了一瞬，看向宋玥娘。

宋玥娘未免有些不悦，母亲这是觉得因着她在这里，大哥才不说的。她忍着气："我出去看看莹姐儿。"

她出了门，还给两人把门关上，而后走向站在外头窃窃私语的折绾和莹姐儿。她不免溜溜地说了一句："我这个女儿倒像是替你生的。"

折绾笑盈盈的："你要是这么想，我倒是高兴。"

莹姐儿还在这里，宋玥娘不敢说别的话，只好笑着憋了一句："你可真是棉花成精。"

她马上看向莹姐儿："你们在这里做什么啊？这儿之前不是书房吗？怎

么拆了？”

莹姐儿：“大伯母要把这里给我做个院子。”

宋玥娘瞬间就僵硬起来，她呆了好一会儿才道：“什么意思……”

她再也忍不住，眼睛瞪得像铜铃：“折绾，你这是什么意思！”

折绾温和道：“莹姐儿常来，她也大了，总不能一直跟着我睡一张床吧？自然要单独给她辟出一个屋子来住。”

这话一点问题都没有，还事事为莹姐儿考虑，宋玥娘哑口无言。

莹姐儿不悦：“阿娘，大伯母是好心好意，你为什么要骂人？”

宋玥娘：“我没骂她，好好好，我才是棉花精行了吧！”

莹姐儿看看里头还没出来的祖母和大伯父，叹息道：“我今日就回去了，你别在大伯母这里发脾气。”

宋玥娘便憋着一口气，什么都不敢说了，她是真怕莹姐儿生气。

折绾也不拦着莹姐儿，笑着道：“明日白天我要出门，晚间回来咱们选屏风。”

宋玥娘眼巴巴：“什么屏风？”

折绾：“自然是莹姐儿屋子里的屏风。”

宋玥娘：“我那里有，莹姐儿，我给你选吧？”

莹姐儿却摇头：“不要。”

阿娘选的时候总会自己定主意，但大伯母不会，大伯母会跟她商量着来。可阿娘为升哥儿选东西会写信给父亲，问他这般行不行，那般行不行，好像升哥儿的一切都要父亲参与才行。

她沉默了一瞬，道：“我过几天还要请雁雁姐姐来看我的屋子。”

宋玥娘：“怎么还是她？我不是跟你说了吗，你可以请你表姐表妹过来——”

莹姐儿：“但我不喜欢，我就喜欢跟雁雁姐姐玩！”

宋玥娘回去就跟赵氏哭：“母亲，我都后悔了，不行我就不要管家权了吧？莹姐儿真不亲近我了，她都快成了折绾的女儿了！”

她今日第一次觉得自己争这个东西伤了女儿又有什么用。折绾是在对付她呢，是用莹姐儿来对付她。

赵氏却鼓励道：“你看看她冷情冷性的，哪里能管好家里？还是你来吧，府里有什么事情，咱们也好有数。”

宋玥娘抹泪，赵氏也烦恼：“鹤春……今日也是不给我脸面。”

两个人唉声叹气，相看两无言，一夜无眠。

整个英国公府只有折绾晚间早早地熄了灯睡觉，她睡得很是安稳，第二日早上起床跟萱月说：“给大少爷送白粥过去。”

萱月愣了愣：“只送白粥吗？”

折绾：“嗯，午膳用汤泡饭就行。”

萱月就照办了，白粥送到了劭鹤春的面前。

他皱眉：“是大少夫人叫你们送的？”

萱月：“是……大少夫人还说，午膳给您送汤水泡饭。”

英国公早早地就过来看劭鹤春了，闻言点头：“你媳妇还是有些远见的，如今很是懂道理，你不宜吃得太好。”

劭鹤春对吃食没什么讲究，没再关注此事，只是跟英国公道：“父亲帮我多打听打听。”

英国公：“我会侧面打听的。你媳妇说什么没有？”

劭鹤春：“她知晓什么？到底是妇道人家，不懂这些的。但跪在这里是她出的主意，也算是聪明一回了。”

英国公便没问了，但出门的时候见折绾要出门，两人打了个照面，英国公问：“你这是往哪里去？”

折绾：“去越王府。”

英国公：“没去太后那里吧？”

折绾笑笑，轻声道：“还没到日子，此时不好多做，只需静等。”

英国公点头：“你明白道理就好，到了外头也不要多说，更不要乱打听。”

折绾：“是。”

她去了铺子。

如今二月，三月底开始采茶，再加大人手去炮制，茶叶便可以慢慢地从闽南一路往京都送。第一批茶叶采摘时间是三月底到五月中旬，最后从漕运送来京都，时间为四月末到七月，她们要在这之前做好准备。

周掌柜尤其紧张，她道：“这不是状元春和肉桂茶，这是咱们自己买的地，咱们让人种的茶叶，是咱们自己的东西，完完全全属于咱们自己的。”

虽然闽南那边之前一直写信说茶树很好，没有问题，但万一老天不开眼出了岔子呢？如今多少人看着她们！她一点也不想输。

折绾宽慰她：“咱们的茶叶不愁卖。”

她们是有贡品的，京都各家早就定了。

周掌柜：“是啊，所以我才想着亲自去，越是不愁卖，越是什么都不能错。”

但京都她也不放心。好在闽南那边还有袁夫人和素兰顶着。她笑着道：“你还要再给我多找几个人来才行。”

折绾：“孙姐姐家有现成的，你要不要？”

周掌柜断然拒绝：“不行。”

她低声道：“咱们自家人说自家话，这话就是给勋国公夫人知晓我也是不怕的。主家把人叫来了，到时候是听谁的？老资历的尤其不愿意服气。”

折绾先还没明白，而后就懂了，唏嘘道：“我倒是没想到这点。”

孙三娘那里都是男掌柜，没有女掌柜。男人嘛，尤其是做生意的男人，还做了很多年的那种，很是瞧不上女子。

周掌柜没有兴趣去打压他们：“有跟他们周旋的时间，我都能培养一个出来了。”

她如今就喜欢全女班，就是男子，比如说素蕤，如今管的也是外面跑腿的活计，其他的事情没有插手。

折绾就道：“那我要托玉姐姐帮我打听打听才行，像你这样的好掌柜可不好找。”

周掌柜：“你看崔娘子行吗？”

折绾笑起来：“你要是愿意，自然可行。”

能从那般的处境里爬出来，又能绝处逢生做好染指甲的活，若是愿意慢慢地从头开始学，就算不成大用，也是可以管事的。

折绾：“你决定就好。”

周掌柜欢喜：“和主家说话就是痛快。”

她要用的人，自然是自己看顺眼的才合适，她就很喜欢崔娘子。她跟折绾道：“她年岁大了，便不愿意再生孩子，跟屠夫两个人准备抱养一个呢。”

折绾：“屠夫愿意？”

周掌柜：“愿意，难得有个愿意的男人——”

她噤声，笑了笑，又跟折绾说茶叶如何卖出去。

折绾：“第一批茶叶是不愁的，我还怕货不多。”

因有陛下一句“好喝”，各家早早要了不少数量。

折绾：“装茶叶的青瓷，青瓷的图案都要讨喜，还要避开各家的忌讳，这个要孙姐姐和玉姐姐帮我才行。”

若是说各家事，玉岫知晓得最多了，上回就有一家厌恶兰花的，玉岫提醒她送其他的花上门。

“他们家之前有一个孙子吃了兰花去世了。”

折绾大惊失色：“兰花有毒？”

玉岫：“说是蛇爬过。”

但具体的情况谁知道？后宅里面，死得最多的就是女人和孩子。

折绾便又学到了要避开各家这些“隐讳”的忌讳。

她从铺子出去就到了宋家。玉岫早就忍不住了，拉着她道：“你家那个怎么就关上了？能说吗？”

折绾：“我不知道，真不知道。”

她这辈子也不知道，劭鹤春没说，英国公没说。但她大概能猜到，至于具体的，该知晓的时候自然会知道，她并不着急。

玉岫便小声说：“你倒是沉得住气。听闻陛下下令之前，太子也在御书房。”

折绾大概猜到跟太子有关。她道：“我就当不知道。”

玉岫：“知晓不知晓的，这事情我都知晓了，你家还能不知晓？”

折绾笑起来：“知道也没告诉我，咱们不谈这个。”

她说茶叶的事情：“此事咱们不谈，你给我说说各家忌讳吧？我这批茶叶主要是给世家送，青瓷上肯定是要有徽记的，别好好的招惹了他们不高兴。”

玉岫：“给多少笔墨钱？”

折绾：“你要多少给多少。”

玉岫伸出手：“五百两行不行？”

折绾：“行啊。你要五百两做什么？”

玉岫“嗐”了一声：“附庸风雅，买了假画，花了五百两呢。”

她想给阿绾好好讲讲受骗的事情，但折绾已经在写字了。她凑过去看：“这么认真啊？”

她有时候是真不明白阿绾。之前只种茶种花，生意大多数给掌柜，后面做的事情却越来越多，连徽记、漕运、青瓷等都开始上手，做生意这般好玩吗？

折绾瞧她的模样便笑着道：“怎么？”

玉岫羡慕：“没什么，只是瞧你认真的模样，总觉得很好。”

她只喜欢附庸风雅，还总买假东西。她要不要也找点事情做？但念头一起就打消了，她还是喜欢四处说说话，清清闲闲地活着。阿绾就太累了。

折绾写了一会儿，眼见天色不早了，便起身告辞，道：“如此费神，晚间我要吃顿好的。”

她回了家，正好萱月要去厨房点菜，笑着问折绾：“少夫人，您想吃什么？”

折绾：“一个荷包里脊，一个清炖肥鸭，一个葱爆羊肉，一个腊味合蒸。”

萱月：“那大少爷呢？”

折绾：“汤泡饭，一碟黄瓜。”

萱月走了，不一会儿又回来，说：“大少爷请您过去一趟，说有话跟您说。”

折绾：“等会儿吧，我吃完饭消食过去。”

她也想看看刕鹤春的模样。等吃完饭，她跟墨月道：“待会儿莹姐儿过来，你让她等等我。”

墨月：“不用奴婢跟着去？”

折绾：“不用，锦月跟着就行，你跟着莹姐儿，别让她着急无聊。”

两人去了偏院，刕鹤春跪在里头。他是下得去狠手的，跪了一天没起来过，脸色已经蜡黄了。上辈子也是这般跪的，但是第二天才跪，少遭了一天罪。

折绾搬了一把椅子坐下来，问：“什么事啊？”

刕鹤春：“你可听闻了什么没有？”

折绾：“没有。玉岫姐姐还问我呢，我说不知道。”

芴鹤春叹息："你没去越王府吗？"

想来是英国公说她去越王府了。

折绾："本来是想去的，但我又觉得不合适。"

芴鹤春抱怨："再有两日我便能出门了……到时候怕是要遭人笑话的。"

他担心的竟然是这个吗？折绾好笑，斩钉截铁道："不会。"

不会出去。

芴鹤春还挺感动的："你少有安慰我的时候。"

折绾笑了笑："你跪了一日，话都说得好听了。"

芴鹤春没听出讥讽，倒是感慨："只是饿得很。"

折绾："没吃饱？"

那么点东西怎么能吃得饱？芴鹤春却觉得自己可以形容憔悴一些。到时候面圣，他肯定不能胡子拉碴地去，还要换新衣裳才行，不然陛下也不喜欢。那怎么让人一看就知道受了苦？自然是要在脸上和眼神做功夫了。

折绾就站起来："那我走了？"

芴鹤春："走吧。"

他继续跪着。

第二天，他神采奕奕。

第三天，他实在撑不住了，睡了一会儿。

第四天，他换了衣裳要出门，却被急匆匆而来的宣旨太监给拦住了，道："芴大人，陛下口谕，您再在府里待三天吧。"

芴鹤春如遭雷击，艰难地开口送人。他塞荷包给太监，太监可不敢收，道："您千万别这般，别让咱家难做。"

芴鹤春："你我都是旧识了。"

太监便看看左右，小声道："太子殿下进了宫……"

陛下发了脾气，又传了口信出来。

芴鹤春一张脸白得吓人。

什么意思？太子给他求情了？陛下觉得他勾结太子，又罚了三天？

他惶惶不安地回到屋子里，但又在折绾面前强撑着脸面，怕她笑话自己："陛下可能还没消气，但都是口信，没发圣旨，陛下……陛下让我再在府里待三天。"

折绾便温和宽慰道："也好，你这般不出门，便没人笑话你了。"

相比于三天前第一次收到要禁足的消息时的胸有成竹，芴鹤春这次明显慌张一些了，他开始在屋子里团团转。英国公去上朝了，他也没个人商量，只好拉着折绾问："你今日是不是要进宫？"

折绾正在抹口脂，闻言点头："是。"

芴鹤春支支吾吾："你……你……"

他的第一个念头是让折绾帮着自己打听打听，但他也知道这是朝堂大事，折绾并不懂，到时候在太后面前弄巧成拙就不好了。

折绾实在是懂他的意思，她笑了笑，慢条斯理地问："我什么？"

刕鹤春一屁股坐在凳子上，倒是没回她，而是自顾自地道："哎！这算是什么事！"

折绾叫萱月去取早膳，而后看向刕鹤春："那你今早还吃白粥吗？"

刕鹤春点头："吃。"

折绾："行。"

除此之外，她再没多说一句话。刕鹤春焦虑之后就觉得有些不对劲："你怎么不着急啊？"

折绾将一根簪子插在发髻上，对着镜子照了照，轻声道："我一个妇道人家，什么都不懂，着急又有什么用呢？我只能先做好自己的事情。"

刕鹤春本来还有些不满，认为她应该要跟着着急，但随后母亲就哭着喊着来了。

刕鹤春还是喜欢折绾这般什么都不问的样子，至少能够清静，至少让他觉得其实没出多大的事情。

他头疼得不行："母亲，我求你了，你就消停一会儿吧！"

赵氏却哀求哭道："你就说吧，不然我如何安心。"

为了他，她已经担心得三天没有睡着过，好不容易盼着今日，结果如今竟然还要禁足。

刕鹤春被哭得头都大了一圈，无端对她生出些火气来，便重重地将手拍在桌子上："母亲何必要追问，即便追问了，母亲难道能够帮我什么？母亲唯一能帮我的，便是照顾好这个家，不要让我和父亲分心便好。"

赵氏一张脸就青白交错起来，她喃喃道："我也是担心你。"

刕鹤春骂了母亲，到底是心里愧疚，叹息："母亲，你回去歇息吧，外面的事情你不懂，着急确实没用，我没什么大事的。"

赵氏一步三回头地走了。

折绾站在廊下剪花枝，便见她一股牛劲冲过来，低声怒道："鹤春都这般了，你竟然还有心情做这些！"

折绾纹丝不动，笑着道："母亲别乱说话，鹤春不过是在家里禁足几日罢了，也没什么大事。这花是要带进宫给太后的，母亲退一退吧，免得折了，我还要重新剪。"

因着这句话，赵氏眼睛瞪得圆圆的，却又不敢继续发怒，僵持了半晌，最后露出一个比哭还要难看的笑脸来："是吗？那你……那你进宫之后，便好好跟太后说一说鹤春。"

折绾："鹤春不让提。"

赵氏吃惊："为什么？"

折绾："我也不知道，母亲去问问他？"

赵氏摇了摇头："我是不敢去问了。"

正巧萱月和小丫鬟提了早膳来，赵氏关心地接过早膳要送进去，一拎，轻得很，连忙打开一瞧，大惊失色："怎么就只有一碗白粥？今日还要喝粥吗？"

折绾："是，要心诚。"

赵氏不敢置喙，只好憋了半晌才道："好歹也要加个咸鸭蛋嘛！"

折绾直到进宫的时候还在笑，因为赵氏最后真的给刕鹤春送了个咸鸭蛋过去。刕鹤春本是要吃的，他的嘴巴也淡了好几天了。但赵氏不明所以，怕他恼怒，怕他觉得自己擅作主张，便先关怀地解释了一句："我知道你心诚要自省，你即便不吃，但看看咸鸭蛋多喝些粥也是好的。"

她忍不住哭起来，又知道他不喜欢自己哭，只好别开脸："母亲也是实在没办法了，才想出这么个馊主意来，你别嫌弃。"

刕鹤春就连粥也喝不下去了，他无奈又好笑，最后沉重地站起来："母亲，我去书房了。"

这份母爱委实让他既不舒服又无可奈何。

他本来写了一封请罪书，今日要给陛下的，如今交不上去，便还要再多写一封。

折绾出门的时候，他正脚步匆匆地走出屋子，看见她还停下，叮嘱道："你……陪好太后。"

折绾"嗯"了一声，特意问："午膳要吃什么？"

刕鹤春迟疑："汤泡饭吧？"

折绾便让萱月去厨房说："一碗汤泡饭就行。"

等进了宫，她没说刕鹤春的事情，太后却第一句话就说："我问陛下了，说鹤春勤勉是勤勉，但这么多年在他身边招摇了些，不免有些不稳重，性子还要磨一磨才行。"

折绾心里有数了，挽着她的手道："陛下自然是为鹤春好，咱们也不必担心。"

太后见过的世面比她多，闻言叹息："父父子子，君君臣臣……也不是我们能管的。"

折绾："您管管我吧，我最近想着要办赏花宴呢。"

三月正是卖花好时节。周掌柜跟她道："谁人不爱花呢？人人都爱花，只是愿意不愿意买，能不能买的区别。之前咱们是小打小闹，今年要做就做大的。"

折绾好奇："怎么才算大的？"

周掌柜："便要京都人人都簪花！"

折绾听着都觉得心动。她很喜欢周掌柜，跟太后道："我已经算是有精力的，她比我还有精力，是时时刻刻都不肯停，且每年都要做出新花样来，不然对自己还不满意。"

太后："她本就是有本事的，但她一个人独木难支，碰巧就得了你，你身上有韧劲、闯劲，她就缠住你了，不趁你后悔之前把想做的事情都做了？"

折绾笑起来："我知道，您这话是打心眼里偏向我的。但她离了我也不怕，她有本事得很。"

太后大笑起来："是，有本事的人什么都不怕，那你怕不怕？"

折绾摇头："我不怕的，我如今也是个有本事的人了。"

太后就拍拍她的手："你不怕就好，只要你不怕，别管其他人如何，你是能活得好，男人的事情，就让男人自己去解决。"

折绾"哎"了一声，这才心定了下来，温温和和地跟她继续说起赏花宴的事情："周掌柜说，往年街巷里卖花都是叫卖声，顶多是请人写几句好听的卖词。但花是雅物，除去才子佳人们所做的诗句，也该有好曲子去配。"

她们便准备在赏花宴上请人唱新曲，这些曲子唱了就不能再用，但还有其他的曲子早就教了那些慈幼院的孩子，叫她们将花篮子摆在一块儿出去唱曲。

"到时候春光正好，万花烂漫，又有成百上千的马头竹篮铺排，里头装芍药、牡丹、木香、棣棠等花。再唱幽曲，仿佛置身晴帘静院、晓幕高楼，让人听了生出幽幽之意，悬生愁绪，文人墨客最是喜欢这些。"

太后听她这般说便起了兴致："若是我，我也愿意掏银子买一朵花回去。"

折绾："到时候我请教坊司学曲，让她们唱给您听？"

太后："你要是不说这句话，我都要生气了。"

两人笑个不停。皇帝来的时候见了就高兴，道："母亲今天身子可还好？"

太后："好得很，阿绾一来，我是无病无灾的。"

皇帝便又心绪复杂起来。曾几何时，他跟太子也是母亲和折绾这般，但太子大了，便有了别的心思。他借着罚鹤春来警示太子，太子还在那里试探他的底线。

等折绾走了之后，他跟太后抱怨："做了父亲之后，才知晓母亲当年教导朕有多辛苦。"

太后便道："自己的儿子，再是不懂事，也要教导好。何况太子是个好孩子，就是到了年岁，有了理所应当的念头罢了。你看开些，等他以后再大些，就知晓你的苦。"

皇帝絮絮叨叨："他是真不如朕，身为储君，有朕自小的教导和宠爱，却还是觉得底气不足，想着去结交大臣。"

他还没老呢，太子实在心急。

太后直言：“也怪不得他，这一两年，你对那些小的可比对他好，他又没有母族，身边还没个亲近的大臣，自然要担心。”

也就是太后能说这话了，但皇帝还是不高兴：“那母后的意思是，朕罚他罚错了？”

太后：“我不是还站在你这边吗？我要是不心疼你，我就直接骂你了。”

皇帝畅怀：“我就知道母亲心疼儿子。”

太后叹息：“刚刚阿绾来，不敢提鹤春的事情，我还安慰她呢，让她不要担心，你们男人的事情，自有你们自己去思量，我们也管不了。”

皇帝：“折氏是个好的，不提是对的。”

他思量了一下，道：“儿子想先冷落鹤春一段日子。”

太后皱眉，索性直接问：“你这是何意？你是不愿意用他了？”

皇帝感慨：“正是自家子侄，看着他从小长大的，所以才愿意这般来教教他，也让他知晓知晓厉害，往后好用心。”

他不满道：“也不小了，已经成家立业，哪里能如此莽撞？”

这几日鹤春不在他身边，皇帝便想起他这几年做的事情，其实是没做到最好的。

太后却知晓他没有说实话，道：“可是有人说了什么？”

皇帝：“没人说。”

那就是有人说了。太后看了他一眼，慢吞吞道：“也行，左右你自己决定就行。”

等皇帝走了，太后叫宫嬷嬷去打听：“看看今日有谁出入了御书房。”

宫嬷嬷回来，迟疑道：“倒是没人去，只是……陛下跟前的宣旨太监宋公公没了，他刚去给刕大人宣完旨意。”

太后手一顿，半晌没出声，而后喃喃道：“陛下……到底是年岁大了。”

宫嬷嬷是她身边的老人了，出声宽慰：“陛下极有孝心，对您是顶顶好的。”

太后叹息：“老了老了，只希望孩子们都平平安安的。”

但她也道：“这般时候，鹤春还敢在宣旨太监面前打听，实在是胆大，陛下说得没错，他实在是不稳重，冷冷也好。”

不过一会儿她又道：“这又算什么呢？谁人不塞给宣旨太监一些银子？陛下之前不是这般的，也不介意这个。”

陛下变了，鹤春还没变，那确实是要关关才好。

她无奈道：“陛下这性子啊，真是爱之欲其生，恶之欲其死，一旦惹了他不痛快，便是要出口恶气才肯消停的。”

她站在窗边，只觉得想这些实在是有些累，良久之后突然道：“阿绾的日子过得可真鲜活啊，不像我，已经很久没有痛痛快快地做过一件事情了。”

（四）

折绾回去的时候，已经快到下午了。刚进家门，便见英国公身边的管事恭敬道：“大少夫人，国公爷请您去呢。”

折绾点头，跟着一块儿去了前院书房。

她还是第一次来这个书房，上辈子也没有来过，但这里无甚稀奇之处，远远不如她的“别有人间”。她问好之后坐下来，刕鹤春也在一边，他耷拉着脑袋，明显是被训斥了一顿。

英国公的态度还是很好的，亲切地问：“今日在宫里可还好？”

折绾点头：“是，太后娘娘很喜欢花草，儿媳今日还说要编曲子给她听。”

英国公满意：“太后心善，你要好好伺候着。”

他又问了几句其他的，这才切入正题：“太后……可说了鹤春什么没有？”

折绾：“说了。”

英国公：“快说说。”

刕鹤春本是垂着头的，听见这话也忍不住看过来。

折绾：“太后说，这是男人的事情，我们女人是不好管的。”

英国公和刕鹤春都白了白脸。

英国公：“可还说了其他的没有？”

折绾：“没了。”

英国公的心再次提起来，叹息道：“这……这算是什么事。”

刕鹤春也是如此想的，他只能去偏僻的院子里继续跪着。

折绾还去看他，道：“你明日想吃什么啊？”

刕鹤春：“吃粥吧。”

他又有些不满：“你别只知道问我吃喝。”

折绾却记得他之前对她发脾气：“你只管好我吃喝就行。”

她唏嘘一声，如今他对她的要求倒是多了。她笑了笑：“那你要我做什么？”

刕鹤春说不出来。

折绾：“那你先跪着，我叫人给你送粥来。”

刕鹤春在她离开之前还是喊住了她：“陛下今日也会去太后宫里，陛下去了吗？”

折绾：“去了。”

刕鹤春：“说……什么了吗？”

折绾：“没有，只是拉家常。”

刕鹤春说不出这一瞬间有多惶恐，他在这一刻有了许许多多不好的预感，他觉得自己可能会三天又三天地被关在府里。他的脑子里面混混沌沌起来，惶恐和慌张爬上他的心头，他觉得这比让他绝子嗣更加难以接受。

他整个人都抖了抖，不敢想象，若是一辈子都被关在屋子里，该是多么绝望。

黑夜席卷了小屋，他第一次觉得无助。他忍不住跟折绾道："我昨晚做了一个梦，梦见我一直被关在这里，我的才能、我的学识……我在梦里告诉自己，我不能荒废在这个宅子里。"

折绾站在门口，天黑下来，她提着灯笼要走，闻言转身幽幽地看着他："若是这般，你痛苦吗？"

刕鹤春："自然。"

折绾便缓缓道："我记得，母亲曾经养育我长姐，也是比照大哥哥的。"

刕鹤春一愣："什么？"

折绾："你听见了。"

刕鹤春："阿琰？"

折绾轻轻"嗯"了一声，她并不多言，转身走了。

时机未到，刕鹤春还不能感同身受。

折绾也不能对长姐感同身受。她的幼年没有受过那样的教导，她甚至不喜欢读书，她最大的心愿就是多绣些荷包去卖银子，然后存起来，这般姨娘和素膳生病的时候就能多抓些补药养来身体了。

因为不能感同身受，所以她只能细细地、慢慢地去描摹长姐的画像。上辈子，她在众人的描绘和自己的揣摩里，学了长姐十五年。这辈子，她没再憧憬着期待成为长姐那般的人，只走自己想走的路，但也愿意去继续揣摩她的心意，这已经成了她某个不可说的执念。

她静静地坐在凳子上看外头，也不知道自己想了些什么，等回过神来的时候，莹姐儿带着川哥儿、升哥儿来了。

川哥儿怯生生的："母亲，父亲是不是犯大错了？"

莹姐儿："我们都很担心大伯父。"

升哥儿："大伯父之前还说要带我们开库房选东西呢。"

折绾笑道："没什么大事，只是不能出门罢了。你们看，祖母其实也不常出去走动。"

这个是真的，赵氏并不喜欢出门。在英国公府，关起门来她就是虎大王，但出了门，她应酬着各家夫人，也不是那般顺心如意。她就曾经骂过好几位世家夫人，说她们狗眼看人低，实在是瞧不起人。

折绾并不知道她们具体起了什么矛盾，但也大概能猜到一些，无非外头家世相当的夫人们不捧着她，觉得她们高高在上，家世低一等的她又看不上，被奉承了还要骂人家几句。如此这般，名声就不好了，便也不喜欢去外头吃席面，倒是宋玥娘去得多。

折绾："你们可见祖母因不能出门而不高兴过？"

那倒是没有，孩子们还是知晓祖母性情的，升哥儿是个快嘴："上回去庆国公府，阿娘让祖母一块儿去，祖母就不去了。"

庆国公夫人是个见人就笑的性子，但曾经也骂过赵氏脑子进水。

莹姐儿就忍不住说起庆国公府的事情："那回我跟着去了，雁雁姐姐也去了。她家的鲜花饼还是大伯母铺子的，我和雁雁姐姐一吃就知道，可笑她家的婉姐儿还当着雁雁姐的面炫耀。"

升哥儿："是吗？那她可真烦！她是不是想欺负雁雁姐姐啊？"

川哥儿就跟着一块儿说孙晴霄："阿隼哥哥也是，他也被人瞧不起。"

但是阿隼哥哥跟在他们身边也不忐忑，只笑着道："我也不巴结他们，如今只管看不起我，且看我往后如何吧。"

折绾听了赞许道："是这个道理。"

川哥儿就跟升哥儿说要结伴去看莹姐儿的新屋子，看完了才回去。升哥儿跟他睡在一块儿，小声道："大伯父还跪在小院子里，你要不要送些吃食去？"

川哥儿抿唇，摇头："母亲没说，算了吧。"

升哥儿："大伯父是不是好几天没管你的功课了？"

川哥儿点头："是啊。"

他如今大了，也知晓父亲大多数时候是兴致来了才管他的事情，又或者是被母亲说了才会管。

他侧着躺，突然发现父亲这般不管他也挺好的。

父亲被关的这几天，自己一次也没有见过他，父亲也没说要见他，但他却安心了不少，他喃喃道："升哥儿，你这样其实也很好，只给父亲写信就可以了。"

升哥儿已经睡着了。川哥儿半夜还没睡着，他等了很久，还是忍不住起床溜出去看父亲一眼。

结果到了偏院，他缩在门槛后，发现父亲蜷在地上睡着了。他的胡子没有刮，头发乱糟糟的，上头还沾了一些泥土，跟平时威风凛凛的模样很不一样。他好像很不安，梦里也是皱着眉头的。

突然，他呢喃了一句："阿琰——"

是母亲的名字！

川哥儿惊得汗毛倒竖，却不敢停留，他怕父亲醒过来。他慢吞吞地又回去了。

升哥儿迷迷糊糊地问："你去哪里了？"

川哥儿缩成一团："没，没去哪里。"

他觉得父亲其实不如他想象中的那般好。

第二天，英国公终于知晓宋公公死了，他整个人犹如被打了一顿似的，回来就骂劢鹤春：“你是不是塞给他银两了？”

劢鹤春点头：“是，我们是老相识了。”

英国公怒喝道：“那也是陛下身边的人！什么老相识了，你跟谁老相识了？”

他拍着桌子：“你之前没出过什么事情，我总觉得你聪慧不足，但总是可靠的，如今却觉得你真是狂妄——”

陛下是不是也如此看待太子的？他想到这个就内心惶恐起来：“鹤春，你闯大祸了。”

劢鹤春猛地站起来：“父亲到底是什么意思？”

英国公被他吓了一跳：“你还不明白吗？陛下恼恨你敢揣摩圣意呢。”

劢鹤春眼睛慢慢地瞪大，他其实是明白了的，但是脑子在这一刻像是蒙了起来，根本解不开眼前的迷雾。而后，他直挺挺地倒了下去。

人被送回了苍云阁。赵氏在里头哭，折绾被英国公叫到外头单独问话。

折绾还是那些话，道：“这可怎么办？我还要不要办赏花宴了？我在太后面前说了的。”

英国公根本不用思虑：“自然是要办的，不是说还要编排曲子给太后听吗？”

折绾点头：“是这么回事。”

英国公：“你做你的就行，陛下对你还是满意的。”

全凌之就败在闽南，王德山可是如今陛下的新宠。

他叹息：“鹤春……实在是大意了。咱们家也很久没有办赏花宴了，你若是有什么缺的，就跟你母亲说。”

折绾：“是。”

英国公素来知晓赵氏对大儿媳妇不好，还特意进去嘱咐：“你拿些银子给大儿媳妇，她有用处。”

赵氏警觉：“要做什么用？”

英国公：“赏花宴。”

赵氏张大嘴巴：“鹤春都这样了，她还有心思办赏花宴呢？”

英国公：“就是都这样了，才要一切如常！”

赵氏没法子，只好看着折绾折腾。

折绾一一写了帖子出去，开始叫人往英国公府搬花。她向赵氏索要银子也多：“来的夫人姑娘多，银子自然也花得多。”

赵氏跟宋玥娘道：“你看看她得意的样子！”

宋玥娘却拐弯抹角地说起劢鹤春的事情：“母亲，不行就写信给鹤悯吧，他自然知晓这些，肯定有办法的。”

赵氏：“你父亲没有说，我可不敢写。”

宋玥娘：“那我写吧？”

赵氏：“你也不行！”

宋玥娘撇嘴，微微抱怨：“母亲也太偏心了，府上发生这么多事情，鹤悯也该知晓。此事又不是什么说不得的，如今谁人不知道大哥被关起来了？就是我不说，鹤悯还是能从外人口中得知，到时候不知道多难受呢。”

赵氏叹息：“那你写信去吧，我是不能的。”

她要是写了，鹤悯必定要写信回来嘲笑鹤春，解决不解决是一回事，但鹤春要面子，他肯定不高兴。儿女都是债啊。

第七天，刕鹤春刚刚起来，就有宣旨太监来了，依旧是那番说辞，但这回陛下没有说关几天。

宣旨太监小心翼翼：“陛下说，先让刕大人待在府里休养，等日后再说。”

小太监逃也似的走了。

刕鹤春不敢追，只僵硬地跪着。

赵氏捂住嘴巴，不敢叫出声来。宋玥娘眼睛转了转，拉着赵氏打听事情，这回不是想写信给刕鹤悯了，而是怕刕鹤春牵连到刕鹤悯。

赵氏恼怒：“你这是做什么？都是兄弟，什么牵连不牵连的？”

宋玥娘不敢多问，便赶紧回娘家去问母亲和嫂嫂。

赵氏大恨：“这个玥娘啊！”

除去折绾之外，唯独英国公猜测到一些，叹息道：“鹤春，你……你要熬过去。”

刕鹤春两眼一闭，晕了过去。等醒来的时候，他紧紧盯着英国公问：“父亲，我……我会被关多久？”

英国公：“可能一日，可能一月，可能……一年。”

刕鹤春惶恐慌乱地闭上了眼睛，他彻底不知道说什么了。他起身去书房：“我要写折子给陛下，我要告诉他我错了，我不该恃宠而骄，我以后一定会改。”

英国公却道：“还是消停些吧，陛下的脾气你又不是不知道，他如今在气头上，不喜欢你，你做什么都是错的。就犹如他喜欢你的时候，你在都察院做再多的错事，也不过是得他一句：‘让勋国公再教导教导，鹤春还年轻呢’。”

他想到这个就道：“勋国公这次可没帮你说话。”

隐隐还有些落井下石的意思。

刕鹤春：“所以说，他不得人心。”

但这个时候，他也不希冀有人替自己说话，越说越错。他颓然地耷拉脑袋：“父亲……我还能出去吗？”

英国公："会的，你要熬过去。"

劭鹤春喃喃道："太突然了。"

一切都太突然了，从最高点坠落，毫无预兆，竟然跌入如此深谷。

他用手捂住双眼："怎么会这样呢？"

他三天没有出门，折绾却请了人来唱戏，搭上了戏台子，四处都摆着鲜花。

夫人们坐在一块儿，潘夫人、于老夫人、庆国公夫人等坐在一处。折绾拿着戏折子过来问："咱们听哪一折？"

庆国公夫人："于老夫人在这里，哪里轮得到咱们。"

于老夫人并不谦让，笑盈盈地看向折绾。

折绾就笑了："我知晓，您还是想听《桃花扇》。"

于老夫人："我是听也听不厌的，今日是赏花宴，听一听也应景。"

折绾就叫人去准备了。

刚开始是她们这次叫人新编的曲子，曲调悠长，因置身花海之中，便觉得心旷神怡。这曲子是进宫给太后听的，太后都夸好，笑着道："有没有名字？"

折绾："没有，要不您取一个？"

太后便取了"映锦"二字。

于是夫人们问起来，她就道："太后最是心善，只望四处如锦。"

夫人们自然一顿夸。赵氏这次也出来酬客，脸上一直在僵笑，她听了一会儿就说不舒服要回去，于老夫人还道："那你好好歇息，阿绾很是周全，有她在必定是无事的。"

等人走了，庆国公夫人嗤笑一声："还是那么拎不清。"

于老夫人拍拍她的手："你多大岁数了，还计较这个？跟着我一块儿听戏吧，别让阿绾难做。"

一群人听起戏来。

劭鹤春正病恹恹地躺在屋子里，听见咿咿呀呀的曲调传来，他皱眉，正要叫人去关窗户，便听见戏词唱了句："眼见他起高楼，眼见他宴宾客，眼见他楼塌了——"

"砰"的一声，他自己起床把窗户关上了。

外头唱个不停，劭鹤春烦得不行，他叫人进来："唱的是什么东西？"

松亭在他关上窗户时就去打听了，闻言立刻道："现在唱的是《桃花扇》，是于老夫人点的。"

劭鹤春想起戏词，疑心病上来，琢磨着于家有哪些人，又有哪些人跟他有过节："是吗？讲什么的？"

松亭："才子佳人，科考举人和青楼女子的故事。"

劭鹤春疑心顿消，女人大多喜欢听这些。他摆摆手："出去吧，将门带上。"

松亭"哎"了一声，赶紧走了。

邠鹤春又躺上了床，心里还蓦然生出一股憋闷来，实在是憋得难受。

外头依旧曲调不断，时不时传来几声欢呼，不用去瞧，只听着就知晓必定是热热闹闹的。如此，跟他院子里的沉寂一比，倒是衬得他凄凄惨惨。

他闭上眼睛，几瞬之后又起床，不断地在屋子里踱步，越踱步越烦躁，他还是有些不能理解自己为什么会落得这般田地。刚开始只是那么稀松平常的一日，没有任何预兆，一切都错在他跟左名苑那个该拉出去砍头的人进酒楼喝了一杯酒，他不应该喝那杯酒的。就算是不愿得罪太子，但太子并不是一个苛刻的人，两人交情还行，他当时就该扯谎说家中有急事，说母亲病了，说川哥儿有事，这般都是行的。就算当时太子怪罪，事后多加补救也可以啊。为什么，为什么就偏要进去喝那一杯酒呢？

他想到这里，忍不住一拳打在墙上，墙没事，他的手流血了。

正好赵氏忍不住来瞧他，便瞧见了这一幕，顿时天爷地母起来。

邠鹤春本就心烦，被她这番吵嚷吵得头痛欲裂，彻底没了耐心，大声道：“天爷、地母，好歹叫你闭嘴吧！”

赵氏嘴巴一撇，顿时不敢说话了，瞪着眼睛圆鼓鼓地看着邠鹤春，不知晓在想些什么。

邠鹤春看得心烦，用力将她推出去。

“母亲若是无事，便回去拜佛诵经吧。”

赵氏本就僵着身子，被他这么一推，虽然没用力，但还是脚一软，往地上一摔，“啪”的一声就坐在了地上。

折绾正陪着于老夫人说今日这戏班子唱得有意蕴呢，便见茗妈妈着急地过来站在外头看她。

于老夫人笑着道：“你去吧，我自己看会儿。”

折绾：“我去去就来。”

她起身过去问茗妈妈：“什么事？”

茗妈妈小声道：“夫人不小心摔了一跤，怕是伤到了尾骨。”

折绾诧异：“不是回去休息了吗？怎么摔倒了？”

茗妈妈：“是在苍云阁摔的……大少爷也在呢。”

折绾眸里闪过了然。她道：“既然是伤了尾骨，自然是要叫女医来的，你去跟三少夫人说就行，她知晓怎么做。”

反正她不插手。

等戏散了，送走了诸位夫人，折绾才慢吞吞地回去。赵氏已经挪到山海院了，邠鹤春也一脸憋闷地站在旁边，又是后悔又是烦躁。

宋玥娘在一边哭：“母亲好端端的，怎么就摔倒了？老天爷，叫个雷下来劈一劈那块地吧，好歹劈平了，别叫母亲绊着。”

折绾就知晓邠鹤春为什么如此憋闷了。她笑了笑：“是啊，天上一声雷，地就平了。”

劢鹤春气得转过头去。

宋玥娘心里痛快了，又心疼婆母：“唉，这可怎么办？伤筋动骨一百天，母亲怕是行走不便了。”

赵氏本不舒服她刚刚那番指桑骂槐，结果听见她真心实意地哭，又感动上了：“玥娘，我真是没有白疼你。”

言外之意，谁被白养了谁心里清楚。

劢鹤春一张脸猛地涨红起来，气息也重了。等女医来了，替赵氏正了骨，擦了药，英国公也回来了，皱眉道：“为何如此不小心？”

赵氏还要帮着隐瞒，道：“走急了几步。”

英国公：“那就叫几个儿媳妇伺候你，这几个月你不要出门了。老大媳妇，我有事情吩咐，便叫其他几个看顾吧。”

他还指着折绾进宫攀附太后这棵大树。

鹤春一被关，便有些小人蹦跶起来，连他都要被阴阳几句，实在是恶心人。

他急匆匆地叫上劢鹤春去书房：“你来，我们再商量商量。”

他们一走，一群儿媳妇便又进去说话。宋玥娘擦擦眼泪：“那我来伺候母亲吧，这几日我就不走了。”

赵氏感动：“你们轮着来，哪里能让你一个人侍疾。”

她看向折绾，想要说什么又不敢说，只好恨恨地低下头。折绾便笑着温声道：“母亲，你要快些好起来才是。我看鹤春刚刚脸色一直不好，怕是心疼母亲得紧。”

赵氏听见这话是不舒服的，但还要憋屈地道一句：“是，他是个孝顺的。”

折绾便觉得活得久果然好，什么都见识过了。她站起来：“我还要回去照看孩子们，便先走了。三弟妹，有劳你看顾母亲，莹姐儿这几日都住在我那边，你不用担心。”

宋玥娘装不出来，直接扭过脸去。

折绾和五少夫人一块儿出门。五少夫人问：“大嫂嫂要回去了吗？”

折绾：“不回去，我要给四妹妹送些节礼过去。”

五少夫人：“我跟着嫂嫂一块儿吧？”

折绾挽着她的手：“好啊，你帮我选一选，每年总是送一样的不行，我就想送些新鲜花样去。”

五少夫人便跟着去了。五少爷叮嘱过她，要是合得来，跟大嫂嫂多亲近亲近是好事，他道：“大嫂嫂连大哥哥都治得服服帖帖，是个有本事的。”

他唏嘘起来：“如今大哥哥遭罪了，我老实告诉你，我心里既担心，又是痛快的。”

大哥哥之前总是用鼻孔看人，还很自以为是。

他有了小妻子之后就觉得有个人可以倾诉实在是好，忍不住道："从前我读书，读得好好的，他偏要来教我，教我今日背到哪里，明日背到哪里，后日要背哪里。"

五少夫人不理解这份埋怨："也是好心吧？"

嘴笨的五少爷举例子："就好像他告诉我写字要用毛笔不要用手，说话要用嘴巴不要用屁股一样。"

五少夫人笑个不停，她觉得夫婿实在是幽默，外表看起来文文静静的，但其实很喜欢说话。

她回娘家的时候还跟家里人说："夫婿很好，婆母虽然不好，但大嫂嫂偏向我，二嫂嫂时常跟我说话，四嫂嫂抱怨多了些，心眼小了些，但没有欺负过我。"

母亲便问："那你三嫂嫂呢？"

五少夫人犹豫了一下："三嫂嫂，不是坏人，跟婆母穿一条裤子，但她看不上我。"

母亲便道："那你就远离她。"

五少夫人就远离了，还显出自己的态度，她时常跟着大嫂嫂走。

五少爷也赞同她的做法："这是正理，亲贤人，远小人。"

五少夫人捂着嘴巴笑："你不要乱说！要死哦！"

但她也不担心大哥哥是否被关了，她跟夫婿道："只要不牵扯到我们，便随意吧。"

五少爷就笑起来："胡说，一家子弟兄，哪里能不牵扯到。"

但大厦未倾，便没什么。他把其中的关系说给妻子听："父亲和三哥哥未受到牵连，大嫂嫂照常进宫，只有大哥哥一个倒霉罢了。"

说句实在话，只要家里还有一个人撑着，不管是谁倒下去，没有人在意。

他跟妻子道："我告诉你一个故事，我之前在书里看见的。战乱时，有一个小国一年换一个太子，每换一个太子，便给百姓们施粥减税，以示恩宠，第三年的时候没换太子，便没了这些好处。等新太子出宫的时候暗访百姓，发现大家都对他不满意，都想再换一个来。"

五少夫人瞪大了眼睛："你想换谁来？"

五少爷就偷偷道："我不换谁，我也不贪心，我自己买米，自己给你买大金簪子。"

五少夫人心里熨帖得很，她跟折绾道："你不知道，他给我买了一支大大的金簪子，我又是高兴，又担心他乱花银子。"

折绾替她欢喜："过好日子比什么都强，你不要担心，银子总是会有的。"

五少夫人："是，我也是这般觉得的。"

她顿了顿，犹豫道："上回我不是买了桂渊街的铺子吗？这回有人向我买呢。”

折绾：“还没到卖的时候，还有得涨，你别卖。你要是缺银子便跟我说，我借你一些周转。”

五少夫人连连摆手：“我有银子，我没卖……”

她欲言又止，还是没有开口。

折绾便轻声问：“是不是真碰见了难事？”

五少夫人叹气：“大嫂嫂，我是瞒不住事情的，我跟你说说。四嫂嫂问我买铺子呢！”

折绾恍然大悟：“是这样啊，你没答应吧？”

五少夫人：“没答应。我好不容易买到的，这才多久，我是不愿意卖的。”

过了年，就涨了不少银子，往后肯定还要涨。

“要是四嫂嫂肯给我涨点银子也好，但她要我按之前的价格买，我心里气不过，便没卖。”

可没卖，她心里就惶恐，怕四嫂嫂生气，怕四嫂嫂给她使绊子。她已经好几天没有睡好了，而后忽然觉得自己是不是卖了？做人应当大气一些嘛。一家子妯娌，做什么要闹得不好看？她是不是心胸不宽广？如此，心里就不痛快。

折绾闻言笑起来：“我之前也像你这般。”

五少夫人诧异：“是吗？”

折绾：“因为你还小嘛，你脸皮还薄，心地良善，总是喜欢多想和自省。但四弟妹是个皮厚的，她要是好意思，便不会开这个口。你别搭理她，她也不是为自己要这个铺子，是为了她娘家兄弟。”

五少夫人张大嘴巴，半天没合拢：“这般啊？”

折绾：“嗯，我和你二嫂嫂都劝过，都没用，那她就只有亏待自己了。不知道她什么时候醒悟。你放心，她也不会欺负你，她还没坏到那个分上。”

她拍拍五弟妹的手：“再者说，有我呢，你不要怕，不愿意卖就不卖，这是一件小事。”

五少夫人再见四少夫人的时候，便心里不愧疚也不慌张害怕了。她静静地看了几天，发现四嫂嫂其实也没有怪罪她，只是像个没头苍蝇一般四处乱撞，想要买铺子。

她总觉得不可思议，回去跟母亲道：“你要我给大哥哥买铺子吗？”

她母亲摸了摸她的额头：“你也没发热啊？说什么胡话？你大哥哥是断了手脚还是断了头？”

五少夫人心满意足地回去了，再见到四嫂嫂，便见她看见二嫂嫂如同见了猫。

折绾听她说了之后，笑着道：“二弟妹是个拎得清的，又跟四弟妹好，见她如此执迷不悟，自然是想救一救。”

但救了这么多年，还是没救过来。第二天，四少夫人又过来找她借银子，一开口就是三百两。

折绾笑着应下了，叫墨月给她去取银子。四少夫人毕竟不是个无赖，是懂礼的，一直脸红着，帕子在手里都扭成一团麻花，说：“我……我有银子了就还给你。”

折绾：“好啊。”

下午二少夫人就拉着她过来退银子了，两人虽然是妯娌，经过这几年的相处，却成了亲姐妹一般，二少夫人说话还是管用的，她对折绾道：“大嫂不用管她，她是自找的。再者说，四房难道这点银子都没有了？”

肯定不是，但是四少夫人不敢让四少爷知晓，怕他责备，只好自己出来借。

她知道折绾不是个多嘴的人。

二少夫人深吸一口气：“大嫂嫂，你借了一回，必定还有下回，她是越借越多，往后怕是要出事的，还是不借的好。我知晓，大嫂嫂是看在一屋子妯娌的面子借的，是好心，还是要多谢你的。”

折绾温和道：“好，那我就不借了。”

四少夫人委屈地哭：“我也是实在没办法了。”

二少夫人：“你没办法了？你不管不就行了？你那几个兄弟是病得要死了？是活不下去了？要你如此来借银子！”

四少夫人：“可是阿娘和兄弟们都怪罪我。”

二少夫人：“那就让他们怪罪！我从前不管你，是瞧着你还不是很傻，可如今真是傻透了！今日大嫂嫂在这里，我且问你，你是不是还想把芳姐儿嫁过去？”

四少夫人垂头，芳姐儿是她的小女儿。

折绾肃容：“你这般就不应该了。”

四少夫人抹眼泪：“母亲说两家该亲上加亲。”

折绾便道：“两家结亲，是要经过父母亲的，你没有……定下吧？”

四少夫人摇头：“没有。”

折绾松了口气，便看向二少夫人：“二弟妹劝劝吧。”

二少夫人点头，带着四少夫人走了。

莹姐儿从屏风后头走出来，好奇地问：“大伯母，四叔母为什么这样啊？”

折绾：“自小的教导。之前你祖母要你把毛笔给升哥儿，你没给。她又教唆升哥儿去抢你的，你把升哥儿打了。”

莹姐儿其实已经不太记得这些事情了，但还是有印象的，她笑着道：“是，我还跑到大伯母这里来了。”

折绾：“你跑了，但是你四叔母没跑成。你想想，祖母对你也不坏吧？

你阿娘对你也好吧？她们哄着你要顾着弟弟，时日长了，你给不给呢？你会自己给的。升哥儿抢你毛笔也是这般，你祖母和你母亲事事教导他可以用你的，他用不用呢？”

自然是用的，还会理直气壮得很。

赵氏和宋玥娘不至于到这个地步，但四少夫人的娘家是。

折绾：“所以你四叔母即便嫁人了也没有跑成……且成婚之后，她还要畏惧你四叔父，你瞧，跟我借银子也不敢跟他说。”

等将来儿子长大了，还要畏惧儿子。唯一能依靠的，便是女儿，如今还想着让英国公府的孙女去跟娘家结亲。

莹姐儿不由得问：“那这婚事能成吗？”

折绾坚定地道：“成不了的，那般的人家，芳姐儿不会嫁。”

莹姐儿就突然道：“真没意思。”

她趴在窗台边看着外头蔷薇花开，问：“四叔母会回头吗？”

折绾走过去摸摸她的头：“小小年纪，别想这些。”

莹姐儿唉声叹气。

川哥儿泪眼汪汪。他抱着书回来，后面还跟着劭鹤春。

折绾皱眉，走出去问：“这是怎么了？”

劭鹤春大声道：“他今日还跑去池塘里面捞鱼！”

折绾看向川哥儿。

川哥儿抽噎着解释：“没有跑到池塘里，没有捞鱼，只是用一根草让鱼咬。”

他看书里说狼尾草可以用来钓鱼，他的小厮出去买东西时看见了，便给他拔了一根回来。

他趴在池子边试了试，结果就被父亲看见了。当时升哥儿还在呢，父亲就开始骂他，说他“玩物丧志”，说他“愚蠢不堪”。

他自从上回看见父亲狼狈的样子后，便不是那么怕他了，他大着胆子反驳了一句：“父亲，我背完书才出来的，我是第一次这般做。”

但父亲觉得他是翅膀硬了，骂道：“孽子！你还敢顶嘴！”

他捡起川哥儿放在旁边的书就摔在他的脸上：“这些书你都看过了吗？你都能背吗？我要是抽查一句你背不出来，我就打死你！”

川哥儿被摔得晕头转向，被他拎回来了。

折绾深吸一口气，这事情上辈子也发生过。她记得自己抱着川哥儿，第一次对着劭鹤春硬气道：“你自己有气，可别冲着孩子撒。”

劭鹤春把她也骂了，道：“你为什么不看着他？他要是掉下去怎么办？”

他如此说，折绾便找不到话回他了。在她的认知里，管着川哥儿确实是她的事情，若是掉进了池塘里也是大事。她只能低下头：“我以后看着他不去池子边。”

而劢鹤春被关的半年里，川哥儿跟她的关系是最亲近的。她记忆里那段母子相依的日子，就是在这个时候，以至于后面被疏远，她有时候还会怀疑自己是不是记错了，他们其实一直不曾亲近过。

她缓缓吐出浊气，看向墨月和茗妈妈："你们送川哥儿去武先生那边。"

茗妈妈："是。"

墨月便牵着川哥儿的手："奴婢送您过去。"

川哥儿蒙蒙地跟着走了。

母亲既没有安慰他，也没有不管他。他看向母亲，只见她已经皱眉朝着父亲说了一句什么。他侧着耳朵听了一句："你自己有气，可别向着孩子发。"

川哥儿松了口气，他也觉得自己是被父亲迁怒了。

他出了门，里头的声音听不见了，但离得不远，父亲要是大声说话，想来他也是听得见的，那父亲的声音应该不会大。

他又松了一口气，他一点也不愿意喜欢父亲。

劢鹤春承认了自己冲着川哥儿发脾气的事情，他压抑着脾气，声音低沉道："他实在是不上进！"

折绾："你上进？"

劢鹤春一口气憋住："我如何不算上进？"

折绾："你若是上进，现在应该在书房里读书，你跑去池子边做什么？"

劢鹤春："我难道连去池子边也去不得了？"

折绾："那你就是不上进！"

劢鹤春气笑了，却又不敢骂她，只好憋着气在屋子里面团团转："折绾，你别太气人。"

折绾笑了笑："你要是再上进一些，还能去跪着，你才跪了几天啊。"

劢鹤春不说话了。过了会儿，他低声道："我不知道要被关到什么时候去。"

他的腿不能再跪了，再跪就废了。

英国公也是如此说："即便是复官，一个瘸子怎么复？"

他便待在偏院里看书，看的是圣上之前给他挑选的那些书籍，是圣上要他自小就读的。他已经背得滚瓜烂熟了，但还是要再读一遍。他越读越迷茫，越读心越烦躁，本想出门走走的，谁知道碰见了川哥儿不学好。

他暴躁起来："我就这么一个儿子，自然是求着他出人头地，可你瞧瞧他，他像个什么样子？"

若是他出不去，川哥儿还不行，那他们就真完了。

折绾便不说了。劢鹤春虽然才被关半个月不到，脾气却暴躁了许多，他开始体会到被关起来的绝望了，不知道什么时候能出去，不知道这辈子还能不能出去。就跟他吃药一般，郑大夫没有说明白，他不知道还能不能有孩子，什么时候才能再有孩子。他觉得自己的人生糟糕透了。

折绾任由他糟糕，她出门去铺子里吃庆功宴。今年的花卖得格外好。

周掌柜道：“因有那曲子，便有人趴在墙头听，趴的人多了，买的人也多，人人都聚集而来，官府还来人拦着。”

素膳起身给大家倒酒，说：“做了这场盛事，有了经验，便可以做其他的了。”

折绾当然知晓，问：“还要为茶叶唱曲？”

素膳笑起来：“那不行，唱曲的花样用完了，咱们要想新花样才行，人哪里能一直吃老本呢，咱们这般的人，吃老本终究走不远的。”

折绾回去的路上一直笑。素膳真是长大了啊。

她不由自主地跟茗妈妈比画：“你都不知道，素膳从小就瘦，只有这么一点点高，到十岁才开始长个子，胆子还小，说话不敢高声。”

如今却已经懂得做生意不能吃老本了。

她挺直了腰：“素膳这句话说完，周掌柜看她的眼神骄傲极了。”

茗妈妈：“是，素膳姑娘实在是厉害，这才多少年。老奴家的素兰也是一般的，哎哟，当年那么小小的一个姑娘，哪里能算到成了大掌柜呢。”

折绾：“是，你家素兰也是极好的。素兰也快回来了吧？”

素兰要随四月的茶叶入京，差不多五月底就能回。

茗妈妈欣慰地点头：“是，总算是要回来了，还望她没有给少夫人丢脸。”

她又夸素膳：“素兰可比不上素膳姑娘，如今素膳姑娘独当一面，听闻上次去冀州又谈了一笔生意回来。”

茗妈妈一夸起这个就没完，她知道少夫人爱听。

墨月坐在一边笑盈盈地听着，并不插话。少夫人就爱跟茗妈妈说这些，往往都能跟她讨得开心。

下了马车，她刚扶少夫人下来，便见萱月神色不好地守在门口，小声道：“今日国公爷来了苍云阁，好似跟大少爷吵了起来，大少爷气得晚膳也没用。”

她怕少夫人进屋子后触霉头，早早就借口去厨房取热水，等在了门口。

折绾眼皮子都没动，只温和道：“没事，你去厨房取些夜宵送到‘别有人间’，晚间我还要给莹姐儿看看她养的花怎么样。”

莹姐儿最近喜欢上了种花，她这般喜欢是一时的，是图新鲜，便很是不好意思：“我只是好奇它们是怎么长大的。”

折绾却道：“人这辈子能喜欢上的东西太多了，不必样样精通，但可以样样都了解了解。”

莹姐儿这才高高兴兴地去养花。

折绾回去的时候，她正在提着灯笼照着花苗。这回种的是昙花，三月份种下正好，六月就能开花。

莹姐儿只在书里看过这种花的奇妙之处，还没真正地见过，于是碰见谁都要说一句："到时候我要守在它们身边，死死地盯着，必定要看见它们开花。"

无形之中把阵仗弄得极大，而后就有些落不下面子——要是她没养出花怎么办？要是没看见花开怎么办？

反正她就开始发愁，对此事很是重视，小心翼翼地呵护着昙花苗。

宋玥娘刚开始还来这里哄一哄莹姐儿，后头也认命了，只往这边送好东西，听闻莹姐儿喜欢养昙花，连夜买了不少昙花苗来。

莹姐儿头疼："我哪里养得过来哦。"

她便只让折绾帮着挑两三盆留下来，和折绾之前给她买的一共五盆。

她说："总有一盆能活吧？"

她宝贝它们极了，捧着灯笼照嫩芽，问："大伯母，你瞧，这片叶子是不是变黄了？早上还没有这般黄的。"

折绾脱了外头的衣裳过去仔细瞧，说："是黄了。"

莹姐儿着急："那怎么办啊？"

折绾："要施肥。"

她宽慰："黄了一片叶子没什么的，你看它的根，它的根好好的，并不要紧。"

莹姐儿："根不腐烂就好了吧？"

折绾："大多数是这般。"

只要不烂根，就还能救活。

莹姐儿松了一口气，而后顿了顿，小声问："大伯母，你不去瞧瞧大伯父吗？"

折绾："不去。他都多大的人了？"

莹姐儿："那我们今日一块儿睡？"

折绾："嗯。"

两人就睡在"别有人间"，早早地熄了灯。夃鹤春本是在等折绾回来，结果半天没等到人，一问又生了气。他皱眉："这么早睡做什么！不是还没有到她睡觉的时候吗？她改时辰了？"

折绾如今是在子时之前睡，有时候忙起来还彻夜不眠，她已经很久没有这么早睡了。

夃鹤春嘀咕了一句："不是故意躲着我吧？"

但到底还是没有再去把人叫醒，他只是继续在屋子里暴躁地走来走去。今日父亲过来训斥了他一顿，也不是为着别的，只为着川哥儿。

父亲怒喝道："川哥儿是你唯一的儿子，你该好好教导，而不是动辄训斥，将好端端一个孩子训成个怂胆！"

夃鹤春却觉得父亲也不只是为了川哥儿，父亲是在外头受了气迁怒于他罢了，父亲之前不是这般对他的。夃鹤春很憋闷。他还没有明确被陛下弃用呢，父亲就对他如此了。父子之间，相处二十几年，哪里就看不透对方的心思。他当时只觉得五雷轰顶，比被陛下关起来的时候更加蒙。

他还不能反驳，因为父亲又道："你母亲是你推的吧？"

劢鹤春低下了头，他解释："只是请母亲回去歇息罢了，谁知道母亲没有站稳。"

父亲却盯着他怒火中烧："这般的时候也不小心一些，要是传了出去，必定是要被参上一本的，到时候你落个不孝的名声，还有什么前程？我已经给鹤悯去信了，看看他有没有什么办法，我如今是走这里，这里不应，走那里，那里不答。"

劢鹤春心里更加憋闷起来，他不愿意在三弟面前拉下脸面，他道："三弟远在外头，就算是知晓了也无济于事，还是算了吧。再者，我一个人受罚也就算了，别牵连到他。"

父亲话语就顿了顿，道："也好。"

劢鹤春一口气没有上来。也好什么？他只觉得自己被狠狠地打了一巴掌。

父亲走后，他心里越发暴躁，很想找个人说说话。他又出不去，便也只有折绾了，结果她直接睡在了"别有人间"。

劢鹤春一晚上没睡，他睡不着。

折绾带着莹姐儿吃早膳的时候，便见他黑着脸进来了，不仅沉着脸，眼底都是黑的。

她皱眉："你是不是没有洗漱？"

劢鹤春本有点质问她为什么要躲着自己的气势，结果听见这话顿了顿，微微看向小侄女，只听她小声地道："大伯父，你要洗漱吗？我让丫鬟给你送手巾和漱口的东西。"

折绾就直接多了："漱完口再吃东西吧。"

劢鹤春一腔怒火就压在喉咙里动弹不得，最后去洗漱完才来。

升哥儿也来了，见了他乖乖喊"大伯父"，还站起来行了礼。

劢鹤春冷着脸，"嗯"了一声。

折绾给他留了一碗粥。

劢鹤春已经吃了半个月的粥了，今日不愿意再吃这东西。但是他又期望着陛下突然下旨放他出去，如此吃大鱼大肉也是不合适的。

他又强撑下，半晌，道了一句："加一个咸鸭蛋。"

折绾："行。我们都吃好了，你吃吧。"

孩子们在这里，劢鹤春还要脸，没有抱怨折绾昨日躲着他，只是问："你今日还出去？"

折绾："不出门，带着莹姐儿和升哥儿去武先生那边看看川哥儿。"

孩子们互相担心，升哥儿已经求到了她这里，想让她带着一块儿去武先生那里坐坐。

升哥儿也不小了，八岁的孩子，知晓大伯父如今在气头上，他想去看川哥儿，还是跟大伯父说一说比较好。但直接问他又害怕，所以就来央求大伯母带着去。他觉得大伯母去了，别人也就不敢欺负川哥儿。

折绾点了头。他总算松了口气，小声道："川哥儿真可怜。"

折绾没有多言。

邳鹤春来了之后，升哥儿除了问好，一句话都没有说，也不敢看他，一味地低着头，邳鹤春便又不满了，皱眉道："升哥儿，你可是对大伯有所介怀？"

邳鹤春不会骂莹姐儿，觉得她是个姑娘家，该由妇人家管，还是个娇客，很不该打骂，但是对侄儿偶尔还会训斥一番。

折绾见他这股邪火压不住，便将手里的筷子拍在桌子上："你去找郑大夫要些黄连吃一吃，也好去去这股火气，免得逮着个孩子就训斥！"

她的气势越发大，多年在外头跑，又陪在太后身边一年，很是积了些威压，邳鹤春不备，吓了一跳，一时之间倒是被她镇住了。

折绾让人将孩子们带出去，只留了两人在场，开口第一句就明明白白道："你埋怨父亲迁怒你，如今你不是也在迁怒别人吗？"

他只敢欺负比他弱的人，上辈子是她，这辈子是赵氏和孩子。

她嗤笑一声："陛下是让你在家里反省错处，没叫你连门口路过的狗也骂一骂。"

邳鹤春脸色涨红，因气势被压了一头，等想要反驳的时候，却又反驳不出了，好一会儿才道："你怎么知道父亲迁怒我了？"

折绾："还用说吗？你瞧瞧你这一脸的怨怼！"

邳鹤春别过头："好嘛，夫妻本是同林鸟，大难临头各自飞。"

折绾"啧"了一声："你是鹤春，不是好蠢，别说些蠢话让我笑话你。"

邳鹤春就噎了一口气："如今我落魄了，你也敢训斥我了。"

折绾骂道："怎么就训斥不得呢？为人夫，你不曾护佑过我和长姐。为人父，你瞧瞧川哥儿如今的模样。为人子，母亲还躺在床上呢。为人兄，你看看底下的兄弟姐妹，哪个是信服你的？你又帮过什么？邳鹤春，时至今日，你有今天是你自己找的，不是我们害的。你对父亲心有怨气，便有本事朝着父亲吼去，别在我这里犯蠢！"

往后还有半年呢，两人最好井水不犯河水，免得日后生气。

邳鹤春被骂得蒙了好一会儿，等回过神来，折绾已经走了。他又憋了一整天的气，脸都有些肿了。

上火了，还真去找郑大夫要了黄连回来生嚼，嚼得嘴里全是苦味。

晚上，他特意等折绾回来，想要好好理论理论，结果折绾直接不理他。

她道："你要是没事，就多去看书，在这里胡搅蛮缠什么？"

劭鹤春高声道："我胡搅蛮缠？"

折绾一副敷衍的模样："好好好，你没有胡搅蛮缠。我还有事，你不要在这里打搅我。"

劭鹤春的气也发不出来了，他转身就走。但走到半路，又恍惚间觉得折绾说的这几句话颇有些耳熟，等回到主屋坐下，他已经想起来了。

他曾经和阿琰吵架的时候也这般说过，难道他也这般对折绾过？

他颓然地坐在凳子上，觉得自己现在一团糟。

他点亮灯，看着灯慢慢地燃尽，就像是他那看不见未来的生命在慢慢地消耗殆尽。

子时，他终于戾气消散了一些，走出门去踱步。

折绾的"别有人间"还亮着灯，天光快要大亮的时候，"别有人间"依旧灯火未熄。

劭鹤春苦苦熬了一夜，还是没熬住，推开了折绾的门。

他脸上挂不住，道："我见你一直没睡，过来瞧瞧能帮你什么忙。"

折绾翻了个白眼。她正在思虑要如何做大夏日里运来的第一批茶叶，她是想着办个茶市。自己一个人是接待不了那么多客，自然还要拢了别家一块儿来。但怎么来，来了之后人怎么分，都是问题。

这就跟家里办宴席一般，每一桌上多少菜，一桌菜有多少个，又有哪些夫人能坐在一块儿，哪些不能，哪些不吃葱花，哪些不吃肥肉，都要照顾到。

她曾经为了这些学问丢了不少脸，被赵氏训斥过很多次，觉得她能力不足，宴席让人家笑话了。如今重来一世，这些已经不在话下，把学来的本事用在办茶市上也熟练得很，但到底心里还是没底。

她在纸上一遍又一遍地写清楚要的东西、请的人，方方面面，无不考虑周到。

认真做事的时候是感觉不到时间流逝的，墨月已经给她换了好几根蜡烛了，她还浑然不觉。

劭鹤春搬了张椅子坐在一侧，高大的身躯显得颓然，但语气带着些许讨好，问："你在做什么？"

折绾："你也不懂。"

劭鹤春："我瞧瞧。"

折绾："你懂卖茶？"

劭鹤春："商贾之道，不足为道。"

折绾笑了起来："是吗？"

劭鹤春脸僵了僵："我确实不懂此道，我走的是仕途。"

折绾："那你就钻研你的道去。"

道不同，不相为谋。

但郃鹤春被她骂了一顿，不生气还跑来求和，倒是她没有想到的，她稀奇地看了他一眼："你还不走？"

郃鹤春就走了。

临走之前，他突然问了一句："你觉得……我会被关多久？"

折绾："我哪里知晓？我又没有钻研官道。"

郃鹤春摸摸鼻子："你这个人，还挺记仇。"

但她这个人实在。

她的态度依旧是如此，她的行事也没有变。比起父亲，跟她相处倒是舒服一些，至少她真诚。

（五）

接下来半个月，折绾都忙得不行。借故盘账，她连着好几日去了铺子。

周掌柜的本事很大，每次都有好点子，这次还为茶市出了个新主意，道："咱们还要请大夫来。"

折绾不解："请大夫？"

崔娘子："是，要明明白白告诉大家，咱们的茶叶喝了对身体好。"

喝茶本就对身子好，哪里还要大夫说？

崔娘子笑着道："这就跟吃饭一般，不吃饭，吃面也行，但是大家都知道吃饭是能饱肚子的。"

喝茶也是一样的。茶好喝，能解腻，众人都知晓它"益思""清神"，但不喝茶，去喝水能行吗？自然也能行。

"吃饭还是吃面条，喝茶还是喝水，是一样的道理，我们就要告诉大家，喝茶'有用'，而且是对身体有用。"

折绾懂了，由衷地佩服起来，也跟着不由自主地想："那你们到时候还能给各家配好不同的茶叶一块儿卖。"

周掌柜拿着她画的茶市图，一边点头一边道："好啊。可惜少夫人不能跟我们一块儿去。"

折绾笑着道："等以后。"

素膳在一边附和："不能只请一个，还要请不少大夫一块儿去。到时候去的人都能把脉，不收银子。这样一来，肯定有很多人去的。"

还是那个道理，要先把人给吸引过去。

一群人就开始说起要怎么去做才行。折绾坐在一边，捧着一杯茶听着，笑盈盈地等茶市大办的那日，她虽然没有亲自去做，却和玉岫、孙三娘带着孩子们去喝了一杯茶。

孙三娘这次也出了不少的力气，道："瞧见那朵茉莉没？是我画的。"

她也没用勋国公府的名号，另用了名字，取名：存真居士。

外头热闹非凡，很多人都是奔着看病来的，大病不能看，但小病能看。素膳和蝉月还印了很多小册子，上头没有写茶的事情，倒是写了几句启蒙用的三字经。买茶就可以送册子，不少人为了册子买茶叶，还有些孩子排着队领糖吃。

折绾坐在窗户边看着，正瞧见周掌柜领着素膳和蝉月跟一群掌柜的在底下走动。周掌柜走在前头，素膳和蝉月跟在两边。素膳看见她了，不敢抬头喊，只背着手，掌心朝上，竖起大拇指。

折绾趴在窗户边笑了起来。

玉岫夸了好一会儿："这般繁华，看着就觉得世道美好。"

而后她看向孩子们："莹姐儿手上的是昙花苗？"

折绾"嗯"了一声："是。她觉得盛开一时的花很稀奇，便养了几盆。"

玉岫："我也好奇得很，我小时候也想养，但我犯懒。"

她小声问："我家那个……没给你添堵吧？"

折绾笑起来："没，如今照顾婆母呢。"

说起来，宋玥娘倒是对赵氏真心，赵氏躺在床上，她就日日去伺候，婆媳两个又好得跟一个人一般了。所以后来两人是怎么闹翻的呢？

两人闹翻了，宋玥娘才来找她结盟。彼时她一副幡然醒悟的模样，哭着道："我当年可真傻。"

折绾回过神，道："你放心，她受不了罪。"

玉岫讪讪道："我也是怕她再犯蠢，哎。"

折绾笑了笑，表示理解。

孩子们在一块儿看外头的人山人海。雁雁拉着莹姐儿的袖子，免得她从窗户前掉下去，紧张得不行，小声道："掉下去了，就要被拍花子的人绑走卖掉。"

吓得莹姐儿赶紧缩回来。

川哥儿："要是被绑走了怎么办？"

升哥儿："要报官吧？"

雁雁："咱们是孩子，被绑了之后没有力气，报不了官。"

晴霄："还是要跑，不跑就会死。所以要强身健体，学功夫。"

于是五个人又开始说要如何强身健体。川哥儿尤其激动，他很想快些长高长大，那时就不用害怕父亲了。先生跟他说，他之所以现在害怕父亲，是因父亲高大，看他的时候是俯视的，但他要仰着头去看父亲。一个俯视，一个仰视，自然就分出了高低。

武先生道："这是世间的道理，在哪里都是可行的，不过四个字——眉眼高低。"

川哥儿就想长高。他道："我现在比升哥儿还矮。"

升哥儿安慰他："你最小嘛。"

孩子们又讨论如何长高。等回到英国公府的时候，三个小的还没有说够。现在是莹姐儿最高，升哥儿都没有莹姐儿高。两个小郎君就缠着莹姐儿说变高的秘诀，一块儿去了莹姐儿在苍云阁的屋子。她的小屋子已经修整好了，取名“赢芳院”，是她自己取的。

宋玥娘小声抱怨：“什么怪名字嘛。”

但她还是给莹姐儿送了好牌匾来，请英国公亲自写这三个字。

莹姐儿很是满意，她对如今的一切都很满意。她道：“我觉得是我跳百索了，我和大伯母每天都跳百索。”

这是可以让人相信的，但升哥儿和川哥儿也跟着先生打拳了。

升哥儿：“你还做什么了？”

莹姐儿：“跟着大伯母一块儿喝茶？”

川哥儿很少喝茶，他决心多喝茶。

晚间睡觉之前，他跟升哥儿喝了一壶茶，两人都尿床了，还都不敢说。第二天起床吓白了脸，自己偷偷摸摸地拿了剪刀把被子剪了。

果然此事就被劭鹤春知晓了，他黑着脸，却没有说什么。

折绾发现，不过一个月，他已经开始消沉了。他的脾气在这一个月里慢慢地被磨去了许多，从半月前的满身戾气到现在两眼无神，转变得实在是太快。他精神颓靡，不再四处骂人、发火，而是坐在椅子上，一坐就是一天。

赵氏本是怨着他推了自己，如今瞧见他的样子也不怨了，一味地哭：“我的儿啊——”

扯着调，掐着嗓，一哭三日，余音绕梁。

劭鹤春还是没忍住：“母亲，别让儿子生气。”

赵氏脸上一阵白一阵红。

折绾在院子里摘花，看见这一幕，不知道该不该笑。

武先生如同记忆里一般援之以手。劭鹤春跟他谈了几次，便将他引为知己。

折绾上辈子没看懂武先生这一步，如今是看懂了的，他是等着劭鹤春沉寂下来才敢来，也是在等劭鹤春磨去一些棱角。

劭鹤春开始颓然地跟着武先生去钓鱼。他钓鱼的时候，川哥儿就站在不远处看着，眼神古怪。

劭鹤春回来就跟折绾道：“他那般看着我做什么？”

折绾：“你觉得呢？”

她慢吞吞地说出四个字：“玩物丧志。”

劭鹤春对川哥儿的怨念并不理会，道：“我这是修身养性。”

他打心底喜欢上了钓鱼。武先生说得不错，钓鱼的时候就坐在那里什么都不想，只放空思绪，专心盯着水面，杂念便自然而然地消散了。等鱼上钩被拉出水面，他便难得地感受到了满足。他已经很久没有满足感了，这种感觉比吃了神仙药还好。

劢鹤春开始痴迷钓鱼。英国公府可以给他钓鱼的地方只有一个，便是小花园里的荷花池。如今三月底，荷花还没盛开，池子里的鱼却变大了，他搬个椅子去，一坐就是一天。有时候他会带几本陛下曾经给他的书，他也不翻看，书里的内容他是烂熟于心的，他只慢吞吞地回忆，回忆陛下教给他的道理，审视自己还有哪里没有想清楚。但大多数时候什么都不做，只随着日出日落，一天总能钓上来一条鱼。

折绾一开始就拒绝吃他钓的鱼，她上辈子吃够了。她让劢鹤春把鱼送去各房，说："父亲、母亲、二房、三房……一天送一个地方，也够你送好几天的。"

劢鹤春却不愿意，他觉得丢脸。他是被关了才去钓鱼的，但其他人个个都在外头做事，就是小五也在国子监读书，哪个都看起来比他有用。他拉不下脸面。

折绾就笑起来："好嘛，你这可真是修身养性。"

劢鹤春："随你怎么说。"

折绾不吃，他就自己吃。吃了五天，闻见鱼的味道就犯恶心。于是早上去钓鱼，晚上回来的时候就把鱼放了。鱼蠢得很，下次还上钩，他就来了心思，在鱼尾巴上绑了红绳，一门心思等着看这笨鱼能上当受骗几次。结果它三天两头地上钩。劢鹤春就骂道："蠢货，蠢货，一点也不长记性！"

但他突然对它也产生一些同情之心："你为鱼肉，我为刀俎。我为鱼肉，人为刀俎。"

他把这条鱼养了起来，还专门给它取了个名字，叫作鸿鹄。

莹姐儿看见的时候还好奇："别人都是养锦鲤，大伯父怎么喜欢养草鱼？"

折绾："谁知道。"

升哥儿："草鱼不好吃，刺多，我有一次还被鱼刺卡住了。"

唯独川哥儿趴在大鱼缸前一言不发，良久之后才小声嘀咕了一句："这是我之前差点钓上来的鱼。"

他认得的，这条鱼的背上有个地方凸起来了。要不是父亲突然出现把他骂了一顿，这条鱼就是他的了。如今父亲自己抢去了，倒是不说玩物丧志了。等他再看见父亲钓鱼的时候，便又站在一边盯着看。他想：为什么父亲不会羞愧呢？母亲就不会这样。

他不是很佩服父亲了。先生说，若是想让人服气，便要自己有德行。父亲有这般的德行吗？父亲还养他的鱼呢。

川哥儿很迷茫，觉得自己不该这般，但还是忍不住去想。

英国公知晓劢鹤春沉迷钓鱼之后，倒是将川哥儿叫过去宽慰了一番，道："你父亲如今脾气大，颓靡得很，便对你不是很上心，你不要怪他。为人子女，势必是要多孝顺的。"

川哥儿闷闷地点头。

英国公还想叫人挖一个大池子给劭鹤春钓鱼，为此特意叫人去买了鱼苗。

劭鹤春听闻之后脸色却不好，回来跟折绾道："父亲这是觉得……我要钓多久？"

挖那么一个池子！钓到古稀吗？

折绾正要出门，她今日在醉仙楼请了漕运的王夫人吃酒，闻言道："你既然有怨言，便去跟父亲说，何必要在背后抱怨呢？"

劭鹤春将鱼竿一放，道："你何必激我？"

他哪里敢说。都快两个月了，他还是没出去，若他真出不去，便还要靠着父亲和三弟，到时候他在他们面前是没有脸面的。

他沉住气，坐下来，心绪又乱了，干脆拿着钓竿又出去钓鱼，跟折绾一块儿出苍云阁。

两人要一块儿经过小花园。劭鹤春忍不住问："王夫人好端端的又回来做什么？莫非王大人有调任？"

折绾："王夫人只是回来探亲罢了。"

其实是回来为小女儿说亲的，她还是想把女儿嫁到京都。

劭鹤春不信，折绾就道："她跟着王大人去淮陵十几年都没有回来，就前两年因为于老夫人病重回来过一次，自然是念着家里人。"

劭鹤春抿唇："王大人掌管漕运，是个厉害人物，你跟他的妻子相交要谨慎一些。"

折绾本走得好端端的，听见这话转身看他："你这说的是什么话？我们相交两三年了，月月写信，哪里用你说！"

她转身走了，留下劭鹤春在那里，看着她的身影出神。

好一会儿，折绾走出了院子，他才怔怔地坐在池边放下鱼竿。武先生本来清晨陪着他钓过一场鱼了，结果刚回去，饭还没吃呢，又听闻他坐在了池子边。

武先生拿着钓竿跑来了，他叹息道："主家怎么也不歇会儿？"

劭鹤春盯着水面，面无表情地道："先生，你看，我如今连门都出不去，便成了睁眼瞎，更要做个天聋地哑，什么都不知道才行。"

武先生大为头疼。这几天不是已经逐渐好了嘛，怎么又开始说这种丧气话？他问："这又从何说起？"

劭鹤春抬头叹息："我如今是连我家夫人也不如了。"

她今日去越王府说闽南茶叶，明日跟王夫人说漕运船只，她倒是成了在外头走的。从前他忙着自己的事情，便也没什么感觉。如今他被关在府里，她这般四处忙碌，这种感觉便格外强烈起来。

他自嘲道："再过一阵子，我怕是连小儿都比不过了。"

武先生还是要为折绾说一句话的，道：“大少夫人自来都是比别家的女子要强些，主家难道现在才知晓吗？我听闻满京都的世家夫人们都夸少夫人聪慧能干。”

劢鹤春：“我也知晓。”

但确实是第一次感觉到。　他感觉自己今日在她转身就走的那一瞬间，莫名地矮了一头，这让他觉得惶恐。

“不过是出门罢了……”

明明什么都没变，只是他不能出门了而已，却什么都变了。

他叹息起来：“等我将来要靠着小儿度日，怕是不知道要被欺负成什么样子。”

武先生就很难劝。

算了，还是钓鱼吧。

折绾已经到了醉仙楼。王夫人笑盈盈地拉着她：“可算是见着了。”

两人虽然少见面，且满打满算，见面的次数加起来一只手数得过来，但信件确实没停过。再者，王夫人是潘夫人的手帕交，也是于老夫人的女儿，因她们都跟折绾相交甚好，于是去信的时候也没少提。

如此就把生分冲淡了，一顿酒吃得宾主尽欢。王夫人道：“乘着你的东风，我赚了不少银子。”

所以这次给折绾也带了不少的礼物来。她道：“我们人走得快，箱笼还在后头呢，还要几日才能送来。”

折绾：“我很是喜欢你上回说的蜀州锦缎，夫人可给我带了？”

王夫人点头：“自然是带了的。”

她又说女儿的亲事：“我是年岁大了生的她，恨不得给她挑个样样都好的，如果不亲自回来瞧瞧，我放心不下。”

折绾：“可有看中的人家？”

王夫人：“有，但我还不能说，八字没一撇呢。”

折绾就道：“我到时候去吃喜酒。”

等吃完了饭，说完了话，两人才说起漕运茶叶的事情，足足说了一下午。折绾回去的时候有些醉醺醺的，睡到晚间才起床。

墨月就过来道：“黄昏的时候素膳姐姐来了，还说过两天崔娘子要来给您请安。”

折绾喝了一口水，问：“没说是什么事？”

墨月：“没说。”

折绾：“素膳也真是，叫醒我就行了。”

墨月笑起来：“她就是过来送账册的，送完就走了，急匆匆的模样。”

折绾只好道："那我下次去看看她。"

但她这两天还有应酬。

王夫人的礼到了。她不仅给折绾带了，还跟老母亲于老夫人亲自登门，给赵氏等人都送了礼，她拉着折绾的手道："我们好得哟，这就是我的亲妹子！"

赵氏收了礼，也不好给两人脸色看，只好笑脸相迎："以后要常来坐坐。"

刕鹤春在前院听闻了此事，倒是感慨："她倒是哪里都吃得开。"

他还记得折绾最开始就是闷不吭声的性子，别人说什么，她反正不开口就是了，结果现在左右逢源。

他做个旁观人，做个闲散人，做个在这府里出不去的人，开始承认她变了，而且变得很好。但她好，他不好，这就让人难受。

他当天没去钓鱼，只颓然地坐在书房里。

折绾晚上吃了鱼汤锅子。她跟莹姐儿两个人在"别有人间"吃的，刕鹤春闻见了味道，犹豫了半晌，还是推开了门，道："怎么吃鱼？"

折绾好笑："想吃就吃，难道还要看看黄道吉日？"

刕鹤春让墨月给自己加了一双筷子。他想给折绾说一说漕运的事情，他怕她不懂。

他刚起了一个头，折绾就打断了："这些我都知晓。"

刕鹤春之前没具体管过她这些事情，闻言顿了顿，道："你都知晓？"

折绾："我若是不知道，我怎么运茶叶来京都？越王、袁大人、三弟，都帮着我跟王大人周旋。"

夫人有夫人的交情，官场有官场的做法。折绾于官场不精通，这些事情便着重请了刕鹤悯和袁耀去做。他们都在江南一带，做起事情来是容易些的。

她还道："闽南知州夫人这次还给我捎带了礼来。"

刕鹤春想起了王德山，他就折在了全凌之上。他半天没说出话来。折绾却已经不管他了，她开始给王夫人写礼单。

送礼嘛，自然是你来我往的，缺一不可。

她写得认真，没有抬头看过刕鹤春。刕鹤春便干坐了一刻钟后走了。

第二天，他听闻折绾没有出门，本是想问问她王德山夫妇的，结果她今日约了人。

刕鹤春："约了谁？"

松亭小声道："好像是少夫人嫁妆铺子里的管事。"

刕鹤春："她那个宝贝疙瘩？"

松亭："不是，不是素膳。"

刕鹤春摆摆手："那我等等。"

崔娘子早早地就来了。折绾一边看书一边等着她，见了她来，便笑着道：“你写了帖子来，说是有事，是有什么事？”

崔娘子气色很好，神色却带着羞愧，道：“少夫人，我可能要走了。”

折绾一愣：“去哪里？”

崔娘子：“还是在京都，但我做不了茶叶绸缎的生意，我想自己开个小馆子。”

她的丈夫是屠夫，肉就能自己供应了。

折绾温声道：“这是你自己的主意？”

崔娘子赶紧点头：“是我自己的主意。”

她自小就会做菜，而且特别会做卤肉。这是家传的方子，传男不传女，可家里就那么大，她要是想学，只要偷偷地看父亲买回来的东西就知道配料了。后来她就被卖掉了。

“买我的那一家喜欢清淡的膳食，并不喜欢卤肉。我求了厨房的人给我卤了块肉送给夫人、姑娘们，但她们不喜欢。”

这才去学了染指甲。

她低声道：“少夫人和周掌柜对我这般好，我是不好意思走的。但我自小为奴，早就坏了身子，后头江南发大水，我在水里泡了那么久，便更加不好了。这段日子，我跟着周掌柜和素膳、蝉月跑花草和茶叶，虽然没有出错，却晕头转向。我仔细想了想，一是不适合做这行，我到底不是那般聪慧的人，我做事还行，想主意却蠢笨，实在是勉强。二是身子不好，年岁大了，不服不行。”

她把自己的情况跟周掌柜说了，她道：“我这般占着位置不好。”

还是个管事呢，好不容易周掌柜看中了她提拔上来的，她羞愧得不行。

周掌柜却和素膳等人给她出主意：“那你以后想做什么呢？”

崔娘子摇头。她还没有想到那一步，她只是觉得自己不能占着位置不挪动。

周掌柜她们其实也发现了，便你看看我，我看看你，都没有太好的法子。

素膳就道：“那你就慢慢想，这又不着急。咱们一路走来，都是互相扶持的，不必着急于一时半会儿。”

崔娘子感激之余，还真想出了自己想做什么，她自小就想开卤肉铺子。

屠夫也是支持她的：“咱们这般的人，就跟猪崽子一般，一刀下去就被人吃掉了。既然能活好，能把自己养大养肥，那就都试试，吃什么不是吃？”

卤肉铺子不行，那就开针线铺子、染指甲铺子，都行。

他道：“够吃就行了，岁数大了，要看开点。”

话糙理不糙，崔娘子心里本就意动，便拿了家里的银子分成两半，说：“就算是亏，也有余粮。”

但她还是要跟折绾说的。

折绾就笑着道："原来是这般。那你就试试吧，万一能成呢？"

但说起来，她还没有吃过崔娘子的卤肉。

崔娘子急忙道："方子是我们乡下的，京都人可能吃不惯，我正在改呢，入乡随俗的好。"

折绾还安慰她："不要急。"

结果她第五天就送了卤肉来，可见是不眠不休地在折腾。

折绾吃了一块，连连点头："确实好吃。"

崔娘子一直盯着她看，闻言总算是松了一口气："少夫人说好吃，可见是真好吃。"

少夫人是老饕了，她的舌头准错不了。

她信心十足，备足了肉、卤水，选了一个黄道吉日开张了。

折绾给她送了礼去。要送礼就要开库房，刕鹤春还道了一句："你这是又要给谁送？"

折绾就指着他筷子上的卤肉，道："给它——你送不送？"

这几天崔娘子送来的肉，大多是刕鹤春吃了。

刕鹤春："也随二十两吧。"

等折绾送礼回来，他的草鱼"鸿鹄"死了。刕鹤春盯着鱼缸里翻肚的鱼看了一天，连着三天没有出书房。

刕鹤春三天没吃东西。最先过来哭的依旧是赵氏。折绾也不知道她从哪里学的，每次哭起来都是拿腔拿调的，扯着嗓子喊："这怎么能行呢？三天了，人怎么受得了哦——"

她哭得眼睛都肿了起来。

英国公却觉得这是件好事，只隔着门对刕鹤春说了几句宽慰的话。

见赵氏哭闹不止，他还劝道："一切都要他自己看开才行。"

他反而有些欣慰："鹤春之前还没有落下来。"

人依旧是浮起来的，这源于他从小就站得高，人人捧着，要落下来还要磨一磨，如今看着总算有些样子了。

赵氏却只记得儿子三天没吃没喝，怕是要不好，情急之下，倒是将心里的怨气都朝着丈夫发了出来："你说得好听，却什么都不做，我只求孩子们平平安安的，你却想要他们富贵，一个送进了宫里去，两个还要送进去——"

英国公一时不察，让她说了这话，惊出了一身冷汗，马上厉声道："胡说什么！还不快快住嘴！"

折绾就让其他房里的人走了，只留下她跟宋玥娘在——宋玥娘扶着赵氏，走不了。

折绾本是要走的，但英国公不让，他道："老大媳妇，你劝劝鹤春，好歹出来吃点东西。"

再是反省，再是伤心，三天也够了，不然熬下去，身子吃不消。他也是准备三天一过就来劝的。

折绾点头走向书房门口，她站得远，去门口还要经过赵氏身边。

路过她身边的时候，就觉得她身子颤抖得厉害。折绾还在想，赵氏这回是真伤心了。

谁知还没有走过去呢，赵氏突然就大声喊起来："你朝我发什么威风？有本事你朝着莺姐儿的坟——"

话还未说完，就被英国公打了一巴掌。

她的脸被打得肿起来，她难以置信地看过去："你敢打我？我为你父母守孝，为你生儿育女，你竟然敢打我？"

还是当着孩子们的面。

英国公："你也不看看自己说了些什么！"

他深吸一口气："这么大岁数了，别让晚辈看了笑话。"

赵氏气得都糊涂了："有什么笑话不笑话的，我若是笑话，你不是更是一个笑话吗？当年莺姐儿去世，你对太后和陛下说了什么，你自己清楚，女儿都死了，你说那是她的命，是她福薄——"

英国公压低声音，吼道："不然还要怎么说？像你一样大吵大闹吗？"

他就知道赵氏憋着一口气在。

赵氏也确实憋着气，从刚刚开始她就忍不住了："当年你没有护住莺姐儿，如今你也护不住鹤春，你有什么用？你凭什么对我大呼小叫？若不是我生出来的儿女，你能有今天？你当年可不受陛下待见，陛下还说你是庸才呢！你是不是都忘记了？啊？要不要我给你回忆回忆？"

她越说越激动，整个人都有些喘不上气。

英国公彻底黑了脸，只觉得今日脸面都丢尽了，咬牙切齿："够了！我念在你为了鹤春，便不与你计较。"

他转身就走，赵氏却蓦然冲过去，朝着他的脸就打。英国公猝不及防，虽然躲了一下，但还是被赵氏的指甲划伤了脖子。他捂着脖子恼怒道："你疯了！我明日还要去上朝的，你非得搅得家里乱成一团才行吗？"

娶妻娶贤，果然是有道理的。

他深吸一口气："你好好冷静冷静，看看你刚刚的话能不能说出去！"

等他甩着袖子走了，赵氏便颓然地瘫在地上哭起来。宋玥娘艰难地扶着她："母亲，先回去吧。"

再不回去，她也没力气扶着了。

赵氏用帕子擦擦脸，轻轻"嗯"了一声，再次看向门口，劭鹤春还是没有开门。她呜咽道："他是真狠心啊。"

等人都走了之后，折绾才对萱月道："待会儿让人送午膳到门口放着就行。”

萱月：“大少爷要是没吃呢？”

折绾：“放半个时辰，没吃就端走。”

萱月“哎”了一声。

但刕鹤春这回吃了大鱼大肉吃不下，只喝了半碗粥。他面无人色地躺在椅子上，让松亭请了折绾来，道：“我可能这辈子都出不去了。”

陛下这回确实是厌弃了他。

折绾“哦”了一声。

刕鹤春反而喜欢她这样的平淡，比起父亲的恨铁不成钢，母亲过分的关爱，折绾冷冷淡淡如同往日，反而让他松了口气。他仔仔细细地看她的面容，发现她实在是平静得很，跟他散发着颓废之色不同，她的眉间眼里倒是有一股活气。

他开始佩服她了：“不管发生什么，你都没有怕过。”

折绾：“你就想跟我说这个？”

刕鹤春摇了摇头，说：“如若我出不去，你怎么想？”

折绾：“你出不出得去，我都会做自己想做的事情。”

她也一直是这么做的，如今这般，以后也是这般。

刕鹤春咳嗽起来，半晌才道：“你能这么想也好。”

折绾笑笑没说话，希望他以后也能这么说。

刕鹤春顿了顿，又道：“我这辈子，怕是真的只有川哥儿一个子嗣了。我出不去，就只有川哥儿能出去，咱们得好好教导他才是。”

折绾：“这话说的，难道你心里不明白自己之前没有好好教养他吗？再者说，父亲和弟弟们都在，还轮不到川哥儿。”

刕鹤春沉默了好一会儿才道：“他们是他们，不是我们。”

他这一次是彻底看清父亲了，父亲这个人，颇有些势利眼。但子不言父过，他不愿意对折绾说这些，他只道：“刚刚母亲说的，你也听见了，父亲……我听母亲说，当年阿姐刚开始是不愿意进宫的，但父亲一定要送她去。”

可见父亲这个人的心有多狠。

这次也是一样的，不用猜，他都知道，父亲肯定没有为他在外面周旋。一是不能周旋，二是父亲胆小，他怕牵连到自己。

至于母亲……

他轻声说：“母亲爱护我，也爱护阿姐，但在三弟那里，我们都得让位置。母亲现在还愿意为我哭，是因为我倒下去还没多久，等时日长了，自然有眉眼高低。”

至于其他人，他道：“二弟内敛，三弟瞧不上我，四弟本分，五弟有些野心，却也当不得大用，我与他们虽是亲兄弟，但你也知晓，往日里并不多说话。”

他如今想起来也后悔，说：“我该多跟他们走动走动。”

都是自家兄弟，为什么之前没有交心呢？

刕鹤春不免很是后悔，唯一庆幸的是折绾还能在太后那边说得上话。

“如此，我也不怕我失势之后，你和川哥儿会被欺负。”

折绾听了他这一番听起来好像掏心掏肺的话，不免觉得有些可笑。

她还记得上辈子也是这个时候，他不知道是为了什么突然看开了，把她和川哥儿叫进去，先是单独跟川哥儿说话，说了有一个多时辰，才把她叫进去，肃着脸道：“你往后要多做少说，万万不可闯祸，不然我也护不住你。”

折绾还以为出了什么事情，诚惶诚恐地点头，再问他有什么事发生，他就道：“不该你打听的别打听。”

她就不敢打听了，直到后来她才想明白：她哪里闯过祸呢？她一直是想要尽善尽美的。若不是婆母苛责，弟妹使绊子，她根本就不会出一点乱子，她本来就很好。可惜这个道理明白得太晚了。

她便对刕鹤春道：“你要是愿意教导川哥儿，你就教，别三天打鱼，两天晒网，让武先生看了笑话。”

其他的话一个字也没说。

她中午吃了饭，出门去铺子里，周掌柜见了她就道：“巧了巧了，快，主家，你看看谁回来了！”

折绾心头一跳，果然就看见素兰从屋子里跑了出来，扑进她的怀里。

“主家！”

素膳探出脑袋，道：“那我只把我家姑娘借给你抱一会儿。”

折绾高兴坏了：“你怎么回来了？不是应该还有一个月吗？”

素兰：“我是骑马回来的，累坏了好几匹马，比水路快。”

折绾拉着她坐下，问：“怎么没跟着茶叶一块儿回？”

素兰：“袁姐姐到时候送来。”

折绾诧异：“那闽南呢？”

素兰：“放心吧主家，咱们在那边三年多了，早有自己的路子和人脉。因为这回是第一次送贡茶入京，怎么着也要稳当些。”

折绾道：“你是想要快些回来，还是急着回来有事？”

素兰：“快些回来是一回事，但也想先回来通一通消息，信上面说的到底不齐全，我先回来垫个头，再让袁姐姐收个尾。我从要回来的那一日便辗转难眠，不仅是想着您，还有我家老娘、儿子、二郎……”

折绾赶紧道：“那你快些回去，你家的小老虎我上回还看见过，是茗妈妈抱过来的，已经挺大个儿了。”

素兰听见这话，站起来就要走，她看起来好像还长高了一些，脸黑了许多，但精神头很好，言笑晏晏的：“主家，等我回去一趟再来。”

折绾："不着急，先好好歇着吧，日子还长呢。"

素兰跑着出了门，她丈夫徐二郎早早地等在门口，见了她就笑："快些，小老虎想你想得很，我叫了个小的先回去让母亲准备酒菜了，等到了家就有你爱吃的了。"

素兰重重地舒出一口气："总算回家了。"

徐二郎逗她："那你还去不去闽南？"

素兰："去！不如你也跟着我走吧？那边都打点好了，宅子很大，银子也够用。"

徐二郎却要想想，说："你才刚回来，咱们别谈这个。"

等他们嘀嘀咕咕走远了，折绾就感慨道："素兰面相是不是变厉害了些？"

周掌柜："这是自然的，不然这么多年白白打拼了？做人嘛，如同逆水行舟，不进则退。退的是庸才，素兰可不是。她还带了两个人回来。"

折绾："什么人？"

周掌柜："就是张掌柜入赘的那一家。"

折绾想起来了。她记得张掌柜入赘到了一个寡妇家里，寡妇好像刚嫁了个女儿。

周掌柜："素兰说这娘俩可怜，好不容易过上好日子，闺女的丈夫就偷了她们家银子跑了。她娘跟张掌柜也是面子情，但好歹在当地也是有夫妻名分的，便扯了张掌柜的名号做事，设计把她女婿给捉了回来送当地祠堂，然后就跟着素兰做事了。这回还带着女儿来京都，想要谋个差事。"

折绾："不回去？"

周掌柜："我问过了，她说人往高处走，她想来京都见见世面。"

素兰说人是极好的，也相处几年了，信得过。

周掌柜就道："崔娘子走了，我正好缺这样的人，况且咱们卖的是闽南茶，有个有本事的闽南人过来更好。等我试试她们，可以的话就留下来，不会亏待了。"

素兰带回来的妇人姓黄，女儿原先姓宋，如今也跟着她姓黄了。娘俩一来就在桂渊街买了宅子，先把家安下了。

周掌柜听闻之后诧异、好奇地问："这也不便宜。"

若不是家里有大笔银子，便是用去了小半个家当，她看黄娘子的样子像是后者。

黄娘子就笑着道："往后肯定更不便宜。"

如今能买肯定是要买的，不买是傻子。

她说的是一口官话，两年前跟着素兰学的，没有一点口音。若不是看脸就像是南边的长相，别人不会猜她是外地人。

她还带着女儿去拜访张掌柜的父母，给张掌柜的侄儿侄女包了红封。

张掌柜父母一脸蒙，他们不知道还有这么一回事，儿子还真没跟他们说。老两口万万没想到，本事大的儿子竟然娶了个寡妇，还有个丧夫的女儿。

但事情已经这般了，他们也愿意接受，便让黄娘子母女搬到张家去，黄娘子却笑着道："他是入赘的，该去我家住，我已经买了家宅，就等他回来了。"

张家父母连夜写信去质问儿子。黄娘子也不干涉，一直有礼得很，给张家人人都送了礼。

母女俩就在这边安顿下来了，还跟张家的其他儿子女儿走亲戚。

周掌柜啧啧称奇，还没开始让她做事，便已经认可了她七分的手段。

素兰回来之后也没歇着，只好好地睡了一觉，第二天慢吞吞地吃完饭，溜达到崔娘子的卤肉铺子去看望她，然后就从她那里要了一把杀猪刀，打上了徐大郎家。她把刀钉在桌子上，让他把从老母亲那里搜刮走的金银首饰都还回来，有些被卖了的，她还逼着他去赎回。

"那都是我给母亲从闽南寄回来的，你拿去算什么？我告诉你，赎不回来我要你好看！"

徐二郎跟在媳妇身边兴奋得很，扛着一根扁担跃跃欲试。

有礼的怕无赖，无赖却怕横的，徐大郎只能憋着认下，骂道："之前是个母老虎，如今是个母土匪了。"

素兰得意极了，跟折绾道："闽南寨子多，不匪一点就活不下去。"

但她也没吃什么苦，说："袁姐姐在京都的时候闷不吭声，回到闽南，嚯！她家兄弟姐妹多，个个还都是好手，我跟着他们学了好多东西呢。"

折绾认真听着，而后道了一句："我还是想得太简单了，当初该多准备准备才行的。"

素兰："哪里能这么说，已经够好了，咱们背后可是靠着大树的。再者说，准备到什么时候才能完全无忧呢？"

折绾笑着道："是这个理，但也好在你能干，竟然真把茶叶种出来了。"

她记得上辈子素兰没有去闽南，也没有帮她管铺子，但她卖过花。茗妈妈懂养花，她就拿出去卖，很是赚了些银钱，后来还是跟大房分家了。徐母也是跟着她和徐二郎的，只是当年素兰不敢提着刀上门，只敢使阴计，三天两头雇了人套麻袋打徐大郎一顿，打得多了，徐大郎就报了里正。但清官难断家务事，打人的又抓不到，他没有办法，又不堪其扰，自己主动把人送到了弟弟家里。

素兰当时还跟她道："少夫人，你看，横一点他们就怕了。"

她两辈子都横，这样才能做出事情来。

折绾见她兴致高昂地说着闽南的事情，道："快喝些水吧，不着急一时半会儿说完，中午在我这里用膳，下午咱们接着说。"

素兰不好意思："还要回去呢。"

在京都留不了太久，每天都想跟家人黏在一块儿。她还小声道："我家二郎缠我缠得很，他怕我在外头藏人。"

折绾捂着嘴巴笑起来："那你快些回去吧。"

素兰给折绾带了不少的礼物来。等她走了，墨月带着人将礼归在箱笼里送去库房。折绾心情好，还撒了一把钱给小丫鬟们抢。

劭鹤春在书房教川哥儿读书，听见笑闹声，打开窗，瞧见这一幕之后，倒是没有生气。

他只是将窗户又关上，看向川哥儿："继续吧。"

川哥儿磕磕巴巴地背书。

劭鹤春如今的性子也耐得住，等川哥儿背完了，他把书给川哥儿，道："再看一刻钟，一刻钟之后再背给我听。"

川哥儿接过书，脑门上的汗越来越多，只能逼着自己去背，还真背好了，一刻钟后，他流畅地背了出来。

劭鹤春没有夸他，也没有骂他，只是道："今日就到这里，回去歇着吧。"

川哥儿抱着书出去了，路过庭院的时候，看见莹姐儿和雁雁手牵手走来，他眼神一亮，好奇道："雁雁姐，你来了啊。阿隼哥哥呢？"

雁雁笑盈盈的："阿隼哥在家里跟着先生读书。"

川哥儿："孙家姨母来了，我该去行礼了。"

他去的时候，母亲和孙家姨母好像在说什么笑话，都笑得不行。

他走过去，小声问好，母亲轻声道："川哥儿，升哥儿待会儿肯定来，你若是想跟他一块儿玩，便先在这里等一会儿。"

川哥儿点头，努力正襟危坐。

莹姐儿没一会儿就像旋风一样跑进来，抱着茶壶就喝。折绾笑盈盈地看着："慢些，快不成样子了。"

莹姐儿："我就跳了三百下！"

川哥儿才进来没多久！他道："这么快啊？"

莹姐儿："这要多久啊。"

雁雁跳得少些，跳了二百五十下。她可惜地道："绊了一下脚。"

折绾："也不要紧，你气息稳得很。"

莹姐儿喝完了水，好奇地问："大伯母，你刚刚和孙姨母在笑什么？"

川哥儿也好奇地看过去。折绾就又忍不住笑起来："你们孙家姨母成了老夫人了。"

孙三娘掩面笑个不停，前俯后仰。

孩子们都大了，她们其实早该改称呼了，但一家没变，其他家也不好变，不然就乱了套。但一家改了，其他家就要改，也免得乱了套，京都隐形的规矩多得很。前几日，辅国公家的夫人终于带头改了称呼。她的年岁算来是最大的，改在先头也是情理之中，于是勋国公府的大儿子便回来了，急急切切地要孙三娘和勋国公也改了。

折绾都不知道他家大儿子着急什么。孙三娘小声道："还不是为着能在外头行得开？大少爷和大爷，大爷听起来是能做主的。"

折绾嗤笑："我听闻他如今遭人嫌弃。"

孙三娘慢悠悠摇扇子："是啊，在外头打着勋国公府的名头招摇撞骗呢，我是不管的，他爹也不管，心疼着呢，觉得把他分出去了。"

折绾顿了顿，向她打听："招摇撞骗？"

孙三娘："我也不知道是什么，只是听见国公爷骂他。我去的时候，他们已经不说了。"

折绾："那你别插手。"

孙三娘："我插手做什么？我乐得清闲自在。"

她又问折绾："你家这个，你怎么想？"

折绾："我也乐得清闲自在。"

刕鹤春如今已经沉默多了，他的嘴巴不再是那么碎，也不再每天都点评别人，他拿着陛下送他的书翻来覆去地领悟，试图找到一条解救自己的道路。

折绾唏嘘："我总算是清净一些了。"

刕鹤春听闻要改称呼的事情，果然也没有说什么长篇大论，而是道："我知晓了。"

他只感慨了一句："我到底是年岁大了。"

他今年三十岁了。三十岁，别人都是乘风破浪，他却是幽禁在家。他竟然有些看开了。

"我有些同僚四十多岁的时候就没了，我也说不定哪天突然就彻底闭了眼睛。"

如此想来，竟然只有十几年的活头。

折绾便见他越发沉默起来，有一日从外头回来的时候，发现他竟然带着孩子们在烤鱼吃。

他还递了一条鱼来，说："你尝尝，我第一次烤的。"

折绾不吃，道："你自己吃吧，我今日喝茶喝饱了。"

刕鹤春坐在那里一边烤鱼，一边垂头问："你们的茶怎么样了？"

折绾："快到了，只要到了码头，一切便顺理成章。"

里头有给陛下的龙凤团茶，有给达官显贵的青瓷套茶，还有给普通百姓喝的散茶。

可以见得，只要这一批茶叶大卖，闽南的地价就能彻底贵起来，要是能再把销路做好，那闽南就彻底起来了。折绾记得后来是开放了海禁的，往西北小国也送了许多去，当时茶叶才是真正大卖起来，如今算不得什么，她就等着那时候呢。

她笑意盈盈地跟孩子们道："你们吃烤鱼要喝茶吗？"

她带了许多茶叶回来，今日是去试茶的。

莹姐儿点头："好啊，大伯母，我还想吃花饼。"

折绾："都给你们做。"

她笑着转身走了。莹姐儿嚼着鱼笑着道："大伯母可真忙啊。"

然后她眼睛一转，将手里的鱼放下，道："大伯父，我有话跟大伯母说。"

劭鹤春从刚才开始就一直盯着鱼，并不抬头，闻言也只是"嗯"了一声，道："去吧。"

莹姐儿走了，她追上大伯母，小声道："祖母发脾气了，今日摔了一套碗筷呢。"

折绾不用问都知晓："又是谁叫她老夫人了？"

莹姐儿点头："是啊。"

折绾："也只有你祖母不习惯这个称呼。"

赵氏确实不高兴了很长一段时间。宋玥娘倒是看得开："母亲，这证明孩子们都长大了。"

赵氏："还证明我老了！"

宋玥娘："这有什么，走出去谁不说咱们是姐妹花？"

赵氏这才高兴起来："我的儿，还是你合我心意。"

但过了一会儿，她又叹息道："我确实是老了。"

最近发生的事情实在是太多，让她心里烦得很，如今连称呼都改了。

她道："变得太多了，我受不住。我确实是老了，人越老，便越想留住从前。这些日子，我倒是有些想念我娘家兄长。"

宋玥娘："母亲的娘家如今在云州吧？"

赵氏点头，她回忆道："我家以前在京都也算是有头有脸的，但是从我阿兄开始，便没落了。后来兄长举家去了云州做官，我便再没见过他。"

她说着说着哭起来："兄长这些年在三品的位置上一直没有升过，他也不愿意动弹了，偏偏底下的小子都没有用，没有一个读书出来的，我家没有爵位，便更加艰难了。"

这段日子，她想到这个就难受，跟宋玥娘道："你父亲敢对我非打即骂，就是因着我娘家不好了。幸而我还生下了鹤春和鹤悯，不然怕是要被休了去。"

宋玥娘宽慰："三品官呢，是多少人都梦寐以求的位置。"

她是真心疼婆母的："亲兄妹几十年不见，真是不容易。"

赵氏叹息："有什么不容易的，大家不都是这般过来的吗？"

她便又想起小时候："当时家里的兄弟姐妹都要让着我，我是祖母养大的，谁敢骂我，祖母就骂谁。”

祖母虽然跟她没有血缘关系，但是真心疼爱她。后来母亲还说：“我只为你祖母生了一个你。”

她想起这些就哭，宋玥娘就道：“母亲，你要是实在想念得很，便写信请赵家的少爷姑娘们来住一段时间吧？”

赵氏停了眼泪：“这也行。”

她真写信去了，急急忙忙地叫人送信。

刕鹤春知晓此事之后道：“母亲肯定会后悔的。”

年岁大了，她似乎忘记了她之前对娘家兄弟的抱怨。

刕鹤春就记得她对自己和三弟抱怨过舅舅不中用：“要他做什么都做不了，我只能去求你父亲，你父亲便看不起我。”

他叹息：“舅舅不一定会理她。”

他突然想到了越王。

越王说，他很早就远离了自己，但自己不知晓。就好比母亲，舅舅一开始就不愿意跟母亲来往，宁愿放弃英国公府这门亲戚，这么多年一直不冷不热的，并不走动。母亲却不知道，还以为舅舅跟她很好，这次还写信让人家送子女来。

他站起来走到窗户边，对着外头的蔷薇花道了一句：“我是不是像母亲？”

他转身，想问一问折绾，却发现她手里握着笔，正在垂头写着什么，根本没注意到他。

他沉默起来，径直出了门。

外头，莹姐儿在跳百索，川哥儿和升哥儿在一块儿喂鱼。

川哥儿喜欢喂鱼。上回鸿鹄肚皮翻白之后，他已经没有气力管后续的，但川哥儿跟升哥儿一块儿把鸿鹄葬了，还有模有样地刻了一块碑：爱鱼鸿鹄之墓。

刕鹤春就觉得这个孩子还没有长大，他还什么都不懂呢。

如今他跟升哥儿能一块儿玩，将来呢？将来他还能继承爵位吗？他跟升哥儿之间，因为父亲不同，到底还是会不同的。

他站在廊下静默，看向外头的天，总觉得夏日还没有来，却已经有秋日的萧索之气了。

莹姐儿已经跳完五百下绳了。她擦擦汗，想要进屋，但是大伯父站在那里，她就不敢进了。她只能绕到后头窗户去，探出一个头来：“大伯母！”

折绾抬起头，好笑道：“你怎么在那里？”

莹姐儿指指门口。

折绾一瞧，嗬！好一个门神。

折绾出来站在门口，邵鹤春还以为她要做什么，便见莹姐儿从后头钻了出来，折绾牵着她进门了。

邵鹤春不明所以，继续站着。川哥儿和升哥儿不敢动弹，最后慢慢地挪走了。

升哥儿还似模似样地说了一句："母亲叫我回去吃饭了。"

川哥儿小声道："我跟你一块儿去吧？我也饿了。"

邵鹤春便总算明白过来，孩子们都不愿意靠近他。他叹了一口气，只觉得秋意更加萧瑟了。

里头，莹姐儿正问折绾："到时候赵家会来人吗？"

她还没见过远房亲戚呢。母亲已经开始布置客房了，道："到时候你会多几个玩伴。"

折绾却记得上辈子没人来过。她不知道赵氏写信了没有，但赵家的人肯定是没有来过的。

她只掐着时间算，算袁夫人要什么时候才能到京都。

她进宫的时候跟太后说："我梦见她们装着一大船的茶叶进京，所有人都去看，我就跟他们说，这是我的茶叶。"

太后"哈哈"大笑，又道："丹崖今日也要进宫，你陪着我再坐会儿，等她来了，你们一块儿说说话，再一块儿出宫去。"

玉丹崖去年跟状元郎成亲了，成亲一年还没有怀上孩子，她自己不急，状元郎的母亲倒是急，又不敢多说，不敢给儿子的房里塞妾室，只敢拐弯抹角地提醒丹崖。

玉丹崖一生气就往太后的宫里跑，来得倒是频繁些了。

太后："果然她跟夫婿闹脾气了才想得起我。"

玉丹崖来了就跟太后说起婆家人的无耻："打我嫁妆的主意呢，哼，我是谁，我怕她？我便直接跟我夫婿说了，让他去跟他娘说，好好说一说这是个什么道理。"

太后："你别怕，不行我与你出面说一说。"

玉丹崖："我才不怕呢，再者说，哪里要劳动您老人家？我娘家就在那里，谁敢欺负我？"

她家夫婿也是个聪慧的，知道一门心思压着婆母，就对婆母道："母亲想要儿子早逝就直接说吧。"

婆母就惊讶地问："这是什么道理？"

夫婿："自然是死了我，人家就能再嫁个人去。母亲以为我算是什么东西？"

玉丹崖听得高兴。她是喜欢夫婿的，也是真心爱慕他的，但她也知晓他要是不对自己好，这日子就过不好。

“我难道还要委曲求全？”

太后：“就是这个道理！”

玉丹崖自小到大就没有受过气，她道：“我来您这里一趟，她就要害怕好多天。”

但因是婆母，“官大一级压死人”，下回还敢暗中挑衅自己，真的好烦啊。

太后：“你就聪慧些，暗暗地挑衅回去。”

折绾一直笑盈盈地听着，下半晌，两人一块儿回家。刚出了宫门，状元郎已经等在宫门口了。

玉丹崖就欢喜起来，不好意思地道：“姑母，我们要分开走了。”

折绾：“嗯，好啊。”

玉丹崖心虚：“姑母，本就是咱们一块儿走的，要不，咱们还是一块儿吧？”

折绾笑道：“不，你有你等的人，我也有我等的人，我正好要去码头。”

码头前面有一家铺子是她买下来的，她这几日常常去那里坐。

玉丹崖：“姑母等谁？”

折绾笑起来：“你猜？”

玉丹崖猜不着。但折绾当天真的等到了。五月中旬，袁夫人带着茶叶到了京都。

京都的茶市热闹起来，陛下也夸了龙凤团茶，道：“真是与众不同。”

卷九——义救三娘，执念尽消

/ 从今往后，一切都会安平，再无困苦。/

（一）

折绾最近几乎天天出门。她出门一次，劢鹤春就越发沉默一分，他还发现折绾其实不在意他的沉默。她真的如同她所说的那般在做她要做的事情，而他是好是坏，她都不曾留意、驻足。这让他生出几分幽怨来，又觉得这份幽怨显得他像个怨妇一般，实在是失了男人本相。

他不敢相信如果自己再被幽禁几年会是什么样子。他会不会如同女人一样给她洗手作羹汤？他会不会跟母亲一样，整天为了后宅一亩三分地而斤斤计较？

他打了一个寒战，在屋子里惶恐地踱步，而后拿起鱼竿去钓鱼。

武先生过来排解他的怨气，道：“这是好事，就连我也听闻陛下夸赞大夫人聪慧过人，有一颗玲珑心。”

闽南民生因为茶叶变好让陛下十分满意，他勒令各州府因地制宜，为百姓谋福利。

武先生：“王德山要升了。”

劢鹤春看了邸报，上头抄写了陛下夸赞他的话，说他是国之栋梁，无论在哪里都应有所成就。

武先生猜测王德山要升官也是因为这个。闽南毕竟是池子浅，哪里能留住这种人中翘楚。

反倒是劢鹤春琢磨了下，道：“依着我对陛下的了解，他不会这么快调走王德山，最少还要留三年。”

而且要给王德山留下一个人去教。陛下是个做事周全的人，如今只看留下谁了。

果然过了几天，王德山留任的消息就传来了。

武先生夸奖道：“主家虽然不曾出门，所料却不差。”

邴鹤春沉默了好一会儿才道：“有什么用呢？”

难道要做个幕僚吗？给谁做？父亲还是三弟？

他跟武先生道：“我不止一次梦见自己白了头发，却依旧在这个小池子边钓鱼。”

武先生只能宽慰：“这种事情说不定的，说到底，主家之错不大不小，全看陛下怎么想。如今陛下生气，对您不闻不问。可这么多年的情义，哪里就能消磨殆尽？肯定是要想起来的。”

邴鹤春叹息：“先生别安慰我了。”

折绾回家的时候，发现他站在门口等她。

她擦擦汗，问：“做什么呀？”

邴鹤春：“找你拿邸报。”

折绾：“你怎么不去找你父亲？”

邴鹤春垂眸：“父亲最近脾气越发大了。”

他刚开始被禁足的时候，父亲还劝诫他沉住气，过了两三个月，父亲对他说：“你乱发脾气，我也能理解，只求你真的沉稳下来。”

如今他性子也沉稳多了，父亲却开始沉不住气了，前两日还骂他，道：“你真的想明白了吗？你若是真的想明白了，陛下为什么无动于衷？”

这句话也有缘由。邴鹤春前段日子写了一封信给陛下，让英国公转交，但陛下看了之后没说话，还让英国公做事聪明些。

这是邴鹤春第一回给陛下写信，不是写折子，单纯是写私信。

他也是死马当活马医了，父亲也愿意为他送，送的时候还说：“关了这么久，你诚心诚意地认错，陛下肯定高兴。”

信父亲也是看了的，点了头的，结果回来就开始骂他。

邴鹤春当时红了脸，不知道是羞愧还是愤怒。他一直低着头，觉得人在穷处，便是连亲生父母也是看不上的。他之前一直明白这个道理，却还是第一回碰见，真真切切感受了一把什么叫作被父亲辱骂。他就想自己骂川哥儿的时候，他恨不恨自己。

他还问川哥儿了。川哥儿抿唇，摇了摇头，什么都没说，只是说了一句：“父亲是想太多了。”

邴鹤春唉声叹气。他对折绾道：“你那里有邸报吧？”

折绾点头：“肯定有，你要是想要，叫人多送一份来就好了。”

何必要可怜巴巴地站在这边问她要呢？难道她会可怜他吗？

她道：“我叫松亭拿给你。”

邴鹤春：“你知道闽南那边给王德山派什么人去？”

折绾："知道。你是想问这个吧？"
劭鹤春沉默一瞬，点了点头："是。"
折绾："袁耀，你还记得他吗？"
劭鹤春更加沉默了。他当然记得，那是他曾经看不起的人。竟然是他吗？下个闽南知州？
折绾："是不是下一任闽南知州，我不知道，但陛下确实是钦点他去的。"
这事情外头还没说，是她在太后宫里的时候陛下提起的，但当时不止她一个人在，算不得秘密。
劭鹤春想了想："父亲知道吗？"
折绾："我怎么知道？"
劭鹤春笑了笑："父亲要是知晓，便要去巴结了。"
折绾就看出来了，劭鹤春如今对英国公的怨气很大。而他也没有看错英国公。果然一两天后，英国公就知道了此事，还专门把劭鹤春叫过去，道："我记得，当年你媳妇手下就有袁耀夫人这个人？后来她也给你媳妇做过事吧？"
劭鹤春点头，没有说一句话。
英国公却习惯了他这个样子，道："既然如此，你回去跟你媳妇说，跟袁家要打好关系，万不可因为咱们是国公府就对人家颐指气使。"
劭鹤春只觉得父亲的话可笑，但他还是把这句话告诉折绾了，果然她就笑了："父亲还真是……操心。也好，那我就请她来坐坐。"
不是像当年一样请她去"别有人间"坐，而是热热闹闹地请她看戏。
赵氏气得脸都白了。
英国公却还要她过来陪着："那是未来的闽南知州夫人，陛下如今正对那一片上心得很，咱们不可怠慢。"
他却觉得袁夫人为人做事上不得台面，跟劭鹤春道："如果袁耀想往前头走，终究是要换个妻子的。"
劭鹤春沉默不语，回去就跟折绾说："父亲说袁耀必定会休妻。"
折绾诧异不已："这是以他自己的念头去度人吗？"
她嗤笑一声，终于直言道："父亲真是咸吃萝卜淡操心。"
劭鹤春点头："我也是如此觉得的。"
总算有个人跟他一块儿批判他父亲了。但过了几天，他又觉得这样很没有意思。他颓然地坐在池子边钓鱼。
武先生劝解道："不如主家也给自己找些事情做。"
刚开始钓鱼是为了陶冶情操，转移注意力，结果现在成了一件颓废之事，偏离了初衷。
劭鹤春自嘲一般笑了笑："我如今能做什么呢？"
他什么都不能做。

但很快，折绾就给他送了话来：“母亲和三弟妹吵起来了。”

这回其实一点声响也没有，不像从前骂骂咧咧，两个人能冷战三百回合，这次安静得很。如果不是赵氏主动找她诉苦，她是不会知道的。

赵氏道：“我不过是想给莹姐儿说亲。”

她想把莹姐儿说给娘家的侄孙。

“我不是写信给你舅舅了吗？他回了信，说让我把莹姐儿许配过去，这样结两家之好，往后才好来往。”

赵氏其实也没答应，她肯定要问问宋玥娘的。结果宋玥娘一看她的神色就知道她其实是愿意的，暴脾气马上就来了，于是不大不小地嘀咕了一句：“癞蛤蟆想吃天鹅肉，他也配！”

赵氏就挺不高兴的：“我还在这里呢，你说话也要给我脸面，再怎么说，你舅舅也是三品，哪里就低人一等了？三品也是许多人求之不得的品级。”

宋玥娘忍不了一点，她还不知道赵氏吗？要是不打消她的念头，说不定真能私下定了亲！她马上道：“三品算什么？在京都，上头砸片瓦下来，底下就能中一个三品官。”

她讥讽道：“舅舅这些年一直在三品的位置上没有进过，他肯定是不愿意动弹了，偏偏我那些表兄表弟都没有用，没有一个读书的，赵家又没有爵位，便更加艰难，这样的人家，竟然还敢向莹姐儿提亲。”

赵氏只觉得这话有些耳熟，半天想不起来是哪里听闻过的，但又气得发抖，道：“我跟你舅舅是亲兄妹，莹姐儿和他家的孙儿也是表亲！玥娘，你说话也太难听了。”

宋玥娘：“我就怕母亲犯糊涂！反正我的态度在这里，母亲可千万不要乱来。”

赵氏哭道：“我和你舅舅二十几年未见，不容易……”

宋玥娘：“哪里不容易了？大家不都这样过来的？”

赵氏说起当年：“如果莺姐儿没去世，我也是有意为她说你舅舅家的。”

宋玥娘：“当年是当年，现在是现在，当年舅舅家里可不像现在这样。母亲，你醒一醒吧，莹姐儿可是家里的嫡长女，就算是我答应了也没用的。”

她越想越气：“母亲是什么意思？是不是觉得父亲越发对母亲不好，大哥也埋怨你，所以又想跟娘家打好关系了？”

赵氏：“我是真老了！想着从前，想让小辈们多多亲近！”

宋玥娘：“其他的话我不愿意听，但母亲这句话前五个字倒是真的。”

两个人好的时候，赵氏是真喜欢宋玥娘这张嘴巴，如今也是真讨厌。

她喃喃道：“我也没说一定要莹姐儿嫁过去，只是过来问问你罢了。”

但在宋玥娘眼里，问都成了错处，她“哼哼”道：“不是母亲生出来的，母亲也不心疼。”

于是她们彻底闹了别扭。

赵氏这次是真生气了，觉得宋玥娘对她实在不敬，她跟折绾道："还是你好，你脾气温和。"

折绾："可母亲，我现下要去宫里陪太后，鹤春倒是闲着。"

赵氏就试探性地找劢鹤春抱怨。

劢鹤春当时就想吐，倒不是因为母亲说的话想吐，而是当他听这些乱七八糟的事情时，他抑制不住胃里的翻江倒海。他不愿意听这些，一个字都不愿意听。

他病倒了。

折绾听闻之后算了算日子，大概还有半个月他就能出去了。倒是过得快，竟然半年了。

英国公去见了劢鹤春，见他病恹恹地躺在床上，一脸的颓然，便叹息道："你怎么就成了如此模样。"

他坐下来，给自己倒了一杯茶。苍云阁用的茶自然是最好的，他喝了一口，不免道："你再这般下去，怕是连你媳妇都赶不上了。你知晓她的点茶手艺吗？"

劢鹤春只觉得他聒噪。他垂头问："父亲想说什么便直言吧。"

英国公不满："你好歹抬头正视我。"

劢鹤春不得不抬头。

英国公："说说，怎么又跟你母亲吵架了？"

劢鹤春："没吵架，只是身子不舒服。"

英国公："你这是气话。"

他递过去一杯茶，道："喝一口冷静冷静。"

劢鹤春接过茶一饮而尽，心口的郁郁之气却平不下去，尤其是父亲说着宽慰的话，实则意有所指地指责。他道："父亲若是如同我一样被关在这方寸之间，又该如何呢？"

英国公："我不如你，不是在陛下面前长大的，我要么是碌碌无为，要么是被关在牢狱里。"

劢鹤春一噎，又低下头去。

英国公："雷霆雨露，皆是君恩。你享受了恩宠，连惩罚都是如此的宽待，又有什么好说的呢？若是如此都受不了，陛下还怎么相信你将来能做好事情？你也该知晓，将来你要是出去做事，碰见的危险哪里是今日所能比的。你就看看你三弟，江南一带，湖州、越州世族林立，他刚开始过去的时候也不容易，好几次还有生命危险，我多担心，现在也过来了。"

劢鹤春虽然觉得刺耳，却也开始认同英国公的话。他若是能出去，今日的禁闭就不是什么大事，但也要能出去。他问："父亲能为我周旋一二吗？"

英国公却道："已经周旋过了，实在是没有办法。"

他在陛下面前本就没有脸面。再者说，多做多错，就是折绾那里，他也是不愿意她跟太后、陛下说情的，一不小心，就要牵连全家，他得为全家考虑。

劢鹤春笑了笑：“是，父亲已经周旋过了。”

他的心又寒下来，等英国公走了，他跟折绾道：“我上回听见你给莹姐儿说花，你说，一棵花草的根没烂，就不会死。”

折绾坐在窗户边画画，闻言点了点头：“是。”

劢鹤春：“如今咱们英国公府的根是三弟，我只是叶子，叶子啊……无论是黄了、烂了、枯萎了，都没有关系。”

折绾很好奇他跟自己说这些，上辈子他没有跟她说过这些事情。自然，这辈子她也是不愿意听的。她站起来：“那你就做个好人吧。不是有句诗叫‘化作春泥更护花’吗？想来父亲是希望你如此的。”

她出门去了。

她不愿意听这些感悟，武先生便首当其冲。没几天，这位老先生肉眼可见地憔悴下去，明显白头发多了许多。折绾便叫人送去了人参、燕窝给他，让他好好地补一补。

赵氏也将希望寄托在武老先生的身上。如今劢鹤春并不愿意见她，每次她去都说睡了。

赵氏真不明白自己做了什么才让儿子如此厌恶她，于是彻夜难眠痛哭，让武老先生为自己说好话。

武老先生第一次起了离开英国公府的心，他还不愿意减寿，想着活到九十九呢。

于是他委婉地跟折绾提了。折绾便跟赵氏道：“川哥儿的性子也倔，幸好武先生能教得了他，母亲，别把人家吓跑了。”

赵氏这才消停。她也郁结于心。

平日里她若是碰见了这般的委屈，肯定是要跟宋玥娘说一说的，但这次两人是彻底闹僵了，她无人可说，心里越发堵得慌。果然没几天就受不住了，主动去找宋玥娘和好。可宋玥娘这次铁了心要跟她冷战，见了她也行礼问好，只开始学起了折绾，做起了棉花精，一问三不知。

赵氏大恨，捶胸道：“都怪我！好，都怪我！”

宋玥娘就回娘家跟阿娘和嫂嫂抱怨：“平日里没碰见事情看不出来，但如今是见真章了，她根本就不爱护我和莹姐儿，巴结个陌生人都愿意用我的莹姐儿去结亲！”

宋老夫人可算是欣慰了，感慨道：“你现在明白也不迟。”

宋玥娘：“我以后都不搭理她。”

宋老夫人：“那也不行，她还是你的婆母。”

玉岫却知道她的傻劲，知晓她现在说得好，等过阵子说不定就要跟赵氏又和好如初，于是故意劝解道："你婆母这个人其实是不错的，虽然说这次想牺牲莹姐儿，但至少没瞒着你，还跟你商量呢，多少恶婆婆直接给孙女儿定亲事。"

宋玥娘瞪直了眼睛："怎么，这就是好了？那嫂嫂对好婆婆的要求也太低了些。"

宋老夫人："你嫂嫂说得也有些道理，她至少没给升哥儿定亲——"

宋玥娘"噌"地站起来："她敢！"

宋老夫人慢悠悠的："她怎么不敢？她到底是孩子的祖母。"

宋玥娘就慌张起来："不行，我要写信给鹤悯。"

宋老夫人啧啧称奇："这般委屈，你还没写信过去啊？"

宋玥娘："哎，家里事情多，如今大哥那个模样，我哪里敢写信去让鹤悯发愁。"

玉岫顿了顿，问："你大哥还好吗？"

宋玥娘撇嘴："真是个面团捏的，什么都不行，听闻被婆母念叨了几句就病了。"

她轻声"哼"了下："如今婆母怕是也知晓我的好了，她平日再是抱怨念叨，我都宽慰她，从来没觉得烦过。"

玉岫便好笑道："你还不算是太蠢。"

宋老夫人便想劝女儿跟折绾打好交道，结果刚要说，就见儿媳妇给自己使眼色。宋玥娘瞧见了，好奇道："嫂嫂眼睛怎么了？"

玉岫："没什么，抽了下。"

等人走了，她跟宋老夫人道："母亲何必给阿绾徒增烦恼呢？两人就不是一个道上的人，还是分开比较好。"

宋老夫人叹息："也好。"

确实是不同路的人。

但宋玥娘远离了赵氏之后，自然而然地就想起了折绾。虽然家中还有其他的嫂嫂和弟媳，但她觉得只有折绾才配跟她打交道。冷静下来之后，她发现折绾这个人还不错，至少这么多年对莹姐儿是真心实意的。如果说这个府里面有人真的跟她感同身受，那莫过于折绾了。

于是第二天一大早她就来了苍云阁。

折绾不在。莹姐儿倒是在，她道："阿娘坐会儿吧，大伯母嫁妆铺子的掌柜们来了，她在'别有人间'跟她们说话呢。"

宋玥娘也有嫁妆铺子，但也不过年底盘账，知道自己有多少银钱，哪些铺子是亏的，哪些铺子是赚的。其他是不知道的，也不屑于知道，这是商贾的行当。

她小声道："我真不明白你大伯母活得这么累做什么，英国公府又没少她吃穿用度的。”

莹姐儿肃容道：“千人千面，各有各的活法，大伯母不曾取笑过阿娘不知进取，阿娘也不要说大伯母的不是。”

宋玥娘在女儿这里吃了瘪也不恼，只揉了揉莹姐儿的头：“是是是，你如今大了，什么都知道。”

她给女儿献殷勤：“那你知道我这次为什么会跟你祖母闹别扭吗？”

莹姐儿：“知晓的。”

她说到这里，声音便温柔了：“我知道阿娘是为了我。”

宋玥娘：“你祖母也太可恶了！”

莹姐儿：“舅公其实根本没想过聘我，若是真心，恐怕也要写信一封给祖父的。”

宋玥娘愣了愣：“可你祖母说……”

莹姐儿叹息：“祖母是心有所求，所以偏了心，根本想不周全，这才跟阿娘提起此事。”

宋玥娘马上就明白了，立马站起来：“好嘛，人家逗咱们玩呢！”

她兴致勃勃地道：“那我可要跟你祖母好好说道说道。”

怎么也要阴阳怪气几句。她就急急忙忙地去了。

折绾回来的时候好奇：“我看你阿娘连走带跑的，做什么去？”

莹姐儿叹气：“我只说舅公逗咱们玩。”

折绾笑起来：“也就只有你阿娘没想到，你祖母肯定是想到了的。”

赵氏确实想到了，所以她也病了，她如今才觉得自己举目无亲。大儿子不亲，三儿子不在身边，丈夫一味责怪，大儿媳又不挨边，三儿媳还闹掰，庶出的根本信不过，孙子孙女们又太小。她躺在床上默默流泪，实在是难受。

婆子进来：“老夫人，三夫人来了。”

赵氏急忙起身：“快，快让她进来——”

宋玥娘就进了屋，却不过去，只是兴奋道：“母亲，舅舅可不是好人，他是故意害你呢！”

赵氏还不明白她，便一口气没上来。

宋玥娘喋喋不休：“母亲还是别想着娘家人了，也不知道当年母亲和舅舅是怎么回事，怎么就闹得如此难看。”

赵氏为了两人和好，硬生生地忍着。

宋玥娘说完就走，赵氏目瞪口呆，把枕头摔下了床去。

她开始跟四夫人说上话了，很是投机。

折绾听闻的时候，诧异：“真的？”

萱月点头：“是真的。”

她年纪小，去哪里也没有人防着她，知晓了不少东西。

折绾唏嘘道："这还真是……"

不知道如何评价了。

但上辈子是没有这出戏的，即便宋玥娘和赵氏闹翻了，赵氏和宋玥娘都没能看得上家里庶出的三个妯娌。她们两个人其实本质上挺像的，都眼高于顶，轻易瞧不上人。

她跟萱月道："那往后四夫人来了，你也拦着点。"

她不愿意沾染上她们的是非。

（二）

第一批茶卖得很好，又因有进贡的茶叶，所以官府事事都给了便利。

闽南那边的茶叶名号是挂在素膳名下的，于是素膳便成了个香饽饽，人人都愿意亲近亲近，又有人开始给素膳说亲了。就连周掌柜都道："你是个什么章程？若是不愿意把她嫁出去，那就招个入赘的来。"

折绾便问素膳的意思，素膳觉得没什么意思。

折绾就知道自己影响她了，她轻声道："我都可以，我都随你，你怎么过得快活就好了。"

素膳趴在她的怀里，说："我过得很快活，姑娘，再没有比现在更快活的日子了。"

折绾就婉拒了所有的媒人，道："她还不急着成家。"

她便一心扑在茶叶上，请了得力干将进"别有人间"说话，道："咱们缺人手。"

肯定是要找人来的，这几个哪里够忙的。

周掌柜如今尝到了给官府做事的好处，便事事想往上头靠，道："咱们要想个法子凑过去，不能离得太近，却能得个庇佑。"

素兰和素膳在一边商量："那就要做好事，进贡是给陛下做好事，卖东西，就是给百姓做好事。"

折绾觉得她们说得真对。她坐在最上首，底下的三五人坐在她的下方，个个面容严肃，聚精会神。

一阵风吹来，夏日的炎热便少了许多，折绾抬头去擦汗，余光瞥见劯鹤春正站在对面屋子的窗口看她们。

折绾怔了怔，站起来，去把窗户关上了。

素膳："怎么关窗户？"

折绾："我叫人送冰块来。"

素兰："我其实觉得茶里面放些冰块也不错。"

折绾："是吗？你仔细说说。"

一群人又说起话来。

等她们走了，已经是下半晌了。折绾昏昏欲睡，却又有许多事情要做，她强撑着精神看账本，便见玚鹤春走了进来。

他递过来一封信，道："你帮我给越王吧。"

折绾点头："好。"

就算是她不给，玚鹤春也能让小厮送过去，上辈子估摸着也是小厮送的。她掐算了一下时间，知晓玚鹤春快要放出来了，是因着这封信吗？

她将信给了越王，越王给了皇帝。

皇帝拆开信，发现里面写道："臣回首过往，因虚度光阴而羞愧，因傲慢自大而悔恨，因不知君恩而惶恐。臣以为过去的自己勤勉克己，已经做到了最好，但如今想来，谁又不是如此做的呢？陛下千日只休憩一时，臣日日所见陛下辛劳，却只记得自己勤勉，实在是不该。"

后面还有许多反省的话，诸如已经准备在家里开垦一垄农田种菜，希望陛下能让他送些菜进宫。

"食君之禄，不能与君分忧，实在惶恐，只愿能尽己所能回报恩宠。"

皇帝就感慨道："知道种菜了，还不错。"

越王："玚大夫人平日种花，估摸着鹤春也跟着学过一些了。"

皇帝对折绾还是很满意的："朕跟她说过几次话，是个不错的孩子，脚踏实地得很，跟王德山很一样。"

皇帝如今就喜欢脚踏实地的人，他希望玚鹤春也做个脚踏实地的人。

他想了想道："让鹤春从头开始吧，去京兆府做个七品户曹参军事，一步一步来，至于能走到什么位置，便要看他自己了。"

越王马上要走，他要去看太后。

皇帝笑着说："去吧去吧，再不放鹤春出来，母亲也要怪罪朕了。"

越王就去了。折绾碰巧在，越王把此事一说，太后唏嘘道："七品就七品吧，能出来就好。"

折绾倒是恍惚起来。

怎么变成了京兆府的七品官了？她记得上辈子是直接官复原职的。应该是哪里变了。但这辈子实在是变得太多，至于是从哪里变的，她已经无从探寻了。

她回府告诉玚鹤春此事，道："陛下隆恩。"

玚鹤春却没有她想象中的不高兴，而是欢喜地大笑起来："是吗？已经足够了。"

折绾轻轻摇了摇头。如今足够，以后却不一定了，他从前可最瞧不起这些小官。

整个府里都热闹起来。赵氏得知是越王给陛下递的信，便跟折绾道："请越王夫妇来府里吧？"

她要好酒好菜、好茶、好戏地招待。

折绾："已经请过了，但越王并不愿意来。"

他还是不乐意跟刕鹤春打交道。

赵氏愣住："那他为什么要帮鹤春？"

折绾："我不知道。"

赵氏叹息："哎，越王可真是好人。"

不来就不来吧，反正鹤春出来了。她欢欢喜喜叫仆从把家里打扫一新，亲自给刕鹤春喷了一碗水，据说是符水。刕鹤春也想去去晦气，便忍着恶心让她喷，十分滑稽。

折绾在一边看，心里算着刕鹤春能笑着出门几天，她猜三天。

结果第二天他就沉默着回来了，把自己关在书房里面。晚间吃饭的时候，他突然跟折绾道："今日我碰见了立德兄。"

折绾记得这位大人，他也算是刕鹤春为数不多的至交好友了。

她笑盈盈地问："然后呢？"

刕鹤春放下碗筷，道："他见我之后只说了几句场面话，便急匆匆地走开，一句多余的话也没有说。"

折绾："哦？你是怎么得罪人家了？"

刕鹤春噎了一瞬，站起来，叹息道："不知道了。"

他跟立德兄也算是十几年的好友，他的人品也是信得过的。这半年来他没有写信给自己，他也没有怪罪，只想着是怕被陛下牵连，谁知道他已经放了出来，立德兄却是这么个态度。

他苦思冥想都没有想出自己哪里得罪人了，只能又叹息一声："我是真想不起来。"

他如今才明白自己不仅在家里没有，更是在外头也没有一个可以推心置腹的人。

他跟立德虽然自小没有像跟越王那般好，可也算是至交。他出门应酬，有一半是跟立德喝酒。他深吸一口气："我被关的时候，他没有来看我，也没有给我写过信，我都能理解。"

但他突然如此，心里就翻江倒海起来。

折绾就笑了笑："那你就好好想想，自己是不是得罪过他了。"

莹姐儿匆匆忙忙进了屋，看见刕鹤春停下脚步，笑道："大伯父，大伯母。"

她看向大伯母："我可以跳六百下了！"

这可真厉害！折绾竖起了大拇指。

莹姐儿忍不住还要再跳一次！她想跳给大伯母看看。

折绾让她歇会儿再跳，她却不依，扬起绳子说："我行的！"

她果然行。折绾给她数着，整整六百个，一直没停。

莹姐儿跳得大汗淋漓地去洗澡，跟折绾道：“川哥儿是个汗脚，他那个袜子哦！”

升哥儿都不愿意跟川哥儿一块儿睡了，臭得很。川哥儿一天要洗三次脚。

折绾：“便叫婆子给他多做些袜子就好。”

她洗澡，折绾坐在一边看书，还叫人去院子里面晒水。

“到黄昏的时候咱们洗头。”

莹姐儿“嘿嘿”笑：“我可不可以不洗头啊？”

折绾：“不行。要长虱子的。”

莹姐儿只能妥协，她见过长虱子的人。她跟着大伯母去过慈幼院，那里的孩子大多长虱子。尤其是冬天，她们没有水洗头洗澡，好可怜。

莹姐儿回来的时候就把自己的月例银子都送了出去，说：“给她们买新衣裳吧。”

刕鹤春在院子里听她们说话。他今日其实也去慈幼院了，因他如今的官职是户曹参军事，管着京兆府的银钱，便要四处熟悉哪里需要用银钱，哪里能收得上银钱。慈幼院是个需要用银钱的地方，虽然不是京兆府给，但是陛下十分看重这些孤老幼子，于是他们去了那里也要掏些银钱做面子。这是京兆府尹吩咐的，只记在他的账面上。

刕鹤春从前不知道下面的人还会做这些事。他去得匆忙，京兆府里的人对他却巴结得很，个个都笑脸相迎。他们似乎认定了他不会在这里待很久，他自己也这么认为。但当他们也这般认为且对他献殷勤的时候，他心里开始惶恐了。要是在这个位置上待很多年怎么办？到时候可想而知，他们对他不是巴结而是嫌恶。

刕鹤春已经开始发愁了。

他不动声色地做事，力求事事不留缺陷，但他不知道慈幼院的孩子还会长虱子，他去的时候也没有发现。

他低头沉思起来。

折绾已经给莹姐儿洗完头了，道：“明日带你去你孙家姨母那里，你可别说慈幼院的事情。”

莹姐儿：“我知道的。”

雁雁姐姐是慈幼院出来的嘛，但其实雁雁姐姐自己不介意的。大人总觉得她们脆弱，但她们其实可坚强了，反而是大人脆弱得很。

她这个感悟刚出来，就听说四叔父的院子里闹腾开了，四叔父打了四叔母。

刕鹤春走得很快，一听说这个消息就去劝架了，以长兄之身份。

折绾是长嫂，自然也要过去看看。

四夫人捂着脸哭，道：“我没事，没事。”

折绾就不问了。五夫人跟着折绾走，结果看见二夫人也出来了。她吃惊道：

“二嫂嫂不留下来陪一陪吗？”

两人以前很是要好。

折绾就轻轻扯了扯她的袖子。幸而二夫人没听见，她看见折绾还笑了笑：“谢谢大嫂嫂给我的茶。”

折绾：“应当的。”

二夫人却道：“我去大嫂嫂那里坐坐？”

折绾：“求之不得。”

五夫人便也跟着去。三个人一块儿往前面走，宋玥娘一个人来晚了一步，又落后她们一步，便觉得自己被孤立了。

五夫人小声问：“三嫂嫂在后头？”

折绾：“让她跟着。”

果然她没有跟到苍云阁，宋玥娘还是要脸的。

二夫人到了折绾这里，倒是说了句实在话：“如今她跟着婆母，已经不太跟我谈心了。”

说的是四夫人。

折绾一直很佩服二夫人的稳重和淡定，道:“既然如此，二弟妹就看开些。”

二夫人笑起来：“缘聚缘散，都是缘分，我只是为四弟妹惋惜。”

劦鹤春晚上回来的时候，精气神都回来了，道：“四弟也是冲动了，再怎么样，也不该打女人。”

折绾：“为什么打啊？”

劦鹤春：“四弟妹借了印子钱。”

折绾这回是真吃惊了：“她怎么如此大胆？”

劦鹤春：“可不是！”

折绾吃惊过后又觉得情理之中，她唏嘘道：“四弟妹还真是……”

肯定又是给娘家弟兄了。这种事情出现一次就会有第二次，她们都不好劝。其实道理四夫人都懂，说她的时候，她也开始埋怨娘家不管她的死活，但做的时候却还是会做。

劦鹤春：“四弟要休妻。”

折绾皱眉：“是吗？”

劦鹤春：“被我劝住了。四弟妹那里你也劝劝，可不能再这般，不然我还真劝不住四弟。”

因办了这件事情，他还算欣慰，只觉得找到了自己能够做主的地方，第二天出门的时候笑脸盈盈。他也是抱着把事情做好的心去的，身上贵重的东西都取了下来，换上了便宜的。他不敢再造次了，就是做给陛下看也是要做的。但回来的时候阴郁沉闷。

英国公看见他的模样，就问：“又怎么了？”

劦鹤春：“没什么。”

赵氏问：“你真的没事？”

劦鹤春“嗯”了一声。

他却愿意跟折绾说几句，道：“立德兄今日跟越王一块儿走了。”

折绾没忍住，笑出了声，原来如此。

劦鹤春这回倒是没有去追问李立德为什么不跟他好了。五六年前他追问越王无果，如今驻足于此，便将自己关在书房里面，不多言，不多做。

折绾看着他这副样子，倒是慢慢地找到了一丝他上辈子的影子，原来是这个时候开始变了的。

莹姐儿带着自己的小铃铛过来，问：“大伯母，我们什么时候走？”

她们约好今日去雁雁姐姐家的。

折绾：“再过会儿，花草房的婆子要来回话。”

莹姐儿就去自己的屋子里，对着铜镜欣赏新做的铃铛。

铃铛很小，不过拇指大，但是一只铜铃鸟，将铃铛做成了鸟的形状，还特意仿的大雁，翅膀一晃就响动，“叮叮当当”的，很是好听。这是她自己画的花样子，叫人给打做出来，又自己做了编绳，在鸟嘴上面坠了块美玉。

莹，美玉也。

她不是鸟，没有翅膀，但可以让雁雁姐姐带着自己上天飞一飞嘛。她真是太聪慧了！

等折绾过来的时候，她小心翼翼地打开盒子，把铜铃鸟给大伯母看：“您瞧，栩栩如生吧？我特意做得小，这样就可以悬在发髻上做个坠饰，也可以跟银手镯一块儿做个吊坠。”

折绾伸出手拨弄了一下，惊叹起来：“确实是巧夺天工。”

莹姐儿：“自然了，我攒了好久的银子，请了宝斋阁最好的师傅来打造的。且没有用金银，也没有用其他的珠宝，专门用了铜。”

折绾：“为什么呢？”

莹姐儿神神秘秘的：“我看书上说，铜铃是凝魂的。”

折绾哭笑不得：“是吗？”

小小年纪，竟然还信这个。

莹姐儿已经将铜铃鸟收起来了，她抬头问：“大伯母，花草房的事情好了吗？”

折绾牵着她的手往外面走去：“嗯，好了。”

其实也没有什么大事，只是如今花草的价格越发贵了，又给各府送得多，自然而然花销就上来一些，这些多出来的银钱便要找府里要。婆子知晓她跟宋玥娘不对付，便先来提一提，请她去宋玥娘那里说一嘴，免得她们这些人贸然过去，又叫人打了脸回来，那也是丢了折绾的脸。

折绾却道："你们尽管去。"

宋玥娘最近忙着跟赵氏斗法。两人之前好了这么多年，彼此之间知晓许多秘密，赵氏最近跟四夫人好，便把宋玥娘的一些事情跟四夫人说了。宋玥娘不知道怎么就知晓了，气得当晚就去四夫人那边指桑骂槐，气得赵氏又晕了一次。如此，两婆媳吵起来，竟然对折绾的态度都好起来。

折绾："去了之后，照实说，必定无事的。"

婆子就去了。

果然就得了宋玥娘爽快的应承声："你回去告诉大嫂嫂，咱们家又不是没有这点银子，这是小事，不用告知我。"

但这事情不能跟莹姐儿说。为人子女，若是父母稳重，倒是能享受天伦之乐。若是父亲不管，母亲不靠谱，便要操碎了心的。这般的孩子早慧，却也失去了幼时的欢愉。她能做的，便是护住莹姐儿的这点欢愉不散。父母的事情，孩子不用操心。

她就道："如今花草越发多样，我想让婆子们多买些新鲜稀奇的来，否则每年都送差不多的去其他府里也不好。"

莹姐儿没有怀疑："我的昙花就很好，可惜一直没开花。"

等到了勋国公府，雁雁和阿隼早就等在大门口了。两个姑娘家见面就抱在一块儿，阿隼给折绾有模有样地行礼，是个世家公子的相了。

她再次跟孙三娘道："你把两个人教导得实在是太好了。"

孙三娘："是，都有人来给雁雁提亲了。"

折绾好奇："谁家啊？"

孙三娘："杏林巷秦家。"

折绾想了一会儿才道："是秦翰林家啊。"

她记得秦家确实是有一个庶出的小孙子，今年有十一二岁。

孙三娘："雁雁的身份，满京都知晓的。要嫁给嫡子难，但庶子若是早早相看好有才能的，也很得当。"

秦家的庶子她虽然没见过，但秦家的家风很好，她心里其实是满意的。只是不着急，孩子还小呢，再过一两年也来得及。

折绾点点头："那咱们一块儿相看相看，不急着定下来。"

她记得大概是明年的模样，勋国公的事情就被爆出来。到时候勋国公府还不知道会怎么样，雁雁过早定下亲事反而不好。但勋国公和朝廷现在倒是风平浪静，她暗中打听过，也打听不出来。她这个脑子，之前只记得英国公府的那些琐事，这般的大事却是很少仔细打听。她很是后悔，不然也能更好地让孙三娘规避开，她只能尽可能地为她铺路。闽南的宅子、铺子、田地是买的，人也是留下的。袁夫人就在闽南，袁大人将来也会坐上知州的位置，到时候有地头蛇护着，有事也靠得住。

再有就是素兰。素兰的意思是想在闽南那边先安个家，若是以后有变故再回来。不过至少未来几年都在闽南了。素兰的宅子和折绾、素膳、孙三娘的都买在一块儿，以便在过日子上互相有个照应。

且江南还有刕鹤悯。若是刕鹤悯跟上辈子一般，便是能坐稳位置，那孙三娘就是不喜欢闽南，还可以去别的地方，至少在江南一带行得通。

她一点一点地盘算，为孙三娘，也为自己。她细细思虑这些事情，一时之间忘了神，等回神的时候，便见孙三娘看着她好笑道："怎么，我如今是越发美了，叫你看得出神？"

折绾笑起来："是，你如今气色比咱们碰见的时候好。"

孙三娘就故作神秘地去开了窗户，叫折绾过去看："你瞧，那头总是传来吵闹声。"

她说的那头是勋国公大儿子府里。两家从中间起了砖头，但若是声音大了，这边也能听见，而那头敲锣打鼓地叫唤着。

孙三娘："也没有什么事情，只是三兄弟闹家财。"

老大过分了些，想要多吃多占，本来分给老二、老三的东西还想要回去。但老二、老三哪里肯同意，便叫了舅舅来主持公道。云家大舅本就偏心大的，便又不公了一次。老二、老三又跪请勋国公过去，一家人吵个不清。

孙三娘："我刚开始觉得搅了清净，很是厌恶，后面就喜欢上了。不用花银子看戏，有何不可呢？"

她不仅自己看，要是勋国公没过来，她还叫人把饭菜摆到墙下，请勋国公一块儿来看。

"墙下移栽了一片竹林，夏日里正好清爽。你说，天天听这般的戏，我能气色不好吗？"

实在是高兴。之前就是太傻了，才觉得什么都是自己的错。如今看看他们做出的荒唐事情，便觉得自己还是太清高。放下身段看戏，事事都是小事。

她轻声说："前些日子，我瞒着你和玉岫出门去了。"

她常年不出门，后来出门也是跟着折绾和玉岫，根本没有自己出去过，但那天突然就来了兴致。

"我觉得天好。"

她带着雁雁和阿隼去爬山。真是痛快啊。汗水流出来的那一瞬间，她觉得自己轻飘飘的，便走得越来越快，把孩子们都甩在了后面。

她道："我们下回爬山去吧？"

折绾："我真是高兴，你能如此想就太好了。"

孙三娘笑起来："我比你大这么多岁，哪里就是白吃这么多年的饭？"

她将窗户一关，道："咱们说话，我不愿意还听他们吵闹。"

孩子们在院子里跳百索。两人索性搬了椅子坐到廊下说话。

莹姐儿走到哪里都要炫耀她能跳六百个绳的事情，不仅要炫耀，还要亲自跳出来证明自己。她跳完之后雁雁跳，阿隼给她们两个人数。雁雁跳了六百五十下。

三个人快活地喊起来。莹姐儿装模作样地过去："好了，听我说——听我说！"

雁雁和阿隼好奇地看着她，莹姐儿得意地从袖子里拿出自己要送给雁雁的铜铃鸟。

"这是胜者的彩头！"

雁雁更加欢喜地叫起来。

孙三娘探过头去："她们碰见什么好事了？"

折绾："肯定是莹姐儿送出了铜铃鸟。"

自古便有做成飞鸟形状的铜铃铛，寓意着迎接福气和好运，也意味着铜铃一响，风与鸟皆自由自在。

她道："还特意做了铜铃，莹姐儿用心了的。"

果然雁雁爱不释手。莹姐儿追问："你准备怎么佩戴？做头饰还是手镯、吊坠？"

雁雁摇头："我都舍不得，我肯定好好地珍视它。"

这实在是太宝贵了。

莹姐儿："自然了，这是天下唯一的，没有第二份。就算是以后咱们分开了，长久不见，各自变了样貌，我也能根据这个铜铃鸟认出你来。"

她还对阿隼道："等我有空了，就给阿兄也打一只。"

阿隼点头："多谢你，莹姐儿。"

孩子们的友谊实在是真挚，大人们的情义却没有这般纯粹。

折绾回去的时候，刕鹤春还没有回来，他在跟京兆府的人喝酒。都是些七八品官，他既然去了，自然要拜山头。昨日请的是京兆府尹，今日就要请同僚。

松亭过了会儿回来跟她道："大爷估摸着不回来了，吃酒的时候，兵曹参军突然说起了江南流民的事情，大爷便吃完酒后跟人去了京兆府找往年的册子。"

折绾"嗯"了一声："既然如此，那你就带换洗的衣裳去，再叫小厨房做些夜宵一块儿拎过去。"

松亭点头走了。

刕鹤春第二天回来的时候浑身都臭了，先洗了一个澡，直接去了书房。

等晚上的时候，他才过来跟折绾道："今日有人进京告御状，进了京兆府的衙门，你猜告的是谁？"

折绾："谁？"

劭鹤春："王德山。"

折绾吃惊地站起来。

劭鹤春深深吸了一口气。他道："今日我跟穆兄一块儿回衙门做事，正好碰见了晕倒在京兆府门口的人。"

是个书生，永州人，是来告御状的。

王德山就是永州人。

此事已经惊动了京兆府尹，京兆府尹一思虑，迅速请了刑部尚书、大理寺卿及都察院的人去。劭鹤春因身份特殊，便一直陪在左右。他想过很多次再跟之前的同僚碰见的时候，结果却是这种情况。因官职卑微，他有些抬不起头，却还是硬挺着站在那里，他不敢走。这是一手的消息。

好在大家顾及着他的脸面，并没有刁难他，只是有一个之前不如他的一直叫他跑腿。

劭鹤春脸红了很久，还是忍着气去做事。

京兆府尹对他倒是重视，道："这是你和穆穗经手的，你们来说。"

劭鹤春才得了点脸面。

折绾却已经着急起来："他告王大人什么事情？"

劭鹤春："侵占良田。"

但其实也不是告王德山。

"是告王德山的弟弟王德海。"

折绾松了一口气，细细回忆，却怎么也想不起来之前是否有这么一件事情。

她很快镇定下来："具体的呢？"

劭鹤春："书生是永州当地人，受害的也不是他。他只是个秀才，是替人状告的。"

因没有钱财，活生生从永州走路走到了京都，又咬破手指头写了状纸。

他道："王德海借着哥哥的官位，在当地逼着人将良田当成荒地卖。"

好好的良田谁愿意卖？卖了之后，一家子人就没有饭吃了。朝廷也不准逼卖良田的，只有去开垦荒地。折绾在闽南买的地就是荒地。种不出粮食的荒地税也多，朝廷乐意大家去买。

她肃穆道："明明是良田，怎么能变成荒地呢？"

劭鹤春："永州偏僻，民风未开，自来穷苦，与世隔绝一般。那里的官员便官威大，王德山的弟弟更是狗仗人势，看上了人家的良田，便见人叫来问田是谁家的。"

一般人家的田自然是父辈留下来的，便要被追问父辈的田又是谁留下来的。这般盘问祖辈，总有一代是说不清的，说不清就不是你的田，是荒地。农人又不识字，更是有嘴说不清，被人夺了地，便去县衙告。县衙包庇了王德海，农人气不过，回去后就气死了。

折绾听得皱眉："书生义气，知晓了此事，便来京都告御状了？"

邴鹤春点头："从永州走到这里，日夜不停，不敢多停，走了整整半年。"

此事听起来就让人寒心。

他不知道自己是倒霉还是幸运："我才去京兆府几次，倒是叫我碰上。"

王德山是陛下如今捧起来的人，还在兴头上呢，如此这般，不就是打他的脸吗？且书生现在上京告御状，也不知道后头有没有人。

他叹息：时运不济，命途多舛。

若是办不好此事，恐怕又要被陛下怪罪。但若是办好了，兴许陛下就对他消了气。

他沉下心思虑起来，过了一会儿，还是跟松亭道："你看看国公爷回来了没有？"

一家子人，割舍不开。

等他走了，折绾坐下来在纸上写字，只写了"田地"两个字。她记得勋国公府也是因为这个缘由被抄家的，是因着此事吗？

接下来几天，她叫人盯着此事，进宫看太后的时候也问了此事。

她还是第一次问朝堂的事情，太后好笑道："你是想打听王德山会不会被牵连？"

折绾给她捶腿，道："是。别人不认识，但王大人是听闻过的。我的茶叶能有起色，还靠过他呢，自然是好奇的。"

太后知道她的性子，笑着道："那我就帮你问问。"

折绾很是紧张。她很少有这般的时候，太后瞧见了就道："你身子都在哆嗦。"

折绾："是吗？"

她自己不知道。

皇帝碰巧过来，见了折绾就道："替朕煮一壶茶来。"

折绾："是。"

皇帝倒是不如邴鹤春想象中的生气，在太后面前还是笑吟吟的，道："母亲今日身子可有不舒服？"

太后："阿绾进宫，我见了就高兴。"

皇帝："让母亲养个小的，你还不愿意，如今高兴了？朕看不如把小十三给母亲抱过来吧。"

太后不愿意："十三公主自有母妃教导，何必要来我这里。我如今年岁大了，年纪小的操心，常日在我这里也吃不消，还不如养着阿绾，时不时进来看我就好了，还不用操心。"

皇帝"哈哈"大笑："如今母亲可算是称心如意了。"

他却发愁得很。王德山实在是深得他的心，但如今有了永州之事，朝中勋贵咬着他不松口。皇帝不愿意罢免王德山，还在跟大臣们僵持着。

太后见他丢了脸面，问：“你这是被谁气着了？”

皇帝：“还不是那群老臣！”

折绾就要退下。皇帝没让她退，反而说：“你去闽南种茶有功，开荒种地，甚是合朕的心意。”

且明明知晓能种出来，也不多买，他叫人去查过了，从刚开始到现在，就用了当年赌马赚的银子，而后就一直经营着之前的茶庄。倒是很舍得做好事，在当地的名声很不错。

女人嘛，就是如此。她们的野心不大，德行大多好，天生怜悯弱小，倒是男人，如王德山那般的人却少。见他看重王德山，便弄了这么一出让他颜面尽失。

皇帝心里憋着气，道：“折氏，你想要什么赏赐？”

太后顿了顿，眼睛一眯，道：“你不会就打发她金银绸缎吧？”

皇帝好笑道：“那朕给她封个侯？”

太后：“说正事呢！”

折绾心颤起来，她道：“陛下之赏，乃是天恩，乃是荣耀，臣妇感激涕零。只是臣妇实在是羞愧，本就是无心之举，当不得陛下如此赏赐。”

她磕头下去：“臣妇就想，就想让陛下将这个进献给太后娘娘，将来臣妇若是有了难处，便请太后娘娘帮一帮。”

皇帝大笑：“也好，太后跟你亲近，你们商量也是好的。”

就是没有这个恩赐，折氏想求什么事情，难道太后还不答应吗？

他很是满意，觉得折绾这才是谦卑的态度，且折绾的性子他也看得出来，是个妥当的人，即便是将来有要求，也不会求什么过分的事。

他跟太后道：“那母亲，朕就与你和她做个见证人了。”

太后：“好，我记下了。”

折绾的脑门上汗水淋漓。等皇帝走了，太后拿了手巾给她擦汗，笑着道：“怎么，你想求什么，要绕这么大个圈子。”

折绾就跪在地上感恩道：“肯定不会让太后为难。”

她想给孙三娘多留一条后路。

（三）

直到出了宫，折绾身上还是一身的汗。她回到英国公府就洗澡，换了一身干净的衣裳才舒爽。但从方才到现在，她的脑子里没有停过思绪。若是想让孙三娘全身而退，其实让她在抄家之前跟勋国公和离是最好的，罪不及和离妇人。可和离两个字，不是折绾说了就能写的。丹阳孙家跟勋国公府都不能同意，孙三娘自己也不会轻易同意。

折绾还担心另外一件事情：勋国公府被抄家了，那丹阳孙家呢？

她真的记不得了。

她只能根据这辈子的经验去揣测：若是孙家留了下来，三娘和离之后就在孙家，但玉岫上回写信去孙家，信被她家兄长藏了起来，最后还是父母过来的。但孙家父母见了她那般，最终还是没有带她回丹阳去，所以孙三娘即便去了丹阳，将来也不知道会如何。若是孙家跟勋国公府一般没留住，那就更加不能回去了。

事情到这一步，似乎只能走一步看一步。

她静静地坐在屋子里，整个人都散发出一股别样的沉静。莹姐儿进来的时候，迟疑了很久才道："大伯母，你在伤心吗？"

折绾怔了怔，而后摇摇头："不是伤心，是庆幸。"

庆幸大家都有活路。

她深吸一口气，站起来："莹姐儿，我要是有你这般聪慧就好了。"

莹姐儿捂住嘴巴笑："大伯母，你好会夸人啊。"

折绾也笑起来，她道："走，咱们跳百索去。"

她足足跳了五百个，跳得大汗淋漓，又跟莹姐儿一块儿洗了个澡。

这般就到了吃晚膳的时候，她叫人送吃食去京兆府，说："给大家分了。"

劭鹤春回来跟她道："你送得及时，诸位大人都饿了。"

折绾："事情怎么样了？"

劭鹤春并不是主审官，他如今是打杂的，知晓的也不多。但因着身份原因，大概也知晓一点，便低声道："审问了一番，事情大概是真的。但陛下要叫人去永州查。"

一来一回就远了。

折绾这几天早看过永州的县志。永州确实是个偏僻的地方，但凡流放朝廷官员，十个里不说八个，总有三四个去永州。其中去的官员里有一人写道："闻吃人，常惴惴。"

折绾看县志就大概猜到，这般的地方能走出一个王德山来是多么光宗耀祖。陛下欣赏王德山，何尝不是欣赏寒门走出来的学子。

她在心里慢慢地推论：既然王德海和勋国公是同一个罪名，勋国公府被抄家了，那王家兄弟呢？

王德海是逃不过的，就看王德山了。

劭鹤春如今抓住这个案子不放，说了几句话就急匆匆地去了书房。

折绾第二天去了勋国公府，还叫上了玉岫。三人闲聊，折绾试探性地道了一句："不知道王大人最后会如何？"

玉岫："我公爹说，难。"

折绾就知晓要跟玉岫说。她道："如何难？"

玉岫小声道："之前全凌之的事情，陛下……你们也知晓，全凌之是被流放到云州的。如今虽然还活着，但听闻艰难得很，身子垮了。"

王德山风头太盛，怎么可能有人不恨呢？要恨，就要置之死地。罚全凌之是陛下的主意，可是怪在王德山身上也是可以的，"曲解圣意"四个字，就能压死他。

折绾也想过这个，如今听玉岫一说，她思绪更加清晰。她心弦紧绷，突然问道："此事——我是说，主审王德海一案，最后会落在谁的头上？"

如今共同审问的就有刑部、大理寺、都察院，但也有主次之分，肯定有一个主审官员。

玉岫就不知道了，道："都察院的人若是去，便是勋国公吧？"

折绾也是如此想的。

那陛下后来如此恨勋国公，估摸着也有此事的缘故，就是不知道还有没有别的原因。

她叹息一句，道："我要是懂些朝堂上的事情就好了。"

玉岫并不知晓她在愁什么，宽慰道："你懂的，我们都不知晓。朝堂的事情，我和三娘也不懂。"

折绾回去的时候还带上了雁雁。她道："莹姐儿的昙花要开了，想让你过去住几天。"

雁雁就看向姨母。

孙三娘点点头："你好好玩。"

雁雁去收拾东西了，给莹姐儿带了许多自己绣的手帕。她的绣工如今还是很好，日日要绣点什么才能安心，这个改不过来。

莹姐儿跟她晚上睡一个被窝，床头就放着那几盆昙花。她轻声道："雁雁姐，我大伯母的绣工也是最好的。"

雁雁笑起来："我就是跟折姨母学的啊。"

莹姐儿当然知晓。她的意思是："你们都差不多，大伯母最近绣东西的时间越发多了。"

大伯母肯定是有心事了。

雁雁跟她对消息："我觉得王德山大人可能会出事，这样就可能影响到闽南的茶叶，所以姨母才会担心？"

莹姐儿："嗯，肯定是这样。"

大伯母有多爱她的茶叶，她是知晓的。

她说："我小时候哦——"

雁雁："你现在也不大。"

莹姐儿："是更小的时候啊。"

她比画着："我更小的时候，就记得大伯母整天在我睡的这个小屋子里摆弄她的茶树。后来，她就搬到了‘别有人间’，这里才成了我的屋子。要是茶叶没了，大伯母该多伤心啊。”

雁雁：“别担心，肯定不会的。”

两人抱在一起，又说起昙花的事情。

“听闻它可以许愿。”

昙花一现，很是稀奇，所以总有人在它开的这一刻许愿。

莹姐儿：“那我要为大伯母许愿。”

雁雁：“我也一样。”

两个小姑娘盯着昙花。昙花没开。

莹姐儿纳闷：“按理来说，就是这几天开的，怎么还不开呢？”

雁雁：“肯定是要开的。咱们轮着盯吧？总不能一直不睡觉。”

莹姐儿：“那我先睡。”

她实在是熬不住了。

雁雁笑得不行，清醒了许多，她盯到了天光大亮。

莹姐儿自责得很：“你该叫醒我的。”

雁雁：“那我睡了。”

莹姐儿点头，她还不准人进屋子里来。许愿的事情，那是能叫别人沾染了去吗？心越诚，人越少越好。

她晚上睡了，白天就让雁雁睡。等雁雁睡醒了，她才继续睡。

宋玥娘知晓之后还好笑：“真是小丫头。”

竟然信这种话。

而后她问：“大夫人呢？”

婆子道：“大夫人估摸着去茶叶铺子了。”

折绾确实是去了茶叶铺子。

如今快要九月，茶叶卖得差不多了，素兰和袁夫人再等等也要回闽南了。她准备让两人跟着王夫人一块儿南下。漕运的王夫人已经给女儿说好了亲事，正好要回去，如此做个顺路人情也是肯的。

她最近忙着勋国公府的事情，倒是对此事没太关心，便也要过来说一说。

袁夫人和素兰也担心王德山的夫人，道：“那是个顶顶好的人，跟王大人是自小的青梅竹马，少年夫妻，一直相守至今。她爱笑，见了我们就笑，还跟我们说想亲自见见您呢。”

王大人一心为民，她们虽然少打交道，但瞧着也是好人。要是因此就丢了官职甚至性命，就太让人心酸了。

折绾回去的时候怔怔的，等回过神来的时候，天已经全黑了。

她起身，刚要叫人点灯，便见莹姐儿和雁雁一脚踢开了门，捧着一朵盛开的昙花进来了。

“快——大伯母，快许愿啊。”

“姨母，我们都许愿把这个愿望许给你！”

折绾没有想过能收到这么一份大礼，这实在是太贵重了。她小心翼翼地接过昙花，又在两个小姑娘的注视之下，小心翼翼地许下了一个愿望。

莹姐儿是个忍不住的，迫不及待地问：“大伯母，你许了什么愿？”

折绾笑起来，摸摸她的头：“不能说。”

但无疑心神凝聚多了，她的精神也好起来，道：“咱们出去坐坐。”

屋子里面太闷了。外头风一吹，她的脑子也清明起来，心里轻快许多。

至少这辈子的结果不会比上辈子差。上辈子王德山大人在这个时候没有在闽南的功绩，若是碰见这件事情，陛下要是不愿意护住他，必定是要砍头的。这辈子有了功绩，陛下看着是偏心他的，最后应该能留下性命。

她事事往好的方面想，竟然镇定下来。

为了感谢两个真心实意的小姑娘，折绾置办了小小的宴席请两人吃酒。给她们喝的是特酿的葡萄酒，甜丝丝的，不醉人。席面上的鲜花饼是自家的，卤肉是崔娘子送的，剩下的菜是李师傅做的鲜花宴，也难为他短时间内能办出这么一桌子菜。

折绾赏了十两银子下去，萱月回来道：“他说想亲自过来给您磕头谢赏。”

折绾先让孩子们去睡觉。天本就晚了，两个小的又喝了酒，挨着床就睡，香甜得很，慢慢地还滚到了一起抱着。

她笑着摸了摸她们的额头，而后跟丫鬟道：“给她们扇扇风，别扇太久，再去取些冰块来放在角落里。”

天还是热得很，到了晚间也不凉快。

等做完这些之后，她才去堂厅，道：“叫李师傅过来吧。”

人是来了的，就等在门外，一进来就跪，嘴上说着吉祥话。

折绾温声道：“你这几年一直尽心尽力，我都知晓，如今是碰见什么难处了吗？”

李师傅：“倒不是难处，就是……就是想来大夫人这里求个恩典。”

折绾好奇：“什么恩典？”

李师傅低头道：“小的那不成器的儿子对锦月姑娘仰慕已久，想求娶锦月姑娘。”

折绾诧异起来：“锦月啊……”

能求到她这里来，肯定是已经跟锦月知会过了，但锦月一直没有跟她说。她就道：“我先问问她。”

锦月方才去花草房了，回来知晓李厨子来过，顿时不高兴了：“我不是说了大夫人最近烦心，不让他们来说吗？”

墨月：“你快过去吧，偏碰巧是萱月去的厨房，便叫李师傅问住了。她人小，不懂这些，我又不在！”

锦月就去了，跪在地上跟折绾又羞又愧道：“确实是……确实是奴婢心中点了头的，但奴婢的大事自然是主子做主，便想等这一阵子过去再说。”

本是早早就要说的，但今年开始大爷就被关在府里，英国公府颓败一片，她就不敢说，怕夫人心疼她办了婚事，惹得大爷不喜欢，责备夫人。于是就一直拖着，拖到大爷好了，夫人却忙着茶叶的事情，那是要上贡的，半点不能出错，锦月便也没说。结果茶叶的事情到尾声了，又出了王德山大人侵占田地案件。锦月便一直拖着。但一家有女百家求，她又是夫人跟前得宠的，就有别家又来说亲。

折绾便道：“李厨子这是怕你被人抢了去，想先定下你吧。”

锦月既高兴又心里恼火：“奴婢不愿意让主子在现在这种时候操心。”

折绾就笑着道：“你也大了，确实是到了婚配的时候，之前是我忘了问问你。”

她身边这几个丫鬟，蝉月和文月都出去了，墨月被提了上来为首，倒是只有锦月一直不声不响，轻易让人想不起来。可这些年她默默做事，从不偷奸耍滑，是个极好的姑娘。

折绾温声问：“你之后是怎么打算的？是要嫁出去，还是继续给我做管事？”

锦月：“奴婢还想跟着您。”

她不敢在主子面前说谎，道：“奴婢就是出去了也想谋生，不愿意两手朝上向其他人要银子用，不如跟着您自在，您心地好，伺候您是最好不过的。”

她好歹也是跟了夫人五年的，看过夫人和蝉月等人怎么做出一番大事来，她就算是再不济，也不至于蠢到说出要离开夫人的话。只要在夫人面前得宠，那以后就没人敢欺负她。

折绾就知晓她的意思了，道：“你尽管成亲、生子，我这里总有一个好位置是留给你的。”

锦月“哎”了一声，万分感激：“是奴婢给夫人添麻烦了。”

折绾：“人生大事，李家着急了些也是人之常情，只看你愿意不愿意。”

锦月羞涩地点了点头：“愿意的。”

她跟李大哥是自小一块儿长大的，知根知底，到了婚配的年纪，自然就走到了一起。

这是喜事。折绾道：“你们几个都没有家人在，我便给你们准备嫁妆。你放心，你嫁到李家之后，他们也不敢欺负了你。”

锦月得了这份保证，感恩戴德地出去了。

墨月进来道：“倒是她第一个出嫁。”

因到了年岁，准备起来后就快得很，九月折绾出城送了袁夫人和素兰回闽南，十月就给锦月办了婚事，热热闹闹地出了门子。

十一月，折绾一直悬着的心终于放了下来。派去永州查案的官员回来，确认王德海之事与王德山无关。兄弟二人虽然是亲生的，却自小一个喜欢读书上进，一个喜欢走街串巷，长大之后已经十几年未见了，书信也不曾通过几封，可见关系并不融洽。然对弟管教不严，让其狐假虎威，横行乡里，致多条人命枉死，实在是罪无可恕，依旧要罚。

至于怎么罚，一时之间又定不下来了。

刑部大理寺都察院重新会审，十一月末，皇帝最终下旨，王德山卸任闽南知州，降为云州胥江县令。

全凌之就在胥江做苦役。

而闽南知州却迟迟没有定下，由袁耀暂时代替行知州之权。

陛下这一手，也不知道是想要恶心谁。但事情最终定了下来，人还活着就是好事。

这期间，勋国公确实如同折绾所预料的一般成了主审官，他倒是胆战心惊，事事都跟着陛下的心意去，但他身处这个位置，也不敢事事只跟着陛下的心意去。他左右逢源，做事不做绝，心惊肉跳三个月，等把事情定下之后才敢去睡个好觉。

折绾却又开始提心吊胆。因为直到此时，勋国公府还是风平浪静，她还特意拐弯抹角问过孙三娘嫁妆田地，以及勋国公家田地的事情，都没有发现异常。

就是陛下，去太后宫里的时候也没见他对勋国公有什么不满，让她一度以为这场大难在这辈子可能不会发生了。

到了十二月，众人开始准备过年，劭鹤悯今年要回京述职，所以宋玥娘格外兴奋，家里大大小小的事情都要一而再再而三地检查，就连门口的石头都要注意是不是劭鹤悯喜欢的形状。

她跟升哥儿道：“这就是我要管着中馈的缘由，不然你大伯母能对咱们尽心尽力？面子上过得去就行了，等你父亲回来的时候冷锅冷灶，那该多伤心。”

府里的爵位不是他的，连自小长大的宅子也不讨喜，那就更不喜欢这里了。

升哥儿今年开始长高，一直在做新衣裳，今日又穿了一身新衣，无奈道：“阿娘高兴就好，反正大伯母也不愿意做这些事情。”

宋玥娘今年对折绾格外和颜悦色：“是，你大伯母不喜欢这些，那就我做，谁让我心地好呢。”

她哼着小曲又继续巡府去了，致力于将墙上的祥云图案也重新变成劭鹤悯喜欢的。

升哥儿瞧见后直摇头：“阿娘真乃神人也。”

一个人也能自娱自乐，反正听不懂话。

十二月中旬，勋国公府倒是发生了一件不大不小的事。勋国公的三个儿子这回彻底打起来了。之前只是动嘴巴，这回却是真刀真枪地打，虽然没有伤着人，却把勋国公气得不行。他一向对儿子们放纵，因可怜他们自小没有母亲教养，于是格外溺爱，结果一个个都养成了毒辣的性子，个个不知道礼让上进，只晓得争眼前的一亩三分地。

之前争些田地铺子也就罢了，他还能理解，结果这回在青楼争上了女人，两兄弟狭路相逢，青楼里面顾及面子，回到府里就吵上了。

女人是老大、老三争的，老二过来劝架，但偏帮老三。老大急了，往老二脸上打了一巴掌泄愤，老三就提了刀。

勋国公过去的时候，老大的书房已经被他们打得不成样子，他气得手哆嗦，过去一脚一个，直直地踢在他们的肚子上。

“混账东西，都多大的人了，到底还要不要脸面！”

他真是心力交瘁，三个儿子没有一个成器的，也不知道他百年之后，勋国公府还能不能撑住三代。

老大如今却对他怀恨在心：“父亲只晓得讨好继母，哪里还管我们，我们吵闹，不是让你们看好戏吗？今日我那好母亲可有摆好饭菜在墙根底下听戏？”

勋国公一巴掌就打在了老大的脸上，骂道：“瞧瞧你说的好话！那到底是你的母亲。”

他如今才开始后悔起来：“你幼时我就该严加教导，不然怎么会让你成了这么个样子！都怪你祖母溺爱，我每每要打你，她都扑在你身上拦着我，让你一次次躲过责罚，我真是后悔！”

老大被打得也来了气，冷笑：“可如今祖母死了，父亲就把儿子分了出去。满天下去打听打听，哪里有这个道理！唯独父亲不怕天下人耻笑，为了个妇人把儿子往外赶，怎么，父亲百年之后，摔盆的难道是继母带回来的叫花子？”

勋国公连月来为了王德山的事情吃不下睡不着，战战兢兢，如履薄冰，但依旧没有变过脸色，此时此刻，因着不孝子的话，他倒是气得要晕过去了。

好在孝道的名头还是有用的，拿着鸡毛掸子让三人出去跪好，他自己在书房里消气。

这一出戏就是个笑话！说出去都让人笑掉大牙！他自己如今已经是笑话了，便不愿意让别人笑儿子，先去院子里面叫奴仆们管好嘴巴，又去训斥儿子，规劝他们心胸宽广一些，上进一些。

他更不敢再放纵他们下去了，之前总觉得他们大了，自己不好管得太过，不然得了埋怨，父子之间更加不好。且无非是些钱财小事，兄弟彼此闹一闹也没什么大事，结果越发不成样子。

他回到书房，想起别人家的妻子温顺、儿子孝顺、孙子恭顺，而他事事不如意，便又思念起亡妻来。若是她在，必定能管教好孩子们，家里也不会变成这样。

他眼睛酸涩，低下头去擦眼泪，结果一瞥，就瞥见了地上的一张地契。他将地契捡起来，发现是林州那边的荒田。

勋国公府是有林州田地的，但他记得是在城西，且是良田，可地契上写的是城东。

勋国公这段日子一直在忙王德海的案子，现在看见地契就发慌，他连忙叫老大进来："你去林州城东买田了？"

老大点头："是。"

他埋怨道："一共就那么点田，您分给老二、老三那么多，我若是不买一些回来怎么办？"

他烦躁得很："我没有功名，至今在府衙做着杂事，京都花销又大，只能多买些田来补上。"

勋国公两眼盯着他："你没做什么不好的事情吧？"

老大嗤笑："瞧父亲说的，继母都去闽南买多少地了，你怎么不说她？都是正正经经地买地，怎么，我就让父亲怀疑吗？"

勋国公却依旧不放心，盘问他："你如何买的？"

老大："托人买的。"

"托谁？"

"林州的秦家兄弟。"

秦家老爷之前是勋国公的老友，虽然如今落魄了，但这么多年一直写信来往，两家也没断了联系，孩子们是认识的，勋国公府的生意一直跟他家有往来。

勋国公就松了口气，觉得自己想多了，便坐下来喝口茶压压惊，问："统共用了多少银两？"

他说这句话其实是对儿子有愧疚之心的，他想把老大买田地的钱给他补上。

结果老大道了一句："一千两。"

勋国公后背又开始冒汗了："一千两你能买这么多？还是林州的地？"

老大却有自己的道理："千年田换八百主，田地买卖本就多，林州地虽然贵，但都在城西，城东的地哪里有那么贵。"

勋国公多年未去过林州，对此并不精通，但他对"田地"两个字如同草木之兵。前面就有王德山的案子在，这期间有多少人在里面搅和，他也是知道的，他在里面的位置在寒门世家两边都得不到好处，万一叫人抓住自己的把柄，那可真是赔了夫人又陪兵。

他起了疑心，便要叫人去看看才行。

老大见他如此，越发不满，道：“父亲又听了继母什么话来对付我？您手上办的侵田案昨日才发生呢，今天就要来查儿子，您就这么恨我？万一真查出来什么，怕是要大义灭亲了吧？”

勋国公真恨不得给他两巴掌！怎么就养出这么个东西来！他怒气冲冲拿着地契走了。

“你好自为之吧！”

老大瞧见之后就冷笑起来，叫心腹来府里，道：“你去林州把这些荒地的证据拿回来。”

父亲一向容易对他心软愧疚，他这些年很会占理后借题发挥。有这些荒田在，父亲今日对他的冤枉便能让库房被他搬一搬。

另一头，勋国公回到府里就开始喝闷酒，孙三娘见他这般，还道：“又叫你过去主持公道了？”

勋国公“嗯”了一声，继续喝酒。

孙三娘若有所思，嗤笑一声：“你这是又觉得有先头的在，你就高枕无忧了？”

男人真是有趣，总能撇清自己。

但她也没有多想。她如今也有自己的事情要办，她打算画幅长卷。她对做生意和钱财实在是不感兴趣，但如今仔细想想，唯一有兴趣的倒是画画了。

她从阿绾那里得了不少润笔费。

但她如今心情好了，对这个就没了兴趣，反而想起小时候的念头。她记得幼时就想过天南地北地去画画，或者在一个地方画下一年四季山上的风景。

她逐渐找到适合自己的事情了。这让她很高兴，于是折绾和玉岫也每天收一幅画。折绾把它们通通拿去裱了起来，挂在了书房里。

莹姐儿在屋子里面走走看看，好奇道：“原来孙伯母的画这么好啊。”

她从前只看过孙家伯母画徽记，没见过她画画。

她最喜欢的还是孙家姨母送来的第三幅画。画上是一片绿色，有一个穿绿色衣裙的小姑娘坐在绿油油的叶子底下，虽然还没开花，但是看着就让人觉得春日到了。

她指着画道：“上头画的是雁雁姐姐吗？我看着好像不太像。”

折绾早就认出来了：“不是，那是你孙伯母。”

她画的是自己，曾经的自己。

她道：“你瞧，她曾经很是快活。”

她已经快有十几二十年没有回头看过曾经的自己了。这说明病好了。她由衷地为孙三娘感到高兴。

她喃喃道："不用探出头去感受风，感受花草树叶，这些已经在她的心里了。"

用了五六年的时光，从她们认识到现在，终于好了。那她就更放心了，只要自己能找到自己，就算是落了难，变了境遇，也能活得很好。

她笑着道："等哪天让你孙伯母给你和雁雁画一幅画。"

莹姐儿重重地点头："好啊！"

（四）

劢鹤悯在过年之前回来了，一回来就发现家里发生了巨变。父亲跟大哥有了芥蒂，母亲和妻子也成了死敌，倒是四弟妹跟母亲亲近许多，被妻子仇视。

妻子和母亲倒是不敌视大嫂了。妻子反而对大嫂赞不绝口："虽然不如我的身世，却也没落后太多，如今在太后那里也是得脸的。她如今身份尊贵，所以她对莹姐儿好，我也没让莹姐儿回来。"

她语焉不详，劢鹤悯两眼一眯，瞬间察觉到不对，于是拍桌道："你做了什么把莹姐儿气到了大嫂嫂那边？"

宋玥娘就心虚起来，劢鹤悯大怒："你就只有莹姐儿和升哥儿两个孩子，升哥儿又是个男人，以后不会跟你推心置腹，那你以后有了委屈怎么办？你如今对莹姐儿这般，往后莹姐儿不搭理你，你也不要抱怨。"

宋玥娘被骂得哭了起来，又把矛头指向赵氏："那你也管管母亲，她还要把莹姐儿给舅舅的孙子做媳妇呢。"

此事劢鹤悯是知晓的，他道："我还以为你又要被母亲哄了去。"

宋玥娘："母亲也太过分了！你既骂了我，也该去教母。"

劢鹤悯："此事不用你提。"

他自然也要跟母亲好好说道说道。

于是过年的时候，折绾便发现赵氏和宋玥娘格外安静。倒是英国公今年在饭桌上明显对劢鹤春好些了，还夹菜给他。

"鹤悯怕是又要得陛下嘉奖了。"

劢鹤春脸色阴沉，却没有说任何话。

劢鹤悯发现大哥确实变了些。他叹息一声，晚间单独对父亲道："大哥如此，也不是好事，父亲还是要好好宽慰才是。"

英国公："他怨我呢，等过段日子吧。"

劢鹤悯大为头疼："父亲难道不该训子吗？如此客气，大哥怨气更甚。"

而后他去看大哥。大哥这回成了个哑巴，说什么都不搭话，还见到他和川哥儿的相处，实在是……实在是不知道该如何说。怕是将来大哥如何怨恨父亲，川哥儿也会同样怨恨他。

只有大嫂越发厉害了，也只有跟大嫂说话还算舒心。她依旧温和，笑着道：“这次回来，若是不急，便请你身边那位会看瓷器的师爷跟我一块儿去郊外看看瓷窑。”

折绾的茶叶、瓷器大多数来自越州，自然知晓刕鹤悯得了个师爷是瓷窑出身。

刕鹤悯点头答应，不自觉地就跟她说起闽南到越州，以及湖州的茶叶船运：“上回王大人还写信给我了。”

王大人说的是漕运的王大人。

折绾知晓此事，两人你一言我一语，将事情说好才散去。刕鹤春一直在旁边站着，川哥儿也在一边听，等折绾走了，川哥儿突然道了一句：“父亲，母亲很厉害，对不对？”

刕鹤春沉默一瞬，点了点头：“是，很厉害。”

这次刕鹤悯再进宫，皇帝对他的欣赏之情都要溢出来了。他第一次直白地道：“你比鹤春懂事很多。”

一个也算是他养大的，一个是他看着为官的，两相比较，实在是小的更胜一筹。皇帝拍拍刕鹤悯的肩膀：“朕对你很是期许，还望爱卿不要辜负朕。”

刕鹤悯跪在地上，高声道：“世上千万事，唯独陛下与百姓不可亏负。”

皇帝笑着扶起他：“你看看你，朕面前不必如此拘谨。”

两人又在小花园里踱步，刕鹤悯说起越州的情况：“这些年，王德山大人一直跟臣互通书信，我们都觉得由闽南至越州，以至湖广、岭南等地，崇山峻岭，让百姓难通有无。但若是修建官道，运输茶、马、盐、粮食等物，互通有无，即便十里不同音，也能让人愿意交流。陛下，若是此路可行，便能往西北、云州等地而去。百姓要什么，咱们就送什么，如此是能造福百年福祉的。”

皇帝就很喜欢他这种态度，做实在事情，还不避讳王德山的名字。他半真半假地道：“如今谁敢在朕面前提他？都不敢。”

刕鹤悯当即道：“王大人是有实干精神的，这个有目共睹，若是因为他弟弟的事情就否定他的才干，臣认为是不妥当的。”

皇帝：“那你觉得全凌之如何？”

刕鹤悯：“臣没有跟他共事过，所以并不了解。但也多多少少听过他的事情，说句实在话，臣虽然没有看不起他，但若是跟他共事，肯定要气得拍桌子。”

皇帝“哈哈”大笑起来：“是，你这个恨不得一天干十件事情的，哪里受得了三年一件不干的。”

刕鹤悯感喟：“陛下谬赞臣了，臣只是做好分内之事而已。臣这般的年岁，因为生在英国公府，自小就有名师启蒙，不用操心钱财琐事，只需要读圣贤书就好。等到年岁渐长，又没有必须科举中仕才能为官的压力，便如此轻易得到了别人十年二十年，甚至三十年才换来的机会，臣要是再不努力报皇恩，对百姓，那如何面对那些求之不得的人呢？”

皇帝十分感动，道：“朕欣慰矣，只是世人不如你多矣。”

劢鹤悯：“只是更多的人没有走到陛下跟前而已。天下学子，都是陛下的门生，他们仰慕陛下已久，在地方上兢兢业业，臣回来的时候，还有几个老吏羡慕得很，说他们这辈子要是能见您一面便心满意足了。陛下，天下做实事的人多得是，他们都很感谢陛下，只是臣走到了陛下跟前而已。”

皇帝果然感动得眼眶都红了，这些年，他一直想做个好皇帝，想让更多有才能的人得到帮扶，让做实事的人走得更远，但刚提拔了一个王德山，就被世家做局给贬官了。皇帝却也不是厌恶所有世家人，他大力地拍着劢鹤悯道：“他们到底知晓不知晓，朕不是要杀全家的人，灭全家的族，朕要杀的，只是全凌之这般的国之蛀虫而已。”

若是世家子弟跟劢鹤悯一般，那他还操心什么，还不是一样提拔吗？

他对劢鹤悯道：“只要你今生像今日这般承诺朕和天下百姓，朕，也能承诺你。”

皇帝觉得这就是君臣相知了。他留了劢鹤悯用膳，期间有大臣过来，他还亲自带着劢鹤悯过去，拉着他们对劢鹤悯大夸道：“鹤悯乃国之栋梁。”

勋国公当时也在，看见这一幕，羡慕得眼睛都红了。英国公因不被皇帝待见，倒是不在此列，但却在下午的时候听闻此事，激动得很，晚上还拉着劢鹤悯喝酒。

劢鹤春从京兆府回来一身的臭汗，鞋子都跑破了一双，等洗完澡出来，换了新的衣裳和鞋子，正要去跟英国公说事情，便听松亭说劢鹤悯正跟父亲喝酒。他就停下了脚步，闷声回到书房去看公务。

过了元宵节劢鹤悯就走了，这次依旧去的越州，陛下想让他把越州的事情做熟悉了再往高处走。

赵氏依旧是舍不得，宋玥娘哭得死去活来的，但也坚决不跟着去，更怕他带孩子去。

升哥儿和莹姐儿站在一侧，她的身影就若有若无地挡着。劢鹤悯叹息一声，将孩子们拉到一边，道：“我没教导过你们，都是你们母亲养大你们的，往后她即便有错，你们也要多多孝顺。若是有事，便给我写信。”

他对孩子们还是愧疚的，但即便孩子去了越州，他也没有时间教导，留在京都也好。

他道：“你们都是好孩子，尤其是你，莹姐儿，我本怕你在家里受气，是要接你去江南的，但见你跟你大伯母相处甚好，你也快活得很，便不提此话了。”

莹姐儿拘束地点了点头。她和升哥儿都对父亲不熟，不知道说什么。但过了会儿，见父亲要离去了，她突然喊住了他，拉着他去了一边，小声道：“父亲，若是……若是我将来不愿意嫁到别人家去做客——”

劭鹤悯先是皱眉，而后过了半晌才道：“那就找个人入赘。咱们家子嗣少，女儿留在家中的又不是没有。”

莹姐儿就笑了起来：“也是哦。”

她终于觉得父亲是个有智慧的人了。但还是不亲近，她道：“祝您安康。”

劭鹤悯点了点头，又跟家人告别，转身不带留恋地走了。

赵氏和宋玥娘足足哭了半个月。

（五）

二月里，孙三娘终于画出了一幅自己满意的画，便在家里设了小宴席，请了折绾和玉岫来看。三月初，她为《桃花扇》这出戏画了几幅画，于是便请了于老夫人、潘夫人来听戏，并邀了折绾和玉岫作陪。

三月中旬，于老夫人和潘夫人已经成了常客。两人都喜欢孙三娘的清雅。

这般的年岁，又是从苦痛中挣扎出来的，说话都有一种韵味。

尤其是于老夫人，见了孙三娘的画就欢喜得很：“啊呀呀，这就是我心里的场景啊。”

于老夫人还请了孙三娘去她家里听戏。她家的戏台子是环水修建的，坐在里头听声音尤其好。

三月末，勋国公府大爷如丧考妣一般瘫坐在地上，大骂秦家害人不浅，却不敢声张，胆战心惊地隐瞒下此事，又觉得此事如同烫手的山芋，得赶紧将手里的地贱卖给别人。

此事被勋国公知晓了。他熟悉儿子的秉性，知晓他贪婪的性子，怎么可能会贱卖田地。即便是荒地，也不可能贱卖出去。他再次起了疑心，一查之下，整个人都蒙了。

他把老大吊起来打，问：“你真不知道实情？”

老大哭着道：“不知道啊。”

他就是想买些地罢了。虽然他知晓这地不是真正的荒地，但秦家说这是无主的，得了就得了，众人都这般做。

勋国公后背发凉。

六七年前，江南发了水灾，那场大水让不少人失去了家宅，还有人开始造反，朝廷派了人去，用了整整一年的时间才将事情稳住，耗费巨资，引导农人归田。又用了两年时间重建江南土木，这才慢慢回到从前。陛下为此十分欣慰，也把此看成是自己的功绩，认为自己堪比“三皇五帝”。

但这般大的事情，哪里能事事顺意。尤其是田地，这时候占田是最好的时机。那些被冲刷过的良田，因为这场大水，便没了“田契”，有心之人就将“良田”改成了荒地，而后又开始“卖”与世家。

秦家的田就是这般来的，勋国公府大爷的田也是如此。

且也绝对不止他们如此做。官官相护，此事过去这么多年，却一直没有被揭露出来，是没有人去揭发，还是揭发了没到时候?

勋国公想得多，一瞬间冷汗直冒，又抽了老大一鞭子。

“你到底买了多少？”

老大心慌了：“五千亩……”

勋国公闭眼：“五千亩……”

老大哭道：“都说是荒地，但是好的荒地，慢慢地养起来就能种粮食，所以一亩地一两银子。虽然便宜了些，但价格也差不了太多，儿子就信了！儿子哪里想到，秦家敢坑我们啊。”

他真的只是想贪便宜。

勋国公缓缓睁开眼睛：“不是冲着你来的，而是冲着我来的。”

他道：“这地买了几年了？”

老大：“三年了……”

三年……勋国公想起王德山的案子，说：“那个到如今也是三年了。”

他心里发冷起来，看向老大：“你就祈祷不要有人命吧，否则王德海是什么下场，你就是什么下场！”

老大被打得全身火辣辣地疼，哭道：“父亲，您救救儿子吧，儿子是真不知道啊。”

但晚了，勋国公颓然地想。

“王德海的局，估摸着是世家做给王德山的，怕是后来有人知晓了此事，却隐而不发，又做了局给咱们。”他恹恹道，“你这个蠢货，怕是要害死全家了。”

勋国公老了，虽然糊涂，但是年轻的时候也是有过大能耐的，入了局，也能看明白几分局面。他叹息道：“我真后悔没有教育好你啊。”

老大喊道：“可是父亲，咱们是冤枉的啊，陛下看重您，定然会还您清白的。”

勋国公：“我已经皇恩不再。”

上回陛下让他来主审王德海，也不是一开始就有此念头的，还是后面的人一个个推他上去的，他也……没有全部顺着陛下的意思。当时觉得自己还算好，如今想来，竟然步步是错。

他后悔不已：“江南之事是陛下得意之作，王德山是陛下得意之臣，而我们这般的人，换良田为荒地，陛下简直恨之入骨。此事，不知道该如何才能解局。”

他疲惫得很，整个人都散发出一股垂死挣扎的狰狞：“老大，你……你……”

老大顿时明白了他的意思，疯狂地扭动起来：“父亲，您不会是要舍弃孩儿吧？母亲，母亲死前还叮嘱过您，叮嘱过您要照看孩儿的。我是受了奸人所害啊，也是受您连累，儿子连朝堂都没有入过，哪里有这般的本事。此局设了几年，是奔着您来的，儿子是无妄之灾。”

勋国公终于没忍住，一巴掌打在了老大的脸上，打得他半边脸都肿了起来。

但要大义灭亲，他也下不了手。

他颓然地坐在地上：“我想想，你让我想想。”

而在郊外的大明寺里，潘大人点燃了一炷香，对着诸多牌位拜了又拜，笑盈盈地道：“来来来，你们吃点香火，也好投胎转世。”

临近五月，折绾的眉心一直跳个不停。莹姐儿都看出她的不安来，她试图去安慰大伯母，但她人小，说出的话连同承诺一起显得格外不靠谱。

折绾尽力安抚她：“我没事。”

莹姐儿暗暗跟雁雁道：“怎么可能没事嘛。”

她是最了解大伯母的。

是日雨落，折绾带着莹姐儿上勋国公府做客，两个小姑娘就趴在廊檐下听雨，雨声滴滴答答，让人心烦。

雁雁也有心事，闷声道：“姨父姨母吵架了。”

姨父最近的脾气非常大，昨日还训斥姨母，说姨母“不管俗物”，难当宗妇。姨母反唇相讥，说他倒是喜欢俗物，所以养出了三个争女人、争银钱的儿子，天天在家里唱大戏。

她听见姨母嗤笑道：“如今满京有谁不知道勋国公府是俗不可耐的地方。”

两人就在屋子里面摔起了东西。

雁雁还听见姨父骂自己和阿隼哥哥是“野种”“孤儿”。

阿隼哥哥的手指头都在颤抖，紧紧地牵着她的手，道：“总有一天，我会让你和姨母享福的。”

但他们位卑言轻，越长大越是知晓“享福”不容易，这个“总有一天”是什么时候呢？

雁雁不知道，她也想快些长大。

“等我自己能自立了，就不用让姨母操心，也不用让她受此屈辱。”

两人都因没长大而悲伤，抱在一起稀里哗啦地哭，真是闻者伤心，见者落泪。折绾和孙三娘在屋子里面说话，瞧见之后，好笑道：“这是怎么了？”

孙三娘笑得不行：“估摸着小儿没见过苦痛，此时正为我伤心呢。”

笑完之后她又叹息：“大人不行，连累孩子跟着担心。”

折绾就轻声劝解：“你若是觉得日子实在是不顺心……不行就和离吧？”

孙三娘诧异，又轻笑起来：“说什么傻话呢？”

秦晋之好，世家族人，要是能和离，她就不会被嫁过来。

她如今也是看开了，道：“受了十五年荣华富贵，如今也没冷着饿着，也算是给父母报恩了。”

她站起来，道：“只是他最近脾气大，动不动就朝着我吼。呵，我也不惯着他，如此竟然没觉得委屈，只等着他来吵，我有气还有地方发。”

折绾听见这话抬头，心里揣摩出些许苗头：“他这是为了什么生气？”

孙三娘：“不知道。估摸着还是为着老大，我瞧着老大被他打了。”

折绾“噌”地站起来：“因着什么被打？”

孙三娘：“女人？听闻是去了青楼。”

外头也是这么传的。

孙三娘：“确实是因为青楼女子跟老三打了一架，将他给招过去了，这回怕是又出去喝花酒了。”

折绾闻言又坐了回去，道：“这般啊。”

但她知晓事情应该已经发生了，只是不知道具体的情况。她对孙三娘承诺道：“无论发生什么，你都别怕，有我呢。”

孙三娘乐了：“士别三日，当刮目相待。你别总觉得我弱。”

晚间莹姐儿跟折绾睡，翻来覆去睡不着，还是诉说了自己的烦恼：“我想帮帮你，但我还没有长大。”

折绾摸摸她的头：“我懂。我确实是遇到了难事。我发现我这五六年啊，只顾得着往一条道上走，看着好像厉害了，但真碰上事情，没有去解决的能力。”

若是换个人知晓勋国公府的事情，是不是早就帮三娘解决了？

因为帮不上大忙，所以她的承诺显得格外苍白。

而她近几日才发现，一旦碰上这种无力的事情，她的“性子”似乎又回到了当年“苛责”自己的状态，可不能再如此了。

她深吸一口气，立刻调整了心绪，半晌之后又开始劝解道：“但不要苛责自己，不能做到事事都周全是正常的，我们只是普通人嘛。只要尽心尽力去做，能确定有一个还不错的结果就行了。”

说给莹姐儿听，也说给自己听。

没道理走到这一步了，还要走从前的路。她撑着身子，说：“莹姐儿，你不要担心，我能自己解决的。”

莹姐儿点点头，又小声道了一句：“那你也不要担心孙姨母，她也能自己解决的。”

折绾愣了愣，莹姐儿抱住她：“我懂，我都懂的，孙姨母跟勋国公吵架了，你担心嘛。”

折绾就笑起来：“你说得对，她自己可以的。莹姐儿，谢谢你。”

莹姐儿可算是安心地睡着了。

接下来的两天，折绾一直在给孙三娘准备能够用得上的东西。

第三天，御史台突然上书，告发勋国公之子以“良田”充“荒田”，侵占良田五千亩。

后又有人上书，说勋国公的好友秦家也借着勋国公长子的名义侵占上千亩良田，实在是罄竹难书。

这件事情迅速被压了下来。皇帝当日坐在朝堂之上，面无表情，并没有大怒，只是叫人提审勋国公父子，围禁勋国公府及勋国公二房和三房。

事发突然，很多人都没有缓过神来。但此事之前就有王德山的例子在前，于是即便陛下将事情压着，没有三司会审，却也掀起了巨大的浪潮。

折绾一直叫人听着消息，知晓之后立马就去了勋国公府。里头已经被封起来了，门上虽然没有贴封条，但四处有官兵守着。

折绾到的时候玉岫也来了，见了她就道：“你也听说了？你别着急，即便是勋国公府保不住，三娘也能保住。”

她恨恨道：“勋国公实在是可恨！我真是恨不得一口唾沫淹死他！”

折绾就想起了上辈子。上辈子孙三娘确实是没有保住，倒不是被砍头流放，而是没有熬过去。

孙三娘上辈子一直没有出过门，折绾第一次听见她的名字，已经是她的死讯。玉岫为她收尸，为勋国公府其他女子和幼儿打点后路。至于勋国公府其他人的尸体，尤其是勋国公的，玉岫并没有管过，任由他们被丢到了乱葬冈。

折绾当时还觉得是因着“避嫌”，毕竟身后还有一家子人。但是这辈子自然而然就懂了她为什么不为勋国公收尸，她恨不得将勋国公的尸体丢出去喂狗。

折绾就拉着玉岫到一边道：“此事，便连我也看得出来是来势汹汹。前面就有王德山大人因为弟弟的事情被贬官，王德海一家子人被判死刑。如今勋国公一家呢？怕是难了。”

最后反正父子是都死了的。

而且勋国公长子能以良田为荒地，那江南有没有其他的世家如此做？

折绾记得后面几年陆陆续续有抄家的，但是跟她没有相干，她也没记住。后来那三年又忘记了太多的事情，直到今日只有隐隐约约的印象。

她深吸一口气，抛开这些杂乱的思绪，郑重地道：“我之前在陛下面前提出过一个请求。”

她将“太后的赏赐”说了一遍，玉岫喜得拍掌道：“如此甚好，我就更有把握了。”

她安慰折绾道：“虽然你我都觉得勋国公府难逃此劫，但此事刚出，还要看陛下怎么说，朝廷怎么判，咱们不可轻易行事。”

事态确实不明。这辈子已经改变过很多事情了，折绾也不敢依着本就不清楚的记忆去莽撞行事。

两人就先到勋国公府门口跟官兵商量：“我们也知道不能进去看望，只是勋国公老夫人身子弱，又是一直病着的，不能受惊，便请你们将这些吃食送进去。”

一个是宋家大夫人，一个是英国公大夫人，官兵们还是好说话的，打开查看些点心和肉菜，并没有其他的东西，便点头道：“我这就去送。”

进了屋，二房三房的人都跟勋国公老夫人关在一块儿，孩子们哭得厉害，男人害怕得直抖，女人一直在骂老大不得好死，屋子里面乱糟糟的，倒是只有勋国公老夫人带着一双侄儿女，静坐在堂首。

见他来了，二房爷们赶紧过去问话：“是有什么消息了吗？”

官兵道：“暂无消息，只是宋家大夫人和英国公大夫人给老夫人送了饭食来。”

众人失望。

孙三娘就站起来，笑盈盈地谢过他，道：“多谢你了，请转告她们，我很好。”

等人走了，她打开食盒给孩子们吃，道：“仆从都被关起来了，肯定是做不了饭的，先吃了再说。”

勋国公二爷就忍着气问：“母亲真的不知道是什么事情吗？”

孙三娘淡淡地看着他：“你觉得是你父亲会告诉我，还是你大哥会告诉我？”

老三就恨恨道：“大哥自小就是个贪得无厌的性子，父亲未必不晓得此事。你们想想，这几天大哥就被关起来打了。”

老二哭道：“难道父亲知晓之后包庇了大哥？”

自家人最能猜得到自家人，老二、老三就惶恐起来：“父亲不会为了大哥就不管我们了吧？”

孙三娘却知晓他还是会管的。她大概能猜出发生了什么事情，只是不知道勋国公是什么意思。

要保老大吧，老大进去了。要保勋国公府吧，勋国公府现在被牵连了。

他到底是要做什么呢？

另一边，折绾听了官差转告的话，心里总算安定下来。玉岫庆幸道：“幸而她现在病好了，不然我真怕她熬不过来。”

她还安慰折绾：“她如今好了，丹阳孙家的嫡长女，足以担下这些事情，你也不要太担心，事情已经发生了，咱们好好去做后面的事情就好。”

折绾“哎”了一声。她回家的时候，正好碰见了赵氏。赵氏急匆匆拉着她的手道："这般的时候，你还乱跑去勋国公府做什么？"

折绾："只是去去罢了，只在门外。我不去才让人看笑话吧，母亲放心，我心里有数，还没到出事的时候。"

她转身回了苍云阁，刕鹤春也在。他倒是没有说什么，而是道："勋国公……怕是难逃了。"

折绾揉了揉鼻子，问："朝廷那边怎么说？"

刕鹤春："之前王德山被贬，陛下心里存了一口气，王德山一派也存了一口气。如今勋国公摊上同样的事情，怕是要被抓着打，我估摸着至少也要被剥夺爵位。"

但勋国公无疑更严重一点，刕鹤春站在局外看得清楚："他之前应该就知晓他家大爷以良田为荒地的事情了，御史台正抓着这点要砍掉他的脑袋。"

王德海的事情，王德山是不知情的，便情有可原。可是勋国公大儿子之事，勋国公却知晓。知晓之后却不立即上报朝廷，他在等什么？

刕鹤春小声道："我估摸着，他应该是想要私下解决，保下大儿子。"

折绾气得手都是抖的。

她算着时辰进了宫，皇帝果然在太后宫里，见了她来还笑着道："太后已经问你几次了，今日倒是来得迟。"

折绾恭谨道："今日有事情耽搁了。"

太后拉着她的手："我知道是什么事，是不是勋国公府的事情？你跟孙家丫头好，可去看过她了？"

折绾摇摇头："没见着人，但送了吃食进去。"

太后叹息："真是造孽。"

皇帝刚审问了此案过来，挑眉道："造什么孽？勋国公一事基本属实，人证物证俱在，朕看啊，他们家是活该。"

太后便感慨说："你是皇帝，如此说是对的。但在我们女人家看来，勋国公父子若做了此事是活该，只可怜了三娘。那孩子我也知道，这些年一直不快活……"

折绾："是，孙姐姐的女儿去世之后，她一直郁郁寡欢。"

皇帝可不知道这个。他日理万机，没打听过这些事情，即便之前知晓，如今也忘记了。但听见这话，便在太后面前软了些态度。太后因为女儿去世伤心了多年，总是物伤其类。

折绾便小声说起来，看向太后："主要是此事也太突然了，前几日孙姐姐还跟臣妇说勋国公每日都莫名其妙发脾气呢。现在想想，原来真相是这个。"

这事皇帝倒是知晓。折绾这段时日在太后这里说过勋国公夫妇吵架的话，皇帝来看太后的时候便也听了一耳朵。

太后："御史台的人不是说勋国公最近知晓了此事？我看啊，肯定是他知道了心里有气，却迁怒于三娘身上。”

折绾眼眶红起来：“哎，当时孙姐姐还哭着说日子难过，整日里莫名其妙就要被骂，勋国公还说她不会教导儿女。天可怜见，她嫁过来的时候，继子都那般大了，还日日让她受气，哪里就是她能教导得了的。”

太后：“她就是太良善了！不说勋国公，只说她那些继子。若是我，一个‘孝’字压在那群继子的头上，他们还敢跳脚？当年那个老大给勋国公纳寡妇的时候，三娘就该硬气些。”

皇帝本不欲说这些后宅之事，但勋国公纳寡妇他是知晓的，当年他还笑话了勋国公好一会儿。现在跟着太后的话细细回忆，他道：“看起来勋国公家的大儿子有些本事，能哄得勋国公如此护着。”

太后：“欺负良善的本事罢了，这回不是又欺负良善百姓去了吗？”

皇帝叹息，很愿意跟太后说说心里话：“朕真是生气。百姓永远都是没有反抗之力的，他们一辈子就活个‘田地’二字，但就是这点田地，也要被抢夺。您瞧瞧，王德海案，他们明明有地契，但叫人盘问祖宗，一旦说不清楚，田就不是自己的了。如今勋国公府案更加让朕生气，几千亩的良田都敢因为洪水淹过变成荒地——”

他越说越气，拍着桌子道：“一群贪得无厌的东西！朕迟早有一日将他们都杀了！”

太后：“是，这次被抢了田地的百姓实在是苦。”

她话头一转，又说起孙三娘：“哎，就跟三娘一般，也就是个勋国公府的老夫人的名头了，还要被人看不惯。”

她看向折绾：“他家的老二和老三是不是也跟她一块儿关着呢？”

折绾点头：“是一块儿关着的。”

太后担心起来：“别欺负了她。”

折绾：“二房、三房应该不会吧？当年分家，大房想要分一半家财，二房三房闹不过，还是孙姐姐帮着说情，才给他们多分了一些，这也是恩情了。”

皇帝就道：“怎么，勋国公护着大儿子如此之甚？”

三个儿子不是同一个娘生的吗？

折绾：“恐怕是疼长子。”

太后：“勋国公这个糊涂东西。”

皇帝：“是真够糊涂的，朕之前还想不明白他怎么做出这般的蠢事，如此便也能知晓了。”

但他从太后和折绾的话里倒是能听出来，勋国公老夫人被这一家子人欺负。他看看太后，了然道：“母亲放心，朕心里有数。”

等他走了，折绾跪在地上给太后磕头：“我知晓，太后跟陛下说这些是为了我。”

太后就拉她起来："也不是单为着你。能救一个就救一个，这是积德行善的事情，何况，我不是还欠着你一个赏赐吗？"

她笑着道："我瞧着你这样子，你的赏赐怕是保不住了。"

皇帝出了太后宫里，便去了玉妃那边。正好玉丹崖也在，皇帝对她的印象还是很好的，道："朕听太后说你有了身孕。朕当年见你的时候，你才那么点大，如今也要为人母了。"

玉丹崖就尴尬地笑。

皇帝知晓她心思单纯，好笑道："怎么，你跟你姑母说了朕什么坏话？"

玉丹崖小声道："臣妇是来打听勋国公府的事情了。"

皇帝皱眉："你打听这些做什么？"

玉丹崖："孙家姑母一向性子弱，臣妇是担心她。"

玉妃就笑着道："陛下别吓唬丹崖，她胆子小，若是罪责定下来了，她肯定不敢来打听，只是如今罪责未定，她担心女眷也是情有可原的。"

皇帝刚从太后那里过来，"啧"了一声："你跟折氏约好了吗？"

玉丹崖欢喜起来："折家姑母也进宫了？"

她喜怒形于色，自小就是这么个脾气，皇帝瞧见，倒是没有怀疑她在撒谎："看来你不知道。"

玉妃："这般大的事情，妇人听闻就已经惊慌失色了，哪里还顾得上找其他人。"

皇帝心道也是，女人不懂朝堂之事，只知道关心熟悉的女眷身体好不好。比起那些心机繁多的大臣来说，女人确实单纯多了。

皇帝就和颜悦色道："事情还没定，只将人禁足罢了，哪里就能出事。"

玉丹崖："臣妇是听闻将人关在一块儿了！孙家姑母一向被那些继子欺负，哎，臣妇也是担心她嘛。"

皇帝今日已经听见三人这般说了。太后、折绾，再加个玉丹崖。他"啧"了一声："勋国公的儿子这般嚣张？"

玉丹崖急着给孙三娘脱罪，道："可不是嘛，二房三房不知道，但大房当时见孙家姑母日子好过了一点，出来交了几个朋友，就心里不高兴了，直接给勋国公纳寡妇呢，这是哪个继子敢做的？也就是他了。勋国公也没有说什么。"

这话说到这里就行了。玉妃摆摆手："那也是别人家的事情，你怎么什么都知道？"

玉丹崖撇嘴："哼，当年我也在呢，我当然知道了。孙家姑母惨哦！而且她都不出门的，什么都不知道，这回估摸着还晕乎乎的，不知道发生了什么事情。"

玉妃就无奈地看向皇帝："这也就是自家的孩子，敢如此在您面前胡说八道了。"

皇帝："她是性情中人。"

玉妃摊手："陛下且等着吧，臣妾家的玉岫还要来问呢。"

话音刚落，就听宫女说宋家大夫人来了。

皇帝就大笑起来："还真是……一个个的。"

但也可见勋国公的这个妻子是真得人心。

不过给勋国公说情的人也不少。有些骂他糊涂，没有及时上报朝廷；有些也说他正是因为糊涂了，所以才敢如此做事。

皇帝念及多年旧情，还是见了他一面。君臣相见，皇帝看见他一夜苍老的面容和白发，感慨道："朕还记得，当年朕让你管着都察院，你一个人日夜不休，一个顶十个用，朕心疼你身子劳累，你说，为人臣子，理所应当为君分忧。"

所以这次事情出来，皇帝还是先压下来了。

勋国公羞愧道："臣……愧对皇恩。"

皇帝："你确实愧对朕的恩宠。这些年，你越发拎不清，家宅不宁，私德不修，朕却一直容忍你，但这次你属实是糊涂啊。"

勋国公在皇帝面前痛哭流涕，道："千不该万不该，养了这般的儿子出来。臣悔恨，臣是真恨啊！"

但回到牢狱里，他的脸就冷了下来，看向老大的眼神也复杂得很。

两人被关在一起，老大见了他回来就扑过去问："父亲——陛下怎么说？"

勋国公沉默不语。过了好一会儿，他看向老大："我也算是救过你了。"

如今，他也要救一救别人。

勋国公府，老二、老三两家子人破口大骂，惶惶不可终日。倒是阿隼和雁雁沉得住气，站在姨母跟前安慰道："没有消息就是好消息。"

孙三娘点点头，道："最差也不过是抄家流放。"

越是被关，她心里越是想得明白。

"陛下是个重情义的……"

她都能想到，勋国公肯定也能想得到。他会不会觉得自己还能保得住命？同床共枕几十年，她可能比勋国公的儿子们更知晓他的心思。

她轻声道："他贪心，都想保全了。"

刚开始知晓老大做出此事的时候，他舍不得这个儿子，便想半道劫住幕后人。

朝廷之上，左右不过是利益。他觉得自己是被王德山一派的人作为靶子，思来想去，应该也无非他主审而已。但这事情也不是没有解的。他被作为靶子，但能做靶子的人也不只是他一个。只要他给对方足够的利益，此事就能解决。结果他老了，技不如人，对方都没有露面，斩钉截铁地就把他送进去了。

进去了，便是没有护住老大。按照他的性子，他是要护住老二和老三的。

她嗤笑一声："可惜了……老二老三也不会感激他。老大嘛，那般的性子，知道自己被舍弃，也不知道要如何咒骂他。"

皇宫里，皇帝正为如何处置勋国公而烦忧。杀吧，还是顾念当年君臣之义。不杀，却也心里不舒服，勋国公到底是负了皇恩。且王德山一事历历在目，皇帝也不愿意如此轻易地就放过他。那可是良田数千亩，只要想到这个，皇帝就震怒不已。

恰好潘士显过来说户部的事情，他就笑着道了一句："朕问谁都不能问你勋国公一事。"

潘士显点头："陛下，还是您了解臣，您要是问，臣一定说砍头算了。"

皇帝乐了："你跟他的恩怨，朕还是知晓的。"

他倒是没有怀疑是潘士显设的局。这一事，明眼人瞧着都知晓是王德山一派在跟世家一派纠缠，潘士显虽然不是世家出身，却也算不得真正的寒门，他的夫人是世家出身，这些年潘家结交的世家可不少。王德山一事上，他就没有站出来说话。

在皇帝眼里，潘士显是两边不讨好，两边也不帮。

且潘士显这个人吧，虽然记仇，气量小，爱报复，但于公事上一板一眼，勤勤恳恳，从未出错或偏私过。

这回勋国公出事，一群人层出不穷地去逼迫他处死勋国公，潘士显虽然跟勋国公有仇，跃跃欲试地偷偷插了几手，却没有太过分，报个小仇，无伤大雅，不落井下石，才显得君子之风。

皇帝还是满意他的。他感慨道："你平时小气，但大事上拎得清。"

潘士显毫不客气："但勋国公拎不清，臣虽然一直期盼他老糊涂，谁知道竟然真这般糊涂。"

他顿了顿道："再者，说句实在话，都是做官几十年的，人人都是老狐狸，他未必是真糊涂。臣看，他就是觉得陛下重情重义，他年轻的时候为陛下效过犬马之劳，陛下这些年一直恩宠他，便将他惯坏了，瞧瞧！他这是有恃无恐呢。"

皇帝其实心里也是有这个念头的，只是隐隐有之，却不多。

勋国公若是真这般想，一个不小心就是一家子的命搭进去了，皇帝觉得他不敢。但此刻潘士显说出来，他又开始心里犹豫。

潘大人就道："陛下，他家里还有妻子和另外两个儿子呢，他真是一点都不顾念了。但他不管不顾，到最后还不是陛下给他擦屁股？您也知晓，臣之前一直跟他不对付，心心念念踩他一脚，后来却不喜欢搭理他了，还不是因着瞧不上他后来的做派，跟前头像是换了一个人似的，跟他置气简直犯不上。”

皇帝心里其实也有这般的感觉。从前是多么厉害的一个人，这些年传出的名声让人无奈又不齿。他叹息道：“虽然如此，朕……如今还是难以抉择。”

他看向潘士显：“你觉得应该如何？”

潘大人痛快地道：“杀了吧？王德海侵占良田十几亩，王德山就从知州成了县令。勋国公大儿子可是占了良田五千亩，这还不足以死刑？”

皇帝摆摆手：“朕就不该问你！”

他好笑地问：“你来做什么啊？”

潘大人就跟他说户部的事情：“这几年里，各地喊穷不断，一心一意都是朝着户部要银子，臣烦得不行。”

皇帝又何尝不是呢？问：“怎么，又有哪里跟你要银子了？”

潘大人：“何止是一个地方，难道真穷吗？真穷的话，五千亩良田分下去，百姓又能富一富了。”

皇帝说起这个也愁：“是啊，这还是明面上的，隐田、隐户……朕不愿意百年之后被后人评为庸帝。”

他说完之后就顿了顿道：“江南一带，世家林立，今日这个，明日那个，层出不穷地强占田地，又何止是勋国公府一家呢……”

潘大人：“陛下，还是给个主意吧，这银子给还是不给？”

皇帝久久没有出声。他心里想的是，江南这个烂摊子是整治还是不整治，什么时候整治。若要整治，勋国公就是个开始。

潘大人也不催，而是道：“要臣说，劭鹤悯这个人还是很有能力的。”

皇帝回过神来，便点了点头：“确实是有能力。你也觉得他好？”

潘大人：“他可没哭穷，还本分得很，说湖州越州仓库里面粮钱满库，若是其他地方实在艰苦，倒是可以结地方之盟，只要将来还回来给湖越百姓就行。”

皇帝就不由得想起了王德山。当年闽南多穷，全凌之整日哭穷，皇帝也挺心疼他的，结果呢？换了王德山，立马就富了起来。湖州、越州虽然富有，但劭鹤悯去了之后更上一层楼，百姓安居乐业，衙门库房丰盈。所以说还是人的问题。

皇帝就生气地道：“穷穷穷，朕看啊，非得悬一把刀在他们的脑袋上面才行。”

潘大人：“臣知晓陛下的意思了。”

他顿了顿，道：“臣……臣还想向太后请安。”

皇帝狐疑：“你向太后请安做什么？”

潘大人小声道："出门的时候，臣妻还问臣……勋国公的夫人会如何，能不能给她送些东西去……臣哪里知晓……"

皇帝就问："你不是跟勋国公不对付吗？"

潘大人先是一本正经地道："都是为朝廷做事的，政见不合是常事，臣确实是看不惯勋国公那副嘴脸，但女眷们不必因此断交。勋国公……很是爱护长子，纵容长子对继母不孝，臣妻跟着于老夫人上门听戏，见过几次他无礼的场面，这次便尤其担心她被牵连得发病。"

皇帝皱眉："发病？"

潘大人："臣妻说，勋国公的夫人因为失去了女儿，常年不出门，缠绵病榻，最近才好些，但还是受不得刺激。"

皇帝竟然能理解，太后当年也是一模一样的。他便沉默了一瞬，道："既然如此，那你就去吧。"

潘大人便去了太后宫里，之后又出宫去，回家后跟潘夫人道："无事，可保全。"

潘夫人松了口气："那就好。我去跟阿绾说一说。"

潘大人笑着道："去吧，我今日心情好，待会儿去郊外走一走。"

潘夫人神色一变："去郊外做什么？"

潘大人："散散心，跑跑马，你不要担心嘛。"

潘夫人低下头"哎"了一声，出门了。

英国公府里，折绾正跟玉岫说给孙家去信的事情，便听闻潘夫人来了。

两人互看一眼，连忙将人迎了进来："夫人怎么来了？"

潘夫人开门见山："我今日请了我家大人去太后宫里走了一趟。"

玉岫熟悉这些，闻言眼睛立刻就亮了："我怎么就没想到，去陛下那里探口风，潘大人最是合适。"

陛下也不会觉得是给勋国公府说情，毕竟潘大人跟勋国公可是有仇的。

折绾虽然没有玉岫想得那般快，但下一瞬间就意识到了，又见潘夫人的神色，彻底松了一口气："那就好，夫人，多谢你了。"

潘夫人："都是皇城根下住着，谁知道轮到哪个？该积善的时候就积善，我是不亏的。"

玉岫手一顿，有些不太明白她的意思，但还是道："夫人今日帮我一次，我定然会报答的。"

潘夫人："瞧着你们至真至善，我就知晓你们跟别人不一样，做不出墙头草的事，我是愿意帮的。当然，若是哪日真不幸，你们愿意帮我一把，便先谢过了。"

折绾就想起了几年后的事情。彼时潘大人已经成了太子的人，陛下也十分信重，潘家风头一时无两，刕鹤春经常夸潘大人做事勤、稳重，是个颇能托付的人。但仅仅一个月，潘大人就被贬官了。

刕鹤春没有亲自送他离去，只让她去给潘夫人送银两。

她便看了潘夫人一眼，道："若有难处，不敢说能帮夫人解决，但小事上能帮的地方肯定会帮。"

潘夫人就笑了笑，她站起来，道："那我就先走了。"

折绾亲自送了她出门，玉岫就跟她说孙家的事情。

玉岫："如今瞧着勋国公是必死无疑了。咱们给孙家的信也不知道什么时候能到。"

折绾还是不看好孙家："当年能够舍弃，如今难道会接回吗？反正我信里面的消息是如实写的，并没有夸大，到时只看孙家如何应对了。"

玉岫迟迟都没有说话，直到好一会儿后才突然叹息道："你说，父母爱女，究其根本，究竟是爱还是不爱。"

折绾说不好，但已经无所谓了，她道："京都是非之地，久留不好，便先去闽南暂时住下，又或者可以在途中下马下船，就此住下也无不可。"

碰见风景秀丽的地方，喜欢了就待下来，也是一种缘分。

玉岫若有所思地看着她："阿绾想过这般的日子吗？"

折绾点头："想啊。"

玉岫就拍了拍她的手："望你得偿所愿。"

她急匆匆走了，折绾回到"别有人间"做针线活，她亲自给三娘和孩子们做了些衣裳。

莹姐儿已经害怕得好几天没睡了。她挨着折绾，问："雁雁姐她们会怎么样呢？"

折绾："不会出事的，顶多换个地方住。"

莹姐儿就好像一夜之间长大了一般，道："大伯母，如果她们要离开，我能……我可以去送雁雁姐吗？"

折绾点头："自然是可以的，这有什么不可以的？最大可能去闽南了，虽然那里比不得京都繁华，但你也是知晓的，咱们在那边买了许多田地、宅子，去住几年也是不错的。"

莹姐儿终于高兴起来："是吗？原来是这样。"

折绾："对啊，就是这样。"

她也不尽然瞒着莹姐儿，免得她听了些什么乱想，说："勋国公府抢了别人的田地，陛下很生气，怕是不能善终了，你孙家姨母等女眷应该没事，但留在京都就是招人眼，不如先离开，若是真喜欢京都，也可过几年等风平浪静了再回来。"

莹姐儿欢喜地抱住大伯母："这样啊！"

跟祖母和阿娘说的都不一样。祖母说孙伯母整天阴沉沉的，不是个宗妇模样。阿娘则说孙伯母不该收养雁雁姐姐和阿隼哥哥：“瞧瞧，来了几年，竟然把一个勋国公府也煞没了。”

莹姐儿很是不高兴，大声质问：“难道你们是真心实意这么想的吗？”

祖母和阿娘又都讪讪的：“只是说说罢了。”

就图嘴巴快，图说别人的坏处自己舒坦。

但阿娘还是道：“可两个孩子没有福气是真的，之前是孤儿，好不容易进了国公府，好嘛，国公府没了。”

莹姐儿气得哭：“阿娘说话太难听了！”

宋玥娘却想借此机会让她离开这些没福气的，说：“你该跟你表姐她们玩，好歹是正经亲戚。我们宋家百年不倒，岂是这种半路出家的能比的？”

莹姐儿就不愿意看见她。阿娘明知道她跟雁雁姐姐好，却还是喋喋不休。她就喜欢待在大伯母身边。

折绾摸摸她的头：“你阿娘本就不喜欢她们，如今见人家落了难，便更加有偏见，她说什么你也不用介怀，只管坚持自己想的就好了。”

莹姐儿闷闷点头。

过了两天，勋国公府的处置就下来了。勋国公及大房一脉斩立决，二房、三房抄家流放，女眷暂时关押等候发落。

折绾是在这时候进的宫。

太后见了她，就对皇帝道：“你看看，我就知道她要进宫来了。”

折绾脸色苍白，苦笑道：“再是知晓不该，也想试试。臣妇就想着，能不能……能不能斗胆——”

皇帝正在喝茶，闻言放下茶杯：“太后就说你该用那个赏赐了。”

这话一说，折绾就松了口气，她点头，跪下来磕头：“总想着能保全孙家姐姐的性命才行。”

皇帝经过这阵子各家夫人一个个进宫所说的话，大概知晓勋国公妻子过得很是不幸，被勋国公迁怒责骂，继子又不孝，郁郁寡欢多年。

尤其是她还死过一个女儿。这段日子太后一直很伤心，有两天用晚膳的时候还哭了起来：“你知道我怎么活过来的？我是因着还有你，不然只有你妹妹一个人，我是不愿意活的。幸而孩子们都是好的，都愿意帮她，当年有谁帮我呢？皇帝，你还记得当年容妃欺负咱们三个人吗？”

皇帝当然记得。当年皇帝还不是皇帝，只是太子，但父皇专宠容妃母子，把他放在火上烤。妹妹去世之后，容妃还气母亲，母亲气得晕了过去。好在不久之后他就做皇帝了。

他宽慰太后：“母亲的意思，儿子明白的。”

太后：“我也不要你宽恕她为勋国公妻的罪过，不然往后有了类似的案子你不好做，但总有法子吧？你还欠人家阿绾一个赏赐呢。”

这确实是个很好的缘由。毕竟是金口玉言，用在这个地方也算得当。

左右都是妇人幼子，没什么太大的关系。

但人心嘛，实在是难测。他对太后道：“到底也算是朕和您的一个承诺，她愿意用在这种快要成的事情上吗？”

太后不悦：“你们男人家就是想太多。阿绾多好的一个孩子，胆儿小，喜欢踏踏实实做事，恐怕还会觉得自己没有脸面来求这件事情呢。”

果然皇帝就见折绾一脸羞愧惶恐，他就笑起来：“无妨，无妨。朕承诺过的，岂敢失信于人。”

这事情就算是定下了。

折绾感激涕零地磕头：“陛下仁德之心，臣妇等谨记在心。”

她出了宫，一身的汗，玉岫就等在这里，见了她着急地问：“如何了？”

“成了。”

玉岫大为欢喜：“走走走，咱们去牢里接她们。”

陛下旨意下了之后，勋国公府一家子都被关进牢狱了，孙三娘带着两个孩子也在里头，玉岫担心得很。

而此时，牢狱里，勋国公二房和三房的男丁也被关了进去，勋国公听见旨意还没缓过神来，便听到了老二和老三等人的哭声。

勋国公扑过去：“老二、老三——你们还好吧？”

老二、老三本是哭着的，闻言也不哭了，对视一眼，转身就给了勋国公一口唾沫。

“老东西，呸——”

老大就在一边“哈哈”笑：“父亲不是还想着救他们两个吗？如今照样被折腾进来了，这样也好，全家一起上路，也好有个伴。”

勋国公僵在原地，好一会儿才道：“怎么会这样……”

老二大骂：“自从父亲还想保全大哥的时候，就不由父亲掌控了，父亲这般固执，如今高兴了吗？当年母亲去世的时候，就应该把大哥带走的！”

勋国公被老二一句话说得抬不起头来。他喃喃解释：“你们是至亲兄弟，一母同胞，我哪个都不愿意舍弃，不是应当的吗？”

老二看着他这般神情，到底还是心软了一些：“可父亲也该有孰是孰非、大是大非之念！”

老三直白多了：“父亲以为自己是谁？还是当年那个勋国公吗！父亲已经年迈，这些年传出的名声不是纳寡妇就是不行，难道心里真的没有一点数吗？当年别人怎么夸你，这些年就是怎么骂你。父亲是不是只记住了当年，却忘了现在？”

他失望至极，骂完了又丧气道：“就为了保全大哥，便连勋国公府的百年牌匾也不要了……”

勋国公颤抖着嘴唇道：“幕后之人是奔着我来的，心思缜密，绝对不是小辈，我自然不能坐以待毙，只能徐徐图之——”

见他还是撇开老大不谈，老二气笑了：“现在倒是让您图谋到了，全家人齐聚在此，父亲可还满意？”

勋国公颓然：“陛下突然不愿意再见我，不然是可以保全你们的。”

他并不是蠢货，知晓背后动手的人比他想的更加隐秘。

他道：“我本想着此事是王德山一派的手段，这般直白地来布局，是以我为靶子。陛下回过神来，必定会谅解我一二。”

陛下重情义，他当年是有功劳的，陛下想清楚他只是做靶子的事，便多少能够容情。谁知道陛下竟然不顾情面了。

老三一屁股坐在地上：“那您瞧着，如今是谅解了吗？您又是否看得清，您跟王德山比，谁在陛下心里更加重要？”

还以为是从前呢，还以为陛下跟他的情义压得下王德山呢。但就是这一念之差，便葬送了整个勋国公府。

他气得一拳捶在地上，痛骂一声：“直到现在，我们都在您面前了，您还嘴硬得很，半句话不谈大哥，不提您是贪心偏心护着他，才让本可以躲过去的劫数变成了死局。”

老大闻言不乐意了，大声道：“我是受牵连罢了。秦家要是找到你们，给你们田地，你们难道还能不要？”

老二本不愿意多说的，听见这话之后，“噌”地站起来，对着老大就是一脚。勋国公下意识地去护着，那脚便踢在了他的身上。

老二已经顾不上了，又接连踢了几脚。他也不看勋国公，只对老大怒气冲冲道：“我们？谁会给我和三弟布局？众人皆知父亲宠溺于你，所以才有此局。我和三弟向来不如你这般受宠，又怎么敢接五千亩地，父亲怎么又会包庇我们？”

勋国公神色暗了暗，这话他心里承认三分。

老二：“父亲也想想吧！这些年他仗着你和祖母的宠爱，日日拿死去的母亲说事，到底做错了多少事而被原谅，所以才酿成了今日之祸，让全家人跟着受罪！父亲，幕后之人就是知晓咱们家的事情，看准了你的性情，才会把局做到大哥身上去——”

勋国公嘴巴终于不倔了，他低下头去，手颤抖起来。他开始后悔了，喃喃道：“我不该对老大庇护太过的……”

可现在已经晚了！老二心酸地闭上眼睛，顿了顿，又庆幸道：“但大哥做了这么多错事，唯独几年前撺掇舅父给父亲纳寡妇倒是对了。”

老三凉凉接口道："是啊，那次母亲气急了，执意要将大哥分出去，这才有了分家之举，否则我们现在就不是流放，而是跟着父亲一块儿尸首异处了吧？"

勋国公听见这话，便直到这时候才顾念上孙三娘，急忙关切地问："你们母亲怎么样了？"

老二和老三就酸涩起来："她自有朋友救济，无须父亲操心。"

被关押在府里的几天，父亲的好友一个没有出现，继母的几个姐妹倒是都在，一个个送了吃食进来，这才免了他们受饥饿之苦。

老二就道："舅父一家，从咱们出事至今，一句话都没有捎进来过，何况是送吃食。咱们这些老的大的都要流放到云州了，但孩子们托付给舅父一家，我实在是不放心，不知道可不可以求求母亲带去丹阳——"

他们两个可以活下来的，倒是冷静下来了，开始商量起后路。但老大回过味来了，脖子上悬着的大刀越来越重，压得他喘不过气，慢慢地瑟缩，痛哭流涕："怎么会这样？父亲，您再去求求陛下吧，儿子是无妄之灾啊！"

勋国公被两个儿子如此这般骂了一顿，本就苦闷，再见他这般无用地哭哭啼啼，瞬间恼火："你消停些吧！若不是你，咱们家怎么会变成这般！"

老大嚷嚷起来："父亲这就怪我了？还不是父亲无用，这些年皇恩不再，所以他们才敢将你看成是软柿子捏，还真捏着了！"

他哭道："舅舅呢？叫舅舅也去上书，去为咱们鸣冤！"

勋国公被他一顿吼，气急攻心，脸色铁青，"砰"的一声倒地，嘴里吐出一口鲜血来，却没有一个儿子肯去扶他。

隔壁，折绾和玉岫带着干净的衣裳给孙三娘换了外衫，带着雁雁和阿隼出了牢狱。临走之前，她跟折绾道："我还要去看看他。"

折绾理解："我们就在外头等你。"

孙三娘轻笑着点头："好，有你们在，我一点也不怕。"

她深吸一口气，走到了关押勋国公的牢狱跟前。狱卒殷勤备至，还担心她走快了会摔倒。

等到了地方，三个继子看见她来，都激动地扑过来。孙三娘便往后面退了一步，狱卒立马上前："去去去，什么东西？也敢造次！"

而后他朝着孙三娘谄媚道："夫人，小的就在旁边，您有事就叫我。只是也不可说太久，不然坏了规矩。"

孙三娘："多谢你，我说几句话就走。"

她缓缓地看向整个人摔在地上，似乎是晕过去的勋国公，眼神始终平静。

她未发一言，三个继子却已经迫不及待地说起话来。老大痛哭流涕，求她救他出去，老二和老三就懂事多了，只说信不过舅家，只望孙三娘看在这些年他们相安无事的分上，救一救他们的妻子和孩子们。但无论他们怎么说，她都无动于衷，只看向勋国公。老大瞧见了，连忙疯了似的摇他，摇不醒，便用力地在他脸上打了两巴掌，硬生生将晕倒的人给打醒了。

勋国公脸上疼得厉害，一睁开眼睛，便见最宠爱的大儿子瞪着眼睛看他："父亲——父亲，快些叫母亲救儿子出去吧！父亲，儿子求你了，儿子还年轻啊。"

勋国公缓缓地回过神来，抬起头看向这边，艰难地喊了一句："三娘……"

孙三娘："我来见你最后一面。"

勋国公感动："是我对不起你——"

孙三娘："我来看你最后一面，想要告诉你，我如今清楚得很，珑珑之死，你脱不了干系。"

勋国公神色一怔，没想过这般时候，她张口闭口说的还是珑珑。

孙三娘看着眼前这个男人。她厌恶过他，也讨好过他，后来珑珑去世，她万般痛苦，他细心待她，她也是感动过的。但如今想来，他这般的人，连女儿的死也不曾真正承担过责任，实在是恶心至极。

她手指头颤抖着抬起来，指向他："当年珑珑出生，你母亲不喜她是个姑娘，背后骂她，你可曾听见？"

勋国公本想狡辩、解释，但时至今日，这般的狡辩和解释已经不重要了，他顿了顿，还是点头："听见过。"

但他只是觉得母亲愚昧罢了，不觉得值得放在心上。当年是如此想的，现在也是如此想的。他不懂为什么妻子就是放不下此事。

孙三娘眼眶红起来："那你可曾为珑珑……可曾护过珑珑一回？"

勋国公低头惭愧起来："当时母亲替我照顾三个孩子，我对她也愧疚得很。"

孙三娘嫁到勋国公府之后，刚开始闹腾得很，像个孩子一般。勋国公喜爱她的颜色，宠爱她的性子，却也认同母亲说的话："这般的性情，也不知道孙家是怎么养出来的？这般的人，怎么能做宗妇呢？孩子们不能让她来养，更何况是继母。"

勋国公便将孩子们依旧交给母亲养。

谁知道母亲却挑唆几个孩子来憎恨三娘。后来珑珑死了，三娘疯了一般，将珑珑的死怪罪在母亲和老大身上，他也觉得荒唐，便又偏袒了母亲和老大一次，夫妻隔阂也是由此而来的。

他闭上眼睛："是我对不起你和珑珑。"

孙三娘咬牙切齿："你自然对不起——珑珑去世之前，还想着为你作画，想着为你画一幅骑马的画像！你呢？她都烧得滚烫了，你去哪里了！"

孙三娘那般恨自己，最开始也是因为珑珑病的时候，只有她一个人在，她觉得是自己没有照料好女儿。可后面一点一点想明白了。珑珑不是只有母亲，她还有父亲，可勋国公始终没有来管过。

她问：“珑珑去世之前，你去做什么了？”

勋国公脑子在这一刻转得极慢，但竟然也想起来了，他喃喃出声：“老大说，他想谋个官身——”

他就去找人喝酒商议去了。

那日大雨，找他的人晚了一步，等他赶回去的时候，珑珑已经没了气息。

屋子里面乱糟糟的，三娘疯了一般哭，母亲在那里骂三娘照顾不好孩子，若是早将孩子给她养，就不会发生这般的事情。

老二、老三站在一边没有表情，都茫然得很。老大走过来，拉住他小声问：“父亲——你今日是跟汤大人喝酒去了吗？”

虽然没问事情成没成，但勋国公还是生气了，觉得他现在还问这个，简直是丧尽良心。正要骂人，三娘却指着老大骂起来，说他和母亲害死了珑珑。他就顾不上骂老大，而是去制止三娘胡乱攀咬。

再后来，他就没了心思骂老大，这事情便过去了。

他喃喃道：“我应该早点赶回去的。”

孙三娘却在他说完这句话之后冷冷道：“原来是为了老大的官位。我就说怎么找不到你，这些年，我问你，你也不说。”

她嗤笑一声：“你以为，你说了，我会恨老大？”

她的手垂下去，道：“老大走到如今的地步，你跟你的母亲功高至伟。勋国公府有今天，也是你一日日纵容老大出来。你这般的人，即便是到了阎王殿前，也是无颜面见列祖列宗的。”

蛇打七寸。之前说对不起女儿的时候，勋国公还只是羞愧的神情，等孙三娘说出他无颜面见祖宗的话，他彻底绝望起来。

百年荣耀，老祖宗留下的勋字，竟然就这样葬送在他的手里。

他也痛哭流涕，万分后悔起来，一巴掌打在自己脸上：“我错了，我真的错了，我不应该纵容老大的……”

孙三娘更加寒心。

他根本不曾顾念过珑珑。直到此时此刻，他依旧不觉得自己对珑珑有错。不爱就是不爱，即便是死到临头，也得不到真心实意的道歉。

但她也终于彻底放下了。

她突然出声道：“以后，珑珑就是我一个人的女儿了。这些年，我固执地觉得你也该为珑珑的死负责，道歉，理应跟我一样痛苦……”

她转身，道：“但如今想来，我如此要求你，才是最傻的，才是没有放过自己。”

勋国公哭道：“三娘，是我的错，我真的错了。”

孙三娘却已经走了，她已经不想再听见这样的话了。

她脚步飞快，没一会儿就出了监狱，等走到外头的时候，阳光洒在了身上，刺眼得很。

折绾和玉岫就站在不远处，见了她来，立马走过去问：“好了？好了，就快些走吧，这地方我是不愿意待的。”

孙三娘点头，而后见两个孩子从马车里面探出头来，头发已经重新梳过了，也换了新的衣裳，正朝着她喊：“姨母！”

孙三娘眼睛酸涩起来，重重地“哎”了一声：“我在！”

折绾就笑起来：“能安然无恙是好事，可不能哭，快些上马车吧，咱们回去。”

自然是不能去勋国公府了，那里已经被查抄，但折绾早早就准备好了地方。

她道：“里头已经添置了你喜欢的东西，虽然比不上勋国公府那么大，但也不小，你先在这里暂住几天。”

孙三娘拉着她的手：“我听闻，你是用了陛下的赏赐才把我救出来的。”

折绾：“也不算，陛下本就没打算杀你们。”

孙三娘：“我不知如何感激你。”

折绾就轻声道：“不用感激，能帮到你，让你活下来，我也很高兴。”

能让孙三娘活下来当然是好，但每每多活一个好人，她就觉得素膳将来必定也能活，而不是得病去世。

她将孙三娘扶上马车，说：“走，从今以后，只要你想得开，便又是另外一种快活日子。”

玉岫也道：“是，还是阿绾说得对，你现在不是有罪之身，想做什么不能做？就是再嫁也是能行的。”

孙三娘瞪她一眼：“你嫁吧，我是不愿意的。”

等到了宅子里，周掌柜早早地就带着素膳几个人等着了。

她郑重地用柳树枝蘸了水，轻轻地扫在孙三娘和两个孩子的身上，道：“从今往后，一切都会安平，再无困苦。”

蝉月带着素蕤已经在里面忙活一早上了，里里外外都是擦洗过的。崔娘子做了卤肉，素兰的婆婆帮着打下手，素膳就从铺子里面搬来了许多花草。

“花草确实是能够怡情的。”

孙三娘瞧着大家为自己忙碌，瞬间眼眶红了起来，落泪道：“我这辈子算是值了。”

折绾又看向雁雁和阿隼：“莹姐儿他们几个待会儿也过来。”

雁雁高兴地笑起来：“嗯！”

三个人又进去洗漱了一番，里里外外都洗了一遍，散着头发在院子里晒太阳。天热得很，莹姐儿三人来的时候，雁雁的头发都快晒干了。

孩子们聚在一块儿哭，诉说着这些天的思念之情。

莹姐儿哽咽道：“我以为再也见不到你们了。”

但大伯母说，雁雁姐还是要走的。

雁雁和阿隼到底还小，没有想过这些事情，闻言愣了一会儿才道：“也没关系，只要跟姨母待在一块儿就好。”

几个人嘀嘀咕咕，已经商量着离别了。倒是大人牵扯多，孙三娘等人还在说京都的事情。

玉岫：“女眷还家，你暂时不说，其他人就回自己家去吧，咱们不管，只送盘缠。”

折绾也是这个意思，她道：“可以为她们打点后路，却不多做了，尤其是孩子，你已经有了雁雁和阿隼，再多便难以照顾，他们都有舅家，一个个送回去就行了。”

孙三娘笑起来：“难道你们以为我会接手？”

玉岫当然也知道她没有这个心思，说：“就怕你到时候觉得孩子凄苦，下不了狠心。”

孙三娘：“既然如此，我就不出门了，也不去看他们了。”

折绾和玉岫都同意，道：“那就我们来。”

就跟上辈子一样，玉岫开始打点勋国公府其他人，途中勋国公听闻此事，还递话出来说想要见玉岫一面，结果被拒绝了。

折绾跟着一起帮忙，再回府的时候，便发现赵氏看她的眼神不对，似乎带着欣赏，又似乎含着不满。

还是宋玥娘过来说出实情：“你如今可是出尽风头了，外面的夫人们谁不说你一句有情有义？母亲这些日子出门交际，耳朵里听的都是关于你。”

折绾恍然大悟。

宋玥娘问折绾：“孙家姐姐以后该如何啊？”

折绾懒得理她，她也不生气，眼巴巴地跟着：“大嫂嫂，你说啊。”

折绾：“我不知道。”

她转身就走了。

宋玥娘就留在原地叹息：“她这个脾气怎么又臭又硬的？”

但她一点怨言也没有。她觉得折绾跟自家大嫂嫂一样厉害，厉害的人她是不敢招惹的，就跟她愿意听母亲和大嫂嫂的话一样，她乐意听，被打几下也无所谓。

她回去自己待着看书，莹姐儿回来收拾东西，想要把自己的好东西都给雁雁。

宋玥娘眼珠子一转：“带这么多东西……是要走吗？”

莹姐儿没防备，点了头：“是啊。”

宋玥娘：“去哪里呀？”

莹姐儿：“闽南。”

宋玥娘就笑起来：“原来是想着送她们去闽南啊。”

莹姐儿后知后觉地回过味来了：“阿娘！你套我的话！”

宋玥娘还挺得意的：“你大伯母什么都告诉你嘛，她不告诉我又怎样？我还不是知道了。”

莹姐儿气得脸都红了，最终还是觉得不能计较，她只能恨恨地把值钱的东西都带上。

宋玥娘也不心疼，还在一边道：“那个玛瑙样式精致，给她吧，以后就没有这样的好东西了。”

莹姐儿把阿娘推出了门，还去雁雁姐那里住了两天。

（六）

勋国公很快就要被砍头了。

那日折绾倒是没有出门，她在看茶叶的账本。这段日子已经耽搁得够久，她一个身子不能做两件事，于是已经很久没管铺子了。

勋国公被砍头这天，刕鹤春没有去上值，也没有去送勋国公，而是把自己关在屋子里一直没出门，这就跟上辈子的吻合上了。

她今日也没有出门，而是在花草房里面忙活。莹姐儿倒是怕雁雁惶恐不安，独自去了孙三娘那边。

折绾送她出门，见她上了马车，道：“莹姐儿，你自己一个人，可以吗？”

莹姐儿点头：“可以的！”

折绾摸摸她探出窗的头：“那我就不跟着你去了。”

莹姐儿：“嗯！”

折绾等她走了之后才道：“莹姐儿今年长得特别快。”

从前已经够懂事了，但今年更加懂事，这也不知道是好事还是坏事。

刕鹤春足足三天都回家，把自己关在书房里，他更加沉闷了。英国公倒是突然积极地教导起子孙来。不仅是他，还有京都其他的长辈。有勋国公的例子在前面，谁也不敢再放任子孙，尤其是不敢溺爱过头。他将川哥儿、升哥儿及其他房的孙子都拢在一块儿读书，日日都要抽查文章。

刕鹤春看在眼里，并没有多言，等川哥儿从山海院回来，他也不再抽查，只道：“你祖父已经给你增了一份课业，我这里就算了吧。”

川哥儿松了口气，他如今已经长大了许多，对父亲已经没了当年的害怕，但每次跟父亲打交道都会觉得喘不过气来。如此，能少跟父亲说话自然是好的。

他急不可耐地出门去了，路上碰见了正回来的母亲，他停下来问好。

折绾：“刚从你父亲那里来？”

川哥儿：“是，父亲说祖父最近在考校我的学问，他就不问了。”

折绾点头：“那你也轻松一些。”

她说完就要离开，川哥儿却心头一闷，下意识地叫住了她：“母亲——”

折绾：“嗯？”

川哥儿支支吾吾，到底没有问出那句话。

他想问母亲能不能也像教莹姐儿那般教他，但这句话足够让他惶恐不安一天了。

他知道答案。母亲肯定要说，她是女子，不能教他的学问，她一向是这般说的。

他低头，抓着自己的衣裳，半晌没有说出话来，最后道了一句：“母亲……这段日子，我听人说，孙家姨母因为是继母，所以她家的继子们都对她不好。”

升哥儿和莹姐儿说这话的时候，还看了他一眼。他也是继子，母亲是继母。

他当时就觉得脸上很热。好在雁雁姐姐安慰他，道：“折姨母不仅是你的母亲，还是你的姨母，不一样。”

川哥儿才松了口气，他觉得自己不会像勋国公府那几个继子一般。

他对折绾道：“母亲……我以后也会孝顺你的。”

折绾闻言，却没有露出什么其他的神色来，她依旧是那么一副温和的样子，听见这话，没有贬低，没有不信，没有质疑，但也没有说什么“我相信你”的话。她只是温和地说了一句：“随你。”

她急匆匆地转身走了，川哥儿知晓她是忙着去烹茶。母亲最近在煮一些很稀奇的茶叶。

有时候里面加生姜，有时候里面放盐，有时候还放些花花草草进去，每一次她自己都喝，也笑着让人喝。小丫鬟们不怕她，笑笑闹闹地嚷着不喝，萱月还满院子跑，以逃避试茶。

川哥儿很想说他可以试，但他知晓，母亲不会让。祖母也不会让。祖母说，他是家里唯一的嫡长子，但凡有一点危险的事都不要做。他有时候觉得，母亲跟自己生疏有隔阂是因为祖母。

他失魂落魄地去了前院，升哥儿拉着他到一边道：“咱们下午去找阿隼哥哥吧？他就要走了，临走之前，咱们给他饯行。”

川哥儿打起精神：“好啊，咱们自己出银子叫厨子做好饭菜带过去。”

两个人正正经经地商量起此事来，但莹姐儿晚上回来道：“还不急着走！”

川哥儿如今如同惊弓之鸟：“为什么？难道出了什么变故？”

莹姐儿给自己倒了一杯茶，说：“不是出了变故，而是……而是孙家姨母在等孙家的信件。”

孩子们都不小了，都知晓出嫁女要是夫家被抄家，又等不到娘家的来信是什么意思。

升哥儿小声道："我听阿隼哥哥说，好像是孙家姨母的哥哥不愿意接她们回去。"

这是他们不能理解的。都是至亲骨肉，为什么要撇清干系呢？

莹姐儿看得开："将来你们要是跟我断了亲，我也不怕。"

升哥儿白了她一眼："你别什么都往自己身上套嘛，孙家姨母真是太可怜了。"

他怎么可能抛弃莹姐儿不管呢？绝对不可能。

川哥儿也道："我们是男人，会护着你的。"

莹姐儿："还是我自己护着自己吧。"

她看了勋国公府一场戏，倒是把性情看得偏激了。折绾便不要她再参与这些事情，说："你好好地读书吧！"

莹姐儿"嘿嘿"地笑："我知道的，我又不愤世嫉俗。"

她只是想不明白而已。她小声问："若是孙家人不来，孙姨母会很伤心吧？"

折绾点头："肯定的。但这也不是坏事。我们这般的年岁了，要是还在意这个，看不清这个，往后无论碰见什么事情，都艰难得很。"

彻底看开，反而是好事。

她道："我从前觉得，人生贫穷，别人看不起我，骂我几句，便是大劫难了，等回去之后，还整宿整宿地睡不着觉。"

但是后来大了，走到现在，便觉得除去至亲之人的离世，其他都是浮云。

"总有更加艰难的事情发生，但我们总能跨过去。你孙家姨母也是这般想的，父母兄长不来接，看开了，也算不得什么。"

人这一辈子，不要期待不在意你的人愧疚或帮你，要活好自己才行。

这个道理，她也是最近看到勋国公府的事情才明白的。

她恍惚间叹息了一句："我之前其实……其实也没有完全看开，我那股执念啊……可能隐隐约约，总是希望有人能够为此负责，为此愧疚的。"

她又笑起来："但现在想通了，也是无碍的。"

孙三娘又在京都待了三个月，到底还是没有等来孙家的来信。她的身子一直不好，在牢狱里待了几天，倒是抽丝剥茧一般将她抽去了几分生气，但她又顽强地把这些失去的气都养了回来。

她对折绾道："我要去闽南。"

折绾也不意外，点头："好。"

她之前一直没有提过，随孙三娘自己选。她把自己的打算说了出来："去闽南，刚开始会不适应，但可以先过渡地住一住。那里有袁夫人、素兰，还有袁大人和刕鹤悯，你是无忧的。你还记得我几年前允诺给你的田地吗？”

孙三娘一愣，想了一会儿才想起来：“是有这么一回事。”

她还记得阿绾说，先不给她放在名下，等以后再给她。她当时还觉得阿绾这话说得很是奇怪，没想到在今日真的用上了。

她迟疑起来：“你莫不是有天眼？”

折绾“哈哈”大笑：“天眼？这也算不上天眼。”

若真是有天眼，便什么都不怕了。但不管如何，有了这些，孙三娘的后半辈子就不愁了。

折绾小声道：“闽南的地还便宜得很呢，后头会更贵的，你这是手握银山。”

孙三娘便抱住她道：“阿绾，谢谢当初的我能够认识你。”

折绾却笑着道：“不，是我要谢谢你和玉岫。当初，我刚刚试探性地出门，想要过一种不同的活法，你和玉岫就给了我莫大的善意。”

那时候她高兴又忐忑，晚上也是不安的，以至于今天再回首七八年前的自己，她又觉得自己当年很是稚嫩。

她拍拍孙三娘的肩膀：“去吧，去闽南，去江南，去你想去的地方。”

十月，孙三娘再次进宫拜别了太后，便要开始准备离去了。她以过来人的身份对太后说：“咱们对逝去的人在意，她们是可以感受到的。她们该往生，有新的家人，我们便也该让此事过去。”

她对太后道：“您是个极好极好的人，相信孩子们都不会怪罪您。”

太后痛哭了一场。

折绾安慰完太后，去送孙三娘，带着孩子们一起。

玉岫哭得不成样子，道：“你别心狠，要常写信给我才是。”

孙三娘点头答应，又看向折绾：“我……”

她拍拍阿绾的肩膀：“我不担心玉岫，倒是担心你。阿绾，我们都要好好的啊！”

折绾点头。

今日来送孙三娘的不止她和玉岫两人，越王妃、潘夫人、于老夫人等人都来了。

折绾见了还颇为感慨。上辈子，只有玉岫一个人顶着压力收尸，这辈子好歹离开的时候，还有诸位夫人一块儿相送。

孩子们也依依不舍，莹姐儿摸了摸雁雁姐姐戴在手上的铜铃鸟，道：“以后你要是换了模样，我就认这个铜铃。”

雁雁却道：“不会的，你会一眼认出我的。”

莹姐儿又要掉眼泪了。

等孙三娘带着两个孩子上马车，莹姐儿哭得最厉害，马车一走，她还跟着跑了几步。

折绾连忙去抱住她："没事，没事——以后肯定还能见呢。"

卷十 非必入山，凡尘洗心

/ 人这一辈子，自应“别有人间”，得无念，得无名。/

（一）

随着勋国公府被抄家，死的死，流放的流放，京都宴席都少了许多。往年仗着父辈祖辈恩宠的纨绔子弟也被拘在家里，不在陛下的“兴头”上闹事。

没错，自从处置完勋国公之后，皇帝似乎看这些当年有功如今“混”日子的勋贵不顺眼了。他后知后觉地发现，勋国公之所以会如此糊涂，还是因为这些年仗着自己有功就不思进取，于君于民都在“混”，所以才会脑子迟钝成这般。这跟全凌之有什么不一样的？都是些尸位素餐之人。

皇帝一想通这个，便心里对各家态度有了数，言语上带出一些来，势必要让占着官位的人心生警醒，勤勤恳恳才行。

想吃老本？门都没有，他恨不得让臣子们日日夜夜不停歇。

在朝廷能混到现在的都是老狐狸了，各有各的对策，并不怕皇帝怪罪。只是到底害怕家里有“不肖子孙”，于是该关起来就关起来，该打两顿就打两顿，没了他们，京都霎时消停了一半。

但折绾在此类消停里得了不少请帖，衬得她这里热热闹闹的。

十一月，天冷了许多，莹姐儿因为送走了雁雁，整个人都是闷闷不乐的。折绾便没有出门，整日都在家里陪她。

帖子一张一张地送过来，虽然没有大宴，但私人小宴她也不愿意去，便通通婉拒了。

说的缘由是病了，病了就不好出门，便真的不出门，一心一意地在家里种花种草。

她在前面摘花，莹姐儿就跟在后面捧着，两个人都说着过几日给孙三娘等人寄东西的事情。

折绾："她们离开半个月，走得慢，咱们半个月后送，送得快，前后就不差天数了，等她们一到闽南，咱们的东西也就到了她们手里。"

莹姐儿道："也不能送太多东西，不然哪里能送得快。"

她掰着手指头算："咱们送的东西是走水路还是官路？要多少银钱？万一路上出了意外怎么办？"

折绾笑出来："应该不会吧？"

莹姐儿却越来越是一个周全的性子："还是要考虑到的。"

折绾就随她去算了。

两人一人捧着一怀的花回去，路上还碰见了扛锄头的川哥儿。

刕鹤春最近在后院开垦了一块地。当初他给皇帝写信说要种地也不是信口胡说，而是真的，只是后来马上就出了王德山和勋国公的事情，便荒废了些时日。如今尘埃落定，他也开始扛起锄头来挖地。折绾瞧过他挖地的架势，倒是有些力气在，其他的技巧就没了。

川哥儿就被他拎过去一块儿挖，还特意买了一把小锄头，拿在手里很是合适。

英国公瞧见了，却把刕鹤春叫到书房里去，道："鹤悯是确定不会回来了，他一个人在外，儿女自然顾不上。他媳妇……你也是知晓的，所以你媳妇经常顾着莹姐儿，我很是欣慰。便剩下一个升哥儿，他也是你的侄儿，小时候还算了，如今年岁渐长，开始记事，你也该对他好些，一视同仁，否则他心里也有计较。"

刕鹤春"嗯"了一声，并不多说。

英国公便叹息道："像今日挖地的事情，你就该带上升哥儿一块儿，一则升哥儿记事了，会记住你的好，二则你和鹤悯子嗣艰难，升哥儿和川哥儿便更要互相扶持。"

他从前也没有太在意此事，只是勋国公府的事情一出，他就惊出了一身冷汗。

家里子嗣和睦才是家族长久的根本。鹤春和鹤悯已经不对付，这难以改变，可是孙子们关系不错，不能再出现隔阂。

英国公不免继续劝刕鹤春："鹤悯不在升哥儿身边，升哥儿又记不住小时候的事，你对他好不好，他都忘记了，便没什么相干，可你以后对他好，他都是能记住的。"

一口一个记事，一口一个记住不记住的，倒把刕鹤春说得眉头紧皱。他道："父亲这般说，三弟也会不高兴吧？"

怎么家中子嗣之事，父亲分析这分析那，都是以利益说话。难道父亲说一句让他单纯地照顾侄儿，他还会不愿意？

他不高兴起来："锄地本来就是辛苦活，我也不是故意不叫升哥儿的，只是三弟妹看他看得紧，我让他锄地，她还以为我欺负他们母子，实在是烦人，便干脆少一桩事。”

英国公连忙说：“女人家懂什么，这些我来处理，你只把升哥儿当作自己的儿子就行，万不可厚此薄彼，免得让他们兄弟两个为难。”

等劭鹤春走了，他就去了赵氏那边，道：“你也劝劝老三媳妇，升哥儿形单影只，不跟兄弟一块儿，难道要像他老子一样出去单打独斗吗？”

可见他对三儿子也是有些不满的，但到底还是欣慰：“老三有此殊荣，是他自小就聪慧，可我瞧着升哥儿没有老三的手段和心智，还是依附家里吧。”

川哥儿将来是要承袭爵位的，是未来的英国公，无论升哥儿多么聪慧，只要没有达到劭鹤惘那一步，他将来都会低于川哥儿。

他道：“升哥儿需要川哥儿去扶一把，不然脱离了英国公府，他在京都就泯然众人矣。”

赵氏正想拿捏拿捏宋玥娘，闻言点头道：“她头发长见识短，哪里想得到这些，我明日就跟她说。”

英国公并不愿意跟宋玥娘直接说这些，但也不相信赵氏，还特意叮嘱道：“你要好好说，别总是嘴里没有一句好话。”

赵氏心梗：“你说的又是什么好话？我哪里就那么差！”

英国公：“没有才是最好的。”

可第二天他回来的时候，就听闻赵氏跟老三媳妇吵了起来，老三媳妇直接带着升哥儿回了宋家。他头疼得不行：“怎么回事？”

赵氏没有直接说，而是哭道：“我娘家不亲，儿子不疼，丈夫也靠不上，哪里有人会把我放在眼里？”

这就是说宋玥娘不孝顺了。英国公也觉得宋玥娘过于骄纵，但人家父兄都在京都，且都深受皇恩，便只能对赵氏说：“定然是你说错话了。”

赵氏气得哆嗦起来：“如今连你也欺负我，我活着还有什么意思。”

她想起这些年的不容易就心酸，觉得一家子个个都对她不好，而后就想到了莺姐儿。

她哭道：“都说女儿最是心疼母亲，若是莺姐儿还在，我必定不会落到如此地步，至少有个知心人说说话。”

英国公便马上道：“都叫你不要说这个了！”

赵氏喃喃道：“我就在家里说一说怎么了？我又没说对太后的不满！”

英国公吓得脸色一白，道：“后面这几个字，你说都不要说！万一被别人听了去，被有心人传扬，怕是要害了一家人的！”

陛下这阵子正心中不痛快，若是赵氏对太后不满的事情传到他耳朵里，英国公府便有苦头吃了。

他甩了袖子，道：“好自为之吧，瞧瞧前头的勋国公府，现在断壁残垣，这才多久，已经破落得不成样子了。你难道想要咱们家也变成这样？”

赵氏缩缩脖子，心里越发苦，竟然好几天晚上都梦见了莺姐儿。

折绾听闻的时候正在跟莹姐儿跳百索，两个人跳得满头是汗，墨月给她擦脸的时候道：“听闻老夫人请了和尚回来给死去的那位大姑娘念经。”

折绾：“我就说怎么有和尚念经的声音，原来是这样。”

她就跟莹姐儿道：“这段日子，你先别去你祖母那里，且有得闹腾。

果然山海院就闹腾了起来。英国公知晓有和尚来念经后，脸色沉了下去，急匆匆地跑回去跟赵氏呛声，所用言语无不贬低，气得赵氏过去推人，英国公反手一推，便将人推倒在了地上。但英国公也没有讨到好，脑门上被抓出几道抓痕。这就不能去上朝了，否则要遭人笑话。

他恼怒地把劭鹤春叫到书房去：“且劝劝你的母亲，别在这种时候生事，不然一个不好，咱们府里又该如何？”

劭鹤春当面不说什么，回去便跟折绾道：“父亲小心过头了，被勋国公府的事情吓破了胆子，这般战战兢兢，小家子气，反而被陛下不喜。”

这点折绾倒是跟劭鹤春的念头一般。英国公被陛下评定为“平庸”，不是没有缘由的。他事事小心谨慎，但对圣意揣摩不准，如同此事一般，他大大方方的，便也没什么，偏要推一把赵氏，自己也被抓伤，就要藏着掖着不去上朝，最后若是缘由暴露在陛下面前，反倒是要被骂。

劭鹤春这些话也只有跟折绾说了说，他道：“父亲下回再敢对母亲动手，我也是要插手的。”

折绾便看他：“你为何现在不插手呢？”

劭鹤春有自己的理由：“父母之事，儿女不好轻易插手，他们有自己的相处之道。”

折绾笑了笑没说话，没说对，也没说错，她只站起来就出门。

劭鹤春知晓她要去宫里见太后，便道：“父亲刚刚还叮嘱我，让我说与你，不要把家里的事情说与太后。”

折绾：“自然。”

她说这些给太后添堵做什么？

孙三娘走后，太后大概因为她的话想到了从前，大哭过两次，而后身子便隐隐有些不好。陛下是个十足的孝子，为此一下朝就去守着，等太后渐渐地能出来踱步赏花才松了口气。

皇帝还特意对她道：“你哄太后高兴些，朕重重有赏。”

折绾倒是不用赏赐，太后帮了她的大忙，她是真心实意愿意陪着太后的。

正因着这份真心，皇帝对她越发满意，还笑着对太后道：“各人有各人的缘法，英国公府这些孩子倒是都跟母亲有缘分。”

太后：“是，都是好孩子。”

等皇帝走了，太后还跟折绾道：“鹤春有些日子没来了，是忙着呢？”

折绾小声道：“他想升官。”

太后笑起来：“陛下就喜欢他这个性子，勤勉，肯吃苦。”

顿了顿，她又问赵氏：“你婆母还好吗？”

折绾：“好，还是老样子。”

太后叹息：“我最近总梦见莺姐儿和宁昭。”

宁昭长公主是她的女儿，八岁就去世了，莺姐儿年纪大些，但也大不了多少。

太后：“皇帝这段日子又想把十三公主送来，我怎么敢接呢？”

她再也承担不起一个孩子夭折的痛了。

折绾轻轻地给她捶腿，道：“那就不养。”

太后突然就哽咽起来：“阿绾，三娘走出来了，可我还没有。”

她说到这里，拿出帕子擦眼泪：“她说，孩子们需要往生，我们也需要将此事跨过去。可我跟她不同。”

宁昭是因病去世的，她心里不好受，却也能放过自己。可莺姐儿不是。

她道：“她是我抱进宫里来的，是死在我怀里的。我总觉得，若不是我抱她进宫里，她就不会去世。”

她思念宁昭，放不下莺姐儿，便也觉得自己是个不祥之人。

可她依旧贪恋孩子们在跟前。她道：“你和丹崖来的时候，我心里是欢喜的，可也惶恐不安。我就想着，我不留她过夜，也不留你过夜，这般算不得我养的吧？”

折绾听得心头一酸。

太后确实从不让她在宫里过夜，也不让她连续多日来皇宫。她就怕自己的煞气冲撞了她们的气运。可无论是丹崖还是她，仅仅这般进宫陪她说说话，她就愿意为她们掏心掏肺。比如这次三娘的事情，还有茶叶的事情，太后都在暗中帮着她。但她除了进宫陪着太后，也帮不上其他忙。

此事……年代久远，已经成了太后心里放不下的过去，她开导不了。

折绾叹息一声，握着太后的手，说：“您将来的日子还长着呢，万万不可伤心过甚，坏了身子。”

她去世的时候，太后还活在世上。

但无论她怎么说，太后的精神还是时好时坏。

过年之前，皇帝心里挂念着太后，在各处妃嫔那里用膳也用不好，还对着亲近的大臣叹息：“朕当年若是没有母后一步步地教导扶持，也很难稳稳当当地坐在皇位上。”

吓得臣子们跪在地上连连安慰。

直到过年，皇宫里还不敢有欢声笑语。皇帝还让折绾住在太后的宫里陪着她，但太后坚决不允，道："我好着呢，只是精神差了一些，这是到了年岁，一年又一年，自然是一年差一年，哪里就需要你这般担心了？"

皇帝年岁越大，越是对太后孝顺，他把儿子们都拢到太后的宫里去，道："这样总行了吧？是男人，又不是姑娘家。"

太后哭笑不得，却也不愿意王爷们常来。她道："有阿绾和丹崖常来就行了，我哪里有那么多精力搭理他们。"

玉丹崖怀孕之后，太后也不见她了。她怕自己没福气，会将丹崖的孩子吓出意外。

这种小心翼翼，虽然不曾明说，但明眼人都看得出来。

莹姐儿在宫外也听闻太后病了。她好奇地道："太后是不是从未出过宫？"

折绾点头："何止不曾出宫，她连自己的长乐宫也不愿意出。"

莹姐儿："那她应该出来走走，人怎么能一直闷在一个地方呢？"

折绾摸摸她的头："我们莹姐儿真聪慧。"

但太后被困在那里了，走不出去。

（二）

大年初三，折绾和刕鹤春要进宫给太后请安，刚要出门，便见英国公叫他们过去。

英国公坐在堂厅里，迟疑地道："你们这回去，不如跟太后提一提，下回带着莹姐儿一块儿去。"

折绾的手就慢慢地握紧，问："父亲这是什么意思？"

英国公："咱们深受皇恩，自然要回报陛下和太后。"

他也是想了很久才做出的决定。鹤春看起来是不被陛下喜爱了，鹤悯倒是在外光宗耀祖，可是京都要一个跟在陛下身边的人才行。这般外头一个，京都一个，互相扶持，才能让英国公府长久下去。

折绾是女子，莹姐儿也是女子，英国公的意思倒不是让莹姐儿跟着折绾一块儿进宫受宠。他还是想让川哥儿或者升哥儿走一走当年刕鹤春的路。刕鹤春当年是怎么被陛下养在身边的，那川哥儿和升哥儿或许也有机会。

折绾便气笑了，她第一次对英国公出言不逊："父亲真是机关算尽。"

她断然拒绝："儿媳不会说的，太后也不会愿意。"

英国公恼羞成怒，却不愿意跟她一个女人争辩这些，只对刕鹤春道："你媳妇不懂大局，你回去跟她好好说一说才是。"

刕鹤春却知晓父亲这是舍不得当年他在陛下面前行走带来的好处，他比折绾更懂得如何跟父亲打交道，便道："父亲还是跟三弟和三弟妹说一说最好。"

英国公颇为无奈："你们是不知道多少人排着队送姑娘进宫陪伴太后，

我若是写信给鹤悯，一来一回不知道费去了多少时间，等他回信，黄花菜都凉了。”

他好笑地解释道：“那种克女的无稽之谈，难道你们也信？我就直言吧，这也不是咱们一家的主意，多少家都想走鹤春当年的路。”

身为一族之长，他要打算走的路自然更长远。他站起来，道：“我心意已决，你们若是不说，那我就去跟陛下说。”

只是由折绾等人说出来会更加合适一些罢了。且不管陛下愿意不愿意，总要表一表忠心的。

折绾便冷笑道：“父亲尽管去说吧，陛下面前，难道要留下一个‘求荣’的印象吗？”

英国公皱眉：“老大媳妇，你平日里瞧着也算是懂事，如今却是越发气势大了。”

折绾笑了笑：“不及父亲的念头大，太后连十三公主也不愿意养，父亲为什么觉得太后会养莹姐儿呢？我猜，当年母亲给莹姐儿取名为莹的时候，父亲心里怕是就有念头了。”

莹姐儿、莺姐儿。

折绾深吸一口气：“我且告诉父亲，太后并不克女，我自然是觉得这般谣言无稽之言。但太后也不会让莹姐儿住进宫里去，就像当年的莺姐姐一般。”

她说完此话，转身就走，根本懒得跟他费口舌。

劭鹤春心里倒是痛快，他笑了笑：“父亲还是弃了这个念头吧，太后面前，难道父亲比阿绾熟悉吗？太后的性子，父亲比阿绾懂吗？”

他跟着折绾离去，倒是将英国公气个仰倒。他的手颤抖着捂住心口，半晌喃喃道：“鹤春还是恨上我了。”

他深吸一口气：“我这是运筹帷幄！没有我这般机关算尽，他们哪里来的这般好仕途？哪里能在太后和陛下面前露脸？京都一片瓦掉下来就是一个官，一个世家子，一个世家妇——没有我，他们能跟这群人分得开？”

一群人，如此年岁了，还要他来操办这些事情，竟然还反过来嘲笑他。

他对鹤春实在是失望。还是养得太过天真了，因知晓陛下喜欢这般的性情，他也没有多加管教，只任由他去，谁知道养成了现在这样！

但一个儿子废了，他也不愿意跟老三因为这事闹僵，老三的性子孤僻，说话做事并不顾及他的脸面，要是到时候闹起来，自己怕是也如同勋国公一般成为笑话。

所以因着劭鹤春的话，他又给老三去了一封信，还把宋玥娘叫到跟前去说。

他的那套为了孩子们好的说辞在宋玥娘面前行不通。

宋玥娘本来带着儿子回了娘家，但临近过年，还是被父母送了回来。她忙活了一年，正是疲惫的时候猛然听见此事，惊得后背汗毛都竖起来了，对着英国公瞪了一眼。

因事关太后，她不敢高声放肆，但她跟赵氏多年婆媳，无话不谈，上回赵氏曾把她的事情说与四夫人，这回她也能把赵氏告诉她的事情说与英国公。

她压低了声音，笑着道："父亲未免做得太过了些。当年莺姐姐进宫，本是不愿意的，可父亲非得她去，临行前还骂了她，她这才在太后的宫里落泪，被太后看中了。我听母亲说，父亲在这些事情上尤为有手段，这一招，莫非参照了'曲有误，周郎顾'？"

英国公能打赵氏，却不敢打宋玥娘，只能任由她阴阳怪气，气得一巴掌拍在桌子上，低声骂："你胡说八道些什么！"

宋玥娘"啧啧"一句："我哪里敢胡说八道，我这个人最是老实了，但谁也别想欺负我的孩子！"

她的脾气横冲直撞，能这般阴阳怪气几句，已经是极限了，当即就道："不行，父亲就替鹤悯休了我吧！我带着两个孩子回娘家去，我也不是那般破落户，非得死活赖在这里不走，我有娘家父母和兄弟养活。"

英国公气得直哆嗦："反了，反了，都反了。"

等折绾回来的时候，便听闻宋玥娘带着升哥儿和莹姐儿又回娘家去了。

英国公气倒了。

但这事情，到底是被太后知晓了。只因太子妃去太后宫里的时候，碰见折绾，问了一句："听闻你三弟妹最近带着孩子在宋家住？"

折绾就笑了笑："是，宋家老夫人最近身子有些不痛快，玥娘自来孝顺，便回去伺候。"

太子妃便道："是个孝女。"

宫里的话，一句三婉转，太子妃的话没有说尽，太后却起了疑心，小声问："怎么回事啊？"

折绾："就是我上回进宫跟您说的，父亲想要莹姐儿进宫陪您。"

太后皱眉："我不是拒绝了吗？"

折绾说："父亲给三弟去了信，还找三弟妹说了。"

太后闻言叹息："当年莺姐儿也是被他这般送进来的。"

折绾就笑着给她捶背："上回莹姐儿还问您呢。"

太后打起精神："哦？"

她一直听折绾说莹姐儿的趣事。虽然两人未曾见过，但是她知晓莹姐儿和雁姐儿给折绾送了昙花。如今她的宫里也养着几盆昙花呢，她也想许个愿望。

其实英国公的主意打错了，即便是不把莹姐儿送进来，她也不会亏待莺姐儿的侄儿侄女，她这辈子，最感到歉疚的人就是莺姐儿和宁昭了。

折绾轻声道："莹姐儿说，您为什么不出去走走？一直待在这个小屋子里多闷啊。"

太后心一酸："难为你愿意把这句话说给我听，也不怕我出事。"

她要是真动了心思出门，万一出了什么事情，折绾就难逃罪责了。

折绾就将一个暖炉送到她的手里，道："之前是不敢说的，可最近又年长了一岁，总觉得在您面前说话，若是还顾忌那么多，也对不住您的情义。"

太后眼眶一红："你是个好孩子。"

她却没有想过出去走走，但顿了顿，又问："我能去哪里呢？"

折绾："先在宫里面四处走走？您一年又一年，都在长乐宫里，再远一点，便是长乐宫的小花园。"

太后好像给自己画了一个圈，她就在这个圈子里面走了一年又一年，守着她的宁昭，守着她的莺姐儿。

折绾温和地笑着道："等您愿意了，我还想带您去我的铺子里坐一坐。"

宋家这回没有送宋玥娘回去了。折绾去宋家的时候，玉岫拉着她的手道："我原本以为你婆母是个糊涂的，没想到你公爹比你婆母更加糊涂！"

折绾："这不是凑一块儿去了吗？"

她四处看，问："莹姐儿呢？"

玉岫："她跟她表姊妹们一块儿玩呢，又在跳百索。"

折绾笑起来："她如今力气大多是跳百索跳的，你家的姑娘跳一跳也好，莹姐儿如今一年到头都不病一次。"

平哥儿从启蒙先生那里回来，听闻折绾来了，急匆匆地跑进屋，大声喊："干娘！"

折绾笑着道："平哥儿，来我这里。"

平哥儿坐下来就背了一首诗。他道："等您下回来，我就能背更多的诗了。"

折绾："好啊，那下回我给你送张好案桌来吧？"

平哥儿羞涩地道："我不想要案桌，想要莹表姐的惊鸟铃。"

但他不敢对莹表姐说。莹表姐可凶了，一个不好就要瞪人。

折绾痛快地答应："行。"

不知道是不是真有缘分，平哥儿也很喜欢种花。玉岫便给他也布置了一个花房。但平哥儿很是腼腆，说话做事都慢吞吞的，跟家里三个经常调皮捣蛋的哥哥不同，他自小就很安静。

玉岫经常道："我就说他像我，不仅长得像，性子也像。"

折绾白她一眼："你是不是对自己有什么误会？你可一点也不文静。至少平哥儿是有真才实学的，并不附庸风雅。"

玉岫："你就气我吧！"

正说着，莹姐儿满头大汗地跑了进来，兴奋道："我跳了八百个！"

折绾替她擦汗，玉岫往外头张望："你阿娘呢？"

莹姐儿："在跟外祖母一块儿说话。"

她说完之后捏一捏大伯母的手，眨眨眼睛。

折绾明白，她笑着道："玉姐姐，我跟着莹姐儿去跳百索。"

玉岫"啧"了一声："行——去吧。"

平哥儿连忙站起来要跟着去，玉岫就拉着他："傻小子，一点眼力见都没有，你这般跟着去，小心你莹表姐不给你惊鸟铃了。"

平哥儿又眼巴巴地坐回去，他伸长了脖子："她们什么时候回来呀？"

玉岫："估计快走了。"

她猜得一点没错，莹姐儿想回家了。虽然外祖家人人都对她很好，也什么都为她准备最好的，但她还是想念自己的屋子，想念她在"别有人间"养的昙花，以及做铃铛的小书房。她也知道阿娘突然带着她来外祖家肯定是出事了，可没人跟她说什么事情，她也不问，只是到底担心。她小声说："是不是跟我有关呀？"

折绾点了点头："算是吧。"

她一直把莹姐儿当作一个小大人，所以她问了，折绾就没有瞒着她："你祖父想让你进宫陪太后。"

莹姐儿想了想道："也可以呀，我听大伯母说过太后，我愿意进宫陪陪她。"

折绾："莹姐儿是个心地善良的好孩子，但你祖父想把你送进去，是为了给川哥儿和升哥儿铺路。"

她弯腰摸摸莹姐儿的头："如此动心不纯，宫里又是明刀暗箭的，你进去之后，祖父今日让你做这个，明天让你跟太后和陛下说几句他教给你的话，你还会高兴吗？"

莹姐儿诧异道："祖父还会这样吗？"

折绾一点也不避讳着莹姐儿说英国公的坏话："他肯定会的。"

莹姐儿深深地皱起了眉头："没想到祖父是这般的人。"

折绾就拉着她的手慢慢地在前面走，说："这回你阿娘是硬气的，直接带着你回来了。"

莹姐儿不了解祖父，却了解阿娘，她笑了笑："我知晓，阿娘以为太后会克我。"

她从不怀疑阿娘爱她的心，但若不是太后有克女的传言，说不定阿娘就答应了。阿娘也是希望她和升哥儿都好的。

莹姐儿幽幽地叹口气："大伯母，那我什么时候可以回去啊？"

折绾："你再等等，总得等你外祖父过去跟你祖父交涉才行。"

莹姐儿点头。等折绾走后，她回到屋子里，阿娘还在跟外祖母说祖父祖母的坏话，见了她来也没停，道："我婆母说，当年莺姐姐进了宫，公爹就让莺姐儿说自己在宫里面寂寞，这才让大哥也进宫了。"

她恨恨道："可惜鹤悯当年年纪小一点，便没进宫去，否则哪里还要远走江南为官？"

宋老夫人咳嗽一声，示意她孩子来了，不要再说了。但宋玥娘没管，将莹姐儿一捞，带进了自己的怀里，抱着莹姐儿道："这回又是一样，别说是我不愿意莹姐儿进宫被太后克……咳……不愿意莹姐儿进宫，就是愿意，公爹偏心眼，定然是送川哥儿进宫的，我们升哥儿一点好处都没有。"

宋老夫人听得一巴掌打在她手上："闭嘴吧！"

宋玥娘摸摸莹姐儿的头："乖女儿，你放心，就是有泼天的富贵，阿娘也不要，只要你平平安安的。"

莹姐儿静静地点头，她笑着道："升哥儿呢？"

宋玥娘："跟你表哥、表弟们读书呢。"

她说完之后，又忍不住跟自家阿娘炫耀："我家的莹姐儿和升哥儿是极好的，跟我和他们阿爹一般，我真是不懂，川哥儿和大哥哪里比得过升哥儿和鹤悯？公爹真是偏心。"

宋老夫人无奈地道："莹姐儿，你先出去玩吧，我要教训教训你阿娘。你是女儿，看着她被打有违孝道。"

莹姐儿笑着出门了，她站在廊下，一个人站着，静静地看向前方，突然顿了顿，抬起头看向天上。

一群鸟儿从天空飞过。

她想雁雁姐姐了。

平哥儿眼巴巴地扒在墙角看着她。莹姐儿朝着他招招手，平哥儿迅速跑过来。

"表姐。"

莹姐儿："你是不是想要惊鸟铃啊？"

平哥儿连忙点头："我的花总是被鸟啄。"

莹姐儿："行，我屋子里有，我给你一个。"

平哥儿连忙跟着。

莹姐儿进屋子找自己的小铃铛，平哥儿凑过去看，发现莹表姐真的有好多惊鸟铃啊！他好奇地看向一个铜铃，道："这个好漂亮啊。"

莹姐儿："那是我要送人的，不能给你。"

平哥儿："送谁啊？"

莹姐儿："我最好的朋友。"

平哥儿："哦！我知道，雁雁阿姐！"

莹姐儿笑起来："是，你还记得她？"

平哥儿："我又不是小孩子，自然是记得的。雁雁阿姐没有走很久啊。"

但是……他迟疑道："雁雁阿姐的名字也带鸟，可以送惊鸟铃吗？"

莹姐儿闻言一愣，而后学着当年大伯母的话，摸了摸平哥儿的头道：“可以的。”

她笑起来：“她又不落在檐下。”

她想，我也不能躲在檐下。

（三）

接下来的日子，折绾不是进宫陪太后，就是去宋家陪莹姐儿，下午从宫里和宋家回来的时候，转道去铺子里看看素膳，日子倒是也过得平静。

只是她看江南的游记更多了，她盘算着自己什么时候才能去闽南看看。

如今什么事情都定了。玉岫的平哥儿保住了，孙姐姐也保住了，茶叶也卖出去了，闽南的地也买了。袁大人在闽南扎根，刕鹤悯的越州离闽南不远，王夫人也在淮州。

京都—淮州—越州—闽南，处处都有人接应。

素膳也还活着。

她每天晚上都盘算着这些，想着该怎么自然地用一个大家都接受的借口，在一个清晨，带着素膳走过那堵蔷薇花开满的墙，而后坐在马车上出城门，走过郊外，一路南下。只要想到素膳坐在马车里活蹦乱跳的，她就高兴得掉眼泪。

她真是年岁又大了一些，不禁想起从前，一想就会哭。

而后思绪一顿，她想，她还要问问莹姐儿愿不愿意出门去看看。

宋玥娘年轻的时候，也是跟着家里兄长出门游学过的。莹姐儿跟着去，即便不去闽南，只去越州见刕鹤悯，宋家人和宋玥娘应该也会同意。

她翻个身，掰开手指头算来算去，如今挂念在心头的只剩下一个太后娘娘。

太后帮了她，此刻正是难熬的时候，她不能离开。

不急。她想，一路上可能还有许多危险，她要每样都想好。她已经等了六七年，她不怕再等一两年，要事无巨细才行。

她翻个身，又爬起来，给孙三娘写信，一写就是一个晚上，第二天打着哈欠进宫。

二月的时候，太后有了想出门的念头。这是一个自己控制不住的念头，起了心，动了念，便觉得在长乐宫里躺着是件难受的事情。但她已经十几年没有出门过了。

折绾并不催她，她笑着道：“一天挪一步，也是好的。”

太后：“你哄孩子呢。”

她可不是孩子。她试探性地搭着阿绾的手，走出了长乐宫的门。在出门的那一刻，她的心都颤了颤。她不肯动了，好像外头是什么洪水猛兽一般，她又退了回去。

但太后这一步，让还在御书房里批阅奏折的皇帝大惊、大喜、大为震动。他给折绾赏赐了许多金银珠宝、绫罗绸缎。

皇帝对太后的感情很深。他当年虽然是太子，但是举步维艰，父皇偏爱容妃母子，对他很是不好。是母亲一点一点拉着他，磕磕绊绊地往前走，顶住了所有的苛责，这才有了今日。但他不孝顺，这么多年了，没让母亲出长乐宫一步。

他当即落泪，对着太后道："母后愿意走一走，儿子这辈子也算是如愿了。"

太后也怪难受的。她道："是我让你担心了。"

皇帝笑道："母亲想开了就好。"

太后："谈何容易。"

皇帝还提起了最近诸多人家想送姑娘来的事情："母亲真不想养一个？"

太后："不养！"

皇帝叹息："听闻英国公家的孙女不错，朕想着母后跟英国公家的孩子有缘分，还想让她进宫陪陪你呢。"

太后皱眉，心中不喜："估摸着又是英国公的念头。"

她本来是看在莺姐儿的份上，不愿意说她父母的，但英国公实在是过分，她不免道："他这般难道真是为了我？"

皇帝一愣，好笑道："自然也是为了他自家。"

但他见太后不喜，本是高高兴兴的，难得地露出了不悦的神色，连忙道："这是个庸才，母亲不要与他生气，朕骂一骂他就好。"

太后平日里是要说一句"那就不用了"的好话，她是个不与人为恶的性子，今日却道："嗯，皇帝，你好好与他说一说，否则他又逼着孩子来。莺姐儿不就是这般被他送进宫的吗？"

皇帝哪里会在这个时候反驳太后，便跟着说了几句："是，他的手段跟后宅妇人一般，朕这些年一直看不上。"

英国公一直是没有升官的，领着闲职倒也过得去，至少勤恳，也就这么点用了。

折绾再进宫的时候，太后心情好了许多，不仅出了宫门，还到附近的青石板路上走了走。

她喜欢上了说从前，她说自己刚进宫时候的事情。她跟折绾道："先帝去世，我便从皇后的长明宫搬到了长乐宫，成了太后。"

但没多久，皇后就去世了。

太后还是很喜欢皇后的。她道："她年少时就嫁给了皇帝，又生下了太子，当年皇帝还没登基的时候，她跟着吃了不少苦，所以如今皇帝对太子很是宽和。"

她喃喃道："那是个极好的孩子，可惜了。"

折绾就静静地听着她说从前。人要走出来，必定要回忆从前。她刚重回这一世的时候，也很喜欢回忆原来的事情。

她就轻轻地问："后来呢？"

后来啊，太后笑了笑："咱们慢慢走一走，我说与你听。"

太后开始愿意去御花园里走一走了。折绾总是随侍左右，还会对御花园的花花草草做出品评。她道："您看这朵花，看着好像是要枯萎了，但它的根好得很，只要把果皮切碎了放几天，如同沤肥一般，等出了水，再把这些水倒在花的根上，过阵子它又能长得好了。"

太后还是第一回听说果皮能让花草起死回生。她感慨起来："还是你懂得多。"

折绾："精通此道，常年学着、做着，此刻我也敢跟老农比一比学识了。"

太后"哈哈"大笑，而后又问起莹姐儿的事情："她如今还在宋家住着呢？"

折绾点头："她倒是想回去，上回还拉着我说金窝银窝不如自己的狗窝，还说这话虽然糙，但细细琢磨起来，还真有几分道理。"

太后高兴道："是个小大人呢。"

折绾："谁说不是呢？只是父亲这回也生了气。宋家人见父亲没递话来，便也没送他们回去。"

太后撇嘴："英国公有什么好生气的？"

因对莹姐儿的观感极好，太后不免也对英国公生出七分不满来："他就是个掉在权眼里的。之前我是不愿意想这些，可我若是细细计较起来，当年他可没少让莺姐儿传话。光是这些，就能让他喝一壶。"

折绾："那我去接莹姐儿回去？"

太后："让英国公去接！"

折绾笑起来："好呀。"

太后拍拍她的手："我一向讲理，但我年轻的时候，性子很直，如今老了，虽然改了很多，但骨子里还留着些呢，随时能变成不讲理的老太后。"

折绾闷声道："那可太好了，讲理的人都吃亏受罪，反而是那些不要脸面的人活得痛快。"

太后就感慨："谁说不是呢？就是莺姐儿一事，也是我跟你婆母伤心，英国公怕是想都没想起来过几次。"

折绾便发现，太后不过于苛责自己后，转而探寻起英国公的不是。

她也不是故意这般想的，但她从前想的都是自己克女儿，是个不祥之人，有煞气，想别人的不是便想得少。结果如今英国公还要送莹姐儿进宫，把小姑娘逼得有家不能回，就直接触及她心里的伤心和怒火，让她情不自禁地将矛头对准了英国公。

她道："莺姐儿进宫那天就在哭。"

她对英国公和赵氏有亏欠，一直是愧疚的，但愧疚了这么多年，回过神来，自然也能发现他们的不是。

“怎么就不能对莺姐儿好一点呢？后来莺姐儿进宫后，他也不闻不问，只一味地享受她带来的好处。”

从宫里厮杀出来稳坐太后之位，让皇帝听之任之的人，哪里是糊涂的，只是她不愿意去想罢了。

她抹抹眼泪：“传我的话，让英国公亲自去接，否则我也有法子对付他。”

这话不能折缩去传，太后专门跟玉妃说的。

玉妃琢磨了一会儿，便把玉岫叫进宫：“姿态摆足了。”

如此过了两天之后，英国公就接到了懿旨，脸色惨白地叫上赵氏一块儿去宋家接人。

宋玥娘得意得很，不用玉岫提醒也做足了姿态。但宋老大人还是得体的，即便心里得意，也留了脸面，请人喝茶。

席面之间，由宋老夫人负责阴阳怪气，他负责打圆场，把英国公夫妇说得脸色一会儿红一会儿白，这顿茶吃了一个时辰才停。

英国公彻底没了脸面，回去就病了，本来想把劢鹤春叫到床前诉苦的，但想到这个儿子已经对自己离心，便又忍住诉苦的冲动，想维持自己仅剩的颜面。

于是他一腔怒火发泄在了赵氏身上。赵氏这段日子实在是憋屈，也不再惯着他：“你自己猪油蒙了心，还在这里怪我做什么，难道是我让你这么做的吗？”

英国公两眼无奈看苍天：“你们……你们一个个的都反了天了，可谁又替英国公府想过呢？川哥儿和升哥儿天资平平，靠他们自己走出一条路来，那英国公府的门楣也别想保住了。”

他用力地捶床：“鹤春还有脸怪我呢？若不是我，他能有今天？能走到哪里，人人都叫一句劢大人？”

他一激动，咳嗽起来：“实在是不孝！”

对这句话，赵氏倒是有些认同，她也觉得大儿子薄情：“是，他是不太孝顺。”

可这又能怎么办呢？自己生出来的，养出来的，只能受着了。

她恨恨道：“所以说，你之前送他进宫做什么！”

此时此刻，英国公这辈子最大的遗憾，便是听从父命娶了赵氏，以至于他这一辈子连个知心人都没有。

他摆摆手，疲惫道：“你出去吧，我想一个人静静。”

赵氏也不愿意待在他身边。她跟四儿媳说：“自从你父亲这回病了之后，我就觉得他身上有一股老人味，很是难闻。”

四夫人不敢跟她说这些，但敢向她借钱。她耐心地听赵氏说完后，畏畏缩缩地道："母亲……我最近手头紧，您能借些银子给我吗？"

赵氏虽然不缺银子，但也不是冤大头。她难以置信地道："前两天不是刚给过你吗？"

四夫人低头："用完了。"

赵氏气笑了："你不会又给你兄弟了吧？"

四夫人垂首点点头。

就连赵氏也看不惯她这副窝囊样了："下回你娘家人再来，你就带着他们来我这里，我倒是要看看，他们到底还要不要脸面！"

四夫人就领着人来了，事实证明，她的娘家人还是要脸的，至少在赵氏面前只顾着恭维，而不敢提银子。

四夫人松了一口气。可紧接着又有弟媳妇上门了，她这回也不是要脸，也不是不要脸，而是觍着脸问："你们家升哥儿是不是还没定亲呢？"

四夫人一听这个，吓得连连后退，连忙摇头："你可不能打这个主意！不然宋玥娘会撕了你！连我公爹都被她收拾了。"

外头哪里知道这些，她娘家弟媳马上问："这是怎么回事？"

四夫人便知道自己说错了话，不敢说了。她弟媳妇眼神一闪，拿捏着她："怎么，不能说？"

四夫人拿出了银子来消灾。她郑重道："你要是想得罪宋家就尽管去说吧。"

她弟媳妇当然不敢，只是过来拿些银子罢了。

刕家四爷回来的时候见她伏在桌子上哭，皱眉问："是不是你娘家人又来了？"

四夫人点点头："是。"

刕四爷脾气其实挺好，性子也好，因为是庶出，赵氏并不关照他，英国公也不重视他，所以在他心里，妻子和儿女最是重要。

妻子刚嫁过来的时候，也跟他吃过不少苦的，他一直记在心里，但谁家也不能这样祸害，他本来一天在外跑得不痛快，回到家还这般，顿时有了气，道："再这样下去，你就自请下堂吧！"

四夫人还是头一回见他这样发脾气，当即六神无主，她慌忙之下，也没有去找赵氏，而是手忙脚乱地上了二夫人那里。

二夫人对她无奈，她不愿意掺和这些事情，但还本着良心劝一劝："你要是愿意，就把这件事情告诉三弟妹。三弟妹出了头，她们谁敢放肆？"

但四夫人不敢，不愿。气得二夫人赶她出去："你到底要什么时候才能醒一醒！"

折绾很快就听闻了此事，她对莹姐儿道："她也不是真愿意对娘家这般好，只是给了太多的东西，她不舍得立刻一刀两断，还想从娘家人身上拿回来呢。"

可她能拿回来什么？不心疼你的家人，永远都不会心疼你。不用再付出，及时止损才是正理。

可惜这么简单的道理，深陷局中的人是看不透的。

她叹息道："她自己明白得很，只是不想醒来罢了。"

于是连赵氏也懒得搭理四夫人了，她可不愿意再给银子，对方又还不上！

这样一来，苦闷又无处诉说的她就开始喜欢上去寺庙听经了，然后捐了不少香油钱。

一个月后，她发现还不如赏点银子给老四媳妇呢，佛祖比老四媳妇用的钱还多。

宫里，太后也正跟折绾道："皇帝要给我建寺庙祈福长寿。"

她本来觉得劳民伤财，但又想在给她的庙里专门为宁昭和莺姐儿供奉牌位，享受香火。

她道："你觉得好吗？"

折绾笑起来："这又有什么不行的呢？您这辈子并不奢靡，只建一座庙罢了，再者说，这也是陛下的孝心。"

太后本就心动，闻言点头道："那就建吧。"

她对寺庙有了兴致，拉着折绾的手道："你信这些吗？"

折绾顿了顿，点头："信的，我信……来世。"

太后道："我也愿意信，若是可以，我愿意走遍天下的庙宇，为我的宁昭和莺姐儿祈求来生。"

皇帝一片孝心为太后修建寺庙，没有挪用户部的银子，而是用私库，还命工部侍郎来亲自监督此事。从屋檐到祥纹，他样样过问，想着把此事做得尽善尽美，成为国朝至孝典范。

如此半个月，万事俱备，只欠选址。皇帝不愿意建在京郊偏远之地，他道："就要建在闹市之中，这般热热闹闹的。但也不要被闲杂人等瞧见了，要闹中取静。"

工部侍郎一听就汗流浃背，但皇帝正在兴头上，他也不敢唱反调说没有，于是日日在京都踅摸，终于找到了西城沿河一带。这里沿河，百姓自然多，但外头有一片林子。他便将外头的林子圈过来做成护寺林，禁止普通人进入，便成了"闹中取静"。

这桩差事总算是完成了。皇帝很是满意，拍着他的肩膀道："爱卿用心了。"

而后他就去太后宫里夸起来："到时候朕要亲自去庙里为母亲祈福，祈求母亲长寿。"

太后很是感动，感慨道："你是个孝子，我是有福的。只是我这些年没有顾念到你，一味地沉迷过去，害得你担心。若是可以，我也想去寺庙里吃斋念佛，为你和天下苍生祈福。”

皇帝就喜欢听这种话，连着好几天都是乐呵呵的，就是看见折子上有官员贪污，等候发落，他也是一边在上面写一个“斩”字，一边感慨：“他死去倒是痛快了，可怜他活着的老母亲怎么办？”

于是，当太后提出要带着折绾去皇觉寺祈福的时候，他大为欢喜，却又担心不已：“要不要朕陪着？”

太后：“就在京都里，能有什么事情？你是皇帝，哪里好随意出宫，你放心，我多带人手，必定无事的，你不用担心。”

皇帝就亲自给太后挑选侍卫，把折绾叫过去叮嘱道：“太后久不出门，你要照顾好她。”

折绾郑重地点了点头：“陛下放心，臣妇知晓的。”

皇帝对折绾很是放心，又赏赐了许多东西。传旨太监带着绫罗绸缎进了英国公府，英国公本在养病，听见声响连忙出来接旨，等太监走后，他对折绾的态度极好，笑着道：“老大媳妇，那你就好好地陪着太后，家里的事情不用操心。”

折绾便很佩服他变脸的速度，前阵子还拍着桌子说她反了。她点头应下，回去收拾去寺庙的东西。

莹姐儿趴在榻上看，好奇道：“大伯母，你们会做些什么呢？”

折绾：“我也没去过，并不知晓具体情况，怕是要到了寺庙才能知晓。到时候我给你写信吧？把碰见的有趣的事情都写给你。”

莹姐儿点点头，她很是舍不得大伯母，问：“那你什么时候回来啊？”

折绾：“要十天半个月吧？看太后的兴致。”

莹姐儿：“我会想你的！”

送她走的时候，她还掉了金豆子。

折绾一时舍不得。太后见了她这般，还道：“你这是跟她有缘分。”

折绾也觉得是，她跟太后笑着说：“她阿娘跟我不对付，但她见我第一面就笑，喜欢往我的小书房里跑。”

太后就想起了莺姐儿，她忍不住道：“莺姐儿——她见我第一面虽然哭了，但我知晓，她后头是高兴的。她说跟我待在一块儿舒坦，她也很喜欢坐在我的怀里看书。莺姐儿还说，她知晓我是全心全意爱护着她的，没有把她当成是宁昭的影子。在我这里，莺姐儿就是莺姐儿，不是谁的妹妹，也不是谁的姐姐，只是莺姐儿。我这般对她，她很高兴。”

但说完这句话，太后就停了下来，等了好一会儿才道：“以至于她突然病倒了，要去世了，还拉着我的手跟我说，让我不要伤心，她从来不后悔在我身边待过，她觉得跟我在一块儿的日子很是畅快。”

但她越是这般，太后就越是不能原谅自己，她哆嗦着嘴唇对折绾道：“你的运道一定要比我好啊——莹姐儿要好好的才行。”

折绾就点了点头：“她肯定会很好。”

太后便看着她，突然道：“阿绾，你是不是想带着她去江南？”

折绾手一顿，而后诧异道：“太后看得出来？”

太后就笑起来：“我也是半截身子入土的老妖精了，哪里看不出你这点道行。”

可别人轻易不会想到此事，便没人发现她的心思。只有太后这两年跟她平日里说话，从她看的书、做的事，慢慢地就揣摩出她的念头。

她说：“别人猜到你的念头，可能要吓一跳，但我什么没见过？宫里面的人来来去去，她们那些心思，我都猜得到一些。”

折绾就直言道：“我是想着去看看，这辈子总是要去看看的。但莹姐儿……还要她自己愿意才行。”

太后就感慨道：“阿绾，你看着是个温婉的人，但骨子里有些韧性，你决定的事情，我只能支持你，就如你现在愿意陪着我一般。”

总是人心换人心的，人这辈子难得能碰见一个待你好的人，碰见了，太后很是珍惜。

折绾没想到能得到太后这番话，她握着太后的手：“多谢您。”

太后：“你还不走，是想着陪我？”

折绾就坦诚道：“不尽然是。想陪着您是一方面，但我也忐忑得很，怕路上有什么万一，怕京都有什么变故。不瞒您说，我嫁妆铺子的生意虽然小，但手底下好多姑娘家都依靠着我生活，有一天晚上，我想明白这个道理后，便一点也不敢出意外，躺在床上都睡不着……”

太后被她说得笑起来：“瞧你这点出息！”

折绾也笑，道：“我这是第一次出远门，什么经验都没有，京都又有太多牵挂的人，所以就总觉得没到时候，也不着急。”

太后便问：“我能帮你吗？”

折绾当然想过求太后，她点点头：“肯定能的。无论是为您去闽南的普陀寺里祈福，还是说些其他的缘由，都是古往今来就有的，并不算出格。”

太后闻言良久沉默，而后道：“我其实也想去五台山为宁昭和莺姐儿祈福。”

折绾好奇：“五台山？”

太后点头：“是啊，佛家圣地，我总是心生向往的。你先陪我去五台山住一住，等回来之后，我便跟皇帝说，让你替我去普陀寺为宁昭和莺姐儿祈福。我这些年挂念她们，受了不少苦，皇帝必定会同意的。这般便顺理成章，你往返有人护着，我也安心。”

折绾心颤了颤，半晌没有说话。

太后握着她的手，提心吊胆："怎么不说话？可是有什么不妥？"

折缩瞬间低头掉了眼泪，第一次像孩子一般委屈道："并没有什么不妥……只是想了很久的事情，执着了多年的东西，总觉得千难万难，即便是做好了打算，铺了多年的路，我心里却总觉得没底，但您说出来这一刻，我就知晓，我是有底的。"

太后就搂着她哄道："我知晓，你这个孩子，一路上走得艰难，我第一眼看到你的时候，便知晓了。"

人与人是有眼缘的。太后对折绾道："咱们有缘呢。"

折绾泣不成声。

太后却艳羡起来："那你替我多走些地方吧！我这辈子，没出过京都。"

折绾也没有出过京都。她抬起头，泪眼蒙眬地点点头，喃喃道："要是您能跟我一块儿去就好了。"

太后刚开始觉得好笑："我这个身份，这把老骨头了——"

但下一瞬间又觉得是有可能的，她道："皇帝总想着下江南呢，说不定到时候我就跟着他一块儿去了。"

她也不敢多想，可又想要想一想。

两人都没有出过远门，说起这个，便对一切都充满了好奇。太后还让人买了许多游记来，跟折绾两个人一块儿看。她眼睛不好，不能长久地看书，折绾便念给她听，一句又一句，她读得津津有味，太后听得津津有味。

折绾把此事写在信里送与莹姐儿："白日里听方丈说佛法，其他时候便看看书，大多是咱们之前看的游记，你小时候看的书，太后却没看过，我便读给她听。"

折绾带过一本游记来，上头还有莹姐儿前阵子写的批注。

"太后瞧见了，还夸你的字好。"

莹姐儿便想了想，写信过去，道："那我为太后娘娘也抄写一卷佛经吧。"

太后知晓了，很是高兴："莹姐儿真是个好孩子。"

等到从寺庙回宫的那日，太后带了十几个侍卫，扮作寻常百姓进入折绾的铺子里歇脚。

谁知今日莹姐儿也在。

折绾一愣，而后笑着朝着她招手："莹姐儿——"

莹姐儿欢喜地跑过来，然后就看见了折绾身边的太后。她是个聪慧的孩子，马上明白过来，便要下跪，被太后一把扶住了。

她抑制住颤抖，道："是莹姐儿啊——"

跟当年的莺姐儿可真像。

她眼眶一红，笑起来："你可真健康。"

莹姐儿一点儿也不怕她，扬起笑脸："太后娘娘，我跳百索很厉害的。

我跟大伯母一块儿，一人就能跳七八百下。”

太后轻轻抚摸了下她的头发：“好——好，就该跳百索。”

她对折绾道：“你看，她多好啊。”

折绾点了点头，笑着道：“是，很好。”

折绾还把素膳带给太后看了。她将素膳轻轻往前面一推，对太后道：“您瞧，她如今长高了，平日里为了显得威严些，都不敢笑。”

一句话，说得屋子里的人都笑了起来。

太后早从折绾的口中听说了素膳自小到大的事情，虽然没见过面，却知晓她的性情，便笑着褪下自己手里的镯子送给她，道：“素膳，很好的名字。”

素膳羞涩地点头：“多谢太后娘娘。”

折绾又把周掌柜和蝉月介绍给太后认识，尤其是周掌柜：“这一水儿的铺子，都是她一人撑着脊梁骨。”

太后也知晓周掌柜。折绾之前提过几句她的生平。在太后心里，这也是个苦命人，丈夫早逝，又无儿女，后来出门做生意又亏了本，幸好在折绾这里做出了名堂。但今日瞧见周掌柜，便清楚自己之前对她的怜惜是小看了人家。只看她一身的精气神，便比谁都厉害。

太后就笑起来：“阿绾，你这里卧虎藏龙。”

她又看着周掌柜道：“你怎么会有这般大的本事呢？”

周掌柜第一次见太后，心里还是激动的，勉强镇定后才道：“回太后娘娘，小妇人刚开始也没想过能做出这般大的事情来，但机遇到了跟前，便只能告诉自己能行。这般告诉了自己，身子和脑子好似就信了嘴巴的话，还真的行了。”

太后笑起来，觉得这话实在是有趣，也实在是有理。她道：“确实是要相信自己才行。”

周掌柜见太后爱听，便接着道：“当年小妇人的丈夫去世，铺子也没了，很多人就都觉得我该就此打住。但我自己不服输，总觉得自己行，总觉得这般的磨难是受得住的，并不愿意停下来，凭着这股劲，还真闯了过来。那段时日，我都没时间听别人说丧气话，实在是太忙了。等我忙完了，事情也定了，他们也没再跟我说丧气话，反而说的是恭维话。”

太后大笑起来：“你真是厉害。”

周掌柜连忙道：“只是运气好罢了。”

太后回宫后还跟折绾道：“你怎么会聚集这么一群人？”

折绾犹豫了一瞬道：“应该是……应该是之前运气太差了，老天看不过去，便让我处处碰见好人。”

皇帝过来看太后，见两人言笑晏晏，便很是高兴：“母亲这次回来，看着精神头好多了。”

太后笑着道：“我这回还给你也祈福了，皇帝，你国事繁忙，可要保重自己的身子。”

等过了几日，她在用膳的时候道：“我还想去五台山，为你和苍生祈福。”

皇帝一口茶差点喷出来。

五台山虽然不远，皇帝之前也去过，但是太后前不久还不愿意出长乐宫，这会子才去过宫外，怎么就想着去五台山了？

太后放下筷子，道：“有什么不可以的？我跪在佛祖跟前，我是心里清净的，我为你们祈福，心里也高兴。”

皇帝就答应了：“您愿意这般想，儿子只有高兴的分，哪里会阻拦。”

太后：“也不急在这一时半会儿，慢慢来吧，我也要歇一歇。”

皇帝：“这是自然的。这回母亲还是带着折氏去？”

太后点头：“是啊，我哪里缺得了阿绾？她就像我自己的孙女一般。”

皇帝笑起来：“她伺候您伺候得好，朕以后再重重地赏她。”

太后满意道：“你的孝心我也知晓。”

这事情就如此定下来了。折绾跟劭鹤春道：“我要出远门，怕是要半年才能回来。”

劭鹤春诧异，微微一思索：“是陪着太后吗？去哪里？”

折绾平和地道：“去五台山，跟太后一块儿，为陛下和苍生祈福，也为宁昭长公主和莺大姐姐。”

劭鹤春是阻拦不住的，他也没有理由阻拦。他沉默半晌之后才道：“你——你——”

“你”了半天，也没说出一句话来，再抬起头的时候，就见折绾已经在屋子里面写书，写的是茶书。别人的茶书她看完了，便开始自己写。

他不知不觉间，想起了之前在这间屋子里的事情。

彼时，折绾刚嫁过来，整个人闷得很，既不去母亲那里争中馈，也不教养川哥儿，他便有些不满。等她再要拿着银子买铺子，还买到了宋家大夫人的铺子时，他心里的不满更甚。

如今细细想来，他应该是觉得她做的事情很丢脸，丢了他和英国公府的脸面。

他好像怒气冲冲地对着她道：“你到底在做什么？正经事不做，偏要走这些乱七八糟的道。”

他还记得她温暾的性子因为这句话破了功，站起来就把桌子上的花花草草摔在地上，茶杯碎了一地，一片狼藉。她大声道：“我就是想要开个铺子而已，这有什么不可以的？我是要做定了的。”

她就真的做下去了，一直没停过。直到今日，她仍在继续做着此事。

劭鹤春突然羡慕起她来。她一直知道自己在做什么，一直在往前面走，而他却开始一点点后退，退到了无处可退的地方。

他站在角落里，不知道自己要做什么。

他这一生，几乎都在揣摩陛下的心意，如今他不能靠近圣上，自然也揣摩不了。他落了难，成了个小官，之前还有人谄媚他，相信他将来可以重新回到陛下的身边，但现在鲜有人来奉承他了。繁华落尽，他身边的人竟然是他之前瞧不上的寒门小吏。他之前请他们喝酒，是高高在上地讲面子、说情谊。但现在请他们喝酒，是迫不得已的应酬。这般迫不得已的应酬，从前只在勋国公和潘大人这般的人身上看到过。

他自嘲一笑，站起来，刚准备走，却不小心将桌子上的茶杯牵扯下来，碎了一地。

他皱眉，叫人进来打扫，而后看向折绾，只见她微微皱眉，看向这边："你小心一些。"

那是她很喜欢的一套越州青瓷茶具，是她亲自买的。

她叫墨月来："让人去铺子里拿一套新的来，要喜鹊临门纹样的，别拿错了。"

如今喜事多，淡雅的纹样已经不能满足她了，她就要花团锦簇的，要寓意好的。

墨月笑着道："是，还要些别的吗？"

折绾："没别的了，我去书房写。"

刕鹤春见她越过他的身边要出门，他情不自禁地道了一句："你在屋子里写吧，我出去。"

折绾温和地道："不用，我去'别有人间'。"

她转身走了。

刕鹤春站在廊下，足足站了一个时辰，也不知道在想些什么。

川哥儿犹豫着走过去："父亲。"

刕鹤春回过神，问道："怎么了？"

川哥儿低头："你还记得于妈妈吗？"

刕鹤春刚开始要摇头，而后想了想，道："是之前那个于妈妈？"

川哥儿点点头，道："她来京都了，递了信给我的小厮。"

刕鹤春皱眉："怎么回事？"

川哥儿："她说她想见见我，她病得厉害。"

刕鹤春便顿了顿："你跟你母亲说吧。"

川哥儿迟疑了一会儿，还是去找了折绾，把此事说与她听："我还记得她一些。"

印象里，她对自己很好，经常给他做袜子。

折绾正在编写茶书，于百忙之中抬起头，笑着应了一声："既然如此，那你就见见她吧。你之前……是很喜欢她的，她对你也好，她病成这般，你确实该去看望。”

川哥儿没有去外头看望于妈妈，而是将人唤到了英国公府里。屋子内，他正襟危坐在上首，目光直直地看向底下跪着的沧桑老妇人。有那么一瞬间，他的脑海里面突然浮现出一些尘封已久的记忆，但又记不得具体的，大概有些模糊的画面。他当年还是太小了，记不住事情。

他只好努力去回忆从前，却发现实在回忆不起当年了。他只记得于妈妈给自己做过袜子，因为那几双袜子就放在最底下的箱笼里面，前些日子他还看见过。

川哥儿将人喊起来，赐了凳子给她坐，而后客套道：“你这些年还好吗？”

一副生疏的模样。

于妈妈心里便酸涩起来。曾几何时，川哥儿也是躺在她怀里的孩子，事事都信任她，事事都尊重她，而今却已经不大认得她了。

她轻声道：“好，老奴好得很，能在这时候再见哥儿一次，老奴死而无憾了。”

于妈妈是真病得严重才想着来这么一趟的。她这辈子最放心不下的就是川哥儿，如今快要死了，想来死后还是最放心不下这个孩子。

她哭着道：“川哥儿，你如今长得真好，眉眼很像你的母亲——是你的生母。”

川哥儿抿唇：“是吗？可大家都说我像父亲。”

于妈妈：“像，也像你的父亲。”

川哥儿心里就不怎么相信她说的话了。这般的人，嘴里没个真话，一会儿像母亲，一会儿像父亲的，听着像是套近乎。

他便道：“你是得了什么病？需要什么药材？需不需要我给你请个大夫？”

于妈妈连忙摇头：“别，您别操心老奴，老奴这把贱骨头已经到大限了，就是吃了药也是白瞎，不敢折了哥儿的福气。”

川哥儿：“这从何说起？”

于妈妈有自己的讲究：“请大夫是在阎王爷跟前记了事的，请得越多，便以为是短命的相，可不得让牛头马面来捉拿？川哥儿，您是金贵之身，禁不得半点损伤，可千万要记住了。”

川哥儿努力扯起嘴角笑了笑：“是吗？”

他心里突然涌上一股失望之情。所以，他年幼时，就是这般愚昧的婆子带在身边吗？

于妈妈却没有听出他的不耐烦来，而是说了这么几句话之后，已经对旧事想起七八分，打量了一下她现在坐的屋子，欣慰道：“川哥儿，你住到前院来了呀，这是好事，你外祖母和母亲泉下有知，也会为你高兴的。”

她说到这里，抹了抹眼泪：“你长得这般好，你母亲见了必定是高兴的，可怜她没有福气，拼死拼活生下你，却不能养育你长大。”

川哥儿便来了兴致。这些年没有多少人在他面前说生母，除了母亲。母亲并不避讳生母的存在，每年他过生辰的时候，她都会带着他去生母坟前祭拜，会告诉他，今日虽然是他的生辰，却是生母受苦之时。

“你要记得她，以后带着你的妻子、儿女，都来祭拜。”

川哥儿自然是要祭拜的。只是除了从母亲口中能得知一些生母的事情，祖父祖母、外祖父、舅舅舅母却都不大愿意说起她。

他就问于妈妈：“我母亲——生母，她是一个什么样的人呢？”

于妈妈夸起来：“三岁能读书，五岁写出了一手好字，七岁便能作诗了。她是个极为能干的人，嫁给你父亲之后，她事事都做得尽善尽美，没人不夸。”

她说到这里，眼前有些发黑。这是身体病了太久，现在又太激动，便暂时使不上力。

她闭了闭眼睛，整个人都颤了颤，等再回过神来的时候，脑子却并没有太清楚，而是仿佛回到了当年。她说完大姑娘之后，便总要跟川哥儿说下一句话：“你生母样样都好，你继母哪里比得过？她那种人，天生就差人一等。川哥儿，你可不要信她，她是表面忠心实则狡猾，对你的好都是骗你的！她如果真心真意对你好，怎么还想着要孩子？她就不该想着生的，可她天天吃药膳呢！这是什么，这是还想着生一个孩子出来替代你！”

她说着说着就哭起来：“川哥儿，于妈妈不中用，护不住你，你只好靠你自己了。”

川哥儿一巴掌拍在桌子上：“你胡说八道些什么！”

他看看四周，确定没人听见，才压着声音说：“你再敢胡说，我就直接走了。”

于妈妈被吓了一跳，立刻就跪了下去，而后白着脸表忠心：“老奴不敢胡说啊，她就是面忠内奸，如若不然，也不会挑唆大爷把老奴送走了！老奴是老夫人送来的人，是你母亲最信任的心腹，可是她看不惯，容不下，先把唐妈妈赶走了，后面接着就是我。川哥儿，老奴是要死的人了，说这些话骗你做什么，我这是想着自己快死了，也不能为你做什么，只好把这些事情说给你听，也好让你有个数，免得被她骗了去。”

她每一句都发自肺腑，说得言之凿凿，并无一句谎话，她甚至对天发誓：“如若老奴有一点私心，有一点对不起老夫人、大姑娘和你，就叫我被鬼差拿了去油炸，下十八层地狱，永世不得超生！”

川哥儿听得脸色越发难看起来，他看着于妈妈良久，而后才突然说了一句：“可是母亲并没有骗我。”

她其实很少跟他说什么漂亮话，她甚至懒得做表面功夫。她对莹姐儿事事关心，对他却止于平平，从前的说辞是她不懂他的事情，不懂诗书，所以把他交给了父亲。而如今，他长大了，不用她教诗词歌赋，她也没有把自己揽入怀里，而是温和道："你大了，很是懂礼，有什么事情便自己做主就好，拿不定主意的就去问你父亲和祖父，还有你的三叔父。"

她并不包揽他的事情。所以，母亲一直都没有骗过他。他一时之间不知道该如何说出自己心里的落寞，只对着于妈妈道："你走吧。"

于妈妈万万没想到听到了川哥儿这番话，她第一个念头并不是为川哥儿赶她走而伤心，而是愤怒地大声道："她就该对你好的，理所应当对你好，她是老夫人为了你才送进来的，她有什么资格不对你好？川哥儿，你听我说，她若是对你不好，是要天打雷劈的，如果不是大姑娘命不好去世，如果不是老夫人力排众议送她进英国公府，她哪里会有这样的造化！"

川哥儿顿时明白父亲和母亲为什么要把于妈妈送走了。

时隔多年，于妈妈再次上门，他肯定是先让人查过她的，所以知道她并没有跟当年的说辞一样，去跟侄儿过日子了，她是孤身一人住在外祖母的庄子里。很显然，她是父亲和母亲其中一方送走的。

川哥儿如今大了，自然也知道送走于妈妈的人大概是父亲，母亲……是不会管的。

他沉着脸道："够了，我们再没什么好说的。"

于妈妈不死心，道："川哥儿，即便你不信我，难道还不信你外祖母吗？她当初暴毙，肯定是有原因的，说不定就是你继母——"

川哥儿一巴掌拍在桌子上："若是还想活着，便闭上你的嘴吧！"

他已经十岁，又是富贵堆里养出来的，早有了威严，如此一巴掌的响动，便让于妈妈吓得肝胆一颤。川哥儿趁此空隙，对着外头的贴身小厮道："堵了她的嘴送出去，别让她在府里面大喊大叫。"

于妈妈难以置信，也不敢相信自己抱着临死之前看一看川哥儿的忠心而来，却遭受如此待遇。她瞪大了眼睛却发不出声音，突然就挣扎起来，要跑过去扑在川哥儿身上，却被他慌忙地躲开。

小厮见此更加用力地拖着她出去，但她像发疯一般，小厮一个人竟然拖不动她，又来了两个婆子才拖出去。

这般动静，不该知道的都知道了。折绾很快就听闻了此事，她手上的笔顿了顿，一时之间倒是不知道该如何评价。

晚间川哥儿来了，他耷拉着脑袋，问道："母亲……您不问问我为什么要这样对她吗？"

折绾就道："这是你和她的事情，我不好掺和。"

川哥儿便深吸一口气："于妈妈说了很多混账话，临走之前还想撞我。"

折绾闻言怔了一瞬，而后道："应该不是。她大概是垂死挣扎着，想要在你面前继续表忠心。"

时隔多年，她虽然已经快忘记于妈妈这个人了，但当初多次为了川哥儿与她交锋，很是熟悉这个人。她笑了笑：“这件事，你倒是误解她了。”

川哥儿闻言沉默起来，而后开口道：“于妈妈说，母亲……母亲会对我不好。”

折绾便温和地轻笑一声：“我不是你的亲生母亲，自然是做不到像亲生母亲那样好。”

川哥儿的心就瞬间纠结起来，他过了一会儿才道：“我听父亲说，母亲这次要跟着太后娘娘去五台山？”

折绾点了点头：“是。”

川哥儿：“母亲可会带着莹姐儿去？”

折绾：“我还没有问，但她若是想去散散心也是可以的。”

川哥儿道：“她肯定会去的。她跟母亲，就如同亲母女一般。她如果想去，母亲肯定会排除万难带她去，可我就不一样了，母亲必定是不会带着我的。”

折绾继续温声道：“你和升哥儿有课业，正是要读书的时候，自然是不好跟着我乱走的。再者，你父亲在家中也需要你尽孝。”

川哥儿却知道不是这样的。他懂事之后，一直有种感觉，觉得母亲即便对他笑脸相迎，从不怒斥，却像隔了一层什么似的，从来不曾亲近过。他也想像莹姐儿那样对母亲撒娇，可每次他一靠近，母亲就只剩下责任了，对他道：“你想要什么，就说出来，我让你父亲去为你筹谋。”

川哥儿低下头，握紧双手，惶恐不安地问出了自己纠结很久的问题：“母亲，我是不是做错了什么，所以您才这样对我？”

折绾就恍惚起来，她沉默了一会儿，才道：“你想多了。”

川哥儿失魂落魄地走出屋子，升哥儿正好过来，高兴地拉着他道：“走走走，咱们跟大伯母说一说，我们跟着她一块儿去五台山吧！”

川哥儿垂着头没有动，升哥儿没发现他的不对劲，奔进了屋，然后失望地跑出来抱住川哥儿：“大伯母偏心莹姐儿！我要是个姑娘就好了，就不用做课业了！”

因为升哥儿也想去却不能去，折绾又是同一套说辞，都说是他们课业繁忙，川哥儿心里才好受多了。

但宋玥娘却不满起来，抱着莹姐儿大哭：“你做什么跟着去！莹姐儿，我不要你去！太后……太后可是……”

莹姐儿却一把捂住她的嘴巴：“阿娘，别胡说！”

她拿出帕子擦擦阿娘的脸，笑着道：“我并不相信这些，且我是跟着大伯母去五台山玩，并不是跟着太后去的。”

宋玥娘：“这又有什么区别？总是要跟在太后身边的！”

莹姐儿无奈地叹息。

去五台山的事情，大伯母其实没有问她，是她自己动了心思，她也知道大伯母会答应带她去。

升哥儿知晓后跑过去问，果然被大伯母拒绝了，他丧气道：“川哥儿肯定也偷偷地背着我们问了！我过去的时候，他心情不好哟，眉毛都耷拉到脚后跟了！”

莹姐儿便得意道：“大伯母路上会教我课业，我一点儿也不担心。”

她跟大伯母说此事，大伯母意料之中地点了头：“好呀，那你可不能偷懒，到时候舟车劳顿，也不会有人专门送你回来，你可要想好。”

莹姐儿：“放心吧！我又不是小孩子！”

她跟川哥儿和升哥儿炫耀：“等我回来跟你们说路上的事情。”

结果还没炫耀完，阿娘就来哭了。她如今长大一岁，很是知晓怎么对付她，道：“太后身边虽然没有女儿家，可是宫里还没有吗？总是要去她跟前应景儿的。这不是跟我一样吗？她们没事，我自然也没事。”

宋玥娘却不知道想到哪里去了，她突然就委屈得不行：“我就说你跟在你大伯母身边不好，她一看就是个苦瓜相，连你祖母都能欺负她，娘家又不亲，所以养成个见人就巴结的性子。可你不一样啊，你是我的女儿，你外祖父家虽然没有国公之位，可你外祖父和舅舅简在帝心，你舅母娘家是丹东玉家。莹姐儿，你并不需要讨好任何人，包括太后。”

莹姐儿再次叹息：“阿娘，我不是为了讨好太后去的。”

宋玥娘：“也不用讨好你大伯母！”

莹姐儿：“我也没有讨好大伯母。”

宋玥娘：“那你为什么要跟着去呀？”

莹姐儿：“我没有去过五台山，自然想去看一看是什么样子的。若不跟着大伯母去，以后怕是更没有机会去了。阿娘也没去过五台山吧？”

她正要给阿娘描绘书中所写的五台山，宋玥娘却直摇头：“我去过的。”

她一边说一边抹眼泪：“我还没嫁人的时候，你舅舅出去游学，我便跟着一块儿去了，当年是到过五台山的。”

莹姐儿由衷地羡慕起来：“是吗？阿娘是不是还去过别的地方？”

那是自然的。宋玥娘点头

莹姐儿好奇，憧憬道：“母亲先给我说一说五台山是什么样子吧。”

宋玥娘却抱怨道：“我不记得了，只记得有一座破庙，你舅舅带我住在那里，足足睡了三个晚上。他明明有银子！可有钱不用，偏要风餐露宿，我哪里吃得了这个苦，当时走一步哭三声，他还吼我！”

莹姐儿就笑起来：“阿娘啊……舅舅也是好有耐心了。”

宋玥娘：“又不是我要去的！是你外祖父、外祖母偏要我去。”

她继续劝：“莹姐儿，你听阿娘的，就好好地留在京都享福，外面有什么可看的？不就是几座庙、一座山，一排树、一盆花吗？”

莹姐儿却摇头："我还是想要去看看。"

宋玥娘回家跟阿娘和嫂嫂哭："你们帮我劝一劝！真是的！大嫂嫂也不知道轻重！"

这个大嫂嫂说的是折绾了。

宋老夫人不糊涂，道："多少人想跟着去都去不成，你就偷着笑吧！"

她无奈道："之前大家不愿意把女儿送过去给太后养，无非是宫里吃人，真心疼女儿的，哪里肯这么做？信了这种话的，太后也不愿意养。再者，先是太后不愿意养，所以才没有女儿送进去。"

玉岫："如今太后愿意了，先有了丹崖，后有了阿绾，都得了富贵。现在还要去五台山，陛下又如此重视，你觉得会没有人愿意把女儿送过去随侍？"

宋玥娘听着听着就也明白了，但还是有些不解："既然这般好，那大嫂嫂上回跟公爹还发了火——"

她都听说了。而且她带着孩子们回娘家，父母和大嫂嫂也没说什么呀，还都跟她一块儿骂公爹。

玉岫："这能一样吗？上回是英国公其心不正，想送人进宫谋事，浑身上下都写着'利欲熏心'四个字，到时候他为祖父，只用'孝道'二字，让莹姐儿做什么她敢不做？"

宋玥娘迷迷糊糊地能明白一些，可依旧懵懵懂懂。

宋老夫人和玉岫只好轮番上阵，把她说得晕晕乎乎地回去了。升哥儿和莹姐儿正在写字，见她这般，好笑着过来问："外祖母和大舅母如何说？"

宋玥娘："说是好事。"

莹姐儿松了口气："我就说嘛！阿娘不用担心。"

升哥儿眼巴巴："阿娘，你跟大伯母说一说，让我也跟着一起去吧？"

宋玥娘摇头："不行，你大舅母说太后喜欢莹姐儿，但不喜欢你，你跟着去做什么？还是读书吧，至少别丢你阿爹的脸。"

升哥儿悻悻离去。

宋玥娘顾不上他，还是问："这真是好事吗？别是骗我的，若是骗我，我要闹翻天的！"

莹姐儿笑起来："你自己的阿娘和嫂嫂，她们骗你做什么？"

宋玥娘这才心安一些。

也诚如宋老夫人所说，此次太后去五台山，算是几十年来第一次出京都，又是为百姓和祖宗基业祈福，皇帝还一脸恨不得把此事载入史书的模样，于是各家都盯着太后随侍的人。

这般情况下，皇帝还好几次对着心腹大臣湿了眼眶，饱含感情道："朕知道，朕为母亲修建了寺庙，母亲也想为朕做些事情，这才要去五台山祈福。"

心腹大臣很是知晓皇帝的性子，立马接话道："陛下此生最操心的是天下苍生，太后知晓您的心意，自然是要去祈福的。”

皇帝听得很舒坦，又开始说他跟太后的母子情深。大臣们听多了，便更加想把孩子送到太后这里来。

皇帝很是高兴，道：“母后这回选一个吧？两个三个也行。也不用母后养，朕这回把她们的母亲都唤来陪着！”

太后：“快停住吧！我哪里有那么多精力！”

皇帝：“让她们陪着说说话就行，也不用母后费心的。”

太后：“我哪里有那么多话说！我跟阿绾每天已经有说不完的话了！”

皇帝落寞得很：“行吧。”

太后就拉着折绾的手道：“就咱们去，清清静静的，想做什么就做什么，人一多，反而麻烦。”

折绾笑着道：“莹姐儿也想跟着咱们一起去。"

太后就欢喜起来：“真的吗？”

折绾点点头道：“真的，她还怕您不允。”

太后拍拍她的手：“我怎么会不允呢？我高兴还来不及。我为她准备些路上要用的东西吧？”

折绾：“我都准备好了。”

太后：“那我给她备一些首饰，姑娘家总是喜欢这些东西的。”

折绾：“她是喜欢，美玉之类的她最喜欢。”

太后：“莹，美玉。那我就让人雕刻一个玉铃铛。”

一个月后，临行之前，折绾把素膳也拉了过来。太后笑着道：“好嘛，皇上还怕我寂寞呢！”

如今人可多。

素膳诚惶诚恐的：“太后恕罪。”

她本是不来的，但最近没什么大事，姑娘又在铺子门口频频看她，一副欲言又止的模样，她就明白了，姑娘离不开她。

她跟太后道：“我家姑娘还没离开我这么长时间呢。”

折绾捂着脸扭头，太后“哈哈”大笑：“行，行，那就一块儿去。”

莹姐儿捂着嘴笑。

马车浩浩荡荡地走了。

玉岫和宋玥娘送了人回去，瞧着她精神不济的模样，问：“你怎么了？”

宋玥娘闷闷不乐的：“莹姐儿只回头看了我三次。”

玉岫白了她一眼，而后突然摸摸她的头：“玥娘，莹姐儿是翱翔于天空的鹰，既然长大了，便由她去吧。”

抓是抓不住的。

她拍拍她的肩膀：“走吧，阿娘还等着你回家吃饭呢。”

（四）

京都，折家。

莫氏叫丫鬟送儿子去学堂，而后亲自提了食盒去见李姨娘。

李姨娘如今挪了屋子，住得更加宽敞了，里头单有个小院种了梅花，还有自己的小厨房，可谓是春风得意。

莫氏去的时候，她正在跟其他的姨娘打马吊。这是最近才时兴起来的玩意，李姨娘很是痴迷，日日夜夜都找人陪着一块儿玩。

她如今有折绾傍身，别人也不敢赢她的钱，于是打马吊顺心得很，每一回都能赢些银子来。她又是自小养成的抠门性子，赢了钱也不漏些出来，只恨赢得不多。久而久之，便得了个“李守财”的名声。但她如今底子硬，该来巴结的还是来巴结，于是她这里倒是不缺人手。

莫氏进了屋，瞧她打马吊打得热火朝天，便等了等，等她打完了才笑着道：“姨娘，这是你上回要吃的燕窝粥，我叫人熬了，你尝尝。”

李姨娘今日又赢了不少银钱，高兴得很，随意道：“你放下就行，多谢你了。”

莫氏：“应当的。”

她转身出门了，并不逗留。

等人走了，李姨娘撇嘴：“这是又有什么事情要我帮呢，咱们大夫人这个人啊，实在是无事不登门，一登门必定是有事的。”

陪着她打马吊的都是折老爷的妾室，一个便笑着奉承：“这也没办法，谁叫姐姐是唯一一个在老爷面前说得上话的人，七姑奶奶又争气，什么事情都能办好，这才让人惦记。不然大夫人求到我面前，我又能做什么呢？是能唱个曲还是能绣朵花？”

另一个接着道：“是啊，妹妹心肠好，大夫人也是知晓的，有事情不来求你，还求谁？”

还有一个没出声，只低头拨弄手指头。

李姨娘听了得意，却还要嘴巴不饶人：“那也要看什么事情——”

她起了调子，势必要把自己说得高几分，但最后一个一直没出声奉承的姨娘却在此时道：“姐姐这话说得极对，家里主事的也不是姐姐，大夫人若求这家里的什么大事，只管求到红姐姐的头上去。”

李姨娘瞬间脸色阴沉，死死盯着出声的人，道：“你这是羞辱我呢？”

那姨娘就笑了笑：“不敢，只是实话实说罢了。”

李姨娘“噌”地站起来：“既然如此，你只管巴结红姨娘去，跑我这里来做什么？当了婊子还要立牌坊，好大的脸！”

她气冲冲地走了，贴身丫鬟连忙跟着劝：“姨娘跟她说什么，她就是仗着年轻，刚进府，等过几年瞧瞧？她啊，早成个黄花菜了。”

李姨娘听了却不舒服："不会说话就别说话！"

她自己的年岁也不小了，很是不愿意听见"年岁大"这种话。

贴身丫鬟就红了脸："奴婢不是这个意思，奴婢只是想说……想说您有七姑奶奶，她有什么呢？"

李姨娘这才高兴些，但也没有高兴到哪里去，等丫鬟出去后，她一个人委屈地哭。

大家都知道阿绾是她的女儿，人人都来巴结奉承几句，可只有她自己知道，这个死丫头如今根本不管自己，就是跟着太后去五台山，也没来跟自己说过。李姨娘是从其他姨娘的口中得知的，当时她脸上青一阵白一阵，只好谎称自己早就知道，只是觉得这事情不宜声张，于是没说而已。

可等人一走，她就心虚得紧，又伤心得很。她真是不知道哪里得罪了阿绾。再说，就是哪里真得罪了，亲母女两个，怎么就有隔夜仇了？有什么话说开就好，偏要这样不理人。

她哭得眼睛都肿了起来，却又怕人笑话，只好叫人煮了鸡蛋过来滚眼睛。

另一边，她走之后，其他三个姨娘大眼瞪小眼。好一会儿，跟李姨娘呛声的姨娘便撇嘴："有什么了不起的，她不就是仗着七姑奶奶吗？可人家七姑奶奶根本就不搭理她。"

其中一个姨娘就叹息："你这般跟她作对做什么？她再不济，七姑奶奶再不搭理她，那也是她的亲生闺女，难道真出事了，人家还会站在你这边，不给自己亲娘撑腰？老爷如今在她面前也要让两分，你得罪她做什么？"

另外一个也劝："她这还算好的，只让你说几句巴结的话，手上没有人命，你就偷着笑吧！"

她说完叹息道："咱们都是没有子嗣的，老爷年岁又大了，咱们膝下就更加不可能有孩子了。咱们不巴结她，以后怎么办？"

呛声的姨娘便道："那我也不愿意巴结一个蠢货。我还是去红姐姐那边吧。"

好歹红姐姐掌着内宅的中馈，是个聪明人。

另外两个姨娘便你看看我，我看看你，跟着一块儿站起来："自然的，红姐姐那边，咱们也该奉承着。"

如同她们这般的人，跟浮萍一般，连个根都没有，只有这里巴结，那里奉承。

三个人一块儿往外走，说起家里的事情来。

"咱们那位夫人得了急病后，按理说是大夫人掌家，但老爷和大爷偏偏就让红姨娘掌家了。这算是什么道理，我如今还没有想通。"

"我也想不通，我以为是李姨娘掌家呢。"

"李姨娘不行，什么都不行，也就生了个女儿行。"

"姐姐别忘了，红姨娘一直得老爷的宠，也是书香门第出来的，只是家里没落了而已。”

一个人突然捂着嘴巴笑：“咱们老爷那么要脸面，李姨娘在他面前左一个七姑奶奶，右一个七姑爷，他能高兴才怪。”

三个人都笑起来，而后道：“但怎么说也该是大夫人掌家。这般有违常理的事情，必定是有原因的。我看啊，必定是大夫人犯下什么过错了，咱们不知道而已。”

“嘘——你们没听说吗？说是咱们夫人的事情跟大夫人有点关系，大爷这才厌弃了她。”

才说了这句话，便见大夫人从前面走过来，她们连忙噤声。莫氏见了笑一笑，打了一声招呼，径自回了自己的院子。

她的贴身婆子气不过，哭道：“这还是因为您家里没人，这才欺负您。叫个姨娘管家，他们也不怕丢脸！”

莫氏倒是看得开：“你不要急，事情总有转机的。”

红姨娘只是一个妾室，妾室哪里能够出去跟官家夫人打交道，没的叫人给骂几句不知轻重。

她深吸一口气：“能熬几年是几年吧，熬到父亲娶新妇，也许就好了。”

贴身婆子：“可是娶了新妇，就更不可能让您掌家了吧？”

莫氏笑了笑：“你不懂，有了新妇，我的日子反而好过一些。”

总比一群姨娘上天的好。

她揉了揉额角，道：“待会儿朗哥儿就要回来了，你送些吃食过去，别叫他饿着了。”

贴身婆子沉默一瞬，道：“您自己不去吗？”

莫氏：“朗哥儿也大了，我哪能一直围着他转，不然他该烦我了。”

即便是亲生母子，也是要有距离的。她笑着道：“你尽管去，若是朗哥儿问起来，你就说我在给他做衣裳。”

婆子就去了。朗哥儿果然问，婆子道：“夫人手里正拿着针线，怕过来了回去忘记针法，就叫老奴送来。”

朗哥儿听了婆子的话，笑着道：“我还要看会儿书，待会儿才能去看阿娘。你先回去跟阿娘说，衣裳什么时候做都行，叫绣娘去做也行，只千万别累坏了眼睛。”

婆子“哎”了一声走了。折家大郎回来，先去看儿子的功课，看完之后满意点头：“很好，很扎实。”

朗哥儿笑着道：“能得父亲一句好，儿子也算是值得了。”

折家大郎好笑：“我平日又没有苛刻你。”

朗哥儿就道：“那父亲坐会儿，我去阿娘那里看看她。”

折家大郎就沉默起来。朗哥儿看在眼里，并没有多说，只去见了阿娘。

莫氏见了他，欢喜地道："可吃了？"

朗哥儿："吃了的，只是忧心阿娘没吃，特意来查一查。"

莫氏笑起来："我也吃了。"

朗哥儿就看见了她放在桌子上的衣裳，道："阿娘，我的衣裳够穿了，你不用一直做。"

莫氏："我又没事，不给你做衣裳做什么？"

朗哥儿顿了顿，突然道："我今日提起你，父亲态度好多了。"

莫氏愣了愣："你这孩子，你说我做什么……"

朗哥儿："我虽然不知道阿娘做了什么让您这般示弱，也让父亲和祖父对您不闻不问，但事情都过去了这么多年，有什么事不能坐下来谈一谈呢？"

莫氏就笑："这是大人的事情，你还小呢。"

朗哥儿肃穆道："我已经不小了，开年之后，我就十一岁了。"

莫氏便叹息，摸了摸他的头："十一岁了，快长大了。"

她笑道："你放心，阿娘这般活着也很好。"

朗哥儿回到书房之后，长吁短叹。折大郎瞧见了，道："你阿娘跟你说什么了？"

朗哥儿："正是什么都没说，只一味地给我做衣裳，我才担心嘛。阿娘最近很是着急给我做衣裳，我今日瞧了一眼，她做的那件，就是给父亲穿也是合适的。"

折大郎闻言，晚间到底去了一趟莫氏的屋子里。一进门，便见她还在那里绣衣裳。他皱眉："你都不知疲倦吗？"

莫氏头都没有抬，笑了笑："我也没事，多做一点是一点。"

折大郎："你不会以为自己命不久矣吧？"

莫氏没有出声。她当然没有这般想，但丈夫要这么想，她也不准备解释清楚。

她并不多说。折大郎却道："你今日去李姨娘屋子里做什么？"

莫氏顿了顿，小声道："朗哥儿十一岁了，我想着，求七妹妹给他说一门亲事。"

折大郎面上没说什么，但心里总是有感慨的：到底是亲娘。

他坐下来，突然道："父亲想要娶个新妇。"

莫氏隐隐听闻过一点，但还是装作不知道，诧异道："什么？"

她又低下头去："娶一个也好，家里大大小小的事情，总是要有人打理。"

折大郎也觉得是。但父亲娶了新妇，他就成了继子，若是娶个面善心恶的来，恐怕家里会不安宁。

莫氏看在眼里，心里松了一口气。

两人自小一块儿长大，她实在是太清楚丈夫了。等有了继母，父亲未必跟他们一条心，他们却能一条心了。她想要的从来都不是现在这个家的掌家权，而是将来属于朗哥儿媳妇的掌家权。

折大郎还在那边唉声叹气，莫氏却已经想好怎么跟继母相处了。

过年之前，折老爷还是娶了妻。折绾在五台山上也收到了信。她嗤笑一声，将信丢到了一边，继续跟素膳说自己要带着她去闽南的事情。

“我是要去的，你去不去啊？”

素膳皱着眉头抄经书，闻言展眉道：“去啊，姑娘去哪里，我就去哪里！”

折绾得意地笑了起来。她就知道，跟素膳不用说太多，只说自己想去就行了。

折绾靠着她的背，道：“我们去的话，可能要去很久哦。”

素膳：“可以的。到时候咱们多做几种生意吧？”

折绾还在憧憬闽南的日子，闻言愣了愣：“什么？”

素膳理所当然地道：“多做一种生意啊。闽南的生意人少，咱们早做早发财。”

折绾好笑道：“那你准备卖什么？”

素膳：“自然是卖布。她们那边的布少，织布也慢，跟京都差了十几年似的。”

折绾见她分析得头头是道，笑着道：“你真是厉害了，什么事情心里都有了成算。”

素膳得意：“姑娘就看好吧，到时候赚得盆满钵满，给你买个山头做山大王。”

两人笑得不行。只是过了会儿，素膳又道：“可我们走了，姨娘怎么办呢？”

折绾就道：“不要紧的，她自己能过得很好，并不需要我们去管。素膳，她不是我们的责任。”

素膳也不敢多说，只觉得这样还是不好。但姨娘和姑娘，她肯定是跟着姑娘走。

莹姐儿在外头跟太后一块儿跳百索。太后只能跳几十个，莹姐儿鼓励她：“您慢慢来，不能跳太快了，这样对身子不好，您要多走走，常言道：饭后走一走，活到九十九。”

太后“哈哈”大笑，道：“行，那咱们再走一走。”

莹姐儿：“我去叫大伯母。”

她跑着进屋，笑着道：“太后说想去后山，大伯母，你和素膳姨也来吧。”

折绾：“好，你等等，我去换件衣裳。”

她去换衣裳，莹姐儿瞧见素膳姨有点神思恍惚，好奇地问：“怎么了？”

素膳：“没什么。”

莹姐儿“嘿嘿”一笑，诈她：“我知道是什么事。”

素膳根本没怀疑：“我就知道姑娘肯定会跟你说的。”

莹姐儿：“对呀，大伯母什么都告诉我啊。”

素膳犹豫：“莹姐儿，那你去吗？”

莹姐儿：“你去吗？”

素膳：“我肯定是要去的。再者说，闽南的茶叶我也没见过，得看过心里才有数。”

莹姐儿就“哦”了一声：“这样啊，那你想去多久啊？”

素膳：“不知道。但肯定不少日子吧？至少要两三年。”

莹姐儿就看了她一眼，没说话。

折绾过来的时候还纳闷呢：“莹姐儿怎么眉毛都耷拉下来了？”

素膳心里一怔，而后道：“糟了！她套我话呢！”

折绾找到了闷闷不乐的莹姐儿。她坐下来，好笑道：“你如今倒是会诈素膳的话了。”

莹姐儿便挨着大伯母一块儿坐，小声道：“那你带我去吗？”

折绾抬起手摸摸她的头：“自然是想的。只是此番一去，怕是要数年光景，我便不知道要如何跟你说，也不知道带着你去闽南对不对。”

莹姐儿就笑起来：“我就知道会是这般！”

她就说，大伯母怎么可能不告诉她呢？莹姐儿靠在她的肩膀上，道：“但我想去。”

她坚定地道：“我想去。不仅去闽南，我还想去大漠，还想去西南，我都想去。”

不知道从什么时候开始，她就有了这般的念头。她说：“我有时候总在想，大伯父和父亲的名字是鹤，可大姑母的名字是莺。”

一个是鹤，一个是莺，名字便成了谶言。

“大伯父的儿子是清川，父亲的儿子是清升，我是姑娘，便顺着大姑母的名字，成了清莹。可我想，我和大姑母的莺和莹字，为什么不能是鹰呢？”

折绾听得心里酸软又骄傲，道：“当然，自然，理所应当的，你可以做鹰。”

莹姐儿就笑起来：“是啊，我可以做，所以我想出去看看。我自小看着的就是大伯母、素膳姨，还有周掌柜、蝉月姨、素兰姨。我看着你们，我就知晓，自己是没有错的。想做，就去做好了。”

她不会后悔，她最怕的是将来会不敢出门。

她还是喜欢跟大伯母说这些悄悄话：“人的喜好是很可怕的！我跟着阿娘住了几天，阿娘跟我说葡萄好吃，我就是不喜欢吃，吃多了，也会喜欢上几分。那我要是现在不跟着大伯母出门，将来说不定就不喜欢出门了。”

折绾很是欢喜：“你实在是聪慧，我像你这么大的时候，最多想着哪里能多赚一文钱。”

莹姐儿闻言，就转身抱着折绾，认真地道：“我好心疼你啊，大伯母。”

折绾身子一僵，而后慢慢地松缓下来，露出一个快活的笑：“谢谢你，莹姐儿。”

不远处，太后和素膳站在一块儿看着，也情不自禁地笑了起来。太后忍不住对素膳感喟：“所以说，人生在世，事事不定，你家姑娘当年也没有想到彼时的辛苦，今日会被一个小姑娘安慰吧——真是好啊。”

素膳笑起来：“是，当年哪里想得到现在的好日子。”

她扶着太后往后院里去，道：“真希望将来一直是这般好。”

太后就拍拍她的手，道：“即便是有不好，你家姑娘也是不怕的，所以，此生也没什么事情可以压垮她。”

二月，她们回到了京都。紧接着，英国公府便接了旨意，折绾要替太后去江南一带的寺庙为苍生祈福。第一座寺庙便是闽南的南普陀寺。陛下已经颁布旨意去闽南了，让现任闽南知州袁耀督查此事。

等传旨意的太监一走，肦鹤春就跟着折绾回了苍云阁，沉默了好一会儿，才低声询问了一句看似是废话的话：“你要去闽南？”

折绾点了点头：“是，旨意不是已经下了吗？”

肦鹤春却定定道：“你从未说过，你还想去闽南。”

折绾就笑了起来：“可我一直在做。”

肦鹤春怔了一瞬，直到这时候才恍惚道：“是吗？一直是为了去闽南？”

他以为她只是做了个生意，而后越做越大。他承认她的本事，承认她的手段，却没想过她还可以这般胆大。

因为太过震惊，所以他在此时此刻甚至说不出第二句话。

折绾却坚定道：“是，一直是这样。”

肦鹤春只觉得耳朵嗡鸣起来，缓了很久，才又忽然道：“可是川哥儿怎么办？你这一去几年，川哥儿再过几年就要娶媳妇了——”

折绾：“你是他的父亲，难道不会操持一场婚事吗？肦鹤春，我要去闽南，且已经快要去了。”

她打点好了一切，只待出发。

肦鹤春闭上了眼睛：“行。”

他出了门，去了书房，好几日都没有出门。

折绾并未管他，她的心思在宋玥娘身上。宋玥娘已经哭了好几日了。折绾到底是心虚的，去看她的时候也带着几分小心翼翼，道：“莹姐儿跟着去，我势必会照顾好她的。”

宋玥娘拍桌子大声道：“好你个棉花精，看着不声不响的，其实主意打得如此大！这才几年，你不仅抢了我的阿娘、嫂嫂，你还要抢我的女儿！你还我莹姐儿，你还我的莹姐儿！”

莹姐儿在外头探头探脑，闻言进了屋，轻声宽慰道：“我会给阿娘写信的，有了好吃的、好看的，我也给阿娘送回来，阿娘就当我游学去了。”

宋玥娘抱着她哭：“当初我就不该让你跟着你大伯母！”

莹姐儿笑着摸摸她的头：“阿娘，还有升哥儿呢，有他陪着你，我是放心的。我也就去几年，几年后便回来了，你就当我去看父亲了。父亲那里，我也是要住一段日子的。”

宋玥娘哭得厉害：“你父亲一心一意只有他的官务，哪里顾得上你哦！我可怜的莹姐儿，你怎么是个劳碌命，这般奔波，将来可怎么办哦！”

莹姐儿：“我也不用父亲顾念，只自己自在就好。”

宋玥娘：“瞎说，你父亲怎么可能不顾念你，他的东西都是你跟升哥儿的！”

莹姐儿就笑起来：“阿娘，你要照顾好自己啊。”

宋老夫人和玉岫也赶来了英国公府，宋老夫人帮着莹姐儿安慰女儿，玉岫拉着折绾道：“恭喜你了，心愿成了真，从此往后，都是顺途。”

折绾拉着她走到一边，道：“我也要谢谢你，谢谢你当初伸出了援手。”

人在艰难的时候被拉了一把，总是会记一辈子的。

她感激道：“我有今日，多亏了玉姐姐。”

玉岫便笑着感慨起来：“我出身世家名门，自小绫罗绸缎，锦衣玉食，从不用担心温饱。我阿娘说，像我们这般的人家，最痛苦的莫过于想要跟男子一般建功立业，最幸运的，便是像我这样，没有远大志向，没有什么人生憧憬。所以我附庸风雅，热衷于修身日行一善，反而是最好的。修了这么多年，像你一般记挂我的恩情的，倒也没有几个。阿绾，你是回馈我最多的，我也要多谢你。”

折绾便笑起来，又说起孙三娘：“你要不要给她带什么？”

玉岫：“要的。”

她跟三娘的情分最深，这一年里，两人虽然时常通信，但还是想念。她道：“你去了闽南，倒是可以跟她一块儿见面了，我怕是此生难见她。”

说到这里，她又有些落寞：“你们一个个的都要走，留下我在京都，倒是孤苦得很。”

折绾：“你算不得孤苦，你的门前就没有停过人。京都的夫人们，有你一半好友。”

玉岫挨着她，道：“说什么呢！但我跟越王妃倒是说得来，还要多谢你帮我牵线呢。”

当初是因着折绾介绍，她跟越王妃才开始有了交情，如今越来越好，等折绾走了，她也不会寂寞，人人都有自己的人生。

折绾捏捏她的手："那我可要去孙姐姐那里挑拨离间了。"

两人笑得不行，宋玥娘本被宋老夫人哄好了，瞧见这一幕又哭起来："她跟莹姐儿平常也这样！就是比我更加亲昵！"

宋老夫人一巴掌拍在她的手上："你就作妖吧！"

临行前几天，折绾还去见了李姨娘。李姨娘依旧是从别人口中得知的此事，知晓之后就蒙了，吓得一个激灵："怎么要去那么远的地方？"

贴身丫鬟："是替太后娘娘去祈福呢，这是一家子的荣耀。"

李姨娘不敢反驳，却又心里难受，等折绾来的时候，哭道："你本就没有孩子，矮了人家一头，川哥儿又长大了，等你回来，英国公府哪里还有你能站的地方？阿绾，你糊涂啊！"

折绾一直听着，良久之后，等她说完了才道："阿娘，你看我现在，难道活得不好吗？"

李姨娘："你现在是好，可等你老了，你就知晓错了。你看我，我能活得像现在这样，不就是因着你吗？我有你了，我不愁什么，可你没有孩子，你以后怎么办？等你老了，川哥儿的媳妇都能骂你几句！"

折绾就笑起来："阿娘……还是这样。可我已经变了。"

她之前会因为阿娘说这般的话心酸一天，生气一天，苦闷一天，但这般的话，于她现在而言，已经成了浮云。

她静静地道："我来看看阿娘，也来问问阿娘，我之前的话，阿娘愿意吗？"

李姨娘都忘记是什么话了，好久才记起来，皱眉道："我好端端的，你又胡想些什么？"

折绾："那姨娘就好好的。我要走了。"

李姨娘惶恐地跟着一块儿出门："你不多坐一坐啊？"

折绾："不了。"

她走出了折家。

外头的春光正好，折绾抬头看天，细细碎碎的光洒在她的脸上，如同浮光跃金。

她借着这股春意、这缕春光，去买了祭拜的火纸、烧酒，又去酒楼买了些吃食，带着它们去了长姐的坟墓前。

她坐下来，靠着墓碑，轻笑着道："长姐，我要走了。"

她顿了顿，又道："若是你也有魂魄在世间，可能一开始也无法理解我对你的感情。但你若是看过我的上辈子，知道我对你的追逐和执念，应当会知晓，也会为现在的我高兴。"

她松了一口长长的气："我以前没能成为你，很是遗憾，如今没能成为你……我很是高兴。长姐，我成为了我自己。”

人这一辈子，自应“别有人间”，得无念，得无名。

要去闽南的那日，她早早进宫辞别了太后，回到了苍云阁。

素膳和莹姐儿在等她。

外头的蔷薇花开得正盛，折绾在它之前驻足良久，而后伸出手摘下一朵，别在了发髻上。

素膳走过来，道：“真好看。姑娘，这花今日开得格外好，我总觉得更鲜活一些。”

折绾就笑起来：“可能是知道我们要走了，也在为我们高兴呢。”

她左手拉着素膳，右手牵着莹姐儿。

“走了——咱们去闽南，去江南看看。”

（正文完）

番外一——蔷薇花开·阿琰

三月，折家。

“怎么还不醒？”折夫人在屋子里急得乱转，“可怜见的，我的儿！眼见就消瘦下去了。”

于妈妈轻轻看一眼床上的大姑娘，小声宽慰：“现在只是低热，想来很快就会没事的。”

折夫人抹泪道：“阿琰自小身子就好，怎么就突然发热起来了，还一直不醒——”

正说着，便听丫鬟道：“夫人，大少爷过来了。”

折夫人：“快让他进来，准是来看阿琰的。”

十八岁的折家大郎进了屋，先去看过妹妹，而后又看向母亲，支支吾吾的。折夫人一边擦眼泪一边问：“你这是怎么了？可是有什么事情？”

折家大郎豁出去了，跪下低声道：“母亲，求您为我向莫家提亲。”

折夫人顿时就天旋地转起来，想要骂人，又不敢骂出声音来吵醒阿琰，只能气得咬牙切齿，低声吼道：“孽障！你也不看看现在是什么时候，你妹妹还昏迷不醒呢！”

折家大郎臊眉耷眼地低垂着头：“可莫家那边已经在带着人相看了，若是去晚了……”

折家、莫家就住在一条巷子里面，母亲没有意愿去提亲，莫家也是知晓的。莫家此举，也是在试探折家的态度，若是母亲再不去提亲，怕就真的来不及了。

他哀求道：“母亲，就为儿子去提亲吧，儿子之前没求过您什么——”

折夫人一巴掌打在他的脸上：“你就跟你舅舅一个模样，自私自利，你妹妹还病着呢，你就如此逼我，可见是没有把你妹妹、没把我放在心上！”

一巴掌响得很，震得沉睡中的折琰颤了颤眼皮。她努力睁开眼睛，发现自己睡在娘家的闺房里。迷迷糊糊中，她恍惚以为自己在做梦。

她记得很清楚，她难产去世了。死人还会梦见从前吗？

折夫人却没有看见这一幕，她只低声一喝：“跪下！”

折家大郎很顺从地跪下了。

折夫人继续压低声音骂道：“说了多少次，我是想为你择一门佳偶来光耀门楣的！莫家姑娘虽好，却算是高攀咱们家，莫家老老少少看着也不像是以后有出息的，她就不是我想为你择的佳妇——”

折家大郎畏惧母亲的脾气，却还是愿意为自己的终身争取争取，便依旧小声哀求道：“从来都是高门嫁女，低门娶媳，我若是高门娶媳，又是这般的性子，将来肯定不能夫妻和美。再者说，高门女个个都是眼睛往上看的，到时候母亲还能顺心？还不如娶了莫家姑娘，往后她也没处跟母亲作对。”

他顿了顿，又道：“母亲放心，儿子虽然不中用，但大妹妹如此好，必定能嫁入高门，母亲定能如愿的。”

一句话，让还在昏昏沉沉中的折琰听得又是浑身一颤，她被刺激得咳嗽一声。折夫人时刻听着床上的动静，闻言也不骂儿子了，三步并作两步走过去，便瞧见折琰浑身大汗，脸色惨白，唇色乌青。

她急得大喊：“太医——快请李太医来——”

折家大郎凑过来看，被折夫人一巴掌打在脸上：“孽障，滚一边去！”

折家大郎捂着脸去了一边，折琰却莫名憋了一口气，她依旧以为这是梦。她听人说过，人死的那一刻，便会回到从前，“梦”见从前的事情。

她这是死了，难产死的。

她梦见了还没有嫁人的自己。

她一把抓住母亲的手，哭着劝解道：“母亲这般，大哥哥心里也会埋怨的，我与母亲说过多少次，大哥哥是大哥哥，舅舅是舅舅，并不能混为一谈。大哥哥亲舅舅，不是因着他天生是亲舅舅，而是母亲嫌弃他，不喜欢他，所以大哥哥才去亲舅舅。”

折夫人僵硬道：“你这个孩子，刚醒就在这里胡说什么呢？”

折琰的气息已经很弱了，却还是抓住母亲的手不放，哀劝道：“我就要死了，母亲就只有哥哥一个孩子了，母亲就对他好些吧。他不过就是想娶嫂嫂，这有什么不可以的？难道我与哥哥都要高嫁高娶，母亲才会觉得高兴吗？婚嫁婚嫁，母亲不该先为我们的一生考虑吗？母亲，已经死了一个我，就成全哥哥吧！”

她说完，两眼一闭，又晕死过去。一屋子人乱了起来，太医来看过，镇定道：“这是梦魇了，醒过来就好了。”

折夫人松了一口气，忍不住流眼泪：“这孩子，还说自己死了，吓得我不行。”

太医：“可能是昏迷久了的缘故，没事的，醒来了就好。”

折夫人把太医送走之后，这才去了堂厅。

折家大郎早早地候在那里，见母亲来，连忙跪了下去，耷拉着脑袋，哭道："母亲，求您成全。"

折夫人冷笑，狠狠地盯着他："你这个蠢货，你妹妹的死活你全然不顾，如今只被莫家姑娘迷了眼睛，实在是可恶！我且告诉你，等将来你需要妻族助力的时候，便记住今日的话，可不要后悔。"

这意思就是松了口。折家大郎喜出望外，连忙叩首："多谢母亲，多谢母亲成全。"

折夫人："多谢你妹妹吧！"

折家大郎自然是感谢妹妹的，他不曾想到妹妹竟然多次劝说母亲对自己好些。

等他毕恭毕敬地出了门，折夫人捂着堵得慌的胸口回到屋子里，就见女儿已经睁开了眼睛，只是眼神迷茫，游移不定，见了她就迟疑地喊："母亲？"

折夫人赶紧去摸额头，而后才哭道："皇天菩萨，总算是不发热了，也清醒了，你若是再像刚刚那般梦魇，我就要一头撞死，好歹替你一命。"

折琰听见这样熟悉的话，看见这样熟悉的人，没来由地屏住呼吸。她的手慢慢拢紧，僵硬地放在胸口，喃喃道："母亲……我刚刚做了一个梦。"

折夫人："噩梦？"

折琰："是，梦见我高嫁到一户人家，却生不出孩子，好不容易怀上了，生的时候却难产死了。"

怪不得刚刚梦魇的时候说自己死了。折夫人吓得脸色一白："快呸三声！呸呸呸！可不敢说这样的话！"

折琰却缓缓地闭上眼睛："母亲，我好累。"

折夫人："那你就睡会儿。"

她请太医进来看过病情，确认人没事之后才舒了口气："真是造孽，好端端的，怎么突然发热了。"

太医笑着道："夫人放宽心，人一年这般发热一次也是好的，要是常年不病，那也叫人发愁。"

折夫人亲自送太医出去："小女这次病得急，又三天没醒，我心里慌得很，这才留了您在府里住着，还望您不要见怪。"

太医收了好处，自然不会见怪，还要夸几句："夫人宅心仁厚，爱女心切，其他小节，不必在意。"

如此，俱欢喜。等把人送走之后，折夫人脸上的笑意才落下来，而后揉了揉头："阿琰没事了，继续去解决那个孽障的事吧！"

于妈妈宽慰道："大少爷孝顺得很，什么都听您的。"

折夫人："听我的，却要娶莫家的姑娘？我也好奇得很，他一向听我的，怎么在这件事情上就如此坚持。算了算了，我也懒得说他，莫家就莫家吧，这是他第一次这样求我，我若是拒绝，他估摸着要怨恨我的。”

她嘀嘀咕咕、念念叨叨地进了屋子，又问起折琰来：“怎么样了呀？”

小丫鬟道：“在睡觉呢。”

折夫人：“烧了三天，可有得睡。”

她是个闲不下来的性子，又开始盘算，道：“如今正是春日，四处都有赏花宴，都是在给没有婚嫁的说亲呢，阿琰已经错过了好几场宴会，可不能再错过后面的了。”

于妈妈给她捶背，小声道：“夫人可有看好的人家？”

折夫人笑眯眯的：“自然是有。”

她看中了英国公府的大少爷劭鹤春。

“英国公府比起其他府来，算是人丁稀少的，阿琰过去也不用太操劳。英国公一向不喜欢庶子庶女，膝下只有两个儿子是嫡出，劭鹤春还是嫡长子，深受皇恩，这样的人，可谓人中龙凤，阿琰嫁过去必定享福。”

于妈妈情不自禁地也跟着笑起来：“这可真是太好了。”

折夫人：“是啊，要是这门婚事能成，那就太好了。”

于妈妈：“大姑娘能有夫人这样的母亲为她谋划，可真是前世修来的福分。”

折夫人就轻声道：“我肯定是要为阿琰选最好的。她的品貌、才学，都是随了我的。当年，我只能嫁给折家……我肯定不能让她的姻缘也随了我，过上这种苦日子。”

她深吸一口气，又忍不住站起来：“我去看看阿琰。方才她还睡着呢，她哥哥却不懂事，真是一点都不关心妹妹！他哪里有半分做兄长的样子？”

就跟他那个舅舅是一样的模样。

于妈妈不敢吭声。正巧胡妈妈回来，她赶紧让开位置。胡妈妈熟练地站到折夫人身边，小声道：“打听出来了，庆国公府赏花宴，英国公大少爷是去的。”

折夫人满意地点头：“你做得很好。”

一行人进了折琰的院子，动静却很小。谁人都知晓，整个府里，大姑娘是除了老爷夫人，最金贵的那个，大少爷在她面前都得往后排。她病了，在睡觉，夫人都不敢大声说话，就更没人敢弄出声响来吵醒她。

一片寂静里，折琰坐在床头看向窗外。

她确信自己回来了，回到了十五岁的时候。这时，她还没有定亲，也没有成亲，更没有怀上孩子，没有难产而亡，她还活着。她好像可以扭转许多事情，但她并没有高兴，也并没有觉得活着很好，她只觉得很累，很累。她想沉沉地睡过去，不理任何人。

于是折夫人一进门，她又要睡了，两个人甚至没有说上两三句话。

折夫人也没多想，只是第二天提起去庆国公府赏花宴的时候，折琰始终沉默着，没有回答。

折夫人柔声道："怎么了？还是不舒服？怎么不说话？"

折琰恍惚了好一会儿才道："我好累。"

折夫人就叹息道："怎么就偏偏这时候病了？赏花宴在七天后呢，不着急，你先好好休息，到时候看看情况再说。"

折琰抬眸，发现母亲一双眸子里全然是关心，半点不掺假。她的心里就开始苦涩起来，习惯性地还夹杂着些许惶恐和愧疚。若是之前，她必定是要对母亲说一句"我没事，我可以坚持去赏花宴的"，但她现在又活了一遭，却发现自己此时此刻不愿意再这般说了。

她沉默起来，沉默地睡下，一睡就是一天，好像睡觉可以解决所有的事情。

直到第五天，折夫人才发现她的不对劲。她摸着折琰的额头，问："怎么回事？怎么还是恹恹的？我再请太医来一趟吧。"

折琰拒绝，她道："我就是太累了，睡一觉就好。"

折夫人："你都说好几回累了，肯定是身子有问题。"

她起身，不由分说道："不行，还是要请太医来看看。"

折琰没有再说话。只是太医来了也无济于事。人累的时候，想睡的时候，一睡下去就不会醒。直到要去庆国公府的那一日，折琰还是睡着。

折夫人着急得不行："英国公府大少爷可是会去的，到时候被别人抢了去怎么办？"

她在屋子里走来走去不能平静，折琰却面无表情。

她不愿意再像上辈子那样过。所以劢鹤春怎么样，娶了谁，她并不在意。她想在意自己，在意自己怎么活。但她不知道什么是对的，什么是正确的活法，她还很累，她打不起精神去活着。

她重新躺下来，整个人都松缓了一些，小声道："母亲，我想睡会儿。"

折夫人："造孽，真是造孽，不知道是冲撞了哪路菩萨哦！"

但她还要为儿子的婚事操心，便摸摸折琰的手，道："你再休息几日，我先去为你兄长提亲。你父亲什么都不管，只知道一味地纳妾，瞧瞧，如今都多少个庶子庶女了，真真是恶心我！"

折琰抿唇。她知道，此时是要宽慰母亲的，宽慰母亲不要伤心，她以后会让母亲过上好日子的。母亲就会满意，就会抱着她说："好阿琰，你就是我的命。"

折琰的眼神缓缓游移起来，从被母亲抓着的手，到母亲关切的眼眸。

她一路往上看，盯着纱帐，突然道："母亲要是不喜欢父亲纳妾，我替母亲把此事解决了。"

不同于以往的安慰，她现在练出了本领，是有办法替母亲解决此事的。

折夫人却道："解决什么？不用搭理！男人就是这种德行！你父亲这般的，我是不愿意搭理的，免得脏了自己的手。"

折琰眼神一怔，就又闭上了嘴。

此后一个月，折家跟莫家定亲，折夫人忙得脚不沾地，倒是没有太来折琰这边，但也两日之间总要来一次。折夫人每次来都纳闷："到底怎么回事，你怎么就如此嗜睡了？大夫也请了好几个，都说你身子没问题啊。"

折琰："我也不知道。"

她躺在临窗的榻上，外头的春光正好。她懒洋洋的："母亲，我就这样躺一辈子好吗？"

折夫人啼笑皆非："你这孩子，说什么傻话。你今日好歹要起来走走，别再在这个屋子里躲着了。"

折琰却不愿意，她说："我不。"

简简单单两个字，轻轻浅浅的语调，却让她和折夫人都愣了愣。

折夫人好半晌才道："什么？"

折琰喃喃道："我不。"

折夫人好笑道："生了一场病，脾气还变倔了。"

而后她耐心地哄道："你已经一个月没有读书了吧？再不读，就要比你兄长差许多学问了。"

折琰却突然开口："可是哥哥读书是为了考科举，我读书是为了什么？"

折夫人："自然是明理、开智。"

说谎！明明到后来是为了高嫁，是为了生孩子，为了生儿子！

折琰突然气喘吁吁起来，额头、后背蓦然出了汗，大声道："我不读了。"

折夫人："什么？"

她错愕地问："你这孩子，到底怎么了？"

折琰撇开脸，大声道："我太累了，我不读书了。我想读的时候再读，现在我不愿意读，我就不读了。"

折夫人终于感觉问题大了起来，她皱眉道："阿琰，你如今变得很是懒散。"

折琰闭上眼睛："是，我太累了嘛。"

折夫人心里便起了一股火："你怎么跟你阿兄一般了？他就是烂泥扶不上墙，做事情三天打鱼两天晒网的，所以一事无成。阿琰，你跟他不一样，你是最像我的，势必能做出一番大事来。"

折琰没有说话。

——做什么大事？

嫁给邬鹤春吗？吃那些愚昧的药吗？难产而亡吗？

她曾经也被母亲这般的话鼓励过，她曾经最认可母亲的话了。身为女儿，她因为母亲的关爱，得到了这个世上许多女子都没有的东西，她读书，明理，开智，她骑马，英勇，飒爽，她看见了自己的不同，于是心生欢喜，所以勤勤恳恳，不肯耽误一日的工夫。可越是这般，越是成为母亲和她所希望成为的人，就越是在成婚后痛苦不堪。

折夫人已经开始不耐烦了："阿琰，说话！你从哪里学的不言不语的臭毛病！一股小家子气！"

折琰便喃喃出声："母亲……你骗了我。"

折夫人手一顿："什么？"

折琰痛哭起来："你骗了我，你骗了我！你骗我吃药，你一直骗我——"

从前的十五年，母亲说的道理有多好，那往后的几年，在一次次逼迫她，哄骗她吃下那些愚昧的药时，母亲的道理就显得有多荒谬。

折夫人慌乱起来，不知所措："怎么就骗你吃药了？你这般虚弱，当然是要吃药的。"

但折琰已经哭得睡着了。她越发嗜睡，睡过去后，怎么叫都叫不醒。

折夫人心乱如麻，又找了大夫来："好像梦魇了一般，说我骗着她吃药。"

大夫："是不是小时候的事情？"

折夫人却自然而然地挺直了背："不，她小时候我也没骗她吃过药，她最是乖巧懂事，都是自己吃的。"

大夫也纳闷了："老朽还是第一次瞧见这般的病。"

折夫人不免还要封大夫的嘴巴："还望您不要说出去，免得传来传去，倒是传出些奇怪的话来。"

老大夫："夫人放心，夫人爱女心切，老朽也有医者仁心。"

他顿了顿，多说了一句："我瞧着，这似乎不是身子的病，是心里有事。夫人试试开导开导大姑娘吧，免得郁结于心。"

折夫人诧异："心里有事？小姑娘家家的，心里能有什么事情？"

在发热之前，阿琰都是好端端的。

但大夫都这般说了，她也不得不问一问，趁着折琰清醒的时候道："你是不是心里有什么事没告诉我？你说出来，我帮你参谋参谋。"

折琰的精神已经好一些了，她努力撑起身子，打开窗户，缓缓道："是有事。"

折夫人侧耳倾听："什么事情？"

折琰："我不想嫁人。"

折夫人第一个念头就是好笑："你又开始说胡话了，哪里有姑娘家不愿意嫁人的。"

折琰却转过身，认认真真地看着她："我没有说谎。"

折夫人的神色就慢慢地变了，由红转白，最后气急败坏，开始在屋子里面疯狂地找书。

“你是不是看了什么移性情的书？啊？你是不是看了不该看的东西？离经叛道，违世异俗——”

在她发疯找书的时候，折琰一直不发一言。她睡了一个月，想了一个月，她不曾在睡梦里想过不嫁人的事情，却在清醒的时候不用思考、思虑、犹豫，就能毫不迟疑地说出这句话。仿佛这句话就在她的骨子里生了根，只等着发芽。

她再次喃喃道：“母亲，我太累了，我累了一辈子，这辈子，就不能让我休息休息吗？”

折夫人却没有听清，她只是觉得女儿魔怔了。她这回没有请大夫来，而是请了和尚来做法事。和尚没用，又请了道士。道士没用，最后请了北边的萨满。

整个折家都乌烟瘴气的。折家大郎去看妹妹，因折琰不愿意嫁人的事情，折夫人瞒得死死的，折家大郎并不知道此事，所以还挺担心，道：“你身子看起来也好好的，到底得了什么病，让母亲如此担心？”

折琰静静地躺在榻上，轻笑着道：“得了……不听话的病。”

折家大郎一怔，而后迟疑道：“你违背母亲了？”

折琰却没有多说，只是温柔地道：“大哥，恭喜你得偿所愿了。”

折家大郎不好意思地摸摸头：“我没想到母亲这般痛快就同意了，还是要多谢你。”

折琰顿了顿，道：“母亲也是爱我们的。”

折家大郎今日跟妹妹说了几句话，倒是亲近了一些了，闻言小声道：“我比不过你，在母亲心里，我不及你的万分之一。”

折琰笑了笑，没说话，好半晌，等折家大郎走了之后，她才喃喃出声：“我当然知道，我是她的命，没有谁比得过我。”

母亲是可以为了她去做任何事情的，但是母亲……

她的眼泪珠子往下滚：“但是母亲，你明明知道，我好累。”

母女俩又僵持了两个月。

这两个月里，无论折夫人用什么手段，折琰都只沉默不语，不出门，不吭声，只日夜睡觉，一睡就睡不醒，有时候半夜醒来还会呕吐。折夫人看见她这般便哭：“孽障，孽障，你要气死我才行！”

折琰却问：“母亲明知道我会死，也要送我去死吗？”

折夫人：“那是梦！”

折琰直直地看着她：“不是梦，我已经死过一次了。”

折夫人气得抬起手，却又舍不得打。她一巴掌拍在自己的脸上：“我怎么就生了你这么个孽障！”

折琰默默地转过身去，继续无声地抵抗。

直到有一日，外头的日光晒得很，屋子里好像突然就热了起来，她褪去了厚厚的外衫，要穿上夏日的衣裳时，才第一次有了踏出门的意愿。

夏日，一切都热烈得很。

她想出去，就出去了。

折夫人很快就得了消息，还带着一盆蔷薇花来。她小心翼翼地看女儿的脸色，而后将手里的花送过去：“你看，好看不好看？我特意为你选的。”

折琰的好心情又慢慢地消退。

她还记得，她嫁给劭鹤春之后一直没有怀上孩子，母亲就逼着她吃药看病。她乖乖的，一切都很好。但是她依旧没有怀上孩子，母亲就着急了。她开始信土方子，还带来了蔷薇花的种子，道：“种上花，便能引来送子观音。”

折琰并不厌恶蔷薇花，但她厌恶以这般的缘由来种花。她跟母亲吵架了，母亲气得大声道：“我都是为了谁？我难道是无知妇人？我难道就没有读过圣贤书？可我抛却学识，抛却尊严去为你求这么一个土方子，我难道就好过了？我还不是为了你好！”

折琰很是痛苦。成婚之后，她对母亲这般的话已经有些厌烦了。她捂着胸口问：“难道母亲觉得，我做下此事之后，我就是欢喜的吗？母亲，我很……”

我很痛苦。

但她不敢说这句话。她为什么不敢说？

折琰也不知道了。她只知道跟母亲吵架后，母亲伤心离去，她一个人在屋子里坐了很久。劭鹤春回了家，却没有发现她的情绪，反而说起越王府里的事情。他喋喋不休，抱怨越王府里的客人太多，都是些寒门出身的人，实在是上不得台面。

折琰开口想说一句：“你让我静静。”

但她最后说的是：“是吗？你也理解理解越王，别总是在他面前说门客的不是。”

她说完之后，劭鹤春继续喋喋不休，折琰却开始厌恶自己。

是的，厌恶自己的性子。

为什么——为什么会是这样的性子。为什么已经很痛苦了，还要这样口是心非？为什么就不能把自己想说的话说出来呢？

对其他人，对劭鹤春，她习惯了做到最好，习惯了这般周全。

对母亲，她明明自己也很生气，但还是会担心母亲会不搭理自己，害怕母亲会生气。

她第一次意识到自己的性格是有缺陷的。

劭鹤春说个不停，她低头，一滴眼泪落在了地上。

她控制自己不去写信给母亲求和，她克制自己，不去想母亲的相关事情。她这一辈子，不愿意只活“母亲”两个字。

可那日出去吃席，母亲见了她就像见了陌生人一般，她的心又如同刀割。

她回到英国公府，怔怔地站在廊下许久，久到她以为自己过了一辈子，最后才轻声开口：“买些蔷薇花种子种下吧。”

她对于妈妈道：“再请母亲来看看。”

来看看，她已经听话了。

晚间，邴鹤春回到府里，好奇地问：“你种了蔷薇花？”

折琰低头“嗯”了一声：“对……我喜欢蔷薇花。”

邴鹤春并不在意这些细枝末节，又开始抱怨起国子监的同窗。

折琰没来由地感觉到一阵恶心，她说：“鹤春，我累了。”

邴鹤春：“你睡到床上去。”

他躺在床上跟折琰说同窗的坏话。

折琰只觉得脑子嗡鸣声顿起。

此时此刻，她的脑子在看见母亲捧出来的蔷薇花后便“嗡嗡”响个不停。她张大嘴巴，伸出手慢慢地接过那盆蔷薇花，而后狠狠地砸在了地上。

折夫人尖叫了一声：“阿琰！”

折琰大口大口地喘着气，却用十分冷静的语气道：“母亲，我不喜欢，不，我喜欢……”

她哭起来，整个人怔怔的：“我厌恶我自己，我厌恶我自己喜欢上了蔷薇花。”

明明厌恶那一墙的花，为什么最后看着看着，却喜欢上了呢？就如同她难产的时候，她想的依旧是：她死了，母亲怎么办？会不会后悔？

她是想要跟母亲好好谈一谈的。她想要生下孩子之后跟母亲说：她很痛苦。

她想求母亲不要再这样逼着她做愚昧的事情。她怕自己说不出口，怕自己说不好，所以她还写了一封信。她停停写写，眼泪不知道滴在上面多少，但还没来得及说，她就死了。

折夫人头疼不已，见她恍恍惚惚的，又忍不住心疼：“定然是哪里撞邪了。”

她请了大夫来，大夫给折琰开了安神的方子。

老大夫就道：“可不能刺激她了。”

折夫人：“我也没有刺激她，我就是给她送了一盆花。”

大夫：“也许是不喜欢花呢？”

折夫人：“她以前喜欢的。”

大夫如今也看出一些细节了，他道：“真的喜欢吗？”

面对病人，他还是有仁心的，不愿意一个姑娘如此遭罪，道：“为人父母，其实最怕自己喜欢的东西，却说是儿女喜欢的。”

折夫人却觉得受到了屈辱。她给了大笔银子送老大夫离开，回来之后骂道：“我难道连这般简单的事情都不知道吗？阿琰明明就是喜欢花的。”

她便叫花房送了一些其他花到院子里去。海棠花、牡丹花、菊花……

因送得多，便也给其他的姑娘送了些。庶女们上不得台面，没多久就为了几盆花闹了起来。折夫人没去管，折琰却再次因为夏日里的阳光出了门。

外面蝉鸣、鸟叫。

她在一次次的崩溃后，还是忍不住出去走走。好比她在怀上孩子的时候痛苦，心想就此死去也不错，但她又想活，忍不住求生，想要跟母亲和解，想要母亲的谅解。人总是这般的，崩溃过后，又能自己治愈。

折琰慢吞吞地往外走，一眼就瞧见了门口的小四和小六压着小七打。

她皱眉，肃穆道：“怎么回事？”

小四和小六赶紧过来问好，又灰溜溜地跑远了。只留下呆头呆脑的小七爬起来，在那里探头探脑，脑袋上留着许多落叶。折琰一愣，朝着小七招了招手：“阿绾——你这是怎么了？”

折绾小胳膊小腿，匆忙跑过来，委屈地道：“大姐姐，四姐姐和六姐姐打架，我去拉架……”

折琰温和地问：“然后就一块儿打你了？”

折绾点头。

折琰俯身为她摘掉头上的树叶，并不斥责她，只道：“她们怎么打架了？”

折绾：“四姐姐想要那株海棠花，六姐姐不给。”

折琰：“你胆子小，力气又小，以后不要去拉架，只管来告诉我，她们怕我，自然不敢打。”

折绾松了一口气：“好啊。”

折琰：“你喜欢海棠花吗？”

折绾：“喜欢的。”

折琰：“我屋子里面有一盆海棠花，你要不要？”

折绾的眼睛亮起来：“好啊。”

折琰就牵着她的手去屋子里取了花，轻轻地摸她的头，温和道：“养花一岁，赏花十日……爱人如养花，你要好好对它才是。”

折绾狠狠地点头，她抱着花颠颠地走了。

小素膳早在院子外等着，见她抱着花出来，连忙问：“姑娘，大姑娘没骂你吧？”

折绾摇摇头：“没有！还给我花了！”

小素膳“咯咯”笑起来：“真好看啊——四姑娘和六姑娘没有，但姑娘有。”

两人手拉手往小院走，折绾轻声嘀咕：“大姐姐好温柔啊，好有用啊，我以后想要长成她那个样子。”

素膳：“我也要！”

折绾：“一起一起。”

她们越走越远，折琰心里却揪起来。

她实在是太熟悉母亲了。她这般去世，若是没有留下孩子，那还好。若是留下了孩子……母亲说不得为了孩子，要让其中一个妹妹去照顾孩子。

她的身子忍不住颤抖起来。

这是孽，她和母亲都在造孽。

也不知道最后会是哪个妹妹去。就是为了不造下这桩孽事，也是不能嫁的。

她越发坚定起来，越发想要好好地活着。她上辈子并不快活。她那么努力、那么勇敢地活着，她本该快活的。

她叫人去厨房点菜：“要一碟豆芽，一碗粉蒸肉。”

折夫人很快就听闻了这个消息，还以为她是想开了，却发现是女儿手段高明了。她不再整日睡不醒，而是吃吃喝喝，做起了其他的事情。她开始看那些从前不曾看过的书籍，一宿一宿地看书，不知疲倦，好像要从书里面找到什么道理一般。

折夫人整个人都蒙了，最后没有办法，把女儿的怪异告诉了丈夫。她哭着道：“也不知道怎么了，整个人都魔怔了一般，说什么都不愿意嫁人。”

折大人一听，皱眉道：“你这是太宠爱她了。自古姻缘都是父母之命，媒妁之言，哪里由得她不想嫁人就不嫁人的？我看啊，你赶紧趁着此事没有传出去，将她的婚事定下来。”

折夫人：“定哪家？你管过吗？”

折大人：“这些事情，你比我厉害，你往高处寻就好。咱们家如此培养她，难道还要下嫁吗？”

折夫人便骂道：“你事事不管，如今倒是张口就要高嫁。”

折大人一巴掌拍在桌子上：“女儿的教养之事你不管，难道要我管吗？”

两人就争吵起来。折琰听闻之后，亲自找到折大人道：“父亲要是为难，我便去做姑子。”

折大人气得一巴掌打在她的脸上。

折夫人过去就推折大人：“你敢打她——我跟你拼了！”

又乱了起来。

折琰被锁在屋子里。

折夫人来看她，哭道：“你这是怎么了？啊？你怎么就变成了这般？”

折琰看着母亲，轻声笑了笑：“母亲，我会如愿吗？”

折夫人撇过头去：“就算是我答应，你父亲也不会答应。”

折琰倔强地看着她："我不在乎父亲。母亲，我只要你答应。"

她一直不曾在意父亲是什么样的人，不在意父亲对自己的态度，她在意的，自始至终都是母亲。因为太在意，她甚至有了自己的执念。她再一次清楚地知道自己的执念不除，这辈子也活不好。

折夫人这时候也不由得迟疑起来："阿琰，你到底发生了什么事情？"

折琰："母亲，即便是知晓我嫁过去会死，还是会依旧要我嫁吗？"

折夫人大为恼怒："你又这般闹我做什么？"

折琰一颗心沉下去，她闭上眼睛："我要睡了。"

她睡了过去。第二天，太阳照常升起，她又开始想往外走。她想出门，没人敢真的拦住她。她顺利出了门，在院子里面走动。

她看见了在太阳底下学着绣花的阿绾，她走过去，阿绾抬起头，不好意思地将篓子收起来。

"大姐姐。"

折琰温和道："开始学绣花了？"

折绾点头："是。"

折琰："喜欢绣花吗？"

折绾："喜欢的。"

折琰："真喜欢？"

折绾："真喜欢，这样一个荷包，能卖十文钱呢。"

折琰就愣了愣，她笑起来，摸摸阿绾的头："我有银子，我给你。"

折绾惊讶地抬起眼眸，而后懵懵懂懂地问："书上说，天底下没有白得的恩惠。大姐姐，我什么都没有，以后怎么还给你呢？"

折琰就愣了愣。

三岁看老，阿绾五岁了。阿绾这个性子啊……是最容易被母亲选中的。

她眼眶红起来，温声道："不用你还，是我要还你才是。"

折绾不懂。

折夫人也不懂。她筋疲力尽地问折琰："即便你因为一个梦不愿意嫁人，依着你的性子，也是谋定而后动，事事周全，想好了后路才会说。为什么……为什么这次如此莽撞。"

折琰喃喃道："是啊，为什么呢？"

她闭上眼睛："可能是我太累了，我不愿意像从前那样，事事去想，事事去委屈，事事去周全——"

她突然睁开眼睛，看向母亲："你快活吗？母亲，这些年，你倾其所有培养我，你快活吗？"

折琰能成为远近闻名的才女、人人夸赞的聪明姑娘，离不开折夫人手把手地教养。从折琰出生的那刻起，折夫人的心血和精力就倾注到了她的身上。

吃穿用度，折琰都要用最好的；诗词歌赋，折琰需要样样精通。折夫人除去管家和交际，所有的时间都跟折琰在一起。在折琰二十一年的生命里，“母亲”两个字就像是刻在身上一样，从来都不曾离开过。她认为母亲跟她相知相爱，是天下最懂彼此的人。所以直到最后她也不明白，为什么母亲知晓她的痛苦，却依旧视而不见。

她不曾恨过母亲，一刻也没有过。她只是开始不快活，开始不懂。

但直到今日，她也是第一次问母亲快活不快活这句话。

她不快活，母亲逼着她吃那些药的时候，快活吗？

她看着母亲铁青的脸，还是紧追不舍：“母亲后半辈子独活一个我，母亲快活吗？我要是死了，母亲怎么办？”

折夫人忍无可忍：“那只是一个梦！你不要再说这样的话！”

折琰轻声笑了笑：“可对我而言，并不是梦。母亲，它太真实了，我现在还痛，还累——”

折夫人便想带折琰去寺庙里一趟。她想了想：“你最近是不是挺喜欢小七的？把她也带过去吧，陪你说说话也好。”

折琰本来想拒绝的，她不想出门。但她确实重活了一次，若是世上真有佛祖，她该去拜谢，于是答应下来。

折绾被带了出去，这还是她第一回出门。她坐在马车里，趴在窗户上，看外头，新奇道：“原来府外面是这样的呀。”

素膳凑在她身边不放心：“姑娘，咱们会不会被卖掉？”

折绾安慰她：“不会的，咱们只是去烧香。”

但素膳说了这句话，她也挺担心的：“要是真被卖了，咱们就跑。”

胆儿小的两个人抱在一块儿，畏惧地看向外面。折琰下了马车，撩起她们的马车帘子的时候，哭笑不得，她温和地说：“不要怕——”

她的声音很有力量，折绾和素膳瞬间安心。

折琰牵着折绾的手进了寺庙。折夫人看了一眼，嫌弃地扭开头。她真是不知道阿琰到底是怎么想的，怎么对一个庶女如此耐心。

进了寺庙，两人拜佛，折夫人请了方丈过来给折琰做法事。折琰便抱着折绾静静地坐在众多和尚之中，不动，不言，却显敬畏。

方丈最后对折夫人道：“令千金跟我佛有缘。”

折夫人差点破口大骂，但她也不走，反而要待在斋舍里吃午膳。

折琰的目光闪了闪。

折夫人在方丈面前忍气吞声，出了大殿后气冲冲道：“什么有缘，我看啊，就想让我捐几百两香油钱！”

折琰却开始一反常态地出言讥讽：“是母亲要来拜佛，是母亲求他做法事，如今倒是怪起别人来了。”

折夫人一噎："你懂什么！你难道要做姑子去？"

折琰淡淡的："未尝不可。"

折夫人："你想都不要想！"

折琰："我确实没想过。但是阿娘常带我这样做法事，我可能真的想了。若我真的做了姑子，还要多谢母亲今日带我入庙。"

折夫人气得心口疼，却又无可奈何。这是她最疼爱的女儿，难道真的舍得打骂吗？只能是气自己了。

等她走了，折琰看向前面："阿绾，待会儿你先回去。"

折绾却迟疑起来："阿姐，你真的想要做姑子吗？"

折琰笑起来："当然不，我那是吓唬她的。当姑子不能吃肉，我却是喜欢吃辣吃肉的。"

折绾松了一口气，她说："我也喜欢吃辣吃肉，我也不想做尼姑。"

折琰让人把折绾带到后面的斋舍休息，而后静静地等在路边。

果然没一会儿，刕鹤春陪赵氏来上香了。

折琰没猜错，母亲打的就是这个主意。果然就见母亲热切地迎了过去，热脸贴冷屁股，她也乐此不疲。

刕鹤春看向了她，她冷冷地回看。刕鹤春皱眉，而后低下了头，觉得这个女子实在是冷淡。

折琰却记得，上辈子自己跟着母亲第一次见到刕鹤春时，母亲让自己冲着他笑。

刕鹤春就来提亲了。

凭良心说，刕鹤春这个人对她并不坏，但她无法爱上他。她也不愿意再跟他过一辈子。

那些她厌恶自己的日子里，那些她努力东拼西凑些快活的日子里，他一无所知。他像是听不懂话一般，她说什么，他都能绕到自己身上。她尝试以他为先，附和他的一切，但她做不到。

她跟母亲闹了矛盾，她没有地方说，便跟他道："我日日苦读，三更睡五更起，母亲教导我明理、明智，现在却要我种下蔷薇花引子——"

刕鹤春："三更睡，五更起，勤奋是对的。阿琰，岳母也是为了你好，努力总是没错的。你看我，寒窗苦读十年，不也有成果了吗？"

折琰闭上嘴巴，苦笑道："那……恭喜你啊。"

自此以后，她也不愿意跟他说什么了。

所以，她对刕鹤春，虽无怨恨，却也没有情义。她甚至在母亲要求她顺从刕鹤春时，反而对他有许多抵触。

在母亲心里，她是高嫁的，她虽然在母亲心里是最好的，却无疑在英国公府门楣前矮了三分，所以她需要向刕鹤春低头，她自己反而不重要了。

折琰深吸一口气，转身离开了。

等折夫人也走了之后，赵氏撇嘴道："你看看，自从你可以说亲之后，多少人不要脸似的凑过来。今日这个更没礼貌，咱们可是来礼佛的，她凑过来说什么？折家……嗤，什么上不得台面的人家。我们这样的人家，是要娶个世家女才行。"

邴鹤春皱眉："陛下最近说了好几次世家联姻如同林中树木抱团而居，我这时候娶个世家女不妥。"

英国公府跟其他国公府不一样，他们完全靠皇恩，并没有实权。尤其是英国公，还不太受皇帝喜欢。

邴鹤春叹息："我的婚事也不能再拖下去，我和父亲的意思是娶个折中的官宦女也不错。父亲说，咱们这样的人家，三弟既已与宋家有了眉目，我就不好娶高门女。最近朝堂不稳，我又是这样的身份……"

赵氏惊疑不定："陛下管天管地，也不会管着臣子娶媳妇吧？"

邴鹤春已经有些不耐烦了，道："最近世家与世家之间，难说得很。你看勋国公府，最近就跟丹阳孙家联姻了。咱们家若是跟宋家结亲，便也跟丹阳有了关系……"

其中曲折，朝堂大势，邴鹤春觉得跟母亲说不明白，只好道："反正最近说亲，还是不要跟母亲说的那几个世家联姻比较好。"

赵氏便委屈道："那也不能是这种不入流的人家。"

邴鹤春："折家也是清贵，说不定以后的前程在哪里。"

赵氏："那家的女儿也不行呀！你瞧瞧她的模样——"

邴鹤春点了点头："是不行。儿子还是喜欢温柔的。"

赵氏这才放心。

一家欢喜一家愁，折夫人已经愁得不行了，第一次痛骂折琰："你到底怎么想的？那可是英国公府！你若是能嫁过去，以后就可以抬起头来，高高在上。你知道不知道，今日他们礼佛的消息，我是打听了多久才知晓的？"

折琰却始终不说一句话，只是在等母亲说完之后，她突然道："今日，舅舅就要来了。"

折夫人："什么？"

折琰抬起头："梦里，舅舅家里出了事情，来找母亲借银子。借的也不多，不过三千两银子。可是母亲不给，舅舅就去见了哥哥，哥哥带着舅舅去见父亲，父亲给了。母亲大怒，用鞭子抽打哥哥的背——"

折夫人："你又胡乱说些什么！"

折琰没有吭声，好一会儿才道："母亲，这回，我想凭着自己的意愿活一次。"

折夫人气得浑身颤抖。

但回到府里，哥哥竟然真的来了。她厌恶这个哥哥，没有给好脸色，也以为是折琰提前得到了消息，所以并不在意。但当哥哥提出要借三千两银子的时候，她还是微微怔了怔。

随后，一切都如同折琰说的一样。

折夫人没有拿鞭子抽打儿子，而是看向折琰："你看，没有发生。"

折琰淡淡地点头："很好呀，母亲，结局改变了，我很高兴。"

折夫人："你熟悉家里人，你可以推断出这一切——"

折琰："我还记得别的。母亲想要知道吗？"

她缓缓道："莫家有个亲戚，我不记得是什么亲戚了，是江南那边的，再过三天便要来报丧。"

折夫人惊疑不定，但三天后，这件事情果然发生了。她心里渐渐没了谱。

折琰轻声道："不知道是庄周梦蝶，还是蝶梦庄周。如果我嫁到英国公府是必死的结局，母亲还让我去吗？"

折夫人沉默下来。

折琰松了一口气。

但紧接着，她听见折夫人道："可你现在若是梦见了所有的事情……你就算是嫁到了英国公府，也可以活下来的，不是吗？为什么不是想着再去赢一次，而是不嫁人呢？你这样就是不战而败。"

折琰错愕，而后不敢置信地笑了起来："这就是母亲的答案吗？"

折夫人握紧双手："你想要从我嘴里得到什么答案？"

折琰却迷茫起来，好一会儿却又顿悟一般，逼着自己道："我该看开的。这确实不关母亲的事，我应该自己看开的。"

她应该自己去寻找答案，而不是让母亲给她答案。就算证明了母亲最爱她，从母亲嘴里说出"你不用嫁他"的话又怎么样呢？她的执念在于母亲，她逼迫母亲做决定。

可是……她口口声声的，不是说要活一辈子自己吗？这样去在乎母亲，跟上辈子又有什么区别呢？无非是嫁人和不嫁人的区别。可是其他的事情，跟上辈子确实一模一样。

她得改变，她得看开，她应该不用在意母亲的任何念头。她继续逼迫自己释然道："母亲也不用为难，以后我不会再问你了。"

折夫人心里一阵一阵地绞痛："你这个孽障，你这是在用刀扎我的心，一刀一刀剜我的心头肉——"

折琰眼眶红起来，却还是扭过了头："母亲那时候又何尝不是用刀子扎我的心，用刀子一刀一刀地剜我的心头肉——"

她深吸一口气："所以我不能逼着母亲做决定，人和人啊，都是过客。母亲和我是，我和其他人也是，谁离开了谁，都能活下去。"

这些道理，她其实早就明白，在一次又一次的崩溃之中早就想到了。但从来没有哪一次像现在这样清晰、明了，并且知晓了其中的含义。她也要长大才是。

她一步一步走向折夫人，而后道：“母亲在我死后，可曾后悔过？可曾清楚明了我的痛苦，可曾看懂了我的挣扎？”

折夫人吓得后退一步：“孽障！你又乱说些什么！你若是死了，我怎么独活？”

折琰静静地看着她，突然道：“母亲说什么傻话呢？”

她闭上眼睛，说：“我太累了，但我想活下去。母亲，走吧，让我歇息歇息。”

折夫人惶恐不安地退了出来。

折琰又睡了一个月，她好像元气大伤，每次天崩地裂般地顿悟一番，而后就要大睡一个月才能恢复。然后周而复始，继续崩溃，继续恢复，也不知道什么时候才是个头。

只是这次她身边有了一个小跟班。

折绾被折夫人拎过来陪折琰说话。她人小小的，胆子也小，声音更小了，弱弱地问：“大姐姐，你是不是不高兴？”

折琰温和地摸摸她的头：“是。”

折绾：“为什么呀？”

折琰：“说来话长。”

折绾认真道：“我在听的。”

折琰就笑起来，而后道：“但我不好跟你说。”

折绾想了想，道：“那大姐姐就无声地说一说吧？我听不见，但你也说了。”

折琰：“也行。那我说与风听。”

折绾撑着头一点一点：“好啊，风有耳朵，但没有嘴巴，不会说出你的秘密。”

她跟素膳感慨道：“大姐姐有吃有喝的，有这么多银子，原来也会不高兴啊。”

素膳：“如果我成了大姑娘，不知道有多高兴。”

折绾：“我也是！”

折琰在转角处听见了这句话，怔了许久。她这样的人，有什么好成为的呢？她厌恶自己的性格。

她跟折绾道：“别成为我，成为你自己，我并不好。”

折绾：“大姐姐很好！”

她急切地比画起来：“很好很好的，很好——”

折琰笑了笑：“是吗？”

折绾狠狠地点头。

折琰迷茫起来："是吗……"

她依旧昏昏沉沉，却又努力清醒。入秋的时候，她开始用脑子，用她曾经学来的东西去给自己铺后路。她再一次自救，去尝试拥抱她厌恶的自己。周全的性格有什么不好呢？圆滑的性子有什么错处呢？

有一日，她突然如此想，她没有必要因此去否定自己。

折夫人来看她的时候，瞧见她这般模样，又开始抹眼泪："我这是做了什么孽，我什么都给你最好的，将你养成世家女的模样，你有什么不满足的。"

折琰没有因为这句话而伤心，她从前会因为母亲这些话而惶恐、委屈、不安。但今日，她发现自己只是有些不高兴，她不高兴，就直言了："难道我死的时候，母亲也是如此满足于我跟别的女子一样吗？"

折夫人一噎，她到现在还无法正视"死"这个字。她缓了缓才道："既然知道前路，何必要谈'死'字。"

折琰："难道生育之事，我也能规避吗？母亲敢跟阎王爷抢人，我可不敢。我今日在这里，还不知道是怎么回事呢。万一我只是一缕幽魂，母亲都是在跟鬼说话。"

折夫人脸色涨红，却又无可奈何。

折琰却高兴起来，她出门去见了越王妃。越王夫妻刚刚成婚，折琰有意结交，凭借着自己对他们的了解，很快成了越王妃的好友。

入冬的时候，折琰求越王妃带着她进宫见了太后。第二年开春，她请太后收留自己。

折琰就这般陪在了太后身边。

她跪在地上，道："臣女不知道往何处去，便想求太后收留。"

上辈子，她跟着刕鹤春见过好几次太后，她知晓太后心善。

太后果然犹豫着拒绝她，却没有把话说死。

折琰就直言道："臣女不愿意成婚，就想求个依靠。我虽未见过太后，却知晓太后良善。臣女在家中从父，不能自处，只能大着胆子进宫，求太后怜悯。"

太后震惊地看着她，最后答应了。

太后是个极好的人，她不愿意让折琰陪着在皇宫里住，但发了话，给了令牌，可以让折琰每日都进宫陪伴。

折夫人听闻的时候，已经气晕了。

人是她生出来、养出来的，她怎么可能不清楚阿琰在想些什么。她这是要离开自己，是要打定主意不嫁人了。

折夫人突然觉得一阵寒心。她几乎是颤颤巍巍地找到折琰，道："你是不想要我了吗？"

折琰：“并不是。我依旧心疼母亲的不容易。但我心疼母亲的同时，也开始心疼自己了。从前，我有一碗米饭，我想的从来都不是一个人享用，势必要分一半给母亲的。可是现在，我想要自己一个人吃下去。母亲，我二十有二了，世人都夸我聪慧，可我其实愚蠢不堪，我直到现在才发现，我其实可以一个人吃下那碗饭，不必分给母亲。母亲有自己的一碗米饭吃，不必从我的碗里分。”

折夫人半晌没有回过神，好一会儿才缓缓道：“你才十六岁。”

折琰却笑了笑：“不，我死于第二十一年。”

折夫人浑身一抖，却无法再说什么了。

这回，有执念的人变成了她：“难道我对你好，我想让你高嫁，想让你生儿育女，我也错了吗？”

她病倒了。

折琰却进了宫，她不听太后的劝阻，执拗地留在宫里过夜，笑着道：“您有心结，您收留了我，我没办法回报您，只能试着帮您解开心结。”

太后叹息：“你这个傻孩子，怎么一副聪明人的长相，心眼却如此傻呢？”

折琰进宫，折大人最初觉得脸上有光，很是高兴，但很快他就发现这个女儿并没有给他带来什么好处，陛下依旧没有对他另眼相看。

折琰回府的时候，瞧见他的神色笑了笑，温和道：“父亲一向平庸，待在这个位置上不是很好吗？给了父亲高位，那咱们家可能就要死无葬身之地了。”

折大人一巴掌就要甩在她的脸上，被她抬起手抓住了。她冷冷地盯着父亲：“我明日还要进宫呢，父亲觉得我顶着巴掌印进宫好看？”

折大人拂袖而走。

折夫人瞧见之后倒是出了口恶气，道：“你父亲这般的人，就得这般治。”

折琰便问她：“母亲明明知晓父亲的平庸，为什么却看不见邬鹤春的平庸？”

折夫人：“什么？”

折琰：“邬鹤春，很是平庸。”

折夫人：“他还算平庸？”

折琰：“怎么不算呢？就算是母亲事先不知道，但后来相处久了，应该也知道了。母亲知晓之后，却逼着我闭上双眼，让我去奉承。我不指望母亲感同身受，只求母亲为我想想，若我要求母亲去奉承父亲，母亲又该如何呢。”

折夫人说不出话来。

她觉得折琰把事情说得太过矫情了。英国公府是多少人都梦寐以求的婚事，邬鹤春是多少姑娘想要嫁的郎君，她为阿琰筹谋到了，便是厉害的。但在阿琰口中，这门婚事是个错的。

折夫人忍不住委屈起来："难道我把你嫁给一个货郎就对了？"

折琰没有说话，良久之后才道："也许母亲没错，也许一开始没错。可后来，我很痛苦，我死了。"

折夫人又闭嘴了。她不是第一次在折琰的口中听见"痛苦"两个字，她知道女儿在自救。

所以她不敢阻拦阿琰做事情。她道："难道我做到如此地步，还要被说一句'不是个好母亲'吗？"

折琰："所以我问——所以我问母亲快活吗？母亲这样把所有的时间和精力都放在我身上，母亲快活吗？"

她疲惫地道："父母与子女，就该各自活各自的，谁也别把谁背负在身上。"

她进宫了，一个月没有回，却把家里的事情交代好了，尤其是折绾的事情。

她道："我很喜欢小七，家里其他姐妹都有自己的性子，唯独她没有。母亲别苛待她，我还是很想在她身上看见改变的。"

折夫人不耐烦地摆摆手："我知道了。"

折琰："多谢母亲。"

过了半年，刕鹤春成婚了。是兵部尚书家的姑娘，他并没有娶一个普通官宦人家的女儿。

折琰听闻的时候还笑着恭喜太后："这是一门好婚事，门当户对，想来恩恩爱爱的。"

太后也是如此觉得的，但也有顾虑："那家的姑娘我也知道，性子很是温和，怕是不宜在英国公府行走。"

折琰轻声笑了笑，原来太后也知道赵氏不行。

这一年，折琰还做了一件大事，她救下了一个小姑娘——勋国公夫人的女儿。

勋国公夫人名唤孙三娘，两人因此成了好友。

太后常常道："你这是积功德的事情。"

折琰："那我多积攒一些给太后。"

太后捂着嘴笑："我也常常做好事积功德呢。"

她是给那两位逝去的姑娘积德行善。

折琰便第一次想到了自己的孩子，不知道生下来了没有。是儿子还是姑娘？性情如何？

希望孩子平平安安吧。

因为孙三娘，折琰还结交了玉岫。玉岫最为头疼的就是自家小姑子。

时日久了，她便跟折琰和孙三娘说起宋玥娘来："真是个糊涂蛋，也不知道小时候脑袋有没有被捶过，反正糊涂极了。你们说，好端端的，她一个三房儿媳妇跑去争中馈做什么？”

折琰想起之前，道：“大房怎么说呢？”

玉岫：“那是个极为温和的人，玥娘这样不懂事，她也有礼得很，我和母亲不好意思得很，很想当面向她道歉。”

但过了一段时间，玉岫突然神色奇怪地道：“刕家大少夫人……突然改性子了。”

折琰：“哦？”

玉岫：“听闻是之前说亲的时候，对方知晓刕家想要个温柔的儿媳妇，所以故意装了装，如今是没装下去了。”

折琰瞠目结舌，一时之间不知道该说什么。

玉岫却笑着道：“也是我们对不住她，玥娘太不懂事了，英国公夫人也……就那样。人家是实在忍不住了，这才露出本性。但这样我反而放心，泼辣点好，我也就不担心玥娘造孽了。”

孙三娘抱着女儿哄，闻言笑着道：“你家那个小姑子真是……”

折琰不免对英国公府多关注了几分，而后就发现，这位刕大少夫人活得很是不错。她家世好，赵氏和宋玥娘不敢欺负她。性子又泼辣，不受一点委屈，娘家也宠爱她，一不如意就回娘家。

刕鹤春很快就对她心生不满，而后纳了几个妾室。

刕大少夫人又开始在英国公府闹腾了。

刕鹤春进宫的时候面见太后，一脸憔悴，道：“实在是没有娶到好佳媳。”

太后能说什么呢？只能劝解：“一日夫妻百日恩，你们既然成婚了，自然要携手并进，相互理解。”

刕鹤春理解不了。他的妾室被刕大少夫人发卖了，回去就是一顿闹。

据玉岫说，刕鹤春没有吵赢，脸上还被挠了。

折琰一阵恍惚，她还碰见了这位大少夫人。

两人在一块儿说话，折琰性子好，她很快就喜欢起来，道：“等我有空了，便请姐姐过去坐坐。”

折琰应承下来，但她一直没有去过。英国公府一直没有空，每天都在闹腾。

刕鹤春跟越王绝交了。赵氏病倒了。宋玥娘被刕大少夫人揍了。

外面的事情纷纷扰扰，折琰陪着太后在宫里，倒是觉得安静。她还把折绾带进了宫。

太后很是喜欢这个小姑娘，欢欢喜喜地道：“人还真是奇怪，我看你第一眼的时候就喜欢，不忍心去拒绝你。我看你妹妹的时候，也喜欢，恨不得对她好。”

折琰：“这就是缘分？”

陛下听说之后很是高兴，对太后道：“瞧瞧，之前儿子送人过来，母亲还拒绝，如今抱着人家小姑娘却不撒手。”

太后：“这就是眼缘。”

但她也不让折绾住在宫里，道：“她还小呢，哪里就经得住我的煞气。”

折琰：“我现在不与太后争论，只等着事实说与您是错的。若您这般就是身带煞气，那些好几个孩子去世的人家怎么办呢？人家还活不活了？自然是要活下去的。”

这话虽然冒犯，太后反而喜欢她这样。

折琰就扶着太后一边走一边道：“说句不好听的，外头的村妇有生七八个孩子的，可活下来的又有几个呢？日子还是要往前过，她们从不会因为没了孩子就不生孩子了，反而要多生几个来弥补。我总想，她们为何如此。如今年岁大一些，便懂了。她们这是……这是见得太多了，身边的孩子逝去太多，便也没人把他们当回事。”

太后听完若有所思。

折琰自己也愣了许久，而后道：“太后，我们总是幸运的。不愁吃穿，金尊玉贵，说不定这样的福分是好几辈子积功德积来的，那这一世，便不要辜负了，不要沉沦于苦痛，反而趁着无病无灾，不痛不饿，快快活活地过日子。”

太后感慨：“阿琰，你这般年岁，倒是想得深。”

但她也开始接受折绾在天晚了的时候住在宫里，而后就舍不得放开了。

太后怜惜道：“怎么是这样的性子呢？以后长大了是要吃亏的。”

折琰：“那您就教教她，这个小丫头啊，心善得很。”

太后：“今年八岁了吧？”

折琰：“对，八岁了。”

太后：“还小呢，来得及。”

折琰很是感激太后，诚心诚意地为太后祈福。又过了几年，太后的病情好了很多，慢慢地也能出门去转转了。两人带着阿绾一块儿去了五台山。

那一晚，她跪在佛前，整个人都很虔诚。

也不知道是什么时候入梦的。她梦见自己难产死了，魂魄飘在了空中。她看见母亲给劭鹤春下了药。她看见母亲把阿绾嫁了过去，阿绾开始了痛苦的一生。

阿绾闭眼的时候，折琰痛苦不堪。她忍不住跪下，跪求老天爷恩赐。

“让她跟我一般，跟我一般再活一次吧。”她哭着道，“无论是什么后果，都朝着我来，别朝着她去，她是无辜的。”

也许是老天真的听见了她的哀求，她跟着阿绾回到了阿绾十五岁的时候，她看见阿绾过上了不一样的人生。

母亲下药的事情被发现了，阿绾跟母亲对质。

母亲临终前，也看见了她。

“阿琰——”

“阿琰……阿琰，到母亲这里来，母亲扶着你走路，你肯定走得比你哥哥好。”

她确信母亲在对着她说话。

折琰却痛哭着摇头：“我不——不——我并不希望自己有你这般的母亲。你事到如今，还不悔悟，你还不悔悟——”

她放声哭道：“母亲明明知道，明明知道我的痛苦，明明知晓阿绾会同样痛苦，可母亲还是这样做，母亲这样做，难道不是令我永世不得超生吗？我一想到……一想到因为母亲，因为自己，就让阿绾，让素膳陷入这般的境地里，我的心就无法再原谅母亲。”

折夫人说不出话来了，她只能看见眼前的女儿哭泣。她伸出手去，想要触摸女儿哭泣的脸，却又无济于事，她只能拼了全力去靠近折琰。

“不——”折琰后退，“我不愿意见母亲——我不愿意见你——”

折夫人直到这时候才后悔。她吐出一口鲜血：“阿琰——我都是为了你，都是为了你好啊。”

折琰：“母亲教我礼义廉耻，教我明理明智，正因为教得很好，所以我懂什么是好，什么是不好。”

她大声哭道：“好就是好，坏就是坏！母亲坏透了，难道还要奢望和和美美吗？举头三尺有神明，若是连母亲和我这般的人都能和和美美，那还谈什么礼义廉耻、明理明智？”

她一步一步地后退：“非得，非得让母亲知晓阿绾和素膳的痛苦，母亲才能明白……才能明白你做的孽事有多无耻。”

她卷起一阵风，将那封信吹得远远的。她不愿意再让母亲看见这封信。

折夫人连忙去拿，从床上跌了下去，却在咽气之前也没有拿到信。

折琰怔怔地守在她的身边，良久都没有动弹。

直到……阿绾要去闽南了。

那日，阿绾到她的坟前去祭拜，轻声笑着道：“长姐，我要走了。”

折琰站在她的身边，应下：“好——恭喜你。”

折绾顿了顿，又道：“若是你也有魂魄在世间，可能一开始也无法理解我对你的感情。”

折琰轻声叹息：“我理解的。”

折绾：“但你若是看过我的上辈子，知道我对你的追逐和执念，应当会知晓，也会为现在的我高兴。”

折琰：“我看过，我知道，我为你高兴。”

折绾长长地松了一口气：“我以前没能成为你，很是遗憾，如今没能成为你……我很是高兴。”

折琰低声道：“我也很高兴——阿绾，谢谢你，长成了你自己，而不是成为我。”

“长姐，我成为了我自己。”

“嗯，你成为了自己。”

要去闽南的那日，折琰站在了蔷薇花下。

蔷薇花开得正盛，折绾伸出手摘下一朵，别在了发髻上。

折琰伸出手，触摸她的发髻和花朵。

素膳走过来，道：“真好看。姑娘，这花今日开得格外好，我总觉得更鲜活一些。”

折绾就笑起来：“可能是知道我们要走了，也在为我们高兴呢。”

折琰：“嗯，我为你高兴。”

折绾左手拉着素膳，右手牵着莹姐儿。

“走了——咱们去闽南，去江南看看。”

折琰没有跟着离开，她只是驻留在蔷薇花下。她觉得自己的心平和多了。

她醒来了。

太后拉着阿绾站在她的面前，笑着道：“怎么睡着了？冷着了怎么办？快些起来吧，跟阿绾一块儿去跳百索，她如今都能跳一百个了。”

折琰“哎”了一声。

太后皱眉：“怎么瞧着是哭了？”

折琰：“嗯，做了个梦。”

太后：“噩梦？”

折琰：“不是，好梦。大家……的结局，都很好，我就放心了。”

番外二 孩子们

五年后。

池州，黎塘县。

莹姐儿大早上冒着寒风和女护卫骑马进城，买了二十个崔郎烧饼，而后又回到了雪下村。

雪下村是黎塘县郊外的小村子。它原先也不叫这个名字，听说是叫三鳖村。后来还是因为村前头有一座长满野梅的高山，传闻每逢下雪，梅树上的积雪便会散发出一股异香，吸引许多文人雅士取雪煮茶。文人雅士多了，三鳖实在配不上他们的足迹，于是才改了名。

“那它为什么不叫取雪村？为什么不叫野梅村？”

莹姐儿脱掉披风，一边给雁雁递烧饼，一边突然问。

雁雁正在烤地瓜，接过她的烧饼咬了一口，闻言笑着道：“可能是‘雪下’两个字更具雅意。”

而后她探头看向外头：“赵护卫回去了？”

赵护卫就是刚刚跟着莹姐儿去买烧饼的女护卫，是劭鹤悯给她们请的练家子。

赵护卫手底下还有一个女护卫的班子，每次莹姐儿和雁雁出门，她这一班子的人就都跟着她们一块儿。拢共十三个人呢，骑着马在路上狂奔，威风得很。

这次也是一般的。两人来池州游玩，听闻黎塘县有“梅香雪”，便在山下赁了屋子住下，只等着下雪采雪水，但……

雁雁看了看外头。她们都住半个月了，还是片雪未下。

莹姐儿也不由自主地往外头看了一眼，道：“这鬼天——都这般冷了，怎么还不下雪啊？”

雁雁白了她一眼：“你也知道这般冷的天！吃个地瓜暖和暖和吧！下回再想吃烧饼，也该下半晌去，大早上去买什么？”

莹姐儿拒绝地瓜！她吃了地瓜就放屁！

“待会儿要是下雪了，我去梅树上取雪的时候放屁怎么办？”

雁雁捂着嘴巴笑，乐不可支，站起来走到窗户边看看，伸出手探了探：“是快要下雪了的模样。说好了，取完这边的梅花雪，咱们就回去，我都想姨母们了。”

莹姐儿：“行行行——但咱们可以绕道林州，我听说那里有一口泉眼很稀奇。”

雁雁点头：“好啊。”

外头的寒风呼呼吹，她又把窗户关上，捂紧了衣裳坐回火炉边，道：“今年过年是赶不回去了，这还是咱们两个第一次在外头过年吧？”

莹姐儿伸出手一块儿烤火，说：“是啊。但这是在池州，我阿爹也在这里，咱们去池州府里找他过年就行了。”

她和雁雁姐姐两年前就开始往外跑，从闽南到江南各处，去了三四个地方游玩。但也不是哪里都能去的，只有长辈允许的地方才行，这回的池州也是。要不是阿爹在这里做官，大伯母和孙姨母是不准她们来的，池州有些偏僻了。

正说着，外头就有敲门声。

雁雁打开门，赵护卫站在外头，笑着道：“孙姑娘，今天村长家杀猪，请我们晚间去吃猪血汤，您和劭姑娘去吗？”

雁雁：“去，我跟莹姐儿说说。”

赵护卫“哎”了一声，转身走了。莹姐儿早听见了她们的话，好奇道：“我还没见过杀猪呢。”

雁雁：“今天你就要见着了。”

于是，两人还没有踏雪寻梅，便先围观上了杀猪，吃了当地的杀猪饭。

莹姐儿和雁雁凑在一块儿写游记，在上头写道：“虽初见杀猪，然多食猪肉，食之，比之以往，确实更为鲜嫩。”

又详细地写下了杀猪的过程、村民的热情。

写完之后，雁雁吹干笔墨，想了想，又添一笔：“想送与家人，然道远，只能作罢。”

莹姐儿已经去提热水了，提回来两人一块儿泡脚，而后去床上躺着说悄悄话。

雁雁突然小声道：“明年冬日川哥儿大婚，姨母真的不回去吗？”

莹姐儿点头：“不回去。但咱们得回去。”

雁雁：“这是自然的，你也想你阿娘和升哥儿了吧？”

莹姐儿：“想的。”

雁雁：“那你留多久啊？”

莹姐儿：“留半年吧？等到夏日里咱们走，正好可以走水路见识见识漕运。”

雁雁轻轻松了一口气，又略带惆怅：“也不知道你这样好不好，总是跟父母兄弟不在一处。”

莹姐儿就笑起来：“怎么就不算好呢？”

阿爹不用她陪，阿娘身边有升哥儿，升哥儿也定亲了，将来阿娘还会有儿媳妇，有孙子孙女……她这是轻装上阵。

她道：“雁雁姐，咱们有这般的好日子，便不要再求万分圆满了。”

世上哪里有完美无瑕的花儿？总是不能周全。再者说，什么是圆满呢？难道待在父母身边就是圆满吗？

她翻个身，道：“我很是佩服大伯母，你看，她一点儿也不求这些俗世的圆满。”

雁雁就笑了笑：“你不回去，我反正是高兴的，到时候我也陪着你在京都吧？就是不知道阿隼哥哥去不去。”

莹姐儿：“你写信问问他，他如今正在考功名，时间紧，怕是不会去。但也许想去呢？咱们几个人，好久没在一块儿聚一聚了。”

孙晴霄一直在闽南书院读书，她们出来游玩，他是不能去的，估摸着现在这个时辰，还在苦读。

第二天，还是没有下雪。莹姐儿索性也不着急了，在村子里面溜达，找村民买了些当地的吃食，又问起周边好玩的地方，便有人道：“往东十里，有一处小溪，溪水清澈，溪道蜿蜒，春日里，常有富贵人家过来曲水流觞，但如今冬日，怕是不好玩。”

又问了几个人，都说东溪是附近最好的景致，还有一位老妇人道：“是我平生所见最好的。”

莹姐儿就高兴得很：“那我也去看看。”

雁雁就跟着一块儿去。

护卫自然也要跟着的，但不用跟太多人，有五六个人跟着就够了。莹姐儿还有些不好意思：“又要劳烦你们跟着我们跑了。”

赵护卫选好了人，笑着道：“跟着您二位，是我们最雅致的活计。”

一行人骑着马往东而去。一路上平坦得很，就是冷，风吹在脸上火辣辣地疼。莹姐儿大笑着道：“要是有一种帽子戴在头上，只露出眼睛，把我其他的地方遮住就好了。”

赵护卫：“这是有的，是北边的帽子，南边虽然少见，但我记得怎么做，回家给你和雁雁姑娘做一顶。”

这可太好了。莹姐儿好奇：“您还会做针线？”

赵护卫一扬马鞭：“多稀奇，我怎么就不能会针线了？我什么都会一点。”

雁雁抬起头，看了看前头：“道陡了，咱们还是下来牵着马走吧。”

她的马术没有莹姐儿好，可不敢在这般陡峭的路上骑马。

就这般骑马与步行的轮换，等到了地方，却没有太过惊艳。莹姐儿不免失望：“即便是春日，这里也不过尔尔。”

雁雁：“你是见过大江大河的人，所以看不上这里，但附近的人没有去过远方，故此觉得稀奇。”

莹姐儿虚心受教，道：“我要把你这番话写在游记里。”

雁雁：“写吧，我也认为说得很好。”

两人嘻嘻哈哈，牵着马沿溪而走，倒是碰见了一群出门游玩的公子姑娘们，个个身边有两三个仆从，后头还有人抬着吃食和步辇，浩浩荡荡的。两拨人相见，莹姐儿和雁雁主动往边上站，给他们让路，对方也是懂礼的人，亲自过来道谢。

有一位小公子看了雁雁两眼，脸就红了。他小声道：“听两位姑娘的口音，似乎不是本地人……这附近还有几处景致……我们今日是带了妹妹出来游玩的，诸多女眷，若是两位姑娘不介意，便一块儿同行？”

雁雁摇了摇头：“不用了，我们就要回去了。”

小公子大失所望，支支吾吾地站在那边不肯走。雁雁索性翻身上马，跟莹姐儿对视一眼，骑着马走了。

独留小公子在后头被人取笑：“崔兄，我看算了，你看她们的马，那是上好的雪驹，不是普通人家能有的。”

“对，还有好几个女护卫——女护卫可是难得。”

“应该是富贵人家的姑娘。”

“我们崔兄也不弱，也是当地的富家。”

便有一位女子笑着道：“崔六哥，我瞧着她们走的方向是野梅山？你要是舍不得，咱们可以去那边碰碰运气。”

崔小公子一咬牙：“咱们等等再去，免得姑娘误会。”

一群人笑起来：“若是能成就一番姻缘，倒是天赐良缘，像话本里一般。”

倒是有一位姑娘皱眉：“我总觉得在哪里见过她们。”

崔小公子一听，连忙问：“哪里？”

姑娘姓李，是从清州来探亲的，闻言道：“我忘记了，只觉得熟悉。”

崔小公子叹息：“真叫人愁断肠。”

等他牵肠挂肚地到了雪下村，果然见到了雁雁。他高兴地走过去说：“姑娘，又见面了。”

雁雁皱眉：“是，好巧。”

崔小公子怕她误会，结结巴巴地解释：“我们是来看野梅的。”

雁雁点点头：“请。”

莹姐儿靠在窗户边吃果子，见她回来，笑着道：“又一个！”

雁雁："烦人。"

莹姐儿："谁让你长得这般好看。小娘子，你这脸可真是吹弹可破啊。"

雁雁笑得不行，而后道："世人都只见皮相。"

莹姐儿摆摆手："能有一副好皮相，已经是世间难得，何苦要批判人家。"

雁雁想了想："还是你通透。"

正在说话，便见外头的人又过来敲门，一位满脸通红的姑娘站在门口，小声道："两位姐姐，不知两位可知晓清州诚意伯李家？"

莹姐儿眼睛一眯："知晓的。"

小姑娘："我是李家三房的，因为来舅舅家做客，所以跟着家里兄长来此游玩。刚刚看见两位姐姐，便觉得熟悉，总觉得在哪里见过。"

莹姐儿见她自报家门，脑海里面倒是有了记忆，她的记性一向好，而后顿了顿，道："是灵姐儿吧？"

李灵儿连忙点头："是，是我。我是在哪里见过两位呢？"

莹姐儿"哈哈"大笑，雁雁道："我们两年前去过你家。你家的二奶奶是我们家的四姑母。"

原来如此。李灵儿欢喜道："原来是英国公府的亲戚。"

她身边此时已经有了好几个姑娘跟过来，闻言吃惊道："英国公府？"

黎塘是小县，"英国公府"四个字倒是能震慑住人。

莹姐儿也不隐瞒："是。"

只是被人认出来了，就不能在这里继续待着。她和雁雁商量："久不下雪，咱们回去得了，也快过年了。"

雁雁是无所谓的，她看向山上："我也不太信积雪落在梅花上真有异香。"

莹姐儿到底遗憾："有没有的，要亲眼看看才行。"

两人准备回去，便要跟赵护卫一行人说，还要跟村子里的人说清楚。赵护卫知晓她们要提前走，笑着道："若仅仅是担心这些公子哥和千金小姐，倒是还可以留一留，不然要我们何用呢？但若是你们回家心切，明日走就行。"

雁雁坐下开始烤地瓜，又看向莹姐儿："你怎么说？"

莹姐儿纠结："咱们还是回去吧。"

赵护卫："行。"

但老天明显对她们还是好的，大约是寅时，天上就开始下雪。

莹姐儿欢呼起来，连忙背着画板上山。山上的雪还没有堆积起来，落在梅花上也没有异香，但空中洋洋洒洒，在这般的时辰，倒是别有趣味。两人登到了高处，便见对面太阳缓缓升起，竟有了明烛天南的景象。

莹姐儿指着山对面大声地喊道："快看，雁雁姐，快看，是浮光跃金！"

雁雁："快写下来，快画下来——"

她们出门游玩，为的就是这一刻的激动。

第二天走的时候，她们还意犹未尽，在游记里写道："虽无异香，却有异景，不虚此行。"

一群人赶回了池州。因是突然回来的，管家未曾准备好吃食，莹姐儿将马鞭递过去，道："有什么就上什么，能饱肚子就行。"

管家应声而去，出了门就跟心腹道："让后院那些姨娘消停一些，可别往大姑娘这边撞，若是冲撞了，大姑娘倒是没什么，大人却有话说。"

心腹"哎"了一声，赶紧去办事。可平常的姨娘就算了，最近却有一个得宠的。这是大人同窗送的，很是知冷知热，还是才女，大人回来大多歇在她那边。

心腹就拿不准要不要专门去跑一趟，在院子里犹豫了半晌，还是去说了，道："兰姨娘，大姑娘回来了。"

兰姨娘刚来，还没见过莹姐儿，闻言也不知道是什么意思，好奇道："是要我们去拜见吗？"

心腹连忙道："不是，不是……是不用去拜见。"

兰姨娘聪慧，闻言明白了，心里却有了委屈，等劭鹤悯回来的时候道："别人也就算了，难道我会是不知道轻重的人吗？就算是见了大姑娘，我也只有老老实实的份。"

劭鹤悯最近在研究如何让池州也富裕的事情，正忙得焦头烂额，哪里有空听这些，便冷冷道："那你就老实些，别去招惹莹姐儿。"

他拔腿就走，倒是将兰姨娘气得大哭了一场。

丫鬟便宽慰道："姨娘别恼，这也是有缘由的。当年大姑娘刚去越州，便有不长眼的姨娘去跟她作对，被大姑娘骂得羞愧，要投河自尽。大人听闻之后，管都没有管，只让人发卖了她。从那之后，管家就不让姨娘去大姑娘面前晃悠了。"

兰姨娘："我也是听闻了的，可我不是那种作威作福的人。"

小丫鬟："既然姨娘没有这般的心思，又何必去大姑娘面前呢？大姑娘一年也难得来几次，您又何必要凑上前去。"

兰姨娘擦眼泪："你不懂，这些年来，大人膝下也没个其他的孩子，我怕是也没有的。我只有巴结了大姑娘，以后……万一到了京都，我也有立足之地。不然等大人回去，我们这些人……能有几个留下来？怕是都要发卖了去。"

丫鬟叹息："姨娘，可是在去京都之前，不能惹恼了大人啊。"

兰姨娘说道："我懂，我懂，我不去大姑娘面前晃就好了。"

于是，在过年期间，莹姐儿很是舒坦。后院的女人都被拢在了后头，没有来前院，莹姐儿和雁雁是睡在前院的。

除夕那晚，三个人一块儿守岁。劢鹤悯对两人说起池州的事情：“不如越州、湖州、闽南，是个难以富裕的地方。”

莹姐儿：“是，这里的景致却好。”

劢鹤悯：“景致好有什么用？难道叫人来游玩？那对普通百姓无用。你们也在池州游玩过一段日子了，怎么样，有什么感悟没有？”

莹姐儿怪笑起来：“阿爹！好生过年呢，做什么又考学问！”

劢鹤悯：“你又不常在我身边，我自然抓紧时间问你。”

莹姐儿想了想：“路太难走了。”

雁雁也认同：“我们从雪下村去看溪水，因路陡峭，便不能骑马，一旦不能骑马，走得就慢，人就没了耐心。想来从商的人都是如此想的。”

莹姐儿：“所以啊，路难走，大家就不愿意出门了。”

劢鹤悯若有所思：“你们说的倒是有一点道理。”

他一转身，就见莹姐儿和雁雁开始喝酒了。两个小姑娘你一杯我一杯，倒是喝得欢快。

劢鹤悯便也喝了起来，一杯又一杯，有些醉了之后才道：“还好今年你们来陪我了。在我这里，你们尽管畅饮，等回去之后，怕是你母亲不准了。”

莹姐儿：“阿爹，川哥儿成婚之后就是升哥儿了，你到时候回去还是不回去啊？”

劢鹤悯：“看情况。”

莹姐儿撇嘴：“肯定是不会去的。哎，升哥儿肯定不亲近你。”

劢鹤悯：“我也没有教导他，这是应当的。好男儿当志在四方，我也常写信告诉他要出门游学，可他不敢。”

他拍拍莹姐儿的肩膀：“你像我。”

雁雁就小声跟莹姐儿道：“你阿爹喝醉了。”

莹姐儿点头：“送回去吧。”

把人送到了前院的书房歇息，雁雁跟莹姐儿继续守岁。

大年初一，便有人上门拜年。劢鹤悯早早地就起床跟人交谈去了，而后就见崔家的一位大人恭谨地过来：“府州大人，下官今日还是带着任务来的。”

劢鹤悯好奇：“什么事情？”

崔大人低声道：“家中的小侄前几日登门，说是……说是对府上的孙姑娘很是钦慕，已经请了媒人前去，又求下官过来探探口风。”

劢鹤悯却道：“孙家姑娘的婚事，怕是要由太后开口，我是没有办法的。”

崔大人诧异：“太后？”

劢鹤悯淡淡地笑：“自然。孙姑娘在太后面前是挂了名的，不日就要进京，到时候势必要见太后。这些年她跟太后通信，来往密切，太后早说了，孙姑娘和小女的婚事都要她做主才行。”

崔大人闻音知意，哪里还不懂，回去就跟侄儿道：“死了这条心吧，人家看不上你。”

崔小公子哭丧着脸：“我打听了，她是孙夫人的外甥女。勋国公府已经抄家灭族，丹阳的孙家也败落了，她……她就是跟英国公府走得近——”

崔大人甩袖子：“你这般说是什么意思？合着人家姑娘家里败落了，就配得上你了？”

崔小公子：“侄儿不是那个意思。”

崔大人拍拍他的肩膀：“天涯何处无芳草，何必如此丧气？我看啊，你且多听你母亲的话，娶李家姑娘为好。”

崔小公子说：“如今也来不及了。”

崔大人：“什么意思？”

崔小公子：“我跟李家姑娘一块儿去游玩的，我对孙姑娘的心意，她都知晓。”

崔大人：“你们年轻人，我真是看不懂了。”

好在不是自己的儿子，不然是要一拳打死的。

等雁雁知晓此事的时候，崔小公子已经出门躲风头去了。还是李灵儿要走了，过来拜会的时候说的，她道：“我也正好不愿意嫁给他，便把此事捅给了我家姨母，姨母做主不与崔家议亲了。”

雁雁好笑道：“本与你议亲，他家怎么就让他来池州见崔大人？”

李灵儿：“谁知道呢。”

雁雁就拉着她的手：“好妹妹，多谢你告诉我。”

李灵儿高兴地道：“本就是他家得陇望蜀。两位姐姐准备什么时候去京都？”

莹姐儿：“还要先回闽南一趟。当然，要绕路去看看姑母的。”

李灵儿等的就是这句话，她道：“那咱们一块儿？我来去没有定数，都行的。”

莹姐儿笑着道：“也行。”

雁雁：“只是我们都是骑马的，你若是坐马车，可能要走快一些。”

李灵儿：“这也不值当什么，我会骑马。”

莹姐儿就想到她们第一次见面，确实是骑着马的。

几人准备结伴而行。刕鹤悯提醒道：“到底是去做客，架子不能太大。”

莹姐儿：“知晓了。我和雁雁哪里摆过架子？”

刕鹤悯便放下心来：“也是，你们向来没有架子。”

女儿又要走了，他很是舍不得，叹息道：“你从京都回来的时候，便直接来池州，不要先去闽南。”

莹姐儿：“知晓了。”
但也说不定，说不定她先回闽南看大伯母呢？
劢鹤惘亲自送人出城门，等人不见了才回去。

姑娘们一路上倒是载歌载舞。李灵儿学了胡人舞，莹姐儿舞剑，雁雁吹箫，三人一路上倒是合得来。等到了诚意伯家，见了四姑母，正好碰见家里分家。这倒是来得不巧了。

莹姐儿和雁雁只好先住在诚意伯家，住了两天，她发现四姑母发卖了许多姬妾。

人牙子来的这天，妾室们哭天喊地，一个个都抱着四姑母的腿求情，四姑母倒是心善，每一个都给了银子。

莹姐儿很是不解：“上回咱们来的时候，她们对四姑母都敢甩脸色，想来是有仇的。那现在要被卖，怎么不去求四姑父，反而来求四姑母？”

雁雁唏嘘道：“估摸着她们心里也是明镜一般的，知道谁是罪魁祸首。”

莹姐儿：“也是可恨，也是可怜。”

倒是四姑母将人都发卖之后，整个人都显得没精打采的，笑着招呼她们道：“这次是真不巧了。”

莹姐儿和雁雁都讪讪的。两人便没多留，等拜访了诚意伯家的长辈后，她们就先离开了。一路紧赶慢赶，回了闽南，大伯母和孙家姨母已经在等她们了。

两人多月不曾归家，见了人就叫唤。莹姐儿被折绾搂在怀里走着，好奇地问：“怎么这般晚才回来？”

莹姐儿：“先是在路上耽搁了，留在了池州看雪。结果一直没下雪，便一直在雪下村。大伯母，可有人在雪下村碰见了雁雁姐，想着求娶呢？”

折绾眨了眨眼睛：“是吗？”

莹姐儿：“是啊，但没答应。”

折绾便咳了一声：“没答应就好。”

莹姐儿听见这话倒是好奇：“怎么说？”

折绾：“我不好说。”

莹姐儿缠着她：“你说嘛！”

折绾一根指头戳过去：“不说。莹姐儿，你也是个棒槌。”

莹姐儿不明所以，晚间还跟雁雁道：“这是什么意思？”

雁雁也不懂，她疑惑道：“今日姨母也说我了。”

两个人都摸不着头脑。

正睡着，便听闻孙晴霄从书院里赶回来了。两个姑娘连忙起床，穿了衣裳出门，提着灯笼照亮四周，喊道：“阿隼哥！”

孙晴霄如今已经养成了温润如玉的性子，见了两人言笑晏晏，而后拐着弯打听：“听闻有人向雁雁提亲？”

莹姐儿便有话说了，她道：“是池州崔家的人，本是要跟诚意伯家的灵儿定亲的，结果还敢对雁雁姐姐起了心思。”

孙晴霄不动声色：“雁雁怎么想？”

雁雁：“还能怎么想？肯定不行啊。”

孙晴霄松了口气，而后道：“我也要出门游学了，往后我跟着你们一块儿出门。”

莹姐儿：“那敢情好。”

雁雁也觉得可以：“阿兄，这次我们在闽南待一阵，就要去京都了，你去不去？”

孙晴霄：“去，是川哥儿的婚事吧？”

雁雁：“嗯。”

三个人站在一块儿说话，折绾和孙三娘从旁边经过，笑着道：“可见是郎有情，妾还无意。”

孙三娘：“幸好当时我给他们定的是不同的父母，他们也算是表兄妹。”

折绾挽着她的手：“怕什么？对外也一直说的是表兄妹，若是雁雁有意，便说是自小指腹为婚的。”

孙三娘：“雁雁会同意吗？”

折绾笑盈盈的：“不好说，不好说。”

晚辈们都长大了，都有了自己的心思，大人静观其变就好，不能插手。

但……孙晴霄实在是忍得住。又过了三个月，三人都要出发去京都了，他还是一言不发。

雁雁也没有察觉，莹姐儿更是没有半点怀疑。

弄到最后，倒是折绾和孙三娘两人疑惑不定：“难道是我们看错了？”

还是袁夫人过来道：“肯定不是，我看得也真真的。”

折绾：“那他可真是忍得住啊。”

袁夫人笑道：“随他去吧，这个孩子，心思重得很。”

就在他们离开前，孙三娘将孙晴霄单独喊到房间里劝诫：“你是哥哥，妹妹们出门在外，你要护着，但也不可莽撞。”

孙晴霄点头。

孙三娘：“你自小就到了我的跟前，我是最知晓你的，你是个极好极好的性子，做事情也忍得住。但有些事情，你也要争一争才行。”

她意有所指：“并不是青梅竹马，对方就会一直等着你的。”

孙晴霄羞红了脸，低头道：“是，谨遵姨母教导。”

但一出门碰见雁雁，他又缩回了脑袋。

三个孩子自己去京都，大人们免不了担心。于是不仅一路上打点好了，还一个个单独叫过去谈了话。跟孙晴霄说的是“不做缩头鸟”，跟雁雁和莹姐儿说的是“天大地大，只管随心展翅”。

说完了，将人送走，大人们又忙活自己的，一块儿笑着骑马回城。

雁雁瞧了一眼就笑着道：“她们如今越发随性了。”

孙晴霄：“折姨母今日跑在第一个，可见骑术精湛。”

刚到闽南的时候，她的骑术是最差的。后来却喜欢上了骑马，跟素膳姨母两人日日骑马去茶园里，便练就了一身骑术。

莹姐儿颇为认同地点了点头，而后转着眼珠子，贼兮兮地问问雁雁：“孙姨母叮嘱过你什么没有？”

雁雁便轻声道：“叮嘱了，让我和阿隼哥路过丹阳的时候，去拜会孙家的外祖父、外祖母。”

莹姐儿露出果然如此的表情：“我就说嘛，咱们这一次本可以绕开丹阳，却又没有绕开，想来是孙姨母交代去孙家了。孙姨母的脾气真好，若是我……当年父母不肯来京都接我回家的时候，我就默认断亲了。”

雁雁：“孙家外祖父、外祖母一年比一年衰老，写的信一次比一次可怜。姨母心里对父母还是心软的，她说若是我们不去看望，她心里记挂着反而不好，我们代她去看了，她心里便放心，也就不记挂着了，只当谢前面十五年他们的恩情。”

父母与子女，也是一场博弈，最后只看谁更重情重义。很显然，姨母因为被养育过的十五年而妥协了。

于是等到了丹阳，去见孙家两老，孙晴霄和雁雁都毕恭毕敬地磕了头，问候两位老人家的身体，见一切都好，便不多留，再次磕了头就走了。两个老人家倒是激动得很，却又不好留人，只能眼巴巴地看着人离开。

一行人往门口走，还碰见了孙家的其他人。孙家大夫人明显是有备而来，见了三人巴结得很，句句都捧着，还要拉着三人住下。

孙家父母脸色很不好，却并不说话，只看向孙晴霄和雁雁。

孙晴霄心中不满，却在前头婉拒，温和有礼却又不带迟疑地要走，笑着道：“行程本就紧，一路上都走的官道，住的驿站，耽误不得。”

这一句话，便让孙家大夫人没了办法，这才让开，最后还是不顾脸皮地问起雁雁和他的婚事，想要保媒。又看向莹姐儿，谄媚道：“莹姐儿，我家有个侄儿，已经中了秀才，很是不错——”

孙家父母听到这里才觉得真没脸没皮，再也听不下去，于是站出来拦住孙家大夫人，继而送三个孩子离开。

莹姐儿看得瞠目结舌，等出了门后感慨道：“当年的丹阳孙家，何等的风光，如今不仅门庭换到此等狭窄的小巷，破败不堪，人也失了骨气。”

孙晴霄："世家起起落落，都是寻常……只是孙家败落得这般快，骨气这般弱，早在几十年前便能看见影。"

这话的意思雁雁和莹姐儿都懂。当年孙家父母因为孙家开始衰败，便跟京都的勋国公府联姻，将孙姨母送去做了继室。后来姨母的女儿去世了，姨母昏昏沉沉好几年，受勋国公府的人欺负，孙家人都没有管过，甚至于后来勋国公府被抄家，姨母在京都等了三个月，都没有收到一封来自孙家的信。

雁雁讥讽："也是，这般的人家，能有什么骨气？"

当年她们从京都到闽南，特意绕开了丹阳。但一路上并未遮掩消息，孙家人要是打听，还是能到路上一叙。可即便是去了闽南之后，孙家也没人来探望过。直到两年后才由孙家父母写了信，送了节礼过来。

莹姐儿："可孙姨母也没有收下节礼，都退了回去。"

雁雁沉默了一会儿："虽然一直没收，但听闻孙家败落了，她心里还是牵挂父母的。"

孙晴霄宽慰道："这些都是前尘往事了，如今就看谁以后过得更好，姨母现在过得就很好。"

他挥马鞭，温和道："走，咱们还要去玉家拜会呢。"

既然到了丹阳，那肯定是要去拜访玉家的。玉岫姨母也是他们的长辈。

因之前就递了帖子，所以玉家早早地就差了家中子弟在门口等候，见了三人连忙上前打招呼，问道："可是孙家和劦家的兄妹？"

孙晴霄："正是。"

玉家子弟笑着道："可等到你们了。"

玉家门庭比之几年前更甚，但即便来的是三个小辈，该来的人也都到了，给足了脸面。

等到要走时，玉岫的父母拉着莹姐儿道："咱们论起来，是实打实的亲戚，是自家孩子，往后可要常来常往。"

莹姐儿："是，等我们从京都回来，定然还会过来看望您。"

玉岫母亲便开玩笑似的道："你这般的好姑娘，我是见了就欢喜，若你不嫌弃，便从我家儿郎里面选一个带回家去吧？若是你喜欢我家，也可选一个留下来。"

莹姐儿面色一僵，而后笑着道："您可别吓唬我。"

她立刻头也不回地走了。

等走远了，雁雁闷笑，道："这是你嫁，还是你娶，都可以？"

孙晴霄也觉得好笑："选了嫡出的，有出息的，便嫁过去。选了庶出的，或者嫡幼的，也能入赘。玉家所图很大啊。"

莹姐儿："哎，真烦人。"

孙晴霄："莹姐儿，你这回去京都，怕是也逃不掉此类的事情。"

莹姐儿："还好，若是真烦人，我就回闽南。"

雁雁："还是不用那么快回去的，京都的风景咱们也没怎么看过吧？"

应该也看过一些，但都是小时候的事情了，记得不太清楚。

因有了这么一桩事开头，三人便回忆起了在京都的事情。雁雁道："我和阿隼哥是从慈幼院去姨母家的，后来的事情记得一些，但是之前真的没有印象了。"

莹姐儿："想来你们之前被送去慈幼院是遭了罪的。"

将遭罪的事情忘记，不是一件坏事。

这倒也是。雁雁笑着道："从那之后，都是好事。"

莹姐儿记事早，倒是记得不少。她慢吞吞回忆道："我记得，我碰见了大伯母。后来，我跟川哥儿、升哥儿经常去大伯母的书房里玩，但大伯母独独偏爱我，我就更爱去了。"

孙晴霄其实挺好奇的："川哥儿当时还说折姨母并不亲近他……"

莹姐儿沉默了一瞬，而后点了点头："算不得不亲近，但确实没有待他如同待我那般好。"

她想了想，道："我觉得，还是因着眼缘二字。有些人，天生就是没有眼缘的。"

等九月份进了京，因为折绾没有回来，川哥儿感到遗憾和失落时，莹姐儿却换了说辞："大伯母太忙了，且太后没有懿旨，她不能回来。"

川哥儿沉默了一瞬，没有说话。他只是叹息道："我接到你们的来信，失落了很久，但又想，会不会母亲在你们临走时选择来京都，这会子你们到了，她也到了。"

莹姐儿打哈哈："她是真的不能回，不然趁着此次回京，她也有其他的人挂念。她的姨娘，还有玉岫姑母、丹崖姐姐……京都的人，她还是牵挂着的，只是实在没有空嘛。"

她笑着道："你还不知道吧？朝廷好像是要开海禁了，闽南的茶叶到时候卖得更好，这种时候，她怎么回来？"

川哥儿这才心里舒服一些，但还是道："若是你成婚，母亲能不回来？"

莹姐儿就讪讪地笑："你说这个做什么？"

川哥儿不说话了，只是过了一会儿，他带着三人一边走一边轻声道："那母亲……也不回来看看父亲？"

莹姐儿便有些不客气起来："事事两难全，何况是'忠孝'二字？大伯母是替太后去寺庙为陛下和苍生祈福的。"

川哥儿便讷讷道："你急什么，我也没说什么。你呢？你们三个人还走吗？"

莹姐儿："自然是走的。"

孙晴霄也出声道：“我还有学业未完。”

雁雁：“我姨母在闽南，自当回去的。”

升哥儿倒是一直没有说话，等众人说完之后才跟莹姐儿道：“阿娘也跟着我和川哥儿去城门口等了你们几日，只是一直没有等到，还得了风寒。今日头疼起不来，这才没有去接你。”

莹姐儿眼眶红起来：“我先去看看阿娘。”

升哥儿摇摇头：“先去见祖母才对。”

莹姐儿只好去见祖母。五年不见，赵氏却好像老了十岁一般。见了三人，喜恶明显得很，直接略过雁雁和孙晴霄，只拉着莹姐儿哭。

雁雁笑着坐在一边静静地喝茶，跟孙晴霄小声道：“这是咱们那边的大红袍。”

孙晴霄低声笑了笑：“是。”

赵氏已经哭得泪眼蒙眬了：“莹姐儿，我想你得很，也想你父亲，可他是个狠心的，都不肯回京来。”

莹姐儿宽慰她：“父亲忙得很，即便是我去他那边，他也是常常不在家的。”

赵氏：“好好的日子不过，偏要过得苦巴巴的——我的儿哟！”

莹姐儿叹息，等好不容易将人哄住了，这才道：“祖母，孙女还要去拜见其他长辈，晚间再回来陪你。”

赵氏舍不得，却因有其他人在，只好道：“你快去快回。”

孙晴霄和雁雁趁机提出归家，便要先走。川哥儿说：“客院都收拾好了，你们住在这里就好。”

孙晴霄却要带雁雁回去，说：“姨母在京都也是有院子的，常日有人收拾，并不脏乱。”

他又道：“咱们兄弟，我也不糊弄你。住三五日还好，住个三月半载的却不合适，不如自家自在。”

升哥儿笑着道：“这是真没有把我们当外人，行，你们且回去，等空闲了，我去孙家看你们。”

川哥儿便送他们离去，升哥儿跟着莹姐儿回三房。宋玥娘已经翘首以盼了，等见了莹姐儿，她还没说话，眼泪便流了出来，抱着莹姐儿哭：“你这个小孽障，真是狠心。”

莹姐儿心酸，轻声喊：“阿娘。”

宋玥娘：“哎！”

她拉着女儿进门，一定要搂在怀里。

“六年了——你都不回来看看我。”

莹姐儿：“对不起，阿娘，我该一年回来一次的。”

宋玥娘：“那你这次不走了吧？”

莹姐儿愧疚："还是要走的。"

宋玥娘一巴掌拍在她的背上。

莹姐儿："阿娘，你的力气如今大了许多。"

升哥儿好笑起来："是，阿娘如今在府里无敌手，上回可是揍了四叔母一顿。"

莹姐儿大吃一惊："什么？"

宋玥娘狠狠瞪儿子一眼："你胡说八道些什么！"

升哥儿闭嘴，莹姐儿不敢问，一家人继续坐在一块儿说话。

莹姐儿主要说自己的游记，她道："我去过许多地方了，但依旧觉得自己看得短浅。最开始，我看的是景致，后来，我也看看人。"

宋玥娘："看人？"

莹姐儿："是，一路上碰见的人，听他们说一说自己的日子，也很是有趣，能学到很多。"

升哥儿羡慕地说："怪不得古人常说，读万卷书，不如行万里路。"

宋玥娘却依旧不理解："风餐露宿的，有什么趣味？"

但她如今也认命了，她哽咽道："我叫你回来，你父亲还写信回来骂我。"

莹姐儿："阿娘，我很好，你放心。"

这般劝过，才说起了其他的事情。

第一件事情，是莹姐儿的婚事。宋玥娘虎着脸："难道你真不成婚了？"

莹姐儿："此事不急。"

宋玥娘："怎么不急，你今年都十八了！我让你成婚，你父亲也骂我。"

莹姐儿笑起来，掏出帕子给她擦眼泪："阿娘，何必着急呢？我这般的身份，什么时候成婚都是合适的。"

宋玥娘："这倒是，你就是到了三十岁，我们也能给你找个十八岁的郎君。"

就是名声不好，人也难找，恐怕得是小家子气的人家了。但这跟现在找一个好郎君成婚并不冲突啊。

莹姐儿闷笑："阿娘，父亲说，他想给我招个男人入赘。"

宋玥娘先是诧异，而后倒是赞同地点了点头："咱们家人少，我和你父亲就生了你和升哥儿两个，招个赘婿回来也不错。"

莹姐儿："那阿娘急什么？自有阿爹找着呢。"

宋玥娘："你都十八了！无论如何，都到了成婚的年岁。"

莹姐儿："那阿娘敢私自给我定下亲事吗？"

宋玥娘缩了缩脖子："不敢。"

莹姐儿："这就成了，您啊，就盯着升哥儿吧。"

宋玥娘抱怨起来："升哥儿比你懂事孝顺多了，他一点也不顶撞我，也乖巧得很。哎，你怎么生了个男儿郎性子？都怪你大伯母，把你教坏了！”

莹姐儿：“阿娘！”

宋玥娘立马起了哭腔：“行行行，我给她生了个女儿，我不说她！”

她委屈地哭起来：“难道不是吗？你自小就亲近她，还跟着她一块儿走了。”

莹姐儿无奈道：“这哪里能混为一谈。阿娘，我明白你是爱我的，我也是爱你的。”

宋玥娘哭完了，继而才问起劭鹤惘的妾室们。她眼神狠厉：“有没有人欺负你？有没有冒尖的？”

莹姐儿：“没有。我去的时候，父亲都不让她们来我跟前。”

宋玥娘这才放心下来：“你父亲心里明镜似的，我也放心他。”

她说起京都这几年的传闻来：“竟也有明面上敢宠妾灭妻的人家了，还有妾室欺负嫡女的。”

她们这般大家族出身，最是知晓后宅手段。若是哪家出了宠妾灭妻的事情，不用想，就是男人允许的，那这家的儿女也不用嫁娶了。谁都不敢让自家的儿女摊上这般的事情，所以京都即便是宠妾灭妻，也该有些“掩饰”，何况是妾室对上嫡女。妾室不过是个玩意，嫡女重中之重，孰轻孰重，长脑子的都知晓，但事事有例外。

“凤勤伯家就是，哎哟哟，凤勤伯夫人没用，被妾室拿捏，导致嫡女也被欺负。”

莹姐儿：“后来呢？”

宋玥娘：“后来？自然是你阿娘给她们出头了。我是什么性子，我哪里看得惯这个！”

莹姐儿就看向升哥儿，升哥儿无可奈何地道：“是，阿娘跟那位凤勤伯府的姑娘见过几次面，知晓她被妾室欺负后，便上门去吃茶，想要给她撑腰，谁知道妾室嚣张，竟然敢去阿娘面前显摆，被阿娘抓住就打了一顿。”

是真打。凤勤伯当时脸色难看极了，还是外祖父出面才摆平此事。

莹姐儿好笑：“真真是……”

宋玥娘看过来。

莹姐儿：“真真是为民除害了，身怀义气。”

宋玥娘舒坦了。莹姐儿好奇地问：“这是什么时候的事情？怎么我不知道？”

升哥儿：“就前两个月。阿娘估摸着你要回来了，便没有写信去……也没有写信给父亲。”

到底是怕父亲骂。

宋玥娘就问莹姐儿：“怎么样？比起你大伯母，我跟她，谁更有侠肝义胆一些？”

莹姐儿纳闷：“怎么这般问？”

升哥儿：“京都的人都夸大伯母有义气。”

指的是对孙家姨母，还有京都其他人家。这些年，京都各家在闽南的茶园和地可没少托大伯母办事，大伯母都应了，办得滴水不漏，很是得人夸奖。

阿娘就存了要比的意思，也开始“助人为乐”了。

大舅母为此还来训斥过阿娘，可阿娘道：“我办好事，也不全是存着攀比的心思，我本就怜惜弱小嘛。”

大舅母这才叹息道：“行，你喜欢就好，只要不被人当枪使。”

凤勤伯家的事情，不仅宋老大人出手了，玉岫也插手了，出面将事情办妥，但没有训斥宋玥娘，而是道：“不论最初缘由是什么，也算是一件好事。”

想到这里，升哥儿无奈地道：“阿娘做了一回侠客，便想做第二回，眼巴巴地四处去打听谁家有受欺负的人要帮忙，被外祖母和大舅母知晓之后，各拎着一根鸡毛掸子上门训斥。”

宋玥娘脸色不好：“这些事情说什么！没得丢脸。我都多大了——”

母亲和大嫂嫂却还当她是孩子。

她叹息：“我就是想做点好事。”

莹姐儿听得直笑。她看看窗外，日头还早，便站起来：“我久不回家，还要去各房拜访二伯父、二伯母和其他叔父婶母。”

宋玥娘脸色变了变，极为不自然地道：“你不要去四房。”

莹姐儿：“到底怎么了？”

宋玥娘：“没怎么……”

升哥儿无奈地道：“四叔父和四叔母那边肯定是要去的，阿姐是晚辈，怎么能不去呢？走吧，一边走，我一边跟你说。”

两人就抬脚出门，宋玥娘不高兴地嘱咐：“那就坐一坐，坐一坐就好了。”

路上，升哥儿烦恼道：“外祖母和大舅母一起上门用鸡毛掸子教训过阿娘之后，阿娘倒是不敢管外头的事情了，只是又盯上了四叔母。”

莹姐儿这些年在外头，已经不太记得府里的事情了，但依稀还是有些记忆的，她道：“我记得四叔母似乎是对娘家兄弟比较……慷慨？”

升哥儿：“正是。二伯母本是跟四叔母好的，后来也因此不走动了。你们走后，四叔父扬言要跟四叔母和离，狠狠吓住了她，但过了一年，她又故态复萌，竟然变卖家里的东西给娘家送，四叔父气狠了，真要和离，但四叔母却怀了孩子。”

莹姐儿：“是怀了孩子，才敢故态复萌吧？”

升哥儿感慨：“应该是。这事情闹了许久，直到四叔母答应那是最后一次，四叔父才收手。后来，她也真的好过一段时间，可今年，她家的老母亲去世了，死前拉着她的手，逼着她跪在祖宗牌位前发誓，要对兄弟们好，她便又动了心思。”

只是这回多少聪慧些了，有些东西不敢直接拿回去，而是谎称摔了、丢了，最后其实是当了。她也不敢太嚣张，只敢两三个月一丢一摔，四叔父也没有发现，但今年阿娘被外祖母和大舅母骂后被关在家里，闲着无事盯着各房，想着去帮扶帮扶，结果就发现了四叔母的事情。

“被阿娘发现了，一分的事情也得闹到五分，何况还是五分的事情。”

四房就大闹了起来。

四叔父这回是真要休妻了。阿娘就跑过去，道：“都有孩子了，为了孩子也忍一忍。四弟，你要是信得过我，便让我来帮你。”

四叔父答应了。

“阿娘便吓唬四叔母，说，‘你要是再不听话，我就亲自送你去祠堂’，又带着她去四叔母的娘家，将这些年四叔母送出去的东西都算了算，让对方还钱。”

莹姐儿听了笑起来：“还钱了吗？”

升哥儿：“没有……那一家子人，穷得很。阿娘就叫人把值钱的东西都搬了回来。”

四叔父这口恶气出了，也不休妻了。

“阿娘自觉做了一件大好事，得意扬扬，四叔母却骂她狗拿耗子多管闲事，气得她不行，再不跟四房来往。”

莹姐儿唏嘘道：“这事情……阿娘倒是没有错。”

升哥儿：“所以此事，她写信去给父亲了。”

莹姐儿笑个不停：“阿娘啊……”

等去了四房，四叔母见了他们，笑得僵硬极了，一句多余的话都不肯说。倒是四叔父笑着道：“莹姐儿，你这性子是极好的，往后多来四房走动走动，你的妹妹们都很喜欢你。”

莹姐儿：“果姐儿呢？我也很想她。”

果姐儿是四房嫡长女。

四叔父：“她今日去林家闺学了，还没有回来。”

莹姐儿倒是听说过林家闺学。三年前群英巷林家请了一位女先生回来给自家的姑娘教授学问，后来因教得好，便又有亲戚家的孩子上门。第三年，也就是今年，林家干脆留了一处屋子出来，还给相近的人家下了帖子。英国公府也是其中，因府里适龄的姑娘只有果姐儿，便送去读书了。

等果姐儿回来，莹姐儿还好奇地问了几句：“女先生教什么？”

果姐儿：“教诗词歌赋，我们还起了诗社呢。”

莹姐儿不免好奇：“我可以旁听一日吗？”

果姐儿："应当是可以的，但我要先去问问。"

林家的女先生姓金，听了果姐儿的话笑着道："这有什么不可的？我也想见见这位刕大姑娘。"

莹姐儿就去了，只是回来之后很是喜欢，道："她今日说了一句话，我很喜欢。"

雁雁："什么话？"

莹姐儿："她说，人应先见天地，再见众生，最后见自己。"

此乃金玉良言。

她对果姐儿道："金先生是个好先生，你要认真学。"

果姐儿点点头，亲热道："大姐姐，你不知道，今儿有多少人打听你。"

莹姐儿："是吗？"

果姐儿："是，她们都很羡慕你去过许多地方。金先生说，若是你愿意，便请你和雁雁姐姐一块儿去讲学。"

莹姐儿答应了："我是可以去的，我问问你雁雁姐。"

果姐儿由衷地羡慕："雁雁姐姐可真是美。"

她高高兴兴地回了四房，却听见里面父亲正在骂母亲。她雀跃的心又沉了下去，而后深吸一口气，努力扬起笑脸进屋："父亲、母亲，我回来了。"

又是劝父亲宽和、劝母亲聪慧的一日。

十一月末，川哥儿的未婚妻明慧先抵达京都的老宅。明家夫妇和明家的几位少爷都来了，送嫁的队伍很壮观。

刕鹤春便对川哥儿道："这是看重女儿的人家，你便要摆出态度来，切不可怠慢了人家。"

川哥儿点头："儿子知晓的。"

他亲自上门，带了许多好礼，都是慧姐儿喜欢的，又给明家夫妇和明家少爷们都送了礼。明家夫妇很是满意这个态度，对明慧道："他这是用心了，表明对你的重视。"

明家大爷道："川哥儿虽然不是咱们自小看着长大的，可是这些年咱们冷眼看着，他也算是个老实孩子。这个性子，咱们家的慧姐儿就吃不了亏。"

明家大夫人感慨道："他也是个可怜的孩子，先是生母早逝，后是继母不在身边——"

明家大爷笑着道："你之前不是还庆幸过人家继母没在身边吗？"

明家大夫人叹息："是，这是好事，以后咱们家闺女不用伺候婆母。但两人都还年轻，没个母亲在一边教导着，我也不放心。"

她意有所指："如今是三房管家……咱们家明慧过去，这管家权交还是不交？"

明家大爷："这就看英国公府的态度了。"

明家大夫人："此为其一。其二就是，我虽然忌惮劭大夫人是继室，但我听人说多了，却也知晓她的性子可靠，并不是心里恶毒的人。反而是英国公老夫人……我实在是心里烦忧，听闻她是个糊涂的性子，这些年跟三房的宋氏没少斗法……宋氏又是那般的性子，听闻跑到人家凤勤伯家里就打上了。"

而英国公府，宋玥娘也在面红耳赤地道："凭什么？还没分家呢？我一个长辈掌家怎么了？我就不给怎么了？"

莹姐儿好笑："阿娘，咱们毕竟不是大房的，怎么还能一直不给啊？"

宋玥娘："我一直都掌中馈，勤勤恳恳这些年，哦，现在进来个小毛丫头，我就要滚蛋了？你大伯母当年都没有逼我给过。现在想来，你大伯母是个明理的人。"

莹姐儿好笑道："哦，这个时候，你想起大伯母的好来了。"

她叹息道："阿娘，大伯母当年是不愿意掌中馈，后头又去了闽南，所以你才能一直拿着中馈之权，如今川哥儿都要娶妻了，你若是再不给，怕是要被人说道了。"

宋玥娘埋怨道："你就知道站在外人那边说我！"

但她这回不交中馈不行了。明慧是明家的姑娘，明家夫妇都亲自来京都了，有些事情是躲不过去的。先是英国公亲自跟赵氏提了，再就是宋家的老夫人和玉岫上门，一个个轮番上阵。最后还是说好交出去。

宋玥娘哭得不行，心里空落落的，抱着莹姐儿道："我跟你走吧？我脸面都没了。"

莹姐儿："好啊，你要是跟着我去父亲那边也不错。"

宋玥娘却不答话，最后恨恨道："小毛丫头懂什么管家！"

莹姐儿很是纳闷："您怎么就是想不开呢。"

等川哥儿成了婚，孙晴霄和雁雁对莹姐儿道："我们准备北上去看看。"

孙晴霄："雁雁想看看大漠。"

莹姐儿也想看："不能等我一块儿吗？"

雁雁笑起来："我们先去小沙漠，半年后就回来了。到时候你想去哪里，咱们都能去。"

莹姐儿不舍："好吧。"

倒是孙晴霄高兴，道："莹姐儿，你放心，我会照顾好雁雁的。"

川哥儿和升哥儿将他拉到一边去："你小子老实说，是不是心怀不轨？"

孙晴霄点点头："是有心思。"

两人就怪笑起来，升哥儿："我明年成婚，到时候就看你的了。"

孙晴霄红了脸："要看雁雁怎么想，她还没开窍。"

三个人傻笑起来。

等到他们要走的那日，众人都去送。明慧也跟着去了，回家的时候却碰见婆子挑衅。

明慧是世家养出来的，哪里会怵这个，何况爹娘还没有走呢。她跟川哥儿道："我要是得罪了三叔母，对你好不好？"

川哥儿喜欢她这一身的爽快劲，笑着道："我是嫡长子，三叔母怪罪不到我头上。"

明慧便将人捆了送到庄子里，宋玥娘气冲冲地要过去教训人，被莹姐儿和升哥儿拦下来了。

"阿娘这般做有什么好处！"

"是啊，咱们关起门来过自己的小日子就好。"

宋玥娘却不肯，就是要找明慧的碴，让明慧耗费精力跟她斗。

莹姐儿发了脾气："阿娘，你这不是欺负人吗？"

升哥儿也愁："您这是名不正言不顺，到时候我跟川哥儿的兄弟情还要受影响。"

宋玥娘却魔怔了，总是不听。莹姐儿索性病了，要去寺庙清修。

"反正你跟不跟我去吧？"

宋玥娘左右为难。去了，府里就是明慧管，等她回来的时候，怕是黄花菜都凉了。不去，那让莹姐儿寒了心。最后她还是哭哭啼啼地走了。

明慧松了一口气，去送两人，小声对莹姐儿道："多谢你。"

莹姐儿却恍惚了一阵，而后道："不用谢。连你这般的家世都如此难，也不知道若是当时大伯母接了中馈，会是何等的煎熬。"

她拍拍明慧的手，道："对不住，但我阿娘就是这般的人，我只能尽力帮你，却也不能伤害她。"

两人去了一个月才回来。

宋玥娘颓然得很。明慧如临大敌，川哥儿道："不要紧，若是三叔母有脾气，便尽管冲着我来。"

明慧心里感动，两人的感情倒是越发好了。只是她担心的责备倒是没有来，因为宋玥娘每日都在吃，还只吃肉。

莹姐儿给大伯母写信的时候乐不可支，而后写道："我想你了。"

她提笔写："家里的人一切都好，也都是老样子。祖父依旧一事无成，听闻最近还总是被陛下斥责。大伯父也没有高升，虽然升了官，却还在京兆府打转。我瞧着他很是郁闷，话也很少，轻易不肯多言。祖母看着苍老了许多，跟祖父和大伯父也经常吵，但无人惯着她，她过得算不上好。一日日的，就等着父亲回来。可我们都知道，父亲不会回来了，父亲也没有把她放在心上。"

她越写越觉得心情沉重，缓了一会儿又提笔："我阿娘交出了管家权，明慧松了一口气，我当时为她高兴，却也在想，若当初是你被阿娘刁难，该有多难！我一想到这个，心里就难过。幸好，幸好大伯母厉害。”

她将信送了出去，开始想念雁雁。

半年后，雁雁和孙晴霄才回来。莹姐儿脑子天生缺少那么一根筋，等川哥儿和升哥儿跟她说雁雁和孙晴霄估摸着有情人终成眷属时，她才后知后觉地明白过来。

“好哇——老实交代！”

雁雁面红耳赤，孙晴霄缩着脑袋。

孙晴霄咳了一声：“在走之前，我和雁雁在孙家起个锅子，你们三个过来吃顿饭吧？”

等到去孙家那日，莹姐儿发现川哥儿没有带上明慧。她顿了顿，也不知道这对不对。但是明慧肯定是不舒服的，脸色也不太好。川哥儿却没有发现，还在兴高采烈地道：“你要提前帮我准备醒酒汤了，今日我肯定喝得大醉。”

明慧：“好。”

莹姐儿瞧了一眼，到底没有多说。

五个人如同儿时一般坐在孙家院子里吃酒。川哥儿如今新婚，志得意满，道：“等我们考上了功名，往后千秋万代有名。”

孙晴霄：“我没有这么大的志向，只求护着我的一家人。”

升哥儿：“我想跟父亲一般，造福一方百姓。”

川哥儿却抿唇：“我……我与父亲，倒是不那么相和。”

他跟父亲的关系不太好。但这些是小事，他笑着问莹姐儿：“你和雁雁呢？”

莹姐儿正襟危坐：“我们啊——我们可能比你们更加容易千古留名。我和雁雁姐姐要走遍河山，写遍山河。”

雁雁：“要看苍山负雪，明烛天南。”

莹姐儿：“要拨雪寻春，烧灯续昼。”

“要试试松花酿酒，春水煎茶。”

“要看天地，再看众人，最后观己身。”

——与君共勉。

番外三 明慧和川哥儿

茗妈妈忐忑地站在廊下，等着大少夫人的召唤。大概一刻钟后，有婆子出来请她，笑着道：“茗妈妈，快些，里头请。”

茗妈妈点头哈腰：“当不起姐姐的‘请’字。”

婆子是明家带来的，举手投足都显露出一股威严，却对茗妈妈和善得很，道：“咱们姐妹，怎么还如此客气。”

她家少夫人嫁来英国公府这两年，茗妈妈作为老人，带着底下的人不冒头不偷懒，一味地顺从、听话、做事勤勉，让少夫人管家少了许多麻烦。少夫人便很是满意，平日里嘱咐她们要对茗妈妈敬重些。

“不论她自身的品性如何，只看在母亲的面子上，咱们也不可怠慢。”

上有吩咐，下有巴结，茗妈妈这两年过得很是不错。她平日里也不常来大少夫人这里，只守在苍云阁里，今日是有事情相求才早早来候着。

进了屋，见少夫人在看账本，她便规规矩矩地跪下去磕头。

明慧笑着道：“快起来吧。”

婆子给茗妈妈搬了张凳子让她坐下。

茗妈妈便感恩道：“多谢少夫人。”

明慧平日里烦心事多，就喜欢这样好相处的，便多了一份真心，问：“可是遇见了什么为难的事情？”

茗妈妈脸红起来，小声道：“老奴……老奴是想求少夫人放老奴出府去。”

明慧倒是不意外。茗妈妈这般的奴才是可以自赎的，何况她的女儿如今也是有头有脸，她哪里好一直做奴才。

明慧反而好奇她为什么一直待在府里做奴才。她想的是茗妈妈对母亲忠心，是为母亲守着苍云阁。但时间久了，她虽然未曾跟母亲见过面，可也觉得母亲并不在乎一个苍云阁，那也就不必要派个奴才守着了。但这是母亲房里的事情，她不好管，一直没有打听过。

今日茗妈妈既然提了，她便问了一句：“怎么突然想起出府去了？”

茗妈妈："老奴的女儿要举家迁往闽南了。"

明慧怔怔一瞬："什么？举家迁往闽南？不回京都了？"

茗妈妈："说不定呢，只是她的生意在那边，她不能回来，可丈夫和孩子常年两地分开也不好，于是今年女儿女婿商量好了，举家先去闽南过日子，后头怎么样再说。"

明慧自然不会为难她，道："这是好事，你是有子女福气的。"

她让身边的婆子去拿茗妈妈的卖身契，而后顿了顿，还是道："你之前为什么不出府？"

茗妈妈恭谨道："不敢瞒少夫人，老奴自小就长在英国公府，这些年从未离开过，即便后来不缺银子了，却觉得比起儿女，没准在国公府里更加能颐养天年。主子们都是好的，不会难为老奴，每月都有银子领，活也轻松，离开反而不舍。"

原来如此。明慧明白了，笑着道："你这般说，倒是也没错。"

茗妈妈在府里，她就算是看在母亲的面子上也不会为难茗妈妈。

等人走了，她叫人去跟丈夫的小厮道："大少爷一回来，你便请他来这里。"

小厮走了。但刕清川晚上才回，一身的酒味。他今日跟国子监的同窗应酬去了，回来之后洗了澡，换了衣裳这才过来，笑着道："怎么了？"

明慧："茗妈妈今日过来请我放她出府，我问了缘由，她说她要跟着女儿去闽南。她女儿的丈夫和儿子都要定居闽南了。"

刕清川沉默起来，良久才道："母亲也许……也不会回来了。"

他叹息一声："多给茗妈妈一些银子，其他的，就随她去吧。"

明慧点头，但不免对母亲好奇了些："难道母亲还能一辈子不回来？"

刕清川没有说话，只是说起了另外一件事情："父亲最近对我越发不满。"

明慧吃惊，她还是第一次听丈夫说这般的话。她赶紧去关上门窗，问："怎么说？我瞧着父亲一向严肃，最近并无异样啊。"

刕清川："父亲对我一直不满。"

明慧："这样啊。"

她就说最近也没有什么异样，原来是一直不满。

刕清川："父亲一年前没忍住写信给母亲，却在信里说我对他不满。"

明慧吃惊："父亲怎么这般？"

刕清川："他也没有说错，我确实对父亲不满。"

明慧："哎。"

刕清川："你知道母亲说了什么吗？"

明慧："什么？"

刕清川深吸一口气："母亲在给父亲的信里写道：想来是家学渊源。"

明慧刚开始没有反应过来，顿了顿才道："哦……是说父亲之前也对祖父不满，如今你对父亲不满，想来是家学渊源？”

劭清川深吸一口气：“是。父亲气得撕了信，扔在了篓子里，我偷偷捡了拼在一块儿看——实在是不费劲，一封信，一共也就这七个字。”

明慧不知不觉就笑出了声：“母亲，还挺有趣的。”

劭清川：“但你看，母亲对我和父亲是一样的。”

他半晌之后，才道：“母亲觉得我和父亲是一样的。”

这话带着些失落，明慧只能安慰道：“母亲还是爱护你的，只是你是男人，她不便像跟莹姐姐那般亲昵。”

劭清川就看向她：“慧慧。”

明慧：“嗯？”

劭清川：“你说的理由，跟母亲敷衍我的理由一模一样。”

明慧也不知道该如何安慰了，但她对母亲越发好奇起来，等茗妈妈和一家子人要走的时候，她道：“我给母亲准备了一些礼物，你帮我一块儿带过去吧。”

茗妈妈应承，轻声道：“少夫人，您是个好人，将来一定会有好报的。”

明慧也想要好报，但她摸了摸自己的肚子，回去难免落寞。成婚两年，丈夫没有妾室，夫妻也很是恩爱，可还是没有身孕，她心里很是着急。之前祖母待她一直很好，如今也摆了脸色，她不敢告诉丈夫，怕引起家里的矛盾。

丈夫倒是不太在意，宽慰道：“我家里一直是子嗣单薄，不必着急。”

他还主动去看大夫。夫妻两个都给大夫把了脉，大夫说他们都没有问题。劭清川：“只看子嗣缘分什么时候到了，你别着急，急不来的。”

明慧很是感动，写信回去跟阿娘说：“虽也有不如意的地方，可到底是知心的。”

但很快，赵氏给丈夫送来了妾室。长辈赐，她只好领回去，丈夫前头还不肯收用，过了半个月，便也过去睡了。英国公府大房里面有了妾室。

明慧的心是从那一刻开始迷茫的。

那天晚上，她收到了从闽南寄回来的信。新姨娘缠着丈夫，丈夫却来她这里寻信，急匆匆道：“母亲可说了什么？”

明慧有些僵硬地把信递给他：“我给母亲送了年礼，母亲说很喜欢。”

川哥儿：“母亲言语之间很是喜爱你。”

明慧：“嗯。”

劭清川：“慧慧，我今晚在你这里睡。”

明慧：“好。”

她觉得自己变了，但这般种变化无人可说。男人纳妾，本就是寻常的事情，只是之前她想得太好了。

她叹息一声，失落了几天后，很快又恢复如常。她依旧当家，依旧作为英国公府未来的宗妇出门交际。闲暇之余，她突然有感而发，写了一封信给婆母。

她说："家中一切都好，母亲不用挂念。清川多了一个妾室，是祖母送的，还望她能为家中增添子嗣。清川也很挂念您，您上回写信回来，他是急匆匆过来看的。"

三个月后，她收到了母亲送的礼物。

母亲送的礼物一般以茶叶为多，但这回送的是些珠宝首饰，还有许多闽南当地的玩物。

母亲还给她写了回信，信里道："英国公府子嗣的事情，想来你也知晓，并不是女子的问题，是家学渊源。你不用求仙问佛，也不用吃药看病，只活得舒适就好。我在英国公府里有一书房，名为'别有人间'，你若是喜欢，便将里头的书搬到你的院子里去，闲暇无聊的时候看看，等你看完书，一切也就有结果了。"

明慧虽然不明白她的意思，但此时此刻，能收到这么一封信，听到这般的话，却让她的心头暖。她不是个伤春悲秋的性子，便按照母亲的话去做了。

她去见了父亲，跟他说了母亲的话："'别有人间'的书，母亲说，让儿媳搬走读一读。"

劭鹤春沉默一瞬，点头，而后道："可曾跟你说过子嗣的问题？"

明慧犹豫，还是道："母亲说，不必焦虑。"

劭鹤春还要忙着外头的事情，并不多理后宅，闻言一边站起来一边道："既然如此，你就听她的。"

明慧是真惊讶了。但父亲这般态度，又听闻过"父亲天阉"的事情，便真将心定了下来。

她觉得妾室肯定也怀不上孩子。果然，后头祖母又送了一个妾室来，还是怀不上。

明慧已经看完三本书了。里面有母亲写的批注，有时候妙语连珠，看得她连连发笑；有时候又写得深刻，让她情不自禁地觉得人生艰难。

等她回过神的时候，丈夫已经开始喝药了。他还是想要个孩子的，男人比女人更加想要一个亲生的骨肉。

明慧觉得自己身在局外。她写信给阿娘："我是明家女，他们不敢逼我做什么。我自己看了大夫之后不吃药，不拜佛，他们也没有办法。妾室已经纳了两个，还是没有孩子，因为英国公府的'家学渊源'，至今也没有人为难我，他们甚至忽视了我。我总觉得，这里面应该还有故事，有我不知道的缘由，所以我才活得顺畅自在。"

前人栽树，后人乘凉。她很肯定是有人栽了树，而府里人不多，她也能猜出来是谁。

“应当是先头的婆母和现在的婆母做了什么。只是做了什么，我实在是猜不出来。只是想到一个婆母难产去世，一个婆母远离京都，我心里就总是忍不住惆怅。”

她把信送出去之后，便听人说，府里来了一位郑大夫。听闻这位郑大夫是之前就给父亲看过病的，是越王府里的人，平时是在冀州的，是父亲亲自写信去才将人请回来。

劢清川又开始吃药了。

明慧觉得他身上一股药味。他自己也厌烦了，道：“生不出来就算了，真是闻见药味就想吐。”

明慧：“那就停一停。”

劢清川却又坚持，每日都在说不喝了，每日仍在坚持。他开始跟明慧抱怨父亲请来的大夫。

“父亲还年轻呢，他自己怎么不生？要是生，也是生得出的。”

“这个郑大夫，明显就是庸医，他还给我下黄连呢，苦死我了。”

明慧听着听着，不知不觉就笑出了声。她赶紧捂住嘴巴，丈夫已经生气了，他红着脸说：“你笑什么？”

明慧温和道：“我笑……我笑你看不开。不行就不吃药了，若是实在没有孩子，咱们就抱养一个。”

劢清川脱口而出：“你说得容易，可养别人的孩子总是不亲的。”

还是要自己生一个。

于是，虽然抱怨，但他依旧吃药。他还让明慧跟着一块儿吃。

明慧拒绝，她道：“母亲让我跟你说，是药三分毒，若不是我的毛病，我还吃药，将来生孩子的时候会艰难的。”

劢清川就想起了生母，他叹息道：“母亲……其实对生母比对我好。”

他没有见过生母，但大家都说，她是一个很聪慧、很温柔的人。母亲和生母很像。

他没有坚持让妻子吃药，他让妾室陪着一块儿吃。

妾室倒是愿意，还来明慧这里挑衅，道：“大少爷很是喜欢妾身，说妾身与他同甘共苦，他很是感动。妾身这心啊，便酸酸软软的——”

明慧觉得自己应该要生气的，可她明显感觉自己非但没有生气，还觉得很是好笑。妾室很好笑，丈夫也很好笑。

她唏嘘起来：“幸好我没有掺和。”

她更加相信母亲的话，她继续读母亲的书。她频繁地给母亲写信，道：“多谢你的书，我看了，不知不觉就自在起来。”

劢清川晚间回来，她已经熄了灯。他皱眉，却没有多问，只去妾室那边睡。妾室一身的本领都在他身上使，哄得他心花怒放，但第二天早上起来，他觉得郁郁寡欢，总是心里空落落的。

他去正院里找妻子用早膳，却见妻子正跟小丫鬟吩咐道：“午膳要一盅汤煨甲鱼。跟厨子说，先要将甲鱼白煮，再把骨头抽出来，剩下的肉拆碎，用鸡汤、秋油、酒来煨汤。两碗汤水熬至一碗，最后用葱姜蒜去炒，炒到有香味的时候就行了。”

小丫鬟应声而去。劭清川觉得这一幕有些熟悉，却又不知道在哪里见过，便过去坐下来，笑着问：“怎么亲自说菜谱了？”

明慧：“是从母亲的书里面翻出来的菜谱，母亲在上头写了好吃，我便想试试。”

劭清川：“原来如此。你昨日怎么那么早就熄灯睡了？”

明慧：“我忙得很，累得很，自然是要早睡的。”

劭清川便说起自己快要参加科举的事情：“我是真怕自己落榜。”

明慧：“那你就多用功。”

劭清川：“我一直很用功。”

明慧：“那你就再多用些功。”

劭清川面子上有些挂不住，刚要开口，便听妻子笑了笑：“用你苦心经营子嗣的心思来读书，想来是可以考上的。”

劭清川第一次被噎得面红耳赤。

明慧给自己夹了一筷子肉，道：“来，吃肉。”

她晚间给阿娘写信：“也许夫妻就是如此吧。”

亲近不得，也不能疏远，若即若离地处着，也就可以了。

她道：“阿娘，你不用担心我，我如今很好。”

番外四 折绾后记

过了年，刚开春，素膳满二十六岁了。她自己正春风得意，觉得长大一岁更添一份沉稳，折绾却把她看得跟眼珠子一般，走哪里跟到哪里，让她觉得自己像个三岁娃娃。素膳又甜蜜又紧张，觉得自己可能办错了事情，不然总跟着她做什么呢？她反省自己，最终没有反省出什么来，她一直很乖的。

于是她更乖了，今日吃了几碗饭都要报备一声。

直到进了三月里，院子里的藤萝长出了绿叶子，折绾肉眼可见地更加紧张起来，将素膳叫到了身边。

“素膳，你来。”

“阿姐，怎么了？”

素膳走过去，笑着说道：“你看着像是要去打仗一样。”

折绾：“我要带你去寺庙里住一段日子。”

素膳不明所以，但还是道：“好啊，我都听阿姐的。”

到闽南后，折绾就让素膳改了称呼：“不准再叫姑娘了。”

素膳在她面前一向呆呆的，瞪直了眼睛，慌张地问：“那叫什么啊？”

折绾：“阿姐。”

这样啊，素膳松了口气，高高兴兴地叫起了阿姐。她本来就跟着姑娘姓折，喊阿姐毫不违和。外人都知道她是阿姐的宝贝疙瘩妹妹。

因要去寺庙，她开始收拾起行李来，问：“去寺庙里住多久啊？我们要带几套衣裳？”

折绾也不知道，道：“多带几套吧。”

她只求佛祖保佑，让素膳平平安安地渡过这个劫。上辈子，素膳就死于今年的春日里。

她叹息一声：“素膳，到了佛前，你要诚心诚意地祈祷。”

素膳终于觉得事情不对了：“是不是我病了？”

折绾：“没有，你别咒自己。”

素膳撒娇："阿姐，到底怎么了？"

折绾支支吾吾的："我做了一个梦。"

素膳："什么梦？"

折绾："我梦见……梦见你去世了。"

素膳就捂着嘴巴笑起来："哈哈！"

阿姐关心她的样子真好笑！怎么因为做了一个梦就要去寺庙呢？

但阿姐既然说了，她是不可能拒绝的，就当是给自己休息了，管铺子也很累的。她就要去铺子里面交代事情。

"我去去就回。"

折绾："我跟你一块儿去。"

素膳："我骑马去，阿姐要不要跟我一起骑一匹马啊？"

折绾点头："行，我看着你。"

素膳美滋滋地想：阿姐可真是爱护我。

但等到了寺庙里，她开始馋肉了，即便阿姐在身边也不是那么有用。她偷偷地问："什么时候回去呀？"

折绾："来的时候就叫你诚心诚意的，这才几天，怎么就馋肉了？"

素膳不好意思地摸摸头："那我再忍忍。"

又忍了几天，过了那个馋劲，倒是有耐心拜佛了。她跪在佛前，认真祈祷："佛祖保佑我家阿姐这一辈子顺顺畅畅，下辈子投个好人家，下下辈子也是。求您保佑她生生世世、永生永世，都如同现在一般快活。"

求完了，她又有些不放心地问："阿姐，你如今是快活了吧？"

折绾很肯定地道："快活，很快活。"

素膳拍拍胸口："那我就放心了。"

折绾也诚心得很，她每日天不亮起来做功课，捡佛豆、抄佛经、捐香油钱，事事尽善尽美。

她常年来往于寺庙，又有特殊的身份，各个寺庙的方丈和师太都对她熟悉得很。她如此模样，倒是让方丈出了门，亲自问道："可是有所求？"

折绾点头，温声道："是有所求，且所求甚大，怕佛祖怪罪，又怕佛祖不应。"

方丈："神庇众生，所见颇多，不会怪罪。"

折绾："方丈觉得，神佛会应我心吗？"

方丈笑着问道："不如问问？"

折绾好奇："怎么问？"

方丈："问心，你问心，此事成不成。"

折绾："我自然是希望成的。"

方丈："那就是成。你有慧根，身有灵护，碰见事情便不要问佛，只问自己。成就是成，不成就是不成，心有所念，必有回响，简单得很。”

折绾因为这句话莫名地安心：“若真是如此，那就太好了。”

等她走了，小和尚好奇地问：“师父，这是真的吗？”

方丈看了他一眼，眼皮子都没抬：“你觉得是真的就是真的，是假的就是假的。”

小和尚嘀嘀咕咕：“这不就是忽悠人吗？”

但那位好心的折施主眼见地好多了，还带着另外一位施主去爬了寺庙后头的山，回来的时候摘了一怀的花，还给了他一枝。小和尚把它插在花瓶里，日日精心呵护。

师父说这位折施主是有慧根的，他跟着沾染一些灵气，将来好做方丈。

方丈瞧见了，好笑道：“你这花可没有根。”

小和尚苦恼地说：“那可怎么办呢？”

三年后，他再次看见了这两位施主。

不过这次是年岁小的施主拉着折施主来，小和尚过去给她们送斋饭，正好听见小的问：“怎么总是梦见咱们去世呢？三年前是梦见我，如今是梦见你自己了，这可怎么办？”

大一点的施主笑着道：“上次你没事，这次我肯定也没事。”

可小的不放心，依旧要在寺庙里住两个月。

小和尚还挺喜欢的，两位施主都很和善，依旧时不时去爬山，还很喜欢花草，在斋房里种了起来，又送了一盆垂丝海棠给小和尚。

小和尚晕晕乎乎地抱着海棠花回去，宝贝一般地养着。同屋的小和尚不解：“这底下埋着佛祖吗？”

小和尚：“你不懂，这底下有慧根。”

这回有根了，他将来可以做方丈了吧？

度过了两个大劫，第二年折绾松快了许多。开春种下花，夏日里旺盛得很。

炎炎烈日，黄昏才得了些凉意。折绾吃了晚膳，这才背着篓子在花田里穿梭，没一会儿就摘了满满一篓的花。素膳蹲在一边吃西瓜，等折绾过来，她抱起另一半瓜递过去。

“阿姐，可甜了。”

折绾接过吃了一口，说：“是很甜。”

两人一块儿往家走，夏日晚间的风吹得人心里舒坦，素膳啃完最后一块瓜，丢掉瓜皮，小声道：“孙姐姐还是决定回丹阳一趟？”

折绾点头：“是，父母将逝，最后一面是要见的。”

素膳叹息：“她也真是不容易。”

折绾：“雁雁和莹姐儿也正好在丹阳一带游玩，我已经写信给她们了，让她们直接去丹阳。”

素膳：“阿隼也要从书院回来陪着去吗？”

折绾：“嗯，写信去了，估摸着明日就该回了。”

走了一段路，素膳将折绾身上的背篓接过来背上，而后道：“阿隼读书厉害，已经考中了举人，就等明年京都春闱了。等考中状元，怎么着也该把他跟雁雁的婚事办了吧？”

折绾好笑：“阿隼心里主意正得很，雁雁也是个有主见的，咱们不用管，只随他们去。反正都是自家孩子，怎么样都行。”

墨月等在不远处的田埂上，见两人来，便点了灯，提着灯笼过来接：“素膳姐姐，让奴婢背着吧。”

素膳：“不必，也不重。”

折绾好奇地问：“你怎么过来了？”

墨月笑着道：“茗妈妈一家子人到了。”

年初，素兰就让人去接茗妈妈等人来闽南长住，现在终于到了。

折绾便跟素膳脚步迈得大了些，道：“那咱们快些回去。跟素兰说了吗？”

墨月：“蝉月骑着马去铺子里叫素兰。”

等折绾一行人回家的时候，素兰已经跟茗妈妈抱着哭得欢快。茗妈妈见了她就下跪：“夫人，老奴可见着您了。”

折绾连忙将人扶起来：“往后不可如此了。”

几个人说了一会儿话，素兰带着婆母和丈夫儿子回了隔壁的院子，茗妈妈却落后了一步，跟折绾道：“夫人，大少夫人托我带了不少的东西来，还给您捎了信。”

折绾纳罕：“还写了信来啊。”

明慧成婚两年，倒是跟她没有多通书信，只客气地来往年礼。

她接过信，没有急着打开，只跟茗妈妈说家常：“京都一切还好？”

茗妈妈：“好得很，宋大夫人跟越王妃两个还起了个诗社，崔娘子的卤肉铺子越来越好了。”

她说了些京都的趣事，说得口干舌燥，大概说了一刻钟才恭恭敬敬地离开。素膳笑道：“茗妈妈这是给您表忠心呢。”

便连女儿那里也不急着去，只跟旧主子说往昔。

折绾拆开信温和道：“等她住些日子，安心下来便好了，她如今是不安心，便来拜山头。”

在茗妈妈的心里，山头依旧是她，不是素兰，所以她诚惶诚恐。

这会子工夫，她已经看完信了。信上说一切都好，川哥儿好，刕鹤春好，赵氏等人都很好，让她不用担心。

素膳凑过来瞧了一眼，琢磨道：“这是报平安？”

折绾："是，字里行间很是欢喜，过得应该还不错，还望她一直欢喜下去才是。"

这个孩子很爱笑，她曾经很是喜欢。

第二日，素兰又带着一家子人过来吃席。她只有一个儿子，小名叫小老虎，如今大了，自然不能再叫这个名字，便让她取名。

"之前大名也叫虎，可总觉得不好。主家，你给他取个吧？"素兰笑着道，"趁他没去学堂之前。"

折绾已经很久没有给孩子取名字了，她犹豫了一瞬，道："你看淳风怎么样？"

素兰："淳风……挺好的。"

她欢喜道："快，虎哥儿，快给主家磕头。"

这是礼，折绾受了。中午备了席面，刚吃了一会儿，墨月便说阿隼回来了。折绾连忙起身出去，孙晴霄躬身行礼，温声道："折姨母，我方才已经去看过姨母了，她说我们明日走正好，让我来跟你说一说。"

折绾想了想，还是叮嘱他："你如今大了，四处要稳重，这次跟着去丹阳，更要看顾好你姨母，别让她被人欺负了。阿隼，咱们家不惹事，但也不怕事。"

孙晴霄点头："我懂了。"

孙家的外祖父、外祖母还讲礼，大舅母面子上过得去，但大舅舅看姨母不顺眼，几次在外暗暗败坏姨母的名声，还是折姨母用了刕鹤悯大人的关系才让流言"清者自清"，后头又用英国公府和太后六个字压过去，这才将人治得服服帖帖的。但若是寻常人家，哪里用得上这么多名号，只有血缘亲族罢了，打断骨头连着筋，姨母顾忌两位老人在世，总是不愿意做绝。

折绾："你素兰姨母的家里人来了，我现在不好过去陪你姨母，等晚上再去，你让她温一壶好酒。"

孙晴霄就笑起来："我记得的。"

姨母们如今都很爱喝点小酒，再配点菜，还要搭些果子汁水，这般一喝，一吃，就是一下午、一晚上。

等他走了，素膳就凑过脑袋来了："阿姐，你今晚去孙家啊？"

折绾点头："我不回来睡，你自己早些睡，别又看话本子熬夜。"

素膳不好意思地笑了起来。她先是喜欢看戏、听戏，后来却不爱去戏园子了——没别的缘由，费钱。还不如买些话本子回来看，反正一个是听，一个是看，左右是一样的。

不过……硬要说其他的缘由，其实也是有的。

她回去跟折绾抱怨："我平日里爱看柳叶居士的话本子，每次出书，我也是亲自去买的，这回去买，掌柜的竟然暗示柳叶居士想跟我发生话本子里面的事情……"

折绾闷笑出声，她乐道：“长得如何啊？”

素膳：“没看过，我吓得跑了。”

折绾用一根手指头戳她的额头：“没出息。”

素膳：“之前去听戏，那边的班主也领着一个好看的戏子过来……”

所以她后来也不乐意去了。

折绾“哈哈”大笑。直到去了孙家，还是忍不住乐道：“我们家素膳还是太老实了。”

孙三娘正忙着收拾箱笼，闻言抬头，好笑道：“也就只有你觉得她老实巴交的，听闻她最近有个名号，叫‘笑面将军’，素膳在外头可是厉害得很。”

折绾：“生意场上的事情又不一样了嘛。”

孙三娘拿出帕子扇扇风，坐下来倒了一杯茶，咕噜咕噜喝下去，笑着道：“她最近不是又做了一笔大生意吗？我还记得刚见素膳的时候，她低着头，跟在你身后，像个影子似的。后来你逼着她出来做生意，我还觉得你多虑了，若是疼爱她，用金银珠宝将她养起来也是好的，何必要出门在外跑，累得很。”

现在却是明白了。

她给折绾倒了一杯茶：“你把她养得很好。”

折绾：“她本来就很好。”

孙三娘笑起来：“是，是很好。”

两人坐在一块儿说话，婆子丫鬟们就散了去，折绾低声问：“你这回去多久？”

孙三娘惆怅道：“等爹娘下葬就回来。”

折绾：“那你多注意你家兄长，别被欺负了去。”

孙三娘便眼眸冷下去，道：“阿绾，你放心，没了爹娘，他反而不敢把我怎么样了，还要放下身段来巴结我。”

折绾闻言愣了愣，而后倒是认同地点了点头：“你这话说得也不错。”

孙家长子之前敢横，确实是因着孙三娘不愿意在父母弥留之际做绝。

孙三娘：“他当时是想破罐子破摔了，但等这罐子真破的时候，反而会舍不得。他如今还想掣肘我？他可不敢。”

折绾拍拍她的手：“你心里有数就好。”

孙晴霄亲自提着食盒过来了。折绾正好跟他说虎哥儿的事情：“我给他取了名字，如今唤作徐淳风。他比你小几岁，但听说读书厉害，如今来了闽南，肯定是要去书院的。”

孙晴霄便道：“我待会儿回去就写封信，请同窗师友多照看他些。”

折绾温和道：“你素兰姨母是这个意思。她一直不在虎哥儿身边，如今事事都操心着，只不碰巧，你明日就要走了，今日又忙，她不好过来烦你。等你回来，她定要好好谢你。”

孙晴霄连忙摆手："自家人，这是小事。"

孙三娘："若是好相处，又是素兰的儿子，是自家人，做个兄弟也是好的，以后你为官，天南地北的，我们都帮不上你，也不懂官场，但有个人能与你通信，我们也能放心些。"

孙晴霄笑起来："我知道姨母的担心。"

他又提着食盒走了。折绾感慨："阿隼孝顺得很，也确实长大了。"

一晃神，孩子们都到了成家立业的时候。

孙三娘小声道："我头上长了一根白头发！"

折绾也跟着压低声音："扯了吗？"

孙三娘："没扯，梳头的婆子说扯一根白十根。"

折绾："还有这般的说法？"

孙三娘："我也是第一次听闻。"

折绾："那你想扯吗？"

孙三娘："留着吧，只是要换洗头膏了，换个能生黑发的。"

折绾闷笑起来："是该换了，说句实在话，你头上这股柚子味我真闻不习惯。"

孙三娘白她一眼："柚子味很好闻的，你头上的桂花味我才闻不惯。"

折绾第二天清晨送走了她，回去的时候让素膳闻一闻。

素膳熬了一个通宵看话本，折绾回来的时候还在看呢。幸而她眼疾手快把话本藏起来，装作刚醒的模样，凑过去闻了闻："好闻的。"

折绾："我也觉得！"

素膳："你昨晚是不是一直跟孙姐姐说话去了？没睡吧？我跟你再睡吧？"

折绾："行。"

素膳："去你屋里吧？"

折绾："好啊。"

素膳松一口气，逃过一劫。但话本里面的故事还没有看完呢，睡到下午起来再偷偷看吧。

袁耀见夫人风风火火地进了门，又风风火火地出了门。他见怪不怪，只问儿子："你阿娘做什么去？"

袁家大郎道："孙家姨母今日从丹阳回来，估摸着去她那边了。"

袁耀便闭了嘴巴，"啧"了一声："你阿娘每日忙得很。"

袁夫人——姓徐名琴，确实忙得脚不沾地，她还有一桩大事要跟姐妹们说。

孙三娘刚从丹阳回来，才进屋。她去了三个月，本是想等爹娘下葬就走的，但去的时候，爹娘见了她，弥留之际说了许多好话，人之将死，其言也善，回忆往昔，人死债消，她哀伤之余，便又为爹娘守了三个月的墓。

她先让阿隼回书院读书，准备明年的春闱，只留下了雁雁和莹姐儿跟着。她也没让两个孩子跟自己住在墓前，而是让两人住在她买的宅子里。

如她所想，爹娘一死，大哥对她也没了那股气势，反而老老实实起来，整个人谄媚得很，对她低下了头。

她是夏天走的，回来都入秋了。屋子里倒是干干净净，只是她从丹阳带了许多东西回来要归置，便乱得很。

丫鬟婆子们都在搬箱笼，等搬完了，孙三娘一转身，便见徐姐姐憋着话坐在那里。

这回雁雁和莹姐儿都跟着回来了，见她这般也好奇得很，只不敢乱问长辈。

折绾便将两个小的赶了出去，给孙三娘和徐琴都沏了茶。

徐琴喝茶堵嘴。

孙三娘乐道："徐姐姐，你要是有什么话便直接说。"

徐琴："等你忙完，我憋得住。"

折绾可憋不住了："到底什么事情啊？"

徐琴："哎哟！你们这么一个个地问，我哪里憋得住嘛！"

折绾和孙三娘都笑得不行："那你就说嘛。"

于是，孙三娘还没有来得及说丹阳郡的事情，徐琴就大声道："我娘家的族长找到我，说要给我单独写一本传记。"

孙三娘眼睛亮起来："这可是大事。"

按照当地的规矩，外嫁女是不能入族谱的。这是老祖宗定下的规矩，后人轻易不敢违背。可有了出息的外嫁女该如何拉近关系，为自家门楣添光彩呢？祖宗是死的，后人是活的，于是就有了给外嫁女写传记的事情。他们将传记跟族谱一块儿珍藏在祠堂，供后人传承和供奉。

徐琴笑着道："我可是徐家第一个写传记的。"

折绾很是为她高兴："这是你应得的。"

徐琴很是感激折绾："当初，我在京都的时候举步维艰，连门都不敢出，还是见了夫人您，我才有了现在的成就。"

所以即便她现在成了别人恭恭敬敬叫的夫人，她也一直对折绾恭谨有加。

折绾温和道："这都是从前的事情了，哪里就值得你一直说。徐姐姐，你能走到今日，是你自己聪慧能干。"

徐琴："我就喜欢跟夫人说话，夫人一直肯定我。"

她说着说着还要哭，折绾赶紧道："多大的人了啊。"

孙三娘："叫厨子做个锅子吃吧？正好配着徐姐姐的眼泪下菜。"

徐琴用帕子擦眼泪："快别打趣我了，我是太激动了。我哪里想得到今日啊。"

回去的时候，她已经醉醺醺了，还拉着大儿媳妇的手道："我当时在京都，听不懂别人说话，别人也听不懂我说话，你父亲就买了个妾室回来，由她代替我出门走亲。”

大儿媳妇是袁耀做了闽南知州之后为儿子求娶的闽南望族之女，贤良淑德，聪慧伶俐，很是孝顺，徐琴极为喜欢，平日里相处得跟亲母女一般。但这些微末的事情，她一直没跟儿媳妇说。她自己都不知道是什么缘由，就是不愿意说那些事情。

这回喝了酒，她倒是想说一说了。她嘀嘀咕咕道：“我做姑娘的时候，是多么利索一个人，爹娘宠爱我，兄姐爱护我，我自小就跟着去茶园，没嫁人的时候，我还管着一个茶园的活呢。可是嫁了人，到了京都，我就先成了个哑巴，后来又成了个聋子，最后成了个胆小鬼，连门也不敢出了。”

她哽咽起来：“你不知道，当时你折姨母点名要见我的时候，我整个人都是颤抖的。”

她的大儿媳妇眼眸柔得很，怜惜地问：“后来呢？”

徐琴：“后来我是带着你小妹妹去的，她会说京话。她就给我和你折姨母做了中间人，这才能互相说上话。”

她躺在床上回忆道：“那时候，我多自卑啊，我都不敢抬头。我结结巴巴地跟夫人说，我不会说京都话，让她不要见怪。”

可是夫人说……

“夫人说——没关系的，我也不会说闽南话。”

袁家大少夫人脸上露出笑容：“像是折姨母说的话。”

徐琴点头：“是啊，她很为人着想。后来还跟我说，哪里有人生来就会说闽南话和京都话，都是学的。有些人学得快，那是老天爷赏饭吃；有些人学得慢，那是老天爷赏了别的饭吃，学说话这碗饭赏得不多罢了。”

她说到这里又有些埋怨起来：“我其实学得很快的，我跟着素兰和素膳学京都话，她们跟着我学闽南话，我们同一时间学会各自话的。”

她还是有天赋的。只是：“你父亲却不好好地教我，也不愿意花那个钱请个教京都话的先生来，可他愿意花钱买个妾室来！”

大少夫人也跟着一块儿道：“是啊，现在想想，父亲真是太过分了。”

徐琴：“谁说不是呢。只是当时我还觉得挺好的，有个人可以为家里出去交际了，是好事……是我后来出门了，有了自己的底气了，这才后知后觉地开始不满。”

人没底气的时候，连不满都没有。不是不敢，是根本不会生出不满来。

大少夫人便问：“后来呢？那个妾室是被发卖了吗？”

徐琴便沉默起来，最后摇了摇头：“你父亲回闽南的时候，是要把她卖了的，我没让，让她留在京都的宅子里看屋子了。男人真是心狠啊，当时我还以为他很喜欢她呢，为此还吃醋过，结果他把她当个玩意，活生生一个人，说卖就要卖。”

妾室虽然有些小心思，但对自己和孩子们都还行，日日还要挑水做饭，后来又给她梳头描妆，事事尽心尽力，如今想起来，那些她当时有些厌烦的小心思也觉得情有可原了。

“她总要为自己谋一条生路的，只要没有坏心眼，也算不得坏。”

大少夫人便道：“这是您心地良善，她碰见好主母了，也是她的造化。”

徐琴叹息：“如同你折姨母说的，万事往前走，想开些，便觉天地宽广，再回头看曾经，那妾室也不过是一粒尘埃罢了，碍不着我什么。”

大少夫人伺候她睡下，这才起身往回走，路上碰见了小妹妹。袁家的小女儿袁蕊是招了女婿在家里的，所以也住在袁家没有出去。

两人倒是相处得还行，见了面就笑。大少夫人道：“母亲刚刚睡下，你这会子过去倒是吵醒了她。”

袁蕊：“多谢嫂嫂了。”

她转身跟着嫂嫂一块儿走，大少夫人就好奇地问：“刚刚母亲说你跟着她去英国公府，为她和折姨母做中间人？”

袁蕊笑起来：“是啊，我当时也还小得很呢，但胆大。”

她不由自主地想起从前，而后道：“我现在还记得，折姨母见了我就笑，夸我好看，还给了我一个红封。”

她看看左右，小声道：“后头父亲就跟着劭知州大人做事情了，他家的女儿是要留在家里招婿的，不外嫁，于是父亲便也学了，给我也招了女婿。”

原来其中还有这么桩缘故。

大少夫人捏捏小妹妹的手，道：“正好，你留在家里，还能给我帮衬帮衬。”

袁蕊挽着她的手，笑道：“你不嫌弃就好了，我也帮不了你什么。但是阿嫂，我跟你说个事情，你先不要告诉阿娘。”

大少夫人好奇：“什么事情啊？”

袁蕊小声道：“我准备搬出去住。”

大少夫人心一跳，既有些高兴，又极为舍不得：“你怎么想的？”

袁蕊：“你也知道，我想养个戏班子，可父亲母亲都不愿意。若是搬出去了，我也就能养了。再者，我也大了，都已经成了婚，哪里还好意思跟父母一块儿住。母亲有你照顾着，我心里是放心的，心中无牵挂，搬出去也好嘛，等我在外头住腻了，再回来。”

大少夫人这下子也诚心诚意地道：“你随时回来，你的屋子肯定都在。”

她跟袁蕊分开，回到屋子里发呆。

心腹婆子过来，小声问：“少夫人，您怎么了？”

大少夫人：“阿蕊说要搬出去，我在想，是不是我露出了什么不满？”

心腹婆子：“万万不会，您即便私下里抱怨些什么，可心里是念着她的，哪里会有不满。”

大少夫人也觉得是，叹息道：“我之前确实不满过，只觉得她在家里，我不好放开手脚做事，颇感拘束，如今她要走了，我倒是舍不得，阿蕊和婆母都是好人，我反而有些小肚鸡肠了。”

婆子便劝解道：“您没有坏心，对家里又是尽心尽力的，哪里就称得上小肚鸡肠？您只是人，不是圣人，哪里就能毫无自己的情绪？”

大少夫人便笑起来：“多亏有你在我身边。”

她站起来：“大少爷快回来了，去煮一碗醒酒汤吧。”

秋日，孙晴霄要去京都了。莹姐儿和雁雁商量着一块儿去住半年。莹姐儿回去看看宋玥娘等人。雁雁觉得去京都住一住也不错，便跟折绾和孙三娘说了。

折绾点头：“好啊，你们三个一块儿，我也放心些。到了京都，记得常进宫看看太后娘娘，她常写信来念叨你们两个呢。”

莹姐儿：“大伯母放心，我们知晓了。”

折绾：“也帮我去看看你大舅母，她前阵子还写信说身子不好。”

结果莹姐儿他们刚走，折绾就收到了玉岫送来的信。

玉岫要回丹阳一趟。

她在信里说，父母身子不好，写了好几次信来，说梦见她了。玉岫每每收到信都伤心不已，终于决定要回去一趟。

“孩子们都已经长大，儿媳妇能挑起家里的事情，婆母身体康健，一直劝我回家看看，我还有什么可顾虑的呢？”

她还要带着平哥儿回来，说：“只有他一个没有成婚，还能使唤使唤。”

折绾便跟孙三娘说了此事：“快试试我最新做出来的芙蓉膏，用了之后脸上润泽了不少，眼角的皱纹都没了。”

孙三娘打了个哈欠，道：“你放心，她风尘仆仆的，路上舟车劳顿，定然是没有咱们脸色好。”

折绾笑盈盈地躺在摇椅上，问：“咱们多久没见了？”

孙三娘：“七年多……快八年了。”

折绾：“日子过得真快啊。”

都八年了。她唏嘘道：“我已经三十一岁了。”

可她一点都不觉得自己老了。

孙三娘没好气地白她一眼：“你老什么？我可比你大不少。”

她也没觉得自己老。

在闽南的日子，倒是比在京都过得舒畅。原本以为是落败了，来过苦日子的，结果日子不知道有多快活。

她思绪腾飞，突然想到了去年，笑着道：“去年……你很是紧张，根本不敢出门，一直在寺庙里念经求佛。还有前几年，你突然管着素膳不准出门，我们都以为你魔怔了。”

折绾怔怔一瞬，而后道：“你不说，我都有些忘记了。”

明明才过去不久，她竟然已经忘了，但她还记得自己当时很是忐忑。命运有很多转折点，折绾一个都不敢赌。她能想到的最笨的办法，便是将素膳关在屋子里，就在她的眼前，一眼不错地看着她，直到夜幕降临，朝阳升起。

幸亏都过去了。

玉岫来的时候，便见两人一点都没老。她不免摇头：“我要在你们这里多住一段日子，看来闽南的水土养人。”

三人笑成一团。

平哥儿上前给两位姨母行礼，折绾感慨：“他竟然如此高了。”

玉岫：“十六岁啦，若是再不长高，以后难说媳妇哦。”

折绾：“不是快要定亲了吗？”

玉岫“哈哈”大笑：“快别说了，他是一门心思考科举，不愿意定亲。”

折绾：“再过两年也是要得的。”

玉岫：“谁管他，我是一点也不愿意管了。管了大的管小的，管了小的管孙子，以后还有曾孙……我怎么管？我就那么一点附庸风雅的爱好，都要被消磨了去，我已经少了许多时间去古玩店踅摸好古董了。”

孙三娘：“你踅摸十个，有五个是假的——怎么还去踅摸？”

玉岫：“你不懂，我这是乐趣。”

三人坐在一块儿斗起嘴来，又叫人温了酒，就这么坐在廊下吃酒，结果寒风太冷，又搬回了屋子。

等下雪的时候，三人打开窗户，支起了锅子，道：“这般也算冷，也算热。”

玉岫搓搓手，说：“怎么到这么南边了，还这般冷？”

折绾：“京都是干冷，闽南是湿冷。”

反正是冷的。这般的冷天，玉岫都不愿意上路。但快过年了，她要赶回丹阳郡跟父母一块儿过年。

她临走的时候还感慨道：“下次见面，就不知道是什么时候了。”

朋友、父母、亲人，在自己年岁大的时候，就见一面少一面。

她如此性情的人，竟然也哭了起来：“还记得最初，我带着阿绾去勋国公府见你的时候，你说阿绾的精神头真好，你很是羡慕。”

当时，除了她，阿绾和三娘其实都过得不好。十六年过去，她们两个都来了闽南，都把日子过好了。

她上了马车，眼泪还是忍不住流下来。

平哥儿见状道：“等过完年，咱们再回来？”

玉岫："哪里还能回来，咱们过完年就要回去了，京都的事情多，还是不能离开太长时间的。"

人到了年岁，哪里能事事随心去。

她抹抹眼泪："唉，这一走，真不知道什么时候再见了。"

刚说完此话，便听见外头有马蹄声传来，玉岫赶忙掀开帘子，便见孙三娘和折绾骑着马从后头追了上来，正跟着马车跑。

她欢喜地喊："你们怎么来了？"

折绾扬起马鞭，笑着道："左右无事，来送送你。"

孙三娘："我就说你肯定哭了——得了，待会儿我们回城，你估摸着还要哭一场。"

玉岫又哭又笑："你们的骑术倒是越发好了，雪天路滑，骑慢些，咱们慢慢走。"

来年四月，阿隼中了探花的消息传来，折绾和孙三娘带着人给街坊邻居都撒了铜钱，又请了锣鼓队和舞狮子，设了流水席，热热闹闹地宴请了七天。

与这个消息一块儿来的，还有明慧的信。

折绾如常打开，本以为又是报平安的话，结果却看见信上说，川哥儿有了妾室。明慧开始为生育发愁了。

折绾怔了许久，起身走到书桌前研墨，想写下千言万语，又觉得一个字都落不到纸上。

她坐在椅子上好一会儿，才写道："英国公府子嗣的事情，想来你也知晓，并不是女子的问题，是家学渊源。你不用求仙问佛，也不用吃药看病，只活得舒适就好。我在英国公府里有一书房，名为'别有人间'，你若是喜欢，便将里头的书搬到你的院子里去，闲暇无聊的时候看看，等你看完书，一切也就有结果了。"

她明白明慧的苦处，希望明慧看开一些。

她站起来，又从买给素膳的小玩意里挑出了一些东西给明慧。

"权当是哄她玩的。"

素膳今日被袁家小闺女袁蕊请去宅子里看戏。她终于不担心被送美男了，便很是不亦乐乎。回来的时候，她听闻此事，担忧道："这可怎么办好呢？"

折绾："明慧是个聪明的姑娘，她自己知道分寸。"

素膳"哎"了一声："阿姐，那你别管了。"

折绾没有管。只是从这之后，她对明慧更加上心了些，写信开解道："人活一辈子，好比来人间游一趟。有月即登台，是风皆入座。无论春秋冬夏，不分南北东西。"

素膳守在一边看她写信，撑着手道："阿姐，你如今境界又高了。"

折绾好笑道："也不枉我活了这么大岁数。"

她起身看窗外："今晚倒是月色好，也凉快。"

素膳："快到秋日了。"

折绾起了兴致："咱们去明溪上游船吧？"

素膳："也行。"

两人就提着灯出门了。明溪就在茶庄前头，不远。因如今闽南重茶，四处还有人巡逻，倒是安心。两人乘着小舟顺水而下，还碰见不少文人雅士携家带口。如今闽南不愁银子了，科举的人倒是多了起来，折绾还捐了不少银子给书院，买了许多笔墨纸砚送去学堂，名声很是好。

她跟素膳远远地落在后头，乘兴而至，乘兴而归，身上沾了重重的露水。换了衣裳，坐在炉子边烘干头发，说起去苏杭的事情。

"上回去没有好好玩，只去寺庙里面逛了，这回要好好看看。"

折绾："行，去住半年吧？"

素膳："这边的事情怎么办呢？都给蝉月？"

折绾："你看着办就好。"

素膳："我看着行。"

折绾："那就行。"

蝉月却不答应，风风火火进了宅子，头上冒着汗，哭道："你们都出去玩，只留我一个人做事，我不干。"

折绾："能者多劳嘛。"

蝉月："主家偏心，你对素膳姐姐说的是少操劳，少长皱纹。"

折绾咳了一声，心虚不敢吭声，素膳就哄道："那怎么办？我要走半年，肯定是要有人接过来的。不交给你，我交给谁？交给谁都不放心，只有交给你，我才能松口气。"

蝉月心下满意，但还是不愿意多干活，又出主意："给素兰姐姐呢？"

素膳连连摆手："我可不敢说。她手里的事情比我还多，她力气也大，上回打了我手臂一下，痛了好几天呢。"

蝉月不依："我家里还有孩子呢。"

蝉月如今也跟着折绾姓折，家里招了郎婿，跟着她一块儿在外头做生意。五年前，她生下了一对龙凤胎，家里就闹腾了起来。

素膳只好拉着蝉月出门，一边哄一边劝："好嘛，你家里有孩子，素兰难道就没有吗？好蝉月，我半年就回来了。"

蝉月："你就是欺负我！"

素膳："我没有欺负你，我只信你。就是素兰，我也是不信的。她做事情哪里有你心细。"

刚说完，素兰就来了，闻言挑起眉梢："哟哟哟，又哄人做事了。"

素膳：“你快走吧，阿姐在里头等你呢。”

素兰笑眯眯地进了屋，见了折绾道：“我家师父写信来了。”

她们来闽南的时候，周掌柜没有跟着来。她要管着京都的事情，一摊子的事情都要她做主，她根本走不开。她也不愿意来，道：“我是生在京都，长在京都，如今年岁大了，便也想死在京都，并不愿意四处跑了。若是我死的时候，主家能回来看看我，我在泉下有知，想来也是高兴的。”

折绾便不勉强，只由她自己去，但常常通信，这些年光是她跟京都众人写的信就有几箱。

她便问：“你师父写了什么？”

素兰：“她说要来闽南看看茶庄。”

折绾高兴起来：“这是好事。什么时候来？”

素兰：“写信的时候就已经出发了，大概还有一月？”

折绾就道：“既然如此，那我和素膳就晚些去苏杭。”

最高兴的莫过于蝉月了，她得意起来：“好好好，师父要来了，到时候我要请她老人家评评理，看看你们是不是欺负我。”

素膳理亏地搂着她：“好蝉月，我走之前，必定把大的生意都说定，你帮我看着就行。”

蝉月嘴巴上讨了便宜，也不计较了：“行，我帮你半年。文月呢？她跟着师父一块儿来吗？”

素兰摇头：“不来，她要留在京都照看生意。”

如今京都顶得住的就只有她一个了，文月也能掌家了。

蝉月便唏嘘起来：“我常听人说，有些人家的书生做了大官，便让底下的书童也做官。如今咱们跟着主家，是不是算是类似的情况？”

素兰闷笑起来：“算是。”

她们这几个姑娘，现在走出去，哪家做生意的不巴结几句？谁能想到她们曾经只是个小丫鬟呢。

等周掌柜到的时候，折绾带着她的三个徒弟亲自去接了。素膳、素兰、蝉月三个人站在一块儿，恭恭敬敬地围着周掌柜走。

周掌柜：“如此看，我的架子倒是比主家还要大些。”

折绾闷笑出声：“这是应该的，她们的本事都是你教的，就是我懂得的这点生意经也是从你那里学的。”

周掌柜：“主家可别抬举我。”

折绾“哈哈”大笑。好友重逢，便摆起了流水席，一屋子的人来来回回碰杯。孙三娘笑着道：“当年，我记得周掌柜最头疼的就是我了。”

周掌柜：“是……娘子取的名字，太过阳春白雪，实在是让我头疼。娘子的画却让我欢喜，咱们如今的招牌还是您画的。”

徐琴端着酒杯过去，问：“那我呢？”

周掌柜：“若不是夫人，闽南这一块地就起不来如此之快。”

她站起来，举杯敬酒：“我也心怀感恩，若不是各位，闽南和花圃等生意也不能有今日。我是个生意人，但就是常年做生意，便更是知晓，若是一人努力，家业根本大不了。而家业能有今日被人提起来就知晓的地步，便是诸位日夜不停、劳心劳力的结果。我敬诸位——还望诸位往后平安顺遂，所愿皆如意。”

大家便都站起来敬酒。

周掌柜并不愿意在闽南多待，她是真的来看闽南茶园的。朝廷开放了海禁，如今茶叶也要运往外头，算不上“自产自销”了。眼看有更大的闯头在，周掌柜坐不住了。

折绾便亲自陪着她在茶园里看。周掌柜还是第一次亲眼看见这大片茶园，入眼皆是忙碌的人，根本看不见尽头。

她带着沉重的心，道：“我真怕。”

折绾几乎立刻就懂了，她点头：“我也怕。”

人太多了，太多人的生死都在她的手上。明明最开始，她只是想着做一点小生意，结果生意越做越大，手下的人竟然有那么多。她就不敢行差踏错，一步都不敢走错。

“占了山头，就要守好山脉。有一年，茶叶收成不好，我天天睡不着。”

周掌柜感慨：“我记得，那一年，咱们是贴了银子进去的。”

并不是每一年都赚银子的，茶园靠天吃饭，若是天老爷不赏脸，那不仅她们损失惨重，茶园的这些人都该饿死。

折绾：“是，所以我每年去山上喊茶都特别诚心。”

周掌柜由衷地道：“您身上的担子很重，咱们都靠着您吃饭呢。”

折绾就摆摆手：“你也抬举我了。”

两人相视一笑，周掌柜说：“听闻主家和素膳要去苏杭转一转。”

折绾：“是，算起来，我快有两年没有出闽南了。如今阿隼和雁雁都前程明了，我估摸着，他们也要挑个时间成婚，到时候也没有时间去外头住。”

周掌柜：“阿隼如今出息了，他定了哪里的官？”

折绾笑着道：“湖州。”

周掌柜恍惚：“哟……这是刕鹤悯大人之前任职的地方？”

折绾：“是。虽然还是小官，但一步一步地走上来，想来他日也有出息。”

周掌柜便感慨道：“这些年，咱们这些人，算是起来了。孩子们一个个有出息，算是兴盛了吧？总觉得见证了一个显赫家族的兴起。”

等她要走的时候，折绾和素膳也跟着走了一段路，到杭州之后跟周掌柜分开。

周掌柜临走的时候，犹豫地问了一句：“主家往后还会回京都吗？”

折绾：“回的。”

太后身子若是不好，她肯定是要回去看望的。

周掌柜：“好，到时候咱们再见。”

送君千里，终有一别，她畅快道：“就到这里吧。介子树下，理应停了。”

第二年夏日，折绾才带着素膳回去。但只歇息了几日，就撇下了素膳，跟孙三娘一块儿去了湖州。

阿隼和雁雁要成亲了。

素膳本也想跟着去，但蝉月这回死活拉着她不肯放，哭着道：“我都瘦了，瘦了好几斤！”

素膳没办法，只能留下来收拾一大摊子事情。

折绾走的时候，她眼巴巴的：“婚事完了就回来。”

孙三娘好笑道：“怎么还跟个孩子一般，离不开大人。都多大的人了。”

折绾：“你别骂她，这么多年都习惯了。”

孙三娘翻了个白眼。

折绾：“实在是不雅。”

孙三娘：“得了吧！”

她停顿了一下，而后道：“说真的……我想着去湖州。阿隼和雁雁孝顺，要留我住下。”

折绾：“我就猜到了！”

但说出来，还是很伤感。她叹息道：“闽南的宅子常叫人打扫，反正也不远，你想回来的时候也方便。”

孙三娘：“你放心，我定然常回来看你。”

折绾：“呸，我要你看？我不知道去找你？”

孙三娘没忍住笑起来：“好好好，你来看我。我估摸着在他们那边住不久，我还是要回来的。”

折绾：“都行。”

她帮着孙三娘收拾东西。东西零零碎碎，但归拢在一处，还是有了十几个箱笼。

等两人走的时候，众人又来送给阿隼和雁雁的贺礼，便成了二十个箱笼。

到湖州的时候，莹莹和雁雁过来接。她们看着箱子笑着道：“怎么这么多啊——”

折绾：“其实算不得多了。”

雁雁好奇地打量：“我们还买了许多东西，不知道能不能用得上。”

孙三娘：“哪里有姑娘家给自己办婚事的，幸亏我们来得快。”

雁雁捂着嘴巴笑："这也没什么。"

折绾拉着莹莹到一边，问："你父亲可曾写信给你了？"

莹莹点头："写了啊。雁雁姐姐要成婚了，他也着急了，问我心意呢。"

折绾："他也写信给我了！"

莹莹："我就知道！不着急嘛。"

折绾："你自己心里有数就成。"

莹莹："我阿娘也写信来了吧？"

折绾没忍住笑起来："是。"

宋玥娘如今依旧随性地说话。上一月心情好，写来的信是夸她的，说她名声大噪，还说莹莹跟着她这些年，也学到了很多，跟她的女儿也差不多了，暗示以后她名下的铺子都给莹莹正好。但心情不好的时候，虽然不敢说话不客气，但言语之间还是"激烈"得很，说她带坏了莹莹。

莹莹虽然没看过阿娘写的信，但也能想得到，无奈道："大伯母，你写信回去给阿娘了吗？"

折绾："这才是稀奇之处，我从来没有回过信。"

莹莹就笑起来："哎，算了算了，随她去吧。"

两人许久没见，晚间睡在一块儿说话。莹莹说在云州的见闻，折绾说在苏杭看见的景色。苏杭莹莹是去过的，折绾却没有去过云州。

她想了想，道："说起来，我们折家的老祖宗还是云州的人。"

只是多年过去，折家就成了京都折家，跟云州彻底断了往来。

这事情莹莹还是第一次听闻，好奇道："可知晓是云州哪里的人？"

折绾："胥江，应该是个县。"

莹莹正好去过！她道："真去过。"

胥江县有一座山叫白头山，当时太后写信来问，她还回信，将此事说给了太后。

折绾心满意足："很好，你也算是帮我去看过老祖宗了。"

而后她突然后知后觉道："对了，王大人最开始被贬的时候，是不是也去了云州的胥江县做县令？"

莹莹："是，就是那里。"

王大人就是王德山，最开始的闽南知州，后来因为他的弟弟王德海为了良田杀人，被牵连贬低去了云州做县令，如今多年过去，已经是云州知州了，陛下对他很是重用。

当年她因到闽南种茶，跟王大人有往来，后来又跟王夫人通信。等王大人一家落难，她送过不少东西去云州，跟王夫人倒是一直没有断过往来。只是人们只记得好的时候，这才过几年，她就已经忘记王大人夫妇在胥江的时候了，连"胥江"两个字也忘在了脑后，这会儿才想起来。

不过说到王大人，她又想起了潘大人一家。潘大人已经被贬了。折绾想着，应当是陛下发现了当年勋国公府的事情跟潘大人有关。如此，被贬官也算是一个好结局了。

她琢磨着，估摸着是陛下老了，舍不得了，开始念旧。

她和潘夫人也有往来。她说给莹莹听：“当年你孙姨母的事情，潘夫人帮扶过一把，咱们要记她的情。”

莹莹认真记住，道：“下回我若是碰见她，必定跪拜感恩。”

折绾点头，搂着她说：“好。咱们有恩就报恩，有仇就报仇。”

因不是在家里办的婚事，所以两个孩子成婚的时候，也算不上热闹，只请了阿隼的同僚们来，还有街坊邻居来，到底是凑齐了几桌人。

湖州知州也来了，他的夫人还跟折绾说道：“说起来，我还受过夫人的恩惠。”

折绾：“实在是不敢当，我不知道什么时候帮过夫人的忙。”

知州夫人：“有一年，天不好，茶园荒废了，粮食也颗粒无收。我底下的管事可恶，竟然吞了我给的银子跑了。幸而我的庄子跟夫人的庄子隔得近，茶园的人便去了夫人的园子里做事讨生活——”

折绾想起来了，是有这么一桩事情。她道：“我记得，后来你派人送了银子来。”

但她记得不是湖州知州夫人啊。

知州夫人笑着道：“庄子不在我的名下，是在我妹妹名下，但一直是我打理着。我如今还后怕，若是那群茶园的百姓闹起来，我怕是要牵连到家里人。”

原来是这般。折绾笑了笑：“不碍事的。”

她也不再说话了。

等黄昏行礼，折绾和孙三娘都坐在了长辈的位置上。

雁雁哭成了一个泪人，抱着孙三娘和折绾哽咽不成声：“我无姨母，无以至今日。”

当年，她懵懵懂懂被送进勋国公府，懵懵懂懂成了姨母的孩子，如今才明白当年是有多幸运。

孙三娘晚间一直哭。折绾好笑道：“孩子成婚，高高兴兴的，你倒是哭个不停。”

孙三娘扭过头继续哭。

等折绾和莹莹要回闽南的时候，她又继续哭。

折绾便也带着些伤感道：“分分离离，我到了这把岁数，还是看不开。”

莹莹在前头等着她，道：“没事，聚聚散散都是常事。”

这个走了，那个就来了。她和雁雁姐姐要分开几年，但已经说好了，以后还要继续一块儿去看天地。

“你和孙姨母分开了，可素膳姨母还在家里等着呢。”

折绾：“是这个道理。”

她跟孙三娘告辞：“下次，看是你回来，还是我过来？”

回到闽南，正好碰上素膳不在家，却收到了京都的来信，是明慧写来的。

她说，刕清川跟着郑大夫在看病，一直在熬药喝，他整个人都是药味。

折绾看完信，怔了好一会儿。她坐在蔷薇花下，拿着扇子轻轻地扇风，不知道在想什么。

莹莹摘了些瓜果过来，说：“清升的妻子这时候应该快要生了，清川估摸着心里着急。”

折绾：“他着急倒是不要紧，众人总为他找好了后路。”

她怕的是明慧着急。她喃喃道：“当年，你阿娘怀上你跟清升，我阿姐的母亲便着急了。”

这些年，她即便在闽南也给长姐点了长明灯。去一处寺庙，便给一处点上长明灯。

她叹息道：“一代又一代，不知道什么时候才能消停。”

她写信回去给明慧，道：“我不在京都，不能帮扶你，很是心愧。只能劝解你，子嗣二字，不用强求，你还年轻，万事都可慢慢走，万事都还来得及。”

她思虑良久，还是写了一封信给刕清川。她劝道：“何必如此呢？你也是看着你父亲这般执念，过了那些年，理应知晓该看开些。只顺其自然，在你放下执念的时候，该来的都会来。”

她将两封信寄回去，便也不管了。等再收到刕清川的回信说子嗣重要的时候，她便没有再回信。人和人的念头是不一样的，实在是强求不得。有时候“缘”之一字，也实在是奇怪，没有缘分就是没有缘分，上辈子是这般，这辈子也是。

明慧倒是一直写信来，一封信比一封信开阔。她说，她看了许多“别有人间”里面的书。

“母亲，看了您在书上写的批注，我真想见见您。虽然小时候见过您一次，但已经记不起您的模样了。”

折绾看得欣慰，笑着回信：“你喜欢就好。”

又道：“你喜欢爬山吗？若是闲着无事，或是心里郁郁寡欢的时候，便可以去山上走一走。”

她记得上辈子最后的那段日子里，明慧就跟着她一块儿去爬过山。但她已经记不清去的是哪座山了，京都外面的是哪座山呢？

她问素膳：“你还记得呢？”

素膳嚼着包子，闻言想了又想：“哎——还真想不起来了。”

折绾也拿起一个包子咬一口："我也忘了。"

于是，她写给明慧的信里便多了闽南的风景，少了京都的事情。

而后，她又要动身去湖州了。雁雁怀了孩子。

这回素膳跟着一块儿去，她跟蝉月道："我不骗你，我要去湖州谈生意，只是顺带去看看雁雁。"

蝉月："你就骗我吧！"

但她还是接下素膳手里的事情："唉，受苦的只有我。"

折绾便道："你们都该找些人手接过来才是。"

素膳也在考虑了。

徐琴听闻此事，连忙举荐了自家的侄女。她道："给你做徒弟！咱们都是女子，我家侄儿想来，我都没让，千挑万选，给你挑了一个女弟子，数术可快了。"

素膳犹豫："心性如何啊？"

徐琴："自然是好的，我看着她长大的。"

小姑娘很快就被领到了素膳的跟前，是个很乖巧的孩子，但骨子里有韧性。

素膳瞧了一眼就瞧中了，但还是道："我先带在身边看看。"

徐琴："行，不强求。"

三个月后，在湖州，小姑娘给素膳跪下，递了一杯茶，正式喊了师父。

素膳有些不适应。小姑娘实在是太懂事了，连洗脚水都打好送过来，还要给她搓脚。

她唉声叹气，躲在折绾的屋子里，说："我避避风头。"

折绾笑个不停："哪里有师父做成你这般的哦。她这是心里不安，要拜山头呢。等过些日子，安心了就好。"

素膳挠头："总觉得这话在哪里听过。"

折绾："嗯，我说过。"

她们一直等到雁雁生完孩子才回去。回去的时候，果然小姑娘就轻松自在多了。素膳也松了口气，跟小徒弟道："你当时真吓人。"

小姑娘就捂着嘴巴不好意思地笑："我好怕的，我什么都不懂，很是蠢笨，我怕师父嫌弃我。"

素膳温和道："你别怕，都是这般过来的。慢慢地，你就会变得稳重起来。"

她从前也很怕，但现在可稳重了。

她道："别觉得自己蠢笨，你只是还小，缺少了一些阅历罢了。"

这话，她记得很清楚，是阿姐跟她说的。

正月廿五，惊蛰，又是一年喊茶的日子。

这一年早有瑞雪，各地都欢喜，老农松快地跟折绾夸下海口："今年定然是个好收成。”

于是喊茶的日子，众人都高兴。袁耀带着诸位官吏早早就上了山台祭祀。折绾也带着一家子人和茶园的茶农进山，跟着人摆放茶叶，祭祀山神和茶神。

她认认真真地念祭文：“惟神，默运化机，地钟和气，物产灵芽，先春特异，石乳流香，龙团佳味，贡于天下，万年无替！资尔神功，用申当祭。[2]”

等众家茶园都念完祭文，山台上的人敲锣打鼓，底下的人便开始鞭炮齐鸣，锣鼓喧天。

锣鼓再次响起来时，便都欢呼起来，一起喊道：“茶发芽——茶发芽——”

喊山喊茶，祭山祭茶。

折绾还准备了红封给茶园里的人。茶农们个个感激，老茶农道：“今年天好，山神欢喜，茶神欢喜，主家也欢喜。”

折绾笑盈盈的：“您老也欢喜。”

喊茶结束，她没有急着回去，带着素膳在山里走，路上还有寺庙。这是一座小庙，她从未去过。她带着素膳进庙里歇脚。庙里人少，只有一个师太带着几个小尼姑在劳作，见了她来，连忙请她进去。

折绾捐了香油钱，道：“我们借个方便。”

她和素膳给菩萨烧了香，便坐在寺庙里歇息。

正值午间，墨月等人过来的时候，太阳已经高高悬挂，便在庙里吃了饭，不巧下起了雨，便只能继续在庙里等雨停了。

折绾打起了瞌睡，她趴在素膳的肩膀上，说：“我睡一会儿。”

素膳：“哎，你睡吧，等雨停了我叫你。”

折绾“嗯”了一声，沉沉地睡了过去。

倒是做了一个长梦，她在梦里瞧见了自己的小时候。只不过，跟她记忆里的小时候极为不同。

“她”穿着锦绣衣裳，“噔噔噔”踩着步子，跟阿姐告状：“六姐姐又欺负我了！”

长姐看着已经到了出嫁的年岁，却梳着姑娘打扮的发髻，放下手里的书，说：“你欺负回去。”

“她”瑟缩了一下：“长姐，我不敢。”

长姐便恨铁不成钢：“你都已经学会跟我告状了，怎么就学不会欺负回去呢？”

“她”蹭过去：“好长姐，你帮帮我吧。”

长姐就站起来：“最后一次，下回她要是敢欺负你，你一定要欺负回去。”

“她”就点点头：“好啊。阿姐帮我最后一次。”

长姐牵着她的手去了那座她住了许久的院子。六姐姐也是小小一只，见到她们来就害怕得躲了起来。“她”瞬间狐假虎威起来：“六姐姐！”

六姐姐瑟瑟缩缩地出来，声音小得可怜：“什么事情？”

“她”却越发大声起来：“你以后不准再欺负我了！我是要反抗的！”

六姐姐“哎”了一声，不敢吭声。

“她”欢欢喜喜地走了，回去跟素膳道：“素膳，以后咱们有靠山了。”

素膳手里拿着几文钱数来数去：“姑娘，这是真的吗？”

“她”点头再点头：“是真的。”

姨娘也得意起来：“这回你入了大姑娘的眼，咱们以后就好过了。阿绾，你要听话，要争气。”

“她”就这般跟着长姐长大了。

“她”被养得很好。

“她”开始读书，开始跟着进宫，开始长成了落落大方的样子。

“她”很好，“素膳”也很好，一切都很好。

“她”依旧喜欢种花。太后笑道：“阿绾种的花总是能活得久一些。”

阿姐在一边道：“是，她很是有天赋。”

阿姐没有嫁人，没有嫁给邴鹤春，也没有嫁给其他人。

折绾高兴起来。这很好，阿姐现在看起来很欢喜。

她觉得这是入了梦境，但好像醒不过来。这般的情况，她在死后倒是碰见过。她记得上辈子死后，她就飘在了空中，难道是她这辈子的命数到了？

折绾难免伤心起来。她还有好多好多的事情想去做，她还不想死。但无论她怎么做都醒不过来，她只能跟着“她”继续长大，她发现自己也只能跟着“她”。

慢慢地，折绾发现自己心境平和下来了。跟着就跟着吧……这般看着自己长大，真是一件不错的事情。

“她”得了一把好琴。她发出惊叹的声音：“这可是名琴。”

她笑着道：“你这么小就得了啊，太后娘娘可是后来才给我的，但我也没有要。”

她没有时间去学，也没有兴致去学。她跟太后道：“以后留给其他喜欢琴的人吧。”

原来“她”喜欢。

“她”跟丹崖成了要好的手帕交。两人一块儿跟着太后请来的宫中琴师学琴，“她”弹得很好。

这不是折绾听出来的，是琴师夸赞的：“你很有天赋。”

“她”微微笑道：“是先生教得好。”

不骄不躁，不卑不亢，“她”成了她小时候想象中的样子。折绾舒心地笑起来。

“她”也有自己的私心，“她”和素膳盘算着做生意。

“她”道：“素膳，你数术这般厉害，就是做个状元也行的，你出宫去吧，去做一门生意。”

素膳觉得可行。她也觉得自己很厉害，大姑娘还说她将来必有大的前途。

“她”拿出了许许多多的银子，都给了素膳。

素膳一点也不惊讶，只是有些发愁：“可我该做什么呢？”

“她”也不知道。

两个小的手拉手去找长姐。

长姐笑着道：“既然不知道……那就买地吧？京都的地、闽南的地。”

折绾心里打了一个激灵，总觉得有什么在脑海里面浮现了，可又琢磨不出来什么。

她眨了眨眼睛，突然发现“她”长大了。“她”长得很好看，便有世家公子来追求。“她”很是苦恼：“该选谁呢？”

丹崖颇为惆怅地道：“算了吧，还选谁呢？当初庆国公府和辅国公府还不是让我选，最后我选谁了？”

“她”便躺下去，哼哼道：“我就不信我的运气也如此差。从小到大，我的运道可是不差的。”

丹崖就笑起来：“那你试试嘛。”

折绾却可以预见结果了，她闷笑起来。

“她”要受挫了。

果然就受挫了。

玉岫进宫，“她”和丹崖垂头丧气地喊“姑姑”。折绾听见这个称呼又笑了起来。

玉岫果然不愧是玉岫，她叹息道：“我查了，有一个有龙阳之好。”

“她”捂住耳朵：“哎哟哎哟，怎么有龙阳之好哦！”

玉岫：“第二个……在外头有一个‘青楼知交’，很是交好，他觉得对方是奇女子。”

“她”叹息道：“还有一个呢？”

玉岫：“还有一个……倒是不错，什么都不错，就是矮了些。”

“她”和丹崖手握手，紧张地问：“多矮？”

玉岫：“跟你们差不多高吧。”

“她”倒头就哭：“真欺负人！”

丹崖捶胸顿足：“怎么了！京都的世家子都怎么了！”

折绾看得好笑，也笑了一声。“她”真是可爱。

下一瞬间，她发现自己跟着“她”躲在角落里偷听。折绾好奇地跟着过去听，听见了长姐和嫡母的声音。

嫡母声音很是激动：“我就是有罪，那也是上辈子有罪，你凭什么，凭什么让我这辈子也遭受折磨？

嫡母：“好好好，你是问心无愧，你是大善人，所以你看着你的母亲绝望，一日日消沉在无边无际的折磨之中，你就高兴了，你就满意了，你就觉得你赎罪了——”

折绾沉默了下来。在这一瞬间，她觉得自己好像明白了什么。

“她”也屏住呼吸，不敢喘气。

等长姐上了马车之后，“她”紧紧握住长姐的手：“阿姐，你放心，你做什么我都支持你。”

长姐笑起来：“你也是个傻丫头。但我能为你做的，也只有这些了。”

“她”不懂长姐这话的意思，却知足地笑了起来，但折绾懂。

她的眼睛湿润起来，飘在阿姐的身边，轻声温和道：“够了，足够了。”

“多谢你，阿姐。”

“谢谢你，把‘她’养得这般好，把‘素膳’也养得如此好。”

她在睡梦里哭，在庙里也哭了起来。

素膳吓得不行，将她摇醒：“阿姐——”

折绾慢悠悠地醒来。

素膳舒出一口气：“阿姐，你是不是做了噩梦？”

折绾怔怔一瞬，而后摇了摇头：“不是，是好梦。”

是一个很好很好的梦。

她站起来，走到神佛座前，虔诚地跪下去：“多谢菩萨，让我如愿了。我在这里，也想为长姐点一盏长明灯。”

素膳好奇地问：“什么愿？”

她记得，阿姐每次给大姑娘点长明灯的时候，总是要许一个愿望。问她，她也不说。

这回，她以为又是不说的。谁知道阿姐却突然道：“我许了一个长姐如我一般的愿望。

“如阿姐一般？”

折绾点头：“是，如我一般。”

重来一次。

每点一盏长明灯，就许一次愿。

如今看来，我佛慈悲。

她站起来：“素膳，走吧，咱们该回了。”

素膳“哎”了一声：“好啊，阿姐。”

出版番外
传承

世事茫茫，山川历历，光阴已过三百载。

“三百年来，因有茶山夫人保佑，我们南州种的茶叶都是最好的。”

茶商热情地道：“姑娘您尝尝，绝对是您喜欢的味道。”

兰慧端起茶杯品了一口，不由自主地点了点头：“确实好喝。”

她是洛阳人，之前不怎么喝茶，但来姨母家探亲后，日日跟着喝，倒也养成了刁嘴。

她又细细尝过一杯，道：“这是我喝过最香韵悠长的。”

茶商就得意起来：“姑娘是贵客，所以我拿出了最好的折山茶。”

兰慧早知晓这座山，她立马问：“可是葬着茶山夫人的那座山？”

茶商点头：“就是那座山。姑娘喝的这茶叶就是从茶山夫人三百年前亲自种下的那棵古茶树上采的。”

兰慧立刻对手里的茶水肃然起敬。茶山夫人亲自种的茶树啊。

她对茶山夫人敬仰已久。

茶山夫人是三百年前的女子。听闻她出身微末，被父母嫁给了京都的世家公子做续弦。但因她自幼爱茶，极擅种茶，前朝的寿康太后便让她来南州教导百姓开垦茶园。大概五年之后，她在南州站稳脚跟，又一点一点做起了南州茶马、越州青瓷的生意。等她靠着自己的名声和能力可以跟南州世家周旋，靠着自己的人脉和银钱能护着手下一群人之后，她便跟夫婿和离，一生留在南州传道，死后也葬在了茶山下。

因年代久远，夫家是谁已经不可考，只知晓她姓折名绾，祖先可以追溯到云州折家。

于是后世人将葬她的山叫折山，便又叫她折山夫人。当然，还有的叫绾山夫人、云山夫人、云州夫人等——她的名号实在是太多了。

但无论是哪个名字，只要一说出来，没有哪个南州人不知。南州家家户户也都供奉着她的牌位，希冀她保佑自家的茶山长盛。

兰慧觉得茶山夫人是她除自家做将军的阿姐外最敬佩的人。她露出向往的神色："若是我能成为像她这般的人该有多好。"

茶商很是满意她的态度，因为她这神色，他愿意少坑她一点。他道："姑娘要是喜欢喝，我这里还有剩下的，只要五十两银子。"

兰慧也觉得便宜，马上掏出银子付了钱。

等她家姨母朱夫人知晓此事后，立马拍桌大骂："好啊，连我家的人都敢骗，走，慧慧，我带你去把银子要回来。"

兰慧深觉不好意思："若这是茶山夫人亲自种下的茶树，五十两银子算不得贵。"

她出身镇国公府，虽然小时候家道中落，却没少过银子，五十两银子在她眼里算不得什么。她道："我当时还窃喜这茶叶竟然如此便宜。"

朱夫人却怒道："这不是银子的事情——南州的茶叶处处都卖，但唯独折山的茶叶不卖。茶山夫人临终前说过，她所种的茶叶万民可采。"

兰慧知晓的茶山夫人事迹都是从书上学来的，但从没在书上看见这一句话，不过只这句"万民可采"，已经让她更加敬佩了。

她跟着姨母去茶摊，生气道："你怎么能说假话呢？"

但茶商死活不认："我可没说假话，我卖的时候可没有说是从折山采的。姑娘怕不是听错了吧？姑娘可有人证？"

他扬扬得意，可见用这一招骗了很多人。

兰慧来南州后都是姨母带着她四处逛，碰见的人都很好，今日还是她自己一个人出来，结果一出来就碰见了这么一个人，顿时气得不行，正要争执，就见姨母摆摆手，冷笑一声，只说了一句话："那你敢对着茶山夫人的牌位发誓吗？"

对于南州人而言，这一句话可谓蛇打七寸。果然，茶商脸色一白，纠结再纠结，还是不敢说谎。

他怎么敢！他怕茶山夫人怪罪。他要是敢对茶山夫人说谎，不仅活着的时候老母亲会天天揍他，下了黄泉还有老祖宗拿棍子等着。

他只能灰头土脸地道："确实是我骗人。"

想了想，他又自我辩白："但也确实不是折山的茶叶，是我从别处收来的。"

他是南州人，南州人怎么会摘折山的茶叶卖呢？那是大不敬！

他道："我就是看这位姑娘是外地人，想着赚一点银子就走。"

他是个游商，并不在一个地方长待。

朱夫人就道："怪不得你连我家的人也敢坑，好歹打听打听我是谁吧！"

茶商就知道惹到了硬茬，连忙道："您大人不记小人过，我以后再也不敢了。"

朱夫人也没有为难他，要回银子后骂："以后长眼些！"

等人走了，茶商赶紧问周围熟悉的茶铺掌柜：“这位夫人是谁啊？”

其他人就道：“你如今赁的摊位就是她的，你说她是谁？”

有相熟的就拉着他去一边，道：“这位朱夫人是个人物，你可别惹她。”

茶商马上掏出银子递过去求一个解答，问：“可否说明白些？”

相熟的假模假样推了几下才收下银子，道：“她家本是洛阳显贵，但后来落魄了，又是个庶女，便被父母嫁到了咱们这里。嫁过来时听闻是个胆子小的人，但嫁过来没两年就成了个悍妇，还把自家夫婿给打了！又过了两年，她带着女儿跟夫婿和离，拿了陪嫁银子买下一座破落的茶园，竟将茶园盘活了，成了现在这般大的茶街。”

他挤眉弄眼：“你想啊——这样的人，这样的手段，你觉得你可以斗得过？”

茶商叹息：“唉，南州风俗跟其他地方大不相同，来了南州的女人，就没有不彪悍的。”

他家老母亲和阿姐也彪悍呢。

他道：“既然如此，我就收拾收拾走了，免得她们气不过再回来。”

另一边，等回到家后，朱夫人也跟兰慧道：“你若是喜欢茶山夫人，等我空下来就带你去折山拜祭。”

兰慧是个乖巧的姑娘，闻言笑着摇头道：“好啊，但姨母不必在百忙之中还顾念我，我自己能去的。”

朱夫人：“我最近确实忙。”

她又买了几座茶山，得盯着出茶。且方才那游商的茶也确实好喝，她还要设个计策，跟着游商找到出处才行。

她跟慧慧道：“你来了南州就多待段日子，慢慢玩，别急着走，南州是我见过最好的地方。”

她十六岁之前，曾被“庶出”两个字压得抬不起头。她十六岁之前，想得最多的就是嫁人。

“家里对我不好，我那时候还以为嫁人了，就可以活得好。”

所以即便是父亲把她嫁到了南州，从国公府第嫁给了一个商户，她也没有怨言。

“但人生从来不是成婚了就会好的。”

慧慧也早知晓了姨母的事迹，她也很敬佩姨母。她撑着桌子，问：“您当时怎么会有那般大的勇气呢？”

朱夫人笑起来：“不是我有这么大的勇气，而是南州……南州的女子给了我勇气。”

从茶山夫人传道以来，南州的女子就开始出门做事。

“当时茶山夫人做的生意很大，她最开始只要女子做工。”

女子种花，女子种茶，女子养马，女子烧窑，女子卖瓷，女子织布制衣等。当时有很多人抨击她的做法，但因她有太后撑腰，娘家虽然势弱，但夫家应还算有用，夫家的亲戚还有在隔壁越州做官的，于是其他人不敢明着欺负，只敢暗地里使绊子。

“当时情况应该是艰难的，但她都闯过来了。”

她这一闯，许多事情就落地生根。

“南州很穷的，人穷，地穷。但茶山夫人这般一做，女子反而先富裕起来一些，她们自然拿着银子去买茶地，有些还合起来买茶山、买窑。”

慧慧听得津津有味：“后来呢？”

朱夫人：“后来啊，她们发现女儿更会种茶和采茶，更会烧窑和卖瓷，更会种花卖花，所以就把家里的生意和茶山都传给了女儿。”

这又是另外一些传奇了。但所有的传奇都从茶山夫人这里起，所以绕来绕去，还是绕不开茶山夫人。

朱夫人：“她是如此，后来者是如此，南州的女子就一直如此了。我来了这里，我就觉得，我也应该变成如此这般的人。”

她确实变了，她打了带烟花女子回家的夫婿，提出了和离。

她以为自己会很艰难，但所有人都没有露出惊讶的神情，甚至连她的婆母都觉得这是正常的。

她后来才知晓南州的另一句话。

“谁年轻的时候没嫁过几个人，没赘过几个婿呢？”

穷人家嫁女，富人家赘婿，分分合合，最是常见。

慧慧即便已经见识过了这里的风俗人情，即便在书上看过很多回了，但从姨母的嘴里听闻这些话，还是觉得十分震撼。

她忍不住道：“我离开洛阳之前，曾一度觉得洛阳让我窒息。”

朱夫人一直没问她好端端的洛阳为什么不待，而要来南州。此时见她肯说，便问：“到底发生了什么事情？”

慧慧摇头：“仔细说起来，也没什么。”

父亲修道去了，从不管家。母亲撑着门户，但因为家里落魄了，便爱抱怨。可她不找家里的两个哥哥抱怨，只跟她说这些，还想让她高嫁。

慧慧：“一年又一年，我听得耳朵起了茧子，却又毫无办法。我若是跟哥哥们一样是男儿郎，便能出去考状元，替她撑起门户，可我是女子，我好像如她所说一般，除了高嫁，再不能替她撑一撑门户。所以，她越是抱怨，我越是难受，可又心疼她的不容易……”

如此一年又一年，她觉得自己像是困在了洛阳。直到她在县志上看见了南州的风俗人情。她看见上面写着：“茶山归女，男喜入赘，寡妇再嫁已寻常。”

兰慧：“我当时就想，我该来看看。也许洛阳外的天地是不同的呢？”

她幸亏来了。这里很好，很好。

她道：“我现在觉得，我也有了勇气。”

第二天，她一个人出门，爬了折山，在茶山夫人的坟墓前放了一朵茶花。

“多谢你给我的勇气。”

（全文完）

注释：

①“他拿着兰花当野草，他拿着琉璃当玛瑙。他真是好歹不懂，黑白不分，糊涂颠倒一个大草包，我看他坐井观天，他的见识小。我看他桌子底下放风筝，出手就不高。”出自评剧《花为媒》唱词。

②“惟神，默运化机，地钟和气，物产灵芽，先春特异，石乳流香，龙团佳味，贡于天下，万年无替！资尔神功，用申当祭。”古时每逢惊蛰节气，当地官员会率众举行开山仪式，喊山祭茶神。此乃武夷山喊茶祭文。